〈新〉校本 宮澤賢治全集 [別巻] 補遺・索引 索引篇

筑摩書房

【新校本全集編纂委員】

宮沢清六
天沢退二郎
入沢康夫
奥田 弘
栗原 敦
杉浦 静

【旧校本全集編纂委員】

宮沢清六
天沢退二郎
猪口弘之
入沢康夫
奥田 弘
小沢俊郎
堀尾青史
森荘已池

【新】校本 宮澤賢治全集［別巻］索引篇 * 目次

主要語句索引　5

手帳・ノート・メモ・雑纂における主要語句索引　287

詩篇題名・初句索引　357

童話・劇その他題名索引　403

書簡索引　413

年譜索引　451

［函・カバー］化石撮影＝林　辰夫
手動写植印字＝田中靖一

# 索引凡例

1．「索引」は、次の六種を収める。
   (1) 主要語句索引　本全集第一巻〜第十二巻および第十六巻・別巻「補遺」篇掲載の、詩篇・童話・劇その他、の本文および校異中における主要語句索引
   (2) 手帖・ノート・メモ・雑纂における主要語句索引　本全集第十三・十四巻および第十六巻・別巻「補遺」篇掲載の詩篇・童話・劇その他以外の、本文および校異中の主要語句索引。ただし、本全集第十三・十四巻の本文・校異中に掲出されているもののうち、本全集第一巻〜第十二巻収録作品の逐次形にあたるものは、語彙採集対象としない。
   (3) 詩篇題名・初句索引　第一巻〜第七巻および第十六巻・別巻「補遺」の本文・校異に収録される詩篇の題名および初句の索引。逐次形における題名・初句も対象とした。
   (4) 童話・劇その他題名索引　第八巻〜第十二巻および第十六巻・別巻「補遺」の本文・校異に収録される童話・劇その他の題名索引。章題および逐次形における題名も対象とした。
   (5) 書簡索引　書簡中に現れる人名・地名・組織名・作品名・雑誌名等の固有名詞の索引
   (6) 年譜索引　年譜中に記述された人名・地名・組織名・作品名・雑誌名等の固有名詞の索引
   　なお、以上の他に、本全集には、第一巻校異篇に歌稿の「初句索引」「詞書索引」、第十五巻校異篇（および第十六巻・別巻所収の第十五巻本文補遺）に書簡の「受信人索引(付・略歴)」「書簡関連人名索引」が収録されている。
2．上記の索引における凡例細則については、それぞれの扉頁に掲げた記述を参照されたい。
3．本索引の主たる担当責任者および作成協力者名は次のとおりである。
   　主要語句索引＝天沢退二郎　入沢康夫　奥田 弘　栗原 敦　杉浦 静　平澤信一(作成協力)
   　手帳・ノート・メモ・雑纂における主要語句索引＝杉浦 静　天沢退二郎　栗原 敦　森本智子(作成協力)
   　詩篇題名・初句索引＝杉浦 静
   　童話・劇その他題名索引＝杉浦 静
   　書簡索引＝栗原 敦　奥田 弘　澤田由紀子(作成協力)
   　年譜索引＝栗原 敦　奥田 弘　澤田由紀子(作成協力)

【新】校本 宮澤賢治全集［別巻］
補遺・索引

# 索引篇

# 主要語句索引

1. 主要語句索引は、本全集第一巻〜第十二巻および第十六巻・別巻「補遺」篇の本文篇・校異篇における地名・人名・組織名等の固有名詞、および自然科学用語（動植物・鉱物・天文・地学・化学・物理等）、農業・農学用語、宗教用語（仏教・キリスト教・習俗・民間信仰等）、社会科学用語（社会・法律・経済・商学・軍事等）のほか、衣食住に関わる語彙、オノマトペ（擬音・擬態・その他）、地方語（方言）、色彩語などを採録した。そのほか、名詞にこだわらず動詞・形容詞・形容動詞等でも宮沢賢治特有の語彙や表現については採録した。

    本索引は、いわゆる総索引やコンコーダンスではない。そのため、本全集収録の詩・童話・短歌・短唱・手帳・ノート等の全語彙を網羅的に採集したものでなく、また、見出しにひかれた語句の全用例を採集したものでもない。あくまで、それぞれの作品（テクスト）等の中で主要に用いられている語句の索引として作成したものである。

    童話・詩のタイトル・章題については、別に題名・初句索引があるので、本索引ではタイトル・章題そのものを項目として採集していないが、タイトル・章題の一部に含まれる語句については採集したものもある。

2. 配列は、五十音による発音順とした。アルファベットによる表記は末尾に配置した。

    宮澤賢治は基本的に歴史的仮名遣いにしたがって表記しているが、歴史的仮名遣いにおいては表記と発音が一致しない場合がある。このような語句は例外的に、次項3.のように現代仮名遣いの表記を併載し、五十音順及び発音順の両箇所に配列した。

    日付等の数詞を含む語句については、索引使用の便宜上、五十音順でなく数字順に配列したものがある。

3. 見出し語の表記は、索引使用の便宜を考慮し、現代仮名遣いに変更して示したものがあるが、変更したものについては、→で、原表記あるいは歴史的仮名遣いの表記を示した。その際に、当該語句が出現する巻・頁は、両方の表記箇所に示した。ただし、宮沢賢治自身が現代仮名遣いと同じ仮名遣いの表記を用いることもあり、現代仮名遣いの箇所に示した巻・頁と、→で参照した歴史的仮名遣いの箇所の巻・頁の、すべてが重ならないこともある。

4. 語句に自筆ルビ（ふりがな）が付されている場合、［　］内に示した。たとえば、「蒼海」の「海」にのみ「うみ」とルビが付されている場合、「蒼海［―うみ］」と示す。

5. 自筆ルビの付加等により同一の漢語表記に対して複数の読みが成立する場合は、それぞれの箇所に配列した。複数の読みが成立する語句にルビが付されていない場合には、読みを特定し得ないので、成立するすべての箇所に表示している。

    たとえば、「落葉松」という語には、「からまつ」「らくえふしよう」「ラリックス」の三種の自筆ルビが振られ三種の読みが可能であるから、「落葉松［からまつ］」「落葉松［らくえふしよう］」「落葉松［ラリックス］」の三箇所それぞれに表示される。そして、自筆ルビなしの「落葉松」には三種の読みが成立するので、三箇所すべてに示し、その後に参考として→を用いて、他に成立する読みを示した。

6. 拗促音については、原文において、小書きの場合、小書きにしない場合が混在するので、両表記を見出しに立てた。現代仮名遣いにおいては、拗促音は小書きが原則であるので、小書きの表記に対しては、原文に多く用いられている表記を記号→によって示した。

7. 省略形で記されている語句については、当該語句の後に、〈→ 〉により完全形を示した。たとえば、本文中で「浮」と省略されて記された語を採録した際に、それが「浮世絵展覧会」の省略であることが明らかである場合には、見出しを
　　　浮〈→浮世絵展覧会〉
とした。
8. 難読語句や、配列の都合上編者が仮に読みを定めた語句については、見出し語の次に〈 〉で括って読みがなを示した。
9. 本全集では、本文決定の際に校訂した語句については、本文篇の場合当該語句を〔 〕で括って示したが、本索引に見出し語として採用する場合、校訂記号である〔 〕は外し、校訂後の結果のみを示した。校異篇の場合には、誤記・誤字はそのまま掲げてあるが、これについても、訂正しない。明らかな誤記については、〈→ 〉内に正しい語句を示し、正しい語句の箇所に配列した。
10. 色彩を表す語については、名詞、形容詞・形容動詞の語幹を見出し語として採録した。また、色彩語に準ずるものとして「青らむ」「黄ばむ」などの動詞も採録したが、その際に動詞の活用形は終止形にして採録した。たとえば、「青らみて」と出現する場合、索引項目は「青らむ」となる。
11. 外来語等では、日本語としての漢字・かな表記の他に原綴での表記も用いることがある。同一内容の語句が、異なる表記により用いられている場合などは、相互参照できるよう、それぞれの箇所に、→を用いて参照語句を示した。たとえば、「泥岩」は、英語では「Mud-stone」と表されるが、賢治テクストでは両者ともに使われている。この場合、「泥岩」の項には、「→Mud-stone」、「Mud-stone」の項には「→泥岩」と参照語句を示した。
12. 校異篇については、本文篇に重複しない逐次形・下書稿・推敲過程のみを採集対象とした。また、複雑な推敲過程を示すために、あらためて整理し一括掲載した箇所等は、採集の対象外とした。
13. 語句の所在の示し方は、次のようにした。
　　巻数を丸囲み数字で示し、次いで本文篇の頁数を算用数字の立体、校異篇の頁数を斜体によって示した。本文篇と校異篇の頁が連続して現れるときは、その境目を；で区切った。ただし、第十六巻（下）および別巻は、巻数をそれぞれ⑯下、別と示した。

## あ

アァァァァァァッ　⑨72，⑫278
あぁお　⑧204, 250→あぁほ，あぁを
ああお　⑫55→ああを
あぁか　⑧8, 9
あぁかい手ながのくぅも　⑩277
アアッハッハ　⑧220
あ、は、、あ、は　⑫71
ああははは　⑧285
アァハハハハ　⑧115, 116
アァハハハハハ　⑧115, 116
あぁほ　⑧204
天［ああま］のがはら　⑧31
あぁを　⑧250
ああを　⑫55
愛　⑨241
藍　①45, 61, 184, 210, 292, 353，②140, 356, 380, 440，③16, 32, 91, 214；25, 66, 68, 69, 138, 211, 214, 215, 222, 514, 567，⑥71, 152, 244，⑦18, 92, 117, 161, 250；28, 47, 51, 95, 138, 143-145, 228, 264, 265, 307, 370-373, 492, 504, 505，⑨277，⑪88
　──のいろ　⑦26
アイアンビック　④45, 166；89
藍いろ　①100；32，②103, 170, 380, 454，③417, 418, 632，④171, 299，⑤38, 50, 191，⑥94, 227，⑦405，⑩10, 50, 271；116，⑪215；10
藍［あゐ］いろ　⑫48
藍色　⑧236，⑩305
藍色［あいいろ］　⑫105, 117
相沢小市船長　⑥6
哀史　⑨91，⑩206
合図　⑩188
合図［wink］　③160→wink
アイスクリーム　②72，⑥244
　天上の──　②140
愛助　⑤134, 135
アイスファーン　④69→Ice-fern，氷羊歯くおりしだ〉
氷羊歯〈アイスファーン〉　④69-71, 75
アイスランド　④153，⑨189
愛憎の図式　④29-31

あいつ　②158, 160, 161, 165-168, 368, 370, 371, 373, 376-378，⑪45, 280
藍鉄いろ　③138
兄な　⑪189
兄な　⑧99, 100, 102, 108, 294，⑨11，⑪182, 186
兄［あい］な　⑧284
兄［あい］な　⑧97, 98, 101
兄貴［あいな］　③605
あいな　⑤33
兄なぁ　⑧108
あぃなさん　⑫279
アイヌ　③68, 69；162-164, 206，⑩228, 254
アイヌ風　④248
アイヌ部落　⑩252
藍微塵　⑦262
哀愍　⑩343
アイリス　③225；231, 234, 235, 542, 545，④17, 270；192-194→Iris
アイリスの花　③542
アイルランド風　③187
愛憐　④117，⑦238
アインシュタイン先生　③271
アヴェマリア　⑪292
アウエルバッハ　⑫270
あえな　⑤29
亜鉛　①366，②146, 457；98，③171, 185；417, 442, 447, 542，⑤187，⑥173；11，⑦181；144, 216, 282, 283, 536, 604, 694, 697
亜鉛［あえん］　②13
亜鉛いろ　③373，④178，⑤121，⑦311
亜鉛屑　②133
亜鉛細工　②42
亜鉛線　⑦144
亜鉛鍍金［あえんめつき］　②73, 291
あお　②41, 181, 263, 391，⑥329, 330, 363，⑦295，⑧21, 28；96→あを
青　①6, 7, 11, 12, 14-18, 24, 30, 31, 36, 37, 41-44, 46, 51, 54, 65, 75-77, 79, 82, 87-89, 91, 97, 105, 113, 116, 117, 121, 123, 143, 147, 151, 168, 176, 178, 181, 185, 198, 200, 206, 208, 212, 218, 219, 237, 238, 240, 241, 246, 253, 262, 263, 276, 278, 286, 292, 305-307, 312, 319, 328, 331, 333, 337,

(ああ〜あお)　7

369, 371, 375, 384, 385, 390, 391；*26, 27, 31, 33, 42, 43, 51, 54, 69, 159, 166, 169*，②7, 23, 31, 41, 52, 55, 60, 64, 66, 69, 78, 79, 82, 83, 89, 93, 95, 96, 103-105, 108, 111, 114, 116, 122, 138, 141, 150-152, 157, 159, 167, 170-172, 174, 176, 179-181, 184, 191, 193, 196, 197, 202, 203, 205, 206, 213, 217, 219, 220, 231, 247, 254, 274, 277, 281, 282, 287, 296, 299, 300, 305, 311, 312, 320, 321, 327, 332, 338, 354, 358, 367, 369, 377, 379-382, 384, 386, 389, 394, 402, 405, 411, 412, 414, 415, 422, 426, 428, 429, 452, 462, 464, 466, 469, 470；*51, 101*，③11, 15, 24, 27, 38, 41-43, 45, 46, 50, 52, 54-56, 58, 60, 62, 66, 74, 76, 81, 82, 85, 87, 88, 90, 93, 94, 98, 111, 113, 115, 123, 126, 129, 130, 138, 154, 155, 158, 160, 166, 168, 177, 185, 187, 195, 196, 198-202, 204, 205, 209, 210, 215, 217, 220, 221, 225-227, 240, 241, 243, 245, 260-263, 265, 268, 273, 280, 282, 284；*17-21, 23, 51, 57, 66, 68, 83, 84, 88, 93, 98-101, 103-106, 113, 118, 122-127, 129, 131-133, 136-143, 145, 146, 155, 157, 158, 165, 166, 170-172, 175, 181, 182, 190, 197, 198, 200, 202, 206, 211-213, 233, 251, 257, 259, 261, 265, 271, 272, 274, 277-279, 281, 294, 297, 300, 303, 304, 317, 320, 326, 327, 343-345, 355, 356, 378, 380, 383, 385, 386, 391, 394, 395, 402, 407, 426-428, 442, 444, 448, 451, 472, 474, 476, 478-481, 483-487, 496, 501, 503, 505-508, 511, 519, 520, 522, 523, 526, 527, 535-538, 543, 544, 558, 559, 561, 562, 564, 566, 569, 588, 592, 594, 595, 597-599, 615, 620-622, 624, 627, 637, 645-647, 652, 653, 658, 659*，④ 11, 14, 20, 23, 26, 35, 53, 72, 76, 87, 90-92, 95, 112, 116, 121, 123, 125, 126, 133, 134, 142, 161, 166, 174, 189, 195, 197, 210, 211, 217, 225, 232, 238, 240, 241, 252, 255, 258, 259, 264, 265, 270, 272, 278-280, 291；*11, 19, 22, 26-28, 32, 34, 37, 38, 40, 45, 47, 59, 68, 78, 89, 104, 120-122, 126, 136, 145, 148, 149, 152, 158, 166, 167, 170, 171, 173, 175, 176, 179, 182, 183, 191, 192, 208, 226, 232, 253, 254, 289*，⑤13, 33, 36, 52, 60, 65, 77, 78, 82, 92, 108, 115, 119, 120, 129, 133, 140, 142, 145, 159, 174, 189, 199, 210, 213；*11, 12, 19, 30, 101, 210*，⑥10, 19, 36, 38, 44, 45, 48, 50, 53, 56,

58, 75, 77, 79, 85, 86, 97, 117-119, 122, 131, 132, 135, 141, 147, 148, 155, 173, 174, 176, 202, 218, 225, 234, 237, 242, 246, 249, 250, 255, 261, 264, 270, 271, 276, 277, 289, 291, 299, 301, 302, 343, 361-363；*7, 8, 10, 11, 18, 40, 109. 123*，⑦14, 17, 20, 23, 33, 34, 36, 37, 40-42, 48, 51, 52, 60, 65, 70, 71, 76, 84, 88, 89, 91, 98, 101, 112, 113, 127, 128, 131, 138, 143, 144, 168, 172, 177-179, 181, 185, 186, 190, 196, 197, 202, 217, 225, 258, 271, 272, 290；*14-16, 44, 45, 48, 50, 51, 53, 62-64, 88, 90, 95, 99, 100, 102, 106, 107, 109, 118, 122, 124, 130, 135, 137, 160-163. 165, 166, 182-185, 189, 196-198, 204, 205, 221, 226, 227, 236, 237, 239-241, 264-266, 276-278, 285, 306, 310, 328, 343, 346, 352-354, 356, 358, 359, 365, 368, 370-372, 375, 382, 385, 388, 390, 401, 402, 413, 433, 434. 436, 448, 453, 456, 458, 466, 468, 479, 489, 517, 520, 526, 530, 531, 535, 542, 557-560, 562, 566, 578, 579, 587, 607, 611, 612, 619, 651, 670, 671, 674, 694, 695, 708-710*，⑧20, 28, 31, 71, 87-89, 97, 98, 104, 110, 112, 121, 128, 136, 184, 187, 189, 191-194, 199, 200, 202, 204, 205, 207, 208, 211, 212, 215-217, 225, 226, 231, 254, 256, 263, 268, 279-281, 283, 285, 294, 298, 300, 301, 303, 305, 311, 317, 323, 326, 331, 333-336, 338, 339；*10, 42, 65, 88, 90-93, 104*，⑨14, 18, 19, 24, 26, 29, 30, 38, 45, 70, 82, 84, 88, 97, 104, 111, 120-122, 126, 128-130, 133, 135, 140, 141, 155, 157, 158, 165, 172, 181-183, 186, 189, 190, 193, 199-201, 219, 220, 236, 248-250, 252, 254, 257, 258, 265, 266, 269, 275-277, 280, 282, 284, 286, 318, 326, 331, 332, 335, 338, 341, 343, 375, 388, 390, 398；*10, 80, 90, 91, 94, 98, 134, 138, 156*，⑩5, 7, 9, 10, 13, 14, 16-18, 24, 29-34, 39, 50, 51, 53, 57, 62, 63, 73, 85, 88, 90, 92, 94, 95, 97, 101-103, 106, 109, 117, 118, 120, 127, 133-135, 137-139, 141, 142, 146, 153, 154, 162-164, 171, 186, 189, 198-202, 205-207, 222, 223, 227, 228, 234, 240, 243, 244, 251, 257, 266, 267, 272, 288, 289, 294, 302, 317, 331；*7, 13, 18, 26, 29, 63, 91, 95, 96, 105, 139, 140, 162, 179, 184, 188, 198-200*，⑪5, 12, 23, 24, 36, 49, 50, 55, 58, 59, 61, 64, 69, 70, 75-77, 79, 84-86, 94, 97, 100, 106,

108, 110, 116, 121, 125, 129, 131, 133-137, 140, 147, 156-158, 165, 172, 184, 192, 196, 197, 205-207, 209, 212, 213, 217, 223, 230；*25, 26, 31, 43, 46, 51, 53, 61, 72, 78, 85, 120, 124, 150, 156, 181, 183, 186, 188, 189, 203, 208, 217, 231, 274, 278, 292*, ⑫118, 167, 170, 174, 230, 232, 236, 240, 247, 248, 250, 252, 254, 261, 262, 265, 268, 269, 274, 278, 287, 292-294, 297, 300, 303, 308, 331, 335, 376, 377；*11, 12, 47, 75, 104, 119, 120, 145, 155, 158, 184, 218*, ⑯上11
青[あゑ] ⑨390
青[あを] ①300, ⑥203, 204, ⑧39, 40, 43, 50, 53, 65, 77, 156, 247, 248, 250, 252, ⑩44, 70-72, 75, 78, 80, ⑪*280*, ⑫7, 13, 14, 23, 34, 35, 41, 44, 47, 52, 53, 56, 67, 70, 73, 83, 84, 87, 88, 91, 101, 107, 113, 119, 125, 127, 130, 133, 140, 142, 146, 149, 154, 155, 158, 160, 183, 200, 219, 220, 222, 224, 319, 320, ⑯上13
蒼 ①303, 320；*46, 66*, ②28, 180, 249, 390, ③55, 108, 241, 242；*25, 28, 114, 118, 128, 131, 133, 136-139, 206, 238, 250, 253, 258, 261, 354, 356, 357, 359, 588*, ④9；*15, 16, 18, 179, 240*, ⑥206, 301, ⑦21, 108, 238；*65-67, 112, 113, 344*, ⑨278
蒼[あを] ①162
碧 ①14, 19, 31, 46, 59, 123, 186, 192, 208, 315, 317, 320, ②164, 374, ③261；*194, 588*, ④44, 164；*88*, ⑦126；*14, 15, 399*, ⑧99, 110, 112, 200, 211, 214, 302；*71, 103, 104*, ⑨288, 336, 354；*136*, ⑩274, 278, 283, 287, 301；*179*, ⑪186, 195, ⑫269
碧[あを] ⑧145, 146, ⑫55, 57
苹果青 ④*35*
苹果青[あを] ④131
あおあお ①42, 47, 93, 178, 186, 201, 231, 269, ③195, 209, 211, 219, 289；*141, 143, 148, 248, 250, 500, 505, 514, 533, 662, 664, 665*, ⑤144, ⑥280；*109*, ⑦156；*496, 497*→あをあを
青あお ⑧283→青あを
青青 ①107, 303；*45*, ③*138, 216, 260*, ⑦247
青々 ②24, 75, 248, ③*450, 462, 489, 524, 527*, ④7, 49, 64, 155；*68, 69*, ⑤160, 182, ⑥35, 71, 83, 85, 133, 248, ⑦8, 28, 177, 202, 232；*16, 18, 85, 87, 195, 528, 529, 568*, ⑩211, ⑪*15*, ⑫247, 309
青々[あをあを] ⑫141, 157
蒼蒼 ③59；*142, 631*
蒼々 ③*144, 166, 463*, ④39；*71*, ⑥283
碧碧 ①293, 317
青あを ⑧283
葵 ⑪213
青石 ⑦*621*
青い蛇 ⑥219, 240
青[あを]いめがね ⑫146
青い槍の葉 ④264, ⑥203, 361-363
青[あを]い槍[やり]の葉[は] ⑥204
青い槍の穂 ④280
青いりんごの皮 ⑩189
青色 ⑨88
あおうなばら ⑦295→あをうなばら
青海原 ③161
青黒馬のしっぽ ⑪212
青うみ ①*46*
蒼溟[―うみ] ①*46*
蒼溟[あをうみ] ①162
青鉛筆 ①65, ③*480, 483*
青鉛筆[あをえんぴつ] ①300
青外套 ⑧192
青貝山 ⑦71；*226*
あおがえる ⑧*96*→あをがへる
青がえる ⑧*93*→青がへる
青金 ⑫292-294
青金山 ⑦226
青がへる ⑧*93*
青がらす ①*42*
青ガラス ①178, ⑨129, 189
あおき ⑥344→あをき
青木 ①43, 85, 182, 257, 258, 286, 327, 328, 333, ②71, 95, 295, 311, ⑥55, 361, ⑦*645*
青木[あをき] ⑥203
青木晃 ⑨277
青木大学士 ⑧134
青木大学士[あをきだいがくし] ⑧122, 123, 126
青木通り ⑥50
青くさ ①388, ⑦569

(あお〜あお) 9

青草　②73, 197, 292, 406,　⑤50, 134 ; *48, 86,*
　　　*101,*　⑦203 ; *66,*　⑨61, ⑩35
青草山　①76, 307
青腐れ　①53, 198
蒼孔雀　⑨278, ⑩95
碧孔雀　①282, ⑩94
青ぐも　③58 ; *141, 143,*　⑥234
青雲　⑧20
青ぐもり　①61
青ぐら　②143, 360, 401, ③186 ; *444,*　⑤68,
　　　⑥18, ⑩14
蒼ぐら　④228, ⑤226
青くらがり　③*538*
齣　①*52,*　③55, 143 ; *42, 43, 130, 136, 138, 139,*
　　　*342, 344, 485,*　④*147*
青ぐろ　①*28,*　②62, 283, 445, ③197 ; *478,*　⑤
　　　29 ; *122,*　⑦239 ; *622, 623,*　⑧31, 87, ⑨45,
　　　260, ⑩*5,*　⑪57, 209, ⑫254 ; *43, 153*
蒼ぐろ　②25, ⑧34
青黒　①89, 290, ②75, 293, 437 ; *50,*　③55 ;
　　　*139,*　④*80,*　⑤*72,* 145 ; *216,*　⑥154, 301, ⑦
　　　*566,*　⑨190 ; *68,*　⑩264, 265, ⑫267, 369
青黒[あをぐろ]　⑧96, ⑫42
青勲　①383, ③*133, 136, 248,*　⑧202, ⑨341,
　　　⑩318, ⑪*78,* ⑫279
青勲[あをぐろ]　⑧248
蒼黒　⑧283, ⑨330
蒼勲　③*249,*　⑥61, ⑨39, 40
青勲ぐろ　⑫255
青黒さ　②449
青勲む　①258 ; *18*
青毛　⑨*22*
青虚空　①57
青さ　②22, 25, 246, 249, ③44, 101 ; *93, 95, 98,*
　　　*238,*　⑥
　　　294
蒼さぎ　④*27*
あおざめ　①91, ⑥335, 336, ⑦199, ⑩127→
　　　あをざめ
青ざめ　②148, 172, 177, 382, 387, 454, 460, 474,
　　　③43, 44 ; *77, 92, 98, 100, 400, 456, 491, 494,*
　　　*495,*　④114, 120, 284 ; *188, 216,*　⑤*77,*　⑥84,
　　　⑦198, ⑧296, ⑨102, 207, 215, 252, 253, 333,
　　　355, ⑩118, 142, 163, 171, 185, 242, 317, 337,
　　　⑪60, 96, 136, 156, 165, ⑫172, 259
青[あを]ざめ　⑧247, ⑩40, ⑫249, 87, 221
蒼ざめ　③158, 177, 181 ; *391, 392, 426, 428, 433,*
　　　④*44,*　⑥217, 225
襖子[あをし]　⑦103 ; *325*
あおしし　⑪*239*→あをしし
青写真　⑦*593*
青朱子　④250
あおじろ　①76, 239, 306, 358, ②63, 140, 156,
　　　356, 366, ③*521, 522,*　⑥244, 335, 336, ⑦161,
　　　219 ; *87, 358, 464, 504, 593, 657,*　⑪97→ あ を
　　　じろ, あほじろ
青じろ　①89, 90, 123, 139, 205, 351, 385, ②20,
　　　211, 244, 253, 420, ③29, 43, 92, 130, 131, 188,
　　　189, 223, 233, 255, 256, 263, 281, 286, 290 ; *61,*
　　　*63, 92, 97, 100, 114, 163, 180, 194, 212, 213, 222,*
　　　*250, 261, 264, 294, 295, 297, 298, 300, 301, 304,*
　　　*448, 643, 646, 648, 661, 663-665,*　④30, 31, 145,
　　　267, 271 ; *36, 51, 185, 192, 193, 244,*　⑤13, 28,
　　　29, 122, 149, 154, 162, ⑥67, 70, 213, 266, 273,
　　　277-279, 281 ; *108,*　⑦63, 211, 215 ; *86, 130,*
　　　*150, 466, 503, 504, 562, 566, 582, 588, 664-666,*
　　　⑧14, 87, 111, 275, 298, ⑨179, 181, 195, 198,
　　　274 ; *32,*　⑩*5,* 8, 16, 19, 24, 25, 27, 34, 61, 92,
　　　112, 117, 119, 122, 127, 129, 139, 143, 145, 148,
　　　151, 153, 156, 162, 163, 165, 171, 172, 175, 198,
　　　201, 211, 241, 267, 283, 292, 337 ; *5, 18, 25, 105,*
　　　*179, 188,*　⑪49, 57, 78, 79, 116, 137, 139, 142,
　　　145, 147, 150, 156, 157, 159, 165, 170, 174,
　　　175 ; *95, 189, 217,*　⑫278, 292, 294, 300 ; *12,*
　　　*43, 145, 153*
青[あを]じろ　⑧65, 71, 159, ⑩*78,* 80, ⑫42,
　　　52, 75, 90, 94, 125, 128, 130, 133, 159, 205
蒼じろ　②173, 383
青白　①19, 91, 265, 321, 367, ②30, 253, ③*118,*
　　　*259, 272,*　⑦*120, 199,*　⑧29-31, 36, 93, 131,
　　　134, 199, 205, 217 ; *10,*　⑨103, 124, 277, 369,
　　　374, ⑩6, 38, 47, 50, 51, 94, 116, 132, 140, 142,
　　　145, 147, 160, 174, 210, 225, 272, 289, 317,
　　　321 ; *117, 126, 127,*　⑪79, 116, 117, 130, 136-
　　　138, 154, 201 ; *280,*　⑫118, 262, 269, 273,
　　　377 ; *44*

青白[あをじろ]　⑧73, 161, 247, 251, ⑫78, 90, 106, 107, 112, 119, 124, 146, 152-154
蒼白　③18 ; *37, 38, 40, 169, 172*, ④257, ⑥222, ⑩64, 65
蒼[あを]白　⑪*272*
青白毛[あをじろけ]　⑧73
青[あを]じろ番兵[ばんぺ]　⑫94
青筋　①44, 184
青すずめ　①85, 258, 327
青セメント　⑧279
あおぞら　①303 ; *55*, ⑨64→あをぞら
青ぞら　①14, 67, 73, 88, 97, 116, 117, 194-196, 222, 232, 233, 262, 277, 278, 328, 384 ; *69*, ②9, 24, 26, 35, 181, 182, 214, 233, 248, 256, 258, 391, 392, 423, 453 ; *114*, ③26, 48, 65, 103, 174, 262 ; *45, 109, 110, 114, 118, 156, 242, 368, 420, 422, 530, 543, 554, 632*, ④193, 221, 245, 255, 265, 277 ; *106, 206, 208, 327*, ⑤35, 140, 141, 227 ; *128, 144*, ⑥25, 39, 41, 68, 121, 138, 139, 155, 296, ⑦213 ; *14, 15, 40, 240, 244, 318, 320, 605, 620*, ⑧116, 197, 200, 202, 212, 219, 233, 274, 283, 304, 342 ; *57, 69*, ⑨5, 38, 90, 107, 201, 204, 213, 218, 219, 253, 277, 332, 379 ; *123*, ⑩10, 83, 84, 97, 103, 317, 318, 323, ⑪67, 68, 172, 195 ; *41, 42*, ⑫297 ; *167, 168*
青[あを]ぞら　⑧68, 247, 248, ⑩40, 42, 45, 76, 77, 79, ⑫11, 44, 229
蒼ぞら　⑤129, ⑦*245*, ⑧201, ⑨181
碧ぞら　①86, 260
青空　①195, ⑤194, ⑥364, ⑧217, 232, 304, 309, 339 ; *61*, ⑨16, ⑪28, ⑫236
青空[あをぞら]　⑫203
蒼穹[あをぞら]　③166
青ぞらの脚　①196
青空の脚　①195
青田　④101, 273 ; *196-198*, ⑥257, ⑦*195*
蒼鷹　⑧201
青竹いろ　①101, ⑦*687*
青竹[あをたけ]いろ　⑦283
青チョッキの虻　⑪*274*
青土いろ　⑦*339*
青泥いろ　②433
青にび　⑦*340-342*

青瓊[ぬ]玉　⑦83
青瓊玉[あをぬたま]　⑦*262*
青塗り　⑤109
青野　⑦116 ; *368*
青野原　②96, 312
青野原[あをのはら]　⑥204
青葉　①7, 105 ; *28*, ④262, ⑦300 ; *708, 709*, ⑨19
青蠅　⑦*435*
蒼蠅　⑦138
青ばけもの　⑧305
青ばむ　①135
青原　⑦237
青火　②109, ③258 ; *89, 613*
青火[あをび]　⑫46
青陽　④27
青びいどろ　④76, 223 ; *146*, ⑦399
あおびかり　⑥380, 381→あをびかり
青びかり　①29, 74, 77, 118, 147, 235, 241, 328, 369, 384, 389 ; *53, 57*, ②67, 177, 288, 387, 437, ③10, 127, 233, 278 ; *16, 20, 21, 80, 291-293, 576-578*, ④96, 202 ; *186*, ⑥228, 260, ⑦*105-107, 585*, ⑧193, 283, 296, 298, 341 ; *84*, ⑨156, 253, 341, ⑩107, 137, ⑪133, ⑫367
青[あを]びかり　①301, ⑫47, 112, 124, 127, 137, 149, 158, 159
蒼びかり　⑫378
碧びかり　①26, 141
青光　⑧196 ; *63*, ⑨16, 18
青光り　①62, ⑧27, ⑨16, 65
青ピカリ　⑥185, 379, ⑦306
青びかる　①303, ⑤122, ⑦245
青びと　①89
青人　①90, ⑦*566*
青ぶくれ　⑤28
青膨れ　⑦34 ; *102*
青ぶだう　⑨390
青ぶどう　⑧256, ⑨390→青ぶだう
青穂　⑥121
青星　⑧29, 30
青松原　①76
青松森　①240
青み　①80, 85-87, 96, 248, 257, 261, 338 ; *60*, ⑦

(あお〜あお)　11

305
青みがかる　①72
青味[あをみ]がかる　⑫53
青緑　①192，④278, 279
あおみどろ　⑥62→あをみどろ
青みわぶ　①86
青む　⑦541, 684, 698
青むし　⑨149
青虫　⑨216, 234
碧目　①243
碧目[あをめ]　①77
青めがね　①374
青める　⑦304
青仮面　①247，⑧103
青仮面[―めん]　①79
青仮面[あをめん]　⑧104
青仮面[―メン]　①308
青物　④61
青森　②167, 376, 455，③*466*，⑩256，⑪*231*
アオモリ　③*174*→アヲモリ
青森県　⑩255，⑫*213*
青森大林区　③*635*
青柳教諭　②*45, 46*，⑦*541*
青柳先生　⑦*544*
青山　①42, 75, 77, 179, 237, 238, 243, 305, 306, 312, 319，③*89*；*365*，⑦*327*，⑧*142-144*，⑨9
碧[あを]山　⑦*327*
青らむ　①388，②74, 107, 179, 220, 292, 323, 389, 429，③22；*45*，④193, 240；*99, 106, 158*，⑥250，⑦*45*；*133, 143-145, 580*
青りんご　①29, 148, 185, 332，⑥53
青苹果[あをりんご]　①292
青苹果[―りんご]　①46
あか　①25, 31, 42, 51, 69, 151, 177, 225, 240, 303, 384, 386，②42, 46, 62, 93, 264, 268, 284, 295, 473，③*53, 156, 238, 241*，④133，⑤*182*，⑥329, 330, 383，⑦*98, 132*；*306, 335, 415, 512, 602*，⑧*28, 141, 203*，⑪*161*，⑫*73*
紅　①13, 19, 62, 136, 212；*10*，②44, 266，③30, 150, 201, 228, 276；*19, 60, 61, 63, 64, 147, 169, 345, 367, 370-374, 485, 487, 550, 554, 559, 561, 564, 566*，④9, 23, 76, 131, 234；*15, 18, 147,*

⑤*156*，⑥39, 238, 266, 285，⑦31, 44, 59, 104, 129, 163；*140, 162, 179, 180, 327, 328, 397, 434, 437, 444, 693*，⑨246，⑩116, 161，⑪155，⑫263
紅[あか]　①301, 319，⑥274
朱　⑦*405, 406*
赤　①9, 10, 12, 13, 17, 19, 23, 28, 39, 67, 76-78, 91, 108, 110, 111, 113-115, 122, 124, 129, 132, 173, 174, 222, 237, 243, 245, 253, 307, 320, 330, 334, 337, 361, 371, 388, 391；*30, 39, 46, 68, 159, 162, 165*，②15, 27, 32, 53, 54, 62, 69, 78, 82, 83, 87, 110, 115, 122, 132, 133, 158, 159, 167, 171, 176, 179, 185, 188, 201, 202, 205, 206, 208, 217, 220, 239, 255, 275, 276, 283, 295, 300, 304, 326, 331, 338, 348, 377, 381, 389, 395, 398, 410, 411, 414, 415, 417, 426, 429, 464, 472，③19, 30, 56, 60, 61, 63, 65, 66, 72, 80, 86, 96, 100, 106, 120, 123, 124, 132, 133, 138, 156, 177, 185, 186, 188, 189, 212, 255, 265, 269, 286, 288, 289；*37, 38, 40, 42, 60, 63-65, 73, 76, 88, 93, 100, 103, 114, 117, 129-133, 136, 139, 147, 149, 151, 154, 162, 163, 169, 170, 172, 175, 181, 190, 192, 197, 198, 200, 216, 224, 225, 228, 233, 236-238, 272, 273, 298, 305, 307, 308, 317, 319, 322, 323, 326, 327, 333, 342, 343, 361, 387-389, 412, 413, 426, 427, 442, 444, 448, 449, 452, 472, 474, 477, 486, 539, 542, 545, 549, 569, 597, 623, 631, 632, 634, 660-665*，④24, 29, 63, 91, 100, 110, 111, 117, 157, 168, 169, 174, 177, 206, 208, 245, 270, 276, 281, 283, 289；*16, 18, 43, 49, 51, 52, 90, 123, 125, 152, 172, 175, 192, 206-209, 220, 253, 279*，⑤7-10, 20, 24, 25, 33, 40, 56, 63, 65, 94, 97, 101, 105, 112, 120, 131, 132, 147, 173, 174, 184, 204, 230；*23, 36, 80, 81, 84, 109, 110, 186, 207, 216*，⑥7, 18, 20, 33, 35, 36, 39, 40, 47, 52, 54, 59, 79, 119, 148, 150, 209, 223, 225, 230, 250, 266, 267, 279-281, 293, 300, 302, 329, 330；*5, 11, 27, 35, 86*，⑦18, 26, 137, 147, 148, 168, 169, 199, 203, 207, 223, 224, 236, 244, 249, 259, 276, 293, 297；*24, 40, 41, 46, 47, 50, 110, 111, 135, 137, 140, 141, 153, 157, 182, 211, 212, 235, 261, 262, 276, 304, 326, 327, 333, 339, 365, 367, 374-376, 396, 405, 407, 417, 427, 428, 431, 443, 463, 464,*

470, 472, 476, 489, 526, 527, 536, 542, 548, 557, 562, 580, 596, 597, 603, 610, 615, 636, 653, 659, 674, 676, 692, 694, 706，⑧5, 22, 23, 26, 28, 31, 32, 34, 36, 86, 87, 92, 95, 97, 103, 109, 119, 128, 135, 137, 138, 146, 147, 153, 197, 198, 200, 202-206, 214-218, 240, 255, 256, 258, 259, 264, 273, 278, 281, 283, 285, 288, 290, 293, 296, 297, 299-301, 304, 313, 315, 318, 322, 323, 332, 335, 345；43, 103, 106, 129, 133，⑨8, 11, 15, 19, 22, 30, 31, 34, 37, 38, 40, 46, 52, 54, 83, 84, 87, 88, 92, 104, 108, 111, 113, 118, 129, 146, 156, 159-161, 165, 171, 173, 184-186, 190, 192, 193, 199, 200, 203, 213, 215, 217, 232, 236, 246-248, 250, 251, 256-258, 261, 266, 273, 279, 281, 283, 298, 299, 303, 304, 325, 331, 333, 342, 344, 346, 349, 363, 368, 372, 374, 378, 380, 381, 383, 385, 388, 390, 391, 394, 396, 398, 400, 402；16, 18, 67, 87, 91, 99, 102, 121，⑩7, 11, 17-19, 22, 27, 31, 32, 35, 36, 50, 52, 54, 55, 60, 81, 84, 89, 92, 94, 97, 99, 101, 105, 112, 115, 120-122, 125, 129, 132, 133, 135, 138, 150, 156, 157, 160, 163, 165, 169, 173, 178, 189, 192, 204, 205, 207, 211, 212, 218, 222, 228, 239, 248, 257-259, 264, 270, 271, 278, 294, 310, 317, 318, 320, 321, 325；18, 22, 32, 88, 104, 118, 128, 131, 159, 162, 165, 178, 196, 198, 200，⑪5, 10, 12, 29, 38, 42, 51, 60, 69, 72-75, 85, 94, 96, 103, 107, 108, 131, 132, 134, 144, 150, 151, 157-159, 162, 163, 167, 168, 175, 183, 188, 190, 193, 199, 206, 207, 211, 216, 221；19, 30, 46, 53, 58, 64, 73, 75, 76, 79, 110, 151, 159, 181, 182, 200, 216, 219, 231, 238, 266-268, 291，⑫57, 147, 164-166, 232, 240, 255, 268, 271, 282, 300, 301, 303, 305, 314, 359；10, 97, 103, 135, 157, 178, 196，別8

赤［あか］　⑥193, 196, 201, 382，⑧7, 40-42, 49, 53, 58, 61, 74, 77, 124, 152, 161, 248-252，⑩41, 43, 71, 75, 77，⑪271，⑫14, 21, 31, 46, 47, 50, 51, 54-57, 64, 65, 69, 77, 78, 85, 87, 105, 117, 127, 131, 132, 137, 156, 159, 188, 195, 196, 199, 204, 209, 211, 217, 227

丹［あか］　⑦628

赭　①285，②462，③179, 216, 218；429, 430, 519, 520, 522, 523, 526-528，④20, 224；34,

⑥247，⑦18, 133, 150, 152；51, 149, 153, 276, 377, 378, 417, 418, 482-485，⑧136, 296，⑨376，⑩31, 197，⑫129, 130

赭［あか］　⑫207
寒天［アガー］　③271
寒天［アガア］　②53, 275
赤青黒　⑤104
赤青［あかあを］めがね　⑫148
あかあか　①36, 163, 291，⑥61，⑦421, 422
赤々　⑫257
赭赭　①81, 249
寒天凝膠［アガアゼル］　②156, 366
赤ぃ　⑫375
赤い毛布　⑤40；36，⑩60，⑫12
赤［あか］い毛布［けっと］　⑫46, 50, 51, 54
赤い珠　⑫305
赤いてながのくぅも　⑩276
赤［あか］い手長［てなが］の蜘蛛［くも］　⑧5, ⑩168
赤い手の長い蜘蛛　⑩273
赤い星　⑪94, 168
赤［あか］い眼鏡［めがね］　⑫147
あかいめだまのさそり　⑥329，⑧28
赤い眼玉の蠍座　⑩218
赤色　⑧326，⑫317
赤インク　⑨87
赤魚　⑦79, 489, 490
赤馬　①170
赤漆　⑨391
あかお　③434→あかを
あかがね　⑦49，⑧61，⑪212；271
銅　④122，⑥247，⑦290，⑨249，⑪9
銅いろ　③120；17，⑪42
銅［あかゞね］いろ　⑫229
銅づくり　⑪212
銅［あかゞね］づくり　⑫64
あかがねのいきもの　⑪271
銅の汁　⑩153，⑪147
あかがねの盾［たて］　⑪271
銅の盾　⑪271
赤蕪　⑤30
赤紙　②191, 400
赤髪　③158，⑥232，⑨389；165，⑩203, 224,

(あお〜あか)　13

⑫*164*
赤髪[あかがみ]　⑫62
赭髪　③66；*158*
赭枯れ　⑦*49*
紅葦　⑨284
赤葦　⑨192, 247, 257, 258；*87*
赤葦[あかがは]　⑫212
赤狐　⑩83, 84
赤草　①30, 149；*43*, ⑥99
赤靴　⑥150
赤ぐろ　⑤8, ⑨273
赤[あか]ぐろ　⑫56
赤黒　⑤*121*, ⑩49, 265, 270；*158*
赭黒　⑩264
赤髪[―け]　②157, ⑦74
赤髪[あかけ]　⑦*234*, ⑩44
赤毛[あかけ]　⑧73
赤髪　③194；*158*, 465, 467, ⑦*29*, ⑨10, 389；*165*, ⑫164
赤毛　⑧312, 313, ⑨6, 41, 42, 46, ⑪173；*267*
赭髪　③*158*
赤毛布　①82, 252, 310
赤毛布[あかけつと]　⑫48
赤げら　⑧*64*
あかご　②36, 259
赤子　⑨168, ⑪*276*
赤児　④*132*
赤行嚢　④*70*
赭焦げ　①17, 121
赤坂　②444
赤酒　①19, 123, ⑦*149*
赤砂糖[あかさとう]　⑫46
赤さび　①355, ⑦*638*
赤錆　①355
赤錆び　①*44*
あかし　⑪*183*
　烏瓜の――　⑩137
　つめくさの――　⑩201, 202
あがし　⑨*11*
燈火[あがし]　⑨13
アカシア　⑥213
赤渋　④120
赤縞　③113；*277*, *278*, 99, ⑥219, 240, ⑩294,

⑫*175*
赤縞[あかじま]　⑧77
あかしや　③32；*66*, *68*, *69*, ⑩*42*
アカシヤ　②211, 212, 420, 421；*138*, ③129, 158, 175, 243；*92*, *211*, *217*, *294*, *297*, *300*, *304*, *391*, *420*, *423*, *592*, *594*, ④18, 98, 156, 269；*26*, *28*, *68*, *69*, *72*, *187*, *188*, ⑥157, 214, 276, ⑦*324*, ⑩43, ⑪69, 72, 76；*116*, *122*, ⑫263
赤シャツ　④*212*, ⑨192, ⑩61-65
赤砂利　①368, ④24, 133, ⑦*189-192*, *438*, ⑩48, ⑪205, ⑫262
赤砂利[あかじやり]　⑩70
赤白だんだら　⑨198
赤ずきん　⑧118→赤づきん
赤頭巾　⑧120
赤ズボン　⑦*469*
赤ぞら　①40, 95, 273
寒天質[アガーチナアス]　④195
アガーチナス　④222
寒天質[アガーチナス]　③265；*622*, ⑦257
赤茶　③*531*
赭ちやけ　⑦*49*
赭ちやけ　⑦*49*→赭ちやけ
赭茶ける　⑪33, ⑫*130*
赤チョーク　⑦*467*
暁[あかつき]　⑥*382*, ⑧*65*, ⑪*279*
あかつきの星　⑤198
赤づきん　⑧118
あかつち　①13, 115, ⑦*132*；*406*
赤つち　①*138*, ⑦*291*
赤土　⑨258, 264
赭土　⑤207, ⑥*78*, ⑦*405*
あかつちいけ　⑦*132*；*415*
あかつめくさ　②176, 386, ④22；*38*
赤つめくさ　⑩205, 211, 220
赤つめ草　⑧111, ⑩300
あかつら　⑧145, ⑩186
赤[あか]つら　⑫25
赤鳥居　⑥116
茜　⑧*78*
赤ねむ　①182
赤[あか]の三角[―かく]　⑫154
赤葉　⑦75；*237*

樺の―――　　⑤120
赤旗　　⑩17, 120, 163
赤鼻　　⑨345, 347, 384, 386, 387
赤鼻[あかはな]　　⑧122
赤鼻紳士　　②48, 50, 270, 272
赤ばやし　　⑦76
赤ひげ　　⑧277, ⑩149, 150, 192, 195, ⑪143；
　　65, 66
赤[あか]ひげ　　⑫132, 137-140
赭ひげ　　⑪32-34, 37, ⑫*129-131, 133*
赤髯　　②467, ⑧304, ⑩87, 149, ⑪44, 143；*40*
赤髯[あかひげ]　　⑫135, 136
赤鬚[あかひげ]　　⑫207, 208, 224, 227
赤鬚　　⑪44；*40*, ⑫*132, 141*
赭鬚　　⑪36
赤ひたたれ　　②109, 325
赤富士　　①166, ⑦83；*252, 261, 262*
赤帽　　⑩18, 120, 146, 164, ⑪140, 158
赤松　　⑩30
赤味　　⑩13
赤みかげ石　　①*29*, ⑥*75*
赤む　　⑥45
赤むじゃくら　　⑥51
赤眼　　①171, ③223, 224；*539*, ⑦49；*156*, ⑧
　　21, 22
赤眼[あかめ]　　⑫141
赤めだま　　⑫257
赤眼[あかめ]のさそり　　⑫155
赤眼の蝎　　③*211, 222*
赤眼の蠍　　③91
赤山　　⑧322, 323, 328
赭ら顔　　①332, ⑥55, ⑦285, 286；*691*, ⑨211
あからむ　　⑧79, ⑩297
赤む　　⑥45
赤らむ　　①8, 107, ⑦197
あかり　　⑩149, ⑪94；*223, 293*
　烏瓜の―――　　⑪133
　つきの―――　　⑩202
　月の―――　　⑩114, 159, 203, 267, ⑪153；*125*
　つめくさの―――　　⑩197, 206, 217-219, 224,
　　⑪75
赤れん瓦　　④170；*91*
あかを　　③*434*

アガンス　　⑤135
あかんぼ　　④245
赤んぼう　　④212；*127*
赤ん坊　　④65, ⑪234
赤[あか]ん坊[ぼう]　　⑫227
秋　　①11, 80, 86, 88, 96, 111, 113, 248, 261, 275,
　　276, ②32, 180, 190, 191, 196, 208, 255, 390,
　　400, 405, 417, ③30, 107, 276, ④105, 111, 276,
　　278, 286, 291, ⑤34, 40, 64, ⑥34, 84, 85, 116,
　　124, 145, 173, 274, 352, ⑦12, 34, 38, 59, 155,
　　234, 247, 268, ⑧104, 176, 204, 237, 260, 305,
　　⑨8, 21, 106, 169, 200, 220, 246, 250, 256, 257,
　　⑩8, 35, 43, 100, 108, 113, 143, 146, 157, 178,
　　249, 283, 306, 319；*175*, ⑪21, 24, 43, 116, 120,
　　137, 140, 151, 177, ⑫*139, 140*
秋[あき]　　⑧96, 250, ⑫19, 21, 25, 98, 128, 160,
　　198, 200, 207, 212, 229
商人〈あきうど〉　　⑦157, 288；*29, 690*
秋風　　①8, 30, 215, ⑥122, ⑦33, 123；*99, 100,*
　　*391, 484, 485, 636*, ⑨24, 29, 175, 210, 273, 286,
　　287, ⑩100
秋草　　⑤140, ⑥115
秋雨　　⑦*484, 541*
秋田　　③151；*372-374*, ⑥285, 309, ⑨393
秋田街道　　⑫246
あきつ　　⑥140, 312, ⑦268
あぎと　　①96, 275, 276；*68*, ⑤8, ⑦38；*110-*
　　*113*
商主〈あきないぬし〉　　⑫242
アーキバルド　　⑨*21*
あきまつり　　⑥353
秋まつり　　⑥352, ⑪120
秋祭　　⑦*390, 391*
悪　　⑦262
悪業[あく]　　⑦83
木灰〈あく〉　　⑩192
アーク　　③*378, 380*
弧[アーク]　　③155；*386, 418, 419*, ⑥227, 271
弧光　　③*171, 172, 175*
弧線[アーク]　　③173
あぐ色　　①299
悪瓦斯　　⑥170
悪業　　⑦262

悪禽　　⑨151, 157, 159, 163, 169
悪業　　⑨152, 158, 164, 169, 170
アクチノライト　　⑥10；7
アークチュルス　　①32, ⑥93；79, ⑦153
悪道　　⑥103
アーク燈　　①47, 86, 186, 259, ⑦390, ⑫246
悪念　　⑥87
あくび　　⑨389
悪魔　　②34, 112, 197, 257, 328, 406, ③93, 241；17, 163, 212, 220, 222, 263, ④63；251, ⑨240, ⑩202, ⑪81, 213-216, ⑫302
　　——の歌　　⑪81
　　——の弟子　　⑪213, 214
悪魔［あくま］　　⑧62-64, ⑪273
悪魔風　　④206；123
アークライト　　①112, 259, ③46, 280；106, 645, 647, ④237, ⑤185, ⑦183, 184, 391, ⑪59, ⑫155
弧光燈［アークライト］　　③130；301, 304, ⑥277, ⑦60, 123；182, 183, 185
あくり水　　④235
あくる　　④104
漲［あく］る　　⑤115
悪路王　　⑧97
悪路王［あくろわう］　　②108, 324
農化学者［アグロノミスト］　　④171
朱〈あけ〉　　⑦262；405, 406
あけ方　　⑩116
暁方　　⑩307
暁鳥　　③358
暁烏さん　　⑫240
あけぐも　　⑥369
朱雲　　⑦206
朱［あけ］雲　　⑥368, ⑦66；207
あけぞら　　①83, 146, ③161, ⑦295
あけのほし　　①33, 157
明の明星　　⑫376
あげはちょう　　⑩207→あげはてふ
あげはてふ　　⑩207
あけび　　②22, 66, 246, 287, ③198, ⑥19, ⑦326, 406, 407, 695, 697, ⑪49
吾子　　⑦204
麻　　①29, 76, 147, 159, 240, 241, 307, 312；166,

②470, ③81, 98, 133, 195；11, 305, 308, ④106, 149；85, 120-122, 258-260, ⑤32, 58, 192；123, 195, ⑥110, 129, ⑦353, 354, 618, 669, ⑨82, 139, 217, 236, ⑩268, 288, 293；40, ⑪21, 32, 97, 106, ⑫129
　　手織の——　　⑤64
麻［あさ］　　⑧71, 72, ⑩178, ⑫198, 212
浅内　　⑫308
麻打　　⑦45
麻お　　⑦146→麻を
麻緒　　⑤81
麻苧　　⑦45；144
麻丘農学校　　⑨63
朝顔　　②169, 170, 379, 380, ⑥105, ⑦264, 265
あさぎ　　①353
浅黄　　①354, 355, ②459, ③51；572, ④139, 140, ⑤132, ⑥83, ⑦94, 376, 638, ⑧15, ⑨186, 284
浅黄［あさぎ］　　⑧44, ⑫56
浅葱　　①346, 355, ③544, ④66, ⑦111；350, 351, 376
浅黄いろ　　④214, 218；129, 132, 138, 139, ⑤204, ⑥10, ⑧153, 154, ⑪32, 216, ⑫303；129
浅黄［あさぎ］いろ　　⑫65
浅葱いろ　　④72；130, 131, ⑤37, 46
浅木いろ　　⑩200
浅黄色　　⑧311
浅黄服　　②467, ③232
浅黄服［ふく］　　⑧146
浅黄もんぱ　　④60
あさぎり　　⑥348, 349
朝霧　　⑥347, ⑩213
浅草　　①37, 165, 331, ⑥52, ⑨36
朝明［アサケ］　　⑦224
麻シャツ　　④125；232
浅づき　　⑦318
麻布　　⑤41
麻ばたけ　　⑨176, 177, ⑩289
麻［あさ］ばたけ　　⑧72
旭川　　⑫254
旭川中学校　　②464
朝日橋　　①360, ⑩52, 248

16　主要語句索引

麻布　⑦127；*401*
麻布［あざぶ］　⑦*402*
麻生農学校　⑨141,144
麻服　⑨176,177,⑪178
あざみ　①79,308,②116,332,③265；*542, 545,558,620,622,623*,④270；*192*,⑥359, ⑧10,300,⑨251,⑩265,267,279；*166,171*, ⑫374
薊　⑧100,101,⑪190,191
浅虫　⑩256；*150*
麻村農学校　⑨63
麻もも引　⑤112
あざらし　⑪201
海豹　⑩133,⑪*183*
アザリア　⑦405→azalia
麻を　⑦*146*
葦　③258
芦　②152,④112,272；*192*,⑦178
脚　⑩285
脚［あし］　⑩*185*
足　⑩160,202,283；*22,23,52,165*,⑪231
　オリザの——　⑪41
足［あし］　⑩*173*
蘆　①6,104,④100；*193*,⑥36,68,123,⑦41, 196；*128,130,557,558,560,568*,⑧213,214, 270,⑨251,287,⑩191；*117*,⑫293
蘆［あし］　⑩80
あじ　⑧166→あぢ
亜細亜学者　③88
足うら　⑩270
蘆刈りびと　⑦*25*
蘆刈びと　④*194*,⑦12；*24*
蘆刈るひと　⑦*24*
蘆きれ　⑩*47*
あじさいいろ　③*197-199*→あぢさゐいろ
足駄　⑤*95*,⑨*29,30*
足つき　⑩241
足なが蜂　②32,255
脚の硬直症　⑨306,⑪*20*
脚の硬直病　⑨54
芦原　①286,333,⑥56,⑦*531,532*
馬酔木　①283
足［あし］ぶみ　⑫104,109,116,121

足ブミ　⑩*143*
蘆［あし］むら　⑩80
アショウカ大王　⑫315
アショウカ大王　⑫315→アショウカ大王
小豆［あづき］　⑧77,⑩*185*
梓　⑥19
地照〈アースシャイン〉　③75
地球照　③72；*173*
地球照［アースシヤイン］　②123,339,472
アスチルベ　④*130,131*,⑤125,⑥48,⑦8
アスチルベ　アルゲンチウム　③251,262→
　　Astilbe argentium
アスチルベダビデ　④214；*129*
アスチルベ　プラチニクム　③251,262→
　　Astilbe platinicum
あすなろ　⑧138,⑨382
アスパラガス　③194；*465,466*,⑥232,⑧219, ⑨204,⑩133,187,188,⑪127,131
アスファルト　⑩236
アスベスト　⑦292→Asbestus vein
石絨　①38,169,170,③111；*272-274*,⑩206
石絨［アスベスト］　⑦94
石絨脉［アスベストすじ］　⑦*290*
東根［あづまね］　⑦*329*
東根山　④208
藍銅鉱［アズライト］　②169,379,⑦315
天青石［アヅライト］　⑦29
畦　③140,④21,55,164,165；*88,108,239,241*, ⑤60,65,⑦*172*,⑪*61*
畔　③*337,338*,④101,120；*26,197,198,226*, ⑦55,299；*172*
畦畔　⑥247
アセチレン　③107,⑦210,⑨84,86,130,193, ⑩179,241,242,⑪108,121；*159*
アセチレン燈　⑨84,⑩241,242,⑪108,117, 119；*151,229*
アセチレンランプ　⑪*170*
アセトン　⑪115
畦根　⑤*61,62*
畦はなち　③*535,536*
あぜみ　①284,⑩197,219,⑫47
馬酔木　①283
阿僧祇　③*182*

麻生農学校　⑨141, 144
遊び女　④209
あたい　③101, 102；*238, 239*，⑥*294, 295*
仇討ち　⑩227
あたし　⑪*271, 273*
仇し男　⑦*52*
アダジオ　③149→アダヂオ
アダヂオ　③149→ Adagio
あだ名　⑩227
あたふた　⑦42；*587*
頭[あたま]の手[て]　⑩*181*
熱海　⑥25
亜炭　⑦88；*276*，⑩*47*
あぢ　⑧166
アーチ　⑨220
あちこち　⑩*120, 121*
あぢさゐいろ　③*197-199*
悪果　⑨170
悪漢　⑨195→悪漢[わるもの]
アットラクテヴ　④203；*116*
あつはあつは　⑫25
あっはあっは　⑫25→あつはつは
アッハッハ　⑧80, 142, 185, 219, 276；*93*，⑩297
あっはっは、あっはっは　⑧31
アッハッハッハ　⑧143, 264；*93, 96*
あつはゝ、あつはゝ　⑫66
あっはは、あっはは　⑫66→あつはゝ、あつはゝ
アッハハ、アッハハ　⑧*115*
あっぷあっぷ　⑨42
アップアップ　⑩*118*
アップルグリン　⑥17→ apple green
苹果青　③*275, 276*，⑥33, 139, 141；*92*→苹果青〈ひようかせい〉、〈へいかせい〉、〈りんごせい〉
苹果緑[アップルグリン]　②*134, 350*
渥美　①35, 162
羹　③27；*51-53*
アツレキ　⑧319, 320
アーティスト　⑦*191, 193*，⑨81-85，⑪106-110
　理髪——　⑨81

あてごと　②249；*22*
当楽[アテラク]　⑦*505*
後退り　⑩267
アトム　②146, 195, 404
アドリナリン　⑫*237*
アドレスケート　⑪*110*
アドレスケート　ファベーロ　⑩*142*，⑪*110*
アドレッセンス中葉　⑫*10*
アドレッセンス中葉　⑫*10*→アドレッセンス中葉
孔　⑩129, 173；*10*，⑪*232, 233*
　そらの——　⑩*26, 129, 173*，⑪*167*
　まっくらな——　⑩*26*，⑪*167*
穴石　⑩*12*
孔石　⑩*12*
アナロナビクナビ　⑦259；*457, 653*
阿難　⑦*394, 396*
兄妹　⑨187, 197，⑪*115*
梵[アニマ]　④*78*
動物[アニマル]　⑩*343*
阿若憍陳如　⑤*7*
アニリン色素　②*473*，⑩*184*
女[あね]こ　⑫*295*
アネモネ　③219；*530, 532, 533*，⑦*66, 68, 69*，⑨*179*
阿耨達　⑤*8*
阿耨達池　⑤*8*，⑨*332*
阿耨達池幻想曲　⑤*7*；*6*
阿耨達[アノブタブ]湖の渚　⑩*100*
あはあは　①*34, 76, 160, 238, 317*，③*105*
アハアハハハ　⑧*212*
あばえ　⑨29→あばへ
あはつぶ　⑧*155*
あばへ　⑨29
肋　④22；*37*
亜砒酸　⑫*354, 357-359*
阿砒酸　⑫*355*
あひる　①*186*，⑩*333*
家鴨　③*182*；*434*，⑦25；*79*
家鴨[あひる]　③*435*
あぶ　④*252*；*166*，⑧*140*，⑩*274*；*169*
虻　③*590*，④87；*167*，⑤*210*，⑩*288*，⑪*213*；*274*

| | |
|---|---|
| あぶあぶ | ⑩192 |
| アプアプ | ⑩118 |
| アフガニスタン | ④179；*92, 245*, ⑫332 |
| 阿武隈［あぶくま］ | ①293 |
| 阿武隈 | ①48, 188 |
| あぶくま河 | ①48, 188 |
| アプッ | ⑧271 |
| あふむ | ①15, ⑫*97* |
| 膏油［あふら］ | ⑦*65* |
| 油 | ⑨266, ⑪40 |
| 脂肪［あぶら］ | ①*53* |
| 綠油［あぶら］ | ⑦*66* |
| 油揚 | ⑧265, ⑨147, 148 |
| 油揚げ | ⑧260 |
| 油紙 | ②188, 398 |
| 桐油紙［あぶらがみ］ | ③*381* |
| 油瓶 | ①270, 327 |
| 油むし | ⑨64 |
| アブラムシ | ⑫*213* |
| アフリカ | ⑧320；*33*, ⑩208, 301；*186*, ⑫*73* |
| あべ | ⑨15 |
| 阿部君［あべくん］ | ⑩42, 45 |
| あべさ | ⑪193 |
| 阿部 | ③*318* |
| あべぢゃ | ⑫361→あべぢゃ |
| 阿部孝 | ③124 |
| あべぢゃ | ⑫361 |
| 阿部時夫［あべときを］ | ⑩40 |
| 阿部のたかし | ①61, 102, 210, ⑥89 |
| アベマリア | ⑪283 |
| アベマリヤ | ⑩214 |
| 亜片 | ③*36*, ④16, 140；*83, 84*, ⑪215, 216 |
| 阿片 | ④140 |
| 阿片光 | ①76, 77, 240, 241, 307, 312 |
| 阿呆鳥 | ⑧22 |
| あほじろ | ②156, 366, ⑦*464* |
| 亜麻 | ⑦*657*, ⑨239 |
| あまがえる | ⑧222-224, 226-234；*85-94*→あまがへる |
| 雨蛙 | ⑩282, 283 |
| 雨蛙［あまがへる］ | ⑧13, 14 |
| 天かける | ①376 |
| あまがへる | ⑧222-224, 226-234；*85-94* |
| あまぐも | ①256, ④*219, 221, 222*, 344 |
| 雨ぐも | ①283, ④286；*252, 343* |
| 雨雲 | ②81, 298, ③71；*165*, ④115, 287；*171, 172, 176, 345*, ⑤142, ⑨29, ⑩220→雨雲［ニムブス］ |
| 尼さん | ②460, ⑩145, ⑪139 |
| アマゾン | ③*178* |
| 天河石 | ②199, 408；*50*, ⑦*575*, ⑧195, ⑨275, 276, ⑫*263* |
| 天河石［アマゾンストン］ | ③141；*337, 338, 340*, ⑥212, ⑧194, 199 |
| 天津神 | ⑫370 |
| あまつはら | ①56 |
| 天照大神 | ⑫294 |
| 亜麻仁 | ⑨92, ⑩325 |
| 阿麻仁 | ⑨90, 91, ⑩324, 331, 332 |
| 阿麻仁油 | ⑨98, 99, ⑩215, *216* |
| 天の岩戸 | ⑫370 |
| あまのがは | ①26, ⑥181, ⑧21 |
| あまの川［がは］ | ⑥181 |
| あまのがはら | ①248 |
| あーまのがはら | ⑥358 |
| 天のがはら | ①80 |
| 天［あま］のがはら | ⑥357 |
| あまのがわ | ①26, ⑥181, ⑧21→あまのがは |
| あまの川 | ①70, 226, 358, ⑨77, ⑩117, 154；*93*, ⑪148；*205* |
| 天の河 | ⑤189 |
| 天の川 | ①70, 226, 358, ②128, 344, ③92, 93；*212, 218, 222*, ⑤182, ⑦30, 134；*91, 92, 247, 420-423*, ⑧19, 20, 28, 30-32, 36, 88, 89, ⑨130, 151, 155, 157, 166, 247, 249；*77*, ⑩16, 21, 22, 24-27, 112, 118, 121, 124, 125, 127-130, 137, 138, 140, 142, 143, 151-153, 156, 163, 165, 167-169, 171-173, 175, 176, 206, 217, 222；*94, 109*, ⑪124, 125, 133, 136, 137, 144, 146, 147, 150, 157, 159, 161, 162, 165-168；*176, 188, 192, 206-208, 219, 223*, ⑫348, 376 |
| 天［あま］の川［がは］ | ⑥199, ⑧42 |
| 天の邪鬼［しやぐ］ | ⑧276 |
| あまのじゃく | ⑨121 |
| あまの邪鬼 | ①151, ⑦*116* |
| あまの邪鬼［じやく］ | ①30, 150 |

(あそ〜あま) 19

天の邪鬼　　③*192*, ⑦259；*653*
あまるがむ　　③206
アマルガム　　②190, 400；③*182*, *185*, *457*
網　　④105, ⑩31, 278；*119*, ⑪27-30, 202, 203, ⑫*124-126*
　　　二銭銅貨位の――　⑩274
　　　光の――　⑩6
網[あみ]　　⑩69；*118*, ⑫202
　　　光[ひかり]の――　⑫126, 127
網[あみ]掛け　　⑫202
網笠　　⑫*210*
網ざしき　　⑩276
網[あみ]ざしき　　⑧7
網シャツ　　⑪202, 203
網[あみ]シャツ　　⑩69
網棚　　⑩92, 112, 149, 151, 156
阿弥陀仏　　⑨238, 239
アミーバー　　⑨214, ⑪*46*
網張　　②*46*, ③*514*
アムステンジュン　　⑦31；*94*→amsden June
アムステンジョン　　①*56*, ⑦*93*
アムバア　　④183；*100*
アムモニア　　⑨83, 86, ⑪107
アムモニア水　　⑨74, ⑫*80*, *89*
アムモホス　　④180；*92*, *94*
あめ　　①29, 85, 137, 204, 258, 327, ②110, 112, 113, 326, 327, ⑤187, ⑥343, 345, ⑧119, 193, ⑩107, ⑫335, 340
アメ　　⑥185, 379
飴　　④259, ⑦*12*, ⑪36, ⑫*133*
飴[あめ]　　⑫55
雨　　①14, 18, 21, 25, 26, 39, 80, 82, 83, 85, 93, 116, 123, 128, 130, 136, 138, 143, 241, 253, 254, 257, 280, 285, 286, 308, 309, 312, 314, 326, 328, 329, 333, 355, 356, 368, 391, ②34, 47, 63, 67, 77-79, 82, 84, 86-88, 110, 111, 114, 190, 200, 205, 257, 269, 284, 288, 294, 295, 297, 299, 301, 303-305, 326, 400, 409, 414, 433, 445, 446, 465, 467, 468, ③30, 74, 96, 135, 137, 143, 150, 154, 221, 231, 232, 244；*326*, *327*, ④12, 24, 95, 106-108, 110, 115, 132-134, 136, 138, 154, 185, 200, 208, 224, 232, 262, 264, 272, 276, 288, 290, 292, ⑤51, 73, 104, 107, 118, 173, ⑥12, 13, 16, 34, 48, 55, 56, 60, 108, 144, 168, 172, 175, 209, 264, 266, 270, 285, 287, 299, 310, 314, 350, ⑦34, 42, 88, 98, 157, 168, 169, 186, 190, 235, 255, 306, ⑧9, 29, 32, 70, 99, 109, 110, 116, 119, 193-195, 229, 240, ⑨19, 23, 27, 29, 31, 32, 43, 45, 103, 108, 109, 126, 127, 259, 270, 331, 332, 337, 338, 341, 342, 344, 354, 396, 398, ⑩18, 31, 58, 59, 103, 107, 110, 120, 164, 187, 193-195, 206, 215, 218, 237, 262, 263, 278, 300, 309-311, 317；*144*, ⑪43, 63, 91, 157, 185, 194, 195, 208-211；*230-235*, ⑫242, 254, 255, 257, 269, 300, 336, 346, 353, 369, 374
　　　火の――　②109, 325, ⑥357
　　　花の――　⑫304
雨[あめ]　　⑧7, 13, 96, 247, ⑩71, 73, 77, ⑫77, 212, 223, 224, 229
雨[アメ]　　①308
雨[あぁめ]　　⑧161
雨ぁ　　⑥359, ⑫369, 374
飴いろ　　①347, ②64, 159, 285, 369, ③*53*, ④110；*232*, ⑥24, ⑦*596*
飴色　　④70, ⑧222, 228, 232；*93*, ⑩92, 243
飴色[あめいろ]　　⑧71；⑩*178*
雨三郎　　⑪208
紫水晶[アメシスト]　　⑧194
あめなる花　　⑪217
雨[あめ]の卵[たまご]　　⑩77
天[あめ]の窓　　⑦101；*319*
飴屋　　⑨404
あめゆき　　②138, 145, 354, 362；*99*, *103*, ⑥242
雨雪　　④44, 164；*88*
雨雪[あめゆき]　　⑫319, 320
あめゆじゆとてちてけんじや　　②138, 139, 354, 355, ⑥242, 243
アメリカ　　③271, ④*84*, ⑧218, ⑨146, 202, 346, ⑩108, 256, ⑫332, 343
アメリカ式　　⑫*190*
アメリカ人　　③194；*465*, *466*, ⑥232
アメリカンインデアン　　⑥15
アモイ　　⑪*231*
綾[あや]　　⑫191
あやめ　　④*140*
鮎　　③107, ⑥124, ⑦*628*, ⑩339

香魚　　　　③*562-564*, ⑦249, ⑧216, ⑨200
香魚[あゆ]　　　③228
香魚やな　　　③*566*
アラー　　　⑦50；*159*
アラヴ　　　⑦18
アラヴ泥　　　⑦294
あらかべ　　　⑥159
粗壁　　　④175
荒川　　　①46, 185, 316, 317
荒木又右エ門　　　⑨401
アラゴナイト　　　③99；*441*
霰石[アラゴナイト]　　　⑧194
嵐　　　⑩271, ⑪233
荒縞　　　⑦*375, 376*
アラスカ　　　⑨43
アラスカ金[きん]　　　⑫132
アラツディン　　　②13
アラッディン　　　②13→アラツディン
洗ないやない　　　⑧286
粗布　　　⑨288
アラビアンナイト　　　②112, ④*280, 281*, ⑩17, 120；*96*, ⑪208
アラビヤ　　　②183, 393, ⑦*47, 48*
アラビヤ風　　　⑥49, ⑩141, ⑪*191*
アラビヤ魔神　　　③168；*403, 407*, ⑥255
アラビヤ夜話　　　②328
アラブ　　　⑦50
アラベスク　　　②53-55, 275-277, ④165, 198；*88*
アラムハラド　　　⑨330, 331, 333-337
あらめ　　　⑦279
荒物店　　　⑤97
荒物屋　　　⑧323, ⑩267, 269
粗羅紗　　　⑨217
あられ　　　⑫77
霰　　　③192；*455, 458, 459, 461*, ⑤56, 57；*55, 56*, ⑦20；*63, 64*, ⑪24, ⑫162；*119*
蟻　　　②44, ③269；*530, 532, 634*, ④19；*28, 30, 32*, ⑦*46, 84*；*147, 265, 266*, ⑧162, 163, 191, 222, 228；*21, 86*, ⑨179, 184；*82*, ⑩277, ⑫231；*10, 169*
蟻[あり]　　　⑧9, 73, 74, ⑫14
アリア　　　③*167*
有明　　　③46；*104, 105*

アリイルスチュアール　　　⑦240
蟻[あり]こ　　　⑫97
アリス　　　③*161*
蟻ときのこ　　　⑦*112*, ⑧*17*, ⑨*83*
アリナリトナリアナロナビクナビ　　　③*298, 299*
蟻の歩哨　　　⑫230, 232
アリビーム　　　⑦437
沖積層[アリビーム]　　　⑦139；*438*
有本　　　⑫267, 268
亜硫酸　　　②165, 375, ⑪*41*, ⑫167
有吉知事　　　③106
アール　　　⑦*353*
アルカリイオン　　　③215；*519, 520, 522*
アルカリいろ　　　①116
アルカリ色　　　①14
アルキメデス　　　⑩34
アルキル中佐　　　⑫231, 232
アルゲモーネ　　　⑪47
アルコオル　　　②219, 428, ⑥249, ⑧*78*, ⑨65, 66, 325, 328, ⑫247→アルコホル, Alcohol
アルコオル雲　　　①200→アルコホル雲
アルコホル　　　②219, 428, ⑥249, ⑧*78*, ⑨65, 66, 325, 328, ⑫247→ alcohol
アルコホル雲　　　①200
アルコール　　　③147, ④44, 160, 165, 255；*78, 88*, ⑦*134*, ⑧*78*, ⑨328, ⑩22, 125, 169, ⑪129, 137, ⑫220, 253→アルコホル
酒精〈アルコール〉　　　③72；*169, 172*, ⑦*43*；*136, 137, 150*, ⑨326
アルコール雲　　　①54
アルコール中毒　　　⑩189
アルコールランプ　　　⑪129
アルコールランプ　　　⑪56, 129, ⑫220→アルコールランプ
アルゴン　　　①296
アルゼンチン　　　⑫220
アルタ　　　⑫303-305
アルヌスランダー　　　③251
アルヌスランダア　　　③*608, 609*, ⑥252
アルヌスランダグ　　　③*607-609*
アルヌスランダガギガンテア　　　⑥85
アルネ　　　⑪46
アルビレオの観測所　　　⑩154, ⑪148

（あま～ある）　21

アルフア　⑥193
アルフアー　⑫158
アルファ　③*539*,⑥193→アルファア
アルファー　⑫158→アルファアー
アルプス　⑩70,⑪205
アルブータス　④*163*
アルプみかげ　⑦*485*
アルプ花崗岩［みかげ］　⑦*152*
有平糖　⑨198, 199, 207,⑩*97*
アルペン農　②107, 323,③*543*,⑥368,⑦66, 172;*206, 207, 519, 520*
アルミニユウム　⑫*88*
アルミニユウム　⑨72,⑫*78, 88*→アルミニユウム
アルミニューム　⑫*176*
アルミニューム　④*229*,⑫*176*→アルミニューム
アルモン黒　③*311*
アルモン黒［ブラック］　③*135*;*309, 310*
アレキサンザー　④*146*
アレキサンダー　⑩*230*
アレキサンダー封介　④*147*
歴山封介　④*146*
アレグロブリオ　③*213*
アレゴロブリオ　③*514*
アレヰウス　③*23*;*33*
荒れ畑　⑤*43*
粟　①8, 29, 33, 77, 107, 148, 156, 241,②*41, 132, 133, 150, 258, 267*;*205, 305-308, 368, 369, 371, 373, 374, 613*,④*163*,⑦*104, 115*;*75, 326-328, 363*,⑧*111, 230*;*87*,⑨*111, 149*,⑩*295, 300*,⑪*21, 210*;*8*,⑫*299*
粟［あは］　⑧*77, 170*,⑫*25-27, 87*
粟［あわ］　⑫*23, 198, 204*
泡　⑩*7-9*;*41, 117, 118*
泡［あわ］　⑫*128, 129*
安房　⑥*24*
あわあわ　①*76, 238, 317*,③*105*→あはあは
袷　⑩*341*
合せ砥　⑧*217*
あわつぶ　⑧*155, 158*→あはつぶ
粟つぶ　⑧*223, 228*
粟粒　⑪*125*

粟の塔　⑥*285*
粟葉　⑦*267*
粟ばたけ　⑪*7, 8*
粟畑　④*246*;*161*
粟飯　⑦*140*
あわもち　⑫*25*→あはもち
粟［あは］もち　⑫*27*
粟餅［あはもち］　⑫*25-27*
粟餅［あわもち］　⑫*23-25*
阿原峠　③*229*;*567*
あを　②*41, 181, 263, 391*,⑥*329, 330*,⑧*21, 28*
あをあを　①*42, 47, 93, 178, 186, 201, 231, 269*,③*195, 209, 211, 219, 289*;*141, 143, 148, 248, 250, 500, 505, 514, 533, 662, 664, 665*,⑤*144*,⑥*280*;*109*,⑦*156*;*496, 497*
あをうなばら　⑦*295*
あをがへる　⑧*96*
あをき　⑥*344*
あをざむ　①*91*,⑥*335, 336*,⑦*199*
あをしし　⑪*239*
あをじろ　①*76, 239, 306, 358*,②*63, 140, 356*,③*521, 522*,⑥*244, 335, 336*,⑦*161, 219*;*87, 358, 504, 593, 657*,⑪*97*
あをぞら　①*303*;*55*,⑧*212*,⑨*64*
あをびかり　⑥*380, 381*
アヲビチュ　⑧*85*
アヲビヂュ　⑧*85*
アヲブキコ　⑧*85*
あをみどろ　⑥*62*
アヲモリ　③*174*
あん　⑫*297*
あんぎあんぎど　⑫*371*
行脚僧　③*157*
アングロアラヴ　③*51, 263*;*115, 118*,⑤*194, 364, 365*
あんこ　⑩*178*
アンコ　⑤*65*
暗紅色　②*165, 374*
暗黒　⑫*364, 376*
暗黒山陵［あんこくさんりよう］　②*199, 408*
暗殺　②*196, 405*,⑧*180, 181*
安山岩　①*43*;*50*,③*209*;*501, 503, 505, 508*,⑥*40*,⑩*30, 32*,⑫*248*

安山集塊岩　　③37,38,　⑤39,189,　⑥222,　⑩259,260；151
暗紫　⑦491
暗色　⑥26
あんず　④126
杏　　③18；37,38,40,231,232,234,　④231,232,　⑥222,　⑨287
杏［あんず］　⑧69
杏いろ　⑥25
安西　⑪10
暗赤色　⑨88
アンダンテ　③213；514
アンテナ　①339,　⑥39
アンテリナム　④63,206,250；123
アンデルゼン　①90,91,264-266,321,　③163,241,　⑤46,　⑧302,　⑫258
安藤文子　③177
花青素　③342,344,345
花青素［アントケアン］　③133；305,308,542
面影［アントリッツ］　③93；212,222
アンドレイ　⑫236
アンドロメダ　②108,324,　③24,　⑥329,　⑧28,　⑨248,　⑫47
安南　⑤84
蠕虫［アンネリダ］　②53,54
アンバア　④183；100→アムバア
暗函　⑫308
鞍部　④260；170,172,176
安奉線　③571,572,574
あんま　⑪300
アンモニア　⑨83,86,　⑪107→アムモニア
アンモニア水　⑨74,　⑫178；80,89→アムモニア水
アンモニアツク　⑫180
アンモニアック　⑫180→アンモニアツク
アンモホス　④180；92,94→アムモホス
暗緑　⑨217

### い

胃　③156,　⑨225,　⑩333,334,336；218
胆　⑩267；157
イー　⑧238,　⑩307
飯岡　①96,277
飯岡山　④271；192,193
飯田莫哀　⑦528
飯豊　③144；343-345,　⑤163,　⑥84；70
飯豊［いひどよ］　③346
飯豊村　⑤233
許嫁　⑫19
許嫁［いひなづけ］　⑫40,41,44
医院　③66,287,　④40；70,　⑦70；221
イヴン王国　⑫10
宿直［いへゐ］　⑦40,41
胃液　⑨225
イエハトブ童話　⑫10
硫黄　　①78,83,244,255,　②34,125,200,409,　③118,203；284,489,492,494,611,　⑥44,　⑦113；339-341,357-359,　⑨331,　⑩145,174,　⑪53,139；92,　⑫150
硫黄［いおう］　⑥196
硫黄［いわう］　⑥331,　⑫79,82
硫黄いろ　③185
硫黄華　②47,268,　⑩260；152
硫黄華［―くわ］　②46,268
硫黄ヶ岳　⑦216
硫黄鉱山　⑤190
硫黄粒　⑦340
硫黄山　⑦469,470,472
イオン　③182
いか　⑧263,　⑩268
烏賊　⑦153；486-490,　⑩9
移化　③460,462,463,　⑥283
萎花　⑦43
いが　⑪197；43
　栗の――　⑩305
医学会　⑤140
いかさまさい　⑦34
筏　⑪86
鋳型　⑥119
いがべが　②83,300
贋物師　①166,　⑦251
贋［いか］物師　⑦79
贋物師［いかものし］　①363,　⑦250
いからだ　⑫94
瞳　④183,　⑥108,　⑦613,614
尉官　⑦38

維管鋼　　④*208*
維管束　　④*209*
硅板岩礫［イキイシ］　　⑤114，⑦69；*220*
異教　　⑨221，222，225-227，230，234，242
異教徒　　③*543*，⑨220，222，235，238，242-244
異教派　　⑨233
イギリス　　⑤77，⑩47，51，227，⑫28
イギリス海岸　　⑩47-50，53，55-58；*143*
異空間　　③*11, 113*
育牛長　　①103
育牛部　　②440，441，③*209*；*506*
いくさ　　⑪8，⑫186
戦　　⑩*44, 45, 117, 187*
蘭草　　④*217*；*27*，⑤*107, 140*，⑦*88, 90*
育馬部　　②71，291
生す　　⑩*39*
生洲［いけす］　　⑩69
蘭呉座　　⑦*368*
居酒屋　　⑩*235*；*136*
伊佐戸　　⑧102，103，107，⑪192
伊佐戸［いさど］　　⑧105
イサド　　⑩8，⑫129
いざよいの月　　①28，145，⑦*665*→いざよひの月
いざよひの月　　①28，145，⑦*665*
漁火　　①95
いざり火　　①94，271，272，274，337，⑦*587*
胆沢　　⑤104
巨石　　⑦*337*
巨石［いし］　　⑦*336*
石材［いし］　　⑦*483*
宝石［いし］　　⑧54，188，198
隕石［いし］　　⑧29
異事　　③*11*
石神　　⑦116；*366*，⑩*37*
石神［いしがみ］の庄助［しやうすけ］　　⑩*67*
石ヶ森　　①43，182，⑫*250, 251*
意識　　②165，374，③*15*，④*188*，⑨232
石切　　⑤150
石切場　　⑧127，⑨361，372
石粉　　⑦291；*698*
石塚　　③22；*46, 137, 161-163, 198*，④*52, 256*，⑤*208*

石の匙　　⑥268，⑦55；*172*
石の塚　　⑥286
石の巻　　⑨219，⑩47
石巻　　⑦*304*
いしぶみ　　⑥368，369
石丸博士　　①93
石森　　④*307*
医者　　②65，286，③*124, 125*，④*73*，⑤*88*，⑧131，132，269，⑪5，11-13，22，⑫183，351，352，361，362；*116*
　馬の——　　⑨60，⑪16；*25*，⑫*108*
　馬や羊の——　　⑪5
　草木の——　　⑪16，⑫*109*
　草木を治す——　　⑪5
　鞍の——　　⑨60，⑪*25*
　三人兄弟の——　　⑨47，⑪*8*
　植物——　　⑫356，357
　植物の——　　⑨60，317，⑪*26*
　白い鬚の——　　⑪214
　ズボンの——　　⑨60，⑪*25*
　人の——　　⑪5
医者［いしや］　　⑧63，64，⑫189，194，198
　馬［うま］や羊［ひつじ］の——　　⑫183
　草［くさ］だの木［き］だのの——　　⑫183
　人［ひと］の——　　⑫183
石屋根　　④74
石藪　　③*175*
石山　　①291
医術　　⑪6
医術［いじゆつ］　　⑫183
衣裳係　　⑩207-209，212，⑫*341, 342, 344*；*235*
医師リンパー　　⑪15，⑫*107*
維新　　⑨23
威神力　　②178，388
伊豆　　①38，168，⑥22
いすず川　　①281
五十鈴川　　①280，281
五十鈴の川　　①280
泉川　　③*359*，⑦*303*
泉沢　　③*174, 175*；*420, 423*
泉屋　　⑦*192*
伊勢　　①280，285
伊勢詣り　　⑩*254*；*148*

| | |
|---|---|
| 伊勢物語 | ③239 |
| いそいそ | ⑩98 |
| いそしぎ | ②175, 385 |
| いたち | ⑧162, 163, ⑩22, 23, 125, 169；*17, 103,* ⑪*90, 163；214* |
| いたつき | ⑥*84,* ⑦298；*322, 385, 583, 584, 659, 697* |
| 病[いたつき] | ①340, ⑦14；*35* |
| 病き | ⑦41；*130* |
| いたつきびと | ⑦154；*492, 494* |
| いたつく | ⑦7, 69；*13, 220* |
| いたづく | ⑦*11* |
| いたづめ樋[どひ] | ③*538* |
| いたどり | ⑩264 |
| いたや | ③79, 110, 233-235, 278, 279；*175, 186, 187, 251, 262, 263, 267, 544, 551, 554, 576-579,* ⑦*183；657,* ⑩264 |
| 伊太利 | ⑨255 |
| 伊太利亜語 | ⑨90, ⑩323 |
| 伊太利亜製 | ②132, 348 |
| イタリヤ | ⑩59, ⑫237, 333 |
| 異端文字 | ①12；*32* |
| いちい | ②53, 275, ③*318, 322, 342, 519,* ④40, ⑦*221,* ⑩49, ⑪*125*→いちゐ |
| 水松[いちゐ] | ⑦70 |
| 水松樹[いちゐ]の垣 | ⑧103 |
| いちご | ②32, 255 |
| 苺 | ①*44,* ⑦175, ⑫238 |
| いちじく | ⑦*333-335* |
| 無花果 | ⑨284 |
| 一乗 | ⑦280 |
| 一ぜんめし | ⑦*586* |
| 市蔵 | ⑧84, 85 |
| 一族 | ④253 |
| 一駄 | ⑤122 |
| 一人称 | ③*396,* ⑦*437* |
| 市の川 | ⑩37 |
| 市野川 | ⑩37 |
| 市場 | ④75, ⑥250 |
| いちはつ | ⑤131 |
| 市日[いちび] | ⑥249 |
| 市松屋根 | ⑥*181* |
| 一万[一まん]五千人[一せんにん] | ⑥331 |
| いちょう | ①376, ②24, 41, 248, 263, ⑥41, ⑧67, 68；*17,* ⑨*83*→いてふ |
| 銀杏 | ⑥69, ⑨*111,* ⑩146, ⑪140 |
| 銀杏[いてふ] | ②52, 274, ⑧67 |
| 銀杏[いてう]なみき | ②40, 262 |
| 銀杏並樹[いてふなみき] | ②41, 263 |
| 一里塚 | ⑤59 |
| 一輪車 | ⑨186 |
| 一聯隊 | ⑥296 |
| 一郎 | ⑧281-304, ⑨6-11, 14, 15, 19, 21, 22, 25, 29, 32, 36, 37, 45, 46, ⑪173-175, 177, 179, 180, 184, 186-189, 191-193, 195, 196, 200-203, 205-211；*240, 251, 256, 267, 268* |
| 一郎[いちらう] | ⑪187, 210, ⑫9-13, 15-18 |
| いちみ | ②53, 275, ③*318, 322, 342, 519,* ④40, ⑦*221,* ⑩49, ⑪125 |
| 五日[一か]のお月[つき]さま | ⑫147 |
| いつかのきんのかま | ⑥383 |
| 五日[一か]の金[きん]の鎌[かま] | ⑥382 |
| 五日の月 | ①35, 162, ⑧*32,* ⑨131, ⑫165 |
| 五日[一か]の月 | ⑫146 |
| 一基 | ⑤*176* |
| 一向専念 | ③127 |
| 一献 | ⑩229 |
| 一才 | ⑦152；*485* |
| 一酸化炭素 | ⑥70, ⑨231 |
| 一瀉千里 | ⑩328 |
| 溢出水 | ⑤231 |
| 一升 | ②124, 340 |
| 一升[一せう] | ⑥189, 195 |
| 一鐘 | ⑦247；*632* |
| 一寸法師 | ⑧191 |
| 一九二〇年代 | ⑫350 |
| 一九二一 | ③*8* |
| 一九二四年 | ⑫363 |
| 一九二五、四月一日 | ⑩248 |
| 一九二五、五、一八、 | ⑩255 |
| 一九二五、十一月十日 | ⑩260 |
| 一九二六、五、一九、 | ⑩255 |
| 一九二七年 | ④*351* |
| 一九二八秋 | ③*8* |
| 一九二九年二月 | ⑤*176* |
| 一九三一年度 | ⑩338 |

一九三一年九月四日正午　⑩341
一千九百二十年代　⑫341
一千九百二十三年　②184, 394
一千九百廿五年五月五日　⑩251
一千九百廿五年五月六日　⑩252
一千九百廿五年十月十六日　⑩258
一千九百廿五年十月廿五日　⑩259
一千九百廿五年　十七才　⑩*142*
一千九百廿六年三月廿日　⑩261
一千九百廿六年六月十四日　⑩262
一千九百廿七年　④*354*
一千九百廿七年八月十一日　⑩263
一千九百五十年　⑤29
一千八百十年代［一だい］　②16, 240
一張羅　⑨176
いつつも　②123, 339
いっつも　②123, 339→いつつも
一天四海　①320
一等卒　⑧254, 255；⑨388, 403
一等卒［いっとうそつ］　⑫74
一百篇　⑦178
いっぷかっぷ　⑧31
溺死［いつぷかつぷ］　⑧104
いっぷかぶ　②108, 324
いっぷかぶ　②108, 324, ⑧97→いつぷかぷ
一本木　⑨246
いっぽんすぎ　②106
いっぽんすぎ　②106→いつぽんすぎ
一本町　⑤58
射手　③92, 94；*213, 218, 223, 542*, ⑩18, 121；*97*
射手［いて］　⑦67；*212*, ⑪*159, 160*
伊手　⑫301
井手　①319
イデア界　⑫275；*187*
イデオロギー　③*8*, ⑦*9*
猪手剣舞［ばひ］連　⑧*30*
伊手堺　⑫365
いてす　②83, 301
いてふ　①376, ②24, 41, 248, 263, ⑥41, ⑧67, 68；*17*, ⑨*83*
遺伝　④296, ⑤29, ⑥51
　青ぐろい――　⑤29

いと　⑩276
糸　⑩204, 277, ⑪27, 28, 30；⑫*124*
　黄いろな――　⑪30, ⑫*126*
　二番目の――　⑪229
異途　③158；*390, 392*
伊藤　⑦*145*, ⑧144, ⑨43, ⑩250, ⑫365-368, 370-376
伊藤技手　⑦*145*
伊藤奎一　⑫363, 364
伊藤圭助　⑤*27*
伊藤工手　⑥155
伊藤千太　⑧319
伊藤万太　⑧319
糸織　③13；*33, 34*
糸車［いとぐるま］　⑫205
井戸車　⑦276；*169, 679*
糸杉　⑨81, ⑪105
いとや　⑥159
糸屋　⑧149
稲草　③65, 66, 100；*156, 233, 236, 237*, ⑥293
いなご　⑤80
蝗　③192；*455, 458, 460, 464*, ⑥284
稲作　④91；*128, 173, 175, 197, 198*, ⑥113
稲作挿話　⑥257, ⑦627
稲作法　④291
いなずま　①28, 144, 318, ⑤208；*81*, ⑥48, 358, ⑨6, 28, 326, 356, ⑩81, ⑪23, 31, 239→いなづま
電　⑩141
稲妻　①28, ③232, ⑦*74*, ⑧26, 27, ⑨341, 342, ⑩147
稲妻［いなづま］　⑥357
稲田　③136, 231；*313, 315, 524, 527, 568-571, 575*, ④112, 125, 270, 277；*191, 192, 206, 208*, ⑥84, 173, ⑦16, 305；*39, 41, 42, 195-197, 612, 645, 687*→稲田［ライスマーシュ］
稲田宗二　①166, ⑦252
稲束　③141；*337, 338, 340*, ⑥212
いなづま　①28, 144, 318, ⑤208；*81*, ⑥48, 358, ⑨6, 28, 326, 356, ⑩81, ⑪23, 31, 239
稲妻　⑩147, ⑪141
稲苗　④91；*172, 173, 175*
稲沼　③*333, 524, 646*, ⑥81, ⑦103；*324*, ⑪

稲沼原　③180
稲葉　⑥84
稲架[―ばせ]　⑦*628*
いなばたけ　③*155*
いなびかり　①27, 143, 144, 186, 318；*38*，⑥97，
　　　　　⑨338, 353
稲びかり　⑥47
稲光　⑧109
稲光り　⑥302，⑨339, 340
稲穂　④125；*211, 212*，⑥132，⑦*111, 687*
禾穂　⑥34
稲むしろ　⑦63；*197-199*
稲[いな]むしろ　⑥273
稲筵[―むしろ]　⑦*198*
稲荷社　⑩*143*
井縄　⑦*422*
いぬ　⑩241
狗　④201
犬　①9, 109, 356, 385，②42-44, 46, 50, 51, 130,
　　131, 219, 264-266, 268, 272, 273, 346, 347, 428,
　　445, 474，③12, 19, 27, 37, 74, 156, 205；*22, 24,*
　　*37-41, 50, 78, 80, 82, 125, 126, 387-389, 489,*
　　*492, 495*，④45, 73, 75, 166；*89, 140, 144*，⑤
　　24, 34；*55, 157*，⑥223, 230, 249，⑦40, 49, 56,
　　89, 159；*120-122, 124-126, 156, 157, 278, 302,*
　　*303, 500*，⑧172, 237, 238, 331，⑨162, 225,
　　226, 338，⑩13, 51, 60, 95, 265, 266, 269-271,
　　306, 329；*158, 227*，⑪70, 72, 129，⑫168, 248,
　　252, 262, 271；*221*
　　曖昧な――　⑨339
　　瘠せ――　⑦*118*
犬[いぬ]　⑫28, 36, 37, 78, 152, 153
犬神　②52, 273，⑩14
　　ギリヤークの――　⑩13
犬神[いぬがみ]　⑩81
いぬがや　③51, 234, 264；*114, 118*
犬榧　③279；*578*
いぬころさう　④*54*
いぬころそう　④*54*→いぬころさう
いぬしだ　⑨317
いぬしだの花　⑨60，⑪17，⑫*109*
犬猫　⑨96

イヌリン　⑤44，⑦*135*
稲　②99, 132, 193, 315, 348, 398, 402，③91-93,
　　140, 141, 222, 231, 232, 243；*39, 212, 221, 222,*
　　*318, 322, 337-340, 538, 572, 575, 594*，④12, 24,
　　29, 102, 106, 107, 110, 111, 113, 115, 123-126,
　　133, 136, 147, 168, 274, 276, 277, 279, 280, 284,
　　286, 287, 292；*20, 51, 52, 95, 199, 206-209, 211,*
　　*213, 215, 216, 220, 221, 223, 239, 252, 253, 257,*
　　*258, 260, 340-342, 347*，⑤29, 32, 42, 75, 92, 98,
　　174, 203, 204, 208；*26, 101*，⑥45, 83, 109, 116,
　　119, 121, 122, 128, 135, 136, 139, 141, 147, 166,
　　211, 212, 258, 313；*92, 100, 106, 108*，⑦*168*,
　　*181*；*137, 526, 535, 536, 636*，⑨33-35, 126,
　　133，⑩254, 259, 262, 263, 287；*144, 152*，⑪
　　*72, 268*，⑫292, 354；*240*
稲上げ馬　⑥312
稲扱器械　⑫161, 162
稲束　③141；*337, 338, 340*，⑥212
稲沼　③*333, 524, 646*，⑥*81*，⑦103；*324*，⑪
　　*47*
稲禾　⑦*230*
衣嚢　⑧123，⑨284, 346, 372, 386→衣嚢〈ポケ
　　ット〉
井上　②179, 389
異の空間　③22；*46, 262*，⑤8
異の邦　⑦*12*
豚[いのこ]　⑦270
豚[ゐのこ]　⑦86, 243
いのころぐさ　⑨246, 256；*123*
いのじが原　⑦*524*
いのしし　⑤18
いのししむしゃ　⑩202，⑪81，⑫*181*
いのじはら　⑥375
いのじ原　⑥374，⑦174；*525*
異の花や木　③274
いのり　①135, 163，⑩160，⑪154
祈り　⑩171
祈りの書[ふみ]　⑦675, 676
異派　⑨220-222, 243
イーハーヴ　⑪*110*
いはかゞみ　⑦94；*292*
いはかがみ　③111；*272, 274*
イーハスト　⑫*73*

いはて山　①62
イーハトヴ　⑪39, 139，⑫131, 132, 134, 136, 138, 341；10, 12, 72, 136
イーハトーヴ　③203, 205；11, 50，④270；191, 193，⑩128，⑪23, 24, 44, 51-53；51, 82, 103, 148，⑫118, 120, 140, 141, 147-150
イーハートウ　⑪73
イーハトーヴォ　③491, 494, 495，⑪69, 70, 73, 105, 111, 113；111
イーハトーヴォ海岸　⑪103
イーハトーヴォ海岸地方　⑪103
イーハトーヴォ港　⑪140
イーハトーヴォ死火山　③491
イーハトーウ火山管理局　⑪50，⑫145, 147
イーハトウ火山管理所　⑪86
イーハトウ火山局技師　⑪51；93，⑫148
イーハトウ火山局技師心得　⑪92
イーハトウ火山局助手心得　⑪53，⑫149
イーハトウ火山統制事務所　⑪86
イーハトウ川　③231，⑪67，⑫166
イーハトウ河　⑥119
イーハトウ県　③465, 544，⑥232
イーハトウ第七支流　③559, 560，⑥237
イーハトーウてぐす工場　⑪58
イーハトウ童話　⑫5
イーハトウ農民劇団　⑦209
イーハトヴ農民劇団の歌　⑪158
イーハトウの市　⑪44
イーハトーウの市　⑪45-47，⑫142
イーハトーウの友　⑩233, 235
イーハトーウの町　⑪44
イーハトウ密造会社　⑩246
イーハトウ密造株式会社　⑩135
イーハトブ　⑥251，⑨80, 353，⑩225, 226，⑪80
イーハトーブ　⑥147，⑪63, 64, 66, 68；40, 42, 80, 104-106，⑫199, 209, 212, 213, 217, 218, 223, 226, 229；162, 165
イーハトーブ火山　⑪63
イーハトーブ火山局　⑫216
イーハトーブ火山局[くわざんきよく]　⑫217
イーハトーブ河　⑪41，⑫166
イーハトブさん　⑨353

イーハトブ地方　⑨80
イーハトーブてぐす工場[こうじやう]　⑫204
イーハトブ日日新聞　⑨83
イーハトーブの市　⑪39
イーハトーブの市[し]　⑫211, 213
イーハトブ毎日新聞　⑨31
イーハトーブ民譚集　⑨43
イーハトーボ　③241；490, 492，⑦535，⑪65；48，⑫163
イーハトーボ警察署　⑪95
イーハトーボ地方　④280
イーハトーボ農学校　⑩40
イーハーブ　⑪110
茨　②180, 390，⑧235，⑨111，⑩135, 136, 144, 146, 304，⑫242
伊原忠右エ門　⑦205
イヒン、ヒン、ヒン、ヒン　⑨61
イヒン、ヒン、ヒン、ヒン　⑨320
イヒン、ヒン、ヒン、ヒン、ヒン、　⑪27
胃袋　②50, 109, 272, 325，⑨230，⑩179, 270；218，⑫216
いぶし銀　③181
疣[いぼ]　⑩52
今様　⑦297
藺むしろ　⑥109，⑦30；91, 92
藺筵　⑦91
イムバネス　②65, 286，⑤104，⑦207
心象[イメーヂ]　⑤133
芋　①9, 108，④37；30, 61
馬鈴薯　⑦77
馬鈴薯[いも]　⑦243-245
馬齢薯[いも]　⑨373
いもち　④95, 96, 200，⑤96
稲熱　④276, 292；206, 208，⑤27, 32, 204；36, 57
稲熱病[いもち]　⑤58
稲熱病　⑤204，⑪47
芋の子　⑦246
芋の子頭　⑤25, 26
鋳物工場　⑦302, 303
鋳物屋　⑦440
芋むし　⑧244，⑩194
いもり　③163

| | |
|---|---|
| 医薬 | ③138, ⑥300 |
| 弥[いや]栄主義 | ④38 |
| 意慾の海 | ③35 |
| いらつひめ | ⑦*502* |
| 入海 | ⑩*48* |
| イリジウム | ⑥61→イリヂウム |
| イリス | ③23, 104, 227；*45, 275, 545, 551, 559, 561, 564, 566*,⑥237→Iris |
| 燕尾[イリス] | ⑥298 |
| イリヂウム | ⑥61 |
| イリデスセンス | ③*407*, ⑥256 |
| イリデｽセンス | ③169；*404*, ④*51, 184*；*101* |
| イリドスミン | ③223, 227, 229；*404, 407, 539, 559, 560, 564, 566, 567*, ⑥237, 256 |
| いり麦 | ①*49* |
| いるか | ②459, ③229；*565, 567*, ⑩14, 17, 119, 120, 256, 257；*96, 150*, ⑪*208* |
| 海豚 | ⑩17, 119, 120, 163；*96*, ⑪157；*208* |
| イレキ | ①41, 176 |
| 入歯 | ⑩192 |
| 色鉛筆 | ②135, 351, ⑫294 |
| ステッドラーの―― | ⑩135, ⑪*186* |
| いろがみ | ⑦*232, 233* |
| 色紙 | ⑦74；*231* |
| 色紙[いろがみ] | ⑦*232* |
| 色硝子 | ⑧335 |
| 色事 | ⑫*199* |
| いろり | ③13, ⑤100, ⑩181→ゐろり |
| 岩 | ①353, ⑩*25* |
| 岩穴 | ⑪172 |
| 磐井 | ⑦290 |
| いわかがみ | ③111；*272, 274*, ⑦94；*292*→いはかがみ, いはがみ |
| 岩かけ | ⑧101 |
| 岩片[いはかけ] | ⑧99 |
| 岩国 | ⑨219 |
| 岩崎 | ④291, ⑦315 |
| 鰯 | ③243；*592, 594*, ⑥67, ⑧29, 33, 167, ⑨216, 234, 236, ⑩339 |
| 鰯[いわし] | ⑫56, 59 |
| 鰯のサンドウィッチ | ⑫*81, 91*→鰯のサンドウｨッチ |
| 鰯のサンドウｨッチ | ⑫*81, 91* |
| 岩岨 | ⑥266 |
| 岩つばめ | ①21, 129 |
| 岩燕 | ⑨13 |
| 岩手 | ①116, ③*647* |
| 岩手火山 | ②435, ③171；*410, 413, 414, 417, 567, 632* |
| 岩手軽鉄 | ⑦133；*419* |
| 岩手軽便鉄道 | ③227, 230, 251；*562-564, 566, 567, 609*, ⑦*419* |
| 岩手県 | ②460, ③7, ⑥83, ⑦59, ⑧29, ⑩92, 255, ⑫273, 378 |
| 岩手県平民 | ①*6* |
| 岩手公園 | ①47, 186, ⑦60 |
| 岩手越 | ⑦*544* |
| いわて山 | ①62→いはて山 |
| 岩手山 | ①74, 287, ②*45*, ③*347, 512, 550, 632*, ④165；*88, 89*, ⑤*25, 36, 191*；*190*, ⑦*631*, ⑨11, 12, 14, ⑩*116* |
| 岩手山[いはてさん] | ⑫19, 27 |
| 岩手山巓 | ⑦116 |
| 岩手山麓 | ①*30*, ④254, ⑤*190*, ⑦*661* |
| 岩手山麓地方 | ④*168* |
| 岩手師範 | ⑦*450* |
| 岩手日日新聞 | ⑦371 |
| 岩手のやま | ①14 |
| 岩手の山 | ①74；*60* |
| 岩手病院 | ⑦*149* |
| 岩手平野 | ③*648* |
| 岩手毎日新聞 | ⑦371 |
| 岩手やま | ①40, 81, 174, 234, 250 |
| 岩根橋 | ⑤51 |
| 岩根橋発電所視察団 | ⑦*264* |
| 岩の鐘 | ③154；*377, 380, 382, 386*, ⑥270, ⑦131；*413* |
| 岩間組 | ⑨127 |
| 岩谷堂 | ⑧*30* |
| 因果 | ②9, 233, ⑨161, ⑩266 |
| 陰画 | ⑥260 |
| 因果交流電燈 | ②7, 231 |
| 因果律 | ⑧*13* |
| 陰気 | ⑩325 |
| 韻脚 | ⑦*297* |
| 陰極線 | ⑥146, ⑦197 |

いんく　⑦*588*
インク　①*101*，⑦*215*；*464*，*466*，⑩*262*
インクライン　④*246*；*161*，*163*
いんこ　⑩*68*，⑪*5*，⑫*183*
印刷物　⑪*179*
因子　④*30*，⑤*101*
インスピレーション　⑤*189*
インダス地方　④*283*
インチキ工業　⑦*272*
院長　⑤*75*
院長スリッパ　⑫*192*
インデアン　⑩*20*，*21*，*123*，*166*，*167*，⑪*160*
藍靛　②*456*
藍靛［インデイゴ］　②*16*，*240*
インディコライト　③*170*，*173*
インデコライト　③*72*
インテリゲンチャ　⑥*38*
陰電気　⑫*258*
印度　②*197*，*406*，*460*，③*120*，*123*；*33*，*210*，④*340*，⑨*84*，*232*，*239*，⑪*108*，⑫*315*
印度［いんど］　⑧*65*，⑪*280*
印度人　⑨*116*，*118*
印度戦争　⑫*330*；*221*
印度［いんど］のとうがらし　⑩*118*
印度の虎狩　⑪*222*，*233*
印度洋　⑤*6*
インドラの網　⑨*273*，*277*，*278*
因縁　③*29*，*266*，*267*，⑤*176*，⑨*163*，⑩*173*
インバネス　①*348*，*386*，②*65*，⑤*104*，⑦*207*；*345*，*602*→イムバネス

## う

ヴァイオリン　⑩*143*，⑪*219*，*233*
ウアイオル　③*20*，⑥*260*
ヴァイオル　③*10*；*20*，*21*，⑥*260*→ウアイオル
ヴァイン　⑥*18*
ヴァンダイク褐　③*544*
ウアンダイクブラウン　②*72*→ Vandike Brown
ヴァンダイクブラウン　②*72*→ウアンダイクブラウン
ウーイ　⑧*223*，*224*
ウイ　⑦*265*

浮標［ウイ］　③*55*，⑥*301*
ヴィオリン　⑩*210*
ヴィオリン引き　⑩*211*
ういきょう　③*44*；*93*，*98*，*100*，⑦*14*，*15*→うゐきやう，うゑきゃう
ウーイ，ケホン、ケホン，ウーイ　⑧*223*
ウイスキー　⑫*135*→ウキスキー
ウィスキー　⑩*232*→ウヰスキー
ウィーゼ　③*543*→ウヱーゼ
ウイリアムタッピング　⑨*221*→ウヰリアムタッピング
ウィリアムテル　②*129*→ウヰリアムテル
合図［wink］　③*160*
ウィンチ　⑤*198*→ウヰンチ
うう　⑩*15*，⑫*36*
ウウイ　⑧*223*
ううい，あああっ。ううい　⑧*225*
ううう　⑨*150*
ウウウウエイ　⑧*320*
植木店　⑥*68*
ウェクー　⑧*223*
植代　⑤*60*
ウエスキー　⑫*134*→ウエスキー
上田君　⑩*249*
ヴェッサンタラ王　④*231*；*107*
ヴェッサンタラ大王　⑨*337*
ヴェーッサンタラ大王　⑨*336*
上野　①*46*，*185*，*331*，*332*，⑥*53*，*54*，⑨*347*
上野の動物園　⑩*182*
上の野原　③*553*，*555*，⑤*57*，⑪*177*，*179*，*185*，*186*，*200*，*208*
上［うへ］の野原［のはら］　⑧*96*
上の原　③*275*，*276*，⑧*97*，*98*，⑪*186*
ウェーブライト　⑦*15*→ wavellite
魚　①*9*，*23*，*108*，*132*，*278*，②*116*，*332*，③*73*，*140*，*288*；*172*，*337*，*338*，*340*，*373*，*554*，④*39*，*63*，*153*，*206*，*235*；*123*，⑥*211*，⑦*20*，*153*，*189*；*64*，*487*，*488*，⑧*33*，*83*，*86*，*168*，*194*，*260*，⑨*38*，*165*，*209*，*215*，*234*，*248*，*332*，*380*，⑩*6*，*7*，*16*，*17*，*22*，*119*，*124*，*182*，*188*，*191*，*192*，*195*，*339*；*95*，*96*，*117*，*119*，*112*，⑪*34*，*117*，*131*，*162*，*170*，*203*，*205-208*，⑫*127*
魚［うを］　⑩*118*，⑫*126*，*139*

魚粕　⑨216
魚形の雲　⑤131
ウォーッ　⑧186
うから　⑦53；*168, 169*
うきうき　⑧222
浮絵　③*486*
浮雲　⑦*570*
浮彫　⑩151
浮藻　④*81*
浮世絵　③113, 200，⑥36，⑦83；*262*
浮世絵展覧会　⑥31
うぐいす　①25, 135，②62, 283，③220；*104, 491, 532, 533*，⑧59，⑨264, 332→うぐひす
鶯　②62, 283，③204, 205；*489, 492, 494*，⑦119；*379, 380, 645*，⑨332，⑫162
鶯[うぐひす]　⑧56
うぐいすいろ　①*373*，⑦*268*
鶯いろ　②71, 291，④*92*；*176*，⑦*85*，⑨277
鶯沢　①*87*
うぐひす　①25, 135，②62, 283，③220；*104, 491, 532, 533*，⑧59，⑨264, 332
ウクライナ　③*145*
請負師　⑩236
うこん　③*358, 361*，⑦*653*，⑫*72*
う金[こん]　⑧158
鬱金　⑦*669*，⑨104，⑫254
鬱金[うこん]　⑫64
うこんざくら　⑤108, 111，⑦*52*；*165, 167*
うこん桜　⑦*165, 166*
鬱金[うこん]しゃっぽ　⑫64
鬱金のダリヤ　③*569, 570*
兎[うさ]　⑫*70*, 102, 114
うさぎ　⑩273
兎　③*358*，④*85*, 117, 138, 244, 289, 290；*160, 162, 163*, 220, 262，⑤221，⑦98, 159；*306, 500*，⑧38, 107, 123, 186, 331；*21*，⑨182, 348，⑩284-286, 289，⑪231；*40*，⑫257
　子——　⑧38
　鉛の——　⑫171
兎[うさぎ]　⑧15-17, 39, 40, 42-45, 47, 49, 52, 54, 58, 72, 145，⑩76；*174*，⑫29, 55, 70, 86, 102, 227
うさぎうま　②474

うさぎ馬　⑧143
兎飼い　⑪40，⑫*164*→兎飼ひ
兎飼ひ　⑪40，⑫*164*
うさぎさんのおばあさん　⑪230
うさぎと亀のかけくら　⑩273
兎とすずらん　⑧*17*
兎の星　⑧20
卯眼　③*360*
うし　①40, 173
牛　①10, 42, 110, 179，②441，③78；*184, 185, 202*，④80，⑤*21*，⑥21，⑦137；*137, 431*，⑧97-101, 103, 108, 109, 257, 274，⑨91, 94, 214, 228, 229, 236, 237, 404；*100*，⑩134, 148, 179, 230, 264, 324, 328，⑪54, 132, 218；*251, 254, 255*
牛[うし]　⑧76，⑫218
潮の国　⑦*622, 623*
牛飼い　⑦*43*，⑫*161*→牛飼ひ
牛飼ひ　⑦*43*，⑫*161*
牛肥　⑦*433*
牛糞[うしごえ]　⑦*434*
牛の革　⑨177
牛の糞　⑩293
牛の仔　⑩86
牛の子　⑩85
牛の先祖　⑪142
牛の糞　⑩293
うじむし　⑧163
蛆虫　⑫*221*
うじゃうじゃ　⑧138，⑨382→うぢゃうぢゃ
牛若丸　⑨397
臼　⑦*74, 75*，⑧315，⑩264
渦　⑩160
うす青　①57, 255，⑤171，⑪50
うす青[あを]　⑫216
うす蒼[あを]　⑧61
うす青き玻璃　⑤171
うす青ぞら　①*83*
うす青み　⑦281
うす青む　⑥58
うすあか　①42, 101, 179, 379，②25, 78, 138, 249, 295, 354，④*252, 254, 255*，⑤144，⑥242，⑩21, 124, 167, 283，⑪161

（いん～うす）　31

うす紅　　　①22, 131
うす赤　　　⑤95, ⑧295, ⑨274, ⑪42, ⑫*138*
うす赭　　　③237
うすあかり　　　⑩220, 321, ⑪209
うすあかりの国　　　⑧293
うすい赤　　　⑥17
うすい黄色　　　⑨16
薄い鼠色の雲　　　⑪190
うすいピンク　　　⑥117
うすい緑　　　⑪156
うすい紫いろ　　　⑩13
うすいろ　　　④*79*
うずうず　　　⑨54, ⑪*19*→うづうづ
羅〈うすぎぬ〉　　　②*50*, ⑨271→羅〈うすもの〉
　霧の――　　　⑨103
うすぐも　　　⑦209
うす黒[くろ]　　　⑧39, ⑫39
うすぐろ　　　⑧205, 212, 223, 236, 251；*86*, ⑨268,
　⑩36, 305, ⑫300
うす黒　　　①13；*32*
うす勲　　　①42
勲　　　①179
うすぐろいもの　　　⑩321
うす白　　　①25, 109, 136, ⑪64
うす墨　　　②469
薄墨　　　③*25*
うす墨いろ　　　③140；*338, 339*
薄墨いろ　　　③16
ウステラゴメナ　　　⑫174；*76*
うずのしげ　　　⑨*83*
うずのしゅげ　　　⑨179, 180, 182-184；*82, 83*→う
　づのしゅげ
うずのひげ　　　⑨*85*
うすひ　　　①72, 227
うす陽　　　①62, 68, 82, 97, 105, 223, 253, 278, ③
　164
薄陽　　　①27
薄氷[うすひ]　　　⑥279
うす光　　　⑨*78*
うす緑[みどり]　　　⑫219
うすむらさき　　　③234, 279, ④*133*, ⑧207, 212
うすもの　　　⑧65
　霜[しも]の――　　　⑪*280*

羅〈うすもの〉　　　②*50*, ⑨271
　霜の――　　　⑨103
うすら赤　　　①*30, 53*, ⑥*91*
うそ　　　⑩180；*145, 185, 199*, ⑪26
獺　　　⑦26
うその神さま　　　⑩171, ⑪165
宇内　　　⑥152
うたいめ　　　⑦*122, 264*→うたひめ
歌いめ　　　⑦179；*89, 90*→歌ひめ
歌妓　　　④282, ⑦*91, 92*
憂陀那　　　③*94；223*, ④22；*38*
うたひめ　　　⑦*122, 264*
歌ひめ　　　⑦179；*89, 90*
うたまろ　　　①184, 331. ⑥53
歌まろ　　　①45, 46, 315
うため　　　⑦40；*126*
歌女　　　⑦*123*
歌女[うため]　　　⑦*121*
歌[うだ]らはんて　　　⑫*8*
歌〈うだ〉る　　　⑫372
うち　　　⑩260, 261；*121*, ⑪*290*, ⑫*133*
うち青む　　　①322
うちかくし　　　⑩236
内衣嚢〈うちかくし〉　　　⑨346
内丸　　　⑩185
うぢゃうぢゃ　　　⑧138, ⑨382
宇宙　　　⑧316
宇宙塵　　　②8, 232
うちわ　　　⑪211
団扇　　　⑥314, 315
団扇[うちわ]　　　⑫196
うつうつ　　　⑫136
うづうづ　　　⑨54, ⑪*19*
うつぎ　　　③146；*349, 351-353*, ⑥262
鬱血　　　⑥239
うつこんかう　　　①219
うっこんかう　　　①*58*, ③*73*；*169, 172*, ⑨202
うっこんこう　　　①219；*58*, ③*73*；*169, 172*, ⑨
　202→うつこんかう, うっこんかう
うつそみ　　　⑤164
うっつらうっつら　　　⑧*75*, ⑩*182*
うっとり　　　⑧40, 50, ⑩*64*
うづのしゅげ　　　⑨183

ウッフッフ　⑧*115*
うつぼ　③136；*313*
空穂　③*315*，④280，⑦80，181；*253*，*536*
うつほぐさ　①111
うつらうつら　⑪102
うつろ　①241，301，307，338，382
空虚[うつろ]　①*77*，*295*
うで木[ぎ]　⑫*80-82*
腕木　⑩53，⑩27，129，173，⑪167
腕木[うでぎ]　⑫*82*，*142*
腕組み　⑩*213*
腕時計　⑩61，63-66，148
うど　①159，⑩187
ウド　⑦*223*
うとうと　③147，⑧106，107，⑨*130*，⑪200，229，⑫*42*，249，294
うとうとうとうと　⑧128
うな　⑧278，⑨6，33，397，⑪173，176，180，186，187；*257*
奴[うな]　⑧107
汝　⑧285，⑨11，32，33，37
汝[うな]　⑥16，199，⑨10，17，⑫*94*
ウナ　⑪*234*
うない　①270，⑥102，274，⑦59，70，74，180，255，274；*40*，*41*，*179*，*180*，*221*，*231-233*，*502*→うなゐ
うない　⑨11
汝[うな]ゐ　⑧275
うないご　⑦130；*409*，*411*，*412*→うなゐご
汝家[うなえ]　⑫364
うなぎ　⑩*119*
鰻　③*123*，*124*，⑤85，⑩194，339；*117*
うなじ　⑥247
うなだ　⑧286，⑪175
汝[うな]ひとりだらいがべぁ　②128，343
うなゐ　①270，⑥102，274，⑦59，70，74，180，255，274；*40*，*41*，*179*，*180*，*221*，*231-233*，*502*
うなゐご　⑦130；*409*，*411*，*412*
うに　⑪*46*
雲丹[うに]　⑫159
海胆　②8
うね　⑩251
うねうね　⑤*48*，⑩223

姥石　③269；*544*，*631*，⑫299，300；*202*
姥屋敷　②438，442，445
優鉢羅華　③75
優鉢羅華[うばらけ]　③*76*
憂鉢羅竜王　③*76*
ウフッ、ウウ　⑧223
宇部　③13
宇部興左エ門　③13
宇部五右エ門　③16；*32*，*33*
宇部五右衛門　③15
宇部何右衛門　③*32*
上[うへ]の野原[のはら]　⑧96
ウヘン　⑫150
うま　①290，323，②42，⑥365，⑪175
馬　①19，20，24，32，33，37，39，54，70，71，82，83，124，125，136，154，157，166，170，171，187，199，226，228，229，253，255，291；*26*，②43，51，59，60，62，68，69，78，80，88，95，104，105，150，170，188，195，207，265，273，281-283，295，297，305，311，320，321，380，398，404，416，463，③27，36，42，51，56，65，67，76，148，194，217，218，259，263，269，271，275；*50*，*73*，*74*，*77*，*88*，*117*，*134*，*136*，*139*，*156*，*202*，*212*，*215*，*216*，*305*，*338*，*347*，*357*，*360*，*465*，*486*，*520*，*523*，*525-529*，*531*，*544*，*552-555*，*620*，*632*，*634*，*635*，④28，72，77，82，179，240，256，263，267；*49*，*59*，*70*，*93*，*141*，*158*，*185*，*317*，⑤32，38，77，94，108，111，112，122，123，131，195，198，199；*34*，*121*，*122*，*141*，⑥129，232，246，269，302，361，364，⑦11，16，18，19，24，35，61，68，95，108，228，236；*22*，*23*，*39*，*41*，*42*，*52-54*，*72-76*，*104*，*165-167*，*187*，*188*，*214-216*，*218*，*296-298*，*343*，*344*，*357-359*，*399*，*586*，*645*，⑧99，102，109，121，139，141-144，186，238，286-288，290，⑨47，49-56，58-62，65，66，91，94，111，120，123，138，192，193，227-229，232，270，292，293，295，296，298-306，308-312，314-316，318，319，321-324，326，329，390，396，405；*62*，*87*，⑩30，52-54，62，63，228，240，306，324，328，⑪5，7，8，10-14，16-20，31-37，43，63，69，70，75，81，179，186-191，193，194，203，210，212；*7*，*8*，*11*，*16*，*21*，*22*，*24*，*26-28*，*30*，*40*，*62*，*65*，*74*，*254*，⑫245，255，273，282，290，298，333，376；*100*，*103-105*，*109-111*，*113*，*128*，*130*，*132*

　　　　　-134, 140, 159
　苗つけ──　⑦299
　はだか──　⑪202
馬[うま]　⑥203；⑧44, 45, 96, ⑩69, ⑫17, 23, 25, 70, 143, 183, 185-197, 207, 208, 215
　はだか──　⑩68
野馬[うま]　⑦504, 505
鶩馬　⑦188
鶩馬[うま]　⑦61；187
馬市　⑨285, 286
馬こ　⑧109, 254, ⑨389, ⑪187, ⑫366
馬肥　⑫353
馬どろぼう　③260
馬盗人　④92, 282
馬の医者　⑨60, ⑪16；25, ⑫108
馬の尾を編んだ帽子　⑪57
馬[うま]の鞍[くら]　⑫188
馬[うま]のしっぽ　⑫192
馬のしっぽ　⑪15
馬[うま]のしっぽ　⑫192→馬[うま]のしっぽ
馬の鼻づら　⑪188
午の日　⑩192
馬の骨　⑤184
馬乗り　⑨192
馬蜂　③637
馬番　⑨104
馬病院　⑨318
うまや　①32, 154, ③50, 65；615, ⑤194, ⑥364, 365, ⑦228
廏　③76；338, 345, 365, ④77, ⑤32, ⑦21, ⑨405, ⑩62, 181, 228, 270；130
廏[うまや]　③343
馬屋　⑨45, 390, ⑪36, ⑫133
廏舎　⑨97, ⑩330, 337
廏舎[うまや]　③344
廏肥[うまやごえ]　⑫227
廏肥　②71, 290, ③115, ④15, 77, 105, 165；40-42, 88, ⑦24, ⑧199
馬や羊の医者　⑪5
うみがらす　②458
うみすずめ　①278
海すずめ　⑨43
海鳥　⑥26

海鳴り　⑥372
海の少女　⑦308
海蛇　③249, 252, 253, ④9；15, 16, 18, ⑧33-35
海坊主　③169, 472, 474, 475, ⑩264
海坊主林[うみぼうずばやし]　②113
海ほうず山　①92
海坊主山　①267
海百合　③73；169, 172, ⑫299
海りんご　④238
うむうむ　⑪8, ⑫67
梅　④85；162, 163, ⑦84；264-266, ⑫309
うめばぢ　⑫297
うめばちさう　①6, 104, ②205, 414, ③112；272, 275, ⑧194, 196, 199, 200；63, ⑫88
うめばちそう　①6, 104, ②205, 414, ③112；272, 275, ⑧196, 199, 200；63, ⑫88→うめばちさう
うめもどき　⑦162
うようよ　④81, ⑧74, 95, 251, 252, ⑩199, 200, ⑪20
うら青　④24, 78；149, 150, ⑤81, 100, ⑦16, 29, 48；42, 86, 115, 116, 154
うらうら　①96, ②41, 263, ③68, ④47；93-96, ⑤108, ⑫44, 254
ウラジオ　③175
ウラジオ地方　⑫77, 86
うらか　⑦630
瓜　⑦59, 74；179, 181, 233, ⑩25, 127, 171, ⑪165, 202
瓜[うり]　⑥274, ⑦180, ⑩68
売り酒　⑦49；157
雨量計　⑦205
うるい　⑦24；75→うるね
うるうる　①13, ②217, 426, ③26, 111, 174, 271, 272, 274, 275, 422, ④9；18, 250, ⑤92；17, 219, ⑦116；368, ⑩29
うるうるうるうる　②110
ウル北日本大陸　③651
熊[ウルサ]座　③263
双熊[ウルサ]座　③263
漆　①8, 107, ③60, 219, ⑥91
漆[うるし]　⑧71, ⑩178, ⑫183

漆かぶれ　③234
漆づくり　③*530, 532, 533*
漆ぬり　②64, 285
漆[うるし]ぬり　⑩*178*
ウルトラ大学生　⑩331
優楼頻螺迦葉　⑤57
うるゐ　⑦24；*75*
うろうろ　⑤120，⑨37, 251，⑩241，⑪25,
　　96；*35*，⑫189, 265
うろうろうろうろ　⑧75, 82, 228, 306，⑨78,
　　253，⑩99, 292, 299，⑫181；*84*
鱗　③*187*，⑥131, 285，⑪34
鱗木類　⑤155
うろこぐも　①30, 126；*15, 35*
うろこ雲　①20，③*50*，⑦*326, 327*，⑨135, 136,
　　⑫262
うろこ雲[ぐも]　⑫79, 81, 86
鱗雲　⑪195
うろこの国　⑦239
うろこ松　④201，⑥86
鱗松　⑥115, 116；*92*
上着　④57, 144, 243，⑥129, 213, 219, 240, 270,
　　⑦10, 187, 190, 238；*20, 269*，⑧123, 312，⑨
　　199, 200，⑩12, 52, 85, 111, 115, 136, 141, 155,
　　198, 202, 207-209, 216, 324；*85, 90, 135*
　　赤い——　⑪*17*
　　赤皮の——　⑪86
　　黄いろの——　⑩10
　　水色の——　⑩325
　　らっこの——　⑩133，⑪130
　　ラッコの——　⑪128
上着[うはぎ]　⑩*43*
噂語〈うわごと〉　⑦*613, 614*
噂　④323，⑩*120*
上の野原　③*553, 555*，⑤57，⑪177, 179, 185,
　　186, 200, 208
上の原　③275, 276，⑧97, 98，⑪186
うゐきやう　⑦*14, 15*
うゐきゃう　④44；*93, 98, 100*
ウヰスキー　⑫135
ウヰスキー　⑩232
ウヰーゼ　③*543*→ウィーゼ
ウヰリアムタッピング　⑨222

ウヰリアムテル　②*129*
ウヲンチ　⑤198
ウエスキー　⑫134
ウンウン　⑧186
雲滃　③52，⑥246，⑦18；*48-51*
暈滃　④*20*
雲霞　⑪6
雲霞[うんか]　⑫184
浮塵子　⑦249；*637*
浮塵子[うんか]　⑤98
浮塵子むし　⑦*636*
雲環　⑦128
運算　⑨402
運算帳　⑨399
うん針　①367
運針　①367
雲水　⑦*44*
運動会　⑩143
運動シャッポ　⑧5
運動場　⑧302，⑩108, 109, 135，⑫278
運動ズボン　⑩294
運動[うんどう]ズボン　⑩*185*
うんとこさ　⑩270
ウントコショ、ウントコショ、ウウントコショ
　　⑧261
うんとこせうんとこせ　⑧6，⑩168
うんにや　②144, 361，⑫89, 92
うんにゃ　②144, 361，⑩77, 82，⑫89, 92→う
　　んにや
雲平線[うんぴゃうせん]　②126, 342，⑥197
うんめい　②43, 265
雲母　①141，⑦*276*，⑧122，⑨276，⑩*57*
雲量計　③24

## え

会　⑦43
絵　⑩145, 256
永遠の生命　⑩304
穎果　③26
英吉　①236
永久　⑪139
永久[えいきう]　⑧64
影供　⑦77

英語　　①110，⑥49，67，⑦463，⑨210，219，231，255；*116*，⑩323
英語［えいご］　　⑫84
英国　　⑨41，⑩59
英国［えいこく］　　⑫85
叡山　　③*182*
嬰児　　③38，158；*83*，*392*
嬰児遺棄　　⑦*609*
嬰児期　　⑨231
衛生　　⑨310
衛生委員　　④*157*
衛生課長　　⑨83
永代橋　　⑦；*5*
泳動［えいだう］　　⑥254
エイト　ガムマア　イー　スイツクス　アルフア　　②54，55，276，277
$8 \gamma e \sigma \alpha$［エイト　ガムマア　イー　スィックス　アルフア］　　②53-55，275-277
エイト　ガムマァ　イー　スィックス　アルフア　　②54，55，276，277→エイト　ガムマア　イー　スイツクス　アルフア
英の文　　⑦*464*，*466*
英文　　⑩*228*
英雄　　④249
営養研究所　　⑨228
営林署　　③*257*
えーえー　　⑫151
えかき　　⑧157→ゑかき
画［ゑ］かき　　⑧152-154，156，157，159，161，⑫64-66，69，70，73-75，78
絵かき　　⑧155
画工　　③*447*
画描き　　⑫*12*
江川坦庵　　⑥40
絵看板　　⑨193
液相　　③*28*，*33*，⑤*52*；*50*
液体　　⑩*30*
液体状　　⑥*174*
液体のパン　　⑩227
益鳥　　⑩339
駅長　　②156，366，⑦268，⑩146，⑪140
駅長室　　③*571*
駅亭　　⑦214

液肥　　②76
疫病　　⑨272
疫病よけ　　⑧265
疫病除け　　⑧263
駅夫　　①40，174，⑦148；*469*，*472*，*475*
液量計　　⑦141；*443*
牆林［エグネ］　　③*346*，⑥287
エゴイスト　　⑫377
江刺　　①78，③*543*，*550*，*551*，*567*
江刺堺　　③229
衛士　　①280
エジソン　　⑫153→エヂソン
エジプト　　③*459*，*614*，⑥*31*→エヂプト
エジプト風　　③30；*60*，*63*，*64*，④245，⑥40，267→エヂプト風
エーシャ牛　　③78；*180*，*184*，⑦137；*431*
絵図　　⑨176
エス　　④226，227
エスカレータ　　⑨175
エステル　　①386，③*49*；*109*，⑦*602*，⑧209，219，⑨204，⑫338
エステル工学校　　⑨204
エステル農学校　　⑨*95*
S博士　　⑤*160*
エスペラント　　⑩*228*
夷ぞ　　⑦*659*
夷曾　　③*168*
蝦夷　　③*71*
えぞにふ　　②176，178，179，386，388，389
えぞにゅう　　②176，178，179，386，388，389→えぞにふ
えぞ富士　　⑩252，258
えぞ松　　②172，382
穢多　　⑫316
枝打ち　　⑩105
枝豆　　⑩181，⑫297，298
エヂソン　　⑫153
エヂプト　　③*459*，*614*，⑥*31*
エヂプト風　　③30；*60*，*63*，*64*，④245，⑥40，267
エッコロ　クアア　　③*66*
悦治　　⑦223；*596*，⑨8，⑪177，178，184，188，195，207

悦治［えつじ］　⑩72
悦二　⑩*149*
エッセンス　⑦*14*
エップカップ　⑩192；*118*
閲覧室　⑦282
江釣子　⑥286
江釣子村　⑤*233*
江釣子森　①389，③151；*368，370，371，373，374*，④29，30，48，157，179；*51，92-95*，⑥163，⑦183，210；*581，582*
エーテル　①31，152，③*284*，④160；*79*，⑥62，139，⑨62，314，321，⑪*24，28*
光素［エーテル］　①209，②23
江戸　⑫*76*
エトロフ雀　③*17*
えとろふ丸　⑨43
エナメル　①21，128，285，333，④23；*41*，⑥40，55，141，⑦139；*437，438*
えにし　①59，209
エネルギー　②171，381，④275，299；*196，198，199*，⑤*54*，⑥259，⑨101，⑩139，227；*220*，⑪*190*
勢力［エネルギー］　⑨226
絵の具　⑧190
絵具　④166；*89*，⑧*64*
顔料［ゑのぐ］　⑨338
エノテララマーキアナ　③104
エノテラ，ラマーキアナ　⑥297
蝦　⑤98，⑦249；*636，701*
エヒンエヒン　⑨318，⑪*26*
エプロン　⑥150
エヘヘヘヘヘ　⑨61
えへん　③118
えへん、えへん　⑫*65*
エヘン、エヘン　⑧176-180
エヘンエヘン　⑧152，176，180，⑨139，⑪*26*，⑫*108，120*
エヘン。エヘン。エイ。エイ。　⑧183
エヘン。エヘン。エン。エッヘン。ゴイ、ゴイ、⑧178
エヘン、エヘン、ブルルル、エヒン、エヒン、フウ　⑨60
エヘンエヘンブルルル　⑨318

エーベンタール　⑥345，⑫*338，339*
エボレット　⑥331，⑫*80-82*
エボレット　⑥331，345，⑫*80-82，328，329，333，334，336，339*；*221*→エボレット
絵本　⑪23，⑫*119*
絵馬　⑤32，91
絵巻　⑤*231*，⑫*268*
M氏　⑦249
エムブルラン　④*173*
エメラルド　③166；*248，250，259*
鰓　⑩119
鰓［えら］　⑩*118*
えらい薬　⑧266
えらえら　⑧293，⑩59
えり　⑤*37*，⑩*132，143*，⑫*12*
胸［えり］　⑫*16*
えりおり　⑥173，213
えり巻　⑩95
エルサレム　①322
エルサレムアーティチョーク　⑤43
エル百号　④*173，175*
エレキ　②95，96，130，311，312，347，③*343，378*，④88，254；*168，169*，⑥203，204，265，361-363，⑦65，189；*204，339，340，548，549*，⑨119，120，⑩*120*
エレキの雲　⑦287
エレキやなぎ　⑨*48，49*
エレキ楊　⑨*48，49*
エレッキ　⑨119
エレベータ　⑨175
塩化加里　⑩259
塩化第二鉄　⑫*237*
鉛管　⑥49
塩岩　⑦128
塩基　⑤*101*
縁起　⑧204，⑪*81*
エングランド　⑫*84*
エンクリヌス　③*169*
園芸　⑩249
園芸家　⑫*286*
約婚指環［えんげいぢりんぐ］　⑫*154*
園芸品　⑤*82*
約婚指環［エンゲーヂリング］　⑫*149*

円光　　　⑩145，⑪138
　　黄金の――　　⑩25, 128, 172，⑪166
掩護射撃　　⑤*149*
塩酸　　④*78, 80, 83*，⑧271，⑨58
塩酸比重　　④*160*
えんじゅ　　①67, 222→ゑんじゅ
えん樹　　④267；*185*
炎樹　　③*354*
演習　　⑥337，⑨36, 42，⑩*16*, 100, 151
演習審判官　　⑤*149, 150*
煙硝　　⑥155，⑩198
塩水撰　　③26，⑩261；*153*，⑫353
塩素　　④*323*，⑧315
演奏家　　④171
遠足　　⑩*143*
円卓　　⑩85
エンタシス　　③*129, 131*，④*33, 38, 154；57, 65-67*，⑤*229*
膨らみ［エンタシス］　　④*63, 64*
円通寺　　⑤163
園丁　　⑦*184, 255*，⑧208, 216, 217；*69*，⑨199-202, 207；*94*，⑪5
園丁［ゑんてい］　　⑫*183*
円電燈　　⑤56
鉛糖　　③86；*200*，⑦47；*149, 491*
えんどう　　①96，②183, 393→ゑんだう
豌豆　　⑪32，⑫*129*
円筒形　　④256，⑤230
えんとつ　　⑪29
煙突　　④31, 131, 132，⑧316，⑩83, 239，⑪49
煙突［えんとつ］　　⑫204, 215, 216
烟突　　⑥5
燕麦　　②*50*，③*104, 113；231, 277, 278*，④*64；248*，⑥219, 240, 297，⑧140, 322，⑨182, 228, 229，⑩65, 134，⑪70；*116, 185*
燕尾　　⑦*352, 353, 355*
鉛筆　　①9, 12, 109, 114，③44，④201，⑦*578, 579*，⑨396-402
　　銀の――　　④175
燕尾服　　③*177*，⑨217, 231；*103*，⑩207，⑪274
燕尾服［えんびふく］　　⑫108, 120
円舞　　⑫342, 349

遠方シグナル　　⑥249
円本　　③*665*，⑦280
えんまの庁　　③213；*514*
円満寺　　③143；*343-346*，⑥287
エンヤラヤア、ホイ、エンヤラヤアホイ　　⑧231
園遊会　　⑪99
園林設計学　　⑥76

## お

おあだりやんせ　　②83, 301
おありがどござんす　　⑫280
おあんばい悪いふで　　⑫280
おいおい　　⑧81, 149, 165，⑩298
及川　　⑩31, 33, 36
追肥　　⑤*128, 132*，⑩57
お伊勢　　①78, 244
狼　　①152→狼〈おおかみ〉
狼［おいの］　　⑫48, 49, 51, 52
狼［オイノ］　　①31；*43*，⑫22-25
狼［オイノ］沢　　③61
狼森　　②442，③*347*
狼［オイノ］森　　②438
狼森［オイノもり］　　⑫22-25
狼森［オイノモリ］　　⑫19
狼森と盗森と笊森　　⑫15
お祈り　　⑪165
追刈　　⑤217
おいら　　⑩14, 73, 78, 80-82, 179, 215, 242；*8, 140*，⑪65
王　　④141，⑧34, 35，⑩324，⑪11，⑫*101*
　　人の――　　⑧113
王［わう］　　⑧41, 65，⑪*279*
黄　　③*361*
オーヴア　　②65, 286
オーヴァ　　②65, 286，⑤100→オーヴア
オーヴアコート　　②70, 290
オーヴァコート　　②70, 290→オーヴアコート
奥羽竜骨山脈　　③*371*
応援歌　　⑥386, 387
王冠　　③37；*78, 79, 81*
王宮　　⑨298，⑩98，⑪10, 21，⑫*100, 114*
黄玉　　⑩146, 154，⑪140, 148

黄金　①13, 92, 97, 267, 279, 324, 327, 334, 345, 367, 382, 388, 390；*33*，②24, 31, 170, 219, 248, 254, 380, 428，③48, 52, 120, 235, 238, 241；*113, 123, 125, 126, 169, 180-182, 192, 205, 207, 321, 523, 526, 543, 622, 654, 655*，④198, 272, 277；*192, 193, 206, 208, 211*，⑤173，⑥62, 247, 249, 291，⑦203, 265, 270；*39, 162, 238, 308, 569, 588, 654*，⑧117, 282, 283, 301, 302, 341；*111*，⑨68, 170, 180, 182, 190, 191, 194, 246, 270, 272, 277, 335；*91, 93, 132, 138*，⑩6, 7, 9, 25, 116, 128, 133, 161, 172；*57*，⑪155, 166，⑫245, 264, 338；*73*

黄金［おうごん］　⑫155

黄金いろ　⑧299, 300

黄金色　⑧37, 190, 198, 203, 212, 215, 222, 227, 238, 335, 339；*85*

王さま　⑧31, 32, 34, 189, 232；*92*，⑩100-102，⑪13，⑫*104*

王［わう］さま　⑧59

王様　⑧22, 24, 26, 27, 29, 30, 32, 34-36, 170, 233；*93*，⑨300, 328，⑪10, 11, 20, 21，⑫236, 237, 313；*100, 114*

王様［おほさま］　⑫188

王様［わうさま］　⑧69，⑫190, 197, 198

欧字［あうじ］　⑧65，⑪279

王子　④231；*107*，⑧187-189, 191, 193, 195, 196, 198, 200, 201；*64*，⑫237, 262

欧州航路　⑨255

鶯宿　⑦120；*381, 382*

王女　③*386*，⑥271

往生　⑩284

往生［わうじやう］　⑧15

黄色黄光　⑨216

王水　②43, 265

押虫網　⑨82

黄土　③*355*，⑥9；*6*

桜桃　⑧220，⑨206

黄銅　⑦137；*431*

黄銅いろ　③78；*180, 184*

黄銅鉱　⑫294

媼　⑦261

媼　⑥165

王のお宮　⑪9

王［わう］のお宮［みや］　⑫186

オウベイ　⑧175

近江屋源八　⑩184

おうむ　⑪5，⑫*97*→あふむ

鸚鵡　①17, 122，⑦*148, 153*

大荒沢　③157；*387-389*，⑥230

巨石［おいし］　⑦*336*

巨石［おほいし］　⑦106

大犬　①385

大犬［おほいぬ］　⑥193

大犬座　⑧88，⑩27, 130；*110*

大犬のアルフア　②122

大犬のアルフア　②122→大犬のアルフア

大内　⑩33；*25*

大売り出し　⑦236

狼〈おおかみ〉　①152，③40, 128；*86, 293*，⑦85；*268*，⑧16, 17, 123，⑨139, 346，⑩107, 199, 285-287；*175*→狼〈おいの〉

狼の牙　⑥221

狼のキメラ　②130, 346

大萱生［一かゆふ］　①51

大烏　⑧22-24

大烏［がらす］の星　⑧20, 21

大菊　⑥*180*

巨きな人　⑧302

大きな人　⑧303

おおぐま　⑥330→おほぐま

大ぐま　⑥329，⑧28

大熊星　⑩137，⑧88，⑨155，⑩225，⑪133，⑫255

大蔵大臣　⑩101, 102

大阪　⑫273

巨鷺踊り　③153

大沢　①*41*

大師匠　⑦44, 138；*140, 433, 434*

大島　⑦*519, 716, 721*

巨すぎな　③*281*

大堰　⑩262；*155*

大袖　⑦*559, 560*

大祖父　⑦*232, 233*

大ぞら　①52, 160

大空　①25, 52, 54, 93, 96, 199, 269，⑩*157*

大空［おほぞら］　①294

大空滝　⑩264
大空の脚　①52
太田　③144, 174；*343-346, 420, 423, 424*；⑤60, 61, 145，⑥*84*，⑩30
太田飯豊［―いひどよ］　⑥287
大高　⑫269
大竹　⑩37；*24*
太田武　②193, 402
大谷光瑞　⑤83
大償　③*134, 135, 137*
大償［つぐなひ］　③56；*140*，⑥302
大天狗　⑧*57*，⑩341, 342；*229*
大天狗氏　⑩*229*
大天狗殿　⑩342
おおとかげ　①304→おほとかげ
大トランク　⑨177
大トランス　⑥279
大錦絵　⑫*178*
大入道　⑤28
大ぬばたま　⑤*82*
おおねえさん　⑩158，⑪152→おほねえさん
おおば　①381→おほば
おおばこ　②464，③145；*247, 251, 252, 258-260, 263, 267, 268, 348, 349, 351, 353*，⑤262，⑧111, 173，⑩*88*, 90→おほばこ
おおばこの実　⑩300→おほばこの実
大母　⑦72；*223, 227*
巨人　⑦55
巨人［おほびと］　⑦*172*
大ひまわり　⑤*40*
大百姓［おほひやくせう］　⑫209, 212
大百姓　⑪39, 44
　　イーハトーブの――　⑪*40*
大びら　⑩228；*226*
大更　⑦161；*54, 506*
大船渡　⑫299
お丶ほいほい。お丶ほいほい　⑪26，⑫202
お丶、ホイホイ、お丶、ホイホイ　⑧306
お丶ホイホイ、お丶ホイホイ　⑧330
大曲野　④47
おおまちよいぐさ　③*559, 561, 564, 566*，⑥237→おほまちよいぐさ
大松　⑤*36*

おおまつよいぐさ　③227→おほまつよいぐさ
大麦　④280，⑨228
大元締　④80, 81
大森　⑦285，⑫250
大森山　⑦*357, 628*
大谷地　⑫353
大谷地［オホヤチ］大学校　⑨140
大やまし　⑤203
大喇叭　⑨*87*
岡　⑩*9*
丘　⑩130, 259, 271, 317；*189, 200*
　黒い――　⑪133
　三角な――　⑩238, 239
　象のやうな――　⑧287
お母　⑧266，⑩104
おかあさま　⑩267
おかあさん　⑩113
お母さん　⑧95, 266-268, 273, 275, 303, 305, 306，⑨156, 160-162, 165-168, 176, 186, 286，⑩24, 27, 92-97, 104, 115, 127, 129, 134, 158, 159, 173, 176, 192，⑪23-25, 66, 68, 127, 129, 152-155, 162, 167, 168, 171, 195；*301*，⑫*165*
お母［かあ］さん　⑧40, 44, 51, 52, 57, 58, 60，⑫199, 200, 201, 229
小笠原島　⑨155；*72*
おかし　⑫9, 11, 17, 220, 222
お菓子　⑪*190*
おかしな子　⑪173→をかしな子
おかしな十ばかりの字　⑩111, 156，⑪149→をかしな十ばかりの字
お首領　④*17*
お首領［かしら］　④*250*
おがせが滝　⑩342；*229*
おかっぱ　④174, 175，⑥115
おかない　②143, 360
お金［かね］　⑫212
小鹿野　①46, 185
丘の頂　⑪223
陸稲　④*155, 312*，⑦*433, 434*，⑫352, 353, 356-358, 360, 361, 364
陸稲［おかぼ］　④80
陸稲［をかぼ］　②48, 270
陸穂　⑦138

| | |
|---|---|
| 陸稲播き　⑩251 | 奥野　⑦*532* |
| 御釜火口湖　⑨14 | おくび　⑦37→をくび |
| お上　⑩266 | 桶　⑤56, ⑩242 |
| おかみさん　⑤35 | 槽　⑦*74* |
| 　蜘蛛の――　⑩276, 277 | オーケストラ　②148, ③*514*, *516*, ⑩17, 51, |
| 　蜘蛛[くも]の――　⑧8 | 　　118, 120, 164, 201, 210-212, 217, 222；*94*, ⑪ |
| 　百姓の――　⑪65, 71, ⑫264, 265 | 　　76, 86, 157；*122*, *207*, ⑫341-344, 349；*235* |
| 　百姓[ひやくせう]の――　⑫226 | オーケストラバンド　⑨220, ⑫342 |
| おかみさんばけもの　⑧314 | オーケストラベル　⑩117, 162, ⑪156 |
| おがらない　⑫352, 356 | 栗駒[オコマ]山　③*160* |
| 成長[おが]らない　⑩104 | おこり　⑦115 |
| 育[おが]る　③148 | 瘧　⑦259 |
| 拝んだづなす　②123 | おごり　⑧72, ⑩289 |
| おき　④176 | 大沢坂　①183, 184 |
| お訊[ぎ]ぎ申しあんす　②79 | 大沢坂[オサザカ]　①*44* |
| おきな　①16, 150→をきな | 大沢坂峠　①*44*, 184, ⑤150 |
| 翁　④*260*, ⑤204, 205 | 大沢[オサ]坂峠　①183 |
| 翁[おきな]　④149 | おじぎ　⑩186, 239, 268, 278, 283, 314, ⑪88, |
| おきなぐさ　①65, 67, 222, 300；*49*, ②36, 37, | 　　226→おぢぎ |
| 　　60, 150, 259, 260, 282, ⑤229, ⑨179, 181；*82*, | お辞義　⑩135 |
| 　　*83*→をきなぐさ | おしげ子　②162, 372 |
| おきな草　①32, 41, 155, 177, 218→をきな草 | お地蔵さま　③198 |
| オキナハレッタウ　⑧176 | 押し葉　⑩151 |
| 翁面　⑦142；*445* | 押葉　⑩*128* |
| 翁面[おきなめん]　⑦*446* | 押虫網　⑪106 |
| 翁面[をきなめん]　⑦79；*251* | お釈迦様　⑫239 |
| オキナワレットウ　⑧176→オキナハレッタウ | 於諸仏所　⑤8 |
| おきの　⑩268 | 白粉　⑤54 |
| 置物　⑩304 | おしろいばな　①*31*, ⑥92 |
| お経　⑨216；*76* | お神明さん　⑨404 |
| おキレ　⑧334, 335 | おずおず　⑧204, 250, ⑨69, 253, ⑩320；*29*, |
| オキレ　⑧341 | 　　⑪65, 143, ⑫226；*163*→おづおづ |
| お「キレ」さま　⑧305, 307 | 雄杉　⑦*585*, *586* |
| おキレさま　⑧309 | おせり　⑧114 |
| 奥さんの獅子　⑩292 | オーソクレ　⑨366, 370 |
| オクタウ　⑦441 | オーソクレース　⑧133 |
| オクターヴ　⑦442 | オゾン　③98 |
| オクターヴォ　⑦140 | 小田一二　③*493* |
| 八分圏[オクタント]　③*75*, *76* | 小田越　③*271*, *275*, ⑤*218*, *219* |
| 奥寺　②438 | 小田島　⑫*213* |
| 奥中山　⑥167 | 小田島国友　②147 |
| 小国峠　①305 | 小田島治衛［―はるゑ］　②123, 339 |
| 億年兆年億兆年　⑧88 | 小田島治衛［をだしまはるゑ］　⑥194 |

(おお～おた)　41

お辰　④245
小田中　②94, 310
お旅屋　⑩178
お旅屋[たびや]　⑫48
おたまじゃくし　⑦*458*，⑪67；*41*，⑫*166*
小樽　⑩252, 257, 258
オダル　③72；*170, 174, 175*
小樽湾　⑩258
落合　⑩47
おぎぎ　⑩239
おづおづ　⑧204, 250，⑨69, 253，⑩320；*29*，⑪65, 143，⑫226；*163*
おっ母　⑩12
お母　⑧266，⑩104
おっかさん　⑧40, 42, 43, 45, 49, 53, 56, 67, 70, 295, 296, 298，⑨284, 285, 287，⑩12-14, 24, 28, 103, 104, 114, 115, 127, 130, 133-136, 144, 158, 162, 168, 176, 266, 267；*81, 90, 103*，⑪132, 138, 152, 155, 162；*183, 185-187, 202, 215*
おっ母さん　⑨401，⑩171；*18, 104*，⑪165；*215*
お母さん　⑩24, 27, 115, 127, 129, 134, 159, 160, 161, 168, 176, 192；*20, 110, 120*，⑪23-25, 35, 66, 68, 127-129, 131, 154, 155, 162, 167, 168, 171, 195；*35, 43, 44, 53, 185, 301*，⑫165
　野鼠の——　⑪230
　若い——　⑩92, 94, 95, 97
お母[つか]さん　⑧40, 53, 54，⑩76, 82
おっかさんの家　⑩136
おっかさんのねづみ　⑪231, 232；*302*→おっかさんのねづみ
おっかさんのねづみ　⑪231, 232
おっかさんの野ねずみ　⑪231→おっかさんの野ねづみ
おっかさんの野ねづみ　⑪231
お月さま　②123, 196, 339, 405, 473，⑧206, 262，⑨267，⑩183, 193, 203, 267, 274；*201*，⑫172
　青い斜めな——　⑩183
　鎌の形の——　⑨171
　十七夜の——　⑨26
　十八日の——　③*110*
　七日ごろの——　⑧279

二十五日の——　⑨166
二十六夜の——　⑨172
お月[つき]さま　⑧154, 155, 157, 253，⑫67, 69, 73, 75, 78, 149, 159
　五日[一か]の——　⑫147
　サンタマリヤの——　⑫155
お月様　⑧21，⑩202, 274
お月様[つきさま]　⑧6，⑫107, 108, 119, 120
　十五夜[じふごや]の——　⑫106, 118
おつきさん　⑫67
お月さん　⑩199
　三日の——　⑨*93*
　四日の——　⑨195
お月[つき]さん　⑧160
牛[オックス]　⑩227
お汁　⑤67，⑪210
お汁[つけ]　⑤*70*
転覆[おつけぁ]　⑨33
おつつきさん　⑫67
夫　⑦*52, 54, 433*
尾っぱ持ち　⑪175
オツベル　⑦*113*，⑫161-169；*71*
オツベルと象　⑧37，⑫*71*
おつほゝゝゝん　⑫77
おっほほほほほほん　⑫77→おつほゝゝゝん
おてんとさま　⑧120
オート　③273，④64, 143；*248*，⑨193, 405
燕麦　②*50*，③*104, 113*；*231, 277, 278*，④64；*248*，⑥219, 240, 297，⑧140, 322，⑨182, 228, 229，⑩65, 134，⑪70；*116, 185*
燕麦[オート]　②37, 79, 80, 260, 297，④56；*248*，⑨183
お堂　⑨279, 280
お堂[どう]　⑫198
御堂　⑦257, 259；*647, 653*
おとうさま　⑧47
おとうさん　⑧40, 42, 49, 50, 52，⑩103, 183
お父さん　⑧244, 278, 279, 282-287, 297, 305，⑨11, 156, 161-163, 167, 168, 173, 176, 186, 284-286, 288, 289，⑩7-9, 22, 23, 92-97, 104, 113-115, 125, 126, 133, 158, 159, 169, 308, 313, 315, 316；*87, 90*，⑪23-25, 35, 36, 66, 68, 128-130,

152, 153, 163, 171, 177, 179, 211；⑧*40, 42, 44, 53, 58, 199, 202*, ⑫34；*165*
　カムパネルラの——　　⑪124
　狸さんの——　　⑪230
　若い——　　⑩93-97
お父［とう］さん　　⑧42, 49, 51-60, ⑩7-9, ⑫127-130, 199-201, 227, 229
弟　　③103, ⑦*395*, ⑩7, 9；*69, 142, 144*
　ロザーロの——　　⑪88
弟［おとうと］　　⑫128, 129
おどおど　　⑧296
おとぎばなし　　③100
お伽噺　　③*264*, ⑤46, ⑪*154*
おとこえし　　⑧100, ⑪190, ⑫364→をとこへし
男の子　　⑩17, 23-25, 113, 116, 119, 126-128, 157-159, 161, 162, 168, 170-172；*90, 91, 95, 96*, ⑪26, 151, 152, 155, 156, 162, 164, 166；*202, 203, 208*
男［をとこ］の子［こ］　　⑫202
落し角　　⑥310
落角　　⑥310
おとと　　③102；*239*
オートミル　　⑪121
小友　　③*620*, ⑤*79, 80*
おとら狐　　⑧260
おなか　　⑩*168*, ⑫35
お腹　　⑩283
飾禾草［オーナメンタルグラス］　　③130；*294, 297, 300, 302, 304*, ⑥277
お雷神［なりがみ］さん　　⑫375
お苗代　　⑨14
鬼　　③93, 120；*222, 377*, ④235, ⑤130, ⑥51, 165, ⑦41, 175；*130, 647*, ⑧297-300, ⑩55；*43*
鬼［おに］　　⑩*72；42*, ⑫205
おにあざみ　　①246
鬼あざみ　　①246
鬼ヶ城　　③514
おにぐるみ　　③532
鬼ぐるみ　　①97, 279, 327；*22*, ③215；*519, 520, 522*
おにげし　　⑤*81*

鬼げし　　③*319*, ④18, ⑦103；*325*
鬼げし風　　④18；*26*
鬼越　　①101, ②446；*52*
鬼越やま　　①*44*
鬼越山　　⑦*370, 371*
鬼っこ　　⑩*43*, ⑪206-208；*263*
鬼［おに］っこ　　⑩*72*, 73
鬼百合　　①*39*, ⑥97
尾根みち　　①*145*, ⑫*141*
おのこ　　⑦*296-298*→をのこ
漢子　　⑦*187, 271*；*669*
漢子［をのこ］　　⑦*95, 270*
小の寺　　⑫*213*
小野寺青扇　　⑦*392*
オノモ　　⑦*223, 225, 227*
おのれ　　⑦*156；63, 497*
オーバ　　①*375*, ⑦*158*
オーバア　　②*39*, ⑨*132*
オーバアコート　　⑫269
オーバアフロウ　　⑩54
おはぐろ　　③140；*337, 338, 340*, ⑤27, ⑥211
おばけ　　①392
オーバコート　　⑫*32*
オーバーシューズ　　⑩*143*
お鉢廻り　　②126, 342
お鉢廻り［おはちまはり］　　⑥198
雄花　　③200, ⑤*123；140*, ⑧113
尾羽根　　⑥78, 167
小原　　⑫*213*
小原忠　　⑫*213*
オパリン　　④41；*80*
オーパル　　①*245, 307*, ④*161；78*, ⑥*199*, ⑦*580*→Opal
蛋白石　　②*120, 124, 336, 340*, ③*169, 236；405, 407*, ⑥*256*, ⑧*134, 188, 194, 235*, ⑨*345, 372, 385；134, 157*, ⑩*304*
帯皮　　⑩*198*
お日さま　　②16, 119, 159, 240, 335, 369, ⑧20, 87, 93, 113, 130, 131, 188, 190, 194, 203, 206, 208, 215, 222, 228, 229, 231, 252, 267, 271, 275-277, 283；*51, 85, 90, 91*, ⑨26, 181, 192, 247, 277, 354, 367, 368, ⑩14, 96, 110, 187, 243, 317, 318；*189, 200, 201*, ⑪24, 28, 182, 227；*271,*

⑫170
お日[ひ]さま　⑧52, 62, 64, 70, 145, 147, 155, 157, 248, 253，⑪*273, 277*，⑫46, 48, 53, 55, 58, 64, 156, 157, 200, 203
お日様　④142，⑧19, 24, 25, 114, 116, 187，⑩200, 303，⑫*81, 91*
お日様[ひさま]　⑧47, 48, 70，⑫101, 113
お日さん　⑧87, 116, 213，⑨26, 182, 183，⑪185，⑫*364, 369, 370, 374*
お日[ひ]さん　⑫*96*
お姫さま　⑩16；*64, 94*，⑪*207*
お姫様[ひめさま]　⑧69
おべだ　⑨36
覚ぇだが　⑧*119*
覚[おべ]だが　⑧275
オーベニュびと　⑦*263*
オペラ　②441，⑨405
オペラバッグ　⑦*643*
オペラ役者　③8
方尖碑[オペリスク]　③*272*
オボー　③*259*，④41；*80*，⑦190
おほぐま　⑥330
お星さま　⑧19, 34, 36, 88, 206，⑨247-249，⑩168；*201*，⑪162, 217
お星[ほし]さま　⑧68, 155, 253，⑫108, 120, 155
お星様　⑧27-29, 31
お星様[ほしさま]　⑫107, 119
おほしさん　⑫77
お星さん　⑧87, 88
お星[ほし]さん　⑧160
オホツク　⑫255
オホーツク　⑪*231*
オホーツク海　⑩11
おほとかげ　①304
おほねえさん　⑩158, ⑪152
おほば　①381
おほばこ　②464，③145；*247, 251, 252, 258-260, 263, 267, 268, 348, 349, 351, 353*，⑥262，⑧111, 173，⑩88, 90
おほばこの実　⑩300
大ひまはり　⑤40
おほまちよひぐさ　③*559, 561, 564, 566*，⑥237

おほまつよひぐさ　③227
大谷地[オホヤチ]大学校　⑨140
オホン　⑩*197*
おほん、おほん　⑫*75, 77*
オホン、オホン　⑧59
お前[まい]　⑨14
汝[おまい]　⑩*72*
おまんま　⑫59
おみち　⑫*297-302*
おみな　⑦*123, 124, 126, 127, 195-197, 280, 290*　→をみな
妓　⑦*118-120*
綏女　⑦*280*→綏女くさいじょ〉
おみなえし　⑧117, 118，⑪*249*→をみなへし
おみなご　⑦*289*→をみなご
お宮　⑩137, 168；*101*，⑪6, 22, 162
　王の──　⑪9
お宮[みや]　⑫*184, 188, 197*
　王[わう]の──　⑫*186*
おみやげ　⑪*291*
御明神　⑨182
おむこさん　⑩308, 314
オムレツ　⑧140，⑫161
　藁の──　⑧317, 329, 330, 340
御室[おむろ]　②124, 340，⑥196
御室火口　②118, 121, 334, 337
御室火口[おむろくわこう]　⑥189, 192
おもだか　②159, 369
おもちや　⑫172
おもちゃ　⑫172→おもちゃ
玩具　④*13*
玩具[おもちゃ]　⑥279
表側世界　⑧141
曙人[おや]　⑦*169*
親方　④47；*17, 94-97, 128, 152, 250*，⑦*136*；*191, 428-430*，⑩321，⑪110；*143*
親子[おやこ]　⑫130
おやじ　⑩185, 189, 264→おやぢ
親玉の梟　⑧51
おやぢ　⑩185, 189
親分　④*86*，⑦*615*，⑩*200*
尾山篤二郎　④*259*，⑤*32, 61*
お嫁さん　④*92*，⑧244，⑩313

おら　②83, 102, 143, 146, 147, 162, 184, 300, 360, 372, 394,　⑧263,　⑨11, 13,　⑩31, 37, 39, 104, 107 ; *8*,　⑪172, 174, 176, 188, 196, 197 ; *64*,　⑫300, 370-373
俺ぁ　⑩31
俺家［おらい］　⑧280
オライオン　②122, 338,　⑥193
お雷さん　⑧279
オランダ　③261 ; *125*, *486*,　⑦14,　⑫246
檻　⑩*182*
オリーヴ　④*244*
橄欖［オリーヴ］　③*588*
オリーヴいろ　④118, 138,　⑦*15*,　⑫11
オリオン　①54, 78, 200, 244 ; *62*,　②122, 124, 127, 202, 338, 340, 343, 411,　⑥193, 195, 198, 329, 330,　⑦120 ; *381*, *582*, *583*,　⑧28, 87, 88,　⑨248,　⑩*162*,　⑫134, 255
オリオン座　⑧127,　⑫*16*, *19*
オリオン座［ざ］　⑫286
オリオン星座　⑩217,　⑫348
折鞄　⑤77,　⑨80
折壁　①88
オリザ　⑪24, 38, 41-43, 65 ; *35*, *39*, *43*, *72*, *78*, *82*, *107*,　⑫200, 208-212, 224, 226, 228 ; *135*, *138*-*140*
　　——の足　⑪41
　　——の株　⑪42, 64 ; *77*,　⑫*162*
　　——の苗　⑪36,　⑫*133*
オリザ刈り　⑪42
オリザサチバ　②188→ oryza sativa
オリザスの株　⑪43,　⑫*139*
折函　⑥9
オリーブ　②58
オリーブいろ　④289 ; *220*
織物　⑥63, 214
おりゃ　⑫280
おりよ　④*241*
オルガン　③*544*,　④*354*,　⑨235
オルゴール　①382,　②198, 407,　③11 ; *17*, *19*-*21*, *50*, *52*,　⑥261
　　電線の——　②20
オールスターキャスト　⑪217
オールバック　⑨82,　⑪106

オルフィウス　③72 ; *172*
おれぁ　⑧275, 277, 282, 288,　⑫354, 357
折線　⑤73
オレフィン　③*232*
オレンジ　②73,　③*133*→オレンヂ
オレンジいろ　②73, 292,　③120 ; *132*→オレンヂいろ
オレンヂ　②73,　③*133*
オレンヂいろ　②73, 292,　③120 ; *132*
おろおろ　⑧149,　⑨159, 165, 250, 252,　⑪39, 98,　⑫209
オロフォイス　③*169*, *172*
オンオンオンオン　⑫153
音楽　⑩*64*, *98*,　⑫285, 286
温室　①39, 173,　④43
温石　⑥122,　⑦8 ; *18*
温石いし　③17 ; *25*,　⑦268
温石石　①38, 169, 170,　③*36*,　⑥307,　⑦*84*
恩知らず　⑩329
怨親平等　⑦226
オンス　⑦*636*
温泉　④247 ; *161*,　⑩31, 35, 36, 38, 340 ; *26*, *157*, *226*, *230*,　⑫259
温泉町　③178 ; *428*
温泉宿　①29, 147,　④245
妓　⑦*118*-*120*
女看視　⑥145
女訓導　⑦50 ; *159*
女角力　⑥313
女関取　⑦*628*
女先生　⑤93
女蕩し　⑦*341*
女の子　②78, 295,　⑩18-20, 22, 24, 26, 116, 119, 121-125, 127, 128, 157, 158, 162-168, 170-173, 290 ; *87*, *91*, *95*, *96*, *104*,　⑪26, 151, 156-162, 164-166 ; *199*, *203*, *207*, *208*
女［をんな］の子［こ］　⑫202
音譜　③*195*,　⑧111,　⑨123,　⑩300
隠密　⑥309
おんめがみ　⑤167
怨霊　⑤63, 65

## か

火［くわ］　⑨247
菓　⑦98, 99
蚊　①143, ②171, 381, ⑥62, ⑧118, 119, ⑨178, 365, ⑩220, 259, 277, 278, ⑪231
蚊［か］　⑧6, 8, 9, 130, ⑩169
が　⑦190, 191
蛾　②185, 395, ③68, 69, 110；163, 164, 251, 262, 267, ④50, 51, 183, 184；100, 101, ⑤97, 133, ⑦249；636, ⑩205, ⑪85, 110
蛾［が］　⑫205
賀　⑥313
があ　⑫40, 42, 43
母［があ］　⑧273, 276
ガーアアアアアアアア　⑧232
かあお　⑫40
があがあ　②473, ④248, ⑤113, ⑨27, ⑩73, ⑪231, ⑫40
ガアガア　⑧240, 276, ⑩309
があがあがあがあ　⑨122, ⑫39
ガア ガア ガア ガア　⑫167
があ、があ、があ、があ、があ　⑫43
ガアガアコーコー　⑧276
ガアガアッ　⑧279
カアキイ色　⑩53, ⑫247
母さま　⑨284-287
食［か］ぁせ　⑧97
があっ　⑨123, ⑩265
ガアッ　⑧78, ⑩295
ガァッ　⑧79
敷物［カアペット］　⑨273
があん　⑩271
があん　⑩244
カアン　⑧55, 343
ガアン　⑩242
ガアン、ドロドロドロドロ　⑧345
ガアン、ドロドロドロドロ、ノンノンノンノン　⑧341
ガアン、ドロドロドロドロ、ノンノンノンノン　⑧342
介　③181
貝　④50, 183；100, ⑦121；533, 534, ⑧38
甲斐　①315, ⑥76, ⑦531, 532

蓋　⑦39, 150；115, 117
蓋［がい］　⑦480
蓋［ガイ］　⑦116
カーイ　⑧238, ⑩307
飼犬　⑨227
海員　②467
飼牛　⑨404
灰雲　①12, 114, ⑦589
開うんばし　①82, 253
海温表　③71
偎圧　⑩224
開花期　④111, 136
開化郷土　⑦48；370-372
貝がら　⑩148
介殻　②50, ⑦596
　　──の化石　⑩48
介殻［かいがら］　⑫47
貝殻　②171, 381, ④237, ⑤210, ⑧20, 300, 307, ⑨340, ⑩11, 147, ⑪141, ⑫266
海岸　⑩148；9
　　イギリス──　⑩143
　　白堊の──　⑩47
　　プリオシン──　⑩144, 147, ⑪138, 141
海岸［かいがん］　⑫217, 218, 223
海岸地方　⑪103
　　イーハトーヴォ──　⑪103
海気　⑥10
階級　④214；129
海峡　③72
　　──の町　⑩133, ⑪183
回教徒　⑦159
海軍　⑩258
海軍中佐　④196；111
会計課　⑦215
蚕　④228
灰光　①361, ③50, ④53；104, ⑫278
外光　⑩29
外交員　④76
蟹行の書　⑦387
灰黒　④93；176
外国犬　⑩51
外国語　④233
外国人　⑪174

46　　主要語句索引

| | |
|---|---|
| 骸骨星座 | ②20 |
| 塊根 | ⑤*40* |
| 開墾者 | ⑦*519* |
| 開墾地 | ④84, 86；*161-164*，⑦119；*379* |
| 開墾地検察官 | ⑤*190* |
| 貝細工 | ⑨342，⑩101 |
| 崖山先生 | ⑫*208* |
| 海産鳥類 | ⑪103 |
| 海産物 | ⑨229 |
| 碍子 | ①346，②112, 115, 177, 208, 213, 220, 328, 331, 387, 417, 422, 429, 472，③201；*486*，④*209*，⑤188，⑥44, 79, 118, 140, 250，⑦145；*459*，⑪160 |
| 　電しんばしらの―― | ⑩21, 123, 167 |
| 碍子［がいし］ | ②110，⑨128 |
| 開所 | ⑤110，⑦52；*165, 166* |
| 海蝕 | ③*397* |
| 海蝕台地 | ③35；*75, 76* |
| 海盛楼 | ⑤*11* |
| 解析 | ⑦*388* |
| 開析 | ④*47, 172*，⑤220 |
| 凱旋 | ⑪7, 8；*7, 13* |
| 凱旋［がいせん］ | ⑫184, 186 |
| 凱旋の将軍 | ⑪104 |
| 開拓紀念 | ④53 |
| 概然論 | ③*296, 297* |
| 海蒼 | ②179, 389，③*165* |
| 海蒼［かいさう］ | ②41, 213, 263, 422 |
| 海藻 | ③*370, 371, 373, 374*，⑥285，⑦*489*，⑩11；*128*，⑪103；*140*，⑫298, 299 |
| 海蒼色 | ①390 |
| 海賊 | ⑧218，⑨203 |
| 海賊風 | ③*412* |
| 開拓紀念 | ④53 |
| 階段室 | ⑨340 |
| 嘉一 | ⑪175 |
| 灰鋳鉄 | ①370，⑦203；*569, 570* |
| 懐中電燈 | ⑩232 |
| 海鳥 | ⑥26 |
| かいつぶり | ⑦264 |
| 会同 | ③138 |
| 会堂 | ③*18* |
| 外套 | ①376，②81, 112, 124, 298, 340，③11, 134；*17, 20, 21, 429*，④289；*220*，⑤53, 56, 147；*104, 143*，⑥164, 261，⑦288；*692*，⑧26, 135, 192, 275, 304, 307，⑨340, 347, 349, 361，⑩95, 149, 157, 327，⑪27, 28, 97, 151，⑫*123* |
| 　青―― | ⑧192 |
| 　カーキーいろの―― | ⑤*56* |
| 　黒い―― | ⑩157，⑪151 |
| 外套［がいたう］ | ⑧70, 123 |
| 外套［ぐわいたう］ | ⑫136, 202 |
| 外套［ぐわいたふ］ | ⑫*32, 82, 83* |
| 外套［ぐわいとう］ | ⑥195，⑫133-136, 138 |
| 街燈 | ①359，⑥57，⑩132, 134 |
| かいのひ | ⑧42→かひのひ |
| 貝の火 | ⑧13 |
| 貝［かい］の火［ひ］ | ⑧41 |
| 貝［かひ］の火［ひ］ | ⑧42, 44, 49, 53, 54, 56-60 |
| 貝の火兄弟商会 | ⑨345-347, 384-386 |
| 貝［かひ］の火兄弟商会［ひけいていしやうくわい］ | ⑧122, 123 |
| 貝のぼたん | ⑦*381, 383* |
| かいば | ⑧286 |
| 灰白 | ⑦216 |
| 海抜六千八百尺 | ②127, 343 |
| 海抜六千八百尺［かいばつろくせんはっぴゃくしやく］ | ⑥198 |
| 怪物 | ⑧103 |
| 海泡石 | ④72；*141* |
| 貝ぼたん | ③236，⑩16, 119, 163 |
| 海霧 | ③70 |
| 海綿 | ⑧318 |
| 快楽主義 | ⑫377 |
| 海力発電所 | ⑪63，⑫*159* |
| 外輪山 | ②118, 334，⑥189，⑦116；*366-368*，⑪55 |
| 外輪山［ぐわいりんざん］ | ②118, 334，⑥190, 194-196 |
| 外輪山［がいりんざん］ | ⑫219 |
| カイロ | ⑪*140* |
| 街路樹 | ⑥45 |
| かいろ青 | ⑥23 |
| 薤露青 | ③105 |
| カイロ団 | ⑧227；*85, 86, 89, 94* |
| カイロ男爵［だんしやく］ | ⑩41 |

（か〜かい）　47

カイロ団長　⑧227-229, 231-233；*85, 91*
カーヴ　④*82*
かうかう　①*265*, ③*507*, ④*52*, ⑦*51, 135*；*160, 162, 163*
カウカウ　⑦*224*
カウカサス　③*145*
かうじ　⑩*228*
かうもり　①*38*, ③*249, 251, 254, 261, 270, 271*, ⑦*258*；*650, 651*, ⑧*203*；*103*, ⑨*155*；*72*
かうもりがさ　①*27, 142*, ⑦*649, 651*, ⑩*276*
かうもり傘　④*262*
火雲　①*393*；*43*, ⑦*82*；*256, 257, 260*
ガウン　⑦*193*, ⑧*336*, ⑨*221*
　茶いろな――　⑩*336*
糞［かへし］　⑪*32*, ⑫*207*
かえで　⑤*210*；*210*→かへで
楓　⑦*124*；*392*
かえる　③*128, 129, 131, 133, 137*, ⑧*14, 83*, ⑩*282, 283*→かへる
蛙　③*54-56, 91-93, 221, 223*；*136, 138-140, 211, 212, 214, 218, 219, 222, 223, 504, 506, 535, 537*, ④*204*；*173, 175*, ⑤*83*, ⑥*301, 302*, ⑧*13, 213, 234-236, 242, 256*；*21*, ⑩*282, 283, 288, 289, 291, 304, 305, 316*；*170, 178-181, 227*, ⑪*67, 213*；*41, 109*, ⑫*166*
　カン――　⑧*235-245*, ⑩*304-314, 316*
　ブン――　⑧*235, 236, 238-242, 244, 245*, ⑩*304, 305, 307-311*
　ベン――　⑧*235, 236, 238-242, 244, 245*, ⑩*304, 305, 307-311, 314*；*195*
　ルラ――　⑩*309, 313-316*
　――の雲見　⑧*17*
　――のゴム靴　⑩*191*
　――のたまご　⑦*458*
　――の卵　②*26*, ③*123, 124, 126*, ⑩*251, 304*
　悪魔の――　⑪*213*
蛙［かへる］　⑧*62, 71-74*, ⑫*320*
蛙語　⑧*236*, ⑩*305*
かえるの娘　⑩*308*→かへるの娘
鷺王　⑦*77*；*243-245, 503, 505*
カオリン　②*92*, ⑥*195*
高陵　⑨*273*
高陵土［カオリンゲル］　②*124*

カオリン病　⑧*133*, ⑨*370*
かおる　⑩*162*→かほる
かおる子　⑩*163*, ⑪*156*→かほる子
かおるねえさん　⑩*162*, ⑪*156*→かほるねえさん
華果　④*278*
画家　⑥*116, 117*, ⑨*137*
価格　⑩*341*
化学　①*176*, ⑨*89*, ⑩*174, 175, 228, 322*；*108*
科学　④*256, 282, 300*, ⑪*157*
科学者　③*253*, ④*84*
化学大学校　⑨*204*
化学的　⑩*135*
科学的　⑩*235*
科学的原理　④*82*
化学的構成　④*117*
価格表　⑥*150*
カーカーココーコー、ジャー　⑧*275*
かと　⑩*129*
かゞみ　④*69, 72*, ⑦*62*；*192, 193*
鏡　③*162, 163*, ④*156*；*68*, ⑥*252, 254*, ⑦*96, 148, 149, 196*；*190, 191, 299, 376, 472, 475, 476, 557-559*, ⑩*13*, ⑫*274, 370*
　銀の――　⑧*188*
　黒い――　⑩*256*
　白い――　⑧*100*, ⑪*187*
鏡［かゞみ］　⑫*31, 48, 97, 101, 113*
鏡の国　⑫*10*
鏡餅［かゞみもち］　⑫*107, 119*
禾殻　④*337*
かゞり　⑩*128*
篝［かゞり］　②*107, 323*
カカリヤ　③*265*；*623*
花冠　④*50, 183*；*100*
柿　⑪*24*, ⑫*120*
牡蠣　⑩*48*
花卉　④*82*
鈎　⑧*201*
歌妓　④*282*, ⑦*91, 92*
餓鬼　③*113, 266*, ⑨*196*
カーキーいろ　⑤*56*
花卉園花家　③*301*
蛎殻　⑦*32*

48　主要語句索引

蛎殻町　⑦13
夏季実習　⑩*143*
加吉　⑦140；*442*
嘉吉　⑦146；*461, 462*，⑫297-302
かきつばた　③272；*232, 553, 555*，④272；*192*，⑩257
かきつばたの花　③*542*
餓鬼道　⑨154
柿の木　⑤28
課業　⑨398
架橋演習　⑩21, 124, 167；*16, 100*，⑪212
蚊喰鳥　⑦*422*
角帯　⑫268
楽音　②164, 185, 374, 395
かくかう　⑪*296*
がくがく　⑪209
学芸会　⑨149，⑩*143*
楽乾闥婆王　⑤*8*
かくこう　①41, 175，②452, 472，③82, 83, 217；*194, 195, 523, 526, 529, 543*，⑤48, 107，⑥247，⑦11, 232, 257；*22, 647*，⑪224-228, 234；*283, 295, 305*，⑫249
かくこう　⑦*645*，⑨246
かくこうかくこう　⑪*305*
かくこうかくこうかっかっかっかっか　⑪226
かくこうどり　⑪23，⑫*119*
かくこどり　②95, 311，⑥361, 363
かくこ鳥　⑦*22*
かくこ鳥〔どり〕　⑥203
角砂糖　⑪127
かくし　②47, 269，⑨16, 49, 55, 200, 258, 399，⑩85, 86, 111, 112, 155, 156, 299；*85*，⑪7, 14，⑫112, 124, 165, 185, 191
衣嚢〈かくし〉　⑧123，⑨284, 346, 372, 386
学士　①110，④39；*70, 71*，⑤219，⑦70；*221, 463*，⑨363
楽師　①6，⑥116，⑦*217*
角縞　④223
覚者　③109；*266, 267*，⑨241, 272
学者　④*246*，⑩147, 175，⑪141
学生〔がくしやう〕　⑦287
楽手　①7, 106，③158；*391, 392*，⑦68；*213, 214, 217-219*，⑩212

学術競争　⑧185
学生　⑫298, 299
学生〔がくせい〕　⑫214, 215
隔世遺伝　③*653*
隔生遺伝　③89
学生監　⑫*193*
角閃花崗岩　⑧127，⑨361
角閃石　③*543*
角閃石〔かくせんせき〕　⑧130
楽隊　⑤96，⑥312，⑦236；*486, 488, 489, 615, 617*，⑨50, 194，⑩211，⑪152
　　鳥の――　⑪*296*
楽隊〔がくたい〕　⑫10
カクタス　④153, 282，⑦43；*138*
楽団　⑪289
楽長　③113, 116；*277, 278*，⑩210, 212，⑪*287*
かくつ　⑫293
かくっ　⑫293→かくつ
学童　⑫*11*
革嚢　⑥256
学の長〔をさ〕　⑦100
角館　⑦54
楽の音　⑦276，⑩170
角〔かく〕パン　⑧51, 52, 54-57
楽譜　③113；*277, 278*，⑥219, 240，⑧114，⑩300, 301, 303，⑪122
学務部長　⑦449
革命　④235，⑨272
革命家　④249
学問　④103；*196, 198, 199*，⑩*154, 155*，⑪52，⑫*148*
学問〔がくもん〕　⑫217
かぐら　⑩179, 181
　――のめん　④138
神楽　③124，⑥302，⑦237；*118, 619, 620*，⑪230, 232，⑫371
神楽歌　⑦*601*
神楽調　⑦*601*
神楽殿　①26, 139, 140，③*23*，⑦232；*611*，⑩179
隔離舎　①368
格律　⑦297
角礫〔かくれき〕　⑥187, 201, 382

（かい～かく）　49

角礫行進歌　⑥187, 384, 385
かくれっこ　⑪235
かぐろ　③75, ⑦79; *183-185, 251, 283, 358,*
　　*675,* ⑪9, ⑫*99*
か黒　⑥163, ⑦113; *115, 358, 359, 546, 703*
勳　⑦53, 126; *169*
カグロ　⑦72; *224, 227*
かげ　③16, ⑩169
影　②16, 126, 165, 240, ③43, 65, 105, 180, 181,
　　269; *18, 19, 21, 118, 156, 160, 247, 248, 250,*
　　*251, 258, 260, 261, 267, 332-336, 397,* ④97;
　　*185,* ⑥217, ⑩8, 93, 270, 318; *200*
　黒い——　⑩136, ⑪132
影[かげ]　⑫128
　黒[くろ]い——　⑫112, 124
陰　④244
条影[かげ]　③*118*
崖　⑨104, ⑩*37, 98,* ⑫*143*
　黄いろな——　⑪5
かけい　⑧283→かけひ
かげいろ　①*11*
蔭いろ　③*36; 77*
陰いろ　①152; *57*
陰色　①*62; 11,* ③*43*
凍[かげ]えだ　②148
かけくら　⑩273
掛算　⑨401
かけす　②28, ③*237, 238, 520,* ⑥187, 384, 385,
　　⑧21, 55, 56, 59, 268, 271, ⑨164, 332, ⑩79,
　　80
掛茶屋　⑩179-181
南風[かけつ]　⑦145
掛手金山　⑫299
かけ時計　⑦215; *588*
影の棒　⑩6
影[かげ]の棒[ぼう]　⑫126
影ばうし　②129, 345, ⑩132, ⑪130; *182*
かけひ　⑧283
影法師[かげほうし]　⑥200
かげぼうし　⑧283, ⑫96
影ほうし　②129, 345, ⑩132, ⑪130; *182*→影
　　ばうし
影法師　①55, 202, ③*501, 503, 505, 620, 623,*

④174, 176, ⑧34, 136, 222, 227, 231, 258, 312,
　　338, 341; *85,* ⑨65, 273, 327, 394; *90,* ⑩9,
　　47, 51, 83, 85, 132, 271; *162,* ⑪33, 61, 69, 75,
　　130; *32,* ⑫236, 278; *130, 158*
影法師[かげばふし]　⑫65
影法師[かげぼうし]　⑧152, ⑩80, ⑫47, 130
かげらう　③226, ⑤108, ⑦165
掛げらせだぢゃい　②148→掛げらせだぢやい
掛げらせだぢやい　②148
かげらふ　①219, 382, ②23, 75, 247, ③34, 52,
　　55, 61, 63, 64, 147, 195, 201, 263, 269, 271,
　　280; *74, 117, 128, 131, 133, 136, 139, 148, 151-*
　　*153, 155, 279, 544, 553, 631, 645,* ④210, ⑤78,
　　198; *216,* ⑥249, 309; *179,* ⑧214, 313, ⑨
　　103, ⑩29, 76, 249, ⑪72, 75
かげろう　①219, 382, ②23, 75, 247, ③34, 52,
　　55, 61, 63, 64, 147, 195, 201, 226, 263, 269, 271,
　　280; *74, 117, 128, 131, 133, 136, 139, 148, 151-*
　　*153, 155, 279, 544, 553, 631, 645,* ④210, ⑤78,
　　108, 198; *216,* ⑥249, 301, 309; *179,* ⑦165,
　　⑧6, 7, 214, 313, ⑨22, 103, ⑩29, 52, 76, 197,
　　249, 275, 276, ⑪72, 75→かげらう, かげらふ,
　　かげろふ
陽炎　⑨287
蜉蝣　④*133,* ⑨*94,* ⑩328
かげろふ　⑥301, ⑧6, 7, ⑩*52,* 275, 276
下弦の月　③235; *180*
籠　④*61, 136,* ⑤198, ⑪26, 37, ⑫*122, 133*
歌稿　①23
火口　⑥113, ⑦*48, 95,* ⑨14
火口[くわこう]　⑥189, 196, 197, 199
花候　③447
花梗　⑤75
花崗　③23, ⑦128
画工　③447
鵞黄　⑦107; *342*
花崗岩　⑨276, 366, ⑩260
花崗岩地　④208
火口丘　⑦365
火口丘[くわこうきう]　②128, 344, ⑥198, 199
火口原　⑦*366*
火口原[くわこうげん]　⑥195, 197
火口湖[くわこうこ]　⑥190

河谷　⑦*613, 614*
　　北上の——　⑩*48*
禾穀[くわこく]　⑥202, 382
過去圏　③*162*
かさ　⑤49
笠　④155；*68, 69*，⑤*100*，⑦*165*
傘　④*152, 154*，⑤123
　　赤い蛇の目の——　⑩294
暈　④68；*134*
暈[かさ]　⑥302
洋傘　③*379, 383*，⑦*36*，⑨198-203, 207, 396，⑫235, 237, 248；*123*
洋傘[かさ]　③154；*382, 385*，⑥270
かさかさ　①355, 369，③*507*，④*109*，⑤*127*，⑧264, 265，⑨*12*，⑪21, 43；*39*，⑫28, 29, 37, 198；*140*
かさがさ　③*358*
がさがさ　②146, 195, 404，③140, 193, 259；*337-339, 366, 467, 595*，④*17*，⑤*47*，⑥211，⑨112, 115, 140，⑩149, 264, 293；*51, 166*，⑪143, 220，⑫*37*
カサカサ　⑧78，⑨*92, 108, 175, 286*，⑩295, 325
ガサガサ　⑨148, 287，⑫264
がさがさがさがさ　③*347*，⑤*46*
カサカサカサカサ　⑧80，⑩297
ガサガサガサガサ　⑧110, 270，⑪194
風車　②106, 322，⑧19，⑨34，⑪199
風車[かざぐるま]　⑧43
かささぎ　⑩117, 118, 162，⑪156
カサっ　⑧211
洋傘直し　⑨198-203, 207
洋傘の骨　⑫*123*
風穂の野はら　⑨*44*
風穂の野原　⑨111
傘松　④*39*，⑥173
汗袗[かざみ]　⑦*325*
ガサリ　⑧245，⑨252，⑩314
飾絵[かざりゑ]式　②68
夏蚕　⑦*368*
花蓋　⑥228
火山　④277；*206*，⑥290，⑦18；*49-51*，⑧137，⑨350, 378，⑩49，⑪46, 52；*47, 51, 89*，

⑫*151*
火山[くわざん]　⑫213, 217, 220, 223
　　サンムトリ——　⑫219
火山塊　②127, 343，③*84*；*197, 199, 200, 501*
火山塊[くわざんくわい]　⑥197, 198
火山学者　⑪52，⑫148
過酸化水素　⑩216，⑪93，⑫348
火山岩　⑩30
火山岩礁　⑥20
火山管理局　⑪50，⑫146
火山局　⑪63, 65；*106*
火山局[くわざんきよく]　⑫223, 225, 226, 229
　　イーハトーブ——　⑫217
夏蚕飼育　③112；*273, 275*
火山屑地帯　④88；*168, 169*，⑥265
火山弾　②127, 343，⑧115, 120, 121, 340，⑨134, 135, 150，⑪102
火山弾[くわざんだん]　⑥198
火山島　⑪67；*40, 41*，⑫*164, 167*
火山灰　②64, 285，③*495*，⑧137，⑨12, 104, 378，⑩48, 49, 57, 59，⑪61；*46, 47*
火山灰[くわざんばい]　⑫219
火山灰層　⑦*544*，⑩57
火山礫　②462，⑩49, 54，⑪55，⑫255；*151*
火山礫[—れき]　②118, 334
火山礫[くわざんれき]　⑥189，⑫219
火山礫層　⑩49, 54
火山礫堆[—れきたい]　②215
火山列　⑤204，⑦*312*
かし　⑨336
菓子　①104，③262；*465, 523, 526*，④238，⑥233, 247，⑦*15, 195*，⑧303, 306, 328, 330，⑨209，⑩139, 152, 153, 161, 201, 339，⑪146, 147，⑫237, 239, 257
　　——の勲章　⑫328
　　——の塔　③242，⑦*14*
菓子[くわし]　⑧69，⑫131, 225
家事　⑨147，⑩*143*
火事[くわじ]　⑩*179*
鍛冶　⑨199
　　金杏——　⑪220
カシオピーア　③213
カシオピア座　⑧89

（かく～かし）　51

カシオピイア　①*172*,⑨85,⑪109,⑫47
カシオペーア　②84, 302；*79*,③*215, 218, 219*,⑩225,⑫53
三目星[カシオペーア]　③*92；222*
カシオペイア　①378,⑩225
かじか　⑩068,⑪*202*→かぢか
河鹿　⑥315
花軸　②53, 275
鍛冶町　⑦207
珂質　③192
珂質[かしつ]　③*464*,⑥284
果実　⑥345,⑫*11*
　天の――　⑫340
かしは　①61, 82, 211, 252,②146, 149, 214, 423,③207,⑧120, 160,⑫251
かしはの木　⑧115,⑩93
かしはの木[き]　⑧161
かしはの木大王[きだいわう]　⑧160, 161,⑫77
かしはばやし　①62, 70,⑧152,⑫7, 68
かしはばら　①61, 70, 71, 81, 226-228, 250；*16*
鍛冶町　⑦207
菓子屋　⑤*224*,⑥37
貨車　⑦113；*358, 359*
瓦石　⑦*682*
がじゃっ　⑪98→がぢゃっ
果樹　④*82*,⑤*107*,⑦*526*,⑩*143*
嘉十[かじふ]　⑫87-89, 95-97
果樹園　①*45, 47*,③*554*,⑪*63*,⑫*160*
菓樹園　③*545*,⑨191, 195；*87*
カシユガル産　②208, 417
カシュガル産　②208, 417→カシユガル産
果樹整枝法　⑫337, 338；*223*
迦須弥　④231；*107*
花城　⑩50
迦葉古仏　③*76*
迦葉仏　③*75*
かじろ　③*314, 344*,⑦*92, 181；210, 358*
か白　④*20*
かしわ　①61, 82, 211, 252, 310,②146, 149, 214,③207,⑧120, 160,⑫251→かしは
槲　④88；*168, 169*,⑥265
柏　①82, 253,②116, 147, 149, 151, 215, 332, 424；*68*,③86, 146, 148, 259；*200, 347, 349, 351-353, 357-359, 366, 448, 451, 453*,⑤20,⑥262,⑦18, 76, 108, 156, 270；*51, 53, 54, 241, 344, 353, 355, 356, 497, 596, 659, 669*,⑧190, 192, 210, 211, 258,⑨105, 108, 109,⑪121,⑫250, 251, 254, 256, 368
柏[かしは]　⑧152, 154-156,⑩77,⑫*19*, 65-67, 69, 101, 113
柏木　⑦*52*
柏樹霊　⑫363, 368, 371, 374
柏木霊　⑫369, 370, 372, 373
柏木立　②147
柏手　⑤90
かしわの木　⑧115,⑩93→かしはの木
かしわの木[き]　⑧161→かしはの木[き]
柏の木　⑦*197*,⑧121, 289,⑩193,⑪117
柏[かしは]の木[き]　⑧153, 155-157, 159,⑩77, 78,⑫24, 70-75, 78
かしわの木大王　⑧160, 161→かしはの木大王[きだいわう]
柏[かしは]の木大王[きだいわう]　⑧152, 154, 155, 159,⑫65-69, 73, 76
柏の葉　⑧117
柏の林　⑩197
かしわばやし　①62, 70,⑧152,⑫7, 68→かしはばやし
柏ばやし　⑦32；*50, 95*
柏[かしは]ばやし　⑫64
柏林　③*354, 359, 365*,⑨394,⑩099, 100
かしわばら　①61, 70, 71, 81, 226-228, 250；*16*→かしはばら
柏ばら　①69, 211, 226, 233,⑦*49*
柏原　①73,⑦19
粕　③*461*
ガス　①69, 225,⑥8, 71,⑨216→gas
瓦斯　①37, 168,②46, 47, 166, 268, 269, 376, 453, 468,⑤214,⑥59,⑦282；*182, 184, 685*,⑧338,⑨264, 371；*51*,⑩241,⑪*96*,⑫274, 275
　炭酸――　⑪67
瓦斯[がす]　⑫216, 218, 229
瓦斯[ガス]　⑩071,⑫221
海霧　③70

海霧[ガス]　　③74
禾穂　　⑥34
迦水　　①*33*
仮睡硅酸　　②453
仮睡硅酸[かすゐけいさん]　　②161, 371
ガスエンジン　　③98→ガスエンヂン
瓦斯発動機[ガスエンジン]　　③*297, 300, 304*
瓦斯発動機[ガスエンヂン]　　③130；*294*
瓦斯発動機[ガスエンヂン]　　⑥276
ガスエンヂン　　③98
春日　　①284
春日裏坂　　①284
春日大明神の帯　　⑧99
春日のおん帯　　⑦116；*369*
春日明神さんの帯　　⑪186
嘉助　　⑨6, 7, 9, 21, 22，⑪173-178, 180-185, 189-193, 195, 196, 200, 202, 203, 205, 208, 210, 211；*231, 239, 240, 245, 248*
栗樹[カスタネア]　　③130, 131；*301*，⑥277, 278
栗樹花[カスタネア]　　③*300, 304*
ガスタルダイト　　③72；*170*
かすてら　　③*253*
カステラ　　③261；*249, 250, 258, 587*，⑦*14, 15*
カステーラ　　③240；*248, 261*，⑨209，⑩339
海綿体[カステーラ]　　③108
瓦斯燈　　③30；*60, 63, 64*，⑥267
数の子　　⑦*486*
かずのぶ　　①346
霞　　⑥*10*，⑧175
蘿〈かずら〉　　③217
絣　　①*38*，③*434*，⑦25；*78*，⑫*183*
絣合羽　　⑦236
絣の合羽　　⑤95，⑦*616*
加瀬　　④*165*
かぜ　　⑨369
風　　①8, 11, 13, 14, 20, 21, 23, 26, 36, 39, 42, 47, 57, 62, 63, 80, 81, 87, 88, 96, 100, 110-112, 114, 116, 125, 126, 132, 139, 158, 164, 171, 175-177, 186, 187, 205, 215, 216, 227, 234, 249, 250, 274-276, 291, 296, 308, 312, 322, 326, 337, 356, 357，②16, 30, 31, 36, 37, 45, 46, 61, 94-96, 107, 109, 118, 120, 126, 132, 148, 161, 163, 164, 171, 181, 182, 193, 197, 199, 201, 215, 217, 240, 253, 254, 259, 260, 267, 268, 283, 310-312, 324, 325, 334, 336, 342, 348, 371, 373, 374, 381, 391, 392, 402, 406, 408, 410, 424, 426, 455；*42, 104*，③21, 32, 34, 38, 40, 44, 46, 51, 52, 55-57, 60-62, 66, 68, 74, 79, 84, 86, 91, 92, 94-96, 98, 117-121, 123, 130, 133, 135, 136, 143, 150, 158, 166, 172, 173, 177, 180, 182-184, 187, 189, 191, 194, 196, 199, 200, 203, 206, 208, 210, 217, 220, 226, 228, 231, 233, 240, 243-245, 250, 251, 261, 263, 267, 268, 270, 273, 280, 290；*25, 28, 42, 66, 68, 69, 73, 74, 83, 84, 86, 88, 92-95, 97, 98, 100, 104, 106, 114, 117, 118, 121, 128-132, 136, 137, 139, 140, 142, 143, 145-148, 151, 152, 156, 158, 161, 163, 164, 170, 172-174, 186, 187, 190, 197-200, 205, 213, 216-219, 221-225, 227, 228, 254, 257, 271, 272, 274, 300, 304-306, 308-313, 315, 318, 332-335, 337, 338, 340, 342-347, 354-356, 360, 370-374, 377, 380, 382, 383, 410, 413-415, 420, 426, 428, 432, 435-439, 441, 447, 449, 451, 455, 457, 458, 460, 463, 465, 479-485, 489-492, 494, 501, 503, 505, 506, 508, 511, 523, 526, 527, 529, 530, 532, 533, 542-544, 554, 578, 592-595, 597-599, 621, 622, 631, 645, 647, 648, 653, 654, 659, 661, 664, 665*，④11, 12, 18, 27, 29, 30, 38, 44, 45, 54-56, 58, 68, 80, 87, 90, 93, 103, 107, 121, 129, 135, 144, 147, 161, 165, 166, 168, 192-194, 197, 200-202, 206-208, 214, 224, 226, 229-231, 242, 250-252, 259-261, 269, 275, 279, 296, 298, 300；*15, 16, 18, 26, 37, 46, 51, 64-66, 69, 78-80, 83, 88, 107-109, 112, 123, 125, 155, 166, 167, 170-172, 175, 176, 185, 188, 191, 193, 196, 198, 199, 259*，⑤19, 21, 23-25, 30, 45, 46, 54, 69, 75, 81, 85, 86, 92, 104, 108, 119, 120, 122, 140, 141, 144, 147, 148, 163, 182, 189, 194；*13, 21, 46, 47, 90, 91, 135, 164, 167*，⑥13, 27, 34, 35, 41, 42, 60, 68, 78, 84, 104, 124, 125, 132, 189, 191, 198, 203, 221, 225, 232, 236, 246, 252-254, 259, 274, 275, 277, 281, 283, 285-287, 290, 301, 362, 368, 374, 376，⑦*8*, 12, 17, 19, 21, 32, 34, 41, 42, 59, 64, 66, 73, 78-80, 84, 103, 104, 106, 112, 129, 134, 156, 157, 167, 172, 174, 175, 185, 190, 201, 227, 228, 232, 233, 276；*14, 15, 18, 25, 27, 29, 52-55,*

（かし～かせ）　　53

　　　　　　　　*65-68*, *85*, *95*, *100*, *102*, *128*, *130*, *133*, *206*, *207*,
　　　　　　　　*210*, *214-216*, *218*, *247-249*, *251*, *253*, *265*, *266*,
　　　　　　　　*274-276*, *294*, *295*, *298*, *300*, *301*, *308*, *324*, *326-*
　　　　　　　　*328*, *331-333*, *335*, *336*, *344*, *365-467*, *391*, *397*,
　　　　　　　　*405*, *407*, *409*, *423*, *470*, *472*, *476*, *485*, *497*, *519-*
　　　　　　　　*521*, *524*, *525*, *559*, *560*, *567*, *578*, *596*, *669*, *673*,
　　　　　　　　*674*, *703*，⑧6, 9, 38, 44, 51, 53, 61, 68, 70, 71,
　　　　　　　　87, 96, 100-103, 107, 108, 111-113, 145, 156,
　　　　　　　　157, 161, 190, 195-197, 200, 206, 210, 211, 215-
　　　　　　　　218, 234, 247, 258, 268, 274, 291, 292, 294, 317,
　　　　　　　　319, 339, 340, 342, 343, 345；*21*, *69*, *127*，⑨5,
　　　　　　　　9-12, 16, 20, 25, 30, 45, 46, 57, 66, 76, 77, 100,
　　　　　　　　121, 122, 133, 146, 157, 166, 182, 183, 191, 195,
　　　　　　　　199, 200, 203, 251, 256, 263, 273, 277, 278, 302,
　　　　　　　　329, 341, 342, 349, 355, 364, 369, 370, 389,
　　　　　　　　394；*13*，⑩10-12, 16, 19, 25, 27, 40, 73, 77, 93,
　　　　　　　　100, 113, 118, 122, 128, 130, 137, 140, 142, 143,
　　　　　　　　145, 148, 149, 157, 160, 163, 165, 172, 176, 181,
　　　　　　　　183, 223, 224, 239, 246, 249, 251, 256, 257, 267,
　　　　　　　　270, 277, 288, 300, 301, 323, 325, 334；*7*, *116*,
　　　　　　　　*120*, *175*, *188*, *224*，⑪5-7, 10, 25, 34, 38, 43, 49,
　　　　　　　　67, 69, 102, 115-117, 119, 121, 134, 137, 142,
　　　　　　　　144, 151, 154, 156, 172, 174, 175, 180-182, 185,
　　　　　　　　187, 190-192, 195, 197-199, 208-212, 223；*15*,
　　　　　　　　*39*, *41*, *43*, *154*, *155*, *193*, *229*, *230*, *234*, *267*, *272*,
　　　　　　　　⑫7, 9, 11, 19, 21, 29, 37, 47-50, 52, 53, 56, 60,
　　　　　　　　61, 66, 72, 74, 77, 87, 89, 91, 98, 105, 117, 131,
　　　　　　　　137, 140, 144, 146, 149-154, 156, 180, 183, 185,
　　　　　　　　187, 195, 202, 206, 216, 222, 228, 251, 300, 304,
　　　　　　　　305, 364, 367, 369, 371；*10*, *114*, *121*
　　　劫初の――　　①96, 274
　　　大循環の――　　⑪67；*41*，⑫*167*
　　　透明な――　　⑤143
風[かぜ]　　⑩73, 77；*168*，⑪*272*，⑫183
軟風[かぜ]　　④216；*134*
風邪　　④60，⑩94
火星　　①49, 189；*30*，③96；*224*, *225*, *228*, *251*,
　　　　*262*, *263*, *267*，⑥209，⑦*448*, *449*, *455*，⑨165,
　　　247，⑫263
苛性加里　　④41；*79*
稼いで　　⑧282
化石　　②9, 233，④31，⑥37，⑧136, 220，⑨
　　　206, 254, 375, 376，⑩58, 140, 272, 301，⑪

　　　135；*8*, *46*，⑫299；*202*
　　介殻の――　　⑩48
　　蟹の――　　⑪183
　　くるみの――　　⑩248
化石[くわせき]　　⑧96, 161，⑫78
風どうと吹いて来[こ]、豆呉[―け]ら風どうと吹
　　　いで来[こ]　　⑨16
風と草穂　　⑩7
大迦藍[カセードラル]　　③50
風野　　⑦*113*，⑩*73*
風の歌　　⑪*230*
風の神　　⑪195
風の神の子っ子　　⑪195
風のことば　　⑩*8*
風の皿　　③91；*214*
風の太鼓　　⑨277
風の痰　　③219
風の又三郎　　⑧284, 285；*69*，⑨10, 11, 16, 20,
　　　31，⑪172, 174, 175, 211
風ノ又三郎　　⑪*234*
風野又三郎　　①*24*，⑧*37*，⑨5, 10, 11, 15, 20, 24,
　　　29, 31, 36, 42, 44，⑩*73*，⑪*229-231*, *233*, *235*
風野又三郎[かぜのまたさぶらう]　　⑩44
風穂　　⑨111
花盞　　③127
禾草　　③32, 204；*50*, *66*, *68*, *69*, *486*, *488*，④99,
　　　269；*188*，⑤231
華族[くわぞく]　　⑥195
果蔬　　⑤44
ガソリン　　⑨215
迦陀　　③170；*404*, *406*, *407*，⑥256
片脚　　⑩190
ガタアッ　　⑧279
花台　　③*266*, *267*
がたがた　　③135, 154, 207；*380*, *382*, *386*, *578*,
　　　⑤13, 19, 45, 59, 145，⑥270，⑧147，⑨39,
　　　342, 343，⑩40, 65, 73, 76, 88, 89, 157，⑪11,
　　　96, 151, 174, 175, 180, 208, 211, 227；*7*, *44*，⑫
　　　60, 84, 89, 163, 192；*103*, *112*
ガタガタ　　⑧39, 77, 168, 306，⑨242；*35*，⑩
　　　294；*206*，⑫*147*, 254, 267
がたがたがたがた　　⑫35, 189, 195；*111*
ガタガタガタガタ　　⑧173, 184，⑫147

がたがたつ　⑫156
がたがたっ　⑫156→がたがたつ
かたくり　①41, 62, 175, 213, ③52 ; *113, 118,*
　　④*124,* ⑧207, 212, ⑨179, ⑪*49,* ⑫55
かたくりの花　③263, ⑨354, ⑩274, ⑪*43*
かたくりの花[はな]　⑧145, ⑩80, 81
乾田　⑤65, 174, 201
乾[かた]田　③*139,* ⑥301
乾田[かたた]　③55 ; *138*
乾田[カタタ]　③27 ; *50*
堅田　③*538*
潦雨　⑦46
潦雨[かだち]　⑦*147*
潦雨[カダチ]　④19 ; *31*
夏立　④*28, 30*
カダチ　④*31-33*
雨[カダチ]　④*30*
かたっ　⑩233
がたつ　⑫133, 137
がたっ　⑧173, ⑩94, 234, ⑪97, ⑫133, 137
　　→がたつ
カタツ　⑫48
カタッ　⑧60, ⑫48→カタツ
ガタツ　⑫180
ガタッ　⑧126, ⑨72, 76, 129, ⑫180 ; *78, 82,*
　　*88, 92*→ガタツ
かたつむり　④104, 130, 187 ; *201,* ⑧10, 11,
　　232, 233 ; *92, 93,* ⑩278-280 ; *177*
刀　⑩215, ⑪92, ⑫*100*
刀[かたな]　⑫19, 188, 189
ガタ馬車　①292, 317
かたパン　⑥348, 349
堅ぱん　⑩213, ⑪90
堅パン　⑥347, ⑧127, ⑫345
がたぴし　⑤226
かたびら　⑦150 ; *480*
帷子　⑦*479*
片屋根　④237
堅雪　⑩270
堅雪[かたゆき]　⑫101, 102, 104-106, 110, 113,
　　114, 116-118, 121, 122
堅雪[かたゆき]かんかん　⑫102, 114
堅雪かんこ　⑫113

堅雪[かたゆき]かんこ　⑫101, 104-110, 116-
　　122
がたり　⑧333, ⑫36
ガタリ　⑧321, ⑨73, ⑫245, 290 ; *79, 89*
カタログ　④117
目録[カタログ]　③96
かたん　⑫142
花壇　④234, 250 ; *187, 330,* ⑤73, ⑥19, 255,
　　⑦*493, 530,* ⑧234 ; *94,* ⑫285
　　けしの――　⑪18, ⑫*112*
がたん　⑪7, ⑫31, 79
カタン　⑫66, 142
ガタン　⑧321, ⑨74, ⑫178, 180 ; *80*
カタンカタン　⑨59
ガタンガタン　⑫142
ガタンコガタンコ　⑫141, 142
花壇設計　⑫*190*
かぢか　⑪*234*
かちかち　⑪112
がちがち　⑨41, ⑩13, ⑫47, 83
カチカチ　⑧29, 67, 77, 97, 104, 199, ⑨155, ⑩
　　28, 130, 176, 211, 212, 216, 294
家畜　⑥117, ⑩324
家畜撲殺同意調印法　⑨91, ⑩324
がちっ　⑪64
カチッ　⑨19
カチッカチッ　⑩19, 122, 165, ⑪159
がぢゃっ　⑪98
ガチャッ　⑨199
カチャンカチャン　⑧331
家長　⑥280, ⑦80, 153, 155, 274 ; *253, 486-490,*
　　*496, 679,* ⑫194
課長　⑦*450-452*
鵞　⑥8 ; *6*
鵞鳥　①82, 253, 311, ③168 ; *405*
鷲鳥　③*407,* ⑥255
花鳥童話　⑧*33*
花鳥童話集　⑨*83*
花鳥童話十二篇　⑩*186*
がちん　③220 ; *532, 533*
カチン　⑧281, ⑩210
かちんかちん　⑫97
カチンカチン　⑧194

(かせ〜かち)　55

褐　　①236, 352；*17*，③*314*，*480*，*482-484*，*544*，④*281*，⑦*214*；*15*，*200*
褐［かつ］　⑫*215*
憂　⑦*183*
かっ　⑦*119*
カッ　⑨*102*，⑩*336*
鰹　⑨*209*，⑩*339*
かつお雲　①*307*→かつを雲
かつおぶし　⑧*263*→かつをぶし
閣下　④*156*；*68*，*71*，*72*
かっかう　⑪*225*；*296*
赫々　⑫*219*
活火山　⑪*53*
活火山［かつくわざん］　⑫*218*
がつがつ　④*49*，⑤*16*
ガツガツ　⑧*343*，⑨*268*
カツカツカツ　⑧*19*，⑨*137*
勝川春章　⑤*102*，⑥*29*，⑦*557*，*558*
かつぎ　④*30*，*52*；*60*，*61*，*64*，*114*，④*55*，*208*，*214*，*230*，*249*，*107*，*108*，*129*，*130*，*239*，⑤*10*，⑦*519*，⑩*145*，⑪*139*
潜［かつ］ぎ　⑫*303*
頭巾［かつぎ］　③*63*
楽器　①*29*，*148*，③*249*，④*185*，⑦*630*，⑧*301*，*322*，⑩*16*，*118*，*163*，*212*
頭巾［カツギ］　③*62*
かっきり　⑩*19*，*94*，*122*，*165*，*245*
がっくり　③*77*
脚気　⑧*269*，*271*，⑨*49*，*175*，*293*，⑪*12*
脚気［かつけ］　⑫*185*，*186*
嘉っこ　⑫*364*
嘉ッコ　⑧*273-280*，⑫*369*
かっこう　①*41*，*175*，②*452*，*472*，③*82*，*83*，*217*；*194*，*195*，*523*，*526*，*529*，*543*，⑤*48*，*107*，⑥*247*，⑦*11*，*232*，*257*；*22*，*645*，*647*，⑨*246*，⑪*224-228*，*234*；*283*，*295*，*296*，*305*，⑫*249*→かくかう，かくこう，かっかう
かッコウ　⑪*294*
学校　①*8*，*12*，*16*，*28*，*53*，*106*，*120*，*146*，*196*；*29*，④*73*，*208*，*209*，*220*，*238*，*255*；*141*，*188*，*228*，⑦*115*；*363*，*364*，*593*，⑧*166*，*278*，*283*，*286*，*303*，*315*，⑩*11*，*48*，*54*，*57*，*58*，*106*，*108-110*，*133*，*134*，*199*，*227*，*236*，*248-253*，*255*，*256*，*259*，

*263*，*273*，*279*，*328*；*130*，*149*，*167*，⑪*46*；*184*，⑫*161*，*280*，*289*；*142*，*143*
学校［がくかう］　⑫*107*，*108*，*110*，*119*，*120*，*122*，*211*，*213*，*320*
カッコウ　⑪*294*
カッコウ　⑪*294*
かっこうかっこう　⑪*305*→かくこうかくこう
かっこうかっこうかっこう　⑪*226*
かっこうかっこうかっかっかっかっかっ　⑪*226*→かくこうかくこうかっかっかっかっかっ
かっこうかっこうかっこうかっこう　⑪*226*
かっこうかっこうかっこうかっこうかっこう　⑪*225*
かっこうどり　⑪*23*，⑫*119*→かくこうどり
カツコウドリ　⑫*200*
カッコウドリ　⑪*35*，⑫*200*→カツコウドリ
学校ばかま　①*20*，*126*
夏蚕飼育　③*275*
かっこどり　②*95*，*311*，⑥*361*，*363*，⑪*49*→かくこどり
かっこ鳥　⑦*22*→かくこ鳥
葛根田　①*69*，*225*，⑦*448*
葛根田川　⑫*248*
葛根田谷　⑦*448*
褐昆布　①*75*，*236*
褐砂　⑦*275*
活字　⑩*134*，*341*，⑪*125*，*127*；*179*，*184*
葛飾派　⑥*23*
喝食　⑦*445*
滑車　⑨*176*，⑩*143*
褐砂　②*170*
合唱　④*46*，*47*，⑫*338*
合掌　⑥*105*，*111*，⑨*290*
褐色　①*10*；*31*，②*440*；*48*，③*281*；*648*，⑤*64*，⑧*338*，⑨*103*，*160*，*210*，⑩*39*，⑫*249*，*264*
褐色タイル　⑥*32*，*38*
渇水　③*221*；*537*
褐藻類　②*45*，*266*
かつたらこ　⑫*108*
かつたらこ　⑫*120*→かつたらこ
褐炭　①*163*，③*609*，⑦*276*

刈敷〈かっちき〉　⑦34；*102*
活着　③222
月天　⑦224
月天子　③*112*，⑥113，114，⑦224，225；*579，580*，⑨169，171，⑫304
活動　⑦*486，489*
活動写真　③176；*425*，⑤96，⑦*617*，⑨245，⑩*143*，⑫202
活動写真［くわつどうしやしん］　⑩68
活動写真館　⑪219；*283，290*
褐の炭　⑦275
かっぱ　⑨43
河童　⑩39
合羽　②113，329，③*434*，⑤41，⑦25；*78，340，366-368，616*，⑨27
合羽［かつぱ］　②16
褐玻璃　⑦168
活版処　⑪125；*184*，⑩134
活版所　⑪125
活版刷り　⑨91，⑩324
カップ　④41，⑤213
かっぽれ　③124
闊葉樹　③*313-315*，⑩30
かつら　③109；*249，251，261，520*
桂沢金山　⑦*303*
かつらの樹　③*519*
桂の木　③44，216；*92，98，100，522*
かつを雲　①307
かつをぶし　⑧263
資糧〈かて〉　②140，356，⑥244→資糧〈しりょう〉
下底［かてい］　⑥285
家庭教師　⑩114，159
家伝　④*22*
カーテン　④224，⑥85，⑨185
カード　⑦68；*215，216，218*，⑪31，⑫*207，208*
科頭　⑦205
果糖　⑤44
カトウ　⑪170
加藤宗二郎　①363，⑦*250*
過透明［くわとうめい］　②196
過渡期　④290；*221*
嘉蒐治　⑦132；*415*

門火　⑧97
稜堀山　⑦117；*373*
燧堀山　③*347*，⑦*371*
燧堀やま　①44
門馬口　③272
カトリック　②460，⑩210，⑫343
カトリック風　⑩145，⑪139
ガドルフ　⑨338-344
かながら　③88；*205*，④286
鉋屑［カナガラ］　③*283*；*658*
鉋屑［カナガラ］製　⑥290
金切声　⑨95
金［かな］きん　⑧48
金巾　⑥164，⑧48
金具　⑥135
金口　⑨84
金口の瓶　⑪108
金沓　⑩306
金沓［かなぐつ］　⑧238
金沓鍛冶　⑪220
装蹄工［かなぐつや］　⑦*294，295*
カナダ　⑨210，220，⑩87，⑪199
加奈太式　②181，391
カナダ大学　⑨235
カナダバルサム　③226
かなだらい　①20→かなだらひ
かなだらひ　①20
かなづち　②192，401，⑦*545*，⑨211，347，⑩39
鉄槌　⑩33，37，⑫292，298
鉄槌［かなづち］　⑩69
鉄鎚　⑩249
鉄梃　⑩54，55，58
金棒　⑧*61，62*
金物店　⑩51
金矢　④123
金山堀り　⑪194
カナリヤ　⑤166
蟹　②48，270，③*169*，⑦161；*112，387，448，505*，⑧96，107；*17，37*，⑨340，⑩5，7-9，14，203，242，258，⑪32；*64*，⑫*129*
　──の化石　⑪183
　──の甲ら　⑪128

（かつ～かに）　57

──の子供ら　⑩5
　　兄の──　⑩7
　　お父さんの──　⑩7, 8
　　弟の──　⑩7, 9
　　子供らの──　⑩9
蟹［かに］　⑧158, ⑫125-129
　　お父［とう］さんの──　⑫127, 129
　　弟［おとうと］の──　⑫128, 129
　　親子［おやこ］の──　⑫130
　　子供［こども］らの──　⑫129
　　兄［にい］さんの──　⑫127
カニシカ王［わう］　⑧65, ⑪280
カニスマゾア　①376
蟹とり　⑪32, ⑫129
鉞　⑩213, ⑪89
金　④63, 168, 267 ; 185, ⑩135 ; 121, 167, ⑪186, ⑫359
金［かね］　⑫148
鉦　⑦160, ⑨87
鐘　①37, 40, 166, 167, 174, ②440, 441, ③111, 197, ⑦21, 93, 141, 162, 228, 300 ; 164, 252, 443, 507, 508, 708, 710, ⑩336, ⑫240
鐘［かね］　⑧44, 55, 60
鉱石［かね］　⑦120 ; 381, 383
金貸し　⑧260
かねた一郎　⑫9
かねた一郎［いちらう］　⑫216
鋼砥　⑨200
金持　④96, ⑨94
ガノイド　⑤216
蛾の形　⑩201, ⑪78
庚の申　⑦155
蚊のなみだ　⑩277
樺　①303, ②134, 179, 350, 389, ③538, ④229, ⑤120, ⑥17, 131, 150, ⑦270 ; 52, 241, 659, 669, ⑧189, ⑨30, 191, 195, 196, 247 ; 40, 42, 87, ⑩271, ⑪76
樺［かば］　⑫228
河馬　⑧184-186
がば　⑦191, 303, 304
ガバ　⑦302
花杯　⑫10
花梅　③74 ; 170, 173, 174

カーバイト工場　③449, 452
カーバイト倉庫　②18, 242
かばかば　⑫104
銅緑［カパーグリン］　③79 ; 188
かはごろも　⑦81 ; 255
樺樹霊　⑫363, 368, 369, 374
樺木霊　⑫369, 370, 373
かはせみ　③100, 103 ; 233, 234, 237-239, ⑥296 ; 165, ⑧83, ⑩7, 9, ⑫128, 129
かはたれ　⑦291
がばつ　⑫193
がばっ　⑪17 ; 23→がばつ
かばね　①14, 116
樺の赤葉　⑤120
樺の木　②116, 150, 177, 185, 332, 387, 395, ⑥161, ⑧38, 190, ⑨13, 129, 192, 246-258, 399 ; 119, 123, 125, 174, ⑩31, 32, 46, ⑪84, 85, 101, 117
樺［かば］の木［き］　⑧44, 47, 56, 58, ⑩41
かはのころも　⑦67 ; 212
樺の花　⑩7
樺［かば］の花［はな］　⑫128
樺の林　③387, 388, ⑥231, ⑨398
樺花の炭釜　⑩244
樺林　⑩83
かはやなぎ　②95, 311, ③251 ; 607-609, ④172, ⑥203, 252, 361, ⑦86
かはらははこぐさ　⑩153, ⑪147
かばん　①84, 256, ④75, ⑦156
鞄　⑥150, ⑨186, ⑪173, ⑫254
ガバン　⑩39
カピドール少佐　⑤127
かびの木　⑧228
かびのひ　⑧42
貝［かひ］の火［ひ］　⑧42, 44, 49, 53, 54, 56-60
貝［かひ］の火兄弟商会［ひけいていしやうくわい］　⑧122, 123
株　⑪42, 43, ⑫139
蕪　④61, ⑤30, 34, 36, ⑦654
歌舞　⑧320
カフカズ風　②191, 400
かぶかぶ　⑩5, ⑫125, 125 ; 44
がぶがぶ　④113, ⑤140 ; 121, 128, 131, ⑩25,

58　主要語句索引

⑪18, 86, 234，⑫198, 210；*110*
歌舞き芝居　⑤101
株式会社　③271
カフス　⑦*692, 694*，⑩197，⑪75
カフスボタン　⑫32, 33
かぶつ　⑫57
かぶっ　⑫57→かぶつ
カプッ　⑧146
かぶと　⑩203，⑪15, 21, 82，⑫192
兜　⑦224, 225，⑨301, 302，⑩198，⑪11, 15，⑫*102*
兜［かぶと］　⑫189, 192
かぶとむし　⑧9, 86, 244，⑩202, 207, 217, 277；*177, 194*，⑪81，⑫263, 348
甲むし　⑪81
甲虫　①34, 158, 159，②64, 285，③*234, 237, 239*，⑧85, 86，⑩149, 205, 206，⑪85, 86, 143；*127*，⑫262, 342
甲虫［かぶとむし］　⑩*178*，⑫319
甲虫の羽音　⑩210
かぶら　⑨213，⑪66，⑫227
　──の茎　⑩343
蕪菁　⑨228, 229, 236；*100*
蕪菁播種　⑩57
かぶらや　⑥103；*86*
かぶり　⑩188
かぶりかぶり　⑩188
花粉　⑥297，⑩207, 274
カブン　⑫149
壁　⑪47，⑫214
壁紙　①141
カーペット　③201
敷物［カーペット］　②171, 381
かへで　⑤210；*210*
かへる　③*128, 129, 131, 133, 137*，⑧14, 83，⑩282, 283
かへるの娘　⑩308
花瓣　⑨342
禾穂　⑥34
過飽和　⑤119
がぼがぼ　⑤*130, 131*，⑪34，⑫*130*
南瓜　⑨229，⑪73
カボチャ　⑫*213*

南瓜の飯　⑩255
カーボナード島　⑪*42*
かほる　⑩162
かほる子　⑩163，⑪156
かほるねえさん　⑪156
禾本　⑥153
カーボン　⑦*336*
釜　⑩60
鎌　⑥138, 148, 201
窯　⑥297
がま　②78, 295，③242；*210*，⑤63，⑦292；*255*，⑩191；*117*，⑪5，⑫*97*
　──の穂　⑩313
　──の陵　⑧149
蒲　⑦81
蓙　⑤214
釜石　①75, 235, 318，⑦258
釜石湾　③166
かまいたち　⑨21, 22
かまいたち　⑨21
カマイタチ　⑩213，⑫345
がまいろ　②197, 406
がま口　⑩299
カマジン国　⑧170, 177，⑩288
カマジン国［こく］　⑧71, 72
叺　⑦*698, 699*
がま仙　①102，⑥89
かまど　⑤20，⑨69, 74，⑩189
かまど猫　⑫*73*, 85
かまねこ　⑫*86*
かま猫　⑫174-181；*74*
釜ねこ　⑨74
竈猫　⑫*73*
竈［かま］猫　⑫173
釜猫　⑨68, 69, 71-78；*29*，⑫*73, 74, 77-85, 87-94*
鎌の形のお月さま　⑨171
鎌の形の月　⑨155
釜淵　⑩29, 31-33；*24*
神　②47, 48, 269, 270，③137, 138；*253, 254, 261, 263, 274, 317, 320, 326-328, 332, 334*，④121，⑤*99*，⑥299, 300, 345，⑦8, 131；*16, 18, 171, 414*，⑨246, 253，⑩159，⑪153，⑫338,

（かに～かみ）　59

339, 377, 378
　風の―― ⑪195
　全知全能の―― ⑨102
髪　⑩197, 210；22, 111
　赤い―― ⑨6, ⑪173, 175
　黒い―― ⑩113, 114, 157, 159, ⑪151, 152
祇　⑦125, 126
上流［かみ］　⑫126
上伊手剣舞連　①244
上伊手剣舞連［かみいでけんばいれん］　①78
神々　③139；331, 333-335
かみきりむし　⑩207
紙きれ　⑩85, ⑪149
髪毛　⑨251, ⑩290, ⑫261
髪毛［かみけ］　②102, ⑩82
神さま　⑧84, ⑨91, ⑩23, 114, 125, 157, 158, 169, 171, 175；108, ⑪151, 152, 163, 165, ⑫221
　うその―― ⑩171, ⑪165
　じぶんの―― ⑩174
　ほんたうの―― ⑩171, 174, ⑪165
　ほんたうのほんたうの―― ⑩171, ⑪165
神様　⑤51, ⑧269
神様［かみさま］　⑫146
神さんの帯　⑪186
かみそり　⑨65, 326
削刀　⑩191
剃刀　⑧217, ⑨201, 202
上手　⑥65
上鍋倉　④30
かみなり　⑨353
雷　⑤101, ⑧11, ⑨256, 338, 339, 343, 344, 352, 356, 358, ⑪64, 193, ⑫254；161
雷［かみなり］　⑩73, ⑫145, 146, 225
雷さん　⑧184
雷の微塵　⑥237
上根子　⑤201
上根子堰　③143；344, 345
上根子堰［かみねこぜき］　③346, ⑦287
神の井　⑥313
髪の黒い姉　⑪203
髪の毛　⑩289, 290
　青じろい―― ⑩179

青白い―― ⑩289
神の子　⑧113, ⑩190
神のひとり子　④227
上閉伊産馬組合　③620
神代　⑦37
カーミン　④153, 154
紙巻煙草　③17→紙巻煙草〈シガレット〉
カムジン国　⑩118
カムチヤツカ　②48, 270
カムチャッカ　②472, ⑫264, 369
カムニエールのマーチ　⑩210
カムパネラ　⑪177, 222
カムパネルラ　⑩16-18, 20-22, 24, 26, 27, 111-113, 116-130, 135, 136, 138, 141-158, 160-164, 166, 167, 169, 170, 173, 174, 176；20, 64, 65, 68, 79, 81, 82, 85, 91, 93, 96, 100, 106, 110, ⑪123-125, 128, 129, 133, 135-151, 154-161, 163, 164, 167, 169, 170；178, 181, 186, 188, 189, 191, 192, 194, 197, 203, 205, 208, 212, 218, 221
　――のお父さん　⑪124, 170
　――の恋　⑩20, 69, 111
　――の死　⑩20, 68, 110
神祝［かむほぎ］　⑦14
ガムマア　⑫158
かむむり　⑥64
亀　⑥135, ⑩273, ⑫260
亀の尾　⑩261
カメレオン　③126, ⑤89
カメレオン印の煙草　⑩267
鴨　⑤36, ⑦108, ⑫235
かもがや　③305, ⑨259
かもしか　⑪5, ⑫97
かもたのが　⑨6, ⑩173
貨物電車　③29, ⑥266
貨物列車　④53, ⑤79, ⑨155
かもめ　①39, 172, ②457, 459, ③186, ⑤199, ⑥21, ⑦703, ⑨43
鷗　③186, 187, 189, ⑦180, ⑨26
かや　①13, 71, 114, ⑥244, ⑦578-580
萱　⑥266, 287, ⑪175, 195
萱［かや］　⑫221
榧　①229, ③398, ⑤11, ⑨191
榧［かや］　⑩81, ⑫11, 227

萱　②105, 115, 188, 206, 208, 321, 331, 398, 415, 417, ③29, 98, 110, 133, 143, 164；*60, 63, 64, 211, 222, 251, 262, 267, 305, 308, 342, 344-347, 540, 566,* ④125, 149, 270, 288；*16, 17, 49, 65, 191, 200, 219, 232, 257, 258, 260,* ⑤21, 35, 41, 231, ⑥124, 174, ⑦9, 44, 146, 187；*19, 140, 141, 180, 428, 461, 462, 535, 639,* ⑧241, 242, 281, ⑨111-117, 135, 151；*46,* ⑩228, 259, 311, 312, ⑪174, 181, 197, 205, 223；*233, 235, 238, 241, 251*
萱［かや］　②205, 414
蚊帳　⑦*657,* ⑨193, ⑫*198*
伽耶伽葉　⑤*7*
がやがや　③174；*423, 424,* ⑧*32, 330,* ⑨6, 9, 126, 136, 210, ⑩*71,* 181, 206, 245, 334, 336；*111, 131, 218,* ⑪*85,* 173, 206, ⑫137, 236
ガヤガヤ　⑨14, 102, ⑩*222*
がやがやがや　⑫75
がやがやがやがや　⑤145, ⑨7, ⑪94, 174, 177, ⑫15
火薬　⑦15；*38,* ⑩*192*
萱草　④76, 223；*15, 145, 146*→萱草〈かんそう〉
萱ぱ　⑤*80*
萱どて　⑥115
萱野　④30, 208；*51*
萱の髪　③91
萱の刈跡　⑩*194*
かやの木　⑧267
萱野十里　③108；*250, 258*
萱のつぼけ　⑤69
萱の葉　⑨113
萱の穂　⑪188
萱［かや］の穂［ほ］　⑩76
かやの実［み］　⑧57
榧の実　⑩*166,* ⑪*49*
かやの森［もり］　⑫14
萱場　⑩107
萱ぶき　③65；*156*
萱ブキ　⑥108
萱穂　③132；*305, 308,* ④29, 38, 106；*51, 64, 66, 67,* ⑦59
かやぼ　⑥358
萱穂［かやぼ］　②109, 325, ⑥274, 357, ⑦*180*

萱むら　④126
萱芽　④*16,* ⑦*140, 434*
萱屋　⑦70；*221*
萱屋根　③*322,* ④*140,* ⑪*290*
萱山　③*567,* ⑦268
粥　④175
かよ　⑪182, 183；*231, 247*
カラ　⑥123, ⑦162；*507, 508,* ⑪44, ⑫*141*
殻　⑩161
空虚［から］　⑩81
カラア　⑧315, ⑩206；*182*
迦葉　①29
カーライル　⑨217
傘　④*152, 154,* ⑤123
唐金の火鉢　⑩267
がらがら　⑫132
カラカラ　⑧22
ガラガラ　⑧142
がらがらがらがら　⑫205
からからからゝゝん　⑫77
がらがら蛇　④14
からくさ　⑪11, 112, ⑨251
から草　⑪11, 111
唐草のやうな模様　⑩111, 156, ⑪149
唐草のような模様　⑩111, 156, ⑪149→唐草のやうな模様
からくさもやう　④165；*88*
からくさもよう　④165；*88*→からくさもやう
からくさ模様　④44
唐草模様　②67, ③238
唐子　⑥157
唐児　⑨218
空肥桶　⑤115
カラコロ　⑩95
カラコン山　⑩191
唐獅子　③196, 198；*472-474, 476, 478,* ④47
唐獅子いろ　④*94-96*
唐獅子色　④*93*
からす　①12, 13, 20, 22, 28, 85, 92, 114, 127, 130, 144, 258, 266, 267, 327, 345, 347, 348, 361, 365, 368, 381-383, 385, ②23, 28, 29, 133, 178, 247, 349, 388, ⑥206, 207, ⑦207, 221, 222；*455-457,* ⑧335, ⑩117, 162, 168, ⑪156, 162, ⑫

（かみ〜から）　61

38, 76
烏　①31, 127, 145, 153, ②28, 132, 133, 348, 349, ③34, 135；*93, 95, 114, 117, 177, 310, 311*, ④80, 207, 248；*155, 312*, ⑤187, ⑥50, 51, ⑦125, 132, 140, 144, 151, 220；*143-145, 395, 415, 433, 440, 442, 456, 457, 481, 504, 584*, ⑧*21*, ⑨170, 261, 266, 267, 343；*166*, ⑩117, 162, ⑪156, 173, ⑫167
烏[からす]　②21, 245, ⑧67, 68, ⑫38-44
鴉[からす]　⑫131
がらす　①53, 58, ④*280*, ⑦68, 297；*218, 705*
ガラス　①9, 39, 108, 173, 386, ②31, 54, 184, 220, 254, 276, 394, 429, 454, ③26, 29, 83, 188, 286；*59, 63, 65, 66, 194, 355, 379, 380, 382, 386, 404, 410, 424, 448, 451, 523, 526, 527, 542, 549, 632, 660, 661, 663, 664*, ④29, 40, 41, 87, 166, 240；*51, 77, 80, 89, 90, 158, 166, 167, 228*, ⑤59, 95, 129, 184, 185, ⑥38, 43, 48, 130, 247, 250, 266, 270, 279, ⑦115, 175, 217, 218, 247, 268；*191-193, 200, 215, 320, 363, 418, 461, 526, 632*, ⑧59, 169, 271, 274；*132*, ⑨7, 39, 57-59, 85, 185-190, 195, 197, 314；*9, 89*, ⑩92, 94, 140, 224, ⑪137, 229；*240*, ⑫47, 57, 134, 278
　──の杏　⑨19, 36, 103
　──の靴　⑩203, ⑪192
　──の室　④252
硝子　①73；*60*, ②27, 32, 40, 52, 255, 262, 274, 453, ⑤94；*104-106*, ⑧32, 171, ⑨275, ⑩13, 20, 122, 128, 166, 172, 241, ⑪159, 166, 227, ⑫271
　──の鳥　③206；*457, 458, 460*
　──の蠅とり　⑩267
　──の盤　⑩133, ⑪131
　──の笛　⑩149, ⑪143
　──のまんと　⑪*254*
　──のマント　⑧70, ⑨31, ⑩44, ⑪192；*267*
　──の簑　⑤196, ⑫*276*
　──の呼子　⑩25
硝子[がらす]　⑧56, ⑫30, 33, 101
硝子[ガラス]　③*128, 131*
玻璃[ガラス]　③154, 228；*52, 383, 567*
硝子板　⑩271

烏うり　⑪170
烏瓜　⑨13, ⑩133, 136, ⑪125, 129, 130, 169；*179, 183, 221*
　──のあかし　⑩137
　──のあかり　⑪133
　──の灯火　⑪132, 132
烏瓜[からすうり]　②116
からす勘左衛門[かんざゑもん]　⑧160
ガラス障子　②61, ④175
硝子障子　⑤*57*
硝子玉　⑨188
烏天狗　③124
ガラス戸　⑦27；*83*, ⑨84, ⑪108, 174
ガラス扉　⑦*81*
ガラス扉[ど]　⑦*82*
ガラス戸棚　⑨139, 146, 150
ガラス函のちゃうちん　⑪76
ガラス函のちょうちん　⑪76→ガラス函のちゃうちん
硝子笛　②174, 384
ガラスまど　①383
ガラス窓　①349, 375, ⑦*122, 267, 315, 319, 320, 346, 591, 631*, ⑨5, ⑪*238, 296*
硝子窓　⑨340
ガラスマント　⑨31, 46
からすむぎ　②104, 320, ⑦*20, 21*
からす麦　⑦10
ガラス屋根　⑦273；*585*
硝子屋根　⑦*675*
からたち坂　①270, 327
から谷　⑩265
空谷　③80, ④*304*
カラッ　⑧274, ⑨130, ⑩241
空っぽな声　⑪92
空虚〈から〉のトランク　⑨210
空鈇　⑦*190-192*
空[から]鈇　⑦62；*193*
からはしり　⑧151
からはなさう　③*198*
からはなそう　③*198*→からはなさう
カラフト　①30, ⑦*661*
樺太　②170, 172, 380, 382, ⑤191；*137*, ⑩*116*
からまつ　②69, 83, 213, 422, ③34, 251；*88*,

117, 128, 493, 607-609；⑥252，⑦605
から松　②70, 81, 85, 116, 298, 302, 332, 441，③
　　204；318, 489, 491, 494，⑤109, 213，⑨181
落葉松〈からまつ〉　①34，②206, 415, 464，③
　　129, 171；297, 299, 328, 333, 347, 414，⑤77，
　　⑨210，⑩149→落葉松〈らくようしょう〉、落
　　葉松〈ラリックス〉
落葉松［からまつ］　③298
からまつばやし　　　③35；75, 76, 411, 413, 414
から松ばやし　　　③410
カーララ、カーララ、カー　⑧335
ガラリ　⑧31
がらん　②174, 384，③14, 158；24, 100, 103，
　　263, 391, 392, 621，④52, 186, 238；103，⑧
　　293，⑩13, 14, 18, 25, 70, 92, 106, 137, 138, 146，
　　148, 153, 164, 172, 175, 241, 264，⑪50, 96, 133，
　　134, 142, 147, 158, 205；83，⑫225, 273, 290；
　　146
カラン　⑩139
ガラン　⑧178，⑨85，⑪109，⑫276
ガランガラン　⑫236
ガランガランガラン　⑫236
がらんがらんがらんがらん　⑫14
カランカランカランカラン　⑩62
カランクラメネ　⑨74，⑫80, 90
がらん洞　④166
雁　①51, 98, 192；169，②30, 253，④238，⑦
　　106，⑨49, 51, 280-282, 287, 293, 296, 297；
　　143，⑩150-152，⑪7, 9, 10, 144-146，⑫259，
　　260；99, 100
雁［かり］　⑫185
迦里　③598
迦莉　①29, 33
加里　①42, 178，③486, 488，⑩30
　――の粉　⑪64，⑫161
迦里亜穹　③598
刈入年　⑥79
がりがり　③234；466，④21, 131；35, 242，⑨
　　19, 30, 251，⑩37, 39, 290；171，⑪184, 217，
　　⑫80, 139
ガリガリ　⑥341，⑧36, 221, 296, 298，⑨338，
　　⑫133, 327
ガリガーリ　⑥342

がりがりっ　⑩186
ガリガリッ、ゴロゴロゴロゴロ　⑧279
狩衣　⑤124，⑦27；80, 82, 83
加里球　④160；78
カリツ　⑫156
カリツ　⑫156→カリツ
仮停車場　①310
雁の童子　⑨279, 280, 282, 283, 289
刈りびと　⑥99
カリフ　③542, 543
カリメラ　⑫46, 51；12
迦里耶穹　③598
迦莉耶圭　③598
かりん　③217；524，④46，⑦176，⑪172，
　　209；238, 266→くゎりん、くわりん
火輪　③23；29，④283
過燐酸　②48, 49，③524, 529，⑩257，⑫242
過燐酸［くわりんさん］　②80, 297
過燐酸石灰　②81, 299，⑩257
火輪峠　③27
かりんの花　③527→くゎりんの花
ガル　⑩220, 221, 223-225
軽石　⑩49, 54
軽石島　③476
軽石層　⑩55
軽石軟膏　⑨57
カルクシヤイヤ　⑫84, 85
カルシャイヤ　⑫84, 85→カルクシヤイヤ
カルゾー　③19；37, 38, 40，⑥223
劫［カルパ］　②197, 406，③35，⑨241
ガルバノスキー　③447
ガルバノスキー第二アリオソ　③447
カルボナード　⑪67；41，⑫167
カルボナード火山島［くわざんたう］　⑫228
カルボナード島　⑪68，⑫227；168
カルボナード島［たう］　⑫229
カルボン酸　①361，②31, 254
カルマ　⑨164
業［カルマ］　④230；107
カルラッカンノ　⑥387
軽業　⑤106
軽業テント　⑨225
かれ　⑦280

（から～かれ）　63

渠　　　　　⑤175
カレー　　　③97
過冷　　　　⑦50
過冷却　　　⑤9，⑨274，275
かれくさ　　⑥206，364，365，⑩33，197
かれ草　　　⑩239，⑪27；35
枯れ草　　　⑩189
枯草　　　　⑩228，238；130，⑪82
ガロン　　　⑩200
河　　　　　⑩117
革　　　　　⑪174
川　　　　　⑩54，148，163，164；29，118，180，⑪50，124，205，⑫169
　白い──　　⑤34
　燐光の──　　⑩115，160，⑪154
皮　　　　　⑩267，268；92，120，121，⑪68，⑫121
　青いりんごの──　　⑩189
　山椒の──　　⑩119
　山椒の樹の──　　⑩119
　菩提樹［マダ］の──　　⑩264
河獺　　　　⑩192
河獺［かはうそ］　　⑩118
川上　　　　⑩95
革きやはん　　⑦291
革きゃはん　　⑦291→革きやはん
川口　　　　①49
川口町　　　⑦59
かわごろも　　⑦81；255→かはごろも
川魚　　　　⑦90
川崎ドック　　⑥7
川尻断層　　②201，410
川すじ　　　④59
革スリッパ　　⑫268
かわせみ　　③100，103；233，234，237-239，⑥296；165，⑧83，⑩7，9，⑫128，129→かはせみ
川せみ　　　③234，⑧86
魚狗　　　　③238，⑤190
魚狗［かはせみ］　　③101，⑥294
翡翠［かはせみ］　　③100，⑥293
かわたれ　　⑦291→かはたれ
川千鳥　　　①376，④45，166；88
革トランク　　⑨173，178

かわのころも　　⑦67；210，212→かはのころも
革のトランク　　⑨176
革嚢　　　　⑥256
革むち　　　⑪74
革鞭［かわむち］　　⑫11，14
川村　　　　②148，149，⑫213
河村慶助　　②124，340
河村慶助［かはむらけいすけ］　　⑥195
河本さん　　⑫248
かわやなぎ　　②95，311，③251；607-609，④172，⑥203，252，361，⑦86→かはやなぎ
瓦窯　　　　③104；234，⑥297
瓦工場　　　④27
河原なでしこ　　⑩124，167
　──の花　　⑩21，⑪161
河原の坊　　③239
かわらはこぐさ　　⑩153，⑪147→かはらはこぐさ
瓦屋根　　　④73
寒　　　　　⑤21
管［くわん］　　③247
筒　　　　　⑤90，⑩38
がん　　　　③65
雁　　　　　①51，192；169，②30，253，④238，⑦106，⑨49，51，280-282，287，293，296，297；143，⑩150-152，⑪7，9，10，144-146，⑫259，260；99，100
雁［がん］　　⑫187
龕［がん］　　③29
カーン　　　⑨384，⑩195
ガーン　　　⑧344，⑪61，⑫158
寛〈桜羽場寛〉　　③196，197；474，475，477
寛〈与謝野寛〉　　③511
寛衣　　　　⑥84
官員　　　　⑧114
関羽　　　　③430
寒煙　　　　⑦50；158
岩塩　　　　③501
感応コイル　　⑦593
官衙　　　　⑫173
漢画　　　　③234；644
灌漑　　　　⑫293
旱害　　　　③164，④292，⑥11，⑦92；487，⑩259，

261；*142-144*
灌漑水　④292
考　②165, 375, ⑨270, ⑩175
カン蛙　⑧235-245, ⑩304-314, 316
かんかの、かんからからゝらん　⑧160
かんがみ　⑫96
カンカラカンのカアン　⑫64, 72, 73, 78
カンカラカンノカアン　⑧152
カンカラカンノカン　⑧158
カンガルー　⑧186
カンガル革　⑦*34*
かんかん　③174, 244, 279；*420, 423, 424, 593, 594*, ⑤32, 99, ⑨22, ⑩341, ⑪40, 200, ⑫210, 314
感官　⑨224, 233
がんがん　③*497*, ⑩241
カンカン　⑧98, 100, ⑨29, ⑪190, ⑫110, 111, 122, 123, 250
カーンカーン　⑫298
ガンガン　④82, ⑨339
カンカンカン　⑧120, 334
カン、カン、カッカエコ、カンコカンコカン　⑧44
カン、カン、カッカエコカンコカンコカン　⑧60
カンカンカンカエコカンコカンコカン　⑧55
ガンガンガンガン　⑩65
カンカンカンカンカカンカン　⑩213
歓喜天　⑦101；*320*
寒行　①14
看経　⑦51；*162, 394, 395*
看経[カンキン]　⑦*163*
玩具　④13→玩具[おもちや]
岩頭　①43, 76, 182, 240, ②196, 405, 473, ③*368, 370*, ④159, 177, 192, 243；*26, 27*, ⑥*163*, ⑦12, 119；*25, 379*, ⑨350, 351, 360, ⑫250
岩頭[がんけい]　②30, 253, ⑧124-126
岩頭問答　⑪*46*
岩頭列　③98, ⑦*359*
旱魃　⑦80；*253*
還元　③79；*187*
官憲侮辱　⑤217
かん子　⑫113, 116

かん子[こ]　⑫101, 102, 104-111, 117-121, 123
乾湖　③*437*
鑵鼓　③*180*
鹹湖　⑤155, ⑩48
看護　⑤75, ⑦154；*494*
監獄　⑦*585*, ⑧324, 325, 327, ⑩133, ⑪128；*183*
監獄馬車　①195, 196
監獄部屋　⑥238
看護婦　①17, 122, ⑧*33*, ⑩*186*
かんざえもん　⑫76→かんざゑもん
かんざし　①74
鑑査役　⑩242, 244
かんざゑもん　⑫76
ガンジー　④*338*
かんじき　⑫53→かんぢき
ガンジス河　⑫315, 316→ガンヂス河
漢時代　⑪102
官省　⑤159
岩礁　①75, 236, 237, ⑩*128*
岩鐘　①77, 305, 336；*15*, ③222；*535-538*
岩鐘[がんしやう]　①242, ②30
岩漿　⑧343, ⑨356
岩鐘山　⑦*222*
環状削剥[くわんじやうせうはく]　②188, 398
間色　⑤222
ガンス　⑤135
鹹水　②448
　　——の継承者　⑩49
寒水石　③*584*, ⑩271, ⑫118
含水炭素　④*82*, ⑨147, 222, 228
勘助　⑤*51*
寛政十一年　②116, 332
観世音菩薩　⑤7
岩石　⑧127, ⑪103
関折　①136；*10*
管先生　④140
萱草　①237, 305, 328, 338, ②171, 381, ③*145, 147, 343*, ④76, 223；*15, 145, 146*, ⑦*587*
萱草[くわんぞう]　①75, ⑩41
肝臓　⑧171
乾燥缶　⑪118
乾燥工場　⑪*122*

（かれ〜かん）　65

観測器械［くわんそくきかい］　⑫219
観測所　⑨28
　　アルビレオの──　⑩154，⑪148
神田　①45，185，331，⑥47，53
艦隊長［かんたいちやう］　⑫38，39，43
ガンダラ　③209，211，213，216，⑨129
ガンダーラ　②152，⑨276
乾陀羅　③223
ガンダラ風　②50
寒暖計　③175，176；423，④118
旱地　⑦486
かんぢき　⑫53
ガンヂー主義　④66
ガンヂス河　⑫315，316
艦長［かんちやう］　⑫40
間諜［かんてう］　⑫140
管長　③169；404，405，407，⑥255，256
簡手造　⑤81
カンテラ　⑨193
カンデラブル　①165，③263，⑥345，⑫339
カンデラーブル　③114，118，⑫337
寒天　①65，93，218，270，③73，④126，207，⑤219，⑥75，⑦37；109，⑧103，211，214，⑨36，151，339，396，⑩12，⑫290，300，302；184
旱天　③272，275
寒天いろ　⑦647
寒天光　⑦48，109；154
寒天風　⑥174
巌頭　⑥111
カント博士　⑩323
ガーン、ドロドロドロドロ、ノンノンノンノン　⑧339
ガーン、ドロドロドロドロ、ノンノンノンノン　⑧339
広東　⑤96
カンナ　③241，⑤103，⑫286
カンニットフュルスタン　⑫223
カンニング　⑩143
神主　④238
感応体　⑫287
観音　①43，181，④84；163，232
観音崎　⑥28
観音堂　④125，⑤201

観音巡り　⑩254；148
間伐　①352
旱魃　④55；82，240，⑤52；111，⑥15，⑩249，250，254，261，262；154，155，⑪44，66，67；40，78，104，105，⑫165，166
旱魃［かんばつ］　⑫212，220，223
カンパネルラ　⑩19，165；13，⑪158
看板　⑧318，328，⑪12，⑫351，359
乾板　③135
甲板　⑥24，⑦263，⑩89，⑪201
看板娘　④245
乾物商　⑩236，242
乾物屋　⑩237，⑪82
漢文　⑤98
勘平　⑦672
漢法　⑨371
神祝［かむほぎ］　⑦14
灌木　①13，114，294，③16；92，93，97，⑧290，⑩138
灌木藪　③208
元品　⑦682
ガンマア　⑫158→ガムマア
岩脈　⑩30
かんむり　⑥64→かむむり
冠毛　③277，⑤229，⑨179
冠毛［くわんもう］　②36
冠毛燈　③149；355，356，360
がんもんもんもんもんもんもん　③359
丸薬　⑧150，151，⑩340
丸薬［ぐわんやく］　⑫61，62
カンヤヒャウ問題　⑩209，⑫343
甘藍　④70，⑦213，⑨149，228，234；100，⑩50，262；144，⑪221
甘藍［かんらん］　⑫227
橄欖　③261；644，⑦14，⑩16，118，163，⑪157→橄欖［オリーヴ］
橄欖［かんらん］　②132，348
橄欖岩　③233；580，⑥75
橄欖岩［かんらんがん］　⑧96，⑩109
カンランガン　⑨355
甘藍中耕　⑩57
甘藍畑　⑪40
橄欖緑　⑥116

66　主要語句索引

官吏　　⑩244；*128*,*141*,⑪103
乾溜会社　　⑪115
乾溜工場　　⑪76, 97
感量　　④161；*78*
がん郎がえる　　⑩313→がん郎がへる
がん郎がへる　　⑩313

## き

黄　　①7, 11, 13, 19, 24, 28, 82, 93, 106, 109, 112, 115, 116, 126, 134, 145, 146, 160, 251, 270, 294, 368, 374, 387；*8*, *31*, *36*，②106, 322, 464，③52, 149, 236, 278；*113*, *114*, *169*, *174*, *355*, *356*, *359*, *361*, *362*，④175, 219, 281；*90*, *143*, *277*, *303*，⑤50, 93, 120, 124, 222，⑥43, 69, 95, 157, 159, 275，⑦27, 64, 68, 75, 79, 86, 140, 168, 176, 203, 267, 274, 288；*12*, *80*, *82*, *83*, *89*, *90*, *111*, *160*, *162*, *182*, *183*, *190*, *200-202*, *214*, *215*, *218*, *231*, *235-237*, *247-249*, *251*, *255*, *258*, *269*, *303*, *392*, *416-418*, *433*, *434*, *440-442*, *464*, *465*, *479*, *544*, *561*, *577*, *603*, *702*, *711*，⑧87, 88, 112, 218, 315, 335；*125*，⑨181, 196, 202, 218, 232, 248, 250, 277，⑩151, 207, 301；*128*，⑪49, 51, 103, 145, 216；*58*, *88*，⑫251, 270；*145*
黄[き]　　⑧42, 43，⑫191, 215, 217
妓　　⑦*118-120*
キー　　⑧227
ギー　　⑫142
気圧　　⑥289，⑦177；*309*, *529*, *603*, *704*
紀伊　　⑤59
キイキイ　　⑫41
キーイ、キーイ　　⑧*87*
キーイキーイ　　⑧224, 228, 230；*91*
ギイギイ　　⑫38, 44
ギイギイギイ、フウ　　⑧31
ギイギイギイフウ　　⑧30
キーイ、キーイ、クヮア　　⑧225；*88*
キーイ、キーイ、クヮア　　⑧224；*87*
ギイギイフウ　　⑧30, 31
きいちご　　①76
木いちご　　⑪23，⑫*119*
木苺[きいちご]　　⑫199
木苺　　⑫377
きいっ　　⑫267

きぃらりきぃら　　⑨394
きぃらりきぃら　　⑧259
きぃらりきぃらり　　⑧8, ⑩276
きいろ　　⑥351, 353，⑩144，⑪138
黄ろ　　⑩214
黄いろ　　①116, 124, 140, 144, 146, 354, 381, 382, 387，②45, 46, 48, 53, 82, 156-158, 162, 201, 209, 267-269, 275, 299, 366-368, 372, 410, 418, 462, 467, 473，③27, 30, 40, 80, 82, 89, 100, 115, 118, 145, 148, 191, 201, 232, 233, 284；*38*, *39*, *60*, *63*, *64*, *72*, *74*, *85*, *86*, *109*, *111*, *117*, *180*, *194*, *195*, *206*, *232*, *240*, *277*, *280*, *284*, *313*, *314*, *333-336*, *347*, *349*, *351*, *353*, *364*, *411-413*, *441*, *455-458*, *460*, *463*, *486*, *562*, *571*, *575*, *653*, *659*，④21, 41, 68, 75, 81, 104, 129, 160, 187, 200, 216, 219, 222, 230, 277, 278；*78*, *79*, *81*, *83*, *107*, *112*, *134*, *140*, *144*, *201*, *206*, *208*，⑤10, 20, 43, 71, 135, 182, 204, 213；*37*, *55*, *56*，⑥33, 34, 44, 48, 50, 59, 83, 84, 169, 172, 221, 223, 262, 267, 283, 291, 293, 350, 352，⑦*156*, *157*, *247*, *526*, *602*, *611*，⑧175, 290, 295, 303，⑨26, 27, 85, 92, 99, 129, 155, 190, 191, 193, 195, 202, 203, 211, 213, 214, 250, 257, 266, 273, 275, 279, 286, 293, 300, 302, 327, 331, 388, 390, 393；*67*, *116*，⑩10, 13, 32, 59, 60, 62, 86, 88, 111, 117, 140, 141, 152-155, 162, 184, 209, 217, 218, 230, 237, 239, 241, 265, 268, 271, 292, 321, 325, 332, 342；*30*, *45*, *86*，⑪5, 11, 16, 19, 20, 24, 30, 34, 35, 77, 86, 91, 102, 109, 120, 131, 135, 137, 145, 147, 148, 156, 182；*18*, *32*, *39*, *54*, *127*, *198*, *246*, *266*，⑫161, 167, 179, 252, 261, 265, 271, 278, 308, 342, 346, 348；*97*, *102*, *108*, *113*, *114*, *120*, *126*, *131*, *132*
黄[き]いろ　　⑩40, 76, 80，⑫13, 16, 17, 28, 30, 47, 56, 57, 82, 83, 95, 133, 136, 139, 183, 193, 196, 205, 206, 224, 228, 320
黄色　　①14, 28, 368，②*49*，③*486*，④*352*，⑧73, 146, 174, 188, 194, 202-207, 211, 218, 293, 306, 312, 313, 315, 317, 324, 326, 335, 336, 338；*76*, *78*, *79*, *106*, *107*, *145*，⑨47, 48, 53, 59, 68, 75, 78, 83, 91, 186, 214；*91*, *102*, *164*，⑩29, 31, 33, 62, 317-321, 324；*200*, *201*，⑪106，⑫257；*16*, *73*, *81*, *83*, *91*, *93*
うすい——　　⑨16

黄色[きいろ]　⑧39, 50, 53, 57, 247-253
黄いろなむかし　⑪7
黄[き]いろなむかし　⑫185
黄いろのトマト　⑨185；*83*
きいん　⑨274, ⑫89, 181；*83*
きぃん　⑨31, ⑩68, 133, ⑪130, 202
議員　⑦133；*419*
キイーン　⑧199
キンキンキン　⑧102, ⑪191
ぎう　④*39*
ギウギウ　⑪231
輝雲[きうん]　②41
帰依法　①76, 239
稀塩酸　⑨58
饑餓　⑨212, ⑩343, ⑫334, 335, 339
気海　③11；*478*, ④50, 183；*100*
気海の蛙の卵　②26
機械函　⑦*216*
喜歌劇　③72；*169, 172*
饑餓陣営　⑥343, ⑫329
飢渇　⑨154
饑餓の陣営　⑥345
気管　④36, ⑦50；*158*
機関庫　③*197, 199*
汽缶室　⑩62
汽缶車　③*569*
汽缶車[きくわんしや]　⑫132
機関車　①188, ③232；*571*, ⑦210；*582*, ⑩132, ⑪130
機関車[きくわんしや]　⑫142
汽鑵車　①48
機関手　③230；*560, 561, 567*, ⑥239, ⑦265
機関銃　③205；*489, 491, 492, 494*
キーキー　⑧226；*88*, ⑨213, 214
ギーギー　⑧25, ⑨102, ⑩336
ギギイギイッ　⑨50；*25*
雉子　⑦35
雉子[きぎす]　⑦*104*
ギーギーフーギーギーフー　⑩168, ⑪162
気球　⑥*10*, ⑪*85*
桔梗　①310, ③*147*, ⑨350, ⑩184, 186, ⑫257
桔梗[ききやう]　⑧67, 68

桔梗いろ　⑧283, ⑨171, 172, 274, 340, ⑩18, 22, 116, 120, 125, 153, 161, 164, 169, 225, ⑪147, 154, 158, 162
桔梗[ききやう]いろ　⑫52
桔梗色　⑧236, ⑨275, ⑩305, 320
桔梗色[ききやういろ]　⑧250
戯曲　③31；*70, 479*
ききん　⑤27
飢饉　⑧305-307, 330, 337, ⑪24, 25, 27；*43, 44, 51*, ⑫*120*
飢饉[ききん]　⑫201, 202
饑饉　⑤*209*, ⑨154, 272, 334, ⑪*51*→饑饉くけかつ〉
饑饉[ききん]　⑫200
ギギン　⑧195
ギギンギギン　⑧131, ⑨367
ギギンザン、リン、ギギン　⑧198
菊　①334, 335, ③*432*, ⑥105, 308-310, 312；*179-181*, ⑩*143*, ⑪18
菊[きく]　⑫196
菊井　⑤50
菊井小兵衛　③*44*
菊石　①26, 141
菊芋　④*28, 30, 32*, ⑤*43*
菊花品評会　①334, ⑤*190*
きくきく　⑩209
ぎくぎく　⑨279, ⑪*13*
木屑　⑪117
生薬商人　⑩184
生薬屋　⑩185
菊田　⑦*190*
菊池　⑤145
菊池さん　⑫365
菊池信一　④*200*
菊池先生　⑩248, 252, 253；*143*
菊池第三郎　⑩*228*
菊池武雄　③8, ⑫*5*
きくっ　⑨198, ⑩322, 332
木沓　③*66*, ⑩*197*
木沓[きぐつ]　⑫377
ぎくつ　②166, 375, ⑫59
ぎくっ　④59, ⑩26, 129, 173, 329, ⑪111, 167；*155*→ぎくつ

| | |
|---|---|
| キクッ | ⑧233；*93* |
| ギクッ | ⑩223 |
| 菊の花 | ⑤222 |
| 菊日和 | ⑥309 |
| 黄雲 | ①28，⑦115；*363, 364* |
| きくよねえさん | ⑩158，⑪152 |
| 木耳［きくらげ］ | ⑩79 |
| ぎくり | ⑩208, 243，⑪*127* |
| 木ぐるま | ⑦*482, 483* |
| 喜劇役者 | ⑨243, 244 |
| 木下駄 | ⑤53 |
| 聞けなぐなつたんちやい | ②160, 370 |
| 気圏 | ①358, 365, 372, 378, 382, 384，②9, 24, 77, 95, 96, 107, 115, 139, 205, 233, 248, 311, 312, 323, 331, 355, 414, 445, 458；*52*，④265；*183*，⑥137, 185, 243, 361, 362, 379，⑦306；*135, 267, 455, 580*，⑧219，⑨222, 273，⑫255, 258, 261，⑯上11 |
| 気圏［きけん］ | ⑥201, 382，⑯上13 |
| 鬼言 | ④*321* |
| 紀元一千二百年 | ⑫*72* |
| 気圏オペラ | ②126, 342 |
| 気圏オペラ［きけんオペラ］ | ⑥197 |
| 気圏日本 | ②95, 96, 311, 312 |
| 気圏日本［きけんにほん］ | ⑥203, 204 |
| 鬼語 | ③*172*，④*253* |
| 黄格子縞 | ⑥164 |
| 疑獄 | ⑫307 |
| 疑獄事件 | ⑫*208* |
| 木小屋 | ④117, 167, 245；*262*，⑥17，⑦*418* |
| きこり | ⑪21，⑫*115* |
| 木樵 | ⑨252, 253 |
| 木樵［きこり］ | ⑫56 |
| 木樵り | ⑪23 |
| 木樵［きこ］り | ⑫199 |
| 気根 | ①53, 199，⑦272；*671, 674* |
| ぎざぎざ | ①353，③108, 187, 227；*248, 250, 253, 258, 260, 272, 320, 444, 560, 563, 566*，④243，⑥76，⑧203, 249, 296，⑨104，⑩147；*199*，⑪141 |
| ギザギザ | ①53, 198, 295，⑨190，⑩248 |
| 喜作 | ⑤60，⑩263，⑪207 |
| 喜作［きさく］ | ⑩72 |
| きさゝげの花 | ⑩267 |
| きさま | ⑩14, 216；*166* |
| 貴様 | ⑩215 |
| きさん | ⑩180, 242 |
| 貴さん | ⑩180, 242 |
| 騎士 | ③229；*18*，④197；*125* |
| 雉 | ⑦36 |
| 雉子 | ②73, 292，④28；*59, 61*，⑧*84*，⑨262，⑩259 |
| 技師 | ④*68, 269*，⑥146，⑦50, 87, 88, 106；*159, 272, 282, 336, 639*，⑩228，⑪*87, 89* |
| イーハトーヴ火山局—— | ⑪51；*93*，⑫*148* |
| 技師［ぎし］ | ⑫217, 218, 228 |
| ペンネン—— | ⑫229 |
| きしきし | ⑤8；*7*，⑩146，⑪140 |
| ぎしぎし | ④*29, 30, 32*，⑩333，⑫219, 264 |
| キシキシ | ①100，⑨369 |
| きしきしきし | ⑧87 |
| ぎしぎしぎしぎし | ⑪55，⑫*152* |
| キシキシキシキシキシッ | ⑧89 |
| 擬似工業 | ⑦*272* |
| 亀茲国 | ③90, 284；*653* |
| 亀茲国［きじこく］ | ③*659*，⑥291 |
| 技師心得［ぎしこゝろえ］ | ⑫223 |
| 技師長 | ⑩91，⑪*89* |
| 黄縞の蜂［すがり］ | ⑪*274* |
| 鬼子母堂 | ⑦*395* |
| きしや | ②156, 336 |
| きしゃ | ②156→きしや |
| 汽車 | ①18, 26, 27, 41, 46, 55, 65, 123, 139, 140, 142, 177, 181, 185, 203, 268, 276, 292, 332, 371, 378, 379，②58, 61, 78, 79, 148, 157, 181, 205, 280, 295, 296, 367, 391, 414, 435, 436, 438, 439, 445, 452, 454, 469，③8, 66, 67, 185, 201, 251, 287；*101, 128, 131, 133, 136, 137, 307, 348, 441, 448, 451, 486, 559-562, 564, 607, 609, 661, 663, 665*，④155, 156, 168, 194；*67-69, 71, 73*，⑤49, 88, 129, 184, 185, 199, 214；*128, 129, 212*，⑥53, 122, 139, 142, 237, 238, 252, 279，⑦29, 179, 209, 251, 254, 268, 287, 289；*27, 57, 58, 60, 61, 86, 87, 101, 235, 236, 243, 282, 510, 578, 690, 692, 698*，⑧143，⑨23, 111, 128, 132, 152, 153, 155, 171, 172, 175, 219, 258，⑩19-21, 24, 25, |

27, 52, 92-97, 115, 118, 121-124, 127-129, 138, 143, 145, 146, 149, 150, 153, 160, 162, 165-167, 170-172, 174, 175, 226, 238, 255, 257；*15*, *19*, *81*, *98*, *106*, *128*, *149*, ⑪44, 46, 54, 103, 104, 129, 134, 137, 140, 142-144, 147, 154-157, 159-161, 164-166；*85*, *193*, *210*, *223*, ⑫167, 280, 281；*151*
氷羊歯の——　⑪*46*
汽[き]車　⑫377
汽車[きしや]　⑫79, 85, 86, 132, 133, 136, 137, 139, 144, 146, 149, 151, 153, 155, 213, 218, 320
記者　⑩*226*
騎者　⑥269
汽車のひゞき　⑩16, 118, 163
ぎしやん　③*594*
ぎしやん　③243→ぎしやん
技手　③185, 287, ⑤*92*；*91*, ⑥279, 280, ⑦23, 52；*34*, *43*, *71*, *88-90*, *118*, *121*, *123*, *124*, *126*, *145*, *165-167*, *282*, *339*, *340*, *342*, ⑨28, ⑪122
起重機　⑥8；*6*
起重機[きぢうき]　⑩*45*
寄宿　①40, 175
寄宿舎　①28, 43, 144, 182；*39*, ③204, ④238, ⑦*453*, *552*, ⑨*93*, 340, ⑩*29*, ⑫260
　——の生徒　⑩326
寄宿舎生　⑦*416*, *417*
寄宿生　⑦*418*
奇術　⑤198, ⑧331
奇術師　⑧340
技術者　④243
気象　③*422*, *425*, ⑨44, ⑩261；*146*
気象[きしやう]　⑫228
徽章　①100
気象因子　④42
気象台　⑨25-27
起承転結　⑦*297*
饑色　⑤*48*
キシリキシリ　⑧132, ⑫102, 114
貴紳　⑥135
鬼神　②215, 424, 471, ③69, 93；*45*, *48*, *161*, *162*, *164*, *220*, *222*, ④181, ⑥102
鬼神[きじん]　②109, 325
擬人　⑥114, ⑦*317*

義人　⑩*68*
擬人的　④90；*171*, *175*, *176*
寄進札　⑦51；*162*, *163*
寄進文　⑦*162*
傷　⑩*38*
キス　⑨192, 193, 234, ⑩136, 159, ⑪*186*
接吻[キス]　③228, ⑥238
黄水晶　③*110*, *248*, *250*, *259*, ⑤*182*, ⑦*183*, *580*, ⑨103, 274→黄水晶[シトリン]
喜助　⑨392, ⑫364, 369
気棲　⑤*6*
輝石　①36, 163, 292
きせる　③12, 13, 16, ④71；*138*, ⑤*24*, ⑨*177*, ⑩68, 105, 268；*37*, ⑫295
汽船　②185, 395, 469, ⑥9, ⑪55, 104, 121
汽船[きせん]　⑥191, ⑫219
気層　②22, 23, 246, 247, ③*185*, *187*, *189*, ④92, 260, 281；*170*, *172*, *176*, ⑥11
気層[きそう]　⑫228
気相　③*28*, *33*
喜蔵　⑪*183*；*231*
貴族　⑦266；*663*, ⑨*94*, ⑩206
貴族[きぞく]　⑫33, 154
木曽路　①316
きたい　⑩*45*
奇体　⑨29
奇体[きたい]　⑫12, 19, 76
きたう　⑧16
きたかぜ　①363, ⑦*250*
北風　①97, 278, ⑦*458*, *459*, ⑩75, 76, 80, ⑫105, 117
北風[きたかぜ]　⑧68, 70
北風[きたかぜ]カスケ　⑩75, 76, 80
北風[きたかぜ]ぴいぴい風[かぜ]三郎[―らう]　⑫117
北風ぴいぴい、かんこかんこ　⑫117
北風[きたかぜ]ピーピー風[かぜ]三郎[―らう]　⑫105
北風[きたかぜ]ピーピー、かんこかんこ　⑫105
北風又三郎　⑩317
北風又三郎[きたかぜまたさぶらふ]　⑧247
きたかみ　①274

北上　　①33, 37, 95, 96, 156, 167, 268, 272, 274, 275, 360；*67*, ③*25*, *106*, *108*, ④104；42, ⑤81, 142, ⑦29, 128, 138, 183, 202；*86*, *87*, *698*, ⑧110, ⑩48, ⑪*249*, ⑫376
　——の河谷　⑩48
　——の岸　⑩248
　——の鉄橋　③*609*
　——の野　⑦*15*
　——の平野　③16
北上［きたかみ］　⑧96, ⑫87
北上河谷　③262；*588*, *632*, ⑦14
きたかみ河　①311
きたかみ川　①71, 96, 229
北上川　①71, 94-96, 229, 271, 272, 274, 327, 337, ③9, 46, 100, 281；*71*, *106*, *198*, *233*, *237*, *240*, *319*, *321*, *322*, *646*, *648*, ④181, ⑤105；*116*, *190*, ⑥14, 293, ⑦*568*, *587*, ⑨126, 151, 153；*67*, *68*, ⑩32, 47, 49, 255, ⑫*170*, *172*
北上川［―がは］　⑧96
北上川［きたかみがは］　⑫87
北上ぎし　①30, 150, ④80, ⑦138；*433*, *434*
北上岸　⑦44；*140*, ⑫262
北上山彙　③281
北上山地　②119, 151, 217, 335, 426, 451, ③50；*114*, *129*, *202*, *333*, *645*, ④296；*172*, ⑤220, ⑩*47*, 255, ⑫364, 378
　——のへり　⑩48
北上山地［きたかみさんち］　⑥191, ⑧96
北上準平原　③*636*
北上第七支川　③*562*
北上第七支流　③227；*564*, *566*
北上平野　③*649*, *651*
北国　⑥238
北島の毘沙門さん　⑩264
北十字　⑩144
北十字［きたじふじ］　⑪138
喜田先生　①153
きたぞら　⑥367
北ぞら　③141；*338*, *340*, ⑥366, 367
北空　③*337*, ⑥211, 366
北の風　⑦*326*
北の国境　⑪14
北［きた］の国境［こくきやう］　⑫191

北の十字　③92；*212*, *222*, ⑩25, 127, 171, ⑪165
北の十字架　⑩151, ⑪145
北の輝　⑩233, 235, 237
北の七つ星　⑨51, ⑪*15*
北の又　①87, 262
北原白秋　⑤98
北見　⑦*657*
北面　⑦*504*
貴蛋白石　⑩82, ⑪*195*
吉　⑤*141*, ⑦*442*
きちがい鯨　⑧336→きちがひ鯨
きちがいなすび　③*212*；*515*→きちがひなすび
きちがひ鯨　⑧336
きちがひなすび　③*212*；*515*
ぎちぎち　④8；*13*, *14*, ⑪9, ⑫*187*, 196
吉三郎　⑨400
きちっ　⑩*93*
吉郎　⑩*43*
吉郎［きちらう］　⑩*72*；*42*, ⑪207
きちん　④*258*, ⑩*60*
キチン　②*56*, ③*220*；*531-533*→chitin
きっ　⑩292, ⑪*233*；*277*
ギッ　⑧*278*, ⑫*235*
喫煙室　⑥66
橘川先生　①104
きつき　⑫*47*
きっき　⑪*24*→きつき
きっきっ　⑨*59*
キッキッ　⑨247, ⑩207
ギッギッ　⑧236, ⑩305
吉凶悔吝　④*56*, ⑦*272*, ⑧*13*
キックキック　⑫*121*
キックキックキック　⑫*101*
キックキックキック　⑫*113*
キック、キック、キック、キック、トン、トン、トン　⑫*110*
キック、キック、キック、キック、トン、トン、トン　⑫*110*, *122*
キック、キック、キック、キック、トントントン　⑫*104*, *116*
キック、キック、キック、キックトントントン　⑫*117*

キックキックキックキックトントントン　⑫121

キック、キック、キック、トントントン　⑫105

キックキックキックトントントン　⑫109

キック、キック、トントン　⑫104, 105

キック、キックトントン　⑫111

キックキックトントン　⑫110

キック、キック、トントン　⑫116

キック、キック、トントン　⑫117

キック、キックトントン　⑫123

キックキックトントン　⑫121, 122

キックキックトントン、キックキック、トントン　⑫109

キックキックトントンキックキックトントン　⑫104, 109

キックキックトントンキックキックトントン　⑫116, 121

ぎっくり　⑧265

楔形文字　③51, 263；*74, 114, 117*

喜っこ　⑪177

キッコ　⑨396-402；*173, 174, 176*、⑪176

ぎっしり　③299, 627, 634、④*16, 18*、⑪36, 222；⑫*133*

キッス　⑫154

ぎつたぎた　②109

きったきったど　⑫365

ぎったりぎたり　⑧97

契丹　③209、⑦*161*

切手　⑩185

きつね　⑦*371*、⑧190、⑨*119*、⑫71

狐　①9, 19, 109, 124、②219, 428、③41, 179；*429, 430*、④*132*、⑤*113*、⑥41, 54, 249、⑦*370, 372, 706*、⑧184, 260, 265、⑨58, 134, 135, 137-140, 142-146, 148-150, 246-250, 252-259, 312；*61*、⑩83-85, 137, 182, 241, 269, 292, 294, 296-299、⑪14, 15；*8, 187*、⑫113；*106*

狐［きつね］　⑧45-47, 49-56, 58, 59, 75, 77-79, 81, 82, 158、⑫71, 89, 101, 102, 104-108, 110-112, 114, 116-120, 122-124, 191, 192

狐けん　⑩269

狐小学校　⑨135, 137；*3*

狐小学校［きつねせうがくかう］　⑫106, 118

狐［きつね］の紺［こん］三郎［―らう］　⑫118

きつねのさゝげ　⑥95

きつねのささげ　①*36*

きつねのしっぽ　⑨124

狐火　⑩145、⑪139

狐わな　⑨145、⑩182

ぎつ、ばつ、ふう　⑫194

きっぱり　⑩239

切符　⑩24, 27, 112, 115, 127, 130, 154-156, 171, 174, 176；*90, 104*、⑪165

　ジョバンニの――　⑪148

　鼠いろの――　⑩155、⑪149

切符［きつぷ］　⑫132, 213

キップ装置　②349

キップ装置　②349；*52*、⑨57→キップ装置

キッホイカー　⑩211→キッホヰカー

キッホヰカー　⑩211

技手　③185, 287、⑤92；*91*、⑥279, 280、⑦23, 52；*34, 43, 71, 88-90, 118, 121, 123, 124, 126, 145, 165-167, 282, 339, 340, 342*、⑨28、⑪122

技手［ぎて］　⑫56

汽笛　①30, 150、②469, 470、③119, 244；*170, 171, 173*、④*135*、⑦*326, 383*、⑨128→汽笛〈ふえ〉

旧天王　⑩259

キーデンノー　⑤37

ぎと　⑦*620*

きとう　⑧16→きたう

祈禱　⑨220

軌道　③*410, 413*、⑤*190*、⑥114

軌道［きどう］　⑥198

木藤［―どう］　⑦79；*251*

木藤二郎　①*166*、⑦*250*

木戸口　⑩178, 179

黄と朱の旗　⑦301

木戸番　⑩179

木流し　⑦149

きな粉［こ］　⑧152、⑫65

黄な粉　⑫*200*

黄なる　①115、④*303*、⑥275

絹　③273；*43*、④245、⑤198、⑩20、⑪160

絹［きぬ］　⑩41

帛　⑨165

絹糸　⑧308, ⑪28, ⑫*124*
絹糸[きぬいと]　⑫*135, 138*
絹張　④109
きね　③41, 258, 260
杵　⑦*74*
キネオラマ　①349, ③208, ⑦109；*346*
キネオラマ式　③*508, 511*
木鼠　⑦223；*597*
木鼠捕り　⑦223；*597*
紀念碑　③35
きのこ　①40, 175, ②66, 287, ③148, ④*152*,
　⑤110；*109, 142*, ⑦*165, 427, 428*, ⑧90, 91；
　*90*, ⑨107, 250；*44, 46*, ⑩14, ⑪61；*235*,
　⑫10, 17, 23, 232, 269；*169*
茸　④*268*
蕈　④171, 235, ⑤204, ⑦271, 292, 293；*669*,
　⑧138, ⑨30, 104, 106, 107, 113, 116, 117, 241,
　382, ⑩28, 31, 87, 131, 138, 139, 177, ⑪134；
　*188, 189*
蕈[きのこ]　②92, 308, ⑫90
きのこしやつぽ　②34, 257, ⑫202
きのこの形[かたち]　⑫222
きのこ山　⑨108
黄のだんだらの蜂　⑪213
木の灰　⑪*39*
黄の脆　⑦*12*
木のひつ　⑩266
木の実　⑨154
木の芽　①33, 156, ⑥*75*, ⑩274
木ノ芽　⑦*72*
きのよ　⑪*231*
黄葉　①55, 83, 202, 254, ⑦*309*
木灰　⑪*43*, ⑫*140*
きぱきぱ　⑨222
揮発油　⑩235
稀発油　⑩*135*
黄ばむ　①345, ②433, ③*157, 159, 342*, ⑥144,
　⑦42, 232, 248, 263, 270；*133, 190, 379, 634*,
　*675*, ⑩220, ⑪115
黄[き]ばむ　⑫224
黄ばら　①31, 81, 83, 152, 254, ③*110*, ④78,
　218, 225；*138, 139, 149*, ⑦*182, 350, 413*, ⑩
　212, ⑫*278*

黄[き]ばら　⑧65, ⑫53
黄薔薇　①310
黄薔薇[きばら]　⑧65, ⑪*279*
黄ばんだ水墨　⑤*110*
黍　④*41*, ⑪24
黍[きび]　⑫101, 102, 113, 114, 200
黄びかり　⑫251
黍団子[きびだんご]　⑫110, 122
秫畑　③*496*
貴賓　⑦*339*
貴婦人　⑩206, 212
気分　⑩32；*213*
騎兵　③85, 204；*197, 199, 496*, ⑦*167, 303*, ⑨
　111, 253, ⑩52, 207, ⑫253, 254
騎兵ずぼん　⑦*470*
騎兵中佐　⑦*167*
騎兵聯隊　⑦*585*
木ぺン　⑨396, ⑪177, 182
木ペン　⑨397-399
気泡　④50, 51, 183；*100*
木彫　④69
きみ　①128, 138, 140；*35*, ⑦*29, 32, 54, 73, 122*,
　*202, 206, 210, 211, 233, 248, 256, 295, 296*；*36*,
　*57, 58, 60, 72, 86, 95, 112, 130, 143, 148, 149*,
　*154, 170, 171, 182, 183, 229, 326, 328, 509, 569*,
　*574, 575, 611, 645, 664, 669*
君　①138, 140, ⑦*240*；*35, 252, 581, 582, 609*,
　⑩*108*
公　⑦*536*
公[きみ]　⑦14；*34, 36*
僚[きみ]　⑦*36*
唐黍　④23；*40*, ⑦*139*；*436, 438*
唐黍[きみ]　⑦*438*
玉蜀黍　⑤110, ⑦*52*；*52, 165, 166, 316, 317*,
　*319, 542, 544*, ⑨98, 99, 148；*165*, ⑩62, 65,
　332, ⑫298
玉蜀黍[きみ]　⑦101, ⑩61
きみかげさう　①*26*, ③*80*；*192*, ⑦*156*；*343*,
　*344, 497*, ⑨*179*, ⑩223
きみかげそう　①*26*, ③*80*；*192*, ⑦*156*；*343*,
　*344, 497*, ⑨*179*, ⑩223→きみかげさう
玉蜀黍[きみ]殻　⑦*605*
玉蜀黍倉　⑦*604*

玉蜀黍小屋［きみごや］　⑦*318*
きみばたけ　⑦*320*
玉蜀黍［きみ］畑　⑦*101*
帰命　⑦*682*
帰命頂礼地蔵尊　③*434*
帰命妙法蓮華経　⑤*177*
きむぽうげ　③*217*；*523, 526-528, 530*，④*22, 279*；*38*，⑥*247*
木村　⑦*154, 713*
木村博士　⑨*28*
木村博士講演　⑩*143*
木村雄治　①*101*
キメラ　⑥*282*
　狼の――　②*130, 346*
　区分――　⑫*267*
　春の――　③*190*；*456, 458-460, 463*
きも　⑩*295*
胆　⑩*267*
胆取り　⑨*396*
きもの　④*18*，⑩*25, 128, 143, 172*，⑪*166*，⑫*68, 139, 265*
　――のひだ　⑩*145*，⑪*139*
　麻の――　⑪*32*，⑫*129*
　白い――　⑨*13*，⑪*16*
　白［しろ］い――　⑫*193*
着［き］もの　⑫*69*
着物　⑩*134, 135, 141, 182, 183, 216*；*228*，⑪*191*，⑫*166, 267, 268*
ぎゃあ　③*474*，⑩*288*
羯阿迦［ぎやあぎあ］　③*210*
ぎゃあぎゃあ　⑩*153*，⑪*147*
恭一［きやういち］　⑫*79-84, 86*
凶作［きやうさく］　⑫*228*
狂乱［きやうらん］の火［ひ］　⑪*272*
羯阿迦［ぎやーぎや］　③*508*
羯阿迦［ギヤーギヤ］　③*511*
逆光線　⑦*9*，⑫*285*
逆サイクルホール　⑨*24*
客車　③*56*，⑥*302*
客車［きやくしや］　⑫*86, 132, 136*
脚夫　⑦*631*
客分　⑥*313*
脚本　③*663, 665*，⑥*173, 280*

脚毛　④*193*；*106*
逆流冷却器　④*41*
華奢　⑥*85*
キャッ　⑨*55*
きゃっきゃっ　⑧*48, 92, 94*，⑨*19*
猫睛石　①*37, 46, 164, 330*，⑥*52*
猫睛石［キヤッツアイ］　⑧*194*
キャッツホイスカア　⑫*343*→キャッツホキスカア
キャッツホキスカア　⑫*343*
キャッホイスカー　⑩*210*→キャッツホキスカー
キャッツホキスカー　⑩*210*
天蓋［キヤノピー］　②*179*
きやはん　⑦*145*
きゃはん　⑦*145*，⑪*75*→きやはん
脚絆　③*50*，⑦*145*，⑧*97*，⑩*60, 61, 208*
脚絆［きやはん］　⑩*69*
ギャブロ　③*188*；*448, 660*
飛白岩［ギヤブロ］　③*286*，⑥*279*
飛白岩［ギヤブロ］　③*662, 664*
キャベジ　③*64, 149, 243, 244*；*155, 378, 594, 596*，④*55, 70, 230*；*107, 109, 239, 241*，⑦*243*，⑨*97, 98, 186, 215, 216*；*100*，⑩*134, 295, 330, 331*，⑪*214, 228*；*185, 290*，⑫*164, 320*
甘藍　④*70*，⑦*213*，⑨*149, 228, 234*；*100*，⑩*50, 262*；*144*，⑪*221*
甘藍畑　⑪*40*
キヤベヂ　⑫*320*
キャベヂ　③*64, 149*，*155, 378, 594, 596*，④*55, 230*；*107, 109, 239, 241*，⑦*243*，⑨*97, 98, 186, 215, 216*；*100*，⑩*134, 295, 330, 331*，⑪*214*；*185, 290*
キャベツ　④*119*
キャンプ　⑤*190*
きやら　③*344-346*，⑥*287*
きゃら　③*143*；*342, 344-346*，④*70, 140*，⑤*202*，⑥*287*→きやら
キャラコ　⑨*199, 200*
きゃらの樹　③*519*
きゃらの木　③*472*
キャラメル　⑤*218*，⑫*299, 302*
玉髄［キヤルセドニ］　②*197*
キャレンジャー　④*298*→キャレンヂャー

| | |
|---|---|
| キャレンヂャー ④298 | 牛馬宿 ⑨177 |
| ギャロップ ⑦228 | 厩肥 ②71, 291，③52, 259；115, 614，④15, 77, 105, 165；*40-42, 88*，⑤*113*，⑦24；*437*，⑧199，⑪66 |
| きゃんきゃん ⑨206 | |
| きやんきやんきやん ⑫105, 112 | |
| きゃんきゃんきゃん ⑫105, 112, 124→きやんきやんきやん | |
| | 厩肥［きうひ］ ②31, 254 |
| キャンデタフト ⑤74，⑫286 | 厩肥堆 ⑦438 |
| キャンプ ⑤*190*→キャンプ | 九百貫目 ⑧232 |
| 球 ⑫*124* | 牛糞 ④55, 230, 231；*107-109, 239-241* |
| 吸引性 ⑥13 | 旧盆 ⑩*143* |
| 毬果 ③*480, 481*，④229 | 牛酪 ③240, 261 |
| 休火山 ⑪53，⑫*150* | 胡瓜 ③149；*355, 356, 360*，④24, 133，⑤25；*77, 86*，⑦168；*631*，⑨35，⑫294 |
| 休火山［きうくわざん］ ⑫218 | |
| 義勇艦隊［ぎゆうかんたい］ ⑫38, 41 | |
| ギュウギュウ ⑪231→ギウギウ | 穹窿 ①285, 332，②*21*，③*501, 506*，⑤143，⑥55, 185, 379，⑦53, 285, 306；*169, 611, 691*，⑯上11 |
| 旧教会 ⑨339 | |
| 旧教主 ⑤199 | |
| 九基 ④88；*169* | |
| 九基［一キロ］ ④*168*，⑥265 | 穹窿［きうりう］ ⑯上13 |
| 急行列車 ③66 | 丘陵地 ⑥222 |
| 球根 ④164；*88*，⑩260 | 旧暦 ⑨151，⑫172 |
| 臼歯 ⑨215, 233 | 旧暦六月二十六日 ⑨166；*77, 78* |
| 久治 ⑤119 | キュステ ⑨*85*，⑫341-344, 346-348；*235* |
| 給仕 ⑦448 | キュースト ⑪98, 117, 118；*137, 154, 155* |
| ばけもの── ⑧334 | ぎゅっ ⑩14 |
| 厩舎 ⑨97，⑩330, 337 | ぎゅつぎゆつ ③*520* |
| 牛舎 ⑪168 | ぎゆつぎゆつ ③*222, 519, 522* |
| 九州 ⑨17, 22 | ぎゅっぎゅっ ③92, 215 |
| 休職教授 ⑨*119* | ぎゅっぎゅっぎゅっぎゅっ ③195 |
| 急性肺炎 ⑥104 | ぎゅっく ⑩290 |
| 義勇中隊 ⑨205 | ぎゅっくぎゅっく ⑩290 |
| 級長 ⑨401，⑩135, 141，⑪*191* | ぎゅつくぎゅつくぎゅつくぎゅつく ②67, 288 |
| 旧天王 ⑩259 | ぎゆつくぎゆつくぎゆつくぎゆつく ②57 |
| 九天王 ⑩*63, 94*，⑪*206* | キュポラ ③506 |
| 牛肉 ⑨222, 229, 230，⑫*208* | きよ ⑪176 |
| 牛乳 ③*495*，⑨86, 239，⑩115, 133, 135, 136；*78, 90*，⑪127-129, 131, 132, 168, 171；*180, 183, 186, 202* | 教育 ⑩*143* |
| | 恭一［きやういち］ ⑫79-84, 86 |
| | 教員室 ⑨119, 174 |
| | 教会 ①37, 166，③11, 267；*18, 21, 621*，⑦252, 675，⑨38, 211, 213, 216-218，⑩118, 208；*94*，⑪71, 99 |
| 牛乳［ぎうにう］ ⑫33 | |
| 牛乳のいろ ③*257* | |
| 牛乳の川 ⑩138，⑪*189* | 白い── ⑪70 |
| 牛乳瓶 ⑪168 | 凝灰 ⑦*134* |
| 牛乳屋 ⑩134；*78*，⑪132；*185* | 凝灰岩 ①55, 202，③*104*，④246, 281；*161*，⑥62，⑩30, 31, 34, 35, 241 |
| | 凝灰質 ⑩47 |

(きみ〜きよ) 75

凝灰質礫岩　⑩36
教科書　⑩248-250；*146*
経紙　③235，⑦72；*224, 227*
経巻　①320
狂気　⑩18, 120, 164
経木　③242
経笈　①*28*，⑦*709*
暁穹　③160
郷国　⑫*208*
凶歳　③*71*
凶作　③33；*71*，⑩*143*，⑪*40, 51*
凶作［きやうさく］　⑫*228*
凶作沙汰　⑥314
教師　①181，③185；*466*，④*111*，⑤226；⑥264，⑦301；*191, 317, 416, 596, 597*，⑩*34, 324-326, 330-337*；*208, 212, 217*
経紙　③235，⑦72；*224, 227*
梟鵄　⑨151, 157, 159, 163, 169；*69*
凶事　⑦*151*
梟鵄救護章　⑨169
梟鵄守護章　⑨152
教室　①55, 203，③168，④295，⑧315-317，⑩*57, 58*；*213*
教室［けうしつ］　⑫214, 215
教舎　⑨102，⑩336
ぎょうじゃ　①7
行者　①106，⑦301；*711*
教衆　④*107*
教授　①215，④42，⑦99；*308, 311*，⑩108，⑫289
教衆　④230
行商　①357，⑦*420, 421*
教浄寺　⑦*164*
梟身　⑨152, 158, 164, 170, 171
行水　⑥50
強制肥育　⑨225，⑩333
恐蜥類　③*368*
競争　⑩273；*165-167*，⑪*153*
　学術──　⑧185
　鉄棒ぶらさがり──　⑧185
　引き裂き──　⑧184
兇賊　⑦*74*
兄弟　⑦85, 170；*268, 269*，⑩62, 88

三人──　⑪5，⑫183
兄妹　⑨187, 197，⑪*115*
教壇　⑨400
強鳥　⑨152, 158, 164, 170
経塚岳　⑤108
鏡鉄鉱　⑦*304*
峡田　⑥162
京都　①81, 251
教頭　③*490*，⑥*75*，⑦*147*；*464-468*
郷土喜劇　⑫*238*
郷土舞踊大会　⑩340
凶年　⑤40
京橋　①37, 165, 331，⑥52；*51*
響尾蛇　④14, 141, 215；*129, 130*
経文　⑨284
教諭　⑦*588*
教諭白藤　⑦207
教養　⑪*274*
狂乱　①*36*
狂乱［きやうらん］の火［ひ］　⑪*272*
峡流　③*192*
恐竜　⑧136，⑨375，⑪*46*
峡湾　⑨210，⑩*50*
清夫　⑧266-269
巨桜　③73
炬火　⑥90
巨蟹　③*172, 175*
極　③183
極［きよく］　⑥254
曲意非礼　⑦*229*
極渦　⑨41
玉顔　⑨65
極光　⑩*97*
玉座　⑩*97, 99*
玉髄　①32, 155；*12*，②23, 174, 247, 384, 457，③24, 218；*45, 523, 526, 528*，⑥246，⑧235，⑨198, 287，⑩*304*
玉髄の雲　②23, 174, 384, 457
極地　③169；*404, 407*，⑥256
局長　⑪*87, 91, 94, 115*
　郵便局の──　⑤*16*
極東　③*654*
極東大会　⑩*227*

76　主要語句索引

極東ビヂテリアン大会　⑩338, 341
曲馬　⑨218 ; *93*
曲馬師　①41
曲面　⑥111
鋸歯　⑥75
清志田　⑤*233*
馭者　②59, 281, 463
馭者[ぎょしや]　②58, 280
巨獣　⑦*129*
巨匠　③288 ; *323, 332, 334, 663, 665*, ⑥280
巨人　③*280*, ⑥61, 268
去勢　⑨226
虚像　⑥256
魚族　③*181, 182*
ぎょっ　⑨30, 32, ⑩323, ⑪32, 178
魚燈　⑥308 ; *180*
きよときよと　⑫136
きよとん　⑫132
きょとん　③*192*
巨豚　⑦127 ; *401, 402*
清原　②152, ⑦*417*, ⑫278
清水野　④47 ; *97*
虚無　②8, 232, ③*431*
虚無[きよむ]　②196
虚名　⑥280
魚油　⑨216
魚類　⑨231
魚類事務所　⑨229
巨礫層　③228 ; *559, 561, 564, 566*, ⑥238
きょろきょろ　⑫23, 35, 48, 56, 135, 138
きょろきょろ　④235, ⑧17, 79, 82, 93, 172, 192, 215, 306, ⑨7, 139, ⑩81, 85, 228, 286, 296, 299, ⑪26, 60, 174, 230, 232, ⑫271 ; *122, 157*
キョロキョロ　⑨28
きょろきょろきょろきょろ　⑧226 ; *89*
雲母　①141, ⑨276, ⑩57
雲母[きら]　⑦79 ; *251*
雲母紙　⑧122, ⑨345, 385, 387
きらきら　②54, 72, 165, 276, 375, 474, ③269 ; *224, 225, 544, 592, 631*, ④237, ⑤33, 70, 71, 205 ; *149*, ⑥8, 209 ; *37*, ⑧25, 38, 43, 60, 74, 99, 110, 111, 190, 195, 198, 213, 341 ; *38*, ⑨63, 109, 135, 356, 357, ⑩19, 104, 116, 122, 165, 179, 239, 300 ; *91, 150*, ⑪70, 86, 87, 181, 194, 216 ; *30, 203*, ⑫48, 62, 222, 295, 303, 304
ぎらぎら　②16, 34, 78, 206, 209, 240, 257, 415, 418 ; *48*, ③*95*, 115, 168, 174, 183, 201, 204, 225, 241 ; *125, 154-156, 223, 224, 227, 378-380, 404, 405, 420, 424, 437, 439, 485, 487, 488, 513, 516, 540, 558, 588, 622*, ④27, 118, 161, 250, 255 ; *15, 16, 79, 80*, ⑤39, 132 ; *144, 216*, ⑥19, 116, 208, 253, ⑧97, 104, 209, 218, 261, 279, 313, ⑨23, 120, 122, 132, 156, 157, 193, 203, 295, ⑩7, 71, 80, 95, 197, ⑪36, 40, 69, 72, 75, ⑫14, 43, 46, 49, 87, 97, 113, 127, 133, 156, 268, 279, 303 ; *45, 133*
キラキラ　⑧121, 314, ⑨7, 392, ⑩203, 206, 207, ⑪240, ⑫108, 120, 124, 156
ギラギラ　①55 ; *54*, ⑧6, 253, 297, 331 ; *47*, ⑨11, 19, 50, ⑩271, 275, 321, ⑪192, ⑫53, 101, 236
きらきらきら　⑧339, ⑪61, ⑫*158*
きらきらきらきら　⑧335, ⑩182, ⑫44
キラキラキラキラ　⑫101, 112, 113
きらきらっ　⑧195
ぎらぎらっ　⑧27
キラキラッ　⑫129
キラキラッ　⑩9
ぎらぎらのほこ　⑪*13*
雲母摺　①93
雲母摺り　①269
きらっ　⑩148
ぎらつ　②58, ⑫47, 127
ぎらっ　②*53*, ③*74, 486*, ④287 ; *222, 252*, ⑨24, 46, ⑩7, 21, 124, 140, 167, ⑪137, 161
キラッ　⑩211
ギラッ　⑧26, ⑨16
きらっきらっ　⑩21, 22, 123, 124, 167, 168, ⑪160, 161
ギラット　⑪*267*
雲母鉄　⑦*276*
きら星　①13, 115, ⑦*451*, ⑧249, ⑩319
きら、　③22
きらら　⑦203, ⑧21
きら丶か　⑦29, 245 ; *95*
きららか　⑦32 ; *86, 87, 636*

(きよ〜きら)　77

きらり　③*565*，⑧95
ぎらり　⑪*47*，⑫*213*
キラリ　⑧93
きり　⑦*602*，⑧120, 193
桐　①10, 20, 92, 97, 110, 125, 267, 278, 358, 360, 361, 363, 367, 388，②132, 348，③80；*192*，④*65*，⑤*80*，⑦*122*, 132, 175, 207, 243, 247, 259；*326*, *385*, *388*, *390*, *415*, *632*, *653*
錐　⑩8
錐［きり］　⑫128
霧　①26, 56，②92, 93, 96, 104, 308, 312, 320，③*462*, *463*，⑤*187*；*121*，⑥60, 62, 284, 286, 359，⑦16, 31, 35, 151, 163, 187, 188, 247, 291；*14*, *93*, *94*, *104*, *107*, *241*, *267*, *349*, *358*, *375*, *378*, *456*, *457*, *481*, *510*, *512*, *566*, *632*, *634*, *698*，⑧19, 29, 31, 87, 96, 101, 102, 105, 106, 108-110, 115-117, 175, 187-192, 199, 203, 279, 284, 295, 303；*32*，⑩107, 108, 114, 116, 128, 159, 160, 172, 181, 200, 264, 319，⑪73, 153, 154, 190, 191, 194, 200，⑫230, 232, 267, 345, 364, 366, 374, 377；*111*
霧［きり］　⑧55, 56, 58, 60, 161, 249，⑩73；*42*，⑫72, 78, 154, 157, 159, 160
義理　③158
きりあめ　⑦*105*
切石　⑦*482*
切り返し　⑤*43*
きりきり　⑪182, 183
キリキリ　⑧265，⑨96, 251，⑩330，⑫152
きりきりきり　⑦200
きりきりきりっ　⑨11
キリキリキリッ　⑦*563*，⑧9，⑩278
きりきりっ　⑨19
切り込み　⑩268
きりさめ　①142；*37*，⑥*75*，⑦*212*；*649*
霧雨　①27，⑤*187*，⑦258；*106*, *153*, *650*, *651*
ギリシア文字　⑥249
桐下　⑦*634*
桐下倶楽部　⑦*632*
希臘　②441
希臘古聖　③185；*442*
ギリシャの精神　②*44*
ギリシヤ文字　②219, 428

ギリシャ文字　①*32*
ギリシャ模様　③*129*
基督　①237
キリスト教　⑨237, 241
基督教徒　④66
キリスト信者　⑨243
霧積　⑫267, 268；*184*
きりの木　①361
桐の花　①*49*，③218；*158*, *190*, *523*, *525*, *526*, *528*，⑤*107*，⑥*246*，⑦*122*；*385*
桐ばたけ　④262
霧穂［きりほ］ヶ原［はら］　⑧*29*
ギリヤーク　②208, 417，⑩13
きりやまだけ　①68, 211
霧やまだけ　①223
霧山だけ　①211
霧山岳　①61, 68, 223, 233
気流　⑫*167*
偽竜　⑤*216*
稀硫酸　②133；*98*
麒麟　③*217*，⑧186
キルギス　③*150*，④*208*
キルギス曠原　④277；*206*
キルギス式　②71
ギルダ　③116, 118；*283*，⑩301
ギルちゃん　②159, 369
ギルちゃん　②110
ギルバート群島　⑨37, 38
きれ　⑩112, 156，⑪112, 150
巾　⑥149，⑪143
きれぎれ　③*272*, *274*，⑤*19*, *49*，⑪*49*；*187*, *267*, *287*，⑫*131*；*145*
切れ切れ　③*274*
切［き］れ切［ぎ］れ　⑫*137*
きれはし　⑩12
きろきろ　⑤*184*，⑨*81*，⑨7，⑪181, 182；*240*, *247*
ぎろぎろ　⑧125, 263，⑨158, 351，⑩285
ギロチンドツクスギロチンデイ　③*295*
Gillochindox-gillochindae［ギロチンドツクスギロチンデイ］　③*295*
気を付けの姿勢　⑩257
きん　①13

斤　⑩194
菌　①19，⑥60
金　①30, 150, 151，②104, 220, 320, 429, 474，
　　⑥41, 201, 382，⑦192；*138, 246, 303, 653*，⑧
　　302，⑨304，⑩194，⑫334
金［きん］　②36, 259，⑧65，⑪*280*，⑫196
　アラスカ――　⑫132
金［キン］　②151, 217, 426
黄金　①13, 92, 97, 267, 279, 324, 327, 334, 345,
　　367, 382, 388, 390；*33*，②31, 170, 219, 254,
　　380, 428，③48, 52, 120, 235, 238, 241；*113,
　　123, 125, 126, 169, 180-182, 192, 205, 207, 321,
　　523, 526, 543, 622, 654, 655*，④198, 272, 277；
　　*192, 193, 206, 208, 211*，⑤*173*，⑥62, 247, 249,
　　291，⑦203, 265, 270；*39, 162, 238, 308, 569,
　　588, 654*，⑧117, 282, 283, 301, 302, 341；*111*，
　　⑨68, 170, 180, 182, 190, 191, 194, 246, 270, 272,
　　277, 335；*91, 93, 132, 138*，⑩6, 7, 9, 25, 116,
　　128, 133, 161, 172；*57*，⑪155, 166，⑫245,
　　264, 338；*73*
　草地の――　②24
黄［き］金　⑧*13*
黄金［きん］　①116, 322, 323，②53, 275，⑥203，
　　⑧43, 68, 70；*16*，⑨126，⑫14, 17, 49, 53, 55,
　　126, 127, 129
黄金［キン］　②95, 311，③284；*659*，⑥290,
　　361
銀　①13, 22, 30, 31, 48, 55, 61, 77, 94, 100, 114,
　　131, 150, 188, 201, 210, 271, 295, 305, 336, 346,
　　363, 374, 376, 377, 389；*61, 67*，②64, 84, 95,
　　109, 116, 128, 132, 146, 151, 152, 166, 190, 191,
　　195, 196, 285, 301, 311, 325, 332, 344, 348, 376,
　　400, 404, 405, 453，③16, 44, 52, 70, 96, 105,
　　109, 119, 192, 205, 235, 241；*17, 25, 33, 84, 92,
　　97, 100, 109, 114, 165, 166, 216, 224, 225, 228,
　　248, 250, 253, 259, 260, 262, 264, 267, 279, 319,
　　321, 322, 397, 410, 455, 460, 464, 490-492, 495,
　　523, 526, 588, 596, 597*，④55, 81, 82, 135, 165,
　　175, 225, 230, 240, 255；*26, 27, 88, 107, 108,
　　148, 149, 158*，⑤213；*213*，⑥43, 209, 247,
　　284，⑦15, 45, 60, 72, 110, 129, 150；*38, 45, 46,
　　138, 143-145, 182, 184, 185, 223, 336, 349, 352,
　　354, 406, 407, 466, 479, 480, 559, 560*，⑧20, 24,
　　26, 35, 104, 111, 265, 270, 289；*34, 70, 101*，⑨
　　82, 146, 180, 181, 185, 188, 194, 270, 271, 353,
　　356，⑩147, 239；*150, 189*，⑪141；*241*，⑫
　　281, 369, 370
銀［ぎん］　⑧66, 152, 157，⑫19, 27, 40, 42, 65,
　　97, 102, 105, 106, 114, 117, 118, 126, 136, 196
キーン　③*280*，⑨102，⑩337
きんいろ　①120，②64, 75, 285，⑧157，⑫69,
　　71, 72
きん色　①52；*53*，⑧116, 141
金いろ　②42, 264；*50*，⑨171, 398；*91*，⑩145,
　　⑪138，⑫181；*46, 84*
金［きん］いろ　⑪215，⑫55
金色　①16；*14*，⑧235，⑨152, 157, 163, 165,
　　169，⑩304，⑫313
金色［きんいろ］　⑧145
黄金いろ　⑦*239*，⑧299, 300，⑨36, 115, 139,
　　155, 172, 256, 270, 276；*67*，⑩96, 102, 178,
　　211, 265, 274, 318；*6, 57, 200*，⑫*200*
黄金［きん］いろ　⑧249, 252，⑩*41*，⑫*11, 13,
　　47*
黄金色　⑦307，⑧37, 190, 198, 203, 212, 215,
　　222, 227, 238, 335, 339；*85*，⑨171，⑩180,
　　307，⑪61，⑫242
黄金色［きんいろ］　⑧43, 64, 68, 156，⑪*277*，
　　⑫222
銀いろ　③66，④129, 138, 268；*185, 251*，⑤
　　55；*51, 53*，⑥18, 78，⑦*405*，⑧301，⑨45,
　　90, 155, 157, 260, 348；*67*，⑩6, 17, 25, 120,
　　128, 142, 145, 172, 220；*96, 204*，⑪136, 139,
　　166, 218, 227；*208, 281*
銀［ぎん］いろ　⑫35, 77, 87, 88, 219
銀色　⑧5, 21, 33, 99, 107, 113, 114, 118, 238, 338，
　　⑨16, 18, 156；*71*，⑩220, 278, 280, 283, 307,
　　319；*165, 189*，⑪267，⑫248
銀色［ぎんいろ］　⑧8, 10, 11, 14, 43, 58, 124, 161,
　　249，⑫159
黄金［キン］いろ　⑩79
黄金色［キンいろ］　⑫24
銀いろのなめくじ　⑩273；*166*
銀色のなめくじ　⑩277→銀色のなめくぢ
銀［ぎいろ］のなめくじ　⑧10，⑩*172*→銀
　　色［ぎんいろ］のなめくぢ

〔きら〜きん〕　79

| | | | |
|---|---|---|---|
| 銀色のなめくぢ | ⑩277 | | ⑪150 |
| 銀色[ぎんいろ]のなめくぢ | ⑧10, ⑩172 | 銀河の説 | ⑪125 |
| 黄金いろの眼 | ⑩194 | 銀河の発電所 | ③228;560,561,564,566 |
| 黄金色の目玉 | ⑩186 | 銀河の窓 | ③262,265,267 |
| 黄金色目玉 | ⑩186 | 銀河の水 | ⑨274, ⑩147, ⑪140 |
| 銀雲 | ①86,88,95,260,263;17 | 銀紙 | ②436, ⑧134 |
| 金雲母 | ⑩8 | ぎんがめげば | ⑫241 |
| 金雲母[きんうんも] | ⑫128 | ぎんがめたら | ⑫364 |
| 金貨 | ④56,144, ⑩28,130,176,299;20,110 | 金皮 | ②43,265 |
| 金貨[きんくわ] | ⑧82 | 近眼 | ⑩118, ⑪11 |
| 銀貨 | ⑧218, ⑨85,202, ⑩135,179,268, ⑪127;118,179,186 | 近眼鏡 | ⑨362;44, ⑩147, ⑪141 |
| | | 金看板 | ⑪12 |
| 銀貨[ぎんくわ] | ⑫137 | 金看版[きんかんばん] | ⑫189 |
| ぎんが | ⑥355, ⑪124 | 金牛 | ②124,340 |
| 銀河 | ①29,70,148,226,227, ②8,108,139,232,324,355, ③91,95,98,107;211,221,223,225,227,230,263,265,269,321, ④191,236, ⑥208,238,243,354, ⑦90;89,90,113,208-210,248,280, ⑨274,275, ⑩142-144,146,147,155,217;73,82, ⑪86,94,122,124,125,129,131,136,138,140,148,170,171;157-159,176,195, ⑫342,348,349 | 金牛[きんぎう] | ⑥195 |
| | | 金牛宮 | ⑨249, ⑩337 |
| | | 金魚 | ④257 |
| | | きんきん | ⑤77, ⑨182,270,273;133, ⑫266 |
| | | ぎんぎん | ②445 |
| | | キンキン | ②32,255, ④250 |
| | | 金鎖 | ②48,51,270,273 |
| | | 金口 | ⑨84, ⑪108 |
| 古生―― | ③223 | 銀雲 | ①86,88,95,260,263;17 |
| 菫外線 | ③34;117, ④179;92, ⑦159;500, ⑨342 | 金貨[きんくわ] | ⑧82 |
| | | 銀貨[ぎんくわ] | ⑫137 |
| 金華園 | ①24 | 金毛 | ④205;119, ⑦86,127;270,401 |
| ぎんがぎが | ⑫96,97 | 金毛[―け] | ④120 |
| ぎんがぎんが | ⑫370 | 金毛[―ケ] | ④61 |
| 金角 | ⑧341, ⑨166 | 銀毛 | ⑨182,183 |
| 銀河系 | ②156,366 | 銀毛兎 | ⑦98;306 |
| 銀河系空間 | ④299 | きんけむし | ①41,175 |
| 銀河系統 | ④298 | 金鉱 | ⑫299;202 |
| 銀河軽便鉄道 | ②220,429, ③559-561, ⑥237,239,250 | 銀行 | ④186, ⑥13, ⑦60;182-185 |
| | | 銀行家 | ⑦264,353,355 |
| 金華山 | ⑦304 | 銀座 | ⑤220, ⑨377 |
| 金華山沖 | ②467 | 金彩 | ⑫289 |
| 金頭[きんがしら] | ⑧75 | 金策 | ④96,268;185 |
| 金頭のステッキ | ⑩292 | 菌糸 | ④79;153, ⑨277 |
| 銀河ステーション | ②219,428 | 金字 | ⑩12 |
| 銀河ステーション | ①24, ②142, ④249, ⑩139,141,142;73, ⑪134-136;192 | 近似工業 | ⑦272 |
| | | 菌糸網 | ⑦427 |
| 銀河帯 | ⑪123 | 銀障 | ⑦44 |
| 銀河鉄道 | ③606,608, ⑧37, ⑩112,156;73, | 金星 | ①23,133, ③263, ⑩319, ⑪300 |

| | |
|---|---|
| 金星［きんせい］ ⑧249 | 銀［ぎん］の盤［ばん］ ⑥203 |
| 金星音楽団 ⑪220, 233 | 黄金の光 ⑩6 |
| 金石 ⑨89, ⑩322 | 黄金［きん］の光［ひかり］ ⑫126 |
| 近代的 ⑨140 | 銀の光 ⑩303 |
| 近代文明 ③7, ④283, 290；221 | 金の船 ⑨80 |
| きんたけ ⑩187 | 黄金の船 ⑨171 |
| 銀笛 ①7；28, ③447, ⑦219, ⑧19, 27, 29, 37 | 黄金の眼 ③124, 565 |
| 金天狗 ⑩267 | 黄金の目 ③562 |
| 銀時計 ①25, 44, ⑥100 | 金のメタル ⑥250 |
| 銀どろ ③319 | 銀のモナド ⑥55, 62 |
| 銀ドロ ③333 | 銀の矢なみ ⑧104 |
| 銀ドロ ③328, ④215, 340, ⑤81 | 銀の矢並 ⑥357 |
| ぎんななこ ①65, 219 | 銀の鎧 ⑩267 |
| 銀なヽこ ⑦189, 191-193 | 金の環 ⑥27 |
| 銀斜子 ③206；499, 502 | 金歯 ⑩236 |
| 銀斜子［－なヽこ］ ⑦62 | 銀盤 ②15, 239, ③417-419, ⑥227 |
| 緊那羅 ③281, ⑦445, 446 | 金皮 ②43, 265 |
| 緊那羅［きんなら］ ②75 | 金［きん］ピカ ⑫34 |
| 緊那羅面 ⑦142；446 | 銀屛 ⑦17 |
| 銀杏 ⑥69, ⑨111, ⑩146, ⑪140 | 銀屛風 ⑩230 |
| 銀鼠［ぎんねづみ］ ①291 | 銀びらうど ⑨179 |
| 銀鼠雲 ①58, 206 | 銀びろうど ⑨179→銀びらうど |
| 銀鼠ぞら ①35, 161 | 銀笛 ①7；28, ③447, ⑧19, 27, 29, 37 |
| 銀の入歯 ⑩192 | 金粉 ⑧203, ⑨355, ⑩318 |
| 銀の鉛筆 ④175 | 金粉［きんぷん］ ⑧248 |
| 銀の鏡 ⑧188 | きんぽうげ ①22, ②34, 257, ③217；523, 526 |
| 金［きん］の鎌［かま］ ⑥201 | 　　-528, 530, ④22, 279；38, ⑥247→きむぽう |
| 黄金の鎌 ⑨260, 263 | 　　げ |
| 黄金の鎖 ⑪183 | 金無垢 ⑫221 |
| 銀の鎖 ⑪72 | 銀茂 ①100 |
| 銀の小人 ⑫262, 263；180 | 銀毛 ⑨144 |
| 銀のすすきの穂 ⑩300 | 金文字［きんもじ］ ⑫30 |
| 黄金の銭 ⑫291 | 金モール ⑩192 |
| 黄金の大刀 ⑫303 | 金［きん］モール ⑫76 |
| 金の角 ⑩224 | 禁慾のそら ②30, 253 |
| 銀の角 ⑩337 | 禁慾の天 ③208；500, 503, 505, 511 |
| 黄金の棘 ④222 | 禁欲の天 ④240；158 |
| 銀の斜子 ③455 | 金らん ⑧260 |
| 銀の斜子の月 ③458, 459 | 金襴 ⑫267 |
| 銀の鼠の雲 ①58 | 金竜館 ③44 |
| 黄金のばら ⑨26 | 禁猟区 ⑤35 |
| 銀の針 ⑨42 | 金鈴 ①8, 107 |
| 銀の盤 ⑥361 | |

(きん〜きん)

## く

ク　⑧*58*
グー　⑧*277*
ぐいぐい　⑧*189, 242*, ⑩*312*
クイックゴールド　⑨*132*→ quick gold
流金［クイックゴールド］　③*284*；*659*, ⑥*291*
くいな　③*86*；*201*
杭の穴　⑩*311*
クィン　⑩*70*, ⑫*75*→クゥン
ぐう　⑩*343*, ⑪*39*
クゥ、クゥ　⑧*230*
クゥクゥクゥ　⑧*91*
くううん　⑧*119*
隅角部　④*255*
空気筏　⑪*105*
空気獣　⑩*178, 180*
空気銃　⑩*88*
空気鱒　⑩*208*
ぐうぐう　⑩*314*, ⑪*233*, ⑫*191*
クウクウ　⑨*278*
クウ、クウ、クウ　⑧*262*
ぐうぐうぐうぐう　④*52*
空華　⑦*225*
共業〈くうごう〉所感　③*156, 655*
空谷　①*80*, ④*304*
クウショウ　⑧*134*, ⑨*371*
空翠　⑦*651*
空線　⑤*131*
偶然論　③*296*
空諦　④*230*；*107*
空中　⑪*47*
空中電気　⑪*106*
ぐうっ　⑧*33, 99*, ⑪*186*
空碧　⑤*73*, ⑦*491, 492*
空明　③*10, 105, 107, 183*；*16, 20, 21, 437*, ⑥*260*
空明［くうめい］　③*439*, ⑥*253*
くぅも　⑩*277*
くうらりくらり　⑧*160*, ⑫*76*
偶力　④*352*
空輪　⑤*23*；*25*, ⑦*85*
空輪峠　③*14*；*27*
寓話　⑨*119*, ⑩*273*, ⑫*173*

寓話集　⑧*54, 57*
寓話集中　⑧*5, 21*, ⑨*34, 58*, ⑩*112*
くうん　⑧*6, 9*, ⑩*274, 278*
くうんくうん　⑧*118*
ぐうんぐうんひゅうひゅう　⑫*149*
クエク　⑧*314, 329*
クェン　⑧*148*
クォーツ　⑧*133, 134*, ⑨*371*
苦界　⑨*163*
九月　②*205, 414*, ③*243*, ⑥*132, 139*
　九月一日　⑨*5*, ⑩*226*, ⑪*172*；*229-231*
　九月二日　⑨*9*, ⑩*226*, ⑪*180*；*230, 232*, ⑫*363*
　九月三日　⑨*15*, ⑪*230, 232*
　九月四日　⑨*20*, ⑩*338*, ⑪*184*；*230, 232*
　九月五日　⑨*24*；*18*, ⑪*230, 232*
　九月六日　⑨*29*, ⑪*195*；*230, 232*
　九月七日　⑨*31*；*18*, ⑪*200*；*230, 232*
　九月八日　⑨*36*；*12*, ⑪*205*；*228, 230, 232*
　九月九日　⑨*42*；*12, 18*, ⑪*230, 232, 263*
　九月十日　⑨*44*, ⑪*230, 232*
　九月十一日　⑪*230, 232*
　九月十二日　⑪*209*；*230, 232*
釘抜き　⑪*279*
鵠〈くぐい〉　⑨*262*, ⑩*302*
くぐり　⑪*117*, ⑫*109*
潜り　⑨*60*, ⑪*17*
九合［一ごう］　⑥*192*
枯草［くさ］　③*208*
草いろ　②*107, 454*, ⑪*63*
艸いろ　③*21*；*42*
くさえがべ　②*144*
草刈　③*160*, ④*279*, ⑥*102*, ⑫*365, 366, 376*
草木　⑨*47*, ⑪*5*
草木［くさき］　⑫*183, 196*
草木の医者　⑪*16*, ⑫*109*
草木を治す医者　⑪*5*
草ずり　⑫*101*
草田　④*226*
草地　②*24, 32, 248, 255*, ④*45, 104, 165, 187, 251*；*88, 136, 201*, ⑧*79*
クサノ　⑨*71*, ⑫*76*
草の甑　⑥*7*

| | |
|---|---|
| くさび ⑩89, 90 | ぐしゃぐしゃ ③225 |
| 草火 ⑦39；*114, 116, 117* | ぐじゃぐじゃ ⑧273, ⑨189→ぐぢゃぐぢゃ |
| くさび形 ⑩89 | 孔雀石板 ③*233, 236, 237* |
| 楔形文字 ③51, 263；*74, 114, 117* | 孔雀のいし ③264 |
| 草笛 ①65, ③*197, 199, 201* | 孔雀の石 ③52 |
| くさぼ ④238 | 孔雀の尾 ⑧267 |
| 草穂 ②25, 79, 249, 296, ③109, 111, 281；*248, 250, 260, 261, 265, 267, 268, 272, 274, 332, 334-336, 367, 543, 649,* ④36；*59,* ⑦234, ⑧102, 190, ⑨273, 278, ⑩12, ⑪31, 113, 116, 191, ⑫*128* | 孔雀のはね ⑨36 |
| | 孔雀の羽 ⑩16；*95,* ⑪*207* |
| | クシヤンクシヤン ⑫*138* |
| | くじら ⑧30→くぢら |
| | 鯨 ②460, ③360, ⑧29, 33, 34, ⑨228, 234, 236, ⑩17, 120, 163, 339；*117, 118,* ⑪*157* |
| 茶色の―― ⑧190 | 鯨の蛹 ③*449, 451* |
| 草穂［くさぼ］ ⑩78, ⑫89 | 鯨の卵 ③*449* |
| 草穂なみ ⑥9 | 釧路 ③73；*169, 172* |
| 鎖 ⑦155；*428, 495,* ⑩141, ⑫*164, 169* | クシロ ③*170, 174* |
| 黄金の―― ⑪*183* | くす ⑨336 |
| 雲の―― ⑦80；*253* | 葛 ③*560, 561, 564, 568,* ⑥238, ⑪24；*52* |
| プレシオスの―― ⑩*175* | 葛［くづ］ ⑫*200* |
| くさりかたびら ⑧224, 226；*87, 89* | 葛岡 ⑫*213* |
| くさりのめがね ⑨396 | くすくす ⑤79 |
| 草わな ⑨141, ⑩298 | ぐずぐず ③*579,* ⑪*288*→ぐづぐづ |
| 櫛 ⑪31, 33-36, ⑫*128, 130, 132, 133* | クスクス ⑩64 |
| 久慈 ④95 | くすぐらへでぁのだもなす ③123 |
| 公事 ⑤55, ⑥302 | グスコ ⑦113, ⑩73 |
| クシナガラ ⑨239 | 葛校長 ③*106* |
| 櫛の歯 ⑪34, ⑫*130* | グスコーナドリ ⑫*199* |
| 倶舎 ②166, 376 | グスコブドリ ⑪51-53, ⑫*147, 149* |
| 孔雀 ②9, 157, 233, 367, 454, ③264；*107,* ④64, ⑤103, ⑥62-64, 78, 167, ⑦81, 277；*255,* ⑨278, ⑩16, 118, 119, 163；*12, 95,* ⑪157；*207,* ⑫*254* | グスコーブドリ ⑫*199,* 217 |
| | グスコーブドリの伝記 ①24, ⑩73 |
| | グスコンナドリ ⑪23；*49,* ⑫*118* |
| | グスコンブドリ ⑪23；*49* |
| 孔雀石 ②185, 213, 395, 422, ③*532,* ⑧113, 301, ⑨331, ⑩206；*189,* ⑫*269* | グスコンブドリの伝記 ⑪*49,* ⑫*118* |
| | くすっ ⑪123 |
| 孔雀石いろ ④177, ⑤129, ⑩10 | 楠ジョン ⑦*544* |
| 孔雀石板 ③100 | グス――の伝記 ⑧37, ⑩*73* |
| 孔雀石板［くじやくいしばん］ ⑥293 | 葛の花 ③*627* |
| 孔雀いろ ③*234* | 葛の餅 ⑥48 |
| くしやくしや ③*521,* ⑫*36, 56, 163, 169, 186,* 276 | 黝ぶり ④49, 182 |
| | 葛丸 ①87, 262 |
| くしゃくしゃ ③24, ④286, ⑤210, ⑦*589,* ⑧*175,* ⑨121, 136, 339, ⑩146, 236, ⑪9, 140, ⑫264 | 葛丸川 ⑨348, ⑩39 |
| | くすり ⑩61 |
| ぐしやぐしや ③*624,* ⑫*200* | 薬 ③288, ④122, ⑥268, ⑦55；*172, 651,* ⑧ |

(く～くす) 8₃

27, 146-148, 150, 178, 266, 267, 269, 270, ⑩
　　　280, ⑪179, ⑫348, 357, 360
薬[くすり]　　⑧12, 40, 63, 64, ⑫59, 194-197
薬戸棚　　⑩198
薬瓶　　⑫355
薬屋　　⑤59, ⑧114, ⑨66, 328, ⑫357
薬屋[くすりや]　　⑧96
救世の主　　⑥112
糞　　⑩293
クソ　　⑦15
くたくた　　⑤126, ⑪228
ぐたぐた　　⑦694, ⑨102, ⑩231, 336
ぐたぐれ　　⑦692
ぐたつ　　⑫320
ぐたっ　　⑫320→ぐたつ
ぐたっぐたっ　　⑨102, ⑩336
九谷　　⑦26
くだもの　　⑧220, ⑩188, 317, ⑫338
果物　　⑨336, ⑪24, 86
菓物　　④257
菓物畑　　⑩317
菓物畑[くだものばたけ]　　⑧247
下り竜　　⑨213
口絵　　④109
駆逐　　⑫44
駆逐艦　　⑥7
くちなしいろ　　③542
くちなは　　⑦12 ; 24
くちなわ　　⑦12 ; 24→くちなは
口ぱ　　⑬13, ⑫105
くちばし　　⑩151, ⑪305
嘴　　⑩121
口火　　⑨219
唇　　⑩93
口笛　　①66, 67, 220, 221, ②40, 72, 75, 128, 197,
　　　208, 262, 293, 344, 406, 417, ⑦60 ; 186, ⑧
　　　254, 312, ⑨30, 388, ⑩18, 20, 23, 51, 121-123,
　　　126, 132, 136, 137, 164, 166, 170, 204, 219, 330,
　　　331, ⑪64, 83, 122, 127, 130, 132-134, 158, 160,
　　　164 ; 187, ⑫268, 269, 344, 366 ; 160, 235
　　星めぐりの―　　⑩20, 122, 134, 143, 166, ⑪
　　　131, 136, 159
口笛[くちぶえ]　　⑥199, ⑫133

くちやくちや　　⑫126
くちゃくちゃ　　⑩6
ぐちゃぐちゃ　　②78, 193, 295, 402, ⑫57, 65
ぐちゃぐちゃ　　⑧146, 153, ⑨177, 246, 252, 258,
　　　⑩202
ぐぢゃぐぢゃ　　⑧273, ⑨189
クチャール　　②44
区長　　⑤205
くぢら　　⑧33, 34, ⑩17, 120 ; 96, ⑪208
くつ　　⑪32
沓　　⑤167, 168, ⑧20, 23, 27, 298, ⑨25, 103,
　　　268, 276, ⑪33 ; 240, ⑫130
　　ガラスの――　　⑨19, 36, 103
靴　　⑥279, 300, ⑦34, ⑩35, 133, 198, 207, ⑪
　　　127, 154, ⑫164, 230
　　赤革の――　　⑪44
　　ガラスの――　　⑩203, ⑪192
靴[くつ]　　⑫31, 32, 37, 64, 70, 212
葛[くづ]　　⑫200
くっ　　⑪226
くつきり　　⑫216
くっきり　　③247, 249-251, ④168, ⑩52, ⑪
　　　169
くつくつ　　③194 ; 467, ⑤80, ⑨119, ⑩111,
　　　155, ⑪149, 197, 198
くっくっ　　⑨56
ぐづぐづ　　③579, ⑪288
くつくつくつ　　⑫46
グッグッグッ　　⑥50
靴下　　⑩34, 37, 60
ぐっしょり　　④28
クッション　　④37, 38
ぐっすり　　③340, ⑨96, ⑩212
屈折率　　②128, 344, 455, ③501, ⑤231, ⑥80
屈折率[くつせつりつ]　　⑥199
屈たう性　　⑥153
グッタペルカ　　⑥47
ぐったり　　⑧238, 295, ⑨81, ⑩17, 119, 307,
　　　321 ; 96, ⑪83, 208
屈とう性　　⑥153→屈たう性
屈撓性　　⑥163
くつわ　　⑪13, 31, 33, ⑫190 ; 128, 130
ぐでんぐでん　　⑧73

九天王　　　⑩*63, 94*，⑪*206*
工藤　　　⑤*36*
工藤悦治　　　⑦*597*
工藤さん　　　⑩*249*
工藤宗二　　　①*47*，⑦*252*
供徳　　　⑨163
功徳　　　⑥103，⑨154, 163
郷国　　　⑩63
郷里［くに］　　　⑩63
国津神　　　⑫370
ぐにゃぐにゃ　　　④43，⑧163
くにゃり　　　⑧186, 233；*93*
くにゃん　　　⑧332，⑨57
ぐにやん　　　⑫284
ぐにゃん　　　⑫284→ぐにやん
クニャン　　　⑨70，⑫*275*
くぬぎ　　　⑧192
グーノー　　　⑪*291, 292*
苦の世界　　　⑨97；*115*，⑩331
九戸海岸　　　⑦*535*
九戸郡　　　⑦*534, 678*
首かざり　　　⑩101, 102
くびくび　　　⑧20，⑩203
くびす　　　⑩*188*
くびっ　　　⑩202，⑪81
首巻　　　⑨47, 61，⑪17，⑫*110*
くびりくびり　　　⑧73
颶風　　　⑨25, 26；*13*
区分キメラ　　　⑫267
苦扁桃［くへんたう］　　　②44, 266
クーボー　　　⑪*39*，⑫211, 213
クーボー　　　⑫*139, 154*
求宝航者［ぐほうこうしや］　　　③*76*
クーボー成人学校　　　⑪*83*
クーボー大博士　　　⑪62-67；*40, 41, 87, 104, 109*，⑫213；*159-161, 163, 165, 166*
クーボー大博士［だいはかせ］　　　⑫214-216, 220, 223, 228
窪田空穂　　　④*160*，⑤*35, 96*
クーボー博士　　　⑫213
クーボー博士［はかせ］　　　⑫217
熊　　　②50, 272，③264；*280, 560, 561, 565*，④248，⑤64, 65, 71, 112；*63, 121*，⑦299；*156,*
*157*，⑧89, 184, 186，⑩65, 182, 254, 264-270, 272；*161*，⑪186，⑫172
熊［くま］　　　⑫139, 140, 145, 151
隈　　　⑤70, 112, 113；*120, 121, 123*
熊蟻　　　③219；*530, 532, 533*
熊蟻［くまあり］　　　⑧71, 72，⑩*179, 180*
熊犬　　　③*53*
熊谷機関手　　　③*560, 561*，⑥239
熊谷　　　①316
熊谷宿　　　①316
熊笹　　　③*76*，⑩258
熊氏　　　④*133*，⑦*168*
熊手　　　⑤49；*46, 47*
熊出街道　　　⑨361
熊捕り　　　⑩264
熊の胆　　　⑩264, 266
熊の毛皮　　　⑥239，⑩268
熊の子　　　⑤58
熊のことば　　　⑩266；*159*
熊之進　　　⑦49；*157*
熊野の森　　　⑦*104*
熊蜂　　　③*543*
九万人　　　⑫101
九万人［一まんにん］　　　⑫186
組　　　⑩*147*
ぐみ　　　②34, 132, 257, 348，④168
組合　　　③138, 257, 348，④123, 179；*52, 92, 93, 159*，⑤*36*，⑥288；*119*，⑦290；*26, 440, 441, 698*，⑩236, 242, 243，⑪121
組合小屋　　　⑥173
組合事務所　　　⑩237
組合主事　　　⑥173
組合倉庫　　　④*46*
組合長　　　⑤*36*
組合村　　　⑦*89, 119, 122, 124, 125*
組合理事　　　⑦67；*211, 212*，⑪*159, 160*
苦味丁幾［くみちんき］　　　②*45, 267*
くも　　　②22, 246，⑧9, 172，⑩281
雲　　　②13, 22, 64, 246, 285，⑤*91*，⑨16，⑩10, 13, 24, 59, 191, 220, 225, 264；*190, 199, 224*，⑪208, 227
――の鎖　　　⑦80；*253*
――の棘　　　②28, 252

（くす～くも）　　85

——のみね　⑧244，⑩305，314，315
——の峰　⑥314，⑧236
——の峯　⑧235，238，245，⑩304，307，309，314
——の魯木　②21
魚形の——　⑤131
薄い鼠色の——　⑪190
オーパルの——　②128，344
玉髄の——　②174，384，457
雲母摺［きらず］りの——　②79，297
硅酸の——　②199，408
光酸［くわうさん］の——　②36，259
魚形の——　⑤131
鼠色の——　⑧100
パラフォンの——　⑩318
北極の——　⑩145，⑪138
まっ赤な——　⑪20，⑫*114*
蜘蛛　①51，192，③110，130；*251，261，267，295-300，302，304*，⑥140，277，⑦143；*448-450，452，453*，⑧5，97，178，309，⑨68，277，⑩274-276，278，281-283；*165，175*
　赤い手の長い——　⑩273
　おかみさんの——　⑩276
　女の——　⑩276
　手長の——　⑩277
　星の——　⑦143
蜘蛛［くも］　②108，324，⑧5-8，10，13，15，17，⑩*168，169*
飛雲［くも］　⑦*174*
片雲［くも］　⑦*174，175*
蜘蛛［くも］おどり　②108，324
雲かげ　③*631*
雲影　③*261*
雲濶〈くもかげ〉　⑥246
雲冴　⑧*33*
雲冴［くもざえ］　⑧29，30
雲助［くもすけ］　⑧145，⑫56
蜘蛛線　③*46*
供物　④*241*，⑨251
蜘蛛の糸　⑥118
蜘蛛のおかみさん　⑩277
蜘蛛の巣　⑫*73*
蜘蛛［くも］の伝記［でんき］　⑩*168*

雲見　⑧235，238，⑩304，307
蜘蛛文字　⑧5
くもりぞら　①88，262，339
蜘蛛暦　⑧5
蜘蛛暦［くもれき］　⑧10，⑩*170*
供養　⑦17；*45*
九曜の紋　⑤*36*
供養無量百千諸仏　⑤7
くら　⑪16
鞍　⑪10，18，⑫*110-112*
鞍［くら］　⑫188，193
倉庫〈くら〉　⑦*316，317*
クラウス　⑫*10*
グラウンド　③*391*
くらかけ　②14，214，238，423
鞍掛　②116，332，435，445，446，⑫254
くらかけやま　②150
鞍掛山　②14，59，238，281，③206；*503，505*，⑥110
鞍掛山　②440，③211，212；*517*
くらくら　②49，193，402，③*405，620*，⑧228，233，283；*93*，⑨*90*，⑩323，⑫150
ぐらぐら　②71，79，80，211，291，296，298，420，③34，68，155，211，244，269；*134，163，378，381，383，386，513，543，554，555，592-594，632，634*，④61；*120*，⑤190，⑧87，186，281，294，298，309，315，340；*129*，⑨27，146，150，167，⑩34，80，⑪28，57-60，109，113，212；*46，96，98，271，294*，⑫43，74，149，168，205，220，222；*124，153，155-157*
ぐらぐらぐら　⑧339，⑪61，⑫*158*
ぐらぐらぐらっ　⑪56，⑫*153*
ぐらぐらつ　⑫206，222
ぐらぐらっ　⑧279，338，⑪61
くらげ　①35，162，291，⑧317，⑩12，13；*8*
海月［くらげ］　⑫131
グラジオラス　④117，⑩260；*143*→グラヂオラス
グラス　①*392*，⑥141
グラヂオラス　④117，⑩260；*143*
くらつ　②69
クラテーグス　④*163*
グラニット　⑥79

鞍の医者　⑨60，⑪25
グラフ　⑤40
クラムボン　⑩5，6，⑫125，126
くらやみ　⑩318
グラララガア　⑫167-169
クラリオネット　①348，③74；*175*，⑦204；*572*，⑧314，⑩*156*
ぐらりぐらり　⑫249
クラリネット　⑦190，⑪89，219
クラレ　⑧338，339，341-345，⑪61，⑫*157*
グランド電柱　②472，③251；*11，485，607，609*，⑤*157*，⑥80，81
グランド電柱［でんちゅう］　②110，326，③*608*，⑥252
グランドマーチ　⑤218
大行進曲［グランドマーチ］　③271
栗　①355，②209，418，③42，52，129，226，259，275；*113，300，303，347，538，542，557，622*，④83，112，123，240，270；*120，158，191，192，210，212*，⑤21，27，53，104，117，207，⑥77，276，⑦75，96，123，127，129，149，283；*40，41，47，235，237，299，300，375，376，390，391，402，405，406，472，476，539，638，687*，⑧289，⑨111，⑩181，268，269，⑪24，116，197，200；*58，233*，⑫9，269，293，297，345；*120*
栗［くり］　⑩79，⑫21-23，42，47，87，107，109，112，119，121，124，200
庫裡　⑦51；*163*
庫俚〈→庫裡〉　⑦*162*
苦力　④226
くりくり　⑨24，25
くりくりくりくりくり　⑧270
栗駒山　①374，③*71*，⑨130
クリスチャンT氏　④282
クリスチャンX氏　④*338*
クリスチャン花　⑩143
クリスト　③101；*241*，⑥294
クリスト教　⑨238，240
クリスト教旧神学　⑨237
クリスト教国　⑨240
クリスト教徒　⑨237
クリスマス　③101；*241*，⑥294
降誕祭［クリスマス］　⑥294

クリスマスツリー　②181，391，③*589*，④193；*106*
クリスマストゥリー　⑩206
クリスマストリー　③*257*
クリスマストリイ　⑩23，126，170，⑪164
硅孔雀石［クリソコラ］　③*232*，⑦*436*，⑧194→chrysocolla
緑玉髄［クリソプレース］　②81
chrysoprase［クリソプレース］　②*64*
クリソベリール　③*170*
グリッシャム　⑨47
栗のいが　⑧236，⑩297，305，⑪209
栗［くり］のいが　⑧79
くりのき　⑥348，349
栗の木　②111，206，327，415，③164，221；*294，297，397，545，554*，④270，⑤64，129，201，⑥347，⑦*40*，⑧90-92，95，102，109，110，207，211，212，215，271，287，305，308，309，311，⑨9，10，19，20，29，32，36，45，46，111，114，129，401；*14，44*，⑩101，213，271，272，317，⑪27-30，90，172，174，186，191-193，195，197，209；*43，47，51，267*，⑫345，377；*124，125*
栗［くり］の木［き］　⑧247，⑩79，81，⑫9，10，202-205
栗の木下駄　⑤40；*36，51*
栗の花　①25，27，137，143，③226，267；*621，622，626，627*，⑤27，⑦86，127；*269*，⑪30
栗［くり］の花［はな］　⑫205
栗の実　⑧*111*，⑨114，⑩182，187，⑪230；*44*
クリノメーター　⑫368
栗ひろい　⑨*44*→栗ひろひ
栗拾い　⑪177→栗拾ひ
栗ひろひ　⑨*44*
栗拾ひ　⑪177
クリプトメリアギガンテア　⑥85
クリプトランダ　③*607*
クリーム　⑨239，⑫33，36
グリム　③241，⑥41
グリムプス　⑦*174*
くりや　⑤152
厨川　②451
グリーン　⑥42
緑［グリーン］　③84

（くも〜くり）　87

グリンランド　⑧122
グリーンランド　⑧134,⑨41, 345, 372, 384
ぐるうっ　⑪57,⑫153
くるくる　⑧29, 46, 53, 77, 98, 116, 168, 231, 298, 324；91,⑨104, 106, 138, 174,⑩112, 116, 151, 154, 156, 162, 242, 266；5, 44, 92, 184,⑪145, 148, 150, 156, 185；204,⑫28, 102, 114, 271
ぐるぐる　②160, 370,③213；253, 261, 514,④60,⑧25, 40, 72, 100, 120, 213, 214,⑨23, 24, 42, 195；123,⑩19, 73, 80, 121, 142, 158, 165, 183, 229, 240, 243, 253, 330；51,⑪31, 33, 34, 93, 97, 136, 152, 159, 190, 208, 223；134,⑫97, 168, 265；128, 130, 131
クルクル　⑧180
くるくるくる　⑫22
ぐるぐるぐる　⑫53
くるくるくるくる　⑧116,⑨25, 26
ぐるぐるぐるぐる　⑫89
ぐるぐるぐるぐる　⑧86,⑨41,⑩203, 206, 314,⑪34, 86, 223,⑫88, 94, 95, 171；131
グルグルグルグル　⑧329
くるくるくるっ　⑧102, 324,⑪192
クルクルクルッ　⑧186
ぐるぐるっ　⑧309
くるくるん　⑧270
くるしまなぁよにうまれてくる　②140, 356
クルーソー　③384
くるつ　⑫188
くるり　④175,⑧162, 313,⑨90,⑩323,⑪11, 130
ぐるっ　⑧227,⑩10, 57, 243,⑪176, 191
くるっくるっ　⑩133,⑪131
車　④26, 68, 69, 195,⑩87, 88, 91, 164, 240
俥　⑦287,⑨176,⑩186
輪宝[くるま]　③241
くるまちん　⑩186
俥屋　⑩55, 186
くるみ　①92, 97, 267, 322-324, 365,②36, 184, 259, 394,③27, 51, 91, 94, 264；43, 50, 114, 117, 215, 520, 557,④31, 69, 181,⑤174,⑥8；6,⑦41；89, 128, 130, 412, 434, 618-620,⑧187,⑨46,⑩147, 148,⑪142, 172, 209；49, 267,⑫11, 71, 72, 319, 320
胡栗　⑦351, 410
胡桃　③274；216, 221, 223,④74；139,⑦111, 130；351, 434,⑫259
くるみいろ　⑥26
くるみ色　②460
くるみの化石　⑩248
くるみの木　③251；519, 606-609, 622,⑥252,⑩25, 128, 172,⑪166
くるみの木[き]　⑧156
胡桃の木　⑩49
胡栗の葉　⑪233
くるみの実　⑩49, 54,⑪141
くるみばやし　③105；211
くるり　⑧76, 239, 245, 288,⑫236
くるりくるり　②54, 276,⑧231
グルルック、グルウ　⑨70,⑫76
グルルル、グルウ　⑧277
クレオソート　②196, 199, 405, 408,④170；91,⑤79
芹[クレス]　③23
くれぞう　①385
暮れぞう　①93, 257, 269
グレッシャム　⑨48, 50, 291, 294,⑪11, 13
クレッス　③23
紅　③169, 345,⑪155
擲弾兵[グレナデーア]　⑨205
グレープショット　③200；481, 483, 484→葡萄弾
葡萄弾[グレプショット]　③405
グレン　⑨186
くろ〈→黒〉　①11, 58, 59, 111, 206, 207, 209, 278, 297, 361；51,②25, 64, 81, 144, 146, 249, 285, 298, 361,③138, 139, 179；132, 326, 327, 391, 429, 430,④18, 292,⑤96,⑥236, 300, 380, 381, 385,⑦87, 209；53, 449, 578, 580, 597,⑧141, 192,⑫276
くろ〈→畔〉　⑪65
黒　①35, 37, 44, 54, 63, 66, 69, 76, 78, 86, 90, 96, 162, 165, 183, 187, 191, 200, 213-215, 220, 225, 240, 244, 259, 260, 264, 274, 290, 321, 334, 353, 357, 367, 370, 389, 390；27, 52, 159, 168,②20, 23, 24, 32, 34, 36, 55, 65, 68, 70, 79, 88, 96, 101,

112, 118, 119, 123, 126, 127, 134, 167, 171, 176-178, 185, 188, 195, 197-199, 208, 215, 216, 244, 247, 248, 257, 259, 270, 277, 282, 286, 290, 296, 305, 312, 317, 328, 334, 335, 339, 342, 343, 350, 377, 388, 395, 404, 406, 408, 424, 425, 438-440, 454, 457, 459, 460, 462, 466, 472, 473, ③11, 30, 42, 52, 60, 67, 70-72, 81, 92, 107-109, 118, 140, 152, 158, 166, 171, 180, 187, 190, 192, 212, 218-220, 232, 237, 238, 265；*11, 19-21, 42, 60, 63, 64, 67, 79, 80, 82, 84, 92-94, 98, 100, 103, 113, 125, 127, 132-134, 137, 146, 156, 165, 166, 170-172, 177, 180, 185, 212, 215, 248, 250-253, 257-261, 265, 267, 268, 272, 275, 311, 319, 321, 322, 337, 338, 340, 355, 368, 375, 378, 391, 402, 411, 413, 414, 437-439, 444, 447, 449, 455, 457, 458, 460, 463, 464, 480, 500, 506, 514, 523, 527, 528, 531-533, 543, 569, 572, 577, 581*, ④11, 17, 27, 32, 40, 54, 56, 80, 90, 94, 104, 113, 123, 129, 131, 132, 138, 143, 147, 156, 157, 164, 170, 173, 177, 185, 187, 188, 195, 196, 203, 229, 235, 238, 245, 248, 249, 254, 259, 260, 262, 266, 281, 284；*19, 26-28, 31, 54, 55, 68, 69, 71, 88, 91, 108, 112, 116, 158, 168, 170, 171, 175, 177, 180, 181, 201, 215, 216, 242, 244, 285, 325, 340, 341*, ⑤8, 27, 36, 58, 79, 93, 114, 118, 140, 147, 163, 169, 181, 187, 198, 199, 206, 231；*11, 21, 36, 48, 51, 69, 80, 100, 105, 138, 167, 206*, ⑥7, 8, 20, 26, 34-36, 40, 50, 51, 58, 59, 139, 150, 153, 161, 173, 185, 211, 215, 247, 254, 261, 267, 274, 282, 284, 362, 379；*5, 6, 11, 29, 37, 95, 107, 112*, ⑦28, 33, 47, 59, 68, 69, 90, 106, 143, 147, 154, 157, 180, 183, 188, 190, 210, 235, 237, 243, 248, 255, 257, 263, 264, 270, 282, 284, 293, 306；*21, 29-32, 36, 49, 52, 53, 58, 59, 61, 63, 77, 85, 97, 99, 100, 102, 106, 128, 143, 145, 148, 150, 151, 153, 158, 179, 180, 215, 216, 218, 220, 225, 227, 247, 271, 272, 280, 331, 334, 336, 352, 383, 391, 392, 412, 438, 451-454, 458, 479, 485, 493, 505, 520, 530, 545, 557, 558, 562, 569, 582, 583, 597, 627, 647, 659, 685, 689, 692, 703*, ⑧29, 31, 32, 34, 71, 97, 98, 102, 103, 108, 109, 115, 117, 136, 138, 139, 150, 162, 187, 193, 199, 201, 202, 204, 205, 214, 217, 258, 273, 275, 276, 280, 286, 290, 292,

293, 296, 298, 304, 309, 317, 319, 323, 324, 327, 335-337；*19, 22, 47, 65, 84, 101*, ⑨5, 10, 27, 38, 45, 68, 84, 100, 102, 105, 113, 124, 128, 132, 137, 140, 144, 151, 155, 160, 176, 179-181, 184, 188, 192, 193, 198, 199, 201, 215, 218, 219, 221, 223, 246, 250, 251, 257, 258, 265-267, 270, 273, 276, 281, 284, 285, 314, 340, 343, 348-352, 356, 373, 375, 380, 383, 394, 398, 399；*8, 20, 62, 87, 90, 91, 93, 108, 130*, ⑩7, 9, 12-14, 16, 17, 19, 20, 22, 27, 29-33, 35, 39, 47, 51-53, 90, 93-95, 110, 111, 113, 114, 117, 119-121, 123, 125, 129, 132-134, 137, 145, 147, 149, 151, 153-157, 159, 162, 165, 166, 169, 182, 185, 189, 193, 197, 201, 208, 217, 218, 220, 221, 236, 238-243, 255, 256, 268, 271, 272, 292, 299, 318, 320, 321, 323, 336；*21, 78, 95, 96, 107, 112, 139, 142, 178, 199, 200*, ⑪9, 25, 28, 31, 44, 46, 47, 49, 51, 55, 62, 64, 69, 71, 75, 78, 80, 86, 94, 95, 108, 117, 121, 123, 130-134, 139, 141, 143, 145, 147-149, 151, 152, 156, 159, 160, 162, 168, 170, 172, 178, 180, 191-193, 206, 208, 209, 216, 220, 221, 224；*10, 24, 44, 85, 110, 123, 127, 185, 207, 208, 218, 221, 229, 239, 241, 271, 277, 280*, ⑫138, 173, 240, 245-248, 250, 255, 263-266, 269, 282, 290, 300, 349, 367；*73, 99, 124, 143, 145, 147, 159, 160, 177*, ⑯上11

黒[くろ]　⑥187, 189, 190, 194, 197, 198, 204, 384, ⑧56, 61, 64, 65, 82, 124-126, 147, 160, 248, 250-252, ⑩71, 73, 75, 76, 82, ⑪*45, 46, 271*, ⑫14, 16, 19, 21, 27, 32, 41, 42, 50, 51, 61, 78, 87, 88, 112, 124, 127, 129, 130, 143, 146, 154, 187, 201, 208, 213-215, 217, 219, 223, 320, ⑯上13

畔　③337, 338, ④101, 120；*26, 197, 226*, ⑦55, 299；*172*

畔[くろ]　③*340*, ⑤*122*

畦　③140, ⑤65, ⑪*61*

勳　①179；*52, 55*, ③18, 55, 143, 286；*39, 40, 42, 43, 79, 130, 136, 138, 342, 344, 485, 661, 663*, ④*146, 147*, ⑦34, 53, 126；*102, 169, 399*

勳[くろ]　③*83, 84, 665*, ⑥279

黒馬　②61, ③*159*, ④*147*, ⑧139

黒尾　②107, 323, ⑧98；*31, 32*

（くり〜くろ）　89

黒外套　②49
黒影　③184，⑦204
黒褐色　⑫145
黒[くろ]かみ　⑧125
黒髪　③29，113；62，63，65，277，278，⑥71，219，240，266
黒狐　⑫175；77
黒狐[くろきつね]　⑫134，136，138
黒金[クロキン]　⑦342
黒金[くろキン]　⑦341
くろくも　①376
黒くも　①375，376，⑦591
黒雲　①39，79，83，96，100，172，246，259，268，274，377，378；63，163，②74，③38；378，398-400，441，442，577，④12，56，59，63，65，149，194，206；116，123，124，182，183，260，⑤142，143，⑥25，⑦10，22，88，120，147，224，225，272；53，70，145，208，274-276，304，381，382，465-467，559，671，718，720，⑨23，120，⑫303
黒雲[くろくも]　⑫49
くろぐろ　②23，247，⑦367
黒ぐろ　③374，⑥286
黒々　③151；262，370
黒黒　③206；371，373
くろけむり　⑥9
黒けむり　④228
黒煙　⑥5
黒焦[くろこ]げ　⑫83
黒坂森[くろさかもり]　⑫19，26，27
黒砂糖[くろさたう]　⑧159
黒砂糖[くろさとう]　⑫76
黒砂糖　②32，255，⑧257，⑨68，168
黒沢　⑫281
黒沢尻　⑨126，128
黒潮　③166，⑦172；522
黒朱子　⑨179
黒装束　①285，332，376，⑥55，⑦285，286；691
黒真珠　②200，409
グロス　⑥228
黒水晶　⑥70
黒すぎ　①346，361，366
黒助　⑧119，120

黒炭　⑥8
勤む　①102，③34，99，132，133；117，232，305，307，308，⑨180，⑩97，⑫261
黒ずむ　⑦699
勤ずむ　④172，⑦135
クロスワード　⑦112；353，355，356
黒棚雲　⑦275
黒田博士　①232，233，328
黒長[くろちよう]　⑦341
クロツカス　①290
クロッカス　①290→クロツカス
黒塚森　③136；315
グロッコ　⑨220
くろつち　⑥345，⑫340
黒つち　①80，249，④185，⑨198
黒土　③273，⑧194，217；80，⑨201，357，⑪42，43，⑫139
黒土[くろつち]　⑫89
黒電気石　⑨339
黒布　②463，③71
黒塗り　②59，281，⑨143，147
黒塗[くろぬ]り　⑫32
くろね　④292
黒猫　⑧278，⑨68-70，72-78，⑫173-176，178-181；73-85，88，94
黒野　⑦664
クローノ　①92
クローバー　⑪65，⑫163
クローバア　⑫237
黒白鳥　②196，405
黒びかり　②95，311，⑤56，⑥361，⑫259，290
黒[くろ]びかり　⑥203
黒光り　⑧139，256，257，⑨390；169
黒髻　⑩101
くろひのき　①297
黒ひのき　①296
黒服　⑦692，694，⑨115-117，⑩19，20，113，116，122，123，157，165，166；91，⑪159，160；203
黒服の青年　⑩19，122，165，⑪159
黒札　⑨138
黒ぶだう　⑩83，85
黒ぶだう酒[しゆ]　②60

黒斑のはいった花　⑪213
黒ぶどう　⑩83,85→黒ぶだう
黒ぶどう酒　②60→黒ぶだう酒[しゆ]
黒玢岩　⑦206,521
黒坊主山　①83,254
くろぼく　⑤202
黒松　①370,⑩256
黒身　⑦25；79
黒肉[一み]　③182；434,435,⑥307
黒緑　③527,⑤50,129；127,129,131,⑥18,116,132
黒藻　①26,⑦108；41,343,344
くろもじ　①83,255,③257,⑨269,⑩246,267→くろもぢ
くろもぢ　⑩267
黒股引　④210
黒森　⑦253,402
黒紋付　⑤124
黒山　①65
黒暗　⑤163
黒夜谷　⑦262
クロヽフォルム　⑥139
黒綿入　⑤16
黒ん坊　⑨193
桑　①26,128,139,216,322,②133,349,③62,195,251；43,44,149,151,153,607-609,④40,59,104,122,139,210,248,288；135,137,219,⑤23,206；86,⑥159,252,⑦163；352,510,512,⑨47,176,286,⑩249,⑫259,278
桑[くわ]　⑩40
鍬　③61,62,244；145,146,150,153,596,④69,77,105,129,226；31,125,147,291,⑤30,56,81,85,⑦520,⑩104
鍬[くわ]　⑫21,64,65
ぐわ　⑦190,191
くわあ　⑫37
クァア　⑩211
グワア グワア グワア グワア　⑫167
ぐわあん、ぐわあん　⑫80
ぐわあんぐわあん　⑫85
くわい　⑧82,⑩68,299,⑫141
くわいた　⑨25
くわいて　⑧51,122,128,134,⑫56,94

くわいる　⑩12,105；37,⑪45,202,⑫297
光炎菩薩[くわうえんぼさつ]　⑩41
くわうくわう　⑫154
くわがたむし　③223；211,214,⑤97；108,⑦636
くわしめ　③148；364
桑の木　③251；607-609,⑥252,⑨47,176,⑩249
桑ばたけ　①63；57
桑畑　⑨178
くゎりん　③217,⑪172,209；238,266
くゎりん　③524,④46,⑦176
くゎりんの花　③527
ぐゎんぐゎん　③497,⑧93,⑫151
ぐゎんぐゎん　③205
クヰン　⑨70,⑫75
クン　⑫75
クン　⑧175
軍医　⑨217
郡医師会　⑤88
軍歌　⑥331,332,⑨50,⑪9；12
軍歌[ぐんか]　⑫80,82,83,85,187
郡衙　⑦339,340
軍楽　⑦7；12,13,⑨297
軍艦　⑨401,⑩258
くんくん　⑨178,⑩207,265
ぐんぐん　②76,447,④103,275；196,198,199,⑧53,101,102,242,328；40,58,⑨28,43,258,⑩37,84,221；154,⑪48,81,111,115,186,190,191,210,224,⑫215
クンクン　⑨102,⑩337,⑪103
クンクンクン　⑧335
ぐんぐんぐんぐん　⑧316,⑨14
君子　⑩299
君子[くんし]　⑫77
郡司　⑦340
郡視学　⑤233,⑨58
軍師[ぐんし]の長[ちやう]　⑫188,197
くんしゃう　⑥338
勲爵士　⑤212；212→勲爵士[ナイト]
群集心理　④59,203；116,⑤71；205
くんしょう　⑥338→くんしゃう
勲章　⑥337,345,⑧90,330,340,⑨217,⑫

(くろ〜くん)　91

329, 334, 336, 339; *221*
　菓子の——　　⑫328
群青　①63, 80, 84, 213, 249, 256, ②62, 150, 209, 283, 418, 473, ⑤*100*, ⑥*75*, ⑦*32*; *96, 407*, ⑧204, 255; *80*, ⑨14, 199, 398, ⑩319, ⑪55; *272*, ⑫280; *152*
群青［ぐんじやう］　⑧250
群青［ぐんぜう］　⑫48
群青いろ　③*209*, ⑨389, ⑫293
群青［ぐんじやう］いろ　⑫264
郡書記　⑦*190, 191*
軍事連鎖劇　⑦109
軍人　⑧32
軍勢　⑪6, 7, 9
軍勢［ぐんぜい］　⑫184, 186
軍曹　⑥337, 338
軍曹［ぐんさう］　⑧47
郡属　⑦205
ぐんたい　⑫80
軍隊　⑥169
軍隊［ぐんたい］　⑫41, 85, 197
軍茶利夜叉　③*216*
郡長　⑦*118, 121*
訓導　⑤17, 145, ⑦50; *597*
　女——　　⑦*159*
郡道　④256
ぐんなり　⑩266
ぐんにゃり　⑨259
クンねずみ　⑧175-183
軍馬補充部　③266; *620*, ⑤*108*, ⑦*166*
軍服　⑦288
軍帽　①*28*, ⑦301; *711*
軍法会議　⑫329
郡役所　①387, ⑤*182, 186*, ⑦133; *247, 419, 509, 511, 603*
群落　④*52*
君臨　⑥379
訓練主事　⑥315

# け

喰［け］　⑫88
毛　⑥42, ⑩95, 299
　赤い——　　⑩19, 165; *14, 98*, ⑪*210*

たんぼ［ぽ］の——　⑩251
　豚の——　　⑩336
　脚［あし］の——　⑩*185*
　尻尾［しつぽ］の——　⑩*184*
饌［け］　⑦70
偈　⑦*19, 44*, ⑨*272*, ⑫*304*, 306
毛あな　⑩161
毛孔　⑥111
磬　③86; *198, 200*
鯨　③*360*
圭一　⑤53; *51*
慶応　⑦*88*
硅化　⑩31
硅化花園　③*79*
傾角　⑥280
硅化流紋凝灰岩　②201, 410
茎稈　④111
硅岩　①281
熒［けい］気　⑥293
継起　⑨170
継起［けいき］　②63
軽気球　⑥*7*
硅孔雀石　⑥33→chrysocolla
けいけい　⑦*126*
ケイケイ　⑫*77, 87*
囈語　④94, 95, 264; *182*, ⑦*613, 614*
蛍光　②287, ③187; *318, 444, 447, 448, 453, 576, 578*, ⑦*197*
蛍光菌　②*143, 360*, ⑤*82*
蛍光体　⑤*87*
蛍光板［けいくわうばん］　②167, 376
頸骨　⑩225
硅砂　⑨277
荊妻　③*365*
警策　⑦*46*
警察　⑤*96*; *21*, ⑦*89; 278*, ⑧127, 225, 228, 230, 231; *87, 90-92*, ⑨404, ⑩192, 194, 246; *119, 121, 130*, ⑪*96, 101*
警察［けいさつ］　⑩118
警察型　⑦*118*
警察署　⑪95, 100
警察署長　④243
警察長　⑧329

| | |
|---|---|
| 硅酸　④208 | 餓饉　⑤209, ⑨154, 272, 334, ⑪51 |
| 計算尺　⑤134 | 飢饉供養　⑦337 |
| 刑事　⑧313 | 飢饉[けかつ]供養　⑦106 |
| げいしゃ　①349 | 餓饉[ケカツ]供養　⑦335, 336 |
| 芸者　⑥315 | 餓饉[ケカツ]供養の石塚　④256 |
| 傾斜儀　⑫368 | 毛蟹　⑦451 |
| 芸術　③663, 665, ④222, ⑥280, ⑩302 | 毛皮　④53, ⑥230, 249, ⑦148；448, 470, 472, 476, ⑩270, ⑪292, ⑫131 |
| 芸術家　④249, ⑪106 | 　犬の――　⑩60, 95 |
| 慶次郎　⑨108-113, 115, 116, 119, 121-125；42, 49, 50, 52 | 　熊の――　⑩268 |
| 係数　⑥12 | 毛皮[けがは]　⑫53, 54, 134, 135, 137, 138 |
| 慶助　⑨397, 398, 400 | ゲーキイ湾　⑨41 |
| 硅藻　⑩339 | 撃剣　⑨86 |
| 境内　⑤96 | 　――の先生　⑪110 |
| 兄弟　⑦85, 170；268, 269, ⑩62, 88 | 劇場　①349, ⑦346 |
| 軽鉄　③271, ⑥123 | ゲーゲー　⑧96 |
| けいと　⑦117；373 | 下向[げこう]　⑥197 |
| 毛糸　⑦371, ⑩32 | 華厳　③109；266 |
| 鶏頭山　①95, 273, ③237；248, 249, 251, 260, 261 | 掛裟　④34 |
| | 袈裟　④20 |
| 鶏頭の花　⑤199 | けし　①6, 42, 59, 177, 208, ③333, ⑧173, ⑨60, 318, 324, ⑪17, 217, ⑫194；191 |
| 競馬　①63, 214, ②59, ③194；467, ⑨82, 118, ⑪187, 189 | 芥子　⑨240 |
| 競馬場　③490, ⑨251, ⑩248, ⑪69, 70, 72, 76, 77, 82, 93, 99, 113；122, 151 | 消し炭　⑪184 |
| | 消[け]し炭[ずみ]　⑫199 |
| 畦畔〈けいはん〉　⑥247 | 消シ炭　⑪232, 233 |
| 硅板岩　③164 | 消シ墨　⑪233 |
| げい美　別7 | 消炭　⑪23；234, ⑫119 |
| 警部　⑨52, 112, 300, ⑪98-100 | けしつぶ　⑧155, 158, 174 |
| 警部補　⑨405 | けしの花壇　⑪18, ⑫112 |
| 軽便　⑥122 | けしの花　⑨63 |
| 軽便鉄道　④293, ⑨126, ⑩132, 141, ⑪135；182, ⑫173 | けしの実　⑧222；85 |
| | けし坊主　⑪217 |
| 軽便鉄道[けいべんてつどう]　⑫142, 144, 146, 149, 152 | 芥子坊主　⑨25 |
| | 下女　⑩135, ⑪185, 186 |
| 鯨油蠟燭　⑨85, ⑪109 | 下女[げぢよ]　⑫34 |
| 鶏卵　⑧140, ⑨209, 213, 239, ⑩339 | けじろ　③55；134, 136, 139, ⑥301, ⑦11, 291；22, 151, 152 |
| 痙攣　⑥279 | け白　④12 |
| 外科　⑨310 | 下水川　⑧175 |
| 外界　⑤176 | 気仙　⑫202 |
| 飢渇　⑨154 | 下駄　⑩95 |
| 飢饉　⑧305-307, 330, 337, ⑪24, 25, 27；43, 44, 51, ⑫120 | 花台〈けだい〉　③266, 267 |

(くん～けた)　93

げたげた　⑨93，⑩326
下駄材　⑤187
けだもの　⑤7，⑧75，184-186，⑩17，120，287，292；*96*
獣　⑧135
化鳥　⑦*547*
結核　⑨404
頁岩　②85，302，④31，⑧135-138，⑨372-377，381
月給　④73；*141*
ケッケッケッ　⑧72，⑩*180*
ケッケッケッケ　⑧228
血紅　③37；*78，79，81*
月光　④167，⑦231；*455，580*，⑧104，⑨265，⑩8，267，⑫262
　鉛いろした――　⑤22
　六日の――　⑩266
月光［げつくわう］　⑧156，157，⑫70，71
月光［げつこう］　⑥197，199，⑫128，130
月光いろ　②176，212，386，421，③103，226，267；*234，237，239，519，520，542，622*，④97，267；*185*，⑤64，⑥18，214，296，⑧199，⑪30，⑫*126*
月光［げつくわう］いろ　⑩41
月光色　⑩110
月光液［げつくわうえき］　②49，271
月光会社［げつこうくわいしや］　⑥191
月光瓦斯　①59，208，297
月光の虹　⑩9，⑫263
血紅瑪瑙　③106
欠刻　⑥226
結婚　③*165*，⑥*93*
結婚［けつこん］　⑫148，150，152，153，227
結婚式　③70；*166，167*，⑧240，241，⑩309-311
決死隊［けつしたい］　⑫219
結晶　④*153，154*，⑤8，⑩38，96，97；*83*，⑪*195*
結晶片岩　②179
月長石　①315，②*50*，③*74*；*544，554*，⑩143，⑪137→月長石〈ムーンストーン〉
毛布　①*162*，④168，208，⑤40，⑦18，223；*47，48，50，275，374，596，675*，⑧290，292，304，⑩60，⑫*12*→毛布〈もうふ〉
毛布［けつと］　②15，239，⑫46，50，51，54
決闘　⑩215，⑫346
血馬　⑦18；*51*
月賦　③*19*，⑥261
月明　⑤144
呉［け］で　⑫88
ケテン！　ケテン！　⑧336
毛唐　⑩342
夏油　①354；*162*，⑦*638*
夏油［ゲタウ］　⑦250
外道　⑦445，⑨286
ゲートル　③*492，494*，⑤69，⑦146；*461，462*
毛無シ　⑦*282，283*
ケナシの岳　⑦*284*
毛無のもり　⑦*282，283*
毛無しの森　④58
毛無森［けなしのもり］　②19，243
下男　⑨178，⑩13-15
ゲニイ　⑤153
化の鳥　⑦*526*
ケバ　⑫264
下品　⑦102；*322*
下品［げぼん］　⑦*323*
ケホンケホン　⑧*86*
けむし　⑪30，⑫*126*
毛虫　①292，316
甑〈けむしろ〉　④185
煙山　⑨119，120；*48-50*
けむり　⑩75，76，93，212，242，256；*45，116*
　黒い――　⑪46
　無色の――　⑪49
煙　⑩83，242，256
ゲメンゲラーゲ　⑦119；*379*
けもの　⑧82，⑨154，⑩299，⑪142
　近眼の――　⑩118
獣　⑨209，⑩339，⑪37，131，⑫*133*
　――の骨　⑪142
獣［けもの］　⑧44
獣［ケモノ］　⑫242
けやき　⑨*53*，⑩113，157
　――の木　⑪151
けら　②24，78，82，248，295，299，③60-63；*145*

-147, 149, 150, 152, 153, 342-345, 347，④29；
　　　53，⑤112，⑥110，⑦486, 488，⑧108, 146,
　　　273, 278，⑩264；111，⑫19, 57, 245, 290, 364
ケラ　　⑦224
呉[け]ら　　⑨16
背簀[ケラ]　　③143；345
半簀[ケラ]　　③346，⑥287
けらけら　　⑫267
げらげら　　④128，⑦627，⑫226
ゲラゲラ　　④31
ゲラゲラゲラッ　　⑧332
ケラン！　ケラン！　　⑧146
下痢[げり]　　⑧78，⑩185
ケル〈→ゲル〉　　⑦288
ケール　　①347，③243；131, 132, 594，⑥18,
　　　⑦287, 288, 589，⑪127
羽衣甘藍[ケール]　　⑤103
縮葉甘藍[ケール]　　⑦93
ゲル　　①81；57, 63，④120→ gel
凝膠[ゲル]　　③282；654, 658，⑥289
ゲルベアウゲ　　③148
ケルン　　⑪131，⑫347
けろ　　⑪181
げろげろ　　③211, 214
ケロ、ケロ、ケロ、ケロロ、ケロ、ケロ　　⑧
　　　320
けろり　　⑩188，⑪16，⑫193
ケロリ　　⑫256
ゲロ暦　　⑨70, 71，⑫75, 76
けろれってへろれって　　⑩115
けろん　　③491, 494，⑩308
剣　　①181，⑧89, 93，⑨227，⑩216，⑪6, 20,
　　　92, 93；131，⑫114
県　　⑪23
幻　　③512
幻[げん]　　③511
弦　　③247，⑥313
舷　　⑥26
鵆　　④46
巻雲　　③48, 197；97, 100, 101, 109, 110, 474, 475,
　　　477, 480, 481, 484
巻雲[けんうん]　　⑩45
幻暈模様　　⑥77

検温器　　①16, 118
幻怪[げんくわい]　　②127
県会議員　　④17，⑪92；119, 133
幻覚　　⑥197
弦楽手　　⑫236
顕花植物　　⑨231
県官　　⑥163
玄関　　⑩186
鍵器　　③247
絃器　　⑦44, 45
県議院殿大居士　　⑦9；19
県技師　　④90；174, 175，⑥118
堅吉　　⑦363
源吉　　⑨119
げんげ　　③342，⑤202
げん月　　②107, 323
弦月　　①17, 39, 51, 79, 122, 172, 247, 308；48, 53,
　　　②78，⑦448，⑩337
弦月[げんげつ]　　①294
ケンケンケン　　⑧335
ケンケンケンケンケンケン、クエク警察長　　⑧
　　　329
原語　　④126
原稿　　③9，⑩58
県工業会　　⑩184
源五沼　　⑨23
原罪　　③273
検査官　　⑨132
検察　　④84
検察官　　④161
県参事会員　　⑪133
剣歯　　⑤217
犬歯　　⑨215, 233，⑩236
検事　　⑦138, 328，⑧318, 319, 321, 324, 325, 328,
　　　331, 333, 338, 341, 342，⑩109，⑫307
原子　　⑤176
幻師　　①94, 95, 273
県視学　　⑦93；287, 288，⑨58，⑩143
げんしやう　　②212, 421，⑥214
県社会主事　　⑦295
原種　　⑤203
虔十　　⑩103, 104, 106-110
虔十公園林　　⑩109

検出　④80
幻術　⑨207
肩章　⑥58，⑦284；689，⑩207
げんしょう　②212, 421，⑥214→げんしやう
還[げん]照　③183；440
幻照　③437
幻照[げんしやう]　③439，⑥253
現象　②7, 88, 99, 185, 231, 305, 315, 395，③15，⑧316
　気象の──　③425
　自然──　③425
　物理──　③423, 425
原人　③66, 67，⑦169
元信斉　⑦138；433, 434
元真斉　⑦44；140
源真斉　⑦141
懸垂　④155；68, 69, 71
懸垂体　④59, 203；116, 117，⑤206
原生動物　⑨230-232
巻積雲　②167, 377, 453，⑤96, 100
巻積雲[けんせきうん]　②166, 376
言説　④177
元素　⑤188
幻想　②85, 119, 157, 192, 302, 335, 367, 401，③71, 421, 423，④307，⑤78，⑦255, 554, 523, 647，⑩269，⑫173, 276
幻想[げんそう]　⑥190
巻層雲　③257, 441，④268；176, 185，⑤132, 199
幻想第四次　⑩112, 156，⑪150
舷側　⑦265
ゲンゾスキー　⑫175, 176
現代科学　③90
ケンタウル　⑩23, 126, 170；77，⑪164；182
　──の町　⑩17, 103，⑪215
　──の村　⑩24, 126, 170，⑪164
ケンタウル祭　①212，⑩24, 126, 133, 134, 170，⑪164；183, 184
ケンタウルス　⑩134，⑪131
源太ヶ森　①51, 192
源太森　⑦448
建築図案設計工事請負　⑨173
県知事　⑦264, 283

県庁　③271，⑥152，⑦448
幻聴　③81；232, 426，⑤230，⑥218, 225, 229
県道　⑥287，⑦283
幻燈　②60, 282，③381, 437, 440，④261，⑨341，⑩5, 115, 160；184，⑪70, 154
幻燈[げんたう]　②95, 311，③439，⑥253, 361
幻燈[げんとう]　⑥203，⑫20, 104, 106, 108, 112, 116, 118, 120, 124, 125, 130
幻燈会[げんとうくわい]　⑫103, 106, 108, 115, 118, 120
検土杖　③542，⑩259
検土の杖　⑦187；545
慳貪　⑨140
建仁寺　⑫307
げんのしょうこ　⑧65，⑪279
げんのしょうこ　⑧65，⑪279→げんのしゃうこ
剣舞　①245，③124，⑪229，⑫294, 372；199
剣舞[──ばい]　①78
剣舞[──ばひ]　④175，⑧105
剣舞[けんばひ]　⑧97
剣舞[ばひ]連　⑧30
顕微鏡　⑨40, 86, 87, 255，⑫317, 350, 352, 354
見聞録　⑩338
原簿　⑦78；249，⑨76, 77，⑫175, 180, 181
見坊獣医　⑫253
剣まひ　①319→剣まひ
玄米　⑥108
剣まひ　①319
元老　⑪7
見惑塵思　③35；76

## こ

鼓　②108, 324，③182，⑦11
鼓[こ]　⑦63；197
学童　⑦42
学童[こ]　⑦16, 27；83
児童[こ]　⑦81, 82
碁　⑩106，⑫167
小蟻　③631
鯉　⑤141，⑧17，⑨404，⑩191, 339；117
恋　①380，②21, 197，③254, 319，⑥129，⑨341, 343，⑩20, 69，⑫237

宗教風の―― ②194, 403
恋歌　　⑦210
恋敵　　⑦284；*689*
五位さぎ　　③*233*
礫　　⑩36, 37, 146, ⑪140
小石川　　①46, 185, 292, 331, ②460, ⑥53
こいぬ　　⑥330
小いぬ　　⑥329, ⑧28
小犬　　③*171*
鯉のぼり　　④262
恋はやさし野べの花よ　　③229；*567*
小岩井農場［こひゐのうぢやう］　　⑫19
こいびと　　②212, 214, 421, 423→こひびと
恋人　　③287；*448, 451,* ④238, 255
恋人［こひびと］　　⑫41
コイル　　⑫*192*
小岩井　　①103, ②63, ③*347, 348, 502, 504, 514,*
　　⑨*182*
小岩井農場　　②66, 287, ⑦*544,* ⑨180；*84,* ⑫
　　246
小岩井農場［こいはゐのうぢやう］　　⑫19
汞　　③*142,* ⑥111；*90*
公　　⑦*536*
講　　⑦184
香　　①80
黄　　③*361*
ごう　　⑧124, ⑨152, ⑩240；*157,* ⑫85, 146
業　　③*139；266, 267, 331, 333-335,* ⑤165, 168,
　　⑥76
劫　　⑨171；*135*
高圧線　　③100；*233, 236, 238, 240,* ④*209, 212,*
　　⑥140, 293, ⑦268
公案　　③221；*537, 538*
孝一　　⑪180-182, 184；*231, 245*
幸一　　⑤*58, 80,* ⑪183
甲一　　⑩*54, 55*
耕一　　⑨9-15, 29-37, 40, 44；*11, 18,* ⑪*256, 257*
黄雲　　⑦*363, 364*
光雲　　⑦*573*
耕耘　　⑦*542*
耕耘部　　②*71, 86, 440,* ③*347,* ⑩60
公園　　①*68,* 71, 100, 258, ③33, ⑧*86,* ⑩7, 258,
　　⑫246；*45*

紅焔［こうえん］　　⑩41
こうえんち　　③73
コウエンチ　　③*174*
公園地　　⑧222
光炎菩薩　　②76
光炎菩薩［くわうえんぼさつ］　　⑩41
公園林　　⑩110
　　虔十――　　⑩109
恒温装置　　④81
光霞　　④20；*34*
校歌　　⑩*149*
紅霞　　③*343*
郊外　　⑥285；*83*
交会点　　③70
公会堂　　③250, ⑪233
黄華園　　①24
釭華園　　①*23, 68*
釭華［クワ］園　　①24
更鶴声　　⑥173
コウカサス　　③*145*→カウカサス
工学校　　⑨173
顳迦莉　　①*23*
顳迦李　　①*23*
顳迦黎　　①*23*
光環　　④216；*134*
鋼管　　⑨*38,* ⑩217
交換教授　　⑤42
澎気　　③*17*
灝気　　③*233, 253*
顳気　　③10；*17, 21, 240*
灝［こう］気　　⑥260
澋［こう］気　　③*20*
光機　　③166
広軌　　⑥158
豪気　　⑩268
豪儀　　⑩267
高気圧　　⑪5
甲吉　　⑤*90, 91*
交響　　②23, 247, ④114
紅教　　③28；*57, 58,* ⑥218
交響楽　　③213
紅玉　　②220, 429, ⑥250
黄玉　　⑩146, 154, ⑪140, 148→黄玉〈トパース〉

（けん～こう）　97

鋼玉　⑨274，⑩147，⑪140
講義録　⑪*153*
航空母艦　⑥*11*
工芸学校の先生　⑩184, 185, 189
曠原紳士　⑩211，⑫341, 342
口語　⑦*73*
こうこう　①265，③*507*，④52，⑦*51, 135*；
　*160, 162, 163*，⑫*154*→かうかう，くわうくわう
高貢　⑥63, 77
耿々　⑦*16*，⑩93
耿々［かうかう］　⑫133
ごうごう　②196, 405，③29, 191, 227；*60, 64, 180, 332, 335, 455, 457, 458, 460, 463, 477, 564, 566*，⑥266，⑦*551*，⑧282，⑨30, 55, 57, 76, 120, 258, 309，⑩139, 191, 265, 337；*117, 118*，⑪14, 25, 224, 230, 231；*44, 190*，⑫10, 180, 191, 268；*121*
轟々　⑥111
コウコウ　⑦*224*→カウカウ
ゴウゴウ　⑨102，⑩336；*222*，⑪*302*
ごうごうごうごう　⑨274，⑩*40*，⑪*221*；*290*
貢高邪曲　⑨240
ごうごうっ　⑩181
広告　④131，⑤185，⑦*271-273*，⑧333
交互流　⑦*547*
黄昏　⑥301，⑨273, 338，⑫*196*
黄昏［こうこん］　③55，⑤8，⑧251，⑩320
光厳浄　③22
甲斉　⑦*342*
虹彩　③*181*，⑥83
工作　⑩99，⑫285
工作小屋　⑨173
工作者　④231；*107*
工作隊　⑪55, 57, 59, 60，⑫*153*
工作隊［こうさくたい］　⑫219, 221
光酸　①386，⑦*338, 339, 602*
鉱山　④*93, 96*，⑥238，⑨*53*，⑪*255*，⑫*292*；*199, 204*
鉱山駅　④262
高山植物家　⑤215
光酸［くわうさん］の雲　②36
公算論　③131；*299, 301, 304*，⑥278

犠　⑩*83*
公子　⑦90, 122；*281*
孔子　⑤*128*
孝子　③187
仔牛　⑤79，⑩*83-85*
こうじ　⑩228→かうじ
酷　⑩*130*
糀　③91；*211, 214, 215, 222*
恒二　⑩*142*
甲治　⑪*243*
香食類　③*252, 258-260*
孔子聖人［こうしせいじん］　⑫60
膠質　③227，④97，⑥33, 237，⑦*630, 690*→膠質〈コロイダール，コロイド〉
鉱質インク　②7, 231
膠質体　⑥11，⑩53
口耳の学　③*112*，④109
麹室　⑩241
耕者　④229, 231；*107, 193, 308*，⑦*458*
公爵　⑩84, 85
　ベチュラ——　⑩*83*
講釈　⑨168
光樹　⑦*223*
ごうしゅ　⑪*297*
甲州　⑨22
講習　④101, 274；*195, 197, 199*
講習会　①*41*
公衆食堂　⑥58，⑪113
公署　⑦*509*
光象　③50
工匠　⑦*440*
鉱床　⑥237
工場〈こうじょう〉　④113，⑥281，⑦288，⑩90, 210, 257，⑪27, 30, 31, 114；*150*→工場〈こうば〉
　イーハトーヴてぐす——　⑪*58*
　乾溜——　⑪*76*
　てぐす——　⑪*26, 29*
鋼青〈こうじょう〉　②27, 124，③*16*，⑨275，⑩139，⑪*134*，⑫*257*
口上云い　⑩*178*→口上云ひ
口上云ひ　⑩*178*
鋼青〈こうじょう〉いろ　③10；*20, 21, 263, 269,*

98　主要語句索引

| | |
|---|---|
| | ⑥260 |
| 光照弾 | ③94；*213, 223* |
| 工場長 | ⑥155 |
| 高書記 | ⑦*508, 509, 511* |
| 紅色 | ⑦*491* |
| 劫初の風 | ①96, 274，③*309-311* |
| 庚申 | ⑦155；*495*，⑨129 |
| 行進 | ⑩106 |
| 行進歌 | ⑩250, 251 |
| 庚申さん | ⑫376 |
| 行進の歌 | ⑩204 |
| 香水［かうすゐ］ | ⑫34 |
| 洪水 | ⑩191，⑫268, 269 |
| 洪水［こうずい］ | ⑫148 |
| 甲助 | ④47；*96*，⑤60, 117-121；*134, 136*，⑪183；*231* |
| 耕助 | ⑨6, 7，⑪173, 174, 195-199, 202, 205, 206；*241, 264* |
| 恒星 | ⑨247 |
| 鋼青 | ②27, 124，③*16*，⑨275，⑩139，⑪134，⑫257 |
| 鋼青［こうせい］ | ⑥195 |
| 剛性 | ⑥76 |
| 鋼青いろ | ③10；*20, 21, 263, 269*，⑥260 |
| 鋼青壮麗 | ②148 |
| 洪積 | ③*333*，⑤142，⑦128, 207；*16*，⑩48, 260，⑫250 |
| 鉱石 | ④262，⑪179，⑫*198* |
| 洪積紀 | ③*105*，⑩259 |
| 洪積人 | ③*68* |
| 洪積人類 | ③*66* |
| 洪積世 | ③*274*，④181 |
| 洪積層 | ⑩248, 259 |
| 光線 | ④298，⑫239 |
| 鉱染 | ③223, 229；*539, 567* |
| 酵素 | ⑨224 |
| 楮 | ⑥31, 37 |
| 幸蔵 | ⑤69，⑦*461* |
| 構造 | ⑩222 |
| 甲太 | ⑧139, 141-143 |
| 甲田加吉 | ④*41* |
| 于闐大寺 | ③*355*，⑨277 |
| 于闐［コウタン］大寺 | ⑨276 |

| | |
|---|---|
| 好地 | ⑥84 |
| 耕地 | ④98 |
| 耕地課技手 | ③272 |
| 甲地九兵衛 | ③*43* |
| 耕地整理 | ⑤106，⑩259 |
| 紅茶 | ①392，⑨139, 142, 149 |
| 紅茶［こうちや］ | ⑫136, 137 |
| 甲虫 | ①34, 158, 159，②64, 285，③*234, 237, 239*，⑧85, 86 |
| 甲虫［かふちゆう］ | ⑧71 |
| 校長 | ①146, 375，⑤125；*143, 144, 233*，⑦27, 218；*80-83, 288, 307, 308, 312, 313, 363, 364, 417, 591*，⑨139-141, 143-150；*81*，⑩29, 37, 58, 59, 108, 109, 258, 324-327, 330, 332, 333；*143, 210, 215*，⑫288, 289 |
| 校長告別式 | ⑩*143* |
| 校長室 | ⑨138 |
| 硬直症 | ⑨306，⑪*20* |
| 硬直病 | ⑨54 |
| ごうつ | ⑫222 |
| ごうっ | ⑩183→ごうつ |
| 交通地図 | ⑥279 |
| 校庭 | ⑦*632* |
| 皇諦 | ⑦*396* |
| 洪丁基 | ⑩*226* |
| 鋼鉄 | ⑧193, 199，⑨274 |
| 黄土 | ③*355* |
| 硬度 | ⑥152 |
| 耕土 | ④197；*125* |
| 勾当 | ⑦124；*393* |
| 紅燈 | ⑦*509* |
| 講堂 | ①283 |
| 高堂 | ⑨61 |
| 高等科 | ⑤40；*36, 37* |
| 高等学校 | ⑫259 |
| 高等商業 | ⑩258 |
| 高等専門学校 | ⑨143 |
| 高等遊民 | ②188, 398 |
| 行嚢 | ④39 |
| 耕の具 | ⑥268，⑦55；*172* |
| 香の物 | ⑩340 |
| 光波 | ①386，②65, 75，③*57, 58*，⑥31, 218，⑦*602* |

（こう～こう） 99

工場〈こうば〉　④113；*81*，⑧308，328，⑩90，257，⑪27，30，31；*150*
　乾溜――　⑪76
　てぐす――　⑪26，29
工場［こうば］　⑫203，205，206，215
銅葩園　①*23*
釘葩園　①*23*
紅白　⑦162；*507*
光パラフィン　②28，⑥206→光［くわう］パラフキン
光［くわう］パラフキン　②28，⑥206
公比　⑤151
口碑　⑦*619*
後備大佐　⑦*342*
坑夫　①356，④262，⑦*301-303*
工夫　③*466*，⑤120；*134*，⑨128，130，⑫278，279
工夫［こうふ］　⑥280，⑫279
甲府　⑦*521*
鉱夫　⑦*376*
幸福　⑩159，⑪153→幸福〈さいわい〉
　あらゆるひとのいちばんの――　⑩174
　ほんたうの――　⑩27，130，160，⑪154，⑫320
　ほんたうのほんたうの――　⑩27
　ほんたうの――　⑩129
　ほんとうのほんとうの――　⑩130
鉱物　①36，164，⑧127，134，⑨212
鉱物顕微鏡　①*48*
鉱物陳列館　①330，⑥52
鉱物板　②35
銅粉　⑤199
香気　⑥147
頭［かうべ］　⑪280
工兵　④*202*，⑤*83*，⑩21，124，167，⑪161
耕平　⑨388-395
こうへいたい　⑥332
工兵隊［こうへいたい］　⑥331，⑫80
工兵大隊　⑩*16*，*100*，⑪212
　空の――　⑩22，124，168，⑪161
光壁　⑦*280*
光壁［かうへき］　⑦90
酵母　①381，389，②*72*，454，③16；*25*，*328*，④*82*，*83*，⑦*581*，*675*，*676*，⑨230
酵母［かうぼ］　②14，238
膠母　⑦*675*
光芒　⑦65；*204*，*205*
紅宝玉　⑩101→紅宝玉〈べにほうぎよく〉
耕牧舎　⑨404
酵母の糞　④200；*112*
子うま　⑪175
好摩　①310，②67，182，287，392
好摩［こうま］　②66，287
仔馬　⑧97，105，106，⑨285
仔馬［こうま］　⑧48
小馬　⑦*359*
光明　⑦*164*
光明表白　⑨79
工務委員　⑪63
紅毛　④81
こうもり　①38，③*249*，*251*，*254*，*261*，*270*，*271*，⑦*258*；*650*，*651*，⑧203；*103*，⑨155；*72*→かうもり
洋傘　④109，⑥135，⑧308，⑨200，396，⑩236→洋傘〈ようがさ〉
蝙蝠　⑨283
こうもりがさ　①27，142，⑦*649*，*651*，⑩276→かうもりがさ
こうもり傘　④262→かうもり傘
洋傘　②197，406，⑨198，199，⑫235，237，248
洋傘［かうもりがさ］　②188，398
洋傘の骨　⑪28，⑫*123*
洋傘直し　⑨198-203，207
香油　⑤212，⑨330，⑫274
校友会雑誌　⑩*143*
校友会予算会　⑩*143*
黄葉　⑦*309*，⑫257
光燿　⑤182
紅葉館　⑩340，341
光燿礼讚　①390
行り　⑦*376*
行李　⑧146，147，149
行李［かうり］　⑫57，58，62
功利主義　⑫240
黄竜　⑨213
交流電燈　②7，231

| | |
|---|---|
| 交流ラジオ受信機　⑦*377*→交流ラヂオ受信機 | 氷相当官　⑤9, ⑨274 |
| 交流ラヂオ受信機　⑦*377* | 郡の長　⑦*121, 124* |
| 行旅［かうりよ］　②*35* | 郡の長［をさ］　⑦*123* |
| 香料　⑤213；*212*，⑦*14, 15*，⑩274 | 氷ひばり　②41, 263 |
| 高陵　⑨273 | こおろぎ　①47, 48, 186-188, 318，③*318, 323*， |
| 光燐魚類　③369 | 　　⑧128→こほろぎ |
| 光鱗魚類　③*368, 370* | コカイン　⑦*47*；*150-152* |
| 号令　⑩106 | 五角の庭　⑪*26* |
| 鉱炉　①318，⑦*301-304* | 木影　③58, 110；*251* |
| 香炉　⑥256 | 五月　③*186*，⑤*13*，⑨198，⑪70 |
| 膠朧　⑥174 | 　五月七日　　⑩252 |
| 膠朧液　①219 | 　五月八日　　⑩253 |
| 膠朧光　⑦285 | 　五月九日　　⑩253 |
| 膠朧質　⑦*526* | 　五月十日　　⑩253 |
| 膠朧体　②196, 405，④122 | 　五月十一日　⑩253 |
| 肥　④223 | 　五月十二日　⑩253 |
| 肥［こえ］　⑩44 | 　五月十三日　⑩254 |
| 肥料［こえ］　④286 | 　五月十四日　⑩254 |
| 厩肥　②71, 291，③*52, 259*；*115, 614*，④15, 77, | 　五月十九日　⑩255 |
| 　　105, 165；*40-42, 88*，⑦*24, 139, 258*；*72-76*， | 　五月廿日　　⑩257 |
| 　　⑧199 | 黄金　①13, 92, 97, 267, 279, 324, 327, 334, 345, |
| 厩肥［こえ］　④*147*，⑦*126*；*399, 651* | 　　367, 382, 388, 390；*33*，②*31, 170, 219, 254,* |
| 肥桶　⑤*131* | 　　*380, 428*，③*48, 52, 120, 235, 238, 241*；*113,* |
| 肥桶［こえをけ］　⑩45 | 　　*123, 125, 126, 169, 180-182, 192, 205, 207, 321,* |
| 肥溜［こえだめ］　⑩40 | 　　*523, 526, 543, 622, 654, 655*，④*198, 272, 277*； |
| 肥溜［こへだめ］　⑩41 | 　　*192, 193, 206, 208, 211*，⑤*173*，⑥*62, 247, 249,* |
| 肥樽　⑩228 | 　　*291*，⑦*203, 265, 270*；*39, 162, 238, 308, 569,* |
| 肥つけ馬　④223；*145, 146* | 　　*588, 654*，⑧*117, 282, 283, 301, 302, 341*；*111,* |
| 厩肥［こえ］つけ馬　④*76*；*146* | 　　⑨*68, 170, 180, 182, 190, 191, 194, 246, 270, 272,* |
| こおどり　⑩167 | 　　*277, 335*；*91, 93, 132, 138*，⑩*6, 7, 9, 25, 116,* |
| 雀踊　⑫*156* | 　　*128, 133, 161, 172*；*57*，⑪*155, 166*，⑫*245,* |
| ゴオホ　①98 | 　　*264, 338*；*73* |
| 氷　⑥250, 252, 256, 279，⑦*455*，⑩92, 94, 95, | 黄金色　⑧*212* |
| 　　130, 211, 272；*109, 146, 224* | 黄金いろ　⑧*299, 300* |
| 郡長　⑦107；*118, 121, 342* | 黄金色　⑧*37, 190, 198, 203, 215, 222, 227, 238,* |
| 郡長［こほりをさ］　⑦*125, 340, 341* | 　　*335, 339*；*85* |
| 郡長［こをりをさ］　⑦40 | 子鴨　⑦*78* |
| 郡長［をさ］　⑦*126* | 呼気　⑤*158* |
| 氷砂糖　⑧218, 279 | 鼓器　③247 |
| 氷砂糖［こほりざとう］　⑫7 | コキア　⑫*286* |
| 氷羊歯　③*607*，④*69-71, 75*→アイスファーン， | 胃［コキエ］　⑩267 |
| 　　氷羊歯〈アイスファーン〉，Ice-fern | 古期北上　③*272* |
| 氷羊歯の汽車　⑪*46* | 小菊　⑥*179* |

（こう～こき）　101

| | |
|---|---|
| ごきごき　⑤*16* | 国語　⑩160, 249，⑪153；*247* |
| ごきたう　⑩285 | 黒業　⑦174；*525* |
| 小吉　⑧263 | 黒溝台　⑤*189* |
| 五吉　⑦*190* | こくこく　⑪*296* |
| こきっ　⑩202 | ごくごく　③275；*553*，④16, 140，⑪221, 224 |
| 小狐［こぎつね］　⑫113 | 国語帳　⑨400 |
| 子狐紺［こぎつねこん］三郎［―らう］　⑫103, 105, 115, 117 | 国語読本　⑩*144* |
| 小狐紺［こぎつねこん］三郎［―らう］　⑫102 | 国士　③*475, 477*，⑦264；*308, 309* |
| 小狐紺三郎［こぎつねこんざぶらう］　⑫114 | 黒紫色　⑦492 |
| ごきとう　⑩285→ごきたう | 国主　⑫*116* |
| ごぎのごぎおほん　⑫77 | 国手　④39，⑫*116* |
| ゴギノゴギオホン　⑧266, 270 | 国手［こくしゅ］　⑫198 |
| ゴギノゴギオホン。オホン　オホン　⑧160 | 黒人　⑨193 |
| ごぎのごぎのおほん　⑫75 | 黒人技師　③*515, 516* |
| コキヤ　⑤103，⑥18 | コークス　⑦*477, 478* |
| 胡弓　⑦*41* | 国粋会　⑤94 |
| 古金　③89, 132, 283；*205, 206, 305, 308, 441, 652, 659*，⑥290，⑦264 | 国体　⑫288 |
| | 黒炭　⑥8；*6* |
| 古今集　③*358* | 黒檀［こくたん］　②32 |
| 古金の色　③283 | 国柱会　⑦642 |
| 石く［こく］　④103, 274；*196, 198-200*，⑥259，⑩238-241, 261 | 黒鳥　①22, 130，⑦*395, 397, 398* |
| | こくつ　⑫215 |
| 鵠　⑨262，⑩302 | こくっ　⑩043→こくつ |
| 黒暗　⑤163 | ごくっ　⑧138 |
| 黒衣　④82, 240；*158*，⑦*548*，⑩*68* | コクッ　⑧316 |
| 虚空　①94, 206, 271, 273，②41, 263，④240，⑤58，⑥374 | 穀粒　⑥247 |
| | 黒点　⑩*154, 155* |
| 悟空　③218；*529* | 国土　③*88*，⑦131；*413* |
| こくうん　①83, 96，④12 | 国道　③65, 250，⑦*61*，⑨176 |
| 黒雲　①39, 79, 83, 96, 100, 172, 246, 259, 268, 274, 377, 378；*63, 163*，②74，③*38*；*378, 398-400, 441, 442, 577*，④12, 56, 59, 63, 65, 149, 194, 206；*116, 123, 124, 182, 183, 260*，⑤142, 143，⑥*25*，⑦10, 22, 88, 120, 147, 224, 225, 272；*53, 70, 145, 208, 274-276, 304, 381, 382, 465-467, 559, 671, 718, 720*，⑨23, 120，⑫303 | 黒板　①10, 110；*30*，⑥*75*，⑦*463, 464, 466, 468*，⑧101, 315，⑨144, 145, 399, 400，⑩*57, 58*，⑪*123, 173, 180, 184, 191* |
| | 黒布　②463 |
| | 国宝　④*136* |
| | 子熊　⑩267 |
| | 小熊　⑥329，⑧28，⑩266 |
| | 小熊座　②122, 338 |
| | 小熊星［こぐまぼし］　⑥193 |
| | 極微　⑤8 |
| | 国民高等学校　⑩*143*，⑫*208* |
| 黒煙　⑥5 | 穀物　④*81*，⑨229；*110*，⑪24，⑫*120* |
| 黒鉛　⑥8；*6* | 黒夜　①*28*，⑥90 |
| 黒灰色　⑥7 | 黒夜神［こくやじん］　②108, 324，⑧97 |
| 黒珂質　③*462* | |
| 黒褐色　⑪49 | |
| 国境［こくきやう］　⑫188, 189 | |

| | |
|---|---|
| 黒曜質 | ③*461, 462* |
| 黒曜石 | ⑤*196*, ⑩29, 30, 142, ⑪136 |
| 黒曜玻璃 | ③*169* |
| 小倉 | ⑫300 |
| ——の服 | ⑤79；*51* |
| 極楽鳥 | ③47；*107, 646, 649*, ⑤17 |
| 極楽野 | ③*514, 516* |
| 小倉服 | ⑨148 |
| こくり | ⑫295, 296 |
| ごくりごくり | ⑧22 |
| 国立公園 | ③211 |
| コークリート | ④*82* |
| 穀粒 | ⑩62 |
| 黒緑 | ⑤50 |
| 黒緑 | ②174, 190, 384, ③234, 279；*162, 524, 588*, ④201, ⑤129；*127, 129, 131*, ⑥18, 116, 132 |
| ごくゎう | ⑥348, 349 |
| こけ | ②53, 275 |
| 苔 | ③*274*, ④*252, 254* |
| 苔 | ①139, ②217, 426, ③14, 26, 111, 193；*25, 141, 142, 272, 543*, ④115, ⑤8, 92, 132；*13, 101*, ⑥234, ⑦28, 70, 73, 94；*84, 85, 221, 229, 290, 292*, ⑧118, 119, 191, 212, 222, ⑨251, 273, ⑩34, 35, 38, 39, 309, ⑫230, 232, 303；*101, 102* |
| 苔[こけ] | ⑩45, ⑫87-89, 98 |
| 苔[こげ] | ⑫97 |
| こげ茶 | ①373, ⑦*268* |
| 焦茶色 | ⑧111, ⑩300 |
| 苔の花 | ①329 |
| 苔斑[コケブ] | ③*142* |
| 苔むしろ | ⑦136；*429, 430* |
| 苔瑪瑙 | ③*275*, ⑧*108*, ⑨*165*→苔瑪瑙[モスアゲート]，苔瑪瑙[モツスアゲート] |
| こけもも | ②171, 381, ③112；*272, 275*, ⑤7, ⑦*292*, ⑨273, ⑩12 |
| こげら | ⑫369 |
| 苔蘿[コケラ] | ③*142* |
| 五限 | ⑦*35* |
| 五間森 | ②198, 407, ⑦*589* |
| 五間森[ごけんもり] | ②196, 405 |
| 孤光 | ③74 |
| 弧光 | ③48；*171, 172, 175* |
| ごこう | ⑥348, 349→ごくゎう |
| 後光 | ①27, 238, 328, 363；*38*, ③123；*540, 576*, ④17, ⑥347, ⑦*616*, ⑧34, 110, 145, 202, 203, ⑩92, 97, 145, 213, 266, 319, ⑪90, 138, 195, ⑫308, 345, 377 |
| 桃色の—— | ⑩318 |
| 後光[ごかう] | ⑧248, 249 |
| 後光[ごくゎう] | ⑫55 |
| 后光 | ⑩127, 171, ⑪165 |
| ゴーゴー、ガーガー、キイミイガアアヨオワア、ゴゴー、ゴゴー、ゴゴー | ⑧274 |
| 粉苔 | ③58；*143* |
| 粉苔[こごけ] | ③*142* |
| ゴーゴーゴー | ⑧32, ⑨102, ⑩223 |
| 九日[こゝのか]の月[つき] | ⑫79 |
| 午后の授業 | ⑪123 |
| こゞり | ⑤46 |
| 塊[こゞり] | ④36；*60* |
| 塊り | ④48 |
| 塊[こゞ]り | ④*94* |
| 塊[こご]り | ④*96* |
| こゝろもち | ⑩167 |
| 心持 | ⑩272 |
| ゴゴンゴー | ⑫145 |
| ゴゴン、ゴーゴー | ⑫143 |
| ゴゴンゴーゴー | ⑫143-145 |
| ゴゴンゴーゴーゴゴンゴー | ⑫153 |
| 小盃 | ⑦168 |
| 小魚 | ⑦*89*, ⑩339 |
| 小作調停官 | ⑥116 |
| 小作米 | ⑤64 |
| 小桜山 | ⑩32 |
| 小笹 | ①346 |
| コサック | ③*92, 94, 95, 98, 100* |
| 小猿 | ⑧90-95 |
| 越[こし] | ⑦*532* |
| コージ | ⑪178 |
| 子鹿[こじか] | ⑩76 |
| 腰掛 | ⑩124, 167 |
| 腰掛け | ⑩141 |
| 乞食 | ⑨94 |
| 古事記 | ④91；*173, 175* |

(こき〜こし)

五色　①282, ⑨216
古事記風　⑤81
乞食坊主　⑫236
ごしごし　⑤90, 91, 128, 131
越路　⑦532
ゴシック　⑦273 ; 674, ⑩207
ゴシック廻廊　③247, 248, 251, 259-261, 268
ゴシック風　④237
ごしつごしつ　⑫199 ; 119
ごしっごしっ　⑪23→ごしつごしつ
腰元　⑩16 ; 64, 95
鼓者　⑦11, 13
こしやう　⑦526
ごしゃぐ　⑫301
ごしゃだ　⑫372
小砂利　⑥181, ⑩82
戸主　⑦489, 490
ゴーシュ　②178, 388, ⑪219-234 ; 288, 289, 293, 295→ごうしゅ
小十郎　⑩264-272 ; 159, 161
ゴーシュ四辺形　②178, 388
ゴーシュ四辺形　④50
五種浄肉　⑨239, 241
こしょう　⑦526→こしやう
小蒸気　①291
護身　⑨143, 146
小助　⑪196
五助　⑦208
　米屋──　⑦207
古スコットランド　⑥57
コスモス　⑧69
小すもも　①165
古生　⑦128
糊精　⑨224
古生界　③543
古生銀河　③94 ; 223
古生山地　③185 ; 45, 47, 398, 441, 442
古生層　③201
古生代　④29
古生日本大陸　③651
戸籍　⑨68, 69, 78, ⑫73-75, 80, 84, 85, 94
跨線橋　⑤211, 216
狐禅寺　⑨126

固相　③28
小僧　⑩13, 14, 185
こそこそ　⑧49, 78, ⑩296 ; 130, ⑪212
ごそごそ　③160 ; 467, ⑨399
こそこそこそこそ　⑧228
ごそごそごそっ　⑨110
古代神楽　③56 ; 135, 137, 140
古代歌人　④175
小太鼓　⑪228
五大洲　①334
小塔［こたう］　⑦480
こだま　⑨109, 110
木霊　⑧210-215, ⑫372
樹霊　⑫373-375
東風〈こち〉　⑦173
こちこち　⑪119, 206, 210, ⑫298
コチコチ　⑧163 ; 116
ごちっ　③434
コチニール　⑦427
コチニールレッド　④79
ごちゃ　⑩154, 155
ごちゃごちゃ　④181, ⑩264, ⑪75, 98, ⑫300
ごっ　⑩157
ゴーッ　⑧70, ⑨129
国家　⑤220, ⑧174, ⑩227, 230, 231, 244, ⑫335
小使　⑦133 ; 417, 418, ⑩322, 334-336 ; 10, 222
小使い　⑩293→小使ひ
小使室　⑦417, ⑨405
骨骼　⑧136
黒褐　③542
小使ひ　⑩293
国境　⑪10
　北の──　⑪14
国境［こくきやう］　⑫188, 189
　北［きた］の──　⑫191
滑稽　⑩342
黒溝台　⑤56, 189
こつこつ　⑧163, ⑩143, ⑪136, 228, 229, ⑫174, 288
こっこっ　⑪224
ごつごつ　③51, 264 ; 39, 40, 115, 248, 251, ⑧

153, ⑩54, ⑪221, ⑫66
コツコツ　⑩85
ゴツゴツ　⑨101, ⑩335
コツコツコツコツ　⑩85
子っこ馬[ま]　⑧254
仔[こ]っこ馬[ま]　⑨389
こつそり　③*224*
こっそり　③*225, 228, 365, 456*, ④54；*108*, ⑤125, ⑩*78, 263*→こつそり
こっそりこっそり　⑩267
ごっちゃごちゃ　③*560*
ごっちゃごちゃ　③*561, 567, 568*
ごっちゃごちゃ　③228；*560, 561, 567, 568*→ごっちゃごちゃ, ごっちゃごちゃ
ごっちゃごっちゃ　③*564*
小屋[コット]　⑥12
骨箱　⑦33；*99, 100*
コップ　⑦119；*379*, ⑨179, 203, 242, ⑩144, 204, 209, 211, 212, 218, 229, ⑪138, 228；*286*
骨粉　⑤59
こつん　⑧183
コツンコツン　⑧230
こて　⑨199
こてこて　④74
こてっ　⑩331
古典ブラーマ　②105
琴　⑦194, ⑩16
コート　⑩94
小塔　⑦*479*
小塔[こたう]　⑦*480*
後藤野　④47, 48；*97*
後藤[―どう]又兵衛　②123, 339
後藤又兵衛[ごどうまたべゑ]　⑥194
孤独　⑩*227*
ことこと　②189, 398, ③117；*388*, ⑦268, ⑨69, 186, ⑪56, ⑫94, 194, 289, 294；*74, 85, 152*
ごとごと　②201, 410, ③51, 228；*567*, ⑤*47, 128*, ⑨155, ⑩150；*81*, ⑪144, 211；*193*, ⑫95
ごとごとごとごと　⑩94, 95, 115, 141, 143, 160, ⑪135, 137, 154
琴座　⑨85, ⑪109

ことつ　⑫217
ことっ　⑫217→ことつ
琴の星　②*129*, ⑩28, 131, 138, 177, ⑪134；*188*
琴弾きの星　⑧32
学童[こども]　⑥271
ことり　②33, 256
小鳥　①364, 387, ②219, 428, ③*328, 527*, ④53, 189, 240, 289；*104, 158, 220*, ⑤185, ⑥76, 80, 81, 249, ⑦11, 189, 237；*14, 15, 22, 27, 338, 339, 549, 602, 618-620*, ⑧106, ⑨170, 230, 332；*76*, ⑪235
ごとり　⑫195；*112*
ことりことり　⑨189, ⑫91, 92
ごとんごとん　⑨45, 152, ⑪210, ⑫29, 37
こな　⑦*332, 409-412*
粉　⑩193, ⑪25；*44*
　麦の――　⑪*43*
五内川　⑩*32*；*23*
粉薬　①14, 116
小梨　④*70*, ⑩260
粉煙草　⑦*30*
粉屋　⑪62
粉雪　②70, ⑦89, 228, 236；*34, 674*
こなら　②206, 415, ③16；*25, 36-38, 133, 297, 299, 301*, ④17, ⑤129, 207, ⑥222, ⑦24；*76*, ⑪24, 25；*52*, ⑫200, 201
こならの実[み]　⑩82
こぬかぐさ　①111, ⑨*60*, ⑫251
子猫　⑥48
子ねずみ　⑪230
この　⑪*231*
鼓[こ]の音　⑦*198*
鼓[こ]の音[ね]　⑥273, ⑦63；*199*
木の葉　⑨22, 29, ⑩311, 314
五戸　⑤224
木の実　⑨154
ゴーバー　⑪*290*
ゴーバー　⑪*287*
こはく　①91
琥珀　①74, 233, 266, 304, 321, 391；*54*, ②22, 44, 180, 207, 246, 266, 390, 416, ③*110, 237*, ⑦76, 179, 180；*534*, ⑧194, 203, ⑨14, 270,

(こし~こは)　105

⑩96，⑫161-163, 257, 261, 338
——の波　⑩319
琥珀[こはく]　⑧249，⑫143
琥珀いろ　③442
琥珀[こはく]いろ　⑫53
琥珀色　⑧305
琥珀蛋白石　⑨163
こばち　①243
小蜂　①243
ゴーバーユー　⑪10，⑫96
コバルト　①178，③58；113，⑦91
コバルト硝子[がらす]　⑧247
コバルトガラス　②254，③209；501, 505
コバルト硝子　⑩317
コバルト山　③58；141-143，⑥234
コバルト山地　②19, 243, 435，⑦282-285
ごはん　①29；268，⑫11, 204
ゴビ　⑦149
小人　⑫262, 263；180
侏儒　⑦92
こひびと　②212, 214, 421, 423
誤謬　⑩230
瘤　⑩293
こぶし　③281，④229, 234，⑦126；399，⑨354，⑩193，⑫200, 228
辛夷　⑦71, 145；223, 224, 226, 458, 459
孔夫子[コーフーシュ]　⑤116
古物商　⑫270
小船渡　⑩248
コブラ　③274
ゴブルゴブル　⑤74，⑦154；493, 494
コペルニクス　④298
こぼ　⑦106；335, 336
護法　⑦647
ごぼう　④70，⑧203, 249，⑩198，⑫282
牛蒡　④198，⑩50
午蒡　④136
護法の魔　③473
こぼこぼ　③388
こぼこぼ　①368，③124，⑥151，⑦130, 170；333, 412, 517，⑩262，⑪185
ごぼごぼ　③388，⑩14, 73，⑪5, 208，⑫97
ごぼごぼ　③64；155，⑧99，⑪38, 172，⑫

297；134
ゴホゴホ　⑨151, 152, 165
ゴボ、ゴボ、ゴボ、ゴボ　⑨58
こほろぎ　①47, 48, 186-188, 318，③318, 323，⑧128
こぼんこぼん　⑧38
ごほん、ごほん　⑪27
ごぼんごぼん　⑨320，⑫195
ごぼんごぼん　⑤90
ゴホンゴホン　⑨47, 61, 62, 157
駒　⑤133，⑥156，⑦343
高麗　⑦7；12, 13
独楽　④61, 205；120
ごま　⑦222
駒頭　⑤122
駒頭山　⑦216
駒ケ岳　②120, 185, 336, 395
駒ヶ岳　②462，⑦448
駒ヶ岳[こまがだけ]　⑥191
胡麻火薬　⑩198
駒草　⑦365
ごまざい　⑫92
——の毛　⑩316
小松　②446, 473，③171；410, 411, 413, 414，④132, 245，⑤63，⑥34, 143, 174，⑦44, 120；52, 140, 141, 381, 382，⑩29, 31, 32，⑫250
小松の山　⑤38
小松ばやし　⑩30
胡麻[ごま]つぶ　⑫38
こまどり　⑩43
駒鳥　②472
コミックオペレット　⑫215
濃緑　⑦231
ゴム　③138，⑥65, 300，⑦205，⑨398, 400
ゴム管　⑨225
小麦　③194；132, 205, 357, 466，④88, 118；168, 169, 229，⑥232, 233, 265，⑨186, 228, 229，⑪73
小麦粉　③465，⑥232
小麦の粉　⑪232
小麦ばたけ　③206
小麦饅頭　⑦97

| | |
|---|---|
| ゴム沓 | ⑤41, ⑦*27, 489,* ⑩*34* |
| ゴム靴 | ③8, ④*60,* ⑤*36, 143,* ⑧236-238, 240-244, 313, ⑩34, 35, 304-307, 309, 311, 312 |
| ゴム長靴 | ⑤16 |
| ゴムの靴 | ⑦205, ⑧5 |
| ゴムの長靴 | ⑩60；*35* |
| コムパス | ⑥248, ⑦270, ⑩132, 265, ⑪130 |
| ゴム風船 | ⑩287 |
| 米 | ④25；*80, 82, 113,* ⑤44, 66, 122；*36, 140,* ⑥152, ⑦*366, 367,* ⑧142, ⑨14, 154, 228, 239, ⑩161, 228, 268, ⑪155, ⑫*202* |
| 米[こめ] | ⑧16, ⑩*174* |
| こめつが | ③240, 261；*588,* ⑦*14, 15* |
| こめ栂 | ⑨81, ⑪105 |
| 米搗水車 | ⑤*143, 145* |
| こめつぶ | ⑧155, 158 |
| 米糠 | ⑤*143, 145* |
| 米屋 | ⑧142 |
| 米屋五助 | ⑦207 |
| 小屋 | ⑥130, ⑩12, 21, 124, 167；*208* |
| 小屋[こや] | ⑩76, 82 |
| 後夜[ごや] | ⑥189 |
| こやし | ⑪42, 43, 63, 65；*39, 40, 76, 77, 79, 104, 107,* ⑫211, 212, 215, 224, 226；*139, 159, 163* |
| 肥し | ⑪39, ⑫*136* |
| 液肥 | ②76 |
| 肥料[こやし] | ⑫207 |
| 廐肥 | ②71, 291 |
| 糞[コヤシ] | ④80 |
| 廐肥車[こやしぐるま] | ②80, 297 |
| 粉雪 | ⑦236；*674* |
| 五葉山 | ④260, 262；*170* |
| 五葉の山 | ④92；*179* |
| 五葉松 | ⑥16 |
| 合唱 | ④46, 47, ⑫338 |
| 合唱[コーラス] | ④46 |
| 合唱手[コーラス] | ⑪213 |
| 瑞西牧笛[コーラングレー] | ③*165, 166* |
| 番羊の犬[コリー] | ③322 |
| こりこり | ⑧166 |
| ごりごり | ①356, ③219；*272, 319, 320, 322, 532, 533,* ⑩264 |
| ゴリゴリ | ①353, ⑧141, 290, ⑫265 |
| コリコリツ | ⑫156 |
| コリコリッ | ⑫156→コリコリツ |
| こり性 | ⑥239 |
| コリツ | ⑫156 |
| コリッ | ⑫156→コリツ |
| 五柳 | ③*157, 159* |
| 五稜郭 | ⑩252, 257 |
| 御料草地 | ⑦159；*500* |
| 御料地 | ③*358,* ⑫245 |
| 五輪 | ③*28* |
| 孤輪車 | ⑦484 |
| 五輪塔 | ③*35,* ⑥307, ⑦*125；397, 398, 502* |
| 五輪峠 | ③*13, 14, 21, 22；24, 25, 27, 28, 32, 42,* ④*44, 165；88,* ⑤*23,* ⑦*28；84* |
| 五輪の塔 | ③*14, 16, 23；25, 27, 32, 49* |
| ゴール | ③*52；113,* ⑥249 |
| コルク抜き | ⑧317, ⑩83, 116, 162；*92,* ⑪49, 156；*204* |
| コルク抜[ぬ]き | ⑫216 |
| コルドン | ⑥345, ⑫339 |
| 五聯隊 | ⑥337, 338 |
| コロイダル | ⑥84 |
| コロイダール | ⑥70→ colloidal |
| 膠質〈コロイダール〉 | ③227, ④97, ⑥33, 237, ⑦*630, 690* |
| コロイダーレ | ③*152；375,* ④*191, 267；185,* ⑥215 |
| コロイド | ①285, 332, ②96, 146, ⑥55, 204, 362, ⑦*691* |
| 膠質〈コロイド〉 | ③227, ④97, ⑥33, 237, ⑦*630, 690* |
| 五郎 | ⑪*174, 175* |
| 五郎沼 | ③*319-322* |
| ころころ | ②42, 264, ③*66, 67, 221；94, 97, 102,* ⑦103；*324,* ⑨12, ⑩292, ⑫245, 290 |
| ごろごろ | ②62, 472, ③*19, 66, 165, 201；37, 38, 40, 157, 410, 411, 413, 414, 486, 582, 583,* ④116, 147, 287；*209, 220, 222, 252, 257, 262, 347,* ⑤63, 79, 132, 208；*208,* ⑥223, ⑦161；*240, 504, 505,* ⑧145, 180, ⑨155, ⑩32, 36, 76, ⑪56, 60, 62, 193, ⑫*37, 56, 254, 297；152, 157, 159, 196* |
| コロコロ | ⑨130 |

(こは〜ころ)

ごろごろごろ　⑪208
ゴロゴロゴロ　⑨*39*，⑩*223*
ころころころころ　⑧20
ごろごろごろごろ　②283，③220；*532，533*，
　⑫254
ころころぱちぱち　⑫22
コロタイプ　⑩31
ごろっ　⑩292，331
ごろつき　⑧9
コロナ　②76，③37；*78，80，81，404，407*，④46，
　208，⑥256，333，334，⑩40-45；*30*
冠毛[コロナ]　④169；*90*
ころは元禄十四年んん　⑧263
コロボックル　②176，386
コロボツクル　②176，386→コロボックル
ころも　③81，⑦67；*210，212*
衣　⑤17，⑩193
法衣[ころも]　③197
コロラド　③*542*
　——の高原　⑩20，123，166，⑪160
ころり　⑧141
ごろり　⑧124，127，145，261；*35，41*，⑨97，⑩
　*214*，⑫55
コロリ　⑧43
ゴロリ　⑧*40*
ころゝ　⑧21
ごろゝ　⑦145；*458*
ころんころん　⑩150，⑪144
疲くこわゝい　⑧289
こわごわ　③*621*，⑩325，⑪*86*
コワック大学校　⑨87
硬[こわ]ばし　⑫93
ごわり　⑧261
紺　①16，32，34，38，41，106，119，155，169，366；
　*45，166*，③51，113，195，205；*42，44，114，240，*
　*277-279，369，372，489，492，495*，④47，174，
　278；*96，259*，⑥159，219，240，382，⑦72，
　301；*145，224，227，376，390，464，466，526，618，*
　*619，711*，⑧335，⑨113，247，⑩207
紺[こん]　⑥202，⑫212
権　⑦299
玉蜀黍[コン]　⑦*436*
紺いろ　①119，②85，302，③*206，207*，④231，

236，296，297；*107*，⑤*94*，⑨275，⑩98，⑪
75；*63*
琿河　⑤37
混かう林　⑦*353，355*
紺紙　①*26*，⑤*55*，81，135，230；*107，108*，⑦
　*223，433*
　——の雲　⑦*344*
コンクリー　⑨127，131
コンクリート　⑥68，145，280
コンクリート製　⑨339
コングロさん　⑧*42*
コングロメレート　⑧130，131，⑨367，368
権現さま　⑪175
権現さん　⑫371
権現堂やま　④209
権現堂山　④207
権現山　⑦188
金剛砂　⑧*80*，⑨200
金剛石　③*248，251，654*，⑧187，188，194，196，
　198-201，216，⑨236，274，⑩19，122，140，144，
　165，206，⑪135，138，159→ダイアモンド，ダ
　イヤモンド
金剛石[こんごうせき]　⑫130
混合体　④146
混こう林　⑦*353，355*→混かう林
混淆林　③*55*；*139*
混淆[一かう]林　⑥301
混淆[こう]林　③*133*
コンゴオ　⑧320
コンゴー土人　③255，⑦292
こんこん　⑦*44，45*，⑧152，158，⑪62，226，⑫
55，65，71；*158*
こんこんこん　⑫111，123
こんこん、こんこここんこここん　⑧161
こんこんこんこん　⑩66
こんこんばたばた　⑫111，123
権左エ門　④133，⑦168
権左右門　⑦*516*
紺三郎[こんさぶらう]　⑫110，122
紺[こん]三郎[一らう]　⑫103，105
紺三郎[こんざぶらう]　⑫101，106，108，109，
112，113，120，121，124
狐[きつね]の——　⑫118

子狐── ⑫103, 105, 115, 117
小狐── ⑫102
小狐[こぎつね]── ⑫114
紺紙 ①26，⑤55, 81, 135, 230；*107, 108*，⑦*223, 433*
──の雲 ⑦*344*
権治 ⑤112, 113，⑦*708*
金色 ①16；*14*，⑧235，⑨152, 157, 163, 165, 169，⑩304，⑫313
権十 ⑩262；*144*
紺青 ①11, 111, 119，②206，③201；*138, 205, 231, 233, 237, 442, 443, 486, 487*，④120；*26*，⑤142，⑦*407*
紺青色 ⑧339
紺装束 ③*470*
混食 ⑨233, 243；*109*
今身 ⑤177
こん助 ⑫117
こん助[すけ] ⑫104, 112, 116, 124
混成酒 ⑪115
昆虫 ⑩206, 209, 211
──の翅 ⑩206
昆虫[こんちゅう] ⑧22，⑩*178*
昆虫学 ②157
昆虫館 ⑤97
昆虫採集 ⑤218
条件[コンデイション] ⑥276
コンデンスミルク ⑩135，⑪*186*
こんにゃく ①*168*，⑥273，⑦63, 170；*195, 197-199, 517*
こんにゃく ①*168*，⑥273，⑦63, 170；*195, 197-199, 517*→こんにゃく
紺布 ③*471*
コンネクテカット州 ⑩157，⑪151
コンネテクカット大学校 ⑨390, 391
魂魄 ⑤141
コンパス ⑥248，⑦270，⑩132, 265，⑫127
→コムパス
紺びらうど ⑤*84*
紺びろうど ⑤*84*→紺びらうど
こんぶ ①328
昆布 ①75, 237, 311, 319，④44, 165；*88*，⑧307-311，⑩*34*，⑪113；*55*，⑫259；*123*

昆布[こんぶ] ⑩45，⑫42
コンフェット ⑩212
コンフェットー ⑫342
コンフェットウ ⑪87，⑫344, 348
紺服 ⑨115, 116
昆布とり ⑪46
昆布採り ⑧313
昆布取り ⑧307, 340
昆布林 ③79
金米糖 ③171, 240, 261；*410, 411, 413, 414, 588*，④279，⑦*14*，⑧162. 163
こん兵衛[べゑ] ⑫104, 105, 1i1, 116, 123
権兵衛茶屋 ⑨120
紺碧 ③*138*，⑤12
根本中堂 ①281
こんもり ③*428*
紺沃度[こんようど] ②*23*

## さ

ざあ ⑨30, 112, 131
サア、アーキバルド、ゲーキー ⑨41
ザァク、ザァク、ザ ⑧146
酒[さあけ] ⑪119
座亜謙什 ⑩224
ざあざあ ③*459*，⑤24, 86, 104；*47, 145*，⑧194，⑩73, 290，⑪*50*，⑫77, 87, 224, 297
ザアザア ⑪64；*107*，⑫*161*
ざあざあざあざあ ⑫199
ざあざあ、ざっざざざざざざあ ⑧161
ザァザザザ ⑧119
さあっ ④82，⑪169
さあっ ⑪*251*
ざあつ ⑫9
ざあっ ⑨23, 30，⑩18, 120, 164, 223；*14*，⑪157, 182, 186；*272*，⑫9→ざあつ
ざぁっ ⑥68，⑪116
ザアッ ⑧61，⑨109, 166，⑩229，⑪*272*
ザアツ ⑧64
ザァッ ⑧139，⑪216
ザアッザアッ ⑧29
サアベル ⑥331，⑫83
蛇紋岩[さあぺんてぃん] ⑫141
蛇紋岩[サアペンティン] ①276

(ころ〜さあ) 109

サァン、ツァン、サァン、ツァン　⑧199
さい　⑦34
犀　⑤22，⑦231；608，⑧184
豺　⑫308
賽　⑦102
西域〈さいいき〉　③88, 282；17, 182, 359, 652, 658，④44，⑫275
西域異聞　⑨140
西域諸国　⑥75, 289
西域風　③110
塞外　⑨48, 292, 301，⑪6, 11，⑫102
塞外［さいぐわい］　⑫184
さいかち　①13, 114, 375．⑦217；189, 191, 576, 591，⑩42，⑫39, 40
　──の樹　⑪200, 203, 204, 208
　──の樹［き］　⑩69, 73
　──の木　⑩67, 68；42, 43，⑪201, 202, 206-208
　──の木［き］　⑩71, 72
さいかち淵　⑩67，⑪205
さいかち淵［ぶち］　⑩71
西行　③124
細菌　⑨230，⑫317
細菌類　⑨231
サイクルホール　⑨20-24, 43
　逆──　⑨24
罪業　⑨165, 171
西郷隆盛　⑥135
妻子　⑦44；140, 141, 434
祭祀　③326, 327，⑥299
斎時　③35；76
祭司次長　⑨226
祭司長　⑨211
祭日　⑥273，⑦259；653
最終幕　⑪111
最終列車　⑥237
綵女　③210；501, 503, 505, 512
西条八十　⑤83
斎食　⑩100
菜食　⑨224, 232-234, 237
菜食主義　⑨239, 240
菜食主義者　⑨208, 239，⑩338, 339
菜食信者　⑨208，⑩338

菜食病院　⑨209
細桑　⑫278
斉田　⑫292-295
サイダー　⑥135
苹果酒［サイダー］　②451
最大急行［さいだいきうこう］　⑫131, 132
佐一　③208, 209；504, 505, 507, 512
採鉄鉱床　③401, 402
斎藤　⑫172
斉藤　⑫213
斉藤君　⑩253
斎藤甲吉　⑧148
斎藤幸吉　④244
斉藤さん　⑫365
斉藤先生　⑩248
斉藤貞一　⑩037
斉藤平太　⑨173-176
斉藤茂吉　⑦612
さいはい　⑧269，⑩106，⑪217
　ほんたうの──　⑩26, 129，⑪167
さいはひ　⑧60，⑩82，⑪194
　いちばんの──　⑩160，⑪154
　ほんたうの──　⑩26, 129, 173，⑪167
　本統の──　⑩110
さいばん　⑫9
裁判　⑧230, 337, 344；91，⑩195, 297，⑫73
裁判［さいばん］　⑫9, 13-16
裁判官　⑨330
裁判長　⑧343, 344
財布　④41，⑥239，⑨405
　青い縞の──　⑩186
財布［さいふ］　⑫32, 37
サイプレス　①98, 279，②195, 404，⑥18，⑦569，⑪76；179
細胞　①19，④188；208，⑥112
西方　⑨241
細胞膜　④277；207
材木町　⑩184, 185
さいわい　⑧60, 269，⑩160；82, 106，⑪154；194, 217→さいはい、さいはひ、さひはひ
　いちばんの──　⑩160，⑪154
　ほんたうの──　⑩26, 129, 173，⑪167
　本統の──　⑩110

幸　⑩144；*82*，⑪138；*148, 152, 153, 194*
　　ほんたうの――　　⑩112, 156，⑪150
　　ほんとうの――　　⑩112, 156
　　まことのみんなの――　⑩23, 125, 169，⑪163
　　みんなの――　　⑩26, 128, 173，⑪167
幸福　⑩159，⑪153
　　あらゆるひとのいちばんの――　⑩174
　　ほんたうの――　　⑩27, 130, 160，⑪154，⑫320
　　ほんたうのほんたうの――　⑩27
　　ほんとうの――　　⑩129
　　ほんとうのほんとうの――　⑩130
サーヴ　⑨28
ザウエル　⑪129
さうさう　⑦140
サウサウ　⑦71；*227, 228*
サウザンクロス　⑩24, 127, 170, 171，⑪164, 165
南十字[サウザンクロス]　⑩111, 155，⑪149
ざうり　⑫79
氷[ザエ]　②219, 428，⑥249
流氷[ザエ]　③*607*，⑦29；*86*
佐伯正　⑦95；*295, 296*
冴え冴え　⑤10
蔵王　①48
蔵王[ざわう]　①188
堺　⑩104
栄光[さかえ]　⑦83；*262*
栄浜　②174, 384
さかき　①280
榊　⑤173
酒代　⑦19；*54*
さかずき　⑦67→さかづき
盃　⑤185，⑪*128*
サーカス団　⑫163
酒代　⑦19；*54*
酒だる　⑩241
酒樽　④56, 143；*248*，⑩241
さかづき　⑦67
さかな　①19, 90, 123, 265, 351，③107，⑤160，⑥329, 330，⑧28, 197，⑩22, 124, 168，⑪462
酒代〈さかて〉　⑦19；*54*

魚　①9, 23, 108, 132, 278，②116, 332，③73, 140, 288；*172, 337, 338, 340, 373, 554*，④39, 63, 153, 206, 235；*123*，⑥211，⑦20, 153, 189；*64, 487, 488*，⑧33, 83, 86, 168, 194, 260，⑨38, 165, 209, 215, 234, 248, 332, 380，⑩6, 7, 16, 17, 22, 119, 124, 182, 188, 191, 192, 195, 339；*95, 96, 117, 119, 121*，⑪34, 117, 131, 162, 170, 203, 205-208，⑫127
魚[さかな]　③150；*370, 371, 374*，⑧42, 58，⑩69-71，⑫105, 320
さがな　⑧263
魚釣り　⑩*135*
魚とり　⑪177
魚屋　⑧263
魚[さかな]屋　⑫60
魚屋[さかなや]　⑧146, 148，⑫56, 57, 59
酒船　⑦44；*141*
酒もり　⑧244
酒盛り　⑧264，⑪118
酒屋　④70, 72，⑦161；*506*，⑩231, 235, 237, 239
酒屋半之助　⑩184
サガレン　②171, 178, 182, 381, 388, 392，⑦*659*，⑩10
サガレン島　⑦263
砂岩　②9, 233，③23；*562*，⑤197，⑫277
叫[さか]んだ　⑩74
さぎ　③*331, 334-336*，④26，⑩150, 151，⑪144，⑫48
鷺　①*169*，③54, 198, 215, 221；*122, 124, 126-129, 131, 133, 280, 333, 334, 476, 477, 519, 520, 522, 535, 537*，④52, 186, 199；*27, 103*，⑦212；*106*，⑨192, 262, 265-267；*87*，⑩112, 150-154, 156, 339，⑪144-148, 150；*283*
詐欺　⑥238
先頃　⑪209→先頃[せんころ]
佐吉　⑤48，⑦*442*，⑩*138*
サキチ　⑩240
サキノハカ　④235, 297
砂丘　④55；*109*
鷺百合　③113；*279*
砂金　③43, 44，⑫*76, 85*
さく　⑦195

（さあ～さく）　111

さくさく　⑦*197*，⑩*323*
ざくざく　⑪*210*；*268*
サクサク　⑧*335*
さくさくさく　⑦*63*；*198*，*199*
醋酸　⑩*238*，⑪*118*，*119*，*121*；*151*
醋酸工場　⑪*114*
サクソホン　⑦*390*，*391*
ザクッ　⑩*337*
削剝　⑤*220*，⑦*128*
作文　⑨*401*
さくら　①*63*，*64*，*71*，*215*，*286*，*322*，②*31*，*68*，*73*，*75*，*84*，*254*，*292*，*301*，③*196*；*173*，*474*，*476*，⑦*42*；*133*
桜　①*50*，*53*，*191*，*196*，*285*，*286*，*292*，*315*，*333*，*372*；*142*，②*70*，*290*；*42*，③*54*，*74*；*123-126*，*169*，*170*，*172*，*472*，*494*，④*246*；*161*，⑤*210*；*27*，*56*，*97*，*101*，⑥*16*，*18*，*38*，*55*，*56*，*118*，*133*，*157*，⑦*47*，*178*，*253*；*115*，*149*，*151*，*340*，*531*，*573*，⑩*31*，*248*，*251*，*257*；*22*，*24*，⑪*96*，*97*，*100*，*125*；*46*，⑫*262*
　　八重の——　④*42*
桜いろ　⑦*692*
桜小路　⑩*342*
さくらさう　⑦*73*
さくらそう　⑦*73*→さくらさう
桜草　③*103*，⑧*208*，*213*，*214*，⑨*354*
桜谷　①*142*
桜並木　⑦*340*
桜場寛　③*472*，*474*，*477*
さくらばな　①*63*，*215*，*216*，⑦*83*；*261*，*262*
桜花　①*63*
桜羽場　⑤*190*，⑩*31*，⑫*213*
桜谷　①*142*
さくらんぼ　⑨*190*
桜んぼ　④*85*，*244*；*160*，*162*
ざくろ　⑨*5*，*17*，*45*，*46*，⑪*231*，*238*，*267*
柘榴石　⑫*294*
ざくろの木　⑨*17*
さけ　⑦*121*
鮭　③*122*，*123*，*126*，⑤*191*，⑧*89*，⑨*236*，⑩*12*，*22*，*93*，*124*，*133*，*168*；*116*，⑪*161*；*183*，⑫*369*
酒　①*7*，*9*，*75*，*106*，*109*，*235*，*318*；*141*，②*73*，*99*，*245*；*43*，*169*，*597-599*，*621*，④*24*，*133*，*235*，*292*，*293*；*73*，*113*，*114*，⑤*46*，*63*，*119*；*97*，*121*，⑥*67*，*264*，*314*，*350*，*352*，⑦*68*，*168*，*187*，*268*，*277*；*52*，*54*，*89*，*90*，*118*，*123*，*125*，*126*，*156*，*214*，*215*，*218*，*219*，*232*，*234*，*289-291*，*489*，*490*，⑧*116*，*156*，*209*，*219*，*221*，*223*，*224*，*226*，*229*，*257*；*86*，*89*，⑨*131*，*392*；*58*，⑩*9*，*65*，*66*，*184*，*185*，*188*，*189*，*203*，*210*，*211*，*214*，*215*，*227*，*228*，*230*，*231*，*233*，*235*，*237*，*245*，*268*，*314*；*126*，⑪*30*，*86*，*87*，*90*，*92*，*94*，*99*，*115*，*118*，*120*；*122*，*123*，*153*，*154*，⑫*172*，*304*，*342*，*343*，*345-348*；*125*
　　売り——　⑦*49*；*157*
　　光の——　⑨*204*
酒[さけ]　⑥*201*，*382*，⑧*73*，*74*，*153*，*154*，⑩*80*；*180*，*181*，⑫*67*，*68*，*73*，*75*，*102*，*104*，*109*，*114*，*116*，*121*，*130*，*135*，*143*，*225*
酒[さげ]　①*201*
酒桶　①*95*，⑩*242*
酒買船　④*58*
酒かす　①*125*
酒粕　①*20*
提鞄　⑫*270*
酒くせの悪い山猫　⑥*350*，*352*，⑩*214*，⑪*120*
酒のみ　⑦*74*
左舷　⑩*159*
雑魚[ざこ]　⑩*69*，⑪*203*
佐光　⑦*634*
砂鉱　③*229*
砂鵲　⑪*7*
サコツ　⑪*15*，⑫*107*
砂鵲[サコツ]　⑫*192*
笹　①*38*，*170*，*368*，②*17*，*241*，*446*，③*51*，*62*，*191*，*195*，*264*；*114*，*118*，*149*，*151*，*153*，*455*，*457*，*460*，*463*，④*49*，*52*，*186*，*217*，*245*；*99*，*103*，⑥*283*，⑦*110*，*170*；*348*，*349*，⑧*127*，⑫*365*
佐々　⑫*196*
佐々木舎監　①*105*
佐々木経蔵　①*25*
さゝげ　④*117*，*138*，⑦*98*；*306*，⑪*33*，⑫*207*，*208*，*298*
笹小屋　⑩*266*；*159*，⑫*241*
笹田　⑫*172*

笹戸　⑫365, 368, 372, 373
笹長根　⑧109, ⑪194, ⑫364, 369
笹ぶね　⑥34
笹間　③144；*343, 344*
笹森山　⑫253
笹やぶ　⑦*517*
笹山　①36, 164, ④249
さじ　③258
匙　⑦55；*172*
サージ　③*369, 372*
座敷　⑩265
ざしきぼっこ　⑫171, 172→ざしきぼつこ
ざしきぼつこ　⑫171, 172
ざしき童子［ぼっこ］　⑫170
ざしき童子　⑫172
ザシキワラシ　⑧319, 320
差引勘定　⑩194
沙車　②*51*, ⑨280, 282, 283, 287
沙車大寺　⑨287
砂壌　⑦128
佐助　⑤60
指竿　⑤48, ⑦11；*22*
指竿［させ］とり　⑫207
座禅　③221；*536, 537*
座禅儀　⑦*394*
さそり　⑥329, ⑦*422*, ⑧21, 28, ⑩23, 26, 125, 128, 169, 170, 173；*17, 102*, ⑪163, 164, 167；*214*, ⑫141
　　あかいめだまの──　⑥329, ⑧28
　　赤眼［あかめ］の──　⑫155
蝎　①25, 137, ②122, 203, 338, 412, ③106；*216*, ⑨344, ⑩22, 23, 125, 126, 169, ⑪131, 163
　　赤眼の──　③*211, 222*
蝎［さそり］　⑥193
蠍　①94, ③*93*, 223, ⑦67；*211, 212*, ⑧23-27, 34, ⑪*159, 160*
　　赤眼の──　③91
蠍［さそり］　⑧20
さそり座　①36, 163, ⑪94
蝎座　①25, ⑨157, ⑪168
　　赤い眼玉の──　⑩218
蠍座　①135, 316, ③*92；220*

蝎の座　⑦664
さそりの火　⑩23, 126, 170, ⑪164
蝎の火　⑩22, 125, 169, ⑪163
蠍の星宿［やど］　⑦*211*
さそりぼし　⑦*422*
蝎ぼし　⑨247
蠍ぼし　⑦*421*
蝎星　⑩201
蠍［さそり］星　⑧22
貞二郎　⑤*51*
貞任山　③*135*
サダモリスキー　⑫*77, 78, 86, 87*
佐太郎　⑨6, ⑪173, 180, 182-184, 195, 203, 205, 206；*231, 247, 248, 264*
さつ　⑫278
札　⑩186
さつ　⑫78→さつ
ざつ　⑨30
雑役人夫　④48；*97*
サッカイの山　⑩265
雑貨商店　⑩51
雑貨店　⑩136
さっきた　⑨8
先刻た　⑨14
ざっくざっく　⑫14
ざっくざっく　⑫14→ざっくざっく
ザック、ザック、ザ　⑧335
ザックザララ　⑧*146*
駒頭山［サツケア］　③*372*
ざっこざっこ　⑩73, ⑪208
さっさ　⑪30；*239, 248, 288*
サッサ　⑩*193*
ザッ、ザ、ザ、ザザァザ、ザザァザ、ザザァ　⑧194
ざつぎゞゞゞあ　⑫77
さつさつ　⑫214
さっさっ　⑩16, 119, 163, ⑪157→さつさつ
サッサッ　⑧61, 196, 275, ⑨341, ⑪*271*
さっさっさっ　⑧161, ⑫212
サッサッサッ　⑧25
さっさっさっさ　⑫365
殺々尊々々　⑤153
殺々尊々々尊　⑤153

(さく～さつ)　113

雑誌　③8
雑誌［ざっし］　⑧65
雑誌帖　⑪247
雑誌帳　⑪246
さっしゃれ　⑩286
殺人罪　⑨212，⑩244
雑草　⑥13，⑩259
雑嚢　⑩11，29，39，253
さっぱり　⑩47
汁液　④208
汁液［サツプ］　④112，277；207
札幌　⑩252
札幌の大学　⑩252
さつま隼人　①70
砂鉄　⑥51，⑨211
里　⑩266
サート　⑪118
砂糖　③47，④80-82，⑦157；29-32，⑧177，256，257，⑨231，391，392，⑩267，⑫318；200
砂糖［さとう］　⑫48，74
佐藤　⑦417
佐藤箴　⑩31
佐藤金治　①25
佐藤猊嵒　別7
佐藤謙吉　⑦363
佐藤氏講話　⑩143
佐藤昌五郎　⑤40
佐藤正五郎　⑤42
佐藤清五郎　⑤42
佐藤専一　⑫213
佐藤伝四郎　②147
砂糖水　⑤58，⑨287，⑩197
砂糖水［さとうみづ］　⑩40
砂糖屋　⑤96，⑦616，⑩220
里長〈さとおさ〉　④61；120，121，⑦127；401，402
さとねこ　⑫71
里道　⑤112
さとり　①291
蛹　⑧220，⑨206
蛹踊　⑨206
蛹踊り　⑧220

さなだ帯［おび］　⑧146
真田紐［さなだひも］　⑫57
ザネリ　⑩133，136，141，142；20，68，110，⑪123，130，132，133，135，136，170；183，192
さの　⑪177；231
座の長　⑦216
佐野喜　②16，240
さばきて　⑦549
判事［さばきて］　⑦548，549
沙漠　②46，52，268，274，③169；407，⑥256，⑪33
砂漠　③168，174；404，420，422，⑨301，⑪6，11，14，15，17，20，21，⑫100，101，107，110，114，115
砂漠［さばく］　⑫184，187-189，192，195，197
鯖ぐも　⑤205，⑥43，68
さはぐるみ　③215，251；521，522，607-609，⑥252
さはしぎ　②181，391，③206，207；88，499，⑦19；53-55
鯖の雲　⑥66
さび　①113，⑦20
錆　①22
銹び　①106
さび紙　⑦261
さひはひ　⑩160，⑪154
サファイア　③160，⑧194，⑩155，⑪148
青宝玉　⑨274，⑩154，⑪148
サフィア　⑦295
ざぶざぶ　④83，⑪15，211，⑫192
作仏　⑦279，280
三郎　⑨397，⑪178，179，184-186，188-190，193，195，196，198，203；241，248，251
三郎［さぶらう］　⑩68，69，72，73
三郎［さぶらふ］　⑩42
三郎［―らふ］　⑩71
三郎沼　③192；462，464，⑥284
ざぶん　⑩72，265，⑪207
サヘタコキチ　⑩236
サーペン　④38
蛇紋岩　④250
蛇紋岩［サーペンタイン］　②18，242→Serpentine

サーペンテイン　③249
サーペンティン　④17,⑦596
蛇紋岩［サーペンテイン］　①69,③261 ; 661, 664, 665, ④45, ⑥281, ⑦14
蛇紋岩［サーペンティン］　③289,④26
サーペント　③482,④10 ; 15-18
さぼてん　①371, 372, ⑩134
サマシャード　⑨336
サマルカンド　③403, 407,⑥255
サミセン　③73 ; 170, 172
さみだれ　①21, 24, 136
五月雨　⑥314
寒さ　⑪46, 62, 66, 67,⑫159, 164, 166
　夏の――　⑪40
寒沢川　⑤67
さむらい　⑤43,⑩188→さむらひ
サムライ　⑤42
士［さむらひ］町　⑦351
さむらひ　⑤43,⑩188
さめ　⑧309, 340
鮫　③182 ; 434, 435,⑥307,⑦25 ; 79,⑨89, ⑩323
鮫駅　⑦535
さめざめ　③15,⑩16, 118, 163,⑪157
サーモ　⑪103
査問会　④249
さや　⑩288, 291 ; 179
莢　④43
莢豌豆　④26, 28
さやさや　⑩19, 122, 165,⑪159
皿　③211, 222,⑪68
サラー　④66, 145,⑦170
俸給生活者［サラー］　④130-132
サラア　⑦54
サラアブレッド　②49, 134, 271, 350
サラアブレッド　②49, 134, 271, 350,⑫366→
　サラアブレッド
更木　④256,⑫172
更沙染　⑥47
さらさら　①68, 223,②149,⑦145,⑧101, 107, 291,⑨17, 45,⑩35, 107,⑪184, 190, 210 ; 245,⑫19
ざらざら　③197, 205,④14, 141,⑤21, 186, ⑩77, 293,⑫251, 256
サラサラ　⑤202,⑩9, 100,⑫130
ザラザラ　⑧76, 211 ; 76,⑨90,⑩51 ; 183
さらさらさらさら　⑧234 ; 94,⑩142,⑪136, ⑫49, 75
サラサラサラサラ　⑧67, 159
ザラザラザラザラ　⑧122
サラサラサラッ　⑧198
沙羅樹　⑫167
サラジン国　⑧55
サラ先生　⑨320,⑪27
ザラッザラッ　⑩323
サラド　②111, 327,⑥18,⑫36
さらどの色　②188, 398
サラバアユウ　⑨47, 60, 61, 67, 316, 318, 320, ⑪26
サラバアユウ馬病院　⑨318,⑪26,⑫109
サラバアユウ氏　⑪27
サラバアユウ先生　⑨61-63, 319, 321-323,⑪ 27-30
サラバアユウ病院　⑨65, 327,⑪32
サラーブレット　②150
サラーブレット　②150→サラーブレット
サラーブレッド　②51, 263,④262
純血種［サラーブレッド］　③114
ザラメ　①43,③240, 261 ; 588,⑦14,⑫46, 53, 101, 113, 331
サラリーマンスユニオン　③7
ザランザララ　⑧335
ザランザランザラン　⑧146
ざり蟹　③172
ざりざり　⑩35
サリックス、バビロニカ　⑨219
サリックスバビロニカ　⑥43 ; 36
サリックスランダー　③251
サリックスランダア　③608,⑥252
サリックスランダア　③609,⑥252
サリックスランダア　③607-609,⑥252→サリックスランダア、サリックスランダア
猿　⑤221,⑦702,⑧90, 92, 185, 186,⑨227, ⑩298, 342 ; 196
猿［さる］　⑧80, 81
ざる　⑪33,⑫130

笊　④105，⑩267，⑪34，⑫*130*
さるおがせ　⑨65，66，301，316，326，328，⑪11，16，19；*8，31，32*，⑫*101，102，109*→さるをがせ
猿おがせ　⑨52，53，60，299，⑪11，⑫*101*→猿をがせ
猿ヶ石川　⑤96，⑩*47，50*，259，260
さる沢　①284，285
さるすべり　⑨190
ザルソバ　⑫*72*
さるとりいばら　②206，415，⑤*46*，⑧191，201，⑨136，⑫269
さるのこしかけ　⑧90，⑫*72*，269
猿のこしかけ　⑧95
笊森［ざるもり］　⑫*19，24，25*
さるをがせ　⑨301，316，326，328，⑪11，16，19；*8，31，32*，⑫*101，102，109*
猿をがせ　⑨52，53，299，⑪11，⑫*101*
ザレスカ　⑦*270*
さわ　⑦*191*
ざわ　⑦*191*
さわぐるみ　③215，251；*521，522，607-609*，⑥252→さはぐるみ
ざわざわ　③93；*212，222*，⑧21，69，71，⑨157，249，⑩23，24，126，127，145，170，171，189，288，⑪6，89，139，164，165，182；*248*，⑫11，29，37，184；*12*
ザワザワ　⑧329
ざわざわざわざわ　⑧210，⑩76，⑪117
ザワザワザワザワ　⑧73
ざわざわざわっ　⑧101，⑪191
さわしぎ　②181，391，③206，207；*88，89，499*，⑦19；*53-55*→さはしぎ
ざわっ　⑫*75*
ざわっ　⑧159，⑪215；*13*，⑫*75*→ざわっ
ざわつざわつ　⑫*170*
ざわっざわっ　⑫*170*→ざわつざわつ
ザワッザワッ　⑧319
酸　⑦*182-185，338*
サン　⑨70，⑫*75*
山彙　①236，③82，280；*106，159，165，166，373，592，646，648*，⑦267→山彙［やま］
酸化　③79；*187*

三角　②40，52，262，274，⑥169，⑩238，239，255，321；*78*，⑪6，9；*13，185*，⑫*98*
三角［さんかく］　⑪*275*
　赤［あか］の――　⑫*154*
山岳会頭　④*250*
三角旗　⑨26
山岳教　③283；*656，659*，⑥290
三角形　⑩140
三角洲　⑤7
三角点　⑩143，⑪137
三角島　③*185*
三角［さんかく］ばた　⑫187
三角旗［―かくばた］　⑫184
三角ばたけ　②27
三角標　①103，⑥8，⑦268，⑩23，27，112，115，117，118，126，130，139-142，144，156，160，162，170，239；*81，110*，⑪*134*，136-138，150，154，156，163，164；*190，194*
三角帽子　⑧191
三角帽子［さんかくぼうし］　⑫*47*
三角マント　⑫265
三角やま　②134，350
三角［さんかく］やま　②207，416
三角山　④172，⑩239，240
三角山［さんかくやま］　②205，414
三月　⑤58
酸化鉄　⑩52，57
酸化銅　①352
酸化礬土　⑥39
山下白雨　⑨342
三紀　⑤220，⑥*10*
三紀の泥岩　⑩260
残丘　③*549*，⑤220→モナドノック，残丘［モナドノック］
三峡　①326
山峡［さんけふ］　②18，242
産業　⑫*73*
蚕業　⑦*282*
産業組合　③*328*，⑤41，⑪121
産業組合事務所　⑩237
サング、サンガリン　⑧196
ざんげ　⑦102；*322，323*，⑧16，⑩286
懺悔　⑤170；*87*，⑦354，⑨163

| | |
|---|---|
| 繖形花　⑥296 | 酸水素熖　⑥39 |
| 珊瑚　⑨230 | 撒水夫　⑨175 |
| 酸虹　③454 | サンスクリット　⑨241 |
| 酸虹[さんこう]　⑦*341* | 三途の川　③212, 213；*514* |
| 三合目　⑤191 | 酸性　④207 |
| 三石二斗　④*198, 199* | 酸性度　④120 |
| 三五の性　③*206, 207* | 酸性土壌　⑤203，⑥174 |
| さんさ踊り　⑤109，⑦52；*166* | 酸素　①29, 147，②200, 216, 409, 425，③129； |
| さんさん　①384，③*232*，⑦*669*，⑧339, 342, | 　*294, 303, 655*，④203, 283；*116-118*，⑤229, |
| 　⑩25, 90, 128, 172，⑪166 | 　230，⑥15, 170, 276，⑦*146*，⑩174；*83*，⑪ |
| ざんざん　④*29, 31*，⑦*207* | 　195 |
| さんさんさん　⑫72 | 三匹　⑨157 |
| サンサンサン　⑧156, 157, 334 | 蚕桑技手　⑦*341* |
| ざんざんざんざん　④36；*59* | 三尊　⑨169 |
| 算師[さんし]　⑫193 | 三駄　⑪32，⑫*129* |
| 三次空間　⑩111, 155，⑪149 | 参内　⑪19 |
| 三時だたべが　②79, 296 | 参内[さんだい]　⑫189 |
| 懺謝　⑦*354* | サンタ、マグノリア　⑨271 |
| 三十がえる力　⑧226→三十がへる力 | サンタマリア　⑫165, 166 |
| 三十がへる力　⑧226 | さんたまりや　⑫159 |
| 三十三　⑦75, 116；*235-237, 366* | サンタマリヤ　⑫155 |
| 三十三天　③*254*，⑥25, 27 | サンタマリヤのお月[つき]さま　⑫155 |
| 三十三の石ぼとけ　⑨14 | サンタリスク先生　⑫237 |
| 三十年　⑨52, 53, 56, 293, 299, 326，⑪7, 8, 10, | 三段論法　⑨237 |
| 　11, 14, 17, 19, 21，⑫191；*110, 115* | 山地密造酒　⑩233 |
| 三十年[一ねん]　⑫185, 186, 188 | 砂質[サンデー]　⑥12 |
| 三十年の祭　⑥139 | 散点[さんてん]　⑥200 |
| 算術　⑧181, 182, 232，⑨68, 135, 399, 401, 402, | 燦転[さんてん]　⑥201 |
| 　⑩135, 200，⑪*8, 59, 186*，⑫*73* | 散点部落　④20 |
| 算術帖　⑪*247* | サンドウィッチ　⑫*81, 91*→サンドウヰッチ |
| 算術帳　⑨400 | サンドウヰッチ　⑫*81, 91* |
| 蚕種取締所　⑩185 | サントン・クニャン　⑨70，⑫*76* |
| 三請　⑦*44* | サントン・クン　⑨70, 71，⑫*76* |
| 山椒[さんしやう]　⑩*118* | サントン・タン　⑨70, 71，⑫*76* |
| 山椒皮　⑩194 | サントンタン　⑫178 |
| サン将軍　⑫*106, 110, 111* | サントン・ドニャン　⑨70，⑫*76* |
| 山椒の皮　⑩192, 193, 195；*119* | サントン・トン　⑨70, 71，⑫*76, 77* |
| 山椒の木　⑩192；*120, 121* | サントン・ブニャン　⑨70，⑫*76* |
| 山椒の樹の皮　⑩*119* | サントン、ペン　⑨70，⑫*76* |
| 山椒の粉　⑩193，⑪205 | サントン・ペン　⑨71，⑫*77* |
| 山神　⑦*118, 119* | サントホニャン　⑨70，⑫*75* |
| 山神祭　⑦*303* | サントン・マン　⑨70，⑫*76* |
| 撒水車　⑥145 | サントン、ムニャン　⑨70，⑫*76* |

(さる〜さん)　117

サントンモニャン　⑫75
サントンロウ　⑨70，⑫76
酸乳　③141；338，340
三人　②27，⑧18，⑩113，273；87，⑪10，199
三人兄弟　⑦113，⑪5，22，⑫183；71，116
三人兄弟の医者　⑨47，67，⑪5；8
三人兄弟のお医者さんたち　⑪8
三人称　⑦437
三年輪採　⑥79
サンノ　⑥387
山王　⑫255
参拝　⑩143
産馬家　③266；624
産馬組合　③266
産馬事業　③624
三八式　③494
三羽　②174，384
三羽［さんば］　⑩45
サンバーユー　⑫105
サンバーユー将軍　⑫104
三番鹿　⑥148
三番除草　④101，273；195，197，198，⑥257
讃美歌　③424，⑩118，163；94，⑪156；206
三正　⑩166
三百　⑦85；268
讒誣　④27，28，⑦103；324
讃仏　⑦19
散文詩　⑦540
散歩　⑩197
三宝　⑦162；507
参謀総長　⑪19，⑫114
参謀長　⑨301，302，327，⑪11，⑫102
三本鍬　④40，67；87，280，④229，⑤65，⑥221，⑩58，104
三本鍬［一ほんぐわ］　⑫23
三本鍬［さんぼんぐわ］　⑫19
三昧堂　⑦395
三万ボルト　⑥279
山脈　⑩300
サンムトリ　⑧338，339，341，342，345，⑪54，62；46，93-95，99，103，⑫218；150，151，159
サンムトリ火山　⑪54
サンムトリ火山［くわざん］　⑫219

サンムトリ山　⑪55
サンムトリ山［さん］　⑫219
サンムトリ市　⑪54，56，⑫152
サンムトリ市庁　⑪99
サンムトリの市　⑪54-58，61，⑫150，153，154
サンムトリの市［し］　⑫218，219，221，222
サンムトリの裾　⑫159
山門　⑤28；96
算用数字　⑩205，⑪78
散乱　①362，376，377，②26，250，⑤159，⑦60；184-186，⑧320
散乱系　③22；46，623
散乱質　③183；437
散乱質［さんらんしつ］　③439，⑥254
散乱体　③46
散乱反射［さんらんはんしや］　②101，317
三陸大海嘯　③202
山稜　⑥227
山稜［さんりやう］　②130
山稜［さんりょう］　⑥201
山陵［さんりょう］　②199，408
三稜玻璃　②181
三連音　③247

## し

師　⑦122，183，184；541-543，665
死　②160，166，184，185，369，372，394，395，③96，158，213，236；224，225，228，④113，284，⑤95，⑦41；659，⑧14，15，108，112，170，271，294，⑨19，94，95，167，333，⑩108，266，270，272，327，328，343；143，144，⑫52，126，211
死［し］　⑧170
詩　①19；38，③8，480，⑫73
磁　⑦189
ジー　⑫217，224，225
しあはせ　⑩109，160，⑪154
しあわせ　⑩109，160，189，⑪154→しあはせ
幸　⑩82→幸くさいわい〉
盲［しひ］あかり　⑦197
シィザア　⑨255
爺さん　⑩270
椎葺　⑩237，242，243；137
椎葺小屋　⑩242

| 椎茸商 | ⑩242；*140* |
| 椎茸商人 | ⑩243 |
| 椎茸山 | ⑩236, 238, 243 |
| じいっ | ⑩325, 326；*192*, ⑪11→ぢいっ |
| じいっ | ⑧115→ぢいっ |
| しいん | ⑤30, ⑧66, 103, 143, 215, 233, 293；*93*, *116*, ⑨92, 136, 153, ⑩8, 18, 83, 120, 164, 229, 244, 325, ⑪47, 178, 192, 211；*88*, *277*, ⑫16, 23, 59, 66, 113, 154；*143* |
| しいん | ⑧289, 299, ⑨152, ⑩18, 71, 78, 90, 121, 135, 164, 175, ⑪129, 132, 178, 206 |
| シイン | ⑧101, ⑪191 |
| シィン | ⑧298 |
| しいんしいん | ③556, ⑨160 |
| 対称［シィンメトリー］の法則 | ⑨254 |
| シインン | ⑧168 |
| しうと | ⑪188 |
| 紫雲英 | ③216；*519*, *520*, *522*→紫雲英くれんげ＞, 紫雲英［ハナコ］ |
| 慈雲尊者 | ②189, 399 |
| 慈雲尊者［じうんそんじや］ | ②188, 398 |
| シェバリエー | ④280, ⑦65；*205* |
| 六角── | ⑦*137* |
| ジェームス | ③86；*197*, *200* |
| ジェリー | ③241；*588* |
| ジェリイ | ③261, ⑦*14* |
| 塩 | ④224, ⑦24, 44, 153, 239；*75*, *141*, *487-489*, ⑨61, 224, 253, ⑩174, 186 |
| 塩［しほ］ | ⑧14, ⑫13, 34-36, 191 |
| 潮 | ⑩50；*96* |
| 岩塩 | ③*501* |
| 岩塩［しほ］ | ③*500*, *505* |
| 食塩［しほ］ | ⑫212 |
| 潮騒 | ⑥176 |
| 塩魚 | ⑦*669* |
| 塩鮭 | ⑦*486-488*, *490* |
| 塩鮭［しほざけ］ | ⑫17, 56 |
| しおしお | ⑧180, ⑩234, ⑫209→しほしほ |
| 塩汁 | ⑤19 |
| 塩漬け | ④40, 42 |
| 塩の海 | ⑤153 |
| 塩の魚 | ⑤41；*36* |
| 塩の魚［さかな］ | ⑥285 |
| 塩引 | ⑩268 |
| 塩水 | ⑩148, ⑪142 |
| 潮水 | ⑩13 |
| 鹹水 | ②448 |
| シオーモの港 | ⑪104 |
| しおん | ⑧*69*→しをん |
| 紫苑 | ①47, 186, ⑫266 |
| 鹿 | ①35, 162, 284, 291, ⑤66, 221, ⑥61, 314, ⑨198, 227, ⑫*12* |
| 鹿［しか］ | ⑧29, ⑫28, 88-97 |
| シガー | ③*480*, *481*, ④91；*176*, ⑦*283*, ⑩342 |
| シガア | ③*378*, ⑨44 |
| 四海 | ⑤8 |
| 四涯 | ④*184* |
| 死骸 | ③135；*309*, *311*, ⑩272, ⑪*40* |
| 死骸［しがい］ | ⑫*43* |
| 歯科医院 | ⑦84；*264-266* |
| 四角 | ②48, 270, ⑥290, ⑫268；*130*, *221* |
| 視角 | ⑥75 |
| 仕掛け花火 | ⑨213 |
| 仕掛けもの | ⑩257 |
| シカゴ | ⑨226, 243 |
| シカゴ畜産組合 | ⑨213, 225, 227, 228, 235, 236, 238, ⑩342 |
| 死火山 | ③203, 205；*45*, *311*, *489-491*, *544*, ④*112*；*208*, ⑤*144*, *214*, ⑦*143*；*143-145*, *243*, *310*, *388*, *448-450*, *453*, ⑧*115*, *209*, *217*, ⑨*201*, ⑪*53* |
| イーハトーヴォの── | ③*491*, *494*, *495* |
| イーハトーボの── | ③*492* |
| 死火山［しくわざん］ | ⑫218 |
| 死火山列 | ④*112* |
| 鹿等［しかだ］ | ⑫88 |
| 四月 | ②22, 246, ③*279*, ⑤144, ⑩31 |
| 四月二日 | ⑩248 |
| 四月三日 | ⑩249 |
| 四月四日 | ⑩249 |
| 四月五日 | ⑩249 |
| 四月六日 | ⑩250 |
| 四月七日 | ⑩250 |
| 四月八日 | ⑩250 |
| 四月九日 | ⑩251 |
| 四月［しがつ］ | ⑧145 |

自家撞着　⑨212
鹿の踊り　⑤36
鹿[しか]の子[こ]　⑫105, 117
鹿の笛　⑨10
叱らえる　⑪174→叱らへる
叱らへる　⑪174
紙巻煙草　③17
紙巻煙草[シガーレツト]　③10；16, 20, 21, ⑥260
士官　⑦38
四ヶ年　④295
視官[しくわん]　⑥253
時間　②10, 46, 234, 268, ⑩148, 253, 302
時間の軸　③499, 655, ⑤161
志願兵　⑫213
時間割　⑦593
志木　⑫269
しぎ　③86；201
食[じき]　⑨154
磁器　⑤187, ⑨273
磁気　④156；68, 69, ⑦309
自棄　④300
磁気嵐　⑦84
敷草　⑥11
蓆草　③42, ⑤113
敷島　⑫299, 302
指揮者　⑩17, 120, 164, 210, 212, ⑫341, 342
植衆徳本　⑤8
磁気の嵐　⑦266
敷布　⑨349
しきみ　⑩162
甎〈しきもの〉　⑥246；5, 13
　草の——　⑥7
敷物　④17, 18
敷藁　⑥13, ⑨90, 100, 102, ⑩323, 332, 335, 336
時空的制約　②9, 233
ジグザグ　③125, ⑫287→チグザグ
しくしく　⑧284, ⑨31, 78, ⑩158, ⑪152；247, ⑫153, 181, 300；83, 106
しくしくしくしく　⑨78, 160, ⑫166；83, 93
四句誓願　③78
シグナル　①30, 81, 251, 371, 374；68, ②219,

428, ③156, 185, 187, 228；387-389, 442, 444, 559, 561, 564, 566, 568, ④39, 262, 263；69, 71, ⑤216, ⑥115, 230, 238；84, ⑦110, 111, ⑩19, 25, 122, 127, 145, 165, 172, ⑪139, 159, 166, ⑫79, 86, 141-147, 150-158
信号燈[シグナル]　③55, 56；129, 131, 133, 136, 139, ⑥301, 302
シグナル　エンド　シグナレス　⑥70
シグナレス　⑫141-158
軸棒　⑥94
しくりあげる　⑪14
死刑　④253, ⑧228, ⑩195；121
しげしげ　⑩266, ⑪25；44, 185, ⑫121
重隆　⑤65
茂田教授　⑤16
試験　①60, ⑩143, ⑪198
　——の稲　⑥166
試験[しけん]　⑫76
試験器械　⑩228
試験紙　⑩259
四更　③48
四合　⑥108
紫紅色　⑦554
しごき　⑩178, 237
紫黒　③515, ⑦405, 407
地獄　③120, 196, 212；473, 514, ⑧18, ⑩196, 216, 243
地獄[ぢごく]　⑧17
紫黒色　⑥77
地獄行[ぢごくゆき]のマラソン　⑩175
色丹松　③79；186, 187
仕事着　④290, ⑥221, ⑪20
仕事師　⑦271
ジゴマ　⑫333→チゴマ
しこん　⑩188
紫根　⑩113
紫紺　①11, 39, 112, 173, ③190, 528, 653, 658, ⑥290；54, ⑩184, 188, 189；115
　——のいろ　③88
　——の職人　⑩185
　——の根　⑩184, 189
紫紺染　⑩184, 185, 190
紫紺染研究会　⑩185

自在画の先生　⑩127
自作　⑤66；57
自作農　⑤106，⑩142
自殺　④300，⑫335，336
獅子　③427，428，⑥137，⑦287；692，⑧170，172，184-186，333，⑨78，334，⑩292，294-299，339，⑫181，182；84，94
獅子［しし］　⑧75-78，81，82
祖父［ぢゞ］　⑦74
祖父［ぢぢ］　⑦234
ししうど　③234，⑥296
獅子独活［ししうど］　③103
鹿踊り　⑤40-42，⑩241
鹿［しし］踊り　②102
鹿踊［しゝおど］り　⑫87
鹿踊の始まり　⑫9
時軸　③655，659，⑥291
時事新報　⑩341
獅子大王　⑧185
ししのせいざ　⑥358
獅子の星座［せいざ］　②109，⑥357
獅子鼻　⑤36，⑨151，166
鹿端［シシハナ］　⑨67
獅子鼻［シシハナ］　⑨68
じしばり　④131，198，284；35，216，242，⑦626
地しばり　④21，230；107，109，157，240
獅子奮進章　⑫330
しじま　⑤159
侍者　⑥256
芝雀　⑦105；330
磁石　③146；350，352，353，④202，⑥51，262，⑦549，⑨121，122，211，⑩120，121，⑪72，73；115
磁石［じしやく］　⑩45
四衆　⑦682
詩集　⑨247-249
四十雀　②188，209，398，418，③114，118，⑤105，⑨164，187，188，196，262
四十五分　⑪170
四請　⑦17；44，45
市場　⑥250
自乗　⑥280
四聖諦　③435，436

至上福し　②87
至上福祉　②100
之所称歎　⑤8
詩人　④299，⑨119，⑫271，303-305
地震　⑧176，⑩182，⑪24；43，⑫120
地震［じしん］　⑫206
地震［ぢしん］　⑫218，220，221
四信五行　⑤93
紫宸殿　①35，161
時針盤　⑦14；36
雫　⑥243，⑨30，31，⑩211，300，⑪192
雫石　③106，⑨126，128，131，⑫248
雫石川　①65，⑨129，⑫249
しずしず　③63；154，⑨67→しづしづ
しずに　⑤159→しづに
しずま　②156，366→しづま
磁製　④49，182；99，⑤133，⑥284
磁製の鳥　③460，462，464
自然　④298；353
自然現象　③425
自然思想　④66
自然的規約　⑤176
紫蘇　③43；100
死相　⑥36，⑦160；502
地蔵さん　⑤33
地蔵堂　③27，196，197；472，475-477，521，⑤33
地蔵菩薩　③29，187；65，⑤33，⑦96；299，476
士族　④137
士族町　④139
しその実　⑧85，86
紫蘇の実　⑧222
した　⑫364
舌　⑩49，283
舌［した］　⑩78
　牛［ベゴ］の——　⑩78
しだ　③301
歯朶　⑦522
羊歯　①30，②206，220，415，429，③42，86，258；133，199，200，297，299，304，355，542，④17，19，88，232，254；28，30，32，33，151，152，168，169，⑤65，232；80，⑥18，78，176，250，

（しか〜した）　121

265，⑦172，212；*73*，*530*，*578*，*579*，*661*，⑧87，⑨106，191；*91*，*111*，⑫230，232
 氷の―― ②220，429
羊歯［しだ］ ⑫133
尖舌［シタ］ ⑥277，278
下台 ⑤62，97
下台［したゞい］ ⑩42
仕立屋 ⑧234；*93*
しだのみ ⑩269
四樽 ⑥47
羊歯類 ③129，⑨231
羊歯［しだ］類 ⑥276
枝垂れ ④246
しだれ桜 ④84，⑦171
しだれの桜 ④*163*
しだれのやなぎ ③*472*，⑤*97*
しだれの柳 ③196；*474*，*476*
枝垂れの雪柳 ⑤232，⑥78
枝垂れ葉 ④101，273，276；*195*，*197*，*206*，*208*，⑥257
枝垂［しだ］れ葉［は］ ④*198*
しだれやなぎ ②73，292
紫檀の柵 ②*121*
七月 ⑥293，⑨346
 七月三日 ⑪42
 七月十五日 ⑪42
七庚申 ③151；*370*，*371*，*373*，*374*，④279，⑥286
七庚申の石塚 ④256
七彩 ⑦*621*
七十 ④69，⑪8，⑫185
七十年 ④106，150；*258-260*
七星 ⑩77，⑪*182*
七ぜつの鑰 ①335
七舌［しちぜつ］のかぎ ①282
七面鳥 ③*496*，⑤74，⑦154，303；*493*
師長 ⑤*184*
仕丁 ⑦*416*
市庁のホール ⑩300
地鎮 ④47
慈鎮和［―くわ］尚 ⑦162；*507*
じっ ⑧169，180，186，⑨160，⑩11，36，62，224，234，267，270，272，286，323，328，330，332，337；*65*，*96*，*98*，⑪13，124；*31*，*210*，*239*，⑫265→ぢっ
十階 ⑤196
十界互具 ③367
十界の図式 ⑤130
四つ角 ⑩283
四つ角山 ①26
四つ角山 ①26，140，⑧111，⑩300，⑫246→四つ角山
漆喰 ③191；*461*，④41，⑤196，⑨211，⑫276
漆喰［しつくひ］ ③*463*，⑥283
しっくり ③*424*
湿気 ⑪8
実験 ⑩27，130，174-176；*20*，*110*
実験室 ①42，178，④41；*79*
実験の方法 ⑩175
ジッコ ⑧130，⑨366
漆黒 ②*465*，③*311*，⑨217
質直［しつぢき］ ②36
しづしづ ③63；*154*，⑨67
シッシッ ⑧53
実習 ⑩53，58，248-251，259，260；*142*，*143*，*146*
 夏季―― ⑩*143*
 挿秋―― ⑩*143*
実習服 ①37，166，⑤*90*，⑩33，59，260
実習服［じつしふふく］ ⑩40
疾翔大力 ⑨152-155，157，158，162-164，169，171，172
疾翔大力［シツシヤウタイリキ］ ⑨151
実相寺 ⑨159
十町歩 ③13
十両［ジツテール］ ⑫60
湿田 ⑤201→湿田〈ひどろ〉
しづに ⑤159
湿布 ⑩134
しっ、ふう、どう、おい ⑪14
しっ、ふっ ⑨56
しっぽ ⑫192
しっぽ ⑩217；*96*，⑪15，212，⑫192→しつぽ
尻尾 ⑩*116*
十方 ⑤169
十方世界 ⑦*164*

| | |
|---|---|
| 尻尾［しつぽ］の毛［け］　⑩*184* | 支那たもの　⑧150 |
| しづま　②156, 366 | 支那反［しなた］もの　⑧146, 147 |
| 質量不変　②50 | 支那反物　⑧149 |
| 磁鉄鉱　⑨366 | 信濃　⑦*283* |
| 死出の山　③*514* | 支那の将軍　⑫285 |
| 辞典　⑩175 | 支那版画展覧会　⑫267 |
| 自転車　⑤96, ⑦236 ; *34, 487, 616*, ⑩229, 232, 234, ⑪*179* | 支那風　⑨216 |
| | 支那服　⑨25, 218, 231 |
| 支店長　⑦62 ; *193* | シナリオ　⑨*119* |
| シート　⑥37, 76, 80 | 支那料理　⑤94, ⑦236 ; *615* |
| 紫銅　⑥18 | 死顔　②167, 377 |
| 侍童　⑦287 | しにびと　①90 |
| 自働車　⑥50, 68, ⑩245, ⑪46, ⑫*157*, 別7, 8　黄いろな――　⑩342 | 死人　①90 |
| | 死人［しにびと］　①152 |
| 自働車［じどうしや］　⑫213 | 死人〈しにん〉　⑫291 |
| 紫銅色　④198 | 地主　③13, ④24, ⑤63, ⑪69 |
| 指導標　⑪72, ⑫237 | 篠笹　⑫254 |
| 児童文学　⑪*232* | しののめ　⑦172 ; *520* |
| しどけ　⑩187 | しのび　⑨269 |
| しどけ沢　⑩265 | しのぶぐさ　⑨342 |
| 使徒告別の図　⑥80 | しのぶやま　①48 |
| 志戸平　⑩30 | 信夫山　①188 |
| 四斗の樽　④58 | 芝　③191, ⑤28 ; *26*, ⑥283, ⑩29, 104 ; *21*　かれ――　⑧145 |
| しとみ　⑦31 ; *156, 157* | |
| シトリン　⑥83 | 芝居　④41, 95, ⑥51, 173, ⑩307, ⑫236 |
| 黄水晶　③*110, 248, 250, 259*, ⑤182, ⑦*183, 580*, ⑨103, 274 | 支配人　⑨346 |
| | 芝草　⑩143, ⑪137 |
| 黄水晶［しとりん］　⑥204 | 芝草［しばくさ］　⑫87 |
| 黄水晶［シトリン］　①85, 257, ②96, 99, 312, 315, ⑥362, ⑦*247*, ⑧202, 248, ⑩318 | 柴小屋　⑦34 ; *102* |
| | 芝原　⑧20, 25, ⑩105, 108 |
| | 芝原［しばはら］　⑫88 |
| 支那　①314, ②133, 349, ④207, 226, 282, ⑤*33*, ⑦194, ⑨11, 24, 25, 247, 366, ⑩84, ⑪102, ⑫236, 271 ; *16* | 芝生　⑨138, ⑩109, 110 |
| | 芝生［しばふ］　②41, 263 |
| | 芝笛　⑥60, ⑧192, 193 |
| 支那［しな］　⑫62 | 縛〈しば〉る　⑩195 |
| 品井沼　⑨126 | 師範　⑦*448* |
| 品川　①285, ⑥10 ; *6*, ⑦*690, 691* | 師範学校　⑩249 |
| 支那式　⑨213 | 慈悲　⑧25, 37, ⑨154, 241, ⑩275 |
| 支那人　⑧151 ; *115*, ⑨25-27, 211 ; *92*, ⑪182, ⑫265, 271 | 慈悲［じひ］　⑧7 |
| | 死びと　①89 |
| 支那人［しなじん］　⑧146, 147, ⑫56-60 | 死人〈しびと〉　①89 ; *19* |
| 支那戦　⑫331 | 師父　③186 ; *444*, ④106, 109 ; *257*, ⑥76 |
| 支那戦争　⑫332 | 師父［しふ］　②108, 324 |
| シナソバ　⑫*72* | |

（した～しふ）　123

渋　⑨251
ジプシー　④214；*129*→ヂプシー
ジプシイ　②464，④*130*→ヂプシイ
しぶしぶ　⑧243
ジプシー娘　④*250*
渋茶　⑦105；*330*
四部輪唱　③*165*
地べた　⑪*46*
シベリア　①55, 203，⑫*85*
シベリヤ　②16, 240，⑨24，⑫*76, 86*
シベリヤ地方　⑫*77*
シベリヤ風　②*78*, 295
四辺形　②*178*, 388，④*50*，⑩*140*
死亡　⑨101，⑩*328*, 335
脂肪　①*193*，④*211；126*，⑤*84*，⑨*89, 93, 94*, 147, 222-224, 228，⑩*322*, 327, 334
脂肪酸　①*51*，②*157*，④*197；126*
死亡証書　⑩*324*
死亡承諾書　⑨*91, 95, 98, 99*，⑩*324*, 328, 332
しほしほ　⑧*180*，⑩*234*，⑫*209*
萎花　⑦*43；137*
資本家　⑫*237*
四本杉　②*30*
資本制度　③*263*
縞　⑩*341；228*
島　⑩*17*，⑪*68*
　　三角な――　⑩*255*
　　白鳥の――　⑩*145*，⑪*139*
姉妹　⑦*679*，⑩*25, 113, 128, 172；87*，⑪*199*
縞馬　③*238*
嶋浦　④*84*
島技手　⑦*339*
紫磨銀彩[しまぎんさい]　②*196*
紫磨金色　①*24*, 134
島地大等　①*160*，③*101*
縞の財布　⑦*211*
島祠　③*185*, 187
島わ　⑥*176*
清水金太郎　④*259*, 260；*170, 171*
凍み雪　⑨*190；24*, 455, 459
凍[シ]み雪　③*455*
凍[し]み雪[ゆき]　⑫*101*, 102, 104-106, 110, 113, 114, 116-118, 121, 122

凍雪[しみゆき]　⑥*282*
しみ雪しんこ　⑫*113*
凍[し]み雪[ゆき]しんこ　⑫*101*, 104-110, 116-122
凍[し]み雪[ゆき]しんしん　⑫*102*, 114
事務所　⑦*97；302, 303, 305*，⑩*226*
　　猫の第六――　⑫*173*, 176；*78*
事務長　⑦*303*，⑨*68-78*，⑫*173-182*
しめ　④*286*
締金　⑨*177*
しめじ　⑩*187*
じめじめ　③*135*，⑨*52*，⑪*185, 200；17*
ジメジメ　⑧*55*
四面体　②*208*, 417，⑥*209*
しも　⑥*329*，⑧*28*
霜　⑤*229*，⑥*181*，⑦*68；213-215, 218*，⑧*65*, 89, 133, 273, 275，⑩*267*
　　まっ白な――　⑤*229*
霜[しも]　⑫*101*, 113, 142, 143
下北半島　⑩*256*
下田　⑩*262*
下鍋倉　⑤*141*
霜[しも]のうすもの　⑪*280*
下のはし　①*72*, 230
下[しも]の橋[はし]　①*298*
地震　③*78*，⑦*137；431*
霜やけ　⑧*283*, 293
赭　⑦*150*
赭[しや]　⑦*480*
蛇　⑤*87*
蛇[じゃ]　⑤*83*
シャー　⑪*93*
しゃあしあ　⑩*216*
シャアシャア　⑨*84*，⑪*108*
シャァロン　⑧*330*
じゃい　②*102, 127, 128, 144, 343, 344, 361*→ぢゃい
じゃい　⑪*188*→ぢゃい
じゃい　②*76*，⑧*287*，⑩*33*，⑫*364, 370-372*→ぢゃい
ジャイアントアーム会社　⑨*346*→チャイアントアーム会社
しやうふ　⑦*27；83*

| | |
|---|---|
| じやうるり | ⑫102, 103 |
| じゃうるり | ⑫114, 115 |
| 謝恩会 | ⑩273 |
| 釈迦 | ⑨239-241，⑫314 |
| しやが | ①27, 142，⑦258；*649, 651* |
| しゃが | ①27, 142，⑦258；*649-651*→しやが |
| 社会 | ④64 |
| 社会主義者 | ④191 |
| 社会主事 | ⑦95；*294-296* |
| じやがいも | ①31 |
| じゃがいも | ①31→じやがいも |
| 蛇籠 | ④291，⑥119；*95* |
| 釈迦像 | ⑫240 |
| しやがの花 | ①*37* |
| 釈迦牟尼 | ⑨239 |
| 娑伽羅竜王 | ⑤*7* |
| 舎監 | ①100；*44*，④238，⑥100，⑦*454*，⑫260 |
| 蛇管 | ⑥154 |
| 舎監室 | ①*25* |
| 舎監長 | ⑥100 |
| じゃきじゃき | ⑩235→ぢゃきぢゃき |
| 写経 | ⑨286 |
| 写経［しやきやう］ | ⑨280 |
| 邪教 | ①108 |
| 邪教者 | ①9 |
| 試薬 | ④*78, 80*，⑥*92* |
| 杓子 | ⑩202 |
| 赤色赤光〈しゃくしきしゃっこう〉 | ⑨216 |
| 寂静 | ⑨272 |
| 寂静印 | ①350，⑦*588*，⑨*271* |
| 釈尊 | ⑨240, 241；*117* |
| 赤銅［しやくどう］ | ②70, 123, 183 |
| 赤銅いろ | ⑩*98* |
| 赤銅地球照［しやくどうちきうせう］ | ⑥194 |
| 石楠花 | ⑨218 |
| 寂滅 | ⑨239 |
| 雀踊 | ⑪60 |
| しゃくり | ①21 |
| 鮭［しやけ］ | ⑧145，⑫17 |
| ジャケツ | ③*448, 451*，⑩*32, 115, 157*；*88* |
| 社司 | ⑦38；*113* |
| 車室 | ④40，⑥*85, 135, 163, 266*，⑩*95, 97, 141*, 145, 146, 149 |
| 射手 | ②82, 299 |
| 射手［しやしゆ］ | ②81, 298 |
| 車掌 | ②105, 321，⑩111, 155, 256，⑪149 |
| 写真 | ①51, 193, 285，⑦*99, 285*；*272, 290, 314, 592*，⑩*128*，⑪*287* |
| 写真［しゃしん］ | ①294 |
| 写真［しやしん］ | ⑫104, 109, 110, 116, 121, 122 |
| 写真器 | ⑪104 |
| 写真器械 | ⑪103 |
| 写真師 | ④40, 156；*68, 69, 71*，⑦*99, 100, 273；307-309, 312, 313, 675* |
| 写真店 | ⑦*674, 676* |
| 捨身菩薩 | ⑨153, 158, 172 |
| 写真屋 | ④*80, 82*，⑦*674, 675* |
| ジヤズ | ③*559*，⑥237 |
| ジャズ | ③227，⑪228→ジヤズ |
| 舎生 | ⑥301，⑦143；*454* |
| 車窓 | ⑦290, 291；*370, 371, 645* |
| 斜層理 | ⑤197，⑫277 |
| シャタア | ⑤*216* |
| しやちほこ | ⑩*117* |
| 社長 | ⑩242-244 |
| 斜長石 | ③*543*，⑧131 |
| しゃつ | ⑥173，⑩*38* |
| シヤツ | ④*197, 199*，⑥213, 258，⑫202 |
| シャツ | ①162，④82, 110, 240, 277；*158, 197, 199, 206, 208, 209*，⑤*17, 38*，⑥45, 83, 213, 258, 350-353，⑦*21, 98, 288；66-69, 306, 374-376, 486, 488, 489*，⑨*202, 213, 341, 405*，⑩*40, 60, 62, 68, 137, 214, 239*，⑪*293*，⑫202→シヤツ |
| えりの尖った―― | ⑩*132* |
| 白い―― | ⑩*136*，⑪*132* |
| メリヤスの―― | ⑤*36* |
| しやつくり | ⑫115 |
| しゃっくり | ⑫115→しやつくり |
| 寂光 | ①75, 236 |
| 寂光ヶ浜 | ①75, 236 |
| 寂光のはま | ①319 |
| しやつつ | ②147 |
| しゃっつ | ②147→しやつつ |
| シヤッツ | ④102, 274；*196*，⑤*17, 84*，⑥49, |

(しふ～しや) 125

⑩206, 217, 218
　赤い―――　　⑤147
しやつぽ　　②34, 36, 257, 259, ⑥267, ⑫64, 69,
　　　72, 73, 78, 80, 145
　赤い―――　　⑫64, 69, 78
　鬱金―――　　⑫64
　きのこ―――　　②34, ⑫202
しゃっぽ　　②34, 36, 257, 259, ③208, ⑥267,
　　　⑧157, 158, 161, ⑫64, 69, 72, 73, 78, 80, 145→
　　　しやつぽ
　赤線入りの―――　　⑤120
　きのこ―――　　②34, 257, ⑫202
シヤッポ　　②79
シャッポ　　②79, 296, ⑧152, ⑨33, 242, ⑪190
　　　→シヤッポ
　赤い―――　　⑫29
　白い―――　　⑪175
社殿　　⑦38；111, 113
蛇肉　　⑤84；87
蛇の目の傘　　⑩294
俥夫　　⑨176
シャープ鉛筆　　③43；100, 562, 563, 565
じゃぶじゃぶ　　⑪16, 35, 206, ⑫193；132→ぢ
　　　ゃぶぢゃぶ
シャブル　　⑦376
シヤブロ　　⑥275
シャブロ　　⑥275, ⑦64；201, 202, 699→シヤブ
　　　ロ
シャベル　　⑦698, ⑩62
斜方錐　　③199；479, 483
写本　　⑩184
じゃぼん　　③175；421-423
邪魔　　⑩342
シャーマン　　④20, 26
シャーマン山　　③33；71, ④20, 26；34, 45
沙弥　　⑦50；159
じゃみ上り　　⑪180→ぢゃみ上り
三味線　　⑥314
社務所　　③265, ⑫252
シャムピニオン　　④118
沙門　　③79
蛇紋　　①69, ③23, ⑦128；128
蛇紋岩　　③223, 233, 240；272, 273, 580, 587, ④

　　　17, 250, ⑨18→サーペンテイン
蛇紋岩［じやもんがん］　　⑧96
蛇紋山地　　③539
蛇紋山地［じやもんさんち］　　②107, 323, ⑥201,
　　　382
蛇紋石　　⑨354
写楽　　⑦79；251, ⑫280
ジヤラジヤラジヤラジヤラン　　⑫177
ジャラジャラジャラジャラン　　⑨73, ⑫177；
　　　79, 88→ヂャラヂャラヂャラヂャラン
じゃらん　　⑧313→ぢゃらん
じゃらんじゃららん　　⑫96→ぢゃらんぢゃらら
　　　ん
じゃらんぱちやん　　③664→ぢやらんぱちやん
じゃらんぱちゃん　　③289；664, 665, ⑥280→
　　　ぢゃらんぱちゃん
じゃらんぱちゃーん　　③662→ぢゃらんぱちゃ
　　　ーん
舎利　　①358, ⑦150, 219；479, 480, 593, ⑧201,
　　　⑨340
砂利　　②171, 176, 381, 386, ⑤182, ⑦169, ⑧
　　　130, 262, ⑩52, 140, ⑫262, 278, 282
じゃりじゃり　　⑧216, ⑨200→ぢゃりぢゃり
砂利畑　　④65
舎利別　　①30, 150→舎利別〈シロップ〉
車輪　　④36, ⑩146
しゃりんしゃりん　　⑧38, 50
しゃれかうべ　　⑪121, ⑫115
しゃれこうべ　　⑪121, ⑫115→しゃれかうべ
瓜哇　　③356
瓜哇〈ジャワ〉　　③149；355, 360, ⑨221
しやん　　⑫38
しゃん　　⑨6, 78, 141, ⑩205, 234, ⑪113, 173；
　　　239, ⑫38；94→しやん
ジャンク　　⑨26
じゃんけん　　⑩72, ⑪206, 207
シャンデリア　　③302, ⑤82
上海［しやんはい］　　⑫60
上海　　⑨24, 25, 27, ⑩187, ⑪231
シャンピニオン　　④118
じゃんぽんじゃんぽんじゃんぽー　　③359
しゆ　　⑫47
しゅ　　⑫47→しゆ

| | |
|---|---|
| 主 ⑩*94*, ⑪*206* | 習作 ⑩92 |
| 朱 ③73；*172, 514, 516, 518, 587*, ⑤207；*110*, ⑦129；*482*, ⑧71, ⑨277, ⑩*178* | 銃殺 ⑫329 |
| | 十三 ③*186*；*444* |
| 朱[しゆ] ⑫*183* | 十三歳 ⑤*232* |
| 呪 ⑦301 | 十三連[一つら]なる青[あを]い星[ほし] ⑫158 |
| 綬 ⑤*51*, ⑨217 | |
| 朱いろ ⑥77 | 十三日のけぶった月 ③*140*, ⑥*211* |
| しゅう ⑫*189*；*105* | 十三日の月 ③*337, 338, 340*, ⑧*263* |
| しゅう ⑪12, 13, 19, 33, 35, ⑫*189*；*105, 113, 130, 132*→しゅう | 自由詩 ⑦317 |
| | 十字 ⑥*28, 211* |
| 銃 ⑦*302*, ⑩*269* | 　北の―― ⑩*25, 171*, ⑪*165* |
| シュウ ⑧*14, 309*, ⑨*58* | 十字架 ②*173, 383*, ⑥*38*, ⑩*24-26, 118, 127, 128, 145, 171, 172*；*94*, ⑪*138, 139, 165, 166*；*206* |
| 獣医 ③*147*, ⑨*83*, ⑪*110*, ⑫*267* | |
| 獣医官 ⑪*107* | |
| 慈悲心鳥[じふいち] ⑦*262* | 　北の―― ⑩*151*, ⑪*145* |
| 十一月 ⑤*222*, ⑫*45* | 十字狐 ⑩*11* |
| 十一時 ⑩*145* | 十字軍 ④*197*；*125* |
| 十一時かっきり ⑪*139* | 自由詩形 ③*422* |
| 十一時十五分 ②*173, 383* | 十字航燈 ⑤*13* |
| 十一日の月 ⑫*166* | 十七夜のお月さま ⑨*26* |
| 十一人 ⑫*171* | 習字手本 ⑨*398* |
| 十一歳以下[一さいいか] ⑫*103, 115* | 十四の星 ③*24*；*46* |
| 潦雨 ⑦*46*→潦雨[かだち][カダチ] | しゅうしゆ ⑫*47* |
| | しゅうしゅ ⑫*47*→しゆうしゆ |
| 衆怨 ⑥*84* | しゅうしゅう ③*153* |
| 十億年 ②*8, 232* | しゅうしゅう ③*151, 153*, ⑨*56*, ⑩*73*, ⑪*18*, ⑫*111*→しゆうしゆう |
| 集塊岩 ②*126, 342*, ⑩*30, 259* | |
| 集塊岩[しふくわいがん] ⑥*197* | じゅうじゅう ③*274*→ぢゅうぢゅう |
| 修学旅行 ⑩*252, 253*；*23, 148, 149*, ⑪*128* | シユウシユウ ⑫*142* |
| 　北海道―― ⑩*143* | シュウ、シュウ ⑨*27* |
| 秋季皇霊祭 ⑨*44* | シユウシユウ ⑨*59*, ⑫*142*→シユウシユウ |
| 十宜十便帳 ⑤*111* | じゅうじゅく ③*151, 153* |
| 十九世紀 ③*261* | じゅうじゅくじゅうじゅく ③*63*；*154* |
| 宗教 ④*16, 140*；*246, 356* | 皺松 ③*361, 362, 367* |
| 宗教大学 ④*282* | 十字航燈 ⑤*13* |
| 宗教風 ②*304* | 十字燐光 ⑦*150*；*479* |
| 宗教風の恋 ②*194, 403* | 十字路 ④*121* |
| 集金係り ⑤*134* | 修身 ⑨*143, 146*, ⑩*249, 258*；*143* |
| 集金郵便 ③*9* | 重心 ⑥*280* |
| 銃剣 ⑫*230* | 終身懲役 ⑨*228* |
| 十五日[じふごにち]の月[つき] ⑪*276* | 収税 ⑩*242* |
| 十五哩 ②*46, 268* | 衆僧 ⑦*394, 395* |
| 十五夜 ⑧*260* | 重曹 ①*101* |
| 十五夜[じふごや]のお月様[つきさま] ⑫*106* | |

(しや〜しゆ)　127

| | |
|---|---|
| 絨たん | ⑥8 |
| 絨氈 | ④*16*, ⑤101 |
| 絨緞 | ⑩85 |
| 祝着[しうちやく] | ⑧44 |
| 曾長 | ②183, 393, ④205；*120-122*, ⑫77 |
| しゅうと | ⑪188→しうと |
| 秋稲 | ⑥118 |
| 修道院 | ⑨224 |
| 収得 | ⑦244；*628* |
| 十二月 | ⑤129 |
| 十二ばかり | ⑩157 |
| 十二平方デシ | ⑥32 |
| 十二室 | ①107 |
| 集配人 | ③*527* |
| 十八日のお月さま | ③*110* |
| 十八日の月 | ⑩182；*112* |
| シュウ、パチパチパチ | ⑨57 |
| 十八等官 | ⑪69, 99 |
| 重挽馬 | ②169, 379, ③51, 264；*115, 118*, ⑤46 |
| 十秒 | ①19, 123 |
| シユウフツフツ | ⑫141, 142 |
| シユウフッフツ | ⑫141, 142→シユウフツフツ |
| 十力 | ⑧187, 198-201 |
| 十力[じふりき] | ⑩109 |
| 十力金剛石 | ⑨*83* |
| 十力の雨 | ⑧*63* |
| 重量菓子屋 | ⑥48 |
| 重力 | ⑨275；*135* |
| 重力の法則 | ④298 |
| 重力法 | ⑥34 |
| しゅうれえ | ⑥98 |
| 終列車 | ③228 |
| 十六 | ④164, ⑨141 |
| 十六等官 | ⑩206, ⑫341 |
| 十六日 | ⑫297 |
| 　盆の―― | ⑫294, 297, 299, 301 |
| 十六日の青い月 | ⑪79 |
| 十六本の手 | ⑩289, 290 |
| 守衛長 | ⑦177；*530* |
| 樹液 | ⑥90, 213, ⑧111, ⑩46 |
| 　青じろい―― | ⑩*188* |
| 樹液運行 | ⑫337 |
| 朱黄 | ③149；*357, 359, 361* |

| | |
|---|---|
| 朱桶 | ⑧97 |
| 主幹 | ⑦26 |
| 手記 | ③*10* |
| 酒旗 | ④*72* |
| 授記 | ⑦280 |
| 授業 | ⑩253；*143, 148* |
| 　午后の―― | ⑪123 |
| 朱頬徒跣 | ③*157, 159* |
| 授業料 | ⑩250 |
| 授業料滞納 | ⑩*143* |
| 珠玉 | ⑤51 |
| 手巾 | ⑦160；*502*→手巾〈はんかち〉 |
| 朱金 | ③*99*, ⑤*191, 199*, ⑦*214, 263, 264*, ⑩*116* |
| 首巾 | ⑦270, 271 |
| 宿〈しゅく〉 | ⑩16, 118 |
| 部落[シュク] | ⑦53；*169* |
| 宿業 | ⑨165 |
| 宿直室 | ⑦*418* |
| 宿直簿 | ⑦*530* |
| 宿場 | ①111 |
| 熟蕃 | ⑦*231* |
| ジュグランダー | ③251；*607* |
| ジュグランダア | ③*608*, ⑥252 |
| ジュグランダア | ③*609*, ⑥252 |
| ジュグランダァ | ③*606-609*→ジュグランダア, ジュグランダア |
| 呪言 | ⑥247 |
| 呪禁 | ③140；*337, 339* |
| 呪言 | ⑥247 |
| 主座 | ⑦*44* |
| 朱子 | ⑤*116* |
| 侏儒 | ⑦*92* |
| 手獣 | ⑩57 |
| 手術[しゆじゆつ] | ⑫195 |
| 衆生 | ③109；*266, 267*, ⑥76, 77, ⑨163 |
| 主人 | ⑩265；*127*, ⑪*39, 47* |
| 　猪ひげの―― | ⑪37, ⑫*133* |
| 　赤鬚の―― | ⑪40, ⑫*141* |
| 呪神 | ⑥246 |
| 　マオリの―― | ③217；*523, 526, 527* |
| 樹神 | ③121；*162* |
| 主人公 | ⑩*206* |

| | |
|---|---|
| 朱子 | ⑨68，⑫264；*73, 84* |
| 朱子［しゆす］ | ⑥196 |
| 繻子 | ⑫173 |
| 繻子［しゆす］ | ⑫14, 16 |
| じゅず | ⑩271 |
| 珠数 | ⑩145，⑪139 |
| 朱子サティン | ⑥43 |
| 朱子の服 | ⑨68 |
| 　黒い―― | ⑨68 |
| 酒精 | ③72；*169, 172*，⑦43；*136, 137, 150*，⑨326→アルコール，酒精〈アルコール〉 |
| 酒石酸 | ⑩204, 218，⑪*83, 95* |
| シューセントアルモ | ⑪*46* |
| シューセントエルモ | ⑪*46* |
| 衆僧 | ⑦*394, 395* |
| 手蔵 | ⑤81-84；*87, 90* |
| 手造 | ⑤85 |
| 酒造会社 | ⑩234 |
| 修多羅 | ③*182* |
| 修陀羅 | ③*182* |
| 種畜場 | ⑥150 |
| 腫脹 | ⑨208 |
| シュツ | ⑪*293* |
| シュッ | ⑧130，⑨219，⑪223→シュツ |
| 出京 | ⑥52 |
| 出現罪 | ⑧320, 321 |
| しゅっこ | ⑩67-74；*42, 43* |
| しゅっこしゅっこ | ⑩73 |
| しゅっしゅっ | ⑩132，⑪*182* |
| 出水 | ⑩49 |
| 出穂 | ③222；*538* |
| 出頭［しゆつとう］ | ⑫16, 17 |
| シュッポオン | ⑧230, 231 |
| シュッポォン | ⑧228 |
| シュッポン | ⑧229, 231；*90* |
| シュッポン、シュッポン | ⑧231 |
| 出離 | ⑨158 |
| 酒呑童子 | ⑫290 |
| 首都 | ⑨80 |
| ジュート | ③50 |
| 粗麻布 | ⑦*476* |
| 粗麻布［ジュート］ | ⑦96 |
| 粗毛布［ジュート］ | ⑦*299* |

| | |
|---|---|
| しゅとり | ②100 |
| 受難日 | ③101；*241*，⑥294 |
| 朱塗 | ③60, 120；*145-147*，⑤99 |
| 朱塗の盃 | ⑤113．⑦*299* |
| 脂油の球 | ⑪125 |
| 種馬検査所 | ③52；*114, 118, 618* |
| 種馬検査日 | ③263 |
| 種馬所 | ⑧141, 142, 144，⑨*45* |
| 種苗 | ④194 |
| 種苗目録 | ⑨146 |
| シューベルト | ③85；*201*，⑪*292, 291* |
| シューマン | ⑪222 |
| 　ロマチック―― | ⑪222 |
| 修弥 | ⑥36，⑦*557* |
| 修弥［しゆみ］ | ②*105*，⑦*317* |
| 修弥山 | ⑩100 |
| 須弥山 | ①98，④209 |
| 主よみもとの歌 | ⑩118；*93*，⑪*205* |
| しゅら | ⑥336, 375 |
| 修羅 | ②8, 22-24, 128. 143, 144, 232, 246-248, 344, 360, 361，③*254, 266, 540*，④121, 207，⑤*182*，⑥44, 177, 335, 374，⑦174；*129, 130, 246, 247, 524, 525*，⑨167, 168；*141* |
| 修羅［しゆら］ | ⑥200 |
| 侏羅［じゆら］ | ②74 |
| 侏羅紀 | ⑦128 |
| 狩猟 | ⑨148 |
| 狩猟術 | ⑨143 |
| 寿量の品 | ⑦131；*413*，④109 |
| 寿量品第十六 | ⑦*43, 45* |
| 樹霊 | ⑫373-375 |
| しゅろ | ⑧157 |
| 棕梠 | ⑥57，⑦266；*663* |
| しゅろ箒 | ⑪211 |
| 受話器［じゆわき］ | ⑫217, 222, 224, 225 |
| シュワリック | ③108 |
| シュワリック山彙 | ③*104, 105, 647, 649* |
| シュワリック山系 | ③*648* |
| 舜一［しゆんいち］ | ⑩*67* |
| 巡回視学官 | ⑨80, 87, 88 |
| 巡業隊 | ⑦215, 218 |
| 准訓導 | ⑤145 |
| 春耕節 | ④193；*106* |

(しゆ～しゆ)　129

純黒　⑫377, 378
巡査　⑦486,　⑧229, 324, 325；90,　⑨175, 396, 397, 403-405；177, 178,　⑩192, 194, 240,　⑪98
巡査［じゅんさ］　⑩70,　⑫150
蕁菜　③60, 153；145, 146, 376,　⑥215,　⑦182
蕁菜［じゅんさい］　②138, 354,　⑥242
蕁［じゅん］菜　②190, 400
巡査部長　⑩246
春章　⑦196
純粋培養　⑩241
しゅんせつ船　⑥7；5
純白　③523, 655,　⑦427
純文学　⑦317
准［じゅん］平原　②108
準平原　③23, 56, 272；92, 93, 544, 639, 647,　⑥79,　⑦66
純哉　⑫279, 280
巡洋艦［じゅんやうかん］　⑫39
巡礼［じゅんれ］　⑧7,　⑩275
巡礼　③42, 435,　④246；161,　⑦25,　⑧344,　⑨279, 284
順列　④188
序　③7,　⑩247
ショー　④214；129
署員　⑩246；132
ショウ　⑦43；138
升　⑩238
晶　⑦304
小亜細亜　⑤44
傷痍　③10；16, 20, 21,　⑥260
小医　⑪6, 16,　⑫97, 108
小医［せうい］　⑫189
少尉　③491, 494, 495
少尉［しやうい］　⑧46
昌一　⑩179
飾窓［ショーウキンドウ］　③223；539
松雲閣　⑩340-342；228
青衣　③93, 100, 103
正縁現　③28
唱歌　⑤128,　⑨190,　⑩127
昇華　⑥255
消化［しやうくわ］　⑩174

障碍物競争　⑨141
浄化過程　⑥18
小学　④352
小学教師　①28,　⑦711
小学士　⑨47, 61, 320
城ヶ島　⑥22
唱歌隊　⑨220
小学校　①82, 251, 252,　②67, 438,　④243,　⑤226；36, 128,　⑦182, 317,　⑨140, 403,　⑩47, 52, 108, 198, 230, 247；144,　⑫263
　　──の子供　⑩238
　　ファリーズ──　⑩197, 200, 204,　⑫341
小学校長　⑩227, 243
頌歌訳詞　③199；484
召喚人　⑪97
沼気　①82, 361；18,　③201；486→マーシュガス
笑気［せうき］　②165, 375
将棊　③19,　⑥314
床几［しやうぎ］　⑫190
蒸気　⑥276,　⑦182, 183,　⑪92
　　苹果の──　⑩92, 94
定規　④102, 274；196, 197, 199, 241,　⑥258
蒸気圧　②55
蒸気圧［じやうきあつ］　②68
蒸気船　⑨26
承吉　⑪195
蒸気槌　⑥67
貞享四年　②216, 425
小禽　⑨152, 157, 158, 163-165, 169；76
硝銀　⑦43；137
正金銀行　⑥41
小組合　⑥300
将軍　⑥345,　⑨299, 300, 303-305, 308-312, 314, 315, 317-319, 321, 322, 325-327,　⑪9-12, 14-22；7,　⑫335, 339；101, 114
　　凱旋の──　⑪104
　　支那の──　⑫285
　　プランペラポラン──　⑪23, 24
将軍プランペラポラン　⑨302
将軍プーランポー　⑪21,　⑫102, 114
晶形　④153
象形雲影　④278

| | |
|---|---|
| 象形文字　⑥10 | 肖像[しやうぞう]　⑪279 |
| 漏斗　①65，⑨23，100，⑩333→漏斗〈ロート〉 | 醸造　⑪115 |
| 漏斗[じやうご]　④85 | 醸造所　⑩138，⑪112；147 |
| 将校　⑩53，109 | 鐘台　⑦160 |
| 昇汞　⑧271 | 上代　⑥289 |
| 猩紅　①24，134 | 小隊長　③152；375 |
| 上古歌人　④90；177 | 承諾書　⑨92，93，96，98，⑩208 |
| 鐘鼓台　⑦160 | 承諾証書　⑩324 |
| 浄居の諸天　④209 | ジョウヂスチブンソン　⑫155 |
| 招魂祭　⑩143 | 焼酎　④37；61 |
| 硝酸　④161；78，⑥81，⑦136，⑪64，⑫161 | 硝鉄　⑦137 |
| 蒸散　④277，⑥12，⑩211 | 小塔　⑦150 |
| 硝酸[せうさん]アムモニア　⑫223，224 | 鐘塔　⑦234 |
| 硝酸化合物　①390 | 晶洞　⑩38 |
| 蒸散器官　⑥13 | 衝動　④300，⑨226 |
| 硝酸肥料　⑪63，⑫160 | 上等兵　①349，⑦109；346 |
| 障子　⑦68，⑨17 | 上等兵[じやうとうへい]　⑫85 |
| 情事　④42 | 商人　④280，281，⑦157，288；29，690 |
| 松脂岩　②176，386 | 少年鼓手　⑥71 |
| ジョウジスチブンソン　⑫155→ジョウヂスチブンソン | 少年少女期　⑨231 |
| 鞘翅発電機　③448，449 | 少年小説　①24，⑩73 |
| 鞘翅目　⑦90；280 | 小盃　⑦168 |
| 厩舎　④104 | 商売　⑩150，265，266 |
| 精舎　⑩99 | 商売の先生　⑥259 |
| 静寂印　⑨277 | 商売屋　⑩212 |
| 商主　⑦352-355，⑫242 | 乗馬ずぼん　④47；96，⑤110→乗馬づぼん |
| 聖衆　⑦114；360，361，394 | 乗馬[じやうば]ずぼん　⑫56 |
| 少女　⑩300，301；68，186 | 乗馬ズボン　⑨173，175，⑩236 |
| ——のギルダ　⑩301 | 蒸発　⑥12，13，⑩92 |
| 三人の——　⑩113 | 乗馬づぼん　⑤110 |
| 少女アリス　⑫10 | 浄瓶〈じょうびょう〉　③211，214，⑨103 |
| 少将[しやうしやう]　⑧45，48 | 浄瓶星座　③223 |
| 常精進菩薩　⑤7 | しょうふ　⑦81，82 |
| 猩々緋　⑥28 | しょうふ　⑦27；81-83→しようふ |
| 猩猩緋　①52，195；14 | 浄瓶[じやうへい]　⑪280 |
| 精進　⑤172 | 昇曇　③419 |
| 精進[しやうじん]　②143，360 | 城壁　⑪9 |
| 庄助　⑩38，⑪202，203 | 城壁[じやうへき]　⑫186 |
| 庄助[しやうすけ]　⑩68，69 | 昇曇銀盤　③417-419，⑥227 |
| 硝石　⑩198，204，219，222 | 墻壁仕立　⑨205 |
| 上席書記　⑤183，⑦247，339 | 昇曇列　③173；417-419，⑥227 |
| 請僧　⑦17 | 正徧知　①281，⑤169，⑩98，99，101，102 |
| | 消防小屋　⑤56；55，210，⑨173，174 |

(しゆ〜しよ)　131

錠前　　　⑩242
上慢　　　⑦*582*
上慢四衆　　⑦279
照明　　　②7, 231, ⑦*134*
消滅　　　⑧235, ⑩*192, 195*
声聞　　　①14
城門　　　⑪6, 9, 13, ⑫*98*
城門［じょうもん］　　⑫186
生薬商人　　⑩184
生薬屋　　　⑩185
醬油　　　①50, 191, ⑫300
常楽我浄　　③*25*
商略　　　③177, ⑥225
蒸溜瓶　　　①73, 232, 328
商量　　　③*329*
小林区　　　④246；*161*, ⑫297, 365, 373
松林寺　　　③*257*, ⑤33
ショウルダア　⑨96, ⑩330
じょうるり　⑫102, 103, 114, 115
浄瑠璃　　　⑨169
青蓮華　　　⑨169
青蓮華［しやうれんげ］　⑧65, ⑪*280*
如露　　　⑩216, ⑫*348*
昭和元年四月　③*9*
昭和四年七月　③*9*
昭和五年　　③*8*, ⑦*9*
昭和八年八月廿二日　⑦*178*
飾窓［ショーウキンドウ］　③223；*539*
女王　　　⑩317, ⑪*274*
女王さま　　⑩319
女学校　　　③103；*239*, ⑤74, ⑥296, ⑦*415*, ⑨147, ⑩*47*, 248
女学校［ぢよがくこう］　⑩42
所感体　　　⑤*8*
所感の海　　③*659*
書記　　　⑦40；*118, 121-124, 126, 512*, ⑧312-314, ⑨68, 70, ⑫288
じょきじょき　⑤25→ぢよきぢよき
諸経　　　⑫305
助教師　　　⑤*190, 217, 218*, ⑦*99*；*70, 311*
蝕　　　⑥113
職員室　　　⑤124；*36, 143*, ⑦*591*
職員諸兄　　⑥255

食塩　　　③76；*465, 544, 634*, ⑤131, ⑥232, ⑨231, ⑩343, ⑪*39*
職業［しょくぎやう］　⑩*185*
蓐草　　　③42, ⑤*113*
食卓ナイフ　⑪96
食虫植物　　⑨230
食堂　　　①50, 190, ⑩185
職人　　　⑩185
触媒　　　③118, 201；*83*, ⑨89, ⑩322
食品化学　　④255, ⑨143
植物　　　⑨209, 212, 214, 227, 228, 230-232；*109*, ⑪*154*
　――の医者　⑨60, ⑪*26*
植物医　　　⑫*237*
植物医師　　②148, ⑫350, 358, 359
植物医者　　⑫356, 357
植物園　　　①45, 67, 185, 331；*58*, ⑥53, ⑪*69*, ⑫238
植物界　　　④*237*
植物学　　　⑨179
植物監視　　⑤219
植物性食品　⑨222, 223
植物性蛋白　⑨223
植物体　　　⑥12
植物蛋白　　⑨222
植物病院　　⑨324, 326, ⑪*31*, ⑫351
植物標本　　⑪102
植物養料　　⑩30
植民小屋　　③*441*
殖民小屋　　③*166*
植民地　　　④*40*, ⑩258
職務執行妨害罪　⑤217, ⑩244
食物　　　⑨227
食糧　　　⑩342
食糧問題　　⑩338
書斎　　　⑪124
処士　　　③138, ⑥300
女史先生　　⑦*158*
助手　　　③84, ④42, 43；*86*, ⑤231；*190, 217, 224*, ⑨25-28, 54-57, 59, 61, 62, 65, 92, 96-102, 218, ⑩10, 11, 147, 322, 324, 325, 330, 331, 333, 336；*208, 213-215, 217, 222*, ⑪*30, 157*
赤い――　⑩325

ホトランカン氏の―― ⑪26
ホトランカン先生の―― ⑪26
女性　　⑨140
除草　　④122, ⑩57
除草鎌　　⑩58
所長　　⑦52
署長　　⑨404, ⑩194, 229, 231-234, 236-246；
　　116, 137, 138, 140
署長［しょちやう］　　⑩118
諸鳥　　⑨163, 164
署長さん　　⑩191-196；120, 121
署長室　　⑩232
職工　　⑩91
初等教育　　⑨139
蔗糖溶液［―とうようえき］　　⑥199
蔗糖溶液［しょたうやうえき］　　②128
ジョニー　　⑤213, 214
ジョバンニ　　⑪223
ジョバンニ　　⑩16-28, 111-130, 132-150, 152,
　　154-158, 160-174, 176；68, 78, 81, 82, 85, 91-
　　93, 106, 107, ⑪123-125, 127, 128, 130-140,
　　142-144, 146, 148-151, 154-161, 163-169,
　　171；177, 179, 180, 182, 184-194, 197, 203-205,
　　218, 219, 223→ジヨバンニ
　　――のお母さん　　⑪127
　　――のお父さん　　⑪183
　　――の切符　　⑪148
諸仏　　⑤156, 169, 177, ⑥77
諸仏菩薩　　④109, ⑥103, 154
ショベル　　⑤217
しょぼしょぼ　　⑤118, ⑨161
庶務課長　　⑦143；452, 454
書物　　⑩84, ⑪77
助役　　⑦133；61, 63, 419
ショール　　⑤93, ⑦50；158, 159
如露　　⑨191；91, ⑪93
しょん　　①34, 159
しょん　　①34, 159→しよん
ション　　⑫336
ジョンカルピン　　①31
ジョンカルピン　　①31, 151→ヂヨンカルピン
ジョン、ヒルガード　　⑨242
しょんぼり　　③14, 232；569, 571, ⑤57, ⑧59,

154, 310, ⑨166, 287, ⑩51, 53, ⑪111, 113,
161；241
地雷火［ぢらいくわ］　　⑧53
四郎［しらう］　　⑫107-111, 119-121, 123
二郎［じらう］　　⑫106
白老のアイヌ部落　　⑩252
白髪　　②176, 386, ③266；370, 621, ④208, ⑤
25, 26, 113, 120；121, ⑦119, 246；379, ⑧34,
⑨211, ⑫281→白髪くはくはつ〉
白髪［しらが］　　⑫249
しらが頭　　⑨314
白髪あたま　　⑤30
しらかば　　⑥365
白樺　　①16, 40, 42, 55, 81, 173, 177, 202, 251；33,
②66, 71, 104, 179, 181, 217, 287, 320, 389, 391,
426, ③18, 50, 166, 167, 263；37, 38, 40, 114,
118, 120, ④254, 260；168, 170, ⑤194, ⑥
222, 364, ⑦239-241, ⑨12, 14, 104；158, ⑩
252, 258, ⑫257, 378
　　――の皮　　⑩197
　　――の木　　③513, ⑧190
白樺［しらかば］　　⑩76, ⑫64, 199
　　――の皮［かわ］　　⑩82
白壁　　④77, 257, ⑦34；102
白木　　③202, ⑦93, 163；288, 512, ⑫264, 265
しらくも　　①25, 58, 65, 79, 80, 127, 138, 207, 247,
249, 345, 382, 385, ⑥274；161, ⑦59, 91；
180, 284, 285
しら雲　　①127
しら雲［くも］　　①301
白くも　　①21, 146
白雲　　①20, 28, 77, 79, 148, 218, 219, 240, 242,
245-247, 307, 308；15, 70, ②435, ⑦113,
131, 213, 260, 286；48, 145, 179, 196-198, 282,
283, 359, 413, 590, 655, 656, ⑧20, 276, ⑪233,
⑫249, 280, ⑯上9
白崎特務曹長　　⑫266
白沢　　⑩265, 266, 270, 271
しらしら　　①54, 70, 83, 91, 200, 226, 227, 254,
259, 266, 321, ②470, ③108；248, 250, 258,
260, 261, ⑥362, ⑦134；368, 423, ⑨247,
⑩137, 140, ⑪133；190, ⑫342
しらじら　　⑤199, ⑦421, 422, ⑩217, ⑫348

(しよ～しら)　133

白々　⑤*157*，⑦*121*；*381, 383*
白白　⑤135
しらしらしら　⑦*182, 549*
しらたま　⑦38；*112, 113*
白玉　④146；*250*
白っぱくれる　⑪91, 100
シラトリ　⑩234, 245
シラトリキキチ　⑩229, 230, 234
白鳥属　⑩232
シラトリ属　⑩*135*
シラトリ属　⑩230, 231, 234, 245, 246
白波　⑦179
しらねあおい　③233, 278；*576-578, 581*→しらねあふひ
しらねあふひ　③233, 278；*576-578, 581*
しらばっくれる　⑥351
白ばっくれる　⑥350
白髯　⑩99
ジラフ　③*238*
白藤　⑤*101*，⑫*182*
　教諭――　⑦207
白藤先生　③*101*
白淵　③*98*
白淵先生　③168；*403, 407*，⑥225, 255
しら帆　①36
しらみ　⑧172
白み　①42, 102, 178；*26, 27*
しらむ　①6, 36, 158, 164，⑦*358*
白む　①86，④*110*，⑥*76*
白める　①276
しらゆき　①250
白雪　⑦203
しらゆり　①81
白百合　①*27*, 86, 143, 261，⑨341
シリウス　③*257*→天狼星
硅酸［シリカ］　④*277*；*207*
硅化園　③*187*
硅化園［シリカガーデン］　③*185*
硅化花園　③*189*
じりじり　④*201*，⑧184, 333→ちりぢり
思量　⑦*17*
資料　④300
資糧　②140, 356，⑥244

飼料　⑩326, 331
じりりじりり　⑧184
汁　⑩*91*
　銅の――　⑩*153*，⑪*147*
シルレル先生　⑤*143*
シレージ　⑦*542*
四連音符　⑦190
しろ　①23, 35, 37, 44, 56, 71, 75, 82, 97, 125, 133, 150, 162, 165, 179, 184, 190, 223, 229, 236, 252, 306, 312, 330, 367, 372, 374；*47, 52, 55*，②49, 96, 101, 215, 312, 317, 342, 424，③*187*；*75, 104, 126, 238, 241, 373, 542, 605*，④*49*；*258, 260*，⑤*48, 98*；*47*，⑥*43, 52, 122, 362*，⑦*89, 94, 258, 263*；*114, 143-146, 241, 253, 272, 278, 290, 291, 294, 295, 304, 456, 484, 485, 489, 497, 651*，⑧*156*，⑫*239*
城　②132, 348，⑤*112*，⑩*98*，⑪*14*，⑫*280*
城［しろ］　⑫*79*, 192
代　⑥*247*，⑦*23*
白　①6, 9, 11, 13, 16, 20, 22, 24, 27, 34, 37, 40, 42, 47, 48, 50, 65, 67, 70, 75, 87, 88, 90, 102, 103, 108, 109, 111-115, 131, 136, 141, 159, 165, 174, 175, 188, 223, 226, 236, 241, 262, 286, 317, 326, 327, 333, 335, 346, 354, 356, 364, 366, 368, 373, 374；*27, 28, 30-32, 38, 43, 46, 165, 168*，②16, 19, 23, 32, 34, 40, 41, 69, 75, 77-79, 87, 122, 124, 133, 144, 152, 161, 168-171, 173, 177, 185, 200, 205, 209, 213, 220, 240, 243, 248, 255, 257, 262-265, 295-297, 304, 338, 340, 349, 361, 371, 377, 379, 381, 383, 387, 401, 414, 418, 422, 429, 440, 442, 455, 458, 460, 462, 464；*49, 50, 64, 79*，③10, 21-23, 27, 31, 44, 46, 51, 68, 74, 94, 95, 104, 107-109, 114, 119, 126, 129, 135, 136, 140, 144, 151, 155, 156, 159, 169, 171, 172, 174, 194, 218, 220, 228, 235, 236, 241, 242, 244, 263, 264, 269, 280；*16, 20, 21, 40, 41, 43, 45, 46, 66, 68, 69, 83, 84, 92, 97, 100, 102, 104, 106, 115, 130, 138, 163, 171, 172, 180, 185, 191, 212, 215, 225, 227, 231, 247, 248, 250-253, 257, 259-261, 267, 268, 272, 275, 277-279, 281, 294, 297, 300, 304, 309, 311, 313, 315, 320, 323, 333, 334, 337, 338, 340, 343, 345-347, 355, 356, 359, 368, 371, 372, 374, 385-389, 391, 392, 397, 398, 400, 401, 406, 407, 410,*

411, 413, 414, 420, 423, 455, 457-460, 465, 466, 525, 528, 530, 533, 544, 558, 562, 564, 567, 568, 592-594, 632, 640, 645, 648、④12, 16, 29, 47, 55, 64, 68, 79, 82, 94, 110, 118, 120, 131, 135, 140, 145, 147, 149, 150, 157, 158, 160, 168, 172, 175, 177-179, 185, 188, 197, 209, 213, 219, 221, 230, 231, 237, 240, 242, 257, 266, 280, 281, 291；27, 29-32, 54, 78, 92-96, 107, 109, 125, 129-131, 143, 158, 180, 181, 223, 226, 240, 248, 251, 252, 258-260, 262, 301, 343、⑤7, 8, 10, 12, 28, 34, 50, 53, 57, 59, 74, 95, 109, 110, 118, 131, 132, 157, 189, 197, 199, 208, 213, 214, 222；51, 55, 65, 108, 136, 156, 219、⑥9, 22-24, 33, 44, 51, 54, 55, 59-61, 80, 92, 96, 116, 119, 124, 129, 145, 162, 173, 211, 220, 230, 232, 233, 241, 250, 256, 260, 271, 273, 276, 286, 288, 297；6, 7, 11, 116, 181、⑦16, 29, 33, 39, 47, 62, 63, 80, 110, 116, 118, 120, 143, 149, 152, 156, 160, 187, 197, 207, 209, 234, 235, 251, 261, 269, 270, 274, 282, 287, 300；12, 32, 38, 40-42, 64, 69, 86, 89, 90, 97, 99, 100, 106, 115-117, 134, 136, 137, 152, 156, 165, 191, 193, 198, 239, 253-255, 264-266, 273, 283, 292, 301, 334, 335, 343, 344, 348, 349, 353, 354, 366, 368, 374, 375, 377, 378, 381, 403, 416-418, 428, 431, 444, 450, 457, 465, 472, 476, 482, 483, 491, 498, 502, 530, 533, 536, 547, 549, 566, 577, 580, 592, 604, 616, 632, 641, 659, 661, 668, 669, 679, 685, 692, 697, 709、⑧19, 20, 25, 34, 38, 75, 88-90, 99, 100, 102-104, 108-110, 113, 124, 127, 134-136, 141, 153, 180, 184, 185, 191, 202, 205, 208, 214, 218, 221, 258, 261-264, 267, 274, 279-282, 284, 288-290, 295, 296, 299, 300, 303, 306, 315, 317, 320, 321, 323, 331, 332, 335；71, 80, 103、⑨13, 16, 23, 26, 29, 36, 38, 41-43, 45, 54, 55, 81, 82, 84, 90, 93, 105-109, 111, 113, 119, 120, 124, 130, 133, 135-139, 144, 146, 168, 176, 177, 180, 181, 186, 188, 192-194, 199, 203, 207, 210, 213, 215-217, 219, 236, 246, 250, 257, 260, 262, 265, 266, 268, 269, 273, 276, 278, 280, 281, 283, 284, 287, 305, 306, 308, 330, 336, 338-343, 349, 354, 385, 393；14, 21, 26, 45, 54, 78, 84, 87, 91, 104, 126、⑩6-8, 11, 13, 14, 21, 22, 29, 33, 38, 48, 50, 52, 55-58, 62, 63, 87, 92, 95, 96, 98, 112, 114-116, 121, 123, 124, 128, 136-138, 142-149, 151, 153, 156-158, 160, 165, 166, 168, 172, 173, 178, 185, 191, 192, 198, 205-207, 217, 218, 224, 225, 237, 241, 246, 256, 264-267, 272, 282, 283, 289, 292, 316, 318, 323, 327, 336, 337；91, 111, 117, 118, 128, 141, 150, 162, 189, 200、⑪9, 13, 18, 24, 25, 30, 32, 34, 35, 43, 47, 49, 50, 53, 55, 56, 64, 70, 71, 75, 78, 85-87, 103, 105, 106, 108, 112, 116, 120, 123-125, 132-134, 136, 138-143, 145, 147, 150, 154, 159-161, 166-169, 174, 175, 178-181, 185, 187, 190, 192, 193, 197, 200-202, 209, 214, 233；20, 22, 32, 39, 53, 67, 86, 116, 124, 127, 139, 176, 187, 203, 244, 249, 259, 296, 297、⑫162, 168, 207, 231, 236, 237, 242, 247, 262, 266-269, 276, 278-280, 282, 285, 286, 288, 292, 297, 303, 308, 349, 368, 370；44, 47, 105, 111, 114, 121, 127, 129, 131, 132, 145, 147, 149, 151, 189

白［しろ］　⑥193, 195, 197, 204、⑧7, 39, 40, 43, 44, 56, 59, 60, 63, 65, 69-71, 73, 145, 248, 252, ⑩45, 67, 68, 75, 76、⑫10, 11, 17, 21, 30, 42, 43, 46-49, 55, 65, 67, 77, 79, 87-91, 102, 107-109, 114, 119, 121, 126-128, 131, 142, 143, 154, 157, 160, 183, 187, 193, 194, 200, 205, 206, 212-217, 220, 223, 224, 226, 228

白麻　④109
しろあと　①29, 149
城あと　①148、⑤113、⑩300
城址　①139
城趾［ーあと］　①26
白い鳥　②150、⑩20
白［しろ］い鳥［とり］　⑩80
四郎［ーらう］　⑫101-106, 113-118
四郎［しらう］　⑫107-111, 119-121, 123
死蠟　①8, 108、⑦143；448-450, 453, 455
二郎［じらう］　⑫106
しろうさぎ　⑧259、⑨394
白鰻　⑧270, 271
白馬　⑫111
白馬［しろうま］　⑫187, 189, 195, 198
白雲母［しろうんも］　②132, 348
白エナメル　⑥104
白緒　⑫172

(しら〜しろ)　135

代搔　⑩262
しろかね　①44
しろがね　①21, 26, 52, 66, 77, 89, 128, 141, 183, 194, 220, 242, 263, 264, 301, 305, ⑦*659, 660*
銀　⑤213
白金　⑥*7, 221*；*5*
白壁　④*77, 257*, ⑦34；*102*
白狐　⑧264
白狐［しろぎつね］　⑫102, 114
白孔雀　⑥*62*
白熊　⑨42, 182, 358；*22*, ⑩292, 294, 298, 299
白熊［しろくま］　⑧75, 76, 81, 82, ⑫*28, 36, 47, 137, 154*
白くも　①21
白雲　⑧276, ⑫249, 280
しろぐもり　①316
白黒［しろくろ］　⑧44
しろけむり　⑦80, ⑧221, 291, ⑨206
しろこごけ　③*142*
白縞　⑦*119*, ⑩*178*
白シャツ　⑤*101*
しろじろ　⑦41；*128, 130, 562*
白々　⑤*157*, ⑦121
白白　⑤135
じろじろ　④58；*114*, ⑤*65*, ⑧*60, 72, 313*, ⑨41, 91, ⑩325, ⑪48, 176, 203, ⑫80, 214→ぢろぢろ
白象　③*271*, ⑫162, 163, 169
白栲　①*33*
白足袋　⑫*208*
じろっ　⑤*97*→ぢろっ
シロッコ　⑤122, ⑦50；*158, 159*
舎利別〈シロップ〉　①30, 150
白つぽい　②216, 425
白［しろ］つぽい　⑫70
白っぽい　②216, 425, ④*161*, ⑪208, ⑫267→白つぽい
白［しろ］っぽい　⑩73, ⑫70→白［しろ］つぽい
しろつめくさ　⑤202, ⑫342
白つめくさ　⑩205
　——のあかし　⑩220
　——の花　⑩220
白手甲　⑩275

白日輪　①381, ③120
白布　⑫342
白猫　⑨68-70, 75-78, ⑫173, 174, 179-181；*73-75, 81-84, 94*
白箸　⑥*181*
しろびかり　①9, 27, 108, 141, 351, 353, 363, 365, 366, 368, 372, 374, 375, ④261, 288；*30, 171, 219*, ⑤*168*, ⑥*202, 382*, ⑦*214, 503, 584, 638*, ⑧66, ⑨66, 329, ⑪20；*280*, ⑫*114*
白びかり　①314, 374, 375, ②434, 436, ④14, 106, 192；*22*, ⑦*505, 591*, ⑧*295, 301*；*10*, ⑨177, ⑩60
白［しろ］びかり　⑩43
白びかり　④141
白光［しろびかり］　⑫43, 142, 144
白光り　⑧27, ⑨11
白光［しろびか］り　⑧68
白鬢　⑨223, ⑩99
ジロフォン　③108；*247, 248, 251, 258-260, 262*, ⑥65, ⑦*194*, ⑩117, 162, ⑪156
白服　②455, ⑥147, ⑦268, ⑨82, 139, ⑩232, 233, ⑪105, 127, 179
白服［しろふく］　⑫136
白豚　⑧270
白淵　③*98*
白淵先生　③168；*403, 407*, ⑥225, 255
白む　①86
白めりやす　①56, 203
白木綿　①*69*
白もゝひき　⑤59
白谷部落　③*134*
白百合　⑨341
白百合［しろゆり］　⑫43, 222
志和の城　①140, ⑦*611*
紫波の城　⑦232
ジーワン　③200；*481, 483, 484*→ヂーワン
しをん　⑧*69*
しん　④*254*, ⑤41, ⑦34, ⑧159, 192, ⑩32, 243, 296, ⑪20, 70, ⑫21, 59, 75, 108, 120, 128, 133, 149, 170, 179, 197, 236, 245, 254, 279, 290, 293, 295；*81*
清　⑤99
瞋　⑦*613, 614*

| | | | |
|---|---|---|---|
| 新網張 | ①44, 183 | 新国際語 | ⑩228 |
| 心意 | ②157, 367 | しんこ細工 | ⑧331, 337 |
| 浸液アルコール | ④281, ⑦134 | 真金〈しんこん〉 | ⑨79 |
| 新演〈→新橋演舞場〉 | ⑦521 | 真言 | ①356;*163*, ③239;*28*, ⑦88;*274-277, 301, 639* |
| 神学 | ⑨235, 237 | 新婚旅行 | ⑧244, ⑩314 |
| 神学士 | ③199;*479, 480, 483* | 振作 | ④167 |
| 神学博士 | ⑨235, 242-244 | 診察室 | ⑨319, 323, ⑪*30* |
| 進化論 | ⑨*101* | 診察料 | ⑫355;*237* |
| 神官 | ⑨131 | 参差〈しんし〉 | ⑥7 |
| 信教 | ⑥32 | 新紙 | ⑦*12*, 371 |

新網張 ①44, 183
心意 ②157, 367
浸液アルコール ④281, ⑦*134*
新演〈→新橋演舞場〉 ⑦521
神学 ⑨235, 237
神学士 ③199;*479, 480, 483*
神学博士 ⑨235, 242-244
進化論 ⑨*101*
神官 ⑨131
信教 ⑥32
蜃気楼 ③175;*420, 423, 437, 438, 440*, ⑧301
蜃気楼[しんきらう] ③*439*, ⑥253
真空 ③15, 23;*28, 33, 36*, ⑤176, ⑪60, 125, ⑫*157*
真空異相 ③15
真空装置の鑿 ⑪60, ⑫*157*
真空溶媒[しんくうようばい] ②50, 271
辛苦の図式 ④106
神経 ①19, 170, ⑩326
神経質 ⑩*216*, ⑫271
神経性営養不良 ⑨98, ⑩331
新月 ⑦206, ⑪213
新月[しんげつ] ⑧62, 63, ⑪*276*
爺んご ⑧277, 278
爺[ぢ]んご ⑧273
信仰 ④145, 146, 282, 300, ⑤*103*, ⑦*171*, ⑨*101*, ⑩175
親交 ⑩226
晨光 ①292, ③*465*, ⑥233, ⑦51;*160, 162, 163*
信号 ②30, 253, 458, 459, ⑥21, ⑩17, 18, 120, 121, 163, 164
　発火—— ②470
信号旗 ⑥7
人口呼吸 ⑨58, 311
新校舎 ⑦*593*
信号手 ⑪158
　赤帽の—— ⑩18, 120, 164
信号所 ⑪*116*
信号燈 ⑤14, ⑩95
信号標 ③*569-571*, 295, ⑪129
人口論 ⑨212
清国 ⑧148

新国際語 ⑩228
しんこ細工 ⑧331, 337
真金〈しんこん〉 ⑨79
真言 ①356;*163*, ③239;*28*, ⑦88;*274-277, 301, 639*
新婚旅行 ⑧244, ⑩314
振作 ④167
診察室 ⑨319, 323, ⑪*30*
診察料 ⑫355;*237*
参差〈しんし〉 ⑥7
新紙 ⑦*12*, 371
紳士 ①76, 239, 306, ②42, 44, 46, 62, 103, 264, 266, 268, 283, ⑥24, 50, 68, ⑦212, 264, 265;*109, 448, 451*, ⑩186, 323, ⑪29, ⑫133;*125*
　雪の—— ⑦*133*;*416-418*
紳士[しんし] ⑫28, 29, 31, 35, 132-136, 138, 139
仁慈 ⑩343
新式生産体操 ⑥345
塵思の海 ③76
信者 ⑨221, 222
仁者 ⑨169
浸種 ③26
真珠 ②53, 54, 275, 276, ③236;*175*, ⑧301, 336, ⑩19, 121, 165, ⑪159
真珠[しんじゆ] ⑧73, 161, ⑫77, 108, 120
真珠岩 ⑧42
心象 ①383, 387, ②10, 22, 63, 130, 172, 213, 234, 246, 382, 422, 433, 458, ③507, ⑤*148*, ⑦*575, 603*, ⑨238, ⑫*11*
心象[しんしやう] ①350, ⑦*574*
尋常一年生 ②158, 368
尋常五年生[じんじやうごねんせい] ⑫12
心象スケッチ ②8, 232, ③*464*, ⑥189, 232, ⑫*10, 11*→Mental Sketch
心象スケッチ ②8, 232, ③5;*9-11, 277, 375, 387, 417, 433, 464, 510, 512*, ④*143*, ⑤19;*137*, ⑥189, 232, ⑦*81*, ⑫*10, 11*→心象スケッチ
心象宙宇 ②87
浸蝕 ⑩35
しんしん ③158, ④147, ⑤25, 52, 129, ⑦125, 177;*589, 631*, ⑨57, 93, 112, 167, 177, ⑩26,

(しろ〜しん) 137

129, 173, 326, 336，⑪167, 208，⑫297
仁心[じんしん]　⑫183
新信行　③113
心塵輻輳[―くばい]　④177
シンシンシン　⑧335
心塵身勧[―く]　④90
深水　⑪32，⑫129
新生界　⑧44
新生代　②8, 232，⑥70，⑧138，⑨382
新世界交響楽　⑩19, 20, 122, 123, 165, 166，⑪159, 160
深赤　④283
神仙国　⑥33
心相　②150，⑤159，⑦77；244, 245
心臓　④85
心臓[しんぞう]　⑧12
深造岩　④29
地[ヂン]蔵堂　③474
地蔵[ヂンゾー]堂　③474
薪炭　⑫246
真鍮　①193, 358；53，②157, 207, 367, 416，③185；442，⑦219, 268；593, 669，⑨59，⑩84, 141，⑪135，⑫73
　　――のラッパ　③163，⑤131
真鍮いろ　③179；429, 430，⑥236
真鍮色　①51
真鍮棒　②156，⑦667
震天　⑤108
塵点の劫　①335
身土　③137, 138；317, 320, 326-328, 332, 334，⑥300
身土[しんど]　⑥299
辛度　⑨335
振動　④47
神童　⑦34；102
普藤　⑤19
辛度海　⑤7
伸度計　⑦593
シンドバード　③75
求宝航者[シンドバード]　③75
進度表　③168, 175；421, 423
しんねり　⑧83
神農像　⑦70；221

参の星　⑩272
神馬[しんば]　⑫198
人馬　⑩133，⑪131；184
人馬[じんば]　②70
陣羽織　⑧97
陣羽織[じんばをり]　⑫13, 16, 17
浄瓶〈じんびん〉　③211, 214，⑨103→浄瓶〈じょうびょう〉
しんぶん　⑦117；371-373
新聞　⑧165, 176, 329，⑩134, 184, 225，⑪129；147，⑫308, 329, 350, 351, 357
　　センゼード日日――　⑪107
　　ねずみ競争――　⑧177
新聞[しんぶん]　⑧65，⑪279，⑫225-228
新聞記者　③170；404, 407, 563，⑥256
しんぶんし　⑦372
新聞紙　⑩58, 59, 236；38，⑫292
新兵　⑧33
甚兵衛[じんべえ]　⑫102, 114
甚兵衛[じんべゑ]　⑫103, 115
進歩　⑩130, 154, 155
神保町　①314
田園交響楽[シンホニーパストラル]　④80
人民の敵　⑦268
新芽　③254
晨明　③240
針葉　③294, 297，⑦247
針葉樹　⑥11，⑫264, 266
尋四年〈→尋常四年〉　⑧9
神来　⑦238
親鸞　⑨238, 239
真理　⑨335，⑫241
神力　⑥76
人力車　⑩186
新緑　⑦353
森林主事　⑤215
森林消防隊　⑥302
人類　⑧136，⑩342
人類五億　⑩343
浸礼教会　①167
神話　④53, 90, 189；104, 171, 175, 177

## す

酢[す]　⑫34, 70
巣　⑩276
　　二銭銅貨位の——　⑩283
　　ひばりの——　⑩251
　　六角形の——　⑩274, 287
図　⑪123, 131
すあし　⑧300
素あし　⑩35
素足　⑧281
水圧機　⑩228
穂孕　③538
随縁真如　①282
水瓜　⑧338
西瓜　⑦89, 90, ⑧341
すいぎん　⑫69→すゐぎん
水銀　①16, 23, 48, 61, 118, 133, 188, 210, ②118, 190, 200, 334, 400, 409, ③68, 79, 90, 282；102, 108, 163, 180, 182, 186-188, 645, 647, 648, 652, 653, 658, ④256, ⑤159, 181, ⑥45, 75, 289, ⑦47；146, 150, 151, 247, 248, 526, ⑧271, 314, ⑨157, 176, ⑩153, 174, ⑪146, ⑫349
　　——のひかり　⑩337
水銀[すぎん]　⑥189, ⑫126
水銀[すゐぎん]　⑩44, ⑫71
水銀いろ　③43, 209；99, 504, 506, ④282, ⑨267, ⑩147, ⑪141；95
水銀色　④338
水禽園　⑤103, ⑥312
水銀柱　④323
水孔　⑤231, ⑥80
推古時代　④38；64-67
水際園　⑤232, ⑥78
水山　④46
炊爨　④249
睡酸　③208；500, 501, 503, 505
睡酸[すゐさん]　③511
水酸化鉄　⑩52
水酸化礬土　②120
水酸化礬土[すいさんくわばんど]　⑥191
水湿　⑥15
スイジッシ　②93→スキヂツシ
水車　①12, 357；32, ②190, 191, 400, ③95；227, 552, ④116, 147, 287；220, 222, 252, 257, 262, 347, ⑤208；208, ⑥94, ⑦135；410, 425, ⑨401, ⑩135；44, ⑪186, ⑫298, 299；202
水車[すゐしや]　⑦425, ⑫41
水車小屋　①32, ⑦410, ⑨396, ⑪220；287
水車ぜき　⑦410
水車場　⑦130；410-412, ⑨186
水車屋　⑦332, 409, 410
水晶　③209；367, 368, 506, ④20, 166；34, 89, 90, ⑦304, ⑧27, 28, 197；10, ⑨7, ⑩108, 100, 145, 146, 168；83, ⑪139, 140, 162；195, 240, ⑫178
水晶[すいせう]　⑫128
水精　③354, 368, 370, 402, ⑧19
水晶いろ　③502, 504
水蒸気　⑤119, ⑩93
水蒸気[すいぜうき]　⑥191
水晶細工　⑩146
水晶体　②54
水晶球　③31；69, 70
水晶天　③159；391, 392
水晶[すゐしやう]の笛[ふえ]　⑫96
すいすいすい　⑫72
スイスイスイ　⑧156, 157
彗星　⑧29-33, ⑩168, ⑪162
水成岩　⑩30
水星少女歌劇団　⑤212
水仙　③175, ④219；138, 143, 303, ⑦49；156
水仙[すゐせん]　⑫47, 108, 120
水線　⑦202
水仙月[すいせんづき]　⑫46
水仙月[すゐせんづき]　⑫49, 51, 52
水素　②448, ④95, 265；183, 184, ⑤132, ⑥70；54, ⑦45, 235；144, 547-549, 613, ⑩140, 147, 174, ⑪137, 140, ⑫317
水族館　②156, 366, ⑤125, ⑦81, 82
水素のりんご　②156, 366
水田　⑩142
水稲　④173, 175
水筒　⑩142, ⑪136
水稲作況　⑪42
水稲肥料　③9

(しん～すい)　139

スイトン　　④122→スキトン
すいば　　②433，③218, 270，④*525, 527, 528, 549, 632*，④*54*→すゐば
　　——の穂　　③*526*，⑥247
水馬演習　　⑩52, 53
水夫　　⑩160
水風輪　　③23
水部の線　　⑦202
水平コルドン　　⑫337；*223, 224*
水平線　　⑥10，⑩13
水平線［すいへいせん］　　⑫158
水兵服　　⑩88
水墨　　⑤31, 100
　黄ばんだ——　　⑤*110*
水脈　　⑥10
スイミングワルツ　　⑩51→スキミングワルツ
ずい虫　　④277；*206, 208*→ずゐ虫
水門　　⑦*410*
水薬　　⑧150, 151
水輪　　③*25, 29*，⑦28；*85*
水輪峠　　③14；*27*
睡蓮　　③60, 153；*147, 376*，⑥215→睡蓮［ロトス］
水路　　⑥273, 285
水路［すゐろ］　　⑫212
すう　　⑧61，⑪221；*271*，⑫240
スウィジッシ　　②93→スキヂツシ
スウィッチ　　⑨323→スキッチ
スウィッツル　　②69→スキツツル
スウィミングワルツ　　⑩51→スキミングワルツ
スウェーデン　　⑩50，⑫220→スキーデン
数学　　④*111*，⑩*143*，⑪*154*
数学の教師　　④196
崇敬　　⑤197
趣光的　　④*73*
趣光［すうこう］の性［せい］　　⑥253
崇神　　⑦*171*
すうすう　　②83, 300，③90, 284；*659*，④110，⑤*77*；*55*，⑥291，⑧9, 281，⑨97，⑩95, 277；*213*，⑫297, 319
スウスウ　　⑪40
すうっ　　③*263*，⑧8, 190，⑩117, 162, 266, 267, 276；*92*

ずうつ　　⑫129
ずうっ　　④*88*，⑧87，⑩9, 33, 35；*32, 33*，⑫129→ずうつ
裔［すゑ］　　⑦*263*
図画　　⑨401, 401
スカイライン　　⑦*526*→天末線
天末線［スカイライン］　　②80, 116, 298, 332，⑤7
菅木　　⑩36, 38
影供　　⑦77
影供［すがた］　　⑦245
スガタ　　②202, 411
善逝［スガタ］　　②202, 204, 411, 413，⑧65, 66，⑨*290*，⑪*280*
すがめ　　⑦109, 148, 149；*119, 300, 345, 347, 469, 472, 474-476*，⑩264
菅藻　　④146；*147*，⑦126；*399*
蜂［すがり］　　⑪*274*
すがる　　①63, 69, 214, 225，②180, 390，⑦*15*，⑩283
蜂　　③*294, 588*，⑩77
蜂［すがる］　　③119；*297, 588*，⑧210，⑩78
蛇蜂［すがる］　　③129；*300, 303*，⑥276
すがれ　　②64, 285，⑫249
スカンコ　　⑤202
すかんぽ　　①23, 132，⑤25, 76；*23*
すかんぽの穂　　③*523*
坑　　⑦97；*303*
坑［すき］　　⑦*302, 304*
犂　　①23
犂［すき］　　⑥201, 382
犁　　③273
すぎ　　①383, 384, 386，③*322*，④*220, 347*，⑥85
杉　　①7, 105, 280, 281, 347, 365, 366, 368, 375, 381, 384，②106, 132, 134, 146, 197, 200, 323, 348, 350, 406, 409, 440，③27, 33, 39, 40, 58, 68, 119, 121, 168, 201；*42, 43, 61, 71, 83-86, 123, 130, 141, 143, 161, 163, 300, 311, 318, 368, 369, 403, 476, 485, 487, 521*，④19, 24, 51, 54, 68, 88, 134, 156, 157, 169, 242, 254, 287；*29, 31, 32, 44, 56, 68, 90, 108, 162, 168, 169, 221, 276*，⑤20, 28, 75-77, 92, 115-117, 120, 173；*46, 47, 96, 97,*

　　　　　　　127, 128, 131, 133, ⑥33, 116, 155, 159, 221,
　　　　　⑦46, 144, 151, 232, 276；53, 111, 147, 272, 280,
　　　　　436, 457, 481, 517, 647, 679, ⑨404, ⑩30, 31,
　　　　　105-110, 337, ⑪179, ⑫256, 259；215
　　根まがり――　　⑦144；456
杉［すぎ］　　⑩45, ⑫39
巨杉［すぎ］　　③196；476
スキー　　⑨84
すぎごけ　　①362, ②216, 425, ⑧222；85, ⑫
　　87, 232
杉ごけ　　⑨14
すきっ　　⑫133
すきっ　　⑩139, 145, ⑪135, 138, ⑫133→すき
　　つ
スキップ　　③439, ⑥254
スキップ　　③184；437, ⑥254→スキップ
すきとおし　　②40, 262→すきとほし
すきとおす　　⑩12→すきとほす
すきとおった沓　　⑪240→すきとほった沓
すきとおらせる　　⑧271→すきとほらせる
すきとおり　　⑥302, ⑧156, 229；91, ⑨252,
　　390, ⑩92, 191→すきとほり
透り　　⑩8
透［すき］とほる　　⑫128, 133→透［すき］とほる
すきとおる　　②18, 41, 75, 77, 83, 84, 103, 139,
　　159, 178, 182, 193, 199, 242, 263, 294, 300, 301,
　　355, 369, 388, 392, 402, 408, 434, 449；49, ③
　　30, 34, 45, 56, 93, 194；23, 60, 64, 68, 93, 98,
　　117, 129, 131, 133, 157, 212, 465, 508, ④45,
　　166, 174, 233；15, 88, ⑤9, 141；20, 22, 141,
　　213, ⑥83, 232, 243, 266, 302, ⑧8, 19, 42, 71,
　　72, 111, 147, 156, 200, 206, 209-212, 214, 215,
　　218, 225, 226, 228-232, 254, 256, 258, 268, 269,
　　271, 274, 283, 335；71, 88-93, 102, 107, ⑨7,
　　29, 40, 59, 129, 130, 166, 180, 183, 203, 220, 243,
　　252, 256, 274, 276, 283, 388, 390, 394, 398；10,
　　77, 136, ⑩10, 20, 22, 25, 40, 62, 77, 92, 97, 98,
　　100, 107, 116, 122, 125, 127, 140, 146, 147, 154,
　　161, 166, 169, 172, 191, 204, 217, 276, 288,
　　289；82, 83, 178, 187, ⑪69, 137, 140, 148, 159,
　　166；193, 195, ⑫7, 9, 19, 46, 58, 70, 98→すき
　　とほる
すき通る　　⑨16

すき徹る　　⑩110
透きとおる　　⑤195, ⑧112, ⑩301, ⑫113→透
　　きとほる
透［す］きとおる　　⑧70→透［す］きとほる
透き徹る　　⑧96
すきとおる沓　　⑨16→すきとほる沓
すきとおるマント　　⑨20→すきとほるマント
すきとほす　　②40, 262, ⑩12
すきとほった沓　　⑪240
すきとほらせる　　⑧271
透［すき］とほり　　⑫133
透［すき］とほる　　⑫128, 133
すきとほる　　②18, 41, 75, 77, 83, 84, 103, 139,
　　159, 178, 182, 193, 199, 242, 263, 294, 300, 301,
　　355, 369, 388, 392, 402, 408, 434, 449；49, ③
　　30, 34, 45, 56, 93, 194；23, 60, 64, 68, 93, 98,
　　117, 129, 131, 133, 157, 212, 465, 508, ④45,
　　166, 174, 233；15, 88, ⑤9, 141；20, 22, 141,
　　213, ⑥83, 232, 243, 266, 302, ⑧8, 19, 42, 71,
　　72, 111, 147, 156, 200, 206, 209-212, 214, 215,
　　218, 225, 226, 228-232, 254, 256, 258, 268, 269,
　　271, 274, 283, 335；71, 88-93, 102, 107, ⑨7,
　　29, 40, 59, 129, 130, 166, 180, 183, 203, 220, 243,
　　252, 256, 274, 276, 283, 388, 390, 394, 398；10,
　　77, 136, ⑩10, 20, 22, 25, 40, 62, 77, 92, 97, 98,
　　100, 107, 116, 122, 125, 127, 140, 146, 147, 154,
　　161, 166, 169, 172, 191, 204, 217, 276, 288,
　　289；82, 83, 178, 187, ⑪69, 137, 140, 148, 159,
　　166；193, 195, ⑫7, 9, 19, 46, 58, 70, 98
透きとほる　　⑤195, ⑧112, ⑩301, ⑫113
透［す］きとほる　　⑧70
すきとほる沓　　⑨16
すきとほるマント　　⑨20
すぎな　　②33, 256, 433, ④9, 248；15-18, 149,
　　151, 242, ⑤60, 65, 112, 227；121, ⑥80, 268,
　　⑦55, 299；172, ⑧19, ⑨120, ⑫248, 278,
　　282
巨――　　③281
杉苗　　⑩104
すぎなの胞子　　④15
すぎなの胞子［たね］　　④9；16-18
杉の梢［ウラ］　　⑤92
杉の房　　⑥159

　　　　　　　　　　　　　　　　　（すぃ～すき）　141

杉葉　⑦144；*456*
杉むら　⑥156，⑦648
杉山君　④*83*
杉山式　④291
頭巾　⑤*39*，⑧143，⑩92，95，193，⑪75
頭巾［―きん］　⑨132
酸漿　⑦*542*
埋漿［すぐ］　⑦*542*
ずく　⑦191→づく
すくすく　③167，④*96，97*，⑫44
宿世　⑩*173*
スケッチ　⑥194
スケッチ　③*146*，⑥194，⑨137，⑩58；*29*，⑪103；*188*→スケツチ
スケッチ帳　⑩142，⑪136
スケート　⑤96，⑦*451*，616
スケルツォ　③73；*170，172*
すごすご　⑨141，⑪57
スコットランド　⑫84
スコットランド　③*115*，⑥57，⑦266；*663*，⑩*187*，⑫84→スコツトランド
スコットランド驃騎兵　⑥71
スコープ　⑩147，148；*83*，⑪71，141，142；*196*
ス山　⑪21
ス山［ざん］　⑫198
ずしだま　⑤106→づしだま
煤　⑨69，⑩228
錫　①271，272，327，337，③188，286；*171，447，448，528，660，662*，⑥279，⑦68；*200，214，215，218，225，227，587*，⑨273；*129*
錫［すゞ］　②*92*，⑥194
鈴　①14，③*41，42，45，104，182，259，260；42-44，88，93，98，231，338，434，435*，⑦24；*72-74，76*，⑧287，301，⑩295，⑫236
　咽喉の――　⑩295
煤色　⑫*11*
錫いろ　①132，②459，③46，280；*104，106，645，648*，⑨182
錫色　①23
すずかけ　①191
鈴懸　①51
錫紙　①30，149，②438，439；*47*，⑫257
すき　④27，288；*47，49，219*，⑥119，122，173，

⑦146，174，267；*104，179，181，326，327，461，462，524，525，580，639，664-666*，⑧21，24，101，104，235，240，275，⑨135；*59*，⑩142，143，145，304，310，⑪136，137，139，191；*248，249*，⑫20，29；*12*
　――の波　⑩112，157，⑪150
　――の葉　⑧87
すすき　①29，55，148，201，295，②110，132，190，201，326，348，410；*79*，③132，244；*305，308，342，368，398，592-594*，④28，⑥374，⑦35，104，146；*180，328*，⑧275，⑨136，⑩145，147，149，150，152，⑪136，139，141，143，144，146，⑫287，88，97，101，113
　――の穂　⑧111，⑩300，⑪141
芒　⑫364，374→芒くのぎ〉，芒［のげ］
　――の穂　⑧101，⑪191
すすぎ　⑫96，97
芒［すすぎ］　⑥359
すずき　⑧148
すずき　⑫23，132
鱸［すゞき］　⑫60
鈴木卓内　③197；*477*
鈴木卓苗　③*475*
鈴木春信　③*114*
錫病　①92，266，327，③70；*165，166*
すゞめ　②132，208，348，417，⑧164；*94*
すずめ　①306，312，339，②132，208
雀　②110，133，326，349，③119，198；*476-478*，⑤187，210，211；*210*，⑥83，⑨153，154，164，264；*111*，⑩88，⑪214，⑫213
雀［すゞめ］　⑧55，59
雀踊　⑪60，⑫*156*
雀がくれ　⑤57
すゞめのかたびら　⑤86，⑧*94*，⑨136，⑩50
すずめのかたびら　①69，⑧234
雀の卵　⑧279
すずめのてっぽう　③*51*
すゞめのてっぽう　④185，⑤174；*186*，⑧234
すずめのてっぽう　③27；*51*，⑤174；*186*→すゞめのてっぽう
すゞめの鉄砲　⑧*94*
鈴谷山脈　②176，386
鈴谷平野　②180，390

| | |
|---|---|
| すゞらん ①6, 102, ⑦*343, 344*, ⑧195, 198, 200, 258, ⑨191, 256, 394, ⑩222 | すっすっすっす ⑨65 |
| すずらん ①33, 71, 227, 228, 303；*49*, ②151, ③*347, 357, 530* | 酸っぱい ⑪*151* |
| | すっぱだか ⑫266 |
| 鈴蘭 ①40；*28*, ⑥90, ⑧38, 198, 209；*82*, ⑫257 | すっぽり ⑧332 |
| | スティーム ⑩93-95, 143, ⑪*193* |
| 鈴蘭[すゞらん] ⑧40, 43, 50, 60 | ステージ ⑥117 |
| すゞらんの実[み] ⑧57 | ステツキ ②41, 50, 263, 271 |
| 鈴蘭[すゞらん]の実[み] ⑧47-49, 51 | ステッキ ①357, ②41, 50, 263, 271, ⑥341, ⑦106；*331, 333-336*, ⑧75, 76, 79, 81, 158, ⑨118, ⑩69, 85, 228, 297-299, ⑫328→ステツキ |
| すゝり泣き ⑩*200* | |
| 裾野 ⑥*109* | |
| スター ⑤*212*, ⑪213, 217；*281* | ——の柄 ⑩*293* |
| 女王[スター] ⑪213 | 金頭の—— ⑩*292* |
| 南方[スーダ] ③*279* | ステツドラア ②135, 351 |
| スタア ⑧337, 340 | ステッドラー ②135, 351→ステツドラア |
| すたすた ⑧*50*, ⑪33, 41, 58, 110, 179, 182, ⑫79, 204, 210, 220；*130, 137, 200* | ステッドラーの色鉛筆 ⑩135, ⑪*186* |
| | ステップ住民 ③114 |
| ずたずた ③*180*, ④29 | ステップ地方 ③62；*147, 150, 152* |
| 須田町 ⑥58 | ステートメント ④90 |
| 須達 ⑪*47* | スチーム ⑫134 |
| 須達童子 ⑥70 | 南[スード] ③*279* |
| すたて ⑧*122* | ストウヴ ⑫288 |
| すだれ ④258, ⑩*181* | 須藤三右衛門 ⑦*283* |
| スタンダードチョイス ⑩342 | ストウブ ①382, ③*19*, ⑤*36*, ⑥223, ⑦692 |
| スタンレー ③255, ⑦294, ⑪*140* | ストック ③*261* |
| スタンレー探険隊 ⑦292 | ストマクウオッチ ⑥340-342, ⑫326→ストマクウヲッチ |
| スチル ④*262* | |
| 鋼青〈スチールブルー〉 ⑨275, ⑪*134*→鋼青〈こうせい〉 | 胃時計[ストマクウヲッチ] ⑥339, ⑫325 |
| | ストマクウヲッチ ⑥340-342, ⑫326 |
| すっ ⑩32, 175 | ストライキ ⑩*143* |
| すっかり ⑩*162* | すとん ⑫195 |
| すっく ⑩244；*57*, ⑫255 | ストン ⑧164 |
| ズック ⑫254, 270→ヅック | ずどん ③213；*514*, ⑫42 |
| ズック管 ⑩333 | ズドン ⑩241, 265；*162*, ⑫139 |
| ズックの管 ⑩333 | ストンストン ⑧226；*89* |
| ズック袋 ③*382* | 砂 ⑤202, 227, ⑧131, ⑨368, ⑩8；*5, 45, 82*, ⑪7, ⑫*162* |
| すっくり ⑧173, 333 | |
| すっこすっこ ⑧256 | 砂[すな] ⑫*128* |
| すっこんすっこ ⑫94, 95 | スナイダー ⑨217 |
| すっこんすっこ ⑫94, 95→すつこんすつこ | スナイダア ⑨220 |
| | スナイドル ⑤63, 64 |
| すっす ⑪*31* | スナイドル式 ⑫230 |
| スッス ⑧216 | スナイドル式銃剣 ⑫232 |
| すっすっ ⑧238, 239, ⑩307, 308 | |

(すき〜すな) 143

| | |
|---|---|
| 砂がゝり　⑤*202* | スペクトラム　③*296* |
| すなご　⑥*181*, ⑩*117*；*93*, ⑪*205* | スペクトル　①*382*, ②*177*, 220, 387, 429, ③*130*；*300*, *302*, *304*, ⑥*250*, 277, ⑨*277* |
| 砂子　⑩*112*, 157, ⑪*150* | すぽっ　⑪*118*, ⑫*111* |
| 砂砂[すなさ]糖　②*188* | スポート　⑥*53* |
| 砂っぱ　⑪*207* | すぽり　⑪*46* |
| 砂[すな]っぱ　⑩*69* | スポリ　⑧*316*, 340 |
| スナップ　③*50* | すぽん　③*593*, ⑥*166* |
| スナップ兄弟　③*27* | ずぼん　④*80*；*93-96*, ⑥*219*, 240, ⑦*148*, ⑧*323*, ⑨*405*, ⑩*207*, 224, 225, ⑫*193* |
| すなどりびと　⑦*118*；*376-378* | |
| すなどり人　⑦*375* | 白い──　⑤*118* |
| 砂畑　④*78* | 半──　⑫*130* |
| 蝸牛水車[スネールタービン]　③*188*, 286；*448*, *661*, *663*, *665*, ⑥*279* | スポン　⑧*154*, 228；*90*, ⑩*185*, ⑫*68*, 138 |
| スノードン　④*250* | ズボン　②*15*, 239, ⑧*78*, 312, ⑨*299*, 316, ⑩*206*, 207, ⑪*16*, ⑫*108* |
| ──の峯　④*207*, 214；*129*, *130* | 赤縞の運動──　⑩*294* |
| 雪紳士[スノーマン]　⑦*416* | ズボン下　⑨*405*→ヅボン下 |
| 油桃[ずばいもゝ]　⑧*220* | ズボンの医者　⑨*60*, ⑪*25* |
| すぱすぱ　②*78*, 295, ③*631*, ⑧*222*；*85*, ⑩*70*, ⑪*45*, 175, 204, ⑫*142* | すまないんだじゃい　②*128*, 344→すまないんだぢやい |
| スパスパ　⑤*24* | すまないんだぢやい　②*128*, 344 |
| すはだし　⑦*196*；*559* | すまふ　⑧*11*, 13, ⑩*264*, 282；*38* |
| 西班尼[すぱにあ]製　②*32*, 255 | 炭　③*234*, ④*209* |
| すぱり　⑫*192*, 195 | 炭[すみ]　⑫*46* |
| すばる　①*28*, 97, 145, 277, 366, ⑦*135*, ⑩*272*, ⑫*260* | 墨　⑦*110* |
| | 木炭　③*442*, 443, ⑦*16*, ⑨*104*, 108 |
| 昴　③*186*；*444*, ⑥*181*, ⑦*495* | 木炭[すみ]　③*104*, 140；*337*, *339*, ⑥*211*, 297, ⑦*39*, *42*, ⑧*96*, ⑫*48*, 365, 373 |
| 昴[スバル]　④*29* | |
| 昴[すばる]　②*202*, 411 | 墨いろ　⑥*27* |
| 昴[スバル]の塚　④*29* | 墨色　⑦*59* |
| すばるの星　⑩*181* | 炭釜　⑩*244* |
| すばるぼし　⑦*424*, *426* | 炭窯　③*231*, 232, 234 |
| すばる星　⑦*425* | 木炭窯　③*104*, ⑦*659* |
| 図板　③*225*；*545*, ⑩*259*；*151* | 木炭[すみ]窯　⑥*297* |
| スピーチ　④*338* | 木炭[すみ]すご　③*29*；*60*, *63*, *64*, ⑥*266* |
| スピッツベルゲン島　⑨*77*, ⑫*83*, *93* | 酢味噌　⑤*11* |
| スープ　⑤*16*, ⑥*204*, 247, 361, ⑪*36*, ⑫*133* | 隅田川　⑦*178* |
| スフィンクス　⑪*117*→スフンクス | 炭俵　⑧*286*, 287, ⑨*105-107* |
| ずぶずぶ　③*24*；*46*→づぶづぶ | 墨壼　⑨*267* |
| ズブリ　⑧*108* | 炭火　⑩*63* |
| ズブリズブリ　⑫*241* | 炭焼がま　⑩*242*, 243 |
| スフンクス　⑪*117* | 炭焼小屋　⑦*661* |
| スペイド　③*251*, 252, 258, 259, 263, 268, ⑧*214* | すみれ　⑤*17* |
| スペクタクル　⑦*516* | |

菫　⑤47，⑦22，⑧112，⑨232，⑩301；142
菫［すみれ］　⑩41
菫いろ　⑦11，⑪300
菫色　⑫317
すもう　⑧11,13，⑩264,282；38,171→すまふ
相撲　⑦283；687，⑩276,279
相撲［すまふ］　⑧8,10
すもゝ　⑧220
すもも　③44,104；94,98,100,318-320，④240,245；158，⑥297，⑧216；80，⑨198,205,207,287，⑫248
──の花びら　⑧175
すやすや　⑧281，⑩92,94,95
スライドルール　⑤156
すらすら　⑨111
すらり　⑪20，⑫114
すり　⑨179
スリッパ　⑦590，⑨89,139，⑩322
スリッパ小屋　⑦261
須利耶　⑨281-289；143,145,146
須利耶圭［すりやけい］　⑨280
ずるいやつら　⑩269→づるいやつら
するが台　①314
するする　②73,292，⑩33，⑪201,227；288，⑫216
スルスル　⑧7，⑩276
するするするする　⑫275
するするするっ　⑧180
するするっ　⑨72
スールダッタ　⑫304-306
するめ　③447，⑧76，⑩293
するり　⑧182，⑫276
すれすれ　③38,41,344，④248，⑧85，⑨176
スレート　⑦89；278
スレンジングトン　⑫333→スレンヂングトン
スレンヂングトン　⑫333
スロープ　④171,172
燕［スワロウ］　⑨219
スワン　⑩45
すゐぎん　⑫69
スヰヂッシ　②93
スヰッチ　⑨323
スヰツツル　②69

スキーデン　⑩50，⑫220
スキトン　④122；230
すゐば　③270
スキミングワルツ　⑩51
ずゐ虫　④277；206,208
ずんずん　③145；348,349,351-353,459，⑧31,36,101,124,138,191,210,211,240,291；40，⑨77,83,90,108,113,130,381，⑩13,33,35,88,106,108,159,205,220,221,309,323；170，⑪12,77,106,107,153，⑫30,83；104

# せ

瀬　⑩56
瀨［せ］　⑩68
斉［せい］　⑧149
税　⑦161；505
西域　③88,282；17,182,359,652,658，④44，⑫275→西域〈さいいき〉
西域異聞　⑨140
西域諸国　⑥75,289
西域風　③110
星雲　②108,122,199,214,324,338,408,423，③223，④296，⑧316，⑫222
星雲［せいうん］　⑥193
青雲　⑧20
征王　⑨140
聖歌　④196；111，⑨330
星河　⑦249
青娥　⑦281
請願巡査　③447
世紀　④280，⑥67，⑦181；535,536
清吉　①146，⑦364
世紀末　③177
世紀末風　③426-428，⑥225
聖業　④240
清教徒　④224；306，⑤43→清教徒［ピユリタン］
税金　⑩228
星群　①39,172
清潔法　④217
清源寺　⑫307
青光　⑩146，⑪140
星座　①376，②124,340，③146，⑤14,116,

（すな～せい）　145

星⑨151, 157, 339, ⑪131, ⑫255
星座[せいざ]　⑫52
正座　⑥180
清作　⑧254-256, 258；*109*, ⑨*164-171*
清作[せいさく]　⑧152-154, 161, ⑫64-66, 68, 73-76, 78, 104, 110, 116, 122
制札　⑨115
星座の図　⑪123, 131
星座早見　⑩133, ⑪131
盛餐　⑦*436*
聖餐　③241；*588*, ⑦99；*311*
青山　①42, 75, 77, 179, 237, 238, 243, 305, 306, 312, 319, ③89；*365, 652*, ⑤82, 185
生産制限　④*80, 82*
生産体操　⑫336, 337, 339；*215, 223*
青磁　②244, ⑥66
政治家　③13, ④232；*151*
生しののめ　②107, ⑦172；*206, 521*
製糸場　③106
聖者　④271；*192, 193*, ⑤130, ⑨224, 232, 239；*141*
清酒　⑩185, 235
西周　⑧148
聖重挽馬　④54, 193；*106, 108*
星宿　⑨*114*
青春　⑦238
聖女　④*133*, ⑥107
斉唱　⑤135
正色　⑤222
生殖　⑨226
青色青光　⑨216
聖女テレジア　⑤232, ⑥78, ⑫285
聖人　⑩293
聖人[せいじん]　⑧76, ⑩*183*
精神歌　⑦*713, 714*
成人学校　⑪46；*82*, ⑫*142*
精神作用　④271；*192*
精神主義　⑤44
精神病　④190
星図　⑪124
清介[せいすけ]　⑧103
せいせい　③129, 203, 235；*294, 300, 378, 492, 572*, ⑨*183*, ⑩156, ⑪16, 19, 100, ⑫193,
297；*113*
ぜいぜい　④36, 37；*60, 61*, ⑫150
晴雪　⑦285
清洗　⑨59
清楚　⑥101
西蔵　⑧344→西蔵〈チベット〉
西蔵魔神　③92；*212, 222*
青岱　③*157, 159*, ⑤109
生体量　⑩323
ぜいたく猫　⑫174-176；*74, 76-78*
製炭小屋　⑦262
精虫　⑨*111*
清澄　⑥185
西天　⑦*332*
青天　③273, ⑤71
生徒　③61, 174, 244, ④31, ⑤*190, 217, 218*, ⑦*464-468*, ⑩29, 31, 32, 47, 51, 55, 58, 59, 109, 136, 197, 200, 204, 250, 322, 336；*130, 143, 168*
　寄宿舎の――　⑩326
生徒[せいと]　⑫107, 108, 110-112, 119, 120, 122-124
青燈　③187；*444*
青銅　①314, ③*427, 428*, ⑦*671*
青銅いろ　⑥78, 167
聖なる百合　⑩*190*
正南　④213
青年　⑩17, 19, 24-26, 113, 114, 118, 119, 122, 127, 128, 157-163, 165, 166, 170-173, 290；*68, 69, 87, 95*, ⑪*151-156, 164-166*；*199, 208*
青年処女期　⑨231
青年団　④84；*163, 165*, ⑦*171*, ⑨*33*
聖玻璃[せいはり]　②22
生蕃　⑤110, ⑦*165*, ⑩228, 265
正反射　③70；*165, 166*
製板所　①30, 150, ⑩*50*
制服　⑥65, ⑫270
生物　④265, ⑨227, ⑩97
生物学　④299
聖物毀損　④198
生物分類学　⑨214
聖母　③101；*238, 241*, ⑥294
制帽　⑫270
青宝玉　⑨274, ⑩154, ⑪148→青宝玉〈サファ

イア〉
正方体　⑥283
聖木　①212
税務署　⑦545，⑧257，⑨391；168，⑩231，243，⑪112
税務署長　⑩227-232，235，236，238-241，244；131
税務署長歓迎会　⑩229；131
税務属　①373，⑦268
税務吏　⑦85；268，269
清明　③201；157，159，485，487，⑤140
政友会　⑤94；105，⑦615
星曜　⑩77，⑪182
西洋　⑩184
西洋街道　⑩106
西洋剃刀　⑨200
西洋軒　⑩185，186
西洋人　⑧277
星葉木　③116，117
西洋野菜　⑤41
西洋料理　⑤94，⑦236；615
西洋料理店　⑤191，⑫29→RESTAURANT
西洋料理店[せいやうれうりてん]　⑫35
西洋料理屋　⑩116，⑫16
性慾　②88，304
生理　⑪154
聖竜王　⑫303
勢力不滅[せいりよくふめつ]の法則[はふそく]　⑫85
清麗　⑦295
西暦一千九百二十七年　⑦535
精練　⑦359
精練所　⑫299
静六　⑦353，355
セヴンヘジン　③212，215，218→セヴンヘヂン
セヴンヘヂン　③212，215，218
セガ　⑦38
世界　④197，211，232，265，289，290，292，294；126，151，220，221，⑤59，114，⑩49，175，227，247，269，302，327，338，343；68，104，⑪122，198
　苦の——　⑩331
世界一切　④265

世界革命　⑩338
世界警察長　⑧328
世界裁判長　⑧318，337
世界人類　⑩343
世界長　⑧321，322
せかせか　⑧100，189，289，⑨255，⑪40，185，190，⑫46；137
瀬川　④172，⑩50
　——の鉄橋　⑫281
瀬川橋　①360
せき　⑩45，309
堰　⑩304
関　③318
咳嗽〈せき〉　⑪5，⑫97
赤衣　⑦160，⑫167
積雲　②191，401，③22，228，229；45，190，191，232，271，559-561，564-567，④94，224，266；180，181，⑤12，51；50，⑥23，173，238，239；7，⑦235，295；352
赤衣　③93，100，103，⑦160
石英　⑤8，⑨274，⑩38，98；83，⑪195
石英安山岩　②435，⑤9，⑨274→石英安山岩[デーサイト]，石英安山岩[デサイト]
石英粗面岩　①290，⑩30，49
石英燈　④281
石英斑岩　⑫292
石英ランプ　⑩205，⑪85
石英ランプ　⑩205，⑪85→石英ランプ
赤褐　③410，⑫12
赤褐色　③26
隻脚　⑥61
関さん　⑩32
石綿　①38，169，170，③111；272-274，⑩206→石綿〈アスベスト〉
析出　⑥260，⑩224
石神　⑦116；366
第六圏〈セキスタント〉　③33；71
六分圏[セキスタント]　③35；77
セキセイインコ　⑥116
　——いろ　⑦692
　——の色　⑦693
赤青燈　⑤11
責善寮　②460

（せい〜せき）　147

石炭　①*52*，③*560*，⑥*27*，*238*，⑨*216*，⑩*49*，*143*，⑪*137*；*193*
石炭［せきたん］　⑫*285*
石炭紀　②*44*，*266*，④*152*
　　人間の――　④*232*
石炭函　⑩*63*
石炭袋　⑩*26*，*129*，*173*，⑪*167*
石竹　③*109*，*110*
石竹いろ　③*53*，*209*；*502*，*503*，*505*，④*280*，⑦*181*；*535*
石竹［せきちく］いろ　②*68*
石塔　④*223*，*254*
赤道　⑨*37*，*38*，*42*
赤道無風帯　⑨*38*
石［セキ］バン　⑤*97*
石盤［セキバン］　⑫*225*
石碑　③*474*，*477*，④*105*，⑤*96*
石標［せきへう］　⑥*189*，*196*
石仏　⑦*366*
石粉　⑦*291*；*698*
赤袍　⑦*160*
石墨　①*375*；*171*，②*206*，*415*，⑦*217*；*591*
石油　①*101*，③*276*；*355*，⑥*7*；*5*，⑪*40-42*，*129*；*74*，⑫*138*
石油［せきゆ］　⑫*209-211*，*224*
石油井戸　③*233*，*278*
石油ランプ　⑨*81*，⑪*105*
石油ランプ　⑨*81*，⑪*105*→石油ラムプ
積乱雲　③*142*，④*279*
赤痢　⑨*49*；*149*，⑩*266*，*277*，⑪*5*
赤痢［せきり］　⑧*9*，*170*
せきれい　⑤*26*，⑦*143*，*144*，*631*，⑨*176*；*83*，⑩*68*，⑪*202*
世間　④*96*
セシルローズ型　②*82*
施身大菩薩　⑨*153*
セセッション式　③*489*，*492*，*496*
セーター　⑦*278*
石灰　①*27*，*393*，③*33*，*43*，③*23*，⑤*635*，*636*，⑥*11*，⑦*256-258*，⑨*224*，⑩*30*，⑫*287*
石灰岩　②*192*，*401*，③*138*，*271*；*79*，*201*，*398*，*551*，⑤*11*，*73*；*189*，⑥*300*，⑦*491*，⑧*99*
石灰岩［せきくわいがん］　⑫*228*

石灰岩抹　③*333*
石灰岩末　③*138*
石灰窒素　④*65*，*212*；*127*
石灰抹　③*328*，*552*，⑥*162*
雪花石膏　③*391*
雪花石膏［せつくわせきかう］　⑫*46*
説教［せつきやう］　⑧*16*，⑩*174*
説教　⑨*158-160*，*167*，⑩*286*，*323*
雪峡　⑦*237*
石窟　④*221*
設計　④*113*，*136*，*206*，*274*；*196*，*197*，*199*
設計事務所　③*9*
設計者　⑫*304*
設計図　⑨*173*，⑫*285*，*287*
設計表　⑤*58*
石膏　⑩*57*
浙江　⑦*89*；*278*
摂氏　⑥*34*
拙者　⑤*17*，*18*，*43*，*44*，*110*，*205*；*41*，*103*，*119*，*143*，*144*，⑪*48*
セッシャ　⑩*229*
説述　④*90*
摂政　①*283*
殺生石　⑨*121*
摂氏零度　⑩*261*
接心居士　⑦*46*
せっせ　⑧*136*
折線　⑤*73*
雪乱　⑤*219*；*218*
節足動物　⑨*231*
楪体　⑦*311*
絶対派　⑩*339*
折衷派　⑩*339*；*226*
刹那　③*266*
雪白　④*282*
切腹　⑩*38*
接吻　④*64*，*125*
石粉　⑦*291*；*698*
説法　⑨*158*，*164*，⑩*99*
絶滅鳥類　⑤*220*；*218*
せつり　②*43*，*265*
摂理　⑨*236-238*
節理　⑩*36*

摂理論　　⑨241
瀬戸　　⑩64, ⑪12, ⑫*104*
瀬戸[せと]　　⑫*30, 34*
旋頭歌　　①25
せともの　　①9
瀬戸[せと]もの　　⑫*80*
瀬戸物　　⑨26, ⑩108, 147
せな　　⑥266
せなか　　⑩266, 270
背中　　⑩*37*
銭　　⑥124, 234, ⑦134；*232, 233, 367, 423*, ⑩181, ⑪*78*
セニヨリタス　　⑤213
ゼノリス　　③274
捕虜岩[ゼノリス]　　③111；*272*
施肥　　④211, ⑦*118, 122, 124, 257*
施肥の設計　　④107
セピヤ　　③*401, 514*
セピヤいろ　　⑤150
セピラの峠[とうげ]　　⑫44
セピラの床屋　　③74
脊広　　⑨247
せびろの服　　⑤*36*
蟬　　①364, ③130；*234, 237, 239, 294, 297, 300, 304*, ④250, ⑥276, ⑦*618-620*, ⑨29, ⑫367
　　雪の――　　①*167*
蟬[せみ]　　⑩*71, 73*, ⑫217
施無畏　　④*257*, ⑤*90*
責苦[せめく]　　⑧16
セメント　　⑥152, ⑨317, 319, ⑩*95*, ⑫168
せらせら　　⑧44
せらせらせら　　⑫66
せらせらせらばあ　　⑫66
ゼラチン　　③240, 264；*523, 524, 526, 587, 654*, ⑥*75, 247*, ⑩*97*
ゼラチン盤　　③*527*, ⑥248
セラヲバアド　　⑨330, 334, 336
せり　　①158
芹　　②34, 257, ③377
セル　　⑦264；*533*
ゼル　　⑧*119, 120*
セルリー　　④195

セルリイ　　⑨236
セルローズ　　④208
ゼルン　　⑧*119*
セレナーデ　　②72, ③85；*201*, ④*218, 344*, ⑦210；*72, 582*
セロ　　③*18*, ④260；*171, 172*, ⑥313, ⑦245, ⑩27, 83, 115, 130, 139, 140, 143, 174, 176；*90*, ⑪*79*, 88, 89, 219-222, 224-226, 228, 229, 231-234；*190, 193, 287, 289-291, 299, 302*
　　粗末な箱みたいな――　　⑪220
セロのやうなごうごうした声　　⑪*190*
セロのようなごうごうした声　　⑪*190*→セロのやうなごうごうした声
セロのやうな声　　⑩27, 115, 130, 174, 176；*90*, ⑪*190, 202, 203*
セロのような声　　⑩27, 115, 130, 174, 176；*90*, ⑪*190, 202, 203*→セロのやうな声
セロ引き　　⑪*291*
セロ弾き　　⑦195, ⑪222, 223, 225, 231；*283, 287, 292-295, 300-303*
セロ弾きのゴーシュ　　⑧*37*, ⑪*283, 287*, ⑫*71*
せわしくせわしく　　⑪*158*, ⑫160
夋　　⑩237
線　　⑦*7*；*12, 13*
氈　　④185, ⑥246；*5, 13*
善　　⑨237, 272
膳　　④175, ⑩230
遷移　　③82；*193, 194*
漸移　　⑨*135*
繊維素　　⑨223
船員　　②461, 466, 470
染汚　　④278
僭王　　③149
千億　　④54
前科[ぜんくわ]　　⑫66
千川　　④219；*144*
前寒武利亜紀　　③*157*
善鬼　　③140；*339*
禅機　　⑤18
善吉　　⑦147；*467*
一九二〇年代　　⑫350
一九二一　　③*8*
一九二四年　　⑫363

一九二五、四月一日　⑩248
一九二五、五、一八、　⑩255
一九二五、十一月十日　⑩260
一九二六、五、一九、　⑩255
一九二七年　④351
一九二八秋　③8
一九二九年二月　⑤176
一九三一年度　⑩338
一九三一年九月四日正午　⑩341
撰挙　⑦189
選挙　⑥269, ⑦61 ; 187, 188
宣教師　⑨221
千キロ　⑦135
千金丹の洋傘　⑩232
善コ　⑧275, 277, 279, 280
撰鉱　④47 ; 97, ⑫297 ; 201
善光寺　⑩254
先ころ　⑩267
先頃　⑪209
先頃[せんころ]　⑧41
戦士　⑦461
戦士[せんし]　⑥201
戦死者　⑤56
前詩集　③608
船室　⑥24
千住　①286, 333, ⑥55
善主　⑦353, 354
前十七等官　⑪69
船首マスト　⑤198
戦場　⑩186
　──の墓地　⑩337
千燭　⑨87
遷色　②201, 410
鮮人　⑥169
泉水　⑩142, ⑪136
前世　⑥106
先生　①104, 116, ②125, 341, ③85, 118, 173, 175 ; 150, 152, 197-199, 271, 421, 423, ④103, 175, ⑥196, 259, ⑧104, 105, 171, 172, 174, 181-183, 315-317, ⑨7-9, 57, 86, 90, 119, 137-148, 150, 345, 384, 386, 399-402, ⑩22, 31, 32, 35-39, 56, 116, 125, 133, 169, 171, 248, 252, 255, 257-260, 263, 301-303, 323, 334 ; 91, 127, 152, 205, ⑪56-58, 66-68, 110, 123-125, 128, 165, 173-179, 181-184, 211, 214, 222, 223, 225, 230, 231 ; 154
青柳──　⑦544
菊地──　⑩248, 252, 253 ; 143
喜田──　①153
橘川──　①104
撃剣の──　⑪110
工芸学校の──　⑩184, 185, 189
斉藤──　⑩248
サラ──　⑨320, ⑪27
サラバアユウ──　⑨61-63, 319, 321-323, ⑪27-30
サンタリスク──　⑫237
自在画の──　⑩127
唱歌の──　⑩127
女史──　⑦158
白淵──　③168 ; 403, 407, ⑥225, 255
鈴木卓内──　③197 ; 477
鈴木卓苗──　③475
卓内──　③197 ; 477
卓苗──　③475
武田──　⑩250, 252, 254, 255, 258, 260
武村──　⑨142
多田──　①42
畜産学の──　⑩323
手習の──　⑩192 ; 121
鳥箱──　⑧171-173
バアユウ──　⑨319, ⑪27
美容術の──　⑪214
プー──　⑫112
フゥフィーボー──　⑧316
フゥフォイボウ──　⑧318, 321
ペンクラアネイ──　⑨63, 65, 324-326, ⑪30, 31
ポー──　⑫111
ホトランカン──　⑨53-61, 303, 306-308, 310-312, 314, 315, 319, 321, ⑪19, 20, 22-24, 28
洞熊──　⑩273, 287 ; 166
マリブロン──　⑩301
港──　①31, 152, ⑦247 ; 632
リンパー──　⑪12-14, 16, 17, ⑫189-193,

198；*104*, 110
リンプウ────　⑪117，⑫*109*
リンプー────　⑪17, 18，⑫*110-112*
リンポ────　⑪18, 19
リンポー────　⑪18, 19；*28*，⑫*110, 112, 113*
先生[せんせい]　⑧63, 122, 169, 170, 173，⑩69, 70，⑫214
　パー────　⑫192, 193
　プー────　⑫195, 196
　ポー────　⑫196, 197
　リンパー────　⑫189-193, 198
　リンプー────　⑪17, 18，⑫194；*110-112*
　リンプウ────　⑪17，⑫*109*
　リンポ────　⑪18, 19
　リンポー────　⑪18, 19；*28*，⑫196；*110, 112, 113*
先生[せんせ]　⑩69, 70，⑪204, 205，⑫214, 229
センゼード　⑪104
センゼード日日新聞　⑪107
先祖　⑪142
戦争　⑫329
戦争と平和　⑫236
詮太　⑤79
千太　⑧319
仙台　①47, 187，⑦*238, 304*，⑨*157*，⑫298
ぜんたい　⑩154，⑪174, 181
仙台領　⑫298
蘚苔類　④207
洗濯曹達　⑧165
せんたくや　⑦109；*345, 346*
先達　④115, 120；*135*
センダード　⑪115
センダード市　⑪102；*111*
センダードの市　⑪104, 109, 121
センダードのまち　⑪114
センターレアモシャタ　③*623*
泉地　⑥215
全知全能の神　⑨*102*
蠕虫[ぜんちゅう]　②53
船長　②469
剪定鋏　⑨199
セント　⑧311

船頭　⑨177
戦闘艦隊[せんたうかんたい]　⑫39
セントジョバンニ様　⑪216
聖白樺[セントベチユラアルバ]　②176, 386
セント　マグノリア　⑨271
染汚〈ぜんな〉　④278
仙人　①354，⑦*39*，⑩106，⑪21, 22；*7, 8*，⑫*114*
仙人[せんにん]　⑫197, 198
仙人　⑨128
千人　⑥294
千人の天才　⑪*155*
千人の宿　⑩*99*
千人供養　①357，⑦*331, 332, 409*
仙人鉱山　⑨126
仙人草　②124, 340
仙人草[せんにんそう]　⑥195
仙人峠　⑩47
せんの木　③*543*
詮之助　④75；*241*，⑤*51*，⑦*49*；*156*
千の春　⑦*115*
千の蛍　⑩24, 126, 170
先輩　④124，⑩185
専売局　①11, 112, 113，⑪196, 203；*233*
扇風機　⑨80, 81, 86，⑩185，⑪103-105
賤舞の園　⑦182
セン、プラネン　⑨61
せんべい　③193；*466*，⑩299
センホイン　③145；*347, 349, 351, 353*，⑥262
染汚〈ぜんま〉　④278
ぜんまい　③233, 278；*576-578*，④*13*，⑦*659*，⑨284
弾条[ぜんまい]　④*13*
ゼンマイ　①284
洗面器　⑪108
顫律　⑩*98*
千両ばこ　⑧261, 262
閃緑　⑦128
閃緑玢岩　③*543*
洗礼　⑨90，⑩323
線路　③67，⑥95，⑦*57, 58, 62, 326*，⑩19, 26, 121, 128, 165, 172
　────のへり　⑩143，⑪137

（せん～せん）　151

線路工事　　　⑦*376*
線路工夫　　　⑨126, ⑩*97*

## そ

ソイルマルチ　　　⑥13
浅土層[ソイルマルチ]　　　⑥11, 12
僧　　　⑦17, 51, 300 ; *160, 162, 163, 709*
槽　　　⑦*74*
相[さう]　　　⑥291
蒼　　　⑤81
艚　　　⑦*74*
象　　　⑦*701*, ⑧184, 185, 213, 269, 271, 287, ⑨196, 353 ; *93*, ⑩293, 294, 298, 299, ⑪234, ⑫162-169
　　白い――　　　⑨336
象[ぞう]　　　⑧76, 81, 82
総一　　　④84 ; *165*
層雲　　　⑦137 ; *431*
蒼鉛　　　②197, 406
蒼鉛[さうえん]　　　②80, 297
蒼鉛いろ　　　③42, ⑥242
蒼鉛[さうえん]いろ　　　②138, 354
造園学　　　⑦37 ; *108, 109*
挿秧実習　　　⑩*143*
挿秧どき　　　③*272*
挿画　　　⑩*69*
造花　　　④218 ; *138, 139, 141*
象嵌　　　③235
双眼鏡　　　⑪103
相関現象　　　⑩31
雑木　　　③171, ⑩30, 31, 33
蒼穹　　　③22 ; *45*, ⑦*77, 245*
象牙　　　⑥31, ⑫163
装景　　　③234, 279, ⑥16
装景家　　　⑥81 ; *56, 63*
象牙細工　　　①55, 202, ⑫247
草原　　　⑩*121*, ⑪26
層巻雲　　　④92, ⑥85
倉庫　　　④123, ⑦316
倉庫[そうこ]　　　⑫149, 150, 156, 157, 160
糟糠　　　③*365*
総裁　　　⑫*208*
臥牛<そうし>　　　③*170*, ⑤39→臥牛<ふしうし>

雑色　　　⑦*479*
相似形　　　④160 ; *78*, ⑫270
臥牛の山　　　③*170*
造酒工場　　　⑩234
双晶　　　⑨366
僧正　　　⑨153
草食獣　　　⑨215
草食動物　　　⑨233
双四聯　　　③7, ⑦*8, 297*
喪神　　　①37, 163, 390, ②23, 31, 215, 247, 254, 424, 436 ; *21*, ⑦*547*
喪神[さうしん]　　　②203, 412
喪神青　　　③80 ; *190, 192*, ⑥18
層積雲　　　③70, 177 ; *165, 166, 333, 426, 428*, ⑥225
そうそう　　　⑦140→さうさう
ソウソウ　　　⑦71 ; *227, 228*→サウサウ
葬送行進曲　　　②192, 401
相対性学説　　　⑨232
相談　　　⑩263
相談所　　　⑨173
総反別　　　⑤201
相談役[さうだんやく]　　　⑩*170*
宗湛老湛　　　⑫*208*
曹長　　　⑧163, ⑫325-331, 333, 335
蒼天　　　③*361*
僧堂　　　①176
壮年期　　　⑨231
象[ざう]の頭[あたま]のかたち　　　⑫*46*
象[ざう]の形[かたち]の丘[をか]　　　⑫*47*
象の弟子　　　⑩293, 294, 298
象のやうな丘　　　⑧287
象のような丘　　　⑧287→象のやうな丘
糟粕　　　⑨221, 222
蒼白　　　③73 ; *169, 172*, ⑦*183*
象皮　　　⑫163
臓腑　　　⑪14, ⑫*106*
蒼茫　　　⑦41, 48 ; *128, 130, 154*
像法　　　①*282, 285*, ③*355*
奏鳴　　　③*183* ; *437, 439*, ⑥253
奏鳴者[さうめいしや]　　　⑥253
素麺　　　⑦169→素麺<むぎ>
宗谷　　　①293, ②465

宗谷海峡　　②161, 181, 371, 391
宗谷岬　　　⑦263
ぞうり　　　⑫79→ざうり
草履　　　　⑩181
総理大臣　　⑩99
草緑　　　　⑦128
葱緑　　　　③70, 82 ; 166, 193, 194, 605, ⑤81, ⑦28, 261, 262
造林　　　　⑩30
藻類　　　　⑨217
早冷　　　　⑩154, 155
蒼冷　　　　⑫377, 378
葱嶺　　　　⑦17
そおっ　　　⑧180
属　　　　　⑦545
側圧　　　　⑦547, 549
測鎖　　　　⑦639
ぞくぞく　　⑨105, ⑩336
ぞくっ　　　⑪156
粟葉　　　　⑦267
ソークラテース　③441
測量　　　　④152, ⑦427, 428, ⑩249, 250, ⑫269
　──の器械　⑫252
測量旗　　　⑩115, 140, 160, ⑪154 ; 190
測量師[そくりやうし]　⑧96
測量班　　　⑤134
速力　　　　⑫154
そこ〈底〉　②24, 248
底　　　　　②22, 23, 246, 247, ⑩8, 9, 13, ⑪125
　四月の──　②23, 247
　谷の──　　⑩167
　ひかりの──　②22, 246
　水の──　　⑩5, 8
底[そこ]　　⑫128
　水[みづ]の──　⑫159
底[そこ]なしの淵[ふち]　⑩69
底無しの淵　⑫274
底[そこ]びかり　⑩126
蔬菜　　　　④82, ⑫285 ; 11
蔬菜ばたけ　⑪63, ⑫160
蔬菜[そさい]ばたけ　⑫223
ソーシ　　　④95→伏牛, 臥牛〈ふしうし〉
組織　　　　④64

そだ　　　　⑨37
粗朶　　　　④12
曹達　　　　①91, ⑤8, ⑨274
そだないでぁ　⑪175
ぞっ　　　　⑧40, 85
速記者　　　⑨225
卒業　　　　⑩273 ; 143
卒業式　　　⑦162 ; 507, 592
卒業試験　　⑧316
ソックスレット　④160 ; 78
測候所　　　③33 ; 71, ④114 ; 211, ⑤14, ⑨25, ⑩155, 262, ⑪149
測候所[そくこうじよ]　⑫228
測候長　　　④91 ; 175
そったに　　⑧262
Sottige[ソッテイーゲー]　③291, ⑥228
外山　　　　③259 ; 74, 614, ⑦66, ⑫378
供物　　　　④241, ⑨251
園　　　　　⑦175, 176, 248 ; 527
園つかさ　　⑦184, 185
園守[そのもり]　⑦184
そば　　　　②203, 412, ④30 ; 51, ⑧32, ⑩189, ⑪39, 42, 43 ; 77, ⑫104, 116, 209 ; 138, 140
　──の花　⑩85
蕎麦　　　　③119, ④249, ⑦74, ⑩256, ⑪41, 42
　──の花　⑩283
蕎麦[そば]　⑫21, 210, 211
そば粉[こ]　⑫201
そばそば　　⑪164
蕎麦団子　　⑧237, ⑩306
蕎麦ばたけ　⑨120
祖父　　　　⑦233 ; 12, 231, ⑩142
　──の死　⑩144
粗布　　　　⑨288
ソファ　　　⑦265, 266
ソーファ　　⑥66, 67, ⑦84 ; 264-266, 693
ソフトカラ　⑤110
ソプラノ　　⑤147, ⑦132 ; 415
祖母　　　　⑩148
　──の死　⑩144
そま　　　　⑦659, 660
粗末な箱みたいなセロ　⑪220
蘇末那　　　③213

(せん〜そま)　153

岨みち　⑥169
蘇民祭　⑩*143*
捺染［そめ］　③*61*
そめいよしの　①286, 333, ⑥56→そめゐよしの
染壼　⑨263
染物小屋　⑨267
染物屋　⑨267
染屋　⑨263, 264, 266
そめゐよしの　①286, 333, ⑥56
征矢　⑨170
そら　①6, 12, 14, 16, 17, 20, 21, 23, 24, 28, 31-37, 44, 45, 48, 53-56, 58, 59, 62, 63, 73-77, 83, 87, 89-94, 105, 108, 109, 111, 113, 114, 116, 120, 127, 133, 134, 136, 137, 151, 154, 157, 159, 162, 163, 165, 169, 181, 187, 189, 190, 197-199, 203, 205, 208, 209, 211-213, 231, 233, 234, 239, 242, 250-253, 261, 263-267, 270, 271, 274-276, 286, 292, 295, 297, 300, 301, 303, 304, 306, 310, 311, 314, 316, 318, 320-322, 327, 330, 338, 339, 346, 350, 360, 362, 364, 365, 368, 373, 374, 376, 383-385, 389, ②16, 24, 30, 36, 44-46, 64, 81, 82, 84, 96, 101, 108, 116, 130, 139, 140, 148, 194, 197, 205, 211, 219, 240, 248, 253, 259, 266-268, 285, 298, 299, 301, 312, 317, 324, 332, 355, 356, 403, 406, 414, 420, 428, 460, 462, 464, 473, 474, ③24, 35, 38, 107, 113, 123, 129, 134, 139, 151, 157, 160, 164, 166, 179, 183, 206, 215, 219, 223, 249, 250, 270, 280 ; *45, 76, 83, 84, 104, 106, 211, 217, 248, 249, 373, 378, 380, 383, 648*, ④32, 54, 72, 91, 95, 107, 108, 132, 165, 167, 177, 189, 195, 210, 213, 218, 264, 267, 286 ; *26, 35, 104, 171, 175, 258, 260*, ⑤7, 46, 51, 53, 86, 92, 115, 122, 129, 131, 205, ⑥22, 23, 28, 33, 34, 39-41, 43, 48, 52, 55, 56, 60, 62, 66, 85, 116, 122, 132, 163, 201, 203, 204, 240, 243, 249, 254, 276, 307, 329, 343, 362, ⑦11, 41, 93, 101, 144, 157, 178, 185, 200, 227, 228, 242, 255, 272, 277, 281, 296, 299, 300 ; *15, 20, 27, 29, 31, 41, 57, 62, 86, 130, 143-145, 182, 195, 206, 235, 240, 254, 262, 265, 288, 290, 301, 456, 457, 531, 578, 632, 657, 718*, ⑧7, 21, 28, 66, 67, 69, 85, 87-89, 112, 113, 145, 186, 195, 200, 203, 205-207, 211, 214, 217, 275, 289, 295 ; *32, 69*, ⑨29, 66, 166, 181, 195, 210, 253, 273, 277, 283, 336, ⑩13, 25, 73, 80, 129, 161, 163, 164, 172, 206, 217, 218, 246, 272, 274, 275, 302, ⑪27, 61, 68, 79, 135, 157-159, 170, 192, 208, 218, 234, ⑫*79*, 160, 208, 261, 262, 276, 281
──の孔　⑩26, 129, 173, ⑪167
青じろい──　⑤29
桔梗いろの──　⑪154
光の──　⑩302
空　①10, 23, 24, 28, 29, 44, 47, 48, 51, 52, 54, 76, 82, 85, 94, 132, 147, 150, 199, 214, 233, 260, 263, 273, 276, 307, 317, 360, ②79, 129, 159, 193, 200, 208, 296, 345, 369, 402, 409, 417, 452 ; *48*, ③105, 119, 140, 223, 235, 276, ④123 ; *257*, ⑤205, ⑥215, 230, 244, 249, ⑦144, 227, ⑧19, 23, 29-32, 36, 86, 89, 99-103, 111, 114, 116, 117, 120, 137, 185, 190, 191, 193, 196, 202-204, 209, 213, 216, 220, 227, 254, 258, 267, 270, 279, 283, 287, 289, 291, 293, 303, 309-311, 338, 340, ⑨18, 26, 38, 45, 103, 105, 112, 121, 126, 135, 155, 158, 160, 166, 170-172, 182, 183, 193, 200, 203, 205, 206, 252, 256, 275-278, 283, 285, 287, 288, 337, 344, 350, 359, 375, 378, 388, 394, ⑩49, 89, 104, 105, 107, 123, 124, 138, 166, 200, 206, 211, 212, 217, 291, 301, 303, 314, 318, 324, ⑪28, 56, 76, 85, 136, 158, 160, 166, 184, 185, 187, 190-192, 200, 210, 214, 215, ⑫235, 236, 246, 250, 252, 254, 263, 268, 276, 376
がらんとした──　⑩148, 164, ⑪158
桔梗いろの──　⑪147
空［そら］　①291, ⑧40, 42, 61, 63, 68, 70, 74, 119, 125, 126, 146, 152, 248, 250, 252, ⑫14, 26, 38, 39, 41, 42, 46-48, 52, 65, 78, 107, 113, 152, 154, 198, 199, 203, 220
穹［そら］　⑦*86*
虚空［そら］　⑥271
蒼穹［そら］　④17, ⑦*669*
碧空［そら］　⑦84 ; *265, 266*
穹隆［そら］　①43
そらいろ　①8, 106
空色　⑥35
ぞらぞら　⑪*216*→ぞろぞろ

空の工兵大隊　⑩22, 124, 168, ⑪161
そら豆形　⑩322
そり　④254 ; *168*, ⑦676, ⑩62, ⑪24
橇　⑦273 ; *674, 675*
反り橋　⑦33 ; *97, 99, 100*
橇道　⑫365
そろそろ　③76 ; *365, 481*, ⑤52, ⑨97, 106, ⑩88, 241, 267, 330, ⑪132, ⑫94
ぞろぞろ　②457, 458, ④14, 141, ⑦220, ⑧59, 223, 264, 296, 330 ; *86*, ⑩30, 33, 37, 246 ; *18, 105*, ⑪233, ⑫24
ぞろつ　⑫140, 188
ぞろっ　⑧34, ⑨81, ⑩49, 52, 71, 230 ; *15, 98*, ⑪10, 105 ; *210*, ⑫140, 188→ぞろつ
算盤　⑨173
ぞろり　⑧244, 335, ⑩313, ⑫264
そろりそろり　⑧36, 138, 180, ⑫90-93
そわそわ　⑪164, ⑫267, 350→そはそは
村会議員　⑦379, ⑧263, ⑩230, 231, 234, 240, 243, 244
ソン将軍[しやうぐん]　⑫187-197
尊々殺々殺　⑤153
日曜日[ゾンターゲ]　⑦297
村長　④82, 83, ⑦287 ; *89, 118, 266*, 458, 549, 692, ⑨173, 175, 176, 178, ⑩229, 230, 232, 244 ; *132-135*
尊堂　⑨61
村童スケッチ　⑧*112*, ⑨*39*
ゾンネンタール　①351, ②42, 264
村農ソークラテース　③*441*
ソンバーユー　⑫194
　　北守将軍[ほくしゆしやうぐん]——　⑫184, 186, 189
ソンバーユー将軍[しやうぐん]　⑫190, 197

## た

田　⑤202, ⑪36, ⑫*133*
だあ　⑪188
ダア　⑧274
ダアイドコロ　⑧51
だあだ　⑪189
たあちゃん　⑩168
タアちゃん　⑩17, 119 ; *95*, ⑪162 ; *207*
タアちゃん　⑩116 ; *91*, ⑪203
タアナア　②188, 398
ダアリア　②195, 404, ⑦*134*
ダアリア展　⑦*134*
ダアリアバリアビリス　⑦*134*
ダアリヤ　⑧247, 253, ⑩317, 318, 321 ; *201*
　　——の花　⑩317
ダァリヤ　⑧203-206, 247, 248, 250-252 ; *69, 107*, ⑩319-321 ; *200*
　　——とまなづる　⑧*17*
　　——と夜　⑧*68, 100*
　　——の花　⑧202, ⑩317
だぁんだぁん　⑪200
堆　⑦77
堆[たい]　⑦*245*
台　⑤122, ⑩35
第CZ号　③114 ; *279*
第CZ号列車　③*277, 278*, ⑥240
タイア　④*59, 62*
ダイアデム　④230 ; *107, 109*
ダイアモンド　③261, *654*, ⑧194-196 ; *63*, ⑨205, ⑩207→金剛石、ダイヤモンド
ダイアモンド会社　⑩140, ⑪135
ダイアル　⑩64
盤面　⑩61, 146, ⑪140
盤面[ダイアル]　①351, ②173, 383, ⑦215 ; *588*, ⑩61, 64
大尉[たいい]　⑫*39*
大尉[たいゐ]　⑫40-44
大医　⑪6
体育　④16 ; *246*
第一楽章　③213
第一小隊長　⑥215
第一日曜　⑫161
第一集　⑧*12*, ⑨*85*
第一等　⑨48
第一等官　⑩206
大威徳迦楼羅王　⑤*8*
太陰暦　⑨140
大陰暦　③*440*
大英博物館　⑧120
退役　④196 ; *111*
大演習　⑨18

(そま〜たい)　155

大煙突　⑦87；*271, 273*
大烟突　⑦*272*
大王　⑩296
　　獅子——　⑧185
大王［だいわう］　⑧75, 77, 79, 80, 152, 154-156, 159-161
大王さま　⑩293
大王様　⑩294
大学　④238；*73*, ⑨143, ⑩108, 114, 159, ⑪104, 122
　　札幌の——　⑩252
　　理科——　⑪104
大学教授　③*205*
大学士　②9, 233, ⑧123, 127, 128, 131, 132, 134-138, ⑨47, 48, 67, 348, 350, 360, 362-366, 368, 369, 371, 372, 374-380, 382-387, ⑩148, 149, ⑪142
大学士［だいがくし］　⑧122, 124, 125, 129
大学生　⑩323, 337, ⑫270
　　ウルトラ——　⑩331
耐火性　④85, 86；*164*
大学校　⑧317, 318, 329, 344, ⑨140, ⑫12
大月天子　③*651*
台川　⑩29；*20, 21*
大管　⑥310
大願　④*352*
大寒　③*440*
大監督［だいかんとく］　⑫38, 39, 43, 44
代議士　⑨231
退却　⑪61, ⑫*157*
太虚　④*184*, ⑦235；*613*
大経　⑫305
大工　⑦266, ⑨17, 173-175, 403, ⑪12, ⑫279
大工［だいく］　⑫189
ダイク　⑩30；*22*→ dyke
第九劫［―カルパ］　③*540*
第九交響楽　⑪*295*
第九タイプ　⑥40
ダイクロイズム　③*355*
大原簿　⑨76
太鼓　⑪6, 9, 20, ⑫268
太鼓［たいこ］　⑫*184, 187*
大古　⑦*310*

大鼓　①319, ⑦*196*
退耕　④143, ⑦86；*20, 269, 458*
大公園　③84
大高気圧　⑤124
大工業　⑦87；*272*
大講堂　①281, 282
太行のみち　①326
大黒柱　⑫290
大居士　⑦253
大鼓たゝき　⑥98
だいこん　⑨35
大根　④*60, 61*, ⑥312, ⑧259, ⑨394
だいこんなます　⑧278
大根の味噌汁　⑩340
大佐［たいさ］　⑧45, 48
大祭　⑨210, 211
第三楽章　③213
第三紀　③*104, 559, 561, 564, 566*, ⑧136, ⑨375, ⑩48, 56, 148, 248, ⑪142
第三紀偶蹄類　⑩57
第三紀末　③228, ⑥238
第三時　⑩111, 155, ⑪149
第三種　⑥228
大子　⑦*663*→大工
大士　⑤90；*99*
大姉　⑦*678, 679, 697*
大師　①281, 282, ③*79-81*, ⑤*59, 189*, ⑦*678*
第四楽章　③213
第 CZ 号　③114；*279*
第 CZ 号列車　③*277, 278*, ⑥240
大寺　⑦160；*502*
大慈　⑨169
大使館　①292, 315
大師匠　⑦44, 138；*140, 433, 434*
第七峰　④20
岱赭　③171；*355, 411, 413, 414*
大蛇　⑩179
岱赭いろ　③*410*
たいしゃう　⑥338
帝釈の湯　⑩65
第十一月　⑤224
第十二日　⑪209
第十八へきかい予備面　⑨369

第十八等官　⑪96, 98
大循環　⑨37, 38, 40-44；*18, 21*
大循環［だいじゆんくわん］　⑫228
大循環の風　②164, 374，⑪67；*41*，⑫*10, 167*
たいしょう　⑥338→たいしゃう
隊商　⑥256
大将　⑤72, 220, 221，⑥337，⑧90-95, 116, 159, 160, 174, 182, 311，⑩152, 236，⑪*6, 21*；*7*
　猫――　⑧180-183
大将［たいしやう］　⑧45-47，⑩*44*，⑫*84, 197, 198*
大将［たいしよう］　⑧170
大将［たいせう］　⑫*136*
大正二年　②467
大正七　⑤*193*
大正九年春　①*5*
大正十三年　③*5；9*，⑤*52*
大正十三年一月廿日　②*10, 234*
大正十四年　③*5；10*，⑤*52*
大将株　④*155, 156, 312*
大小クラウス　⑫*10*
大乗居士　②177, 387
大乗派　⑩339
大乗風　②177, 387
隊商連　③169
退職教授　⑨*119*
大臣　⑧187-189, 191-193，⑨112, 300，⑩99, 101, 102，⑪11
　――の子　⑧187
大臣［だいじん］　⑧16, 42，⑩*174*
大身迦楼羅王　⑤*8*
大豆　④129，⑦*214-216, 316*，⑪24, 61，⑫*120, 158, 201*→大豆［まめ］
大豆倉庫　⑦315→大豆倉庫［まめぐら］
泰西　③*112*
　――の学　④*257*
大西洋　⑨210
大膳職　⑩99
体操　①181，⑥25
　――の教師　⑥100
　生産――　⑫336, 337, 339；*215, 223*
大三　⑧269-271
大蔵　③*193；467*

大僧正　⑨153
橙　③52；*113*，⑥157，⑦*520*，⑧196, 218, 283, ⑨24, 202, 218, 220, 248, 277, 331，⑩24, 127, 140-142, 171, 206, 272，⑪51, 136, 137, 165，⑫292
橙［だいだい］　⑩*41*，⑫*160, 217*
橙いろ　③108；*264, 265, 267*，⑥26，⑧303，⑩*144；81*，⑪*138；194*
橙色　⑧103, 314；*145*
橙［だいだい］の星［ほし］　⑫*158*
タイタニック　③175；*423*
タイタニック号　③*421*
太市　②15, 239，④*52*
タイチ　⑫*136, 138, 139*
台帳面　⑤201
大天狗　⑧57，⑩341, 342；*229*
大天狗氏　⑩*229*
大天狗殿　⑩342
帯電体　⑫286
大電雷　⑪*46*
大都　④39，⑥*83*
大盗　⑦150；*479, 480*
大等　①*32*，⑦*540*
大道めぐり　⑫*171*
大頭目　④*156*
台所　⑩134, 135
台所街四番地　⑧*178*
大トランク　⑨*177*
大トランス　⑥279
胎内潜り　③*514*
第七峰　④20；*34*
ダイナマイト　③166；*401*
ダイナモ　③126, 244；*592-594*
ダイナモコレオプテラ　③449
鞘翅発電機　③*448, 449*
鞘翅発電機［ダイナモコレオプテラ］　③188, 286；*447, 661, 663, 665*，⑥279
第二学期　⑪*177*
第二楽章　③213
第二限　⑩152
第二時　⑩*19, 122, 165*，⑪*159*
台場　⑥*8, 9；6*
提婆　②20

(たい〜たい)　157

大博士　①48-50, 59, 66, ⑫155, 166, 167
堆肥　①37, 165, 187, 290, 390, ②48, 49, ④118,
　　⑤103, 104, ⑥14, ⑧67
堆肥[たいひ]　②80
大悲　⑦395, ⑨169
堆肥小屋[たいひごや]　⑩40
だいぶつさま　⑫14
タイプライター　⑩228, ⑫217
太平洋　③166, ⑨36, 43, ⑩256
大砲　①92
大法衣　⑤17, ⑦9 ; 19
大宝珠　⑧199, 201
大菩薩　⑨155
大本山　③168 ; 403, 404, 406, 407, ⑥255
大梵天　③94
大梵天王　⑥105
たいまつ　①7 ; 7, ⑨13, ⑩221-224
たい松　⑩222, 223
炬火　①28, ⑥90
大満迦楼　⑤8
大曼荼羅　⑦230
ダイヤモンド　⑧196→金剛石
太陽　②49, 116, 119, 139, 332, 335, 355, ③38,
　　④36, 206, 222, ⑤182, 205, 231, ⑥243, ⑦
　　247, 315, 526, ⑧136, 137, 200, 202, 205, 213,
　　215-217, 283, 289, 300, ⑨199-201, 249, 277,
　　376, 378, ⑩56, 117, 162, 318, 320, 321, 326 ;
　　154, 155, ⑪125, 187 ; 12, 45, ⑫297
太陽[たいやう]　⑧63, 64, 248, 251, 253, ⑪276,
　　279, ⑫43, 87, 88, 95, 96, 228
太陽[たいよう]　⑥190
太陽系　②75, ⑥186, 379, ⑦307, ⑯上12
太陽系[たいやうけい]　⑯上14
太陽スペクトル　⑨232
太陽燈　⑦377
太陽マジック　②76, ⑩45→太陽マヂック, 太
　　陽[たいやう]マヂック
太陽マジックのうた　⑩40→太陽[たいやう]マ
　　ヂックのうた
太陽マジックの歌　⑩41, 42→太陽[たいやう]
　　マヂックの歌, 太陽[たいやう]マヂックの歌
　　[うた]
太陽マヂック　②76, ⑩45

太陽[たいやう]マヂック　⑩45
太陽[たいやう]マヂックのうた　⑩40
太陽[たいやう]マヂックの歌　⑩41
太陽[たいやう]マヂックの歌[うた]　⑩42
太陽面　④36
太陽暦　⑨140
第四次延長　②10
第四次限　④283
第四紀　⑥70
平の清盛　⑤67
大囃噂　⑦160
台ランプ　①101
台ランプ　①101→台ランプ
大力　⑧67
　——の菩薩　⑨155
大陸風　⑤99
大理石　①163, ③235, ⑦275, 493, ⑨84, 255,
　　⑪108 ; 40, ⑫297
大理石[だいりせき]　⑫101, 113
大礼服　⑦100 ; 307, 309, 312, 313, ⑧330, ⑫
　　288, 289 ; 194
大連蠣殻　⑥152
第六圏　③33 ; 71→第六圏〈セキスタント〉
第六交響楽　③195, ⑦78, 272, ⑪225
第六交響曲　⑪219, 233
第六事務所　⑫173, 176 ; 78
第六天　③71
大論　③89, 284 ; 205, 653, 659, ⑥291, ⑨132
台湾　⑤67, ⑫76
ダーウィン　③123, ④298→ダーウヰン, ダー
　　ウヲン
田植　④122, 292, ⑤62 ; 77, ⑩154
田植え　⑤48
田植花　③218, ⑥247
たうがらし　⑧115, 315
たうきび　①293
たうぐわ　②212, 421, ⑥214
たうげ　⑧291
たうごまの花　③181
たうたう　③41, 258 ; 613, ⑩221
たうたうたうたう　③255
田打ち　⑩104, 253, 254 ; 149
たうひ　⑥100, ⑩218, 220

たうもろこし　①337，④*43*，⑦*437*，⑧46, 71-74, 163, 177, 222；*17, 21, 22, 85*，⑩19, 20, 62, 121-123, 165-167, 288, 290, 291；*64, 98, 178, 181*，⑪*159-161；210*，⑫297
たうやく　⑧194
たうり天　③*270*
たうりの天　③*264*
ダーウキン　④298
ダーウォン　③*123*
妙のみ法　①335
太右衛門［たゑもん］　⑫104, 109, 110, 116, 121, 122
楕円形　⑪*184*
タオル　①101，⑨59, 315
たおれ稲　④149→たほれ稲
たか　⑧83, 84
鵰〈たか〉　⑥310
鷹　①368，②69, 79, 296，③86, 150；*198, 200, 370-374*，④*89, 136, 274*，⑥63, 86, 285，⑦278，⑧83-86, 89, 289，⑨16, 18, 121, 122, 170, 234, 246, 253, 349, 359；*113*，⑩103, 339，⑪177，⑫369, 378
鷹［たか］　⑧124, 126，⑩*45*, 80
　三羽［さんば］の――　⑩*45*
高井水車　⑤174
高萱　③*333*
高木　④256，⑤96；*107*，⑫*201*
　――の甲助　⑩*178*
高木検事　⑦43
高倉山　①34, 78, 159, 160, 244, 305, 312
高甲　⑦130
高崎　⑤145
高師小僧　⑩248
高清　③266, 270, 271；*621, 636*，⑤133，⑦119；*379, 410*
高清ラムダ八世　③*274*
高田　⑤145，⑪*178*
高田三郎　⑪*178, 180；243*
高田さん　⑪*176, 177, 179, 211；243*
高田小助　⑫*309*
高田の馬場　⑩*227, 230*
高田正夫　③*74*
高ちゃん　⑪*232*

高常　⑦*411, 412*
高常水車　③*27；521*
高菜　④*61*，⑦*44；141*
高輪の二十六夜　①315
たがね　⑦152；*482-485*
高橋　③61，⑤219, 220；*218*，⑦*417, 634*
高橋技手　⑦*145*
高橋亨一　③*209；501, 503, 505*
高橋享一　③*512*
高橋君　④288；*219*，⑩249, 260
高橋五助　⑤*142*
高橋武治　④*348*
高橋茂吉［一ぎづ］　①55, 201
高橋吉郎　⑫*278*
高張　⑦*143；453*
高日　③269；*631*
高日技手　⑤110
高洞山［たかぼら］　⑦*183-185*
高洞山〈たかぼらやま〉　①66, 220, 260, 301，⑦*182, 370, 372*，⑨18
高松　⑤96
宝山　⑦*16*
滝　⑩33, 36, 37, 39，別7
瀑　⑩34, 35
たきゞ　⑪*122*
たきぎ　⑤101，⑦*208, 209*，⑫165
薪　⑩181，⑪24, 35, 68，⑫*132*
薪［たきゞ］　⑫*204, 229*
薪［たきぎ］　⑫*21, 206*
滝沢　②439
タキス　④210，⑥39-41，⑦*236*
　――の天　⑥18, 76
土耳古玉　①268，③*481, 542*，④214；*129-131*，⑨*201*，⑫*281*
土耳古玉［タキス］　④*66*，⑦*75；237*
Tourquois［ターキス］　①239
多吉　⑦223；*597*
太吉　③*44*
タキチ　⑨405
たき火　⑨81，⑪*105*
たき火［び］　⑧128
卓　⑦*43*
濁酒　⑦*85；268, 269*

（たい〜たく）　159

拓植博覧会　⑥152
タクト　⑥49，⑪223
卓内先生　③197；477
卓苗先生　③475
濁密　⑩228，229，231，233，239；131
濁密係り　③43
タクラマカン砂漠　②51
竹　①56，203，②114，③255，⑥146，155；107，⑪31，33，⑫128，130
蕈〈たけ〉　⑦271，292，293；669
武井甲吉　⑨144
竹ごうり　⑦650
竹行り　⑦258
竹行李　⑦651
たけし　⑨137，138
武巣　⑨146
武田　⑩143
武田金一郎　⑨140，141
武田先生　⑩250，252，254，255，258，260
武池清二郎　⑨147
竹取翁　⑤204
たけにぐさ　①238，328，⑤139，⑨9，10
たけのこ　①35，161
武原久助　⑨148
武村　⑨142
武村先生　⑨142
章魚　①75，237，312，⑤13；11，⑧263，278
章魚［たこ］　②219，428，⑧148，⑫56，60
　　ゆで——　⑧146
章魚［タコ］　①306，⑥249
turquois［タコイス］　②150
達谷［たこく］　②80
ダゴダア、ダゴダア、ダゴダア　⑧273
たこ配当　⑥13
山車　①138，267，327，⑤51
たじたじ　⑪87→たちたち
ターシャリーザヤンガー　⑥336
タスカロラ　③540，⑨40，⑪231
タスカロラ海床　⑨15，24，46，⑪210
たすき　⑧103
タスケ　⑨405
ダー、スコ、ダーダー　⑧103
たずな　⑤113→たづな

田瀬　⑤51
打製石斧　③50
たそがれ　②147，⑤133，⑥175，343，⑦17，89，290，⑧103，113，198，⑩189，⑪282
黄昏　⑥301，⑨273，338，⑫196
たそがれぞら　①197，258
多田　⑩148
タダシ　⑩158，⑪152
だゝしいみち　⑩160，⑪154
ダーダー、スコ、ダーダー　⑧98；32→dah-dah-sko-dah-dah 他
ダーダースコ、ダーダー　⑧31
ダー、ダー、スコ、ダーダー、ド、ドーン、ド、ドーン　⑧104
多田先生　①42
ダー、ダー、ダースコ、ダー、ダー　⑧97
ダー、ダー、ダースコ、ダーダ　⑧97
ダー、ダー、ダー、ダー　⑧103
ダー、ダー、ダー、ダー、ダー、スコ、ダー、ダー　⑧32→dä-dä-dä-dä-dä-sko-dä-dä 他
ダー、ダー、ダー、ダー。ダー、スコ、ダーダー　⑧104
ダー、ダー、ダー、ダー、ダースコダーダー　⑧103
ダーダーダーダーダスコダダー　⑥358
ダーダーダーダーダースコダーダ　⑧32
ダーダーダーダーダースコダーダー　⑫294
太刀　⑥357，⑪10，⑫100
立えり　⑥136
立枯病　⑫354
たちたち　⑪87
タチナ　⑪64，⑫225
たちばな　①35，161
だぢゃ　⑪196
駝鳥　⑨264，⑩206
駝鳥［だてう］　②46
ダチョウ　⑫213
たつこ　⑪71
達谷［たっこく］　⑧97
脱穀　⑩61，65
脱穀器　⑦605，⑩62
脱穀機　⑦228；604
脱穀小屋　⑦228，⑩62，64

脱穀塔　⑦101；*320*
達二　⑧96-103, 105-110, ⑩179, ⑪*250, 253-255*
達二［たつじ］　⑧104
辰治　⑪*231*
ダッシュ　④*261*
脱税　⑩239, 240
達曾部　③55；*129, 131, 133*
達曾部川　③187；*444*
達谷［たつた］　②108, 324
だったん人　⑫264
たづな　⑤113, ⑪9, ⑫186
タッピング　⑦*186*
　ミセス——　⑦60
タッピング氏　①167
竜巻　③*165, 271, 319, 321, 322*, ⑧34-36, ⑨23
脱ろ　③*620*
脱塲　③*634, 635*
脱漏　③270；*333*
盾　⑪*271*
たで　⑧235, ⑩304, 309
蓼　③133；*305, 306, 308*, ⑧240, ⑩309
蓼［たで］　②132, 348
たてがみ　⑥137, 160, 247, ⑦*692*, ⑪190
竪琴　⑩16；*64, 94*, ⑪*207*
縦波　④*47*
田所　④122
だない　⑪211
田中　⑥49
たなごころ　⑥14
棚田　⑦258；*651*
棚の仕立　⑥345
たなばた　⑦74；*232*
七夕　⑦*232, 233*
谷　⑩259
だに　⑧172
ダニー　⑧330
谷権現　⑦63；*195-198*
谷権現［たにごんげん］　⑥273, ⑦199
たにし　⑨153
田螺　⑦23；*71*, ⑨162
ターニップ　⑨*114*
蕪菁　⑨228, 229；*100*

蕪菁［ターニップ］　⑨236
たぬき　⑨29, ⑪*284*, ⑫*81*
狸　③50, 180；*119*, ④*132*, ⑤*113*, ⑦277；*154*, ⑧5, 286, ⑨69, 398, ⑩273, 278, 281, 283-287, 296；*165-167*, ⑪228；*283, 284, 299, 305*, ⑫*173, 301；74*
狸［たぬき］　⑧9, 13-17, 78-80, 159, ⑩*173-175*
狸さんのお父さん　⑪230
狸さんのポンポコポン　⑧*17*
狸汁　⑪228
狸の子　⑪228-230
狸公　⑧7, ⑩*170*
種子［たね］　⑥201, 382
胞子　④118；*15*
胞子［たね］　④9；*16-18*
種馬　⑦18；*50*
種馬検査所　③52；*114, 118, 618*
種馬検査日　③263
タネずみ　⑧175-177
種籾　③27；*52, 53*
種屋　③*597, 599*, ⑥264
採種者［たねや］　③245
育種業者［たねや］　③*598*
播種業者［たねや］　③*598*
種山　①*63*, ③187, 227；*444, 543, 545, 556, 559, 560, 564, 566, 624*, ⑤*131*, ⑥237
種山ヶ原　①78, 79, 245-247, 307, 308, ③21, 225；*42, 46, 47, 135, 545, 546*, ⑥359, 368, 369, ⑦66；*206, 207*, ⑧93；*27*, ⑪*233, 234*, ⑫363, 366, 374, 375
種山［たねやま］ヶ原［はら］　⑧96
種山剣舞［―ばひ］連　⑧97
種山モナドノック　③276
タネリ　⑩12-15, 75-82
　——のおっかさん　⑩12
　——のお母［つか］さん　⑩82
田の草取　④279
束［たば］　⑩76
たばこ　①11, 73, 112, 232, 233, 348, 349, ②214, 423, 436, ④238, ⑦30, 133, 161, 246；*91, 92, 121, 122, 124, 154, 287, 288, 346, 419, 504, 526*, ⑧89, 127, 128, 134, ⑨363, 371；*177*, ⑩68, 342, ⑪45, 46, 202, 210, 220；*153, 179, 233*,

（たく～たは）　161

⑫204, 262, 301；*141, 142, 204*
　粉の―― ⑦13；*31*
　粉[こな]の―― ⑦*31, 32*
莧 ⑫247
煙草 ①306, ③*135*, ⑤54, ⑥68, ⑦109, ⑧135, 137, ⑨365, 373, 379, ⑪204, ⑫259, 297, 300
　カメレオン印の―― ⑩267
煙草[たばこ] ⑧130, ⑩70
烟草 ②242
タバコ ⑦71；*222, 227*, ⑩230, ⑪234
煙草の葉 ⑪203
たばごの葉 ⑪196
たばこばた ①88
たばこばたけ ⑦*89-91*, ⑪196
たばこ畑 ⑪196
たばこ畠 ⑪205
田原の坂 ⑦286
ターバン ⑨217
足袋 ③288；*663, 665*, ⑥280, ⑦*372, 489*
茶毘 ⑦*19*
茶毘壇 ⑦9；*19*
旅人 ①10, 27, 110, 376, ②240, ⑦649, ⑩138, 145, ⑪139, ⑫235-238, 377
旅人[たびびと] ⑪280
太兵衛 ⑥269
たびらこ ③217；*526-528*, ⑥247
たびらこの花 ③*523*
タピング ⑦60；*185*
　老いし―― ⑦60
　大学生の―― ⑦60
凝灰岩[タフ] ③*61*, ⑦*90*；*136*
凝灰炭[タフ] ⑦*280*
だぶたぶ ⑪240
だぶだぶ ⑤118, ⑨343, ⑪44, 125, 174, 178, 179, 201, ⑫64；*141*
だぶだぶずぼん ⑨186
タブレット ③*559*, ⑥238
タブレット ③228；*559, 561, 564, 566*, ⑥238, ⑨234→タブレット
太兵衛 ⑥269, ⑦61；*187, 188*
太兵衛一族[一まき] ⑦61
多宝塔 ③*49*

たほれ稲 ④149
だぼんだぼん ⑪258
玉 ⑧*16*
玉[たま] ⑧42-44, 49, 50, 52-54, 57-60
魂〈たま〉 ④258, ⑦*523*
珠 ⑫306
　赤い―― ⑫305
珠[たま] ⑧41
珞[たま] ⑦75
弾丸 ④*59, 60*, ⑨281, ⑩96；*6*, ⑫*45*
弾丸[たま] ⑫32, 48
玉あられ ⑧235, ⑩304
卵 ③*467*, ⑤198, ⑨147, 149, 209；*98*, ⑪103
　蛙の―― ⑧235, ⑩251, 304
　雨[あめ]の―― ⑩77
卵いろ ⑪103
卵がた ⑧199
たましい ②21, 74, ⑤199, ⑨184→たましひ
霊[たましひ] ⑦240
たましひ ②21, 74, ⑤199, ⑨184
玉菜 ①96, 277, ④16, 65
球投げ ⑩134, ⑪*184*
玉菜苗 ④219；*144*
たまなばたけ ④212；*127*
玉菜畑 ④16, 140
玉葱 ④44, 164；*88*, ⑤34
玉麩 ③27
たまゆら ⑪10
たまり ⑨396
溜り ⑦223；*596, 597*, ⑨5
堰堤[だむ] ③*63*, ⑥266
堰堤[ダム] ③29；*64*
ダムダム弾 ⑥345, ⑫339
ダムダム弾[だん] ②31
たむほりん ②63, 284
ためいき ⑪165
多面節理 ⑩36
田谷力三 ⑦74
たら ②31, 254
鱈 ③*434*, ⑦25；*79, 489, 490*
練肥[ダラ] ⑦138；*435*
だらだら ⑧293
陀羅尼 ③*110*, ⑦18；*46-48, 50, 276*

| | |
|---|---|
| 陀羅尼珠 ③134 | 嘆願書 ⑤21 |
| たらの木 ①31 | 段丘 ④159, ⑥79, ⑦29 ; *87* |
| たらぼう ①152 | タンク ①39, 69, 172, 225, ④*38, 39*, ⑤109, |
| だらり ⑧264 | ⑥8, 70, 155 ; *6*, ⑦*261, 262* |
| ダリア ⑦*136, 137* | 単句構成法 ⑦*297* |
| ダリア展覧会 ⑦*137, 139* | タングステン ③173 ; *419*, ⑩94 |
| ダリアの花 ⑩321 | 探険 ⑩70, ⑪205 |
| ダリア品評会 ⑦137 | 探険家 ⑨279 |
| 垂穂 ⑦104 ; *326-328* | だんご ⑫87, 94, 95 |
| ダリヤ ①28, 145, 146, ⑥83, 312, ⑧204, 205, | 団子 ⑥66, 88, 89, ⑧116, ⑩180, 183, 331, ⑪ |
| ⑩318, 321 | 194 |
| 醵金の―― ③*569, 570* | 蕎麦―― ⑩306 |
| ダリヤ品評会 ④280 | 玉蜀黍の―― ⑩255 |
| だ輪 ④171 | 団子[だんご] ⑫37, 65, 88, 89, 95, 102, 103, 114, |
| 樽 ④*113, 114*, ⑦*157* ; *29-32*, ⑩242, 246 ; | 115 |
| *130* | タンゴ ③74 |
| 四斗の―― ④58 | 探鉱者 ⑦*545* |
| タール ⑥331, ⑦*464, 465*, ⑩*135*, ⑫*81*, 83 | 団子屋 ⑩182 |
| ダルケ ⑦282 | 炭酸 ②108, 324, ③*543*, ⑤231, ⑥80, 170, |
| ダルゲ ⑤196, 197, ⑦⑥59, ⑦*685*, ⑫276, | ⑨224 |
| 277 ; *188* | 朝の―― ②169 |
| 樽こ先生 ⑩227 | 炭酸ガス ⑥42 |
| 樽コ先生 ⑩243 | 炭酸瓦斯 ②216, 425, ④60, 203 ; *116, 117*, ⑪ |
| ダルダル ⑥387 | 53, 67 ; *41, 92*, ⑫*150, 167* |
| だるだるぴいとろ だるだるぴいろ ⑫366 | 炭酸瓦斯[たんさんがす] ⑫228 |
| 垂穂 ⑦104 | 炭酸紙 ⑥150 |
| 達磨 ⑫309 | 炭酸水 ③*472, 474, 477*, ⑪87, ⑫257 |
| タルラ ⑨333, 334, 336 | 炭酸銅 ①91 |
| 太郎 ⑥313 | 炭酸表 ③33 |
| 俵 ⑦*214*, ⑩261 | 断食 ⑨271 |
| たわれめ ⑦84 ; *264-266, 674, 676* | 単斜 ③87 |
| 淫れめ ⑦287 | 男爵 ④42 |
| 淫[たわ]れめ ⑦288 | 単色調 ⑥31 |
| 炭[たん] ⑦191 | ダンス ⑫343, 377 |
| 壇 ⑤170, ⑩229 | 猫の―― ⑩210 |
| タン ⑨70, ⑩83, 84, ⑫75 | 弾性 ⑥289 |
| 反当 ④*196, 198, 199, 212* | 弾性率 ⑥75 |
| 反当三石二斗 ④103, ⑥259 | 炭素 ⑥42, ⑦106 |
| 反当二石五斗 ④274 | 断層泉 ⑫293 |
| タンイチ ⑧325, 327 | 炭素電燈 ⑦*333* |
| 炭化 ⑩49, 243 | 炭素燈 ⑦*336* |
| 短果枝 ⑥213 | 炭素同化 ⑥57 |
| 弾丸 ④*59, 60*, ⑨281, ⑩96 ; *6*, ⑫*45* | 炭素の燈 ⑦*337* |

(たは〜たん) 163

炭素棒　　③48；*109, 447*
タンタアーン　　⑫28
単体　　③*205*
タンタジールの扉　　②469
だんだら　　③*238, 241*，⑦49；*156, 157*，⑪213
たんたん　　⑩268，⑫295
だんだん　　⑧87，⑩10, 88, 105, 237；*94, 98, 217, 218*，⑪11, 130；*182, 246, 259*
だんちゃ　　⑪*232*
舞手［タンツエーリン］　　②54, 276
探偵　　⑦*72*，⑧127, 313，⑩195, 235
丹田　　⑤18
丹藤　　⑦96；*299, 476*
丹藤［タンド］　　⑦96；*299*
短刀　　⑪93
単糖類　　⑨224
丹藤川　　①*49*
壇特山　　⑨239
旦那　　⑩186, 267-269，⑪77
谷内村長　　⑦*264*
タンニン　　④160；*78, 80, 83*
蛋白光　　①55, 56, 203, 314
蛋白光［たんぱくくわう］　　①295
蛋白彩　　②199, 403，④207，⑥20
蛋白質　　②165, 374，③8，⑤*84*，⑨89, 147, 222-224, 228，⑩322；*203*
蛋白質分子　　⑨223
蛋白石　　②120, 124, 336, 340，③169, 236；*405, 407*，⑥256，⑧134, 188, 194, 235，⑨345, 372, 385；*134, 157*，⑩304→オーパル
蛋白石［たんぱくせき］　　⑥191, 195，⑧122，⑫136
檀波羅蜜　　⑨336
タンパララタ、タンパララタ、ペタン、ペタンペタン　　⑪*14*
タンパララタ、タンパララタ、ペタン、ペタン、ペタン　　⑨48, 66, 296
タンパララタ、タンパララタ、ペタンペタン　ペタン　　⑨329
タンパララタ、タンパララタ、ペタンペタン　ペタン　　⑪*32*
タンパララタ、タンパララタ　ペタンペタンペタン　　⑨297
タンパララタ、タンパララタ、ペタンペタンペタン　　⑨50, 291，⑪*11, 15*，⑫*99, 100*
タンパララタ、タンパララタ、ペタン、ペタンペタン、ピーピーピピーピ、ピーピーピー　　⑨51
たんぱん　　⑩71
胆礬　　④240；*158*
丹礬［たんぱん］　　⑩70
胆礬いろ　　④82
タンブルブルー　　⑥20
団辯護士　　⑦*136, 137, 139*
田圃　　③*136*
田圃［たんぼ］　　⑥252
たんぽ　　⑦261；*40, 41*
たんぽぽ　　①21, 128，②473，③38；*84, 85*
　──の毛　　⑩251
田圃みち　　⑩232
たんぼりん　　②63→たむぼりん
反物［たんもの］　　⑫56, 57
タン屋　　⑧324
弾薬帯　　③263
暖炉　　①13, 115, 375，④41；*78, 79*，⑦217；*591, 694*

## ち

ぢぃっ　　⑩326
ぢぃっ　　⑧115
チウチウ　　⑧180
チェッコ　　⑧232
ちぇっちぇっ　　⑧239，⑩309
チエホフ　　②133, 349
チェリー　　⑨190
チェーン　　⑧313, 314, 318
チェーンストク　　③*399*
チェンダ　　⑨239
智応氏　　⑦*253*
ちか　　①*35*
地塊　　③229，④92，⑦*307*
地階　　⑦83；*261, 262*
地殻　　⑥75, 76，⑧339, 341，⑨350, 356
地殻［ちかく］　　⑧122
地学博士　　⑦*292*，⑨210, 212-215, 217
地下室　　⑥59，⑦*282*；*685*

| | | | |
|---|---|---|---|
| ちかちか | ③391, ④103 | 智歯 | ⑨233 |
| チカチカ | ⑧196, 198；63, ⑨155, ⑫118 | 知事 | ⑦448, 450-454, ⑨44, ⑩143 |
| 近眼 | ⑪11 | 地磁 | ⑦309, 312 |
| ちがや | ①32, 155, ④217；109, 157 | 智識階級 | ⑥49 |
| ち萱 | ④9, 255；18 | 地質 | ⑩248, 259, 260；128, 142, 151, 152, ⑫299 |
| 地球 | ①24, 134, 135, ③108, ④259, 300；170, ⑥113, ⑪125；41 | ——の図 | ⑦125 |
| 地球[ちきう] | ⑥195, ⑫159, 228 | 地質学 | ②9, 233 |
| 地球儀 | ⑥41, ⑨139 | 地質学者 | ④232；152, ⑨157 |
| 地球儀[ちきうぎ] | ⑧17, ⑩175 | 地質時代 | ⑩48 |
| 地球照 | ③72；173→地球照[アースシヤイン] | 地質調査 | ①45, 78, ⑩32 |
| チーク | ②457 | ちしばり | ④131, 198, 284；35, 216, 242, ⑦626 |
| 蓄音器 | ①63, 214, ⑩51, ⑪69 | ちしや | ③141, 143, ⑥234 |
| ヂグザグ | ③125 | ちしゃ | ③58；141, 143, ⑥14, 234, ⑩188→ちしや |
| 畜産 | ⑨91, 93, 96-99, 102, 143, ⑩322, 324, 325, 331, 337, ⑪118 | 地照 | ③75 |
| ——の教師 | ⑩326, 330, 332, 333, 336；212 | 地図 | ⑤185, ⑥262, ⑦122, 124, ⑧29, ⑨119, ⑩10, 18, 21, 22, 112, 121, 124, 125, 142, 148, 156, 164, 167, 169, 250, 259, 260, ⑪136, ⑫232, 250, 251, 253, 264, 292, 294, 298 |
| ——の担任 | ⑩329 | | |
| 畜産学 | ⑨90, 92 | | |
| ——の教師 | ⑩325 | | |
| ——の先生 | ⑩323 | 地図[ちづ] | ⑫217 |
| 畜産技師 | ⑨226 | チーズ | ⑥17, ⑨209, 239；98, ⑩339, ⑪293 |
| 畜産組合 | ⑨215 | 地水火風空 | ③25, 28 |
| シカゴ—— | ⑩342 | チーゼル | ②28, ④230；107, 109, ⑥206 |
| 畜産之友 | ⑨225 | 地層 | ⑩49, 148 |
| 畜舎 | ⑨97, ⑩330, 336 | 知多 | ①35, 36, 162 |
| 畜生 | ⑨242, 250, 258, ⑩242, 283, 311, 312 | 千田 | ①25 |
| 畜生[ちくしやう] | ⑩81 | 千田舎監 | ①105 |
| ちくちく | ⑩287 | 知多[ちた]半島 | ①291 |
| チクチク | ⑧198, 233；93 | ち | ⑦112, 113, ⑩135, ⑪185 |
| チクチクチクチク | ⑧231；92 | ちち | ⑦102；322, ⑨165, ⑫239 |
| ちくちくっ | ⑧196 | 乳 | ⑩28, 96, 130, 176, 189, 228, ⑪69, 123, 125 |
| チクチクッ | ⑧63, ⑨197 | ——の流れ | ⑪125 |
| ちくつ | ⑫11 | ——の瓶 | ⑪169 |
| ちくっ | ⑫11→ちくつ | 父 | ①100, ⑥100；125, ⑦123；189, 353, 391, ⑩247, 250, 252, 254, 261, 263；142, 144, 148, ⑪66；46, ⑫240 |
| チク寺 | ⑦395 | | |
| 蓄電 | ④48 | | |
| チクリ | ⑧162；11 | 祖父[ぢゞ] | ⑦74 |
| 地形図 | ⑨344, ⑩259 | 祖父[ぢち] | ⑦234 |
| ヂゴマ | ⑫333 | 乳いろ | ③28, ⑤77, ⑥38, ⑨269, ⑫230 |
| ちさ | ④198 | 乳色 | ⑧194 |
| 苣 | ①390 | チーチクチーチク | ⑧216, 220, ⑨200, 205, ⑩104 |
| 地史 | ②9, 233, ④299, 300 | | |

(たん〜ちち) 165

牛乳[ちゝ]の車　⑦*675*
父母　⑦*385, 395, 509*
秩父　①*45, 46, 185, 292, 316*
ちゞみ　⑦*306*
縮みのシャツ　④*118, 138*；*244*
縮のシャツ　④*289*；*220*
ちゞれ雲　⑦*510*
ちぢれ雲　①*55, 201*
ちぢれ羊　⑤*197*，⑫*276*
ちぢれ羊　⑥*366*
チチン　⑧*331*
ぢっ　⑨*160*，⑩*11, 62, 224, 234, 267, 270, 272, 286, 323, 328, 330, 332, 337*；*65, 96, 98*，⑪*124*；*31, 210, 239*，⑫*265*
窒素　③*635*，④*101, 273, 278*；*195, 197, 198, 243*，⑥*257*，⑪*106*
チッソ　⑫*213*
窒素工場　⑦*137*；*431*
窒素試験　③*594*
窒素肥料　⑪*63*
窒素肥料［ちつそひれう］　⑫*223*
チッチクチッチク　⑨*13*
チッチクチッチクチー　⑧*334*
チッチツ　⑫*55*
チッチツ　⑫*55*→チツチツ
チッペラリー　⑩*330, 331*
ちどり　⑧*21*
千鳥　①*67, 223*，②*152*，⑤*24*
　　百──〈ももちどり〉　⑦*173*
血のいろ　⑦*47*；*149, 151*，⑪*68*，⑫*168*
千葉　⑩*36*，⑫*213*
チーパーリョン　⑧*115*
ちびちび　⑦*118*
ヂプシー　④*214*；*129*
ヂプシイ　④*130*
チブス　①*19*，⑧*69, 237*，⑩*108, 306*
芝罘白菜〈ちーふーはくさい〉　④*33*，⑤*227*
チーフメート　⑨*44*
地平　⑥*254, 282, 289, 361*
地平［ちへい］　⑥*203, 253*
地平線　②*157, 367*，⑤*142*；*70*，⑥*75, 219, 224, 240*，⑩*19, 20, 27, 122, 123, 129, 165, 166, 175*，⑪*159, 160*，⑫*262*

地平線［ちへいせん］　⑫*49, 158*
チベット　⑧*343*
西蔵〈チベット〉　⑧*344*
西蔵馬　⑫*331*
チベット高原　③*206*
チベット戦争　⑫*331*
西蔵戦争　⑫*219*
西蔵魔神　③*92*；*212, 222*
地味　⑩*30*，⑫*293*
地味［ちみ］　⑫*20*
チムパニ　⑪*298*
チモシー　③*491, 495*
チモシイ　②*169, 179, 180, 379, 389, 390*，③*489, 490*
茶　②*130, 181, 346, 391*，③*261*；*410, 501*，④*22*，⑤*125*；*144*，⑦*26, 27*；*14, 80, 83, 417*，⑧*150*，⑨*181*，⑩*275*，⑪*49*；*121*，⑫*145*
茶［ちや］　⑧*146*
ぢやい　②*102, 144, 343, 361*
ぢやい　⑪*188*，⑫*360, 369, 370, 375*
ぢやい　②*76*，⑧*287*，⑩*33*，⑫*364, 370-372*
ヂャイアントアーム会社　⑨*346*
茶いろ　①*367*；*56*，②*25, 71, 72, 133, 150, 220, 249, 290, 349, 429, 441*，③*19, 33, 34, 175, 240, 269*；*38, 39, 41, 71, 117, 231, 233, 423, 477, 587, 622, 631, 637*，④*51, 84, 158, 246*；*132, 161, 163*，⑤*34, 58, 120*，⑥*32, 48, 223, 250*，⑦*416*，⑧*287-289*，⑨*105-107, 124, 137, 140, 141, 148, 156, 173, 185, 197, 201, 213, 215, 246, 257, 259, 266, 285, 367, 388*；*67*，⑩*37, 52, 53, 149, 157, 235, 245, 336*；*22, 138, 222*，⑪*16, 38, 50, 78, 101, 113, 143, 151, 187, 202*；*46, 80, 243*，⑫*265*；*74, 85, 108, 111, 135, 147*
茶［ちや］いろ　⑩*68, 78*，⑫*17, 48, 193-195, 202, 216*
茶色　①*60*，⑧*38, 73, 95, 130, 194, 233, 275, 286, 309, 335*；*93*，⑧*190*，⑨*57, 70, 129, 189*，⑩*203, 205, 206*，⑫*275*
茶色［ちやいろ］　⑫*102, 114*
ちやうちん　⑪*76*
ちやうはあかぐり　⑪*173*
ちやうはあぶどり　⑨*6*，⑪*239*
茶絣　⑤*144*，⑦*486, 488*

| | |
|---|---|
| ちゃがちゃがうまこ | ①299 |
| 茶褐 | ⑥148 |
| 茶褐色 | ④184；*101* |
| 茶褐部落 | ②61 |
| ちゃきちゃき | ③*99, 101, 102* |
| チャキチャキ | ⑨82, ⑪106 |
| ぢゃきぢゃき | ⑩235 |
| 茶亭 | ⑥19, ⑦*197* |
| チャーナタ | ⑫303, 304, 306 |
| ぢゃぶぢゃぶ | ⑫193 |
| ぢゃぶぢゃぶ | ⑪16, 206 |
| ちゃほひば | ⑥130 |
| 茶盆 | ⑤33, 101 |
| ぢゃみ上り | ⑪180 |
| 茶羅沙 | ①375；*171*，⑦218；*591* |
| ヂヤラヂヤラヂヤラヂヤラン | ⑫88 |
| ヂャラヂャラヂャラヂャラン | ⑨73，⑫*79* |
| チャラメル | ⑨48, 49 |
| ぢゃらん | ⑧313 |
| ぢやらんぢやららん | ⑫96 |
| ぢやらんばちやん | ③*665*，⑥280 |
| ぢゃらんばちゃん | ③289 |
| ぢゃらんばちゃーん | ③662 |
| ぢゃりぢゃり | ⑧216，⑨200 |
| チャリネ | ⑦123；*390, 391* |
| チャリネル | ⑧322 |
| チヤルメラ | ⑫184 |
| チャルメラ | ⑦*12*，⑨291, 293, 295，⑪6, 20；*12, 13*，⑫184；*114*→チヤルメラ |
| ちゃん | ⑩236 |
| チャン | ⑩222 |
| ちゃんがちゃがうま | ①72 |
| ちゃんがちゃがうま | ①72→ちやんがちやがうま |
| ちゃんがちゃがうまこ | ①72 |
| ちゃんがちゃがうまこ | ①72, 229, 230, 298→ちやんがちやがうまこ |
| ちゃんがちゃんがうまこ | ①298 |
| ちゃんちゃん | ⑤*86* |
| 中尉 | ③489 |
| 忠一 | ④27, 187, 223；*201*，⑤45 |
| 注意鳴笛 | ④172 |
| 宙宇 | ③*162, 270*，④298，⑨*134, 135* |

| | |
|---|---|
| 中央亜細亜 | ③*146* |
| 中央亜細亜風 | ③*150* |
| 中央気象台 | ⑨25 |
| 中央分水嶺 | ⑩48 |
| 中学 | ⑤*36* |
| 中学生 | ⑥149，⑦60 |
| 中華大気象台 | ⑨25 |
| 中学校 | ①38, 169；*39*，③204，⑨118, 173, 403 |
| 中耕 | ③244；*596* |
| 中国 | ⑫273 |
| 中古ゴシック風 | ③*18* |
| 中佐 | ⑦52；*167* |
| 駐在 | ⑦189 |
| 駐在巡査 | ③340 |
| 忠作 | ④52 |
| 中産階級 | ⑨94 |
| 中耳炎 | ⑪5 |
| 中将 | ⑧*52* |
| 柱状節理 | ⑫248 |
| 中世騎士 | ③173 |
| 中世騎士風 | ③*418, 419*，⑥227 |
| 中世代 | ②61，③*638*，⑥7 |
| 中生代 | ④29，⑨380 |
| 中世風 | ③*18, 409, 411* |
| 沖積 | ④120，⑦*438*，⑩48, 260 |
| 沖積世 | ②8, 232，⑧138，⑨382 |
| 沖積扇 | ⑩30 |
| 沖積層 | ⑦290；*698* |
| 沖積地 | ⑥84，⑫292 |
| 沖積面 | ⑦*636* |
| 中世代 | ⑧322 |
| 中尊寺 | ①7, 105；*27*，⑥75，⑦150, 300；*480, 708-710* |
| 中隊 | ③152；*375, 491*，⑩52 |
| 中隊長 | ⑤39，⑩52 |
| ぢゅうぢゅう | ③274 |
| チュウチュウ | ⑨380→チウチウ |
| 中等学校 | ⑩51 |
| 中彼岸 | ⑦348 |
| 中風 | ⑥158 |
| 中品 | ⑦322 |
| 中本山 | ③169；*406, 407*，⑥256 |
| 注文の多い料理店 | ⑫31 |

(ちち～ちゆ) 167

チュウリップ　①58, ③241, ⑤34, ⑧53, 208, 209, 216, 217, 219, ⑨198-201, 204, 207, ⑫286
——の幻燈　⑨94
チュウリップ酒　⑧209, 219-221；74, ⑨204-206
虫類　⑩339
チユンセ　⑫319-321
チユンセ　⑧20, 30, 32, ⑫319-321→チユンセ
チユンセ童子　⑧19, 22-31, 33, 34
ちょいちょいちょい　⑩209
丁　⑤153, 154
腸　⑨225
蝶　①335, ②170, 380, ⑨185, ⑫317
徴役　⑫361
鳥海山　⑧258, ⑨393
鳥海山[ちやうかいさん]　②120, 336
鳥海山[てうかいさん]　⑥191
蝶形花冠　⑫237
鳥ヶ森　④177, 240；158, ⑤62, ⑦216
鳥ヶ森[てふがもり]　⑩71
吊旗　⑤73, ⑦492
調香　③232
彫刻　④260
ちょうざめ　⑩13-15, 191；120→てふざめ
朝餐　③464, ④23；40, ⑥232, ⑦436
調子　⑩217, ⑪122
調子[ちやうし]　⑩185
調子はずれの歌　⑫143→調子[てうし]はづれの歌[うた]
調子[てうし]はづれの歌[うた]　⑫143
長者　⑨330
鳥獣戯画　⑦283；687
潮汐　④298
長石　①291
潮汐発電所　⑪63, 66；40, 99, 105, ⑫159, 160, 166
潮汐発電所[ちやうせきはつでんしよ]　⑫220, 223
超絶顕微鏡　②466, ⑥31, ⑫317
朝鮮　⑨44
朝鮮人蔘　⑨49, 53, 55, 56, 293, 302, 309, ⑪7, 11；22, ⑫98, 103

蝶々　⑩206
町長　⑦88, ⑩194, 195
丁　⑤153, 154
丁丁　⑤153, 154
丁丁丁丁　⑤153
ちょうちん　⑪76→ちゃうちん
提灯　⑥179, ⑧103, ⑩179
提灯[てうちん]　⑥190, 192, 194-197, 199
提灯箱　⑨45
重瞳　⑦19；52, 54
丁場　⑤79, ⑥140, ⑦200, 201, ⑨131
ちょうはあかぐり　⑪173→ちやうはあかぐり
ちょうはあぶどり　⑪239→ちやうはあぶどり
調馬師　①176
調馬所　③491, 494
長篇　⑦113, ⑩73
聴法　⑨164
調味料　⑨224
聴聞　⑨163, 167, 169
鳥類陳列館　⑨88
鳥類博物館　⑨88
鳥類連盟　⑨229
ぢょきぢょき　⑤25
ちょきん　③38, 39, ⑥223
ちょきん　③38, 39, ⑥223→ちよきん
チョーク　⑫151, 152, 214
チョーク　①30, ③192；458, 460, ⑦147；464, 466, ⑫151, 152, 214；146→チョーク
白墨[チョーク]　③464, ⑥284, ⑫216
白堊[チョーク]　③457
直翅　⑦90；135, 280
直税員　③42
直接法　⑤10
直立　②100, 316, ⑥260, 261, ⑫279
直立コルドン　⑫337, 338
猪口　⑩268
チョコレート　②436, 438, 439, ⑧302, 303, ⑩139, 152, ⑪145, 146；190
ちょこん　④258, 260, ⑤40
貯水タンク　⑥12
直観　③8, ⑦9, ⑪52, ⑫148
チョツキ　②50, 272
チョッキ　②50, 272, ⑧309-311, ⑨137, 140,

168　主要語句索引

146, 186, 203, 308, ⑩92, 197, 198, 204, 206, 209, 299, ⑪72, 213 ; *274*, ⑫*74*, *85*→チヨツキ
ちょぼん　⑩*13*
ちょろちょろ　③*19*, ⑤*135*, ⑧48, 124, 163, 171, 172, ⑪230 ; *303*, ⑫*250*
ちよろちよろ　別*7*
チョロチョロ　⑧109, ⑪193
ちょん　⑨99, ⑩*216*
ちょんちょん　⑧287
チョン　チョン　⑧158
ちらちら　③27 ; *301*, ⑤34, 204, ⑧26, ⑨22, 38, 182, 195, 198, ⑩13, 22, 25, 41, 49, 112, 125, 128, 138, 140, 141, 147, 156, 167, 169, 172, 214, 271, 272, 322 ; *6*, *14*, *19*, *86*, *98*, *106*, *124*, ⑪*26*, 35, 55, 86, 117, 134, 137, 141, 150, 161, 162, 166, 170, 216, 228 ; *53*, *198*, *210*, *217*, ⑫*251*, 133, 201 ; *45*, *122*, *132*, *152*
チラチラ　⑧301, 303, ⑨192, 399, ⑩63, 103, 206, 221
チラチラチラ　⑩221, 222
ちらちらちらちら　⑧296, ⑨13, 105, 122, ⑩52, 64, 77, 272, ⑫289
チラチラチラチラ　⑫153
ちらつ　⑫*47*, *54*, *91*
ちらっ　⑩11, 112, 156, 243, 267, 270, 288, 331, ⑪*127*, ⑫*47*, *54*, *91*→ちらつ
チラッ　⑨101, 202, ⑩335, ⑫265
ちらっちらっ　⑧289
ちらりちらり　⑧42
地理　⑩84, 175, ⑫173, 174, 182 ; *74*, *80*
地理学者　⑨279
智利硝石　⑫242
ちりちり　③*88*
ちりぢり　⑩*55*
ぢりぢり　④*201*, ⑧333
ちりとり　⑧164, 165
地理と歴史の本　⑩*108*
地輪　③*23* ; *25*, ⑦*28* ; *85*
チリンチリン　⑧287, ⑩232, ⑫131
地輪峠　③*14* ; *27*
チルチル　①62, 211
地歴　⑫*78*, *87*

地歴の本　⑩*175*
ちろちろ　⑤*26*
ぢろぢろ　⑨*91*, ⑩*325*
ぢろっ　⑤*97*
チーワン　③*200* ; *481*, *483*, *484*
陳　⑧148-150, ⑨213, 216, 218-221, 231, 233, 238, 240, 242-245 ; *116*
陳〈ちん〉　⑫*60*-*63*
丁幾〈ちんき〉　⑦*221*
丁幾瓶　⑦*610*
陳述　④*171*, *175*
陳情書　⑤*21*
賃銭　⑩*20*, *110*
チンチン　⑨*87*
チンチン鉦　⑨*92*

## つ

つ　⑫*240*
ツァイス　⑨*248*
家鴨〈ツアーメエンテ〉　③*435*→家鴨〈あひる〉
ツァラツァラン　⑧195
ツァランツァリルリン　⑧196
ツァリルツァリルツァリルリン　⑧*63*
ツァリル、ツァリル、ツァリルリン、ツァリル、ツァリル、ツァリルリン　⑧196
ツァリン　⑧195
ツァリンツァリン　⑧287
ツィーゲル　②*50*
ついつい　⑧281, ⑩*77*
ツイツイ　⑨*16*
ツイツイツイツイ　⑧192, 240, ⑩309
追肥　⑤*128*, *132*, ⑩*57*
ヅィンクダスト　⑦*282*, *283*
ツインクル、ツインクル、リトル、スター　⑩158, ⑪152→ツキンクル、ツキンクル、リトル、スター
つう　⑩*6*, ⑫*126*
ツウ　⑩*6*, ⑫*126*
通行券　⑩112, 156
通商国　③195
通信　②148, 163, 214, 373, 423, 460
通信簿　⑨*9*
つうつう　⑩*41*

(ちゆ～つう)　169

痛風　　⑨208
通力　　③*476*
ツェ　　⑧162, 177, 178
ツェねずみ　　⑧162-168, 177
ツェラ　　⑨276
ツェラ高原　　⑨273, 275
塚　　③123, 124；*45*
栂　　⑨217
つかさ　　⑦39；*117*
官[つかさ]　　⑦38；*113*
栂沢舜一　　⑩*142*
つかつか　　⑪110, ⑫237
握[つか]み裂[さ]き術[じゆつ]　　⑧159
塚藪　　③*137*
津軽海峡　　②458, 467, ⑨43, ⑩252, 253
津軽半島　　⑩256
つき　　⑦703
月　　②26, 109, 118, 121, 123, 126-129, 146, 166, 198-201, 250, 325, 334, 337, 339, 342-345, 377, 407-410, ③11, 46, 86, 106, 108, 110, 142, 158, 160, 209, 235, 236, 255, 258, 259, 280；*248, 266, 268*, ⑤198, 199, ⑥314, ⑦120, ⑨254, 372, ⑩94, 272, 294, ⑪9；*136*, ⑫*99*
　いざよいの——　　①28, 145, ⑦*665*
　いざよひの——　　①28, 145, ⑦*665*
　下弦の——　　③235；*180*
　鎌の形の——　　⑨155
　銀の斜子の——　　③*458, 459*
　氷の玉のやうな——　　⑩272
　斜子の——　　③*502, 503, 505*
　斜子[ななこ]の——　　③209
　半分の——　　⑪97
　まひるの——　　①55, 202
　ゆみはりの——　　①17, 122
　二日の——　　⑥35
　三日の——　　⑫164
　四日の——　　⑫165；*205*
　五日の——　　①35, 162, ②199, 408, ⑧32, ⑨131, ⑫165
　五日[一か]の——　　⑫146
　六日の——　　②196, 405
　七日の——　　③72, 75；*170, 172, 173*
　十日の——　　⑩292, 299, ⑫166
　十一日の——　　⑫166
　十三日の——　　③*337, 338, 340*, ⑧263
　十三日のけぶった——　　⑥211
　十三日のけぶった——　　③140
　十六日の青い——　　⑪79
　十八日の——　　⑩182；*112*
　廿日の——　　⑪99
　二十日の——　　③188, 286, 290；*447, 448, 661, 662, 664, 665*, ⑥279, ⑦118, 122, *124, 125, 357*, ⑧239, ⑨363, ⑩309, ⑪94
　二十日過ぎの——　　⑪222
　二十四日の——　　⑨67
　二十五日の——　　②123, 339
月[つき]　　⑧156, ⑫187
　九日[こゝのか]の——　　⑫79
　十日[とをか]の——　　⑧75, 82
　十五日[じふごにち]の——　　⑧63, ⑪*276*
槻　　④61, ⑤45, 92；*39*, ⑦*402*
槻[つき]　　②106
月あかり　　②151, ③78, ④44, 164, 165；*88, 109, 92, 93*, ⑫*295*
月[つき]あかり　　⑫7, 129
月いろ　　①69, 182, 224
月色　　①43
月印　　③43
接木講習　　⑩*143*
月毛　　⑨47
搗小屋　　⑦*75*
築地　　⑥67, ⑦*521*
月しろ　　⑤22, ⑦24, 47；*72, 73, 76, 77, 149-151, 360, 608*
月光[—しろ]　　①*142*
月魄　　⑦114
月魄[—しろ]　　①*142*, ⑦*361*
つきのあかり　　⑩202
月のあかり　　⑩114, 159, 203, 267, ⑪153；*125*
月[つき]の明[あか]り　　⑩*184*
槻の木　　⑩*153*
月の座　　③192
月の世界　　⑤216
月の鉛　　③*459*, ⑥282
月の光　　⑩267
月の輪　　⑩265

搗場　⑦*75*
月見　⑩304
つきみさう　③103；*231*
つきみそう　③103；*231*，⑥296→つきみさう
つき見草　①112
月見草　①11, 112, 276，③*231, 232*，④18, 270；*26, 192*，⑧113，⑨176，⑩*189*，⑫247, 248；*10*
月夜　⑤205，⑦*448*，⑧75，⑩142, 143, 292
月夜[つきよ]　⑫102, 103, 106, 114, 115, 118
月夜の電信柱　⑫*9*
活着[つ]く　④264；*182*
づく　⑦191
つくづく　③*469*，⑧217, 311，⑫56
つぐみ　③*95*；*227*，④260；*170*，⑧266, 269，⑨153, 164, 234
柘植[つげ]さん　④33, 256
柘植先生　①*44*
漬物　⑨106
漬物水　⑤*16*
づしだま　⑤106
辻堂　⑤61
つた　④291，⑥19, 130
蔦　⑦*701*
蘿　③*523, 526, 527*
槌　⑤149，⑦187
土いろ　⑦*29*
土神　⑨246, 247, 249-259；*119, 124*
つちぐり　①13, 115，⑧64，⑪*279*
土沢　②219, 428，⑥249，⑩47
銃　⑦*302*
銃[つゝ]　⑦*303*
筒　⑦265
つっ　⑩178
ヅック　⑫270
つゝじ　④*163*，⑥307，⑨13→つゝぢ
つつじ　①67, 222，③*16*；*25, 36*，④*85*，⑩239　→つゝぢ，つつぢ
筒袖　⑤53, 81；*51*，⑫183
つゝぢ　⑩239
つつぢ　③*25*
つゝどり　③204，⑦259；*66, 67, 653*
つつどり　①*66*，③*220*；*489, 491, 492, 494, 533*，

⑦21；*65*，⑫365, 366
包み　⑪224
つづみ　⑨66，⑪20，⑫*114*
鼓　②108, 324，③*98*，⑥34
ツツンツツン、チ、チ、ツン、ツン　⑧274
綱　⑩143；*217*
繋[つなぎ]　②61
綱具　⑦263, 265
綱取　④47；*96*
つなみ　③*378, 380*
海溘[つなみ]　③*384*
津波　③154；*386*，⑥270
恒二　⑩*142*
角　④229
角縞　④*145*
つばき　①367
椿　④117，⑥18, 67, 176, 372，⑦172, 308；*520, 717, 719, 720*，⑧226
つばくら　⑥314
つばくらめ　⑦299
つばめ　③*536*
燕　②*39*，③243, 244；*537, 592, 594*，⑤113，⑨219, 266
燕[つばめ]　⑫148
潰い　⑦264→潰ひ
つぶ石　⑧20
潰し葡萄　⑨392
つぶつぶ　④201, 248，⑩5, 7，⑫125-127；*43, 45*
づぶづぶ　③*24*；*46*
つぶつぶつぶつぶ　⑫*44*
潰ひ　⑦264
壺穴　⑩35, 36, 47, 51, 52, 56, 57
つぼけ　⑦146；*461, 462*
蕾　⑥105，⑩100，⑪24，⑫*119*
　巨きな花の——　⑤154，⑥10
蕾蓮華　③*472, 474, 477*
ヅボン下　⑨405
妻　③*187*，⑦45, 51, 64, 138；*52, 144, 162, 163, 200, 201, 203, 301, 433, 468, 659, 669, 698*
夫　⑦*52, 54, 433*
夫[つま]　⑦19, 138；*434*
妻子　⑦*434*

(つう～つま)　171

つまご　⑦236
つみ　⑫336
罪　④208, 264；*182*，⑥343，⑦40, 235；*58, 61, 62, 123, 124, 126, 490*，⑧298, 300, 326, 328，⑩265，⑫237, 303, 305, 308, 309, 316, 335
罪業［つみ］　①*174*，⑦*58, 60*
つみびと　⑦*543*
積藁　⑥223
つむじかぜ　⑦*123, 124*
つむじ風　⑪182
爪印　⑨91, 95, 99，⑩*216*
つめえり　⑨139
詰えり　⑨113
つめくさ　①22, 69, 224, 225，②32, 34, 82, 255, 257, 299, 464，③*333*，④*195*；*38*，⑤*74*，⑥255, 257, 299, 354，⑦*67*；*208-210, 212*，⑧65, 235, 240，⑩201-203, 205, 206, 209, 211, 212, 214, 217, 218, 222, 224, 309，⑪81, 82, 84, 86, 95, 97, 122；*157-160*，⑫262, 263, 285, 345, 346, 348；*190*
　　――のあかし　⑩202
　　――のあかり　⑩197，⑪75, 78, 84, 88, 94, 99, 121
　　――の灯　⑪79
　　――の数字　⑩218
　　――の野原　⑩199, 225，⑪*124, 126*
　　――の花　⑥352，⑪120
　　――の花　⑥350，⑩198, 200, 205, 214, 217-219, 278，⑪73, 78, 82, 85, 90, 91, 101, 115, 116, 120；*156*
　　――の花［はな］　⑪280
　　――の番号　⑩225
　　――の広場　⑩304
　　――の芽［め］　⑩41
つめ草　①26, 140
爪草　⑫262
つめたがい　⑩11→つめたがひ
つめたがひ　⑩11
つやつや　③219；*530, 532, 533*，④*57, 64, 66, 149*，⑧71-73, 205, 212, 251，⑨*179*，⑩44, 113, 157, 289, 320，⑪151
つゆ　⑧28
露　⑤207，⑥268，⑦8, 55, 94, 103, 267, 299；*15, 172, 292, 324, 363, 664, 665*，⑧87，⑩19, 117, 122, 126, 134, 144, 162, 165, 170, 203, 217, 319，⑪159, 164，⑫248, 278, 304, 348
露［つゆ］　⑫108, 120
梅雨　⑨24
つゆくさ　⑧239，⑩308, 309
つゆ草　⑧235，⑩304
つら　⑩243
つらゝ　⑦26
氷柱　④*76*，⑦26
氷柱［つらゝ］　⑥279
釣鐘　⑫*84*
　　――の声　⑨78
つりがねそう　⑧44, 55, 60, 105，⑩137，⑪133
つりがねそう　⑧44, 55, 60, 105，⑩137，⑪133
　　→つりがねさう，釣鐘草［ブリーベル］，釣鐘草［ブリユーベル］，ブリーベル，ブリユーベル
つりがねにんじん　③261，⑦*14*→釣鐘人参［ブリユーベル］，ブリーベル，ブリユーベル
釣師　⑦*637*
奇術［ツリック］　②51, 273→奇術［トゥリック］，奇術［トリック］
つる　⑦326
鶴　⑥8；*6*，⑦*136*，⑨265；*128*，⑩21, 123, 150, 166, 167，⑪144, 160
鶴［つる］　⑩45
蔓　④224, 230；*35, 107, 109, 216*，⑦62, 157；*192, 193, 256-258, 618*，⑪37，⑫*133*
　　豌豆の――　⑪32
　　さゝげの――　⑪33
　　ホップの――　⑪23
蔓［つる］　⑩76
　　藤［ふぢ］の――　⑩78, 80, 81
づるいやつら　⑩269
つるうめもどき　③*175*；*198, 420, 423*
つるつる　②460，③270；*145, 420*，⑤127，⑧96，⑨*185*；*10*，⑩16, 64, 72, 76, 119, 147, 270；*44, 95*，⑪141, 207；*207*，⑫196
ツルツル　⑧203, 248, 283；*71, 103*，⑨10，⑩61；*198*
つるはし　③232；*571*，⑦118；*375-377*，⑩21, 124, 148, 167；*83*，⑪142, 161；*195*

鶴嘴　　⑨129, 131 ; *56*, ⑩147→鶴嘴[はし］，鶴
　　嘴［ハシ］
鶴嘴［つるはし］　　⑪141
つるべ　　⑦134 ; *420-423*
蔓むら　　⑦157 ; *27, 29*
つるり　　⑩192
ツキンクル、ツキンクル、リトル、スター　　⑩
　　158, ⑪152
ツン　　⑩305
ツングース　　④20 ; *34*
ツングース型　　④20
つんつん　　⑧274, 282
ツンツン　　⑧282, 283 ; *124*, ⑩88, ⑫110, 111,
　　122, 123, 268
ツーンツーン　　⑧267, 271
ツンツンツン　　⑧120
ツン、ツン、ツンツン　　⑧*113*
ツンツン、ツンツン　　⑧273
ツンドラ　　②177, 387

## て

テ　　⑧178
丁　　⑤153, 154
ディアラヂット　　③228 ; *559, 561, 564, 566*→デ
　　ィアラヂット，ディアラヂット，ディアラヂ
　　ット
デイアラヂット　　③*559*
ディアラヂット　　⑥238
ディアラヂット　　③228 ; *561, 564, 566*
帝王杉　　⑥86
泥灰岩　　③51 ; *80, 82, 114, 115, 118*→泥灰岩[マ
　　ール]
泥岩　　③11 ; *20, 21*, ⑥261, ⑦41 ; *128, 130*,
　　⑩47-49, 51, 56, 58, 248→Mud-stone
　　三紀の――　　⑩260
泥岩層　　⑩47, 48, 50, 51
低気圧　　⑨27
梯形　　⑦97, ⑨92
定稿　　③*7, 9*, ⑦10
貞斉　　⑦124 ; *393*
テイシウ　　⑪*287, 290*
帝室林野局　　⑫254
停車場［ていしやぜう］　　⑫131-133

ていしやば　　②58, 280
ていしゃば　　②58, 280→ていしやば
停車場　　①29, 81, 147, 182, 251, 315, 356, 367,
　　373, 378, ②158, 368, 451, ③*129, 131, 133,
　　347, 485*, ④238, ⑥19, 86, ⑦267, 274, 275,
　　*301*, ⑧114, 142, 143, ⑨81, 132, 176 ; *98*, ⑩
　　19, 65, 66, 108, 122, 142, 146, 165, 256, 303, ⑪
　　44, 46, 104, 105, 136 ; *192*, ⑫173, 260, 別7
　　小岩井の――　　②446
　　白鳥――　　⑪140
　　白鳥の――　　⑩142, 145, ⑪136, 139
　　法隆寺の――　　②454
　　鷲の――　　⑩112, 117, 156 ; *86, 93*, ⑪150 ;
　　　*198, 205*
停車場［―ば］　　②61, 156, 366
停車場［ていしやば］　　⑫48, 79, 86, 213
テイシュウ　　⑪*287, 290*→テイシウ
貞二郎　　⑤*51*
定省　　⑦*395*
泥炭　　②48, 49, 51, 270, 271, 273, ⑫251
泥炭［でいたん］　　②48, 270
泥炭層　　③145 ; *352, 353*, ⑫250
泥炭地　　③*347, 349, 351*, ⑥262
丁丁丁　　⑤153, 154
丁丁丁丁丁　　⑤153
蹄鉄　　⑨82, 91, ⑩324
停留所　　④122 ; *228*
ティンダル現象　　④155 ; *68, 69*
ティンダル効果　　④40 ; *70, 71*
手桶　　③60, 63, ⑦*192, 193*
手斧　　③44 ; *92, 97*
手形　　⑦*653, 654*, ⑩264
てかてか　　③169, ⑨80, 192, 246, 391 ; *87*, ⑩
　　85, 207, 208, 210, 237, 240, ⑪5, 104, 178,
　　187 ; *10*, ⑫*96, 219*
テカテカ　　⑧307
手紙　　③8, ⑩185, ⑫166, 167
手紙［てがみ］　　⑫226, 319-321
デカンショ　　②128, 344, ⑥199
デカンショ　　②128, 344, ⑥199→デカンショ
滴定器　　⑩*139*
てぐす　　⑪27 ; *47, 58*, ⑫202, 203, 205, 206
てぐす飼い　　⑪60→てぐす飼ひ，てぐす飼[か]

(つま～てく)　173

ひ

てぐす飼ひ　⑪60
てぐす飼[か]ひ　⑫204-206, 227, 228
てぐす工場　⑪26, 29, ⑫202
てぐす工場[こうば]　⑫204
てくてく　⑨198
テクテク　⑧233
テクノボー　⑥109
木偶のぼう　④210
テクラ　⑧62, 63, ⑪213-215；*273, 274*
手甲　②78, 296, ⑤50, ⑧288
　白——　⑧7
でこぼこ　⑫264, 266
でこぼこがらす　⑥54
デコラチーブ　④281
デサイト　①*15*
石英安山岩[デーサイト]　①182
石英安山岩[デサイト]　②196, 405, ⑤9, ⑫250
弟子　③249, ⑩98
　悪魔の——　⑪213, 214
　象の——　⑩293, 294, 298
　リンパー先生の——　⑪17
手品　⑪39
テジマア　⑧333, 334, 336, 340→テヂマア
デステゥパーゴ　⑪74, 77, 88, 89, 92, 93, 96, 100, 106-108, 111, 112, 115, 116；*128, 137, 146, 149*
　ボー、ガント、——　⑪74→ B. Gant Destupago
　ボーガント——　⑪69
デストゥパーゴ　⑪86, 87, 89, 96-98, 101, 109, 110, 113；*133, 134, 137, 152*
テーゼ　⑩338
手蔵　⑤81-84；*87, 90*
手造　⑤85
論料[データ]　②9
でたらめの歌[うた]　⑫149
出鱈目[でたらめ]の歌[うた]　⑫145
テヂマア　⑧333, 334, 336, 340
手帖　①307, ⑪48；*83*
手帳　①79, 246, 291, ②147, 206, 415, ③84, 243；*150, 152, 545, 595*, ⑦209, ⑧315, ⑨362, 399, ⑩27, 65, 130, 147, 176, 189, 252, ⑪48, 141, ⑫278, 279, 281, 294, 338
手帳[てちやう]　⑫69-71, 84, 214, 215
鉄　①12, 62, 81, 113, 212, 213, 250, ②346, ③111, 188, 196；*272, 273, 447, 448, 466, 472-474*, ④120, ⑥7, 8, 44, 70；*5, 107*, ⑦43, 189, 192, 196；*134, 136, 137, 549, 552, 557-559*, ⑧298, ⑨251；*77*, ⑩83, 137, 147；*121*, ⑪161, 179, ⑫168
　——の腕　⑥*6*
　——の舟　⑩21, 124, 167
　——の帽子　⑫230
　——の門　⑥10
鉄[てつ]　⑫96, 97, 221, 223
鉄いろ　②128, 344, ③*251*, ④*132*
鉄[てつ]いろ　⑫126, 133
鉄色[てついろ]　⑥200
鉄液　①318
鉄階段　⑤196
哲学者　⑫240
鉄釜　⑩241
鉄橋　⑩52, ⑫262
デックグラス　⑨87, 88
鉄ゲル　②*57*, ⑤62
手甲　②78, 296, ⑤50, ⑧288
　白——　⑧7
鉄鉱床　③166
鉄工場　⑦554
鉄材[てつざい]　⑫221
鉄さく　⑥9
鉄索　④85；*163*
鉄山　①354
鉄舟　④104
鉄漿　③*273*
鉄ゼル　②66, 287
丁稚　⑪220
鉄槌　⑤*166*, ⑩337
テッデーベーヤ　⑨42
鉄道　④291, ⑨233, ⑩21, 108, 124, 167, 263；*19, 87, 110*, ⑪51, 161；*48, 199*
　夢の——　⑩27, 130, 176
鉄道[てつだう]　⑫217
鉄道院　⑨127, 129, 132
鉄道工夫　①82, 252, ③180, ④286, ⑦*200*,

| | |
|---|---|
| ⑨126 | |
| 鉄道線路　③65,⑩142,⑪136,⑫12 | |
| 鉄道線路[てつだうせんろ]　⑫7, 79 | |
| 鉄道長[てつどうてう]　⑫153, 156 | |
| テットウテット　⑪294 | |
| 鉄道役員　⑥123 | |
| 鉄ペン　①50, 191 | |
| 鉄砲　①103, 181, ②81, 298, ⑤35；63, ⑧271, 277, ⑨139, 227, 253, 280, 282, ⑩88, 121, 265, 269-271；*14, 97*, ⑫288；*213* | |
| ──の音　⑩271 | |
| 鉄砲[てつぱう]　⑩69, ⑫28, 32, 132 | |
| 鉄砲[てつぱう]　⑫133 | |
| 鉄砲打ち　⑩193 | |
| 鉄砲打ぢ　⑨401 | |
| てつぽうだま　②138, 354, ⑥242 | |
| てっぽうだま　②138, 354, ⑥242→てつぽうだま | |
| てっぽう丸　⑩7, ⑫*45* | |
| 鉄砲[てつぱう]だま　⑫55 | |
| 鉄砲丸　⑩18, 27, 120, 129, 164, 174, ⑪157, 167 | |
| 鉄砲丸[てつぱうだま]　⑫319 | |
| 鉄砲玉　⑨183, 285 | |
| 鉄砲弾　⑩154 | |
| 鉄砲弾[てつぱうだま]　⑫127 | |
| 鉄棒ぶらさがり競争　⑧185 | |
| 手品[てづま]　⑫209 | |
| デデッポッポ　③133；*305, 308* | |
| テート　⑥144 | |
| テナー　③*44* | |
| 手長[てなが]　⑧5 | |
| てながのくぅも　⑩276, 278 | |
| 手ながのくぅも　⑩277 | |
| 手長の蜘蛛　⑩276, 277 | |
| 手長[てなが]の蜘蛛[くも]　⑧5, ⑩*168* | |
| テナルデイ軍曹　②48, 269 | |
| テニス　③*43, 205*, ④103, 275；*196, 198, 199*, ⑤181, ⑥259, ⑦22, 78；*70, 246, 248, 249*, ⑨28, ⑪*153*, ⑫278 | |
| テニスコート　⑨5, 218, ⑩248 | |
| 手拭　⑤114, ⑦278, ⑧323, ⑩33 | |
| 手拭[てぬぐひ]　⑩70, ⑫88-95, 97 | |
| てねずみ　⑧178-180 | |
| テノール　⑤187, 188, ⑦17, 212；*44, 45*, ⑩214, ⑫72 | |
| 出はって来[こ]　⑧107 | |
| デパート　⑤215 | |
| テーバーユー　⑪*10*, ⑫*96* | |
| 出はらないぢゃ　⑩*41* | |
| 出はる　⑪174 | |
| テパーンタール砂漠　⑫*10* | |
| デビス　⑨211, 221 | |
| てびらがね　⑩179 | |
| テープ　⑦*429* | |
| 手袋　①56, 203, ⑥271, 282, ⑦37, 287；*109, 372, 692* | |
| てふざめ　⑩13-15, 191；*120* | |
| テーブル　⑨144, 400, ⑩185, 188, 209, 211, ⑫74 | |
| 円卓[テーブル]　⑩85→円卓〈えんたく〉 | |
| 卓子　⑪125 | |
| テーブル掛け　⑩185 | |
| テーブルランド　④177 | |
| 卓状台地[テーブルランド]　②206, 415 | |
| 出穂　③222；*538* | |
| テマイ　⑩229 | |
| でまかせのうた　⑩75 | |
| てまへ　⑩265, 277 | |
| 出水　⑩49 | |
| 手宮文字　②191, 401 | |
| テムポ　④*78, 272*, ⑥81 | |
| テムール共産国　⑤212 | |
| てめい　②214, 423 | |
| てめへ　⑩243, 265 | |
| テーモ　⑪69, 75, 77, 87-89, 92-95, 99-101；*129, 130, 137, 138, 148* | |
| デュイエット　③170, 173, 175, ⑦273；*675* | |
| 寺井吉助　⑦*440, 441* | |
| 寺井小助　⑦*440, 441* | |
| テラキ標本製作所　⑪102 | |
| 寺林　⑨112 | |
| 両　⑩194 | |
| 両[テール]　⑧148 | |
| 照井　⑦*190* | |
| 照井耕一　⑨31 | |
| デルタア　⑫158 | |

(てく〜てる)　175

テルマ　⑫138
テルモスタット　④42；*81, 83*
テレース　④177，⑦*182*
テレピン　③*231*
テレピン工場　⑩240
テレピン油　②68，③*232*，⑩87, 88, 90
出羽三山　③*538*
　——の碑　③221
てん　⑫300
天　①21, 47, 68, 130, 268, 287, 319, 348, 351, 354, 356, 357, 361, 366, 376, 383, 388, 389，②15, 22 -24, 26, 49, 74, 75, 84, 128, 144, 164, 179, 181, 185, 190, 191, 200, 201, 206, 213, 239, 246-248, 250, 271, 292, 301, 344, 361, 374, 389, 391, 395, 401, 409, 410, 415, 422, 436, 448，③24, 34, 82, 92, 93, 100, 210, 247, 281；*7, 18, 46, 113, 142, 165, 193, 194, 212, 222, 230, 232, 233, 236, 237, 253, 261, 262, 266, 267, 281, 354, 356, 359, 475, 481, 503, 505, 542, 544, 554, 648*，④76, 93, 177, 185, 223, 239, 240, 260, 271；*145, 146, 171, 172, 176, 192, 193*，⑤169，⑥38, 40, 83, 103, 293, 345, 366，⑧20, 22, 25, 33, 138, 316，⑨184, 275；*85, 135, 141*，⑩22, 125, 157, 169, 276；*15, 16, 79, 87, 98, 102*，⑪151；*189, 199*，⑫250, 305
　禁慾の——　③208；*500, 503, 505, 511*
　タキスの——　⑥18, 76
天［てん］　⑥187, 188, 196, 199, 202, 382, 384，⑧7, 72，⑫222
電圧計　③188
天衣　⑨275
転移　④277；*207, 208*
田園劇　⑩31
田園紳士　⑫343, 347
天涯　⑥288
天蓋　③149；*357*，④240；*158*，⑩94
天楽　⑤205
天河石　②199, 408；*50*，⑦*575*，⑧195，⑨275, 276，⑫263
天河石［てんがせき］　①350，⑦*574*→天河石［アマゾンストン］
伝記　③131，⑥278
伝記［でんき］　⑧5

蜘蛛［くも］の——　⑩*168*
　三人［さんにん］の——　⑩*168*
電気　④11；*19*，⑤*206*，⑦*636*，⑩143, 228, 294，⑪137；*47, 193*
電気［でんき］　⑧77，⑫32, 49, 226
電燈［デンキ］　⑤98
電気網［でんきあみ］　⑫138
電気会社［でんきくわいしや］　⑫85
電気会社　④286，⑤119；*134*，⑩134
電気化学　①71, 229
電気菓子　③240；*587*，⑧274
電気菓子［でんきぐわし］　⑫53
電気決闘　⑧331
電気工夫　④157，⑤117，⑦145；*458*，⑧102, 107
電気総長［でんきそうちやう］　⑫84
電気の栗鼠　⑩213
天球　③183, 185
天球［てんきう］　⑫52
天球運行［てんきううんこう］　⑫159
天球図　③*441*
天球面　⑤*211*
伝教大師　③*182*
電気栗鼠　⑥347，⑩25, 128, 172，⑪90, 166，⑫345
天気輪　⑦160；*502*
天気輪の柱　⑩28, 130, 137, 176，⑪133, 134；*223*
電気炉　④157
天狗　⑤66，⑫72, 308
てんぐさ　⑫298
天狗巣　①287, 322, 382，②71, 291，⑦332-334, 340
天狗巣群　⑥161
天狗巣病　①372，⑦205；*573*
天狗巣病［てんぐすびやう］　②69
天狗蕈　⑦136；*428, 430*
天狗問答　③355, 356, 359, 360
天弧　④96；*186*，⑦74, 245；*234*
天鼓　④109
電弧　④*130, 131*
天光　⑤82
天光［てんくわう］　②106, 322

電光　⑨339-341, 344, ⑫376
　　青い――　⑫376
電光[でんくわう]　⑫224
電光形　④59
天国　③213 ; *514*, ⑧305, 306
天国[てんごく]　⑧51
諂曲[てんごく]模様　②22, 246
天才　③*328*, ④299 ; *82*, *355*, ⑩298
天山　②23, 247, ③*281*, *648*, *651*, ⑨286
点竄の術　⑦122 ; *387*, *389*
点竄の術[わざ]　⑦388
天山北路　④24 ; *44*
天使　③63 ; *254*
天子　③49, ⑨112
電子　③15
天竺　③88, 282 ; *473*, *652*, *658*, ⑥289
天じくもめん　⑧140→天ぢくもめん
天竺木綿　⑩29 ; *21*, ⑫188
電子系　④188
電子系順列　④188
電しむばしら　①307
電車　①270, 373, ②201-203, 410-412, ③30, 177, 178, ④82, 123, 124, 157, 172, 243, 293, ⑥7, 47, 51, 68, 225, 226, 267, 313 ; *5*, ⑦297 ; *655*, ⑩257, ⑪46, ⑫272
電車[でんしや]　⑩68
天主三目　③219
天井　⑩5, 7-9, 149, ⑫302
天井[てんじやう]　⑫41, 190
天井[てんぜう]　⑫125, 127-130, 139
天上　①367, ②*41*, ③241 ; *253*, *501*, ④*147*, ⑥44, 62, 244, ⑦*225*, ⑧32-34 ; *134*, ⑨153, 158, 184, 242, ⑩24, 26, 112, 127, 128, 156, 157, 171, 173, 322, 337 ; *69*, *104*, ⑪151, 165, 166 ; *215*, ⑫314
　　――のアイスクリーム　②140
　　――の燈台守　⑪213
　　ほんたうの――　⑩112, 156, 173, ⑪150, 167
天上[てんじやう]　⑧52, 65, 161
天上[てんぜう]　⑫154
天井裏　⑩228, 248
天井うら街　⑧178
天井[てんじやう]うら街一番地　⑧177

天上技師 Nature 氏　②178, 388
天賞堂　③*459*
天上[てんじやう]の花　⑪*280*
電信　①367, 382
天神さん　⑫260
電信のはしら　①306, ⑦650
でんしんばしら　①28, 76, 146, 240, 389, ②112, 156, 220, 328, 366, 429, ④262 ; *68*, *69*, *71*, *76*, *155*, ⑤135 ; *157*, ⑥331, 332, ⑦*383*, ⑩53, ⑫80, 82-86
電しんばしら　①307, ②177, 387, ④170 ; *91*, ⑪160→電しむばしら
　　――の碍子　⑩21, 123, 167
電[でん]しんばしら　②16, 240
電しん柱　⑤187
電信ばしら　①94, 271, 346, 360, 377, ②213, 422, ③11, 65 ; *17*, *19-21*, *378*, ④171, ⑤188, ⑥261, ⑧274, ⑨18, 33, ⑫149
　　二本の――　⑩27, 129, 173, ⑪167
電信[でんしん]ばしら　⑫150-153, 156, 157
電信柱　⑧325, 327, ⑨128, ⑩93
電信柱[でんしんばしら]　⑫142, 143, 145, 146
電線　①360, 387 ; *164*, ②20, 115, 196, 197, 244, 331, 405, 406, ③98, ④156 ; *68*, *69*, *72*, *76*, ⑥163, ⑦114 ; *282*, *283*, *285*, *338*, *339*, *360*, *602*
電線[でんせん]　⑫219, 222, 229
天体　⑥113, 114
天台　③86, 239 ; *28*
天台寺　③*473-475*
天台寺[―でら]　③196 ; *477*
てんたうむし　⑧71, 239, 240, 243, 244, 246, ⑩*193-195*
　　漆[うるし]ぬりの――　⑩*178*
てんたう虫　⑩*194*
天ぢくもめん　⑧140
電柱　①83, 255 ; *38*, ②199, 408, ③201, 231 ; *368*, *569-571*, *575*, ⑤117, ⑥70, 79, 118, 122, ⑦240, 359, 459, 649, ⑪129, ⑫10
天頂　③197 ; *474*, *477*
天頂儀　③*46*
てんてつ器　⑩19, 122, 165, ⑪159
転てつ機　⑩146, ⑪139

(てる～てん)　177

点々[てんてん]　⑫154
テン、テンテンテン・テヂマア　⑧333
テント　⑨240
天道[てんと]　⑫55
天幕　⑨193, 218, 219, 238
天幕[てんと]　⑫222
太陽[てんたう]　⑩77, 82
天道　⑨165, 257
天童　⑨288
電塔　⑥147；*92, 108*，⑦145；*459*
電燈　①357, 373，②18, 93, 105, 157, 195, 197, 202, 203, 242, 321, 367, 404, 406, 411, 412，④72, 155, 195, 207, 218, 228, 239；*68, 69, 138-140, 339*，⑥226, 228, 266, 267, 281，⑦*636*，⑧91-93, 316，⑩25, 65, 94-96, 127, 132, 141, 146, 149, 172, 218, 234, 257；*84*，⑫246, 258, 342, 376
　豆――　⑩*134*，⑪131
電燈[でんたう]　⑫85, 86
電燈[でんとう]　⑫132, 137, 148, 215
デンドウ　⑩*141*
デンドウイ　⑩232
デンドウイ属　⑩232, 233
天童子　⑨287
天童子[てんどうじ]　⑨280
電燈時代　⑩228
てんとうむし　⑧71, 239, 240, 243, 244, 246，⑩*193-195*→てんたうむし
てんとう虫　⑩*194*→てんたう虫
天道様[てんとさま]　⑧*31, 32*
天女　⑥44
天人　③*254*，⑤51，⑧302, 303，⑨275, 276
天然誘接[てんねんよびつぎ]　②106, 322
天の青　②172, 382
天の眷属　⑨282
天の子供　⑨281
天の童子　⑨288
天の椀　②23, 247，③168；*407*，⑥255
天盤　①*53*，③*225*，⑤181，⑦29；*86, 247*，⑨274-276
天秤　⑦*610*
天[てん]びん棒[ぼう]　⑩45
転不退転法輪　⑤7

天[てん]ぷら　⑧51
テンプラソバ　⑫*72*
澱粉　①351，④*81*，⑦77；*245*，⑨147，⑫261
澱粉堆　⑦243, 244
澱粉堆[―たい]　⑦*244*
テンポ　④*78, 272*，⑥*81*→テムポ
天保　⑤209
電報　⑧329
電報[でんぽう]　⑫153
電報[でんぱう]　⑫84, 226
天馬　③218
伝馬　③256
天幕　⑨193, 218, 219, 238
デンマーク　⑫220
デンマーク人　⑩252
転馬船　⑥7
天末　①353, 354, 364, 366, 374, 390，②150, 185, 395，③22, 91；*45, 211, 481*，④32, 131, 192，⑥45，⑦87；*272, 547, 549, 638*，⑩317，⑫303
天末[―まつ]　②16, 240
天末[てんまつ]　⑧247，⑫378
天末線　③*544*，⑥148→天末線[スカイライン]
天末線[てんまっせん]　②108, 324
天窓　①87, 339；*66*，⑦318
天明　⑤209
天文学者　③*253*
天文台　⑧29，⑨184, 248
天来　⑥*84*
展覧会　⑥50
天竜　⑦*690*
電流[でんりう]　⑫221
天竜川　⑦*691*
電流計　③188
伝令　⑫230
電鈴　⑨221, 222, 243；*106*
天狼星　⑩212, 218→シリウス
電話　⑥140，⑦163；*508, 512*，⑩152
電話[でんわ]　⑫217
電話ばしら　②71, 291
天椀　③*441, 472, 474*，④145，⑥129, 250

## と

扉　⑪9
扉[と]　⑫31, 186
菟　①23
ドア　⑩146
扉[ドア]　③24；48，⑦26
樋　⑥135
樋[ドヒ]　③221
砥石　⑨124, 200, 201，⑩267
砥石[といし]　⑩68
徒衣ぜい食　⑦182
ドイツ　②158, 368，④296，⑥67，⑫271
独乙　⑨248
ドイツ刈り　⑨144, 224
独乙冠詞　①33, 156；45，⑦177；528, 529
独乙語　①314，⑨90, 255，⑩323
ドイツたうひ　①62, 212
ドイツとうひ　①62, 212→ドイツたうひ
ドイツ唐檜　③18；37, 38, 40，⑥222
独乙唐檜　④108，⑨199
ドイツ読本　②62, 283
樋番　③537，⑩262
土井晩翠　⑪281
塔　①10, 111，④28, 30, 32，⑤161；176，⑥287，⑦28, 83；84, 261, 262, 674
　五輪の——　③14, 16, 23
套　⑦14
臺　④54；108
　雪菜の——　④7
どう　③312，⑨5，⑩103，⑪172, 174, 175，⑫13, 29, 37
堂　⑥312，⑦300；709
銅　③79, 200, 218, 265；137, 182, 186, 187, 484, 525, 527, 622，④122，⑥247，⑦88, 127, 187；164, 241, 290, 401-403，⑨249, 331；90, 177，⑩133, 294；159, 184，⑪9, 131，⑫169；73
銅[どう]　⑫187
胴上げ　⑪46
東庵　②190, 400
陶庵　②190, 400
銅いろ　③120；17，⑦664，⑪42
トゥキンクル、トゥキンクル、リトル、スター
　⑩114
凍雨　③143；342, 343, 345, 385
銅液　⑦185
橙黄線[たうわうせん]　②99
桐下　⑦634
糖果　⑦15
陶画　①211
銅貨　⑧218，⑨202
銅貨[どうくわ]　⑫26
銅角　③94；213→銅角くトロンボーン〉，トロムボン，トロンボン，トローンボーン
桐下倶楽部　⑦632
とうがらし　⑧115, 315→たうがらし
　印度[いんど]の——　⑩118
どう枯病　⑦214
等寒線　③10；20, 21，⑥260
陶器　①21，④204，⑥249，⑦486-489
動悸　⑩134
動機説　⑤44；40
とうきび　①293→たうきび
唐黍　④23；40，⑦436
玉蜀黍　⑤110，⑦52；52, 165, 166, 316, 317, 319, 542, 544，⑨98, 99, 148；165，⑩62, 65, 332，⑫298
東京　①37, 45, 46, 56, 165, 184, 185, 204, 285, 292, 314, 331, 332, 373；46，②203, 412, 451，③169；234, 237, 407，④196；83, 111，⑤20；56，⑥7, 52-54, 72, 105, 256；5, 7，⑦267, 492, 721，⑧138, 140，⑨17, 23-25, 28, 29, 36, 37, 175, 219, 372, 381；179，⑩237；140, 143，⑪231，⑫237, 262
東京[とうきやう]　⑫31, 37
東京[とうけう]　⑫152
東京医学校　④73
東京街道　⑩106
東京市　⑥9；6，⑦32
東京大博覧会　⑩184, 190
東京地方　⑥60
東京帝国大学校地質学教室　⑧121
東京電気会社　⑦377
東京農産商会　⑤73
トウクォイス　⑫281→タキス
土耳古玉[トウクォイス]　⑫378→土耳古玉[タ

(てん〜とう)　179

| | |
|---|---|
| キス] | |
| 洞窟住人 | ⑧135, ⑨374 |
| 洞窟人類 | ③31 ; ⑦67, 69 |
| とうぐわ | ②212, 421, ⑥214→たうぐわ |
| 唐鍬 | ④54 ; 109, ⑤134 |
| 唐[とう]鍬 | ⑩104 |
| 唐鍬[たうぐわ] | ⑫19, 23 |
| 唐鍬鍛冶 | ⑦440 |
| とうげ | ⑧291→たうげ |
| 峠 | ⑧286, 288-290, 304, 343, ⑫297-299, 345 |
| ——の頂上 | ⑩95 |
| ワルトラワラの—— | ⑩213, ⑪90 ; 156 |
| ワルトラワーラの—— | ⑪90 |
| 峠[たうげ] | ⑫50, 59 |
| 峠[とうげ] | ⑫43 |
| 峠[とふげ] | ⑫42 |
| 道化 | ⑦563 |
| 道化師 | ④209, 212 |
| 洞穴 | ⑤218, ⑩128 |
| 道化まつり | ①92, 267, 327 |
| 道化祭 | ①138 |
| 洞源和尚 | ⑫309 |
| 銅鼓 | ⑦51 ; 160, 162, 163 |
| トウコイス | ①388→タキス |
| 東光寺 | ⑤163 |
| 頭骨 | ②176, 386 |
| とうごまの花 | ③181→たうごまの花 |
| とうざえもん | ⑫76→とうざゑもん |
| 等差級数 | ⑨212 |
| とうざゑもん | ⑫76 |
| 父さん | ⑧262 |
| 唐桟 | ⑩341 ; 228 |
| 島祠 | ③185, 187 |
| 闘士 | ⑦146 ; 461, 462 |
| 蕩児 | ①74, 235, 318, 328 |
| 同志 | ⑥89 |
| 導師 | ④80, ⑦138 ; 433, 434 |
| 童子 | ③187 ; 93, 404, 444, ④196, 240 ; 158, ⑥60, ⑧19, 21, 25, 32, ⑨279, 280, 284-289, ⑫166, 167 |
| 童子像 | ④111 |
| 童詩風 | ③111 |
| 堂守 | ⑦39 |
| 刀杖 | ⑦682 |
| 闘諍 | ⑨168 |
| 道場 | ⑨269, ⑫242 |
| 春の—— | ①83, 255, ⑤156 |
| 道場観 | ⑥84 |
| 同情派 | ⑨208, 209, ⑩338, 339 |
| 童心 | ⑦14 |
| 同心町 | ④69, 72 ; 139, 140, ⑦350 |
| 藤助[とうすけ] | ⑧153, 154, ⑫67, 68, 73 |
| 桃青 | ①7, 105, ⑦708 |
| 陶製 | ④204 |
| 銅線 | ②115, ③87 ; 198, 200, ⑫173 |
| 痘瘡 | ③28, 124 ; 57, ⑥218 |
| 銅像 | ④262 |
| 盗賊紳士 | ③290 ; 447, 448, ⑥281 |
| 藤村 | ⑦297 |
| 燈台 | ②470, ⑤97, ⑥8, 80 ; 6, ⑩152, 256 |
| 燈台看守 | ⑩155, 158, 159, 161, ⑪149, 152, 155 |
| 燈台守 | ⑩153, 160 ; 69, 86, ⑪147, 154 ; 198 |
| どうつ | ⑫31, 222 |
| どうつ | ⑧339, 340, ⑨30, 45, ⑪116, 120 ; 155, ⑫31, 222→どうつ |
| 凍土 | ③385 |
| とうとう | ③41, 258 ; 613, ⑩221→たうたう |
| どうどう | ②193, 402, ⑪102, ⑫277 |
| 滂々 | ⑥111 |
| とうとうとうとう | ③255→たうたうたうたう |
| どうどうどうどう | ⑪189 |
| どうどう、どっどどどどう | ⑧161 |
| 道徳 | ⑥227 |
| どうどっ | ⑨15 |
| 銅の汁 | ⑩153, ⑪147 |
| 銅[どう]の歯車[はぐるま] | ⑫319 |
| 銅の日 | ⑦127 |
| 銅の脉 | ⑦276, 277 |
| 銅のむしごて | ⑪18, ⑫111 |
| 塔婆 | ③22 |
| 銅鉢 | ⑪15 |
| 銅鉢[どうばち] | ⑫192 |
| 銅版 | ②86, ⑦163 ; 512 |
| 幢幡 | ③88, 283 ; 206, 214, 216, 653, 658, ⑤51, ⑥290 |
| とうひ | ⑥100, ⑩218, 220→たうひ |

唐檜　④204, ⑧216, 217, 220, 267, ⑨200-202, 205, 207, ⑩23, 126, 170, ⑪76, 164
唐檜[たうひ]　⑫133
等比級数　⑤151, 152, ⑨212
陶標　④40, ⑦70；*221*
豆腐　⑤119, ⑨175
東風　⑦173
倒伏　⑪*47*
　稲の──　⑩*144*
動物　①10, ⑨212-214, 224, 227-231, 238, 239；*109*, ⑩288, 328, 338, 342, ⑪*116*
動物園　⑩*182*, ⑪77
　上野の──　⑩*182*
動物学　⑨215
動物学者　⑨242
動物寓話集　⑧*52, 84*, ⑩*191*
動物質　⑨208, 209, 228, ⑩338
動物心理学　⑨213, 226, ⑩230
動物性食品　⑨222, 223
銅粉　①352, 353, ②179, 389, ③208；*500, 503, 505, 511*
同朋　⑩114；*88*, ⑪*200*
東邦風　③*166, 167*, ④*82*, ⑤*64*
東北　①334, ⑦*424*
東北菊花品評会　⑤222, 224
東北大会　⑥308, 309
東北庁　⑨111
東北長官　⑨111, 112, 117
東北農業研究所出版部　⑫*12*
東北風　⑩*129*
東北本線　⑩341
唐箕　⑥61, ⑧335
透明　①280, 348, 355, ②7, 10, 62, 75, 89, 171, 196, 213, 231, 234, 283, 305, 381, 405, 422, 433, 445, 448；*42-44, 49, 50*, ③*51, 209, 237, 263；18, 45, 114, 224, 225, 507, 508, 544*, ④*103, 112, 165, 166, 232, 265, 275, 277, 296, 299, 300；59, 80, 88, 89, 152, 154, 196, 198, 199, 207-209*, ⑤27, 46, 52, 88, 182, ⑥209, 259, ⑦*150, 247, 572*, ⑧*77, 111*, ⑨84, 90, 222, 224, 243, 272, 277；*138*, ⑩*230*, 323, ⑪108, ⑫*268, 278*
　半──　③*302, 304*, ⑤*36*, 204, ⑨218
透明度　②201, 410

透明な風　⑤143
透明な生物　④*183*
透明薔薇　①*33*, ②184, 394
透明薔薇[―ばら]　②21, 245
堂守　⑦117
とうもろこし　①337, ④*43*, ⑦*437*, ⑧46, 71-74, 163, 177, 222；*17, 21, 22, 85*, ⑩19, 20, 62, 121-123, 165-167, 288, 290, 291；*64, 98, 178, 181*, ⑪159-161；*210*, ⑫297→たうもろこし
玉蜀黍　⑤110, ⑦*52；52, 165, 166, 316, 317, 319, 542, 544*, ⑨98, 99, 148；*165*, ⑩62, 65, 255, 331, 332, ⑫298
玉蜀黍[たうもろこし]　⑨389, ⑫227
とうやく　⑧194→たうやく
銅屋根　⑦611
東洋　⑥130
東洋学者　③*207, 652*
東洋思想　④*64-66*
東洋主義　④*67*
東洋趣味　⑥*68*
動揺性　⑥239
東洋風　④298, ⑥*42*, ⑨217, 218, 235
東洋流　⑨238
銅螺貝　⑦161
奇術[トゥリック]　②*35*→奇術[ツリック], [トリック]
とうり天　③*270*→たうり天
とうりの天　③*264*→たうりの天
棟梁　⑦190
燈籠[とうろ]　⑥362
燈籠　⑨13, 343
燈籠[とうろう]　⑥204
とうろりとろり　⑧160, ⑫*76*
童話　①23, 24, ②*83*, ③*240；161, 250, 253, 259, 387, 388, 543, 587*, ④*109*, ⑥33, 231；*27*, ⑪*229, 233*
童話演出家　③*383*
童話的　②*58*, ④*175*
童話的構図　⑧*17*, ⑫*230*
童話風　③*240*, 247
童話旅行家　③*383*
陶椀　②138, 354, ⑥242
どぉ　⑩21, 124, 167；*16, 101*, ⑪*161；212*

(とう〜とお)　181

曙人［とほつおや］　⑦53；*169*
トォテテ　テテテイ　⑪219
遠野　①239, 306, 312, ④283, ⑦*40*, ⑩*47*
遠野［とほの］　⑫141
遠野口　③*272*
とおめがね　⑩*179*→とほめがね
遠めがね　⑩288-290
遠［とほ］めがね　⑧44, 71, ⑫129
どおん　⑩26, 129, 173, ⑪*167*→どほん
唐鍬［トガ］　⑦251
都会文明　⑫*12*
とかげ　①74, 233, ③51, 264, ⑧12, 13, 39, 146, ⑨14, ⑩280, 281；*170*, ⑫*357*
土方　⑨403, 404；*178*
土方しゃっぽ　⑩262
土方帽　⑩*155*
どかっ　⑪*102*
尖った帽子　⑩112, 157
どかどか　⑨45, 108, 377, ⑩*79*, 137, ⑪134, 210, ⑫302
兎眼　③*355, 356, 359, 360*
とき　⑦*520*, ⑫293→鴇
とき（人名）　⑫293
時　⑩*122*
鴇　⑦*172*, ⑧202-205, 207, 214, 215；*101-105*
鴇［とき］　⑩80, 81
トーキー　⑤*27*
ときいろ　③204；*496*, ⑦*534*, ⑫*67*
とき色　⑧*145*
鴇いろ　②174, 384, ③*394, 526, 602*, ⑤198, ⑥246
鴇［とき］いろ　②74, 107
トーキオ　⑪*157*
　──の市　⑪*122*
研師　⑧207, 208, 216-218
どきっ　⑨32, ⑩15, 50, 84, 136, 237, 262, 270, ⑪132, 220
ドキッ　⑧*212*, ⑪*213*
どきどき　⑧56, 101, 137, 210, 211, 214, ⑨10, 76, 194, 215, ⑩141, ⑪6, 96, 137, 190, ⑫184
どぎどぎ　⑩*238*
ドキドキ　⑧*63*, ⑪*214*
鴇の火　⑦*172*；*206*, ⑧207, 211, 213

ときはぎ　①286, 333, ⑥56
どぎまぎ　③*348*, ⑧*152*, ⑩61, 89, ⑪44, 50, 98, 123, ⑫*141, 147*
ときわぎ　①286, 333, ⑥56→ときはぎ
徳　⑩*99*
徳［とく］　⑪*280*
毒　⑦292；*701*, ⑧21-23, 293, ⑩192；*102, 119*, ⑫313
徳育会　⑫288；*193*
毒うつぎ　①238
トークォイス　⑫*281*→タキス
毒蛾　⑨81, 83, 86-88, ⑩226, ⑪102, 104-108, 110, 111
毒蛾［どくが］　⑨80
督学官　③*427*
トク学官　⑩*143*
毒瓦斯　③*284*
毒瓦斯［どくがす］　⑩*118*
毒瓦斯タンク　⑥345, ⑫339
毒ヶ森　①33, 68, 156, 224, ⑨120, 124
毒［ドグ］ヶ森　⑦105；*330*
徳行　⑦*163*
徳玄寺　⑫307；*209*
毒剤　⑥271
徳性　④300；*153*
徳性［とくせい］　⑪*280*
得大勢菩薩　⑤*57*
博士教授［ドクタープロフエッサー］　④*171*
どくだみ　⑨*406*
どくどく　⑧10, 23, ⑨253, ⑩265, 279
どくどくどくどく　⑧13, ⑩*282*
独文　⑩*228*
独文典　①*314*
毒紅　③*515*
毒べにだけ　①*30*
読本　⑧34, 278, ⑩247
徳松　⑩*142*
毒［どく］むし　⑧52, 53
特務曹長　⑧162, ⑫325-327, 329, 330, 333-336, 338
毒もみ　⑦*550*, ⑩191-193, 195, 196；*119-121*, ⑪205
毒［どく］もみ　⑩70；*118*

182　主要語句索引

毒もみ巡査　⑩194
毒もみのすきな署長さん　⑦550,⑧37,⑫71
毒薬　⑧272
徳利　⑦218
特立樹　③152；375,⑥215
とぐろ　⑥329
棘　②116
　黒い――　⑪45,46
　黒と白の――　⑩14
時計　④41,115,160,229,287；13,78,79,221,
　　252,253,⑦145,158；416,417,458,459,593,
　　⑧186,⑩60,61,64-66,94,141,146,149,165,
　　⑪159,170,171；192,⑫163,164；215
　青じろい――　⑩19,122
　青白い――　⑩92
時計[とけい]　⑫132,222
トケイ　⑩237,242,243
時計皿　⑤215
徒刑の囚　⑥138
時計屋　⑩66,133,136；128,⑪131；186
トケウ　⑩236
棘ヶ原　③516
棘の原　③514
Tourquois[トーコイス]　①306
Tourquois[トーコイス]　①61
とこや　①73,231,⑦189
床屋　①38,169,303,338,③43,⑦62；190,
　　191,193,⑧139,142,⑨80,81,86,⑩191-
　　193；118,⑪104,105；111,⑫273,275
　――のだんだら棒　⑫246
土佐絵　④187；201,202,⑤231
屠殺士　⑦140；442
屠殺場　①180,⑦441,442
どさり　⑩323
菟氏　⑥313
俊夫　②148,149
とし子　②138,148,160,162,166,172-174,183-
　　186,354,369,372,375,382-384,393-396,454,
　　465,468,⑥243
どしどし　②16,239,③16,140,203；25,272,
　　275,337,338,340,④133,⑦109；516,⑧75,
　　⑨81,136,254,⑩235,269,331；183,⑪12,
　　54,105,125,212；94,⑫46,75,84,169,190,

　　218；104
どしどしどしどし　②19,243
と者　⑦106
屠者　⑥307,⑦36；107,108
豊沢小路〈としゃこうじ〉　⑫279
どしゃっ　⑩323
どしゃどしゃ　③216,559,561,564,577,⑥237
どしゃどしゃ　②436,③209；213,216,508,
　　559,561,564,577,④24,288；44,219,⑤22,
　　27,⑥237,⑧125→どしやどしや
どしゃん　④249,⑪9
屠主　⑦107
どじょう　⑩191,339→どぜう
鯔　④27
土壌　⑩30,31,53,⑫353
図書館　⑦521,686,⑧302,⑩184,⑫274,276
どしり　⑧337,⑫245,290
どしりどしり　⑩108,⑫248
どしん　⑪226
土人　⑦294
どしんがらがらがらっ　⑩182
どす黒　⑪34；67,⑫132
トースケ　⑩77,78
土性　⑩248,259,260；151,152
土星　①41,176,⑨255
土性図　⑦118,125
土性調査　⑦88,⑩259,⑫239,293
土性調査演習　⑩143
どぜう　⑩191,339
土蔵　①269,292,④175；262,⑥75,⑦34；
　　102
土俗学者　③614
兜卒の天　②356
兜率の天　③502
戸田巡査　⑦189
どたつ　⑫28
どたっ　⑨136,⑩265,⑫28→どたつ
どたどた　⑪13,⑫104
どたり　⑪18,⑫111
ドタリ　⑧186,⑨62
とたん　⑫69,72,81
亜鉛[とたん]　⑫38,80
とたん帽[ばう]　⑥331

とち　　⑨46, ⑪267
栃[とち]　　⑫87-89, 94, 95
屠畜会社　　⑨225
栃の団子　　⑧30
とちの実[み]　　⑧41
徒長　　④111, 276, 280; 206-208
どっ　　⑨137, ⑩61, 64, 229, ⑪37, ⑫133
十束[とつか]　　⑦560
どつかり　　⑫87
どっかり　　⑧224, 226, 262, 333; 88, ⑩267, ⑪233, ⑫87→どつかり
突貫[とつくわん]　　⑫43
ドッグ　　③51
ドッグウイスカー　　⑩211→ドッグウキスカー
ドッグウキスカー　　⑩211
ドッグ兄弟　　③50
とっこ　　③216
どっこい　　⑩240
どっこどっこ　　⑪208
とっこべ、とら子　　⑧265
とっこべ、とら子[こ]　　⑧260
とっこべとらこ　　⑧264
とっこべとら子　　⑧262
銅壺屋　　⑦440
銅壺[ドツコ]屋　　⑦441
どっしり　　⑧225; 88
どっしりがたり　　⑫245, 290
どつてこどつてこ　　⑫10
どつてこどつてこ　　⑫10→どつてこどつてこ
どつてこどつてこどつてこ　　⑫10
どつてこどつてこどつてこ　　⑫10→どつてこどつてこどつてこ
ドツテテド　　⑥331
ドツテテド　　⑥331→ドツテテド
ドツテテドツテテ　　⑥331
ドツテテドツテテ　　⑥331→ドツテテドツテテ
ドツテテドツテテ、ドツテテド　　⑫80-83, 85
ドツテテドツテテ、ドツテテド　　⑫80-83, 85→ドツテテドツテテ、ドツテテド
トッテントッテントッテンテン　　⑧322
とっとっ　　⑨269
とつとつとつとつ　　⑫89
とつとつとつとつ　　⑫89→とつとつとつとつ

どっどど、どどうど、どどうど、どうどっ———　　⑪231
どっどどどうど　どどうど　どどう　　⑨5
どっどど　どどうど　どどうど　どどう　　⑪209
どっどどどうど　どどうど　どどう、　　⑪172
ドッドド、ドドウド、ドドウド、ドドウ　　⑨44, 45
ドッドド　ドドウド　ドドウド　ドドウ、　　⑨17
ドッドドドドウドドドウドドウ　　⑨46
ドッドドドドウドドドウドドウ、　　⑪267
ドッドドドドウドドドウドドウ、ドッドドドウドドドードドウ　　⑪267
どつどゞゞゞう　　⑫77
トツパァス　　⑧196
トツパース　　②78, 295
トツパース　　②78, 295→トツパース
どっぱり　　⑪63
とっぷり　　①301, ③86, ⑧154, ⑪35, 77, ⑫132
どっぷり　　⑪32, ⑫129
ドツホビンイッヒイアインマーラー　　③447
凸レンズ　　⑪125
トーテム　　⑤66, ⑦308, ⑫308
どてら　　③86; 200, ⑤28, ⑦34; 102
どど　　⑦17
どゞー　　⑥315
どどどどどう　　⑦294
鮴の崎　　⑤13
とゞまつ　　②181, 391
とどまつ　　②104, 174, 178, 320, 384, 388, ③58, 79; 142, 143, 186, 187
とゞ松　　②172, 382, ⑩13
とゞ松[まつ]　　⑫133
とど松　　③141, ⑥234
ド、ドーンド、ドーン　　⑧32
ドドンドドン　　⑧31
ドドーン　ドドーン　　⑧104
馴鹿　　②176, 386
となかいの角　　⑩133, ⑪128; 183→となかひの角

となかひの角　⑩133, ⑪128；*183*
ドニャン　⑨70, ⑫*75*
とね河　①56
殿さま　⑤63
とのさまがえる　⑧223, 224, 226-230, 232；*86-93*→とのさまがへる
とのさまがへる　⑧223, 224, 226-230, 232；*86-93*
鳥羽［とば］　①78
鶩馬　⑥269
トパアス　⑧195
トパァス　⑧194
土橋　④24, 133
トパース　②220, 429, ③68；*161, 163*, ⑥250, ⑩*154*, ⑪148→topaz
黄玉　⑩146, 154, ⑪*140, 148*
黄玉［トパース］　③*161*
トバスキー　⑫175, 176；*77*
怒髪天を衝く　⑨235, 238
とはのほとけ　①283
鳶　③*73, 74, 117*, ⑦*474*, ⑨36
鶫　⑨164；*80*
とびいろ　②70, 77, 294
鳶いろ　①110, ⑨181, ⑩220, ⑪115
鳶色　⑧320, ⑩*93*, 107
飛［と］び術［じゅつ］　⑧161, ⑫8
トピナムブール　⑤*40*
トピナムボー　⑤44
扉　⑪9
どふっ　⑩186
どぶ鼠　⑩273
どぶん　⑩*67*；*37*, ⑪201, 202, 205；*259*
どぶーん　⑪201
トブン　⑩9, ⑫129
どぶんどぶん　⑪200
土塀　⑪17
土木技手　⑦268
土木主幹　⑦*135, 326*
とぼとぼ　⑤122；*140*
とほめがね　⑩*179*
どほん　⑩26, 129, 173, ⑪167
どほん　⑩13, ⑪208
土間　⑤*104*, ⑩65

苫小牧　⑩252；*147*
トマト　①47, 53, 54, 76, 186, 198, 199, 238, 328, ③*342-345*, ④15；*40, 42, 49*, ⑤*81-83*, ⑥124, ⑦272；*671, 674*, ⑨190, 191, 195, 196, 236；*90, 91*, ⑪128, 221；*290*
　うら青き──　⑤81
　黄いろの──　⑨185
蕃茄　⑦*436*, ⑫264
蕃茄［トマト］　②196, 405
トマトばたけ　①14
富沢　⑫288, 289, 292-295
富沢先生　⑫285
富田砕花　⑦*633*
富手　⑩38
ドーム　⑥45
ドーム（穹隆）　③50
隆穹［ドーム］　⑥69
僚友　⑦*34, 35*
僚友［とも］　⑦*36*
灯［ともしび］　⑪280
ともだち　⑩174
友だち　⑩85
どもる　⑩*81*
どやどや　⑩95, ⑪173
土用　⑥116, ⑨*74*, ⑩192；*119*, ⑫178；*80*
豊沢川　⑦*59*, ⑩30
豊沢川石切場　⑤*190*
豊沢小路　⑫279→豊沢小路〈としゃこうじ〉
豊沢町　⑤41, ⑦*59, 377*
豊沢橋　⑧*114*
虎　⑤*217, 218*, ⑦287；*597, 692, 701*, ⑧172, 184-186, 328, ⑩339, ⑪221, 223
虎［とら］　⑫283, 320
寅　⑦223；*140, 156, 157*
どら　②467, ⑤*90*, ⑧332, 334
缶鼓［どら］　③*181*
銅羅［どら］　⑫197
銅鑼　②467, ③*73, 94；170, 172, 213, 217, 223, 227, 281*, ④*82*, ⑦*123, 194；12, 390, 391*, ⑨38, ⑩*142*, ⑪*124*, ⑫*326-328*
ドラ　③*220*
乾燥地農法［ドライファーミング］　⑥11
虎が雨　⑥314

（とち〜とら）　185

虎狩り　⑪234
寅吉　⑦75
寅吉山　③173；418, 419
寅吉[トラキチ]山　③417, ⑥227
トラクター　④224
銅鑼口　⑤149, 150
ドラゴ　②203, 412, ③116
ドラゴノイド　⑤216
虎こ山　⑧109, ⑪194
ドラゴン　⑤212；216
竜[ドラゴン]　⑤212, 213
トラスト　③251, 261
トラック　⑥314, ⑦20, 283；61-64, 687
トラップ　⑤221
虎戸　⑫279
とら猫　⑨73, ⑫79, 88, 89
虎猫　⑨68-70, 72, 73, 75-78, ⑫173, 174, 176-181；73-75, 78, 81-84, 92, 94
虎の斑形　⑦161
虎ノ斑形　⑦505
トラピスト　⑨225, ⑩252
ドラビダ風　④230；107
虎斑　⑦504
トラホーム　⑨47, ⑩70
寅松　③147, 148；363, 365
トラムプ　⑪305
ドラモンド光　③149；231, 232, 355
ドラモンド燈　③356, 360
トランク　⑨178, ⑩96, ⑫131, 132
　空虚の——　⑨210
　革の——　⑨176
トランシット　③272
トランス　③188, 286；449, 661, 663, 665
トランスヒマラヤ高原　⑤51
玲瓏[トランスリューセント]　②178, 388
トランプ　③544, ⑪46, 61, 81, 305→トラムプ
　——の札　⑪30, ⑫127
トランペット　③199；401, 479, 483, ⑪219；287
とり　①303, ②68, 288, ⑥365, 371, ⑧208, 213, ⑪226
鶏　⑤198；167, ⑧97, 98；31, ⑫207
鶏[とり]　②107, ⑧51

鳥　①17, 22, 23, 26, 29, 30, 33, 40, 50, 66, 67, 70, 71, 73, 79, 83, 88, 108, 123, 130, 134, 140, 147, 149, 157, 174, 190, 220-222, 226, 229, 231, 232, 238, 254, 262, 265, 303, 308, 328, 345, 358, 359, 369, 374；30, 35, 43, ②23, 24, 37, 67, 81, 95, 106, 116, 127, 133, 141, 146, 151, 152, 159, 163, 173, 174, 183, 184, 192, 208, 215, 247, 248, 260, 287, 288, 291, 298, 311, 322, 343, 349, 369, 373, 383, 384, 393, 394, 401, 417, 424, 473, ③11, 21, 39, 42, 45, 51, 55, 56, 58, 59, 62, 64, 66, 80, 82, 83, 87, 89, 90, 95-97, 100, 106, 107, 113, 129-131, 141, 161, 165, 172, 180, 185, 190, 192, 209, 210, 215, 220, 239, 250, 260, 261, 265, 267, 274, 276, 277, 283, 284；19-21, 42, 71, 74, 84, 88, 93, 98, 101, 114, 135-144, 151-153, 157, 158, 166, 180, 190, 192-195, 205, 223-225, 227, 228, 232, 237, 240, 257, 277, 278, 280, 294, 295, 297, 298, 300, 301, 304, 313-315, 340, 410, 413, 414, 441, 442, 461-464, 472, 474, 476, 494, 499, 501, 503, 506, 509, 511, 519, 520, 522, 523, 526, 527, 532, 533, 542, 549, 551, 554, 556, 558, 604, 620, 633, 653, 654, 659, ④7, 8, 23, 54, 88, 109, 182, 193, 196, 208, 219, 222, 295；11, 13, 14, 51, 99, 106, 108, 112, 114, 130, 131, 144, 168, 169, ⑤7, 24, 35, 36, 46-48, 52, 63, 69, 97, 154, 155, 174, 194；113, ⑥99, 126, 169, 173, 177, 198, 208, 209, 219, 234, 235, 240, 247, 261, 265, 277, 278, 282, 284, 290, 291, 293, 301, 302, 310, 312, 361, 364, 370, 374, 376, ⑦8, 32, 64, 71, 80, 97, 125, 134, 139, 174, 177, 189, 201, 233, 249, 257, 258, 277；27, 48, 72, 95, 96, 111, 146, 179, 181, 200, 201, 224, 227, 253, 291, 292, 302, 303, 305, 326, 327, 358, 397, 420-423, 437, 438, 482, 525, 526, 548-550, 566, 611, 636, 647, 651, 660, 661, ⑧19, 20, 83, 84, 87, 88, 113, 135, 164, 185, 198, 213, 214, 232, 276, 281, 282, 287, 289, 301, ⑨13, 112, 119-122, 124, 125, 151, 153, 154, 165, 180, 188, 246, 251, 260-264, 266, 273, 330, 332, 334, 336, 374, 398, 399；19, 49, 51, 174, ⑩7, 18, 33, 88, 96, 106, 112, 117, 120, 121, 123, 137, 150, 153, 156, 162, 164, 166, 192, 302, 318；119, 121, ⑪6, 15, 23, 32, 37, 134, 144, 147, 150, 156, 158, 160, 206, 210, 224, 226；11, 43, 50, ⑫184,

186　主要語句索引

247, 249, 280, 297, 365, 366, 376；*97, 133*
　ガラスの―　③206；*457, 458, 460, 464*
　化性の―　③47
　磁製の―　③*460, 462*
　白い―　②150
　わたりの―　③33
鳥［とり］　①294, ⑥203, ⑧39, 40, 42, 59, 67, 248, ⑩45, 71, 81；*118*, ⑫28, 128, 141, 183, 192, 199, 201, 320
　白［しろ］い―　⑩80
トリ　⑥178
鳥居　③197, ④29；*52*, ⑤91；*97, 99, 100*, ⑦276, 283；*687*, ⑫255
　赤―　⑦*679*
とりいれ歌　④47
鳥打　⑧277
鳥打しゃぽ　⑤34
鳥打帽　⑨139
鳥打帽子　⑪98
鳥踊り　③61
鳥［とり］かご　⑧169
鳥籠　⑪5
鳥籠先生［とりかごせんせい］　⑧173
とりかぶと　③212；*515*
鳥さし　①30；*43*
西蔵　⑦24
トリック　③176；*425*
奇術［トリック］　⑨181→奇術［ツリック］, 奇術［トゥリック］
トリトマチーゼル　③515
鳥捕り　⑩112, 151-157, ⑪145-150
トリニテイ　⑨209, 210
鳥［とり］の王［おう］さま　⑩80
鶏の糞［かへし］　⑪32, ⑫*129*
鶏［とり］の糞［かへし］　⑫207
鳥の楽隊　⑪*296*
鶏の籠　⑤198
鳥の形　⑩153
鳥の羽　⑪7
鳥の羽根　⑩20, ⑪160
鳥の骨　①12, 113
鳥箱先生　⑧171-173
鳥箱先生［とりばこせんせい］　⑧169, 170, 173

ドリームランド　⑫*10*
鳥を捕る人　⑩149, ⑪143
ドル　⑧308, 311
トルコ　⑨210, 212, 216；*100*
土耳古　③*542*
トルコ玉　①315
土耳古玉〈トルコぎょく〉　③*481, 542*, ④214；*129-131*, ⑧195, ⑨201, ⑫281→土耳古玉〈タキス〉
土耳古玉製［―ぎょくせい］　②16
トルコ人　⑨210, 211, 215；*9*, ⑪240
土耳古人　⑨217
トルコ玉　①315
土耳古玉〈トルコだま〉　③*481, 542*, ⑧195, ⑨201, ⑫281
トルコ帽［ぼう］　⑫64
ドルメン　③56, 89；*134, 137, 140, 653*, ⑥302
奴隷　④298
ドレミファ　⑪219, 225, 226；*283, 288, 296*
ドレミファソラシド　⑪225
とろ　③171, 172；*410, 411, 413-415*
どろ　③260；*359*, ⑦*72*
泥　⑫*134*
泥［どろ］　⑩175
トロ　⑤79, ⑨128, 129, 131
ドロ　③117；*494*
白楊［ドロ］　③43, 203；*99*
泥洲　①286, 333, ⑤214, ⑥56
とろっ　⑩262
トロッター　③*115, 118, 120*
とろとろ　①7, 106, ③*447*, ⑤25, ⑦*659*, ⑧136, 141, ⑨28, 249, ⑪113, ⑫295
どろどろ　⑨251, ⑪36, ⑫208；*133*
ドロドロドロドロドロ　⑪61, ⑫*158*
どろどろばちばち　⑫22
泥人形　④210, ⑫*221*
どろの木　③41, 45, 258；*93, 99, 101*
ドロの木　③*89, 492, 493*
トロバトーレ　③238
どろぼう　④65, ⑪26
泥棒　④172
白雲石［ドロミット］　③127；*291-293*, ⑥228
ドロミット洞窟　⑥61, ⑦269；*668*

（とら〜とろ）　187

トロムボン　③*213*
トロメライ　⑪*222*
泥よけ　④*197*
トーロロトーロロトー　⑧*335*
とろん　⑧*237*，⑩*306*
トロンボン　③*213, 220*，⑦*123*；*391*→トロムボン
トローンボーン　⑪*80*
銅角　③*94*；*213*
銅角［トロンボーン］　③*215*
銅角［トロンボン］　③*217, 223*
とわのほとけ　①*283*→とはのほとけ
どん　③*202, 350, 352*，⑪*98, 222, 227*；*135*
どーん　⑫*206*
トン　⑨*70*，⑫*75*
ドーン　⑫*168*
どんぐり　①*52, 194*，⑧*268*，⑫*9, 13-17, 107, 112, 119, 124*
日曜［どんたく］　⑦*95*；*294-298*
トンテントン　⑧*120*
とんとん　③*177*；*426-428*，⑤*39*，⑥*225*，⑧*53, 233*；*93*，⑪*221, 229*；*291*
どんどん　③*34, 78, 93, 130, 146, 228, 233*；*59, 184, 202, 300, 301, 304, 349, 351-353, 561, 577-579, 624, 643*，④*57, 144*，⑤*61*；*129, 229*，⑥*262*，⑦*431*，⑧*9, 53, 92, 100, 119, 120, 187, 189, 216, 240, 288, 292*，⑨*182*；*87*，⑩*13, 42, 255*，⑪*31, 33, 41, 58, 86, 99, 116, 130, 181, 195, 227, 234*；*62, 187*，⑫*154*
トントン　④*104*，⑧*191*，⑨*216*，⑪*294*，⑫*121*
とんとんとん　⑧*261*
どんどんどん　⑨*343*
どんどんどんどん　②*466*，③*565*，⑤*129*，⑧*187*，⑨*180, 195*，⑩*21, 124, 167*，⑪*44, 161, 192, 210*；*291*，⑫*82, 213*
トンネル　②*472*，⑥*18, 239*，⑨*30*，⑩*265*
とんび　③*50*，⑦*190-192*，⑧*335*，⑨*263, 266, 267*；*127*，⑫*76*
　　──の染屋　⑨*260*；*126, 127*
鳶　⑦*149*，⑨*36, 264, 266*；*128*
トンビ　⑦*109*；*347*
とんび藤左衛門［とうざゑもん］　⑧*160*

とんびとんび、とっとび　⑨*36*
ドンブラゴッコ　⑨*18*
とんぼ　②*34, 115, 257*，④*110*，⑧*8, 55, 72, 207, 211*，⑩*276, 289*
とんぼがえり　①*305, 312*→とんぼがへり
とんぼ返り　①*77, 243*
とんぼがへり　①*305, 312*
どんより　③*190*；*63, 64, 68, 458, 460*，④*144*，⑥*33*，⑨*193*

## な

な　⑦*187, 229, 270, 298*；*41, 112, 113, 186, 365*
汝　⑦*192*；*531*
汝［な］　⑦*178, 241*
ナ　⑦*72*；*223, 227*
内宮　①*281*
内地　④*41*，⑩*10*
泣いでら　⑪*173*
勲爵士　⑤*212*；*212*
騎士［ナイト］　⑦*263*
勲爵士［ナイト］　②*111*
内藤　④*241*，⑩*252*
内藤先生　⑩*260*；*152*
夜間双眼鏡［ナイトグラス］　⑫*42*
ナイフ　④*78*，⑦*97*；*305*，⑧*332-334*，⑩*116, 216*；*91*，⑪*93*；*131*，⑫*347, 348*
　食卓──　⑪*96*
内務部長　⑪*30*，⑦*455*
ナイヤガラ　⑨*227*
苗　⑤*61, 112, 203*，⑦*299*，⑩*30*，⑪*37, 38*，⑫*133, 134*
　オリザの──　⑪*36*，⑫*133*
苗つけ馬　⑤*112*，⑦*299*
苗床　④*44, 164, 165*；*88*，⑤*34*
苗沼　⑪*37*，⑫*134*
直助　⑩*142*
なおせであ　⑥*98*→なほせであ
中井　③*318*
長椅子　⑩*206*
長唄　⑪*283, 284*
長衣　⑦*191*
なが靴［くつ］　⑥*331*，⑫*83*
長靴　④*118, 138, 290*；*220*，⑥*249*，⑦*98*；*306*,

⑨192, 377 ; *87* , ⑩147, 205, 206, 208, 218, 219,
⑪141
　　ゴムの―― ⑩60 ; *35*
長靴［ながぐつ］ ⑫81, 84, 85, 131
長崎 ⑧148, ⑫*76*
中洲 ⑫*184*
なかぞら ②190
中ぞら ③48, 197, ④262, ⑦39 ; *116, 117*
中空［なかぞら］ ③31 ; *66, 68, 69*
永田 ⑤224
中岳 ③*248-250, 253, 260, 262, 264*
長塚節 ⑤*35*
中津川 ①67, 222, 223, 298, ⑦*544*
中留 ①93, 269
長沼 ⑫308
ながね ⑩76
長根 ⑩261, 271, ⑫374
長嶺 ⑫372, 375
長嶺［ながね］ ⑥359
長根下 ⑫368
長嶺下 ⑫373
長野 ⑦*521*
中山街道 ⑩264
ナーガラ ②159
流れ星 ⑦*524*
鳴兎 ⑤*190*
泣き声 ⑩*201*
泣［な］き声［ごゑ］ ⑫202
なぎさ ⑩25, 128, 172, ⑪166
渚 ⑩26, 147, 173, ⑪166
渚［なぎさ］ ⑫158
薙刀〈なぎなた〉 ⑧264
泣くだぁぃよな気 ①230
南雲 ⑦*467*
梨 ②211, 420, ③*560, 561, 568*, ④40, 156 ; *68, 69, 71*, ⑥213, 238, ⑦34, 39 ; *102, 109, 115-117, 195*, ⑧203, 220 ; *81, 83*, ⑨35, 206, ⑩317, ⑫262, 338 ; *224*
　　U字の―― ⑦37
梨［なし］ ⑧247
梨実［なし］ ③*367*
何した ⑪173
なして ⑪173

何して ⑪40
梨の木 ⑤28, 32, ⑧104, ⑩319
梨［なし］の木［き］ ⑧249
なじよだ ⑫94
なじょだ ⑫94→なじよだ
なじょだ ⑫90, 91→なぢよだ
なじょで ⑫280→なぢょで
なじよな ⑫93
なじょな ⑫93→なじよな
何［な］じょなことでも為［さ］んす ⑧107
なじょにして ⑧256
茄子 ⑦*631*
那須先生 ③*141*, ⑥234
ナスタ ⑪*46*
ナスタシヤ ⑥18
ナスタンシヤ熘 ④237
茄子苗 ⑤25
茄子焼山 ③209
山刀［なた］ ⑫19, 23
ナタアシア ⑫236
那提伽葉 ⑤7
なだら ①41, 79, 177, 247, ③111, 173, 263 ; *271, 274, 418, 419*, ⑤132, ⑥89, 227, ⑦108 ; *39, 344*, ⑨268
なだれ ③261, ⑦8 ; *14, 15, 18, 620*, ⑪*304*, ⑫300
那智先生 ③58 ; *141, 143*
ナチュラナトラ ②*36*
なぢよだ ⑫90, 91
なぢょで ⑫280
ナチラナトラ ②53
なつ ⑫68
夏 ①9, 17, 42, 43, 108, 121, 147, 179, 182, 223, 228, 347, ②73, 122, 163, 292, 338, 373, 457, ③58, 72, 127, 220, 224, 227, 229, 277, ④31, 55, 98, 108, 156, 250, 257, 269, 278, 280, ⑤96, 204, 212, 213 ; *81, 144*, ⑥7, 34, 79, 108, 234, 350, ⑦30, 41, 43, 84, 122, 179, 267, 304, ⑧87, 97, 104, 235, 301, 305, 307, ⑨31, 85, 75, 151, 247, 256, 257, 294, ⑩8, 47, 51, 53, 56, 59, 110, 114, 158, 192, 206, 214, 217, 219, 264, 266, 269, 271, 304, ⑪8, 24, 64, 69, 86, 87, 89-91, 93, 97, 109, 115, 152, 200, 203, 205 ; *40*, ⑫*175*

(とろ～なつ) 189

夏[なつ]　⑥193,　⑧96, 170,　⑩*118*,　⑫22, 25, 68, 128, 185, 212, 223, 224, 226
夏外套　⑪97
夏草の碑　①105 ; ⑦*708*
夏草山　①240
夏雲　⑦232
夏蚕　⑦*368*
夏蚕飼育　③112 ; *273*
ナッセンネル　③*61*
捺染ネル　③30
捺染[なつせん]ネル　③*63, 64* , ⑥267
捺染フラン　③*60*
夏猫　⑫175 ; *77*
菜っ葉　⑫164
菜っ葉　⑨225, 230→菜つ葉
菜[な]っ葉[ぱ]　⑫236
菜[な]っ葉汁[ばじる]　⑫259
夏服　⑩33
夏フロック　⑪89, 92, 93
夏帽子　⑨257
なつまつり　⑥351
夏まつり　⑥315, 350,　⑩214, 217,　⑪90, 91, ⑫345-347
夏みかん　②61
夏蜜柑　②437
なつめ　⑨336
夏夜　⑦43 ; *137*
ナティラナトラ　②*36*
ナテゥラナトラ　②*36*
ナドリ　⑪*48*
七色　⑧112,　⑨232,　⑩*189*
七折の滝　⑩39
斜子　③455, 458, 459
斜子の月　③*502, 503, 505*
斜子[ななこ]の月　③209
七時雨　③214 ; *514*,　⑦117 ; *370-373*,　⑩*94*
七時雨[ななしぐれ]　②213
七十路　⑥103
七つ木　⑦*151*
七つ星　⑨51, 296,　⑪*15*
　北の——　⑨51
七つもり　①*195*
七つ森　①32, 52, 64, 65, 71-74, 81, 96, 155, 217-219, 229, 231, 234, 251, 277, 300,　②13, 63, 205, 206, 414, 415,　③204 ; *489, 491, 492, 494*,　⑦120, 121 ; *381-383*,　⑨180 ; *84*,　⑫247
七[な]つ森[もり]　⑧145
七[なな]つ森[もり]　①300, ⑫256
七[なな]ツ森[もり]　①294
何為[なにす]ぁ　⑨31
浪花[なには]ぶし　⑫103, 115
なは　⑥369
ナビクナビアリナリ　⑦259 ; *457, 653*
名札　⑪193
鍋　⑪30
鍋倉　③143 ; *343-345*,　④*52, 54*,　⑤*140*
鍋倉[なべぐら]　③*346*
鍋倉[なべぐら]円満寺　⑥287
鍋倉上組合　④29
鍋倉組　④*54*
鍋倉衆　④*52, 53*
ナベヤキウドン　⑫*72*
なほせでぁ　⑥98
ナポレオンボナパルド　⑫331
生菓子[なまぐわし]　⑧106
なま　①22, 44, 131, 183, 290,　④260 ; *170*,　⑤29, 85,　⑧36, 37,　⑩264,　⑫159
海鼠　①*26*,　④*92* ; *172, 176*,　⑦108 ; *343, 344, 476*,　⑧*30*
海鼠[なまこ]　②41, 55, 263, 277,　⑧255,　⑨389
なまこぐも　①372
なまこ雲　①54, 88, 199, 262, 327
なまこの雲　⑦96 ; *299*
海鼠の雲　⑦*299*
生ゴム　⑥249
なまこ山　①92, 267, 268,　③*271*,　④234,　⑤219
なまず　⑨23, 94, 400,　⑩191, 194, 328 ; *117*→なまづ
なまづ　⑨23, 400,　⑩191, 194 ; *117*
なまねこ　⑧15-17,　⑩284, 286
なまねこなまねこ　⑩285
生粋　⑤203
なまり　⑦*145*,　⑫69, 74
鉛　①12, 39, 113, 172, 217, 284, 306, 385,　③21,

110, 135, 190, 228, 255, 260；*181, 197, 199, 311, 345, 371-373, 455, 461, 463, 524, 527, 560, 564, 566*，④*39, 55, 58, 64, 81, 85, 135, 143, 200；70, 72, 108, 112, 114, 115, 165*，⑤*199*，⑥*238*，⑦20, 183, 231, 263, 274, 275；*58, 60-62, 140, 225, 437, 438, 578, 579, 582, 608*，⑨265，⑩*9*
　——のいろ　③218
　——の兎　⑫171
　——の針　②147
　——の湯　⑩264
　——のラッパ　⑤13
鉛[なまり]　⑧58，⑫146
鉛いろ　③196, 236, 257；*477*，④*50*，⑤*22；21*，⑩13
鉛色　⑫*12*
鉛色[なまりいろ]　⑫137
なまり川　⑦*145*
生薬　③19
波　⑩8, 10, 147, 256；*6, 25, 90, 96, 116, 188*，⑪61, 116, 136；*39*
　琥珀の——　⑩319
　すすきの——　②132, 348
　すゝきの——　⑩112, 157，⑪150
波[なみ]　⑫128
浪　⑩13
並川さん　②58
並木　⑩87
並樹ざくら　②71, 291
並木松　①370
並木道　⑩106
涙　⑩174, 321，⑪*7*, 11
涙[なみだ]　⑫197
泪　⑩165；*89*，⑪14, 21；*30, 186*，⑫*168*
波の音　⑩8
波[なみ]の音[おと]　⑫128
南無　⑨155, 169
南無阿弥陀仏　③238
ナムサダルマプフンダリカサスートラ　⑫320
なめ石　⑦*15*
滑石　⑨236
大理石　①*163*，⑦*275, 493*
大理[なめ]石　①*162*，⑦*639*
なめくじ　①30, 31, 150，⑤83，⑥7，⑦18；*48,*

*50, 51*，⑧5, 8-14, 17, 331, 337，⑩273, 278-280, 282, 283；*165, 167, 170, 172, 175, 177*，⑫319→なめくぢ
銀いろの——　⑩273；*166*
銀色の——　⑩277
銀色[ぎんいろ]の——　⑧10，⑩*172*
なめくじばけもの　⑧314→なめくぢばけもの
なめくじら　⑫94→なめくぢら
なめくぢ　⑧5, 8-14, 17, 337，⑩273, 278-280, 282, 283；*165, 167, 172, 175, 177*，⑫319
銀色の——　⑩277
銀色[ぎんいろ]の——　⑧10，⑩*172*
なめくぢばけもの　⑧314
なめぐぢら　⑫94
蝸牛[なめくづら]　⑫94
なめし皮　⑩207
なめとこ山　③*206*，⑩264, 265
ナモサダルマプフンダリカサスートラ　②174-176, 178, 384-386, 388，③*11*
納屋　④118，⑨186，⑩229，⑪39, 40，⑫*136*
なら　⑥77，⑦*405, 718*
楢　①*159*，②*107*, 111, 323, 327，③108, 164, 235, 236；*7, 25, 118, 247, 248, 250-252, 259-261, 263, 267, 268, 412, 413, 524, 527*，④8, 24, 134, 254；*13, 14, 44, 51-53, 168, 343*，⑥86, 131，⑦129, 169, 183；*8, 346, 352, 355, 356, 406*，⑨*30*, 105, 109, 158, 263；*40, 42*，⑩134, 137，⑪76, 131, 133，⑫364, 368, 369
楢[なら]　②114
奈良　①35, 161, 291
奈良[なら]　⑫14
楢夫　⑧90-95, 97, 103-105, 281-300, 302-304；*27*
楢岡　⑨173
楢岡工学校　⑨175
奈良公園　①283
楢樹霊　⑫363, 368-371, 373, 374
楢戸　⑧*113*，⑩261
楢の木　③*26-28, 32*，⑦112，⑧99, 107, 109, 222, 235, 240, 274；*85*，⑨13, 46，⑩274, 278, 283, 304, 309，⑪186, 194，⑫230
楢[なら]の木[き]　⑧6, 10, 15
楢ノ木学士　⑨357, 365

(なつ～なら)　191

楢の木大士　⑨347, 360
楢ノ木大学士　⑨345, 349, 351, 352, 356, 361,
　　372, 376, 377, 379-381, 384, 386
楢の葉　①*49*, ⑪*267*
楢の林　④8, ⑤49；*121*
楢鼻　⑧286
楢ばやし　⑦*101*
楢渡　⑨108；*40*
楢渡[ナラワタリ]　⑨104；*40*
成金　⑨345
ナリトナリアナロ　⑦259；*457, 653*
鳴子　⑥34
成島　⑤96
なるたいなぁ　⑨11
なれ　⑦192, 240；*12, 40, 41, 110, 111, 186, 239,
　　365, 510, 548*
汝　⑦241
なわ　⑥369→なは
縄　④28, 87, 197；*49, 125, 241, 352*, ⑤135, ⑥
　　13, 16, 368, ⑦66, 172；*206, 207, 486, 488, 519*,
　　⑨106, 107, ⑩*147*
苗代　③140, 217, 221；*337, 338, 340, 535, 537*,
　　④122, 248, ⑤27, 32, 57, 65, 75, 202, 203,
　　231；*62*, ⑥122, 211, 246, ⑦34；*102*
苗代堀り　⑩249, 250
畷　⑤*121*
縄の紐　⑥239
南雲　⑦*467*
南極　⑨36, 38-40, ⑫181
軟玉　②170, 380, 453, ③*249*
軟玉[なんぎよく]　②166, 376
ナンキン　⑧115
南京鼠[なんきんねずみ]　②43, 265
南京ぶくろ　③9
南京袋　③*385*, ④56, 58, 143, 200；*112*, ⑤54
南国　⑪109
なんじ　⑦229, 294；*427, 428*→なんぢ
汝　⑦292, 293
なん時だべす　②79
南昌[なんしやう]　⑦*329*
南昌山　①33, 62, 156, ②435, ④105
南晶山　⑦*589*, ⑨120
難陀　⑦*395*

軟体動物　⑨231
汝等〈なんだち〉　⑦279；*701*
何だったべす　⑨8
何たら　⑪25
難陀竜王　⑤57
難陀竜家　③93；*214, 222*
なんぢ　⑦229, 294；*427, 428*
南斗　③93；*220, 222*
南蛮鉄[なんばんてつ]　⑧71
南部　⑩184
南風　⑦65；*204*
軟風　⑦122
南部馬　②195
なんぶとらのお　⑤220→なんぶとらのを
なんぶとらのを　⑤220
ナンペ　⑧85
南米　⑧*33*, ⑩*186*
なんぼがえり　⑩31→なんぼがへり
なんぼがへり　⑩31

## に

に　⑦271
荷　⑩238
丹　⑤*100*, ⑦*181*, ⑨*141*
新潟　⑦*521*
兄さん　⑨11, ⑪9, 104
　　一郎の――　⑪187
兄[にい]さん　⑫129
兄[にい]さんの蟹[かに]　⑫127
ニイチャ　⑧339
新墾[にひはり]　⑦46
新墾畑[にひばり]　⑦139；*439*
新穂　④*337*
煮売　⑦198
煮売屋　⑦198
二円　⑩268
におい　⑩92→にほひ
匂　⑩*267*
　　野茨の――　⑪151
　　ばらの――　⑩116, 161, ⑪154
　　苹果の――　⑩*321*, ⑪151
鳰[にほ]の海　①*291*
二価アルコホール　⑦272

| | |
|---|---|
| 二価アルコール ⑦*671* | 虹 ①29, 34, 51, 149, 158, 193, 290, ②98, 314, 458, ③54, 99, 130, 154；*122, 124-127, 169, 296, 297, 299, 300, 304, 320, 377-380, 382, 385, 438, 544,* ⑥270, 277, ⑦14, 99, 100, 107；*35, 36, 308-312, 315, 340-342,* ⑧19, 111-114, 188, 190, 194, 196, 199, 202, 301；*64,* ⑨182, 277, 385, ⑩102, 140, 300, 301, 318；*186-191,* ⑪137, ⑫248, 262, 364 |
| 二月卅一日 ⑥*105* | |
| にかにか ⑨397, ⑩268 | |
| にがにが ③67, ④138, ⑩12 | |
| にがにがにが ⑦*306* | |
| にかにかにかにか ⑩40, 236 | |
| にかは ⑥37 | |
| にかわ ⑥37→にかは | |
| 膠 ⑥31 | |
| 膠質 ⑥33 | 　淡いいろの―― ⑨40 |
| 握り鐘 ⑦*19* | 　月光の―― ⑩9, ⑫263 |
| 肉 ⑩322, 329；*91* | 虹[にじ] ①294, ⑧248；*38,* ⑫130 |
| 　苹果の―― ⑩25, 127, 171, ⑪165 | 虹[にぢ] ⑫7 |
| 肉桂[にくけい] ⑫65 | 西岩手火山 ②119, 335, ④256 |
| 肉食 ⑨233, 239, 241 | 西岩手火山[にしいはてくわざん] ⑥190 |
| 肉食者 ⑨224 | 西火口原 ①14, 116 |
| 肉食獣 ⑩339 | 西風 ①249, ③*151,* ⑤*127, 134,* ⑦79；*250, 251, 326,* ⑨354, ⑩248, ⑫105, 106, 117, 144 |
| 肉食類 ⑨215, 233 | |
| 肉食論 ⑨240 | 西風[にしかぜ]ゴスケ ⑩75-78 |
| にくにく ⑩12 | 西風[にしかぜ]どうどう、どっこどっこ ⑫106 |
| 肉之草 ⑫*10*→月見草 | |
| 肉類 ⑨208, 209, 224, ⑩339 | 西風どうどう、どっこどっこ ⑫106, 117→西風[にしかぜ]どうどう、どっこどっこ |
| 二石五斗 ④*196* | |
| ニコチン戦役 ⑫331 | 西風[にしかぜ]どうどう又[また]三郎[―らう] ⑫117 |
| にこにこ ⑧34, 43, 135, 141, 143, ⑨24, 37, 63, 374, ⑩104, 133, 233, ⑪19；*183,* ⑫*113* | |
| | 西風[にしかぜ]ドウドウ又[また]三郎[―らう] ⑫105 |
| にこにこに ⑨*152* | |
| にこにこにこ ⑧226；*89,* ⑩162, ⑪155 | 西風[にしかぜ]のゴスケ ⑩78 |
| ニコライ堂 ①314 | にしき ⑦*626* |
| ニコライフスク ③*170* | 錦 ③150；*367, 368, 370, 372-374,* ④20；*34,* ⑥285 |
| 濁り粕 ⑤125 | |
| にごりさけ ③*122；288,* ⑥229 | 錦町 ①292 |
| にごり酒 ⑩228 | 西公園 ①377, ③*53* |
| 濁り酒 ⑤28, 29, ⑦*34；102, 545,* ⑩189, 230, 231, 233, 235, ⑫365 | 西ぞら ①11, 13, 116, 141, 199, ③280；*648,* ⑤196, 197, ⑦*412* |
| 濁酒 ⑦*268, 269,* ⑩228 | 二十世紀 ③166；*263,* ⑥67 |
| 二蔵こ ⑧139 | 二十方里 ⑤216 |
| 二相系[にさうけい] ②139, 355 | 西天竺 ③*472, 474* |
| 爾薩待 ⑫351-361 | 西鉛 ⑦*628* |
| 爾薩待正 ⑫350 | ニジニ、ハラウ ⑩88 |
| 螺 ③73；*170, 172* | 西根 ③*154,* ⑦149 |
| 田螺[にし] ⑫145 | 西嶺 ③*68, 154* |
| にじ ⑧197 | 西嶺[―ね] ③31；*66, 68, 69* |
| | 西根山 ⑧276；*115,* ⑩184-186, 189 |

（なら〜にし） 193

虹のいろ　③223
西[にし]のゴスケ風[かぜ]　⑩77
虹の汁　③72
二十二箇月　②7, 231
二重マント　⑤16, 17
二十四日の金の角　⑩224
二十四日の銀の角　⑩337
二十六夜　⑨151, 171, 172；67
二十六夜待ち　⑨169
二鐘　⑦288
二丈　⑪12
二丈[—じやう]　⑫190
二燭　⑦333
二燭電燈　⑦331, 409
二燭の電燈　⑦332
二燭の電燈[ひ]　⑦335, 336
鯡　③413
ニスタン　④37
にせ医者　⑪216
にせ学者　④312
にせがね　⑫69, 73
にせ金　⑧271
にせ金使い　⑧269→にせ金使ひ
にせ金使ひ　⑧269
二席　⑥308
にせ教師　④235
にせ巡礼　③182
にせもの　⑦106；331, 333, 336, 709
二千アール　⑥81
二銭銅貨　⑩278
二銭銅貨[にせんどうくわ]　⑧6, 10, 15
二銭銅貨位の網　⑩274
二銭銅貨位の巣　⑩283
二千年　②9, 233, ④278, ⑤29
二千の施肥の設計　④107
二相系　③45, ⑥243, ⑦547
二相系[にさうけい]　②139, 355
ニタナイ　⑩233
ニダナトラ　⑫39
にたにた　③493, ⑥238, ⑩307
にたにたたにた　⑫12
日英博覧会　③495, 497
にちゃにちゃ　⑩76, 77, 80

日曜　⑩146
日曜日　⑨31
日曜日[にちようび]　⑫48
日輪　①22, 40, 48, 82, 174, 188, 252, 310, 346, 356, 363, 390, ②23, 247, ③119, ④177, ⑤8, 181, ⑦73, 251；229, 247, 374, 375, 456, 641, ⑨273
日輪盤　③410
日露戦争　③569, 572
日活館　⑥49
日記　①24, 136, ⑦597
日記帳　①20, 125
ニツケル　⑫69, 72
ニッケル　①259, ③206；457, ⑨338, ⑫69, 72, 378→ニツケル
ニッケル鋼　④156；68, 69, 71, 72
ニッケル片　④352
ニッケル鍍金　⑨146
日光　⑤189, ⑩6, 19, 49, 122, 165, 265, 270, 319, ⑫297, 302, 338；200
日光[につくわう]　⑫7, 44, 48, 53, 58, 105, 117
日光[につこう]　⑫126, 143
日光いろ　⑥10；7
につこり　⑫196
にっこり　⑫196→につこり
日誌　⑦597, ⑩247
日清　⑩158
日天　⑦603, 604, ⑫370
日天子　⑦237；603, 619, 620, ⑨170, ⑫303
にっぽん　①358
日本　④205；120, ⑤103, 125；114, ⑥32, 37, 38, 41, 49, 67, 361, 362, ⑧319, ⑨25, 28, 146, 208-210, 213, 219, ⑩49, 269, 339, 341, ⑫265；10, 76→日本くにほん〉
日本球根商会　⑦154；491-493
日本教権　⑨240
日本犬　③19；38, 39, 41
日本[にっぽん]犬　⑥223
日本語　⑥49, ⑨90, 255, ⑩323
日本州　④120, 121
日本洲　④122
日本主義　④38；66
日本人　④61；120, 121, ⑩304

| | |
|---|---|
| 日本島　④61；*120, 121* | 日本州　④*120, 121* |
| 二両[一テール]　⑩193 | 日本洲　④*122* |
| 二斗樽　⑩240 | 日本主義　④38；*66* |
| 新渡辺辯護士　⑤34 | 日本人　④61；*120, 121*，⑩304 |
| 似鳥　⑦*135*，⑫*279* | 二本杉　③151；*369-371, 373, 374*，⑥286 |
| 荷縄　⑦35；*104* | 日本島　④61；*120, 121* |
| 荷縄[になは]　⑥266 | 二本の電信ばしら　⑩27, 129, 173，⑪167 |
| 二人称　⑦*437* | 日本の農民　③*536* |
| 二宮尊徳　④*261* | 二本の柱　⑩146 |
| 荷馬車　①52, 194，②68, 169, 379，③140，④13，⑤53，⑥211，⑩235, 238, 240；*141*，⑪30，⑫248 | 日本橋　①315 |
| | 煮豆　⑩160 |
| にはとこ　③61；*151, 153, 423, 519-521*，⑧48，⑩158，⑪152 | 雨雲[ニムフス]　④*172* |
| | ニムブス　③*165*，④*259, 260*；*170, 325* |
| にはとこの木[き]　⑧44 | 雨雲　②81, 298，③*165*，④*171, 172, 176, 345*，⑤*142*，⑨29，⑩220 |
| にはとこやぶ　③*145* | |
| 二疋　②150, 183, 393，③104，④347，⑩213，⑪90 | 雨雲[ニムブス]　③*166*，④*90-92, 259*；*170, 171, 175* |
| 二百三十五年　②216, 425 | ニャー　⑧182 |
| 二百生　⑥70 | にやあ　⑫9 |
| 二百十日　⑨11, 34, 35，⑪175 | にゃあ　⑫9→にやあ |
| 二百二十日　⑥147，⑨15, 18, 34 | にやあお　⑫37 |
| 二百万両[にひやくまんテール]　⑪*276* | にゃあお　⑫37→にやあお |
| 二百万両[にひやくまんりやう]　⑪*276* | にやあご　⑫71 |
| にぶ　⑦42；*133* | にゃあご　⑫71→にやあご |
| にほひ　⑩92 | にやあにやあ　⑧181 |
| 日本　②95, 96, 311, 312，④205；*120*，⑤103, 125；*114*，⑥32, 37, 38, 41, 49, 67, 361, 362，⑧319，⑨25, 28, 146, 208-210, 213, 219，⑩49, 269, 339, 341，⑫*265*；*10, 76* | にゃあにゃあ　⑧181→にやあにやあ |
| | にやつ　⑫12 |
| | にゃつ　⑪174，⑫12→にやつ |
| | にやにや　⑨25，⑩14, 153, 202, 323；*203*，⑪42, 58, 147, 222，⑫12, 25, 55, 205, 220；*138* |
| 日本アルプス　⑨36 | |
| 日本岩手県　⑫10 | ニヤニヤ　⑧170, 181 |
| 日本岩手県上閉伊郡青笹村字瀬戸　⑧319 | にやにやにやにや　⑨252 |
| | にやり　⑧224, 225, 263，⑪*295* |
| 二本[一ほん]うで木[ぎ]　⑥331 | にゅう　⑧333，⑩244 |
| 日本うみ　③73 | 入学式　⑩250；*143* |
| 日本ウミ　③*174* | 入学試験　①23, 131，⑦*641* |
| 日本海　③75 | 乳酸　③*337, 338*，⑥212 |
| 日本球根商会　⑦154；*491-493* | 乳酸菌　⑩228, 241, 246 |
| 日本教権　⑨240 | 乳酸石灰　⑤26 |
| 日本犬　③19；*38, 39, 41* | 乳汁　⑨208, 226 |
| 日本語　⑥49，⑨90, 255，⑩323 | 乳熟　③243，⑤98 |
| 日本紙　⑦276 | 乳つむり山　①51, 192 |
| 日本思想　④*67* | 乳頭山　①51，⑦*448* |

乳頭山［にゆうつむりやま］　①191
入道雲　　⑤218
ニュウトン　　④42
入梅　　①21，⑨28
乳白　　⑦223
ニュウファウンド　　⑨236
ニュウファウンドランド　　⑨209，210，218，243
ニュウファウンドランド島　　⑨208，216，222
ニュウヨウク　　⑨228，⑫332
紐育　　⑪214；275
ニュウヨウク座　　⑨244
ニュウヨーク座　　⑨243
乳緑　　③175
ニュートン先生　　③271
如意迦楼羅王　　⑤8
鐃鉢　　⑦161
女房　　③337，338，340，⑥212
にょきにょき　　③194，250；67，⑦105；330，⑩271
如是　　③112
如是相如是性如是体　　①366
如来　　①281，⑥76，⑨169，240，241，⑫255
如来さまのおまつり　　⑫171
にょらいじゅりゃうぼん　　⑧299
にょらいじゅりょうぼん　　⑧299→にょらいじゅりゃうぼん
如来正徧知　　⑨240，⑩98，100
如来の第一義　　⑫241
にらめくら　　⑨158
にれ　　⑦657
楡　　④53
二羽　　②151，152，③96
にわか雨　　⑥208
にわとこ　　③61；151，153，423，519-521，⑧48，⑩158，⑪152→にはとこ
接骨樹　　③62；152，424
接骨木　　③60；146，150
接骨木［にはとこ］　　③215；522
にわとこの木［き］　　③44→にはとこの木［き］
にわこやぶ　　③145→にはとこやぶ
鶏　　①29，147，②202，441，④169；90，⑤198；167，⑧97，98；32，⑨94，99，139，147，149，225，228；66，⑩294，295，298，328，333，⑪32，43
────の籠　　⑤198
鶏［にはとり］　　⑧77，78，81，⑩185
鶏小屋　　⑩260
にんがり　　③232；572
人魚　　⑥71
人形　　⑫300，349
人魚の都　　⑩134，⑪131
人間　　④152，⑧165，166，171，⑨227，⑩305，307，328
人間［にんげん］　　⑧72，74，⑩180，181
人間エネルギー　　⑩227
人間語　　⑩324
人間病院　　⑨304，305
　ホトランカン────　　⑨54，⑪19
忍術　　⑩232
にんじん　　⑥342
人蔘　　④70；136，⑥341，⑪14，⑫327；106
忍土　　⑨163
人夫　　⑨128
ニンブス　　③166，④90-92，259；170→ニムブス，雨雲［ニムブス］

## ぬ

縫糸　　⑩12
ぬか　　⑥268
抜身　　④22
ぬさ　　⑦40；112，123，126
幣　　④286
幣帛　　④209
盗人　　④66，67
盗森　　⑫19
盗森［ヌストもり］　　⑫26，27
盗人　　④66，67
盗人［ぬすびと］　　④38
ぬすびと猫　　⑩17，102，⑪214
ぬすびとはぎ　　⑧193
ぬなは　　⑦176
ぬなわ　　⑦176→ぬなは
ヌノイ　　⑤101
沼　　⑪78
沼沢　　⑥215
沼田　　⑪38，⑫134

沼地　⑥291，⑨*120*
沼ばたけ　⑪31, 33-46, 48, 51, 52, 62-64, 66, 67；*39-41, 47, 68, 74, 80, 82, 91, 105*，⑫*130, 131, 133, 134, 136, 138, 139, 142, 148, 149, 159, 160, 164, 166*
沼［ぬま］ばたけ　⑫206, 208-215, 220, 223, 225
沼森　①44, 82, 182, 183, 253；*51*，②435，③*632*，⑫250, 251, 256
沼森［ぬまもり］　①301，②146，⑫78
沼森平　③*632*，⑫250
ヌラヌラ　⑧309
ぬるぬる　②459，⑩34, 72，⑪206

# ね

ネ　⑧178
寝汗　⑤47
ネオ、グリーク　⑨82，⑪106
ネオグリーク　⑨82，⑪106
ネオ夏型　①20, 125，⑦*390*
ネオン燈　⑥47，⑩133，⑪131
葱　②197, 406，⑤*39*，⑥59，⑦282；*685*，⑨93, 94，⑩326, 327，⑫246
葱いろ　②71, 290，④146，⑦*294, 295*
根岸　④*96*
葱の華　⑦282；*685*
根切虫　⑫354
ネクタイ　③223, 224；*539*，④40, 156；*68, 69, 71*，⑨173，⑪44, 178，⑫*141*
ネクタイピン　③224，⑫32, 37
ネグネグ　⑫240
ねぐら　⑥374
ねこ　⑪221, 222
猫　③235，⑤*189*，⑦157, 293, 294；*29-32, 159*，⑧165, 170, 172, 174, 182, 183, 237, 238, 278, 279，⑨68, 69, 78, 161, 162, 261, 262, 401，⑩211, 243, 269, 306, 329，⑪67, 222-224, 234；*283, 292, 294, 305*，⑫173-179, 181, 258, 343, 344；*167*
猫［ねこ］　⑫46, 71
根子　①377
猫組合　⑫*76*
猫毛　⑦50；*159*
猫原簿　⑨68，⑫73

猫背［ねこせ］　②80, 298
猫大将　⑧174, 180-183
猫大将［ねこたいしよう］　⑧170
ねごと　⑥229
猫のダンス　⑩210
猫の眼　③199；*479*
猫の目　③155；*382-384, 386, 483*，⑥271
猫村　⑦*191*
猫晴石　①37, 46, 164, 330，⑥52→猫晴石［キャッツアイ］
ねこやなぎ　⑦95；*294-296, 298*，⑨179
猫山　⑥*134, 136, 139*，④*72*，⑥301
猫百合　③*279*
ねじ　⑩66→ねぢ
ネ一将軍　②78, 295
ねずこ　③*79*；*78, 186, 187, 447, 448*
ねずちゃん　⑧166
ネスト　⑩38
ねずみ　⑧162, 168, 171, 175, 177→ねづみ
　　おっかさんの——　⑪232
　　こどもの——　⑪232
鼠　③9, 155；*379, 381, 386*，④63, 206；*123, 125*，⑤221，⑥270，⑧164-167, 170, 183, 186, 237, 238，⑨292，⑩306；*168*，⑪6, 67, 130, 233；*282, 294*，⑫264, 271；*98, 167, 221*
鼠［ねずみ］　⑧172
鼠［ねづみ］　⑫64, 107, 119
ねずみいろ　③*646*，⑫17→ねづみいろ
ねずみ色　⑨346→ねづみ色
鼠いろ　②80, 297, 457，③235, 280；*253, 379, 382, 632, 648*，④44, 136, 165, 237, 246；*88, 161*，⑤23；*20*，⑧293，⑨7, 32, 121, 160, 264, 330, 337, 350, 373, 379, 383, 386, 398，⑩141，⑪62, 135, 174, 192, 198，⑫297；*74*
鼠［ねずみ］いろ　⑫222, 224
鼠［ねづみ］いろ　⑫264, 82
鼠色　①290，⑧22, 85, 100, 135, 277, 313，⑨10, 11, 48, 132, 213，⑩186，⑪190，⑫266
鼠色［ねずみいろ］　⑧39, 124
鼠いろの切符　⑩155，⑪149
鼠［ねずみ］会議員　⑧178
ねずみ競争新聞　⑧177
ねずみとり　⑧167, 168, 177, 178

(にゅ～ねす)　197

鼠とり　　　⑧166, ⑫73
鼠捕り　　　⑧165, ⑨398
ねぢ　　　⑩66
熱[ねつ]　　⑩175
岩頸[ネック]　⑦105 ; 329
根付　　　⑤204
熱計　　　⑦192 ; 552
根[ね]っこ　⑩72, ⑪206
熱帯　　　⑩211
睡[ね]ってる　⑧212
ねってらな　　⑫376
熱病　　①24, 135, ⑧262, ⑩262, 277, 281
熱病[ねつびやう]　⑧9, 13, 40, 61
ねづみ　　　⑧175
　　おっかさんの――　⑪232
　　こどもの――　⑪232
ねづみいろ　③46 ; 105, 106, 646, ⑫17
ねづみ色　　⑨346
熱力学第二則[ねつりきがくだいにそく]　⑫85
熱量　　　⑨228
ねとねと　　⑧33
ねとり　　　⑧160, ⑫76
ネム　⑧305-319, 321, 322, 326-329, 333, 337, 340, 343, 344 ; 139, ⑪43, 55, 56, ⑫123, 124, 141
　　ヒームキアの――　⑪45, ⑫141
ネム裁判長　⑧339
ネパール　　⑧343
涅槃　　　⑤156
涅槃経　　　⑨241
涅槃堂　　　⑦125 ; 394, 397
星雲[ネビュラ]　③266
ネブウメリ　⑥268, ⑦55 ; 172
根まがり杉　⑦144 ; 456
座[ねま]る　⑨12
ねむ　①20, 28, 126, 127, 144, 145, 181, ③168 ; 94, 403, 407, ⑥255, ⑦140 ; 440, 441, ⑨120, ⑩71, 73, ⑪205
ネーム　⑪59, 60, ⑫155, 156
ネム　⑪43, 44
睡気　　　⑫273
睡気[ねむけ]　⑥279
ねむのき　　⑥128

ねむの木　⑩67, ⑪200, 201, 203, 208
ねむの木[き]　⑩69, 73
根室　②467
ネムロ　③72 ; 170, 173
ネムロコウ　③174
ネリ　⑨185-196 ; 87, 89, 90, ⑪23, 24, 26, 28, 35, 44, 65, 66, 68 ; 40, 43, 44, ⑫199-202, 226-229 ; 124, 132, 141, 163, 165
ネリオ　⑩222
粘土　④147, 292 ; 253-255, ⑧131, 318, ⑨366, 368, ⑩29, 49 ; 44, ⑪207
粘土[ねんど]　⑩70
粘土地　①388, ⑦203, 207, 208 ; 569
念猫　⑩284
念猫[ねんねこ]　⑧15
粘板　③23 ; 638
粘板岩　③86, 198 ; 80, 474, 477, ⑫292
念仏　③238
念仏供養　④223, 254

## の

ノアの洪水[こうずい]　⑫147
ノイド　⑤216
のいばら　⑦141 ; 443
野いばら　⑦138 ; 434
野茨　⑩113, 157, ⑪151
農　⑪7
農園　⑥16, ⑧80
農園設計　①347
農会議員　④157
農学士　②58, 280
農学生　⑦133 ; 419
農学校　③7 ; 150, 152, 521, ⑤36, ⑦133, 306 ; 419, ⑨140, 173, ⑩247, 249, 262, 322→Agricultural School
　麻丘――　⑨63
　麻村――　⑨63
　麻生――　⑨141, 144
　イーハトーボ――　⑩40
　ノスタルヂヤ――　④178
　花巻――　⑦210, 713, 714
　稗貫――　⑩142, 143
　フランダン――　⑨90, 91, ⑩323, 324

198　主要語句索引

モリオ──　　⑨31
農学校教師　　③568
農学校長　　⑩325, 332
　　　フランドン──　　⑨95, ⑩328
農学校長N氏　　④282
農業　　⑧334, ⑩161, ⑪155
農業[のうげふ]　　⑫228
農業技師　　⑦158
農業技師[のうげうぎし]　　⑫226
農業技手　　⑦158
農業教員　　⑤91
農業倉庫　　④170；*91*
農業労働　　④299
農具　　①9, 108, ②30, 253, ⑩260
農事　　③*86*
農事技手　　⑦*341*
農事試験場　　②463, ⑤*90*, ⑥139, ⑩249, 261；*31*, ⑪122
農舎　　⑦605, 671, ⑩260
農場　　①47, 186, ⑦315, 318, ⑩60, 260
　　　デンマーク人の──　　⑩252
農場実習　　⑩47, 57, ⑫238
農場長　　③*491*
農商の大臣　　⑨330
農商ム省　　⑦*521*
農人　　⑦*42*
脳神経　　⑨147
脳病　　①24, 136
農夫　　②24, 195, 248, 404, ③*387-389, 466*, ⑦*486*, ⑩60-66, 211, 217, ⑪99
　　　赤シャツの──　　⑩64
農婦　　⑦52；*165, 166, 195*
農夫室　　⑩60, 62, 63, 65
農夫長　　⑩60, 61, 63, 64
のうま　　①71, 228
野うま　　①33, 157
野馬　　①7, 106, ③145, 148；*349, 351, 353, 357, 631*, ⑤57, ⑥262, ⑦161, ⑧102, 116, ⑪191
野馬[のうま]　　⑧44
脳膜炎　　⑪5
農民　　③*536*, ⑦27, *367*, ⑫350, 352, 355-361
農民歌　　⑩*143*

農民劇団　　③*444*
濃緑　　⑦231
農林学校　　⑤224, ⑩10
農林学校学生　　⑤215
放牧　　⑦497, 498
放牧[のがひ]　　⑦156
芒　　③*332, 334-336*, ④272, 280；*192, 193*, ⑦*536*, ⑩59→芒〈すすき〉
野ぎく　　⑩137, ⑪133
ノクタン　　③*175*
芒　　③*332, 334-336*, ④272, 280；*192, 193*, ⑦*536*, ⑩59→芒〈すすき〉
芒[のげ]　　③*300, 333*
鋸　　④26, ⑦71；*227*
鋸[ノコ]　　⑦*222*
のこぎり　　①139
鋸　　④26；*45*, ⑤*86*；*130*, ⑥17, 76, 77, 122；*10*
のしのし　　③204；*496*, ⑩*122*
のし葉　　⑦122, 124
野宿　　⑧134
野宿[のじゅく]　　⑧122
のしりのしり　　⑩108
ノスタルジヤ農学校　　④178→ノスタルヂヤ農学校
ノスタルヂヤ農学校　　④178
のそのそ　　②273, ④*136*, ⑧76, 146, 181, 186, 211, ⑨97, ⑩78, 79, 292, 294, 330；*214*, ⑪233, ⑫56
のそりのそり　　⑧75, ⑩292
のたのた　　⑨379
のっきのっき　　⑧124
のっこり　　④*98*, ⑧100, ⑪190
のつしのつし　　⑫219
のっしのっし　　⑧21, 254, ⑩265, ⑫19→のつしのつし
のっしり　　⑩186
のっそのっそ　　⑧59
のっそり　　③21, 179；*430*, ④69；*250*, ⑤34, ⑧108, 223, ⑩105, ⑪193；*255*
ノット　　⑧312-314, 318, 343
のっぺらぼう　　③174；*420*
のど　　⑩203, ⑪227

(ねす〜のと)　　199

咽喉　⑥271, ⑩295, 324
ノート　①68, 367, ③620, ⑩187, 188, ⑪48；84, ⑫215
咽喉仏　⑨279
野ねずみ　⑪230-232→野ねづみ
野鼠　⑧111, 236-238, ⑩300, 305, 306, ⑪67, 230, 232；41, 283
野鼠[のねずみ]　⑫21
のねずみ　⑪231
野ねづみ　⑪230, 231
野の百合　⑩190
のばかま　⑤40
野ばかま　⑤38
野袴　⑤204
ノバスカイヤ　⑫174, 175；76
野はら　⑤50
野原　⑩139, 221；98, 119, 189, ⑪24, 26, 30, 31, 39, 66, 99, 122, 159, 167；40, 80, 133, 148, 151, 194, ⑫122, 128
　上の──　⑪177, 179, 185, 186, 200, 208
　風穂の──　⑨111
　つめくさの──　⑩199, 225, ⑪124, 126
　バルドラの──　⑩22, 125, 169, ⑪163
　ほんたうの──　⑪186
　ほんとうの──　⑪186
野原[のはら]　⑧65, ⑩175
のばら　①346；158, ②22, 246, ④261；32, 33, 171, ⑦248；634, ⑨138
野ばら　①194, ②32, 66, 255, 287, ③129, 131, 133, 134, 198, ④9, 19, 29, 52, 56, 90, 143, 194, 224；15, 16, 18, 51, 171, 175, ⑤34, ⑦10, 46；20, 147, ⑧194, 197-200, 267, ⑨138；62, ⑪49
野薔薇　③56；136, 139, ⑥302
野はらトランプ　⑪68
野火　①38, 168, 170, ⑨349, 358, 359
野火[のび]　⑧124, 126
野武士　⑤66
野豚　③274
野葡萄　⑧255, ⑨104, 105, 389, ⑩166, ⑫253
小説[ノベル]　③69, 70
ノベーロレアレースタ　⑩142
のぼせ性　⑥239

のぼり　⑥273, ⑦68；214, 215, 218, ⑪21, ⑫198
幟　⑦63
野馬　③145, 148；349, 351, 353, 357, 631, ⑦54
鑿　⑤31, ⑩148, ⑪142
　真空装置の──　⑪60, ⑫157
鑿ぐるま　⑦84；264-266
呑屋　⑦213
野良着　⑤51
海苔　③42
規矩[のり]　⑤15
乗合の自働車　⑪140
乗合ぶね　①184, 331, ⑥53
乗合船　①45, 315
のりと　⑦38；37, 111-113
ノルダ　⑪46
ノルデ　⑪46
北[ノルド]　③279
のれん　⑪51, ⑦191, 193
咀い　⑩120→咀ひ
のろぎ　①100
のろぎ山　①100
のろし　⑦126, ⑨213, 216, ⑩18, 27, 129, 164, 175, 176, ⑪158, 216
狼煙　⑨218, 219, ⑩116, 161, ⑪154
狼煙玉　⑨219
のろし筒　⑨219
のろづき、おっほほほほほほん　⑧160
のろづきおほん　⑫75, 76
ノロヅキオホン、オホンオホン　⑧160
ノロヅキオホン、ノロヅキオホン、オホン、オホン。ゴギノゴギノオホン。オホン　オホン　⑧159
のろのろ　④56, 58, 144, ⑤19, 118；134, ⑨355, ⑩251, 265, ⑫145, 209
咀ひ　⑩120
のろま　⑩166
野絮　①228
のんど　⑤160
のんのん　⑪46, ⑫213
ノンノンノンノン　⑧339, 345, ⑪61, ⑫158
ノンノンノンノンノン　⑧315
のんのんのんのんのんのん　⑫161

## は

刃　⑩216，⑪93，96
はａこ　①72
バア　⑧332，⑫24
はぁあ　⑧237，⑩306
バアクシャイヤ　⑩323
はあっ　⑩186
ばあっ　⑨122
バァッ　⑧279
はあ、はあ　⑪210
はあはあ　⑧25，139，187，189，211，269，270，288-290，⑨16，31，63，101，102，⑩103，107，109，270，335-337；*42*，⑪185，189，⑫12，204
はあはあはあはあ　⑨10，31，137，252
ハアハアハアハア　⑨10
ハアモニカ　⑨189
バアユウ　⑨319
バアユウ先生　⑨319，⑪27
はい　⑦214
灰　③172；*25*，⑤*123*，⑥11，⑦207，⑨41，⑩184，193，194，⑪30，31，43，46，52，55，⑫*127，128，149，151*
灰［はい］　⑫52，206，212，213，215，218，222，223
肺　③37，⑤226，⑥170
木灰〈はい〉　⑦*577*
馬医　⑨61，320，⑪18，⑫*110*
馬医［ばい］　⑫194
パイ　⑩116，162；*92*，⑪156；*204*
はいいろ　②22
灰いろ　①107，369，370，②42，73，82，94，189，217，264，291，299，310，399，426，③128，134，265；*118，272，291，293，311，320，344，620，622*，④108，139，149，189，207，270，279；*104，192，253，257，259，260*，⑤49，120，167，196；*105*，⑥9，20，21，23，27，35，59，228；*73*，⑦207，253；*182，195，551，569，576，685*，⑧136，289，296，⑨81，104，121，122，193，273，277，292，295，297，299，376，398，⑩31，33，117，143，162；*92*，⑪6，9-11，30，31，44，47，50，55，56，58，104，117，156，169，181，192，224；*61-63，80，193，204，221*，⑫168，232，264，270，364；*98，100，101，127，128，141，154*
灰［はひ］いろ　⑫132
灰［はい］いろ　⑫38，43，44，46，49，184，186，188，196，207，213，219，220，222-224
灰色　①8，290，295，371，⑥*6*，⑧108，111，206，295，319，321，343；*42*，⑨48，50-52，90，218，347，399；*25*，⑩220，293，300，323；*200*，⑪31，210；*255*，⑫250，254，261，267，270，276，281
灰色［はひいろ］　⑫148
灰色［はいいろ］　⑧76，123，252
灰いろ錫　③*499*
灰色錫　①92，267，②130
はいいろはがね　②22，246
灰いろはがね　①370，388，③91，107；*211，221*
灰色はがね　⑫246
灰雲　①12，114；*589*
廃駅　⑥164
肺炎　③204，234；*496*，⑤226，⑥169；*84*，⑪5
ハイエン　③*170*
廃屋　⑥264
バイオタ　⑧131-133，⑨368，369，371
バイオタイト　⑨366
俳諧　③*299*
排気筒　⑥20，24，⑦263
黴菌　③*125*，⑪5
敗血症　⑤161
灰光　①361，③*50*，④*53*；*104*，⑫278
背光性　④73
廃趾　⑦146；*462*
癈祉　⑦461
馬医小学士院長サラバアユウ　⑪27
肺臓　③201；*485，487*
バイタライトラムプ　⑦377
バイタライトランプ　⑦377→バイタライトラムプ
灰鋳鉄　①370，⑦203；*569，570*
拝天　③89，283；*205，653，659*，⑥290
拝殿　⑤91
配電盤　③287；*663*
ハイネ　⑨248，249
背嚢　②48，270，⑨135，139，150，211，340，342，347，349，372，374，385，386，⑩197，207，216，

⑪104
背[はい]囊　②45, 267
背囊[はいのふ]　⑧123
はいびゃくしん　③161
肺病　⑨*179*
パイプ　⑥24, ⑩341, ⑫161-163, 165
パイプオルガン　③249
バイブル　⑩145, ⑪71, 139
灰まきびと　⑦132；*415*
はいまつ　①70, 227, ③240, 261；*258, 587*, ⑦*14*→はひまつ
はい松　①227, ③111；*272, 274*, ⑤219→はひ松
這い松　①6, 102；*27*, ⑥89；*76*, ⑦*343*→這ひ松
売薬商人　⑩232
培養　⑥276
肺癆　⑨61, 321, ⑪*27*
はうき　⑧164
はうきだけ　⑦270；*669*
はうきぼし　⑧36
蠅　④80, 231, 255, 288；*107, 109, 219, 240*, ⑦*433, 434*
蠅とり　⑩267
蠅よけ　④*147*
羽音　①22, 130, ⑩206, 210
包頭連〈パオトウれん〉　④33, ⑤227
はおり　⑦*81, 82*→はをり
羽織　④*174*, ⑦*27*；*83*, ⑨105-107
墓　①13, ③83
墓[はか]　⑫227, 228
ばか　⑩133, ⑪130；*294*
馬鹿　⑩134, ⑪*33*
墓石　①13
はがき　⑩155, ⑪29, 12, 13, 16, 17
葉書　⑫*11*
葉書[はがき]　⑫16
博士　④42, ⑤*172*, ⑦*88, 90, 118, 120-124, 126, 127, 270*, ⑨26-28, ⑩*27*, 28, 108, 109, 130, 138, 176, 210, ⑪*56*, 77, 124, 170, 171；*222*, ⑫*286*；*152*→博士〈はくし〉
博多帯　①316
はがね　①*12, 58, 81, 114, 250, 297, 369, 370*, ②

22, 246, ③*86, 107*；*259*, ④*235*, ⑤*192*, ⑥*81, 187*, ⑦*187, 291*；*239, 452, 453, 569, 698*, ⑩146, ⑪140, ⑫257
鋼　①*32*, ②167, 377, ③167, ④*73*, ⑤*195*, ⑥*81, 94*, ⑦*448*, ⑧*131*, 216, ⑩*105*, 139, ⑪*79*, ⑫255
鋼[はがね]　⑧67, ⑫*41, 43, 125*
はがねいろ　①*27*, ③*225*
鋼いろ　③*253*, ⑫*136*
はがねぞら　①207
鋼のかがみ　③218
鋼の翅　⑪85；*127*
墓場　③82；*194, 195*
ばかばか　⑫190
バガボンド　①*38*, ⑥*75*, ⑦*649*
はかま　⑦*80, 82*
袴　⑤*124*；*144*, ⑦*27*, 264；*83, 454*, ⑧*97*, 261, ⑩186
袴腰　⑦589
はがみ　⑩278
墓森　③82；*194, 195*
墓山　①12, 23, 113, 132, ⑦*162*
馬鹿野郎　④*64*
真空[バキアム]　③*180, 182*
はきご　⑨113
はぎしり　③195
バキチ　⑨403-405；*177-179*
はきはき　⑩20, 122, 166, ⑪52, 124；*138*, ⑫148
はきほたし　⑨107, 108
はぎぼだし　⑨105；*40*
獏　⑧323
バク　⑫377
白堊　②74, ③*17*, ④*185*, ⑥185, 379, ⑦*465*, 466, ⑯上12
白堊[はくあ]　⑯上13
白堊いろ　⑦182
白堊紀　②9, 233, ③262, 272；*272, 638, 639*, ④*17*, 29, ⑦*94*；*14, 292*, ⑧*136*, ⑨375
白堊系　②*85*, 302, ⑤*197*, ⑧*136*, ⑨375, ⑫277
白堊城　⑦247；*632*
白堊の海岸　⑩47

白堊ノ霧　　⑦306
白衣　　③111；*274*，⑥36，⑦*557*，*558*
白衣のひと　　⑩*68*
白羽　　③*542*
白雲　　①20，28，77，79，148，218，219，240，242，245-247，307，308；*15*，*70*，②435，⑦113，131，213，260，286；*48*，*145*，*179*，*196-198*，*282*，*283*，*359*，*413*，*590*，*655*，*656*，⑧20，⑪*233*，⑫249
はくうんぼく　　①69，225
柏影　　③149；*366*
爆音　　⑫376
白玉　　④146；*250*
はくきん　　⑥380，381
白金　　③118，119，201；*87*，*437*，*440*，*486*，*566*，*592*，*593*，⑥7，185，221，379；*5*，⑦237，306；*247*，⑯上11→白金〈はっきん〉
白［はく］金　　①176
白金［はくきん］　　②72，291，③*439*，⑥254，⑫69，71，⑯上13
白金［ハ—］　　⑪41
白金［ハクキン］　　⑦248
白金環　　③*38*，*39*，*41*，*343*，⑤181，⑦87，237；*272*，*619*，*620*
白金環［はくきんくわん］　　②178，388
白金黒　　③*472*，⑦*619*，*620*
白金黒［はくきんこく］　　②72，291
白金鉱区［—やま］　　③229；*567*
白光　　①85，257，328，391，②457，⑤181，⑥54，⑦*38*，*246*，⑧295；*132*，⑨19，102，⑩337，⑫*247*，255→白光〈びゃっこう〉
白菜　　①27，142；*38*，④38，129；*59*，*60*，*64-66*，⑤19，37，39，228；*230*，⑥96；*80*→白菜［ペツアイ］
白菜ばたけ　　④104，187；*201*
白菜畑　　④33；*63*，*64*，⑤229，⑨177
博士　　④42，⑤172，⑦*88*，*90*，*118*，*120-124*，*126*，*127*，*270*，⑨26-28，⑩27，28，108，109，130，138，176，210，⑪56，77，124，170，171；*222*，⑫*286*；*152*
博士［はくし］　　⑦40；*125*
白紙　　⑦196；*559*，*679*，*680*
白磁　　②331，⑦*134*，*136*，348
白磁器　　⑤8，⑨273

白日　　①386，⑦243；*246*，*264*，*405*，*446*，*602*
バークシャイヤ　　④*128*
伯爵　　⑩*86*，⑪*214*
　ヘルバ——　　⑩*85*
柏樹　　③*359*
白秋　　②*42*，⑦*297*，⑫*279*
白人　　⑦292-294
剝製　　⑨185
白皙　　⑦*135*
白雪　　⑦203
白扇　　⑫308
白髪　　⑩*99*
白髪赭顔　　⑨221
爆弾　　⑥170
ばくち　　⑤28，29，⑪*46*
バグヂ　　⑤28
はくちょう　　⑨266，267→はくてふ
白丁　　①83，254
白鳥　　①90，91，265，266，321，⑥47，⑨383，⑩140，142，150，⑪136，144；*190*
白鳥区　　⑩154，⑪148
白鳥座　　③212，217，263
白鳥停車場　　⑪140
白鳥の歌　　①264
白鳥の島　　⑩145，⑪139
白鳥の停車場　　⑩142，145，⑪136，139
ばくつ　　⑫191
ばくっ　　⑫191→ばくつ
パクッ　　⑩314
はくてふ　　⑨266，267
バクテリア　　⑨231
バクテリヤ　　③*126*，⑨94，214，230，232，⑩328
白銅　　③193；*467*，⑦176，⑩180，181
白日輪　　①82，252，310，347，355，⑦374
白馬　　⑪6，9，⑫*111*
白馬［はくば］　　⑫184，189
ぱくぱく　　⑤116，⑧125，⑨351，⑩13，68，188，⑪202
パクパク　　⑧29，33，170，325
白髪　　②176，386，③266；*370*，*621*，④208，⑤25，26，113，120；*121*，⑦119，246；*379*，⑧34，⑨211，⑫*281*
白髪［はくはつ］　　⑫*193*

（はい〜はく）　　203

爆破の演習　⑩*16, 100*
博物　⑪*122*
博物館　①*45, 46, 330, 331*，③*203*；*194, 495*，⑥*50, 52, 53*，⑦*316, 319*，⑧*136, 138, 302*，⑨*185, 381*，⑩*22, 125, 169, 252*，⑪*163*
博物局　⑩*206*，⑪*69*，⑫*341*
博物局十六等官　⑨*85*
白墨　①*326*，⑧*101, 316, 317*，⑨*119, 400*，⑪*48, 50*
白墨［はくぼく］　⑫*215*
白米の飯　⑩*340*
薄明　①*13, 17, 24, 33, 46, 65, 86, 114, 115, 121, 134, 157, 160, 185, 218, 257, 258, 275, 276, 282, 317*，②*130, 242, 346*，⑥*48, 58*，⑦*110, 182*，⑩*320*
薄明［はくめい］　②*130, 346*
薄明穹　①*20, 52, 68, 69, 78, 92, 98, 126, 196, 224, 225, 244, 268, 345, 369*，②*196, 405*，③*128, 131*，④*237*，⑤*131*，⑥*58*，⑦*284*；*105, 634, 689*，⑧*202*，⑩*318*，⑫*259, 292*
薄明穹［はくめいきう］　②*195, 404*，⑧*248*
爆鳴銀　③*215*；*231, 519, 520, 522*
薄明［はくめい］どき　②*18*
舶来　②*32, 255*，⑩*61*
舶来ウィスキー　⑧*228*
舶来ウィスキイ　⑧*230*
舶来ウェクー　⑧*86*
舶来ウェスキー　⑧*226, 229*；*89, 93*
舶来ウェスキイ　⑧*223*；*86, 90, 91*
はくらく　⑦*371, 373*
伯楽　⑦*265, 372*，⑫*352*
伯楽［はくらく］　⑦*117*
博覧会　⑥*21*；*11*
ぱくり　⑩*189*，⑫*195*
歯車［はぐるま］　⑫*319*
馬喰　①*373*，⑦*85*；*268, 269*，⑧*207*，⑨*403*；*177, 178*
はぐろとんぼ　③*90, 285*；*653, 659*，⑥*291*
禿鷲コルドン　⑨*262*
ばけつ　⑧*164*
バケツ　④*50, 183*；*100, 101, 131, 132*，⑥*100*，⑦*133*；*192, 416-418*，⑧*165*，⑩*135, 333*，⑪*185*

ばけもの　③*198*；*473, 474, 478, 620*，⑧*305, 314, 315, 318-323, 325, 326, 330, 331, 336, 338, 344*，⑩*13, 132*，⑪*130*
ばけ物　⑧*312*
ばけ物［もの］　⑧*69*
化物　⑦*701*，⑨*127*
ばけもの格　⑧*337*
ばけもの奇術　⑧*331*
ばけもの奇術師　⑧*331*
ばけもの給仕　⑧*334*
ばけもの栗の木　⑧*307*
ばけもの酒屋　⑧*324*
ばけもの紳士　⑧*307*
ばけもの世界　⑧*305, 312-314, 322, 334, 344*
ばけもの世界裁判長　⑧*321, 329, 330*
ばけもの世界長　⑧*320-322, 330*
ばけものぞら　⑧*310*
化物丁場　⑦*118*；*375, 377*，⑨*127, 128, 132*；*53*，⑪*46*
ばけもの歯みがき　⑧*323*
ばけものパン　⑧*310, 311, 313*
ばけもの麦　⑧*305, 334, 335*
ばけもの用具　⑧*323*
ばけもの楊子　⑧*323*
ばけ物律　⑧*316*
ばけものりんご　⑧*312*
ばけものわらび　⑧*307*
ぱこ　①*298*
箱［はこ］が森［もり］　①*300*
箱ヶ　⑦*105*；*329*
箱ヶ森　①*64, 66, 217, 220*
ハコダテ　③*72*；*173-175*
函館　③*168*，⑨*43*，⑩*252, 257*，⑫*175*
函館港　③*72*；*168, 169, 172*
はこだてこうえんち　③*73*
はこね　①*36, 164*
函根　①*36, 163, 292*
函根やま　①*36, 164*
函根山　①*291*
箱火鉢　⑦*30*
はこやなぎ　①*171*，②*133, 349*，⑦*542, 547*，⑨*13*
バーゴーユー　⑪*10*，⑫*96*

204　主要語句索引

緑廊　③554
緑廊[パーゴラ]　③544
羽衣甘藍　④198
バザー　⑦372
葉尖　④102, 274；196
葉尖[はさき]　④197, 199
葉ざくら　①142
葉桜　①329；28, 34, 142，⑤56，⑦112, 301；149-151, 153, 353, 356, 711
ばさっ　⑩162
ばさばさ　③60, 62, 76，153，⑧95, 145, 286，⑨155，⑩13, 152, 224，⑪146，⑫52, 55, 131, 206
ぱさぱさ　⑫199
パサパサ　⑧274，⑩93
ばさばさばさばさ　⑫206
はさみ　⑦192，⑩42
鋏　⑦62；190, 191, 193，⑧315，⑨199
はさみ無しの一人まけかち　⑪207
はさみ無[な]しの一人[ひとり]まけかち　⑩72
バサリ　⑨253
はし　①72
橋　①94, 230, 298，⑩137, 300，⑪182，⑫246
　　夢の——　⑩300
橋[はし]　⑩45
　　丸太[まるた]の——　⑩45
箸　④175
鶴嘴[はし]　⑦376
鶴嘴[ハシ]　⑦377
はしか　③58，⑫171, 172
麻疹　③58
はしけ　⑤199
はしご　⑧308-310, 317，⑪27-29，⑫202-204；124
階子　⑥105
橋場　⑨126, 131, 132
橋場線　⑦381
パシフィック　⑩115, 160, 161；92，⑪154, 155；204→パシフォック
パシフォック　⑩161；92，⑪155；204
橋本大兄　①326
馬車　①317；51，②58-60, 62, 64, 69, 70, 88, 280-284, 290, 305, 463, 464，④13, 40, 42

馬車[ばしや]　⑫10, 11, 17
ハーシャ　⑩54
ばしやばしや　⑥227，⑫168
ばしゃばしゃ　②466，③173, 180, 255, 275；418, 419，④88, 254；168, 169，⑤17, 49, 54, 123；52, 101，⑥227，⑩289；182，⑪30, 33, 187, 207，⑫168；112, 127, 130→ばしやばしや
ぱしやぱしや　⑫195
ぱしゃぱしゃ　⑫195→ばしやばしや
馬車別当　⑩202, 203，⑪82, 83, 101
　　山猫の——　⑩201, 203, 205，⑪80, 84
　　山猫博士の——　⑪96, 98
馬車別当[ばしやべつたう]　⑫13, 14, 17
ばしやぼしや　③554
ばしゃぼしゃ　③554→ばしやぼしや
ハーシュ　⑩87-91
播種車[はしゅしゃ]　⑤109
波旬[はじゅん]　①296
ばしょう　③278→ばせう
芭蕉　⑦79；251
はしら　⑥331，⑧164
柱　⑧164, 165
　　天気輪の——　⑩28, 130, 176
　　二本の——　⑩146
柱時計　⑩61, 65, 66
蓮　③478，⑥34，⑧300
バス　③247，⑦17；45, 489，⑪79, 80
最低音[バス]　③56；136, 139，⑥302
パス　⑦112；353, 356
バスケット　⑨219
バスコンナドリ　⑪48
パスチュア　⑦309
はずの粉　⑪19，⑫113→はづの粉
巴図の粉　⑪19，⑫112
パースレー　⑫136
ばせう　③278
長谷川　⑨61
パー先生[せんせい]　⑫192, 193
馬橇　③42-44
馬橇[ばそり]　②72
はた　①12
　　三角の——　⑪9

(はく〜はた)　205

旗　　①7, 106, 113, ⑦711, ⑩50, 54, 342；32, 128, ⑪11, 12, 20, ⑫114
　青い――　　⑩164
　赤い――　　⑩163, 164, ⑪19
　黄いろな――　　⑪10
　黄[き]いろな――　　⑫188
　黄と朱の――　　⑦301
　紺の――　　⑦301
　三角の――　　⑪6；13, ⑫98
　まっ赤な――　　⑪16
機　　⑦586
機[はた]　　⑨280
幡　　①35, 161, ③80, 94；190, 192, ⑤91, ⑥61, ⑦46, 259；147
幡[はた]　　⑦653
旆　　⑦12
羽田　　⑤225；233
バタ　　⑩185, ⑫248
バター　　③588, ⑨209, 239；98, ⑩186, 339
牛酪　　③240, 261；285, 493, ⑦14
牛酪[バタ]　　⑥64, ⑦341
牛酪[バター]　　②34, ③588, ④75, ⑦156
撲いだなあ　　⑪174
牛酪いろ　　⑦15
はだえ　　⑥331→はだへ
はだか　　①71, 229, ⑤38, ⑧290, 320, ⑩197
はだか馬　　⑪202
はだか馬[うま]　　⑩68
裸馬　　⑩52
旗雲　　①38, 169, ⑧268
はたけ　　⑩62, ⑪31
畑　　⑩107, 283, 300, 306, 317；23, ⑪65, 290
畑[はたけ]　　⑩178
圃〈はたけ〉　　⑪31, ⑫128
校圃[はたけ]　　③243；592, 594
畑のへり　　⑨83, ⑩288
畑[はたけ]のへり　　⑩178
羽田県視学　　②287
羽田県属　　②66, ⑩143
はたごや　　⑦68；215, 218
はだし　　①26, 54, 140, 199, ⑧69, 293, 294, 297, 300, 303；132, ⑩34, 101, 113, 115, 157, 160, 313, ⑪32, ⑫225；129

裸足　　⑨193
ばたつ　　⑫58
ばたっ　　⑩121, ⑪209, ⑫58→ばたつ
ばたっ　　⑨109, ⑩324, ⑪219, 220；288
バタッ　　⑧147, 332
肌ぬぎ　　⑪202
機場　　⑦585, 586
葉たばこ　　⑦118
はたはた　　⑦127, 133；144, 419
ばたばた　　③76, ④111, ⑧48, 56, 86, 108, 173, 183, 273, 276, 290, ⑨17, 62, 68, 94, 145, 155, 156, 161, 162, 253, ⑩73, 244, 327, 333；181, ⑪11, 18, 20, 48, 178, 207, 225, 231；296, ⑫17, 58, 78, 103, 115, 173, 188, 197, 215, 314；102, 111
ぱたぱた　　②197, 406, ③243；595, ⑧103, ⑨26, ⑩10, ⑪5, 6, 102, 192；286, ⑫183, 184
バタバタ　　⑧6, 161, 169, 171, 316, ⑨52, ⑩275, ⑪11, ⑫101
パタパタ　　⑧22
ばたばたっ　　⑧186
ばたばたばたばた　　⑧39, ⑨160, ⑩75, ⑫196
バタバタバタバタ　　⑧169, 344
パタパタパタパタ　　⑪19, ⑫113
パタパタパタパタ　　⑧343
はだへ　　⑥331
ばたり　　⑧186
ばたりばたり　　⑧189, 230, ⑪125
斑雪　　⑦348
斑雪[はだれ]　　⑦110；349
ぼたん　　⑨77, ⑪76, ⑫82, 92
パタン　　⑧166, 232
巴丹杏　　⑧220, ⑨206
ぱたんばたん　　⑨343
はち　　①243
鉢　　⑩335, ⑫108
蜂　　①63, 77, 213, 243, ②69, 180, 390, ③240, 261；294, 486, 543, 544, 632, 633, 637, ④30, 97, 267；51, ⑥139, ⑦185；14, ⑧229；21, ⑩207, 239, 274, 278, 287, ⑪80
　黄のだんだらの――　　⑪213
　眼の碧い――　　⑩179
蜂[はち]　　⑧43, 55

| | |
|---|---|
| 八月五日 | ⑩*224* |
| 八月十七日 | ⑫172 |
| 八功徳水 | ⑦138 |
| はちす | ⑥62 |
| はちすゞめ | ⑥60, ⑧86, 194-196, 199 |
| 蜂すゞめ | ⑧83 |
| 蜂雀 | ③103, ④153, 250, ⑥296, ⑧86, 187, 193；*64*, ⑨185-189, 196, 197；*88*→蜂雀［ハニーバード］ |
| ぱちつ | ⑫14, 17, 49 |
| ぱちっ | ⑧217, ⑪*287*, ⑫14, 17, 49→ぱちつ |
| パチッ | ⑧134, ⑨101, 168, 201, 368, ⑩335 |
| パチッパチッ | ⑪74；*120* |
| 蜂鳥 | ③*238* |
| 蜂［はち］の巣［す］ | ⑫15, 151 |
| 蜂の雀 | ③102；*239*, ⑥295 |
| 八戸 | ⑤*190* |
| ぱちぱち | ②34, 257, ⑧7, ⑨42, 337, ⑩106, 180, 276, 294, 308, ⑪98, 222, 233, 234, ⑫16, 65, 150, 168 |
| パチバチ | ⑫150, 151 |
| パチパチ | ②35, 258, 445, ④138, ⑧6, 21, 31, 51, 91, 101, 152, 177, 182, 189, 234, 244；*93*, ⑨19, 33, 70, 109, 166, 178；*42*, ⑩27, 103, 130, 275, 313；*110*, ⑪49, 89, 120, 190, 198, ⑫13, 22, 119, 145, 162, 178, 258；*75, 80, 146* |
| ぱちぱちつ | ⑫83 |
| ぱちぱちっ | ⑫83→ぱちぱちつ |
| パチパチパチ | ⑧131 |
| パチパチパチッ | ⑧60, 103, ⑪192, 222 |
| パチパチパチパチ | ⑧132, 221, ⑨206, 253, ⑫156, 163 |
| 八幡 | ⑥84 |
| 八幡社 | ④*56*, ⑦272 |
| 蜂蜜 | ③*110*, ⑩85, ⑪78, 83 |
| 蜂蜜いろ | ④125 |
| ぱちやぱちや | ⑫139 |
| ぱちゃぱちゃ | ⑩53, 269；*44*, ⑫139→ぱちやぱちや |
| ぱちやぱちや | ⑫34 |
| ぱちゃぱちゃ | ②473, ⑨200, 389, ⑩44, ⑫34→ぱちやぱちや |
| パチャパチャ | ⑧216, 255, ⑨390 |
| パチャパチャパチャパチャ | ⑧245, ⑩315 |
| ばちゃん | ⑩206 |
| バチャン | ⑧245, ⑨56, 122, 124, 153, ⑩314 |
| パチャン | ⑧255 |
| 爬虫 | ③*104-106, 280, 499*, ⑤155, 230, ⑥7, ⑧137, ⑨378 |
| 爬虫［はちゆう］ | ②74 |
| 爬虫類 | ⑤*171*, ⑧136, ⑨231, 375 |
| 八葉山 | ④*172, 176* |
| ぱちん | ⑩*176*, ⑫233 |
| パチン | ⑧116, 309, ⑩32；*176* |
| パチンパチン | ⑧341 |
| はっ | ⑩223 |
| ばっ | ⑩133, 245, ⑪130, 227 |
| ぱっ | ⑫11, 49, 81, 222 |
| ぱっ | ④76, ⑧145, ⑩265, 290, ⑪31, 61, 135, ⑫11, 81, 222；*128*→ばつ |
| バッ | ⑫126 |
| パッ | ⑩6, ⑫126, 247, 266→パツ |
| 発芽 | ④280, ⑥14 |
| 薄荷 | ③*92, 94, 95*, ⑨35 |
| 八界 | ③113 |
| ばっかい沢 | ⑩266 |
| 発火信号 | ②470 |
| 薄荷水［はつかすゐ］ | ⑧67 |
| はつかづき | ⑥375 |
| 廿日月 | ⑦174；*525* |
| 二十日月［はつかづき］ | ⑥374 |
| 薄荷糖 | ①84, 256, ⑧*80* |
| 廿日の月 | ⑪99 |
| 二十日の月 | ③188, 286, 290；*447, 448, 661, 662, 664, 665*, ⑥279, ⑦*118, 122, 124, 125, 357*, ⑧239, ⑨363, ⑩309, ⑪94 |
| 二十日［はつか］の月［つき］ | ⑫41 |
| 薄荷油 | ④255 |
| 麦稈 | ②458, ⑧335 |
| 麦稈帽 | ⑩51 |
| 白極海 | ④261；*171* |
| 白金 | ①364, ②134, 350, ③40, ④32, ⑥69, 185, 221, ⑦237, 306, ⑧301, ⑨89, 277, 356, ⑩322 |
| 白［はく］金 | ①176 |
| 白金［ハ―］ | ①41 |

罰金　⑩228
罰金[ばつきん]　⑫79
白金いろ　④32
白金環　③20、⑤181、⑥224、⑦87
白金製　⑥68
白金属　④209
八功徳水　⑦*433、434*
ハックニー　②59、68、207、281、416
ハックニー　②59、68、207、281、416、463、③51、264、④*70*→ハツクニー
ハックニー馬　④116；*253、254*、⑨338
白光　①85、257、328、391、②457、⑤181、⑥54、⑦*38、246*、⑧295；*132*、⑨*19、102*、⑩*337*、⑫*247、255*→白光〈びやつこう〉
醱酵　③92；*214*
発光体　⑤82
発止　⑦138
発疹チブス　①20、126
バッス　⑥65
ハッセン大街道　⑧240、241、⑩*194*
パッセン大街道　②219、220、428、429
パッセン大街道　②219、220、428、429、⑥249、250、⑩310→パツセン大街道
ばった　③243；*594*
バッタカップ　③103；*231、239*
金苞華[バッタカップ]　⑥296
初茸　⑨112
初茸[はつたけ]　⑫22
初蕈　⑨111、116
ばつたり　⑫202
ばったり　⑨136、⑩216、⑪26、⑫*202*→ばつたり
バッタリ　⑧26、40；*139*
発着表　④123
ばつちり　⑫167
ばっちり　⑩161、⑫*167*→ばつちり
発電室　③188、286；*449、664*、⑥279
発電処　⑩54
発電所　④236、⑥238、⑦*264*、⑩54、⑪*99*
　海力——　⑪63、⑫*159*
　銀河の——　③*560、561、564、566*
　潮汐——　⑪63、⑫*159、160、166*
発電所[はつでんしよ]　⑫219

発電所技師　③*449*
発動機　②82、181、299、391、⑤199
発動機船　③*198*；*478*、⑥25、⑦*718*
跋難陀竜王　⑤7
はづの粉　⑪19、⑫*113*
発破　③*466*、④*93*、⑩22、124、167、⑪161、201-203、205、206；*263*
発破[はつぱ]　⑩67-69、71、⑫89
発破長　⑥155
ぱっぱっ　⑩232
ハッハッ　⑨*16*
パツパツ　⑪64、⑫224
パッパッ　⑪64、⑫*224*→パツパツ
ハツハツハ　②55
ハッハッハ　②55、⑧174、179、219、234、264、329；*77*、⑨110、⑩*177*→ハツハツハ
ハッハッハッハッ　⑨*16*
ハッハハ　⑧10-14、⑩279-283
ハツハハハツハ、ハハハハハ　⑧117
ぱっ、ふゆ　⑪117、⑫*109*
八方山　④*94、95*、⑤*62、63*、⑦*589*
初紅葉　⑥312
馬丁　⑦213
ハーデイフロックス　④63
鳩　①23、131、388；*49*、③*370*、④155；*68、69、71、76*、⑤*77、187*、⑦*252*；*225、510、641*、⑨271、⑪24、⑫365、366、369
　白い——　⑤188
ハート　③*481*
馬頭観音　④246；*161、163*
鳩のやうな花　⑪24、⑫*119*
鳩のような花　⑪24、⑫*119*→鳩のやうな花
パトロン　③8
はな　①141、223-225、⑪120
花　①144、181、182、215、223、225、②21、32、159、245、255、283、285、329、333-335、③65、84、104、113、115、130、132、169、212、217、218、240、261、263、265、267、275；*113、114、118、123、124、126、282、305、308、319、404、405、505、531-533、542、544、553、554、622、629*、④17、18、21、27、73、81、85、110、111、216、223、235、254、257、258、267、270、281-283、297；*51、140、146、162、163、169、192、193*、⑤8、68、77、108、131、215、217、222、

224；*65, 69,* ⑥222, 226, 240, 247, 309, ⑦16, 86, 92, 127, 145；*24, 42, 59, 133, 136, 137, 269, 344, 385, 388, 399, 440, 441, 458, 526, 536, 558, 560, 650, 651, 653, 659,* ⑧110, 111, 113, 194-196, 198, 200, 204, 207-209, 214, 216, 218, 219, 229, 254, 300, 303, 338, 341-345；*69,* ⑨26, 35, 179, 180, 182, 194, 198, 200, 202-204, 207, 216, 218, 240, 246, 270, 273, 341, 342, ⑩100-102, 124, 143, 144, 201, 205, 211, 214, 217, 220, 248, 251, 267, 271, 274, 278, 283, 302, 317-321；*126, 132,* ⑪13, 18, 24, 31, 42, 61, 78-82, 85, 87, 90, 91, 101, 115, 116, 120, 133, 137, 138, 161, 213, 217；*58, 281,* ⑫242, 262, 285, 286, 345, 346, 348, 369
　あめなる── ⑪217；*281*
　黒斑のはいった── ⑪213
　月光いろの── ⑪30, ⑫*126*
　桜の── ⑩251
　天上の── ⑪280
　鳩のやうな── ⑪24, ⑫*119*
　鳩のような── ⑪24, ⑫*119*
　牛［ベゴ］の舌［した］の── ⑩78
花［はな］ ⑧61, 62, 64-66, 247-251, ⑩78, 82；*178,* ⑪*274, 279, 280,* ⑫21, 43, 88, 108, 120, 128, 200, 205, 207, 212, 222, 228
鼻 ⑩118, 265, 298, 299, 343；*175*
穎花［はな］ ⑥273, ⑦63；*199*
花菓子 ⑦153；*488*
花甘藍 ⑫286
花こ ⑪32, ⑫*129*
紫雲英［ハナコ］ ④25
鼻声 ⑩*143*
花紺青 ②42, 264, ③*319, 321, 322*
ハナサカ ③*170*
はなざかり ④229
はなざくら ①*57*
花さふらん ③*78, 80*
花皿 ⑧302
はなだ ⑦351, *492*
縹［はなだ］ ⑦*64*
はなち駒 ①6, 102
鼻づら ⑪188
バナナ ③*74；169, 171, 172, 175,* ⑥341, ⑩

256, ⑫328
バナナ大将 ⑫*216, 217, 222*
バナナン軍 ⑥345
バナナン軍団 ⑫325, 329
バナナン大将 ⑦*211*
バナナン大将 ⑥339, 341, ⑫325-328, 330, 336, 338
花の爵 ⑤213
花の女王 ⑩317
花［はな］の灯［ともしび］ ⑪*280*
花の番号 ⑩217, 218
花ばたけ ⑧222
花畑 ⑧229
花火 ⑥35, ⑨219, ⑩27, 130, 154, 337；*110, 223*
　マグネシヤの── ⑩134, ⑪131
花火会 ⑩340
はなびら ⑧200, 302, ⑨179, 216, ⑫266
花びら ③139；*331, 333-335,* ⑨203, 272, ⑩7, 8；*189*
花［はな］びら ⑫*128*
花巻 ②438, 460, ③7；*162,* ⑤*19,* ⑦*59,* ⑧114, ⑩50
花巻［はなまき］ ②110, 326
花巻駅 ⑩341
花巻温泉 ④234, ⑨*96,* ⑩338, 341
花巻大三叉路［はなまきだいさんさろ］ ②110, 326
花巻農学校 ⑦*210, 713, 714*
花巻農学校　同級会卒業生 ⑪*159*
パナマの帽子 ⑩*128,* ⑪*103*
パナマ帽 ②458
花見 ⑩304
ハーナムキヤ ⑩232, 239
花芽 ④55, ⑨179
鼻眼鏡 ⑩85
花屋 ④*141*
はなやさい ①347
花椰菜 ③196；*472-474,* ⑧219, ⑨204, ⑫266
埴土［はに］ ①280
馬肉 ⑥341, ⑫*175, 328；76, 77*
恐慌［パニック］ ④182；*99*

（はつ～はに）　209

蜂雀[ハニーバード]　⑤7
埴土壌土[はにひじ]　⑦128
はね　①28，③63，⑩163；95
　　白い孔雀の――　⑨36
羽　①90，265，⑦63，⑩289
翅　①159，⑪85；127
翅[はね]　②65，285
羽ね　①29
羽根　⑩123，166
　　白い鳥の――　⑩20
弾条　①209
弾条[ばね]　④13
弾条[バネ]　③82
八鼠　⑧177
バねずみ　⑧177
羽田県属　⑩143
パネル　④40
パノラマ　③647，④207，⑥25
はゝ　⑦112，113
はゝ　⑦38，102；180，322，⑫239
母　⑥102，109，⑦59，178，191，259；66，114，116，179-181，195，390，618，619，653，⑩189，252-254，263，270；144，⑫240，305
母親[はゝおや]　⑧41
はゞき　④105
はばき　⑦255
脛巾[はばき]　⑦81
はゞけて　②439
母さま　⑨284-287
はははは　⑧56
バーバンク氏　③623
はひまつ　①70，227，③240，261；258，587，⑦14
はひ松　①227，③111；272，274，⑤219
這ひ松　①6，102；27，⑥89；76，⑦343
バビラン柳　③170
バビロニやなぎ　⑦421，422
バビロニ柳　⑦134；423
バビロン柳　②464，③74；173，174
ハープ　⑤149，⑩163，⑪157
葉笛　③85
半蔭地[ハーフシエード]　③129；304，⑥276
半陰地[ハーフシエード]　③298-300

羽二重　⑧218，⑨203
葉牡丹　④237
はまき　⑦154
葉巻　③155；380，383，386，⑥50，271，⑦48，⑨345，385，387，⑩212，299；230，⑫133
葉巻[はまき]　⑧82
葉巻入　⑩342
パーマー大博士　⑪57，⑫153
はまなす　②170，380，⑩11
浜茄　⑨135
浜茄[はまなす]　⑨134
浜の離宮　⑥8；6
はまばら　②170，171，380，381
歯磨楊子　⑨90，⑩323；204
葱嶺　⑨332，335
葱嶺[パミール]先生　③282；653，658，⑥289
ハム　③138，274；328，⑥300，⑦371，⑪114，116，118，121；155
ハームキヤ　⑨86，87
ハームキャ　⑩98
ハムサンドウィッチ　⑫332→ハムサンドウォッチ
ハムサンドウォッチ　⑫332
はむし　①386，⑦132；415，602
羽むし　②53，275
羽虫　①80，85，88，249，257，262，327，386，②116，332，③130；190，295，297，298，300，301，304，355，471，④251；134，⑤97，⑥277，309，⑦60；182-185，417，602，604，⑧83，85，86，335，⑨85，183，⑩288，⑪109，⑫266
はむばき　③242，⑤63，⑧281，⑩264
ハムマア　④157，⑩38，259；151
ハムラ　⑩99
はや　⑩191
早ぐ　⑪174
早坂　①346
早坂教授　⑩31
早地峰　④89
早池峰　②119，335，③111；71，134，197，201，249，250，260，④34，45，66，166，224；57，131，⑤125；21，229，⑥312，⑦94；15，16，292，⑫280
早池峰[はやちね]　②134，350，⑥190

早池峰山　④145；*72, 133*，⑩39
早池峰山巓　⑤*190*
早池峰薬師　④34
はやて　⑨326，⑪19，⑫196, 197
隼人　⑦285, 286
ばやばや　⑧263
はやぶさ　⑨170
羽山　⑤104，⑥312，⑩35
馬油［ばゆ］　⑫131
バーユー将軍　⑫*104, 106*
バーユー将軍［しやうぐん］　⑫188, 189, 195, 196, 198
ばら　②474，③146；*349, 351-353*，④167, 277；*206*，⑥262，⑦117；*370-373*，⑧62, 63, 65，⑨110, 136, 144, 324；*62*，⑪49, 276
　──の花壇　⑪30
　──の木　⑨138
　──の匂　⑩116, 161，⑪154
　──の花　⑨63，⑪*279*
　──の実　⑧266-269, 271
　──の実［み］　⑧43
　──の娘　⑪213
　──の藪　⑩88
　黄──　①31, 81, 83, 152, 254，③*110*，④78, 218, 225；*138, 139, 149*，⑦*182, 350, 413*，⑩212，⑫278
　黄［き］──　⑧65，⑫53
　黄金の──　⑨26
茨　②180, 390，⑧235，⑨111, 135, 136, 144, 146，⑩304，⑫242
薔薇　②53, 275，④85；*163, 208, 211*
　黄──　①310
薔薇［ばら］　⑧53
　黄［き］──　⑧65，⑪279
波羅夷　⑨169
ばいろ　④195，⑦*533*
ばら色［いろ］　⑫22
薔薇いろ　②163, 183, 373, 393，⑨344，⑪89
薔薇色　⑨344，⑩97
ハラウ　⑩88
茨海　⑨134, 150
茨海狐小学校　⑨134, 137, 144, 150
茨海小学校　⑨140

腹かけ　⑨160
薔薇輝石　③160
はらぎぁあてい　⑧64
はらぎゃあてい　⑧61，⑪*272, 279*
波羅羯諦　①42, 177
茨窪　⑨148
バラコック、バラヲゲ、ボラン、ボラン、ボラン　⑧334
波羅僧羯諦［ハラサムギヤテイ］菩提［ボージュ］薩婆訶［ソハカ］　②26, 250
茨島　⑨*45*
茨島野　①45, 184
パラス　⑦*153*
パラス　④237
パラソル　⑦*195-197*
原体剣舞［一ばひ］連　⑧*30*
原体［はらたい］村　②107, 323
原体山　③*45*
パラチブス　⑨71
バラッ　⑧102，⑪192
バラック室　⑫350
はらつゞみ　⑩*174*
腹鼓　⑩296
ばらっばらっ　⑨114
バラッバラッ　⑨113
はらはら　⑧331
ばらばら　③*411, 413*，⑤120，⑧36, 68, 111, 114, 122, 162, 336，⑨20, 44，⑩222, 300, 303；*42*，⑪34，⑫9, 10；*131*
ぱらぱら　⑪215
バラバラ　⑧44, 93
パラパラ　②48
ぱらぱらぱらぱら　⑪61, 216，⑫222；*158*
バラバラバラバラ　⑧336
パラパラパラパラ　⑧194
ぱらぱらぱらぱらつた、あ　⑫77
ぱらばら、ばらららっららあ　⑧161
パラフィン　①216，②28, 42, 264，③108, 109, 226；*249, 250, 253, 259, 260, 267, 540*，⑧248
→パラフキン，パラフォン
パラフィンの雲　⑩318→パラフォンの雲
パラフキン　②42, 264→paraffine
パラフォン　①216，②28，③108, 109, 226；

（はに〜はら）　211

　　　　　　　*249, 259, 260, 267, 540*，⑧248
パラフォンの雲　　⑩318
波羅蜜　　①34, 160
波羅蜜［はらみつ］　　⑧66，⑪282
波羅蜜山　　⑦*348*
波羅蜜山　　④49；⑦110；*349*
ばら娘　　⑪213
婆羅門　　④231；*107*
ばらやぶ　　④*111, 132*
ばらら　　⑦*309*
バララゲ　　⑥387，⑨346
パラリ　　⑧196；*63*
バラリバラリ　　⑨14
腸〈はらわた〉　　⑩159
ばらん　　⑧191
バランチャン　　⑧332
ばらんばらんばらん　　⑫72
バランバランバラン　　⑧156, 157
針　　⑩146
　　青い――　　②*101*
　　茶いろの――　　⑤58
水晶［はり］　　③*138*
玻璃　　①82, 87, 252, 261；*170*，③*183*；*214, 215, 218, 652*，⑤*171*，⑥*185, 379*，⑦*70, 179*；*221, 265, 316-318, 320, 591, 592*，⑧*187*，⑯上11
　　ボヘミヤの――　　③*437*
玻璃［はり］　　②*196*, 405，⑥*253*，⑯上13
　　ボヘミヤの――　　③*439*
玻璃閣　　③*406, 407*，⑥256
張掛け　　⑪27
はりがね　　⑦*603*，⑫*81*
針金　　④198，⑩*118*，⑪*28*；*57*，⑫*124*
針金［はりがね］　　⑫202
張金　　④*131*
針金製　　④85, 246；*161, 163*
針金［はりかね］の籠［かご］　　⑫203
はりがねの槍［やり］　　⑫*80*, 145
針金虫　　⑫357-359
バリカン　　⑫273, 275
玻璃器　　③*190*, 276；*461, 463, 556*，⑥*282*，⑦*264, 265*
馬力　　⑩*37*
パリスグリン　　③*155*；*186, 187, 383, 386*，⑥*271*
パリスグリーン　　③*380*
巴里緑　　③*186*
玻璃製　　④*122*
巴里製　　⑩*66*
玻璃台　　③*169*；*404, 406*
玻璃蛋白石　　⑨*386*，⑩*38*
はりつけ　　⑩*296*
玻璃戸　　⑦62；*193*
バリトン　　③*135*，④*93*；*47, 176*，⑥*50*
バリトン歌手　　④259, 260；*170-172*
玻璃の戸　　⑦278
玻璃ノマド　　⑦*306*
針の山　　③*514, 516*
ばりばり　　②446，③*469*，⑧*72*，⑩*289*；*179*，⑪217
ぱりぱり　　③*237*，④*43*；*26*，⑫*301*
バリバリ　　⑧*74*, 295
パリパリ　　②*40, 262*，⑧*38*，⑫*132*
ばりばりばり　　⑨171
バリバリバリッ　　⑧*36*
パリパリパリパリ　　⑨*19*
はる　　①*320, 386*，②*107*，⑧*207*
春　　①*8, 36, 83, 92, 96, 106, 118, 164, 167, 169, 254, 255, 267, 277, 322, 329, 346, 347, 355, 384*，②*22, 23, 25, 30, 63, 72, 75, 77, 180, 246, 247, 249, 390*，③*28, 30, 35, 50, 53, 54, 72, 113, 162, 188, 190, 196, 209, 215, 286*；*57, 60, 64, 88, 92, 122, 124, 127, 156, 278, 455, 456, 458, 460, 470, 494, 519, 520, 522*，④*42, 50, 51, 54, 60, 72, 76, 78, 114, 136, 143, 182-185, 194, 196, 202, 204, 214, 222, 225, 238, 240, 246, 284*，⑤*64, 73, 100, 105, 156, 162, 174, 182, 194, 206, 212, 213*；*177, 190, 212*，⑥*79, 81, 100, 164, 218, 219, 234, 240, 266, 279, 282, 364, 368*，⑦*47, 66, 70, 76, 79, 97, 102, 110, 114, 118, 119, 132, 154, 157, 172, 254, 255*；*29, 30, 31, 39, 72, 151, 239, 240, 251, 294, 295, 304, 349, 358, 361, 379, 415, 476, 494*，⑧*164, 171, 175, 199, 211, 212, 215, 235, 263, 285, 305, 334*，⑨*107, 131, 173, 179, 182, 248, 257, 269, 283, 332*，⑩*32, 40, 78, 192, 246, 248, 260, 266, 274, 287, 304*；*168*，⑪*23-25, 30, 42, 43, 63, 66, 67, 94*，⑫*23, 148, 150, 211, 239*

春[はる]　①302, ⑧96, ⑩44, ⑫21, 200, 205, 206, 223, 226, 320
春[はる]が来[き]た　⑩44
春木　④93-96, ⑩36
春木ながし　⑦148；469, 470, 472, 476
春木場　⑨129, 132
バルコク　⑥387
ばるこく　ばらりげ　ぶらんど　⑫365
バルコック、バルラゲ　⑧145
露台〈バルコニー〉　①39, 172
バルコン　⑦342, ⑨212, ⑩85
バルサム　③194；465, ⑥233
春雨　⑦154；492, 493
春ぞら　①14, 67, 73, 83, 88, 97, 253
バルドラの野原　⑩22, 125, 169, ⑪163
春のキメラ　③190；456, 458-460, 463
春の道場　①83, 255, ⑤156
春信　①96, ⑥66, ⑦294, 295
春日　⑦253
パルプ工場　③78；180, 184, ⑦431
春べ　⑦241
パルメット　⑥345, ⑫339；223
ハルレヤ　⑩25, 127, 145, 172, ⑪139, 165
バレー　⑪283
馬鈴薯　③76, ⑦77, ⑧135, ⑨93, 94, ⑩258, 326, ⑪35, ⑫264, 317, 378；132
馬鈴薯[ばれいしよ]　⑫38
馬齢薯　⑨215, 236, ⑩327
はれぞら　①310
晴れぞら　⑦534
晴雪　⑦285
ばれん　⑤56
暈[ハロー]　③171
光焔[ハロー]　③589
ハロウ　②40, 200
ハワイ　⑨40
はをり　⑦81, 82
はん　③91, 270；281, 333, 542, ④42, 82, 156, 177, 181, 229, 291；68, 69, 72, 96, 191, ⑤33, 64, ⑦41
判　⑩215
赤楊　③26；50, 221, 232, 527, 528, ④47, ⑦158, 458, ⑫342

赤楊[はん]　②67, 190
幡　③94；223, 354, 356, 359, ⑧344, ⑨279
幡[ばん]　①282
盤　⑤174, ⑪136
　硝子の──　⑩133, ⑪131
磐　⑥266
ぱん　⑦588, ⑧70
パン　③211, 214；514, 515, 648, ④33；38, ⑤97, ⑦215；544, ⑧55, 310, 311, ⑨72, 135, 136, 224, 236；19, ⑩185, 186, ⑪26, 29, 50, 127-129, 232；53, 180, 286, ⑫176, 202, 225；79, 146
　液体の──　⑩227
　堅い──　⑪115
　蒸[む]し──　⑫204
麺麹　③542, ④10, 22；18, ⑤227
半靴　⑪174
版画　①167, 315, ⑥23
蕃茄　⑦436, ⑫264→トマト
はんかけ　⑧8, ⑩277
晩方　⑪25
はんかち　⑥150
手巾　⑦160；502
半巾　⑦162；507, ⑪178
半鹹　⑩48
斑岩　③162
蛮岩　⑤11
半官半民　⑩234
半穹　⑥228
バンクス松　①18；37, 38, 40, ⑥222
はんぐはぐ　⑫95
パンケーキ　③194；465, 467, ⑥232
はんけち　⑧41, 44, ⑨226, ⑩111；86, ⑪198, ⑫108, 120, 265
　麻の──　⑩293
ハンケチ　⑩114, 118, 158, 163, 238；87, ⑪157；199, ⑫319
半月　①46, 185, 193, ②166, 197, 199, 376, 406, 408, 453, ⑧116
煩瑣[はんさ]哲学　⑨235
判事　③122, 124, 125, ⑦327, 329, ⑧318, 320, 321, 338, 341, 342, 344
判事[はんじ]　⑫14

(はら〜はん)　213

パンジー　⑫*191*→パンヂー
反射　⑦196, 276；*264-266, 315, 365, 557-559, 679, 708*, ⑫*288, 289, 303*
反射炉　⑨*277*
半霄［ーせう］　⑥*302*
盤鉦　⑦*17；45*
板状節理　⑫*248*
万象同帰　②*161, 371*
蕃殖所　③*274*
繁殖場　④*27*
ハンス　②*62*
バンス　⑤*135*
番水　⑩*262；144*
半ずぼん　⑧*323*, ⑩*51*, ⑪*33*, ⑫*130*→半づぼん
　白い——　⑪*174*
半ズボン　⑨*137*
半［はん］ズボン　⑧*55*
帆船　⑩*150*
パンヂー　⑫*191*
半づぼん　⑩*51*
手工業［ハンデクラフト］　⑥*159*
半天　⑤*51*, ⑦*440*, ⑩*54*
半天［はんてん］　⑫*11*
絆繩　⑨*126*
半島　③*70*
半透明　②*39*, ③*130；298-300, 302, 304*, ⑤*36, 204*, ⑥*277*, ⑨*218*
半時　⑩*190*
パン、ドロメータ　⑨*77*, ⑫*83, 93*
パンドロメータ　⑫*83, 93*
半肉彫像　⑥*31*
般若　⑦*395*
般若心経　①*177*
はんの雄花　③*200；480-484*
パンの神　⑦*112；353, 356*
はんのき　①*345, 352*, ②*106, 115, 322, 331*, ③*251；216, 543, 607-609*, ④*172, 270*, ⑤*106*, ⑥*85, 252*, ⑦*29；86, 87, 210, 211*, ⑨*112*, ⑩*56, 206, 212*, ⑪*101, 117, 121；159*, ⑫*87, 88, 95, 96*
はんの木　②*219, 428*, ③*199, 217；479, 480, 483, 484, 523, 524, 526, 527*, ⑥*80, 246*, ⑧*301*,
⑨*111, 113；44*, ⑩*49, 209-211, 218*, ⑪*86, 89, 94；154, 155*
はんの木［き］　⑫*97*
榛木　⑩*206*
赤楊　⑥*247*
赤楊の木　③*218；523*
はんの木［ぎ］　⑫*95, 96*
ハンの木　⑥*249*
パンの木　③*46；104, 106*, ⑨*38*
麺麹の実　③*280*
飯場　⑦*97, 258；302, 303, 305, 651*
挽馬　④*69*
はんばき　③*242*, ⑤*63*, ⑧*281*, ⑩*264；134*
帆布　⑨*218*
反覆曲　③*279*
パンフレット　⑨*211, 212, 238*
半分の月　⑪*97*
番兵［ばんぺ］　⑫*94*
番兵　⑧*319*, ⑨*48, 50*, ⑪*9*
番兵［ばんぺい］　⑫*90, 186*
半ぺん　⑧*166, 167*
万法流転　⑫*279*
万法流転［ばんぽうるてん］　②*63*
パン、ポラリス　⑫*181*
パン・ポラリス　⑨*77*, ⑫*83, 93*
斑猫　⑥*308*
ハンムンムンムンムン・ムムネ　⑧*312*
ハンムンムンムンムン、ムムネ市　⑧*313*
盤面　⑩*61, 146*, ⑪*140*→盤面［ダイアル］
煩悶　⑩*326, 327*
パン屋　⑪*127*
斑糲　③*23*
斑糲岩　③*227；447, 559, 560, 563, 566*, ⑥*237*

## ひ

火　①*168, 247, 248, 250, 327, 346, 348, 349, 371, 388*, ②*18, 19, 21, 242, 243, 245*, ③*11, 56, 120, 177, 223, 225, 226, 243；119, 305, 308, 592, 594*, ④*70, 170, 174, 217, 272；59*, ⑤*19, 21, 25, 45；46, 51, 65, 68*, ⑥*8, 47, 61, 237, 302*, ⑦*7, 14, 172, 191；12, 13, 206, 276, 282, 283, 285, 520, 522, 694, 718, 719*, ⑧*85-87, 89, 103, 127, 128, 134, 206, 207, 211-214, 220, 282, 300, 301,*

304；*119*，⑨13, 14, 85, 103, 106, 167, 206, 255, 258, 281, 331, 334, 353, 356, 358, 362, 363, 384, 385，⑩8, 13, 22, 26-28, 65, 79, 125, 126, 130, 169, 170, 181, 221, 241, 271, 277, 278, 337；*201*，⑪30, 35, 108-110, 162-164, 193, 194；*46*，⑫240, 255-257, 305
　青い―― ⑩18, 121, 164
　青白い―― ⑩290
　赤い―― ⑩221, 337
　赤き―― ⑤173
　アセチレンの―― ⑩241, 242，⑪121
　黄いろな―― ⑩13
　さそりの―― ⑩23, 126, 170
　蝎の―― ⑩22, 125, 169
　蛍烏賊の―― ⑪135
　まっ赤な―― ⑩9
火［ひ］　⑧41, 43, 61, 125，⑩79，⑪280，⑫22, 23, 53, 85, 96, 112, 116, 124, 128, 132, 137, 159, 160, 204
　赤［あか］い―― ⑩79
碑　⑩109，別7
陽　①16, 27, 120，④121, 206，⑧110, 216, 242，⑩31
陽［ひ］　⑧110
燈　⑦163
ピー　⑧114，⑨*174*，⑩303，⑫109, 111, 112, 120, 121, 123, 124
ビーア　②157, 367
日脚　③60
日脚［ひあし］　⑥254
ヒアシンス　③*515*，④72, 73, 165, 216, 218, 219；*88, 134, 138-141, 144*，⑤73，⑦*492*
ヒアシント　⑦*493*
風信子華　⑦*493*
風信子草［ヒアチント］　⑦*491*
ピアノ　③10；*18-21, 42*，④*171, 354*，⑤74；*91*，⑥260, 261，⑦132；*415*
火あぶり　⑫237
ヒィウ　⑧291
肥育　⑩324, 330, 333, 335
肥育器　⑨98, 99，⑩331, 332；*217*
日居城野　⑦*181*，⑩142
びいどろ　④*145*，⑦126

ピイトロ　⑥387
ピイピイ、ビビッビピッピッ、ブウッ　⑧25
ひいらぎ　⑩84→ひひらぎ
ピイロ　⑥387
ピゥ　⑨13
燧石［ひうちいし］　⑫19
ひうひう　⑩40
ひえ　⑧173
稗　①77, 242，③98, 258；*613*，⑦115；*363, 667*，⑩268, 271, 277, 295，⑫299
稗［ひえ］　②105，⑧8, 77, 78，⑩*185*，⑫21, 23, 64, 87
比叡　①281，③81
稗貫　①339
稗貫郡　⑩142
稗貫農学校　⑩*142, 143*
ピエロ　③458
日覆い　⑪127→日覆ひ
日覆ひ　⑪127
ピオニー　⑦*138*
牡丹［ピオネア］　②170, 380
ピオラダガムバ　③*18*
ピオロン　③73；*170, 172*
悲歌　⑦*100*
ビーカー　①212，④41，⑨*116*，⑩228；*139*
美学　⑧337，⑨255, 258
比較解剖学　⑨215, 233
ひかげのかつら　⑧191，⑩316，⑪23，⑫*119*
東風　⑦173
東橄欖山地　③32；*66, 68, 69*
ひがしぞら　①6, 87, 261
ひがし空　①338
東ぞら　⑦*350*
東根　⑦105
ピカッ　⑨102；*12*，⑩147, 203, 337，⑪75, 141
ぴかぴか　②30，③*226*，⑤65, 97，⑥252，⑨146，⑩70, 137；*183*，⑪19, 133, 175, 218；*12, 31, 127*，⑫13, 14, 28, 44, 113, 132, 267；*113*
ピカピカ　⑧38, 120, 260，⑨146，⑪*120*，⑫42, 101
ピカピカピカ　⑨66
ぴかぴかぴかぴか　③251；*608, 609*
ぴかぴかぴかぴか［ピカピカピカピカ］　③*607*

ひかり　①10, 13, 21, 27, 36, 43, 51, 52, 61, 72, 75, 83, 86, 93, 95, 103, 109, 115, 127, 143, 162, 181, 182, 192, 194, 210, 213, 229, 237, 239, 254, 260, 269, 273, 282, 286, 287, 305, 320, 327, 333, ⑧281, ⑩*190*, ⑪*190*
　青じろい——　⑧89
　水銀の——　⑩337
光　①18, 56, 60, 62, 74, 76, 88, 204, 234, 285, 306, 328, 332, 338, 348, 362, 376, 387, 393, ②37, 94, 148, 191, 260, 310, 401, 453, 466, 470, ③23, 26, 32, 50, 52, 96, 127, 166, 172, 183, 184, 249, ④16, 40, 49, 83, 109, 115, 140, 144, 154, 183, 190, 229, ⑤15, 104, 159, 210, 211, ⑥24, 37, 54, 61, 70, 83, 149, 165, ⑦75, 145, 167, 254, 306, ⑧26, 27, 29-31, 33, 36, 89, 98, 110, 113, 114, 116, 117, 157, 161, 190, 194, 196, 198-203, 209, 213, 215, 217, 219, 220, 222, 227, 274, 281, 283, 287, 300, 301, 304, 306, 331, 338, ⑨24, 65, 130, 152, 155-157, 163, 165, 169, 171, 179, 181, 195, 199, 201, 204, 205, 207, 247, 268, 275, 277, 283, 288, 290, 327, 338, 342, 344, ⑩6-8, 29-31, 36, 56, 97, 119, 127, 142, 163, 171, 267, 272, 274, 276, 302, 303, 317-319 ; *105*, *150*, ⑪19, 85, 117, 125, 136, 140, 157, 165, 168, 194, ⑫*170*, *179*, *317*
　青じろい——　⑪140
　青白い——　⑪140
　黄金の——　⑩6
　銀の——　⑩303
　実の——　⑩189
光[ひかり]　⑧6, 7, 41, 42, 52, 53, 70, 157, 161, 247-249, ⑩*42*, ⑫*17*, *41-43*, *46*, *73*, *77*, *107*, *119*, *126-128*, *146*, *149*, *154*, *197*
光り　⑧36
栄光[ひかり]　⑦*262*
ピカリ　⑥51
ひかりぐも　⑦*93* ; *288*
光雲　⑦*204*, *573*
光の網　④16, ⑩6, 8
光[ひかり]の網[あみ]　⑫*126-128*
光りの澱　⑥*83*
光の渣　⑥70
光の澱　⑤159

光の外套　⑧26
光の目録[カタログ]　③96
光の国　⑧304
光のこな　⑩317
光の酒　⑨204
光の酸　⑦*338*, *339*
光のそら　⑩302
光の波　⑨204
ピカリピカリ　⑫21
ぴかりぴりりゑりん　⑧160
ぴかりぴりるゝん　⑫*77*
彼岸　③27 ; *51-53*, ⑩*153*
悲願　⑥70
墓　①24, 134, ③263 ; *281*, ⑤*212*, ⑦152 ; *483-485*, ⑧137, ⑨377
ひきがえる　③*114*, *118*→ひきがへる
蟇　⑧211, 214
蟇[ひきがへる]　⑩*78*, *79*
ひきがへる　③*114*, *118*
ビキコ　⑧222 ; *85*
引き裂き競争　⑧184
ひきざくら　①*83* ; *63*, ⑩*157*
ひきざくらの花　⑩267
ひきづな　⑥*6*
卑怯　⑩263, ⑪*92*, *118*
比丘　①*33*, ⑦*280* ; *682*
びくつ　⑫*190*
びくっ　④*49*, ⑩*71*, ⑪*206*, ⑫*190*→びくつ
ぴくっ　⑨*28*, ⑩*80*, ⑪*192*
ピクッ　⑨20
ビクトルカランザ　②*105*, *321*
ぴくひく　⑧*78*, ⑩*296*
びくびく　⑧47, 299, ⑨30, 52, 159, ⑩*83*, *332*, ⑪10, 40, 45, 56, ⑫11, 50, 52, 139, 188, 301 ; *136*, *141*, *152*
ぴくぴく　⑧162, 297, ⑨17 ; *173*, ⑩*150*, ⑪144
ヒクヒク　⑧174
ピクピク　⑧*77*, *117*, ⑩*103* ; *184*
ひぐま　⑥*268*, ⑦*172*
熊熊　④*22*, ⑤*103* ; *113*, ⑦*55* ; *172*
ひぐらし　③*277* ; *554*
ひげ　⑦*301*, ⑩*149*, 235 ; *58*, *118*, ⑪6, 106,

　　　　　⑫67, 102, 103, 106, 114, 115, 118, 275；*81, 91*
鬚　⑨192, ⑪98, ⑫*78*
　白い――　⑪214
鬚の赭い人　⑪32, 33, ⑫*129, 130*
徹光　②54, 301, ⑤9, ⑦130, 263；*412*, ⑨274, ⑩118, 162, 217, ⑪137, ⑫252
飛行機　③*284*, ⑥*11*, ⑪*57*, ⑫*153*
飛行船　⑪50, 57-59, 64；*99*, ⑫*146, 153-155*
飛行船［ひかうせん］　⑫216, 220, 223, 224
飛行艇　⑪63, ⑫*160*
飛行梃　⑪*106*
膝　⑩161
膝かぶ　⑨177
庇　⑩62
久治　⑤119
ピサの斜塔　③288；*661, 664, 665*, ⑥280
ピザの斜塔　③*452*
氷雨　③192, 207；*378, 461-463*, ⑥284, ⑦14；*35, 36*
火皿　⑫245
ピザンチン　③63, ⑦*161*
菱　⑦*527*
ひじ　⑪198→ひぢ
菱がた　⑫271
ピシチ　⑩*221*
ピシッ　⑨97, 101, ⑩330, 331, 335, 336；*214*
ビジテリアン　⑨208, 209, 211-217, 223, 226, 227, 230, 233, 237-239, 243, 244, ⑩338, 342, 343→ビヂテリアン
秘事念仏　④80, 81, ⑤*80*, ⑦44, 138；*140, 433, 434*
ひしひし　⑪62；*103*, ⑫*158*
ぴしぴし　③137；*317, 326, 327*, ⑥299, ⑩14
ひじむ　⑦*358*
ぴしゃ　⑩271, ⑪*66*
ぴしゃぁん　⑩18, 120, 164, ⑪158
柄杓［ひしやく］　⑩44, ⑫360
ぴしゃつ　③233, 278, ⑪34, ⑫208；*131*→ぴしやつ
ピシャッ　⑧168
ぴしやびしや　②111, 327, ③*571, 575*
びしやびしや　②111, 327, ③231；*318, 569,*

*571, 575,* ④235→びしやびしや
びしやびしや　④*131, 132*
毘沙門　⑥103, ⑦39；*116, 117*
毘沙門さん　⑩264
毘沙門像　③*192*, ⑦259；*115, 653*
毘沙門天　③80；*190*, ⑤50, 52
毘沙門天王　⑤51
毘沙門堂　①151
びしゃり　③*474*
ピシヤリ　⑫180
ピシャリ　⑧323, ⑨77, ⑫180；*82*→ピシヤリ
ぴしやん　⑫186
ぴしゃん　③*202*, ⑪188, ⑫186→ぴしやん
ピシヤン　⑫180；*92*
ピシャン　⑨76, ⑫180；*82, 92*→ピシヤン
ピシヤーン　⑫180
ピシャーン　⑫180→ピシヤーン
秘呪［―じゆ］　⑦*327, 328*
比重　④*78, 80, 83*, ⑩34
美術学院　⑨138
秘書　⑦*454*
日居城野　⑦*181*, ⑩*142*
避暑市　③228；*566*
ひじり　⑦*19*
ピシリ　⑨97, ⑩*213, 214*
ひすい　⑥28→ひすゐ
翡翠いろ　③63；*154*
ビスケット　①40
ビスケット　①174, ③*466, 467*, ⑧135, ⑨362, 372, 374→ビスケツト
ピストル　③*88*, ⑨238, ⑩215, 216, 241, ⑪92；*131*, ⑫*137-139, 168, 335, 336, 346, 347*；*19*
拳銃［ピストル］　⑫42
ひすゐ　⑥28
卑賤の神　⑥299
砒素　⑨338
ピーソ　⑪115
砒素鏡　①*278*, ②*457*, ③*71*；*165, 166*, ⑤*191*, ⑥*10*；*6*, ⑦*264*, ⑩*116*
ひそひそ　⑤59, ⑧156, ⑩*73*, ⑪169, 205, 207, ⑫*304*
錘［ひた］　③*144*

（ひか～ひた）　217

鏈[ぴた]　③58
ピーター　⑫158
日高曠野　③*171*
日高神社　⑤124-126，⑦*80-82*
日高野　⑥313
日高見国[─ぐに]　⑦*294*
ひたき　⑨264
ピタゴラス派[は]　⑫159
ひた、れ　①319
ひたたれ　①78，245
ぴたっ　⑧135，⑨20，⑩237，322
ピタッ　⑩62
火棚の鍵　④174
ひたひた　①74，234，⑦*143*
びたびた　⑦*471，472，476*
ぴたぴた　⑦*379*，⑨177，⑩49
ビタミン　⑤25，26，⑧269，271
ビタミンのＡとＤ　⑤84
左肺　⑥172
ぴたん　⑧225；*88*
火蛋白石　③*74*；*173*
ひぢ　⑪198
ピチ　①12，113
植物[ビヂタブル]　⑩343
ピチッ　⑨102，⑩336
ビヂテリアン　⑨208，209，211-217，223，226，227，230，233，234，237-239，243，244，⑩338，342，343
ビヂテリアン教歌　⑨*105*
ビヂテリアン月報　⑨211
ビヂテリアン所説　⑩342
ビヂテリアン大会　⑩338，341
ビヂテリアン大会堂　⑨218
ビヂテリアン大祭　⑨208，219，222，225，231，245
ビヂテリアン同情派　⑨222，235
ぴちぴち　④157
ピチピチ　②49；⑤26，98，⑦*631*，⑨368
ピチピチピチ　⑧60
ぴちゃ　⑩315
びちゃびちゃ　④*253*，⑩69；*39*，⑪204
ぴちゃぴちゃ　③12；*22，24，404*，④15，⑩35，38，⑫269

ピチャピチャ　⑩35
ピチャピチャ　⑧39，99，240，241，⑨66，⑩309，310，⑪*32*
ピチャピチャピチャッ　⑧167
ピチャン　⑩309
ピチュコ　⑧229，234；*84，94*
びちょびちょ　②138，354，⑥242，⑫320
ぴちょぴちょ　②138，354，⑥242，⑧138，⑨380，⑫320→びちょびちょ
ピチリ　⑫41
ピチン　⑨146
ひつ　⑩266
櫃　⑨*38*
櫃[ひつ]　⑧98
ピーツ　⑫108
ピーッ　⑨23，25；*142*，⑫108→ピーツ
ピッカリコ　⑧120
ぴつかりぴつかり　⑫79
ぴっかりぴっかり　⑫79→ぴつかりぴつかり
ピツカリピツカリ　⑫105
ピッカリピッカリ　⑫105，117→ピツカリピツカリ
びっき　⑫300
筆記帳　⑨400
筆記帳[ひつきちやう]　⑩44
ビッグガードン　⑦*712*
びっくり　③*347*，⑧44，54，58，71，79
ピックル　⑤7
ぴつこ　⑫66，81，87，149
ぴっこ　⑫66，81，87，149→ぴつこ
ピツコロ　③*141*，⑥235
ピッコロ　③*59*；*141-144*，⑥235→ピツコロ
羊　③*489，492-494*，④*226*，⑤129，⑥39，40，⑦*236，542，544*，⑧186，⑨228，229，236，242，⑩220，⑮；*10*，⑫276
羊[ひつじ]　⑫*183*
羊飼　⑩213，216，224，⑪69，75；*116*
羊飼いのガル　⑩220，223，224→羊飼ひのガル
羊飼いのミラア　⑩*138*→羊飼ひのミラア
羊飼ひのガル　⑩220，223，224
羊飼ひのミラア　⑩*128*
羊飼風の紳士　⑩212
羊飼ミーロ　⑪*111*

ピッシャリ　　⑧*85*
びっしょり　　③*623*
ひっそり　　③236；*250, 252*, ⑥148, ⑧49, 333；*128*
ぴったり　　⑫85
ピッチュ　　⑧*84*
ピッピッピッピ　　③*410, 414*
ひづめ　　⑪6
蹄　　④54, 229；*108*, ⑩53, 57, 148, ⑪142
蹄［ひづめ］　　⑫194
日詰　　①63, 215
日詰［ひづめ］　　⑨23
卑泥　　⑥268
英吉　　①236
ひでり　　②35, 258, ③*384, 386*, ④108, 264；*182*, ⑤90；*37, 101*, ⑥271, ⑦181, 274；*487, 489, 490*, ⑧13, ⑩282, ⑪46, 63；*40*, ⑫94, 212, 213, 361；*159*
旱　　⑥313, ⑫352
旱［ひでり］　　⑤51, ⑧20
日でり　　⑥11
日照　　④91, 155
旱天［ひでり］　　③112
旱魃　　④55；*82, 240*, ⑤52；*111*, ⑥15, ⑩249, 250, 254, 261, 262；*154, 155*, ⑪44, 66, 67；*40, 78, 104, 105*, ⑫165, 166
旱魃［ひでり］　　③141；*339, 340*, ⑤48
日照り　　⑪*104*
旱照り　　④*343*
ヒデリ　　⑥109
ひでりあめ　　②96, 312, ⑥362, ⑦*674*, ⑧194, 195, 254；*108*, ⑨*165*, ⑫248
ひでり雨　　⑫248
日［ひ］でりあめ　　⑥204
日照り雨　　④272；*192*, ⑧111, ⑩300
士［ひと］　　⑦95
女［ひと］　　⑦54
ピート　　⑪*152*
非道　　⑩276
一畦　　⑥14
人馬　　⑩134
単衣　　⑦183, ⑩*228*, ⑪211
一遍［ひとがへり］　　⑫293

人首　　⑤50
人首［一カベ］町　　③*41*
一条　　⑥224, ⑪136
ひと月　　⑥268
一盞［一つき］　　⑦*489*
奴凧［ひとっこばだ］こ　　⑫300
一筒　　⑦34；*102*
ひとつほし　　①69
一つほし　　①11
一つ星　　⑧26, ⑪218
一つ星［ほし］　　⑫40
一［ひと］つ星［ほし］　　⑧66
ひとづま　　⑦*664*
一つ目　　①13, 17, 116, 123
孤転車［ひとつわぐるま］　　⑦152
孤輪車　　⑦484
孤輪車［ひとつわぐるま］　　⑦*485*
ひとで　　①75, 236, 237, ⑧31-34, 36, 37, ⑩*8*, ⑫131, 159
人の医者　　⑪5
瞳　　⑧201, ⑩301；*84, 190*, ⑪*196*
ヒドラ　　⑨230
ピートリリッ　　⑩*197*
ピートリリ、ピートリリ　　⑧202, 248, 251, ⑩318, 320
干泥　　⑦55
卑泥　　③*50*, ⑥268, ⑦*172*
湿田　　⑤201
湿田［ヒドロ］　　③27；*51*, ④227
ひなげし　　①347, ⑧61-63, 66, ⑪212-215, 217, 218；*271-274, 277, 278*
ひなげしの花［はな］　　⑧53
卑那やか天　　③216
ヒヌイ　　⑦282
ヒ鼠　　⑧177
ピネン　　③129；*224, 226, 294, 297, 300, 303*, ⑥209, 276
火の雨　　②109, 325, ⑥357
氷［ひ］の上［かみ］山　　⑫118
ひのき　　①57-60, 205-209, 296, 297, 374, 375, 386, 387；*55*, ②24, 93, 94, 107, 109, 130, 191, 219, 220, 248, 310, 323, 325, 401, 428, 429, 433, ③97, 179；*38, 57, 79, 82, 225, 228, 397, 400*,

（ひた〜ひの）　219

429, 430, 451, 453, ④162, ⑤182, 186, ⑥60, 160, 218, 223, 249, 250, 357, 358, ⑦93, 132, 133, 163, 203, 227, 273；247, 288, 415-418, 512, 570, 576, 591, 602-604, 674, 675, ⑧61, 64, 66, 104, ⑨46, 176, 180, 210, 211, ⑩31, 49, 179, 181, 264, 270, ⑪35, 125, 212, 217, 218；271, 272, 278, 279, 281, ⑫48, 55, 261；132

黒曜［こくやう］—— ②195, 404
　わる—— ④162
ひの木　⑪267
檜　③412, ⑧96, ⑩132, 136；77, ⑪130；182, 187, ⑫170
桧　⑦169
ひのきづくり　⑦14；36, 37
ひのきとひなげし　⑦112, ⑧17, ⑨83
ひのきの森　⑩81, ⑪194
ひのき林　③224, ⑥208
ひのき林［ばやし］　⑧75
ひのき林のへり　⑩292
火の粉　⑩222, 223
火の見櫓　⑤59；210
日の本　①334
火の山　⑥372, ⑦308
ひば　②346, ③28, 29, 96, 201, 255；17, 52, 58, 63, 78, 128, 188, 225, 227, 485, 487, ④83, 115, 167, 173, 181, 287, 288；147, 219-221, 258, 347, ⑤61, 93, 96, 99, 203；107, ⑥266, ⑦79, 218；169, 251, 591, ⑩81, ⑪130
ひ葉　③527
檜葉　①363；165, ③218；523, 528, ⑥45, 247, ⑦250
羅漢柏［ひば］　③300
海狸［びばあ］　⑫134, 138
疲憊　③462
肥培　⑦546
ひばがき　③19；40, 41, ④258
ひば垣　④252, 254, ⑤54；54, ⑩253
飛瀑百丈　⑥111
火柱　⑧341
火鉢　⑦81
　唐金の——　⑩267
　箱の——　⑦13；30-32
火花　①234, ②109, 325, ③189, 228, 289；321,

322, 449, ⑤13；11, ⑥187, 357, 384, ⑦193, 202；135, 294, 295, ⑧332, ⑨19, ⑩223, 257, 294, ⑪222, ⑫258
火花［ひばな］　⑥384, ⑧48, ⑫83, 141
ひばり　①21, 29, 38, 127, 147, 169, ②31, 64, 71, 73, 86, 87, 213, 254, 285, 291, 303, 304, 422, ③21, 31, 63, 68, 98, 195；42, 50-52, 66, 69, 151, 153, 161, 163, 470, 471, ④7, 57, 144, 194, ⑤108；118, ⑦10；20, 21, ⑧39-42, 58, 59, 83, 114, 209, 210, 216, 218, 220, 277, 334, ⑨182-184, 200, 203-205, 283；82, ⑩40, 77, 78, 104, 251, 303；147
　むら——　⑦55；172
雲雀［ひばり］　②44, 266
ひばりの巣　⑩251
ひゞ　④292
ひび　⑪39
裂罅　④292, ⑥94, ⑨211, ⑩36
裂罅［ひゞ］　⑫241
ぴーぴー　⑤117；134, 135, ⑫10
ピーピーピピーピ、ピーピーピ　⑨66, 291, ⑪11
ピーピーピピーピ、ピーピーピ。　⑪33, ⑫114
ピーピーピピーピ、ピーピーピ　⑨48
ピーピーピピーピピーピーピ　⑨329, ⑪32
避病院　⑨340
ひひらぎ　⑩84
ひひん　⑧109, 141, ⑪194
微風　①24
ビフテキ　⑫161
火ブリ　⑪234
非文明的　⑩342
ピペット　⑩228, 241
火祭　⑤51
日祭　⑤51
火祭り　⑤53
ひまはり　①59, 208, 297, 347, ⑧247, 335, ⑩317
ひまわり　①59, 208, 297, 347, ⑧247, 335, ⑩317→ひまはり
向日葵　③178；426-428, ⑥226
日向葵　⑩198

秘密教徒　⑦*159*
ヒームカ　⑨354, 355
ヒームキア　⑪45；*81*，⑫*141*
ヒームキヤ　⑪*81*
ヒームキャ　⑩98-100→ヒームキヤ
姫神　④208
姫神山　③*197, 201*
ひめはこぐさ　⑨120
びやう　⑦*79；251*
ひゃうせつ　⑦*317*
ひゃうたん　⑩52
びゃうぶ　⑥244
白衣　③111，⑥36，⑦*557, 558*
百刈勘定　⑤201
白光　①85, 257, 328, 391，②457，⑤181，⑥54，⑦*38, 246*，⑧295；*132*，⑨19, 102，⑩337，⑫*247, 255*→白光〈びゃっこう〉
一三二号　③26
百姓　③120，④*247, 275, 277；44, 51, 161, 196, 206*，⑤204, 205；*33, 57, 65*，⑥232，⑦*27；81-83, 379*，⑩59, 61, 65, 105, 198, 295, 329；*39*，⑪*21, 115；39, 40, 104*
百姓[ひゃくしやう]　⑫19, 20
百姓[ひゃくせう]　⑫226, 227
百姓技師　⑤93
百姓のおかみさん　⑩89, 90，⑪65, 71，⑫264, 265
百姓[ひゃくせう]のおかみさん　⑫226
百姓家　⑩89
白色白光〈びゃくしきびゃっこう〉　⑨216
びゃくしん　⑦*295*
白象　③*271*
百駄[一だん]　⑫207
百二十万年前　⑩148，⑪142
百の因子　④*52*
百万疋　③9
百万遍　⑤*208*
百万遍の石塚　④148
百葉函　⑦*574*
ぴゃこ　①230
少[ぴや]こ　①*201*
ヒヤシンス　⑦*492*
風信子華　⑦*154*

百科辞典　⑩12
白狐　⑧264
小[ぴゃっ]こ　⑧215
小[ぴゃ]っこ　⑧215
ピャッコ　⑧*94*
白光〈びゃっこう〉　①85, 257, 328, 391，②457，⑤181，⑥54，⑦*38, 246*，⑧295；*132*，⑨19, 102，⑩337，⑫*247, 255*
日雇　①26, 139，④*324*
日雇草刈　⑫363, 364
ひやひや　⑧291
ひやり　③147
ぴゃん　⑩*14, 97*，⑪*209*
ヒュー　⑧60
ひゅう　⑫14, 17, 48-52, 97
ひゅう　⑧95, 291，⑫*14, 17, 48-52, 97*→ひゅう
ヒュウ　⑫154
ヒュウ　⑧40，⑫*154*→ヒユウ
ひゅうぱちつ　⑫14-16
ひゅうぱちつ　⑫*14-16*→ひゅうぱちつ
ひゅうひゅう　⑫50, 52, 151
ひゅうひゅう　⑩73，⑪185, 208，⑫*50, 52, 151*→ひうひう，ひゅうひゅう
ヒユウヒユウ　⑫144
ヒュウヒュウ　⑫*144*→ヒユウヒユウ
ひゅうひゅうぱちつ　⑫16
ひゅうひゅうぱちつ　⑫*16*→ひゅうひゅうぱちつ
ひゅうひゅうひゅう　⑫49, 51
ひゅうひゅうひゅう　⑫*49, 51*→ひゅうひゅうひゅう
ビュレット　⑩228
ひゅゆゅう　⑫49, 51, 52
ひゅゅう　⑫*49, 51, 52*→ひゅゆゅう
腐植土[ヒューマス]　①*194*
清教徒　④224；*306*，⑤43
清教徒[ピユリタン]　②211, 420，⑥213
ビューレット　⑩241
ひよ　③104，⑥297
ひょい　⑫256
ひょいっ　⑧155
ひょいひょい　⑫58, 80
ひょいひょい　⑧123, 147, 228，⑫*58, 80*→ひよ

いひよい
ヒョイヒョイ　⑧158
俵　⑩194
雹　③169；404, 407, ⑥256, ⑧279, 280, 298
豹　⑧185, 186, ⑨343, ⑩339
びやう　⑦79；251→びやう
病院　①18, ④153, 288；219, ⑦493, ⑩97, ⑪5；10, ⑫285, 351；103
　植物——　⑫351
　ホトランカン——　⑪20
　リンパー——　⑪5, ⑫97
　リンパー人間——　⑪12, ⑫103
　リンプー——　⑪5, ⑫97
　リンポー——　⑪5, ⑫97
病院[びやういん]　⑫226
病院主　⑦248
氷雨　③192
氷雲　③43, 58, ⑤29, ⑥115, 161, ⑦112, 225；353, 356
雹雲　③405, ⑦185
苹果　⑥28→苹果[りんご]
苹果青　⑥33, 139, 141；92→苹果青[りんごせい]
氷華　④39, 40, 47, 155, 156；68-71, 73, 96, ⑤190, ⑦29；86, 87
氷華[ひやうくわ]　⑥252
氷河　①84, 256, ③165, ④70, 202, 207, ⑤197, ⑥282, ⑦579, ⑨41, 358, ⑩191；117, ⑫277, 378
氷河鼠　⑫131, 134-136, 138, 174
剽悍　②196, 405
剽悍[ひやうかん]　②84, 301, ⑪280
氷期[ひやうき]　⑥267
病気　⑤77, 95, ⑧133, 268, ⑩15, 133, 135, 264, ⑪5, 13, 39, 40, 43, 44, 231；27, 47, 76, 77, 183, ⑫265, 354, 356；139, 140
病気[びやうき]　⑧128, ⑩172, 175, ⑫183, 190, 191, 193, 196, 208-212, 319
病気の木　⑪19
病血　⑥83
氷原　③174
氷鋼　③249, 250
氷醋酸　④48；94, 96

氷醋弾　④180；92, 93
標札　⑩147
氷山　⑧88, ⑨40-42, ⑩114, 159, ⑪153
氷山[へうざん]　⑫140
氷羊歯　③607→アイスファーン
病室　①18, 19, 124
美容術　⑪213
美容術の先生　⑪214
氷晶　③10；17, 18, 20, 21, 51, 52, ④39, ⑥260
猫睛石　①37, 46, 164, 330, ⑥52
ひょうせつ　⑦317→ひゃうせつ
氷相当官　⑨274
ひょうたん　⑩52→ひゃうたん
瓢箪　⑩184, 185
氷窒素　②9, 233, ⑥42, 44
氷柱　④76, ⑦26
氷点　⑥34
氷凍　⑥255
氷燈　③46, 281
氷盤　①30, ⑦455
病斑　④91；172
ひょうひょう　③155
びやうぶ　⑥244→びやうぶ
氷片[ひやうへん]　⑥253
苗圃　④84, 246；161, 163
標本　②63, 94, 181, 310, 391, ③129；304, ⑤56, ⑥152, 276, ⑦239, ⑧120, 121, ⑨134, 139, 146, 150, 279, ⑩10, 11, 37, 38, 57, 148, 151, 249, 258；128, ⑪69, 80, 103, 142, 145；147, ⑫292, 294
　植物——　⑪102
標本採集者　⑦239
標本室　⑩133, 258, ⑪106, 128；183, ⑫238
標本製作所　⑪102
標本類　⑪113
氷霧　③171, 177；407, 417, 420, 426-428, ④208, ⑥225, 256, ⑦105, 144, 274；329, 376, 457
氷霧[ひやうむ]　②19, 218, 243, 427
氷霧[ひようむ]　⑥187, 384
表面張力　④50, 183；100
氷羊歯　③607→アイスファーン
飄零　③460

漂礫　④181
ぴょこつ　⑫13
ぴょこっ　⑫13→ぴょこつ
ぴょこぴょこ　⑧48
ひょこり　⑩305
ひょっくり　⑤32,⑧108
ひょっこ　⑨149
ひょっこり　⑧90
ひよどり　⑧169,170,173
ひょろひょろ　②76,⑫104,109,110
ひょろひょろ　②76,⑧33,71,226；89,⑨51,192,297,⑩202,288,⑪82；15,⑫104,109,110,116,121,122,301→ひょろひょろ
ヒョロヒョロ　⑧29,⑫262
ぴょん　⑫11
ぴょん　⑦221,⑧45,⑫11→ぴょん
変た　③197
変[ひょん]た　⑫369,373
ひょんただたもな　⑫361
ぴょんぴょん　⑫94
ぴょんぴょん　⑧38,44,74,256,⑨391,⑩69,136,179；181,⑪133,203,⑫94→ぴょんぴょん
ピョンピョン　⑧158,286
ピラ　⑦236,⑩342
避雷針　④88,254；168,169,⑥69,265
びらうど　①75,236,⑤84,⑦390,⑧21,193,200,335,⑩27,45；107,⑪218,⑫7,158
びらうどこがね　③103；242,⑥296,⑩209,⑫348
平沢組　⑨175
ひらっ　⑩216；123,⑪19,130,⑫113
平坪　⑥12
ひらひら　⑧74,295,332,335；21,⑨48,192,283；87,⑩44,49,140,288,291,⑪6,10,38；190,254,257,⑫184,188；98,134
ピラミッド　⑥345,⑫337,339
平屋根　⑩154
ひらり　⑧215,264,333,⑪18,182,⑫196,220,221；112
ピリッ　⑧268
ぴりびり　③233,279
ぴりぴり　⑨89

砒硫　⑦78；248,249
肥料　①163,④84,113,237,249；80,95,96,163,211,⑤42,53,203,⑥14,⑦339,⑩249,250,260,263,⑪63,64,66；91,104,⑫246,353,356,359,360,367；162
　硝酸──　⑪63,⑫160
　窒素──　⑪63
肥料[ひれう]　⑫220,226,227
　窒素[ちつそ]──　⑫223
肥料設計　⑤52,⑩144
肥料倉庫　③185；442,⑦339
肥料屋　⑦26,487
びりりつ　⑫83
びりりっ　⑫83→びりりつ
午　⑤82,⑩62,63
蛭　①20,125,126
正午[ひる]　⑤58
ビル　⑪215
ビール　②452,⑥47,⑦379,⑧146,150,305,⑩41,189；115,⑫57,62,137,377
蛭石　①100
蛭石病　⑧132,⑨369
ビールいろ　⑨8,⑪238
ビール色[いろ]　⑫48
ヒルガアド　⑨244,245
麦酒会社　⑩252
ヒルガード　⑨243
ヒルテイ　⑨208,210,211
ヒルテイ村　⑨216
ビルデング　①339,⑥38,69；7,⑪47
ビールのいろ　③442
ビール瓶　②82,299,451,⑨185
麦酒瓶　⑧257,⑨182,392
ビルマ　⑧122,⑨346
昼飯　⑩234
ピルル　⑪175
ピルル　⑨7,⑪240
ピルルル　⑪175
ピルルル、ピルルル、ピイピイ　⑧25
ピルルル、ピルルル。ピイピイ。ピルルル、ピルル、ピイピイ。ピイピイ、ピピッピピッピッピイップウーウッ　⑧25
ピルルル、ピルルル、ピイピイ、ピルルルピルル

ルピイピイ、ピイピイ、ピピッ、ピピッ、ピ
ッ。ブウッ　⑧25
ビルルル、ピルルル。ピイピイ。ビルルル、ビル
ルル、ピイピイ。ピイピイ、ピピピピピッ、
ピイッ、ブウーウッ　⑧25
ビルルル、ピルルル、ピイピイ。ビルルル、ビル
ルル、ピイピイピイピイ、ピピピピピッ、ピ
ーッ、ブウーウッ　⑧25
ビルルル、ピルルル、ピイピイ、ビルルルピルル
ルピイピイ、ピイピイ、ピピピピピッ。ピー
ッ。ブウーウッ　⑧25
女主人公［ヒロイン］　③31；69
びろうど　①75, 236、⑤84、⑦390、⑧21, 193,
200, 335、⑩27, 45, 129, 208；107、⑪218、⑫
7, 158→びらうど
天蚕絨　⑩92, 141, 206、⑪135
天蚕絨［びらうど］　②132, 348
びろうどこがね　③103；242、⑥296、⑩209、
⑫348→びらうどこがね
びろうどこがねむし　⑩217
寛〈→与謝野寛〉　③511
寛〈→桜羽場寛〉　③196, 197；474, 475, 477
ひろ重　①316
広重　②469；52, 142
広重の絵　⑩256
広重風　③201
広田湾　③42, 43
ビロード　①319
ひろば　⑪122
広場　④53, 189；104、⑪117, 191
　つめくさの——　⑩304
　ポラーノの——　⑩73、⑪73, 76, 78, 80-86,
　　88, 94, 99, 101, 114, 115, 118-122；127, 129,
　　152, 154
　ポラン——　⑩208, 214-218, 221, 222
　ポランの——　⑩201, 202, 204, 205, 208, 219,
　　220, 223, 224；73, 127、⑪90, 91, 120；160
ひわ　⑧56, 106；64、⑨164, 262, 332、⑩68
ひわいろ　①164, 253、②61, 121, 283, 337, 472,
　④245, 260；170, 172、⑥117、⑦645
ひわ色　①36, 291；12
火渡り　⑦301
ひわ鳥　⑧171

早割れ　④349、⑦103；324
早割れ田　⑦80；253
ぴん　⑫13, 15, 145
ビーン　⑤97、⑦636
ピン　①367、④292
ピン蛙　⑧98, 99、⑩194
賓客　⑤107
玢岩　③397, 543、⑤132、⑦526
賓客　⑤107、⑦88
ピンク　②460, 472、③342、⑦526
石竹［ピンク］　②134
ヒンズー　③209→ヒンヅー
ヒンズーガンダラ　⑥75→ヒンヅーガンダラ
ビンズマティー　⑫315→ヒンヅマティー
ピンセット　⑦264
ヒンヅー　③209
ヒンヅーガンダラ　⑥75
ビンヅマティー　⑫315
品評会　⑦118, 124, 592、⑨96、⑩330
ひんひん　⑨193、⑫196
ぴんぴん　④293、⑧38、⑩266
ヒンヒン　⑨47

## ふ

斑　⑪42
譜　⑩162；93
麩　③51-53
歩合算　⑩135、⑪186
火蛋白石〈ファイアオパール〉　③74
華麗樹品評会［ファイントリーズショウ］　⑥85
ファゴット　②184, 394
ファゴット　②184, 394→フアゴット
ファーストスロープ　④171
ファゼロ　⑩204-209, 214-219, 221-224、⑫341
　-344, 346-348；235
ファゼーロ　⑪69, 72-88, 91-95, 97-103, 111-
　122；111, 115, 120, 122, 125, 127, 131, 132, 136,
　137, 139, 145, 146, 148, 151, 154→Faselo
ファゼーロピーソ　⑪111
ファベーロ　⑪110
ファリーズ小学校　⑩197, 200, 204、⑫341
ファリーズ小学校教師　⑫235
ファリーズ小学校の教師　⑫235

| | |
|---|---|
| ファンタジー　⑤*190*, ⑫*235*→Fantasy | 風象　③*342* |
| ファンテプラーク章　⑫331 | 風信器　②70, ⑨25 |
| ふい　⑫262 | 風信子華　⑦154 |
| ぷい　⑫268 | 封介　④76, 77, 105, 129, 130；*202*, ⑦11, 126； |
| フィー　⑧284 | 　　*22, 399* |
| ブイ　⑦265→ヴイ | 風船玉　⑥314 |
| プイ　⑫246, 272 | ふうっ　⑩246 |
| フイウ　⑫153 | 瘋癲病院　⑨232 |
| フィウ　⑧*121*, ⑨15, ⑫153→フイウ | 封筒　⑩185 |
| 腐植質［フイウマス］　⑩35 | 風童　③156；*387-389*, ⑥230 |
| フイウマス　①370 | フウねずみ　⑧172, 173 |
| フィーガロ、フィガロト、フィガロット　⑧ | フヌねずみ　⑧169, 171 |
| 　　341-343 | ふう病　⑧132, ⑨369 |
| ふいご　⑧89, 270, 271, ⑨377, ⑩79 | 風病　⑨370 |
| ふいっ　⑧127, 306, 334 | フゥフィイボウ先生　⑧318, 321→フゥフォイ |
| ぷいっ　⑫48, 58, 202, 225 | 　　ボウ先生 |
| ぷいっ　⑨10, ⑩306, ⑪26, 46, ⑫48, 58, 202, | フゥフィイボウ博士　⑧329→フウフォイボウ |
| 　　225；*142*→ぷいっ | 　　博士 |
| プイツ　⑫216 | フゥフィイボオ博士　⑧317, 321, 330→フウフォ |
| プイッ　⑧147, 166-168, ⑨83, ⑪33, 107, ⑫ | 　　イボウ博士 |
| 　　216；*130*→プイツ | フゥフィーヴオ博士　⑧340 |
| 環状星雲［フイッシュマウスネピュラ］　⑫149 | フゥフィウボオ博士　⑧315→フウフォウボオ |
| 魚口星雲［フイッシュマウスネピュラ］　⑨248 | 　　博士 |
| プイプイ　⑧241, ⑩310 | フゥフィーボー成人学校　⑪46；*82*, ⑫*142* |
| 回々教徒　⑩272 | フゥフィーボー先生　⑧316 |
| 腐植土［フイーマス］　⑦*471*, ⑪269→humus | フウフィーボー大博士　⑪44, 46, 48, 51；*80, 84,* |
| 腐植土［フイマス］　⑦*469* | 　　*87, 97*, ⑫*141, 142, 144, 145, 147* |
| フィーマス　⑫247→humus | フウフィーボー博士　⑪60；*87*, ⑫*157* |
| フィルム函　⑦*217* | ふう、ふう。　⑨55 |
| ふう　⑫37 | ふうふう　⑧128, 227, 255, ⑨192, 390；*87*, ⑪ |
| ぷう　⑪*259* | 　　14；*75*, ⑫46, 138；*105* |
| フゥ　⑧30, 171-174, ⑨318 | ぶうぶう　②79, 82, ③206, 209；*502, 503, 505,* |
| フゥ　⑨14 | 　　⑤11, 26, ⑨81, 195, ⑩185, 239, ⑪105 |
| ブゥ　⑧167 | フウフウ　⑧180, 186, 233, 256；*89, 93*, ⑨391 |
| 風位　⑦*312* | ブウブウ　⑧271, ⑩*113* |
| フウウ　⑫149 | フウフウフウ　⑧335 |
| ブウウ　⑫149 | フゥフォイボウ先生　⑧318, 321 |
| 風化　⑧132, 134, ⑨369, ⑩36 | フゥフォイボウ博士　⑧329 |
| 風景画家　⑥119 | フゥフォイボウ博士　⑧317, 321, 330 |
| フゥケーボー大博士　⑪46 | フゥフォウボオ博士　⑧315 |
| 風耿　⑦*259* | フウボー大博士　⑫*154* |
| 夫子　③37；*82* | フウララフウ　⑧335 |
| 風車　②106, 322, ⑧19, ⑨34, ⑪199 | 風力計　⑨25-27 |

（ひる〜ふう）　225

風輪　③*25, 29*
プウルウキンイイ　⑧316
プウルキン　②99
封蠟　①14, 116
封蠟［ふうろう］　⑫105
封蠟［ふうろう］細工　⑫117
ぶうん　⑩202
ぷうん　⑪117
プウーン　⑧239, ⑩*193*
笛　①29, 33, 147, 156, ②76, ③73；*170, 215, 218*, ④39, 166；*70, 71, 75, 89, 90*, ⑦68, 254；*41, 47, 214-216, 218, 620, 690*, ⑧20, 28, 29, 284, 291, ⑨28；*87*, ⑩20, 122, 166, 168, 303, 317；*156*, ⑪159, 162
　硝子の―　⑩*149*, ⑪143
笛［ふえ］　⑧247
笛［ふゑ］　⑫*96, 97*
汽笛　⑦*383*
汽笛［ふえ］　⑦*381*
不会　⑦*43*
汽笛［フエ］　⑤181；*433*, ⑥217
フエアスモーク　③*386*, ⑥*271*
フエアスモーク　③155；*385, 386*→フエアスモーク
賦役　④24, 133, ⑦*156, 168*；*497, 498, 516*
フェティシ祭祀　③*206*
フエノール　⑦22
フェノール　⑦22；*70*→フエノール
笛［ふえ］ふきの滝［たき］　⑫*10*
フェルト　⑦*643*
フェルト草履　③*238*
フェロシリコン　③289；*661, 664*
硅素鉄［フエロシリコン］　③*665, 281*
武王　⑧148
焦点［フオカス］　⑥228
フォーク　⑧*332*
フォーゲルタンツ　③*150*
鳥の踊り［フオーゲルタンツ］　③*146*
鳥踊［フオーゲルタンツ］　③*62, 63*；*150, 152, 153*
鳥踊り［フオーゲルタンツ］　③*151*
ふか　⑧309, 340
吹がせだらべも　⑪185

ふかのひれ　⑧148, ⑫60
ふかふか　⑦153；*488*
ぶかぶか　⑧204, 250, ⑨38, ⑩*199*
ブカブカどんどん　⑧185
深水　⑫*129*
浮岩　⑩054
浮岩質　⑩35
ふき　②92, 308, ⑧10
萩　③*545*, ④*108*
蕗　③*558, 620, 622*, ④*54*；*32*, ⑥*158*, ⑦*184*, ⑩*264*, ⑫*292, 293*
吹雪　②454, ③*30, 182, 183*；*60, 63, 64, 410, 414, 415, 434*, ④*46, 169*；*91, 95*, ⑤*17, 41, 42, 122-124*；*36, 141, 143-145*, ⑥*259, 267*, ⑦*25, 29, 56, 91, 223*；*78, 174*, ⑨*132*, ⑩*93*
吹雪［フキ］　①*15*, ②*15, 239*, ③*172, 181*；*433, 435*, ⑥217
漂雪［フキ］　⑦*101*；*320*
ふきのつゆ　⑩*279*
蕗の臺　④*134*, ⑦*70*；*221*
蕗の葉　⑩*313*
不休息菩薩　⑤*7*
不軽　⑦*279*
布教使　③169；*101, 404*
布教師　③*407*, ⑥*256*
不軽菩薩　⑥*84*, ⑦*279*；*682*
布巾　⑪15, 16
布巾［ふきん］　⑫192, 193
輻　⑦*236*, ⑩146
ふぐ　④*242*, ⑥*137*
福音書　③*480*
副官　⑦*586*, ⑧160, 161
副虹　③155；*122, 377, 380-383, 386*, ⑥*271*
複合体　②*7, 195, 231, 404*, ④*66*
副司会　⑩226
福島　①*47, 48*, ⑩*63*
福島県　⑥*22, 24*
副射　⑦*467*
輻射　⑦147
副手　⑪122
フクジロ　⑧*323, 325, 327, 328*
フクジロ印　⑧*323*
福池第三郎　⑩*340*

副虹　　③155；*122, 377, 380-383, 386*，⑥271
ふくふく　②32, 255，⑧211, 212，⑨357，⑪232
ぷくぷく　⑦*370-372*
プクプク　⑧235，⑩304
ふくらう　①7，⑫76
ふくらふ　①105，④195，⑧60, 115, 160, 161，⑨81, 155, 156, 159-161, 263；*67, 74*，⑩133, 136, 339，⑪77, 104, 131；*186*，⑫*75, 76, 78*, 259
伏流　　⑥262
ふくろ　　⑨267
ふくろう　①7, 105，④195，⑤86，⑧21, 60, 115, 160, 161, 266, 267, 270，⑨81, 155, 156, 158-161, 263；*67, 74*，⑩133, 136, 200, 201, 339，⑪77, 104, 131；*186, 301*，⑫*75-78*, 259　→ふくろ，ふくらう，ふくらふ，ふくろふ
梟　　⑨152, 153, 155-169, 171, 260-263, 265, 266；*67, 68, 72, 74*
　親玉の――　⑧*51*
梟［ふくらふ］　⑧59
梟［ふくろふ］　⑧159，⑫76
梟［ふくろふ］大将　⑧159
複六方錐　⑤9，⑨274
ふくろふ　⑤86，⑧160, 266, 267, 270，⑨158，⑩200, 201，⑪*301*，⑫77
普賢菩薩　③109；*266, 271*，⑨*134*
夫工　　⑤*190*
普香天子　③281；*109, 111, 112, 648*，⑤7，⑥115
布告　　⑩324
負債　　③127，④*26*，⑥228
フサ河　⑫174；*76, 77, 86*
フサ川　⑫175；*76*
布佐機関手　③230；*567*
房毛〈ふさ〉　④54；*108*，⑤46
ふさふさ　③27, 51, 251, 264；*607, 609*，④23, 54；*108*，⑧312，⑨182，⑪38，⑫195；*134*
フサランダー　③251
フサランダア　③*608, 609*，⑥252
フサランダァ　③*607-609*→フサランダア
ふじ　　①375，⑦*189, 191, 591*→ふぢ
藤　　⑦217

藤［ふぢ］　⑩78, 80, 81
富士　　①36, 45, 46, 184, 315, 331，⑥23-25, 53，⑩*134*
節糸　　⑤50
藤いろ　④*14*，⑫265
伏牛〈ふしうし〉　④*96*
臥牛〈ふしうし〉　③*170*，⑤39
臥牛の山　③*170*
プジェー教父　⑦*261*
プジェー師　①166, 167；*29*，⑥91，⑦252
プジェー神父　⑦83；*262*
武士階級　④70
富士川　　⑨23
藤沢　　⑤145
富士山　⑥22, 27
ふぢつき　⑩271→ふぢつき
藤つる　⑩268
藤蔓［ふぢつる］　⑩75, 77-80, 82
藤根　　⑨132
藤根禁酒会　④291
藤［ふぢ］の蔓［つる］　⑩78, 80, 81
富士見の飛脚　②78, 295
フーシユ　⑫195
フーシュ　⑪18，⑫195→フーシユ
プー将軍　⑫*102*
腐植　　①373，②22，③273，④246；*161, 163*，⑤187，⑥11, 213，⑦214
腐植質　①373，②68, 86，⑦*267*→腐植質［フイウマス］，腐植質［フームス］
腐植質磐層　⑩53
腐植土　②60, 206, 282, 415，⑦148；*470, 472, 475*，⑫264, 378→腐植土［ヒユーマス］，腐植土［フイーマス］，腐植土［フイマス］
藤原　　②123, 339，③174；*420, 423, 424*，④*14*，⑤*175*，⑦*606*
藤原［ふぢはら］　⑥194
藤原御曹子　⑥313
藤原嘉藤治　③8
藤原慶次郎　⑨107, 111, 119；*44, 49*
藤原健太郎　⑩39
藤原清作　⑩30
藤原太蔵　④*95*
毒蕈［ぶすきのこ］　⑫90

（ふう〜ふす）　227

毒蕈［ブスきのこ］　④152
ぶすぶす　③202
フズリナ配電盤　③188；448, 665，⑥279
フーゼル　⑦290
プー先生　⑫112
プー先生［せんせい］　⑫195, 196
豚　③7, 234, 496，④205, 212, 235；120, 127, 128，⑦133；8, 416, 418, 459, 679，⑧21，⑨89-102, 213, 214, 227, 228, 236，⑩289, 322-337, 343；203, 205, 209, 213, 214, 218, 220, 221, 223，⑫332, 377
　　――のからだ　⑩335
　　――の毛　⑩336
　　――のせなか　⑩213
　　――の白肉［み］　⑤75
豚［ぶた］　⑧72，⑩118
舞台　⑥65，⑦346, 555, 556，⑧335, 336，⑫285, 364, 367, 376；215
無台　⑫368→舞台
プー大将　⑫102
二いろ　⑫219
二［ふた］いろ　⑫184
ぶだう　⑪200，⑫74
ぶだうの木　⑩301
二重　②23, 194, 247, 403
　　――のマント　⑦163；512
二かしら　⑦8
双子　①276，⑧19, 22, 24, 27-31, 34, 36, 133
二子　⑥84
双子座　①38, 168
双子星座　⑪217
双子のお星さま　⑩168；101，⑪162；213
双子の星　⑧22
豚肉　⑨229, 239, 241
二見　①281
二人　②37, 260，⑧32，⑨186, 187, 189-194, 196，⑩111, 112；181，⑪189
ふち　②62
淵　⑩191；5, 37，⑪259
　　底無しの――　⑫274
淵［ふち］　⑩67-69, 71, 72；42
　　天［てん］の――　⑫39
ふぢ　①375，⑦189, 591

ぶち　⑩321
ぶちいし　③600
斑［ぶち］石　③246
淵沢川　⑩264；157
淵沢小十郎　⑩264
縁タイル　⑦692
ふぢつき　⑩271
ぶちぶち　④157，⑧202, 203, 248, 249，⑩73；198，⑪208，⑫55
　　黒い――　⑩320
ぶちぶぢ　⑫94
斑斑　⑩198
斑斑［ぶちぶち］　⑧248
ブチュコ　⑧222；85
ふっ　⑧190，⑩78, 241，⑪210
仏　③187, 266，⑨169
ぶつ　⑫84
ぷっ　⑩77, 340，⑫84→ぷつ
仏界　③109；266, 267
ぶっかして　⑨31
ぶっかす　⑪175
二日月　⑥177，⑦524, 525
二日の月　⑥35
仏器　⑦51；162, 163
仏教　⑨208, 240, 241，⑩338
仏教徒　⑨238-241；116
ぶっきら棒　⑩341
ぶっきりこ　⑫151
ぶっきりこ　⑫151→ぶつきりこ
ブツキリコ　⑫159
ブッキリコ　⑫159→ブツキリコ
ぶっきり棒　⑪159, 166
物産館　⑦182, 183
物質　④41，⑩322
ふっ、しゅう　⑨54
ブッシュタイプ　④254；168
仏性　⑦682
仏身　⑤177
弗素　④256
仏項　③46
仏項石　①44
仏項体　③22
ぷっつ　⑩12

仏弟子　⑨240
フットボール　⑦247；*632*
ふつふつ　⑦89；*278*，⑫36，85
ふっふつ　⑧24，273，307，⑫36，85→ふつふつ
ぶつぶつ　②434，③92，203，274；*214*，*285*，*489*，*492-494*，⑤127，226，⑧281，⑩11，212，⑪34，64，⑫189；*131*，*161*
ぷつぷつ　⑨115
フッフッ　⑧29，56
ぶつぶつごろごろ　⑤145
ぶつぶつぶつぶつ　⑩5，⑫225；*43*
仏法守護　③196；*475*，*476*
物理　④42；*352*
物理学　②88，305
物理現象　③*421*，*423*，*425*
物理的　⑤190
武帝　⑫309
不定形　④51，184；*101*
プディング　③*414*
筆塚　③*141*，*143*，⑥234
浮展〈→浮世絵展〉　⑦*521*
プデング　③*413*
プデング　③*410*，⑦319
浮屠　⑦75
普藤　⑤19
舞踏　⑧320，⑫375；*218*
ぶどう　⑪200，⑫74→ぶだう
葡萄　①27，393；*43*，②127，178，343，388，③120，226，262；*130*，*405*，*542*，*588*，*621*，*622*，*626*，④*54*，⑦154，185，263；*14*，*15*，*256-258*，*493*，⑧235，254-257，⑨104，230，257，388-391；*168*，⑩85，179，251，304，⑪197，⑫338
葡萄［ぶだう］　⑫74
葡萄［ぶだう］　⑥198
葡萄赤　④*337*
葡萄紅　④*282*
葡萄いろ　③157；*387-389*，⑥*149*，⑨283，⑩217，⑫349
葡萄色　⑥230
葡萄園　⑩211，217
葡萄園農夫　⑫341，342，347，348
葡萄酒　③147；*172*，⑧257，259，⑨179，394，395；*168*，⑫253

葡萄酒［ぶだうしゆ］　⑫75
葡萄酒いろ　③219；*532*，*533*
葡萄酒樽　⑨56
葡萄状　⑥27
葡萄汁　⑧257，⑨168
葡萄水　⑧254，257，⑨388，392；*164*，⑩210，⑫343
不動平　①70
葡萄弾　⑥345，⑫339→グレープショット
葡萄蔓　⑪195
葡萄糖　②49，271
葡萄とり　⑪195；*230*，*232*
葡萄鼠　③99
ぶどうの木　⑩301→ぶだうの木
葡萄パン　⑧306
葡萄瑪瑙　⑨276
葡萄藪　⑪196
ぶとしぎ　②*49*，⑧*25*
ぶどしぎ　②81，298
ぶどすぎ　②*48*
ブドリ　⑪23-41，43-60，62-68；*35*，*39-42*，*47*，*49*，*53*，*54*，*57*，*62*，*66*，*68*，*69*，*72-74*，*77*，*79*，*80*，*82*，*83*，*87*，*88*，*91-94*，*99*，*102*，*104-109*，⑫199-210，212-214，216-218，220-229；*124*，*130-135*，*139-142*，*147-149*，*151-153*，*155-157*，*159*，*160*，*162-168*
プドリ　⑫*123*
ブドル　⑪*56*，*58*，⑫*124*
不貪慾戒　②189，399
不貪慾戒［ふとんよくかい］　②188，398
鮒（鮄・鯽）　⑨23，285，300，⑩68，191，⑪11，203，214
鮒［ふな］　⑩68，⑪202，⑫188
ぶな　①69，86，224，258；*33*，⑧112，⑫11
椈　③108，276；*186*，*247*，*248*，*250*，*251*，*258-260*，*262*，*269*，*270*，*412*，*544*，*554*，⑫*10*
椈［ぶな］　②107，323
フナカハ　③73
船つき　④*132*
ぶなの木［き］　⑧55，⑫10
ぶなの木の葉　⑩301
ぶなの葉　⑩103
船場　④33，⑨176

（ふす～ふな）　229

船橋　　⑦143, 145
ふなべり　　⑦140
舷　　⑥26, ⑦44
舷側　　⑦265
ふにやふにや　　⑫203
ふにゃふにゃ　　⑧309, ⑪29, ⑫203→ふにやふにや
プニャン　　⑨70, ⑫75
艦　　④249
舟　　④131, ⑦74；231-233
　鉄の——　　⑩21, 124, 167
船　　④58, 143, 200；112, 114, 248, ⑦25, ⑩114, 115, 117, 187, 253, 257；93, 128, ⑪152, 154；42
舶　　⑦231
舸　　⑦231
フ鼠　　⑧177
プーの町　　⑩117
ふのり　　⑦486
腐敗[ふはい]　　⑧9, 13
プハラ　　⑧177, ⑩194
プハラの国　　⑩191
プハラの町　　⑩191
フ、フ、　　⑧181
ふぶき　　④170；91, ⑦81, 318, ⑩325, ⑫132
ふぶき　　②14, 86, ⑦82, 319
吹雪　　②454, ③30, 182, 183；60, 63, 64, 410, 414, 415, 434, ④46, 103, 169, 275, 296；90, 91, 95, 196, 198, 199, ⑤17, 41, 42, 122-124；36, 141, 143-145, ⑥259, 267, ⑦25, 29, 56, 91, 223；12, 78, 81, 86, 174, 596, ⑨132, ⑩93
吹雪[ふぶき]　　③437, 439, ⑥253, ⑦174, ⑫131, 133, 206
普仏戦争　　⑫331
フ、フ、フ　　⑧181
フーヘ村　　⑧148
フーボー　　⑪99
フーボー大博士　　⑪57-60；98, ⑫153-155
ぶま　　⑨96, ⑩282
フームス　　⑥385→humus
腐植質[フームス]　　⑥187, 384
普門品　　①177
ふゆ　　②72

冬　　①6, 24, 31, 48, 50, 53, 82, 102, 135, 151, 189, 190, 198, 253, 294, ②62, 65, 70, 86, 122, 182, 219, 220, 286, 290, 303, 338, 392, 428, 429, ③9, 22, 134, 177, 204, ④40, 101, 106, 107, 131, 149, 155, 258, 274, 286, 292, ⑤12, 13, 105, 129, ⑥249, 250, 258, ⑦7, 22, 62, 81, 151, 205, 276, ⑧112, 164, 175, ⑨107, 120, ⑩40, 248, 261, 263, 287, ⑪24, 25, 39, 68, ⑫175
冬[ふゆ]　　⑥193, ⑩40, 75, ⑫21, 27, 134, 138, 187, 200, 206, 209, 212, 227, 229
フュウ　　⑧11
冬ごもり　　⑩176
冬猫　　⑫175；77
冬の大犬　　②129
舞踊　　④299
ぶらい　　⑦122, 123, 126
無頼　　⑦119, 121
フライ　　⑫36
自由射手[フライシユツツ]　　②84, 301
プラウ　　④216；134
犂[プラウ]　　②61, 283
ブラウン運動　　②285
ブラウン氏運動　　②458
ブラウン動　　③213, 218
プラジオクレース　　⑨369→プラヂオクレース
プラジヨ　　⑨369, 370→プラヂヨ
ブラジル　　③260, ④41, ⑩253
ブラス　　⑥43
真鍮[ブラス]　　③332
フラスコ　　①68, 224, 303, ③183；438, 439, ④41, ⑥254, ⑦149, ⑨82, 83, 235, ⑩139, ⑪106, 107
プラタヌス　　①292, ⑥42, ⑦656, ⑩134, ⑪131
プラヂオクレース　　⑧131, ⑨369
プラチナ　　③210；501, 503, 505, 511, 512, ⑩133, ⑪183
白金黒　　③472
海綿白金[プラチナムスポンヂ]　　②74, 292, ③83
プラヂヨ　　⑧131-133
ふらっ　　⑪297
フラック市　　⑨71, ⑫76, 77

ブラッシ　⑨101，⑩335, 336
フラッシュ　③244；*595*，⑤132
プラットフオーム　⑥219
プラットフォーム　③113, 115, 156, 232；*277*，*387-389*，④39, 155；*68, 69, 71*，⑤213，⑥219；*149*→プラットフオーム
プラットホーム　③*278*，⑥230, 240，⑫132
プラットホーム　③*278*，⑥230, 240，⑪139，⑫132→プラットホーム
プラトン　⑫275
ふらふら　②460，⑦*573*，⑧74, 205, 211, 212, 231, 251, 297, 307, 310-312, 343；*47, 92*，⑨12, 42, 126, 183，⑩80, 178, 224, 321，⑪*32, 298*，⑫56, 58, 81, 131, 264
ぶらぶら　③*434*，④47，⑤*91, 147*，⑧91, 143, 185, 255, 334，⑨136，⑩83, 331，⑪37，⑫55, 65, 194, 202, 275；*133*
ぷらぷら　⑧216，⑨199, 200, 248
ふらふらっ　⑧245，⑩314，⑪226
ぶらぶらど　⑫364
ふら、ふら、ふら、ふら、ふら、　⑧107
プラペラカラン将軍　⑨67
プラペラカン　⑨*152*
ブラボオ　⑧316, 321, 339, 341, 342
プラポラン　⑪*30*
プラポラン将軍　⑨323
フララ市　⑨71，⑫*76*
ふらりふらり　⑧220
ぶらりぶらり　⑧264
ぷらん　⑩13
フラン　⑨341
プランクトン　④157；*81, 83*
ぶらんこ　⑧8，⑩276, 283
フランス　③*271*，⑨141，⑩51
フランス兵　③74
ブランダ　⑨334
フランダン　⑨89，⑩322, 324
フランダン農学校　⑨90, 91，⑩323, 424
ブランド　⑥387
ぶらんどぶらんど　⑫365
フランドル型　⑤*69*
フランドル系　⑤*69*
フランドルテール　⑨62, 320，⑪27

フランドン　⑨90，⑩323
フランドン畜舎　⑨95，⑩328
フランドン農学校長　⑨95，⑩328
プランペラカラン　⑨*25*
プランペラカラン将軍　⑨54, 63, 65, 66；*25, 26*
プランペラン　⑨55
プランペラン　⑨48, 53, 292, 295，⑪*12, 18*
プランペラポラン将軍　⑨50-52, 57-60, 291, 295, 297, 298, 301, 305, 306, 312, 314, 318, 323, 324, 326-329，⑪*11, 13, 16, 20, 23, 24, 26, 29-32*，⑫*97, 114*
プランペラポラン大将　⑨307，⑪*21*
プランペランカラン将軍　⑨62
プーランポー　⑪6；*18, 21*，⑫*98*
　　北守将軍——　⑫*102, 105*
プーランポー将軍　⑪6, 10-13, 17-21，⑫*100-102, 104, 109, 111-113, 115*
鰤　①18, 123
プリオシン　③*186*
プリオシン海岸　⑩144, 147，⑪*138, 141*
プリオシンコースト　③*105*
ぶりき　②34, 96, 257, 312，⑥65, 204, 362，⑩*120*，⑫*69, 74*
ブリキ　③*313-315, 411, 413*，④198；*149*，⑤113，⑥*122*，⑦*547*，⑨122, 210, 338, 340，⑪*233*，⑫*164*
ぶりきいろ　③*171*
ぶりき色　③*221*；*535, 537*
ブリキいろ　③*415*，④*151*，⑤113；*122-124*，⑪*34*，⑫*208*
ブリキ色　⑩50, 55
ブリキ缶　①114，⑪*23*
ブリキ鐘　①*12*
ブリキぼたん　③*414*
振子　⑩19, 122, 165；*98*
プリズム　②177, 387，③*544*，⑦*174, 175, 621*
三稜玻璃〈プリズム〉　②181, 391
ぶりぶり　③126，④*64*，⑤25, 48；*23, 134*，⑧239, 309，⑩*214*；*123*，⑪*29, 81*；*292*，⑫*73, 136, 203*
ぷりぷり　③114；*277-279*，⑥219, 240，⑧168，⑨*32, 257, 275*，⑪*256*
プリブリ　⑧*139*

（ふな～ふり）　231

プリプリ　⑧112, 163, ⑨159, ⑩301
ぷりぷりぷりぷり　⑨250
ブリーベル　⑦14, 15, 18
釣鐘草［ブリーベル］　②171, 381
プリムラ　③258
桜草［プリムラ］　③42
ブリューベル　③588, ⑦94；292→bluebell
釣鐘草［ブリューベル］　③240；590→つりがねそう
釣鐘人蔘［ブリューベル］　③111→つりがねにんじん
ブリリアント　③248
ぷりりぷりり　⑧196
ブリリン　⑧196；63
プリンスアンドレイ　⑫236
プリンスフルウピン　④89, 275
篩　⑦276；679
古外套　⑩64
ブルカニロ博士　⑩27, 130, 176；20, 110
古川　④104；201, 235
古川さん　①73, 303；60, ②280；52, 53
古着　①74, 235, 328
古着店　①38
古着の店　⑦233
古着屋　⑫239
ふるさと　⑦395
伯林青［プルシャンブリュー］　③166
伯林青［プルシャンブルー］　③165
伯林青［プルシヤンブルウ］　③70
ブルジョア　④243, ⑦315
ブルジョアジー　④235
ぶるつ　⑫193, 197
ぶるっ　③544, 631, ④28, ⑧89, ⑨30, 96, ⑩329, ⑪16, ⑫193, 197→ぶるつ
ブルッ　⑨66, 329, ⑪20, ⑫114
古時計　⑦133；418
古時計屋　⑪103
プルーフ　③234
ぶるぶる　③228, 233, 278；447, 449, 476, 477, 567, 576-578, 620, 621, ⑧22, 40, 46, 53, 83, 89, 162, 177, 324, ⑨6, 27, 58, 155, 242, 256, 284, 342, ⑩7, 14, 15, 188, 210, ⑪111, 173, 193, 210；146, 268, 302, ⑫36, 37, 127, 288, 289

ぷるぷる　②44, ⑤46, ⑧99, 210, ⑨168, 182, ⑪186
ブルブル　⑧168, 173, 181, 232, 323；93, ⑪99
ブルプル　⑧184, 264, 345
ぶるぶるっ　⑨59, 235, ⑩265
ぷるぷるっ　⑧245, ⑩314
ブルブツ　⑫152
ブルブツ　⑧268；11, ⑫152→ブルブツ
ぶるぶるぶる　⑧186
ぶるぶるぶるっ　⑧228；90
ぶるぶるぶるぶる　⑪232
ぶるぶるぶるぶる　⑫230, 231
ぶるるっ　⑧180, 279, ⑨45, 193, ⑪209
ブルルッ　⑧21, 40, 77, ⑩294
プルルッ　⑪182
ぶるるる　⑧92
ブルルル　⑧121
ブルルル、ピイ、ピイ、ピイ、ピイ、ブルルル、ピイ、ピイ、ピイ、ピイ　⑧39
ぶるるるふう　⑫194；109
ブルルル　フウ　⑪17
ブルルルブルッ　⑧193
プルルルルルル　⑫93
布令　⑩206
無礼講　⑩231
貴蛋白石［プレシアスオーパル］　⑨385
プレシオス　⑩175
プレシオスの鎖　⑩175
フレスコ　③411, 413
フレスコ絵　③409, 411
フレスコ風　③410
フレツプス　②178, 388
フレツプス　②178, 388→フレツプス
フレデリック大王　⑩343
プレリード　③437
プレリユード　③278, ⑥241
プレリュード　③278, ⑥241→プレリユード
ブレンカア　③120
布呂　③92；222
フロイライネル　デングーテン　③151
令嬢　③664
令嬢［フロイライン］　③288；452, 661, 665, ⑥280

| | |
|---|---|
| フロク ⑩209 | 文化的湯治 ⑩341 |
| プログラム ⑦672, 673 | 噴火湾 ②185, 395 |
| 風呂敷 ④47；96, ⑩151, 286, ⑫270 | 玢岩 ③397, 543, ⑤132, ⑦526 |
| 風呂敷[ふろしき] ⑩183 | 氛気 ⑤101 |
| ブロージット ⑦119, ⑪87, ⑫342 | 分教場 ⑤50, ⑨173, 174；81 |
| プロージット ⑦379 | 分蘖 ③222；538, ④110, ⑤32, ⑩259 |
| フローゼントリー ⑩212, ⑪89, ⑫344 | 文語 ⑤148, ⑦82, 617 |
| フロック ③199, 429, ⑦507, ⑨137, 222；116, ⑩41, ⑪87, ⑫191, 192 | 文語詩 ③7, ⑦297 |
| 岩塊[ブロック] ②215 | 文語詩稿 ③9, ⑦10, 178 |
| 火山塊[ブロツク] ②216 | 文語詩篇 ③7, ⑦8, 9, 178 |
| フロックコート ②99, 315 | 文語詩篇原形 ③8 |
| フロックコート ②99, 315, ⑨217, 231, ⑩292, ⑪213→フロックコート | 文語スケッチ ③8, ⑦9 |
| 　黒い── ⑤140 | 文語定型詩 ⑦297 |
| 　夏── ⑪87 | 分子 ⑤66, 176, ⑥84, ⑫308, 318 |
| 砕塊熔岩[ブロックレーバ] ②215, 424 | 分析 ④41, ⑦184, 185 |
| プロファイル ④156；68, 69 | 分析[ぶんしやく] ⑦183 |
| 教授[プロフエッサー] ④171 | 文人画 ③279 |
| プロペラ ③624 | 分水嶺 ④259；170, 171 |
| プロペラー ③266 | 分析 ④41, ⑦184, 185 |
| プロペラア ③225；625 | 分析課 ④447 |
| 植物群[フロラ] ⑦128 | 分析表 ⑨147 |
| プロレタリアート ④235 | ブンゼン ⑨86 |
| ブロンズ ①314, ③170→ブロンヅ | ブンゼン燈 ①68, 69, 224, ④41, ⑦183 |
| 青銅[ブロンズ] ②21 | 分銅 ⑫164 |
| 青銅[ブロンヅ]いろ ②245 | 葡ん萄 ⑧259 |
| ブロンヅ ③170 | ぶん萄酒 ⑫253 |
| フヮゼロ ⑩209, 210, 214 | 葡ん萄酒 ⑧256 |
| ふわふわ ⑧145, ⑫53, 55, 196 | 葡ン萄酒 ⑨394 |
| ぶン ⑫39 | ふんどし ⑨193 |
| プン ⑧58 | ふんながす ⑫94 |
| 噴火 ④256, ⑧116, 338, ⑨339, 353-355, ⑩49, ⑪43, ⑫167 | ふんにやふにや ⑫94 |
| 噴火[ふんくわ] ⑧42, 60, ⑫145-148, 206, 217-219 | ふんにゃふにゃ ⑫94→ふんにやふにや |
| 文化 ④57, 144, 290；221 | ふん、ふん ⑪24 |
| ブン蛙 ⑧235, 236, 238-242, 244, 245, ⑩304, 305, 307-311, 314 | ふんふん ⑧156, ⑨25, 390, ⑩30, ⑪24, ⑫70, 91 |
| 文学 ⑨232 | ぶんぶん ③544, 633, ⑧229, ⑩217, ⑪42, 80；61, ⑫142, 348；139 |
| 文学亜流 ④42 | ぷんぷん ⑧167, ⑨14, 51, 96, 297, ⑩185, 329, ⑪107；15, ⑫64 |
| 文学青年 ⑦317 | プンプン ⑧178 |
| 噴火口[ふんくわこう] ⑥196, ⑧43, ⑫219 | ブンブンゴンゴン ⑫151 |
| | ぶんぶんぶう ⑩202 |
| | ぶんぶんぶんぶん ⑩274 |

(ふり〜ふん)　233

ぷんぷんぷんぷん　⑧264
噴霧　⑦185
噴霧器　⑨59, 314, 315, ⑫360

## へ

平位　⑥289
兵営　⑩87, 90
兵役　⑫239
平右衛門　⑧263-265
苹果　①56, 203, ②144, 167, 196, 200, 208, 361, 376, 405, 409, 417, 453, 456, 458, ③*39, 92, 410, 413, 462, 545*, ④*85, 102, 244, 274; 76, 160, 162, 163, 195, 251*, ⑤*128, 184; 80*, ⑥*28, 341*, ⑦*304; 588*, ⑧*106, 137, 199, 205, 304*, ⑨*7, 35, 90, 378*, ⑩*20, 25, 92, 94, 97, 113, 116, 123, 127, 135, 138, 145, 157, 161, 162, 166, 171, 174, 179, 189, 251, 256, 320, 321, 323; 62, 69, 82, 86, 91*, ⑪*134, 139, 151, 155, 156, 160, 165, 174; 186, 195, 198, 203, 213*, ⑫*327, 377; 16*→苹果［りんご］
苹果青　②456, ③*275, 276, 545*, ④*35*, ⑤*199*, ⑥*33, 139, 141; 92*→苹果青［りんごせい］
瓶袴　⑦*23; 71*
米穀商　⑦*31, 32*
米国人　⑨*116*
米穀肥料商　⑦*30, 31*
米国風　②*208, 417*
兵士　③*61, 169*, ⑥*256*, ⑫*328, 338*
平二　⑩*105, 107, 108*
平助　⑩*268*
兵曹長［へいさうちやう］　⑫*40, 43*
へいそく　③*205*
兵卒　⑫*331-335*
平太　⑨*174, 176-178*
兵隊　①*9, 108, 315*, ③*107*, ④*56, 144, 157*, ⑧*90, 92, 162, 275, 277*, ⑨*326, 403*, ⑩*21, 53, 64, 124, 154, 167, 207, 241, 288, 289; 180*, ⑪*6, 9-11, 13, 19, 21, 234*, ⑫*230-232, 247, 254; 101*
　夢の――　①*94, 272*
兵隊［へいたい］　⑧*71, 72*, ⑩*179*, ⑫*28, 82-85, 143, 186*
兵隊外套　⑤*94*
兵隊口調　⑨*127*

兵隊の上着　⑨*164*
兵隊服　⑨*388*
兵站部　⑤*67*
幣帛　④*209*
炳々　⑫*176*
喪神青〈ペールブルー〉　③*80*
平和街道　④*291*
ペイント　⑩*236, 239*
ペーヴメント　⑥*48*
ベエスター　⑨*38*
ベエスター　⑨*39*
ペガスス　②*200, 409*
ぺかっぺかっ　⑩*19, 106*, ⑪*217*
ぺかぺか　⑧*294*, ⑩*139, 153*, ⑪*134, 147*
碧煙　⑦*436*
壁画　③*90*, ⑥*291*, ⑨*276*
へきかいよび面　⑧*132*, ⑨*370*
へきかい予備面　⑨*369*
ヘキカイヨビ面　⑧*133*
碧眼　③*240; 588*
碧玉　⑧*194, 196, 198; 63*, ⑨*127*
碧水　⑦*231*
ぺ吉　⑪*206, 209; 231*
ぺ吉［きち］　⑩*68, 71, 74*
碧瑠璃　③*24; 46*
劈檀　⑦*66; 206*
劈靂［へきれき］　⑥*368*
ペキン　⑧*115*
ベークトアルモンド　③*234*
ベゴ　⑧*115, 116, 118*
ベゴ石　⑧*115-120*
ベゴ牛　⑧*118*
ベゴ黒助　⑧*119*
牛［べご］の胆　⑨*392*
牛［べご］の舌［した］　⑩*78*
牛［べご］の舌［した］の花　⑩*78*
ぺこぺこ　⑧*171*
ペコペコ　⑧*171*
へさき　⑦*232, 233*
ベース　③*229; 567*, ⑥*345*
ベスター　⑨*42*
ペスト　⑨*339*, ⑪*5*
へたへた　⑧*231*, ⑨*356*

| | | | |
|---|---|---|---|
| べたべた | ⑧136 | 別当[べつたう] | ⑫15, 17 |
| ぺたぺた | ⑫32, 246 | ヘッドライト | ⑥51 |
| ヘタヘタ | ⑧264 | ペッパー | ④222 |
| ペタペタ | ⑧236, 325, ⑩305 | へっぴり伯父 | ⑧278, 280 ; *115* |
| ペタペタペタペタ | ⑧318 | へっへっ | ⑧8 |
| ペタリ | ⑨91, ⑩324 | ヘッヘッヘ | ⑧11 |
| べたん | ⑫165 | ベートーフェン | ②439, ⑩69→ Beethoven |
| ぺたん | ⑪7, 14, ⑫189, 191 ; *98* | へとへと | ④*41*, ⑩266 |
| ペタン | ⑫185 | べとべと | ⑧9, ⑩278 |
| べちゃべちゃ | ⑫144, 151 | ヘトヘト | ⑧310 |
| ぺちゃぺちゃ | ⑫144, 151→べちやべちや | ベートーベン | ④*278*, ⑪213→ Beethoven |
| ぺちゃん | ⑧226 ; *98*, ⑩*192* | ペトリシャーレ | ⑤215 |
| ぺちゃん | ⑪46 | 紅 | ①7, 19, ③*19, 169, 345, 550, 554*, ④131, |
| ベチュラ公爵 | ⑩83 | | ⑦129 ; *399*, ⑨246, ⑩116, ⑪155 |
| ペチン | ⑧177 | 紅[べに] | ②212, 217, 421, 426, ③143 ; *344,* |
| ぺっ | ⑩12 | | *346*, ⑥214, 287, ⑦126 ; *399* |
| ペッ | ⑩54 | べにいろ | ③234, 279 |
| 白菜[ペツアイ] | ⑤37 | 紅色 | ⑦*491* |
| べっかういろ | ③*471* | 紅蟹 | ③74 ; *171, 172* |
| べっかうゴム | ④118, 138 | 紅革 | ⑨284 |
| べっかうめがね | ⑦*706* | 紅雀[べにすゞめ] | ⑧42, 44, 56, 57 |
| ヘッケル | ⑨242 | 紅火[べにび] | ⑫154 |
| ヘッケル博士 | ②161, 371 | 紅宝玉 | ⑩101→紅宝玉[ルビー] |
| ヘッケル博士 | ②161, 371→ヘツケル博士 | 紅宝石 | ⑦*204*, ⑧302→紅宝石[ルビー] |
| ベッコ | ⑧234 | へ鼠 | ⑧59 |
| べっこういろ | ③*471*→べっかういろ | ぺねずみ | ⑧177 |
| べっ甲いろ | ⑩207, 288 | ペネタ型 | ⑩309 |
| べっこうゴム | ④118, 138→べっかうゴム | ペネタ形 | ⑧235, 236, 245, ⑩304, 315 |
| べっ甲ゴム | ⑦*98* ; *306* | へび | ①8, 106, ⑥329, 330, ⑧12, 28, ⑩280 |
| べっこうめがね | ⑦*706*→べっかうめがね | 蛇 | ①18, 23, 123, 132, ②73, 181, 291, 391, ③ |
| べっ甲めがね | ⑦*297*, ⑫271 | | 113 ; *212, 277-279*, ④14, 15, 140-142, 215 ; |
| ベッサーンタラ大王 | ④*109* | | *22, 129, 130*, ⑤*83* ; *87*, ⑥219, 240, ⑦293, |
| 別時 | ⑦17 ; *45* | | 294, ⑧138, ⑨380, ⑩223, 280, 281, ⑪131, |
| べったらこ | ⑫108 | | ⑫240, 313, 314 |
| ぺったらこ | ⑫108, 120→べつたらこ | 蛇穴 | ③*502* |
| べったり | ⑪93 | 蛇遣い | ④141→蛇遣ひ |
| ペッテイコート | ③113 ; *277-279*, ⑥219, 240 | 蛇遣ひ | ④141 |
| ペッティコート | ③113 ; *277-279*, ⑥219→ペッテイコート | 蛇肉 | ⑤84 ; *87* |
| ベッド | ⑫226 | ペムペル | ②85, 302 ; *50*, ⑨*185-196* ; *87, 89,* |
| ベッド | ⑫226→ベッド | | *90* |
| 別当 | ④20 ; *34*, ⑤124-126 ; *144*, ⑦27 ; *80-* | べむべろ | ⑨179 |
| | *83* | ベムベロ | ①210, ④214 ; *129, 130*→ Bembero |
| | | ベムベロン | ⑩222-225 |

(ふん〜へむ) 235

ヘムロン試薬　⑨57
へらさぎ　③104 ; *231, 233*, ⑥297
へらへら　⑧8, ⑩276
べらべら　⑨218
べらべら　⑩79
ヘラヘラ　⑧13, ⑩281
ペラペラ　⑧211, 214
へらへらへら　⑫66
へらへらへら、ばばあ　⑫66
べらぼう　⑩152, ⑪146
べらり　⑧98
ベランベランベラン　⑧334, 335
ペーランポー　⑪9, ⑫99
ヘリアンサス　⑤231
ヘリオスコープ　③*83*
ヘリオトロープ　⑨191
ヘリクリサム　④50, 183 ; *100*
ベーリング　③118, ⑫131, 132, 137
ベーリング海峡　②457, ⑨42
ベーリング市　⑫213, 422, ⑬10
ベーリング地方　⑫174, 175
ベーリング鉄道　③*437*
ベーリング行　③*284*
ベル　③*178* ; *426-428*, ④*82, 83*, ⑥*47*, 225, ⑨136, 142, 143, 149, 211, ⑩212, ⑫14
電鈴　⑨221, 222, 243 ; *106*
ベル　⑧*117, 119-121*, ⑨*72*, ⑩200, 222, 223, 225
ベルギ戦役　⑫333
ヘルクレス　③217
ヘルシウス、マットン　⑨235
ヘルシウムマットン博士　⑨237
ペルシャ　④141 ; *238*, ⑦168
ペルシャなつめ　③*407*, ⑥255
ペルシャなつめ　③168 ; *403*
ベルチスタン　④245
ヘルバ伯爵　⑩85
ヘルマン大佐　⑨41-43
伯林青　②458
伯林青[べるりんせい]　②206, 415
ベルン　⑧*117, 119-121*
伯林青　④*74, 218* ; *139*
伯林青[べれんす]　⑦111

伯林青[ベレンス]　⑦*351*
へろへろ　⑨92, ⑩188
べろべろ　⑧153, 223 ; *86*, ⑩264 ; *9*, ⑫46, 47, 65
べろり　⑧126, ⑨360, ⑩85, 188, 268, ⑪188, ⑫*93*
ベロリ　⑪223
ペロリ　⑧11, 13, 14, 17 ; *111*, ⑩282, 283 ; *171, 173, 175*
へろれってへろって　⑩115
へろれって、へろれって、けろれって、へろれって　⑩188
ヘロン　⑧236, ⑩305
ヘン　⑩282
ヘン　⑧58
ペン　①290, ⑨70, ⑪95, ⑫*75*
変圧凾　⑦*458*
偏倚　②199, 408
片雲　⑤127
ベン蛙　⑧235, 236, 238-242, 244, 245, ⑩304, 305, 307-311, 314 ; *195*
辨柄〈べんがら〉　③*355*, ⑤32
片岩　①316, ②171
ペンキ　①27, 142, ④157, ⑤185, ⑥24, ⑦*465, 632*
ペンキ屋　⑫350-352
ヘングスト　②68
ペンクラアネー　⑨67
ペンクラアネイ　⑨47, 60, 317, 324, 326, ⑪*26*
ペンクラアネイ植物病院　⑪*30*, ⑫112
ペンクラアネイ先生　⑨63, 65, 324-326, ⑪*30, 31*
ペンクラアネイ病院　⑨65, 327, ⑪*32*
べんけい縞　⑦*217*
偏光　①74, 234, 314, 383, ②23, 247, ③199 ; *479, 483*, ④45, 47, 166, 179 ; *89, 92-96*, ⑦*197* ; *239, 547, 548*
変光星　⑨184
辯護士　⑤35
変種　⑥167
偏照　⑦*164*
変装　⑩232
変態心理　⑨232

236　主要語句索引

| | |
|---|---|
| ベンチ | ⑥145, ⑦287, ⑩147, 292, ⑪141 |
| ベンチ | ⑥280 |
| ベンテッドレデイ | ⑥50 |
| 辨当箱 | ④228 |
| ペントステモン | ④44, 164；88 |
| 変ニ | ④46 |
| ペンネン | ⑪48 |
| ペンネン | ⑪63；100, ⑫218；159 |
| ペンネン技師 | ⑪52, 53, 60-64, 67；41, 91, 103, 105-107, ⑫149, 155, 157, 160, 161, 168 |
| ペンネン技師［ぎし］ | ⑫220-222, 224, 229 |
| ペンネン先生［せんせい］ | ⑫229 |
| ペンネンナーム | ⑫217 |
| ペンネンネム | ⑪51, ⑫148 |
| ペンネンネーム | ⑪99, 100 |
| ペン、ネンネンネンネン、ネネム | ⑧341 |
| ペンネンネンネンネン、ネネム | ⑧338, 339 |
| ペンネンネンネンネン・ネネム | ⑧312, 314, 321-324, 336, 337, 342 |
| ペンネンネンネンネンネネム | ⑧330 |
| ペンネンネンネンネン・マミミ | ⑧336 |
| ペンネンノルデ | ⑪45, 46 |
| ペンネン老技師 | ⑪52, 54, 59, 60；92, 105, 106, ⑫148, 151, 155, 157 |
| ペンのさや | ⑦209 |
| べんぶ | ④112 |
| べんべろ | ⑨179→べムべろ |
| ベンベロ | ①61, 210, ④171, 214；129, 130→ベムベロ |
| 楊の花芽［ベムベロ］ | ②71, 290 |
| ヘンムンムンムンムン・ムムネ市 | ⑧322 |
| 変容［へんやう］ | ⑪276 |
| 変容術［へんやうじゅつ］ | ⑧62, 63 |
| 変容術［へんやうじゅつ］ | ⑪274, 275 |
| ヘンリーデビス | ⑨222 |
| 扁菱形 | ④183；100, 101 |
| ヘンルータカーミン | ④279 |
| 遍歴公子 | ③435 |

## ほ

| | |
|---|---|
| 帆 | ④56, 58, 143, 200；112 |
| 穂 | ④111, 133；65, ⑥116, 119, 122, 128, 131, 173；96, ⑨177, ⑩45, 76, 288, 291, 300, ⑪24, 31, 42, ⑫128, 138 |
| ホー | ④197, 198；125, ⑪74 |
| ポ | ⑧178 |
| ポー | ⑫132 |
| 保安掛り | ②45, 47, 48, 51, 267, 269, 270, 273 |
| 保安林 | ④162, ⑤216 |
| ボーイ | ①392 |
| 傅育係り | ③473 |
| ぽいっ | ⑨115 |
| ホイッ | ⑧317 |
| ホイッスラア | ②470 |
| ほいほい | ⑧186 |
| ポイント | ⑦210 |
| ポイントマン | ⑨234 |
| ほう | ①64, 255, ⑧97, ⑨131, ⑪161, ⑫210 |
| ホウ | ⑧97, 104, ⑩203, 221 |
| 法 | ⑤168, 177, ⑥85 |
| 苞 | ⑩19, 121, 165, ⑪159 |
| 袍 | ①107, ⑦126；353, 399 |
| 厚朴 | ①14, 62, 116, 283 |
| 厚朴［ほう］ | ①213, 301, ③383 |
| 草削［ホウ］ | ④16, 140 |
| 厚朴［ホウ］ | ⑦222 |
| ほう | ④120, 126, 191；31, ⑪131, ⑫79, 240 |
| ボウ | ⑨182 |
| 棒 | ⑪229；126 |
| 昴 | ⑦495→昴くすばる〉 |
| 昴［ほう］ | ⑦155 |
| 法印 | ⑤27, 28 |
| 望遠鏡 | ③253, ⑥113；91, ⑨248, 255, 257, 258, ⑪124, 131 |
| 望遠鏡［ばうゑんきやう］ | ⑫38 |
| 訪欧飛行 | ⑩143 |
| 報恩 | ⑨154 |
| 報恩寺 | ⑥84, ⑦43, 46 |
| 法科 | ④282 |
| 法界 | ⑦280；682 |
| 方解石 | ⑫294 |
| 棒かくし | ⑪180, 181, 205 |
| 法学士課長 | ④178 |
| 放課后 | ④188, 190 |
| 防火線 | ③145；347-349, 351-353, ④172, 209, ⑥262, ⑩32；24, ⑫250 |

(へむ～ほう)

砲艦[はうかん]　⑫39, 40, 42
砲艦長[はうかんちやう]　⑫45
ほうき　⑧164→はうき
箒　⑧320, ⑩31, ⑫170
ほうきだけ　⑦270；669→はうきだけ
ほうきぼし　⑧36→はうきぼし
彗星　⑧29-33, ⑩168, ⑪162
俸給生活　⑩143
方言　⑦34
法眼　③474
宝庫　⑤50, 51
奉公[ほうこう]　⑪277
宝光天子　⑤7
硼砂[ほうさ]　③439, ⑥253
放散[はうさん]　⑫228
硼酸　⑫237
硼酸[ほうさん]　②45
宝山　⑦16
法師　③158, ⑦164, ⑨165
胞子　③116, 117；281, ④118；15, ⑤204, ⑧19
法事　⑤134
ぼうし　⑦616
帽子　②34, 105, 125, 131, 191, 201, 206, 210, 257, 321, 341, 347, 400, 410, 415, 419, ③209, 210, ④126, 157, 262, ⑤95, ⑥173, ⑨192, ⑩47, 134, 206, 208, 209, ⑪150, 157, ⑫165, 269, 271
　赤い──　⑩17, 120, 155, 163, ⑪149
　馬の尾を編んだ──　⑪57
　黒い大きな──　⑩174
　三角の──　⑩321
　鉄の──　⑫230
　尖った──　⑩112, 157
　パナマの──　⑩128, ⑪103
　山猫皮の──　⑤157
　藁の──　⑦211
帽子[ばうし]　⑫37, 49
帽子[ぼうし]　⑥196, ⑫32, 226
法式　⑩215
方室　⑥32, 131
報謝　⑦25；79, ⑩275
蜂舎　⑦175

硼砂　③437, 440
硼砂球　①290
宝珠　③588, ⑧199, 201
宝珠[ほうじゆ]　⑧41
宝樹　①280
方十里　①339
宝掌菩薩　⑤7
方陣[はうぢん]　⑥276
坊主　③261, ⑦154, ⑫251, 256
ボウズ　⑩229
坊主頭　⑫250
防水服　⑥271
防水マント　③385
封介　④76, 77, 105, 129, 130；202, ⑦11, 126；22, 399
ボウセ　⑧31, 32→ボーセ
宝石　②195, 404, ③250, 263, ⑧83, 194, 195, 199, 256, 283, 301, 336；63, ⑨181, 336, 345-347, 385, 390, ⑩133, 206, 211, 301, ⑪131；183, ⑫338
宝石[はうせき]　⑫7
宝石[ほうせき]　⑧122
宝石学　⑨345, 384
紡績工場　③476, ⑩51
宝石商　③248
宝石針　③294, 297, 300
防雪林　③56, 177, 201；130, 131, 426, 428, 485, 487, ⑥225, 302
ボウセ童子　⑧19, 20, 23-30, 34, 35
鳳仙花　①46, 185
鳳仙花[ほうせんくわ]　①293
疱瘡　③92；212, 222
疱瘡の呪い　⑩192→疱瘡の呪ひ
疱瘡の呪ひ　⑩192
法則　⑤176
砲台　⑥10, ⑨43
棒立ち　⑪38
砲弾　④33
ぼうつ　⑫31
ぼうっ　④249, ⑩144, 160, 211, 255, 292；127, ⑪125, ⑫31→ほうつ
ぼうっ　⑩145, ⑪139
宝塔　⑦479, 480

朋党　⑦570
包頭連　④33, ⑤227→包頭連〈パオトウれん〉
ほうのき　⑫298
ほうの木　⑨270
ほうの木［き］　⑫105, 109, 117, 121
法の名　⑤177
ほうの花　⑧300, ⑨131
迸発　④29
暴風　⑨27, 28
抛物線　②180, 390, ⑫237
砲兵　⑤67；65
砲兵観測隊　⑦15；38
ほうほう　⑩186, ⑫43, 131, 142
ほうほう　③281, ④48, 68, 125；135, ⑤81, 124；105, ⑦60, 101；184, 185, 320
ぽう、ぽう　⑫199
ホウ、ホウ　⑫74
放牧　⑦497, 498→放牧［のがひ］
放牧地見廻人　⑫363, 364
法滅の相　③182
蓬萊　①334
法力　⑨155
法律　⑤220, ⑧320, ⑩244
法隆寺　①283
砲列　⑤149
ほうれん草　③194
ほうれん草［さう］　③467
ポウロ　⑩68
飽和　⑦151；455, 481
詩［ポエム］　⑤149
ほぉ　⑩68, ⑪80, 202
ほおじろ　③98；233, ⑨264
頬じろ　⑨264, 265
頬白　⑨262, 265
ぼおっ　⑧161, ⑩116, 160, 246, ⑪144
ぼぉっ　⑪79
ポオ、ポオ、ポオ、ポオ　⑧314
ぼかげで　⑫300
ぽかっ　③423, ⑧279
ぽかつ　⑫56
ぽかっ　③15；85, 420, ⑩26, 128, 172, 175, ⑪217, ⑫56→ぽかつ
ポカツ　⑫149

ポカツ　⑫149→ポカツ
ほかほか　⑧307, ⑪27；35
ぽかぽか　③286；448, 451, 632, 661, 663, 665, ⑧211, ⑩9, 243, 264, ⑫21, 130, 220；47
ポカポカ　⑧139
ぽかりぽかり　⑧126
ぽかん　⑫62
ポカン　⑧324, ⑫153
ボー、ガント、デステゥパーゴ　⑪74→B. Gunt Destupago
ボーガントデステゥパーゴ　⑪69
穂吉　⑨157, 159-163, 165-169, 172；80
ポキッ　⑨167
ポキリ　⑩321
ホーク　③115, ⑧334, ⑩238
北緯三十九度　③168；403, 407, ⑤103, ⑥255
牧歌　⑥360
牧牛　⑦135, 136
北軍　⑤127
北斎　③524, ④207, ⑦83, ⑨342
北斎［ほくさい］　②106
北斉　④172, ⑦261, 262
牧師　②45, 49, 50, 267, 271, 272, ③466, ⑨223, ⑩209, 301
北守将軍　⑨47, 48, 55, 292, 295, 307, ⑪5, 6, 14, 19, 21；13, ⑫183；71, 106
北守将軍［ほくしゆしやうぐん］　⑫197
北守将軍サンバーユー　⑫105
北守将軍［ほくしゆしやうぐん］ソンバーユー　⑫184, 186, 189, 190
北守将軍の凱旋　⑧37
北守将軍プラン　ペラポラン　⑨50
北守将軍プランペラポラン　⑪13
北守将軍プーランポー　⑪13, ⑫102, 105
北守将軍ペーランポー　⑪9, ⑫99
牧場　②63, ⑩138, ⑪168, 169
牧場［ぼくぢやう］　⑫219, 226, 227
牧人　⑦18；47, 48, 50, 675→牧人〈まきびと〉
北清事変　③61
牧水　③512
北西風　④208
牧草　⑥109, ⑨35, 182, 229
牧草地　⑩62

（ほう～ほく）　239

保久大将　⑨17
牧地　⑤109
ぼくっ　④65
牧童　③*117*, ⑨*82*
北斗七星　②121, 337, ⑪*15*, ⑫*12*
北斗七星[ほくとしちせい]　⑥193, ⑫42
北斗星　②122, 338
北斗星[ほくとせい]　⑥193
北斗の七星　⑪9, ⑫*100*
牧夫　⑦159；*47, 500*, ⑩212
北辺の狐　⑪*8*
ほくほく　⑧38, 261, ⑨26, ⑩153, ⑪103, 147, ⑫161
ぼくぼく　②444
ぼくぼく　④24, ⑤*77*, ⑩152, ⑪146
ホクホク　⑧181, ⑨85
火雲　①184, 393；*43*, ⑥*75*, ⑦*82*；*256, 257, 259, 260*
火雲[ほぐも]　⑦*258*
ぼくりぼくり　⑩104
ほぐろ　⑥122
ホーゲー　①101；*27*
法華経　④109
ぽけっと　②214, 423
ぽけっと　②214, 423→ぽけつと
ポケット　⑫133, 162
ポケット　②467, ④*196, 333*, ⑨55, 69, 96, 99, 194, 308, 373, ⑩20, 28, 34, 37, 92, 123, 130, 155, 162, 166, 176, 189, 202, 203, 206, 260, 321, 324, 329, 340；*216*, ⑪28, ⑫133, 162, 265, 329；*123*→ポケツト
衣嚢〈ポケット〉　⑧123, ⑨284, 346, 372, 386
保険　④137；*256*
保険金　④285；*216*
ほこ　③*216*, ⑤51, ⑦*12*, ⑪6, 9；*13*, ⑫98
保護色　②200, 409
ほこ杉　⑤113, ⑦237；*619, 620, 699*
ポコペン　⑧*115*
祠〈祠〉　⑤*101*, ⑥234, ⑦*97*；*302, 303, 305*, ⑨251, 252, 254, 256, 279
ぼさ　⑤127
ぼさつ　①58
菩薩　①57, 59, 206, 208, 296, 297, 359, 380, ②152, ③187；*25, 78, 113, 213, 444*, ④163, ⑤156, 159, 169, 171, 177, ⑦279, 280；*57, 580, 612, 682*, ⑨153, 155
菩薩[ぼさつ]　①302
ぼさぼさ　⑫52, 184
ぼさぼさ　⑫352
ほし　①95, 186, 271-274, ⑦*422*, ⑧21, 89, 120, ⑪217
星　①10, 14, 38, 47, 54, 81, 109, 168, 186, 199, 250, ②197, 202, 406, 411, ③24, 45, 56, 93, 94, 97, 106, 160, 186；*46, 93, 97, 101, 129, 131, 133, 212, 213, 222, 223, 225, 228, 248, 250, 253, 254, 259, 261-265, 267, 444,* ⑦143, 257, 296；*53, 448-450, 453, 647,* ⑧19-22, 26, 28-32, 83, 87, 89, 113, 128, 202-204, 311, ⑨160, 166, 248-250, ⑩28, 131, 138, 177, 206, 225, 272, 318, 319；*189*, ⑪123-125, 131, 134, 217；*53, 281*, ⑫376
星[ほし]　⑧67-69, 126, 155, 157, 158, 248-250, ⑫42, 44, 47, 79, 155, 158, 159
惑星[ほし]　⑦295
ほしあかり　⑧87
星あかり　⑨344, ⑩137, 318, ⑪133, ⑫259
星明り　⑫254
ほしかげ　①95
星さん　⑧26
星印　③*100*
ほしぞら　①88, 262
星ぞら　③108, 109；*250, 252, 258, 260*, ⑩134, 225；*78*, ⑪132, 217, 218；*185*
星だま　⑧*31*
星月夜　①318
星のかたち　⑩21, 124, 167, ⑪161
星の蜘蛛　⑦143
ほし葡萄[ぶだう]　⑧70
星祭　⑪126
星むら　②*79*
星めぐり　⑧25, ⑩134, 143, ⑪131
星めぐりの歌　⑧19, 27, 28, 36, ⑨133；*15, 98*, ⑪*183, 210, 223*
星めぐりの口笛　⑩20, 122, 134, 143, 166, ⑪131, 136, 159
ぼしゃぼしゃ　②444, 466, ④245

| | |
|---|---|
| ぽしやぽしや ②14, 238, 443, ⑫230 | 帆立貝 ④122 |
| ぽしゃぽしゃ ②14, 238, 433, 443, 444, ⑫230 | 榾火 ④176 |
| 　→ぽしやぽしや | ぽたぽた ⑧111, ⑨29, ⑩300 |
| ポシャポシャ ⑧58, 192, 194 | ポタポタ ⑧123, 217, 267, 268, 270 |
| ポシャポシャ雨 ⑨131 | ぽたり ③234, 279 |
| ホーシュ ⑪221 | ポタリ ⑧192 |
| 補充部 ⑥167 | ポタリッポタリッ ⑧192 |
| ポーショ ⑪92 | ポタリポタリ ⑧101, ⑩107, 110, ⑪191 |
| 歩哨 ⑫230, 232 | ほたる ③91, 94；*211, 214, 215, 222, 223* |
| 圃場 ④*28, 29, 81* | 蛍 ③*92-96；212, 213, 223-225, 227, 228, 489,* |
| ほしょぼしょ ⑩263 | 　*492-494,* ⑥209, 210, 315, ⑧303, ⑩24, 126, |
| ホース ⑤56 | 　139, 153, 170；*183,* ⑪134, 147, 164, ⑫246 |
| 燐酸[ホス] ④277 | 蛍烏賊 ⑩140 |
| ボス ⑩148, ⑪142 | 蛍烏賊の火 ⑪135 |
| 親方[ボス] ⑦118；*378* | 蛍石 ⑥43 |
| ポーズ ④14, 209 | ほたるかずら ⑧53, ⑨182→ほたるかづら |
| 姿態[ポーズ] ④141 | ほたるかずらの花 ⑤*55*→ほたるかづらの花 |
| 上枝 ①388 | ほたるかづら ③*532* |
| 上枝[ほづえ] ①*175* | ほたるかづら ⑧53, ⑨182 |
| ホースケ ⑩77, 78 | ほたるかづらの花 ⑤*55* |
| 燐[ホス]酸 ④*207* | ぽたん〈牡丹〉 ①148 |
| ポスター ⑫223, 226 | ぽたん〈釦〉 ④102, ⑥18, ⑦121, ⑩111, 142, |
| ポーセ ⑫319-321→ポウセ | 　155, 157 |
| 保線工夫 ⑥163 | 牡丹 ⑥47, ⑪5 |
| ポー先生 ⑫111 | 牡丹[ぼたん] ⑫183 |
| ポー先生[せんせい] ⑫196, 197 | ボタン ④274；*196, 197, 199,* ⑥258 |
| ほそぼそ ③*251, 262,* ④13 | ボダン ②148 |
| ほそぼそ ③41, 55, 112, 217；*136, 139, 272, 275,* | 圃地 ⑤109, 110 |
| 　*524, 527, 542,* ④158, ⑤*79,* ⑦*72* | 墓地 ③179, ④246 |
| ほだ ④134, ⑦169 | 　戦場の―― ⑩337 |
| 榾 ④24, 133, ⑦168, 246, 262；*52,* ⑧281, ⑨ | ぽちゃぽちゃ ⑩73, 265, ⑪207 |
| 　362, 371, ⑪25 | ぽちゃんぽちゃん ⑩73, ⑪208 |
| 菩提 ③*25,* ⑤177, ⑨163, 169 | ほつ ⑫252 |
| 菩提心 ⑨153 | ほっ ⑩274, ⑪158, ⑫252→ほつ |
| ポタシャバルヴ ④*85* | ぼつ ②67, 288 |
| ポタシユバルヴ ③*665,* ⑥279 | ぼっ ②67, 288, ⑩*58*→ぼつ |
| ポタシュバルヴ ③287；*448, 451, 661, 663, 665* | ぽつ ⑩14, 243, ⑪116 |
| 　→ポタシユバルヴ | ホッ ⑧6, ⑩*169* |
| 加里球 ④160；*78* | ポッ ⑧258, 259, ⑨393 |
| 加里球[ポタシユバルヴ] ④*80* | ポーツ ⑨40 |
| ぽたっ ⑧268 | 牧歌 ⑤*95* |
| ポタッ ⑧271 | 法界 ⑦280；*682* |
| ポタッポタッ ⑨109 | 北海道 ③*385,* ⑤184, ⑥152, ⑨43, 107, ⑩ |

(ほく～ほつ)　241

253, 257；⑪177, 186, 195；*233*
北海道開拓　⑩254
北海道修学旅行　⑩*143*
北海道行　⑦*554*
ぼっかげで　⑥359, ⑫375
ぽっかり　③67；*250, 253, 581*, ④*255*
ぼっかりぼっかり　②42, 264
ぼっかりぼっかり　②42, 264→ぽつかりぽつかり
北極　③228；*561, 564, 566*, ⑨*36-43, 77, 91*；*21*, ⑩324, ⑫*93*
　──の雲　⑩145, ⑪138
北極[ほくきよく]　⑫131, 135
北極狐[ほくきよくきつね]　⑫132
北極兄弟商会[ほくきよくけうだいせうくわい]　⑫134
北極熊　⑩204, ⑪83, 102
北極圏　⑨40
北極犬　②51, 52, 273
北極光　⑨42, ⑩*96*
発句　③*357*
ボックシング　⑨43
ホックスキャッチャー　⑨146
北拘盧州〈ほっくるしゅう〉　⑤7
法華の首題　⑥105
北国　⑥238, ⑪*8*
ポッシャリ、ポッシャリ、ツイツイツイ　⑧192
ポッシャリ、ポッシャリ、ツイツイ、トン　⑧191
ポッシャリポッシャリ、ツイツイトン　⑧192
ポッシャントン　⑧120
ポッシャンポッシャン　⑧192, 193
ポッシャン、ポッシャン、ツイ、ツイ、ツイ　⑧192
ぽっしやん　ぽっしやん　ぽっしやん　⑫72
ぽっしゃん　ぽっしゃん　ぽっしゃん　⑫72→ぽつしやん　ぽつしやん　ぽつしやん
ポッシャン、ポッシャン、ポッシャン、シャン　⑧192
法性　⑦279
発心　③187, ⑤33
払子〈ほっす〉　⑨138

堀田　②147, ⑩32；*23*
坊ちゃん　⑩88, 89, 161, 210
ポッチリ　⑨61
ポット　⑥141
発頭人　⑤*134*
ホップ　③186；*444*, ⑦*43*；*135, 137*, ⑫199, 201
　──の蔓　⑪23
ホッホ　⑧60
北方　③*385*
ホッホウ　⑨10
ホツホウ、ホツホウ、ホツホウ　⑫74, 75
ホッホウ、ホッホウ、ホッホウ　⑫74, 75→ホツホウ、ホツホウ、ホツホウ
ぽつぽつ　⑩*148*, ⑫226
ぽつぽつ　③257
ぽっぽっ　⑨14
ホッホッ　⑧311
ぽっぽっぽ　⑫121, 122
ホツホツホ　⑫104
ホッホッホ　⑫104, 116→ホツホツホ
ポツポツポ　⑫104, 109, 110
ポッポッポ　⑫104, 109, 110, 116→ポツポツポ
ぽつぽつぽつ　⑫126
ぽっぽっぽっ　⑩5, ⑫*44*
ホッホッホッホッ　⑫266
ホッ、ホ、ホッ、ホウ　⑧104；*32*
ホッホ、ホ、ホウ　⑧*31*
ホッホホホウ　⑧*32*
ぼつりぼつり　③209, ⑨21
ポツリポツリ　⑨108
ぼつん　③177；*426, 427*
ぼつん　⑧128, ⑫*79*
ポツン　⑧135
ポツンポツン　⑧255, 267, ⑨390
火照り　⑤24, ⑥90, 300
ボート　③34, ⑩114, 115, 158-160
程吉　④*72*；*140, 141*
ほとけ　①284
仏　③*266*, ⑤*177*, ⑨155
仏さん　⑫298
ぽとしぎ　②82, 84, 299, 301, ④166；*89*, ⑨*83*
　→ぶとしぎ、ぶどしぎ

| | |
|---|---|
| ほとすぎ | ②*65, 66*→ぶどすぎ |
| ホト先生 | ⑨*150* |
| ぽとっ | ⑩*12* |
| ほとゝぎす | ⑦*11* |
| ほととぎす | ③212；*532, 619*, ⑤*47*, ⑦*22*, ⑧20 |
| ほとほと | ⑦*45, 62*；*144, 216, 382* |
| ほとぼと | ⑧*135*, ⑨*374*, ⑩*239, 266* |
| ぽとぽと | ⑩*116*；*91*, ⑪*24, 70, 203*, ⑫*11* |
| ポトポト | ⑧*197*, ⑨*59, 151* |
| ホトランカン | ⑨*47, 53, 55, 67, 303-307, 318*, ⑪*20, 21* |
| ホトランカン氏の助手 | ⑪*26* |
| ホトランカン先生 | ⑨*53-61, 303, 306-308, 310-312, 314, 315, 319, 321*, ⑪*19, 20, 22-24, 28* |
| ホトランカン先生の助手 | ⑪*26* |
| ホトランカン人間病院 | ⑨*54*, ⑪*19* |
| ホトランカン病院 | ⑨*65, 327*, ⑪*20, 32* |
| ポトリ | ⑨*57* |
| ボトン | ⑧*245*, ⑩*314* |
| 穂並 | ⑦*168* |
| ポニー | ⑦*358* |
| 小馬［ポニー］ | ⑦*113*；*359* |
| ホニャン | ⑨*70*, ⑫*75* |
| 哺乳動物組合 | ⑨*229* |
| 哺乳類 | ⑤*221*, ⑨*231*, ⑩*56* |
| 骨 | ③*44*, ⑩*289*, ⑪*142* |
| 骨組み | ⑪*154* |
| 骨汁［ほねじる］ | ⑩*81* |
| ほの青 | ①*12, 60, 114, 209*, ⑤*204*, ⑦*147*；*467* |
| ほの赤 | ①*51, 192* |
| ほのお | ⑩*301*, ⑪*139*→ほのほ |
| 焔 | ⑤*19*；*19* |
| 焰 | ⑩*9, 63, 241*；*96* |
| 　青［あを］い—— | ⑫*130* |
| 　青白い—— | ⑩*9* |
| ほのじろ | ①*41, 96, 177, 275, 276*；*68*, ③*169*；*224, 225, 228, 248, 319, 404, 407*, ⑤*133, 156*, ⑥*209, 256*, ⑦*199*；*110-113, 183, 358, 565, 671*, ⑧*203, 249*, ⑨*373*, ⑩*319* |
| ほの白 | ①*10, 315*, ②*24, 248*, ④*19, 174*, ⑩*181*, ⑪*168* |
| ほのほ | ⑩*301*, ⑪*139* |
| ほのぼの | ①*54, 200*, ③*261*, ⑥*63*, ⑦*105*；*330, 358* |
| 穂孕 | ③*538* |
| 穂孕み | ③*572, 575* |
| 穂孕みごろ | ③*231* |
| ホープ | ⑩*222* |
| 帆舟 | ⑤*53*；*51* |
| 帆船 | ⑪*282* |
| 帆船［ふね］ | ⑪*212* |
| 帆船［ほぶね］ | ⑪*271* |
| ポプラ | ①*39, 179, 291*, ②*70, 93, 290*, ④*41, 161*；*78-80, 280*, ⑥*39*, ⑦*22, 234*；*70, 309, 542, 612*, ⑨*181-183*, ⑩*134*, ⑪*69, 70, 132*, ⑫*131* |
| ポプルス | ②*464* |
| ポプルス楊 | ③*99* |
| 歩兵少尉 | ③*492, 494* |
| 歩兵中尉 | ③*489* |
| ボヘミヤ | ③*183*, ⑥*253* |
| ボヘミヤの玻璃 | ③*437* |
| ボヘミヤの玻璃［はり］ | ③*439* |
| ほ、の花 | ⑫*242* |
| ボーボー | ⑪*219* |
| ポポカ | ⑩*134* |
| ポポカテペトル山 | ①*372* |
| ポポカテペトル噴火山 | ①*371, 372* |
| ほ、じろ | ⑨*264* |
| ほほじろ | ③*98*；*233* |
| 頬肉 | ⑩*330* |
| ホ、ホ、ホ、ホ、 | ⑩*128* |
| ホーム | ⑦*255* |
| 穂麦 | ④*11*；*19*, ⑥*376*, ⑦*204* |
| ホムギ | ⑥*178, 377* |
| ホームスパン | ③*328* |
| ぽむぷ | ⑤*226* |
| ポンプ | ③*230*, ⑤*56, 145*, ⑥*153* |
| ポムペイ | ⑩*59* |
| 火むら | ⑥*247* |
| 火［ほ］むら | ⑥*286* |
| ホモイ | ⑧*38-54, 56-60* |
| ぽやっ | ⑪*185* |
| ほやほや | ③*147*；*367*, ⑧*32*, ⑨*93*, ⑩*327* |
| ぽやぽや | ③*579*, ⑫*46, 49* |

(ほつ〜ほや)　243

洞穴　　⑤218, ⑩*128*
洞熊　　⑧135, ⑨374
洞熊学校　　⑩273, 274
洞熊先生　　⑩273, 287；*166*
ポラーノの広場　　①*24*, ⑩*73*, ⑪73, 76, 78, 80-86, 88, 94, 99, 101, 114, 115, 118-122；*111, 127, 129, 152, 154*
ポラリスやなぎ　　②176, 386
ポラン　　⑦113, ⑩*73*, ⑫341, 345
ポランの広場　　③127, 128；*291-293*, ⑥228, 350, 352, ⑧*37*, ⑩201, 202, 204, 205, 208, 219, 220, 223, 224；*73, 127*, ⑪90, 91, 120, 121, ⑫346, 348, 349
ポラン広場　　⑩208, 214-218, 221, 222
堀籠〈堀篭〉　　②435, 436, 438, 442, ⑤*36*
堀部安兵衛　　⑩227
堀部安兵衛金丸　　⑩230
ぼりぼり　　③250, ⑩182
ぼりぼりぼりぼり　　③76
ボーリング　　⑪56, ⑫218
ホール　　⑩300, ⑪233
ポール　　③272, ⑥8, ⑦*639*
ボルガ　　②213, 422
ボール紙　　⑪*126*
ホルスタイン　　②99
ボルドー　　③*405*
ボールど　　⑦*465*
ボールド　　⑦*464, 466*
ボルドウ液　　①34, 158, 290
ボルドー液　　④*200*, ⑦*257*
ポルトガル伝来　　⑩265
ボール投げ　　⑩24, 126, 170
ボルネオ　　⑨38
ホルンブレンド　　⑨365
布呂〈ほろ〉　　③92；*222*
ぼろ着物　　④248
ホロタイタネリ　　⑩75, 76
　　──のお母[つか]さん　　⑩76
ぽろっ　　③*103*, ④*140*
ぽろつ　　⑫216
ぽろっ　　③*491, 494*, ④*61, 73, 76, 81*；*140*, ⑤95, 96, ⑩*52, 240*, ⑫216→ぽろっ
ぽろっぽろっ　　③64
ボーロド　　⑦*467*
ボロニアン　　③*108*
ボロニアン山脈　　③*108*
ほろほろ　　⑨234, ⑩*90*, ⑪202
ぽろぽろ　　②179, 389, 452, ③41, 77, 258；*90, 319, 321, 322, 368, 562*, ④56, 143, 175, 224, ⑤147；*56*, ⑥69, ⑦*74*, ⑧243, 294, ⑨91, 197, 246, 251, ⑩10, 14, 49, 133, 149, 206, 312, 324, ⑪11, 14, 32, 75, 143, 183, 220；*183*, ⑫7, 13, 44, 82, 83, 268；*102, 106, 129*
ぽろぽろ　　④*65, 248*, ⑤44；*111*, ⑪58, ⑫220；*154*
ホロホロ　　⑧233
ボロボロ　　⑧15, 44, 76, 243, ⑨56, 64, 70, ⑩218, 284, 293, 312
ポロポロ　　⑨*73*, ⑫178；*79*
ぽろぽろっ　　⑩*62*
ぽろぽろほろほろ　　③*89*
ぽろぽろぽろぽろ　　⑫205
ぽろろ　　⑦132；*415*
ほろん　　⑤*149*, ⑧*274*, ⑪214
ボローン　　⑩287
ボロンボロン　　⑪225
ボロン、ボロン、ボロロン　　⑧332, 334
品　　⑦17；*44, 45*
本　　⑧302, ⑨255, 257, ⑩84, 162, 174, 175, 197, 241；*96, 108, 167*, ⑪*39, 77, 157*, ⑫235
本[ほん]　　⑫205, 206, 211, 213, 214
飯[ほん]　　⑦*162*
梵　　④230；*107*, ⑦114；*231, 360, 361*
ぼん　　③*202*, ⑪*26*；*150*, ⑫201；*122*
ホーン　　⑪*10*
本願　　⑨154
本願寺　　⑨239
本願寺派　　⑨238
凡愚　　⑦280
盆景　　③*232*
本原　　⑤177
本原の法　　⑤177
梵語　　⑨164；*117*
本郷区菊坂町　　⑫273
梵士　　③35；*77*
梵字　　③*25*

244　　主要語句索引

本体論　②8, 232
ほんたう　②88, 165, 305, 375, ⑨335, ⑩26, 112, 126, 142, 144, 149, 155, 158, 160, 165, 321 ; *82*, ⑪131, 135-138, 142, 152, 154 ; *154, 194*
　——の神さま　⑩171, ⑪165
　——の幸福　②468, ⑩176 ; *107*, ⑪154 ; *219*
　——の幸福[こうふく]　⑫320
　——のさいはい　⑩26, 129, ⑪167
　——のさいはひ　⑩26, 129, 173, ⑪167
　——の幸　⑩112, 156, ⑪150 ; *154*
　——の幸福　⑩27, 129, 130, 160, 176, ⑪154
　——の精神[せいしん]　⑫87
　——の天上　⑩112, 156, 173 ; *18, 104*, ⑪150, 167 ; *215*
　——の野原　⑪186
　——のほんたうの神さま　⑩171, ⑪165
　——のほんたうの幸福　⑩27, 130, 176
本たう　⑩*189*
本統のさいはひ　⑩110
本田旅団長　③*497*
盆地　⑥121
本町　⑩*113*
ポンデローザ　④23, ⑦*436*, ⑨190 ; *91*
本田　⑩*261*
梵天　④225 ; *149*
ほんとう　②88, 165, 305, 375, ⑨335, ⑩26, 112, 126, 142, 144, 149, 155, 158, 160, 165, 321 ; *82*, ⑪131, 135-138, 142, 152, 154 ; *154, 194*→ほんたう
本とう　⑩*189*→本たう
本当　⑩231
本統　⑨333, ⑩175, 231
本堂　①42, ⑥93
ほんとうの神さま　⑩171, ⑪165→ほんたうの神さま
ほんとうの幸福　②468, ⑩176 ; *107*, ⑪154 ; *219*, ⑫320→ほんたうの幸福, ほんたうの幸福[こうふく]
ほんとうのさいわい　⑩26, 129, 173, ⑪167→ほんたうのさいはい, ほんたうのさいはひ
ほんとうの幸　⑩112, 156, ⑪150 ; *154*→ほんたうの幸
ほんとうの幸福　⑩27, 129, 130, 160, 176 ; *107*→ほんたうの幸福
本統のさいわい　⑩110→本統のさいはひ
ほんとうの精神[せいしん]　⑫87→ほんたうの精神[せいしん]
本統の世界　⑩27, 130, 176
ほんとうの天上　⑩112, 156, 173 ; *18, 104*, ⑪150, 167 ; *215*→ほんたうの天上
ほんとうの野原　⑪186→ほんたうの野原
ほんとうのほんとうの神さま　⑩171, ⑪165→ほんたうのほんたうの神さま
ほんとうのほんとうの幸福　⑩27, 130, 176→ほんたうのほんたうの幸福
本能　⑨226
煩悩無辺誓願断　③*80*
本野上[ほんのがみ]　①*293*
盆の十六日　⑫294, 297, 299, 301
梵の天　③*261*
本部　②65, 70, 71, 286, 291, ⑩65
ぽんぷ　⑤226→ぽむぷ
ポンプ　③*230*, ⑤56, 145, ⑥*153*→ポムプ
ホンブレン　⑧129, 130, 133, ⑨365, 370
ホーンブレン　⑧132
ホンブレンド　⑨371
ポンペイ　⑩59→ポムペイ
ほんぼだんちゃ　⑪232
ポンポコポンポン　⑧16, ⑩*174*
ぼんぼり　⑩278
ぽんぽん　⑧159, ⑪229, ⑫58, 59
ポンポン　⑧147, 335, ⑨219
ポンポンポンポン　⑧226 ; *89*
本牧　⑥*7*
本屋　⑩186
翻訳家　④259, 260 ; *170, 171*
翻訳者　④259 ; *170, 172*
ぼんやり　②30, 253, ③96, 136, 151, 157, 175, 177 ; *68, 69, 224, 225, 265, 313, 349, 374, 387-389, 455, 457, 460, 463, 522, 535, 537, 607-609*, ⑩14, 26, 44, 82, 94, 95, 146, 157, 173, 179, 181, 189, 205, 206, 218, 220, 250, 270, 330 ; *20, 68, 110, 218*, ⑪25, 30, 31, 94, 123, 125, 130-133, 150-153, 159, 167, 169 ; *176, 189, 192, 194, 254,*

(ほら～ほん)　245

⑫49；*128*

## ま

魔　①11, 25, 113；*32*，⑦647
まあか〈真赤〉　⑦*464, 466*
舞妓　⑦*121*
埋爇　⑦*542*
昧爽　③236；*247, 248, 251, 259-261, 265, 267, 268*，⑨*275*
昧爽［まいさう］　②41→昧爽［まだき］
マイナス　⑥48
マイナス第一中隊　⑥215
前田夕暮　④*39, 159*
魔王波旬　⑫242
マオカ　③73；*170, 175*
マオリ　⑥246
マオリの呪神　②217；*523, 526, 527*
摩訶迦葉　⑤7
まがごと　⑦*149*
凶事　⑦47；*151*
摩竭大魚〈まがつたいぎょ〉　③*212, 215-217*，⑤8；*7*
まがつの神　⑦*229*
まがつのまみ　⑦*328*
凶つのまみ　⑦*104*
凶［まが］つのまみ　⑦*328*
凶［まが］つの眼［まみ］　⑦*327*
まがつび　⑦*73, 154*
禍津日　⑦80；*253*
まがつみ　⑥*345*，⑦*253*
薪　⑩*182*，⑫*132*
一族　⑦*188*
　太兵衛——　⑦*61*
一族［マキ］　⑦*187, 188*
蒔絵　①*346*，②*190, 400*，③43；*99*
巻脚絆　⑫*293*
巻たばこ　⑪*223*
巻［まき］たばこ　⑫14
巻煙草　⑧*134, 135*，⑨*372, 374, 379*，⑪27，⑫*123*
巻煙草［まきたばこ］　⑫13
巻烟草　②18
牧人〈まきびと〉　⑦18；*47, 48, 50, 675*→牧人

〈ぼくじん〉
まぐさ　⑥*148*，⑦*101*；*320*
秣畑　③*204*
マグダル女史　⑤*143*
魔窟　④*123*
魔窟　④*63, 206*
マグネシア　③*595*，⑨*342*
マグネシヤの花火　⑩*134*，⑪*131*
マグノリア　①*63*，③*257*，④*76, 223*；*145-147*，⑨*270-272*，⑪*24*，⑫*119*
辛夷花［マグノリア］　⑦*295*
辛夷樹　⑦*296*
辛夷樹［マグノリア］　⑦*295*
辛夷花樹［マグノリア］　⑦95；*296*
マグノリアの木　⑨*271, 272*
辛夷花［マグノリヤ］　⑦*294*
辛夷花樹［マグノリヤ］　⑦*297*
枕木　①*52*，③*441*，⑥*308*，⑦*470*
枕時計　⑩*218*
まくろ〈真黒〉　⑨*9, 14, 33, 69, 109, 116, 156, 225, 242, 285, 333*，⑥*55, 119*；*6*，⑦*42, 261, 264*；*111, 133, 361, 464-466, 659, 669*
まぐろ　⑥*35*
マグロスシ　⑫*72*
マクロフィスティス　③73；*169, 172*
マケイシュバラ　③*214, 217*
マケィシュバラ　⑥*50*
曲げ物　⑧*98*
曲物　④*229*
まこと　①*64, 302, 320, 351, 356, 363, 369, 379, 380, 389*；*163*，③31, 137；*320*，④*145*，⑦*57, 58, 154*，⑨*335*，⑯上13
——の祈り　⑦*250*
——の草　⑯上13
——の恋　⑦*713*
——のこころ　⑫*316*
——のことば　②*23, 24, 247, 248*，⑦88；*274-277, 301, 639*
——のさち　⑦*304*
——のちから　⑧*113*，⑩*189, 190*，⑫*315, 366*
——の力　⑫*316*
——のねがひ　⑦*304*

246　　主要語句索引

──のひかり　　⑧113，⑩302
　　──の瞳　　⑩*190*
　　──の道　　③137；*317, 326, 327*，⑥299，⑫314
　　──のみんなの幸　　⑩23, 125, 169，⑪163
　　──のをのこの恋　　⑦304
マコト　　⑯上12
マコトノクサ　　⑥185, 379，⑯上11
マコトノ草　　⑦306
誠の道　　⑨*147*
柾　　①20, 125
ま青　　①*38*，⑦30, 74, 228；*91, 92, 234, 236*
ま蒼　　⑦*263*
まさかり　　⑧162
マサニエロ　　②132, 345→マッサニエロ
柾屋　　⑫293
マジェラン星雲　　②49→マヂエラン星雲
マジェランの星雲　　⑩27, 129, 130, 176→マヂェランの星雲
マジエル　　⑫44→マヂエル
マジエル様　　⑫42→マヂエル様［さま］
まじない　　⑫290→まじなひ
呪い　　⑩192→呪ひ
まじなひ　　⑫290
呪ひ　　⑩192
麻雀　　⑦*354*
マーシュガス　　①*18*→marsh gas，沼気
魔術　　③*404*
魔術師　　④237
マシリイ　　⑫39
ましろ　　①28, 74, 75, 90, 144, 228, 233, 234, 236, 265, 281, 286, 292, 310, 316, 321, 334, 354；*16, 59, 162*，③*11*，⑥56, 120, 122, 268；*29*，⑦15, 55, 83, 157, 178, 196, 197, 242, 250, 299；*27, 29, 38, 172, 261, 262, 339, 340, 353, 357, 382, 531, 557, 558, 560, 638, 657, 698*
ま白　　⑦128；*282, 612*，⑪12，⑫*104*
魔神　　③*212*，⑥36，⑦*557*
鱒　　⑨153，⑩22, 124, 168，⑪161, 162
枡　　⑩335
麻睡　　④169；*90*
マスター　　⑤*211*
座主［マスター］　　⑤212

果汁［マスト］　　②178, 388
まだか　　⑦*206*
菩提皮　　③*333*，⑦*520*
菩提樹皮　　⑦172；*206, 207*
マダカ　　⑥369
菩提樹皮［マダカ］　　⑥368，⑦66
菩提樹［まだ］皮　　②82, 299
菩提樹皮［まだかは］　　②107, 323
昧爽［まだき］　　①359，⑥370，⑦201；*567*→昧爽［まいさう］
赤明［マダキ］　　⑦*224*
又三郎　　⑨10-22, 24, 25, 28, 29, 31-37, 42, 44-46；*16, 18*，⑩203，⑪172, 175, 178, 180-186, 188, 192, 195-201, 203-211；*231-234, 244, 245, 248, 249, 256, 259, 261, 267*
菩提樹［マダ］の皮　　⑩264
マーチ　　⑪*128*
待合室　　①40, 74, 174, 234，⑦287；*419*，⑩256
マヂエラン星雲　　②49
マヂェランの星雲　　③105
マヂエル　　⑫44
マヂエル様［さま］　　⑫42
町助役　　⑦*194*
待ぢでだぁんす　　⑨177, 185
待ぢでるんだ　　⑪185
まつ　　④*39*
松　　①63, 76, 189, 195, 200, 216, 240, 268, 281, 305, 352, 370, 374, 383；*49*，②36, 68, 139, 141, 142, 202, 205, 207, 213, 215, 220, 355, 358, 359, 411, 414, 416, 422, 424, 429, 443, 444, 472，③14, 18, 65, 66, 76, 82, 83, 100, 104；*139, 151, 154, 180, 190, 193, 194, 201, 206, 229, 250*；*7, 24-26, 35, 37, 38, 40, 156, 157, 194-196, 231, 232, 234, 240, 317, 319-322, 331-335, 371, 372, 377, 380, 382, 386, 407, 524, 527, 545, 567, 604*，④44, 47, 49, 64, 104, 106, 108, 120, 121, 147, 149, 164-166, 168, 172, 177, 187, 219, 279；*17, 88, 89, 93-95, 144, 201, 245, 252, 255, 257, 280*，⑤22, 24, 37, 54, 58, 69, 71, 81, 82, 100, 129, 163；*51, 72, 79, 177, 212*，⑥8, 18, 108, 148, 163, 164, 215, 222, 227, 243, 250, 255, 270, 275, 293, 307；*6, 11*，⑦17, 20, 28, 34, 64, 72, 92, 110, 112, 117, 119, 120, 125, 161, 209, 231-233, 268；*8, 45, 47,*

*63*, *84*, *102*, *156*, *160*, *162*, *179*, *200-203*, *223*, *225*, *227*, *246-248*, *283*, *285*, *304*, *348*, *349*, *353*, *355*, *356*, *358*, *370-373*, *379*, *394-397*, *473*, *504*, *505*, *568*, *578*, *596*, *608*, *687*, *688*, ⑧235, 274, 278, ⑨151, 155, 157, 160, 260, 263；*73*, ⑩31, 33, 137, 239, 244, 283, 304, ⑪25, 133, ⑫56, 247, 250, 261；*121*

松［まつ］　　⑧15, ⑫19, 21, 26, 50, 320
松枝　　⑩240
まつか　　①52, 196, ⑫11, 20, 24
まつ赤　　②71, 83, 119, 170, 300, 335, 380, ③*386*, ⑥262, 270, ⑫161, 163, 174
まつ赤［か］　　②72, 219, 428, ⑫12, 44, 46, 47, 55, 76, 79, 82, 85, 110, 187, 196, 225
まっか　　①52, 196, ⑥24, 190, ⑧26, 42, 61, 87, 116, 130, 143, 146, 159, 168, 187, 190, 194, 217, 285, 290, ⑨192, 282, 367, 397；*65*, ⑩186, 188, 190, 204, 207, 212, 214, ⑪*271*, ⑫11, 20, 24, 261→まつか
まっ赤　　②71, 83, 119, 170, 300, 335, 380, 456, ③94, 146, 154, 265；*80*, *215*, *223*, *347*, *349*, *351**-353*, *377*, *379*, *380*, *382*, *383*, *386*, *545*, *620*, *623*, ⑤129, *110*, *130*, *203*, ⑥18, 262, 270, ⑧25, 85, 97, 107, 203, 204, 218, 257, 270, 271, 294, 296, 298, 326, 333, 338, ⑨8, 13, 16, 21, 27, 47, 52, 54, 69, 85, 96, 104, 106, 108, 109, 115, 119, 137, 179, 180, 190, 199, 201, 203, 213, 217, 242, 264, 298, 306, 333, 392, 399, 400；*57*, *91*, *164*, *174*, ⑩22, 23, 31, 41, 61, 65, 68, 101, 106, 116, 117, 125, 126, 136, 154, 162, 169, 170, 228, 266, 320, 329；*10*, *38*, *91*, *119-121*, *162*, *198*, ⑪19, 20, 35, 37, 55, 62, 74, 83, 109, 123, 124, 133, 148, 156, 162-164, 180, 196, 202, 212, 219, 221, 222；*10*, *13*, *16*, *17*, *155*, *203*, *248*, *281*, *282*, ⑫161, 163, 174, 377；*74*, *114*, *132*, *133*, *152*, *159*→まつ赤
まつ赤［か］　　②72, 219, 428, ⑧247, 249-251, ⑫12, 44, 46, 47, 55, 76, 79, 82, 85, 110, 122, 187, 196, 225→まつ赤［か］
真赤　　⑥249, ⑨130
松街道　　②*429*, *430*, ⑥236
松かさ　　⑨151
松風　　⑦*609*

松木　　②63, ⑩90
まつくら　　②49, ⑫137
まっくら　　①392, ⑤*97*, ⑧199, ⑩49, 137, 220, 257, 286；*139*, ⑪20, 25, 59, 61, 168；*35*, *44*, *290*, ⑫137；*114*, *155*→まつくら
まつくらくら　　②108, 324
まっくらくら　　②108, 324→まつくらくら
まっくらな孔　　⑩26, ⑪167
松倉山　　②195-197, 201, 404-406, 410, ④243
まつくらやみ　　⑫36
まっくらやみ　　⑫36→まつくらやみ
まつくろ　　⑥229, ⑫26, 27, 43, 143, 155, 173；*158*
まつ黒　　①58, ②60, 125, 282, 341, ③*224*, ⑥208, ⑫167
まつ黒［くろ］　　⑥196, ⑫11, 19, 26, 38, 44, 57, 85, 131, 133, 145, 149, 158, 160, 193, 203, 222
まっくろ　　①369, ③17, 105, 122, 158, 223, 289；*17*, *25*, *80*, *131*, *132*, *170*, *180*, *214*, *265*, *288*, *311*, *317*, *391*, *392*, *411*, *662*, ④261；*30*, *171*, ⑤193；*36*, *94*, *195*, ⑥229, ⑧16, 17, 21, 36, 77, 82, 86, 116, 198, 205, 206, 252, ⑨7, 12, 51, 130, 151, 296, 353, ⑩78, 181, 206, 285, 294, 299；*175*, *200*, ⑪61, 86, 174；*14*, *41*, *279*, ⑫26, 27, 43, 143, 155, 173, 247, 264；*158*, *166*→まつくろ
まっ黒　　①58；*56*, ②60, 125, 282, 341, ③37, 91, 96, 189, 256；*78*, *79*, *81*, *91*, *132*, *197*, *221*, *222*, *224*, *225*, *227*, *259*, *264*, *267*, *312*, *319*, *322*, *348*, *370*, *397*, *413*, *450*, *452*, *472-474*, ④61, 147；*45*, *120*, *172*, *252*, *255*, ⑤27, 28, 61, 73, 113, 155, 205, 208；*170*, *211*, *216*, ⑥70, 208；*11*, ⑧22, 26, 31, 32, 36, 135, 138, 190, 204, 211, 254-256, 267, 282, 312, 318, 332, 334, 335, 338, 341-344；*32*, ⑨12, 18, 24, 41, 180, 192, 195, 196, 234, 243, 250, 258, 264, 267, 268, 337, 339, 340, 343, 351, 354, 360, 382, 383, 388, 389, 391, ⑩22, 29, 49, 113, 123, 125, 132, 137, 141, 142, 152, 166, 169, ⑪16, 35, 61, 79, 84, 117, 121, 124, 130, 133, 135, 136, 146, 160, 162, 168, 169, 181, 186, 217, 218, 227；*35*, *199*, *249*, ⑫167, 261, 370；*74*, *132*, *158*→まつ黒
まっ黒［くろ］　　⑧124, ⑫11, 19, 26, 38, 44, 57,

85, 131, 133, 145, 149, 158, 160, 193, 203, 222→まつ黒［くろ］
真黒　①296
まっ黒け　③196
松毛虫　⑪92, ⑫347
まつ青　②165, 167, 171, 181, 203, 375, 377, 381, 391, 412, ③20, ⑥260
まつ青［さを］　②99, 315, ⑫9, 47, 152, 187, 204
まっさお　①159, 369, ⑧113, 210, 229, 308；*91*, ⑩*189*, ⑪28, ⑫*223*；*124*→まっさを，まつさを
まつ青　②165, 167, 171, 181, 203, 375, 377, 381, 391, 412, ③11, 225, 267；*17, 20, 21, 115, 186, 296, 297, 319, 321, 322, 333, 420, 514, 545, 556, 558, 627, 634*, ④75, 125, 256；*252*, ⑤61, 124, ⑥76, 260, ⑦*156*, ⑧130, 203, 204, 214, 215, 227, 228, 230, 285, 287, 301, 312, 338；*91*, ⑨19, 58, 61, 113, 185, 213, 216, 256, 277, 287, 311, 337, 338, 367；*54, 123, 135, 146*, ⑩23, 52, 63, 108, 126, 134, 170, 216, 222, 223, 258, 270, 271, 315；*184, 198, 199*, ⑪9, 38, 39, 43, 61, 98, 111, 131, 164, 189, 200；*23, 39*, ⑫*134, 135, 140, 158*→まつ青
まつ青［さほ］　⑫149
まつ青［さを］　②99, 315, ⑧248, 251, ⑩40, ⑫9, 47, 152, 187, 204→まつ青［さを］
まつ蒼　⑧100, ⑨14, 210, ⑪190
まつ碧　⑧196
マッサニエロ　⑤*92*→マサニエロ
まっさを　①159, 369, ⑫223
まっさを　⑧113, 210, 229, 308；*91*, ⑩*189*, ⑪28, ⑫*124*
松島　⑦304
マッシュルーム　④118
まっしろ　①30, 150, ②134, 139, 140, 473, 474, ⑥244, ⑫48, 200, 207
まつ白　②42, 85, 191, 264, 302, 400, 440, 454, 457, ③*526, 608*, ⑥247, 252, ⑫163, 231, 232
まつ白［しろ］　⑫10, 36, 48, 87, 96, 101, 108, 136-138, 184, 195, 206, 223
まっしろ　①30, 150, ②134, 139, 140, 473, 474, ③104, 162, 208；*42, 272, 305, 333, 368, 491, 500, 503, 505, 511*, ④34, 145, 226；*65, 72, 152,*
*153, 248*, ⑤36, ⑥170, 173, 244, ⑧120, 210, 235, 289；*81, 126*, ⑨66, 183, 329, ⑩304；*179*, ⑪13, 20, 24, ⑫48, 200, 207, 240, 269；*105, 114*→まつしろ
まつ白　②42, 85, 191, 264, 302, 400, 440, 454, 457；*48, 51*, ③86, 112, 132, 174, 193, 251, 257；*44, 115, 120, 190, 197, 275, 308, 370, 424, 467, 525, 526, 532, 588, 606, 608, 609*, ④21, 34, 54, 69, 193；*35, 59, 60, 66, 106, 108*, ⑤8, 24, 25, 36, 46, 73, 104, 122, 127；*81, 113, 229*, ⑥28, 31, 247, 252, ⑦*631*, ⑧19, 99, 100, 112, 130, 194, 258, 264, 289, 298-302, 304, 319, 332, 335, 336, 338, 343, ⑨14, 29, 39, 92, 101, 104, 120, 124, 129, 181, 213, 218, 258, 262, 270, 274, 276, 285, 286, 292, 341, 344, 367, 393；*78*, ⑩37, 47, 51, 53, 59, 85, 93, 95, 101, 104, 107, 108, 117, 151, 162, 206, 209, 270, 325；*117, 188, 221,* ⑪6, 37, 42, 52, 61, 64, 145, 156, 185, 190, 195, ⑫163, 231, 232, 265, 279, 285, 287；*100, 112, 133, 138, 149, 157*→まつ白
まつ白［しろ］　⑧124, ⑫10, 36, 48, 87, 96, 101, 108, 113, 120, 136-138, 184, 195, 206, 223→まつ白［しろ］
マッス　⑥17
まつすぐ　①85, 257, ②111, 139, 327, 355
まっすぐ　⑨183, 304, ⑩27, 60, 81, 97, 105, 130, 139, 155, 174, 176, 236, ⑪50, 77, 149, ⑫181, 216, 269→まつすぐ
松田　③*512*, ⑫213
マッチ　⑫13, 69, 75, 169
マッチ　⑥68, ⑧323-327；*143*, ⑨362, 363, 365, 379, ⑩241, 299, 342, ⑪220；*304*, ⑫13, 69, 75, 169, 247, 301→マッチ
マットン博士　⑨236-238, 241
松なみ　⑤22
松並　③173；*417-419*
松並木　②33, 256, ③152；*375*, ④168, ⑤145, ⑥248, ⑦*64*, ⑧274, ⑨176
松並木問題　⑩*143*
松のえだ　②139, 141, 142, 355, 358, 359
松の枝　⑤181
松の生枝　⑩240
松の葉　⑧274

（まつ～まつ）　249

松の花　⑨35
松の林　⑤29, 33, 122，⑪168
松の針　⑤181
松の実　⑤181
松葉　⑤79
まつばぼたん　⑦264
松ばやし　②446，③485, 487，④171；259
松林　②442，⑥79，⑦181，⑨120, 148, 151；68，⑩32, 33, 87, 88, 90, 97, 255, 256, 259
松林[まつばやし]　⑩71
真っぱればれ　①56, 203
真っぱればれ　①56, 203→真つぱればれ
松前　③168
松むら　⑥286，⑦92
松藻　③42，⑫261
松森　④17, 158，⑦131, 252；413
松やに　②444，⑩90, 239
松脂　⑩88
松山　②438，③177；426-428, 455, 457, 458, 460, 463，⑤28；48，⑥225, 282
待宵草　⑦103；324
まつり　⑪90, 91, 120
祭り　⑩178
　銀河の――　⑪125
牖くまど〉　⑦90
窓　⑩112, 242, 258；13, 15，⑪137, 227
　ガラス――　⑪296
まどい　⑫76→まどひ
まどう　⑧165, 168→まどふ
償[まど]う　⑧163, 164→償[まど]ふ
魔道　⑤40
まどがらす　①196, 207
窓がらす　①297，⑪211
窓ガラス　①82, 252，③180，④179；92, 93，⑦182, 321，⑩63，⑪175, 180，⑫263
窓[まど]ガラス　⑫133
窓硝子　②167, 376
窓のわく　⑪227
まどひ　⑫276
まどふ　⑧165, 168
償[まど]ふ　⑧163, 164
マドロス　③74
まどろみ　⑩94

マドンナ像　⑦114
末那　③215, 223, 454
まなづる　⑦112，⑧248-251，⑩317-320；198, 199
まなづるとダアリヤ　⑨83
末那の花　③94
学校[まなびや]　⑦16
摩尼の珠　④231；107
マニラロープ　⑩333
まはり燈籠　⑧292，⑨181
まはり燈籠[とうろう]　⑫22
まひるの月　①55, 202
魔法　③384，⑥49
魔法使い　③233, 236, 237，⑤80，⑥293→魔法使ひ
魔法使ひ　③233, 236, 237，⑤80，⑥293
魔法瓶　⑦291
桃花心木[マホガニー]　②179
まほろし　①9，⑦622, 623
幻　⑫247
まぼろし坂　①93；67
まゝごと　③63
マミ　⑫242
狸[マミ]　④53
マミ穴森　⑩265
狸[マミ]の毛皮　⑥275，⑦64；200-202
マミミ　⑧305, 306, 330, 337
まむしさう　③212；515
まむしそう　③212；515→まむしさう
まめ　⑫279
豆　①34, 158，③270，④104；210, 212，⑧258, 275，⑨107, 209, 222，⑩183
荳　⑨61
大豆　④129，⑦214-216, 316，⑪24, 61，⑫120, 158, 201→大豆〈だいず〉
大豆[まめ]　③140, 185；337, 338, 340，⑥211，⑦68；218，⑧77，⑩106, 295
まめいろ　②93
豆いろ　①229，⑥117，⑩26, 128, 172，⑪166
豆色　①316
荳科　③635，⑥11
豆粕　⑪32, 33；65，⑫353；129, 130
まめぐら　⑦318

大豆倉庫　　⑦*315, 317*→大豆倉庫〈だいずそうこ〉
大豆倉庫［まめぐら］　　⑦*315*
豆汁　　⑧*322*
豆太鼓　　⑨*48, 291, 295*，⑪*13*
豆玉［まめたま］　　⑫*207*
まめつぶ　　⑧*155, 158*
豆電燈　　⑩*23, 126, 134, 170*，⑪*131*
豆の木　　⑧*222, 275*
豆畑　　⑧*274*
豆畠［まめばたけ］　　⑩*70*
魔もの　　①*137*
魔物　　①*25*
魔薬　　⑤*30*
麻薬　　④*24*
廐肥［まやごえ］　　⑨*177*
繭　　③*560, 561, 568*，⑥*238, 315*，⑦*592*，⑩*58*，⑪*30*，⑫*126*
繭［まゆ］　　⑫*205*
繭買い　　⑤*118*；*48*→繭買ひ
繭買ひ　　⑤*118*；*48*
まゆみ　　②*212, 421*，③*44*；*93, 103*，⑥*214*，⑧*288*
まゆみの実　　⑩*271*
まゆんだであ　　⑪*196*
マラソン　　⑧*17, 77*，⑩*294, 295*；*185*
マラソン競争　　⑧*18*，⑫*332*
まり　　⑦*117, 371, 373*，⑩*79, 265*，⑪*28, 29*；*58*，⑫*203, 204*；*124, 125*
　やどりぎの――　　⑩*81*
椀　　⑦*115, 116, 241*
椀［まり］　　⑦*39*
毬　　⑥*286*
マリア　　③*101*；*238*，⑥*294*
マリヴロン　　⑩*300, 302, 303*
マリオ　　⑨*80, 81, 85, 87*
マリオ競馬会　　⑨*82*
マリオ工学校　　⑨*82*
マリオ高等農学校　　⑨*86*
マリオ商学校　　⑨*82*
マリオ日日新聞　　⑨*86*
マリオ農学校　　⑨*82*
マリブロン　　⑩*301*
マリブロン女史　　⑩*300*
マリブロン先生　　⑩*301*
マール　　③*80*
泥灰岩　　③*51*；*80, 82, 114, 115, 118*
泥灰岩［マール］　　③*37*
円石　　⑩*8*
円石［まるいし］　　⑫*128*
丸木　　⑦*271*
マルクス　　④*300*
丸五　　④*85*；*165*
マルコ　　⑤*202*
マルサス　　⑨*212*
マルサス人口論　　⑨*227*
丸善　　⑥*66*
マルソ　　⑪*169*
丸太　　⑥*212*
丸太［まるた］の橋［はし］　　⑩*45*
マルチネ　　③*241*
マルテ　　⑪*221*
まるでまるで　　⑩*66, 106*
円電燈　　⑤*56*
マルトン原　　⑥*343, 345*，⑫*325, 335, 338*
丸箸　　⑥*181*
まるめろ　　①*47*；*51*，②*108, 209, 218, 324, 418, 427*，③*526*，④*30*；*51*，⑥*61, 246, 251*，⑦*258, 671*，⑧*220*；*94*，⑨*35, 206, 275*
円餅　　⑤*46*
マルヤマコウエンチ　　③*174*
まわり燈籠　　⑧*292*，⑨*181*→まはり燈籠
廻り燈籠　　⑨*102*，⑩*336*
慢　　⑦*279*
マン　　⑨*70*，⑫*75*
マンガン　　④*269*
マンガン鋼　　④*68*
満州　　⑤*56*
まんじゆう　　⑫*104*
まんじゅう　　⑫*104, 116*→まんじゆう，まんぢゅう
まんじゅう笠　　③*527*
満州豚　　④*65*
まんじゅうやま　　①*62, 211, 300*→まんぢゆやま，まんぢゆうやま
まんじゆしゃげ　　③*515*

（まつ～まん）　251

慢心　　　⑧57
万清　　　⑦192
万世橋　　①315
慢性りょくでい病　　⑧132, ⑨369
曼陀羅　　③93, 223；23, 212, 216, 222
曼荼羅　　①97, 98
まんぢうやま　　①62, 300
まんぢゅう　　⑫104
まんぢゃう　　⑫116
まんぢゆうやま　　①211
まんと　　⑪254
マント　　①373, ②125, 341, 433, 451, ③287；
　　333, ④195, 208, 238, ⑤182, ⑥196, 279, ⑦
　　67, 85, 163；247, 268, 269, 337, 339-342, 370-
　　373, ⑧21, 27, 43, 71-73, 292, 296, ⑨7, 8, 10,
　　11, 14-17, 19, 22, 24, 32, 34, 39, 40, ⑩95, 152,
　　253；148, ⑪146；257, ⑫256, 265
　　青い——　　⑩289
　　赤い——　　⑩192
　　ガラスの——　　⑧70, ⑨31, ⑪192；267
　　黒い——　　②454
　　三角——　　⑫265
　　すきとほる——　　⑨20
　　二重の——　　⑦163；512
　　緑色の——　　⑩289
　　薬の——　　⑦211, 212
マンドリン　　⑪184
マントル　　⑥59, ⑦282；685
万年筆　　⑫281
万能散[まんのふさん]　　⑧40
まんまる　　⑩175
まん円[まる]い大将[たいしやう]　　⑧154
まんまるまるゝゝん　　⑫77
まんまるまるゝるん　　⑧160
まんまろ　　⑫108, 120
万葉　　⑦295
万葉風　　③161

# み

ミィミィ　　⑨185；88
みいら　　③237
ミイラ　　⑦526
ミインミイン　　⑧107

ミウ　　⑫258
三浦半島　　⑥11
水脈　　⑥8, 10
水脈[みを]　　⑫97
水脉　　⑥6, 7
みおつくし　　①94, 95, 271, 272, 327, ③11, 105-
　　107；17, 19, ⑥261→みをつくし
みかげ　　②53, 275, ③86, 156；134, 138, 140,
　　201, 562, ⑥230, 302, ⑦96；476, ⑨366, 371
花崗岩[みかげ]　　③14, 56；25, 137
みかげ石　　⑧134
みかげせきざい　　②139, 355, ⑥243
みかげの胃　　③387-389
みかづき　　①94, 95, 273, 349, ⑦189, 346
三日月　　①54, 94, 95, 273, 327；54, ②69, ⑦
　　62；191-193, ⑨284
三日月[みかづき]　　②214, 423
三日月がた　　⑩151, ⑪145
三日月形　　⑥264
三日月沼　　⑤47
身代り　　⑩286
身代[みがは]り　　⑧17
みかん　　⑦122, 123, 125, 126, 238, ⑧175, 292
蜜柑色　　⑫369
三木敏明　　①87
み経　　⑦44
ミギルギッチョ　　③274
御座〈みくら〉　　③49
御[み]座　　③48
小宇宙[ミクロコスモス]　　③506
顕微鏡分析[ミクロスコープアナリーゼ]　　④
　　153
ミクロトーム　　③130；295-297, 302, 303
細截機[ミクロトーム]　　③304, ⑥277
三毛　　⑨70, 261, ⑫75
三毛猫　　⑨68, 69, 71-76, 78, ⑪221, ⑫173, 174,
　　176-180；73, 74, 76, 78-82, 84, 91, 92, 94
美乾美音　　⑤8
みこし　　⑩179
神輿　　③239
ミサ　　②180, 390
水竿　　⑦422
水竿[みさを]　　⑦423

| | |
|---|---|
| 岬　　⑩13；*128* | 水銀[みづがね]　②79 |
| 三崎　　⑥22, 23, 25, 26 | みずき　⑥16-19, ⑦717→みづき |
| 実ざくら　　①229 | 水杵　⑦24；*74, 75* |
| ミザンスロピー　　③*426*, ⑥225 | 水杵[みづき]　⑦76 |
| 厭人症[ミザンスロピー]　　③*427* | 水きね　③41, 258；*89*, ⑦72 |
| 嫌人症[ミザンスロピー]　　③177；*427* | みずぎぼうし　④52→みづきぼうし |
| 三島　　①38, 168 | 水ぎぼうし　③115, ④100, ⑦12；*24* |
| みしみし　⑧81, ⑨304, ⑩186, 280, 299, ⑪*19* | 水車[みづぐるま]　⑫47, 159 |
| ミシミシ　　⑧29 | 水けむり　⑪31, ⑫*128* |
| 目盛[ミージヤーリング]フラスコ　　④*80* | 水喧嘩　③340 |
| みじん　②24, 248→みぢん | 水苔　⑩35 |
| 微塵　①54, 87, 199, 261, 338, ②147, 191, 200, 317, 401, 409, ③*559, 560, 564, 566,* ⑥18, 62, ⑨238, ⑩100, ⑫255 | 水差し　⑦162；*507, 508* |
| | 水沢　③16；*29, 42, 43,* ⑨28, 248, ⑫376 |
| | 水沢緯度観測所　③47 |
| 微塵[みぢん]　②64, 285 | 水沢臨時緯度観測所　③46 |
| 微塵系列[みぢんけいれつ]　②101 | 水霜　④28, 36；*49, 59,* ⑥309；*180,* ⑦35；*104* |
| みじんこ　⑧330→みぢんこ | 水霜[みづしも]　⑧96 |
| みず　⑧67, ⑩187 | みずすまし　⑨16→みづすまし |
| 灌水[みず]　④*197, 198,* ⑥257 | 水ゾル　②53, 190, 257, 400 |
| 灌水[みづ]　④101 | 水田　⑦173 |
| 湧水[みづ]　③12 | 水田[みづた]　⑦172 |
| 灌漑水[みづ]　③178；*428* | 水煙草　⑧307 |
| 水あかり　⑫259 | 水たまり　⑩121 |
| 水芋　③263 | 水溜り　⑩117 |
| みずいろ　⑦198, ⑫68→みづいろ | 水壺　⑪74 |
| 水いろ　①92, 163, 168, 211, 268, ②74, 146, 157, 212, 367, 421, ③34, 82, 99, 113, 129, 158, 205, 243, 263；*74, 114, 116, 117, 277-279, 294, 297, 300, 304, 391, 392, 490-492, 495, 594, 595, 631,* ④23, 33, 38, 88, 125, 237, 243；*43, 64-66, 168, 169,* ⑤73, 97, 131, 194, 213, 232；*11, 213, 229,* ⑥40, 78, 166, 214, 219, 240, 265, 276, ⑦95, 198, 200；*261, 294-298, 437, 491, 493, 558, 562, 612, 657,* ⑨186, ⑩89, ⑪38, 42, 43；*39, 94, 300,* ⑫*138, 139* | 水禽　⑦671 |
| | みずなら　⑦76→みづなら |
| | 水楢　⑦112 |
| | みずばしょう　④51→みづばせう |
| | 水ばしょう　③69；*114, 118, 163, 164,* ⑩52→水ばせう |
| | 水ばせう　③69；*114, 118, 163, 164* |
| | 水[みづ]ばせう　⑩78 |
| | 水引き　⑥313 |
| | 水藻　⑤229 |
| 水[みづ]いろ　⑫30, 69, 208, 212 | 水屋　①*41,* ⑥151 |
| 水いろ[みづいろ]　⑧155 | 水百合　③*277, 278,* ⑤213, ⑥219, 240；*115* |
| 水色　①19, 36, 38, 62；*19,* ③595, ④282, ⑤184, 194；*30,* ⑥49, 364, ⑧26, ⑨90, 92, ⑩88, 178, 324, 325, ⑪*39,* ⑫268, 292, 377 | ミセスタッピング　⑦60；*186* |
| | 見世物　⑩178, 179 |
| 水色[みづいろ]　①300, ⑧53, ⑫39, 131, 157 | 味噌　③*192,* ⑤66, 67, ⑥108, ⑦259；*653,* ⑧83, 85, ⑩228, 268, ⑪*268, 298* |
| 水瓦斯　③11；*20, 21,* ⑥261 | |
| 汞〈みずがね〉　③142, ⑥111；*90* | |

(まん〜みそ)　253

味噌[みそ]　⑫87
溝うめ　③535, 536
味噌桶　⑩228, 230
みそかお　⑦53→みそかを
密夫　⑦53
みそか月　①200
みそかを　⑦53
みそさゞい　⑦157, ⑧273
みそさざい　③236, 237, ⑦29, ⑧274, ⑨164, 165, 264, 332, ⑩96→みそさゞゐ, みそさざゐ
みそさゞえ　⑨246
みそさゞゐ　⑦29, ⑩96
みそさざゐ　⑨332
三十路　⑦445, 523
味噌汁　⑤67
　　大根の――　⑩340
三十ぢ　⑦142 ; 446
味噌漬け　③348, 501
みそら　①81, 261, 267, 320, 365, ⑥177, ⑦73 ; 229
みぞれ　②18, 138, 139, 141, 242, 354, 355, 358, ③14, 29, 30, 146 ; 24, 26, 28, 35, 59, 60, 63, 64, 346, 349, 351-353, ④206, ⑤22, 147, 163, ⑥242, 243, 263, 266, 267, 287, 307, ⑦28 ; 57, 58, 60-63, 85, 274, 275, 608, ⑨393, ⑫228, 320
霙　①356, ⑥172
霙[みぞれ]　⑫200
みぞれぐも　⑦271
みぞれ雲　⑦87 ; 272, 273
県道[みち]　③455, 458, 459, 463, ⑥282
ミチア　③100, 101 ; 233, 234, 237, 238, ⑥293, 294→mischia
みちのく　①86, 91, 247, 260, ③25, 28
道又医院　④73
みぢん　②24, 248
みぢんこ　⑧330
蜜　②34, ③194, 240, 261 ; 239, 465, 588, ④30 ; 51, ⑦14, 15, ⑨285, ⑩274, 278, 283
三井銀行　①315
みづいろ　⑦198, ⑫68
三日のお月さん　⑨93
三日の月　⑫164

みづき　⑥16-19, ⑦717
みつぎとり　⑦127 ; 402
みづぎぼうし　④52
密教　③211, 213, 405
密教風　③407, ⑥255
三越　⑨217 ; 103
三つ沢山　④93, 95, 47
三ツ沢山　④94
みづすまし　⑨16
密造　⑩229, 235, ⑪115 ; 146
密造罪　⑩244
密造酒　⑩233
密造所　⑩239
密陀僧　⑦579
蜜陀僧　⑦578
みづなら　⑦76
蜜のいろ　③48
蜜のやうな色　⑪216
蜜のような色　⑪216→蜜のやうな色
三つ葉　⑪115
みづばせう　④51
蜜蜂　③205 ; 320, 328, 489, 491, 492, 495, ⑤107, 210, ⑪31, 42, ⑫139
蜜蜂[みつばち]　⑫207
三つ又　⑩265
みつみね　①47, 186
三みね　①186
三[みつ]みね　①293
三ッ峯　①46
三峰神社　①318
三みねやま　①318
三峰やま　①318
三目天主　③219
三つ森　⑦239
三つ森山　③171, 213 ; 413, 414, ⑨252, 253, 256
密猟者　⑦545
密猟船　⑩133, ⑪183
未定稿　③9-11, ⑦9, 10, ⑧63
御堂　⑦257, 259 ; 647, 653
みどり　①7, 16, 38, 42, 56, 106, 120, 121, 135, 168, 177, 203, 219, 276, 292, 383 ; 29, ②141, 358, ③73, ⑤22, ⑥51, 90, 168, ⑦41, 45, 51,

60, 93, 231；*47, 67-69, 130, 144, 145, 162, 163,*
　　*183-185, 509,* ⑧73, 145, 156, 205, 252, ⑩*200,*
　　⑫*72, 95*
碧　　⑧302
碧[みどり]　⑦*162*
緑　　①17, 24, 390, ②52, 71, 111, 142, 274, 291,
　　327, 359, 433, 460；*45,* ③55, 108, 115, 130,
　　152, 217, 240, 269, 272, 276；*134, 136, 139, 264,*
　　*265, 267, 297-300, 302, 304, 375, 378, 523, 524,*
　　*526, 527, 544, 550, 554, 587, 623, 632, 647,* ④
　　39, 131, 204；*35, 36, 69, 71, 220,* ⑤58, 82, 98,
　　⑥7, 8, 18, 71, 117, 119, 129, 148, 215, 246, 277,
　　301；*5, 100,* ⑦44, 98, 112, 150, 249, 263；*63,*
　　*140, 306, 353, 356, 608, 636,* ⑧93, 196, 209,
　　218, 219, 222, 256, 267, 283, ⑨42, 146, 182,
　　198, 203, 204, 236, 248, 270, 277；*131,* ⑩19,
　　29, 31, 107, 110, 117, 122, 142, 145, 162, 165,
　　185, 265, 272, ⑪5, 30, 31, 37, 44, 66, 136, 139,
　　156, 159；*40, 61, 62, 80, 88, 94, 278,* ⑫247,
　　261, 264；*97, 127, 128, 141, 165, 190*
　　黒い──　⑩13
緑[みどり]　⑧43, 53, ⑫*207, 208*
みどりいろ　②214, 423, ④185
緑いろ　②134, 350, ③198；*476, 478,* ④155,
　　230；*68, 107,* ⑤228, ⑥28, 85, ⑨357, ⑩16,
　　19, 100, 105, 106, 111, 119, 121, 130, 154, 155,
　　163, 165, 176, ⑪26, 36, 68, 85, 148, 149, 157,
　　159；*42, 62, 63,* ⑫285；*122, 133, 168*
緑[みどり]いろ　⑫13, 67, 71, 207, 208, 222, 224,
　　229, 320
緑色　③*551, 554,* ⑥19, ⑧106, 191, 193, 194,
　　200, 206, 207, 212, 213, 224, 226, 228, 310, 316,
　　324, 326, 335；*88, 106, 146,* ⑨*167,* ⑩205,
　　289, ⑪38, ⑫378；*134*
緑色[みどりいろ]　⑧71, 72, 154, 157
みどりご　⑥*85,* ⑦31；*93, 115, 116, 502*
みどり児　⑦114-116
緑の氈　⑥6
緑の針　⑤181
緑びらうど　③*305, 308*
緑びろうど　③*305, 308,* ⑩220→緑びらうど
緑天蚕絨　③68；*161, 163*
みな口[くち]　⑫210

水口　①41, ⑫*138*
水口[みなくち]　⑫210
水無し田　⑦*253*
港先生　①31, 152, ⑦247；*632*
みなみかぜ　⑦461, 462
みなみ風　①360, ⑦114；*184, 360, 361,* ⑨44
南かぜ　⑦44, 146
南風　⑥6, ⑦138；*140, 141, 204, 433, 434, 459,*
　　⑨249
南十字　③105
みなみぞら　①360
南天竺　⑨154
みなみの風　⑦134
南の風　③91, ④11, 55, 56, 80, 135, 208, 224,
　　298；*19, 108,* ⑤69, 163
南万丁目　⑩249
源の大将　⑧263, 265；*110*
見習看護婦　⑤75
見習士官　⑥58, ⑦284；*689*
水[み]縄　⑦*134; 423*
鉱物[ミネラル]　⑩343
ミネルヴァ神殿　⑤69, ⑦146；*461, 462*
箕　⑧320, ⑨29, ⑩107, 178, 186；*111*
　　硝子の──　⑤196, ⑫276
みの帽子　⑨139
みのり　①320, 340
み経　⑦44
三原　⑥20, 176
三原の山　⑦173；*520*
みふゆ　①57, 60, 206, 209, ⑦135, 288
み仏　⑦44
三また　②67, 288
三[み]またの槍[やり]の穂[ほ]　⑩45
見廻人　⑫367, 376
　　放牧地──　⑫363, 364
ミーミー　③102；*239*
みみず　①27, 143, ⑧160, 316, 317, ⑨153, 257,
　　⑩70, ⑪*35,* ⑫76, 378→みゝづ、みみづ
みみずく　④177, 240；*158,* ⑩71, 339, ⑪230,
　　231→みゝづく、みみづく
みみずく森　⑤64→みみづく森
みゝづ　⑧160, 317, ⑨153, ⑫76, 378
みみづ　①143, ⑧316

（みそ～みみ）　255

みゝづく　⑩*339*，⑪*230, 231*
みみづく　④*177, 240*；*158*，⑩*71*
みみづく森　⑤*64*
みもと　⑩*94*，⑪*206*
宮城　⑨*126*
宮古　①*74, 75, 235, 318, 328*
宮古町　①*75, 235*
宮古の港　⑤*11*
宮沢［みやさは］　⑥*197*
宮沢　②*125, 147, 341*，⑫*191*
宮沢賢治　⑦*59, 587*，⑪*69*，⑫*5*
宮澤賢治　①*6*
宮沢商会　⑦*377*
宮善　③*636*
宮の目　⑥*84*
宮野目〈地名〉　③*344*
宮野目〈人名〉　⑩*60*
みやまういきょう　④*240, 261*；*587, 588*，⑦*14*
　　→みやまうぬきやう，みやまうぬきゃう
みやまうぬきやう　⑦*14*
みやまうぬきゃう　④*240, 361*；*587, 588*
みやまつりがねにんじん　③*588, 589*
冥加　⑩*275*
冥加［めうが］　⑧*7*
明月天子　⑤*7*
みょうがばたけ　④*117*→めうがばたけ
妙好［みやうこう］の火口丘　②*127, 343*
命終　⑦*162*
明礬　⑥*31*
妙法　①*281, 320*，⑤*177*
妙法蓮華経　⑤*177*
ミラア　⑩*128*，⑪*131*，⑫*347*
未来圏　③*181*；*433, 626*，④*300*，⑥*217*
未来派　②*214, 423*
ミラノ　⑥*54*，⑦*38*
ミリ径　⑥*113*
みりみり　⑧*128*
ミリミリ　⑧*164*
ミルク　⑨*139, 209*，⑩*339*
ミルダの森　⑫*304*
ミーロ　③*92, 98, 100, 102*，⑪*69, 73, 75-87, 89, 90, 93, 101, 114, 117-120, 122*；*122, 126, 132, 148, 150, 151, 154-156*

羊飼の——　⑪*116*
みをつくし　①*94, 95, 271, 272, 327*，③*11, 105-107*；*17, 19*，⑥*261*
明　⑤*99*
民事　⑫*73*
民譚中　③*287*

## む

無畏　⑤*99*
六日の月光　⑩*266*
六日の月　②*196, 405*
無意識　⑥*72*
無意識部　⑤*230*
むかで　⑧*172, 173, 178*，⑫*214*
むぎ　④*45*
麦　①*9, 23, 108, 132, 140*，②*33, 256*，③*129, 133, 155, 358, 378*，④*59, 226, 256*；*228*，⑤*100*；*128, 132*，⑥*81, 83, 144*，⑦*82, 181, 232*；*260, 611*，⑧*140, 241, 335, 336*，⑨*149, 216*；*177*，⑩*50, 311*，⑪*23, 24*，⑫*262*
麦［むぎ］　⑩*42, 44*，⑫*199, 200*
素麺［むぎ］　④*25, 133*，⑦*517*
麦から　⑧*146*
麦粉　③*193*，⑨*279*，⑪*125*，⑫*121*
麦こなし　⑩*59*
無機体　⑨*89*，⑩*322*
無期徒刑　⑨*229*
麦波　③*131*
麦糠　⑨*213*；*101*，⑩*343*
麦の粉　⑪*24*；*43*
麦のはぜ　⑩*89*
麦のふすま　⑨*98, 99*，⑩*331, 332*
麦はぜ　⑩*89*
麦ばた　③*55*；*136, 139*，⑥*301*
無窮遠［むきうゑん］　②*44*
麦類　⑦*536*
麦稈　②*458*，⑧*335*
麦わらの帽子　⑥*84*
麦藁帽　⑨*126*
麦稈帽　⑩*51*
麦稈帽子　④*80*
むく　③*343*
むく犬　④*219*；*144*，⑦*156*

| | |
|---|---|
| むくっ ⑩68, ⑪202 | 無生 ⑦225 |
| むく鳥 ③*343* | 無常 ③*560, 561*, ⑥238 |
| むくの犬 ③*127* | 無上甚深微妙の法 ⑫241 |
| むくむく ⑧191, 196, 217, ⑨201, ⑩13, 71, 262, ⑪206, ⑫218 | 無上甚深微妙法 ⑫255 |
| むぐら ⑧47-50, 52, 53, 119, ⑨186 | 無常の理 ⑦*19* |
| むぐらもち ⑧47, 50 | 無上菩提 ②463, ⑨290, ⑩97 |
| 夢幻 ③24, ④*183, 293*, ⑫367 | 無色 ②9, 233, ③*131, 132*, ④*46*, ⑥78, ⑧317, ⑨314, ⑪49；*24*, ⑫*145* |
| 無限 ③*45* | 無色[むしよく] ⑫215 |
| 向側世界 ⑧*141*, 142 | 無色のけむり ⑪49 |
| 向う世界 ⑨18→向ふ世界 | 虫類 ⑩339 |
| むこどの ⑩313 | むしろ ⑤140, ⑧121, ⑩260, ⑪23 |
| 向ふ世界 ⑨18 | 莚 ④185, ⑥246；*5, 13*, ⑦305 |
| 武蔵 ①316 | 　草の── ⑥7 |
| むし ①318 | むしろ帆 ⑦44；*140* |
| 虫 ①29, 80, 149, 249, 293, 308, 312, ③108, 130, 276；*247, 248, 250, 258, 260, 262, 265, 302, 304, 358, 549*, ④*54, 70*, ⑦664, 666, ⑧86, ⑨171, 234, ⑩125, 169, 277, 309, 310, ⑪30, 31, 110, 133, 221；*47, 58, 290*, ⑫*127, 240* | 無水亜硫酸 ②46, 268 |
| | ムスカリ ⑫286 |
| | ムスカリン ④79；*153* |
| | むずむず ⑧238, ⑩307 |
| | ムーゼー ⑦304 |
| 虫[むし] ⑧9, ⑩44, ⑫205, 206, 320 | 夢草 ⑦292 |
| 　青[あを]じろい── ⑫204 | むぞやな ⑧109, ⑪194, ⑫367 |
| 無色〈むしき〉 ⑦75；*237* | むち ⑪*248*, ⑫15 |
| 虫けら ⑨353 | 鞭 ⑨119, 144, ⑩331, ⑪11-13, 74, ⑫16；*105* |
| 虫けら院 ⑩281 | |
| 虫けら会 ⑩276-278 | 鞭[むち] ⑫189, 191 |
| 虫[むし]けら会[くわい] ⑧8 | むちゃくちゃ ⑧52, ⑩208 |
| むしごて ⑪18, ⑫*111* | むちゃむちゃむちゃっ ⑧166 |
| 蒸しごて ⑪18, ⑫*111* | ムチン ⑤25 |
| むじな色 ③233, 278 | 陸奥 ⑦307 |
| 蒸[む]しパン ⑫204 | むっ ⑩71, 295；*229*, ⑪102；*299* |
| 虫めがね ④157 | むっくり ⑧14, ⑩216, 283, ⑪183 |
| 虫めがね君 ⑪125 | ムッセン街道 ⑧321 |
| 無邪気さ ⑧*9, 12* | 六連星[むつらほし] ⑦425 |
| 無邪気な君子 ⑩299 | 無抵抗思想 ④67 |
| むしゃくしゃ ①193 | 無抵抗主義 ④66 |
| むしゃくしゃ ①193, ④77, ⑧*60*, ⑨80, 254, ⑪83, 221, ⑫267→むしやくしや | むにゃ ⑧17 |
| | むにやむにや ⑧243 |
| むしやむしや ⑦127；*402*, ⑫204 | むにゃ、むにゃ ⑧17 |
| むしゃむしゃ ④61；*121*, ⑦127；*402*, ⑧307, ⑪29, 128；*68, 266*, ⑫204→むしやむしや | むにゃむにゃ ⑧15-17, 145, 243, ⑩284-286, 313→むにやむにや |
| | むにゃむにゃむにゃ ⑧17 |
| むじゃむじゃ ⑩340 | むにやむにやむにやっ ⑧334 |
| ムシャムシャムシャムシャ ⑧306 | |

（みみ〜むに）　　257

むにゃむにゃむにゃっ　⑧334→むにやむにや
　むにやっ
ムニャン　⑨70, ⑫275
無仏五劫　⑫206
謀叛　⑨300, ⑪11
無明　⑦279 ; *524, 682*
ムムネ　⑧314
ムムネ市　⑧*313, 320*
村井　⑦*190, 191, 634*
村長［むらをさ］　⑦*266*
斑気［むらき］　⑥279
村久　⑦*247 ; 632*
むらさき　①11, 27, 100, 113, 143, 349 ; *32, 38,*
　　④147 ; *132,* ⑤*116,* ⑥*93,* ⑦12, 122, 175,
　　191 ; *24, 346, 385, 388, 433, 552*
紫　①349, ③272, 275, ④100, 131, 281 ; *35, 36,*
　　⑦138, 192, 193 ; *346, 434,* ⑧88, 194, ⑨42,
　　44, 104, 171, 172, 257, 267, 272, 353, ⑩143,
　　146, 271, ⑪64, 137, 140, 201, ⑫247, 280
紫［むらさき］　⑧145, ⑫51, 224
紫綾　⑦9 ; *19*
むらさきいろ　⑫*55*
紫いろ　②181, 391, 465, ③225 ; *118, 542, 638,*
　　⑤17, 208, *208,* ⑥28, ⑦*582,* ⑨171, 331,
　　340, ⑩140, ⑪127, 137, 197, 207 ; *292*
　うすい――　⑩*013*
紫［むらさき］いろ　⑩*72,* ⑫*79*
紫色　①53, 198, ⑧27, 181, 207, 212, 267, 332,
　　⑨19
紫色［むらさきいろ］　①295
紫朱珍　⑤17
村崎野　⑤*233*
むらすゞめ　⑦124 ; *392*
ムラードの森　⑪76, 79, 114 ; *122*
むらどり　⑦187 ; *16*
むら鳥　⑦*18*
村の政客　⑤*62*
村久　⑦247
村人気質　⑩*129*
むらひばり　⑥268, ⑦55 ; *172*
村娘　⑨*119*
むらむらっ　⑨258
ムロラン　③*170, 173*

室蘭　②185, 395, ⑩252
むんず　⑩274 ; *169*→むんづ
月長石〈ムーンストーン〉　②*50*
むんづ　⑩274 ; *169*
月鹿日鹿［ムーンディアサンディーア］　③*427*
ムーンディア　サンディーア　③*427, 428*
ムーンディーアサンディーア　③178 ; *426,* ⑥
　226

## め

芽　①14, 116, 391, ②69, 81, 104, 298, 320, ④
　103, 167, 241, 242, 275, ⑥*259,* ⑩*31, 287*
芽［め］　⑧10
妻　⑦*52, 54*
妻［め］　⑦19
目あかし町　⑦111 ; *351*
メアンダー　③*607*
明暗交錯　②207, 416
名月天子　③*112*
名刺　⑩242
名刺［めいし］　⑫216, 217
明治　⑩184
　明治廿九年　②*131*
　明治四十三年　③*8,* ⑦*9*
　明治四十四年　①*5*
　明治四十四年一月　①*23*
明治女塾　⑦143 ; *454*
めいめい　⑩*168,* ⑪*132*
明滅　①35, 36, 162, 318, ②7, 63, 157, 231, 367,
　　433, 436, ③*108, 118, 645,* ⑤13, 20, ⑦*547,*
　　*548,* ⑨*339,* ⑫260
名与村長　⑦*158, 458, 693*
名誉村長　④229, ⑦50, ⑩229, 243-246
　――の家　⑩*132*
名誉判事［めいよはんじ］　⑫816
めうがばたけ　④117
めがね　⑨396, ⑩13, 289, 292, ⑫33, 84, 157,
　　213, 270
　青［あを］い――　⑫146
　赤青［あかあを］――　⑫148
　くさりの――　⑨396
　ひとでの――　⑩*8*
　べっ甲――　⑫271

横——　　⑨396
眼がね　　④133, ⑦516
眼[め]がね　　⑫214
眼鏡　　⑤216, ⑩109, 141, 148, 289, 332, ⑪191,
　　⑫271
眼鏡[めがね]　　⑫32
　　赤[あか]い——　　⑫147
めがねパン　　⑨396
メガホーン　　⑥196
メキシコ　　①371
めきめきっ　　⑧151
目薬　　①11, 113
めくそ　　⑧8, ⑩277
めくらとんび　　⑫156
めくらのかげろう　　⑩275→めくらのかげろふ
めくらのかげろふ　　⑩275
めくらぶだう　　①149, ⑧111, 112, 114, ⑩
　　300 ; 186, 188, 190
めくらぶだうと虹　　⑧17, ⑩187
めくらぶどう　　①29, 149, ⑧111, 112, 114, ⑩
　　300 ; 186, 188, 190→めくらぶだう
めくらぶどうと虹　　⑧17, ⑩187→めくらぶだ
　　うと虹
めぐるい　　④30 ; 51
メゴーグスカ　　⑤79
目刺　　⑥310
召使　　⑩10
飯びつ　　⑤112
目盛[メージヤーリング]フラスコ　　④83
めじろ　　④117, 138, ⑧85, ⑫264, 265
目白　　⑨246
銭[メース]　　⑩194
雌杉　　⑦586
メソッド　　⑥11
計器[メーター]　　⑥279
めだか　　⑧29, 33
めたる　　⑧155, 158, 159
メタル　　⑧157, 159, ⑨217, ⑫68, 69, 71-75 ;
　　12
メダル　　⑦43 ; 138
メタン　　③486, ⑥70
メタン瓦斯　　①252
めちゃくちゃ　　⑩57, 239

めちゃめちゃ　　③379, ⑧241
メチル　　③147
メチール　　③147
メチレンブリュー　　⑨88
めつき　　⑫17
めっき　　⑫17→めつき
めっちゃめちゃ　　⑧69, ⑨27
滅法界　　⑪216
メネ街　　⑨71, ⑫76
女猫　　⑫74
眼の碧い蜂　　⑩175, 179
瑪瑙　　①101, 321, ②87, 127, 179, 304, 343, 389,
　　③37 ; 80-82, 597, ⑤63 ; 218, ⑥24, ⑧215,
　　298-301, ⑨284, ⑩99, ⑫304 ; 237
瑪瑙[めなふ]　　⑧44, 49
瑪瑙[めのう]　　⑥198
瑪瑙木　　⑧322
めのこ勘定　　⑨234
雌花　　③282
メフィスト　　⑥54, ⑦706, ⑫270
メフェスト　　⑦297
メフエストフエレス　　③527, ⑥247
メフエストフエレス　　③523, 527, 528, ⑥247→
　　メフエストフエレス
目盛フラスコ　　④161 ; 78
めらあつ　　⑫62
めらあっ　　⑧151, ⑫62→めらあつ
黒玢岩　　⑦521
黒玢岩[メラフアイアー]　　①79, ⑦172
黒玢岩[メラフアイアア]　　⑦208
黒玢岩[メラフイイアー]　　①246
めらめら　　⑧335
メーランファン　　⑤96
メリ　　⑤128 ; 152
メリケン粉　　⑨113, 115, 117, 215 ; 45, ⑫332
メリケン国[こく]　　⑫153
メリケン袋　　③382, 466
メリ、メリ、メリッ　　⑧151
めりめりめりめりっ　　⑫62
めりめりめりめりっ　　⑫62→めりめりめりめり
　　っ
メリヤス　　⑤16, 41 ; 36, ⑦153 ; 486-488
メロディーロメオ　　⑦135

(むに～めろ)　259

綿火薬　③142，⑪105
免官　⑨405
仮面[めん]こ　⑧97
孟子[メンシアス]　⑨232
綿ネル　④208
綿フラン　⑧80
綿羊　⑦47；148-151

## も

裳　⑥63，⑦256；645
藻　①25，90，136，264，③163，⑤116，153；129，⑥116，⑦16；39，42，⑫252
毛管作用　⑥13
猛禽類　⑩339
妄言綺語　⑨169
蒙古　⑥51
毛孔　⑥111
毛茛科　⑨179
孟子　⑨232
亡者　①89，⑥51，⑦566
妄執　⑨168
もうせんごけ　②78
盲腸炎　④84
毛布　①162，④168，208，⑤40，⑦18，223；47，48，50，275，374，596，675，⑧290，292，304，⑩92，95→毛布[けっと]
毛布[もうふ]　⑫225
網膜　⑥59，⑦282；602，685，⑩29
もうもう　④19；34，⑤154，⑪196
もえぎ　⑤276；554
もえ黄　③550
萌黄[もえぎ]　⑫190
萌黄いろ　③182；434，435，550，⑦25；78
萌黄色　⑧106
モオニング　⑨144，226
もかもか　⑨109，⑫130
もがもが　⑧12，⑩76，281
モカロフ　⑤127；151
木魚　⑦43，44
藻草　⑦153；488
木材乾溜　⑪112
木材乾溜会社　⑪146
木醋　③313-315

木星　②148，③263
木精　①41，175，⑪115
木タール　⑩235
木炭　⑨104，108，⑪118；49
木彫　④69
木馬　①37，165，331，⑥52
木版　②16，240
木版本　⑤222
もくもく　③108，232；118，141，143，190，250，253，261，472，572，⑥234，⑧50，106，⑩40，50，⑪197；53，⑫137
もぐもぐ　⑤73，⑫298
もくもくもく　③476
もくもくもくもく　③196；472，474，477
もくりもくり　②42，265
模型　⑥238，279；11
模型[もけい]　⑫214，217，218
モザイク　③294，297，300，304，④44，145；88，⑥277，⑦303；353，354，491，493，⑫286
モザイク風　④164
もさもさ　⑨48，⑪6，⑫98，101
もじもじ　⑤36，⑧188，204，⑩104，105，111，155，237，260，320；85，⑪51，124，149，176，179，181，188；88，177，197，⑫217，319；148→もぢもぢ
モシャ　⑤149
もしやもしや　⑫176
もしゃもしゃ　③466，⑨72，374，⑫176；78→もしやもしや
もじゃもじゃ　②157，⑧39，40，226，249，⑨52，63，297，382，383，⑩33，51，179，195，319；111，⑪10；30，⑫193，264；100→もぢやもぢや，もぢゃもぢゃ
喪主[もしゅ]　②118，334，⑥189
喪章　⑪68，⑫168
もず　③223，225，227，308，④21，132，220；35，144，⑥208，⑦42；133，327，550，⑧111，114，⑨123，124，⑩106，300，303
百舌　①29，148，③133；308，⑦242；309，⑨122-124，164，246，⑩120，121，⑫170
苔瑪瑙　③275，⑧108，⑨165
苔瑪瑙[モスアゲート]　③271→苔瑪瑙[モッスアゲート]

もすそ　　⑤213, ⑩300
裳裾　　⑤10
もそもそ　　④57, 144, ⑦10；20
もぞもぞ　　①27
モーター　　③59, 60, ④97；185, ⑥6
電動機[モーター]　　③59
モーターボート　　④104, ⑤39, ⑥9
餅　　③654, ⑪26, ⑫297-299, 302；122
餅[もち]　　⑧44, ⑫103, 107, 108, 114, 115, 119, 120, 201
もちい　　⑦38；112, 113→もちひ
餅負い　　⑥313→餅負ひ
餅負ひ　　⑥313
もちひ　　⑦38；112, 113
もぢもぢ　　⑤36, ⑩111, 155, 260；85, ⑪51, 124, 149, 176, 179, 188；88, 197, ⑫319；148
もちやもちや　　⑧93
もちゃもちゃ　　⑧93, ⑨149→もちやもちや
もぢやもぢや　　②157, ⑧249, ⑫193
もぢゃもぢゃ　　⑧39, 40, 226, ⑨52, 63, 297, 382, 383, ⑩33, 51, 179, 195, 319；111, ⑪10；30, ⑫264；100
木鼓　　⑦17；44, 45
苔瑪瑙[モツスアゲート]　　⑫257
もっぺ　　③150, 153
モッペ　　⑦195-197
袴[モツペ]　　③61
雪袴[モツペ]　　⑤27
元締　　④250
元山　　⑦113；359
モートル　　③273, ⑤11；9, ⑦180, 291；698
電動機[モートル]　　③98
最中　　⑧165
モナコ王国　　⑫332
モナド　　①346, ②166, 453；39, ③46, 280；104, 106, 596, 597, 648, ④82, 225, 240；148, 158, ⑥43, 55, 62, ⑦15；38
モナドノック　　③276；556, 637, ④17, 250, ⑦170→ monadonoc
残丘　　③549, ⑤220
残丘[モナドノック]　　⑤132, 227
残丘[モナドノック]　　③655, ⑦54
残丘[モナドノックス]　　③543

もにやもにや　　⑫267
もにゃもにゃ　　⑩181, 205, ⑫267→もにやもにや
もにゃもにゃっ　　⑪181
もにゃもにゃもにゃっ　　⑧334
もにゃもにゃもにゃっ　　⑧334→もにやもにやもにやつ
モニャン　　⑨70, ⑫75
モーニング　　⑨82, ⑪106
モーニンググローリ　　②169
モネラの町　　⑪46
物譚詩〈ものがたりし〉　　⑨120
ものさし　　⑩58
物干台　　①269
喪服　　③192；455, 458, 460, 464, ⑥284
もみ　　⑩134, ⑪131
籾　　⑦23；71, ⑩261, 285-287；153, ⑪43；39, 78
籾[もみ]　　⑫212
樅　　⑨218
もみじ　　⑤140, 144, ⑦257；647→もみぢ
もみじの木　　⑩192→もみぢの木
籾磨　　④279
もみぢ　　⑤140, 144, ⑦257；647
もみぢの木　　⑩192
もみの木　　⑩23, 126, 170, ⑪164
木綿　　①38, ③47, 155；385, 386, ④223；145, ⑥42, 84, 271, ⑦368, ⑨186, 236
木綿糸　　⑨246
木綿屋　　④187
桃　　①56, ②26, 250, ④85, 244；160, 162, ⑦230-233, 526, ⑧83, ⑨325
桃[もも]　　⑫319
もいろ　　⑦358, ⑧207, 212
桃いろ　　②69, 178, 388, ③116, 240, 261；542, 587, ④15, 142, 149, 222；258-260, ⑤42, 64；37, 62, ⑦14, ⑨211, 254, ⑩185, 262, 274, 295, ⑪30, 31, 36, 42, 44, 64, 107；22, 46, 61-63, 80, ⑫127, 128, 133, 138, 141
桃[も、]いろ　　⑫7, 53, 67, 207, 208, 224
桃[もも]いろ　　⑩79, 80
桃色　　⑧202, 211, 213, 214, 334, ⑨83, ⑫12
桃色[もゝいろ]　　⑫140, 156

桃色[ももいろ]　⑧154, 248
桃色の後光　⑩318
百千鳥　⑥176, ⑦173；*520*
ももどり　⑦38；*112*
もも鳥　⑦*113*
桃の木　⑧223, 227, ⑨47, 63, 64, ⑪*30*
桃[も〻]の果汁[しる]　⑫*43*
桃の実　⑦*93*
桃の顆[み]　⑦31；*94*
も〻ひき　①41, ⑤59, ⑦*489*
ももひき　①176, ③288, ⑤32；*663*
も〻引　⑤41；*38*
もも引　③*665*, ⑤112；*38*, ⑥280, ⑦*669*
股引　⑧21, ⑨394, ⑫*101*
股引[も〻ひき]　⑫*41*
もや　⑪*254*
　まっ白な——　⑤24
もやもや　⑧31, ⑫*267*
森　⑦*720*, ⑩*142*, 265；*64, 94, 95, 119*, ⑪23, 25, 27, 30, 31, 35, 44, 45, 51, 65, 66, 69, 82, 136；*35, 41, 44, 46, 48*, ⑫*199*；*132, 142, 148, 163*
　七つの——　⑩*190*
　ひのきの——　⑩*81*, ⑪*194*
　まっ黒な——　⑧*190*
　ムラードの——　⑪*76, 79*；*122*
森[もり]　⑩*81*, ⑫*200-207*, 226, 227
盛岡　①48, 54, 64, 200；*39, 44*, ②58, 79, 280, 296, 439, 446, ③*46*, 171, 250, 280；*104-106, 108, 197, 414, 415, 495, 496, 615, 645-647*, ④208；*201, 343*, ⑤*39*, 222；*17*, ⑥100, ⑦*672, 673*, ⑨*131*, ⑩95, 96, 184, 255, 256, ⑫246, 293
盛岡駅　③85；*199*
盛岡銀行　③*199*
盛岡高等農林学校　⑫238
盛岡高農　①330
盛岡高農修学旅行　⑥52
盛岡市郊外　⑫350
盛岡測候所　⑥113
盛岡中学校　①25, ⑦247
盛岡中学校生徒諸君　④*351, 355*
盛岡停車場　⑤184

盛岡祭　⑧285
モリーオ市　⑪69
モリオ農学校　⑨31
モリーオの市　⑪*79, 94, 121, 122*
森槐南　⑦48；*154*
モリキル　③*224, 225*, ⑥209
分子[モリキル]　③*96*；*226, 228*
森佐一　③208, 209；*505, 507, 512*
モリス　⑫*191*
モリブデン　⑪179, 211；*229*
もりもり　③65, 67；*156*, ⑧286
モール　⑩210, ⑫342
モルスランダ　③*607-609*, ⑥252
モルスランダー　③251
モルボイランダー　③*608*
もろこし　③273
モロツコ狐[きつね]　⑫135, 138
モロッコ狐　⑫135, 138→モロツコ狐[きつね]
紋　④*22, 23*, ⑤230, ⑩321
門歯　⑨233
文殊師利菩薩　⑤7
紋付　⑤*143*, ⑫*270*
門徒　⑤84
もんぱ　⑤*95*, ⑦*274*；*616*
モンパ　⑦*679*
帽巾〈もんぱ〉　②455
もんぱ帽子　③*434*
文部局　⑨80
文部省　⑩*143*
もんぺ　③62

## や

矢　⑨*142, 144*, ⑩20, 123, 166, ⑪6, 9
矢[や]　⑩80, ⑫*187*
簳〈や〉　⑦*236*, ⑩146
やいば　⑥375
刃[やいば]　⑥374
夜雨　⑦*297*
八重の桜　④42
八百長　④*73*
山羊　①*34*, ②205, 414, ③*370, 414, 520*, ④121, ⑦*153*, ⑨*272*, ⑩95, 197, 198；*123, 124*, ⑪*69-72, 74, 75, 83, 99, 101*；*116, 120, 139*, ⑫

242
山羊[やぎ]　⑫11
山羊小屋　⑪75
焼っぷくって　⑧270
焼っぷぐるぞ　⑫376
山羊の乳のいろ　③258
焼畑　⑦24；75-77
焼きぼつ杭　⑥229
八木巻　③56；135, 137, ⑥302
八木巻[やぎまき]　③140
野球　⑨243, ⑪153
野牛[やぎう]　⑧65, ⑪280
夜具　⑩183, 186
約婚者　⑦86
無能[やくざ]　⑥280
やくざもの　⑥295
薬師　③271, 275, ⑤21, 218, 229, ⑦284
薬師外輪山[―ぐわいりんざん]　②118, 334
薬師外輪山[やくしぐわいりんざん]　⑥189
薬師火口　②123, 125, 215, 339, 341, 424
薬師火口[やくしくわこう]　⑥195, 196
薬師岱赭[やくしたいしや]　②213, 422
薬師岳　②134, 350, ③514, ⑤219, ⑫280
薬師仏　①24, 134
役者　④15, ⑥51
役者[やくしや]　⑥197
薬叉[ヤクシヤ]　③164
役者絵　⑦559
ヤークシャ山頂　⑪102
役所　⑩197, 226, 232-234
役所[やくしよ]　⑫56
家ぐね　③345, ⑤76
牆林[ヤグネ]　③143；345
八雲　③24, ⑦385
やぐら　⑥8, 44；6, ⑩17, 18, 120, 163, 164, ⑫229
櫓　⑪60, 63, ⑫157
櫓[やぐら]　⑫214, 221, 223
焼石　①14, 116, ⑥315
焼走り　⑦310
ヤコブ　④75, 219；144, ⑦49；156, 157
野菜　⑨224, 229, ⑩187, 188, ⑪35, ⑫132
矢沢　⑥84

邸[やしき]　⑪277
椰子の木　⑨38
鏃　③82；194
祠　⑤101
安彦　⑪232
保久大将　⑨17
耶蘇　①61
八十く→西条八十〉　⑤83
屋台　④218；139, ⑩179
屋台店　④74
八谷　⑥368, ⑦66；206
谷地　⑨251, 252
谷内村長　⑦264
八千代　①76, 239
八ッ岳　⑨22
やっこさん　⑨17
やづだったんす　⑨8
やつで　⑧157
ヤップ島沖　⑫181
ヤップ島沖　⑫181→ヤツプ島沖
星宿[やど]　⑦211
雇　④162, ⑤190
雇い　⑦165→雇ひ
雇ひ　⑦165
宿屋　④262, ⑦149；469, 472, 476, ⑩275
やどりぎ　②219, 428, ⑥161, 249, ⑦235, 236, ⑩79-81；132, ⑫47, 48, 51
やどり木　③21, 164；42, 397, ⑦75；40, 41, 237, 238, ⑧207, 211, 212, 215, ⑨211, ⑩79
やどりぎのまり　⑩81
やな　③566
簗川　①66, 220
やなぎ　①71, 149, 228, 232, 252, 276, 284, 285, 310, 381, 391；49, ②95-97, 111, 176, 179, 209, 213, 311-313, 327, 386, 389, 418, 422, 443, ③51, 94, 139, 260；88, 114, 119, 212-214, 223, 331, 333-335, ④229, ⑥8, 35, 203-205, 361-363, ⑦548, 657, ⑨81, 85, 119, ⑪105, 109
　――の花　②21
　しだれの――　③472
柳　①30, 71；18, ③37, 65；80-82, 190, ④14, 116, 141, 148, 150；253, 254, 262, ⑤208, ⑥34, 148；110, ⑦107, 290；55, 143, 184, 339,

(もも〜やな)　263

340, 342, 434, 698；⑧274, 280；⑨179, 219，⑪235，⑫266
——の枝　④14
——の木　⑧273
しだれの——　③474, 476
柳[やなぎ]　⑫91
楊　①82, 389；②202, 411；③82, 83, 313, 315, 553；④55, 81, 108, 123, 165, 168, 224, 230, 287；88, 107, 108, 131, 132, 135, 222, 239, 257；⑤117；⑥9, 151；6, 110；⑦138, 189；433-435, 458, 547, 549, 550, 653；⑧98, 301；⑨123, 124, 128, 191, 195, 251, 279, 283, 287, 330, 338, 340, 343；51, 87；⑩87, 125, 169, 191；⑪208；⑫249
——の枝　⑪184, 188
——の樹　⑩121
——の木　②185, 395；⑨119-122, 124, 125；48, 49；⑩22, 46；120, 121；⑪162, 207
——の葉　⑪233
——の花　⑥150；⑨35
楊[やなぎ]　⑥203；⑧39；⑩73
柳条[やなぎいと]　⑦341
柳沢　①70；26；②66, 438, 439, 446；③124, 275；348, 555；⑦52, 343, 344；⑫252, 256
柳沢[やなぎざわ]　②146
柳沢野　⑦108
柳沢洋服店　②454
やなぎ並木　⑤183；⑦247
楊並木　⑩87
柳にけまり　⑨219
やなぎの木　⑨119
楊[やなぎ]の木[き]　⑩41, 42, 72
柳葉　⑦143, 144
楊葉　⑦45；145
やなぎらん　②174, 176, 177, 181, 384, 386, 387, 391
——の花　⑩13
やに　⑤82
樹脂[やに]　③225, 228
屋根窓　①261
野馬　③145, 148；349, 351, 353, 357, 631；⑤57；⑥262；⑦54；⑧102, 116；⑪191
矢ばね　④21；35；⑤174

矢羽　④132
矢羽根　④130, 131
やぶ　⑩158；187
藪　③14, 44, 60-62, 146, 168, 269；32, 99, 197, 199, 200, 257, 261, 349, 353, 403, 407；⑥255；⑧293；⑩33, 103, 233, 255, 295；⑪117；⑫167
接骨樹——　③424
ばらの——　⑩88
葡萄——　⑪196
藪[やぶ]　⑫17
花藪[やぶ]　③84
藪医　⑨371
やぶうぐいす　③47, 281；105, 106, 646, 648；⑨13→やぶうぐひす
やぶうぐひす　③47, 281；105, 106, 646, 648；⑨13
藪の中　⑩296
やぶれかぶれ　⑩208
野砲　③213
山彙　③373
山彙[やま]　③374；⑦24；75
崇山[やま]　⑦243
早池峯[やま]　③605
山案内人　⑥45；⑫141
山男　⑧95, 107, 108, 150, 151；⑨180；⑩181-190；⑪192；⑫12
山男[やまおとこ]　⑧145
山男[やまをとこ]　⑧146, 147；⑫24, 25, 55-59, 62
山男の物語　③27
山形　①48；⑦521
山県舎監　①105
山刀　⑧281；⑩105, 265→山刀[なた]
山県頼咸　①25
やまがら　⑨264
山雀　⑨164；⑪175
山烏　②200, 409；⑫19
山烏[やまがらす]　⑫40, 42-44
山川智応　⑦642
山桐　⑫293
山ぐみ　④233
山牛蒡　⑥77

| | |
|---|---|
| 山小屋　　⑧281 | 山猫[やまねこ]　　⑧16, ⑫9, 12, 13, 15-17 |
| 山師　　①32, 39；*39, 40, 63*；⑫361；*164* | 山猫学校　　⑩*166, 168* |
| 山師[やまし]　　⑫207, 209, 211, 212, 227 | 山猫皮の帽子　　⑤*157* |
| 山しな　　①35, 161 | 山猫軒　　⑫29→WILDCAT HOUSE |
| 山岨　　③29 | 山[やま]ねこさま　　⑩*174* |
| 山田　　①75, 235, 318，⑤*149* | 山猫さま　　⑩*173* |
| 山田少佐　　⑤*150* | 山猫先生　　⑩*167* |
| 山田博士　　⑦*530* | 山猫大明神　　⑩284 |
| 山つ祇　　⑦40；*121, 123, 126, 127* | 山猫大明神[やまねこだいめうじん]　　⑧15 |
| やまつゝじ　　⑤207，⑦*406* | 山猫釣り　　⑩215-217, 224，⑫*236* |
| やまつつじ　　⑥78，⑦129；*405*→やまつゝぢ | 山猫博士　　⑦67；*210, 212*，⑩209-211, 213, 215, |
| 山つつじ　　⑥77→山つゝぢ | 　　216, 219, 224，⑪69, 74, 77, 85, 86, 88, 90-92, |
| 山躑躅　　⑦129 | 　　115；*136, 159, 160*，⑫*341-348*；*235* |
| やまつゝぢ　　⑥78，⑦*405* | ――の馬車別当　　⑪*96, 98* |
| 山つゝぢ　　⑥77 | 山猫博士ノ馬丁　　⑪*111* |
| 山つなみ　　⑪208 | 山猫馬丁　　⑩202, 203，⑪*82* |
| 山[やま]つなみ　　⑩73 | 山猫別当　　⑩202 |
| やまと絵巻　　⑤56 | 山の脚　　⑫*150* |
| 日本武尊　　②152 | 山の神　　⑩178 |
| やまどり　　①87, 262 | 山神　　⑦*118, 119* |
| 山鳥　　②73, 292，③225, 264, 266, 267；*104, 621,* | 山の神様　　⑤65；*63* |
| 　　*624, 625*，⑦*107*，⑧290，⑨262 | 山神祭　　⑦*303* |
| 山鳥[やまどり]　　⑧145，⑫29, 37, 55, 62 | やまのたばこの木　　②214, 423 |
| 山中鹿之助　　②123, 339 | 山の中の主　　⑩268 |
| 山中鹿之助[やまなかしかのすけ]　　⑥194 | 山ばた　　⑦30；*91, 92* |
| やまなし　　②206, 415，⑨*83*，⑩5, 9，⑫255, 125, | 山畑　　⑦*91* |
| 　　129, 130 | 山鳩　　①11, 27, 111, 142，④221, 251，⑤57，⑪ |
| 山[やま]なし　　⑫130 | 　　23 |
| 山梨　　⑩9；*7*，⑫*47* | 山鳩[やまばと]　　⑫199 |
| 山梨[やまなし]　　⑩81 | 山火　　③37, 55-57；*78, 129, 131, 133, 136, 137,* |
| やまならし　　①39, 171, 291，③18；*37, 38, 40,* | 　　*139, 140*，⑥301, 302，⑦*183-185* |
| 　　*92, 97, 98*，⑥222，⑧247, 253；*69* | 山ぶき　　①375 |
| やまならしの木　　⑩317 | 山吹　　⑩33 |
| やまならしの梢　　⑩321 | 山伏　　⑤66 |
| 山主[やまぬし]　　⑧153, 154，⑫67, 68, 73 | 山葡萄　　③*358, 621*，⑫368 |
| 山根　　③232，④11；*19* | 楊梅〈やまもも〉　　⑥40 |
| やまねこ　　⑫9-11, 14-16, 71 | 山やけ　　⑧87 |
| 山ねこ　　⑩286，⑫9 | 山焼け　　⑧85, 86, 89 |
| 山[やま]ねこ　　⑧16, 17，⑫12, 13, 15, 17 | 山六　　③*620* |
| 山猫　　③*235*，⑥350, 352，⑧5，⑨401，⑩198, | やみ　　⑩23 |
| 　　208-210, 214, 216, 217, 284, 285，⑪91, 94, 115, | 暗　　⑩26, 129, 137, 173，⑪167；*46* |
| 　　120；*128, 130, 131*，⑫343, 346, 349 | 闇　　⑩*200*，⑫216 |
| ――の馬車別当　　⑩201, 203, 205，⑪80, 84 | やり　　⑫*81* |

(やな～やり)　265

槍　　　②67, 96, 99, 170, 288, 312, 315, 380, ⑥169, 362, ⑩151, ⑪9
槍［やり］　　⑩69, ⑫187, 188
　はりがねの――　⑫80, 145
鎗　　　③212, ⑧53, ⑩45, ⑪31, ⑫128
槍たて草　　⑤202
槍の葉　　④264；182, ⑦181；535
鎗葉　　⑤60
ヤルカンド　　②44, ④283
野郎　　⑩217, 243, 244
嫌［や］んた　　⑩270

## ゆ

湯　　　⑩335
温泉［ゆ］　　⑦482, 483
遺言　　⑩275
唯心　　③156
唯心論　　⑥76
維摩詰居士　　⑥77
木綿　　⑦97, 99
木綿［ゆふ］　　③111；274, ⑦33；100
遊園地　　③570, 571, ④63, 207, 208, 234, 239, ⑦536, ⑩32；23, 143
幽界　　③11
誘かい罪　　⑪137
誘蛾燈　　⑤97, ⑦636
有機　　⑥33
有機交流電燈　　②7
有機酸　　⑨86
有機態　　⑨89, ⑩322
夕ぐれぞら　　①111
夕暮ぞら　　①10
夕餉　　⑥376
勇士　　⑪131
遊女　　⑥315
湧水　　⑩261, 266, ⑫247
湧水部落　　③134
友禅模様　　⑨267
夕ぞら　　①69, 225, ⑫293
夕空　　①258, 327
夕立　　⑪208
夕立［ゆふだち］　　⑩73
夕つ　　①34

夕つつ　　①76, 160, 238
融鉄　　⑥146, ⑦193
融銅　　②40, 262
夕日　　⑪20, ⑫114
夕陽［ゆふひ］　　⑫87, 97, 98
郵便　　④70, ⑪122
郵便脚夫　　①242
郵便脚夫［―きゃくふ］　　②13
郵便局　　①53, 196, ⑤16
郵便函　　⑩185
郵便物　　④71, 75
郵便屋　　④81, ⑤24, ⑩185
雄辯大会　　⑩143
勇猛果敢章　　⑫219
幽門　　⑨225；108
幽霊　　①70, 226；16, ②7, 44, 73, 231, 266, 292, ④85, 237, 244；160, 162, ⑤70, ⑥59, ⑧312, 313, ⑩50, 288-290；179, ⑫263
幽霊［いふれい］　　⑧71, 72
幽霊［ゆうれい］　　⑫148
幽霊写真　　③136, 151；313, 315, 374, ⑥286
油煙　　⑨193
床　　⑥280, ⑩213, ⑪227
床板　　⑥104
愉快な馬車屋　　⑪228
床下街道　　⑧162
床下通二十九番地　　⑧178
浴衣　　⑥315
ゆき　　②140, 356；99, 100, ⑥244, ⑩142, 149
雪　　②39, 40, 355, 356, ③326, 327, ⑤227, ⑥243, 267, 275, 279, 281, 307, 312, 364, ⑨270, 342, ⑩60, 62, 64, 66, 92, 93, 97, 104, 153, 158, 266, 267, 271, 272, 327, 330, 336, 337；157, 159, 189, 223, ⑪20, 24, 147；102, ⑫99, 100, 114
雪［ゆき］　　⑩43, 44, 77, 78, ⑫38, 43, 44, 46-54, 101-103, 105, 106, 112-115, 117, 118, 124, 133, 187, 205
雪あかり　　⑤151
雪狼　　⑫12
雪狼［ゆきおいの］　　⑫46, 47, 49, 50, 53
雪丘［ゆきおか］　　⑫46
雪尾根　　⑦330

雪狐[ゆききつね]　⑫137
雪狐　⑨358
雪沓　③50，⑧290
雪沓[ゆきぐつ]　⑫101, 107, 113, 119
雪ぐも　①361，③30；60, 63，⑥267，⑦217
雪雲　③414，⑫46
雪雲[ゆきぐも]　⑫46, 51
雪げ　①356，⑦76；32, 240, 241, 300, 375, 500
雪消　③51, 53
雪融の風　⑤46
雪けぶり　⑦317, 318
雪けむり　⑦240, 241, 316, 317
雪[ゆき]けむり　⑫54
雪しろ　⑦95；638
雪代　⑦97, 159, 250；294-296, 298, 305, 376, 500
雪代水　①355
雪代水[ゆきしろみづ]　⑩45
雪ぞら　③29, 30, 180；59, 60, 63，⑤135，⑥266, 267, 311，⑦200
ゆきぞら　⑦375
雪どけ　④167，⑦302
雪融　③51, 187, 264，④192；100，⑤46, 174, 194；128，⑥364, 368；239, 300, 374
　　──の風　⑤46
雪融[－どけ]　⑤129
雪融け　⑥368，⑦302
雪融水　⑤115
雪融[－どけ]水　⑤131
雪菜　④72, 78, 165, 225；88, 141, 148-150
雪菜の薹　④7
雪肉　⑥31
雪の紳士　⑦133；416-418
雪の蟬　①167
ゆきばかま　⑥274，⑦180
雪ばかま　③347，④172, 174, 245
雪袴　⑤123，⑦59；179，⑨5，⑪172
雪婆[ゆきば]んご　⑫46, 49-52
雪婆ンゴ　⑫12
雪やなぎ　④240；158
雪柳　⑤232，⑥78, 79
　　枝垂れの──　⑤232
雪山　③208；354

雪童子　⑫12
雪[ゆき]わらす　⑫51, 54
雪童子[ゆきわらす]　⑫47-54
ゆぐ　⑫92
善[ゆ]ぐ　⑧99
行衛不明　⑩277
湯口　⑤201，⑥84
ユグチュユモト　⑩234
　　──の村　⑩232, 236, 239
ゆさゆさ　⑨337
由旬　③368，⑤7，⑨153, 275，⑫303
ユダヤ　③248
ユッカ　⑥69
ゆっくりゆっくり　⑩270
ゆで章魚[だこ]　⑫56
ゆで卵　⑩150
油桃　⑨206
ユートピア　⑫11
湯女　⑥314
指環　⑥68，⑩17, 120, 133；96，⑪183, 208
ゆぶし　⑩244
湯船沢　①43, 182
ゆべな　⑫365
昨夜[ゆべな]　⑧273, 282
弓　⑦201；566，⑨142，⑩16, 20, 21, 119, 123, 166；95, 99，⑪226, 231，⑫100
弓[ゆみ]　⑫188
ゆみはりの月　①17, 122
夢　①9，②55, 277，③421，⑧103，⑩6, 122, 161；65, 98，⑪32, 147, 210, 267，⑫172, 240, 247, 254, 295, 367
夢[ゆめ]　⑫126, 159, 160, 224, 226
ゆめくさ　⑦292
ゆめのそら　②105
夢の鉄道　⑩27, 130, 176
夢の橋　⑩300
夢の兵隊　①94, 272
夢幻　③24，④183, 293，⑫367
ユーモア　⑧9，⑩129
湯本　③344, 345，⑤94，⑥84
湯本村　⑩142
湯屋　⑥49，⑦266
ゆゅつ　⑩162

ゆらゆら　　①137, ③256；17, 113, ④269, 272；187, 192, ⑤11, 54, 112；51, 125, ⑩6-9, 17, 31, 76, 80, 82, 119, 249；96, ⑪43；39, 208, ⑫53, 69, 126-128, 130, 195, 212；44, 45
ユラユラ　　⑫159
ゆらゆらゆらゆら　⑧214
ユラユラユラユラ　⑧209, 218, ⑨203
ゆらり　　⑨62
ゆらりゆらり　⑨157；67
ユラリユラリ　⑧70
ゆり　　⑥373
百合　　①23, 28, 77, 92, 131, 132, 143, 144, 158, 241, 243, 266, 267, 305, 307, 312, 327, ②40, 169；87, 404, 407, 543, ⑥221, 372, ⑦72, 251, 252, 308；225, 227, 264, 641, 716-719, ⑧338, ⑨20, 338, 341-344, ⑩100-102；121, ⑪61, ⑫113；157
　　──の花　⑥256, ⑩101
　　聖なる──　⑧113, ⑩190
　　野の──　⑧113, ⑩190
　　まっ白な──　⑤81
　　四又の──　①240, ⑩98
百合[ゆり]　⑦720, ⑫53, 105, 117, 222
ユリア　　②84, 85, 302；50, 189
油緑　　③80, 133；190, 192, 305, 308, ⑥116, ⑦352
油緑[ゆりよく]　②193, 402
ゆるゆる　⑧24

## よ

ヨイショヨイショ　⑧94
よいとこしょ　⑧222
宵やみ　　⑩217
ヨウイト、ヨウイト、ヨウイトショ　⑧93
ヨウイト、ヨウイト、ヨウイト、ヨウイトショ　⑧233
よういやさ　⑧222
羊雲　　⑦196
溶液　　④79, 80
洋傘　　④109, ⑥135, ⑧308
羊羹　　⑦97
溶岩　　⑪57, ⑫153, 156
熔岩　　①37, 167, ②126, 342, ⑨350, 353, 358,

⑪53, 55, 56, 61；96, ⑫149-152, 158
鎔岩　　⑫150
鎔岩[ようがん]　⑫218, 219, 221, 222
熔岩[ようがん]　⑧42, ⑥197
羊羹[やうかん]いろ　②99
溶岩流　①40
熔岩流　①173, ③413, ⑦504, ⑨104, ⑪62, ⑫159
鎔岩流　③172, 211；410, 414, 513, 516
謡曲　　⑧262
ヨウクシャイヤ　⑩323, 330, 336
養鶏　　⑨148, 149
洋紅　　⑦428
洋行　　⑩187
熔鉱炉　①74, ⑩153, ⑪147
養蚕　　④274；195, ⑩54
養蚕実習　⑩57
羊歯　　①30, ②206, 220, 415, 429, ③42, 86, 258；133, 199, 200, 297, 299, 304, 355, 542, ④17, 19, 88, 232, 254；28, 30, 32, 33, 151, 152, 168, 169, ⑤65, 232；80, ⑥18, 78, 176, 250, 265, ⑦172, 212；73, 530, 578, 579, 661, ⑧87, ⑨106, 191；91, 111, ⑫230, 232→羊歯〈しだ〉
楊子　　⑩323, 324
羊舎　　③205；489, 492
妖女　　②27
揚子江　⑨24
妖精　　①391, ②170, 171, 380, 381, ③261, ⑦14, 15
沃度　　⑦71
洋燈　　⑥172, ⑦324
沃度ホルム　⑩216
幼年画報　⑨137
楊梅　　⑥40
洋品屋　⑩51
洋服　　⑩113, 157, 245, 257
　　黒い──　⑩113, 157
洋服[やうふく]　⑩69
洋紅　　⑦428
葉脈　　⑥213
羊毛　　③138；524, 527, ⑥57, 248, 300, ⑨236
瓔珞　　①283, ②86, 164, 303, 374, 448, ③123, 219；519, 520, 532, 533, ⑤167, 168, ⑧301,

302，⑨103，171，271，275-277，282，⑫303
瓔珞［やうらく］　②75，⑧65，⑪*280*
瓔珞節　③*519，520*
葉緑　⑫338
葉緑素　②49，271，④*81*
よおいやしゃ　⑧222
夜風　③*211，212*，⑦*208，209，212*
夜風太郎　②206，415
夜汽車　①37，56，165，203，331，⑥52，⑦*698*
よく利く薬　⑧266
ヨークシャ　⑦127；*401，402*
ヨークシャイヤ　④205，⑨95，⑩324，328，331
ヨークシャイヤ豚　④*119*
ヨークシャ豚　④61；*120*
翼手　③134，135；*310*
予言者　⑫304
預言者　⑦*303*
横木　⑨405
横雲　⑤182
横沢　別7
ヨコハマ　③73
横浜市　⑥*7*
横めがね　⑨396
予察図　⑩259
与謝の晶子　④*17*
与謝野晶子　⑤*28，61*，⑦*571*
与謝野寛　⑤*24*，⑦*568，569，606，624，680*
よし　④270；*192*
芦［よし］　②214
蘆　②*133，349*
蘆［よし］　②*111*
四時　⑦*36*
四次　⑤*176*，⑥32
吉井勇　④*17，259*，⑤*78*
よしきり　②34，35，257，258，③*536*，⑧268，270，271
よし切り　⑧267
芦簀〈よしず〉　④*140*
吉田　⑫253
義経　①*28*，⑦*300；709*
義経像　⑦*710*
吉野　①104
余水吐　③*188，286；448，663*

余水吐［よすゐど］　⑥*279*
四十路　⑦*445*
よぞら　⑩301
夜ぞら　①*74，235*
よたか　⑧87
よだか　③*103*，⑧*83-89*
夜だか　①*78，244；62*
夜鷹　③*102；238，239*，⑥*295，296*，⑧*20，21*，⑨*261*
夜鷹［よだか］　⑩*80*
よちよち　②*175，385*，④*80*，⑦*220*，⑧*291，323，328*
四日のお月さん　⑨*195*
四日の月　⑫*165；205*
四月　⑥*104*
よっしょ　⑩*279，280*
よっしょい。よっしょい。よっしょい　⑧*95*
よっとしょ　⑧*153*
沃度　①*41，155*，②*205*，⑦*222，226*
沃度ホルム　⑪*93*，⑫*348*
夜盗虫　⑩*262*
夜中　⑩*94，292*
四人兄弟　⑨*351*
四人兄弟［よにんきやうだい］　⑧*125*
米［よね］　⑦*116*
米子　⑫*280*
世の中　⑩*166*
ヨハネ　①*104*，④*9；15，16，18*
ヨハンネス　⑤*212，214*
呼子　②*458，469*，⑩*128，172*，⑪*166，175*
　硝子の――　⑩*25*
呼子［よびこ］　⑫*132*
呼子笛　⑨*7*
呼子鳥　⑦*660*
予防派　⑨*208，209*，⑩*338，339*
よぼよぼ　①*82，88，262，327*，⑦*68；216，218*，⑧*83*，⑩*87*
四又の百合　①*240*，⑩*98*
読方　⑫*73*
読方の本　⑨*398*
夜見来川　⑦*49，182；99*
夜見来の川　⑦*348*
夜見来［よみこ］の川　⑦*110；349*

よみじ　⑦*98, 99, 394*→よみぢ
黄泉路［よみぢ］　⑦*33, 240*；*100*
よみぢ　⑦*98, 99, 394*
よもぎ　①*287, 382*，③*32, 76*；*66, 68, 69*，④*69, 248*，⑦*332-334*，⑧*293*，⑨*51, 297*，⑪*10*，⑫*187*；*100*
よもすがら　①*32*
寄居　①*292*
寄居町　①*316*
よろい　⑥*51*，⑧*71*→よろひ
鎧　①*33*，⑤*228*，⑨*291, 301, 302*，⑪*6, 7, 11, 14, 21*
鎧［よろい］　⑫*184*
鎧［よろひ］　⑫*191, 194*
鎧窓　⑥*135*
欧羅巴［ヨーロツパ］　⑫*150*
よろひ　⑥*51*，⑧*71*
鎧［よろひ］　⑫*191, 194*
よろよろ　③*141, 181*；*337, 338, 354, 433*，⑧*25, 39, 59, 88, 262, 296-298, 305*；*92*，⑨*28, 30, 93, 121, 144, 207, 254*，⑩*108, 202, 206, 327*，⑪*25, 34, 85, 97, 98, 223*；*43, 44*，⑫*79, 81, 89, 200, 201, 263, 320*；*131*
よろよろっ　⑨*251*
よろりよろり　⑧*25*
四ヶ年　④*295*
四合　⑥*108*
四尺　⑥*312*
四十五分　⑪*170*
四樽　⑥*47*
四棟　⑩*154*
四連音符　⑦*190*

## ら

羅　②*50*，⑨*271, 276, 277*→羅〈うすぎぬ〉、くうすもの〉
螺　③*73*
蘿　③*217*；*523, 526, 527*，⑥*246*
ラアメティングリ　⑥*387*
らあめてぃんぐりかるらっかんのさんのさんのさんの　⑫*366*
らあめてぃんぐりかるらんかんの　⑫*242*
らあめてぃんぐりめっさんのかんのかんのかんの　⑫*366*
らあめてぃんぐりらめっすんの　⑫*242*
礼　⑦*279, 280*；*682*
ライ　③*132*
雷雨　⑨*338, 340*
ライオン　⑥*47*
ライオン堂　⑩*232*
雷気　④*182*；*99*
雷気［らいき］　⑥*279*
雷さん　⑫*147*
雷神　⑫*363, 375, 376*
雷神［らいじん］の碑［ひ］　⑧*96*
ライスカレー　③*94, 97, 98*
稲沼　③*333*
稲沼［ライスマーシユ］　③*214, 217*，④*18*；*26*
稲田［ライスマーシユ］　③*211*
雷沢帰妹　④*26*
雷鳥　⑤*219, 220*；*190, 217, 218*
癩病　⑫*248*
ライ病　④*190*
ライフウイ　⑦*263*，⑩*115, 159*，⑪*153*
ライ麦　⑨*224*，⑪*70*
ライラ　③*217*
琴［ライラ］　③*212*
来々軒　⑦*89*；*279*
ライラック　③*414*，⑫*286*
ライラックいろ　⑩*300*
琴［ライラ］の宿　⑩*16, 118*；*94*，⑪*207*
雷竜　⑧*138*，⑨*379, 380, 382-384*；*163*
ラヴシン　③*560*
ラヴスイン　③*559*，⑥*237*
ラヴスィン　③*227*；*562, 564, 566*
ラヴバイト　③*442*
戯嚙［ラヴバイト］　③*442, 443*
羅迦　③*454*
羅賀　⑤*14*
蘿葛　⑦*231*
羅漢堂　⑥*84*，⑦*394*
酪塩　③*208*；*506, 510*
珞王　⑦*224*
落雁　⑦*33*；*97, 99, 100*
酪酸　③*501, 505, 506*
ラクシャン　⑧*125, 126*，⑨*351-360*

落水管　③188, 286, ⑥279
落成式　⑤117
らくだ　③169 ; *404, 407*
駱駝　③169 ; *404, 407*, ⑥256
ラクダ印　⑩323
楽地　⑨333
落磐　⑥217
ラクムス青［ブラウ］　③84 ; *200*
落葉松〈らくようしょう〉　①*34*, ②206, 415, 464, ③129, 171 ; *297, 299, 328, 333, 347, 414*, ⑤77, ⑨210, ⑩*149*→落葉松〈からまつ〉, 落葉松〈ラリックス〉
落［らく］葉松　③*300*
落葉松［らくえうしやう］　③*303*, ⑥276
落葉松［らくやうしやう］　③*298*
落葉松［らくやうしやう］　②72
ラケット　⑨28
螺蛤　⑨152, 158, 163, 169
ラジウム　⑨*157*, ⑩*42*→ラヂウム
らしゃ　⑥365
羅沙　②79, 296, ③51, 263 ; *114*, ⑤194, ⑥364, ⑦*675*, ⑨69, ⑫174 ; *74*
羅紗［らしや］　⑫7, 145
羅沙うり　⑦*422*
羅沙売　⑦134
羅沙売り　⑦134 ; *421, 423*
らしや鞄　⑦68 ; *217*
らしや鞄　⑦68 ; *217, 218*→らしや鞄
ラジュウム　⑫259, 260
裸身　③*8*, ⑦*9*
羅須　⑪47
螺旋　④224, ⑨100, ⑩333
ラーチ　⑥385
色丹松　③79
色丹松［ラーチ］　②179
落葉松［ラーチ］　⑥187, 384
ラヂウム　⑨*157*, ⑩*42*
ラチブス　⑫76
落花生　⑨222
ラッグ　⑥32
らっこ　⑩133, 136, ⑪201 ; *183*
　――の上着　⑩133, ⑪130, 132, 133
ラッコ　⑫134, 138

ラッコ　⑫134, 138→ラッコ
　――の上着　⑪128
響尾蛇　④14, 141, 215 ; *129, 130*
響尾蛇［ラットルスネーク］　④*23*
らっぱ　⑩289
ラツパ　①12, 63, ⑫168, 184, 187
ラッパ　①12, 63, 101, 114, 214 ; *31*, ③255, 256, 269 ; *131, 133*, ⑥47, 50, 64 ; *19*, ⑦247 ; *632*, ⑨213, 215, ⑩25, 106, 127, 172, ⑪6, 9, 166 ; *35*, ⑫168, 184, 187→ラツパ
　真鍮の――　③*163*
　鉛の――　⑤*13*
喇叭　③19, 55 ; *38, 41, 136, 139*, ⑥301, ⑨192
嗽叭　⑥223
ラッパ呑み　⑩188
ラテライト　②206, 415
紅土［ラテライト］　⑦129 ; *407*
螺鈿　④88
螺鈿　③72, 127 ; *170, 173, 177, 291-293*, ④44, 164, ⑥228, ⑦72 ; *225, 227, 390*
螺鈿［らでん］　⑫137
ラテン種族　⑤44
ラプソディ　⑪231
Rap Nor［ラプノール］　③*439*, ⑥253
ラマーキアナ　③104, ⑥297
ラマーク　③104 ; *234*, ⑥297
ラムネ　③64 ; *155, 569*, ④79 ; *152, 154*, ⑤109, ⑦136 ; *427-429*
　――の瓶［びん］　⑫128
ラムネ瓶　⑩8
らむぷ　①253
ラムプ　①100, 107 ; *44*, ②156, 366, ③126, 129, 218, 241 ; *300, 303, 507, 523, 526, 588, 590*, ④*281* ; *28*, ⑥48, 100, 247, 276, ⑦43, 148 ; *134, 136, 137, 469, 472*, ⑨85, 87, 390, ⑩182, 183, ⑪109, ⑫47, 252, 254, 261, 294
洋燈［ラムプ］　②13, ④18 ; *26*
ラムプ小屋　③201 ; *487*, ⑤216
ラムプシェード　⑪125
ラメッサンノ　⑥387→Lamessanno
ラユー　⑪5, ⑫183, 184, 186
ラヨー　⑪6, ⑫97
ラリクスランダー　③251

（よみ～らり）　271

ラリクスランダア　③608, 609, ⑥252
ラリクスランダア　③607-609
ラリックス　②89, 103, 305
ラリックス　①389, ②89, 103, 305, ⑥78, 167, ⑦585→ラリックス, Larix
落葉松〈ラリックス〉　①34, ②206, 415, 464, ③129, 171；297, 299, 328, 333, 347, 414, ⑤77→落葉松〈からまつ〉, 落葉松〈らくようしょう〉
落葉松[ラリックス]　②104, 320, ⑫250
　青い——　⑤189
ラルゴ　③401, 526, ④261；171, ⑥81, 246, 354, 355, ⑦67；208-210, 212, ⑪122；157-160→Largo
蘭　⑩96, ⑪10
乱雲　③150, 184；368-370, 373, 374, 410, 437, 438, ⑥285
乱雲[らんうん]　③439, ⑥254
ランカシャイヤ　⑩157, ⑪151
らんかん　⑥260
欄干　⑩137, 147
藍靛　③42, 43
藍錠　⑤75
藍青　③126
藍靛いろ　④168
藍晶石　⑨390, ⑩318, ⑫188
藍晶石[らんしやうせき]　⑧249
乱世　⑥135
乱積雲　③31, 32, 150, 257；67-69, 165, 271, 273, 371-374, 376, 405, ④29；51, ⑤218, ⑥285
ランターン　⑥42
藍燈　③219, 276；532, 533, 544, 554
藍銅いろ　②262
藍銅鉱　⑨270
ランニング　⑪153
蘭の花　⑤80, ⑪23
蘭[らん]の花[はな]　⑫199
乱[らん]反射　②20, 244
乱舞　⑫375
らんぷ　①82, 253→らむぷ
ランプ　①100, 107；44, ②156, 366, ③126, 129, 218, 241；300, 303, 485, 507, 523, 526, 588, 590, ④281；28, ⑥48, 100, 247, 276, ⑦43；

148；134, 136, 137, 469, 472, ⑨85, 87, 390, ⑩182, 183, ⑪109, ⑫47, 148, 252, 254, 261, 294→ランプ
洋燈　⑥172, ⑦324
乱舞会[らんぶくわい]　⑫76
ランプ小屋　③201；487, ⑤216→ランプ小屋
ランプシェード　⑪125→ランプシェード
藍碧　③419

## り

り　⑦353, 355
りいんりいん　⑪85
リインリイン　⑩205, ⑪127
りう　③287；663, 665, ⑦124
リウマチ　⑨321, ⑪28
リウマチス　⑨62, 208, 322, ⑪29
りうりう　③91, 278, ⑧168
リウリウ　⑧168
理科　⑪125
理学博士　⑨25
理科大学　⑪104
理科帳　⑨400
利金　④286
力士　③120, 123
リキチ　⑩118→リチキ
陸羽一三二号　③26, ④102, 274；196, ⑩261, ⑪42
陸羽百三十二号　④197, 199, ⑥258
陸羽一三二[ヒヤクサンジウニ]号　③595
陸軍　⑨83, ⑪107, 110
陸軍大将　⑧91
離苦解脱　⑨151, 157, 159, 163
陸地測量部　⑫231, 232
陸中　③156, ⑦307
陸中国　③157, 159, 523, 524, 526
陸中国挿秧図　⑤190
六道　⑦9→六道〈ろくどう〉
リサイタル　⑦270
演奏会[リサイタル]　⑦86；270
利左エ門　⑤47
リシア　③490
リシウム　⑩41
リシヤ　③491

りす　⑦*318*, *320*, ⑧45, 48-50, ⑫11
栗鼠　②134, 181, 184, 150, 391, 394, ④*47*, ⑤62, ⑦101；*315*, ⑧*140*, ⑨336, ⑩25, 37；*77*, *102*, ⑪*214*, *284*
　電気——　⑪90, 166
　電気の——　⑩213
栗鼠[りす]　②141, 183, 358, 393, ⑧44, ⑫11, 21
木鼠　⑦223；*597*
理助　⑨104-107；*41*
木鼠捕り　⑦223；*597*
リズム　⑦*11*, *317*, ⑩213, ⑫344→リズム
節奏[リズム]　④14
リーゼガングの環　⑩53
リーダー三　⑩343
リチウム　②44, 266, ③*489*, ⑩22, 125, 169, ⑪163
リチキ　⑩191-193；*120*→リキチ
里長　④61；*120*, *121*, ⑦127；*401*, *402*
陸橋　④170；*91*, ⑥219, 240
立身　⑧312, ⑫289
立地因子　④120
リヅム　⑦*317*, ⑩213, ⑫344
栗林[りつりん]　⑫307
リトマス液　③*448*, ⑨88
リネン　④281, ⑦*90*, *134*, *136-138*
亜麻布[リネン]　④196；*111*
リネンナス　⑤*216*
理髪アーティスト　⑪105
理髪技士　⑦62；*193*
理髪士　⑦*193*
リパライト　①195, 294, ②*207*, 416→Liparite, 流紋岩
流紋岩[リパライト]　⑤9
リービッヒ管　④160；*78*
離別会　⑩273
リボン　③*486*, ⑩86, ⑫265
リモネン　③129；*294*, *297*, *300*, *303*, ⑥276
略授　⑦*354*
略綬　⑦*352*
りゅう　③*287*；*663*, *665*, ⑦124
竜　③169, 170；*205*, *367*, *368*, *370*, *404*, *406*, *407*, ④*76*, 223, 255；*145-147*, ⑤*212*, 213；*212*, *216*, ⑥256, ⑦126, 202；*399*, ⑧170, ⑨23, 120, ⑪113, ⑫*166*, 240, 282, 303-306, 313, 314→竜[ドラゴン]
硫安　④*102*, 274；*196*, *197*, *199*, ⑤60, ⑥258, ⑩*156*, ⑫353, 355-357, 359
柳雲飛鳥　⑨219
柳燕　⑨*104*
竜王　①7, 106, ③*187*, ⑦301；*711*, ⑫305
硫化水素　②46, 268
竜騎兵[りうきへい]　⑥331, ⑫80
竜宮城　⑫262
流言　④256
流行寒冒　⑨175
流沙　③*183*；*437*, ⑦17→流沙[るさ]
硫酸　⑩257
竜樹菩薩　③89, 284；*205*, *653*, *659*, ⑥291. ⑨*132*
竜頭　⑩061
硫石　③*609*
竜肉　⑤*84*
竜の介　⑥177
竜之介　⑦174；*524*, *525*
竜之助　⑥374
竜の鬚　⑨268, 269
劉備　③*430*
流紋岩　①*42*, 180, ⑤9, ⑨274, ⑩34→流紋岩[リパライト]
流紋凝灰岩　⑩30, 31→Liparitic tuff
流紋玻璃　⑧135, ⑨345, 372
りゅうりゅう　③*91*, *278*, ⑧168→りうりう
リュウリュウ　⑧168→リウリウ
リュックサック　⑫*196*
猟[れう]　⑫135
諒安　⑨268-272
諒闇　⑫262
遼河　⑤*37*
猟犬座　⑨248
両国橋　⑨219
リョウサク　⑪178
猟師　⑧304, ⑨139, ⑩266, 269, ⑫313, 314
猟師[れうし]　⑫37
亮二　⑩178-183
糧食　⑥341, 342

嶺線　④245
猟服　⑤34
両面凸レンズ　⑩154，⑪148
料理［れうり］　⑫32, 34
料理店　④*186*，⑫28
料理店［れうりてん］　⑫30, 31
稜礫［りようれき］　⑥187, 384
旅行［りよかう］者　②274
緑［りよく］　⑦*480*
緑褐　②63，③119；*83*
緑褐色　③173；*417-419*，⑥21, 227
緑金　③215, 244，⑤65，⑥161，⑦23；*570*
緑金いろ　③*138*，④*109*, *240*
緑樹［りよくじゆ］　⑥202, 382
緑水　⑦*231*
緑茶　③191, 240, 261；*460*, *463*, *587*，⑤125，⑥283，⑦*14, 15, 80-83*
緑柱　④*63*
緑柱石　③*403*，⑨38
緑礬　⑥308；*180*
緑礬いろ　③79；*186, 187*
緑宝石　③*17*
緑簾石　⑩38
緑廊　③276，⑥18
旅行鞄　⑩209
旅行［りよかう］者　②274
緑金　⑦*71*
緑金色　⑫*190*
り、　⑦276；*679*
りり　⑦228；*318-320*, *392*
リリリリ　⑦158
理論化学　⑨232
りん　③*239*，④79；*152*，⑤60，⑦*136*, 148；*427-430*, *469*, *471, 472, 475, 476*，⑩220, 243，⑪10, 21, 85, 134, 173，⑫297, 198；*100*
リン　⑩205，⑪5，⑫*96*
燐　②210, 419，③*486*, *488*，④*119*，⑦128；*579*，⑧89，⑨*147*, 158, 334，⑩292
鈴［リン］　⑧331
林科　⑨143
臨海学校　⑩47
臨界点　③*422*
臨界面　③*422*

林学　⑩31
林館　⑦90
リン兄弟［きやうだい］　⑫198
環状星雲［リングネビュラ］　⑨248
りんご　①30, 34, 148, 151, 158，②42, 156, 161, 264, 366, 371，③26, 206；*402*, *524*, *526*，④195, 245；*55*, *118*, *197*, *199*，⑤68, 77, 78；*83*，⑥246, 258, 342，⑦60, 214, 288；*182*, *184*, *185*, *578-580*，⑧21, 281, 312；*94*，⑨11；*10*，⑩162, 189，⑪155, 156；*231*, *238*, *266*
　水素の——　②156
林檎　③192；*39*, *464*，⑥284
林檎［りんご］　⑫53
苹果　①56, 203，②144, 167, 196, 200, 208, 361, 376, 405, 409, 417, 453, 456, 458，③*39*, *92*, *410*, *413*, *462*, *545*，④85, 102, 244, 274；*76*, *160*, *162*, *163*, *195*, *251*，⑤128, 184；*80*，⑥28, 341，⑦304；*588*，⑧106, 137, 199, 205, 304，⑨7, 35, 90, 378，⑩20, 25, 92, 94, 97, 113, 116, 123, 127, 135, 138, 145, 157, 161, 162, 166, 171, 174, 179, 189, 251, 256, 320, 321, 323；*62*, *69*, *82*, *86*, *91*，⑪134, 139, 151, 155, 156, 160, 165, 174；*186*, *195*, *198*, *203*, *213*，⑫327, 377；*16*
苹果［りんご］　①290，②42, 44, 217，⑧251，⑫42, 47, 320
燐光　①35, 49, 98, 162, 189, 219, 291, 345, 349, 350, 358, 379, 391，②63，③11, 105, 138, 153, 158, 256；*17*, *20*, *21*, *213*, *317*, *326*, *327*, *376*, *391*，④238，⑤9，⑥215, 261, 299，⑦150, 219；*346*, *479*, *480*, *578*, *594*, *634*，⑧194，⑨274，⑩27, 46, 115, 130, 140, 147, 153, 160, 272；*18*, *105*, *109*，⑪137, 141, 147, 154；*217*，⑫255, 260
林光原　⑦*616*, *617*
林光左　⑤96，⑦*280*, *488*
燐光珊瑚　②54, 276
燐光盤　⑦*574*, *575*
林光文　⑦89；*278*
苹果青　②456，③*275*, *276*, *545*，④*35*，⑤199，⑥33, 139, 141；*92*
苹果青［りんごせい］　②174, 384
苹果青いろ　③*554*
リンゴーロ　④*171, 172, 174*

274　主要語句索引

燐酸　　②82, 300, ③218；*527-529, 635*, ④82, 101, 112, 240；*140, 158, 197, 198, 208*, ⑤203, ⑥11, 247, 257

林産醸造　　⑪118

林　　⑦*279*〈→林光文〉

鱗翅　　④50, ⑦90；*135, 280*

臨時緯度観測所　　⑨28

臨時県会　　④209

鱗松　　⑥115, 116；*92*

輪台　　⑥*179, 181*

りんだう　　④29；*51*, ⑧195, 196, 199, ⑩143-145, ⑪139

――の花　　⑧194, ⑪137, 138

リンデ　　⑥201, 382

輪転器　　⑪122, 125

りんどう　　④29；*51*, ⑧195, 196, 199, ⑩143-145, ⑪139→りんだう

――の花　　⑧194, ⑪137, 138→りんだうの花

輪廻　　⑨170

リンネル　　②217, ⑪103

――の服　　⑩*128*

リンパー　　⑪5, 12, 13, 15；*25, 30*, ⑫183；*107*

リンパー将軍　　⑪*20*

リンパー先生　　⑪12-14, 16, 17, ⑫*104, 110*

リンパー先生［せんせい］　　⑫189-193, 198

リンパー人間病院　　⑪12, ⑫*103*

リンパー病院　　⑪5, 12, 19, ⑫*97, 104*

リンパー病院［びやうゐん］　　⑫197

リンプー　　⑪5, ⑫183

リンプウ先生　　⑪17, ⑫*109*

リンプー馬病院　　⑪17

リンプー植物病院　　⑪*11*

リンプー先生　　⑪17, 18, ⑫*110-112*

リンプー先生［せんせい］　　⑫194

リンプー病院　　⑪5, 19, ⑫*97*

リンプー病院［びやうゐん］　　⑫197

鱗粉　　④*51*, ⑤*97*, ⑦249；*636*, ⑨86

リンポー　　⑪5, 16, 19；*10*, ⑫183；*109*, ⑬26

鱗木［りんぼく］　　②44, 266

鱗木類　　⑤155

リンポー植物病院　　⑪18

リンポ先生　　⑪18, 19

リンポー先生　　⑪18, 19；*28*, ⑫*110, 112, 113*

リンポー先生［せんせい］　　⑫196

リンポー病院　　⑪5, ⑫*97*

林務官　　③*42*, ⑫363, 368

林務官［りんむくわん］　　⑧96

林野局技師　　⑤*190*

林野取締法　　⑩194

りんりん　　③167, 219；*532, 533*, ⑤86；*13*, ⑩222

## る

累帯構造　　②172, 382

爾迦夷　　⑨153, 157, 158, 163, 164, 169

爾迦夷［ルカヰ］　　⑨151

爾迦夷上人　　⑨158

流沙　　③183；*437*, ⑦17, ⑨335

流沙［るさ］　　③*439*, ⑥253, ⑨279, 280

流沙［ルサ］　　⑦*45*

ルダス　　⑫304

るつぼ　　⑥*31*, ⑦191；*552*

ルツボ　　⑦*554*

流転　　③93；*212, 217*, ⑨170

ルネッサンス　　⑩207

ルーノ　　⑦210；*581-583*

月［ルーノ］　　③87；*198, 200*

ルビー　　③11；*20, 21*, ④11；*19*, ⑥39, 172, 261, ⑧188, 190, 194, ⑩22, 125, 169, ⑪163

紅玉　　②220, 429, ⑥250

紅宝玉　　⑩101

紅宝玉［ルビー］　　⑧122, ⑨346

紅宝石　　⑦*204*, ⑧302

紅宝石［ルビー］　　③*133*

ルメートル　　③271

ルラ　　⑩308

ルラ蛙　　⑩309, 313-316

るり　　①*81*, ③*472*

る璃　　②164, 374

瑠璃　　①98, ③282；*652, 658*, ⑤144, ⑥289, ⑦240, 241, ⑧194, 339, ⑨213；*54*, ⑩100

天の――　　⑫257

るりいろ　　①*57*, ⑩207, ⑫257

るり色　　⑪212, ⑫313

瑠璃液［るりえき］　　②169, 379

るりかけす　　⑧*64*

(りよ〜るり)　275

ルルルルルル　⑧199
る、る、る、る、る、る、る、る、る、る。
　⑩62
る、る、る、る、る、る、る、る。
　⑩61

## れ

レアカー　④34, 72, 78；*28, 59, 141*，⑤*230*
礼　⑩229, 274；*20*，⑫*140*
霊　③15
零下二千度　②50, 271
麗姝　⑦90
令嬢　③*664*
礼装　⑫*210*
零丁　⑪*47*
黎明　①301，③98
れいらう　②22，⑦83；*262*
鈴蘭　③149；*356, 359, 360, 365*
鈴蘭［レイラン］　③*355*
れいろう　②22, 246，⑦83；*262*→れいらう
玲瓏　①*159*，③*233, 278, 287*；*450, 451, 539, 661, 663, 665*，⑤*83*，⑥*279*，⑦*47, 204*；*152, 414, 572*
玲瓏［れいらう］　②16, 240
玲瓏［れいらう］レンズ　②156, 366
レオナルド　⑦49；*157*
レオーノ　⑪*217*
レオーノ、キュースト　⑪98
レオーノキュースト　⑪69
レオノレ星座　④191
レオボルド　④169；*90*，⑥41
礫　⑥11
レーキ　④21, 68, 113, 131, 136；*15, 16, 134, 147, 242*→rake
礫岩　⑩36
歴山　④223→アレキサンダー
歴史　②9, 233，④300；*352*，⑩175；*68, 109, 204*，⑫*173, 174, 182*；*74, 85*
歴史家　⑩*68*
歴史［れきし］の歴史［れきし］　⑫214
瀝青　③*181*
歴山忠一　④*145*
歴山封介　④*146*→アレキサンダー封介

レコード　①214，③*15*，⑨25-28，⑩*128*，⑪69, 103，⑫342
レコードコンサート　⑩*143*
レシタティヴ　③272，④*175*，⑥118
レジン　③*226*
乾葡萄［レジン］　③*240*
レース　①87, 261, 266, 327
裂罅　⑥94，⑩36, 38
列車　①371，③*55*, 227, 229, 230，⑥301，⑩138, 141，⑪135
列車ボーイ　⑦*282, 283*
レッテル　④160；*78*
レッドチェリイ　⑨190；*91*
レデー　④242
レネーオ　キュースト　⑪96
レバ　⑦*310*
精神爽快剤［レフレッシュメント］　⑨223
レモン　③112；*272, 275*，⑧*10*，⑨*136*
レモンいろ　③*130*
レール　⑨131，⑫*278*
恋愛　②87, 304，④60, 114, 136, 203, 284；*116, 117, 215, 216, 340, 341*
れん瓦　⑦*182*
煉瓦　①292；*46*
煉瓦［れんぐわ］　⑫30
練瓦　③*485, 487*，⑤*216*，⑥44, 52, 69，⑩241，⑪12，⑫*104*
練瓦［れんぐわ］　⑩40, 41
練瓦会社　④131, 132
練瓦工場　③83；*195*，④31；*46*
練瓦造り　⑪96
練瓦場　⑥61，⑩67；*38*
練瓦場［れんぐわば］　⑩68, 69
練金　②179, 389
練金士　④*171*
れんげ　①67, 222
蓮華　④27，⑤*123*；*141*，⑥122，⑨26, 216，⑩98，⑪23，⑫*119*
　青――　⑨169
紫雲英〈れんげ〉　③216；*519, 520, 522*→紫雲英〈しゅんえい〉，紫雲英［ハナコ］
れんげさう　②473
れんげそう　②473→れんげさう

レーンコート　⑨27, 257, 258
連鎖劇　⑦346, 347
　軍事――　⑦109
連雀　③231, 232
練習帳　⑪246
蓮生坊　①316
レンズ　②69, 170, 211, 380, 420，③200；481, 483, 484，⑥25, 213，⑦100；307-309, 312, 313，⑨136，⑩155，⑪125, 148，⑫317
レンズヂーワングレプショット　③481
連星　③24, 46
聯隊　⑤109，⑥296, 337，⑫230；214
レントゲン　③489，④288；219，⑫285
レンブラント　①346
練兵　②41
練兵場　⑨111, 112
連絡船　③167，⑨43

## ろ

櫓　⑩128
炉　⑦191，⑩60, 65, 66，⑪25
ロイドめがね　⑦288；692
蠟　④160；78，⑩117, 162, 274, 287；168，⑪194
臘　⑦122；389，⑪293
老鶯　⑦184
老楽長　⑥219, 240
蠟紙　⑦202
瑯玕　⑤10
老眼鏡　⑦168，⑫329
老技師　⑪53, 55-62；99, 100，⑫149-154, 155, 157, 159
老技師[らうぎし]　⑫218-220, 222
朗吟　⑪281
臘月　⑦135；425, 426
老師　①159
老人　⑩124；65, 98, 100，⑪88
狼星　⑥308, 310；179
老僧　⑦44, 45, 164
老荘思想　④66, 67
蠟燭　⑨86
廊柱　⑦713
漏斗〈ロート〉　①65，⑨23, 100，⑩333→漏斗

〈じょうご〉
労働　②80, 297；29，④190；32, 33, 81, 82, 217，⑩143
労働運動　⑤87
　――の首領　⑨140
労働者　⑫237
労農党　④185, 282，⑥41
狼の星　⑥181
老博士　⑪57；97，⑫153
朗明寺　⑫172
ロウレライ　⑨249
露営地　⑥215
露岩　⑦597
六月三十日　⑫341
緑金　②172, 177, 183, 382, 387, 393，⑤65
緑金寂静[ろくきんじゃくじゃう]　②75
緑青　①54, 91, 201, 268, 353；52, 54，②178, 207, 472，③229；232, 472, 567，⑥45, 79，⑦433, 638，⑧194，⑨276；90，⑫250
緑青[ろくしゃう]　①295
緑青[ろくせう]　②41, 99, 169, 172, 263, 315, 379, 382
六条　⑦181；536
緑青いろ　②35，③11, 70；17, 20, 21, 123, 165, 166, 489, 491, 494, 544，④80, 231；28, 107, 109，⑥261，⑦103；324，⑧225；88，⑨185，⑪36，⑫133
緑青[ろくせう]いろ　⑫281
緑青色[ろくしゃういろ]　①295
六神丸[ろくしんぐわん]　⑫56, 58, 59, 61-63
六戈銀貨　⑨366
六代菊五郎　⑥51
六道　⑦9→六道くりくどう〉
六道の辻　③213；518
六原　⑩63，⑫367
六原支部　③266；620
六平　⑧260, 262
緑宝石　③17
鹿鳴館　⑦339
六面体　⑥19
緑廊　③276
ロザーロ　⑪83, 97, 98, 100, 101, 113；111, 134, 160

（るる〜ろさ）　277

ローザロ ⑪69
ローザーロ ⑪104, 122
ロザーロ姉さん ⑪155
ロシア式[しき] ⑫30
ロシア人 ⑫264
ロジウム ③201；485, 487→ロヂウム
ロシニ ②129
ロシヤ ②133, 349；44, ⑤137
ロシヤ街道 ⑩106
ロシヤ人 ⑨10
ロシヤ帝政派 ④155, 156, 312
ロシヤふう ②111, 327
露出 ⑩248, 260
ロゼッタ ③251
露台 ①39, 172
ロダイト ⑦296
ロヂウム ③201；485, 487
六角 ⑪275
六角シェバリエー ⑦204
六角山 ⑤64
六角形の巣 ⑩274, 287
ロッキー蝗 ③464, ⑥284
ロツキー蝗 ③192；464, ⑥284→ロッキー蝗
六角牛 ⑦39
肋骨 ⑩148, ⑪142
緑金 ③519, 520, 522, 592-594
六根 ⑥111
緑金いろ ③50, 138
六方錐 ⑩83, ⑪195
六本[一ぽん]うで木[ぎ] ⑥331
露店 ①29, 148, ⑥249, ⑦148；469, 471, 472, 475, 486-489
露頭 ⑩259
睡蓮[ロトス] ⑥47
驢馬 ⑧106, ⑩192
驢馬追い ⑩192→驢馬追ひ
驢馬追ひ ⑩192
炉ばた ⑥232, ⑩65
炉[ろ]ばた ⑫204
ロバート ⑩51
ロビンソンクルーソー ③155；382, 384-386, ⑥271
ロビンソン風力計 ②70

ローフ ④10, 22；18, 38
塊[ローフ] ④38
魯木 ②21
ローマネスク ③128, 131, ⑩207
ローマ風の革の脚絆 ⑩208
ロマンス ③142, ④195
ロマンチックシューマン ⑪222
ロマンツェロ ⑥103；109, ⑦86, 95, 645→Romanzero
ローマンテック ④198
ローム ③495, ⑥42
墟珊 ⑩48
ロモニ ③73
露里 ④254；168
ローン ③495, ④198, ⑥18
ロンテンプナルール勲章 ⑫330
ロンドン ⑫84
ロンドンタイムス ⑨255
ロンドンパープル ③155；380, 383, 386, ⑥271

## わ

わ ⑦180, 188, 194, 195, 209, 211, 229, 230, 240, 248, 277, 298；26, 27, 35, 58, 89, 110, 128, 130, 135, 184, 510, 547, 575, 582, 669, 692, 694, 716, 717, 719
環 ⑩53, 155
吾[わ] ⑦446
わあ ⑩43, ⑪173；304
わああ ⑪133
わああああああああ ⑧275
わああああんああああ ⑧275
わあい ⑪133；187
わぁがない ⑪177
わあっ ⑩42
わあわわ ⑨99, 137, ⑩72；43, 216, ⑪86, 202, 207
わあわあわあわあ ⑫14
ワイシャツ ⑦108, 696
わいわい ⑧323, 324, ⑫20, 132
ワイン ③405
和賀 ①162, ⑦250
和賀[わが] ②33, 256

和雅音　　⑦*433*
和賀川　　①353, 355，⑦*638*
嫩草　　①39, 170, 171
和賀郡　　⑦*509*
若杉　　④23；*40*，⑦*436*
わがない　　⑧292
わがない　　⑧257，⑫360
わがないもや　　⑥105
わがないよ　　⑧304
わがないん　　⑪196
わがないんちゃ　　⑧279
わが輩［はい］　　⑫190
我輩　　⑤*23, 93, 134, 144*，⑨*162*，⑩215，⑪87, 90, 92, 93，⑫*175, 342, 346；77*
我輩［わがはい］　　⑫190
わかめ　　③*79, 434*，⑤*61*，⑦25，⑨246
和布［わかめ］　　⑦*296*
嫩芽〈わかめ〉　　⑤140
若山牧水　　④*241*
わがんない　　⑧107, 108
湧水　　⑨29，⑩261, 266，⑫247
湧水部落　　③*134*
惑星　　①33, 157，⑨247
わくらば　　③110；*262*
病葉　　⑦*533*，⑪*233*
病葉［わくらば］　　①292
わくわく　　③284；*661*，④179；*92*，⑤*13, 34*；*230*，⑥260，⑧46, 252, 310，⑨65, 167，⑩40, 232, 246, 268；*200*，⑪29, 46, 201，⑫*47*, 220；*125, 142*
わくわくわくわく　　③10；*20, 21*，⑪170
わけぎ　　⑦*232*
わさび　　⑦*504, 505*
わさび田　　⑦*161；504, 505*
和算　　⑤*100*
和讃　　③187；*444*，⑩*144*
鷲　　⑥329，⑧28, 88, 89，⑨264
鷲［わし］　　⑧42, 43
鷲の停車場　　⑩112, 117, 156；*86, 93*，⑪150；*198, 205*
鷲の星　　⑧32, 88
和脩吉竜王　　⑤*57*
わすれぐさ　　⑫369

わすれ草　　⑥359
早生　　⑤*30*
ワセリン　　④160；*79*
綿　　⑥34，⑧309-311
袍　　④223；*145-147*
絮　　③*190*
綿入　　⑤95，⑦*615*，⑩183
わたぐも　　①187
綿雲　　①47，⑦205，⑫263
渡し場　　⑨176
わだち　　⑥299，⑩238
わだつみ　　①7, 91, 105, 265, 320, 321；*28*
草棉の毛　　⑨35
わたり鳥　　⑩18, 120, 164，⑪158
渡り鳥　　②472，⑪146
わたりの鳥　　③33，④29
わっ　　⑪26；*279*
ワーツ　　⑫112
ワーッ　　⑧180，⑫112, 124
稚内　　②466, 469, 470
ワッサーマン　　③73；*170, 172*
わっし　　⑩150，⑪144
わっはっは　　⑩*166*
ワッハハハ　　⑧9，⑩*170*
ワッハハ、アッハハ　　⑧263
わつはゝ、わつはゝ　　⑫71
わっはは、わっはは　　⑫71→わつはゝ、わつはゝ
ワッハワッハ　　⑧155
ワップル　　⑧306
わな　　⑨137, 138, 141, 146，⑩298
鰐　　⑦292
ワニス　　⑩141，⑪135
わははわはは　　⑫69
和風　　④110, 276, 277, 279；*111, 206-208, 291*，⑤*204*
わやわや　　②438
藁　　④25, 118, 290；*220*，⑤*203*, 222，⑥117；*15*，⑦67；*211, 212, 224*，⑧121, 140, 329, 330, 340，⑨89, 167, 362，⑩261, 322, 331；*162, 215*，⑪170，⑫164-166
　——たば　　④*352*
　——のオムレツ　　⑧317

（ろさ〜わら）　279

| | |
|---|---|
| ——のくつ | ⑪32, ⑫*129* |
| ——の酒 | ⑩217 |
| ——のつと | ⑧264 |
| ——の苞 | ⑧265 |
| ——の帽子 | ⑦211 |
| ——のマント | ⑦*211, 212*, ⑪*159, 160* |
| 秤 | ⑩065 |
| 笑い病 | ③*284* |
| 藁紙 | ⑨*399* |
| 藁沓 | ①*166*, ⑦*255, 486, 488, 618, 619*, ⑩60 |
| 藁酒 | ⑩202, ⑪81；*111, 125* |
| わらじ | ④80, ⑤40, 95；*24, 38*, ⑦*145, 616*, ⑧273, 314, ⑩69, ⑫*242, 269, 293* |
| 草鞋〈わらじ〉 | ⑧97, 98 |
| 童[わら]しやど | ⑫23 |
| 童[わらし]やど | ⑫22 |
| 子供等[わらしやど] | ②128, 344, ⑥199 |
| わらす | ①8 |
| 童[わらす] | ⑧97, 102, ⑪192 |
| わらび | ③*257, 347*, ⑧308, ⑩187, 223, ⑪24, ⑫200 |
| 割木 | ③27, ⑤10 |
| 割木のかきね | ⑤100 |
| ワリヤーク号 | ③*569, 572* |
| わりわり | ⑦137；*431* |
| ワルツ | ③*277-279*, ⑪86；*128* |
| ワルツ第CZ号の列車 | ③114 |
| ワルツ第CZ号列車 | ⑥219, 240 |
| ワルトラワラ | ⑥347-349, ⑫344, 345 |
| ワルトラワラの峠 | ⑩213, ⑪90；*156* |
| ワルトラワーラの峠 | ⑪90 |
| 悪漢[わるもの] | ②111, 420, ⑥214 |
| わろ | ⑪194 |
| 椀 | ④175, ⑤112, ⑦*115, 116, 241* |
| 椀コ | ⑦105；*329* |
| わん、わん、ぐわあ | ⑫36 |

## ゐ

ゐろり ⑤100, ⑩181

## ゑ

ゑイゑイ ⑧178
ゑかき ⑧157

| | |
|---|---|
| ゑルテル | ⑦*388* |
| ゑんじゆ | ①67, 222 |
| ゑんだう | ①96 |
| エン、エン | ⑧179 |
| エン、エン、エイ、エイ | ⑧179 |

## を

| | |
|---|---|
| をかしな子 | ⑪173 |
| をかしな十ばかりの字 | ⑩111 |
| をきな | ①16, 150 |
| をきなぐさ | ①65, 67, 300 |
| をきな草 | ①32, 41 |
| をくび | ⑦37 |
| をとこへし | ⑧100, ⑪190, ⑫364 |
| をのこ | ⑦*296-298* |
| をみな | ⑦*123, 124, 126, 127, 195-197, 280, 290* |
| をみなご | ⑦*289* |
| をみなへし | ⑧117, 118, ⑪249 |

## A

Abendlied ③*110*
able ⑥116
Accomp. ③*406*
act ⑩339
Adagio ③*355*→アダヂオ
adagio ③*356, 360*
Agrialltual School ⑩*201*→Agricultural School
Agricultural School ⑩*201*→農学校
Agronomist ④*174*
alcohol ②41, 263→アルコール，アルコホル
Alistoteles ⑤*197*
allegro ③*470*
allegro con brio ③*216*
Alpen stock ⑤*197*
Alpenstock ⑤*197*
Alps ⑤*197*
amsden June ⑦*94*→アムスデンジュン，アムステンジョン
animada ④*150*
Anticeptics ⑤*197*
Apple ⑩74
apple green ⑥20→アップルグリン

Arbutus　　④*162*
Are you all stop here? said the gray rat. I don't know. said Grip.　　⑥*49*
Asbestus vein　　⑦*292*→アスベスト
A Snake though not a race member of rattle, can also make sound his tail.　　④*23*
Astilbe argentium　　③*109*；*267*→アスティルベ　アルゲンチウム
Astilbe platinicum　　③*109*；*267*→アスティルベ　プラチニウム
atmosphere　　⑥*34*
Aubergne　　⑦*263*→Auvergne
Auvergne　　⑦*263*
azalia　　⑥*77*→アザリア

# B

Balcoc　　⑥*386*
Ball　　⑥*41*
Bararage　　⑥*386*
Basic rocks　　⑦*404*
bath room　　⑩*229*
Beethoven　　③*598*，⑫*285*→ベートーベン，ベートーフェン
belaner　　⑥*43*
Bembero　　①*61*→ベムベロ，ベンベロ
B. Gant Destupago　　⑥*173*→ボー，ガント，デスツゥパーゴ
Bishop　　⑫*208*
Black Swan　　⑥*119*
blue-bell　　③*274*
blue bell　　③*271*
bluebell　　③*589*→ブリューベル
Bonan Tagon, Sinjoro　　③*54*
Bonan Tagon Sinjoro　　③*124*，*125*，*127*
Brando　　⑥*386*
Bread Butter　　⑩*74*
Brownian movement　　②*64*
budding fern　　⑥*80*
Bush　　⑥*40*

# C

Cake　　⑩*74*
calrakkanno　　⑥*386*

Carbon di-oxide to sugar　　②*43, 62*
cascade　　⑩*35*
ceballo　　①*171*
Cehnsto　　③*399*
Chicken Cutlet　　⑩*74*
chitin　　③*530*→キチン
Christian Kries　　③*130*
chrysocolla　　④*23*；*40, 43*，⑦*436, 437*→クリソコラ，硅孔雀石，硅孔雀石［クリソコラ］
chrysoprase［クリソプレース］　　②*64*
colloidal　　⑦*154*→コロイダール
comfortable　　⑩*229*
Conc.　　④*160*；*78*
Cork-screw　　③*119*
cork screw　　③*244*；*592-594*
Crataegus　　④*162*
cress　　③*12*
Cupper　　③*188*

# D

dä-dä-dä-dä-dä-sko-dä-dä　　②*79*→ダーダーダーダーダースコダーダー
dah-dah-dah-dah-dah-sko-dah-dah　　②*107, 109, 323, 325*；*79*，⑥*357*
dah-dah-sko-dah-dah　　②*108, 324*
Dahlia variaviris　　④*281*
Dal-dal　　⑥*386*
Dammerung　　③*132*
das des dem das　　⑦*529*
der des dem den　　⑦*529*
der heilige Punkt　　②*86, 303*
der Herbst　　②*134, 350*
die der den die　　⑦*529*
die der der die　　⑦*529*
disert cheerer　　④*101*
distinction　　⑤*20*
Donald Caird　　⑤*192*
drei　　③*188*
dyke　　⑩*29*→ダイク

# E

Eccolo Qua　　③*68*
eccolo qua　　③*32*；*66, 69*

Egmont Overture ②147
Eile doch ⑦717
Eile O, du, eiliger ⑦717
Eine Phantasie im Morgen ②40
elongated pot-hole ⑩36
Esp. ④271
estas ⑥43
Evening Sound ③130

## F
Fantasies ⑨34, ⑩201
Fantasy ⑫285→ファンタジー
Faselo ⑥173→ファゼーロ
Faust Grand March ⑥187
first em. ⑦544
fluorescence ②66
Fortuny ③244;592-594
Fox tail grass ③244;592-594
Fragment ③234,④71
Funeral march ②184,394

## G
Gaillardox ⑥79
Gaillardox! ⑤232
Gaillardox-gaillardae ③294,297
gas ⑥44→ガス
gasの会社 ⑥6
Gavott ③339,563
gel ①62→ゲル
Gifford ⑦238
Gillarchdae ⑥75
Gillarchdox ⑥75
Gillochindae ⑥78
Gillochindox ⑥78
Gillochindox-gillochindae ③298
Gillochindox-gillochindae[ギロチンドックスギロチンデイ] ③295
Ginga no Kanata ⑪158
Glander ⑥43
Glass-wood ⑥191
glass-wool ②120
goblin ③66;157
Gossan ⑦88;276

gossan ⑦277
Gray rat=is equal to Shūzo Takata ⑥49
Green Dwarf ②116,332
Guten Morgen Herr ③122
Guten Tag ③123
Gyāgya ③501,503,506
G1 ③514

## H
Hacienda, the society Tango ⑫342
Ha, ha, ha-a-a-a ⑩341
hale glow ⑥77,⑦405
Hanamaki ⑪233
Hbrew Melody ③406
Helianthus Gogheana ⑥132
Hermann Necke ③216
Herring peas ⑩74
Ho! Ho! Ho! ②108,324
Horadium ④280
Höre ⑩90,264
humus ①52→腐植土[フイーマス], フィーマス, フームス
humus[フイーマス] ①53
Hurruah ⑥92

## I
Ice-fern ④155;68→アイスファーン, 氷羊歯〈こおりしだ〉
Ich bin der Juni, der Jüngste. ③219
Ich bin der Juni, der Yungste! ③531,534
infantism ③110
In the good summer time ⑪90
iodine ⑥148
Iris ③272→アイリス, イリス
Ishidoriya ⑪233

## J
Jean Becker ③339,563
Jes ⑩230
Johan S. Svendsen ③216
Josef Pasternack ②220,429,⑥250

## K

kanno ⑥*386*
Kenjŭ Miyază ⑪*228*
Kenjŭ Miyazawa ⑩*73*
Kenjy ⑩*73*
Kenjỷ Miyazaë ⑪*228*
Kenjy Miyazawa ⑩*73*
Keolg Kohl. ④*195*
Keolg Kol. ④*195*→ Keolg Kohl.
Kleinen ⑩*142*
Kol Nidrei ③*406*
Kondoha Kotani Wară no goto bagaride ②*100*
Kosack Yamada ③*406*
Kurusumană yoni umaredekuru ②*100*

## L

Lahmetingri ⑥*386*
Lamessanno ⑥*386*
Lap Nor ③*437, 440*
Largo ③*217*；*523, 524, 527, 529,* ⑪*158*→ ラルゴ
Larix ②*452*→ ラリックス
lent ③*47*
Lento ③*62*；*149, 151, 153*
lento ③*195*
Lent molto ③*215*
l'estidiantina ②*163, 373*
l,estidiantina ⑫*235*→ l'estidiantina
l'estudiantina ②*163, 373*
Li ⑥*43*
Libido ③*31*；*66, 67, 69*
Liparite ①*52, 194*→流紋岩，リパライト
Liparitic tuff ①*55, 202*→流紋凝灰岩
Look there, a ball of mistletoe！ ⑤*129*
lotus ⑥*34*
love-bite ③*441*

## M

M――1／2 ④*172*
mammon ⑦*164*
marriage ⑤*199*
marsh gas ①*310*；*18*→マーシュガス，沼気

Max Bruch ③*406*
Mental Sketch ⑩*73*→心象スケッチ
mental sketch modified ②*22, 95, 107, 246, 311, 323*
Mental Sketch modified ⑩*73*
Mental Sketch revived ⑪*233*
Mi ⑥*43*
Mi estas Aprilo, la malaltesta Printempo Ich bin der Mai, der Yungste！ ③*116*
min ⑥*43*
Mincowski ⑫*190*
mischia ③*233*→ミチア
miss Gifford ⑦*238*→ Gifford
Miss Robin ②*78, 81, 295, 298*
modified ⑩*73*
monadonoc ③*636*→モナドノック，残丘
monologue ③*198*
morning-glory ②*116*
Mud-stone ⑥*335*→泥岩
muscovite ②*72*
M氏 ⑦*249*

## N

Napoleon ⑥*126*
ne ⑥*43*
Nearer my God ③*175*
nearer my God ③*421, 424*
Negai ⑪*158*
nicht ⑦*717*
nin ⑥*43*
Nymbus ⑥*265*
Nymph ⑥*265*
Nymphaea ⑥*265*
Nymph, Nymbus, Nymphaea ④*88*；*168*
Nymph, Nymphaus, Nymphaea ④*254*；*168, 169*

## O

O, du, eiliger Geselle！ ⑦*717*
Oenothera lamarkeana ③*231*
Oh, My reverence ⑦*685*
Oh, my reverence ⑥*58*
Oh, My reverence！ ⑦*684*

Oh, my reverence !　⑦281
Oh, that horrible pink dots !　③309
Oh, What a beautiful specimen of that !　⑤129
Omlette　⑩74
O, My reverence　②120
OPAL　①321
Opal　①79→オーパル
Ora Orade Shitori egumo　②140, 356, ⑥224
oryza sativa　④277, 280 ; 206, 208→オリザサチバ

## P

pale affair　③75
paraffine　①63→パラフキン
pass　④304, ⑥79
Pea　⑩74
phase　⑤20
Piano acomp e. g. Die Csikos-Post　③216
piero　⑥386
pietro　⑥386
Pir　⑥239
Plan pelapolan General　⑪8
poh　③502
Prrrrr Pirr　③229 ; 564, 566
Prrrrrr　⑥239
Prrrrrr Pir　③560
Prrrrrrr Pirr　③561
Prunus　④162

## Q

Q. Karia　③598
quick gold　③89 ; 205, 653→流金[quick gold], クイックゴールド
Qu Karia　③598

## R

rake　⑥173→レーキ
Rap Nor[ラプノール]　③439, ⑥253
RESTAURANT　⑫29→西洋料理店
Rhododendron　④162
rice marsh　⑥173
Robert Schumann　③110

Rocky Mountain locust　③458, 460
Rocky mountain locust　③455
Romance　③216, 233
Romanzello　⑦61
Romanzelo　③640, ⑦73
Romanzero　⑦248→ロマンツェロ
Rondo Capriccioso　②67, 288
Rosa　④162
R-R-r-r-r-r-r-r　⑦228

## S

Sacred St. Vetura Alba !　②120
Sacred St. Window　⑥58
Sacred St. Window !　⑦281 ; 684
Sakkyaの雪　⑤69
sanno　⑥386
Scherzo　④65
Schwarzer　⑩142
Serpentine　⑦292→蛇紋岩[サーペンタイン]
Si　⑥43
Simphonie　③598
Slander　⑥43
Snakes, though not　④23
Sol G　③215
Something better　③142
Sondern　③598
Song of the marine girls　⑦720
Sons du Soir　③130
Sottige[ソッテイーゲ]　③291, ⑥228
sottige　③293
sottise　③128
Soup　⑩74
Speisen　③465, ⑥232
speisen　③194 ; 468, 469
square　④246 ; 161
street girls　⑤229
St. Window　⑦685
Sun-beam　⑫279
sun-maid　②61
S博士　⑤172 ; 160

## T

Takaken　⑤197

Tertiary the younger ⑥335
The Great Milky Way Rail Road ⑩73
Thema ⑫196
Then what are they ? ⑤130
Though not a member of rattle, Snakes ④23
ti-ti-ti ⑤47
tí-ti-ti-ti-ti-ti ⑤47
Tobakko ne estas animalo. ⑩342
Tokyo Nihon Notoga Kuyhin Kaisha ③245, 288, 290
topaz ⑥122→トパース
Torquois[トーコイス] ①306
to-té-te-to-té-to-to ⑤47
to-té-te-to-té-to-to tí-ti-ti-ti-ti-ti ⑤47
to-té-to-to ⑤47
Tourquois ①76, 390, ⑦503
Tourquois[ターキス] ①239
Tourquois[トコーイス] ①61
Tsumekusa ①158
turquois[タコイス] ②150
Turquoise ⑥156
twenty into one thousand into thirty into six thousand ⑩203
Type a form on off ④171
tの自乗 ③665

## U

Ul-Iwate ③518
ultra youthfulness ⑥36
Umaredė Kurutate ②100
Up ④172
Ur-Iwate ③212
U字の梨 ⑦37

## V

Vandike Brown ②42→ヴアンダイクブラウン
Van't Hoff ②176, 386
Vegetarien Festival ⑨96
Veilchen ⑩142
vein ⑦292

## W

Wavelite ③588→ wavellite
wavellite ③240, 261→ウェーブライト
waverite ⑦14→ wavellite
weary rose ③187
Weber ⑦308；720
Well ⑩229
We say also heavens, but of various stage ⑤130
white hot ⑥77
WILDCAT HOUSE ⑫29→山猫軒
Wind Gap ①49, ③272；639
Wind gap ③639
wind gap ③547, ④221
wink ③160→合図[wink]
Wood land ⑥77

## X

x ⑥48
XZ号の列車 ③118
x八乗 ⑥48

## Y

Yakko no Yajrobei ③406
Yet I love you, till I die！ ③646
Y氏 ③449
Yの字 ③156；387-389, ④248, ⑥230
Yの字の柱 ⑥19
yの八乗 ⑥48

## Z

Zehnstohk ③399
Zigzag steerer ④101
Zigzag steerer, desert cheerer. ④184
Zwar ③55；133, 136, 139, ⑥301
Zwer ③135
ZYPRESSEN ②22, 24, 246, 248
Zypressen ②20, 21

## 記号

♮ ⑩40-46
⑯ ⑥153
Al(OH)₃[エーエルオーエーチ三] ②336

$C_2H_2OH$　⑪76
$C_2H_5(OH)_3$　⑪76
$CH_3$　⑪76
$H_2O$　④203；116

**数字**

1918　⑤193
1927　⑤193
1931 9.2　⑪233
20×1000×30×6000　⑩203
8.1928—1930　③10

# 手帳・ノート・メモ・雑纂における主要語句索引

1. 手帳・ノート・メモ・雑纂における主要語句索引は、第十三巻〜第十四巻および第十六巻・別巻補遺篇における主要語句の索引である。ただし、この巻に収められたテクストが、第一巻〜第十二巻収録の作品（テクスト）の逐次形と位置づけられて第一巻〜第十二巻の校異等に掲出されているものについては、本索引の語彙採録対象とはしていない。また、第十四巻「雑纂」中の「〔施肥表A〕」・「〔施肥表B〕」・「〔炭酸石灰粒子表面積計算表〕」・「〔契約証〕」・「〔稗貫農学校就職時提出履歴書〕」・「〔藤原嘉藤治履歴書代筆〕」・「〔花巻農学校授業時間割〕」・「〔ドイツ語前置詞格支配一覧表〕」・「〔フランス語動詞AVOIR変化表〕」・「〔高等数学公式集〕」・「〔配布用経典印刷物〕」・「添削物等」・「抜粋筆写」は、語彙採録対象とせず、「〔住所録A〕」・「〔住所録B〕」については、宮沢賢治自筆記入の名前のみを採録対象とした。

    本索引には、地名・人名・組織名等の固有名詞、および自然科学用語（動植物・鉱物・天文・地学・化学・物理等）、農業・農学用語、宗教用語（仏教・キリスト教・習俗・民間信仰等）、社会科学用語（社会・法律・経済・商学・軍事等）のほか、衣食住に関わる語彙、オノマトペ（擬音・擬態・その他）、地方語（方言）、色彩語などを採録した。そのほか、名詞にこだわらず動詞・形容詞・形容動詞等でも宮沢賢治特有の語彙や表現については採録した。

2. 配列は、五十音による発音順とした。アルファベットによる表記は末尾に配置した。

    宮澤賢治は基本的に歴史的仮名遣いにしたがって表記しているが、歴史的仮名遣いにおいては表記と発音が一致しない場合がある。このような語句は例外的に、次項3.のように現代仮名遣いの表記を併載し、五十音順及び発音順の両箇所に配列した。

    日付等の数詞を含む語句については、索引使用の便宜上、五十音順でなく数字順に配列したものがある。

3. 見出し語の表記は、索引使用の便宜を考慮し、現代仮名遣いに変更して示したものがあるが、変更したものについては、→で、原表記あるいは歴史的仮名遣いの表記を示した。その際に、当該語句が出現する巻・頁は、両方の表記箇所に示した。ただし、宮沢賢治自身が現代仮名遣いと同じ表記を用いることもあり、現代仮名遣いの箇所に示した巻・頁と、→で参照する歴史的仮名遣いの箇所の巻・頁の、すべてが重ならないこともある。

4. 語句に自筆ルビ（ふりがな）が付されている場合、〔 〕内に示した。たとえば、「共の所感」という語句の「共」に「ぐう」、「所感」に「しょかん」と振り仮名が振られている場合、「共〔ぐう〕の所感〔しょかん〕」となる。

5. 自筆ルビの付加等により同一の漢語表記に対して複数の読みが成立する場合は、それぞれの箇所に配列した。複数の読みが成立する語句に自筆ルビが付されていない場合には、読みを特定し得ないので、成立するすべての箇所に表示している。

    たとえば、「落葉松」という語は、「からまつ」「らくようしょう」の二種の読みが可能であるので、「落葉松〈からまつ〉」「落葉松〈らくようしょう〉」として二箇所に立項し、→を用いて、他に成立する読みを示している。

6. 拗促音については、原文において、小書きの場合、小書きにしない（並字）場合が混在するので、両表記を見出しに立てた。

7. 省略形で記されている語句については、当該語句の後に、〈→　〉により完全形を示した。た

とえば、本文中で「浮」と省略されて記された語を採録した際に、それが「浮世絵展覧会」の省略であることが明らかである場合には、見出しを
　　　浮〈→浮世絵展覧会〉
とした。
8.　難読語句や、配列の都合上編者が仮に読みを定めた語句については、見出し語の次に〈　〉で括って読みがなを示した。
9.　本全集では、本文決定の際に校訂した語句については、当該語句を〔　〕で括って示したが、本索引に見出し語として採用する場合、校訂記号である〔　〕は外し、校訂後の結果のみを示した。なお、ノート・メモを対象とする本索引においては、本文篇・校異篇のいずれにおいても、誤記・誤字は訂正せずそのまま採録してある。また、植物学名等のアルファベット等の綴りには、様々な誤記が存在するが、これもそのまま見出し語として採用してある。種々の誤記がある場合に、そのうちの一例について〈→　〉により正しい綴りを示したものもある。
10.　色彩を表す語については、名詞、形容詞・形容動詞の語幹を見出し語として採録した。また、色彩語に準ずるものとして「青らむ」「黄ばむ」などの動詞も採録したが、その際に動詞の活用形は終止形にした。たとえば、「青らみて」と出現する場合、索引項目は「青らむ」となる。
11.　外来語等では、日本語としての漢字・かな表記の他にアルファベットによる原綴表記を用いることがある。同一内容の語句が異なる表記により用いられる場合などは、相互に参照できるよう、それぞれの箇所に→を用いて参照語句を示した。
12.　校異篇については、本文篇に重複しない推敲過程のみを採集対象とした。また、複雑な推敲過程を示すために、あらためて整理し一括掲載した箇所等は、採集の対象外とした。
13.　語句の所在の示し方は、次のようにした。
　　　巻数を丸囲み数字で示し、次いで本文篇の頁数を算用数字の立体、校異篇の頁数を斜体によって示した。本文篇と校異篇の頁が連続して現れるときは、その境目を；で区切った。
　　　ただし、第十三巻（上）（下）、第十六巻（下）、別巻の巻数は、それぞれ⑬上、⑬下、⑯下、別と示した。
　　　第十四巻口絵については、頁数をゴシック体で示した。

## あ

藍　⑭246
藍いろ　⑬上440
アイスクリーム　⑬上483
愛憎会苦　⑬上519
相田添一　⑬下279
アイヌ　⑭63
愛別離苦　⑬上519
アイリス　⑬下17→ Iris
亜鉛板　⑭66
青　⑬上15, 378, 466，⑬下181, 184, 201, 203, 284，⑭62, 66，別12
青々　⑬下182
緑［アヲ］石　⑭53
青色　⑭83
青米　⑭101
青米砕け　⑭99
青空　⑬下203
青立　⑭97
青粘土　⑭57, 83
青びかり　⑬下278
青米　⑭101
青米砕け　⑭99
青森　⑬上419
青柳先生　⑬下183
赤　⑬上258, 378，⑬下173, 182, 202, 203, 308, 327，⑭62, 66, 83
赭　⑬下186
赤髪　⑬下320
赤沢喜助　⑭221
赤渋　⑭96, 98, 101
赤渋［あかしぶ］　⑭179
赤渋田　⑭172
暁　⑬下188, 320
茜根　⑭246
赤膚　⑬下320
赤富士　⑭243
赤帽　⑬上483
赤間　⑬上130, 132, 135, 466, 481
赤間黄金　⑭164
赤間砂　⑭171
赤松　⑭31, 66
赤紫色　⑭27

秋　⑭83
秋蚕　⑭6
秋田　⑬上263, 289, 298, 419，⑬下226, 233, 243，⑭195
秋田県　⑬下239，⑭195
秋田魁新報社　⑬上349
秋田市　⑬上349
アクイレジア　⑬下13→ Aquilegea
悪業　⑬上552
悪相　⑬上499
アークチュルス　⑬下186
悪念　⑬上498
あけび　⑬下287
アケビ　⑬下197
朝顔　⑬上208, 209, 225, 226, 228, 229, 241，⑬下17, 236，⑭147, 149
朝蔭玉次郎　⑭209
浅黄　⑬下254
浅岸村　⑭18, 27
朝凪　⑭17
朝寝　⑭12, 13
浅野　⑬上293
浅野セメント会社　⑭162
旭鉱抹資料合資会社　⑬下237
アザミ　⑬上569
浅虫　⑭65
亜硝酸菌　⑭84
アスク　⑬下31
アスター　⑬上258，⑬下13, 24→ Aster
アスタージニア　⑬上208
アスチルベ　⑬下13→ Astilbe
アスパラギン　⑭77
東徳治　⑭218
蛙声〈→蛙声〉　⑬下197
アセチレン　⑭74, 77, 79
阿僧祇［あそうぎ］　⑭237
麻生博士　⑬上134
アゾトバクター　⑭40, 87, 173
阿曽八和太　⑭223
愛宕山　⑬上567，⑬下328
安達寛　⑭217
亜炭会社　⑭160
安家　⑬下196

（あい～あに）　289

| | |
|---|---|
| 安庭 | ⑭22 |
| 安濃一志 | ⑭17 |
| 油絵 | ⑭242, 244 |
| 油粕 | ⑬上136, 151, ⑭149 |
| 油久商店 | ⑭212 |
| アフリカンマリゴールド | ⑭15 |
| 阿部 | ⑬上589, ⑬下173, 202, ⑭199 |
| 阿部喜兵衛 | ⑭219 |
| 阿部熊之助 | ⑭221 |
| 阿部幸助 | ⑬上309, 313 |
| 阿部繁孝 | ⑭223 |
| 阿部正一 | ⑭214 |
| 阿部正二郎 | ⑬上333 |
| 阿部助教授 | ⑬上173 |
| 阿部先生 | ⑭9 |
| 阿部勇之助 | ⑭217 |
| あま | ⑭10 |
| 尼 | ⑭11 |
| 亜麻 | ⑭64, 65 |
| アマモドキ | ⑬上70 |
| アマランス | ⑭15 |
| アマランサス属 | ⑬下21→ Amaranthus |
| アミノ化合物 | ⑭75, 77, 78, 80 |
| アミーバー | ⑬下279, 304, ⑭87 |
| アンモニア | ⑭77, 79 |
| アムモホス | ⑬上151, 281, ⑭139, 141, 179 |
| アメリカヤマナラシ | ⑬上245 |
| 荒居留吉 | ⑭206, 209 |
| 荒川鉱山 | ⑭162, 170, 196 |
| 荒川鉱山探鉱課 | ⑬上294, ⑭193 |
| 荒川鉱山分析 | ⑭182 |
| 新墾〈あらき〉 | ⑭66 |
| アラスカ語 | ⑬下311 |
| 有明の月 | ⑬下320 |
| ありまき | ⑭11 |
| 亜硫酸ガス | ⑭79 |
| 亜硫酸瓦斯 | ⑭75 |
| アルカリ | ⑭41, 76, 170, 182 |
| アルデハイド | ⑭74, 77 |
| アルデハトイド | ⑭79 |
| アルバートコーツ | ⑭92 |
| アルブミン | ⑭74, 76 |
| アルミニウム | ⑭78 |
| アルミニューム | ⑭76 |
| アレニウス博士［はかせ］ | ⑭176 |
| アロファン | ⑭29, 39→アロフアン |
| アロフアン | ⑭29 |
| 暗灰色 | ⑭24, 26-28, 56 |
| 暗褐色 | ⑭33 |
| 暗渠 | ⑬上151, 152 |
| 暗黒 | ⑭29 |
| 暗黒色 | ⑭52, 55 |
| 安山岩 | ⑭20, 27, 28, 50-52, 56, 58 |
| 安山岩質凝灰岩 | ⑭21, 28, 56 |
| 安山岩屑 | ⑭29 |
| 安山集塊岩 | ⑭52, 58 |
| 安山礫岩 | ⑭52, 55, 56, 58, 59 |
| 暗色 | ⑭51, 55 |
| 暗色鉱物 | ⑭22, 26, 51 |
| アンセスエデセルデガンス | ⑭148 |
| 暗鼠色 | ⑭52 |
| アンテミビス | ⑬上258 |
| アンテリナム | ⑬上250→ Antirrhinum |
| 安藤為次 | ⑭213 |
| アントンムーブ | ⑬下10 |
| アンバー褐 | ⑬上133 |
| アンモニア | ⑭75 |
| 安母尼亜 | ⑭34, 35, 37, 40 |
| 安母尼亜液 | ⑭36, 37 |
| アンモニア態 | ⑭80 |
| アンモニア肥料 | ⑭176 |
| 安母尼亜溶液 | ⑭33, 38, 39, 41 |
| アンモホス | ⑬上151, 281, ⑭139, 141, 179→アムモホス |
| 安立行菩薩 | ⑬上497, 525, 570, 572, 573 |
| 暗緑 | ⑭26 |
| 暗緑色 | ⑭52, 53 |

## い

| | |
|---|---|
| 藺 | ⑭85 |
| 飯岡村 | ⑭18 |
| 飯岡山 | ⑭26 |
| 飯豊 | ⑬上347, 364, 384 |
| 飯豊三番組合 | ⑬上322, 356, ⑭198 |
| 飯豊村 | ⑬下244 |
| 飯豊森 | ⑬上567 |

| | |
|---|---|
| 家元 | ⑬下303 |
| 家康 | ⑭12 |
| 硫黄 | ⑭34, 75, 77, 79, 149 |
| 硫黄華 | ⑭75 |
| イオン | ⑭34, 74, 76, 78 |
| イオン教規 | ⑭74 |
| 移化 | ⑬下280 |
| 烏賊 | ⑬下346 |
| 医科教室 | ⑭65 |
| 医学士 | ⑬下308 |
| イカリサウ | ⑭148 |
| イカリソウ | ⑭148→イカリサウ |
| 胃癌 | ⑬下217, ⑭165, 170 |
| 維管束系 | ⑭7 |
| 生物 | ⑬上9 |
| 異空間 | ⑬上477, ⑬下262 |
| 郁蔵 | ⑬下173 |
| 池川秀吉 | ⑭201 |
| 池口八郎 | ⑭204 |
| 池田工業株式会社 | ⑭205 |
| 池田松之助 | ⑭201 |
| 異構成 | ⑬下262 |
| 異構成物 | ⑬下263 |
| 為座諸仏以神通力 | ⑬上536 |
| いざよい | ⑬下175→いざよひ |
| 十六日夜 | ⑬下203 |
| 十六日月 | ⑬下192 |
| いざよひ | ⑬下175 |
| 胆沢郡 | ⑬下239 |
| 石ケ森 | ⑭19, 25 |
| 意地(家門)物語 | ⑬下334 |
| 石狩川 | ⑭66 |
| 石川 | ⑭247 |
| 石川金次郎 | ⑬上165 |
| 石川鷹吉 | ⑭206 |
| 意識 | ⑬上9, 14, ⑬下264 |
| 石工 | ⑭214→石工〈せっこう〉 |
| 石毛新之助 | ⑭205, 207 |
| 石粉 | ⑬上311, ⑭202, 204 |
| 石越 | ⑬上173, 339, 347 |
| 石越駅 | ⑭196 |
| 石田 | ⑬上130 |
| 石田精一 | ⑭212 |
| 石田松五郎 | ⑭216 |
| 石田三成 | ⑭10 |
| 石塚音次郎 | ⑭207 |
| 石塚鉄平 | ⑬上126 |
| 石鳥谷 | ⑬上159, 263, 289, 322, 328, 347, 356, ⑬下225, ⑭193, 199, 別10 |
| 石鳥谷駅 | ⑭193 |
| 石鳥谷町 | ⑬上320, 333, 382, ⑭198 |
| 石巻 | ⑬上263, ⑭224 |
| 移住者 | ⑭66 |
| 移住民 | ⑭65 |
| 石割桜 | ⑭22 |
| 五十鈴川 | ⑭17 |
| 泉四郎 | ⑭202 |
| 伊勢 | ⑭17 |
| 異世界 | ⑬下263 |
| 伊勢菊 | ⑬下16 |
| 伊関秀吉 | ⑭204 |
| 伊勢参宮 | ⑭17 |
| 伊勢路 | ⑭17 |
| 伊勢商店 | ⑬上371 |
| 伊勢米 | ⑭17 |
| 板垣商店 | ⑭198 |
| 板垣新太郎 | 別10 |
| いたつき | ⑬上539 |
| 伊太利 | ⑭180 |
| 板割沢 | ⑭25, 26 |
| 異単元 | ⑬下262, 263 |
| 市〈→市村座〉 | ⑬上81 |
| 一宇[いちう] | ⑭236 |
| 一学キ | ⑬下173 |
| 一月一日 | ⑭13 |
| 一元一次方程式 | ⑬上242, ⑬下226 |
| 一条忠成 | ⑭221 |
| 一塵 | ⑬上514, 515 |
| 市田久次郎 | ⑭202 |
| 一年草 | ⑬下14 |
| 市の川 | ⑬下28 |
| 一ノ関 | ⑬上263, 289, 321, 328, 330, 333, 334, 347, 356, 364, 370, ⑬下194, ⑭193 |
| 一ノ関駅 | ⑭193 |
| 一ノ関町 | ⑭198 |
| 市原松太郎 | ⑭205 |

(あに～いち)　291

公孫樹〈いちょう〉　⑭49
萎凋　⑭9
一季春型　⑬下311
一茶　⑬上501, 566，⑬下15
一酸化炭素　⑭77
一九二六年　⑬上16
一等卒　⑬下321, 322
イデア界　⑬下164
イデオロギー　⑬下270
遺伝　⑬下328
伊藤　⑬下204
伊藤熊蔵　⑬上584
伊藤末松　⑭206
伊藤竹蔵　⑬上584
伊藤直見　⑬上584
稲作　⑬下234，⑭172, 180
稲作［いなさく］　⑭178
稲作期間　⑬下235
稲作施肥計算資料　⑭96
稲作肥料設計　⑭70
稲作肥料設計法　⑭178
稲田　⑭30
稲妻　⑬下202
稲ツマノ夜　⑬下173
稲村　⑬下202
稲荷崎山　⑭26
犬　⑬下175, 203，⑭49
犬森山　⑭26
イヌリン　⑭75, 76, 78
稲　⑬上255, 313, 467，⑬下234, 287，⑭9, 10, 100, 101, 174, 182
稲［いね］　⑭178, 179
稲草　⑭141
稲草［いねくさ］　⑭179
稲苗　⑬上392
稲稈　⑭2
井上七治　⑭204
井上藤吉　⑭214
井上富造　⑭218
井上保三郎　⑭206
いのりのことば　⑬下82
異剝石　⑭52
伊庭三蔵　⑬下310

石松［イハヒバ］類　⑭49
茨城県下孫駅　⑬下237
庵原良介　⑭42
今井竹次郎　⑭206
今西好太郎　⑭204
今様　⑬下270
稲熱　⑭101
稲熱病　⑭97, 174
稲熱病菌　⑭2
芋屋　⑬下202
イリノイス州刑務所　⑭180
医療看護　⑬上447
色恋の沙汰　⑬上491
磐井　⑬上296
岩井音次郎　⑭204
岩泉岩太郎　⑭205
磐井篤平　⑭220
岩絵具　⑬下181
磐城セメント　⑬上170
岩崎フミ　⑭221
岩田　⑬下28, 338
岩手　⑬上287, 347, 419，⑬下183, 202
岩手医事　⑬上445
岩手火山　⑭20, 29, 52
岩手郡　⑭18, 50
岩手郡御明神村　⑭38
岩手郡渋民村好摩駅　⑭37
岩手軽鉄〈→岩手軽便鉄道〉　⑭160
岩手県　⑭33, 42, 63, 160, 164, 171, 183, 185, 198
岩手県耕地整理課　⑭185
岩手県商工館　⑬下287
岩手県中部地域　⑭83
岩手県内農会及組合　⑭162
岩手県内肥料商　⑭162
岩手県農事試験場　⑭162, 169, 181, 193, 196
巌手県稗貫郡　⑭44
岩手県稗貫郡根子村字大谷地　⑭38
岩手県松川駅　⑬下238
岩手県山目村［いはてけんやまのめむら］　⑭179
岩手公園　⑬下173
岩手山　⑬上567，⑬下173, 182, 183，⑭63
岩手山行　⑬下173

岩手農事　　⑬上294
岩手病院　　⑬下175, 203
岩波書店　　⑬下348
岩根橋発電所視察団　　⑬下285
岩ノ目　　⑭55
石松[イハヒバ]類　　⑭49
岩毎〈→岩手毎日新聞〉　　⑭200
岩見沢　　⑭66
岩本　　⑬下16
岩谷稲荷　　⑭27
岩山　　⑬上567, ⑬下173, 202, 203, ⑭18, 23, 26
陰　　⑭76, 78
因果律　　⑬下176
韻脚　　⑬下270
因子　　⑬下280, 309
因縁　　⑬下262
韻文講話　　⑬下348
陰陽　　⑬上527, ⑭78
韻律　　⑭242

## う

ウーイ　　⑬上531
ヴィオラ　　⑬下14→ Viola
ウィリントン博士　　⑬下82→ウヰリントン博士
請負材料　　⑭206
上杉　　⑭10
上田　　⑬下173, 202
上田土壌　　⑭37-41
上中頼子　　⑬下279
上西威　　⑭208
上野亀吉　　⑭221
魚粕　　⑬上151, 281
魚粕[うをかす]　　⑭178
ウォルフ　　⑭81
ウォールフラワーシングル　　⑭146
浮〈→浮世絵展覧会〉　　⑬上81
浮展〈→浮世絵展覧会〉　　⑬下342, 343
浮世絵　　⑭243
浮世絵版画　　⑭240, 242
浮世絵木版　　⑭243
憂苦[うく]　　⑭237
兎　　⑬下182
兎狩　　⑬下173, 174, 182, 202, 203

牛　　⑬下181, 217, ⑭49, 65, 168
宇治霞　　⑬下254
臼井慶晴　　⑭204
薄紅　　⑬上569
薄紫　　⑬上569
ウズラビール　　⑬下305→ウヅラビール
歌麿　　⑭240, 242, 243
内川目村　　⑭55
内外川目　　⑭59
内田郁太　　⑭229
内田兼治　　⑭208
宇宙　　⑬上9, 15
宇宙観　　⑬下263
宇宙感情　　⑬上11
宇宙の真理　　⑭31
ウヅラビール　　⑬下305
うない　　⑬上502→うなゐ
うなじ　　⑭240
うなゐ　　⑬上502
海胆　　⑬下279
優婆夷[うばゐ]　　⑭236
姥石ノ茶屋　　⑬上277
優婆塞[うばそく]　　⑭236
憂悲[うひ]　　⑭237
馬　　⑬上277, ⑬下217, 218, ⑭10, 49, 168, 170
馬すかん　　⑬下287
海鳴り　　⑬下199
海百合　　⑬上466
石蓮[ウミユリ]虫　　⑭55
梅木　　⑬下202
梅田一吉　　⑭208
梅津健吉　　⑭94
梅津松嶺　　⑭216
梅津友三　　⑬下326
うめばちさう　　⑬下184
うめばちそう　　⑬下184→うめばちさう
埋木　　⑭57
裏作[うらさく]　　⑭177
ウラナイ　　⑬下203→ウラナヒ
ウラナヒ　　⑬下203
瓜　　⑬下190
雨量　　⑬上392
瓜類　　⑭85

（いち〜うり）　　293

瓜類[うりるゐ]　⑭179
漆　⑬下184, 202
ウルシ　⑬下173
ウルミン酸　⑭34
鱗　⑭65
上ン平　⑬上567
ウォリントン博士　⑬下82
浮塵子〈うんか〉　⑭11
運動会　⑬下174, 175, 203
雲母　⑭22, 56, 58
雲母片岩　⑭21, 22, 27

## え

英〈→英語〉　⑬下30
英〈→英国〉　⑭11
英輝安山岩　⑭25
英語母字　⑬上245
英山　⑭240
嬰児　⑬下82
英泉　⑭240, 245
英之助　⑬下174
営養　⑬下218, ⑭173
営養研究所　⑬下218
栄養研究所　⑭165
営林署　⑬下284
液肥　⑬上225, 250
江口藤吉　⑭209
エクララント　⑭148
江刺　⑬上296
江刺郡　⑬下239, ⑭56
江尻万次郎　⑭202
エスカルコルジアオレンジクイン　⑭146→エスカルコルジアオレンヂクイン
エスカルコルジアオレンヂクイン　⑭146
エスカルコルジアカーミンキング　⑭146
エスカルコルジアクリムソングロー　⑭146
エスカルコルジアフロラープレイ　⑭146
エステル　⑭79
エスペラント　⑬上583, ⑬下311, ⑭90
えちご　⑭10
越後国松　⑭213
エチルアルコーホル　⑭79
エチルアルコール　⑭74, 77

エッゲルツ　⑭34
江釣子　⑬上330, 334
江釣子森　⑭56
江釣子森山　⑬上567
エディブルブッシュ　⑬下310→Edible bush
江戸　⑭240
江戸錦絵　⑭240
エネルギー　⑬上13
海老沢房蔵　⑭209
エムプレス　⑬下10
えり章　⑬下174, 203
エルビラ　⑬下10
円　⑬下279
猿　⑭49
塩　⑭76, 78
塩[エン]　⑭76, 78
縁覚　⑬上576
塩化カリウム　⑭74
塩化水素　⑭74
塩化白金加里　⑭37
塩基　⑭34, 76, 78
塩基(アルカリ)　⑭76
縁起　⑬下322
塩基性　⑭87
園芸　⑬上12
園芸肥料の知識　⑭228
演劇　⑬上11
塩酸　⑭36-41, 75, 77, 79, 166
演習　⑭9
塩素　⑭81
遠足　⑬下203, ⑭8
円墳状　⑭50
豌豆　⑬下14, ⑭172
豌豆[えんとう]〈→[えんどう]〉　⑭179
遠藤源太　⑭215
燕麦[えんばく]　⑭179
鉛筆　⑬下202
塩類　⑭34
円礫　⑭56

## お

及川　⑬上130
及川運吉　⑬上334

| | |
|---|---|
| 及川勘三郎 | ⑭220 |
| 及川与六 | ⑭220 |
| 追肥 | ⑬上56 |
| 生立 | ⑬下328 |
| 黄褐 | ⑭26 |
| 黄褐色 | ⑭55 |
| 横黒線 | ⑭160 |
| 逢坂の関 | ⑭17 |
| 欧洲 | ⑭29 |
| 黄色 | ⑭26 |
| 黄土シーンナ | ⑬上133 |
| 欧米 | ⑭31, 32, 49, 66 |
| 鸚鵡 | ⑬下186 |
| 黄緑色 | ⑭24 |
| 大石英一 | ⑭207 |
| 大岩完蔵 | ⑭207 |
| 大岩喜惣治 | ⑭207 |
| 大内 | ⑭94 |
| 大欠山 | ⑭19 |
| 大倉山 | ⑭18 |
| 大阪 | ⑬上263, ⑭160 |
| 大沢 | ⑬下187, 203, ⑭47, 56 |
| 大沢温泉 | ⑬下175 |
| 大沢峠 | ⑭28 |
| 大島 | ⑬上90, ⑬下13, 199 |
| 大島の少女の歌 | ⑬上107 |
| 太田 | ⑬上148 |
| 太田熊吉 | ⑭219 |
| 太田五郎助 | ⑭221 |
| 太田重次郎 | ⑭204 |
| 太田代 | ⑭199 |
| 大館 | ⑬下183 |
| 太田房吉 | ⑭212 |
| 太田村 | ⑬下244, ⑭18 |
| 大津屋 | ⑬下28 |
| オオトウワタ | ⑬上73→オホタウワタ |
| 大錦 | ⑭240 |
| 大迫 | ⑭46 |
| 大畑商会 | ⑭218 |
| 大船渡線 | ⑭161, 164, 171, 183 |
| 大曲 | ⑬上263, 289, ⑬下226, ⑭195 |
| 大町 | ⑭147 |
| 大麦 | ⑬上287, ⑬下237, ⑭84, 183 |
| 大麦[おほむぎ] | ⑭173, 177, 179 |
| 大麦小麦 | ⑭172 |
| 大麦作 | ⑭183 |
| 大森技手 | ⑬上313 |
| 大森博士 | ⑬上134 |
| 大森山 | ⑬上567, ⑭18, 46, 52, 53 |
| 大矢権二郎 | ⑭217 |
| 大谷地 | ⑭42 |
| 大谷地土壌 | ⑭38, 39 |
| 大矢勇蔵 | ⑭218 |
| 丘 | ⑬下174, 186, 203 |
| 小笠原三吉 | ⑭219 |
| 岡田 | ⑬下173, 202, ⑭219 |
| 岡田平蔵 | ⑭212 |
| 陸稲 | ⑭84, 85→陸稲〈りくとう〉 |
| 岡炉 | ⑬下324 |
| 小川勘助 | ⑬上481, ⑭205, 207 |
| 小川京逸 | ⑭207 |
| 小川民治 | ⑭221 |
| オキシデース | ⑭76 |
| 沖田寅一 | ⑭203 |
| 億千の恩 | ⑬上515 |
| 奥山 | ⑬下202 |
| 小倉政彦 | ⑭207 |
| 小栗卓爾 | ⑭203, 204 |
| 尾崎静夫 | ⑭204 |
| 尾崎文英 | ⑬下175, 203 |
| オサワ | ⑬下28 |
| おじ上 | ⑭15→おぢ上 |
| 汚青色 | ⑭56 |
| オーソリティー | ⑭177→オーソリテイー |
| オーソリテイー | ⑭177 |
| オゾン | ⑭75 |
| 小田島 | ⑬下203 |
| 小田島洋吉 | ⑬下174 |
| オダマキ | ⑬上248, ⑭148 |
| 於田屋町 | ⑭14 |
| 小樽駅 | ⑭62 |
| 小樽公園 | ⑭62 |
| 小樽市 | ⑭62 |
| 小樽湾 | ⑭62 |
| おち上 | ⑭15 |
| 踊リ | ⑬下187 |

(うり〜おと)

オーナタス　⑬下1〕
オーナメンタルガード　⑬下308
鬼芥子　⑭66
鬼ゲシ　⑬上248
鬼越　⑬上179，⑬下173, 175, 202, 203
鬼越坂　⑭28
鬼越山　⑬上567，⑬下181，⑭28
オーニソガラム　⑬上239，⑬下10, 13→ Ornithogarum
小野崎　⑬下186
小野寺伊勢之助　⑭173
小野寺栄作　⑭219
小野寺喜蔵　⑬上149
小野寺弥平　⑭219, 223
小野長松　⑭207
小浜新田　⑭23
小原栄太郎　⑭221
小原喜三郎　⑬上169
小原喜太郎　⑭218
小原喜平　⑬上319
小原精米所　⑬上169
小原精米場　⑭218
小原友次郎　⑭220
オホタウワタ　⑬上73
御明神土壌　⑭37, 38, 40, 41
小山　⑭22
小山田　⑭53
小山田村　⑭47, 53, 59
尾山篤[―やまとく]二郎[―らう]　⑭249
澱[をり]　⑭247
折居　⑬下202
折尾　⑬上289
オリオン　⑬下203
折壁　⑭55
オルガン　⑬上583
オルガン事件　⑬下304
オレンジホイニックス　⑬下10→オレンヂホイニックス
オレンヂホイニックス　⑬下10
音楽　⑭242
音楽全書　⑬下304
音楽堂　⑭63
音声学　⑬上583

温泉　⑬下173，⑭50, 51, 56
温泉地方　⑭65
温泉遊園地　⑬下325
厭憎会苦　⑬上519
女絵　⑭241
温熱　⑭80

## か

化＜→化学＞　⑬下30
香　⑬下184
香[か]　⑭237
蛾　⑭11
悔　⑬下280
咳　⑬上536
開園記録　⑬上449
海温　⑬上54
絵画　⑬上11
海軍　⑬下202
海軍少佐　⑬下184
外芸術　⑬上14
戒厳　⑬下323
蚕　⑭6
海光　⑭62
開墾　⑬下315, 318, 324
開墾方　⑬下316
開墾法　⑬下315
カイザイク　⑬上71
貝細工　⑭15
回章　⑭14
塊状岩　⑭48
灰青色　⑭30
解析幾何　⑬上183
会戦　⑬下322
海草　⑭209
海藻　⑬下184
開拓使庁官　⑭65
害虫　⑭11
害虫駆除法　⑭11
外套　⑬下174, 203
灰白色　⑭22, 25, 28, 55
灰白淡黄　⑭52
海盤車　⑬下279→海盤車＜ひとで＞
灰分　⑭33

| | |
|---|---|
| 解剖学 | ⑬下265 |
| 快楽 | ⑬上514, 516, 518, 544 |
| 諧律性 | ⑭242 |
| 改良 | ⑭487 |
| 灰緑色 | ⑭25 |
| 嘉永 | ⑭245 |
| 画家 | ⑭242 |
| 化学 | ⑭90 |
| 科学 | ⑬上10, 559, ⑬下262, 263, ⑭77, 89, ⑯下11 |
| 化学計算 | ⑭76, 78 |
| 化学性 | ⑭86 |
| 化学的研究 | ⑭29 |
| 化学的組成 | ⑭86 |
| 化学的分拆 | ⑭24 |
| 化学の骨組み | ⑭89 |
| 化学ノ骨組ミ | ⑭79 |
| 化学変化 | ⑭76 |
| 化学方程式 | ⑭76 |
| 加賀商店 | ⑭198 |
| 花卉 | ⑬下310 |
| 餓鬼 | ⑬下262, 320 |
| 餓鬼界 | ⑬下319 |
| 蠣殻 | ⑭181 |
| 夏期実習 | ⑭18 |
| 可給態加里 | ⑭35 |
| 可給態養分 | ⑭85 |
| 可給態燐酸 | ⑭35 |
| 家禽 | ⑭169, 180, 181 |
| 家禽飼料カルシユウム | ⑭171 |
| 家禽用炭酸石灰 | ⑭180 |
| 核 | ⑭6 |
| かくこう鳥 | ⑬下183 |
| 楽手 | ⑬下304 |
| 家具製作 | ⑭213 |
| 角閃石 | ⑭22, 23, 51 |
| 核蛋白質 | ⑭7 |
| 核蛋白質[ニュークレオアルビユーミン] | ⑭80 |
| 劃度的冷却装置 | ⑬下281 |
| 革命 | ⑬下274, 323 |
| 学問所 | ⑭12 |
| 神楽 | ⑭243 |
| 格律 | ⑬下270 |

| | |
|---|---|
| 角礫 | ⑭56 |
| 角礫岩 | ⑭27, 28 |
| 歌劇 | ⑬上11 |
| 影添 | ⑭28 |
| かけだいさう | ⑬下13 |
| カケダイサウ | ⑭148 |
| かけだいそう | ⑬下13→かけだいさう |
| カケダイソウ | ⑭148→カケダイサウ |
| 過去 | ⑬上552, ⑬下279 |
| 花崗岩 | ⑭20-24, 27, 50-55, 58 |
| 化合状態 | ⑭34 |
| 加工味噌 | ⑬下240 |
| 禾穀 | ⑭66 |
| 禾穀類[くんこくるゐ]<→[くわこくるゐ]> | ⑭175 |
| 傘 | ⑭207 |
| 笠松石 | ⑭56 |
| 飾石 | ⑭161 |
| 金沢〈かざわ〉 | ⑭28 |
| 夏蚕 | ⑭6→夏蚕〈なつご〉 |
| 火山 | ⑭29, 50 |
| 火山塊 | ⑭50 |
| 過酸化水素 | ⑭75 |
| 火山岩 | ⑭25, 49, 50 |
| 火山砂 | ⑭30, 50 |
| 火山屑 | ⑭20, 30, 50 |
| 火山弾 | ⑭50 |
| 火山熱 | ⑭50 |
| 火山灰 | ⑭20, 21, 27, 30, 50, 55, 165 |
| 火山灰質物 | ⑭31 |
| 火山灰質壚坶 | ⑭29 |
| 火山灰層 | ⑬下183 |
| 火山礫 | ⑭29, 30, 50 |
| 菓子 | ⑭65 |
| 火事 | ⑭15 |
| 梶川重三郎 | ⑭212 |
| 鍛治町 | ⑭13, 14 |
| 鍛治町 | ⑭94 |
| 果実 | ⑭81 |
| 果実[くわじつ] | ⑭179 |
| 果樹 | ⑬下310, ⑭85, 172 |
| 果樹[くわじゆ] | ⑭179 |
| 歌集[かしう] | ⑭248 |

(おな～かし) 297

| | |
|---|---|
| 果樹園　⑬下204，⑭183, 184, 195 | 家畜［かちく］　⑭179, 181 |
| 果樹園［くわじゆゑん］　⑭176 | 家畜の飼料と飼ひ方　⑬上126 |
| 果樹栽培　⑭23 | 家長　⑬下324 |
| 果樹肥料論　⑬上129 | 褐　⑭96 |
| 果樹類［くわじゆるゐ］　⑭173 | 勝川一派　⑭240 |
| 花城　⑬上369 | かっこう鳥　⑬下183→かくこう鳥 |
| 我浄［がじやう］　⑭235 | 月山　⑬上578 |
| 嘉祥大師　⑬上559 | 葛飾北斉　⑭240 |
| 嘉章大師　⑬上559 | 褐色　⑭83 |
| 嘉詳大師　⑬上559 | 滑石　⑭24 |
| 柏　⑭66 | 褐赤色　⑭26, 57 |
| 柏崎養鶏貯蓄組合　⑭216 | 褐鉄　⑭29 |
| 柏ばやし　⑬下326 | 合羽　⑭240 |
| 柏林　⑬下183 | 活版所　⑬上313 |
| 柏原専太郎　⑭204 | 濶葉樹　⑭49, 58, 59 |
| 主計〈かずえ〉　⑬上349 | 桂沢金山　⑬下285 |
| 春日　⑬下204 | 桂沢山塊　⑭48 |
| 嘉助　⑬下174, 203 | 果糖　⑭75, 76, 78 |
| 粕粉　⑬上130 | 加藤　⑬下195 |
| ガス態　⑭76, 78 | 加藤勝之助　⑬上319 |
| 飛白［カスリ］岩　⑭52 | 仮導管　⑭4 |
| 苛性　⑬下230 | 加藤謙次郎　⑭223 |
| 苛性加里　⑭75 | 加藤講師　⑬上173 |
| 火成岩　⑭20, 48-51, 53, 58 | 加藤清次郎　⑭218 |
| 火成岩及び風化物の記載　⑭22 | 加藤春吉商店　⑭205 |
| 苛性石灰　⑭174 | 加藤春吉商店支店　⑭202 |
| 苛性曹陀　⑭74 | 角喜商会　⑭217 |
| 化石　⑭53, 55 | 燧堀山〈かどほりやま〉　⑭19 |
| 火石山　⑭50 | 金沢啓治　⑭207 |
| 風隈　⑭141 | 金森勤二　⑭219 |
| 禾草　⑬上48，⑭84 | 蟹　⑭62 |
| 下層　⑭8 | 鐘　⑬下184 |
| 下層粘質　⑭42 | 金ヶ崎　⑬上263, 289, 309, 322, 334, 347, 384，⑬下225 |
| 片方米店　⑬上149 | 金ヶ崎村　⑭198 |
| カタタ　⑭100 | 金子房太郎　⑭207 |
| 乾田　⑬上56，⑭98, 172→乾田［かんでん］ | カーネーション　⑬下236，⑭148 |
| 乾田［カタタ］　⑭96→乾田［かんでん］ | 金丸善助　⑭222 |
| 堅田　⑬下346 | 狩野派　⑭242 |
| 刀　⑬下324 | カハラマツバ　⑬上70 |
| 花壇　⑬上209, 447 | 黴　⑭87 |
| 河段丘　⑭47 | 黴類　⑭84 |
| 花壇設計　⑬上445 | 兜明神山　⑭19 |
| 家畜　⑬下217, 218，⑭65, 169 | |

| | |
|---|---|
| 貨へい | ⑭12 |
| 壁請負 | ⑭207 |
| 壁材料 | ⑭206-208, 211, 212 |
| 南瓜 | ⑬上226, 241, 250, ⑬下10, 14, 311 |
| 禾本科 | ⑭81 |
| カマス | ⑬上317 |
| 鎌田 | ⑬下173, 202 |
| 鎌田善作 | ⑭221 |
| 鎌田任蔵 | ⑬上169 |
| 竈 | ⑭56 |
| 竈材 | ⑭25, 28 |
| 神様 | ⑬下312 |
| 上杉山通 | ⑬上170 |
| 上杉山通十一ノ三 | ⑬上470 |
| 上館 | ⑬下315-318 |
| 上町 | ⑭14, 94 |
| 上中頼子 | ⑬下279 |
| 雷 | ⑬下326 |
| 紙札 | ⑬上359 |
| 上閉伊 | ⑭51 |
| 上閉伊郡 | ⑭47 |
| 上閉伊郡達曾部 | ⑭46 |
| 上町岩田 | ⑬下28 |
| 上館 | ⑬下315-318 |
| 上湯口 | ⑬上322 |
| 亀ケ森 | ⑭50, 55 |
| 亀田技手 | ⑭216 |
| 亀ノ尾 | ⑭141, 150 |
| 亀ノ尾一号 | ⑬上391 |
| 亀森末吉 | ⑬上156, ⑭218 |
| 仮面劇 | ⑭243 |
| 萱 | ⑬上15 |
| 萱 | ⑬下197 |
| 茅町 | ⑬上165 |
| 萱山 | ⑬上567 |
| 可溶塩 | ⑭80 |
| 可溶性塩 | ⑭81 |
| 可溶性燐酸 | ⑭40 |
| 唐紙 | ⑬下324 |
| ガラス | ⑬下210, ⑭265 |
| 辛子漬 | ⑭65 |
| 玻璃 | ⑭22 |
| 玻璃[ガラス] | ⑭50 |

| | |
|---|---|
| 硝子原料 | ⑭209 |
| カラーチェ | ⑭92 |
| 樺太 | ⑬下195 |
| 落葉松〈からまつ〉 | ⑬上245, ⑭28, 66→落葉松〈らくようしょう〉 |
| 雁 | ⑬下346 |
| 加里 | ⑬上214, ⑭23-25, 29, 30, 34-39, 41-43, 51, 75, 81, 84-86, 99, 149, 162, 164 |
| 加里[かり] | ⑭163 |
| カリウム | ⑭75, 77, 79 |
| 加里化合物[かりくわがふぶつ] | ⑭173 |
| 刈敷堆肥[かりしきたいひ] | ⑭178 |
| 加里肥料 | ⑬下238, ⑭173 |
| カリホルニヤ | ⑭35 |
| 過燐酸 | ⑭102, 180 |
| 過燐酸[くわりんさん] | ⑭178 |
| 過燐酸石灰 | ⑭141 |
| 過燐酸石灰[くわりんさんせきかい] | ⑭176 |
| 浮石[カルイシ] | ⑭50 |
| カルシウム | ⑭77, 79 |
| 軽部槌吉 | ⑭202 |
| 皹裂面 | ⑭24 |
| カロリー計算商会 | ⑬下313 |
| 河合市左衛門 | ⑭212 |
| 河島 | ⑬下204 |
| 川島金次郎 | ⑭207 |
| 為替 | ⑬上130 |
| 川瀬博士 | ⑭176 |
| 川瀬肥料学 | ⑭177 |
| 川長 | ⑬上334 |
| 川長吉 | ⑬上333 |
| 河辺佐七 | ⑭216 |
| 革むち | ⑬上49 |
| 川村 | ⑬下194, 195, 202 |
| 川村謙治 | ⑬上372 |
| 川目 | ⑭27 |
| 川目小学校 | ⑭27 |
| 瓦 | ⑭212 |
| カワラマツバ | ⑬上70→カハラマツバ |
| 観 | ⑬下321 |
| 雁 | ⑬下346 |
| 換羽 | ⑭180 |
| 換羽期 | ⑭180 |

(かし～かん)　299

勘右門　⑬下317
勘右エ門　⑬下314-316
旱害　⑭484
岩塊　⑭30, 52
カンガルー　⑭49
感官　⑬上477
寒峡　⑭248
寒峡[かんけふ]　⑭248, 249
寒行　⑬下188
岩頸　⑭50, 52
緩傾斜地　⑭21
還元菌　⑭87
緩効燐酸肥料　⑭180
岩骨　⑭31
看護婦　⑬下175
看護フ　⑬下203
間作　⑭183
乾紫　⑬上166
漢詩入門　⑬上484, ⑬下347
勧持の懺　⑬上590
勧持[くわんぢ]の識[しん]　⑭233
巌鷲山　⑬上578
甘しょ　⑭12
甘薯　⑭85
岩漿　⑭21, 22, 24, 48-50, 52, 54
観照的批評　⑬上14
灌水　⑭96
含翠　⑬下16
含水炭素　⑭75, 77, 79
岩石　⑭21, 31, 53, 54, 86
甘泉　⑬上569
完全セメント工業会社　⑬上371
感想手記　⑬下274
乾燥肥料　⑬上136
神田　⑬上418
灌頂[かんてふ]　⑭236
乾田　⑬上56→乾田[カタタ]
乾田[かんでん]　⑭179
関東　⑬上419
貫洞幸七　⑭221
関東平原　⑭21
カンナ　⑬下236→Canna
堪忍　⑭14

堪忍の六助　⑭14
菅野　⑭94
感応的伝染病　⑬下308
菅野治右エ門　⑭220
菅野直助　⑬上371
観音山　⑬上567
カンパネラダブル　⑭146
岩抹　⑭83
岩脈　⑭50, 52
観葉　⑬上73
橄欖岩　⑭20, 24, 53, 59
橄欖黒　⑬上466
橄欖石　⑭29, 53
顔料　⑭246

## き

幾く→幾何〉　⑬下30
黄　⑬上378, 466, 569, ⑭83, 240, 246
樹　⑬下187, 310, ⑭66
技　⑬上519
生糸　⑭6
紀伊の国　⑭12
帰依者　⑬上532
帰依ノ女　⑬上532
稀塩酸　⑭33
気温比較表　⑬上54
其角　⑬下15
器楽　⑬上11
希願　⑬上13
機関室　⑭64
木々塚　⑭27
帰郷　⑬上468
戯曲　⑬下176
菊　⑬上240, ⑬下14, 16, 17, 236, ⑭147
菊井謙吉　⑭204
菊芋　⑭65
菊池　⑬下202
菊池吉次郎　⑭223
菊地伍平　⑭220
菊池信一　⑬上382, ⑬下194
菊池長右エ門　⑭222
菊池長七　⑭222
菊池貞橘　⑭216

| | |
|---|---|
| 菊池輝吉 ⑭220 | 北上河谷 ⑭47 |
| 菊池光雄 ⑬下181 | 北上川 ⑭18-22, 24, 25, 29, 30, 47, 54-57 |
| 菊池ミツヲ ⑬下173 | 北上川沖積土 ⑭38 |
| 菊池米八 ⑭220 | 北上川沖積土壤 ⑭42 |
| 菊函 ⑬上208 | 北上峡野 ⑬上496 |
| 菊光 ⑬下202 | 北上山地 ⑬上277, ⑭18, 21, 46, 66 |
| 喜劇 ⑬下314, 317 | 北［きた］上山地［―さんち］ ⑭248 |
| 喜三郎 ⑬下28 | 北上準平原地 ⑭64 |
| 蟻酸 ⑭75, 77, 79 | 北上低原 ⑭53 |
| 蟻酸［ぎさん］ ⑭176 | 北上平地 ⑭46, 47, 51, 55-57 |
| きさん達 ⑬下315 | 北上平野 ⑭19 |
| 技師 ⑬上336, ⑬下287 | 北川恒哉 ⑭213 |
| 饑疾［きしつ］ ⑭238 | 喜田五蔵 ⑬下315 |
| 汽車 ⑬上365, 487, ⑭8, 17, 62 | 北太平洋 ⑭247 |
| キシヤ ⑬上321 | 北寺林 ⑬上320 |
| キシャ ⑬上321→キシヤ | 北日本 ⑭247 |
| 汽車賃 ⑬上483 | 北日本海 ⑭62 |
| 技手 ⑬下244, 284 | 北山 ⑬下186 |
| 寄宿舎 ⑬下173, 185 | 北山三ツ割 ⑭22 |
| 徽章 ⑬下202 | 吉 ⑬下280 |
| 起承転結 ⑬下270 | 鬼畜［きちく］ ⑭237 |
| キシランセウム ⑭15 | 吉祥寺 ⑬上487 |
| 鬼神 ⑬上502 | 吉境 ⑬下280 |
| 擬人 ⑬下286 | 吉凶悔吝 ⑬下280 |
| 気水 ⑭174 | 切手 ⑬上298 |
| 喜助 ⑬下202 | 技手 ⑬下244, 284 |
| 黄砂 ⑭171 | 鬼頭兼三 ⑭209 |
| 基性火山岩 ⑭55 | 紀念祭 ⑬下202 |
| 基性岩 ⑭50, 51 | 茸狩 ⑬下182 |
| 寄生根 ⑭3 | キノコトリ ⑬下173, 202 |
| 基性深造岩 ⑭52 | 木下謹三 ⑭201, 204, 209 |
| 寄生蜂 ⑬上481 | 木下金兵衛 ⑭218 |
| 基性変相 ⑭23 | 木下春治 ⑭219 |
| 輝石 ⑭25, 52 | 木下道太郎 ⑭206 |
| 輝石安山岩 ⑭20, 26, 29, 52 | 木葉 ⑭24 |
| 生石灰 ⑭55, 161, 180 | 木灰 ⑬上239, ⑭84 |
| 生［キ］石灰 ⑭14 | 木幡恭三 ⑭209 |
| 生石灰［きせきかい］ ⑭174-177 | 君が代 ⑭13 |
| 生石灰［きせつかい］ ⑭163 | 帰命［きめう］ ⑭235 |
| 汽船 ⑭17 | 木村 ⑬下173, 175, 187, 202, 203 |
| 貴族 ⑬下197 | 客車便 ⑬上483 |
| 北金矢 ⑬上384 | 鹿＜→鹿肥＞ ⑬上151 |
| 北上沿岸地 ⑭56 | 牛 ⑭49 |

| | | | |
|---|---|---|---|
| 旧火山岩 | ⑭20 | 橋梁 | ⑬下263 |
| 旧火成岩 | ⑭18, 21 | 炬火 | ⑬下182 |
| 球根 | ⑬上208, 239 | 玉髄 | ⑭28 |
| 吸湿水 | ⑭84 | 挙手の礼 | ⑭9 |
| 九州 | ⑬上419 | 巨象 | ⑭49 |
| 吸収窒素 | ⑬上151 | 巨象世 | ⑭49 |
| 旧成地層 | ⑭30 | 旭光錦 | ⑬下254 |
| 旧天山 | ⑬上567 | 清長 | ⑭240 |
| 牛豚肥 | ⑭84, 85 | 清原繁雄 | ⑭217 |
| 牛乳 | ⑬下283, ⑭65 | 清麻呂 | ⑭10 |
| 厩肥〈廐肥、廏肥〉 | ⑬上150, 239, 281, ⑭14, 62, 83, 84, 98, 139-141, 180 | 魚類 | ⑭49 |
| | | 霧 | ⑬上590, ⑬下198, 327 |
| 厩肥[きうひ] | ⑭176, 178 | 霧雨 | ⑬下186 |
| 厩肥類 | ⑭84 | 希臘 | ⑭240 |
| 旧北海道 | ⑭63 | 切田正一 | ⑬下279 |
| 胡瓜 | ⑬下14, ⑭65 | 桐葉 | ⑬上244 |
| 凶位 | ⑬下280 | 桐畑 | ⑬下173, 202 |
| 経埋ムベキ山 | ⑬上567 | 切花 | ⑬下14 |
| 共益商社 | ⑬下348 | 桐谷寅吉 | ⑭206 |
| 強塩酸 | ⑭37 | 気流 | ⑭7 |
| 教化 | ⑬上565 | 輝緑岩 | ⑬上466 |
| 凝灰岩 | ⑭20, 27, 28, 50, 52 | 輝緑凝灰岩 | ⑭20, 26, 27, 54 |
| 凝灰質 | ⑭21 | キリンビール | ⑬下305 |
| 強過燐酸 | ⑭140 | 金 | ⑬下285 |
| 教化 | ⑬上565 | 銀 | ⑬下188 |
| 行啓 | ⑭17 | 銀河 | ⑬上8, 15 |
| 暁靄 | ⑬下15 | 銀河系 | ⑬上9 |
| 凶作 | ⑬下346 | 金華山 | ⑭224 |
| 教師 | ⑬下286 | 金カップ | ⑬下305 |
| 教主[けふしゆ] | ⑭232 | 近眼女史ノ恋物語 | ⑬下334 |
| 凝集化 | ⑬下274 | キンキン | ⑬下304 |
| 凝集力 | ⑭86 | キングアルフレッド | ⑬下10 |
| 教浄寺 | ⑬下175, 187, 203 | 金庫 | ⑬下312 |
| 競争法 | ⑬下311 | 菌根 | ⑭3 |
| 暁天ノ鶴 | ⑬上566 | 菌根植物 | ⑭80 |
| 経筒 | ⑬上571 | 金策 | ⑬上379 |
| 京都駅 | ⑭17 | 銀座四七六九 | ⑬上478 |
| 京橋 | ⑬上418 | 金治 | ⑬下183 |
| 京橋銀座西二 | ⑬下347 | 近代科学 | ⑬上9, 10 |
| 教文館 | ⑬上418 | 金田一 | ⑬下173 |
| 行法 | ⑬上468 | 近代的小ブルジョア | ⑬下319 |
| 喬木 | ⑭49 | 禁治産 | ⑬下324 |
| 業余吟 | ⑬下329 | ギンドロ | ⑬上245 |

金肥　⑬下230,　⑭102, 172, 178
金肥［きんぴ］　⑭163

## く

苦　⑬上520
空間　⑬上15,　⑬下176
空虚　⑬上13
空軍　⑬下278
空青　⑭62
空線　⑬下183
共［ぐう］の所感［しよかん］　⑭238
久遠　⑬上546
久遠［くをん］　⑭233
苦禍　⑬上526
クガイサウ　⑬上70
クガイソウ　⑬上70→クガイサウ
茎肥　⑭164
究竟地　⑬上11
草［くさ］　⑭179
草井山　⑬上567
草木　⑬下347
草津　⑭17
草花　⑬上226
草穂　⑬下327
久慈秀雄　⑭223
孔雀石ノナイフ　⑬下173, 202
葛尾政之助　⑭217
楠ジョン　⑬下175, 183, 203
屑米　⑭97
葛丸川　⑭47, 48, 52
薬　⑬上483, 496
薬トリ　⑬上531
くだけ　⑭101
下シ沢石　⑭56
駆逐艦　⑭62
口紅キングジュージ　⑬下10
苦土　⑬下211,　⑭23-25, 34, 35, 51, 81, 86, 149, 162, 165-170, 182
苦土［くど］　⑭181
求道　⑬上9
工藤　⑬上171, 172, 339,　⑬下173, 202,　⑭227
工藤技師　⑬上173, 313,　⑭178
求道者　⑬上9

工藤藤一　⑭150
工藤安蔵　⑭222
工藤弥兵衛　⑭221
工藤祐吉　⑬下181
国貞　⑭245
国周［一チカ］　⑭245
国芳　⑭240, 245
椚ノ目くくぬぎのめ〉　⑬上381
椚ノ目組合　⑭198
久野久子　⑭92
九戸海岸　⑬下197
九戸郡　⑬下196
求不得苦　⑬上519
求法ノ人　⑬上571
久保田　⑭94
久保田精一　⑭208
熊　⑬下194
熊谷　⑭94
熊谷長次郎　⑭218
熊谷　⑭94
熊堂　⑬下181
組合　⑬上346,　⑭216
久米康之　⑭208
クラーキア　⑬上227→Clarkia
グラジオラス　⑬下13, 16, 17, 236→グラヂオラス
グラスハウス　⑭65
グラヂオラス　⑬下13, 16, 17, 236→Gladiolus
クーラム　⑭148
クララ　⑬上72
グランドウ　⑭34, 36
グランドウ　⑭34, 36→グランドウ
グランドソリードール　⑬下10
栗　⑬上241,　⑬下346
クリスマストリー　⑬下284
グリセリン　⑭74, 77, 79
栗の花　⑬下346
栗原　⑬上171, 172
栗原郡農会　⑬上173, 339
厨川　⑬上162
厨川村　⑭18
狂菊　⑬下17
ぐるぐる　⑬下278

俥　⑬上321, 365, 483
くるみ　⑬下287
胡栗　⑬下287
胡桃沢熔岩　⑭29
クレオソート　⑭66
クレオパトラ　⑬下10
黒　⑬上48, 378, 466, ⑬下278, 279, 283, ⑭63, 65, 96
クロイシ　⑭24
黒石野　⑬下182
黒石山　⑭18, 20, 24
黒雲母　⑭22, 51
黒エリ　⑬下196
黒沢尻　⑬上147, 263, 288, 289, 309, 322, 347, 356, 364, 370, 384, ⑬下196, 225, ⑭199
黒沢尻町　⑬上334, ⑭198
黒田幹三　⑭208
クロッカス　⑬下236→Croccus
黒沼正助　⑭218
クローバー　⑭66
グロビリン　⑭74, 76
くろぼく　⑭98
黒壚[クロボク]　⑭21
くろもじ　⑬下283
黒森山　⑬上567
桑　⑭85
桑[くは]　⑭173
桑の葉　⑭6
軍医　⑬下321
軍歌　⑬下321
郡金　⑬上322
郡司金助　⑬上334
郡司商店　⑭198
軍人　⑬下202
軍隊　⑬下323
軍馬補充部　⑭184
軍馬補充部三本木支部　⑭215
軍馬補充部白河支部　⑭215
軍馬補充部白河支部鍛冶谷沢派出所　⑭215
軍務　⑬下263

け
毛　⑭5

偈　⑬下320, 321
硅化　⑭56
硅化部　⑭58
硅岩　⑭20, 23, 25-27, 29, 31, 54, 55, 59
慶吉　⑬下315
硅砂　⑭166, 167
経済農場　⑬下175, 203, ⑭38
警策　⑬下188
珪酸　⑭170
硅酸　⑬下211, ⑭23-25, 38, 39, 41, 50, 51, 75, 77, 79, 81, 86, 159, 162, 165, 182
硅酸[けいさん]　⑭181
硅酸アルカリ　⑬下210
硅酸加里[けいさんかり]　⑭164, 173
硅酸石灰　⑬下210
硅酸鉄　⑭34
刑事　⑬下325
形式主義　⑬上12
硅質　⑬下210
硅質[けいしつ]　⑭181
硅質物　⑭27
芸術　⑬上10, 12
　　第四次元の──　⑬上15
　　四次の──　⑬上15
芸術家　⑬上8, 10, 13, 14
芸術写真　⑬上11
硅石　⑭204
硅素　⑭149
軽鉄社宅　⑭94
軽土　⑭84
鶏頭山　⑬上567
硅板岩　⑭27, 28
けいぶ　⑭9
華果[けくわ]　⑭238
劇　⑬上11
外宮　⑭17
外護[げご]の誓[ちかひ]　⑭234
ケシ　⑬下10, 21, 24
化粧粉　⑬下211
下賤　⑬上514
気仙郡[けせんぐん]　⑭249
結核　⑬上500, ⑭168
頁岩　⑭25, 28, 50

| | | | | |
|---|---|---|---|---|
| 月光 | ⑬下284 | | 幻想夢 | ⑬上390 |
| 月光曲 | ⑭92 | | 玄氏 | ⑬上568 |
| 結合力 | ⑭78 | | 玄氏之伝 | ⑬上568 |
| 結婚 | ⑬上491, ⑬下311 | | 県農会 | ⑬上448, ⑬下230 |
| 結婚カード | ⑬下311 | | 剣舞供養 | ⑬上577 |
| 結婚引立業 | ⑬下310 | | 元肥[げんぴ] | ⑭178 |
| 結晶 | ⑭28, 50 | | 顕微鏡 | ⑭24, 29 |
| 結晶質 | ⑭48, 49 | | 憲兵 | ⑬下323 |
| 結晶片岩 | ⑭22, 48, 50, 55 | | 玄米 | ⑬上150, ⑭97, 99, 101, 167 |
| 血粉 | ⑬上281 | | 原野 | ⑭84 |
| 下僕 | ⑬上515 | | 県聯合会 | ⑬上309 |
| 煙山 | ⑬上347 | | | |
| 煙山村農会 | ⑭198 | | **こ** | |
| 煙 | ⑭66 | | 鼓 | ⑬下82, 83 |
| 快楽 | ⑬上514, 516, 518, 544 | | 恋 | ⑬下187, 275, 288 |
| 快[け]楽 | ⑬上469 | | 鯉 | ⑬上49 |
| 下痢 | ⑬下218 | | 小石川 | ⑬下204 |
| ケール | ⑬下21→Kale | | 小泉 | ⑬下313 |
| ゲルベラ | ⑬下13, 21→Gerbera | | 恋スル女 | ⑬上532 |
| 原 | ⑬下30 | | 恋人 | ⑬上15, ⑬下283, 308 |
| 懸崖 | ⑬上569 | | 小岩井 | ⑬上132, 138, 157, 379 |
| 県会議長出世物語 | ⑬下334 | | 小岩井農場 | ⑬下183, 238, ⑭20, 162, 180, 184, 196 |
| 幻覚的 | ⑬下322 | | 鉱 | ⑬下30 |
| 厳君 | ⑬下281 | | 業[ごう] | ⑭236 |
| 言語 | ⑬下264 | | 劫 | ⑬上590 |
| 健康 | ⑬上516 | | 劫[ごう] | ⑭232, 236 |
| 原稿用紙 | ⑬下345 | | 郊宴 | ⑬上277 |
| 検査米 | ⑭99 | | 校歌 | ⑬下303 |
| 県産品 | ⑬下230 | | 甲殻 | ⑭49 |
| 賢治 | ⑬上574 | | 工学士 | ⑬下279 |
| 原子 | ⑬下262, 263, ⑭76, 78 | | 高格神社 | ⑬下323 |
| 原子価 | ⑭76, 78 | | 校歌集 | ⑭62 |
| 剣術号 | ⑬下312 | | 耕稼ノ法 | ⑬下280 |
| 賢聖軍 | ⑬上537, 553 | | 厚顔 | ⑬下281 |
| 原子量 | ⑭76, 78 | | 交換売買 | ⑭88 |
| 原人 | ⑭49 | | 交換用紙 | ⑭91 |
| 現世 | ⑭49 | | 耕起 | ⑭8, 180 |
| 元政上人 | ⑬上564 | | 耕起[こうき] | ⑭179 |
| 原成地貌 | ⑭19 | | 香気 | ⑬下264 |
| 原成虫 | ⑬下279 | | 講義案内 | ⑭90 |
| 原石 | ⑬上286 | | 交響楽 | ⑬下304 |
| 幻想 | ⑬上536, ⑬下198 | | 交響楽詩 | ⑭92 |
| 巻層雲 | ⑬下284 | | | |

(くる～こう) 305

| | | | |
|---|---|---|---|
| 工芸的美性 | ⑭243 | 好地村 | ⑬下244 |
| 工芸美術 | ⑬上12, ⑬下281 | 校長 | ⑭9, 13 |
| 高原 | ⑬下335 | 耕土 | ⑭24, 83-85 |
| 高原性山地 | ⑭20 | 行動 | ⑬上11 |
| 高原地 | ⑭22 | 高等商業学校 | ⑭62 |
| 貢高 | ⑬上575 | 高等植物 | ⑭40 |
| 貢高心 | ⑬上579 | 高等数学 | ⑬上559 |
| 貢高ノ心 | ⑬上563 | 高等数学一般 | ⑬下18 |
| 皇后陛下 | ⑭17 | 高等農林学校 | ⑬下287 |
| 庚午商会 | ⑬上349 | 鉱毒 | ⑭98, 172 |
| 郷古善四郎 | ⑭216 | 興農 | ⑬下16 |

高農〈→高等農林学校〉　⑬上583, ⑬下187-190, 230

| | | | |
|---|---|---|---|
| 硬砂岩 | ⑭27 | 口碑 | ⑭30 |
| 高山 | ⑬下320 | 甲府 | ⑬上81 |
| 鉱質[くわうしつ] | ⑭175 | 豪富 | ⑬下281 |
| 業疾[ごうしつ] | ⑭237 | 幸福 | ⑬上9 |
| 膠質体 | ⑭41 | 鉱物 | ⑭24, 58 |
| 膠質度 | ⑭174 | 鉱物成分 | ⑭36, 48, 50 |
| 膠質粘土 | ⑭29 | 工兵演習 | ⑭8 |
| 甲州 | ⑬上590 | 工兵八大隊 | ⑭9 |
| 甲州[かうしゆう] | ⑭234 | 好摩 | ⑭42, 66 |
| 耕耡 | ⑭62 | 好摩土壌 | ⑭37-39 |
| 光象 | ⑬上11, 12 | 香味 | ⑬上12 |
| 膠状複合体 | ⑭33 | 光明 | ⑬上529 |
| 耕耡期 | ⑬上56 | 光明偏照 | ⑬下187 |
| 光触 | ⑬上12 | 岡欒 | ⑭19, 21, 56 |
| 行進歌 | ⑭66 | 交流ラヂオ | ⑬下342 |
| 洪水 | ⑬下183 | 五薀 | ⑬上536 |
| 恒数 | ⑬下280 | 五蘊 | ⑬上500 |
| 校正 | ⑬下234 | 五蘊盛苦 | ⑬上519 |

厩肥〈廐肥、厩肥〉　⑬上150, 239, 281, ⑭14, 62, 84, 98, 139-141, 180

| | | | |
|---|---|---|---|
| 洪積 | ⑬下184, ⑭96 | 肥田重太郎 | ⑭211 |
| 洪積世 | ⑭49, 52, 54 | こおちゃん | ⑬下308 |
| 洪積層 | ⑭19-21, 28-30, 47, 54, 57 | 氷 | ⑬下173 |
| 洪積台地 | ⑭83, 84 | 五月 | ⑬下184 |
| 洪積土壌 | ⑭85 | 五月五日 | ⑬下182 |
| 洪積粘土 | ⑭83 | 黄金色 | ⑭9 |
| 洪積不良土 | ⑭66 | 黄金草 | ⑬上256 |
| 洪積礫 | ⑭83 | 虎眼 | ⑬上466 |
| 洪積壚坶 | ⑭83 | コキア | ⑬上258, ⑬下21 |
| 光線 | ⑬下173 | 小菊 | ⑬下17 |
| 酵素 | ⑭74, 76 | | |
| 皇太子殿下 | ⑭8, 9 | | |
| 耕太郎 | ⑬下317, 318 | | |
| 好地 | ⑬上330 | | |

| | |
|---|---|
| 故郷ノ町 | ⑬下204 |
| 国〈→国語〉 | ⑬下30 |
| 国語 | ⑬上583 |
| 穀実 | ⑭81 |
| 黒種草 | ⑬上258 |
| 黒色 | ⑭22, 25-28, 52, 53, 55 |
| 黒色岩 | ⑭54 |
| 黒白鉱物 | ⑭52 |
| コークス | ⑭14, 158, 177 |
| 国柱会 | ⑬下192, 205 |
| 国土 | ⑬上500, 536 |
| 黒斑 | ⑭52 |
| 黒斑 | ⑭23 |
| 国分町 | ⑬上371 |
| 国民高等学校 | ⑬下197 |
| 黒緑 | ⑭63 |
| 黒鱗 | ⑭22 |
| 虚仮[こけ] | ⑭238 |
| こーけん天皇 | ⑭10, 11 |
| 五間森 | ⑭52 |
| 五五 | ⑭236 |
| 五庚申 | ⑬上578 |
| 小牛田 | ⑬上263, 483, ⑭224 |
| 小牛田駅 | ⑭196 |
| 小牛田肥料会社 | ⑬上169 |
| こゝろ | ⑬上546, 558 |
| 心 | ⑬上563, ⑬下185 |
| 五酸化燐 | ⑭75 |
| 奥 | ⑬下320 |
| 胡四王 | ⑬上567 |
| 胡四王山 | ⑭47, 56 |
| 越田長五郎 | ⑭221 |
| 呉須布〈ゴシップ〉 | ⑬上448 |
| 小島商会 | ⑭206 |
| 小島盛正 | ⑭209 |
| 戸主 | ⑬下318 |
| 五常 | ⑬上576 |
| 古城ノ月 | ⑬上566 |
| 御所村 | ⑭18 |
| 御真影 | ⑭13, 15 |
| 個人主義経済 | ⑬下313 |
| 小助 | ⑬下318 |
| コスモス | ⑭15 |
| 糊精 | ⑭75, 76, 78 |
| 古生層 | ⑭18, 20, 22, 25, 26, 51, 54-56 |
| 古生代 | ⑭24, 27, 49, 53-55 |
| 小瀬川 | ⑬上589, ⑭47 |
| 古説三世因果物譚 | ⑬下318 |
| 小谷新左エ門 | ⑬上371 |
| 児玉岩之助 | ⑭213 |
| 国華 | ⑭242 |
| 小塚吾市 | ⑭213 |
| 黒褐 | ⑭96 |
| 黒褐色 | ⑭83 |
| 黒溝台 | ⑬下321 |
| 骨軟症 | ⑭168 |
| 骨粉 | ⑬上151, ⑭85, 102, 139-141, 180 |
| 骨粉[こつぷん] | ⑭176, 178 |
| ゴッホ | ⑭240 |
| 兀峰 | ⑬下15 |
| ゴデチア | ⑬上226→Godetia |
| 琴 | ⑬下191 |
| 後藤寛助 | ⑬上126 |
| 後藤小助 | ⑬下315 |
| 後藤鋤三郎 | ⑭213 |
| 古銅の日 | ⑬上49 |
| 小鳥沢 | ⑭26 |
| 小鳥谷村農会 | ⑭216 |
| 小西安兵衛商店 | ⑭223 |
| 琥珀 | ⑬上466 |
| 木幡恭三 | ⑭209 |
| コハマギク | ⑭148 |
| 小早川秀秋 | ⑭10 |
| 小林清親 | ⑭245 |
| 小林大助 | ⑭208 |
| 古版画 | ⑭66 |
| コーヒー | ⑬上13 |
| 五風[―ふう]十雨[―う] | ⑭238 |
| 呉服太物 | ⑭214 |
| 護法 | ⑬上545 |
| 護法力士像 | ⑬下320 |
| 胡麻石 | ⑭51 |
| 駒ヶ岳 | ⑬上567 |
| 駒形山 | ⑬上567 |
| 小宮山貞三 | ⑭208 |
| 小麦 | ⑭2, 84, 183, 184 |

(こう～こむ) 307

小麦[こむぎ]　⑭179
小麦作　⑭183
小麦畑[こむぎばたけ]　⑭179
米　⑬下217, 279
米兼商店　⑭219
米糀砂　⑬下234
米糠　⑬上136, 151，⑬下218，⑭168-170
米糠[こめぬか]　⑭176, 181
互融　⑬上536
五慾[ごよく]　⑭237
ゴールデンスパー　⑬下10
コロンビア　⑭92
根冠　⑭3
権現堂山　⑬上567，⑬下190，⑭51, 53
権現山　⑭46, 53
根菜類　⑭85
根菜類[こんさいるゐ]　⑭173
混砂搗　⑭168
混砂米　⑭165
混砂米[こんさまい]　⑭181
権実　⑬上590
権迹[ごんしやく]　⑭232
厳浄[ごんじやう]　⑭238
近藤勇　⑬下312
近藤徳三郎　⑬上127
根毛　⑭4
根瘤　⑭6
根瘤菌　⑭84, 87
根瘤菌[こんりうきん]　⑭173

## さ

西域因果物語　⑬下319
斉木甲助　⑬下310
細菌　⑭40, 42
再結晶　⑭22
宰郷山　⑭19, 28
細砂岩　⑭20, 55, 59
採種圃　⑭102
最新園芸講座　⑭228
砕石　⑭207
砕屑　⑭48, 50, 52, 53, 56-59
斉藤　⑬下174, 203
斉藤喜一　⑭216

斉藤倉吉　⑭221
斉藤孝之助　⑭214
斉藤新平　⑬上319
斉藤台蔵　⑭220
斉藤長太郎　⑬下244
斉藤弥惣　⑭217
細微土　⑭38
細胞　⑭3, 6, 80
細胞分裂　⑭6
細胞膜　⑭81
細粒　⑬上298
細礫　⑭20
幸　⑬上545
三枝祐介　⑭209
サガ　⑬下16, 17
酒井茂兵衛　⑭209
嵯峨菊　⑬下16
サガ菊　⑬下16
坂下庄兵衛　⑭222
阪庄組　⑭203
坂田鶴松　⑭209
酒樽　⑬下321
魚　⑬下327
魚粕　⑬上151, 281，⑭102, 139, 149
坂ノ下　⑬下28
相模運輸株式会社　⑭210
佐賀巳代松　⑭220
坂本勝治　⑭198, 217
坂本謙平　⑭182
砂岩　⑭21, 22, 26-28, 53-55, 59
先田小蔵　⑬下313
醋酸　⑭75, 77, 79
サクソフォン　⑬下304
作土　⑭8
佐久間二郎　⑭145
作物耐病力　⑭184
柵山善吉　⑭221, 222
桜　⑬下192，別12
佐倉川村　⑭198
桜草　⑬下13
桜羽場　⑭193
桜羽場寛　⑭297
酒　⑬上179, 277

| | | | |
|---|---|---|---|
| 叫び | ⑬下274 | 砂土［さど］ | ⑭177 |
| 佐光 | ⑬下186 | 里芋 | ⑭85 |
| 砂子田喜蔵 | ⑭215 | 佐藤 | ⑬下173, 182 |
| 佐々木 | ⑬上589, ⑬下186 | 砂糖 | ⑬下227, ⑭81 |
| 佐々木円五郎 | ⑭217 | 佐藤金五郎 | ⑭213 |
| 佐々木金太郎 | ⑭218 | 佐藤倉蔵 | ⑭209 |
| 佐々木敬治 | ⑭214 | 佐藤重次郎 | ⑬下174 |
| 佐々木賢太郎 | ⑭213 | 佐藤正吾 | ⑭206 |
| 佐々木サメ | ⑭218 | 佐藤善右衛門 | ⑭221 |
| 佐々木庄兵衛 | ⑬上147 | 佐藤惣五郎 | ⑭222 |
| 佐々木善八 | ⑭221 | 佐藤隆房 | ⑯上23 |
| 佐々木千代治 | ⑬上333 | 佐藤民治 | ⑭204 |
| 佐々木与右エ門 | ⑭219 | 砂糖漬 | ⑬下282 |
| 佐々木義政 | ⑬下173 | 佐藤徳蔵 | ⑭219 |
| 笹間 | ⑬上347, 364, 384 | 佐藤直晴 | ⑭209 |
| 笹間組合 | ⑭198 | 佐藤博士〈(医者)〉 | ⑬下28 |
| 笹間村 | ⑬下232, 234, 244 | 佐藤博士〈(院長)〉 | ⑬下28 |
| 砂質 | ⑭23, 38, 85, 175 | 砂糖袋 | ⑭246 |
| 砂質壌土 | ⑭9, 11, 29, 57, 86 | 佐藤松平 | ⑭211 |
| 砂質粘土 | ⑭11 | 佐藤八重治 | ⑭219 |
| 砂質粘板岩 | ⑭27 | 佐藤由吉 | ⑭209 |
| 佐重 | ⑬下174 | 佐藤録郎 | ⑬下181 |
| さそり | ⑬下203 | さなぎ | ⑭6 |
| 貞之亟 | ⑬上149 | サボウサウ | ⑬上71 |
| さち | ⑬上558 | サボウソウ | ⑬上71→サボウサウ |
| 札幌 | ⑭63, 66, 180 | 寒沢川 | ⑭47 |
| 札幌興農園 | ⑭155 | 鮫 | ⑭160 |
| 札幌市 | ⑭63, 64 | 鮫駅 | ⑬下197 |
| 札幌市北三条ビール会社前 | ⑭155 | 更沢 | ⑬下202 |
| 札幌市大学植物園前 | ⑭155 | 佐龍 | ⑬下202 |
| 札幌市大学正門通 | ⑭155 | 猿 | ⑭49 |
| 札幌市南五条西十四丁目 | ⑭155 | 猿ケ石川 | ⑭47, 56 |
| 札幌市南二条西十三丁目 | ⑭155 | ザルソバ | ⑬下343 |
| 札幌種苗農具合資会社 | ⑭155 | さるとりいばら | ⑬下327 |
| 札幌第一農園 | ⑭155 | サルビア | ⑭15 |
| 札幌停車場前 | ⑭155 | 砂礫 | ⑭20, 21, 30, 53, 57, 58 |
| 札幌農園 | ⑭155 | 砂礫層 | ⑭57 |
| 札幌麦酒会社 | ⑭64 | サロメチール | ⑬上483 |
| 雑乱修法 | ⑬下320 | 沢田万平 | ⑭218 |
| 砂泥 | ⑭28 | 沢田林太郎 | ⑭222 |
| 砂泥質壌土 | ⑭11 | サーワットキン | ⑬下10 |
| 砂泥質粘質壌土 | ⑭11 | 三 | ⑬下30 |
| 砂土 | ⑭9, 11, 85, 86 | 酸 | ⑭35, 41, 76, 78 |

懺　⑬上390
三悪道[さんあくだう]　⑭237
山陰　⑬上419
三オレイン　⑭74, 77, 79
酸化加里　⑭75
酸化カルシウム　⑭75
酸化酵素　⑭81
酸化石灰　⑭14, 162
酸化第一鉄　⑭75
酸化第二鉄　⑭75
酸化知且　⑭23
酸化鉄　⑭23-25
酸化満俺　⑭23-25
算術　⑬下305
山上雲　⑬下202
三色菫　⑬下13
三色版　⑭242
三途[づ]　⑭238, 239
三ステアリン　⑭74, 77, 79
三世　⑬下176
酸性　⑭84, 87, 173
酸性[さんせい]　⑭174
酸性火山岩　⑭52
酸性岩　⑭50, 51
酸性矯性　⑬上287
酸性準深造岩　⑭52
酸性深造岩　⑭51
酸性土　⑭58
酸性土壌　⑭184
酸性土壌[さんせいどぜう]　⑭174, 177
酸性土壌地　⑭66
酸性反応　⑭37
酸性腐植質　⑭42
三世因果　⑬下176
三世因果[一ぜいんぐわ]　⑭237
三石灰[一せきかい]　⑭173→燐酸[りんさん]
　三石灰
三世の怨敵　⑬上512
酸素　⑭57, 75, 77, 79, 80
三代豊国　⑭240, 245
酸度[さんど]　⑭177
三毒[どく]　⑭236
三パルミチン　⑭74, 77, 79

三番組合　⑭216
蚕病[さんべう]　⑭179
杉風　⑬下15
散文　⑬上11
山陽　⑬上419
三要素　⑬下240
散乱　⑬上539
散乱心　⑬上579
産卵力　⑭181
酸類　⑭81
山麓　⑭59

## し

詞　⑬上15
詩　⑬上15，⑬下30, 176，⑭242
ジアスターゼ　⑭74→ヂアスターゼ
詩歌　⑬上11
紫雲　⑬上466
紫雲英　⑬上166, 168，⑬下237，⑭99, 100, 140,
　172, 180, 183, 184→紫雲英〈れんげ〉
塩　⑬上372，⑬下173, 202
塩釜　⑭224
塩釜町　⑬上372
塩崎福三郎　⑭209
しおん　⑬下13
自我　⑬上9
紫灰色　⑭28, 50, 55
四箇格言[しかかくげん]　⑭233
詩学　⑬下176
鹿間留吉　⑭214
視官　⑬下264
篩管　⑭4
時間　⑬下176
時間の軸　⑬上15
食　⑬下319
色彩　⑬上445，⑬下264
色身[しきしん]　⑭233
色素　⑭80
自欺的　⑬上517
食文　⑬下320
自給肥料　⑬下230
四境　⑬下280
試金石　⑭27

| | | | |
|---|---|---|---|
| シゲ | ⑬下338 | 疾病 | ⑬下275 |
| 重宣 | ⑭245 | 十法界 | ⑬下176 |
| 支考 | ⑬下15 | 十方世界 | ⑬下187 |
| 紫紅色 | ⑬下198 | 十方ノ諸菩薩 | ⑬上530 |
| 四国 | ⑬上419 | 実用諸科 | ⑬上245 |
| 四国三世因果物譚 | ⑬下320 | 実用数学要綱 | ⑬下220 |
| 仕事師物語 | ⑬下334 | 詩的名誉 | ⑬下286 |
| 志士 | ⑬下281 | シテース | ⑭76 |
| 獅子 | ⑬上244 | 磁鉄鉱 | ⑭24, 25, 52 |
| 鹿踊 | ⑬下304 | 史伝 | ⑭239 |
| 時事新報社学芸部童話係 | ⑬下346 | 自てん車 | ⑭9 |
| 詩集 | ⑬下311 | 自働車 | ⑬上173, 321, 339, 365, 483, 589, ⑭214 |
| 私書凾 | ⑬上348 | 志戸平 | ⑬下175, 184, 187, 190, 203, ⑭56 |
| 詩人 | ⑬上16, ⑬下320, 321, 325, ⑭247 | 支那 | ⑬下320 |
| 詩人的 | ⑬下328 | 支那楽 | ⑭92 |
| 静岡 | ⑬下204 | 品川雄一 | ⑭204 |
| 雫石川 | ⑭19-21, 28, 30 | 支那劇 | ⑭92 |
| 次生 | ⑬上468 | シナソバ | ⑬下343 |
| 始生層 | ⑭54 | ジニア | ⑬下24→Zinnia |
| 始生代 | ⑭49, 54 | 地主 | ⑬下238 |
| 資成堂 | ⑬上164 | 篠木坂 | ⑭28 |
| 自然 | ⑬上11, ⑬下273 | 篠木峠 | ⑬上567 |
| 自然美 | ⑭31 | 詩の国 | ⑭243 |
| 思想 | ⑬上516, ⑬下264 | 芝 | ⑬下175, 203 |
| 紫蘇輝石 | ⑭29 | 柴田嘉兵衛 | ⑭209 |
| 舌 | ⑬下264 | 柴田慶助 | ⑬上149 |
| 四大 | ⑬上499 | 柴原壁用品 | ⑬上371 |
| 羊歯科〈しだか〉 | ⑭49 | 芝生 | ⑭63, 65 |
| 下小路 | ⑬下174, 203 | 慈悲 | ⑬上576 |
| 羊歯［シダ］類 | ⑭49 | 師父 | ⑬上9, 10 |
| 七庚申 | ⑬上578 | ジプソフィラ | ⑬上227→ヂプソフィラ |
| 七面講同人 | ⑭239 | 渋原 | ⑬上481 |
| 七郎 | ⑬下316, 318 | 篩別 | ⑭14 |
| 十界 | ⑬下262 | 西伯利亜風 | ⑭65 |
| 十界成仏 | ⑬上501 | 脂肪 | ⑭7, 24, 74, 77, 81 |
| 疾苦 | ⑬上527, 528 | 脂肪酸 | ⑭75, 77, 79 |
| 実験 | ⑬上9, ⑭35 | 四方拝の式 | ⑭13 |
| 実験果樹園芸 | ⑭230 | 島 | ⑬下28 |
| 実験農場 | ⑭37 | 島佐七 | ⑭202 |
| 実験葡萄栽培法 | ⑭229 | 島地大等 | ⑬下174, 184, 185, 202 |
| 実行組合 | ⑬上330 | 島流 | ⑭11 |
| 十室 | ⑬下173 | 地味 | ⑭27 |
| 実相 | ⑬上477 | 清水 | ⑬上277 |

(さん〜しみ) 311

| | |
|---|---|
| 清水川利一郎 | ⑭217 |
| 清水多平 | ⑭212, 213 |
| 清水屋商店 | ⑭219 |
| シムフォニー | ⑭93 |
| 四面楚歌 | ⑭165 |
| 下田 | ⑬下173, 182, 202 |
| 下米内 | ⑭24-26 |
| ジャイガンチャエレガンス | ⑭148 |
| ジャイガンチャゴゼヤ | ⑭148→ヂャイガンチャゴゼヤ |
| 社会 | ⑬上9, 518, ⑬下273 |
| 社会化 | ⑬上11 |
| ジャカゴサウ | ⑬上68 |
| ジャカゴソウ | ⑬上68→ジャカゴサウ |
| 釈迦牟尼 | ⑬上590 |
| 釈迦牟尼[しやかむに] | ⑭232 |
| 釈迦牟尼仏 | ⑬上525 |
| 舎監 | ⑬下185 |
| 舎監室 | ⑬下173, 174, 202, 203 |
| 写機 | ⑬上11 |
| 弱脚症 | ⑭180 |
| 灼燒 | ⑭14 |
| 邪見 | ⑬上576 |
| 邪見[じやけん] | ⑭237 |
| 写真 | ⑬上313, 532 |
| シャスタ | ⑬下13 |
| シャゼルラーデ | ⑭92 |
| 車窓 | ⑬下203, 204 |
| 斜長石 | ⑭23, 26, 29, 51, 52 |
| 斜長石石英 | ⑭25 |
| 釈教 | ⑬下275 |
| 社殿 | ⑬上558 |
| 邪念 | ⑬上530 |
| 蛇ノ島 | ⑬下173, 202 |
| しゃぼん | ⑭11 |
| 蛇紋岩 | ⑭20, 24, 53, 59 |
| 蛇紋砂 | ⑭171 |
| 蛇紋石 | ⑭24 |
| 蛇紋搗粉 | ⑭164 |
| 舎利 | ⑬上529 |
| 砂利 | ⑭205, 207-209 |
| シヤールスタイン | ⑭27 |
| シャールスタイン | ⑭27→シヤールスタイン |

| | |
|---|---|
| 邪路 | ⑬上11 |
| ジャンシュープレーム | ⑬下10 |
| 地涌[ぢゆ] | ⑭232 |
| 十月廿日 | ⑬上504 |
| 十一月十六日 | ⑬上496 |
| 自由詩 | ⑬下286 |
| 汁液 | ⑭80 |
| 衆怨 | ⑬上512 |
| 集会案内 | ⑭88 |
| 集塊岩 | ⑭50, 59 |
| 修学旅行 | ⑬下173-175, 184, 185, 203 |
| 宗教 | ⑬上10 |
| 宗教家 | ⑬上10 |
| 収繭量[しうけんれう] | ⑭179 |
| 秋耕 | ⑭83 |
| 秋蚕 | ⑭6→秋蚕〈あきご〉 |
| 蓚酸 | ⑭75, 77, 79 |
| 十字屋 | ⑬上589, ⑬下28 |
| 修身書 | ⑬下327 |
| 銃声 | ⑬下322 |
| 重炭酸石灰 | ⑭14, 74 |
| 重炭酸石灰[ぢうたんさんせきかい] | ⑭175, 176 |
| 重土 | ⑭83 |
| 重粘土[ぢうねんど] | ⑭174, 177 |
| 褶波 | ⑭53 |
| 十四才 | ⑬上179 |
| 手簡 | ⑬下321 |
| 宿[しゆく] | ⑭240 |
| 宿料 | ⑬上487 |
| 受験準備 | ⑬下203 |
| 種子 | ⑭184 |
| 主事 | ⑬下197 |
| 種実 | ⑭81 |
| 衆生 | ⑬上536 |
| 衆生[しゆじやう] | ⑭232, 235, 237, 238 |
| 衆生見劫尽 | ⑬上488 |
| 樹神 | ⑭66 |
| 述懐 | ⑬下275 |
| 出京 | ⑬下192, 204 |
| 宿根花園設計 | ⑭155 |
| 宿根草 | ⑬下13 |
| 宿根草種名備忘 | ⑭148 |

| | |
|---|---|
| 宿根の稲 | ⑬下287 |
| 出穂 | ⑭99 |
| 種馬育成所 | ⑭19 |
| 種馬所 | ⑬上127, ⑬下173 |
| 種苗 | ⑭88 |
| シュメーガア | ⑭35 |
| 樹木 | ⑬下265 |
| 修羅 | ⑬上500 |
| 樹齢[じゅれい] | ⑭179 |
| 春歌 | ⑭92 |
| 巡査 | ⑬下325 |
| 巡査派出所 | ⑬下325 |
| 春蚕〈しゅんさん〉 | ⑭6→春蚕〈はるご〉 |
| 準志 | ⑬上12 |
| 準深造岩 | ⑭20, 22, 49-51 |
| 純蛋白質 | ⑭7, 74, 76 |
| 純白 | ⑭243 |
| 純文学 | ⑬下286 |
| 少尉 | ⑬下323 |
| 正縁 | ⑬上590 |
| 唱歌 | ⑭8 |
| 尚花園 | ⑬下16 |
| 硝化菌 | ⑭87 |
| 小学校 | ⑬下286 |
| 沼気 | ⑭74 |
| 浄願[じゃうぐわん] | ⑭236 |
| 正行 | ⑬上590 |
| 聖業 | ⑭239 |
| 上行大菩薩[じゃうぎゃうだいぼさつ] | ⑭232 |
| 上行菩薩 | ⑬上497, 525, 570, 572 |
| 浄行菩薩 | ⑬上497, 525, 570, 572, 573 |
| 聖化[しゃうけ] | ⑭234 |
| 商工館 | ⑬上137 |
| 定座 | ⑬下275 |
| 硝酸 | ⑭75, 77, 79 |
| 蒸散 | ⑭8 |
| 硝酸菌 | ⑭84 |
| 蒸散作用 | ⑭80 |
| 硝酸態 | ⑭80, 175 |
| 硝酸ナトリウム | ⑭74 |
| 松脂岩 | ⑭52 |
| 晶質 | ⑭159 |
| 壤質 | ⑭23 |
| 壤質砂土 | ⑭85, 86 |
| 壤質埴土 | ⑭57 |
| 壤質粘土 | ⑭85, 86 |
| 上首尊[じょうしゅそん] | ⑭232 |
| 清浄[しゃうじゃう] | ⑭239 |
| 清浄の光 | ⑬上547 |
| 正信[しゃうしん] | ⑭238 |
| 精進[しゃうじん] | ⑭233 |
| 上席刑事 | ⑬下325 |
| 小説 | ⑬下176 |
| 消石灰 | ⑬上286, ⑭14, 75, 77, 79, 158-161 |
| 消石灰[しようせっかい] | ⑭163 |
| 消石灰[せうせきかい] | ⑭174, 175, 177 |
| 硝石灰[せうせきかい] | ⑭176 |
| 常設館 | ⑬下304 |
| 丈草 | ⑬下15 |
| 象徴的ファンタジー | ⑬下323 |
| 焼土 | ⑭84 |
| 壤土 | ⑭9, 11, 20, 21, 58, 86, 96 |
| 壤土[ぜうど] | ⑭177 |
| 小童 | ⑬下320, 321 |
| 正道[しゃうだう] | ⑭233 |
| 上等兵 | ⑬下321, 322 |
| 焼土法 | ⑭42, 66 |
| 少年期 | ⑬上12 |
| 松柏科 | ⑭49 |
| 蒸発 | ⑭8 |
| 小ブルジョア | ⑬下324 |
| 昌碧 | ⑬下15 |
| 小肥 | ⑭12 |
| 小便 | ⑬上241, 250, 531 |
| 正徧知 | ⑬上590 |
| 正徧知[しゃうへんぢ] | ⑭232 |
| 正法[しゃうぼう] | ⑭232 |
| 聖宝[せうぼう] | ⑭236 |
| 照明燈問題 | ⑬下200 |
| 声聞 | ⑬上576 |
| 浄楽[じゃうらく] | ⑭235 |
| 松林寺 | ⑬下284, ⑭57 |
| 青蓮華[しゃうれんげ] | ⑭233 |
| 昭和二年 | ⑬上281 |
| 昭和三年 | ⑬上148 |
| 昭和四年 | ⑬上183 |

| | | | |
|---|---|---|---|
| 昭和五年 | ⑬下18, 206 | 白藤教諭 | ⑭63 |
| 昭和六年九月廿日 | ⑬上496 | 白穂 | ⑭101 |
| 昭和八年八月一日 | ⑬下279 | 白百合 | ⑬下184 |
| 所縁 | ⑬上565 | 飼料 | ⑬下217, 218 |
| 植 | ⑬下30 | 紫緑化 | ⑭50, 51, 56 |
| 触 | ⑬上12 | シリンダー | ⑬下197 |
| 食 | ⑬下319 | 汁 | ⑯下9 |
| 職業芸術家 | ⑬上13 | シルバーウィング | ⑬下10→シルバーウォング |
| 埴質壌土 | ⑭57 | シルバーウォング | ⑬下10 |
| 植生 | ⑭9 | 白 | ⑬上258, ⑬下182, 184, 196, 197, 283, 308, |
| 食品化学 | ⑬下210 | | ⑭13, 83, 240 |
| 殖腐質 | ⑭174 | 白石 | ⑭22 |
| 植物 | ⑬下177, ⑭23, 80, 86 | 白石地方 | ⑭23 |
| 植物園 | ⑭63 | 白岩 | ⑭55 |
| 植物界 | ⑭49 | 素人論 | ⑭166 |
| 植物可給態燐酸 | ⑭42 | 白砂 | ⑭204 |
| 植物形態学 | ⑬下265 | 白砂石粉 | ⑭204 |
| 植物根酸 | ⑭14 | 白タスキ | ⑬下323 |
| 植物採集 | ⑬下181 | 白土 | ⑭56 |
| 植物生理化学 | ⑭81 | シロバナマキ | ⑬上69 |
| 植物生理要綱 | ⑭90 | 白紫 | ⑬上70 |
| 植物養料 | ⑭34 | 紫波郡 | ⑬下239, ⑭18, 52 |
| 植民館 | ⑭65, 66 | 紫波郡彦部村 | ⑭46 |
| 植物[しよくもつ] | ⑭176 | しをん | ⑬下13 |
| 食物 | ⑬下319 | 新<→新橋演舞場> | ⑬上81 |
| ジョセフパスターナック | ⑭92→チョセフパスターナック | 瞋 | ⑬上576 |
| | | 仁 | ⑭6 |
| ジョセフホフマン | ⑭92→チョセフホフマン | 新網張温泉 | ⑬下189 |
| | | 人運 | ⑬下280 |
| 初代歌麿 | ⑭245 | 新演<→新橋演舞場> | ⑬下342 |
| 初代豊国 | ⑭245 | 心王大菩薩[しんわうだいぼさつ] | ⑭235 |
| 除虫菊 | ⑬上248, ⑬下13, 18 | 進化 | ⑬上9 |
| 触感 | ⑬下264 | 人界 | ⑬下319 |
| 蔗糖 | ⑭75, 76, 78 | 深海成 | ⑭54 |
| ショパン | ⑭92 | 新火山岩 | ⑭19-21, 25 |
| 諸仏 | ⑬上496, 497, 529, 530, 565 | 神官 | ⑬下323 |
| 諸仏[しよぶつ] | ⑭237 | 神官装 | ⑬上558 |
| ジョンキル | ⑬下10 | 神祇 | ⑬下275 |
| シラー | ⑬下10, 13 | 信楽衆[しんげふしゆう] | ⑭236 |
| 白樺 | ⑬下327, ⑭62, 66 | 真空 | ⑬下262, 263 |
| 白河軍馬補充部 | ⑭162 | 神宮 | ⑬下308 |
| しらねあおい | ⑭63→しらねあふひ | 信仰 | ⑬下262, 263, 273 |
| しらねあふひ | ⑭63 | 新校舎 | ⑬下194 |
| 白藤 | ⑬下195, 199 | | |

新興文化　⑬上11
新墾　⑭66→新墾〈あらき〉
新作出品種総目録　⑬下309, 310
榛莽　⑭64
紳士　⑬下304
真珠岩　⑭52
心象　⑬上13
心象スケッチ　⑬下273, 274
シンジロー　⑬下174
紳士録　⑬下327
新信行　⑬下262
人生劇場　⑬上15
新生層　⑭20
新生代　⑭49, 54
心生理学　⑬下281
新世界交響楽　⑭92
真善　⑬上10
心臓　⑬上10
深造岩　⑭20, 22, 49-51
人造石　⑭206, 208, 210
人造肥料　⑭65
人体　⑬下265
新築校舎　⑬上178
心的因果法則　⑬下262
新田　⑬上349
神都　⑭17
心土　⑭8, 83
滲透　⑭8
心耳［しんに］　⑭237
瞋恚　⑬上498
神野得業士　⑭24, 32
神秘主義　⑬上12
神秘性　⑭243
新肥料　⑭163
シンフォニー　⑭93→シムフォニー
人物画家　⑬下265
新婦引立法　⑬下311
新聞広告　⑬下238
新聞紙　⑬下218
人糞尿　⑬上281
人糞尿［じんぷんねう］　⑭176, 178
新町　⑬上149
神明　⑭226

神明組合　⑬上322
信用組合　⑬上296, ⑬下238, 239
心理学　⑬下309
人力車　⑭9
心理的昇華　⑭242
深緑色　⑭24
人類　⑬上477, ⑭49
シンレスカムホン　⑭148
新郎引立法　⑬下311

## す

水孔　⑭5
水耕法　⑭68
氷山　⑬上376
水酸化アンモニウム　⑭75
水酸化アルミニウム　⑭75
水酸化カリウム　⑭75
水酸化カルシウム　⑭75
水酸化石灰　⑭14
水酸化第一鉄　⑭75
水酸化第二鉄　⑭75
水酸化鉄　⑭24, 57
水酸化鉄［さゐさんくわてつ］〈→［すゐさんくわてつ］〉　⑭179
水酸化ナトリウム　⑭75
水産標本室　⑭65
水車　⑬下316
水晶　⑬下173
水蒸気　⑭50
水成岩　⑭21, 26, 28, 48, 53-55
水成岩系　⑭20
水仙　⑬上227, 239, ⑬下11, 13, 17, 24, 28, 236
水洗　⑬下210
水仙翁　⑬上71
水素　⑭75, 77, 79
水田　⑬上55, 56, 152, ⑭11, 30, 180, 183, 195
水田［すゐでん］　⑭177
水稲　⑬上287, 319, ⑭68, 84
水稲［すゐたう］　⑭173, 175, 176
水道　⑬上369
スイートウイリアム　⑭146→スキートウイリアム
スイートウィリアム　⑬下236→スキートウィ

(しよ～すい)　315

リアム
水稲苗代期　⑭68
スイートサルタン　⑬上226→スキートサルタン
スイートピー　⑬上226, 250, ⑬下24, 28, 236, 240→スキートピー
スイートロッケット　⑬上248→スキートロッケット
随伴細胞　⑭4
水墨　⑭242
水利組合　⑬下316
睡蓮　⑬下17
数　⑬下30
ズヴォルジャク　⑭92→ヅヴォルジャク
数学授業研究会　⑬下335
菅長商店　⑬上371
菅野　⑭94
菅野治右エ門　⑭220
菅野直助　⑬上371
須川一郎　⑭216
須川源太郎　⑭215
菅原　⑬上149, ⑬下28
菅原助五郎　⑭219
菅原長太郎　⑬上170, 470
耒耜〈すき〉　⑭65
杉　⑭28
杉崎鹿次郎　⑬下185
杉本　⑭14
杉本与五郎　⑭210
須具利　⑭62
スケート　⑬下173, 182, 202
スケッチ　⑬下269
鈴鹿　⑭17
鈴懸松　⑬上569
すゝき　⑬下190, 203
鈴木森平　⑭213
鈴木辰五郎　⑭206
鈴木貞吉　⑭223
鈴木東蔵　⑬下230
鈴木藤三　⑭191
すずめ　⑭410
雀　⑭13
すゞらん　⑬下183

鈴蘭　⑬下327
スターチス　⑬下14→ Statice
須田彦三　⑭210
スティーム　⑭64
捨児　⑭11
ストクラサ　⑭35
ストック　⑬上130, 157, 159
ストーピン　⑭92
ストラウス　⑭93→ Strauss
砂　⑬下279, ⑭31, 55, 56, 59, 83, 86, 207
スナ　⑭100
スナイダア　⑭35, 36, 41→ Harry Snyder
砂がかり　⑭98
砂崎庄次郎　⑭210
スノーハート　⑭148
スープ状トマト　⑬下287
スプレンゲル　⑭34
スポート　⑬下309
炭　⑬上296
墨絵　⑭242
墨[すみ]の衣[ころも]　⑭234
相模絵〈→相撲絵〉　⑭241
スラゲテ　⑭148
スラムロゼア　⑭148
刷師　⑭242
スレート　⑭27, 208
スキートウイリアム　⑭146
スキートウォリアム　⑬下236→ Sweet William
スキートサルタン　⑬上226→ Sweet Sultan
スキートピー　⑬上226, 250, ⑬下24, 28, 236, 240→ Sweet Pea
スキートロッケット　⑬上248

## せ

静〈→静養院〉　⑬下174
西域因果物語　⑬下319
声楽　⑬上11, ⑭92
声楽家　⑬下279
請願巡査　⑬下325
正硅酸　⑭75, 77, 79
静芸術　⑬上12
声語　⑬上12

| | | | |
|---|---|---|---|
| 精穀家 | ⑭165 | 施餓鬼 | ⑬下320 |
| 青磁 | ⑬上466 | 瀬川 | ⑭47 |
| 聖者 | ⑬上9 | セ川 | ⑬下202 |
| 清浄の光 | ⑬上547 | 瀬川重之丞 | ⑬上365 |
| 精神 | ⑬上11 | 瀬川庄太郎 | ⑬下200 |
| 生石灰 | ⑭75, 77, 79 | 瀬川忠太郎 | ⑬上365 |
| 成層岩 | ⑭48 | 瀬川孫右エ門 | ⑭216 |
| 成層面 | ⑭53 | 瀬川孫之丞 | ⑭217 |
| 生存競争 | ⑭49 | 関 | ⑬下182, 190, 328 |
| 正態 | ⑬上12 | セキ | ⑭100 |
| 盛中〈→盛岡中学校〉 | ⑬下173, 174 | 石英 | ⑬下210, ⑭22, 25, 28, 50-52, 55, 58, 59, 165 |
| 正長石 | ⑭51 | 石英安山岩 | ⑭20, 21, 25 |
| 成年 | ⑬上12 | 石英砂 | ⑭26, 28, 58 |
| 青年 | ⑬上532 | 石英粗面岩 | ⑭20, 25, 52 |
| 青年期 | ⑬上12, ⑭19 | 石英斑岩 | ⑭51, 52 |
| 精白 | ⑬下218, ⑭165 | 石英粒 | ⑭56 |
| 精白家 | ⑬下218 | 石灰[せきかい] | ⑭173-175, 177, 179 |
| 精白法 | ⑭167, 181 | 石灰[せきくわい] | ⑭181 |
| 西部丘陵 | ⑭47 | 赤灰色 | ⑭26 |
| 西部兵陵〈→西部丘陵〉 | ⑭46 | 赤褐 | ⑭26, 96 |
| 西部山地 | ⑭46, 48 | 赤褐色 | ⑭24, 55 |
| 西部沖積 | ⑭83 | 関ヶ原 | ⑭10 |
| 生物 | ⑬上9, ⑬下263, ⑭53 | 関ヶ原の戦 | ⑭10 |
| 静物 | ⑬下308 | 関教授 | ⑭18, 22, 23, 27, 29, 32, 43 |
| 生物遺体 | ⑭33 | 関口 | ⑬上172 |
| 生物体 | ⑭34 | 関口技師 | ⑬上171, 173 |
| 成分鉱物 | ⑭22, 23 | 関口三郎 | ⑭217 |
| 製法[せいはふ] | ⑭176 | 石材 | ⑭207, 208, 210 |
| 西邦 | ⑬上448 | 赤十字ノ看護婦 | ⑬下175 |
| 精米家 | ⑬下218 | 赤十字ノ看護フ | ⑬下203 |
| 精米麦用搗粉 | ⑭181 | 赤色顔料 | ⑭246 |
| 製麻業 | ⑭64 | 石堆 | ⑬下320 |
| 静養院 | ⑬下174, 185, 203 | 石炭 | ⑬上48, 213 |
| 西洋音楽 | ⑬下303 | 石炭紀海百合石灰岩 | ⑭162 |
| 西洋梨 | ⑬下287 | 石炭工業 | ⑭213 |
| 西洋料理 | ⑬下343 | 関徳弥[せきとくや] | ⑭248 |
| 生理学 | ⑬下265 | 関豊太郎 | ⑭215 |
| 生理学的倫理学 | ⑬下327 | 関根近次郎 | ⑭210 |
| 勢力 | ⑬下280 | 関農学博士 | ⑭160 |
| 正燐酸 | ⑭75, 77, 79 | 関博士 | ⑬下234, ⑭177 |
| 正列 | ⑭83 | 赤髪 | ⑬下320 |
| 世界 | ⑬上9, 10, 13, ⑬下263 | 石板刷絵画 | ⑭214 |
| 世界[せかい] | ⑭238 | | |

(すぃ～せき) 317

| | |
|---|---|
| 赤膚 | ⑬下320 |
| 石油 | ⑭11, 211 |
| 石礫 | ⑭59 |
| セザンヌ | ⑭240 |
| 石灰 | ⑬上214，⑬下230，⑭23-25, 29, 30, 34, 42, 51, 58, 81, 83-86, 149, 150, 159, 165, 167, 168, 180, 184, 205, 209, 227 |
| 石灰[せきかい] | ⑭173-175, 177, 179 |
| 石灰[せきくわい] | ⑭181 |
| 石灰岩 | ⑬下211, 212，⑭53-55, 59, 74, 158, 165, 170 |
| 石灰岩粉 | ⑭158 |
| 石灰岩抹 | ⑬上380，⑭66, 85, 140, 158 |
| 石灰岩末 | ⑬下238 |
| 石灰石 | ⑭14 |
| 石灰石粉 | ⑭158, 165-170 |
| 石灰石粉[せきくわいせきふん] | ⑭181 |
| 石灰施用量 | ⑬下230 |
| 石灰窒素 | ⑭85 |
| 石灰搗き | ⑬下217，⑭170 |
| 石灰洞 | ⑭55 |
| 石灰肥料 | ⑬下238 |
| 石灰率 | ⑭159 |
| 石灰流亡率 | ⑬上287 |
| 石基 | ⑭26, 50 |
| 石工 | ⑭214→石工〈いしく〉 |
| 斥候 | ⑬下321 |
| 石膏 | ⑭74 |
| 斥候戦 | ⑬下322 |
| 接触変質 | ⑭54, 55 |
| 接心居士 | ⑬下188 |
| 節奏 | ⑬上11，⑬下264 |
| 切田正一 | ⑬下279 |
| 銭函 | ⑭62 |
| 瀬峯駅 | ⑬上169 |
| 施肥[せひ] | ⑭175 |
| 背広 | ⑬下323 |
| セメント | ⑬下344，⑭64, 204, 206-209, 211, 212, 214 |
| ゼラチン質 | ⑭243 |
| セリ | ⑭100 |
| セレナイデ | ⑭92 |
| セロ | ⑬上583，⑬下304，⑭92 |
| セロシア属 | ⑬下21→Celosia |
| セロリ | ⑬下31 |
| 善悪不二 | ⑬上576 |
| 遷移 | ⑬上12 |
| 繊維素 | ⑭47, 75, 76, 78, 81 |
| 一九二六年 | ⑬上16 |
| 一九二七・六 | ⑬下68 |
| 一九二八・六 | ⑬下68 |
| 一九二八年六月 | ⑬下325 |
| 一九二九・六 | ⑬下68 |
| 一九三〇年 | ⑬下327 |
| 一九四〇年 | ⑬下309, 310 |
| 専許 | ⑬下312 |
| 羨視法 | ⑬下311 |
| 全集 | ⑬上183，⑬下18 |
| 千住喜作 | ⑭210 |
| 前障 | ⑬上547 |
| 扇状堆積 | ⑭47, 57 |
| 鮮人 | ⑬下82, 83 |
| 鮮新統 | ⑭20 |
| 潜水艇 | ⑭62 |
| 仙台 | ⑬上263, 313, 347, 483, 487, 491，⑬下174, 184, 194, 197, 203, 243，⑭224, 247 |
| 仙台駅東 | ⑬上481 |
| 仙台木町末無八番地 | ⑬上349 |
| 仙台屋 | ⑭218 |
| 先田小蔵 | ⑬下313 |
| 千田善吉 | ⑬上147 |
| センターレアイムペリアリス | ⑬下14 |
| 線虫類 | ⑭87 |
| 宣伝書 | ⑬下239 |
| 戦闘 | ⑬下322 |
| 仙人 | ⑭160 |
| 仙人峠 | ⑬上567 |
| 仙北町 | ⑬上289 |
| 仙北町駅 | ⑭192 |
| 閃緑岩 | ⑭20, 23 |
| 鮮緑色 | ⑭431 |

## そ

| | |
|---|---|
| 添市 | ⑭47 |
| 添市川 | ⑭47 |
| 僧 | ⑬下184 |

想　⑬下280
桑園　⑭172, 183, 184, 195
桑園[さうゑん]　⑭179
造化　⑭31
桑果樹[さうくわじゅ]　⑭175
雑木林　⑬下182
装景家　⑬上24
装景手記　⑬下68
装景的装置　⑬下240
創作　⑬上14, 563
創作童話　⑬下345
桑樹[さうじゅ]　⑭179
双子葉　⑭3
双子葉類　⑭5
双四聯　⑬下270
創造　⑬上10, 11
想像線　⑭19
創造的批評　⑬上14
創造的批評家　⑬上14
創造力　⑬上13
曹長　⑬下321
葱頭　⑭85
蒼白　⑬上566
像法[ざうばう]　⑭232
相馬　⑬下328
惣門　⑭199
桑葉[さうえふ]　⑭173, 179
雑乱修法　⑬下320
造林　⑭28
造林学新論　⑬上134
藻類　⑭84
続感度　⑬上12
促成栽培　⑭65
俗伝　⑬上54
測量　⑬下227
蔬菜　⑬下310, ⑭172
蔬菜園　⑭30
蔬菜園芸　⑬下177
蔬菜類[そさいるゐ]　⑭179
粗砂岩　⑭55
祖先　⑬下279
曹陀　⑭35, 36, 39
曹達　⑭23-25, 51, 81, 83, 149, 162

蘇鉄科　⑭49
外川目村　⑭53, 55
外庄ケ畑　⑭26
外山　⑬下203
外山行　⑬下175
蕎麦　⑭81, 84
蕎麦[そば]　⑭173
そばや　⑬下174, 203
祖父　⑬下82
柚〈→柚〉　⑬上277
空　⑬上15
蚕豆　⑭85

### た

田　⑬下197, ⑭11
田[た]　⑭178
代〈→代数〉　⑬下30
ダイアステース　⑭76
ダイアンサス　⑬下236→ Dianthus
大医王　⑬上520
第一学期　⑬下203
退役海軍中佐　⑬下197
大和尚　⑬下309
台温泉　⑬下202, ⑭57
台温泉地　⑭56
大学生　⑭66
大学頭　⑭12
大学附属植物園　⑭63
耐火材料　⑭214
大旱魃　⑬下317
大ききん　⑭11
大工原銀太郎　⑭40
大工原博士　⑭173, 178
大甲子山　⑭19
ダイコク　⑬下203
第五交響楽　⑭92
太湖船　⑯上22
太古層　⑭20, 21
大古層　⑭54
大根　⑬下14
大サ商行　⑭202
第三学期　⑬下202
第三紀　⑭49, 52, 54

(せき～たい)　319

| | |
|---|---|
| 第三紀新層　⑭56, 57, 59 | 炬火　⑬下182 |
| 第三紀層　⑭19-21, 25, 27, 28, 54-56, 59 | ダイヤア法　⑭35 |
| 第三紀泥岩　⑭83 | 太陽　⑬上15 |
| 第三詩集　⑬下274 | 太陽光線　⑭64 |
| 大持国天王　⑬上572 | 太陽燈　⑬下342 |
| 第七交響楽　⑭92 | 第四次元　⑬上8 |
| 大蛇ン　⑬下312 | 第四次元の芸術　⑬上15 |
| 第十二室　⑬下181 | 第四紀　⑭49, 54 |
| 大将　⑬下279 | 第四紀古層　⑭21, 29, 37, 38, 57 |
| 大正元年　⑬上181 | 第四紀新層　⑭21, 30 |
| 大正二年　⑬上182 | 第四紀層　⑭20, 21, 28, 54, 56, 57, 59 |
| 大正五年　⑭18 | 第四交響楽　⑭93 |
| 大正六年一月　⑭18 | 平来作　⑬下234, 244 |
| 大正十二年　⑬上53 | 大理石　⑭161, 203, 204, 206, 207, 213 |
| 大小豆［だいせうづ］　⑭179 | 大理石工業株式会社　⑭203 |
| 大正年間　⑬上277 | 大理石人造石原料　⑭203 |
| 大信　⑬上538 | 大理石粉　⑭165 |
| 大心　⑬上499 | 台旅行　⑬下173 |
| 大豆　⑬上214, ⑭183 | 大輪　⑬上569 |
| 大豆［だいづ］　⑭179 | タイル　⑭213 |
| 代数　⑭258 | 台湾　⑬上419 |
| 大豆粕　⑬上151, 281, ⑭85, 140, 141 | 田植　⑭97, 98 |
| 大豆粕［たいづかす］　⑭176, 178 | タウモロコシ　⑬上226, 250, ⑬下10 |
| 退助　⑬下316, 318 | たうもろこし　⑬下311 |
| 泰西［たいせい］　⑭236 | 玉蜀黍［たうもろこし］　⑭173 |
| 大成化学工業会社　⑭223 | 多賀　⑬下174, 203 |
| 堆積　⑭30 | 高勘　⑬下318 |
| 大蘇芳年　⑭245 | 高木泰三　⑭208 |
| 台沖積　⑭57 | 高木利右衛門　⑭205, 208 |
| 大腸稈菌　⑭40 | 高倉　⑬下194 |
| 大等　⑬下175, 203 | 高倉山　⑬上567 |
| 大都郊外　⑬上496 | 高清水町　⑬上169 |
| 体内物質　⑭80 | 高田広吉　⑭207 |
| 第二学期　⑬下204 | 高田商会　⑭215 |
| 提婆［だいば］の品［ほん］　⑭234 | 高田屋　⑭219 |
| 堆肥　⑭84, 85 | 高知尾師　⑬上563 |
| 堆肥［たいひ］　⑭163, 176, 177 | 高長　⑬下196 |
| 大毘沙門天王　⑬上572 | 高東商店　⑭219 |
| 大悲心［ひしん］　⑭233 | タカトウダイ　⑬上72 |
| 大仏　⑬下182 | 鷹巣山　⑭47 |
| タイプライター　⑭62 | 高橋　⑬上130, ⑬下186, 196, 203 |
| 大平山　⑭23 | 高橋菊太郎　⑭207 |
| 台北市　⑬下329 | 高橋久之丞　⑬下234 |

| | | | |
|---|---|---|---|
| 高橋久之丞 | ⑬下244, ⑭215 | 章魚 | ⑬下346 |
| 高橋慶吾 | ⑭95 | 田崎桂一郎 | ⑬上129, ⑭228 |
| 高橋広治 | ⑬下28 | 田島千之助 | ⑭207 |
| 高橋佐重 | ⑬下174 | 田代 | ⑬下28 |
| 高橋三郎 | ⑬上382 | 田代多聞 | ⑭222 |
| 高橋重治 | ⑭216 | 多田金十郎 | ⑭220 |
| 高橋重四郎 | ⑭220 | 立川伝 | ⑭208 |
| 高橋清吾 | ⑭198 | 立花 | ⑬上384 |
| 高橋大兄 | ⑭292 | 橘喜平 | ⑭207 |
| 高橋武治 | ⑬下200 | 橘善六 | ⑭220 |
| 高橋常三 | ⑬上320 | 立藤 | ⑬上208, 209, ⑬下17 |
| 高橋豊治 | ⑭217 | ダッチアイリス | ⑬上239, ⑬下10, 13, 24, 28→ |
| 高橋寅吉 | ⑭221 | | Dutch Iris |
| 高橋彦助 | ⑭217 | 竜波商店 | ⑭203 |
| 高橋百次郎 | ⑭222 | 脱滿作用 | ⑭83 |
| 高橋吉次 | ⑭198 | タテ | ⑭100 |
| 高橋芳松 | ⑭204 | 立石 | ⑭17 |
| 高帽山 | ⑭18, 28 | 多糖類 | ⑭75, 76, 78 |
| 高洞山 | ⑭18, 24, 25 | 田中鎌治郎 | ⑭207 |
| 高峰山 | ⑭19 | 田中縫次郎 | ⑬上584 |
| 高村 | ⑬下328 | 谷内村長 | ⑬下285 |
| 高村吉郎 | ⑭220 | 谷得業士 | ⑭25, 32 |
| 高村支店 | ⑭222 | 谷村亀吉 | ⑭207 |
| 高森山脈 | ⑭46 | 狸小路 | ⑭63 |
| 高森山 | ⑭18 | たねがみ | ⑭6 |
| 高安 | ⑬下202 | 種籾 | ⑭68 |
| 高安武夫 | ⑬下173 | 種山 | ⑬上567, ⑬下195 |
| 滝井 | ⑬下16 | たばこ | ⑭11 |
| たきぎ | ⑬上13 | 煙草 | ⑭59 |
| 滝沢 | ⑬上162, ⑭66 | 束稲山 | ⑬上567 |
| 滝沢石 | ⑭28, 56 | 多肥 | ⑭12 |
| 滝沢村 | ⑭18 | タビ | ⑬下204 |
| 滝山商店 | ⑭205 | 旅音楽家 | ⑬下303 |
| 濁子 | ⑬下15 | 多宝如来 | ⑬上525 |
| 栃木 | ⑭22 | 玉垣 | ⑬下323 |
| 岳川 | ⑭46 | 卵 | ⑬上483, ⑬下217 |
| 竹沢辰美 | ⑭208 | 玉沢徳之助 | ⑭223 |
| 竹田繁弥 | ⑭223 | 甘藍[たまな] | ⑭179 |
| 武田得業士 | ⑭29 | 為助 | ⑭213 |
| 竹林虎一 | ⑭201 | ダリヤ | ⑬上209, 225, 241, 250, ⑬下10, 16, 24, |
| 竹針 | ⑭91 | | 28→ Dahlia |
| 武安 | ⑬下174, 183 | ダールケ博士 | ⑬下164 |
| 武安武夫 | ⑬下202 | 樽前火山 | ⑭67 |

(たい〜たる) 321

| | | | |
|---|---|---|---|
| 淡黄褐色 | ⑭56 | 淡赤色 | ⑭52 |
| 淡黄色 | ⑭55 | 炭素 | ⑭75, 77, 79, 80 |
| 短歌[たんか] | ⑭248 | 断層 | ⑭22, 53 |
| 淡灰色 | ⑭56 | 炭素化合物 | ⑭77, 79 |
| 淡灰青 | ⑬下254 | 淡鼠色 | ⑭26 |
| 短歌集[たんかしう] | ⑭249 | 炭素同化作用 | ⑭81 |
| 炭化水素 | ⑭74, 77, 79 | 端艇 | ⑭63 |
| 淡褐色 | ⑭56 | 単糖類 | ⑭75, 76, 79 |
| 短歌文法七十講 | ⑬下347 | 丹野弥太郎 | ⑭223 |
| 弾丸 | ⑬下322 | 丹野要作 | ⑭221 |
| 単句構成法 | ⑬下270 | 蛋白質 | ⑭74, 76, 78, 80, 81 |
| 短袴 | ⑬下323 | 壇原 | ⑬上169 |
| 探鉱課 | ⑭162 | タンホイゼル序曲 | ⑭92 |
| 担江分場〈→胆江分場〉 | ⑬上281 | 単粒構造 | ⑭86 |
| 炭酸 | ⑭14, 35, 57, 75, 77, 79 | 団粒構造 | ⑭86 |
| 炭酸[たんさん] | ⑭175, 176 | 淡緑 | ⑭26 |
| 炭さんガス | ⑭13 | | |
| 炭酸ガス | ⑭79 | **ち** | |
| 炭酸瓦斯 | ⑭75, 80, 149 | | |
| 炭酸加里 | ⑭164 | ヂアスターゼ | ⑭74 |
| 炭酸カルシウム | ⑭74 | チェーランサス | ⑬上248, 256 |
| 炭酸苦土 | ⑭159 | チェロン | ⑬下13 |
| 炭酸質石灰石粉 | ⑬下211 | 地殻 | ⑭31, 49, 50, 53, 86 |
| 炭酸石灰 | ⑬上133, 214, 319, ⑬下230, 238, ⑭14, 24, 25, 27, 53, 55, 59, 74, 161-164, 168, 170-172, 174, 176, 178, 180, 182, 184, 191, 195 | 地下水 | ⑭86 |
| | | 近森 | ⑬下204 |
| | | 地球 | ⑭31 |
| | | 蓄音器 | ⑬下303 |
| 炭酸石灰[たんさんせきかい] | ⑭175, 177, 178 | 地形及地質 | ⑭46 |
| 炭酸石灰価格表 | ⑭192-194 | 地形学 | ⑬下265 |
| 炭酸石灰岩粉 | ⑬下211 | ちごゆり | ⑭63 |
| 炭酸石灰宣伝 | ⑬下237 | 萵苣[ちさ] | ⑭173 |
| 炭質物 | ⑭26, 53, 54 | 知事 | ⑬下197 |
| 短銃 | ⑬下323 | 地質 | ⑭83 |
| 単子葉 | ⑭3 | 地質案内記 | ⑭31 |
| 単子葉類 | ⑭5 | 地質学 | ⑬下265, ⑭31, 48 |
| 淡色 | ⑭51 | 地質系統 | ⑭20 |
| 啖食 | ⑬上481 | 地質時代 | ⑬下287, ⑭48, 53, 54 |
| 噉食 | ⑬下320 | 地質図 | ⑭18, 21, 31, 32, 52 |
| 淡色鉱物 | ⑭25, 51 | 地質調査 | ⑬下189, 190, 204, ⑭32 |
| 丹唇 | ⑭240 | チシヤ | ⑬上229, 241 |
| 炭水化物 | ⑭75, 77, 81 | チシャ | ⑬上249→チシヤ |
| 暖水法 | ⑭102 | 地人 | ⑬上11 |
| 淡青灰色 | ⑭52 | 地人学会 | ⑯上19 |
| 淡青色 | ⑭55 | 地人芸術概論 | ⑭90 |

| | | | |
|---|---|---|---|
| 地層 | ⑭54 | 沖積 | ⑭96 |
| 千田善吉 | ⑬上147 | 沖積世 | ⑭49, 54 |
| 知多の半島 | ⑭17 | 沖積層 | ⑭20, 28, 30, 54, 57 |
| 乳 | ⑬下283 | 沖積地 | ⑭19, 21, 30, 46, 47 |
| 秩父古生層 | ⑭54 | 沖積土壌 | ⑭85 |
| チッキ | ⑬上589 | 中尊寺 | ⑬下184 |
| 窒素 | ⑬上56, 150, 281, ⑭7, 29, 30, 34, 42, 75, 77, 79, 80, 85, 86, 150, 174 | 中隊長 | ⑬下321 |
| | | チュウリップ | ⑬下236→ Tulip |
| 窒素［ちつそ］ | ⑭163, 175, 178 | 中和 | ⑭37, 173 |
| 窒素過多 | ⑭80 | 中和［ちうわ］ | ⑭177, 178 |
| 窒素還元菌 | ⑭84 | 中和材料 | ⑭81 |
| 窒素供給剤 | ⑭178 | チューリップ | ⑬下10, 13→チュウリップ |
| 窒素菌類 | ⑭84 | 聴覚 | ⑬下347 |
| 窒素肥料 | ⑬下238, ⑭173 | 蝶ヶ森 | ⑭18, 20, 24 |
| 窒素肥料［ちつそひれう］ | ⑭175 | 蝶ヶ森 | ⑬上567 |
| チナース | ⑭76 | 聴官 | ⑬下264 |
| 千葉孝蔵 | ⑭223 | 彫刻 | ⑬上11 |
| 千葉吉太郎 | ⑭205 | 長石 | ⑭22-24, 51, 58 |
| 地表 | ⑭50 | 朝鮮 | ⑬上419 |
| チブス | ⑬下183 | チョウセンアザミ | ⑬上71→テウセンアザミ |
| ヂプソフィラ | ⑬上227→ Gypsophilla | チョウセントラノオ | ⑭148→テウセントラノヲ |
| 地貌 | ⑭19 | | |
| チモシイ | ⑬下175, ⑭66 | 調息秘術 | ⑬上536 |
| ヂャイガンチャゴゼヤ | ⑭148 | 町長 | ⑬下201 |
| 茶いろ | ⑬下327 | 長髪 | ⑬下319, 323 |
| 茶褐色 | ⑭28, 83 | 鳥類 | ⑭49 |
| 茶代 | ⑬上483 | 鳥類標本 | ⑭63 |
| 茶話 | ⑬上448 | チョーク | ⑬下312 |
| 地涌［ぢゆ］ | ⑭232 | 勅語 | ⑭13 |
| 中央分水嶺 | ⑭46, 48 | チョ水チ | ⑬上152 |
| 中学 | ⑬下202 | ヂョセフパスターナック | ⑭92 |
| 中学二年 | ⑬上179 | ヂョセフホフマン | ⑭92 |
| 中学三年 | ⑬上180 | 直観 | ⑬上9, 11 |
| 中学四年 | ⑬上181 | チランチン | ⑭68 |
| 中学五年 | ⑬上182 | 智利硝石 | ⑭85 |
| 中菊 | ⑬下16, 17 | 地力 | ⑭83 |
| 中興の英主 | ⑭12 | 沈降炭酸石灰 | ⑭158 |
| 中性 | ⑭84, 87 | | |
| 中性火山岩 | ⑭52 | **つ** | |
| 中性岩 | ⑭50, 51 | 追撃令 | ⑬下322 |
| 中生層 | ⑭20, 54 | 追肥 | ⑬上56 |
| 中生代 | ⑭21, 23, 49, 51, 52, 54 | 追肥［つみひ］ | ⑭176 |
| 中性腐植質 | ⑭36 | ヅヴォルジャク | ⑭92 |

(たん〜つう) 323

通気性　⑭86
栂ノ目　⑬下244
栂ノ目共同組合　⑭217
月　⑬上569, ⑬下173-175, 203, 204, 275, 320
築〈→築地小劇場〉　⑬上81
搗粉　⑬上130, 132, 137, 138, 155, 157, 293, 299, 379, ⑬下210, 218, ⑭165-167, 169-171
搗粉［つきこ］　⑭181
築館　⑬上339
築館町　⑬上173
築地〈→築地小劇場〉　⑬下342
次山藤松　⑭208
机掛　⑬下173, 182, 202
机竜之助　⑬下312
辻　⑬下203
辻義　⑭210
蔦雫　⑬下15
鎚　⑭31
土沢　⑭56
土室　⑭22
土屋　⑬下173, 202
土谷伝　⑭214
ツツミ　⑬下173
ツナギ　⑬下174, 202, 203
ツナギ旅行　⑬下173
綱吉　⑭12
角田安太郎　⑭208
爪　⑬下319
つめくさ　⑬上15
蔓　⑬上590
ツルウメモドキ　⑬下197
ツルゲネフ　⑬下174, 203

## て

泥灰岩　⑭159
帝国製麻会社　⑭64
停車場　⑭8, 66
泥炭　⑭33, 34
ていちゃん　⑬下308
低沖積　⑭57
貞之丞　⑬上149
テウセンアザミ　⑬上71
テウセントラノヲ　⑭148

テキスト　⑭177
土偶坊　⑬上531
デグノ坊　⑬上531
デージーアルド　⑭146→Daisy
デージーエトナ　⑭146
デージーゴールデンクルソー　⑭146
デージーダークローズ　⑭146
手綯　⑬下254
鉄　⑭35, 36, 42, 51, 75, 77, 79, 81, 86, 149, 162, 170, 182
鉄鋼　⑭213
鉄工場　⑬下198, 200
鉄礬土　⑭84
鉄瓶　⑬下282
デパートメントストア　⑬上164
出穂　⑭99
寺内　⑬下182, 202
寺山市太郎　⑭209
寺山鉢三郎　⑭206, 209
照井謹二郎　⑬上584
照井孫助　⑬下244
デルフィニューム　⑭146→Delphinium
天　⑬上14, 500, ⑬下262
田園　⑬上8, 15, ⑬下273, ⑭65, 66
田園劇　⑬下196, ⑭257
天下　⑭10
天楽　⑬上15, 590
天楽［てんがく］　⑭234
電気　⑬上527, ⑬下173, ⑭76, 78
電気会社　⑭160
電気用品　⑭204
天候　⑬上56
天候不順　⑬上53
天才　⑬上14
電子　⑬下262, 263
電車　⑬上483, ⑬下205, ⑭63, 65
天上　⑬下289, ⑭65
天神山　⑭18
テンデタナ　⑬下10
電塔　⑬上438
電燈　⑬下174, 197, 203
天女散華　⑭92
テンプラソバ　⑬下343

澱粉　⑬下287, ⑭7, 75, 76, 78, 81, 173
天保　⑭243, 245
丁抹〈デンマーク〉　⑭180
天門冬　⑬下282
天来　⑬上527, 528

## と

図　⑬下343
図〈→帝国図書館〉　⑬上81
樋　⑬下316
どい　⑬下314, 316, 317→どひ
ドイツ　⑭180
独乙　⑭62, 159
独乙語学院　⑬下190
独乙唐檜　⑬上245, ⑭63, 66
動〈→動物〉　⑬下30
桐下　⑬下186
燈火　⑭11
東海　⑬上419
東海道　⑭240
糖化缶　⑭64
荳科作物[とうくわさくもつ]　⑭173
同化作用　⑭80
堂ヶ沢山　⑬上567
糖化室　⑭64
東華新聞社　⑬上349
同化澱粉　⑭7
導管　⑭9
陶器　⑭56
東京　⑬上263, 299, 491, 496,　⑬下122, 190, 191, 199, 205,　⑭17, 247
東京神田鎌倉河岸　⑬上481
東京市京橋区東湊町　⑬上481
東京市麹町区　⑬下346
東京電気会社　⑬下342
東光　⑬下16, 17
東郷　⑬上391
荳根菌　⑬上214
童子　⑬上499
陶磁器　⑭213
荳菽類　⑭84
闘諍　⑬上576
闘諍[たうじやう]　⑭232

道場　⑬上500, 509
道場観　⑬上565
動植物質　⑭33
動植物ノ遺体　⑭40
透水性　⑭86
搗精[とうせい]　⑭181
荳草　⑭84
銅像　⑭8
藤村　⑬下270
燈台守　⑬下289
当知是処　⑬上496
当知是処即是道場　⑬上536
道庁　⑭63
陶土　⑭52
道徳性命ノ学　⑬下280
東都文業某　⑭239
稲熱病[たうねつべう]　⑭178
東農　⑬下16
銅の鏡　⑬下187
稲苗　⑭66
豆腐　⑬下217, ⑭170
東部丘陵　⑭46
倒伏　⑬上56
東部山地　⑭46
東部沖積　⑭83
動物　⑬上481
動物界　⑭49
東北　⑬下325, ⑭160, 240
東北砕石工場　⑬下230, 238, ⑭162, 164, 170, 171, 183, 191-194, 196
東北砕石工場花巻出張所　⑭191
東北本線　⑭160
透明　⑬上8, 15, ⑭37
とうもろこし　⑬下311→たうもろこし
トウモロコシ　⑬上226, 241, 250, ⑬下10→タウモロコシ
玉蜀黍　⑬下14, ⑭7, 15
玉蜀黍[たうもろこし]　⑭173
玉蜀黍試験　⑬上169
豆粒[とうりふ]　⑭176
桃隣　⑬下15
豆類　⑭7
童話　⑬下176, 196

（つう〜とう）　325

| | |
|---|---|
| 童話の国　⑭240 | 土性改良　⑬下230，⑭180 |
| 遠野　⑭47 | 土性調査　⑭44 |
| 遠野[とほの]　⑭235 | トタン板　⑬下344 |
| 土温　⑭84，86 | 栃尾　⑬下173 |
| 富樫常治　⑭230 | 栃木　⑬上286 |
| 土管　⑭23，207，208，210 | 戸塚森　⑭46，53 |
| 毒　⑬上500，⑬下217 | 突然変異　⑬下287 |
| 毒瓦斯　⑬下279 | 戸中　⑭27 |
| 毒瓦斯マスク　⑬下278 | 殿様　⑭9 |
| 毒ヶ森　⑬上567 | どひ　⑬下314，316，317 |
| 徳川家康　⑭10 | 飛粉搗　⑬上294 |
| 徳川七代将軍　⑭12 | トピナムブール　⑬下287 |
| 徳川吉宗　⑭12 | トピナムブールジャイガンチャ　⑬下310→トピナムブールヂャイガンチャ |
| 得玄寺　⑬下185 | |
| 徳玄寺　⑬下174，203 | トピナムブールヂャイガンチャ　⑬下310 |
| 木賊[トクサ]類　⑭49 | ドベネック　⑭81 |
| 徳兵衛　⑬下315，318 | 土木建築　⑭206，207 |
| 徳兵エ　⑬下317 | 苫小牧　⑭64，66，67 |
| 読本　⑭11，13 | 蕃茄　⑭65 |
| 時計　⑬下177 | 蕃茄[とまと]　⑭179→Tomato |
| 土下座　⑭9 | 富沢勇次郎　⑭207 |
| 床屋　⑬下164 | 富手一　⑬下234 |
| 登山者　⑬下321 | 富錦　⑭65 |
| トシ　⑬上72 | 巴合名会社　⑭202 |
| 都市工業株式会社　⑭201 | 華油燈[ともしび]　⑭232 |
| 土砂　⑭204，209 | 豊川商会　⑭199 |
| 土砂石塊　⑭50 | 豊国　⑬上381，⑭141 |
| 土壌　⑬上150，239，⑬下30，230，⑭11，26，33，59，83，84 | 豊沢川　⑬下342，⑭47，48，56 |
| | 豊沢町　⑭256 |
| 土壌[どぜう]　⑭173，178，179 | 豊田弥七　⑭212 |
| 土壌学講義　⑭177，178 | 豊臣秀吉　⑭10 |
| 土壌学講義中巻　⑭173 | 豊広　⑭245 |
| 土壌学須要術語表　⑭86 | 鶏　⑬下217 |
| 土壌学要綱　⑭90 | 鳥　⑬下190，203，284，320，327 |
| 土壌細菌　⑭40 | 鳥打　⑬下324 |
| 土壌微生物　⑭65 | 鳥泊山　⑭19 |
| 土壌要務　⑭83 | 鳥屋信用購販　⑭216 |
| 土壌理学性　⑭184 | 土粒　⑭9 |
| 図書館　⑬上317，⑬下164，205，342，343 | 土耳古行進曲　⑭92 |
| 土色　⑭86 | トレッサブ　⑬下10 |
| 都人　⑬上10 | 盗ぼ　⑬下317 |
| 土性　⑬下238，⑭11，30，96 | 泥棒　⑬下317 |
| 土性[どせい]　⑭177，179 | 貪　⑬上538，576 |

ドン　ファン　⑭93

## な

内外土木建築材料合資会社　⑭201
内宮　⑭17
内経験　⑬上11
内芸術　⑬上14
内的批評　⑬上14
ナイフ　⑬下173, 183, 202
内務部　⑭162
内務部長　⑬下197
ナウマン　⑭18
苗床　⑭83
苗床作り　⑬下24
苗床播種　⑬下24
苗凾　⑬下24
中居川　⑭46
中井元治　⑭220
永井日本稲作付講義　⑭178
永井博士　⑭175
永井利助　⑭212
長岡伊勢松　⑭217
中亀商店　⑭218
長倉光昭　⑭216
名掛町　⑬上371, 481
中沢助次郎　⑭208
中島　⑬下204
中島公園　⑭63, 65
長島商工事社　⑬上481
中島政次郎　⑭212
中白　⑬下254
中田硝子店　⑭199
中舘武左エ門　⑬上584
中津　⑭30
中津川　⑬下183, ⑭19, 20, 22
中晩生[なかで]　⑭175
長野　⑬上81, ⑬下343
仲小路　⑭94
中野新左久　⑬上584
中野ブドウ園　⑬下202
中野村　⑭18, 23
中野村日蕗　⑭22
長浜　⑬下173, 181

中林商店　⑭198
中林肥料店　⑬上322
中林弥平　⑬上334
長町駅　⑬上171
中松組　⑭201
中丸　⑬下203
中村　⑬下185, 202
中村市造　⑭222
中村五八　⑭222
中村正蔵　⑭218
中村藤三郎　⑭211
中村ふじ夫　⑬下181
長村勇吉　⑭213
中屋盛一郎　⑭222
中山　⑬下173, 202
名古屋　⑬上263
名古屋衛生試験所　⑭167
梨[なし]　⑭179
茄子　⑬下14
茄子[なす]　⑭179
ナスタシヤ　⑬上229
菜種畑　⑭17
那智石　⑭27
夏菊　⑬下17
夏蚕　⑭6→夏蚕〈かさん〉
納豆売　⑬下328
夏服　⑬下197
ナトリウム　⑭76, 78
浪花ぶし　⑬下303
ナベヤキウドン　⑬下343
鍋割川　⑭47
菜豆　⑬下14
鉛　⑭47, 56
並木伊之助　⑭208
濤ノ音　⑬下184
南無妙法蓮華経　⑬上497, 525, 534, 570, 572, 573
成田　⑬上589
成田甚之助　⑭212
鳴子　⑭224
縄　⑬上359
苗代　⑭66, 83, 96
苗代期　⑭68

南画　⑭242, 244
軟岩　⑭50
南山　⑬下322
南昌山　⑬上567，⑬下173
南晶山　⑬下202，⑭19, 52
難信難解　⑬上559
軟体類　⑭49
南部実長郷［なんぶさねながきやう］〈→南部実長卿〉　⑭234

## に

新潟　⑬上81，⑬下343
新墾〈にいはり〉　⑭66→新墾〈あらき〉
新堀　⑬上159, 347
新堀組合　⑭198
新堀村　⑭56
二月四日　⑭14
二月卅一日　⑬上472
荷替為　⑬下242
肉眼　⑭23
肉赤色　⑭51
肉筆　⑭242
虹　⑬下327
西磐井郡　⑬下239
西岡万市　⑭202
西ヶ原農事試験場　⑬下234
西鉛　⑬下203
西鉛温泉　⑬下181
西村福蔵　⑭213
廿八日　⑬上468
二条　⑬下195
鯡　⑭65
二水　⑬下15
二代豊国　⑭245
二代広重　⑭245
日　⑬下30
日〈→日本〉　⑭11
日露戦役　⑭17
日記帳　⑬下234
ニッケルの時計　⑬上363
日光　⑬上70，⑭7, 80
日実上人［につじつしやうにん］　⑭235
日照　⑬上392，⑭96

日昭量〈→日照量〉　⑬上54
新田町　⑬上165
ニットー　⑭92
日報　⑭200
ニハタバコ　⑬上70
ニヒリステック　⑬下318
荷札　⑬下329
ニッポノホン　⑭92
日本　⑬上15, 419，⑬下320，⑭240
日本稲作講義　⑭175, 176
日本画　⑭244
日本古代　⑭240
日本サインミンカクレー株式会社　⑭202
ニュークレアーゼ　⑭40
ニュークレイン　⑭40, 42, 80
核蛋白質［ニュークレオアルビユーミン］　⑭80
乳糖　⑭75, 76, 78
紐育　⑬下287
尿酸　⑭75, 77, 78
女人求道　⑬下335
如来　⑬上546, 590
如来［によらい］　⑭232
如来神力　⑬上538
楡　⑭63, 65
ニワタバコ　⑬上70→ニハタバコ
鶏　⑬下217，⑭168, 169, 180
人果［にんくわ］　⑭238
人界［にんかい］　⑭237, 238
忍辱地　⑬上564

## ぬ

ヌクレオプロテン　⑭74, 76
沼森　⑬上567

## ね

根　⑭80
葱　⑭183, 184
根子　⑬上322，⑬下194, 197
根子善右エ門　⑬下232，⑭216
根子忠左エ門　⑭216
根子吉盛　⑬下244
鼠　⑬上466，⑭169
鼠色　⑭55

熱　　　⑬上468，⑬下203
熱血　　⑬下281
熱悩　　⑬上496, 500, 544
涅槃　　⑬上590
涅槃[ねはん]　⑭232
粘質壌土　⑭9, 11, 86, 96
粘土　　⑭9, 11, 39, 41, 50, 53, 55-59, 86, 176, 202
ネンド　⑭100
粘土がかり　⑭98
粘土質物　⑭54
粘土質壚垷　⑭20
粘土粒　⑭37
粘板岩　⑭20-22, 26, 28, 31, 50, 53-55
念仏　　⑬下200, 320

## の

ノウァ　⑭92
農家　　⑬下230
農会　　⑭180, 185
農界　　⑭182
能楽　　⑭243
農学　　⑭34
農学第二部　⑭18
農学博士　⑭167
農学部温室　⑭65
農学校　⑬上226, 382, ⑬下324
農業　　⑭76, 90, ⑯下11
農業館　⑬上169
農業世界　⑭181
農業労働　⑭79
農芸化学講習　⑯下11
農具　　⑭88
農校　　⑬下318
農耕地　⑭83
農作物　⑬下230, ⑭38
農産　　⑬下17
農産商会　⑬上81
農産製造品　⑭65
農試　　⑬上55
農事改良組合[のうじかいれうくみあひ]　⑭179
農事試験場　⑬下287, ⑭65
農試報　⑭175

農商ム省　⑬下342
農村　　⑬上518，⑬下230, 235, 324
農村建築家　⑭66
農夫　　⑭13
農民　　⑬上9，⑬下281
農民芸術　⑬上7, 8, 10-15
農民劇　⑬下325
農務課　⑬上137
農林　　⑬下175, 203, 204
農林業者　⑭32
野口真次　⑭206
野口米次郎　⑭243
野沢幸三郎　⑭208
のそのそ　⑬下279
咽喉　　⑬下174, 203, 278
野はら　⑬上48，⑬下327
野原　　⑬上15，⑬下278
ノバラ　⑬下197
ノボク　⑭100
野村重治　⑭218
のろぎ山　⑬下181
のろし　⑬下283

## は

歯　　　⑬上363，⑭65
馬　　　⑭49
灰　　　⑬上250, 378，⑭102
パイ　　⑬下174
灰色　　⑬上10，⑭51, 56, 83, 96
肺炎　　⑬上500, 533，⑬下200
バイオリン　⑬下304
バイオレット　⑭148
廃軀　　⑬上496, 514
俳句文法六十講　⑬下347
バイタライトラムプ　⑬下342
拝殿　　⑬下323
葉いもち　⑭98
灰緑色　⑭26
ハウストン　⑭36
破壊的批評　⑬上14
墓山　　⑬下175, 203
波木井　⑬上590
波木井郷[はぎりがう]〈→[はぎゐがう]〉　⑭

(なん～はき)　329

234
ハキハキ　　⑭13
萩原　　⑬下204
白堊　　⑬上133
麦芽汁　　⑭64
麦芽製造室　　⑭64
麦芽糖　　⑭75, 76, 78
麦稈　　⑭64
藁稈　　⑭80
藁稈[ばくかん]　　⑭177
白菜　　⑭183, 184
白菜[はくさい]　　⑭179
はくさんちどり　　⑭63
白秋　　⑬下270
白色　　⑬上133，⑬下218，⑭22, 26, 52, 55, 56, 168
白色鱗片　　⑭24
白刃　　⑬下323
白斑　　⑭26, 28
瀑布　　⑭55
博物館　　⑭63
白米　　⑬下210, 218，⑭165-168
白米[はくまい]　　⑭181
薄明　　⑬下203
羽黒山　　⑬上577, 578
箱石米定　　⑭222
葉桜　　⑬下186
バザースト　　⑬下10
橋英〈→橋本英之助〉　　⑬下173, 174
橋爪　　⑬下182
橋本　　⑬上345，⑬下203
ハシ本　　⑬下202
橋本英之助　　⑬下185
橋本喜助　　⑭94
橋本大兄　　⑭290
巴丈　　⑬下15
芭蕉　　⑬下15
パスターナック　　⑭92
畑栄蔵　　⑭210
畑　　⑭66, 180
畠山三太郎　　⑬上333
畠山肥料店　　⑬上160
畑作用炭酸石灰　　⑭183

畑地[はたち]　　⑭177
蜂　　⑬下181
八月　　⑬下183, 187
八代将軍　　⑭12
パチッ　　⑬上49
八戸　　⑭160
八戸線　　⑭160
八幡　　⑬上322
八幡舘山　　⑭26
爬虫類　　⑭49
八界　　⑬下262
発火演習　　⑬下184
麦稈　　⑭64
藁稈　　⑭80
藁稈[ばくかん]　　⑭177
醸酵室　　⑭64
発電所　　⑬下285
八方山　　⑬下262
服部朋平　　⑭212
発熱　　⑬上496
馬丁　　⑬上290
馬蹄形　　⑭65
ハーデーフロックス　　⑬下13→Hardy Phlox
パデレウスキー　　⑭92
ハトロン紙　　⑬上359
花　　⑬下182, 184, 275, 287, 346
花あかざ　　⑬上258
花泉　　⑬上309
花泉薬工品組合　　⑬上313
花釜線　　⑭160
ハナシャウブ　　⑬下16
花菖蒲　　⑬下16, 24，⑭147
ハナショウブ　　⑬下16→ハナシャウブ
バナナ　　⑭62
花ノ用　　⑬上81
英平吉　　⑭215
花巻　　⑬上159, 162, 288, 289, 291, 292, 313, 322, 330, 344, 346, 347, 356, 364, 370，⑬下225, 243, ⑭47, 63-65, 160, 161, 224, 別10
花巻[はなまき]　　⑭236
花巻駅　　⑬上346
花巻温泉技手　　⑬下234
花巻銀行　　⑬下326

花巻市街　⑭56
花巻出張所　⑬上312, 313, ⑬下234, 242
花巻町　⑬上382, ⑭191, 198
花巻町南城組合　⑭198
花巻農学校　⑬下193, 234, ⑭69, 257
花巻レコード交換会　⑭95
花見　⑬下173, 202
花やなぎ　⑬下287
馬肉　⑬下174, 203
馬場　⑬下204
バベナ　⑭148
破煩悩魔　⑬上537, 553
浜田芳人　⑭207
ハミルトンハーティー　⑭92
早川賀治郎　⑭205
早池峰　⑭46
早池峯　⑭53
早池峰山　⑬上578, ⑭19
早池峯山　⑬上567
早池峯山麓　⑭55
バラ　⑬上245, ⑬下14, 17
バラ園　⑬下17
薔薇園　⑬下16
茨島　⑬下182
パラス　⑬下186
パラソル　⑭148
原戸　⑬下204
玻璃　⑭22
玻璃質　⑭26
玻璃質物　⑭165
玻璃状　⑭28, 52
玻璃長石　⑭25
春木場　⑬下175, 203
春草　⑭99
春蚕〈はるこ〉　⑭6→春蚕〈しゅんさん〉
パールテツデガンス　⑭148
春ト修羅　⑬下195
春に山を見めぐりの歌　⑬下284
春信　⑭240, 243
パルプ工場　⑭67
馬鈴薯　⑬下182, ⑭62, 81
馬鈴薯[ばれいしよ]　⑭179
パレマータ　⑭148

晴山亮一　⑬下244
赤楊〈はん〉　⑭66
パン　⑬下183
版画　⑭242
ハンガリアンラブソディ　⑭92→ Hungarian Rapsody
万歳　⑬下322
パンジー　⑬下14, 24, 236→パンヂー
版下　⑭242
斑晶　⑬下210, ⑭23, 25, 50, 52, 165
パンヂー　⑬下236→ Pansy
半搗米　⑭169
バンテルベン　⑬下10
礬土　⑭23-25, 34-36, 42, 86
礬土[はんど]　⑭181
ハンノキ　⑭84→赤楊
飯米　⑭165, 169, 181
斑猫　⑭288
半熔頁岩　⑭27, 28
斑糲岩　⑭51-54, 59

## ひ

ヒアシンス　⑬上227, 239, ⑬下13, 14, 28, 236, ⑭15→ Hyacinth
ピアノ　⑬下304, ⑭92
ピアノ弾き　⑬下304
日居城野　⑬下190
燧石状　⑭50
稗貫　⑭47
稗貫川　⑭46, 47
稗貫郡　⑬下239
火桶　⑯下9
ビーカー　⑭37
美学　⑬上11
日影館長助　⑭223
日蔭地[ひかげち]　⑭179
東根山　⑬上567
東四番丁　⑬上371
東四番町　⑬上481
東六　⑬上371
東六番町　⑬上371
皮下注射　⑬上*155*
光　⑬上547

（はき〜ひか）　331

光の澱[をり]　⑭247
秘戯画　⑭243
ひきざくら　⑬下346
ビクター　⑭92, 93
ビクターオーケストラ　⑭92
ビクターシムフォニーオーケストラ　⑭92
ビクターシンフォニーオーケストラ　⑭92→ビクターシムフォニーオーケストラ
樋口　⑭55
羆熊　⑭63
肥効　⑬下240
肥効[ひかう]　⑭176
肥効実験　⑭68
匪虎匪豹　⑬上484
干魚　⑬上136
久田荒次郎　⑭213
ビジテリアン大乗派　⑬上481→ビヂテリアン大乗派
日居城野　⑬下190
ビゼー　⑭92
微生物　⑭42, 87
日高野　⑬上467
肥田重太郎　⑭211
常陸　⑭24
日立　⑭160
ビヂテリアン大乗派　⑬上481
日詰　⑬上263, 288, 289, 322, 328, 330, ⑬下225, 328, ⑭200
日詰町　⑬上160, 333
美的明瞭性　⑬下265
秀頼　⑭10
ヒデリ　⑬上531
海盤車〈ひとで〉　⑬下279
湿田　⑭98, 172, 178
ヒドロ　⑭100
湿田[ヒドロ]　⑭96
雛祭　⑭240
檜　⑭66
日の出　⑭17
旭又〈ひのまた〉　⑭55
旭又川　⑭46
肥培原理　⑭75, 77
日比野商店　⑭202

姫神山　⑬上567
ビャウヤナギ　⑬上69
百姓　⑭9, 10
百分率　⑬下223
ヒャベイル　⑭148
比喩　⑬下274
ビュウティフル　サッポロ　⑭63
病　⑬上519, 520
病院　⑬上445, ⑬下175
氷雲　⑭240
氷河　⑭49
病害[べうがい]　⑭179
氷河世　⑭49
病気　⑬下202, 273
病苦　⑬上515
氷月　⑬下202
病血　⑬上498
表現　⑬上12
病源菌　⑭84
栃木〈ひょうしぎ〉　⑭22
標準化石　⑭53, 54
氷雪　⑭49
標題　⑬上12
病中記　⑬上389
表土　⑭8, 83
標本　⑭64
標本瓶　⑭137
ビョウヤナギ　⑬上69→ビャウヤナギ
日和山　⑭224
平泉　⑬上263, 289, 321, ⑬下194
平泉駅　⑭192
平賀ヤギ　⑬上534
平四　⑬下28
平野嘉吉　⑭209
平野命助　⑭219
平船岩次郎　⑭223
平屋造　⑭15
微粒状　⑭26
肥料　⑬上55, 130, 132, 138, 150, 155, 214, ⑬下30, 218, 235, 238, ⑭12, 81, 84, 99, 101, 213, 214
肥料[ひれう]　⑭174, 177
肥料学　⑭176

| | |
|---|---|
| 肥料学教科書　⑭173 | 風景画　⑬上15 |
| 肥料学要綱　⑭90 | 風景画家　⑬下265 |
| 肥料吸収力　⑭87 | 風耿　⑭276-279, 286-288 |
| 肥料講習　⑬上585 | 風水[ふうすゐ]　⑭238 |
| 肥料試験　⑬下234 | 笛貫滝　⑭55 |
| 肥料設計　⑬上57, ⑬下199, 325 | 父恩　⑬下281 |
| 肥料店　⑬上171, 172 | フォルム-──〈→フォルムアルデハイド〉　⑭79 |
| 肥料展覧会　⑭199 | フォルムアルデハイド　⑭74, 77 |
| 肥料袋　⑬上313 | 深根作物　⑭30 |
| 肥料用石灰[ひれうようせきかい]　⑭174 | 浮岩質凝灰岩　⑬下210, ⑭165 |
| 肥料用炭酸石灰　⑭158, 170 | ブキノ芽　⑬下175 |
| ビール　⑬下305 | 福岡　⑭160 |
| 蛭石　⑬下173, 202 | 復合〈→複合〉蛋白質　⑭74 |
| ヒルガアド　⑭35 | 福島　⑬上419 |
| ビール会社　⑬下305 | 福島県　⑭160 |
| 麦酒瓶　⑭64 | 福島県四ッ倉　⑬上170 |
| ピレスラム　⑭148 | 復讐奇譚　⑬下310 |
| ヒロ　⑬上574 | 福住充　⑭223 |
| ビロウドモウズイカ　⑬上70→ビロウドモウツィクヮ | 福地　⑬上356 |
| | 福地栄喜治　⑬上333 |
| ビロウドモウヅィクヮ　⑬上70 | 福地商店　⑭198 |
| 広岡幸之輔　⑭210 | 複糖類　⑭75, 76, 79 |
| 広重　⑭66, 240, 243, 245 | 腹膜　⑬上531 |
| 広島市観音町　⑭145 | 富国園　⑭155 |
| 広瀬亀吉　⑭209 | 房咲水仙　⑬下10 |
| 広瀬村農会　⑭215 | 富士　⑭240 |
| 広淵沼開墾地　⑬下233 | フジ　⑬上574→フヂ |
| 広虫　⑭11 | 藤井　⑬下193 |
| 玢岩〈ひんがん〉　⑭26, 28 | 藤枝福次郎　⑬上319, ⑭223 |
| ピンク　⑬上239 | 富士川[ふじがは]　⑭235 |
| 品種改良　⑬下287 | 富士館　⑭67 |
| 瓶詰工場　⑭64 | 藤沢与右エ門　⑭218 |
| | 富士山　⑭52 |
| **ふ** | 藤島弥助　⑭222 |
| 浮〈→浮世絵展覧会〉　⑬上81 | 藤根　⑬上263, 289, 319, 330 |
| ファンキア　⑭148→ Funkia | 藤村愛資　⑭204 |
| フィチン　⑭40, 80, 81→フォチン | 腐植酸加里　⑭41 |
| 斑入黄　⑬下254 | 腐植酸苦土　⑭36 |
| 風化　⑭24, 28, 57, 58 | 腐植酸石灰　⑭36 |
| 風化産物　⑭57-59 | 腐植質[ふしよくしち]　⑭163 |
| 風化物　⑭23, 25, 26, 31 | 腐埴質　⑭21, 29, 30 |
| 封筒葉書　⑬上321 | 腐植質　⑭33-43, 86 |
| 風景　⑬下265, 269 | 腐植質[ふしよくしつ]　⑭173, 178 |

(ひか〜ふし)　333

腐植質灰分　⑭36
腐植土　⑭9, 84, 86
腐植土[ふしよくど]　⑭179
藤原　⑬下173, 183, 198, 199, 202
藤原技師　⑬上392, ⑭150
藤原健次郎　⑬下173, 183, 202
藤原健太郎　⑬下181
藤原隆人　⑬下244
藤原仲麻呂　⑭310
豚　⑬下196, 217, ⑭168
札落　⑬下16
二子　⑬上384
二見ケ浦　⑭17
二見館　⑭17
フヂ　⑬上574
ぶち犬　⑭14
淵本　⑬下28
仏　⑬上496, 497, 500, 529, 530, 565, ⑬下262, ⑭237
仏〈→仏蘭西〉　⑭11
物〈→物理〉　⑬下30
仏意　⑬上565
普通輝石　⑭29
普通作物　⑬下310
仏恩報謝[ぶつおんほうしや]　⑭239
仏果[ぶつくわ]　⑭239
物質　⑬下263, ⑭76-78
物象　⑭243
仏弟子[ぶつでし]　⑭238, 239
仏罰　⑭239
仏間　⑬上520
仏滅[ぶつめつ]　⑭232, 236
筆　⑬上565
斧刀　⑭65
ブドウ　⑬下201
葡萄糖　⑭75, 76, 78
不動村　⑬下244
葡萄鼠　⑬下254
ブナの芽　⑬下203
船橋鍵次　⑭212
船　⑬下197
布海苔製造　⑭209
腐敗　⑭68

腐敗菌　⑭84, 87
ぶーぶー　⑭12
吹雪　⑬下204, 254
フミン酸　⑭34
舞踊　⑬上11, 15
フラップス　⑭35
プランクトン　⑭65
フランス　⑭180
ブリートナー　⑬下10
ブリュー　⑬上239
ブリリアント　⑭148
プリンセプス　⑬下10
プレーコック　⑭15
フレンチマリゴールド　⑭15
篩　⑬上317
古川永助　⑬下173
古川教授　⑭33, 43
古校舎をおもう　⑭11→古校舎をおもふ
古校舎をおもふ　⑭11
古館元治　⑭220
フローアントン　⑭148
フロック　⑬下323
プロレタリア芸術　⑭244
ブロンパース　⑬下10
フヰチン　⑭40, 80, 81
噴火　⑭50, 52
分解産物　⑭53
文学士　⑬下185
文学序説　⑬下348
噴火口　⑬下182
文化人　⑬下328
文化文政　⑭245
玢岩　⑭26, 28
玢岩状　⑭23
分蘖　⑬上56, 148, 380, 382
文語　⑬上389, ⑬下206, 273
文語詩双四聯　⑬下270
文語詩篇　⑬下180, 203, 206, 335
文語定型詩　⑬下270
文語文典　⑬上484
粉砕　⑭14
分子　⑬下262, 263, ⑭76-78
分子式　⑭76-78

334　手帳・ノート・メモ・雑纂における主要語句索引

| | |
|---|---|
| 文人 | ⑬下17 |
| 噴灰 | ⑭29 |

## へ

| | |
|---|---|
| 兵 | ⑬上178，⑬下321 |
| 平 | ⑬上576 |
| 兵営 | ⑭9 |
| 米国 | ⑭62, 66 |
| 米穀 | ⑭210, 212 |
| 平作 | ⑬上382 |
| 米作地 | ⑭30 |
| 兵士 | ⑬下323 |
| 平四 | ⑬下28 |
| 米式 | ⑭11 |
| 平和 | ⑭66 |
| 劈開 | ⑭27 |
| 劈開線 | ⑭22 |
| ペクチン | ⑭81 |
| ベートーベン | ⑭92, 93→Beethoven |
| ベニストナポリ | ⑭92 |
| 蛇 | ⑬下181 |
| ベビーオルガン | ⑬下304 |
| ペプティゼイション | ⑭37 |
| ベーラント | ⑬下10 |
| ベレンス青 | ⑬上133 |
| 紅柄 | ⑬上133 |
| 辨柄 | ⑭246 |
| べんけいさう | ⑬下13 |
| ベンケイサウ | ⑬上71, ⑭148 |
| べんけいそう | ⑬下13→べんけいさう |
| ベンケイソウ | ⑬上71, ⑭148→ベンケイサウ |
| 変形蛋白質 | ⑭74 |
| 辨償 | ⑬上57 |
| 片状輝石 | ⑭52 |
| 変成男子 | ⑬上509 |
| 変成岩 | ⑭48 |
| 辺土[へんど] | ⑭235 |
| 辨当 | ⑬上483 |
| ペントステモン | ⑭148→Pentstemon |
| ヘンリー | ⑭148 |

## ほ

| | |
|---|---|
| 穂 | ⑭183 |
| ポインセチア | ⑬上258→Poinsetia |
| 法 | ⑬上517, 519, 544, ⑬下203 |
| 抛く→抛物線〉 | ⑬上187 |
| 奉安 | ⑬上563 |
| 法縁[はうゑん] | ⑭234 |
| 報恩講 | ⑬下174, 203 |
| 報恩寺 | ⑬下175, 188, 203 |
| 法界 | ⑬上564 |
| 法界屋 | ⑬下187, 191 |
| 法学士 | ⑬下174, 185 |
| 防火線 | ⑬下284 |
| 方眼紙 | ⑬上249, ⑬下229 |
| 防空巡回講演会 | ⑬下278 |
| 房州砂 | ⑬下210, ⑭165, 168, 169 |
| 房州砂[ばうしうすな] | ⑭181 |
| 宝乗 | ⑬上509 |
| 宝石 | ⑬下323 |
| 法礎 | ⑬上590 |
| 法礎[はうそ] | ⑭234 |
| 豊年豆粕 | ⑭139 |
| 防腐剤 | ⑭210 |
| 奉幣使 | ⑬下323 |
| 法滅 | ⑬上571 |
| 法滅[はうめつ]の相[さう] | ⑭239 |
| 法楽 | ⑬上565 |
| 暴力団 | ⑬下335 |
| 菠薐草[ほうれんそう] | ⑭173 |
| 母岩 | ⑭8, 31, 37, 38, 57, 58, 83 |
| 穂貫田 | ⑬下318 |
| 北斉 | ⑭66, 243 |
| 牧者 | ⑬下335 |
| 北寿 | ⑭243 |
| 木石[ぼくせき] | ⑭239 |
| 牧草 | ⑭85, 172 |
| 牧草地 | ⑭195 |
| 牧草地[ぼくさうち] | ⑭176, 179 |
| 北米 | ⑭180 |
| 北陸 | ⑬上419 |
| 法華経 | ⑬上469, 514 |
| 法華経[ほけきやう] | ⑭233 |
| 法華経入門 | ⑬上559 |
| 保坂 | ⑬下204 |
| 菩薩 | ⑬上500, 565, ⑬下262, 319 |

菩薩［ぼさつ］　⑭237
干魚　⑬上136
歩哨　⑬下321
圃場試験　⑭65
ホースヒルデー　⑬下10
菩提　⑬上534
蛍　⑬下316
牡丹　⑬下16, 17, ⑭147
法界　⑬上564
北海　⑭62
北海道　⑬上419, ⑬下174, 185, 198, 203, 318, ⑭66
北海道種苗農具株式会社　⑭155
北海道石灰会社　⑭66
北海道畜産試験場　⑭162
北海道帝国大学　⑭64
法鼓［ほっく］　⑭233
法華堂建立勧進文　⑭232
法華文学　⑬上563
ポッパー　⑭92
ホッパマ　⑬下10
端艇〈ボート〉　⑭63
仏　⑬上500, ⑬下262
哺乳類　⑭49
骨組ミ　⑭76
骨無し馬　⑬下217, ⑭170
ポピーオリエンタル　⑭146→ Poppies
ポピーカーネーションフラヤード　⑭146
ポピーシャーリー　⑭146
ポピーヘオニーフラヤード　⑭146
堀　⑬上589
彫師　⑭242
試穿［ボーリング］　⑭30
ホールオーケストラ　⑭92
ポルチュラカ　⑭15→ portulaca
ホルンフエルス　⑭21, 27
ボレロ　⑭92
ホワイト　⑬上239
ホワイトパール　⑬下10
本〈→本郷座〉　⑬上81
ボンキチベルグ　⑭148
本化［ほんげ］　⑭232
梵語　⑬下311

本郷　⑬下205
本誓［ほんぜい］　⑭234
本田静六博士　⑬上134
本町　⑬下202
ボンヤリ　⑭13

## ま

マイクロフォン　⑬下320
前沢　⑬上115, 263, 289, 321, 328, 330, 347, 356, 364, 370, ⑬下225
前沢駅　⑭194
前沢町　⑬上333, ⑭198
前田千代太　⑭204
前田利家　⑭10
マオリ型　⑬下311
マガ玉　⑬下181
マカベ分店　⑬上371
マーガレット　⑭148
膝　⑭6
マグネシウム　⑭77, 79, 81
マグノリア　⑬下283
マグロスシ　⑬下343
馬子　⑬上277
まこと　⑬上9, 11, 558, 566
孫之亟　⑬上365
魔事　⑬上390
増沢　⑭55
鱒沢駅　⑭160
マゾルカ　⑭92
待肥〈まちごえ〉　⑬上241, 250
松　⑬下323, ⑭15, 28, 240
松尾　⑬下183, 202
松尾重雄　⑬下183
まっ赤　⑭240
松川　⑬上263, 315, 346, 466, 482, ⑬下230, 234, 241, ⑭193
松川駅　⑬上288
松川三郎　⑭198
松川千秋　⑭204
松倉山　⑬上567
松島　⑭224
末世［まつせ］の衆生［しゆじやう］　⑭235
松添寿之助　⑭204

松田喜兵衛　⑭217
松田徳次郎　⑭222
ま土　⑭98
マヅチ　⑭100
松並　⑬上15
松林　⑬上496，⑬下190
松原　⑬下174，184，203
末法　⑬上515，590
末法［まっぽう］　⑭234
末法救護［まっぽうくご］　⑭233
松森　⑬下186
松屋　⑬下201
莨科　⑭80
豆類［まめるゐ］　⑭173
まゆ　⑭6
繭［まゆ］　⑭174
丸　⑬上244
円尾商店　⑭201
マルセル・マルチネ　⑮123
丸善　⑬上586
丸善商店　⑭218
丸ノ内　⑬下346
丸山徳三郎　⑭203
丸六精米機　⑭167
満俺〈マンガン〉　⑭81
万蔵　⑭213
マンドリン　⑭92
万葉歌人［―えふかじん］　⑭249

## み

身　⑬上544-546
三浦　⑭213
三浦三郎　⑭216
三浦清吉　⑬上333
三浦為治　⑭213
三浦義行　⑭213
三浦和平　⑭214
ミオソチスアルベストリス　⑭146→Myosotis
磨粉　⑭164
見掛けの長兵衛　⑬下335
三日月　⑬上566
三河の国　⑭14
三河国蒲郡　⑭17

みかん　⑬下194
御倉　⑭13
未耕土　⑭8
ミココロ　⑬上530
神輿　⑬下320
三沢川　⑭47
三島屋　⑬下202
微塵　⑬上15
水　⑬上152，250，⑭76，78，80
みず　⑭65→みづ
水色　⑬上255
水沢　⑬上152，155，263，288，289，309，322，334，347，356，364，370，⑬下225
水沢町　⑭198
水島角三郎　⑭209
水せぎ　⑬下315
水田浅　⑭202
ミスターエルモント　⑭148
水田武一　⑭213
ミスタータルマ　⑬下10
水野音三郎　⑭212
水野吉三郎　⑭212
水野仁兵衛　⑭220
水野富次郎　⑭213
水野葉舟　⑯上24
水ばしょう　⑬下287→水ばせう
水ばせう　⑬下287
水山　⑬上376
水百合　⑬上186
味噌　⑬下227
味噌石　⑭55
みそぎ　⑬下328，⑭249
三田　⑬上244，347
三田火薬銃砲店　⑭215
観武ヶ原　⑭19
三田先生　⑭9
三田農場　⑭185
御田ノ鶴　⑬上566，569
御手洗覚円　⑭209
みちのく　⑬上15
陸奥　⑭66
陸奥［みちのく］　⑭235
未知の作者　⑬上476

| | |
|---|---|
| みづ | ⑭65 |
| 三井泉太郎 | ⑭214 |
| 三井物産 | ⑬下287 |
| 三越 | ⑬下254 |
| 蜜漬の胡桃 | ⑭65 |
| 三菱鉱業株式会社荒川鉱山 | ⑭215 |
| 三菱店 | ⑬上371 |
| 三杈繊維 | ⑭243 |
| 三ツ谷 | ⑬上169 |
| 緑 | ⑬上72 |
| 緑色 | ⑭26, 27, 56 |
| みどりご | ⑬上502 |
| 皆川勘一郎 | ⑭209 |
| 南風 | ⑬下82 |
| 南亀太郎 | ⑭204 |
| 南材木町 | ⑬上371 |
| 南館源次郎 | ⑭223 |
| 南町 | ⑬上481 |
| 南町広小路 | ⑬上371 |
| ミニオネット | ⑬上226, ⑬下14, 236 → Mignonette |
| ミヌエット | ⑭92 |
| 簑 | ⑬下318 |
| 身延 | ⑬上590 |
| 身延［みのぶ］の山［やま］ | ⑭234 |
| 未亡人 | ⑬下308 |
| 三堀技師 | ⑭167 |
| 見本 | ⑬上379 |
| 見本運賃 | ⑬上483 |
| 宮右 | ⑬下28 |
| 宮嘉 | ⑬下173 |
| 宮城 | ⑬上296, 347, 419 |
| 宮城県 | ⑬下230, 239, ⑭160 |
| 宮城県岩沼地方［みやぎけんいはぬまちはう］ | ⑭179 |
| 宮城県農会 | ⑬下238 |
| 宮城県農会及各組合 | ⑭162 |
| 宮城県農務課 | ⑭185 |
| 宮恒 | ⑬下28 |
| 都ノ春 | ⑬上566 |
| 宮坂静夫 | ⑭209 |
| 宮沢 | ⑬下198, 202, 338, ⑭285 |
| 宮沢賢治 | ⑬上16, 245, ⑬下230, ⑭69, 145, 258, 290-294, 296, 297, 299-301, ⑯上23, 24, ⑯下11, 13 |
| 宮沢商会 | ⑬下342 |
| 宮沢商店 | ⑭219 |
| 宮沢恒治 | ⑭94 |
| 宮沢トシ | ⑭298 |
| 宮沢政次郎 | ⑭256 |
| 宮下正一 | ⑭209 |
| 宮善 | ⑬下28 |
| 宮田理助 | ⑭209 |
| 宮地 | ⑭175 |
| 宮の目 | ⑬上322, 356 |
| 宮野目 | ⑬上330 |
| 宮ノ目 | ⑬上322 |
| 宮の目村 | ⑬下244 |
| 宮野目村 | ⑭57 |
| 宮弥 | ⑬下28 |
| 冥助 | ⑬上565 |
| 妙法蓮華経 | ⑬上571 |
| 妙法蓮華経全品 | ⑬上563 |
| 名利 | ⑬上498, 499 |
| 未来 | ⑬下279 |
| 未来派風 | ⑬下319 |
| 見前村〈みるまえむら〉 | ⑭18 |
| 三輪弥三郎 | ⑭203 |
| 民間に於る稲作豊凶 | ⑬下346 |
| 民間防空同志会 | ⑬下279 |
| 民譚集 | ⑬下334 |

## む

| | |
|---|---|
| 無意識 | ⑬上11, 13 |
| 無意識部 | ⑬上13 |
| 無我 | ⑬上538 |
| 向井田重吉 | ⑭217 |
| 向花巻 | ⑭14 |
| 無機 | ⑭87 |
| 麦 | ⑭65 |
| 麦［むぎ］ | ⑭175 |
| 無機化学 | ⑭79 |
| 無機化合物 | ⑭34 |
| 無機膠状体 | ⑭34 |
| 麦作 | ⑬下346 |
| 無機成分 | ⑭33, 35, 36 |

無機物　⑭77
無機物質　⑭37
武者絵　⑭241
無常　⑬下275
無上行菩薩　⑬上573
ムスカリ　⑬下10, 13→Muscali
無砂搗　⑭165-170
無砂搗糠　⑭168
無生層　⑭54
無生代　⑭49, 54
無辺行菩薩　⑬上497, 525, 570, 572, 573
無方の空　⑬上15
村井　⑬下186
村井権兵衛　⑭221
村上　⑬上589
村上八百治　⑭220
紫　⑬上70, 378, 466，⑬下173
紫色　⑭27, 56
紫砂　⑭171
村田元次郎　⑭205, 208
村八米穀店　⑭218
村松　⑭227
村松舜祐　⑭167
村松舜祐博士　⑭181
村松武四郎　⑭208
村松博士　⑬上313，⑬下210
ムルダア　⑭34
室鳩巣　⑭12
無漏実相　⑬上509
ムンセ　⑬下10

## め

眼　⑬下174, 182
明〈→明治座〉　⑬上81
明治　⑭240, 245
明治屋　⑬下28
明治四十三年　⑬上179
明治四十四年　⑬上180
明正社支店　⑭201
螟虫　⑭11
名分　⑭239
明滅　⑬下188
冥乱［めいらん］　⑭237

梅蘭芳　⑭92
メタン　⑭77, 79
メチルアルコール　⑭74, 77
メチルアルコホル　⑭79
滅相［めつさう］　⑭238
メトロノーム　⑬下177
メンデルスゾーン　⑭92

## も

毛　⑭5
毛管　⑭9
毛管上昇　⑭8
毛管水　⑭84, 86
妄想　⑬上536
木繊維　⑭5
木炭　⑭14
木炭［もくたん］　⑭177
木炭粉　⑬上152
木版　⑭244
木版画　⑭244
木版錦絵　⑭240
もくもく　⑬下279
沐浴　⑬下321
文字　⑬下264
望月一郎　⑭209
木灰　⑬上239，⑭84→木灰〈きばい〉
木灰［もくかい］　⑭176
本宮村　⑭18
物見崎　⑬上567
桃　⑬上258，⑭65
桃［もゝ］　⑭179
モモイロハナマキ　⑬上69
桃の漿　⑬下203
盛岡　⑬上263, 288, 289, 313, 315，⑬下187, 243,
　　　⑭8, 30-32, 56, 160, 198, 227
盛岡公園　⑭22
盛岡高等農林学校　⑭18, 162, 169, 181, 193, 196
盛岡市　⑭18-21, 25
盛岡市街　⑭22
盛岡市外三田農場　⑭198
盛岡市場　⑭30
盛岡中　⑬下173, 174
盛岡中学　⑬下181

（みつ〜もり）

盛岡農芸会報　⑭29
盛岡附近地質調査　⑭18
森川国太郎　⑭210
森川助次郎　⑭210
森田熊造　⑭202
森田甚太郎　⑭204
盛中〈→盛岡中学校〉　⑬下173, 174
森照吉　⑭210
森安次郎　⑭213
モル　⑭76
モルト　⑭78
諸葛川　⑭19
門関　⑬上171
紋付　⑬下323
紋理　⑭52, 56

## や

夜雨　⑬下270
八重　⑬上258, ⑬下10
八重樫次郎　⑭69
八重樫長五郎　⑬上320
八重樫政二郎　⑭222
八重樫又造　⑭220
八重畑村　⑭57
山羊　⑬下175, 186, 203, 283
八木国蔵　⑭206
八木源次郎　⑬下28
焼筆　⑬下329
八木巻　⑭55
八木巻川　⑭46
野球　⑬下173, 183
薬師岳　⑭46
役者絵　⑭240, 241
役所　⑬下291
家ぐね　⑭98
焼走熔岩　⑭29
矢沢　⑭199
矢沢村　⑬下244, ⑭47
安原　⑬下202
安原清二　⑬下181
八角喜代治　⑭221
やどり木　⑬下182, 194
簗川　⑭19, 27, 30

簗川発電所　⑭26
簗川村　⑭18, 27
楊　⑬下175, 203
柳沢　⑬下326
柳沼徳之助　⑬上372
柳原　⑬下196
柳谷駒吉　⑭204
柳瀬商店　⑬上481
柳瀬晴之助　⑭208
矢幅　⑬上263, 289, 330
矢幅駅　⑭192
野坂　⑬下15
藪　⑬下310
藪原鉄五郎　⑭206
山内右馬太郎　⑭208
山内良太郎　⑭208
山岡太三郎　⑭206
山形　⑬上81, 419, ⑬下343
山県　⑬下202
山形局　⑬上348
山県舎監　⑬上179
山形停車場　⑬上348
山形民報社　⑬上348
山形屋旅館　⑭63
山県頼咸　⑬下182
山家ノ月　⑬上566
山川智応　⑬下192
山キ　⑭94
山岸　⑬上156
山口音吉　⑭208
山口元助　⑭222
山口常吉　⑭204
山越　⑬下173
山下謙助　⑭213
山田　⑬上298
山田欽治　⑭220
山田市　⑭17
山田純三　⑭223
山田代大太郎　⑭222
山田文吉　⑬上481
山名亀吉　⑭203
やまならし　⑭66
山根　⑬下202

山野晨之助　⑭222
山ノ目　⑬上289, 330
山花　⑬下173
山前　⑬上369
山村　⑬下203
山本伊之助　⑭210
山本清太郎　⑭206
山屋　⑭47
山屋商会　⑬上481
八幡　⑭199
八幡村　⑬下244, ⑭47

## ゆ

唯物的宇宙観　⑬下263
唯物論　⑬上477
遊園地　⑬上210, ⑬下234
遊園地園芸主任　⑬下325
夕顔　⑬下14
有機　⑭87
有機化学　⑭79
有機化合物　⑭33
有機酸　⑭81, 168
有機酸[ゆうきさん]　⑭178
有機質肥料　⑭42
有機質肥料[ゆうきしつひりょう]　⑭176
有機性　⑭84
有機態燐酸　⑭40
有機肥料　⑭85, 174
有機物　⑭77, 81, 83, 84, 86, 180
有機物分解菌[ゆうきぶつぶんかいきん]　⑭173
有効窒素　⑬上151
湧出　⑭8
有声活動写真　⑬上11
有袋哺乳獣類　⑭49
有毒作用　⑭81
夕凪　⑭17
有用菌　⑭84
遊離態　⑭80
有離窒素　⑭40
遊離窒素[ゆうりちっそ]　⑭173
幽霊　⑬下322
ユエロー　⑬上239

湯ケ沢　⑭47
雪　⑬上48
雪館町　⑬下327
湯口　⑬上313, 315, 330, 347, 364, ⑬下243, ⑭199
湯口実行組合　⑬下82
湯口神明組合　⑭198
湯口信用組合　⑬上309, ⑬下234
湯口村　⑬下244
湯口村上根子組合　⑭198
湯口村志戸平　⑭47
湯口村湯口　⑬上345
湯島　⑭12
湯殿山　⑬上578
湯本　⑬上347, ⑭199
湯本試験地　⑬上383
湯本台地　⑭58
湯本村　⑬下234, 244
湯本村狼沢　⑬下244, ⑭198
湯本村金矢組合　⑭198
百合　⑬下285

## よ

陽　⑭76, 78
洋楽　⑬下303
熔岩　⑭28
鎔岩　⑭50
洋菊　⑬上569, ⑬下17
窯業　⑭25, 208
葉菜類　⑭85
養蚕　⑬上53
羊歯科〈ようしか〉　⑭49→羊歯科〈しだか〉
養生　⑭15
洋翠園　⑬上210, 240, ⑭145
要素律　⑭81
沃度　⑭83
沃土　⑭40
幼年期　⑭19
洋灰　⑭205, 208, 209
溶媒　⑭38, 41, 80
黝白　⑬上466
葉肥　⑭163
洋風建築　⑭161

養分律　⑭81
葉脈　⑭3
洋紅　⑬下254
楊柳　⑭66
葉緑素　⑭7, 80, 81
葉緑体　⑭173
葉緑粒　⑭6
抑揚　⑬下264
預言者　⑬下285
余光［よかう］　⑭232
横ガーデン　⑬下17
横川目　⑬上263, 330
横手　⑬上263, 289, ⑬下226, 243, ⑭195
横手出張所　⑬下242
横劈開　⑭53, 55
よーさん　⑭6
芳幾　⑭245
四次感覚　⑬上12
四次芸術　⑬上16
吉田　⑬上135, ⑬下173, 183, 202
吉田金治　⑬下173
吉田末吉　⑭219
吉田ナカ　⑭210
芳種　⑭245
吉田村農会　⑭216
吉田勇次郎　⑭219
義経像　⑬下184
芳虎　⑭245
吉野　⑬下184
吉野喜八　⑬上334
四次の芸術　⑬上15
吉野隆三郎　⑭205
吉万商店　⑭198
芳宗　⑭245
吉村森三郎　⑭207
世継［一つぎ］　⑭12
夜盗虫　⑭11
米内　⑬下186
米内川　⑭18-20, 24, 26
米内村　⑭18
夜遁げ　⑬下305
夜水引キ　⑬下314
夜道　⑬下197

夜　⑬下173
万長太　⑭220
四百字原稿用紙　⑬下345

## ら

未粗〈らいじ〉　⑭65
礼拝　⑬上564
ラヴレター　⑬下313
ラウレンツ法　⑭37
落果［らくゞわ］　⑭179
落選　⑬下200
落魄　⑬下328
ラクマニノフ　⑭92
落葉松〈らくようしょう〉　⑬上245, ⑭28, 66→落葉松〈からまつ〉
ラジオ器　⑭207→ラヂオ器
ラジオラリア板岩　⑭27→ラヂオラリア板岩
裸身　⑬下270
羅須園芸協会　⑬下309, 310
羅須地人協会　⑭83, ⑯下11
ラヂオ器　⑭207
ラヂオラリア板岩　⑭27
ラッパ　⑬下10
ラテン語　⑬下311
ランプ　⑬下173, 202
ラルゴ　⑬上15
卵殻　⑭180
乱菊　⑬上244
ランニング選手　⑬下308
ランプ　⑬下173, 202→ラムプ

## り

リアリズム　⑬上12
理学　⑭86
理学性　⑭86
力士　⑭240
陸羽　⑭46, 48
陸羽一三二号　⑬上383, ⑭68, 99, 140, 141, 150, ⑯上21
陸上植物　⑭57
陸中国　⑬上15
陸中国土性図　⑭22
陸中松川　⑭171, 196

陸中松川駅　　⑭193, 195
陸中松川駅前　⑭164, 183
陸稲くりくとう〉　⑭84, 85→陸稲くおかぼ〉
リシナス　　⑬上258
リスト　　⑭92
リズム　　⑭242
立正大師　　⑬上563
立体感　　⑬下347
立命館　　⑬下347
理髪　　⑬上483
リービッヒ　　⑭81
リムスキーコルサコフ　　⑭92
硫安　　⑬上151, 281、⑭140, 141, 149
硫安[りうあん]　　⑭175, 176, 178
硫加　　⑭139, 141
硫化水素　　⑭77, 79
流感　　⑬上500
竜家　　⑬下320, 321
硫酸　　⑭35, 75, 77, 79, 80, 86
硫酸[りんさん〈→りゅうさん〉]アンモニア　⑭176
硫酸加里　　⑭102, 140, 141→$K_2SO_4$
硫酸加里[りうさんかり]　　⑭178
硫酸カリウム　　⑭74
硫酸石灰　　⑭74
硫酸銅　　⑭74
粒子　　⑬下240
流紋岩　　⑭20, 21, 25, 28, 51, 52, 56, 58
流紋岩質　　⑭20
流紋岩質火山灰　　⑭56
流紋凝灰岩　　⑭55, 56, 58, 59
流紋質凝灰岩　　⑭21, 25, 27
稜角　　⑭29
猟キ社　　⑭223
糧食研究　　⑬下210、⑭167, 181
両棲類　　⑭49
両町合併　　⑬下200
俚謡　　⑬下321
緑化　　⑭51
緑灰　　⑭24
緑灰色　　⑭23, 28, 50, 55
緑色　　⑭26, 27, 56
緑藻類　　⑭40

緑礬　　⑬上133
緑肥　　⑭84, 180
緑肥[りよくひ]　　⑭163, 177, 178
緑肥分解[りよくひぶんかい]　　⑭178
旅順　　⑬下322
旅団　　⑬下322
緑黒色　　⑭24
旅費　　⑬下279
理論　　⑬下270
燐　　⑭34, 75, 77, 79
吝　　⑬下280
吝位　　⑬下280
りんご　　⑬下287
リンゴ　　⑬下203
苹果　　⑬下289
苹果[りんご]　　⑭179
林光左　　⑬下199
燐鉱粉　　⑭85
苹果青　　⑭63
輪栽畑[りんさいはた]　　⑭179
輪作　　⑭84
燐酸　　⑬上56, 214, 225, 239, 241、⑭7, 23-25, 29, 30, 34-40, 42, 51, 65, 80, 81, 84-86, 99, 139, 150
燐酸[りいさん]〈→[りんさん]〉　　⑭175
燐酸[りんさん]　　⑭163, 179
リンサン　　⑬上250
燐酸アルミナ　　⑭180
燐酸[りんさん]アルミナ　　⑭178
燐酸一石灰　　⑭74
燐酸塩　　⑭40
燐酸三石灰　　⑭74
燐酸[りんさん]三石灰　　⑭163
燐酸鉄[りんさんてつ]　　⑭163, 173
燐酸[りんさん]二石灰[せきかい]　　⑭173
燐酸[りんさん]二石灰　　⑭163
燐酸[りんさん]二石灰[せきかい]　　⑭173
燐酸礬土[りんさんはんど]　　⑭173
燐酸礬土[りんさんばんど]　　⑭163
燐酸肥料　　⑬下238、⑭173
林樹　　⑬下310
鱗松　　⑬上440
林地見廻りの歌　　⑬下284

林中苔　⑬下198

## る

累層　⑭20
ルツボ　⑬下198
ルドベキア　⑭148
ルナ　⑬下10
ルピナスヘルニアル　⑭146
ルピヌス　⑬下13, 14, 24, 28→ Lupinus
ルリトラノオ　⑬上70→ルリトラノヲ
ルリトラノヲ　⑬上70

## れ

霊生世　⑭49
礼拝　⑬上564
礫　⑭57, 86
礫岩　⑭54, 55, 59
礫土　⑭9, 86
レコード　⑬下304, ⑭88, 91
レコード交換規定　⑭91
レコード交換用紙　⑭92
レシチン　⑭40, 80
劣紳　⑬下281
レッテル　⑭64
レッド　⑬上239
レッドトップ　⑬下175, 203
レール　⑬上313, 346
恋愛　⑬下308
恋愛週期　⑬下311
恋愛類型　⑬下311
煉瓦　⑭23, 204, 206, 212
練瓦　⑭204, 208-210
紫雲英〈れんげ〉　⑬上166, 168, ⑬下237, ⑭99, 100, 140, 172, 180, 183, 184→紫雲英くしうんえい〉
紫雲英［れんげ］　⑭177, 178
紫雲英［れんげそう］　⑭173
レンズ　⑭55

## ろ

炉　⑬上133
臘　⑭5
朗詠　⑬上558

老后　⑬下281
廊柱　⑬下187
労働　⑬上10
労働者用積立金　⑬上336
労働服　⑬下323, 324
老年期　⑬上12
労農芸術学校　⑬下324
ロウレンツ法　⑭37→ラウレンツ法
濾液　⑭37
六月　⑬下196
六郷村下飯田農事改良組合　⑭216
ロクサン　⑬下202
六助　⑭14
六人姉妹　⑬下327
ろくろ　⑭244
露国　⑭35
鑢山　⑭18
ローゼンヘルグ　⑭148
六角牛山　⑬上567
驢馬　⑭16
ロマンティシズム　⑬上12
爐㭻　⑭30, 37
ローンモア　⑭63

## わ

和歌　⑬下202
和賀　⑭47
和賀川　⑭48
和賀郡　⑬下239, ⑭48
和賀郡土沢　⑭46
若山喜之助　⑭219
湧水がヽり　⑭100
ワグナー　⑭92
和気広虫　⑭10
若生本店　⑬上371
ワズライ型　⑬下311→ワヅライ型
ワスレグサ　⑬上72
早生　⑬上391
早生愛国　⑭150
和田愛助　⑭210
渡辺　⑬上347, 364, ⑭226
渡辺伊太郎　⑭207
渡辺吉蔵　⑬上334

渡辺吉蔵商店　　⑭216
渡辺商店　　⑭198
渡辺長三郎　　⑬上333
渡辺百松　　⑭221
渡辺肥料店　　⑬上322，⑬下234
ワヅライ型　　⑬下311
藁　　⑭99, 174
藁工品組合　　⑬上309
ワラシャドハラヘタガー　　⑬上531
藁灰　　⑬上136
わらび　　⑬下284
藁屋根　　⑭66
割栗石　　⑭207
我　　⑬下263
ワレモコウ　　⑭148

## A

Abara-tohge　　⑬下345
Acanthus longiflorum　　⑬上68
Acanthus Spinosus　　⑬上65
Aethionema membranaceum　　⑬上66
A. Geikie　　⑭39
Ageratum　　⑬上213, 220，⑬下19
Agrostemma　　⑬上219, 256
agrostemma　　⑬上251
alba　　⑬上252
Althaea　　⑭15
Althea　　⑭15
Alkali　　⑬上294
Alstroemeria Pelegrina　　⑬上63
ama　　⑬下26
am. tr.　　⑬下26
Amaranthus　　⑬上252，⑬下27→アマランサス属
amaranthus　　⑬下19
Amaranthus Candatus　　⑬上220
Amaranthus Salicifolium　　⑬上220
Amaranthus splendens　　⑬上220
Amaranthus tricolor　　⑬上194, 220
amaranthus tricolor　　⑬下20
Amaryllis　　⑭14
am. sunrise　　⑬下26
amar. tricolor　　⑬下26

Amarunthus　　⑬下19
Americana　　⑬上257
americana　　⑬下19
Ammobium Alatum　　⑬上71
am. Sal.　　⑬下26
Am. Sal.　　⑬下26
am. spl.　　⑬下26
amsden june　　⑬下198
am. tr.　　⑬下26
Anagalis Fruticosa　　⑬上65
Anagallis Webbiana　　⑬上66
Anchusa Italica　　⑬上62
Anemone　　⑭147
Annua　　⑬上62
Anterinum　　⑭154→アンテリナム
Anterrhinum〈→ Antirrhinum〉　　⑬上202
anterrhinum　　⑬上258，⑬下18, 19, 25
Anterrhinum Hyacinth　　⑬上220
Anterrhinum majus　　⑬上220
Anterrhinum maximus　　⑬上220
Anterrhinum nunus　　⑬上219
antihirr num　　⑬上224
Antirrhinum　　⑬上199, 223, 226, 252→アンテリナム
antirrhinuma　　⑬下18
Antirrhinum Gypsophilla　　⑬下22
Antirrhinum majus　　⑬上251
Antirrhinum maximum　　⑬上251
Ant. Lupinus　　⑬上258
Apashonata〈→ Appassionate〉 sonata　　⑬下177
apple　　⑬下344
Aqirea　　⑬上256
aquilea　　⑬上251
Aquilegea〈→ Aquilegia〉　　⑬上252, 256→アクイレジア
aquilegea　　⑬下18
aquilegia　　⑬上250
Argemone mexicana　　⑬上85
Armeria　　⑬下24，⑭14, 15
artichoke　　⑬上251
Arum maculatum　　⑬上64
Asagawo　　⑭147

Asclepias Cornutii　⑬上73
Asclepias tuberosa　⑬上85
ash　⑬下26
Asparagus　⑬上86
Aster　⑬下19, 22, 25,　⑭14, 15→アスター
aster　⑬上210, 222, 223, 228, 251,　⑬下18
Aster t.　⑭14
Aster turturicus　⑬上256
Aster various　⑬上258
Astilbe　⑬上256,　⑭154→アスチルベ
astilbe　⑬上252
Astrantia major　⑬上66
Astrantia maxima　⑬上66
Atrosan guineum　⑬上248
Aubrietia purpurea　⑬上62
Aurantheich　⑬上72
Autumn　⑬下23
Azami　⑬上64

B

Balsam　⑬上219
Bacchus　⑬下28
Beethoben　⑬上462
Beethoven　⑬下177→ベートーベン
Bellis　⑭147
black　⑬上249
blown　⑬上63
blue　⑬上192, 201, 249,　⑬下19
Bone meal　⑬上153
Bouda Die Pflanzen in der dekorativen　⑬上79
Brachycom〈→Brachycome〉　⑬下29
Brachycorn　⑬下25
Bradshow　⑬上248
Bread　⑬下344
breeding heart　⑬上256
Brick　⑬下26
brick　⑬下30
Bright white　⑬下213
British Floral Decoration　⑬上74
British floral decoration　⑬上80
Brown　⑬下26
brown　⑬下20

Buckman　⑭42
Buddlea〈→Buddleia〉Globosa　⑬上85
Bush　⑬上71, 73
Butter　⑬下344

C

Cabbage　⑬上57, 251
cake　⑬下344
Caleium〈→Calicium〉　⑬上363
Calendula　⑭14
Calendula Pluvialis　⑬上62
Callistemon salignus　⑬上69
Camereon　⑬上220
Campanula　⑭147
canary　⑬下24
Candatus　⑬下19, 26
candatus　⑬下18
Canival〈→Carnaval〉Romain　⑬下177
Canna　⑬上158, 213,　⑬下27, 29,　⑭147→カンナ
Canterbury bell　⑬上256
Cape of Good Hope　⑬上84
Caprifolium Pubescens　⑬上66
Carmine　⑬下29
Catananche Caerulea　⑬上64
Celliopsis tinctoria　⑬上63
Celluloid　⑬下28
Celos　⑬下26
Celosia　⑬上252,　⑬下19, 20→セロシア属
celosia　⑬下19
Celosia Amaranthus　⑭147
Celosia Childsy　⑬上196, 203, 219
Celosia cristata　⑬上203, 219
celosia plumosa　⑬下18
Celosia wool Cristata　⑬上220
Celosia wool flower　⑬上220
Celosia wool Plumosa　⑬上220
Celsia　⑬上256
Centaurea　⑬上251, 253,　⑬下18, 22,　⑭14
centaurea　⑬下19
Centaurea americana　⑬上219
Centaurea Cyanus　⑬上257
Centaurea Cyanus nunus　⑬上219

| | | | |
|---|---|---|---|
| Centaurea Imperialis ⑬上220, ⑬下19 | | 154→クロッカス | |
| Centaurea nigra ⑬上64 | | Cuckoo-pint ⑬上64 | |
| Centraurea Americana ⑬上258 | | Cutler ⑬上79 | |
| cheek ⑬下214 | | cyanus ⑬下19 | |
| Chelon〈→ Chelone〉 ⑬下18 | | Cynara ⑬上71 | |
| Chelone ⑬上256 | | | |
| cherry red ⑬下214 | | **D** | |
| Chicken Cutlete ⑬下344 | | Dahli ⑬上191 | |
| Chinece ⑬下18 | | Dahlia ⑬上226, 230, 231, 249, 253, 254, 258, | |
| chinese wool flower ⑬下20 | | ⑬下11, 13, 17, 18, ⑭15→ダリヤ | |
| Chrome ⑬上363 | | dahlia ⑬上223-225 | |
| Chrys ⑬下17, 21 | | Dahlia le metere ⑬上191 | |
| Chrysanth ⑬上230 | | Dahlia mignon ⑬上219 | |
| Chrysanthemam〈→ Chrysanthenum〉 ⑬下21 | | Dahlia pompon ⑬下19 | |
| | | Dahlia (yellow) ⑭14 | |
| Chrysanthemum ⑬上86, 219, 231, 251, ⑬下11, 13, 25 | | Daisy ⑬下25 | |
| | | daisy ⑬下24, ⑭154 | |
| chrysanthemum ⑬上223, ⑬下27 | | Dark ⑬下25, 26 | |
| Chymocarpus Pentaphyllus ⑬上65 | | dark green foliage ⑬下27 | |
| Cider tree ⑬下23 | | dark indigo ⑬下213 | |
| Cilla〈→ Scilla〉 ⑬下22 | | dark oleeve〈→ olive〉 colour ⑬下213 | |
| Clamoisy brilliant ⑬下12 | | dark purple ⑬上65 | |
| Clarkia ⑬上194, 213, 220, 257, ⑬下19→クラーキア | | Dark red ⑬下214 | |
| | | dark red ⑬下29 | |
| coal ⑬下26 | | Debussy ⑬下177 | |
| cocks comb ⑬下19 | | Delphinium ⑭147→デルフィニューム | |
| coleus ⑬上158, 223 | | Dianthus ⑬上257, 258, ⑬下18, 22, 25, ⑭14, 147→ダイアンサス | |
| Coleus laciantus ⑬上219 | | | |
| Coleus lacinatus ⑬上197 | | Dianthus Geum ⑬下19 | |
| Coleus ornatus ⑬上198 | | Dianthus guttonis Sinensis ⑬上257 | |
| Coleus ornatus ⑬上219 | | Dianthus Sutton's Sinensis ⑬下19 | |
| Collomia Grandiflora ⑬上67 | | Digitalis ⑬上256, ⑭14 | |
| Commerina〈→ Commelina〉 Tuberosa ⑬上62 | | Dipsacus Sylvestris ⑬上63 | |
| | | Duffodil〈→ Daffodil〉 ⑬下22 | |
| concrete ⑭214 | | Dutch iris ⑬上244, 254, ⑬下11, 22→ダッチアイリス | |
| Corn ⑬上251, 252 | | | |
| corn ⑬下18 | | dutch iris ⑬上227, ⑭154 | |
| Corn Dianthus ⑬上251 | | DutchIris ⑬下18 | |
| Cosmos ⑭14 | | Dygitalis ⑬上70→ Digitalis | |
| creeper ⑬下24 | | | |
| Crimson ⑬上257 | | **E** | |
| crimson ⑬下19 | | Earíy Pink ⑬上569 | |
| Croccus〈→ Crocus〉 ⑬下22, 23, 29, ⑭147, | | E. C. Teoderesco ⑭41 | |

(As～Ec) 347

Edible bush　　⑬下287→エディブルブッシュ
Egg plant　　⑬上251
Elegans　　⑬下19
England　　⑬上61
Enneca pink　　⑬上569
Erste Liebe　　⑬下203
Eryngium Agavifolium　　⑬上73
Eryngium Alpinum　　⑬上62
Esashi　　⑬下345
Eschscholtzia⟨→Eschschortzia⟩　　⑭14, 147
Euphorbia Pekinensis　　⑬上72

## F

Farm　　⑭143
Felton　　⑬上80
Ferments　　⑬上155
Filipendula　　⑬上72
Fippin　　⑭42
Fish　　⑬上153
fish　　⑭143
flava　　⑬上72
Flore Pleno　　⑬上61
Frederick Moor　　⑬下12
French　　⑬上64
French marigold　　⑭14, 15
Funkia　　⑬上251, 256→ファンキア
f. y. manure　　⑬上153

## G

Gaillardae　　⑬上24
Gaillardia　　⑬上219, ⑭147
Gaillardox　　⑬上24
Galium　　⑬上70
Gentiana Cruciata　　⑬上67
George　　⑬下30
Gerbera　　⑬上252, ⑭154→ゲルベラ
Germs of Short Stories　　⑬上285
Geselle　　⑬上395
Geum　　⑬上220, 248, ⑬下19
Geum Japon　　⑬上72
Gifford　　⑬下194
Gilia Tricolor　　⑬上63
Gillochindae　　⑬上24

Gillochindox　　⑬上24
Gladiolus　　⑬上230, ⑬下17, ⑭147, 154→グラヂオラス
gladiolus　　⑬上231, 254, ⑭14
Godetia　　⑬上219, 225→ゴデチア
Golden-yellow　　⑬下214
Grammer of Japanese Ornament & design　　⑬上79
granite porphyry　　⑬下345
granodiorite　　⑬下345
gray mineral　　⑬下345
Green　　⑬下20, 213, 214, ⑭143
green　　⑬上192, 195, 257, ⑬下19, 20
green leaved　　⑬下29
guards　　⑬上223
Gunji　　⑬上328
Gyp.　　⑬下19
Gypso. Elegans　　⑬上257
Gypsophilla⟨→Gypsophila⟩　　⑬上253, ⑬下19, 24, ⑭15→ヂプソフィラ
gypsophilla　　⑬下27, ⑭14
Gypsophilla crimson　　⑬上220
Gypsophilla crimson　　⑬上193
Gypsophylla　　⑬下27
Gペン　　⑬上249

## H

hair　　⑬下211
Hanamaki　　⑬上328, 397
Hardy Phlox　　⑬上226, 251, 256→ハーデーフロックス
Harry Snyder　　⑭35→スナイダア
Hassen　　⑬下309
Hayachine　　⑬上582
Helianthus　　⑬上219
Helichrisum⟨→Helichrysum⟩　　⑬上219
Heliunthus　　⑭14
Helonias Bulata　　⑬上62
help　　⑬下182
Hemerocallis　　⑬上72
Herring　　⑬下344
Hesperis　　⑬上84
Hinokami　　⑬下345

Hollyhock ⑭154
Honey m ⑬下29
Honey Muscali ⑬下28
Honey muscali ⑬下22, 26-28
Hop Vine ⑭14
hornblende granite ⑬下345
Humus ⑭13
Hungarian Rapsody〈→ Rhapsody〉 ⑬下177
→ハンガリアンラプソディ
Hyacinth ⑬上244, 251, 252, 254, ⑬下11, 13, 19, 23, 28-30, ⑭147, 154→ヒヤシンス
Hydrangea ⑭154

## I
Ichinoka ⑬下345
Ichinops ⑬上220, ⑬下19
Îhatovo ⑬下30
Iidoyo ⑬上328
Indian Corn ⑬上252
Indigo ⑬下25
Iris ⑬下13, 19, ⑭147→アイリス
iris ⑬上251, 287
Ishidoriya ⑬上397
Iwamoto ⑬上247

## J
Jasione Perrenis ⑬上64
Jassione Perrenis〈→ Jasione Perrenis〉 ⑬上68
Jelesalem ⑬上251
Jilius Stoklasa ⑭40
Jissozi ⑬上62

## K
Kaiser's Krun ⑬下12
Kakeddaiso ⑬上256
Kale ⑬上192, 195, 201, 209, 210, 213, 221, 226, 252, ⑬下18, 20, 26→ケール
Kale blue ⑬上257, ⑬下20
Kale green ⑬下20, ⑭15
Kale purple ⑬下19, ⑭14, 15
Kenjū Miyazawa ⑬上405
Kenjy Miyazawa ⑬上405

Kiku ⑭147
King George ⑬下10
Kitsunebi ⑬上223
Klara ⑬上584
K. M. ⑯上26
Kochia ⑬上158, 213, 220, 252, ⑬下18-20, 27, 29
Konōen ⑬上247
Kr ⑭143
Kunst ⑬上79

## L
Lachenallia Tricolor ⑬上83
Lady Strathden ⑬上248
Larkspar〈→ Larkspur〉 ⑬上220
Larkspur ⑬下19
Lavandula ⑬上70
Lawn ⑬下26, ⑭14
Lennaphos ⑬上153
Leptosiphon ⑬上220
Leptosiphon Androsaceus ⑬上66
Leptosiphone ⑬下19
Lettuce ⑬上223, 226, 251, 253
lettuce ⑬上191, 222, 252
Liatris Scariosa ⑬上61
light red ⑬上158
Lily ⑭14, 154
Lily (white) ⑭14
Lime ⑬下26
Linaria ⑬上220, 253, ⑬下19, 25
Linaria purpurea Purple toadflax ⑬上83
Lißt ⑬下177
Loos van Dekema ⑬下12
Lubinia Atropurpurea ⑬上65
Lupinus ⑬上244, 253, 259→ルピヌス
Lupinus poll ⑭147
Lupinus rose ⑬上258
Lychnis Chalcedonica ⑬上61
Lychnis choronara ⑬上71
Lyon ⑭42
Lyrac ⑭154

## M

Macleaya Cordata　⑬上66
Malope　⑬上256, ⑬下18
Marble　⑬下30
Marigold French　⑬上258
Marin Molliard　⑭41
Matthiola　⑬上62
m. barvena　⑭154
medicine　⑬上85
Meistersinger　⑬下177
Melon　⑬上228
melon　⑬上223, 253, ⑬下25, 27
memo flora　⑬下8
Mental Sketch Modified　⑬上405
Mental Sketch revived　⑬上397
Michael. Daisy　⑬上256
Migno　⑬下23
Mignonette　⑬上251, 257, ⑬下18, 22, 25, ⑭147→ミニオネット
mignonette　⑬上221, 223, 224, 252
milky white　⑬下213
Miss Gifford　⑬下194
Mizu-bashō　⑬上64
Mizuochi　⑬上247
Molybdenite　⑬下345
molybdenite　⑬下345
Moon Flower　⑬上252
Moreno　⑬下30
mor.glor　⑬上231
Morn. glory　⑬上230
Morning Glory　⑬上205
Morning glory　⑬上257, ⑭14
morning glory　⑬上249
Mrs. Bradshow　⑬上248
muralis　⑬上257, ⑬下19
Muscali〈→ Musucari〉　⑬上254, ⑬下11, 27, 29
muscali　⑬下13, 22→ムスカリ
Myosotis　⑬下25, 29→ミオソチスアルベストリス

## N

Nakabayashi　⑬上328

Narcissus　⑬上244, 254, ⑬下11, ⑭14, 147, 154
narcissus　⑬上253, ⑬下18
Nastur　⑬上213
Nasturtium　⑬上201, 210, 225, ⑬下27, 29
Nasturtium tomb sumb　⑬上219
Nemesia　⑬上202, 213, 220
nemesia　⑬上227
Nemesia Suttonii　⑬下19
nemo philla　⑬上214
Nemophilla　⑬上204
Nemophylla〈→ Nemophilla〉　⑬上219
nickel watch　⑬上363
Nierenbergia〈→ Nierembergia〉　⑬上70
Nocturne　⑬下177
nunum　⑬上202
nursery　⑬上253, ⑬下18, 22
nursery statice　⑬下25
Nusturtium ivy　⑬上219
Nusturtium lilipped　⑬上219
Nusturtium tall　⑬上219
Nymphaea　⑬上230, ⑭147
nymphaea　⑬上231
Nymphus〈→ Nymphaea〉　⑬下25

## O

O, du, eiliger　⑬上395
Okike　⑬上247
Omlette　⑬下344
opalescent　⑬下254
O. Petrarca　⑬上577
Oppositifolium　⑬上65
Oriental　⑬下19
Oriental Poppy　⑬上256
Orn　⑬上244
Ornithogarum　⑬上254, ⑬下11, 22→オーニソガラム
Oxalis　⑭154

## P

Paeonea　⑭147
pale　⑬下20, 26
pale color　⑬上64

Pansy ⑬上221, 223, 251, 257, 258, ⑬下18, 19, 21, 25, 236→パンヂー
pansy ⑬下10, 22, 23
Papaver ⑭147
Paselia ⑬上219
path ⑬下26
Pathetic sonata ⑬下177
Pea ⑬下344
pea ⑬上251
pear ⑬上251
Pentstemon ⑬上226→ペントステモン
Perrenials ⑬上256
Pe-tsui ⑬上253
pe-tsui ⑬上251
Petunia ⑬上258, ⑬下27, ⑭14
Petunia Giant ⑬上200
Petunia giant funderiata ⑬上219
Phead ⑬上80
Phlox drumondii ⑬上219
Physostegia ⑬上258
Physostigia⟨→ Physostegia⟩ ⑬上255
Picia ⑬下23, 28
Pienemann ⑬下30
Pig. m. ⑭143
pinetree ⑬上251
pink ⑬上158, 569
plumosa ⑬下19, 20
Pock ⑬上569
Poinsetia ⑬上258→ポインセチア
Polygonum Divaricatum ⑬上64
Poppies ⑬上223→ポピーオリエンタル
poppy ⑬上221, ⑭15
Poppy perr ⑬上257
Poppy(tulip) ⑬下19
populs ⑬上252
porphyrite dike ⑬下345
Portulaca ⑬上195, 196, 210, 219, 252, ⑬下23, 24, ⑭15
portulaca ⑬上223→ポルチュラカ
Primula ⑭147
primula ⑭154
Primura⟨→ Primula⟩ ⑬上252
Prince of Austria ⑬下12

Prum ⑬上252
Pudding vine ⑬下287
Purple ⑬下20
purple ⑬上61, 63, 158, 192, 195, 201, 257, ⑬下20
purple clusters ⑬上64
purple leaved ⑬下29
Purpurea ⑬上72
Pyrethrum ⑬上252, 256

## Q

Quartet in C major ⑬下177
quartz vein ⑬下345

## R

raddish⟨→ radish⟩ ⑬上222
radish ⑬上210, 223, 226, 227, 253, ⑬下25, 27
red ⑬上158, 249, ⑬下20, 26, 29
Reseda ⑬上219, ⑬下19
R. F. Felton ⑬上74
Rienzi ⑬下177
Rising Sun ⑬下12
Roman Hyacinth ⑬下22
Rose ⑬下13, ⑭147
rose ⑬上86, 258, ⑬下21, 23
Rose Glysderine ⑬下12
Rose Queen ⑬下12

## S

Salicifolia ⑬下20, 26
salicifolium ⑬下18, 19
Salpiglossis ⑬上219
Salvia ⑬下27
Saponaria Officinalis ⑬上71
Sasama ⑬上328
Scabiosa ⑬上220, ⑬下19
Schizanthus ⑬上206, 213, 227, 253, ⑬下19, 25
Schizanthus Retusus ⑬上66
Schizopetalon walkeri ⑬上63
School girls ⑬上49
scientic method ⑬下28
scientific inters ⑬下28

(Ma～Sc) 351

Scilla ⑬上254
Sedum ⑬上65, 71
Sehizanthus ⑬上220
Senecio ⑬上219
Senecio Elegans ⑬上84
Senecio-Senex ⑬上84
Sensitive Plant ⑭15
shaster ⑭14, 15
Siberian wall fl. ⑬上256
Siegfried ⑬下177
silberly⟨→silvery⟩ white ⑬下213
Silene ⑬下29
Silk. w. ⑭143
singing line ⑭242
Single early tulip ⑬下11
Sinueda ⑬上220, ⑬下19
skimmed milk ⑭66
S. L. Jodidi ⑭34
Solouii ⑬下19
Sophra⟨→Sophora⟩ Angustifolia ⑬上72
Soup ⑬下344
South Europe ⑬上83
Soy bean cake ⑬上153
specimens ⑬下345
spiraea ⑬上256
Spirea ⑭154
splendence ⑬下18
Splendens ⑬下26
splendens ⑬下19, 20, 26
squash ⑬上228, 251
Statice ⑬上248→スターチス
statice ⑬下19
Statice Oleaefolia ⑬上61
Statice Solouii ⑬上220
Statice Xeranthemum ⑬下22
Stocks ⑭154
Stocks German ⑬上219
Stocks tall ⑬上219
Strauss ⑬下177→ストラウス
Straw ash ⑭143
strawberry ⑬下18
Studies in Plantform ⑬上80
Subeolence ⑬下19

subeolence ⑬上220
Summer ⑬下23
Sun Dial ⑬下24
Sun rise ⑬下20, 26, 27
sun rise ⑬下18
Sun flower ⑬上251
Suparpar ⑬上220, ⑬下19
Sup.phop.of Ca. ⑬上153
suttoni ⑬上202
Sweet Pea ⑬上253, ⑭147
Sweet pea ⑬上257, ⑬下18, 19, 22, 25, 27→スイートピー
sweet pea ⑬上210, 221, 223, 228
sweetpea ⑬上251
Sweet Sultan ⑬下25→スイートサルタン
Sweet William ⑬下29, 236→スイートウィリアム
Sypress⟨→Cypress⟩ ⑬下24

T
Takenigusa ⑬上66
Tea ⑬下23
Tearful eye ⑬下25
teasel ⑬上63
The Great Milky Way Rail Road ⑬上405
Tod und Verklälung ⑬下177
Tokō ⑬上247
Tokyo Nōsan Shōkai ⑬上247
Tomato ⑬上226, ⑬下25, 27→蕃茄[とまと]
tomb somb ⑬上201
trachelium ⑬上256
Tradescantia Congesta ⑬上66
Tricolor ⑬下18
tricolor ⑬下19, 27
Tropaeolum ⑭15
trycophylla ⑬下27
Tscheikowsky⟨→Tschaikowsky⟩ ⑬上495
Tulip ⑬上253, 254, ⑬下11, 13, 22, 23, 26, 29, ⑭147, 154→チュウリップ, チューリップ
tulip ⑬下19
Tulip poppy ⑬上257
Turip ⑬下28→Tulip

## V

varma ⑬上584
Velonica ⑬上256
vera ⑬上70
Verbascum Phoeniceum ⑬上84
Verbascum Thapsus ⑬上70
Vermillion brilliant ⑬下12
Veronica ⑬上70
Vervena ⑬上258
Vinca ⑬上219
Vine ⑬下24
Viola ⑬下14, ⑭147→ヴィオラ
Viola tricolor ⑭15
Virginian Stock ⑬下29
Viscaria ⑬上219

## W

Wagner ⑬下177
Wakamoto ⑬上*155*
Wall-flower ⑬上219
Watanabe ⑬上328
water ⑬上369
water melon ⑬下27
What makes Sutan please in Sports ⑬下309
White ⑬下25
white ⑬上158, 569, ⑬下27
White sand ⑬上192
wisely eyed boys ⑬上440
wood ash ⑭143
wool flower ⑬下19
W. W. Taylor ⑭37

## X

Xeranthemum ⑬上207, 220, ⑬下19

## Y

yellow ⑬上85, 569, ⑬下20, 23, 26
Yokohama Garden ⑬上247
Yosūien<→ Yōsuien> ⑬上247

## Z

Zeit ⑬上432

Zinnia ⑬上210, 225, ⑬下18, 22, 25, ⑭14, 147→ジニア
zinnia ⑬上222, 223
Zinnia elegans, robusta ⑬上219
Zinnia mexican ⑬下19
Zinnia robusta ⑬下19
Zinnia (scarlet and yellow) ⑭15
Zinnia striped ⑬上219
Zweite Liebe ⑬下204

## 数字

10.24 ⑬上510
10.25 ⑬上512
10.29 ⑬上516
11.3 ⑬上521
11.6 ⑬上529
28 ⑬上514
1931 ⑬上285
1931.9.2 ⑬上397
1931.9.6. ⑬上405

## 記号

Al ⑭76
Al［エーイエル］ ⑭78
Al⋯ ⑭76, 78
$Al(OH)_2$ ⑭74
$Al(OH)_3$ ⑭76, 78
$Al_2O_3$ ⑭13, 76, 78
C ⑭75, 77
C［スィー］ ⑭79
C.H.O. ⑭7
C.H.O.N.P ⑭7
C.H.O.N.S ⑭7, 76
C.H.O.N.S.Mg ⑭7
C.H.O.N.S.P ⑭7
$C_2H_2$ ⑭74, 77, 79
$C_2H_5OH$ ⑭74, 77, 79
$C_3H_5(C_{15}H_{33}COO)_3$ ⑭77
$C_3H_5(C_{17}H_{33}COO)_3$ ⑭77
$C_3H_5(C_{17}H_{35}COO)_2$ ⑭74
$C_3H_5(C_{17}H_{35}CO)_3$<→ $C_3H_5(C_{17}H_{35}COO)_3$> ⑭79
$C_3H_5(C_{17}H_{35}COO)_3$ ⑭77

| | |
|---|---|
| $C_3H_5(OH)_3$ ⑭74, 77, 79 | $H_2O$ ⑭7, 13, 14, 75, 77, 79 |
| $C_6$ ⑭75 | $(H_2O)n$ ⑭7 |
| $(C_6H_{10}O_5)n$ ⑭75, 76, 78 | $H_2O_2$ ⑭75 |
| $C_6H_{12}O_6$ ⑭75, 76, 79 | $H_2SO_4$ ⑭74, 77, 79 |
| $C_{12}H_{22}O_{11}$ ⑭75, 76, 79 | $H_3PO_4$ ⑭74, 77, 79 |
| $CH_3COOH$ ⑭74, 77, 79 | $H_4SiO_4$ ⑭74, 77, 79 |
| $CH_3OH$ ⑭74, 77, 79 | HCHO ⑭74, 77, 79 |
| $CH_4$ ⑬上168, ⑭74, 77 | HCl ⑭74, 77, 79 |
| CO ⑭77 | HCOOH ⑭74, 77, 79 |
| $CO_2$ ⑬上166-168, ⑭7, 13, 75, 77, 79 | $HNO_3$ ⑭74, 77, 79 |
| $CO_3''$ ⑭77, 79 | K ⑭7, 77 |
| $CO(NH_2)_2$ ⑭74, 77, 78 | K[ケー] ⑭79 |
| $(COOH)_2$ ⑭74, 77, 79 | K· ⑭7, 77, 79 |
| Ca ⑬上153, 166, 294, ⑭7, 77 | $K_2CO_3$ ⑭74 |
| Ca[スィーエー] ⑭79 | $K_2O$ ⑭13, 75, 77, 79, 142, 196 |
| Ca·· ⑭7, 77, 79 | $K_2SO_4$ ⑬上153, ⑭74 |
| $CaCO_3$ ⑬上166, 286, 287, 294, 359, 360, 380, ⑭14, 74, 197 | KCl ⑭74 |
| | KOH ⑭75, 77, 79 |
| $CaH_2(CO_3)_2$ ⑭14, 74 | log ⑬下225 |
| $CaH_4(PO_4)_2$ ⑭74 | Mg ⑭7, 77 |
| CaO ⑬上166, 286, 294, ⑭13, 14, 75, 77, 79, 196 | Mg[エムヂー] ⑭79 |
| | Mg·· ⑭7, 77, 79 |
| $Ca(OH)_2$ ⑬上286, ⑭14, 75, 77, 79 | MgO ⑬上294, ⑭13, 77, 196 |
| $Ca(PO_4)_2$ ⑭74 | $Mg(OH)_2$ ⑭77 |
| $CaSO_4$ ⑭74 | N ⑬上380, ⑭7, 13, 77, 142, 149 |
| Cl ⑬上369, ⑭77 | N[エヌ] ⑭79 |
| Cl[スィーエル] ⑭79 | $N_2$ ⑭13, 75 |
| Cl' ⑭77, 79 | $NH_3$ ⑭75, 77-79 |
| $Cl_2$ ⑭75, 77 | $NH_4·$ ⑭7, 78 |
| $CuSO_4+aq$ ⑭74 | $NH_4OH$ ⑭74, 78 |
| Fe ⑭74, 77 | $(NH_4)_2SO_2$ ⑬上153 |
| Fe[エフイー] ⑭79 | $NO_3'$ ⑭7, 77, 79 |
| Fe·· ⑭77, 79 | Na ⑭76 |
| Fe··· ⑭7, 77, 79 | Na[エヌエーイ] ⑭78 |
| FeO ⑬上294, ⑭13, 77, 79, 196 | Na· ⑭76, 78 |
| $Fe_2O_3$ ⑭13, 77, 79, 196 | $Na_2O$ ⑭13, 76, 78, 196 |
| $Fe(OH)_2$ ⑭74, 77, 79 | $NaNO_3$ ⑭74 |
| $Fe(OH)_3$ ⑭74, 77, 79 | NaOH ⑭74, 76, 78 |
| H ⑭77 | O ⑭77 |
| H[エーチ] ⑭79 | O[オーウ] ⑭79 |
| H' ⑭77 | $O_2$ ⑭7, 13, 75, 77, 79 |
| $H_2$ ⑭75, 77, 79 | $O_3$ ⑭75 |
| $H_2CO_3$ ⑭74, 77, 79 | OH' ⑭77 |

354 手帳・ノート・メモ・雑纂における主要語句索引

P　　⑭7, 75, 77
P［ピー］　⑭79
P.Fe.Ca　⑭7
P$_2$O$_5$　⑭13, 75, 77, 79, 142
PO$_4$'''　⑭7, 77, 79
S　　⑭7, 75, 77
S［エス］　⑭79
SH$_2$　⑭77
SO$_2$　⑭75, 77
SO$_4$''　⑭7, 77, 79
Si　⑭77
Si［エスアイ］　⑭79
SiO$_2$　⑬上294, ⑭13, 75, 77, 79, 196
SiO$_4$　⑭77
SiO$_4$''''　⑭7, 77, 79

# 詩篇題名・初句索引

Ⅰ．この索引には次のものを収録した。
 1．第一巻「冬のスケッチ」、第二巻から第七巻までの本文篇および第十六巻・別巻補遺篇に収録された詩篇（心象スケッチ・文語詩・冬のスケッチなど）の題と初句。
     詩篇がパートや章等に分かれているときは、パート・章ごとの初句も採録した。
     第二巻所収『春と修羅』の本文下欄に題・初句の手入れ形・印刷用原稿形が示されている場合は、これも採用した。
     第二巻所収『春と修羅』中の「目次」に掲出されている題名は、採録していない。ただし、「目次」に掲出される題名と本文の題名が異なるもの、目次題名のみで本文が存在しないものについては本文篇・校異篇ともにそれを採録した。
     また副題やそれに類するものも採録した。
     第一巻「冬のスケッチ」の場合は、各短唱（章）ごとにすべての初句を採録した。本文下欄に最終形態が示されている場合、この題・初句もすべて採録した。
 2．上記各巻校異篇中の次に掲げるもの。
   (a) すべての題。
   (b) 各詩篇において、ある逐次形の第一形態が校異中に第1行から最終行まで一括掲出されているもの（以下一括形と呼ぶ）の初句。ただし、各逐次形において、推敲過程が複雑であるために、その一部や最終形態を「あらためて」「まとめて」一括掲出したような場合は、その初句を採録しない。
   (c) 上記(a)(b)については、重複をさけず、各逐次形ごとに採録した。
   (d) 欠損稿・断片稿の場合は、個々に適宜処理した。
 3．校異中の題についての処理は次のとおり。
   (a) 題はすべての形を採るため、推敲過程において成立したすべての形を項目に採った。
     （例　［A → B］Cの場合は、AC・BCの両項目を採った。）
   (b) 一括形を掲げた後に、行ごとに推敲過程を示している場合も、(a)に準じてすべての形を採った。
   (c) 題の前後にある説明的なことば（例「心象スケッチ」「mental sketch modified」など）もすべて採った。ただし、題に付された番号（いわゆる作品番号）は、採らなかった。
 4．校異中の初句についての処理は次のとおり。
   (a) 掲出された一括形中の初句に推敲過程が示されているときは、その最終形を採った。これに準じ、たとえば第1行全行が最終的に削除されているときは、第2行から採ることになる。
   (b) (a)と異なって、一括形掲出後に行ごとの説明の形で推敲が示されているときは、推敲形は採らなかった。

Ⅱ．見出し語の表記は次のとおり。
 1．初句は「　」で括って示し、題と区別した。本文篇において、無題のため便宜上本文の第1行を題名の代用としたものについては、〔　〕で括って示す。校異篇において、校異対象詩篇の場所を示すために記載されている題は、採らない。

2. 見出し語中では、原文の符号（「　」、（　）、（　）および校訂箇所を表す〔　〕など）は原則として省略するが、題名や初句の一部に括弧が使用されている場合は、省略せず示した。
3. 原文にふりがながついている場合、必要と思われるものはそのまま掲出した。
4. 拗促音の表記は原則として原文のままとした。
5. 同一詩篇における各推敲段階内での題・初句の形の差異が、漢字・仮名表記の差異にとどまるような場合、別項とせずに、差異部分を《　》で見出し語中に繰り込む。（改行の有無の差異については、《／》の表示は省略する。）
6. 編者の読み方を示す必要があるときは、〔　〕を付したふりがなルビで示す。
7. 同題でも作品や最終題名が異なれば見出し語を別にする。その際は識別のため、初句または最終題名を〈　〉内に補う。また、逐次形の題については、最終形の題を〈　〉内に補う。
8. 初句が同一の場合、題名を〈　〉内に補う。一括掲出された逐次形初句の場合は、その逐次形の題名を〈　〉内に示す。また、同一初句の一方が、たとえば作品「〔冬のスケッチ〕」の初句の場合は、〈冬のスケッチ〉と補う。

III. 見出し語の配列は次のようにした。
1. 五十音順に配列し、欧字は末尾にアルファベット順に配列する。（例　「ラルゴ……」は「ら」の位置、「Largo……」は「L」の位置に置く。）
2. 配置は見出し語の表記に関わりなく、表音かなづかいに従う。（例　「ぢ」「づ」は「じ」「ず」の位置、「あひだ」は「あいだ」の位置に置く。）
3. ただし、助詞「は」「へ」「を」は文字通りの位置とし、「わ」「え」「お」とはしない。
4. 読み方は編者の判断による。なお、賢治自筆ルビなどで特別な読みが指示されている場合は、一般的読みも併載する。また、二種類以上の読みが可能な場合は、すべて掲出する。（例　「厩肥」は「こえ」「きゅうひ」と読む二様の場合がある。「腐植土」は「ふぃーます」「ふしょくど」と読む二様の場合がある。「落葉松」は、「からまつ」「らくようしょう」「らりっくす」と読む三様の場合がある。「温く……」は「あたたかく……」「ぬるく……」と読む二様の場合がある）
5. 音読・訓読いずれも可能なときはなるべく音読の位置に配列する。（例　「牧人」は「ぼくじん」）
6. 訓読困難な文字については仮に下に示すような読み方にしておく。
　　濁った光の澱の底──にごったひかりのおりのそこ
　　月の惑みと──つきのくらみと

IV. 題・初句の所在の示し方は次のようにした。
1. 巻数を丸囲み数字で示し、次いで本文篇の頁数を算用数字の立体、校異篇の頁数を斜体によって示した。ただし、第十六巻（下）および別巻の巻数は、それぞれ⑯下、別と示した。
2. 同一詩篇の本文・校異各段階の題・初句が同形（IIの5で述べた《　》を含む）であるときは、別項を立てず、巻・本(校)・頁を、併記する。

## あ

「あ、いゝな、せいせいするな」　②30, 253 ; 25
〔あ、今日ここに果てんとや〕　⑤170
「あ、今日ここに果てんとや」　⑤170 ; 181
〔あ、そのことは〕　⑥170
「あ、そのことは」　⑥170
「ああなつかしや　なつかしや」　⑥103 ; 85
「挨拶をしに事務所へ行って」　③491
「挨拶をしに本部へ行って」　③494
「あえぎて丘をおり」　⑦502
「あえぎてくれば丘のひら」　⑦160
「あえぎたどれば丘のひら」　⑦503
「亜鉛いろの水を渉って」　⑤121
「あをあを燃ゆるみねの雪」　⑦498
「あをあをゆらぐみねの雪」　⑦497
「あをあをゆらぐ雪のみね」　⑦496
「青い泉と」　③245 ; 598, 599, ⑥264
「青いかへでのなかで」　⑤210
「青いけむりで唐黍も焼き」　④40
〔青いけむりで唐黍を焼き〕　④23
「青いけむりで唐黍を焼き」　④23 ; 42
「蒼い地平線が或る度の弾性をもち」　⑥56
青い針〈松の針〉　②101
「青い抱擁衝動や」　②205, 414 ; 134
青い槍の葉　②95, 311 ; 74, ⑥361
青い槍の葉(挿秧歌)〈青い槍の葉〉　②73, ⑥203
「青き草山　雑木山」　⑦413
「青き草山雑木山」　⑦131 ; 414
「青きけむりに唐黍を焼き」　⑦436
「青草の暗い峠だ」　⑤48
「青くしてみのらぬ稲のこなたを」　⑥96
「青ざめてやつれて」　⑤77
「青じろい骸骨星座のよあけがた」　②20, 244
「青じろい天椀のこっちに」　④145 ; 250
〔青ぞらにタンクそばだち〕　⑥155
「青ぞらにタンクそばだち」　⑥155 ; 113
〔青ぞらのはてのはて〕　④265
「青ぞらのはてのはて」　④265 ; 328
〔青ぞらは〕　④221
「青ぞらは」　④221 ; 304
青田の中の商店〈祭日〔一〕〉　⑦195
「青びかりする天弧のはてに」　④96 ; 185, 186
〔青びかる天弧のはてに〕　⑦245
「青びかる天弧のはてに」　⑦245 ; 630
青森挽歌　②156, 366 ; 108
青森挽歌　三　②453 ; 199
青柳教諭を送る〈痩せて青めるなが頬は〕〉　⑦541
〔赤い尾をしたレオポルドめが〕　④169
「赤い尾をしたレオポルドめが」〈〔赤い尾をしたレオポルドめが〕〉　④169 ; 277
「赤い尾をしたレオポルドめが」〈〔土も堀るだらう〕〉　④90
「あかいめだまの　さそり」　⑥329
赤い歪形〈林学生〉　③197
赤ききのこく〔天狗覃　けとばし了へば〕〉　⑦427
「赤き鳥居はあせたれど」　⑦276
「あかきひのきのかなたより」〈冬のスケッチ〉　①386
「あかきひのきのかなたより」〈〔雲を濾し〕〉　⑦602
「赤きみふゆののいばらを」　⑦443
「赤き毛布にぬかむすび」　⑦48
「赤さびの廃坑より」　①355
「アカシヤの青い火のところを通り」　③592
〔アカシヤの木の洋燈(ラムプ)から〕　④18
「アカシヤの木の洋燈(ラムプ)から」　④18 ; 26, 27
「アカシヤの木の洋燈射し」　⑦324
「赤砂利くらき崖裏を」　⑦191
暁　⑦11 ; 23
〔あかつき眠るみどりごを〕　⑦31
「あかつき眠るみどりごを」　⑦31 ; 93, 94
「あかつめくさと」　④22
「あかりつぎつぎ飛び行けば」　⑦285
〔燈を赤き町の家より〕　⑦163
「燈を赤き町の家より」　⑦163
「あかりを外れしふる《古》かゞみ」　⑦62 ; 193, 194
〔あかるいひるま〕　⑤129
「あかるいひるま」　⑤129 ; 153
秋　④29 ; 51, 53
秋幻想〈うとうとするとひやりとくる〕〉　③355
「秋雨にしとゞうちぬれ」　⑦541

「秋立つけふをくちはなの」　⑦12；25
「秋立つらしをくちなはの」　⑦24
秋と負債　③127；291, 292，⑥228
秋祭〈〔銅鑼と看版　トロンボン〕〉　⑦390, 391
悪意　④63, 206；123, 297
〔あくたうかべる朝の水〕　⑦299
「あくたうかべる朝の水」　⑦299；707
〔アークチュルスの過ぐるころ〕　⑥93
「アークチュルスの過ぐるころ」　⑥93
「アーク燈液青ければ」　⑦390
「悪どく光る雲の下に」　④104
「悪どく光る雲の下を」　④201
「弧光燈〔アークライト〕に灯は下りて」　⑦182
「弧光燈は燃えそめて」　⑦183, 185
〔あけがたになり〕　③280
「あけがたになり」〈有明〉　③46；104, 106, 107
「あけがたになり」〈〔あけがたになり〕〉
　　③280；650
「あけがたを」　①349
「あけぞらを」　①349
「明の微光にそゝがれて」　⑦661
朝　⑦103；324, 325
朝〈〔あかつき眠るみどりごを〕〉　⑦93
朝〈〔おい　けとばすな〕〉　④152
朝〈〔鐘うてば白木のひのき〕〉　⑦288
朝〈暁眠〉　⑦250
朝〈〔霧がひどくて手が凍えるな〕〉　④49
麻打　⑦45；146
「浅葱いろしてうすく濁った春の水は」　④131
〔朝ごとに見しかの丘も〕　⑥168
「朝ごとに見しかの丘も」　⑥168；123
〔朝のうちから〕　③231
「朝のうちから」　③231；570, 571, 573
「朝のテニスを慨ひて」　⑦78；249
〔朝日が青く〕　③265
「朝日が青く」　③265；629
「朝日かゞやく水仙を」　⑦49；156, 157
旭川　②463；200
〔朝日は窓よりしるく流るゝ〕　⑥149
「朝日は窓よりしるく流るゝ」　⑥149；110
亜細亜学者の散策　③88；207
亜細亜学者の散歩〈亜細亜学者の散策〉　③207
「蘆刈びとはいまさらに」　⑦24

「あぢさゐいろの風だといふ」　③199
「あしたはいづこの組合へ」　⑦698
「あしたはかれ草のどて」　⑦339
〔あしたはどうなるかわからないなんて〕　⑤77
「あしたはどうなるかわからないなんて」
　　⑤77；83
〔朝は北海道の拓殖博覧会へ送るとて〕　⑥152
「朝は北海道の拓殖博覧会へ送るとて」
　　⑥152；111
「蘆にましろき花噴きて」　⑦560
「あすこが仙人の鉄山ですか」　①354
〔あすこの田はねえ〕　④101, 273
「あすこの田はねえ」〈〔あすこの田はねえ〕〉
　　④101, 273；195, 197, 198, 332，⑥257
「あすこの田はねえ」〈稲作挿話（未定稿）〉
　　⑥257
「地球〔アースシャイン〕照ある七日の月が」　③72；176
「石絨《アスベスト》脉《みゃく》なまぬるみ」　⑦94；
　　290, 292, 293
「藍銅鉱〔アズライト〕今日もかゞやき」　⑦315
〔あそこにレオノレ星座が出てる〕　④191
「あそこにレオノレ星座が出てる」　④191；288
「あたかもそのころ」　①349
「あたたかい南の風が」　③216
〔温く含んだ南の風が〕　③91
「温く含んだ南の風が」　③91
〔あちこちあをじろく接骨木が咲いて〕　③215
「あちこちあをじろく接骨木が咲いて」
　　③215；522
「あっちの稲もこっちの稲もみんな倒れた」〈〔あっちの稲もこっちの稲もみんな倒れた〕〉
　　④340
「あっちの稲もこっちの稲もみんな倒れた」〈〔もうはたらくな〕〉　④215
「あっちもこっちも」〈〔おいけとばすな〕〉
　　④151
「あっちもこっちも」〈政治家〉　④232；310
〔あっちもこっちもこぶしのはなざかり〕
　　④229
「あっちもこっちもこぶしのはなざかり」
　　④229；308
〔あとは〕　③593
〔あなややどりぎの黄なる毬〕　⑦236

〔あな雪か　屠者のひとりは〕　⑦36
「あな雪か　屠者のひとりは」　⑦36
「「あな雪か」屠者のひとりは」　⑦107,108
「アナロナビクナビ」　⑦259;653
〔あの大もののヨークシャ豚が〕　④61
「あの大もののヨークシャ豚が」　④61;120
阿耨達池幻想曲　⑤7;6
〔あの雲がアットラクテヴだといふのかね〕
　　　　④203
「あの雲がアットラクテヴだといふのかね」
　　　　④203;116,295
「あの雲がおまへの胸をうつといふのか」
　　　　④116
「あの雲を見てぎくっとする」　⑤205
「あの黒雲が」　④59;118
「あの林は」　②99,315;75
「あははニスタン」　④37
「油紙を着てぬれた馬に乗り」　②188,398;124
「天霧らす夜のさなかを」　①369
「天霧す夜のさなかを」　⑦106
「あまぐもと」　④219
あまの川　⑥181
「あまのがは」　⑥181
「あまの川の小き爆発」　①358
「あまりにも」　①381
「雨がふり出し」　①368
「雨がぱしゃぱしゃ降ってゐます」　②433
〔雨が糞に変ってくると〕　⑥172
「雨が糞に変ってくると」　⑥172;125
〔雨すぎてたそがれとなり〕　⑥175
「雨すぎてたそがれとなり」　⑥175;127
「あめと雲とが地面に垂れ」　②110,326;80
〔雨ニモマケズ〕　⑥108
「雨ニモマケズ」　⑥108;88
「あめの稲田の中を行くもの」　②113,329;81
「雨のかなたにて」　①391
「雨はうつヽにそゝぎ」　④30
「雨降りしぶくひるすぎを」　⑦98;306
アメリカ人がアスパラガスを食ふやうに林のなか
　　で白いせんべいを食ふ人〈朝餐〉　③466
「あやしい鉄の隈取りや」　③111;274
「あらたなるよきみちを得といふことは」
　　　　⑦26

「洗った蕪の流れて行くのを押へてゐると」
　　　　⑤34;31
「あらめの衣身にまとひ」　⑦279;683
〔あらゆる期待を喪ひながら〕　⑤134
「あらゆる期待を喪ひながら」　⑤134;156
霰　⑤56;55
霰の前〈〔はつれて軋る手袋と〕〉　③455,458,459
蟻〈図案下書〉　③530,532
有明　②26,250;23,③46;104,105,107
アリス・石塚〈〔日はトパースのかけらをそゝぎ〕〉
　　　　③161
「あるひは瓦石さてはまた」　⑦682
ある幻燈序詞〈奏鳴的説明〉　③440
ある幻燈の説明〈奏鳴的説明〉　③440
ある恋　⑥101;83
「ある年の気圏の底の」　①384
ある夏〈萎花〉　⑦137
アルペン農の歌〈種山ヶ原〉　⑦206
アルモン黒〈〔南のはてが〕〉　③309,310
「あれが巨大なアブクマの」　⑥61
「あわたゞしき薄明の流れを」　⑥58;45
行脚僧の五月〈〔鉄道線路と国道が〕〉　③157,159
杏〈穂孕期〉　④231
「あんなに強くすさまじく」　③180
蛔虫舞手〈アンネリダタンツエーリン〉　②53,275;36
〔あんまり黒緑なうろこ松の梢なので〕　④201
「あんまり黒緑なうろこ松の梢なので」
　　　　④201;294
「あんまり光って山がまはりをうねるので」
　　　　③401
「あんまり眩ゆく山がまはりをうねるので」
　　　　③166
「いいか」　③356
「いいかこの野原から抜け出してはだめだぞ」
　　　　③357
「いいか周天は連亙す浄命の幡」　③354
医院　⑥130;100,⑦70;221,222
「云ふのはいよいよばかげてゐる」　⑤93
家〈〔ほのあかり秋のあぎとは〕〉　⑦113
硫黄　⑦113;359,360
〔硫黄いろした天球を〕　③185

(あき〜いお)　361

「硫黄いろした天球を」　③185；443
菱花　⑦43；137, 139
移化する雲〈[はつれて軋る手袋と]〉　③460, 463
移化する雲　⑥282
移化する春〈[はつれて軋る手袋と]〉　③460
「贋物師」　①363
贋物師〈暁眠〉　⑦251
「瞶いま疾にかはり」　⑦613, 614
「いきどほろしくわが行けば」　⑦547
「いきなり丘の枯草を」　⑤72
「いきなり窓から飛び出したのは」　⑤79
イギリス海岸の歌　⑥335
「幾重なる松の林を」　⑦179
「いく十たびうちくだけつゝ」　⑦45
〔いくつの　天末の白びかりする環を〕　④192
「いくつの　天末の白びかりする環を」　④192；288
〔いさをかゞやく　バナナン軍〕〈[「饑餓陣営」の歌五]〉　⑥345
「いさをかゞやく　バナナン軍」　⑥345
〔いざ渡せかし　おいぼれめ〕　⑦246
「いざ渡せかし　おいぼれめ」　⑦246
「いざ渡せかし」　⑦631
石塚〈[日はトパースのかけらをそゝぎ]〉　③161, 163
「石積みて亜鉛線編み」　⑦144
頂〈岩手山巓〉　⑦365
「いたゞきの梢どもは」　①354
〔いたつきてゆめみなやみし〕　⑦7
「いたつきてゆめみなやみし」　⑦7；13
「いたやと楢の林つきて」　⑦183
「いちいち草穂の影へ映る」　③248
「いちいちの草穂の影も落ち」　③260
〔一時半なのにどうしたのだらう〕〈[「饑餓陣営」の歌二]〉　⑥339
「一時半なのにどうしたのだらう」　⑥339
一造園家とその助手との対話〈装景手記〉　⑥61
一装景家と助手の対話〈装景手記〉　⑥56
「いちにちいっぱいよもぎのなかにはたらいて」　③76；178
市場帰り　④75；144
市日　⑦96；299, 300

「いちめんの稲田のなかに」　⑤203
「いちめんのかきつばたの花を」　③553
「いてふのこずえのひざしつくづく」　①376
「いちれつならぶおほばこが」　③258
〔一才のアルプ花崗岩を〕　⑦152
「一才のアルプ花崗岩を」　⑦152；485
〔一昨日の晩かいつか〕　⑤51
〔一昨日四月来たときは〕　④54
「一昨日四月来たときは」　④54；109
「いつしか雲の重りきて」　⑦338
「いっしゃうけんめいやってきたといっても」〈雲〉　③122；288
「いっしゃうけんめいやってきたといっても」〈雲(幻聴)〉　⑥229
(一九二九年二月)　⑤176
一九二七年に於ける盛岡中学校生徒諸君に寄せる〈生徒諸君に寄せる〉　④351
「一体これは幻想なのか」　②51
「いったいそいつはなんのざまだ」　②25, 249；22
「いつの間にやら」　①353
「一ぴきのエーシャ牛が」　③78；184
一本木野　②213, 422；139
井戸　④16
異途の出発〈異途への出発〉　③390
異途への出発　③158；392, 393
蝗と月の喪服〈[はつれて軋る手袋と]〉　③455
稲作挿話(未定稿)〈[あすこの田はねえ]〉　④197, 198
稲作挿話(未定稿)　⑥257
「稲田いちめん雨の脚」　③568
〔いなびかり雲にみなぎりて〕　⑥97
「いなびかり雲にみなぎりて」　⑥97
犬　②130, 346；96
「稲も萱もみんな倒れて」　④257
「稲も萱もみんな倒れ」　④257
祈り　②286；344
イーハトヴ農民劇団の歌〈ポランの広場〉　⑦209
イーハトブの氷霧　②218, 427；⑥251
イーハトブの氷霧〈イーハトブの氷霧〉　②218；142
〔いま青い雪菜に〕　④225

362　詩篇題名・初句索引

「いま青い雪菜に」<〔いま青い雪菜に〕>　　④225；306
「いま青い雪菜に」<〔レアカーを引きナイフをもって〕>　　④148
「いま青い雪菜の列に」　④149
〔いま来た角に〕　③43
「いま来た角に」　③43；99, 101
「いましもし名を求めなば」　⑤180
「いまぢしばりにはなさきて」　⑦626
「いまはかすかなけむりとも」　③645, 647
〔いま撥ねかへるつちくれの陰〕　④204
「いま撥ねかへるつちくれの陰」　④204；296
「いまは燃えつきた瞳も痛み」　④211
「いまは燃えつきた瞳も痛み」<〔いまは燃えつきた瞳も痛み〕>　④211；299
「いまは燃えつきた瞳も痛み」<燕麦播き>　④126
「いまわたくしの胸は」　⑤171
〔妹は哭き〕　⑥143
「妹は哭き」　⑥143；105
「稲熱に赤く取られた稲に」　⑤204
稲熱病　⑤204；203
「鋳物屋の」　⑦440
「卑しくひかる乱雲が」　③150；369, 370, 373, 374, ⑥285
「卑しくも身をへりくだし」　⑦698
「いろいろな花の爵やカップ」　③115
〔いろいろな反感とふゞきの中で〕　④170
「いろいろな反感とふゞきの中で」<〔いろいろな反感とふゞきの中で〕>　④170；277
「いろいろな反感とふゞきの中で」<〔土も堀るだらう〕>　④91
「岩手火山が巨きな氷霧の套をつけて」　③171；415, 417
「岩手火山がほとんど白いプデングででき」　③410, 413
岩手軽便鉄道　七月（ジャズ）　③227
岩手軽便鉄道の一月　③251；609
岩手公園　⑦60；186
岩手山　②101, 317；76
岩手山巓<日の出前>　⑦116
岩手山巓　⑦369
岩手病院<〔血のいろにゆがめる月は〕>　⑦149

「陰気なひば垣のかげだの」　④252
印象　②103, 319；76
インチキ工業<〔白金環の天末を〕>　⑦272
「餓えたればそらしろびかり」　⑦584
上野　⑥53, 54；43
「栽えられし緑の苫をみれば」　①390
「うかびしづめる電線や」　⑦285
「うからもてかの崖はなに」　⑦168
「うからもて台地のはなに」　⑦169
〔うからもて台地の雪に〕　⑦53
「うからもて台地の雪に」　⑦53；169, 170
浮世絵<北上山地の春>　③113
浮世絵<浮世絵展覧会印象>　⑥29
浮世絵　⑦83；262, 263
浮世絵　北上山地の春<北上山地の春>　③113
浮世絵展覧会印象　⑥31；25
「うごかなければならなくて」　④198
牛　③78；184, ⑦137；432
「うしろでは滝が黄いろになって」　③233
〔うすく濁った浅葱の水が〕　④66
「うすく濁った浅葱の水が」　④66
「うすぐもり」　①346
「うす日の底の三稜島は」　③187
〔失せたと思ったアンテニムが〕　④250
「失せたと思ったアンテニムが」　④250；319
疑ふ午　④213；300
〔うたがふをやめよ〕　⑦144
「うたがふをやめよ」　⑦144；457
歌妓<〔夜をま青き蘭むしろに〕>　⑦91, 92
「うたまろの」　⑥53；43
〔打身の床をいできたり〕　⑦13
「打身の床をいできたり」　⑦13；30, 31, 32
雨中謝辞<〔二時がこんなに暗いのは〕>　④219
雨中謝辞<路を問ふ>　④346
「うつくしい素足に」　⑤10；8
〔美しき夕陽の色なして〕　⑤158
「美しき夕陽の色なして」　⑤158
「うとうとするとひやっとくる」　③361
〔うとうとするとひやりとくる〕　③147
「うとうとするとひやりとくる」　③147
「海ぞこのマクロフィステス群にもまがふ」　③169
「宇部何だって？」　③13；32

（いお〜うへ）　363

馬　　③76；*178*
〔馬が一匹〕　　⑤122
「馬が一匹」　　⑤122
「馬のあるいたみちだの」　　③*347*
〔馬行き人行き自転車行きて〕　　⑦236
「馬行き人行き自転車行きて」　　⑦236；*617*
「海だべがど　おら　おもたれば」　　②102；*76*
海鳴り〈牛〉　　③*179*
「海鳴りの」　　⑦*716,718,720*
「海鳴りのとゞろく日は」〈火の島〉　　⑥*372*
「海鳴りのとゞろく日は」〈火の島（Weber 海の少女の譜）〉　　⑦*308*
「海鳴りのとゞろく火は」　　⑦*719*
「海鳴りのとゞろける日は」　　⑦*717*
「うら青い雪菜の列に」　　④*150*
「うらうらと降ってくる陽だ」　　⑤108
「うらうらと降ってくる陽ぢゃ」　　⑤*118*
「うら寒きさ霧のなかに」　　⑦*632*
「瓜摘みて」　　⑦*233*
「うるうる木の生えたなまこ山」　　③*271*
「漆など」　　⑥91；*78*
「うるはしく」　　⑥*52；43*
〔鱗松のこずゑに氷雲めぐり〕　　⑥*115*
「鱗松のこずゑに氷雲めぐり」　　⑥*115；93*
噂〈科学に関する流言〉　　④*323*
〔雲影滑れる山のこなた〕　　⑥*150*
「雲影滑れる山のこなた」　　⑥*150；110*
「雲環かくるかの峯は」　　⑦*128；404*
運転手　　④*171；279*
映画劇「ベーリング鉄道」序詞〈奏鳴的説明〉　　③*437*
永訣の朝　　②*138, 224, 354；99*
嬰児　　③38；*83, 84*
〔えい木偶のぼう〕　　④*210*
「えい木偶のぼう」　　④*210；299*
「え、」　　③*58*
「え、会長に」　　⑤*224；227*
「え、水ゾルですよ」　　②*53, 275；36*
駅長　　⑦*268；667*
「駅前のぬかるみよりの照り返し」　　⑦*477*
「江釣子森の右肩に」　　⑦*210；583*
「江釣子森の脚から一里」　　④*51*
「江釣子森の脚から半里」　　④*29；53*

〔エレキに魚をとるのみか〕　　⑦189
「エレキに魚をとるのみか」　　⑦189；*550*
〔エレキの雲がばしゃばしゃ飛んで〕　　④254
「エレキの雲がばしゃばしゃ飛んで」　　④254；*168, 321*
〔エレキや鳥がばしゃばしゃ翔べば〕　　④88
「エレキや鳥がばしゃばしゃ翔べば」〈〔エレキや鳥がばしゃばしゃ翔べば〕〉　　④*88；168, 169*
「エレキや鳥がばしやばしゃ飛べば」〈森〉　　⑥*265*
園芸家〈〔落葉松の方陣は〕〉　　③*301*
演習審判官〈審判〉　　⑤*149, 150*
「塩水撰が済んでもういちど水を張る」　　③26；*55*
塩水撰・浸種　　③26；*54*
「演説者」　　⑦*292*
遠足許可〈〔野馬がかってにこさえたみちと〕〉　　③*348, 349, 351, 353*
遠足許可　　⑥*262*
遠足統率　　③*203；497*
園丁〈〔老いては冬の孔雀守る〕〉　　⑦*255*
「鉛筆のさきにて」　　①*379*
〔おい　けとばすな〕　　④*79*
「おい　けとばすな」　　④*79；154*
「老いては過ぎし日を追はず」　　⑦*254*
〔老いては冬の孔雀守る〕　　⑦*81*
「老いては冬の孔雀守る」　　⑦*81；255, 256*
「おい，銅線をつかったな」　　②*115；82*
「おい《，》マイナス第一中隊は」　　③*375, 376*, ⑥*215*
応援歌「「種山ヶ原の夜」の歌一」　　⑥*386*
〔鶯宿はこの月の夜を雪ふるらし〕　　⑦*120*
「鶯宿はこの月の夜を雪ふるらし」　　⑦*120；381, 383*
「おお」　　②*111, 327；80*
「おほいなる秋のあぎとは」　　⑦*113*
「巨なる小麦饅頭」　　⑦*97*
「巨なるどろの根もとに」　　⑦*72*
「お、親方」　　⑦*428*
〔大きな西洋料理店のやうに思はれる〕　　⑤*191*
「大きな西洋料理店のやうに思はれる」　　⑤*191*
「大なる枝垂の栗の下にて」　　⑦*687*
「多くは業にしたがひて」　　⑦*92；286*

「お、けとばすやあ」　⑦427
大島開墾者の歌〈〔しののめ春の鵯の火を〕〉
　　⑦519
大島紀行〈三原　第一部〉　⑥5
大島の歌〈火の島(Weber 海の少女の譜)〉
　　⑦716
「お、すばるすばる」　①366
「大野は斑雪うすけぶり」　⑦348
「大森山の右肩に」　⑦357
丘　⑦232;610
丘〈〔ゆがみつ、月は出で〕〉　⑦578
「丘々はいまし鋳型をあげられし」　⑥95
〔丘々はいまし鋳型を出でしさまして〕　⑥119
「丘々はいまし鋳型を出でしさまして」　⑥119
「丘添ひの小さきまちに」　⑦649
〔丘にたてがみのごとく〕　⑥160
「丘にたてがみのごとく」　⑥160;117
丘の幻惑　②16,240
「丘のはざまのいっぽん町にあさひがふり」
　　③41,43
「陸稲播きす」　④155,312
おきなぐさ　②36,259;29
〔翁面　おもてとなして世経るなど〕　⑦142
「翁面　おもてとなして世経るなど」　⑦142;
　　445,447
〔奥中山の補充部にては〕　⑥167
「奥中山の補充部にては」　⑥167
「奥中山の補充部にてはどてはるばるとめぐらせる」　⑥123
「おこりあるみどりごを負ひ」　⑦115
〔おぢいさんの顔は〕　⑤46
「おぢいさんの顔は」　⑤46;43
〔おしまひは〕　④20
「おしまひは」　④20;34
〔おしろいばなは十月に〕　⑥92
「おしろいばなは十月に」　⑥92;78
「恐らくは白日輪なりなんを」　①355
「落ちしのばらの芽はひかり」〈冬のスケッチ〉
　　①345
「落ちしのばらの芽はひかり」〈Romanzero 開墾〉
　　⑦248;635
「お月さま」　③109,111
「オートの種子がこぼれれば」　④114

〔燕麦の種子をこぼせば〕　④56
「燕麦の種子をこぼせば」　④56
燕麦播き　④64,126
「尾根みちにのぼってから」　③620
「漢子　称して秘処といふ」　⑦270;670
叔母枕頭　⑦260;655,656
「お二人しづかにつれだって」　③152
オホーツク挽歌　②169,379;116
「おまへへのバスの三連音が」　③247;601
「所懐やぶれし」　⑦295
おもかげ〈〔まひるつとめにまぎらひて〕〉
　　⑦574
おもかげと北上川〈水部の線〉　⑦568
「おもてで風が呼んでゐる」　⑤164
「面膨れて眼弱く」　⑦102
「おれのいまのやすみのあひだに」　③530
「おれのかなしさはどこから来るのだ」　①378
〔おれはいままで〕　③274
「おれはいままで」　③274;641
「おれはずゐぶんすばやく汽車からおりた」
　　②69

**か**

「海岸に沿ひ」　③399
海峡〈津軽海峡〉　③166
開業日〈林館開業〉　⑦280
会計課　⑦215;589
会見　⑤66;71
海光〈八戸〉　⑦533
会合〈〔甲助　今朝まだくらぁに〕〉　④94
開墾　④52;103
「開墾した土のなかに立ち」　④29
開墾地〔断片〕　⑦171
開墾地検察　④84;164
開墾地検察官〈開墾地検察〉　④161
開墾地配分〈開墾地落上〉　⑦379
開墾地落上　⑦119;379,380
会食　⑤81;86
「海蝕された山地の縁に沿ひ」　③397
海蝕台地　③35;75,76
「開所の祭近ければ」　⑦165
害虫の企画と月の喪服〈〔はつれて軋る手袋と〕〉
　　③455

(うま〜かい)　365

「灰鋳鉄のいかりをいだき」　⑦569
「灰鋳鉄のやみのそこにて」　①370
「灰鋳鉄のよるのそこ」　①370
「外套を着て」　①376
「海面は朝の炭酸のためにすつかり錆びた」
　②169,379；116
「外輪山の夜明け方」　⑦116；369
薤露青　③105；245
「かへでの青い枝」　⑤210
「鶯黄の柳いくそたび」　⑦107；342
科学に関する流言　④256；323
「かゞやく河にうちのぞみ」　⑦140
「花卉園芸家」　③301
歌妓く〔夜をま青き蘭むしろに〕〉　⑦91,92
「かぎりなく鳥はすだけど」　⑦258；652
「学生壇を並び立ち」　⑦99；314
「楽隊の音からおもてを見れば」　⑦615
〔かくてぞわがおもて〕　⑥144
〔かくてぞわがおもて〕　⑥144
〔かくばかり天椀すみて〕　⑥129
〔かくばかり天椀すみて〕　⑥129；99
〔かくまでに〕　⑦284
〔かくまでに〕　⑦284；689
神楽歌〈月天讃歌(擬古調)〉　⑦601
神楽調〈月天讃歌(擬古調)〉　⑦601
「隔離舎のうしろの杉の脚から」　①368
角礫行進歌　⑥187,384
「崖下の」　①356
崖下の床屋　⑦62；193,194
「かけて行く馬車は黒くて立派だ」　②39
〔翔けりゆく冬のフエノール〕　⑦22
〔翔けりゆく冬のフエノール〕　⑦22；70
「かげらふが鎔岩いちめん沸いてゐる」　③513
火口丘〈岩手山巓〉　⑦365
過去情炎　②211,420；138、⑥213
「がさがさした稲もやさしい油緑に熟し」
　②193,402；127
「がさがさした稲も油緑に熟し」　②127
風底　⑦158；499
風林　②146,363；104
「笠をかぶったその人と」　⑤100
「火山の雪を雲濟《かげ》の」　⑦50
「かしこに立てる楢の木は」　⑦355

「果樹のまはりは直角の」　⑦526
「かしはのなかには鳥の巣がない」　②146；104
柏林のピクニック〈〔うとうとするとひやりとくる〕〉　③354
柏林のピクニック(幻想)〈〔うとうとするとひやりとくる〕〉　③355
柏林幻想〈〔うとうとするとひやりとくる〕〉　③357
かしはばやしの夜(風琴)　②104
「仮睡硅酸の溶け残ったもやの中に」　②453
「かすかなる霧雨ふりて」　⑦650
「かすかに汽車のゆれそめて」　⑦27
「風青き喪神を吹き」　①390
「風あらき外の面の暗に」　⑦52
「風いと寒く粉雪して」　⑦674
「火星の月にこくすてふ」　⑦449
〔風がおもてで呼んでゐる〕　⑤147
「風がおもてで呼んでゐる」　⑤147；165
「風がきれぎれ汽車のどよみを吹いて来て」
　③136
「風がきれぎれ汽車のひびきをもって来て」
　③132
「風がきれぎれ、暮れる列車のどよみを載せて」
　③139、⑥301；170
「風がきれぎれ遠い列車のどよみを載せて」
　③55
〔かぜがくれば〕　③126
「かぜがくれば」　③126；290
「風が七時の汽車のひびきを吹いて来て」
　③128,131
「風が吹いて」　④226；307
「風が吹き」　③485
〔風が吹き風が吹き〕　③199
「風が吹き風が吹き」　③199；482,483
「風がふけば樹はゆすれ」　⑤13
「風が偏倚して過ぎたあとでは」　②199,408；130
風桜　⑦42；133
「風さむきはたけのなかに」　⑦673
「風すでにこゝに萎えしを」　⑦365
「カゼタチテ　コダチサワギ」　⑥178；129
「風たちて樹立さわぎ」　⑥376
「風つめたくて」　①360

風と哀傷〈風林〉　②104
風と合唱〈はるかな作業〉　④46
風と木〈〔風が吹き風が吹き〕〉　③479, 482, 483
風と杉　③119；286
風と反感　③179；429, 430, ⑥236
「風とひのきのひるすぎに」　②94, 310；72
「風にとぎるゝ雨脚や」　⑦42；133
「風ぬるみ」　⑥364
「風ぬるみ鳥なけど」　⑤194
「風の息吹きがまた来れば」　③309
「かぜのうつろのぼやけた黄いろ」　①387
「風の中にて」〈冬のスケッチ〉　①357
「風の中にて」〈病技師〔一〕〉　⑦331
「風の中を」〈冬のスケッチ〉　①357
「風の中を」〈病技師〔一〕〉　⑦332
「風のひのきはみだるゝみだるゝ」　⑦603
風の偏倚　②199, 408；130
「風の向ふでほりぼり音をたてるのは」　③250；604
「風はうしろの巨きな杉や」　③40；86, 87, ⑥221
「風はそらを吹き」　②36, 259；29
「風はやはらかなチモシイを吹くし」　③489
「微《かそ》けき霜のかけらもて」　⑦79；250, 251, 252
〔堅い瓔珞はまっすぐに下に垂れます〕　②448
「堅い瓔珞はまっすぐに下に垂れます」　②448
潦雨　⑦46；147
「潦雨そゝげば新墾の」　⑦46；147
「潦雨にはかに落ちくれば」　⑦147
〔潦雨はそそぎ〕　④19
「潦雨はそそぎ」　④19；31, 33
花鳥〈風桜〉　⑦133
家長〈小きメリヤス塩の魚〉　⑦490
花鳥図〈風桜〉　⑦133
花鳥図譜　⑤190
花鳥図譜、五月、ファンタジー　水星少女歌劇団一行〈春　水星少女歌劇団一行〉　⑤213, 214
花鳥図譜　五月　ファンタジー〈春　水星少女歌劇団一行〉　⑤215
花鳥図譜、四月、ファンタジー〈春　水星少女歌劇団一行〉　⑤211

花鳥図譜・七月・　⑥293
花鳥図譜、七月、　⑥165, 166
花鳥図譜、七月、〈〔北上川は葵気をながしゝ〕〉　③243
花鳥図譜・七月・〈〔北上川は葵気をながしゝ〕〉　③243
花鳥図譜十一月〈花鳥図譜十一月　東北菊花品評会　於盛岡〉　⑤222
花鳥図譜十一月　東北菊花品評会　於盛岡　⑤226
花鳥図譜　雀　⑤210；210
花鳥図譜第十一月〈花鳥図譜第十一月　東北菊花品評会〉　⑤224
花鳥図譜第十一月　東北菊花品評会　⑤227
花鳥図譜、八月、早池峯山巓　⑤215；217, 218, 219
勝川春章〈春章作中判〉　⑥30, ⑦557, 558
勝川春章作役者絵〈春章作中判〉　⑦559
「学校は」　⑦115；364
渇水と座禅　⑤221；537
月　天讃歌(擬古調)　⑦224；601
月天子　⑥113；90
「稜堀山の巌の稜」　⑦117；373
「かなしみいとゞ青ければ」　⑦189
「かなしみをやめよ」〈冬のスケッチ〉　①361
「かなしみをやめよ」〈〔うたがふをやめよ〕〉　⑦455
「かなしみをやめよ林はさむくして」　⑦456
「かなしむこゝろまたさびしむ」　①389
「「かなた」と老いしタピングは」　⑦60；186
「鐘うてば白木のひのき」　⑦93
「鐘うてば白木のひのき」　⑦93；288
〔かのiodineの雲のかた〕　⑥148
「かのiodineの雲のかた」　⑥148
「かのiodineの雲のかた三番底に用ありと」　⑥109
カーバイト倉庫　②18, 242
下背に日の出をもつ山に関する童話風の構想〈山の黎明に関する童話風の構想〉　③587
「かばかりも」〈冬のスケッチ〉　①364
「かばかりも」〈雪峡〉　⑦618
〔樺と楢との林のなかに〕　⑥131
「樺と楢との林のなかに」　⑥131；100

「樺の向ふで日はけむり」　②98
「樺の向ふで日はけむる」　②134, 350；98
かはばた　②37, 260；29
「かはばたで鳥もゐないし」　②37, 260；29
「兜の尾根のうしろより」　⑦224
「兜のみねのうしろより」　⑦600
「蕪のうねをこさえてゐたら」　⑤30；27
蕪を洗ふ　⑤34；31
釜石よりの帰り　⑦258；652
「髪赭きわらべはふたり」　⑦484
夏夜〈短夜〉　⑦350
夏夜狂燥〈〔温く含んだ南の風が〕〉　③213
〔萱草芽をだすどとと坂〕　④223
〔萱草芽をだすどとと坂〕　④223；145, 146, 305
火薬と紙幣　②208, 417；136
「萱のなかなる細みちに」　⑦545
「萱の穂は赤くならび」　②208, 417；136
「萱もたほれ稲もたほれて」　④149；258, 260
「唐獅子いろのずぼんをはいて」　④94, 95
烏　③34；73
「からす、正視にたえず」　①361
「からすそらにてあらそへるとき」　①382
烏百態　⑦220；595
「烏らの羽音重げに」　⑦125
「がらにもない商略なんぞたてやうとしたから」　〈冬〉　③177；426, 427
「がらにもない商略なんぞたてやうとしたから」　〈冬(幻聴)〉　⑥225
樺太鉄道　②176, 386；119
「がりがり引っ掻くぢしばりの蔓」　④35
「狩衣黄なる別当は」　⑦27；83, 84
華麗樹種品評会　⑥85；73
「かれ草と雪の偏光」　①383
「かれ草の雪」　⑦268
〔かれ草の雪とけたれば〕　⑦85
〔かれ草の雪とけたれば〕　⑦85；268, 269
「かれ草は水にかれ」　①368
「かれ草もかげらふもぐらぐらに燃え」　③113
「かれ草や灌木のなだらを截り」　③97
「かれは上慢われは信」　⑦682
過労呪禁〈善鬼呪禁〉　⑦337, 339
過労呪禁　⑥211

川〈酒買船〉　④112
川〈〔二山の瓜を運びて〕〉　⑦231, 233
「川が鳴り」　①377
〔乾かぬ赤きチョークもて〕　⑦147
〔乾かぬ赤きチョークもて〕　⑦147；467, 468
〔川が南の風に逆って流れてゐるので〕　④224
「川が南の風に逆って流れてゐるので」　④224；306
「川上の」　④31；55
〔川しろじろとまじはりて〕　⑦41
〔川しろじろとまじはりて〕　⑦41；130, 132
「川瀬の音のはげしいくらやみで」　①377
「かはたれは青く這ひ来て」　⑦177；529
「かはやなぎ高き梢より」　⑦86
河原坊〈山脚の黎明〉　③235；584
看痾〈叔母枕頭〉　⑦656
看痾　⑯上9
旱害地帯　⑦92；286
岩頸列　⑦105；329, 330
旱儆　⑦80；253, 254
「監獄の機場の上のガラス窓」　⑦585
〔萱草芽をだすどとと坂〕　④223
〔萱草芽をだすどとと坂〕　④223；145, 146, 305
神田　⑥53；43
神田の夜　⑥47；37
悍馬　④76；146
悍馬〔一〕　⑦18；51
悍馬〔二〕　⑦126；399, 400
悍馬図〈悍馬〔一〕〉　⑦51
間伐見張り〈森林軌道〉　③414
〔甘藍の球は弾けて〕　⑦213
〔甘藍の球は弾けて〕　⑦213
寒冷なフレスコ絵〈森林軌道〉　③409
「気圧が高くなったので」〈亜細亜学者の散策〉　③88
「気圧が高くなったので」〈葱嶺先生の散歩〉　③282；658, 660、⑥289
奇異〈〔す、きすがる、丘なみを〕〉　⑦461
〔黄いろな花もさき〕　④21
〔黄いろな花もさき〕　④21；36
〔黄いろにうるむ雪ぞらに〕　⑤135
〔黄いろにうるむ雪ぞらに〕　⑤135；157
「黄色に澱む春の天球を」　③441

機会　⑦238；*622*
〔「饑餓陣営」の歌一〕〈〔私は五聯隊の古参の軍曹〕〉
　　⑥337
〔「饑餓陣営」の歌二〕〈〔一時半なのにどうしたのだらう〕〉　⑥339
〔「饑餓陣営」の歌三〕〈〔糧食はなし四月の寒さ〕〉
　　⑥341
〔「饑餓陣営」の歌四〕〈〔饑餓陣営のたそがれの中〕〉
　　⑥343
〔「饑餓陣営」の歌五〕〈〔いさをかゞやく　バナナン軍〕〉　⑥345
「饑餓陣営のたそがれの中」　⑥343
菊芋〈〔そもそも拙者ほんものの清教徒ならば〕〉
　　⑤39
鬼言〈幻聴〉　③246；*600*
鬼言四〈鬼語四〉　④321
「気圏かそけき霧のつぶを含みて」〈冬のスケッチ〉
　　①372
「気圏かそけき霧のつぶを含みて」〈〔かれ草の雪とけたれば〕〉　⑦267
〔気圏ときに海のごときことあり〕　⑥137
〔気圏ときに海のごときことあり〕　⑥137；*102*
鬼語四　④253；*321*
「ぎざぎざに」　①353
「ぎざぎざの斑糲岩の岨づたひ」〈〔岩手軽便鉄道　七月　（ジャズ）〕〉　③227；*559, 560, 563, 566*
「ぎざぎざの斑糲岩の岨づたひ」〈「ジャズ」夏のはなしです〉　⑥237
「きさまはもう」　③*600*
擬似工業〈〔白金環の天末を〕〉　⑦272
「岸まで来たら」　④15
汽車　④154
汽車〈〔プラットフォームは眩ゆくさむく〕〉
　　④67, 69, 71, 72
汽車　④269
「汽車のあかるき窓見れば」〈冬のスケッチ〉
　　①379
「汽車のあかるき窓見れば」〈〔月の鉛の雲さびに〕〉
　　⑦57
「汽車の中は水色だ」　⑤184；*192*
「汽車のひびきがきれぎれ飛んで」　⑤49；*46, 47*

「技手たちはこたつ囲みて」　⑦118
〔北いっぱいの星空に〕　③108
〔北いっぱいの星空に〕　③108
「北上川は蒸気をながしィ」　③100
「北上川は蒸気をながしィ」〈北上川は蒸気をながしィ〉　③100, ⑥293
「北上川は蒸気をながしィ」〈花鳥図譜、七月〉
　　⑥165, 166
北上山地の春　③50；*118*
〔北ぞらのちぢれ羊から〕　⑥366
〔北ぞらのちぢれ羊から〕　⑥366
北見〈宗谷〔一〕〉　⑦657
寄鳥想亡妹〈〔この森を通りぬければ〕〉　③227
「ぎっしり生えた萱の芽だ」　④18
「ぎっしり生えたち萱の芽だ」　④9；*18*
「狐の皮なぞのっそり巻いて」　③179；*430*
〔黄と橙の服なせし〕　⑥157
〔黄と橙の服なせし〕　⑥157；*115*
「キネオラマ」　⑦109；*347*
紀念写真　⑦99；*311, 314*
「昨日固態の水銀ほど」　③652
「木の芽が油緑や喪神青にほころび」　③80；*191*
「木の芽は油緑や喪神青にほころび」　③190
「起伏の雪は」　②26, 250；*23*
「きみがおもかげ」　⑦202
「きみがまことのたましひを」　①379
「公が眉うちひそめるは」　⑦34
「きみが眉高くひそみて」　⑦35
「玉蜀黍くだく三階の玻璃」　⑦318
「きみたちは川岸に居て」　④239
〔きみにならびて野にたてば〕　⑦32
〔きみにならびて野にたてば〕　⑦32；*95, 96*
「きみのところはこの丘陵地のつゞきだろう」〈丘陵地を過ぎる〉　③37, 38
「きみのところはこの丘陵地のつゞきだろう」〈丘陵地〉　⑥222
「きみのところはこの前山のつづきだらう」
　　③18；*40*
「きみははっきり」　④213；*300*
〔玉蜀黍を播きやめ環にならべ〕　⑦52
〔玉蜀黍を播きやめ環にならべ〕　⑦52；*168*
客を停める〈〔その洋傘だけでどうかなあ〕〉

（かは～きや）　369

③378, 383, 385
客を停める　⑥270
客を停める辞令〈〔その洋傘だけでどうかなあ〕〉
　　　　③377
「キャベジとケールの校圃を抜けて」　③243
丘祠〈〔つめたい海の水銀が〕〉　③188
丘上恋望〈丘〉　⑦610
休息　②34, 257 ; 28, ③31, 40 ; 66, 68, 69, 86,
　　87, ④22 ; 37, 39, ⑤92 ; 102, ⑥221
休息〈〔うすく濁った浅葱の水が〕〉　④130
「厩肥の束は崖にあり」　⑦438
「厩肥の束をせなにして」　⑦437, 438
「九百二十六年の」　⑦526
「厩肥をになひていくそたび」　⑦139
「厩肥をになひていくそたび」　⑦139 ; 439
「厩肥をはらひてその馬の」　⑦126
丘陵地　⑥222
丘陵地〈丘陵地を過ぎる〉　③37, 38, 39
丘陵地を過ぎる　③18 ; 39, 40
「今日」　④323
饗宴　④24 ; 44
〔仰臥し右のあしうらを〕　⑥111
「仰臥し右のあしうらを」　⑥111
暁穹への嫉妬　③160 ; 394
〔今日こそわたくしは〕　④87, 252
「今日こそわたくしは」　④87, 252 ; 166, 167,
　　320
凶歳〈測候所〉　③71
凶作地〈盆地に白く霧よどみ〉　⑦41
行商〈羅沙売〉　⑦421
兜賊〈〔月のほのほをかたむけて〕〉　⑦74
「兄弟の馬喰にして」　①373
峡（二字不明）〈〔アカシヤの木の洋燈から〕〉
　　②26
「今日ちゃうど二時半ころだ」　④256
「教頭黒板を截る」　⑦464
「けふのうちに」　②138, 354 ; 99, ⑥242
「今日のおはりの火花をながし」　⑤11
〔今日は一日あかるくにぎやかな雪降りです〕
　　④162
「今日は一日あかるくにぎやかな雪降りです」
　　④162 ; 273
「けふはぼくのたましひは疾み」　②21, 245

「けふはわたしの額もくらく」　②21, 245 ; 149
暁眠　⑦79 ; 251, 252
「今日もしやうがないな」　③420
〔今日もまたしやうがないな〕　③174
「今日もまたしやうがないな」　③174 ; 422
峡野早春　⑦110 ; 349, 350
峡流の夏〈夏〉　③190, 191
峡流の母〈〔こらはみな手を引き交へて〕〉　⑦66
「今日われ諸氏にまじ〔以下不明〕」　⑦134
「業を了へしとひとひみし」　⑦327
魚商〈〔暮れちかい　吹雪の底の店さきに〕〉
　　⑥434
巨豚　⑦127 ; 403
「巨豚ヨークシャ」　⑦401
「巨豚ヨークシャ銅の日に」　⑦127 ; 403
魚舗〈〔暮れちかい　吹雪の底の店さきに〕〉
　　⑥434
「きよらなるテノールなすは」　⑦44
「きらきら光る川に臨んで」　⑤70 ; 73
「截られた根から青じろい樹液がにじみ」
　　②211, 420, ⑥213
「截られた根から青じろい樹液もにじみ」
　　②211 ; 138
「きりあめのよるの中より」〈冬のスケッチ〉
　　①369
「きりあめのよるの中より」〈〔あな雪か　屠者のひ
　　とりは〕〉　⑦105
「霧がはたけの砂いっぱいで」　④33 ; 57
「霧がひどくて手が凍えるな」　④28
「霧がひどくて手が凍えるな」　④28 ; 50
「霧が深くて手が凍えるな」　④49
「桐群に朧の花冶ち」　⑦122 ; 389
基督再臨　④226 ; 307
「霧と聖さで畑の砂はいっぱいだ」　④57
霧とマッチ　②93, 309 ; 72
〔霧のあめと雲の明るい磁器〕　⑤187
「霧のあめと雲の明るい磁器」　⑤187
「桐の木に青き花咲き」　⑦385, 388
「きりの木ひかり」　①361
〔桐の実は〕　①358
〔霧降る萱の細みちに〕　⑦187
「霧降る萱の細みちに」　⑦187
「桐群に朧の花冶ち」　⑦122 ; 389

「ギルダちゃんたらいつまでそんなに笑ふのよ」
　　　③116；283
「きれぎれに汽車の音飛び」　⑦101
銀河鉄道〈岩手軽便鉄道の一月〉　③606
銀河鉄道の一月〈岩手軽便鉄道の一月〉　③607,
　608
銀河鉄道の一月　⑥252
「キンキン光る」　②32, 255；27
銀行家とその子〈〔水楢松にまじらふは〕〉
　　　⑦353, 355
金策　④96；185
〔金策も尽きはてたいまごろ〕　④268
「金策も尽きはてたいまごろ」〈金策〉　④185
「金策も尽きはてたいまごろ」〈〔金策も尽きはてたいまごろ〕〉　④268；329
近似工業〈〔白金環の天末を〕〉　⑦272
〔銀のモナドのちらばる虚空〕　④240
「銀のモナドのちらばる虚空」〈〔銀のモナドのちらばる虚空〕〉　④240；314
「銀のモナドのちらばる虚空」〈電車〉　④158
「銀のモナドのちらばるそらと」　④82；159
「銀のモナドを燃したまひ」　①346
「きむぽうげ！」　④39
吟味〈会見〉　⑤64
「空気がぬるみ」〈春〉　③113
「空気がぬるみ」〈春　水星少女歌劇団一行〉
　　　⑤211
「空気がぬるみ《、》沼には水百合の花が咲いた」
　〈春〉　③277, 278
「空気がぬるみ《、》沼には水百合の花が咲いた」
　〈ワルツ第CZ号列車〉　⑥219, 240
「空気の海の青びかりする水底で」　③16
空谷暁臥〈春谷暁臥〉　③501
空明と傷痍　③10；16, 20, 21、⑥260
九月　③243；592, 594
〔九月なかばとなりて〕　⑥139
「九月なかばとなりて」　⑥139；103
「草の穂やおほばこの葉が」　③247
「草穂の影が」　③250
「草穂の影も黒く落ち」　③268
「草穂のかなた雲ひくき」　⑦234
「草穂のかなたうら青き」　⑦611
「草を山と負ひて帰りくる」　⑦666

孔雀〈〔東京〕孔雀〉　⑥62；47
「九時六分のかけ時計」〈会計課〉　⑦215；588
「九時六分のかけ時計」〈冬のスケッチ〉　①351
「ぐっしょり寝汗で眼がさめて」　⑤44
屈折率　②13, 237
九戸郡〈八戸〉　⑦534
「隈」田を植える〈〔熊はしきりにもどかしがって〕〉
　　　⑤120
〔熊はしきりにもどかしがって〕　⑤112
「熊はしきりにもどかしがって」　⑤112
「熊はしきりにもどかしさうに」　⑤123
雲　③122, 145；250
〔雲影滑れる山のこなた〕　⑥150
「雲影滑れる山のこなた」　⑥150；110
「雲が燃す白金環と」　⑦619
雲（幻聴）　⑥229
雲（幻聴）〈雲〉　③288
雲とはんのき　②190, 400；125
〔雲とひのきの坂上に〕　⑦273
「雲とひのきの坂上に」　⑦273
〔くもにつらなるでこぼこがらす〕　⑦297
「くもにつらなるでこぼこがらす」　⑦297；705,
　706
「雲の傷みの重りきて」〈酸虹〉　⑦339
「雲の傷みの重りきて」〈冬のスケッチ〉　①387
「雲の鎖とむら立ちや」　⑦253
「雲の鎖のむら立ちや」　③313
「雲の鎖やむら立ちや」　⑦80；253, 254
雲の肖像画〈休息〉　③66
「雲のしらが　光りてうずまきぬ」　①372
雲の信号　②30, 253；25
「雲の縮れの重りきて」　①387
「雲は来るくる南の地平」　⑥361
「雲はたよりないカルボン酸」　②31, 254；26
「雲は羊毛とちぢれ」　②190；125
「雲ひくくして日はけぶり」　⑦532
〔雲ふかき〕　⑦646
〔雲ふかく　山裳を曳けば〕　⑦256
「雲ふかく　山裳を曳けば」　⑦256
「雲もぎらぎらにちぢれ」　③183
〔曇りとざし〕　⑦167
「曇りとざし」　⑦167
〔雲を濾し〕　⑦227

（きや～くも）　371

「雲を濾し」　①387，⑦227
昏い秋　③136；313
〔暗い月あかりの雪のなかに〕　④164
「暗い月あかりの雪のなかに」　④164；88
「くらいやまと銀のやま」　①389
「鞍掛が暗くそして非常に大きく見える」
　　②435；192
「鞍掛が暗くて非常に大きく見える」　②190
くらかけの雪　②14
くらかけの雪〈くらかけ山の雪〉　②238；148
くらかけ山の雪　②14，238；148
〔くらかけ山の雪〕　⑥110
「くらかけ山の雪」　⑥110；89
「暗くて熱く」　④126
グランド電柱　②110，326；80
グランド電柱〈天然誘接〉　②78
「栗うちけぶる山裾に」　⑦375
「栗駒山あえかの雪をたゞえたり」　①374
〔栗の木花さき〕　④270
「栗の木花さき」〈〔栗の木花さき〕〉　④270；331
「栗の木花さ《咲》き」〈〔さわやかに刈られる蘆や〕〉
　　④191，192
厨川停車場　②451
「クレオソートも塗り」　⑤79；85
「クレオソートを塗ったばかりの電柱を」　⑤84
「くれぞらのしたにして」　①385
「暮れちかい」　③182；436
〔暮れちかい　吹雪の底の店さきに〕　③182
「黒い麻のころもを着た」　③81；193
「黒い火山岩礁に」　⑥20；19
「黒い雲が温く妊んで」　④143
「黒い鞴翅発電機と」　③447
　　　〔ダイナモコレオテブラ〕
黒いニムブスよ〈県技師の雲に対するステートメント〉
　　④170
黒いニムブスよ〈峠の上で雨雲に云ふ〉　④325
「黒髪もぬれ荷縄もぬれて」　③29；63，65，⑥266
「黒き燕尾の胸高く」　⑦352
「黒き梢をしなり」　⑦148
「黒き素袍を風に萎え」　⑥30
「黒き堆肥は」　①390
　　　〔ニムブス〕
黒く淫らな雨雲に云ふく県技師の雲に対するステートメント〉　④171

「黒く淫らな雨雲よ」〈県技師の雲に対するステートメント〉　④170
「黒く淫らな雨雲よ」〈峠の上で雨雲に云ふ〉
　　④259；325
「黒く燃されて」　④28
「黒雲峡を乱れとび」　⑦276，277
「黒もの下から」　①376
「黒雲は温く妊んで」　④247
黒潮〈津軽海峡〉　③166
「黒塚森の一群が」　③136；315
〔黒つちからたつ〕　④185
「黒つちからたつ」　④185；285
〔黒と白との細胞のあらゆる順列をつくり〕
　　④188
「黒と白との細胞のあらゆる順列をつくり」
　　④188；287
「黒松ばやし」　①370
「鍬をかついだり」　⑤56
郡衙〈酸虹〉　⑦340
軍事連鎖劇　⑦109；347
〔郡属伊原忠右エ門〕　⑦205
「郡属伊原忠右エ門」　⑦205
訓導　⑦223；597，599
軍馬補充部主事　⑤108；118
軍馬補充部〈〔玉蜀黍を播きやめ環にならべ〕〉
　　⑦165，166
囃語　④94，95，264；181，182，183，327
囃語〈病中幻想〉　⑦613，614
境内〈〔みんな食事もすんだらしく〕〉　⑤96
「劇場のやぶれしガラス窓に」　①349
〔けさの六時ころ　ワルトラワラ〕〈〔「ポラーノの広場」の歌一〕〉　⑥347
〔けさの六時ころ〕　⑥347
「けさはじつにはじめての凜々しい氷霧だつたから」　②218，427；142，⑥250
「けさホーと鍬とをになひ」　④291
〔けさホーと縄とをになひ〕　④197
「けさホーと縄とをになひ」〈燕麦播き〉　④125
「けさホーと縄とをになひ」〈〔けさホーと縄とをになひ〕〉　④197
〔月光の鉛のなかに〕　⑦231
「月光の鉛のなかに」　⑦231；608
「血紅の火が」　③37；78，79，81

「毛布の赤に頭を縛び」　⑦18；46, 51
血馬図〈悍馬〔一〕〉　⑦51
「夏油の川は岩ほりて」　①354
「けとばす」　⑦427
「げにもまことのみちはかゞやきはげしくして」
　　　①389
「げに和賀川よ赤さびの」　①355
煙　④31；55
「けむりかゝればはんのきの」　①352
「煙のなかで」　⑥5
〔けむりは時に丘丘の〕　⑦75
〔けむりは時に丘丘の〕　⑦75；237, 238
県技師雲に云ふく県技師の雲に対するステートメント〉　④176
県技師の秋稲に対するレシタティヴ　⑥118；95
県技師の雲に対するステートメント　④90
県技師の雲に対するレシタティヴ〈県技師の雲に対するステートメント〉　④175
「堅吉が」　⑦363
検事〈〔猥れて嘲笑めるはた寒き〕〉　⑦328
県視学〈〔鐘うてば白木のひのき〕〉　⑦287
県社会主事〈社会主事佐伯正氏〉　⑦295
幻想　⑦191；552
幻想〈〔老いては冬の孔雀守る〕〉　⑦255
幻聴　②252；150
「県庁の給仕水をば入れしとか」　⑦448
県道　⑥287，⑦283；688
県道〈凍雨〉　③346
「患の名簿を閲すれば」　⑦249
剣舞の歌〈[「種山ヶ原の夜」の歌二]〉　⑥357
恋　⑦234；612
恋敵ジロフォンを撃つ　⑥65；49
〔濃い雲が二きれ〕　④26
〔濃い雲が二きれ〕　④26
「こいつはもう」　②104, 320；77
恋と病熱　②21, 245
「恋のはじめのおとなひは」　⑦238；421
小岩井農場　②58, 280；53
〔小岩井農場　第五綴　第六綴〕　②435
〔高圧線は　こともなく〕　⑥140
〔高圧線は　こともなく〕　⑥140；103
「かういふ土ははだしがちゃうどいゝのです」

⑥11；14
郊外　③150；374，⑥285
郊外〈山火〉　③128, 131
高架線　⑥39；31
〔光環ができ〕　④216
「光環ができ」〈〔光環ができ〕〉　④216；302
「光環ができ」〈〔日に暈ができ〕〉　④134
「灝気の海の青びかりする底に立ち」　③10；20, 21，⑥260
高級の霧　②104, 320；77
高原　②102, 318
曠原淑女〈〔日脚がぼうとひろがれば〕〉　③145
〔高原の空線もなだらに暗く〕　⑤131
〔高原の空線もなだらに暗く〕　⑤131；154
講后　⑦183；539
「かうかうとしてかゞやくは」　⑦589
考古学者の散策〈亜細亜学者の散策〉　③207
考古学者の散歩〈亜細亜学者の散策〉　③207
光酸〈酸虹〉　⑦338, 339
鉱山駅　④262；326
公子　⑦122；389
公衆食堂（須田町）　⑥58；45
「高書記よ」　⑦508
庚申　⑦155；495, 496
「甲助」　④47
〔甲助　今朝まだくらぁに〕　④47
「甲介なら今朝くらいうち綱取へ行ったよ」
　　　④96, 97
〔洪積世が了って〕　④181
〔洪積世が了って〕　④181；283
〔洪積の台のはづれ〕　⑦576
〔洪積の台のはてなる〕　④207
〔洪積の台のはてなる〕　⑦207
「鉱石もぬれシグナルもぬれ」　④262；326
鉱染とネクタイ　③223；539
耕地〈亜細亜学者の散策〉　③205
校長〈〔鐘うてば白木のひのき〕〉　⑦288
校庭〈盛岡中学校〉　⑦632
業の花びらく〔夜の湿気と風がさびしくいりまじり〕〉　③331, 333, 334, 335
「紅白張りてうす甘き」　⑦507
「光波測定の誤差から」　②116, 332；83
「光波のふるひの誤差により」　①386

（くも～こう）　373

口碑〈雪峡〉　⑦619
鉱物陳列館　⑥52；43
耕母黄昏　⑥178，376
「酵母をみんなで食ふのかね」　④83
「厩肥つけ馬がはねるはねる」　④146
「厩肥の束は崖にあり」　⑦438
「厩肥の束をせなにして」　⑦437，438
〔厩肥をになひていくそたび〕　⑦139
〔厩肥をになひていくそたび〕　⑦139；439
「厩肥をはらひてその馬の」　⑦126；400
「厩肥をふるひてその馬の」　⑦399
「凍りしく」　①381
〔氷のかけらが〕　④157
〔氷のかけらが〕　④157；270
「氷の雫のいばらを」　⑦141；444
「氷の柱」　④268
護岸工事〈麻打〉　⑦144
「焦ぎ木のむらなほあれば」　⑦171
「黒雲峡を乱れ飛《と》び」　⑦88；276，277
黒人技師の鎔岩流に対するありふれた意見〈国立公園候補地に関する意見〉　③515
黒人技師の鎔岩流に対する意見〈国立公園候補地に関する意見〉　③516
国柱会　⑦253；642
「黒鳥か羽音重げに」　⑦397，398
国土　⑦131；413，414
国道　③250；604
国道〈〔月の鉛の雲さびに〕〉　⑦61
「黒板を載る」　⑦464
告別　③247；601
国立公園候補地に関する意見　③211；517
〔黒緑の森のひまびま〕　⑥132
〔黒緑の森のひまびま〕　⑥132；100
「苔に座ってたべてると」　③193
「こけももの暗い敷物」　⑤7；6
「こゝから誰か」　④63
「こゝから草削をかつひで行って」〈井戸〉　④16
「こゝから草削をかつひで行って」〈蛇踊〉　④140
「ここの並木の松の木は」　①352
「ここの柱のならびから」　④64
「ここはあかるくて石油のやうで」　③577
「こゝは草があんまり粗く」　②104

「ここはたしか五郎沼の岸で」　③322
「こゝらの藪と」　③197
「こごりになった古いひばだの」　③201；487，488
「こごれる松の森の下」　⑦688
こゝろ　⑤15；13，14
〔こゝろの影を恐るゝなと〕　⑦302
〔こゝろの影を恐るゝなと〕　⑦302；711
「心の師とならんとも」　⑦243
「こころ《心》の師とはならんとも」　⑦77；244，245
小作調停官　⑥116；94
「ごしごしごしごし鋸ってると」　⑤90
鼓者〈〔いたつきてゆめみなやみし〕〉　⑦11，13
戸主〈〔小きメリヤス塩の魚〕〉　⑦489
〔梢あちこち繁くして〕　⑥160
〔梢あちこち繁くして〕　⑥160；118
「梢ばかりの紺の一本杉が見えたとき」　①366
〔午前の仕事のなかばを充たし〕　④214
〔午前の仕事のなかばを充たし〕〈〔うすく濁った浅葱の水が〕〉　④129，130
〔午前の仕事のなかばを充たし〕〈〔午前の仕事のなかばを充たし〕〉　④214；301
「こぞりてひとを貶しつゝ」　⑦23；71
「こたつかこみていよいよに」　⑦121，123
「小使室のうしろにて」　⑦417
〔凍ったその小さな川に沿って〕　④159
〔凍ったその小さな川に沿って〕　④159；271
〔こっちの顔と〕　⑤40
〔こっちの顔と〕　⑤40；38
孤独と風童　③156；387，388，389，⑥230
「ことこととと行く汽車のはて」　⑦268；667
「ことさら館の北の射影」　⑦311
「こどもらがたまりいっぱい」　⑤143
「この蒼ぐらい巨きな室が」　⑤226；228
〔このあるものが〕　⑤230
〔このあるものが〕　⑤230；232
〔この医者はまだ若いので〕　⑤88
〔この医者はまだ若いので〕　⑤88
「この一巻は」　③7；13
「このおにぐるみの木の下に座ると」　③532
「この川の水かさまして」　⑦143
「このくらき」　⑦464

「この高原の残丘」　③543
「この五列だけ」　⑤60；60
「このごろのみぞれのために」　⑤20
「この坂は」　⑥53；43
「この逞ましい頬骨は」　⑤66；71
「この月の夜を鶯宿は」　⑦382
「このとき凍りし泥のでこぼこも寂まりて」
　　　①359
〔このとき山地はなほ海とも見え〕　⑥156
「このとき山地はなほ海とも見え」　⑥156；114
「このとき星またあらはれ或ひはカシオペイア」
　　　①378
「この林をくぐれば」〈〔この森を通りぬければ〕〉
　　　③223,224
「この林をくぐれば」〈鳥〉　⑥208
「この人ぁくすぐらへでぁだもすな」　③289
〔このひどい雨のなかで〕　④138
「このひどい雨のなかで」　④138；243
「このみちの醸すがごとく」　⑦267
「このみちの醸すがごとく」　⑦267；666
「このみちはさっきの堰のところだ」　②52
「この飯の煮えないうちは」　⑤23
「この萌えだした柳の枝で」　④14；245
〔この森を通りぬければ〕　③95
「この森を通りぬければ」　③95；227
「このやはらかな柳の枝で」　④22
〔この夜半おどろきさめ〕　⑥104
「この夜半おどろきさめ」　⑥104；86
「この四ヶ年が」　④295；355
「こは駅前の腐植土の」　⑦472
「こは駅前の雪どけの」　⑦477
琥珀うる女〈八戸〉　⑦534
琥珀うる娘〈八戸〉　⑦534
〔こはドロミット洞窟の〕　⑦269
「こはドロミット洞窟の」　⑦269；668
「こはやまつゝ、ぢいちめんに」　⑦405
「こはやまつつ《ヽ》じ丘丘の」　⑦129；406,408
コバルト山地　②19,243，⑦91；285,286
「コバルト山地の氷霧のなかで」　②19,243
「コバルト山地白雲の」　⑦283
「こは和賀川ぞ赤さびて」〈〔二川こゝにて会した
　　　り〕〉　⑦638
「こは和賀川ぞ赤さびて」〈冬のスケッチ〉
①355
「古風な士族町をこめた浅黄いろのもやのなかに」
　　　④139
〔こぶしの咲き〕　④234
「こぶしの咲き」　④234；311
駒ヶ岳　②462；200
「鼓膜をどこからか圧すものがあるぞ」　①369
「小麦粉とわづかの食塩からつくられた」〈朝餐〉
　　　③465
「小麦粉とわづかの食塩とからつくられた」〈心象
　　　スケッチ　朝餐〉　⑥232
「こめかみがひやっとしましたので」　①377
「こよひあらたに研かれし」　⑦449
「こよひ異装のげん月のした」　②107,323
「こよひの闇はあたゝ《ヽ》かし」　⑦106；335,
　　　336,337
〔今宵南の風吹けば〕　⑤163
「今宵南の風吹けば」　⑤163；177
「こらはその手を」　⑦67
〔こらはみな手を引き交へて〕　⑦21
「こらはみな《ヽ》手を《ヽ》引き交へて」　⑦21；
　　　65,66,69
五輪峠　③13；24,32，⑦28；84,85
「五輪峠となづくるは」　⑦84
「五輪峠と名づけしは」　⑦28；85
「これで二時間」　⑤156；172
「これは浅葱の春の水なり」　①346
「これはいったいどういふわけだ」　⑤151；168
「これは所謂芬芳五月」　③159
「これは所謂芬芳五月の」　③156
「これはかはりますか」　②252
「これはこれ、はがねをなせる」　①369
「これは吹雪が映したる」〈奏鳴的説明〉　③437,
　　　439
「これは吹雪が映したる」〈奏鳴四一九〉　⑥253
「これは吹雪がつくりたる」　③440
〔これらは素樸なアイヌ風の木柵であります〕
　　　④248
「これらは素樸なアイヌ風の木柵であります」
　　　④248；318
「コロイダールな風と夜」　⑥70；54
「コロナは七十六万二百」　⑥333
「紺青の湿った山と雲のこっち」　③205

〔こう〜こん〕　375

「紺青の地平線から」　③231, 233, 237
「こんな風の吹く青いクッションにねむりこむので」　④37
「こんな誰も居ない夜の甲板で」　②465
「こんなところにゐるんだな」　④41
「こんなところにきみは居るのか」　④79
「こんなにみんなにみまもられながら」　②143, 360；102
〔こんなにも切なく〕　⑤149
「こんなにも切なく」　⑤149；166
「こんなやみよののはらのなかをゆくときは」　②156, 366；108
〔こんにゃくの〕　⑦170
「こんにゃくの」〈〔こんにゃくの〕〉　⑦170；518
「こんにゃくの」〈冬のスケッチ〉　①368
「こんや異装のげん《弦》月のした」　②107, 323；78
「こんや眠らうしてから」　⑤167
〔こんやは暖かなので〕　④167
「こんやは暖かなので」　④167；275

### さ

「さあどうぞ」　④74
「さあどうぞ、どうぞおさきへ」　④73
〔さあれ十月イーハトーブは〕　⑥147
「さあれ十月イーハトーブは」　⑥147
祭日〈祭日〔一〕〉　⑥273, ⑦63；195, 199
祭日〈祭日〔二〕〉　⑦259；653
再臨〈基督再臨〉　④307
流氷　⑦29；87
佐伯正氏〈社会主事佐伯正氏〉　⑦295
境（県道）　⑦687
「さかなのねがひはかなし」　①351
〔さき立つ名誉村長は〕　⑦50
「さき立つ名誉村長は」　⑦50；159
「さきなる名誉村長は」　⑦158
〔サキノハカといふ黒い花といっしょに〕　④235
「サキノハカといふ黒い花といっしょに」　④235；311
「鷺はひかりのそらに餓え」　⑦212
「鷺はひかりのそらに餓え」　⑦212；585
「さきは夜を載るほとゝぎす」　⑦11；23

「さ霧する白の木柵」　⑦633
酒買船　④58；113
叫び〈高原〉　②102, 223；76, 144
「蠍の赤眼が南中し」　③223
「蠍のアルファが南中し」　③539
「さっき泉で行きあった」　⑤50
「さつき火事だとさわぎましたのは虹でございました」　②98, 314；75
「さっきのごりごりの岩崖で」　①356
「さつきのみぞれをとつてきた」　②141, 358；101
〔さっきは陽が〕　④251
「さっきは陽が」　④251；320
雑草　④198；292
札幌市　④53；104, 105
佐藤謙吉とその学校〈日の出前〉　⑦363
「さびしい不漁と旱害のあとを」　③164
「さびしきは」　①345
「サーペンティンのみねみねに」　⑦596
「さまざまの鮮らしい北種の木々が」　③185
「さやかなる白の服着て」　⑦533
「さやかなる夏の衣して」　⑦179
「笊に顔を寄せて見れば」　③55
「爽かなくだもののにほひに充ち」　②195, 404；128
「さわやかに蘆は刈られて」　④193
〔さわやかに刈られる蘆や〕　④100
「さわやかに刈られる蘆や」　④100；194
山火　③37, 55；78, 79, 81, 133, 136, 139, ⑥301；170
「三階に玻璃を装ひて」　⑦318
三月　⑤58；57
産業組合青年会　③137；329, ⑥299
酸虹　⑦107；341, 342
「三十三の石神に」　⑦366
「三十六号！」　③246；600
山巓〈早池峰山巓〉　③274
山巓の雲〈雲〉　④250
「三疋の」　①348
「三宝または水差しなど」　⑦162；508
三昧堂〈涅槃堂〉　⑦395
「散乱のこゝろ」　①362
〔爺さんの眼はすかんぽのやうに赤く〕　⑤25

376　詩篇題名・初句索引

「爺さんの眼はすかんぽのやうに赤く」 ⑤25
「塩汁をいくら呑んでも」 ⑤16
歯科医院 ⑦84；264, 265, 266, 267
「四月となれど坑々の」 ⑦303
「四月は来れどこの山の」 ⑦302
「しからばわがおもて」 ⑥106
式場 ⑦141；443, 444
「シグナルに」 ①371
「シグナルの」 ③156；389
「シグナルの赤いあかりもともったし」 ③387, 388, ⑥230
事件 ⑤69；72
仕事〈[青いけむりで唐黍を焼き]〉 ④40；41
[ぢしばりの蔓] ④284
[ぢしばりの蔓] ④284；341
四聖諦〈[暮れちかい　吹雪の底の店さきに]〉 ③435, 436
[四信五行に身をまもり] ⑤93
[四信五行に身をまもり] ⑤93
「寂まりの桐のかれ上枝」 ①388
「寂まる桐のかれ上枝」〈[狎れて嘲笑めるはた寒き]〉 ⑦326
「寂まる桐のかれ上枝」〈冬のスケッチ〉 ①388
「沈んだ月夜の楊の梢に」 ②202, 411；133
[地蔵堂の五本の巨杉が] ③196
[地蔵堂の五本の巨杉が] ③196
下背に日の出をもつ山に関する童話風の構想〈山の晨明に関する童話風の構想〉 ③587
「下で別れたさっきの人は」 ③631
「七月はさやに来れど」〈叔母枕頭〉 ⑦260；656
「七月はさやに来れど」〈看痾〉 ⑯上9
「七重の舎利の小塔に」 ⑦150；480
「七重の舎利の小塔を」 ⑦479
自嘲〈[翁面　おもてとなして世経るなど]〉 ⑦445
失意〈[ほのあかり秋のあぎとは]〉 ⑦112, 113
実験室小景 ④41；79, 83
[じつに古くさい南京袋で帆をはって] ④200
「じつに古くさい南京袋で帆をはって」〈[燕麦の種子をこぼせば]〉 ④112
「じつに古くさい南京袋で帆をはって」〈酒買船〉 ④112
「じつに古くさい南京袋で帆をはって」〈[じつに古くさい南京袋で帆をはって]〉 ④200；293
自働車群夜となる ⑥50；39
「四斗の樽を五つもつけて」 ④58
「死なんとそらになげかへば」 ⑦62
地主 ⑤63；62
[しののめ春の鴇の火を] ⑦172
[しののめ春の鴇の火を] ⑦172；521
芝生 ②94, 310；72
[しばらくだった] ⑤105
[しばらくだった] ⑤105；116
[しばらくほうと西日に向ひ] ③132
[しばらくほうと西日に向ひ] ③132；308
「地べたでは杉と槻の根が」 ⑤92
詩への愛憎〈[雪と飛白岩の峯の脚]〉 ③664
詩への愛憎 ⑥279
萎花 ⑦43；137, 139
「四本のくらいからまつの梢に」 ③88
島祠〈[つめたい海の水銀が]〉 ③185, 187
[島わにあらき潮騒を] ⑥176
[島わにあらき潮騒を] ⑥176；127
[島わのあらき潮騒えを] ⑦519
[島わの遠き潮騒えを] ⑦520
[凍み雪の森のなだらを] ③24
事務室〈会計課〉 ⑦589
「しめやかに」 ⑦528
「しめやかに木魚とゞろき」 ⑦43
「霜がはたけの砂いっぱいで」 ⑤229
[霜枯れのトマトの気根] ⑦272
[霜枯れのトマトの気根] ⑦272
下背に日の出をもつ山に関する童話風の構想〈山の晨明に関する童話風の構想〉 ③587
[霜と聖さで畑の砂はいっぱいだ] ④154
[霜と聖さで畑の砂はいっぱいだ] ④154
「霜のまひるの楽手たち」 ⑦213, 214
「霜のまひるのはたごやに」 ⑦68；215, 218, 219
蛇〈蛇踊〉 ④22
蛇踊 ④14, 140；245
社会主事〈社会主事　佐伯正氏〉 ⑦294, 295
社会主事　佐伯正氏 ⑦95；296, 298
「しゃが咲きて」 ⑦649
寂静印〈会計課〉 ⑦588
「灼熱のるつぼをつゝみ」 ⑦552

(こん〜しや)　377

| | |
|---|---|
| 「灼の石灰」　⑦256 | 「棕梠の葉や丶に痙攣し」　⑦266；663 |
| 「灼の石灰、光のこな」　①393 | 巡業隊　⑦68；215, 218, 219 |
| 「爵やカップ」　③282 | 春光呪咀　②25, 249；22, 150 |
| 「ジャズ〔夏のはなしです〕〈〔岩手軽便鉄道　七月（ジャズ）〕〉　③559 | 春谷暁臥　③208；501, 503, 505 |
| | 春日呪咀〈春光呪咀〉　②25, 249；22, 150 |
| 「ジャズ〔夏のはなしです〕　⑥237 | 春章作一〈春章作中判〉　⑦560 |
| 「車窓のかなた北のはて」　⑦645 | 春章作中判　⑦196 |
| 車中　③180；431 | 春章作中判一〈春章作中判〉　⑦560 |
| 車中〔一〕　⑦48；154, 155 | 春章作中判二〈春章作中判〉　⑦561 |
| 車中〔二〕　⑦117；373 | 春曇吉日　⑤99；109 |
| 「シャーマン山の右肩が」　③33；72 | 準平原の母（外山所見）〈〔こらはみな手を引き交へて〕〉　⑦66 |
| 「蛇紋山地の」　⑥382 | |
| 「蛇紋山地の赤きそら」　⑥201 | 序〔第一集〕　②7, 231 |
| 〔十いくつかの夜とひる〕　⑤227 | 序〔第二集〕　③7；13 |
| 〔十いくつかの夜とひる〕　⑤227；231 | 書院〈〔たそがれ思量惑くして〕〉　⑦44, 45 |
| 潦雨　⑦46；147 | 「性悪しかりし監督の」　⑦359 |
| 「潦雨そゝげば新墾の」　⑦46；147 | 「正午になっても」　⑤58 |
| 収穫の朝〈水霜繁く霧たちて〉　⑦104 | 小憩〈水汲み〉　④15 |
| 修学旅行〈津軽海峡〉　③166 | 冗語　⑤103；114 |
| 自由画検定委員　②472 | 小祠　⑦276；680 |
| 「十月はひまはりを見る」　①347 | 「照準器の三本あしとガラスまど」　①383 |
| 住居　③245；596, 598, 599、⑥264 | 肖像〈さわやかに刈られる蘆や〉　④192, 193 |
| 宗教風の恋　②193, 402；127 | 肖像　⑦78；249 |
| 習作　②32, 255；27 | 肖像〈老農〉　⑦257, 258 |
| 十字軍〈燕麦播き〉　④125 | 「商人ら」〈〔打身の床をいできたり〕〉　⑦29 |
| 「十二時過ぎれば稲びかり」　⑥47；37 | 「商人ら」〈〔商人ら　やみていぶせきわれをあざみ〕〉　⑦157；499 |
| 「十の蜂舎の成りしとき」　⑦175 | 〔商人ら　やみていぶせきわれをあざみ〕　⑦157 |
| 「十里にわたるこの沿線の」　⑥85；72 | |
| 「しゅうれえ」　⑥98；81 | 「四葉の稿紙が」　④351 |
| 〔しゅうれえ　おなごどお〕　⑥98 | 昇冪〈〔寅吉山の北のなだらで〕〉　③419 |
| 樹園　⑦177；529 | 昇冪銀盤〈〔寅吉山の北のなだらで〕〉　③418, 419 |
| 手簡　②433 | |
| 手簡〈公子〉　⑦388 | 昇冪銀盤　⑥227 |
| 「熟した藍や糀のにほひ」　③211 | 「消防小屋のこの軒下に」　⑤55 |
| 宿直〈亜細亜学者の散策〉　③205 | 上流　⑦12；25 |
| 「宿直室の古時計」　⑦418 | 女学校附近〈〔塀のかなたに嘉菟治かも〕〉　⑦415 |
| 「酒精のかほり硝銀の」　⑦43；139 | |
| 「酒精のかほり硝鉄の」　⑦137 | 助教授〈〔翔けりゆく冬のフエノール〕〉　⑦70 |
| 「朱塗の蓋へ」　⑤99 | 職員室　⑦217；591, 592 |
| 「修弥の面けふもかゞやき」　⑦317 | 〔職員室に、こっちが一足はいるやいなや〕　⑤124 |
| 修羅白日〈肖像〉　⑦246 | |
| 「棕梠の葉大きく痙攣し」　⑦663 | 「職員室に、こっちが一足はいるやいなや」 |
| 〔棕梠の葉やゝに痙攣し〕　⑦266 | |

378　詩篇題名・初句索引

⑤124；*147*
「職員諸兄学校がもう砂漠のなかに来てますぞ」
　　　　　③168；*408*
「職員諸兄学校がもうサマルカンドに移ってますぞ」〈氷質の冗談〉　③*403*
「職員諸兄学校がもうサマルカンドに移ってますぞ」〈氷質のジョウ談〉　⑥*255*
触媒〈嬰児〉　③*83*
植物園　　⑥53；*43*
「植民地風のこんな小馬車に」　②*463*
「諸君」　　③*294*
序詞〈奏鳴的説明〉　③*437*
初冬幻想〈〔うとうとするとひやりとくる〕〉
　　　　　③*355, 356*
初七日　　⑦33；*97, 100*
「白髪あたまを日にかざし」　⑦*379*
「白髪かざして高清は」　⑦119；*380*
「白樺たてるこの原の」　⑦*239*
「白樺や楢の群落」　③*118*
「しらくもの」　①*345*
「白いオートの種子を播き」　④*64*
白い鳥　②150, 364；*106*
「白エナメルにて書きし硝子板や」　⑥*104*
「しろきそら」　⑥52；*43*
「白きそらいと近くして」　⑦300；*709*
「白きそらにて　電燈いま消えたり」　①*373*
「しろきそらを」　①*374*
「白孔雀　いま胸をゆすりて光らしめ」　⑥62；*47*
〔白く倒れし萱の間を〕　⑥*124*
〔白く倒れし萱の間を〕　⑥124；*97*
「白と黄いろの水仙を」　⑦*156*
「城のすすきの波の上には」　②132, 348；*97*
「しろびかりが室をこめるころ」　①*351*
真空溶媒　②40, 262；*30*
「信仰によって身を護り」　⑤*103*
心象スケッチ外輪山　⑥189；*135*
心象スケッチ小岩井農場〈小岩井農場〉　②*52*
心象スケッチ春谷暁臥〈春谷暁臥〉　③*510*
心象スケッチ昇曖銀盤〈〔寅吉山の北のなだらで〕〉
　　　　　③*417*
心象スケッチ、退耕　④143；*247*
心象スケッチ朝餐〈朝餐〉　③*464*

心象スケッチ朝餐　⑥*232*
心象スケッチ二篇　⑥*151*
心象スケッチ農事三篇　⑥*146*
心象スケッチ春二篇　⑥*145*
心象スケッチ東岩手火山〈東岩手火山〉　②*84*
心象スケッチ負景二篇　⑥*144*
心象スケッチ　林中乱思　⑤*19*
「心象のはいいろはがねから」　②22, 246；*20*
「心象の燐光盤に」〈冬のスケッチ〉　①*350*
「心象の燐光盤に」〈〔まひるつとめにまぎらひて〕〉
　　　　　⑦*574*
心相　　⑦77；*243, 244, 245*
「地蔵堂の巨きな杉が」　③*474*
「地蔵堂の五本の巨杉が」　③*476*
新年〈来賓〉　⑦*82, 83*
審判　⑦127；*151, 152*
人民の敵〈かれ草の雪とけたれば〉　⑦*268*
「針葉の方の樹木は」　③*297*
森林軌道　③171；*410, 415, 417*
「神話乃至は擬人的なる述述は」　④*90*
「神話乃至は擬人的なる陳述は」　④*171, 175*
図案〈図案下書〉　③*533*
図案下書　③219；*534*
穂孕期　④125；*232*
「水銀は青くひかりて」　⑤159；*174*
水源手記〈〔いま来た角に〕〉　③*92, 97*
〔水仙をかつぎ〕　④*219*
「水仙をかつぎ」〈市場帰り〉　④*143*
「水仙をかつぎ」〈水仙をかつぎ〉　④219；*303*
水部の線　⑦202；*568*
〔水平線と夕陽を浴びた雲〕　③*162*
「水平線と夕陽を浴びた雲」　③*162*
推ھ〈〔われかのひとをこととふに〕〉　⑦*572*
「水路を一つすぽんととんで」　⑥*120*
〔水路を一つすぽんととんでふりかへり〕
　　　　　⑥*166*
「水路を一つすぽんととんでふりかへり」
　　　　　⑥*166*
〔すがれのち萱を〕　④*255*
「すがれのち萱を」　④255；*322*
巨杉〈〔地蔵堂の五本の巨杉が〕〉　③*472, 474, 476*
杉　⑤115；*127, 131*

〔しや〜すき〕　379

| | |
|---|---|
| 「すぎいまはみなみどりにて」 | ①383 |
| 「すきとほつてうすらつめたく」 | ⑥69 |
| 「すきとほつてゆれてゐるのは」 | ②84, 301；66 |
| 「杉なみのひざし」 | ①375 |
| 「杉のいちいちの緑褐の房に」 | ③119；286 |
| 「杉は倒れて」 | ⑤127 |
| 「杉ばやし」 | ①381 |
| スケート〈氷上〉 | ⑦451 |
| 「すこし置きたるかたしもを」 | ①363 |
| 「すこしの雪をおとしたる」 | ①365 |
| 〔す、きすがる、丘なみを〕 | ⑦146 |
| 「す、きすがる、丘なみを」 | ⑦146；461, 462 |
| 「す、きの花や暗い林の向ふのはうで」 | ④27；46 |
| 「鈴の音おぼろに鳴」 | ⑦73 |
| 鈴谷平原 | ②180, 390；121 |
| 裾野〈柳沢野〉 | ⑦344 |
| 「裾野に来れば」 | ⑦344 |
| スタンレー探検隊に対する二人のコンゴー土人の演説 | ⑦292；701 |
| 「酸っぱい胡瓜を嚙んでみんな集めて酒を呑む権右ヱ門熊」 | ④238 |
| 「酸っぱい胡瓜をぽくぽく嚙んで」 | ④24 |
| 「すでに所志を」 | ⑦294 |
| 「ストウブのかげらふのなかに」 | ①382 |
| 「すなどりびとのかたちして」 | ⑦118；377, 378 |
| 昴 | ②202, 411；133 |
| 「すばるの下に二本の杉がたちまして」 | ①366 |
| 「すばるの下にのびたちて二本のくらき杉の房」 | ①366 |
| 「すばるほしうち仰ぎつ、」 | ⑦424 |
| 「すばる星《ほし》たか《高》くあふ《仰》ぎて」 | ⑦425, 426 |
| 「木炭窯のひをうちけしみ」 | ⑦659 |
| 隅田川 | ⑦178；532 |
| 「隅にはセキセイインコいろの白き女」 | ⑦692 |
| 図 四一九号〈奏鳴的説明〉 | ③437 |
| 政客〈早池峯山巓〉 | ⑦290 |
| 政客とその弟子〈早池峯山巓〉 | ⑦290 |
| 清潔法施行 | ④217；302 |
| 「清潔法といったって」 | ④217 |
| 政治家 | ④232；310 |
| 政治家〈〔おい　けとばすな〕〉 | ④151 |

| | |
|---|---|
| 「生しののめの」 | ⑦206 |
| 〔聖女のさましてちかづけるもの〕 | ⑥107 |
| 「聖女のさましてちかづけるもの」 | ⑥107；87 |
| 製炭小屋 | ⑦262；660 |
| 「西天黄ばみ濁れるを」 | ①345 |
| 晴天恣意 | ③22；45, 47 |
| 生徒諸君に寄せる | ④295；355 |
| 〔聖なる窓〕 | ⑦281 |
| 「聖なる窓」 | ⑦281；684 |
| 「青年団が総出にて」 | ⑦518 |
| 清明どきの駅長 | ③201；486, 487, 488 |
| 清明どきの停車場〈清明どきの駅長〉 | ③485 |
| 「西暦一千九百二十七年に於る」〈ダリヤ品評会席上〉 | ④280 |
| 「西暦一千九百二十七年に於る」〈〔歳は世紀に曾って見ぬ〕〉 | ⑦535 |
| 「西暦一千九百二十七年の」 | ④337 |
| 「西暦一千九百三十一年の秋の」 | ⑥116；94 |
| 「瀬川橋と朝日橋との間のどてで」 | ①360 |
| 「石油の青いけむりとながれる火花のしたで」 | ⑤13；11 |
| 雪峡 | ⑦237；621 |
| 「浙江の林光文は」 | ⑦89；278, 279 |
| 「せつなくも月は出で」 | ⑦578, 579 |
| 〔せなうち痛み息熱く〕 | ⑦286 |
| 「せなうち痛み息熱く」 | ⑦286 |
| 施肥〈老農〉 | ⑦257 |
| 「せまるものは野のけはひ」 | ①366 |
| 「ゼラチンのつめたい霧もながれてくるし」 | ③587 |
| セレナーデ〈〔月のほのほをかたむけて〕〉 | ⑦72 |
| セレナーデ　恋歌 | ⑦210；582, 583 |
| 善鬼呪禁 | ③140；339 |
| （一九二九年二月） | ⑤176；189 |
| 選挙 | ⑥269, ⑦61；187, 188 |
| 〔船首マストの上に来て〕 | ⑤198 |
| 「船首マストの上に来て」 | ⑤198；199 |
| 鮮人鼓して過ぐ | ⑥169；124 |
| 「ぜんたい色にしてもです」 | ⑤222；226 |
| 「ぜんたいきみは」〈遠足許可〉 | ⑥262 |
| 「ぜんたいきみは」〈〔野馬かってにこさえたみちと〕〉 | ③349, 351 |
| 「せんたくや」〈軍事連鎖劇〉 | ⑦345 |

「せんたくや」〈冬のスケッチ〉　①348
蠕虫舞手　②53, 275；36
「船長は一人の手下を従へて」　③255
「宣伝用に築きける」　⑦271
線路〈[月の鉛の雲さびに]〉　⑦57, 62
[線路づたひの　雲くらく]　⑥95
「線路づたひの　雲くらく」　⑥95；80
「そいつは四つっ」　③472
僧園　⑦257；648
「造園学のテキストに」　⑦37；108, 109
造園家と助手との対話〈装景家と助手との対話〉
　　⑤234
僧園幻想〈僧園〉　⑦647
造園　装景手記〈装景家と助手との対話〉
　　⑤233
装景家と助手との対話　⑤231；234
装景者　⑤207；207
装景手記　⑥75；62
「さうさねえ」　⑤231
早春　⑦88；277
早春〈[かれ草の雪とけたれば]〉　⑦268
早春独白　③29；59, 63, 65, ⑥266
「喪神のしろいかがみが」　②215, 424；140
増水　④104；201
[僧の妻面膨れたる]　⑦51
「僧の妻面膨れたる」　⑦51；163
奏鳴四一九〈奏鳴的説明〉　③439
奏鳴四一九　⑥253
奏鳴的説明　③183；440
奏鳴プレリード〈奏鳴的説明〉　③437
宗谷〔一〕　⑦261；657
宗谷〔二〕　⑦263；661
宗谷挽歌　②465；201
「さう、やまつつじ」　⑤207；207
霜林幻想〈[うとうとするとひやりとくる]〉
　　③357
葱嶺先生の散歩　③282；653, 658, 660, ⑥289
「俗人技師の鎔岩流に対する意見」　③515
測量〈[おい　けとばすな]〉　④152
測量〈[天狗薹　けとばし了へば]〉　⑦427, 428
「測量班の人たちから」　③272；637
「そこは水路で」　⑤36
「そこは盆地のへりにして」　⑦39, 41

「そしてわたくしは死ぬのだらう」　⑤187
[そしてわたくしはまもなく死ぬのだらう]
　　⑤175
「そしてわたくしはまもなく死ぬのだらう」
　　⑤175
[そゝり立つ江釣子森の岩頸と]　⑥163
「そゝり立つ江釣子森の岩頸と」　⑥163；118
「粗朶でさゝえた稲の穂を」　④20
卒業式　⑦162, 507；508
[ソックスレット]　④161
[ソックスレット]〈実験室小景〉　④78
[ソックスレット]〈[ソックスレット]〉
　　④161；271
測候所　③33；72
測候所幻想〈測候所〉　③71
[その青じろいそらのしたを]　④267
「その青じろいそらのしたを」〈金策〉　④185
「その青じろいそらのしたを」〈[その青じろいそら
　　のしたを]〉　④267；329
[そのうしろにて朗らなる]　⑦307
[そのうす青き玻璃の器に]　⑤171
「そのうす青き玻璃の器に」　⑤171；183
[その恐ろしい黒雲が]　⑤142
[その恐ろしい黒雲が]　⑤142；162
[その洋傘だけでどうかなあ]　③154
「その洋傘だけでどうかなあ」〈[その洋傘だけでど
　　うかなあ]〉　③154；382, 385
「その洋傘だけでどうかなあ」〈客を停める〉
　　⑥270
[そのかたち収得に似て]　⑦244
「そのかたち収得に似《肖》て」　⑦244；629
「そのかみの博物館を」　⑦319
「その川へはしをかけたらなんでもない」
　　①349
「そのきらびやかな空間の」　②34, 257；28
その頃に於ける影〈未来圏からの影〉　③433
その父と会ふ〈会見〉　⑤69
「その手はけぶる砒硫の香」　⑦248
「そのとき青きうつろのなかに」　①348
「そのとき角のせんたくや」　⑦346
「そのとき桐の木みなたちあがり」　①360
「そのとき人工の火ひらめきて」　①348
[そのとき嫁いだ妹に云ふ]　③186

（すき〜その）　381

「そのとき嫁いだ妹に云ふ」　③186；*445*
〔そのときに酒代つくると〕　⑦19
「そのときに酒代つくると〕　⑦19；*56*
「そのとき　雪の蟬」　①364
「そのときわたくしは嫁いだ妹にいふ」　③*444*
「そのどろの木の根もとのとこで」　③*613*
「その服は」〈〔甲助　今朝まだくらゐに〕〉　④*92*
「その服は」〈〔野原はわくわく白い偏光〕〉
　　　　④*282*
「その南の三日月形の村は」　③*596*
「そは一ぴきのエーシャ牛」　③137；*431, 432*
「そはおそらくは日輪なりなんと」　①*355*
〔そもそも拙者ほんものの清教徒ならば〕　⑤*43*
〔そもそも拙者ほんものの清教徒ならば〕　⑤*43*
「穹窿いっぱいの竜どもが」　③*367*
「そらがまるっきりばらいろで」　④195；*290*
「そらしろく水かさまして」　④*145*
「そら白くして天霧し」　⑦*301*
「そらしろびかり」　①*365*
「そら中にくろくもが立ち」　①*376*
「そらに酵母の雲わたし」　⑦*581*
「そらにはちりのやうに小鳥がとび」　②219,
　　*428*；*142, 143*, ⑥*249*
「そら、ね、ごらん」　②92, 308；*71*
「そらの青びかりと酵母のくも」　①*389*
「そらの散乱反射のなかに」　②101, 317；*76*
「そらの微光にそゝがれて」　④*263*
「そらの若き母に」　①*365*
「そらの椀」　①*384*
「そらはよどみてすぎあかく」　①*384*
〔それでは計算いたしませう〕　⑤*201*
「それでは計算いたしませう」　⑤201；*201*
「それ歯磨をかけながら」　⑦*363*
「そろそろ戻って」　⑤*57*
村道　⑦49；*157*
村道〈塩水撰・浸種〉　③*50, 52, 54*
「そんなおかしな反感だかなんだか」　③*429*,
　　⑥*236*
「そんなにひまなら」　④*321*
「そんなに無事がくるしいなら」　④*253*

## た

「体温朝より三十八度なれども」　⑦*606*

大学教授〈亜細亜学者の散策〉　③*205*
退耕　⑦86；*269, 270*
退耕〈〔温く妊みて黒雲の〕〉　⑦*20*
退耕〈電気工夫〉　⑦*458*
「第三黒きぼろオーバ」　⑦*158*
第三芸術　⑤30；*27*
第四梯形　②205, 414；*134*
対酌　⑦277；*681*
退職技手　⑦23；*71*
台地　④120；*226*
「大なる枝垂の栗の下にて」　⑦*687*
大菩薩峠の歌　⑥374；*174；524*
太陽マヂックのうた　⑥*333*
第四梯形　②205, *414*
「倒した杉は」　⑤*115*
〔倒れかかった稲のあひだで〕　④147, ⑤*208*
〔倒れかかった稲のあひだで〕　④147, ⑤208；
　　*208*
「倒れた稲や萱穂の間」　④106；*203*
「倒れた稲を追ひかけて」　④286；*343*
「倒れた杉は」　⑤*131*
「互に呼んで鍬をやめ」　⑤81；*86*
「高書記よ」　⑦*508*
「高田」　⑤145；*164*
高橋武治の兄に贈る〈〔高橋武治の兄に贈る〕〉
　　　　④*348*
「高洞山に雪うずみ」　⑦*370*
滝沢野　②116, 332；*83*
「タキスと」　⑦*236*
〔滝は黄に変って〕　③*278*
「滝は黄に変って」　③*278*
「滝は黄に変り」　③*643*
「たくさんの青い泉と」　③*597*
「たくさんの藍燈で照明された」　③*544*
宅地　④65；*127*, ⑦*243*
「逞ましい頬骨と大きく深く切れたこの眼」
　　⑤*68*
「竹ごうり小きをになひ」　⑦*650*
「猛しき現場監督の」　⑦113；*360*
「たけしき耕の具を帯びて」　⑥268, ⑦55；*172,*
　　*173*
竹と楢　②114, 330；*82*
「たけにぐさに」　⑤139；*159*

黄昏　⑦140；*441, 442*
〔たそがれ思量惑くして〕　⑦17
「たそがれ思量惑くして」　⑦17；*45*
〔た"がたくなのみをわぶる〕　⑦242
「た"がたくなのみをわぶる」　⑦242
「叩きつけられてゐる」　⑤*169*
「た"よひてみゆ」　①*383*
「立ちがれしいたやのしたに」　⑦*657*
〔館はやかたのはななれば〕　⑦249
「館はやかたのはななれば」　⑦249；*636, 637*
七夕〈〔二山の瓜を運びて〕〉　⑦232
谷　②27, 251；*23*
渓〈渓にて〉　③*576, 578*
谷〈製炭小屋〉　⑦*659*
「谷権現のまつ《祭》りとて」　⑥273，⑦63；*197, 198, 199*
「谷権現の祭りにて」　⑦*196*
「谷権現の祭り日を」　⑦*195*
渓にて　③233；*579*
「谷の上が」　③*584*
「谷の上の秘処に来りて」　⑦*669*
谷の味爽に関する童話風の構想〈〔北いっぱいの星空に〕〉　③247
「渓を覆ったいたやの脚を」　③578；*579*
種馬検査日　③263；*619*
種山ヶ原　③225；*557*，⑥368，⑦66；*207*
種山ヶ原　三〈種山ヶ原〉　③*553*
「種山ヶ原の、雲の中で刈った草は」　⑥*359*
〔「種山ヶ原の夜」の歌一〕〈応援歌〉　⑥*386*
〔「種山ヶ原の夜」の歌二〕〈剣舞の歌〉　⑥*357*
〔「種山ヶ原の夜」の歌三〕〈牧歌〉　⑥*359*
種山と種山ヶ原〈種山ヶ原〉　③*545*
〔他の非を忿りて数ふるときは〕　⑥*102*
「他の非を忿りて数ふるときは」　⑥102；*85*
「たばこのけむりかへって天の」　①*348*
茶毘〈〔雪うづまきて日は温き〕〉　⑦*19*
たび人　②113, 329；*81*
「凝灰岩もて畳み杉植ゑて」　⑦90；*280, 281*
「たましひに沼気つもり」　①*361*
「たまたまに」　⑥*119*
〔たまたまに　こぞりて人人購ふと云へば〕　⑥*164*
「たまたまに　こぞりて人人購ふと云へば」

⑥164
「濁みし声下より叫ぶ」　⑦*191*
「たむぼりんも遠くのそらで鳴つてるし」　②63, 284；*56*
「だめでせう」　⑤140；*160*
「たよりなきこそこゝろなれ」　⑦*242*
「たよりになるのは」〈くらかけの雪〉　②*14*
「たよりになるのは」〈くらかけ山の雪〉　②*238*
ダリア〈菱花〉　⑦*137*
ダリア展（以下不明）〈菱花〉　⑦*134*
ダリア展覧会〈菱花〉　⑦*137*
ダリア品評会〈菱花〉　⑦*137*
ダリヤ品評会席上　④280；*338*
ダリヤ品評会に於るスピーチ〈ダリヤ品評会席上〉　④*337*
ダルゲ　⑤196；*198*
嘆願隊　⑦151；*481, 481*
単体の歴史〈亜細亜学者の散策〉　③*205*
探偵〈〔月のほのほをかたむけて〕〉　⑦*72*
「丹藤に越ゆるみかげ尾根」　⑦96；*299, 300*
断片〈〔老いては冬の孔雀守る〕〉　⑦*255*
〔たんぼのなかの稲かぶが八列ばかり〕　④*168*
「たんぼのなかの稲かぶが八列ばかり」　④168；*276*
短夜　⑦111；*351, 352*
「地球照ある七日の月が」　③72；*176*
「ちぎられし」　①*354*
チク寺〈涅槃堂〉　⑦*395*
〔小き水車の軸棒よもすがら軋り〕　⑥*94*
「小き水車の軸棒よもすがら軋り」　⑥94；*79*
〔小きメリヤス塩の魚〕　⑦*153*
「小きメリヤス塩の魚」　⑦153；*490*
地質調査（海蝕台地）　③*75*
「ぢしばりの蔓」　④*216*
知人〈〔向ふも春のお勤めなので〕〉　③*126*
父と子〈〔水楢松にまじらふは〕〉　⑦*353*
「父よ父よ」　⑥*124*
「ちぢれたる雲のま下に」　⑦487；*488*
〔ちぢれてすがすがしい雲の朝〕　④*207*
「ちぢれてすがすがしい雲の朝」　④207；*297*
「ぢっとつめたく、松のあしのうごくをなが」　①*374*
地点〈〔沃度ノニホヒフルヒ来ス〕〉　⑦*223*

（その～ちて）　383

「血のいろに月はゆがみて」　⑦151
「血のいろにゆがめる月の」　⑦151
〔血のいろにゆがめる月は〕　⑦47
「血のいろにゆがめる月は」　⑦47；152
「地平線近くのしろびかりは」　①366
「地平は雪と藍の松」　⑦372, 373
茶亭〈祭日〔一〕〉　⑦197
中尊寺〔一〕　⑦150；480
中尊寺〔二〕　⑦300；709
〔中風に死せし新 が〕　⑥158
「中風に死せし新 が」　⑥158；115
朝餐　③193；468
頂上〈岩手山巓〉　⑦367
〔丁丁丁丁丁〕　⑤152
「丁丁丁丁丁」　⑤152
眺望　⑦128；404
著者　⑦37；108, 109
「ちり落ち来り」　①358
「塵のごと小鳥なきすぎ」　⑦237；621
「竟に卑怯でなかったものは」　④94；181
塚と風　③123；289
津軽海峡　②457；200, ③70；166
「つかれて渇いて」　④231
月蝕し、ゴビの砂塵によるといふく〔血のいろにゆがめる月は〕〉　⑦149
「つぎつぎに」　①385
「月盲ひに」　⑦523
「月の惑みと」　③158；390, 392, 393
「月のたわむれかば《觀》るころ」　⑦452, 453, 454
「月のたはむれ薫ゆるころ」　⑦143
〔月の鉛の雲さびに〕　⑦20
「月の鉛の雲さびに」〈〔月の鉛の雲さびに〕〉　⑦20；58, 60, 62, 63, 64, 65
「月の鉛の雲さびに」〈冬のスケッチ〉　①385
〔月のほのほをかたむけて〕　⑦24
「月のほのほをかたむけて」　⑦24；76, 77
「槻の向ふに日が落ちて」　⑤39
「月は水銀、後夜の喪主」〈東岩手火山〉　②118, 334；84, 89
「月は水銀後夜の喪主」〈心象スケッチ外輪山〉　⑥189；135
「月盲ひに」　⑦523

月夜のでんしんばしらの軍歌　⑥331
〔つたもからませ〕　⑥130；100
〔土も堀るだらう〕　④46
〔土も堀るだらう〕　④91
〔土も堀るらんあるときは〕　⑦706
〔土をも堀らん汗もせん〕　⑦298
「土をも堀らん汗もせん」　⑦298
「つ、ましく肩をすぼめし家並に」　①372
「罪はいま疾にかはり」〈囈語〉　④264；182, 327
「罪はいま疾にかはり」〈病中幻想〉　⑦235
〔つめくさの花の　咲く晩に〕〈〔「ポラーノの広場」の歌二〕〉　⑥350
「つめくさの花《はな》の」　⑥350, 352
〔つめくさのはなの　終る夜は〕〈〔「ポラーノの広場」の歌三〕〉　⑥352
「つめくさひともす」〈ポラーノの広場のうた〉　⑥354
「つめくさ灯《ひ》ともす」〈ポランの広場〉　⑦208, 209, 210, 212, 213
「つめくさひともす　宵の広場」　⑦67
「つめくさ灯ともす宵のひろば」　⑦212
「つめたい雨も木の葉も降《ふ》り」〈凍雨〉　③143；342, 343, 345, 346
「つめたい雨も木の葉も降り」〈県道〉　⑥287
〔つめたい海の水銀が〕　③79
「つめたい海の水銀が」　③79
〔つめたい風はそらで吹き〕　③206
「つめたい風はそらで吹き」　③206；499
「つめたいゼラチンの霧もあるし」　③240；590
〔つめたき朝の真鍮に〕　⑦219
「つめたき朝の真鍮に」〈〔つめたき朝の真鍮に〕〉　⑦219；594
「つめたき朝の真鍮に」〈冬のスケッチ〉　①358
「つめたくうららかな蒼穹のはて」　③22；45, 47
〔氷柱《つらら》かゞやく窓のべに〕　⑦26
「氷柱《つらら》かゞやく窓のべに」　⑦26；79
「泥岩遠き」　⑦128
〔停車場の向ふに河原があって〕　別7
〔丁丁丁丁丁〕　⑤152
「丁丁丁丁丁」　⑤152
停留所にてスキトンを喫す　④122；228
「手織の麻の胸をあけ」　⑤64

| | | | |
|---|---|---|---|
| 「掌が熱くって」 | ⑤126 | 「東京よ」 | ⑥53；43 |
| 「掌がほてって寝つけないときは」 | ⑤114 | 峠 | ③166；401 |
| 「でこぼこの地平線」 | ①379 | 峠〈〔吹雪かゞやくなかにして〕〉 | ⑦174 |
| 「鉄階段をやっとのことで」 | ⑤196；198 | 峠の上で雨雲に云ふ | ④259；325 |
| 鉄道工夫〈保線工手〉 | ⑦200,201 | 「トウコイスのいた」 | ①388 |
| 〔鉄道線路と国道が〕 | ③65 | 銅壺屋〈黄昏〉 | ⑦440 |
| 〔鉄道線路と国道が〕 | ③65 | 島祠〈〔つめたい海の水銀が〕〉 | ③185,187 |
| 「鉄塔ひとしく香氣を噴く」 | ⑥108 | 童詩風〈〔東の雲ははやくも蜜の色に燃え〕〉 | |
| 〔手は熱く足はなゆれど〕 | ⑤161 | | ③111 |
| 「手は熱く足はなゆれど」 | ⑤161 | 〔同心町の夜あけがた〕 | ④72 |
| 「ではまあ　なんて帰るつもりか」 | ③377 | 「同心町の夜あけがた」 | ④72；139,140,141 |
| 田園の歌〈ポランの広場〉 | ⑦208 | 銅線 | ②115,331；82 |
| 田園迷信 | ⑦175；526 | 痘瘡 | ③28；57,58 |
| 電軌工事〈〔朝のうちから〕〉 | ③568,571 | 痘瘡（幻聴）〈痘瘡〉 | ③57 |
| 電気工夫 | ⑦145；458,460 | 痘瘡（幻聴） | ⑥218 |
| 天球図〈〔硫黄いろした天球を〕〉 | ③441,442 | 「どうだここはカムチャッカだな」 | ②472 |
| 「天狗巣病にはあらねども」〈郡属井原忠右エ衛門〉 | | 塔中秘事 | ⑦101；321 |
| | ⑦573 | 「どうですか《、》この鎔岩流は」 | ③211；513,516 |
| 「天狗巣病にはあらねども」〈冬のスケッチ〉 | | 「たうたう稲は起きた」 | ④110 |
| | ①372 | 同〔春章作〕二〈春章中中判〉 | ⑦560 |
| 「天狗薰」 | ⑦428 | 「陶標春をつめたくて」 | ⑦70；221,222 |
| 〔天狗薰　けとばし了へば〕 | ⑦136 | 「どうもこの」〈痘瘡〉 | ③57,58 |
| 「天狗薰　けとばし了へば」 | ⑦136；430 | 「どうもこの」〈痘瘡（幻聴）〉 | ⑥218 |
| 電車 | ②105,321；77, ④82；159 | 「銅もまだ融け出さず」 | ②35 |
| 「電車のはしらはすなほなり」 | ①373 | 「玉蜀黍を播きやめ環にならべ」 | ⑦168 |
| 展勝地 | ⑤189 | 東洋学者の散策〈亜細亜学者の散策〉 | ③207 |
| 「天上に青白い顔が見える」 | ①367 | 東洋学者の散歩〈亜細亜学者の散策〉 | ③207 |
| 「電信のオルゴール」 | ①382 | 東洋学者の散歩〈葱嶺先生の散歩〉 | ③652 |
| 「でんしんばしらの気まぐれ碍子の修繕者」 | | 童話演出家へ〈〔その洋傘だけでどうかなあ〕〉 | |
| | ②112,328；81 | | ③383 |
| 「でんしんばしらのぐんたいは」 | ⑥331 | 童話旅行家へ〈〔その洋傘だけでどうかなあ〕〉 | |
| 「電信ばしらの乱立と」 | ④171；278 | | ③383 |
| 電線工夫 | ②112,328；81 | 「遠く枯岬　かがやきて」 | ⑦241 |
| 「電線には蜘蛛の糸がはられ」 | ⑥118；95 | 「遠く枯草かゞやきて」 | ⑦241,242 |
| 「電線は伸びてオルゴールもきこえず」 | ③50,52 | 〔遠く琥珀のいろなして〕 | ⑦76 |
| 天然誘接 | ②106,322；78 | 「遠く琥珀のいろなして」 | ⑦76 |
| 電話〈〔燈を紅き町の家より〕〉 | ⑦508 | 〔遠くなだれる灰いろのそらと〕 | ④189 |
| 樋番〈渇水と座禅〉 | ③535,537 | 「遠くなだれる灰いろのそらと」〈札幌市〉 | |
| 凍雨 | ③143；342,343,345 | | ④104 |
| 桐下倶楽部〈盛岡中学校〉 | ⑦632 | 〔遠くなだれる灰いろのそらと〕〈〔遠くなだれる灰いろのそらと〕〉 | |
| 〔東京〕 | ⑥52；42 | | ④189；287 |
| 「東京の」 | ⑥54；43 | 「遠くなだれる灰光と」 | ④53；105 |

(ちの〜とお)　385

「遠くなだれる灰光のそらと」　④104
「遠く春べと見えにつゝ」　⑦240
峠の上で雨雲に云ふ〈県技師の雲に対するステートメント〉　④170
「十の蜂舎の成りしとき」　⑦175
「　と思ふのであります」　④267
「時しも岩手軽鉄の」　⑦133；419
「ときにわれ胸をいたづき」　⑦11
篤信の写真師〈[雪とひのきの坂上に]〉　⑦676
独白　⑤186
〔徒刑の囚の孫なるや〕　⑥138
「徒刑の囚の孫なるや」　⑥138；102
「溶けてまばゆき松の針」　⑦248
「どこからかチーゼルが刺し」〈陽ざしとかれくさ〉　②28；24
「どこからかチーゼルが刺し」〈陽ざしと枯草〉　⑥206
「どこへ行くんだ」　④93
床屋の弟子〈崖下の床屋〉　⑦191
「土佐絵その他の古い絵巻にある」　⑤233
「歳に七度はた五つ」　⑦155；496
「歳に七度はた五度」　⑦495
〔歳は世紀に謇って見ぬ〕　⑦181
「歳は世紀に謇って見ぬ」　⑦181；537
途上二篇　②223；144
土性調査慰労宴〈[夜をま青き繭むしろに]〉　⑦88
「途中の空気はつめたく明るい水でした」　④153
「ドツテテドツテテ、ドツテテド」　⑥331
「とにかくこゝから草削をかつひで」　④24
「外の面には春日うららに」　⑦253；642
「とびいろのはたけがゆるやかに傾斜して」　②77, 294；63
〔扉を推す〕　④205
「扉を推す」〈[あの大もののヨークシャ豚が]〉　④119
「扉を推す」〈扉を推す〉　④205；296
「途方にくれて粟のはたけのなかにたち」　③305
「朋らいま羅漢堂にて」　⑦394
〔寅吉山の北のなだらで〕　③173
「寅吉山の北のなだらで」〈昇暮銀盤〉　⑥227

「寅吉山の北のなだらで」〈[寅吉山の北のなだらで]〉　③173；417, 418, 419
「銅鑼と看板サクソホン」　⑦391
〔銅鑼と看版　トロンボン〕　⑦123
「銅鑼と看版　トロンボン」　⑦123；392
ドラビダ風　④230；308
ドラビダ風〈[一昨年四月来たときは]〉　④107
ドラビダ風の耕者〈ドラビダ風〉　④308
鳥〈[この森を通りぬければ]〉　③223, 224
鳥　⑥208
「鳥居の下の県道を」　⑦283
「鳥がいっぴき葱緑の天をわたって行く」　③82；193, 194, 196
鳥がどこかでまた青じろい舌《尖舌》を出す〈[落葉松の方陣は]〉　③294, 295
寄鳥想亡妹〈[この森を通りぬければ]〉　③227
鳥の遷移　③82；193, 194, 196
「鳥はコバルト山に翔け」　③143
〔どろの木の下から〕　③41
「どろの木の下から」　③41
〔どろの木の根もとで〕　③258
「どろの木の根もとで」　③258
「トンネルへはいるのでつけた電燈ぢやあないのです」　②105
「トンネルへはいるのでつけた電燈ぢやないのです」　②105, 321；77

## な

〔鳴いてゐるのはほととぎす〕　⑤47
「鳴いてゐるのはほととぎす」　⑤47
「直き時計はさま頑く」　⑦145；460
「中空は青くうららかなのに」　③66
「中空は晴れてうららかなのに」　③31；68, 69
「ながれ入るスペクトルの黄金」　①382
〔ながれたり〕　⑦197
「ながれたり」　⑦197；561
「嘆きあひ」　⑦277；681
「なぜ吠えるのだ、二匹とも」　②130, 346；96
なだれ〈雪峡〉　⑦620
夏　③80；191, ⑤32；29
夏〈[北上川は葵気をながしゐ]〉　③232, 240
夏〈[二山の瓜を運びて]〉　⑦232
夏幻想〈[北上川は葵気をながしゐ]〉　③231,

　　　　233, 237
夏構想〈[北上川は葵気をながしィ]〉　③240
「鳴つてるし」　②69
「夏の稀薄から却って玉髄の雲が凍える」
　　②457
夏夜〈短夜〉　⑦350
「七重の舎利の小塔を」　⑦479, 480
「七つ森のこつちのひとつが」　②13
「なにいろをしてゐるともわからない」　③38；
　83, 84
[何かをおれに云ってゐる]　⑤37
「何かをおれに云ってゐる」　⑤37；33
「何座だらうともう一遍そっちを見ましたら」
　①378
[何もかもみんなしくじったのは]　④228
「何もかもみんなしくじったのは」　④228；308
「なにゆゑかのとき」〈冬のスケッチ〉　①348
「なにゆゑかのとき」〈[われかのひとをこととふ
　に]〉　⑦571
「なにゆゑかのとき協はざる」　⑦572
「なにゆゑかのときちがひの」　①348
[何をやっても間に合はない]　④117, 289
「何をやっても間に合はない」　④117, 289；224,
　346
「なべてのまこといつはりを」　⑤169
[なべてはしけく　よそほひて]　⑦255
「なべてはしけく」　⑦255
「なべて葡萄に花さきて」　⑦185；541
「なべて吹雪のたえまより」　⑦91；286
「生温い風が川下から吹いて」〈[一昨年四月来たと
　きは]〉　④107
「生温い風が川下から吹いて」〈ドラビダ風〉
　④230；309
[生温い南の風が]　④135
「生温い南の風が」〈[一昨年四月来たときは]〉
　④108
「生温い南の風が」〈[生温い南の風が]〉　④135
「なまこぐものへり」　①372
「生温い風が川下から吹いて」〈[一昨年四月来たと
　きは]〉　④107
「生温い風が川下から吹いて」〈ドラビダ風〉
　④230；309
[生温い南の風が]　④135

「生温い南の風が」〈[一昨年四月来たときは]〉
　④108
「生温い南の風が」〈[生温い南の風が]〉　④135
[鉛いろした月光のなかに]　⑤22
「鉛いろした月光のなかに」　⑤22
[鉛のいろの月しろに]　⑦608
[鉛のいろの冬海の]　⑦274
「鉛のいろの冬海の」　⑦274；677
「並樹の松を急ぎ来て」　⑦568
「なやみは」　①364
「ならび落つる」　①355
[狎れて嘲笑めるはた寒き]　⑦104
「狎れて嘲笑めるはた寒き」　⑦104；328, 329
「猥れてぬすめるはた寒き」　⑦327
「なんぢら玉蜀黍の種子を置け」　⑦166
「南西の和風が」　④111, 291
「なんだこの眼は　何十年も見た眼だぞ」
　⑥101；83
「何といふおれは臆病者だ」〈[何といふおれは臆病
　者だ]〉　④341
「何といふおれは臆病者だ」〈[もうはたらくな]〉
　④215
[何といふりっぱなぢしばりだ]　④292
[何と云はれても]　④233
「何と云はれても」　④233；311
「南風酸醸し」　⑦204
[南風の頬に酸くして]　⑦65
「南風の頬に酸くして」　⑦65；205
「南風頬に酸くして」　⑦204
「なんぼあしたは木炭を荷馬車に山に積み」〈過労
　呪禁〉　⑥211
「なんぼあしたは木炭を荷馬車に山に積み」〈善鬼
　呪禁〉　③140；337, 339
「南方に汽車いたるにつれて」　⑥142
「南方に汽車いたるにつれて」　⑥142；105
「（不明）に朝日が融けて」　③540
煮売〈祭日[一]〉　⑦198
二月　⑦114；361, 362
二学期〈[盆地に白く霧よどみ]〉　⑦42
「二鐘うて八時十分」　⑦288
「膠とわづかの明礬が」　⑥31；25
憎むべき「隈」弁《辨》当を食ふ　⑤70；73
[濁った光の澱の底]　⑥83

（とお～にこ）　387

「濁った光の澱の底」　⑥83；71
「にごって泡だつ苗代の水に」　③221；535, 537
「にごり谷雨はくらきを」　⑦482
「虹がきれいなので」　③379
「二時がこんなに暗いのは」　④115
「二時がこんなにくらいのは」〈〔倒れかかった稲のあひだで〕〉　④252
「二時がこんなに暗《くら》いのは」〈〔二時がこんな暗いのは〕〉　④115；221, 222
「二時がこんなにくらいのは」〈路を問ふ〉　④287；345
「西風が吹き西風が吹き」　③479
「西公園の台の上にのぼったとき」　①377
〔西のあをじろがらん洞〕　⑦161
〔西のあをじろがらん洞〕　⑦161；506
「西の黄金の」　①345
「西は黒くもそらの脚」〈職員室〉　⑦591
「西は黒くもそらの脚」〈冬のスケッチ〉　①375
「西は箱ヶと毒ヶ森」　⑦105；329, 330
「西は雪ぐも亘せるに」〈職員室〉　⑦592
「西は雪ぐも亘せるに」〈冬のスケッチ〉　①375
虹を来る医者〈〔向ふも春のお勤めなので〕〉　③125
虹を来る判事〈〔向ふも春のお勤めなので〕〉　③122, 124
〔二川こゝにて会したり〕　⑦250
〔二川こゝにて会したり〕　⑦250
〔二川こゝにて会すとや〕　⑦639
「日曜にすること」　①367
「日輪光燿したまふを」　①390
日輪と太市　②15, 239
日直〈〔その洋傘だけでどうかなあ〕〉　③383
〔鈍い月あかりの雪の上に〕　④44
〔鈍い月あかりの雪の上に〕　④44；89
「鈍った雪をあちこち載せる」　③188；448, 451
〔日本球根商会が〕　⑦154
〔日本球根商会が〕　⑦154；493, 494
「にはかにも立ち止まり」　①360
「にはとこが」　③520
「にはとこ(二字不明)が月光いろにさいたので」　③519
「ぬかるみにりんと立ちたるすがめの子」　⑦476

「ぬさをかざして山つ祇」　⑦40；126, 127
ぬすびと　②20, 244
〔盗まれた白菜の根へ〕　④38
〔盗まれた白菜の根へ〕　④38
「ぬすまんとして立ち膝し」〈中尊寺〔一〕〉　⑦479
「ぬすまんとして立ち膝し」〈冬のスケッチ〉　①350
〔沼のしづかな日照り雨のなかで〕　④272
「沼のしづかな日照り雨のなかで」〈〔さわやかに刈られる蘆や〕〉　④192
「沼のしづかな日照り雨のなかで」〈〔沼のしづかな日照り雨のなかで〕〉　④272；331
「沼はきれいに鉋をかけられ」　②400
「温く孕みて雲のひら」　⑦20
「温く孕みて黒雲の」　⑦10
「温く孕みて黒雲の」　⑦10；21
「温く含んだ南の風が」　③91
「温く含んだ南の風が」　③91
「根こそげ抜いて行くやうな人に限って」　⑤215；219
〔熱たち胸もくらけれど〕　⑤157
〔熱たち胸もくらけれど〕　⑤157；173
〔熱とあえぎをうつ、なみ〕　⑤167
〔熱とあえぎをうつ、なみ〕　⑤167
〔熱とあえぎをよそにして〕　⑤179
熱またあり　⑤159；174
「ねばつちですから桐はのびないのです」　①367
涅槃堂　⑦125；394, 397, 398
〔ねむのきくもれる窓をすぎ〕　⑥128
〔ねむのきくもれる窓をすぎ〕　⑥128；99
〔眠らう眠らうとあせりながら〕　⑤150
〔眠らう眠らうとあせりながら〕　⑤150；167
〔根を截り〕　④193
〔根を截り〕〈〔一昨年四月来たときは〕〉　④106
〔根を截り〕〈〔根を截り〕〉　④193；289
農学校歌　⑦306；715
農学校教師が(以下不明)〈〔朝のうちから〕〉　③568
農場〈塔中秘事〉　⑦318
〔野馬がかってにこさえたみちと〕　③145
〔野馬がかってにこさえたみちと〕　③145, 351,

388　詩篇題名・初句索引

353
農民劇団〈[そのとき嫁いだ妹に云ふ]〉　③444
「農民ら病みてはかなきわれを嘲り」　⑦27
「残りはくらい七日の月が」　③172
野の師父　④106 ; 203
野の師父〈表彰者〉　④257
[野馬がかってにこさえたみちと]　③145
[野馬がかってにこさえたみちと]　③145, 351, 353
「のばらにからだとられたり」　①346
「野ばらの藪を」　④52
「野ばらの藪をとってしまったとき」　④103
「野原は残りのまだらな雪と」　④49 ; 99
[野原はわくわく白い偏光]　④179
[野原はわくわく白い偏光]　④179
「野はらも山も日が照って」　④14
[野馬がかってにこさえたみちと]　③145
[野馬がかってにこさえたみちと]　③145, 351, 353

## は

「(不明)鉄柱」　③606
「灰いろはがねのいかりをいだき」〈[卑屈の友らをいきどほろしく]〉　⑦569
「灰色はがねのいかりをいだき」〈冬のスケッチ〉　①388
肺炎　⑤226 ; 228
「肺炎になってからの十日の間」　⑥169 ; 124
廃屋手入〈[あしたはどうなるかわからないなんて]〉　⑤79
廃坑　⑦97 ; 304, 305
「灰鋳鉄のいかりをいだき」　⑦569
「灰鋳鉄のやみのそこにて」　⑦370
「灰鋳鉄のよるのそこ」　①370
[這ひ松の]　⑥89
[這ひ松の]　⑥89 ; 76
「博士よきみの声顫ひ」　⑤172
「ばかばかしからずや」　⑦38
「ばかばかしきよかの邑は」　⑦15 ; 38, 39
バガボンド〈釜石よりの帰り〉　⑦649
[白金環の天末を]　⑦87
[白金環の天末を]　⑦87
白菜畑　④33 ; 57

白菜畑〈[盗まれた白菜の根へ]〉　④63, 64
白菜畑〈[十いくつかの夜とひる]〉　⑤229
「白菜はみなまっしろな」　④65
「白菜はみな水いろで」　④65, 66
[白菜はもう]　④129
[白菜はもう]　④129 ; 235
「白日雲の角に入り」　⑦243
「白日黒の島に入り」　⑦627
「白人白人いづくへ行くや」　⑦701
博物館　⑥52 ; 43
「博物館も展覧会もとびらをしめて」　⑥50 ; 39
「薄明穹黄ばみ濁り」　①345
柏林幻想〈[うとうとするとひやりとくる]〉　③357
「烈しいかげらふの波のなかを」　③195 ; 470
[バケツがのぼって]　④50
[バケツがのぼって]　④50 ; 101
「バケツのなかへ何か入ってうごいてゐる」　④101
「バケツをもって岸辺に来れば」　④132
化物丁場　⑦118 ; 377, 378
函館港春夜光景　③72 ; 168, 169, 170, 172, 176
函館港春夜情景〈函館港春夜光景〉　③169
函館港春夜真景〈函館港春夜光景〉　③169
「葉桜の梢のかなた」　⑦149
はしか〈痘瘡〉　③58
麻疹〈痘瘡〉　③58
[美しき夕陽の色なして]　⑤158
[美しき夕陽の色なして]　⑤158
「橋の燈も落ちよとばかり」　⑦360
橋場線七つ森下を過ぐく〈[鷺宿はこの月の夜を雪ふるらし]〉　⑦381
「はじめのみなみ風なるを」　①360
[はじめは]　⑦22
[はじめは沼のほととぎす]　⑦22
「ばしゃばしゃした狸の毛を耳にはめ」　③180 ; 431
「はせ行く汽車の窓あかく」　⑦58, 61
畑〈亜細亜学者の散策〉　③205
「はたけの暗い雪のなかに」　④273
「畑を過ぎる鳥の影」　④7 ; 11, 12
「校圃を抜けて」　③594
「牛酪の粒噴く柳の条」　⑦341

（にこ～はた）　389

「はたらきまたはいたつきて」　⑦69；*220*
「蜂が一ぴき飛んで行く」　②180, 390；*121*
「八月も終れるゆゑに」　⑥53；*43*
八戸　⑦179；*534*
「蜂蜜いろの夕陽のなかを」　④125
「廿日月」　⑦174
「二十日月かざす刃は音無しの」　⑥374
「白金環の天末の」　⑦272, 274
発電所　③188；*447, 448, 452*
発電所〈〔雪と飛白岩の峯の脚〕〉　③*660, 662*
発電所技師Y氏に寄す〈発電所〉　③*451*
発動機船　③163
発動機船〈発動機船　三〉　⑤*10*
発動機船　一　⑤10；*8*
発動機船　第二〈発動機船〉　⑤255；*611*
発動機船　三　⑤13；*11*
「発動機船の船長は」　⑤*611*
〔はつれて軋る手袋と〕　③190
「はつれて軋る手袋と」〈移化する雲〉　⑥282
「はつれて軋る手袋と」〈〔はつれて軋る手袋と〕〉　③190；*463*
「花さけるねむの林を」　⑦140；*440, 441, 442*
花巻農学校精神歌　⑥185, 379, ⑯上13
花巻農学校精神歌〈農学校歌〉　⑦*713, 714*
花巻農学校同級会へ〈ポランの広場〉　⑦210
母　⑥274, ⑦59；*179, 180, 181*
「ははあやっぱりあの人だ」　⑤140
母に云ふく〔野馬がかってにこさえたみちと〕〉　③*347*
「バビロニ柳掃ひしと」　⑦134；*423*
「バビロニ柳触れにしと」　⑦*423*
半蔭地選定（ハーフシェード）　⑥276
葱嶺（パミール）先生の散歩　③282；*653, 658, 660*, ⑥289
「早いはなしが」　⑤*152*
「早い春への突進者」　③*101*
「早くもひとり雪をけり」　⑦223；*599*
林〈亜細亜学者の散策〉　③*205*
林〈密醸〉　⑤*46*
「林つきていたゞき見え」　⑦*538*
林と思想　②92, 308；*71*
林のなかで白いせんべいを食ふ人〈朝餐〉　③*466*
〔林の中の柴小屋に〕　⑦34

「林の中の柴小屋に」　⑦34；*102, 103*
早池峰山嶺　③111；*271*
早池峯山嶺　⑦94；*292, 293*
早池峯山中腹〈〔水と濃きなだれの風や〕〉　⑦*15*
「早池峰と栗駒山と北上川」　⑦*71*
隼人　⑦285；*690*
〔早ま暗いにぼうと鳴る〕　⑤229
〔早ま暗いにぼうと鳴る〕　⑤229；*232*
「薔薇輝石や雪のエッセンスを集めて」　⑦160；*394*
原体剣舞連　②107, 323；*78*
「高原《原（はら）》の上から地平線まで」　③219；*533, 534*
「ばらのむすめはマントより」　⑦*371*
春　③113, 195；*278, 470*, ④8, 49；*13, 99*, ⑥234
春〈〔向ふも春のお勤めなので〕〉　③*126*
春〈〔祠の前のちしゃのいろした草はらに〕〉　③*141, 143*
春〈春　水星少女歌劇団一行〉　⑤212
春〈事件〉　⑤*72*
春〈浮世絵〉　⑦*262*
春〈峡野早春〉　⑦*348*
はるかな作業　④27
「はるかなる」　⑦*282*
〔春来るともなほわれの〕　⑤174
「春来るともなほわれの」　⑤174；*186*
春　水星少女歌劇団一行　⑤215
「春近《ちか》けれど坑々の」　⑦97；*304, 305*
春と修羅　②22, 246；*20*
春の雲〈春の雲に関するあいまいなる議論〉　④*116*
春の雲に関するあいまいなる議論　④59；*118*
「春はまだきの朱雲を」　⑥368, ⑦66；*206, 207*
〔はるばると白く細きこの丘の峡田に〕　⑥*162*
「はるばると白く細きこの丘の峡田に」　⑥162；*118*
「はるばると露店はならび」　⑦*486*
「春」変奏曲　③115；*282*
春変奏曲　③116；*283*
晴雪〈コバルト山地〉　⑦*285*
「葉をゆすり　葉をならし」　①384
半蔭地選定〈〔落葉松の方陣は〕〉　③*303*

半蔭地選定　⑥276
「半穹二グロスからの電燈が」　③127；291, 292, ⑥228
判事〈〔猥れて嘲笑めるはた寒き〕〉　⑦327, 329
蕃地〈〔二山の瓜を運びて〕〉　⑦231
「ぱんのかけらこぼれ」　①350
「はんのきの高き梢より」　⑦29；87
「はんのき　はんのき」　②331
「はんのきよ」　①352
「煩悶ですか」　②114；82
〔日脚がぼうとひろがれば〕　③60
「日脚がぼうとひろがれば」　③60；148
「日脚の急に伸びるころ」　③28
「日いよいよ白き火を燃したまひ」　①346
比叡〈幻聴〉　③81；193
稗貫農学校精神歌　⑯上11
悲歌〈初七日〉　⑦100
「日がおしまひの六分圏にはいってから」　③35
「日がおしまひの八分圏にはいってから」　③75, 76
〔火がかゞやいて〕　④174
「火がかゞやいて」　④174；279
〔日が陰って〕　④212
「日が陰って」〈宅地〉　④127
「日が陰って」〈〔日が陰って〕〉　④212；300
「日が黒雲の」　④65
「日が黒雲の一つの棘にかくれれば」　④127
「日が熾んだった間」　④226
東岩手火山　②118, 334；89
「東には黒い層積雲の棚ができて」　③166
「東には黒い乱積雲の椀ができて」　③165
〔東の雲ははやくも蜜の色に燃え〕　③48
「東の雲ははやくも蜜の色に燃え」　③48
「日が白かったあひだ」　④120
「ひかって華奢なサラーブレッド」　③263；618
「ひかって低い吹雪を」　⑤141
「陽が照って」　④13
〔日が照ってゐて〕　④186
「日が照ってゐて」〈開墾〉　④103
「日が照ってゐて」〈〔日が照ってゐて〕〉　④186；286
「陽が照って鳥が啼き」　④8；13
「ぴかぴかぴかぴか田圃の雪がひかってくる」〈岩手軽便鉄道の一月〉　③251；608, 609
「ぴかぴかぴかぴか田圃の雪がひかってくる」〈銀河鉄道の一月〉　⑥252
〔光と泥にうちまみれ〕　⑥165
「光と泥にうちまみれ」　⑥165；120
「光に和み」　⑤14
「光にぬるみ」〈〔曇りてとざし〕〉　⑦515
「光にぬるみ」〈こゝろ〉　⑤15
「ひかりの澱」　②27；23
光の澱　⑥70；53
「光吹雪のさなかにて」　⑦174
「ひかりまばゆき雲のふさ」　⑦47
〔ひかりものすとうなゑごが〕　⑦130
「ひかりものすとうなゑごが」　⑦130；412
「ひかりわななくあけぞらに」　⑦295；703
秘境　⑦270；669, 670
「　ひくくして」　⑦531
「卑屈の友らにいかりをいだき」　⑦570
〔卑屈の友らをいきどほろしく〕　⑦203
「卑屈の友らをいきどほろしく」　⑦203
「日ざしがぼうと渡ってくれば」　③146
「日ざしがほのかに降ってくれば」　③145
陽ざしとかれくさ　②28；24
陽ざしとかれくさ〈幻聴〉　②252；150
陽ざしとかれくさ〈陽ざしと枯草〉　⑥206
〔氷雨虹すれば〕　⑦14
「氷雨虹すれば」　⑦14；36, 37
〔肱あげて汗をぬぐひつ〕　⑥99
「肱あげて汗をぬぐひつ」　⑥99；82
〔秘事念仏の大師匠〕〔一〕　⑦44
「秘事念仏の大師匠」〔一〕　⑦44；140, 142
〔秘事念仏の大師匠〕〔二〕　⑦138
「秘事念仏の大師匠」〔二〕　⑦138；433, 434, 435
〔秘事念仏の大元締が〕　④80
「秘事念仏の大元締が」　④80
〔西も東も〕　④131
「西も東も」　④131；236
「びしゃびしゃの寒い雨にぬれ」　③318
毘沙門天の宝庫　⑤50；48
〔毘沙門の堂は古びて〕　⑦39
「毘沙門の堂は古びて」　⑦39；117
「日すぎ来し」　⑦655
「日過ぎ来し雲の原は」　⑦655

（はた～ひす）　391

「日高神社の別当は」　⑦80, 82
「ひたすらおもひたむれども」　⑦60
「ひたすらにおもひたむれど」　①380
「ひっそりとした丘のあひ」　③89
「旱(ひでり)恐れし稲沼に」　⑦324
「ひとかけらづつきれいにひかりながら」　②16, 240
人が林で小麦の盤をたべてゐる〈朝餐〉　③466
人首町　③21；41, 43
「人なき山路二十里を」　⑦74
〔ひとはすでに二千年から〕　④278
「ひとはすでに二千年から」　④278；335
「ひとひ卑しく身をへりくだし」　⑦699
「ひとびと酸き胡瓜を嚙み」　⑦168
「ひとびと酸き胡瓜を嚙み」　⑦168；516
「ひとびとのいきどほろしく」　⑦671
〔ひとひははかなくことばをくだし〕　⑦290
「ひとひははかなくことばをくだし」　⑦290
「ひと夜さ月のしたを来し」　⑦358
「ひとりの生徒ボールドに」　⑦466
〔日に暈ができ〕　④68
「日に暈ができ」　④68；134
「陽になまぬるみ」　⑤13
「ひのき茶いろにゆらぎつゝ」　⑦416
火の島　⑥372
火の島〈Weber 海の少女の譜〉　⑦308；719
火の島の歌(Weber, Song of the marine girls)〈火の島(Weber 海の少女の譜)〉　⑦720
日の出　⑦115；363, 364
「日は今日は小さな天の銀盤で」　②15, 239
「日は君臨し」〈農学校歌〉　⑦714
「日ハ君臨シ」〈農学校歌〉　⑦713
「日ハ君臨シ」〈花巻農学校精神歌〉　⑥185, 379
「日ハ君臨シ」〈稗貫農学校精神歌〉　⑯上11
「日ハ君臨シカガヤキハ」〈農学校歌〉　⑦306；715
「日は君臨しかがやきは」〈花巻農学校精神歌〉　⑯上13
〔日はトパースのかけらをそゝぎ〕　③68
「日はトパースのかけらをそゝぎ」　③68；161, 163
「火はまっすぐに燃えて」　①388
火祭　⑤53；51, 53

「火祭りで」　⑤53；53
「白光をおくりまし」　①391
病院　④153；267
病院王〈肖像〉　⑦248
病院の花壇　⑤73；75
病院の花壇〈〔日本球根商会が〕〉　⑦493
雹雲砲手　⑦185；541
病起〈[打身の床をいできたり]〉　⑦29
病技師〔一〕　⑦106；335, 336, 337
病技師〔二〕　⑦160；502, 503
病后〈公子〉　⑦388
氷質の冗《ジョウ》談　③168；403, 407, ⑥255
氷上　⑦143；454
病床　⑤139；159
表彰者　④149
病相〈[われのみみちにたゞしきと]〉　⑦322
病僧〈涅槃堂〉　⑦395
病中　⑤151；168
病中幻想　⑦235；614
標本採集者〈[遠く琥珀のいろなして]〉　⑦239
「氷霧はそらに鎖し」　⑥187, 384
飄零〈[はつれて軋る手袋と]〉　③460
午　④69；135
〔ひるすぎになってから〕　④177
「ひるすぎになってから」　④177；280
〔ひるすぎの三時となれば〕　⑤173
「ひるすぎの三時となれば」　⑤173；185
「ひるちかく」　④135
昼と夜〈夜〉　⑤126
「ひるになったので」　④69
「ビールのいろの天球を」　③442
「正午になっても」　⑤58
〔午はつかれて塚にねむれば〕　④279
「午はつかれて塚にねむれば」　④279；336
疲労　⑦11；19
疲労〈[南風の頬に酸くして]〉　⑦204
〔ひわいろの笹で埋めた嶺線に〕　④245
「ひわいろの笹で埋めた嶺線に」　④245；316
火渡り　⑦301；710
「旱割れそめにし稲沼に」　⑦103；325
〔燈を赤き町の家より〕　⑦163
「燈を赤き町の家より」　⑦163
「燈をあかき町の家より」　⑦512, 513

「火を燃したり」　⑤19
賓客〈来訪〉　⑤107
〔腐植土のぬかるみよりの照り返し〕　⑦148
「腐植土のぬかるみよりの照り返し」　⑦148；
　　469，471，475
風桜　⑦133，133
風景　②31，254；26，④17
風景観察官　②99，315；75
風景とオルゴール　②195，404；128
「封介の廐肥つけ馬が」　④76
風底　⑦158；499
風林　②146，363；104
風林悲傷〈風林〉　②104
「笛うち鳴りて汽車はゆれ」　⑦690
賦役　⑦156；498
「フェルトの草履」　⑦643
「吹雪の底」　③435
「茨(フキ)の根をとったり」　④108
「吹雪はひどいし」　③181；433，⑥217
不軽菩薩　⑦279；683
副業　⑦98；306
「ぶくぶくすわるゝばらむすめ」　⑦372
普香天子〈東の雲ははやくも蜜の色に燃え〉
　　③109
プジェー師丘を登り来る　⑥91；77
藤根禁酒会へ贈る　④291；349
〔腐植土のぬかるみよりの照り返し〕　⑦148
「腐植土のぬかるみよりの照り返し」　⑦148；
　　469，471，475
藤原にく〈わが胸はいまや蝕み〉　⑤175
豚〈あの大もののヨークシャ豚が〉　④120
〔二川こゝにて会したり〕　⑦250
「二川こゝにて会したり」　⑦250
「二川こゝにて会すとや」　⑦639
「二山の瓜をたづさへ」　⑦233
〔二山の瓜を運びて〕　⑦74
「二山の瓜を運びて」　⑦74；234
〔ふたりおんなじさういふ奇体な扮装で〕　③61
「ふたりおんなじさういふ奇体な扮装で」　③61
二日月〈大菩薩峠の歌〉　⑦525
「二日月」　⑦524
〔二日月かざす刃は音なしの〕　⑥177
「二日月かざす刃は音無しの」〈大菩薩峠の歌〉
　　⑦525
「二日月かざす刃は音なしの」〈[二日月かざす刃は
　　音なしの]〉　⑥177；128
不貪欲戒　②188，398；124
〔吹雪かゞやくなかにして〕　⑦56
「吹雪かゞやくなかにして」　⑦56；175
不平〈[翔けりゆく冬のフエノール]〉　⑦70
冬　③177；426，427
冬(幻聴)〈冬〉　③426
冬(幻聴)　⑥225
冬と銀河ステーション　②219，428；142，⑥
　　249
冬と銀河鉄道〈冬と銀河ステーション〉
　　②225；145
冬のスケッチ四　①345
冬のスケッチ五　①363
「部落中一日大さわぎして」　⑤134
〔プラットフォームは眩ゆくさむく〕　④39
「プラットフォームは眩ゆくさむく」〈汽車〉
　　④155；269
「プラットフォームは眩ゆくさむく」〈[プラットフ
　　ォームは眩ゆくさむく]〉　④39；68，69，71，
　　75
〔降る雨はふるし〕　④136
「降る雨はふるし」　④136；242
〔古い聖歌と〕　④196
「古い聖歌と」　④196
「古いひばだの」　③485
〔古き勾当貞斉が〕　⑦124
「古き勾当貞斉が」　⑦124；393
〔古びた水いろの薄明穹のなかに〕　④237
「古びた水いろの薄明穹のなかに」　④237；313
フレスコ〈森林軌道〉　③409，413
噴火湾(ノクターン)　②183，393；122
憤懣はいま疾にかはり〈囈語〉　④95
米穀商〈[打身の床をいできたり]〉　⑦31，32
米穀肥料商〈[打身の床をいできたり]〉　⑦30，
　　31
〔塀のかなたに嘉莚治かも〕　⑦132
「塀のかなたに嘉莚治かも」　⑦132；415
「へたなたむぼりんも遠くのそらで鳴つてゐるし」
　　②63
「へたなたむぼりんも遠くのそらで鳴つてるし」

(ひた〜へた)　　393

②284；154
蛇〈蛇踊〉　④22
蛇踊　④14, 140；245
「扁菱形の」　④101
「ほう」　③576
法印の孫娘　⑤27；25
報恩寺訂正〈[たそがれ思量惑くして]〉　⑦43
放課〈訓導〉　⑦597
報告　②98, 314；75
法事〈初七日〉　⑦99
「帽子をそらに拠げあげろ」　③92
「封介の鹿肥つけ馬が」　④76
奉膳〈[つめたき朝の真鍮に]〉　⑦593
疱瘡〈痘瘡〉　③58
「房中寒くむなしくて」　⑦240；625
防電射手〈雹雲砲手〉　⑦541
砲兵観測隊　⑦15；38, 39
訪問〈[ほのあかり秋のあぎとは]〉　⑦111
亡友〈病技師[一]〉　⑦335
「ボーイ紅茶のグラスを集め」　①392
〔ほほじろは鼓のかたちにひるがへるし〕　③98
〔ほほじろは鼓のかたちにひるがへるし〕　③98；229
「頬はむなしき郡長」　⑦340
「北軍の突撃は成功しました」　⑤149, 150
「北軍の突撃は奏功しました」　⑤127；152
「北斎のはんのきの下で」　②106, 322；78
牧人〈悍馬[一]〉　⑦48, 50
牧馬地方の春の歌　⑤194, ⑥364
「ぼくはもいちど見て来ますから」　③142；341
「火雲」　⑦259
「火雲むらがり」　⑦258
「火雲むらがり飛《翔》べば」　⑦82；257, 258, 259, 260
〔祠の前のちしゃのいろした草はらに〕　③58
〔祠の前のちしゃのいろした草はらに〕〈春〉　⑥234
〔祠の前のちしゃのいろした草はらに〕〈[祠の前のちしゃのいろした草はらに]〉　③58；141, 143
「ほこりの向ふのあんまり青い落葉松」　⑤189
「星のけむりの下にして」　⑦257；647, 648
星めぐりの歌　⑥329

圃場〈[瀑雨はそそぎ]〉　④28, 29
保線工手　⑥275, ⑦64；202, 203
保線工夫　⑤79；84, 85
「墓地がすっかり変ったなあ」　④84；164
〔墓地をすっかりsquareにして〕　④246
「墓地をすっかりsquareにして」〈開墾地検察〉　④161
「墓地をすっかりsquareにして」〈[墓地をすっかりsquareにして]〉　④246；317
牧歌　⑤60；60
牧歌〈[「種山ヶ原の夜」の歌三]〉　⑥359
「ほっそりとしたなで肩に」　⑤27；25
圃道　④36；59, 62
圃道〈井戸〉　④24
「ほとんど初期の春信みたいな色どりで」　⑥66；51
「ほとんど初期の春信みたいなおだやかな色どりで」　⑥50
〔ほのあかり秋のあぎとは〕　⑦38
〔ほのあかり秋のあぎとは〕　⑦38；114, 112
穂のない粟（以下不明）〈[しばらくぼうと西日に向ひ]〉　③308
穂のない粟をとりいれる人〈[しばらくぼうと西日に向ひ]〉　③305
穂孕期　④125；232
〔「ポラーノの広場」の歌一〕〈[けさの六時ころ　ワルトラワラを]〉　⑥347
〔「ポラーノの広場」の歌二〕〈[つめくさの花の咲く晩に]〉　⑥350
〔「ポラーノの広場」の歌三〕〈[つめくさのはなの終る夜は]〉　⑥352
ポラーノの広場のうた〈[「ポラーノの広場」の歌四]〉　⑥354
ポランの広場　⑦67；213
ポランの広場のうた〈ポランの広場〉　⑦211, 212
〔穂を出しはじめた青い稲田が〕　⑥173
「穂を出しはじめた青い稲田が」　⑥173；126
〔盆地に白く霧よどみ〕　⑦16
「盆地に白く霧よどみ」　⑦16；43
〔盆地をめぐる山くらく〕　⑥121
「盆地をめぐる山くらく」　⑥121；96
「ほんたうにおれは泣きたいぞ」　①378

「本部の気取つた建物が」　②70, 290 ; *59*
「ぼんやりこめた煙のなかで」　⑥7 ; *12*

## ま

〔まあこのそらの雲の量と〕　⑤86
〔まあこのそらの雲の量と〕　⑤86 ; *92*
「マイナス第一中隊は」　③152
「まくろなる流れの岸に」　⑦261
「まことにひとにさちあれよ」　①380
「まことのさちきみにあれと」　①379
「まことひとびと」　⑦277
〔ま青きそらの風をふるはし〕　⑦228
〔ま青きそらの風をふるはし〕　⑦228
マサニエロ　②132, 348 ; *97*
「ましろき蘆の花噴けば」　⑦196
「ましろなるそらのましたに」　⑦657
「ましろなる塔の地階に」　⑦83 ; *262, 263*
「ましろなる塔の地階にあしたともひるともわからず」　⑦261
麻疹〈痘瘡〉　③*58*
また青じろい尖舌を出す〈〔落葉松の方陣は〕〉　③*297, 300*
「またあんな引き裂くやうな雷だ」　④343
「また降つてくる」　⑤103 ; *113*
「町ぜんたいにかけわたす」　③126
「まちなみのなつかしい灯とおもつて」　②18, 242
「まちはづれのひのきと青いポプラ」　②93 ; *72*
町へ〈〔アカシヤの木の洋燈から〕〉　④26
〔町をこめた浅黄いろのもやのなかに〕　④218
〔町をこめた浅黄いろのもやのなかに〕〈〔同心町の夜あけがた〕〉　④138
〔町をこめた浅黄いろのもやのなかに〕〈〔町をこめた浅黄いろのもやのなかに〕〉　④218 ; *303*
「松がいきなり明るくなつて」　②213, 422 ; *139*
「まっ黒な雲が二きれ」　④45
「まっ黒な雲が二きれ影を谷から峯へ」　④45
「まっ青に朝日が融けて」　③225 ; *557*
マッサニエルロ〈〔こっちの顔と〕〉　⑤*35*
松の針　②141, 358 ; *101*
松の針〈肖像〉　⑦248
〔松の針はいま白光に溶ける〕　⑤181
〔松の針はいま白光に溶ける〕　⑤181 ; *191*

「松の針　白光に溶け」　⑦246
「まづは首尾よく家鴨を締めて」　③434
「松森蒼穹に後光を出せば」　④17
「祀られざるも神には神の身土があると」　③137 ; *317, 326, 327, 329*, ⑥299
祭日〈祭日〔一〕〉　⑥273, ⑦63 ; *195, 199*
祭日〈祭日〔二〕〉　⑦259 ; *663*
「窓五つなる学校を」　⑦42
「まどのガラスに塵置きて」　①386
「窓は南に門並の」　⑦137
「マドンナ像のさまなして」　⑦114
〔まなこをひらけば四月の風が〕　⑤144
〔まなこをひらけば四月の風が〕　⑤144 ; *163*
「ま夏の梅の枝青く」　⑦264
「ま夏は梅の枝青く」　⑦84 ; *265, 266, 267*
「まばゆきくもははせくれど」　⑦287
「まばゆき夕陽の色なして」　⑤173
〔まひるつとめにまぎらひて〕　⑦206
〔まひるつとめにまぎらひて〕　⑦206
〔まぶしくやつれて〕　⑤75
〔まぶしくやつれて〕　⑤75
「瞳(マミ)さだまらぬ翁面」　⑦446
「狸(マミ)の毛皮を窓にあて」　⑦200
「狸(マミ)の毛皮を耳にはめ」　⑥275, ⑦64 ; *200, 201, 202, 203*
「まめぐらは三階の玻璃」　⑦318
「迷ひの国の渚にて」　⑦558
「迷ひの国の渚べに」　⑦560
丸善階上喫煙室小景　⑥66 ; *51*
「身うち怪しく熱りつゝ」　⑦693
「岬の海坊主列」　③169
短夜　⑦111 ; *351, 352*
「水いろと」　⑦491
「水いろの天の下」　③34 ; *73*
「水いろの穂などをもって」　⑤97 ; *108*
水汲み　④9 ; *16, 18*
「水こぼこぼと鳴る」〈冬のスケッチ〉　①368
「水こぼこぼと鳴る」〈〔こんにゃくの〕〉　⑦517
水沢臨時緯度観測所にて〈晴天恣意〉　③*46*
「水霜が」　④36 ; *62*
〔水霜繁く霧たちて〕　⑦35
〔水霜繁く霧たちて〕　⑦35 ; *104, 105*
〔水と濃きなだれの風や〕　⑦8

(へた〜みす)　395

「水と濃きなだれの風や」　⑦8；*14, 15, 18*
〔水楢松にまじらふは〕　⑦112
「水楢松にまじらふは」　⑦112；*357*
水の結婚〈津軽海峡〉　③*165*
「水のしろびかり見れば」　①*363*
〔水は黄いろにひろがって〕　④*187*
「水は黄いろにひろがって」〈増水〉　④*201*
「水は黄いろにひろがって」〈〔水は黄いろにひろがって〕〉　④*187*；*286*
「水はよどみて日はけぶり」　⑦*178*
水部の線　⑦202；*568*
「水もごろごろ鳴れば」　⑤63；*62*
「見ずややどりぎ毬黄なる」　⑦*235*
〔水よりも濃いなだれの風や〕　③*261*
「水よりも濃いなだれの風や」　③261；*617*
〔湧水を呑まうとして〕　③12
「湧水を呑まうとして」　③12；*22, 24*
「みぞれにぬれて急いで貴女が電車に乗れば」　③*59*
「みぞれのなかの菩薩たち」　①*380*
「みちが俄《か》にぼんやりなった」　②441；*195*
「路が野原や田圃のなかへ」　④*219*
「みちにはかたきしもしきて」〈暁眠〉　⑦*250*
「みちにはかたきしもしきて」〈冬のスケッチ〉　①*363*
「未知の青ぞらにアンテナの櫓もたち」　⑥39；*31*
「県道のよごれた凍み雪が」　③*458, 459*
「県道のよごれた凍み雪は」　③*455*
〔みちべの苔にまどろめば〕　⑦*73*
「みちべの苔にまどろめば」　⑦73；*229, 230*
〔道べの粗朶に〕　④*12*
「道べの粗朶に」　④*12*
路を問ふ　④287；*345*
「路を問ふく〔二時がこんなに暗いのは〕〉　④*221*
密教風の誘惑〈〔温く含んだ南の風が〕〉　③*211*
「みづくろひ収得に肯て」　⑦*628*
密醸　⑤49；*47*
密醸〈〔林の中の柴小屋に〕〉　⑦*101*
密造〈密醸〉　⑤*47*
「蜜蜂のふるひのなかに」　③*320*
「みつむれば」　①*374*
〔湧水を呑まうとして〕　③12

「湧水を呑まうとして」　③12；*22, 24*
「みなかみにふとひらめくは」　⑦114；*361, 362*
「水底の岩層も見え」　③*163*
「南風酸醸し」　⑦*204*
「みなみ風なのに」　①*360*
「南風頬に酸くして」　⑦*204*
「南から」　④194；*289*
〔南からまた西南から〕　④*276*
「南からまた西南から」〈〔南からまた西南から〕〉　④276；*334*
「南からまた西南から」〈和風は河谷いっぱいに吹く〉　④*206, 207, 208, 211*
〔南から　また東から〕　④*194*
「南なる黒野の上に」　⑦*664*
「南には黒い層積雲の棚ができて」　③*70*
「南の風が」　③*221*
「南の風も酸っぱいし」　④11；*19*
「南の紺の地平より」　⑦*464*
「みなみの天末は」　①*364*
〔南のはてが〕　③*134*
「南のはてが」　③*134*
「みねのかた」　⑦*709*
「みねの雪よりいくそたび」　⑦*156*
三原　第一部　⑥7；*12*
三原　第二部　⑥11；*14*
三原　第三部　⑥20；*19*
「みふゆの火すばるを高み」　⑦*135*
〔見よ桜には〕　⑥*133*
「見よ桜には」　⑥133；*101*
未来圏からの影　③181；*433*, ⑥*217*
「みをつくしの列をなつかしくうかべ」　③105；*245*
「実をむすびて日をさへぎれる桐のえだあり」　①*363*
「実をむすび日をさへぎれる桐のえだあり」　①*363*
民間薬　⑥268, ⑦55；*172, 173*
「みんなが集る間」　⑤*109*
「みんなが辨当をたべてゐる間」　⑤*96*
「みんなサラーブレッドだ」　②150；*106*
〔みんな食事もすんだらしく〕　⑤*90*
「みんな食事もすんだらしく」　⑤90；*98, 100*
〔みんなで桑を截りながら〕　⑤*206*

「みんなで桑を截りながら」　⑤206
「みんなは酒を飲んでゐる」　④44
〔みんなは酸っぱい胡瓜を嚙んで〕　④133
〔みんなは酸っぱい胡瓜を嚙んで〕　④133；238
「麦粉と塩でこしらえた」　③468
〔向ふも春のお勤めなので〕　③54
〔向ふも春のお勤めなので〕　③54；127
「貪り厭かぬ巣ゆゑに」　⑤175
無声慟哭　②143, 360；102
「胸くるしければ」　⑥90
〔胸はいま〕　⑤155
〔胸はいま〕　⑤155；171
村の政客〈地主〉　⑤62
村娘　④7；12
「群れてかゞやく」　⑦296
「群れてかゞやく 辛夷花樹（マグノリア）」　⑦95；295, 297, 298
名医小野寺青扇〈〔古き勾当貞斉が〕〉　⑦392
「名医小野寺青扇が」　⑦392
名声　⑤169；180
命令　③152；375, 376, ⑥215
「メキシコの」　①371
〔めづらしがって集ってくる〕　⑤16
〔めづらしがって集ってくる〕　⑤16；15
眼にて云ふ　⑤140；161
「芽は燐光」〈冬のスケッチ〉　①345
「芽は燐光」〈Romanzero 開墾〉　⑦634
〔眩ぐるき〕〈冬のスケッチ〉　①382
〔眩ぐるき〕〈病技師〔一〕〉　⑦332
「めまぐるきひかりのうつろ」　⑦333
〔芽をだしたために〕　④242
〔芽をだしたために〕　④242；315
「もう入口だ〔小岩井農場〕」　②66, 287；57
「もうご自由に」　③203；497
「もうすっかり夕方ですね」　②451
「もうどの稲も、分蘗もすみ」　⑤32；29
〔もう二三べん〕　⑤117
〔もう二三べん〕　⑤117；137
〔もうはたらくな〕　④113
「もうはたら《働》くな」　④113；217
「毛布の赤に頭を縛り」　⑦18；46, 51
〔萌黄いろなるその頸を〕　⑦25
〔萌黄いろなるその頸を〕　⑦25；78, 79

「木柵に注ぐさ霧と」　⑦247
「木炭窯のひをうちけしみ」　⑦659
〔モザイク成り〕　⑦303
「モザイク成り」　⑦303；712
もだえて〔月の鉛の雲さびに〕〉　⑦58
「もつて二十をか《贏》ち得んや」　⑥269, ⑦61；187, 188
〔最も親しき友らにさへこれを秘して〕　⑦229
「最も親しき友らにさへこれを秘して」　⑦229
〔残 丘（モナドノック）の雪の上に〕　⑦54
「残 丘（モナドノック）の雪の上に」　⑦54；171
「モナドノックの雪の上に」　⑦170
〔物書けば秋のベンチの朝露や〕　⑥145
「物書けば秋のベンチの朝露や」　⑥145；107
「ものなべてうち訝しみ」　⑦86；269, 270
〔桃いろの〕　④222
「桃いろの」　④222；304
「桃熟れて」　⑦230, 231, 232
「燃ゆる吹雪のさなかとて」　⑦174
「燃ゆる吹雪のなかにて」　⑦174
森　⑥265
森〈〔あの大もののヨークシャ豚が〕〉　④120
森〈〔おい　けとばすな〕〉　④152
森〈〔エレキや鳥がばしゃばしゃ翔べば〕〉　④168
盛岡中学　⑦247；633
盛岡停車場　⑤184；192
「森の上の神楽殿」　⑦232
「森の上のこの神楽殿」　⑦609
「森も暮れ」　⑦111
森も暮れ地平も暮れて〈〔ほのあかり秋のあぎとは〕〉　⑦110
「もろの崖より」　⑦262；660

## や

〔館は台地のはなゝれば〕　⑦249
「館は台地のはなゝれば」　⑦249；636, 637
「やがて ultra youthfulness の」　⑦557
「やがて四時ともなりなんを」　⑦151；481
「焼けのなだらを雲にせて」　⑦108；344, 345
〔瘠せて青めるなが頬は〕　⑦186
「瘠せて青めるなが頬は」　⑦186；544
「屋台を引《ひ・牽》きて帰りくる」　⑦111；350,

（みす～やた）　397

柳沢〈〔そのときに酒代つくると〕〉　⑦52
「柳沢」　⑦343
柳沢野　⑦108；345
「楊葉の銀とみどりと」　⑦45；146
楊林〈〔エレキに魚をとるのみか〕〉　⑦547
「やなぎらんやあかつめくさの群落」　②176，386；119
「野馬盗りて畑荒らさしめ」　⑦54
敗れし少年の歌へる　⑦295；704
病　⑤145；164
〔疾いま革まり来て〕　⑤165
「疾いま革まり来て」　⑤165；178
病技師〔一〕　⑦106；335，336，337
病技師〔二〕　⑦160；502，503
山際〈〔アカシヤの木の洋燈から〕〉　④26
「山ぢゅうの木が」　④161
山巡査　②111，327；80
「やますそのかれくさに」　①389
山躑躅　⑦129；408
山の晨明に関する童話風の構想　③240；590
〔山の向ふは濁ってくらく〕　④182
「山の向ふは濁ってくらく」〈春〉　④99
「山の向ふは濁ってくらく」〈〔山の向ふは濁ってくらく〕〉　④182；283
山火　③37，55；78，79，81，133，136，139，⑥301；170
「やみとかぜとのかなたにて」〈〔ひかりものすとうなみごが〕〉　⑦409
「やみとかぜとのかなたにて」〈冬のスケッチ〉　①357
「やみとかぜとのかなたをば」　⑦411
「やみとかぜとのなかにして」　①357
「やみに一つの井戸ありて」　⑦421
「やみのなかに一つの井戸あり」〈冬のスケッチ〉　①357
「やみのなかに一つの井戸あり」〈羅沙売〉　⑦420
〔病みの眼に白くかげりて〕　⑥96
「病みの眼に白くかげりて」　⑥96；80
「やめよ林はさむくして」　⑦456
「や、あせ染めし赤鳥居」　⑦679，680
「や、に硫黄の粒噴きて」　⑦341

遊園地工作〈〔歳は世紀に曾って見ぬ〕〉　⑦536
〔融鉄よりの陰極線に〕　⑥146
「融鉄よりの陰極線に」　⑥146；107
「融銅はまだ眩めかず」　②40，262；30
「夕日が青いなめとこ山へ落ちやうとして」　③206
「夕陽の青い棒のなかにて」　⑦48；155
「夕陽の colloidal なる棒の中にて」　⑦154
〔夕陽の中で〕　④302
〔夕陽は青めりかの山裾に〕　⑦304
「夕陽は青めりかの山裾に」　⑦304
〔ゆがみつ、月は出で〕　⑦209
「ゆがみつ、月は出で」　⑦209
「歪むガラスのかなたにて」　⑦217
「歪める陶器烏賊の脳」　⑦489
〔雪うづまきて日は温き〕　⑦9
「雪うづまきて日は温き」〈茶毘〉　⑦19
「雪うづまきて日は温き」〈〔雪うづまきて日は温き〕〉　⑦9；19
「雪がざらざら降ってゐる」　⑤186
「雪がふかいのならば」　①352
「雪沓とジュートの脚絆」　③50；118
〔雪げの水にかこまれし〕　⑦500
〔雪げの水に涵されし〕　⑦159
「雪げの水に涵されし」　⑦159；500
「雪けむり閃めき過ぎて」　⑦158；499
〔行きすぎる雲の影から〕　③269
「行きすぎる雲の影から」　③269；634
「雪すこしふ《降》り」　①347，365
「行きつかれ」　①362
〔雪と飛白岩の峯の脚〕　③286
「雪と飛白岩の峯の脚」　③286；662，664
「雪とギャブロの峯の脚」　③660
「雪と飛白岩の峰の脚」　⑥279
「雪融けの洪水から杉は」　①368
「雪融の山のゆきぞらに」　①354；374
「雪とざさすがが山ならず」　⑦276
「雪と牛酪を」　④75；144
〔雪とひのきの坂上に〕　⑦676
〔雪のあかりと〕　⑥159
「雪のあかりと」　⑥159；116
「雪の円錐」　③500，503，505
「雪のたんぼのあぜみちを」　⑦220；594

雪の宿　⑦40；118, 121, 123, 126, 127
「ゆきばかま黒くうがちし」　⑥274
「雪袴黒くうがちし」　⑦59；179, 180, 181
「雪ふかきまぐさのはたけ」　⑦101；321
「雪ふかき　まぐさのはたけ」　⑦320
「雪ふれば杉あたらしく呼吸す」　①347
「雪や雑木にあさひがふり」　③21
「雪やみて朝日は青く」　⑦160, 161
「雪や、に降り」　①365
「ゆきをかぶりて」　①388
「雪を少しく析出し」　①347
「油紙を着てぬれた馬に乗り」　②188, 398；124
〔弓のごとく〕　⑥370, ⑦201
「弓のごとく」〈冬のスケッチ〉　①359
「弓のごとく」〈〔弓のごとく〕〉　⑥370, 201；566, 567
「夢はいかにとたづねまし」　⑤183
〔湯本の方の人たちも〕　⑤94
〔湯本の方の人たちも〕　⑤94；104
「百合堀ると」　⑦251；640
百合を堀る　⑦251；640
「赦したまへ」　①353
「ゆれる《、》ゆれる《、》やなぎはゆれる」　②95, 311；73, 74, ⑥203, 361
「酔いて博士のむづかしく」　⑦88
鎔岩流　②215, 424；140
鎔岩流〈国立公園候補地に関する意見〉　③513
〔沃度ノニホヒフルヒ来ス〕　⑦71
「沃度ノニホヒフルヒ来ス」　⑦71；222, 226, 228
「沃度のにほひふるひこす」　⑦226
「用なき朝のシグナルの」　①374
瓔珞節〈〔あちこちあをじろく接骨木が咲いて〕〉　③519, 520
楊林〈〔エレキに魚をとるのみか〕〉　⑦547
「ヨークシャ豚の大ものが」　④121
「夜風とどろきひのきはみだれ」　⑥357
「よき児らかなこととえば」　⑦502
〔よく描きよくうたふもの〕　⑥134
「よく描きよくうたふもの」　⑥134；101
「よくも雲を濾し」　①387
四時　⑦133；419
「よしそんならこんどは天狗問答で行かう」

　③360
「夜どほしの温い雨にも色あせず」　⑤73；75
「ヨハンネス！ヨハンネス！とはにかはらじを」　⑤212；213, 214
「よべのあかりに照らされて」　⑦93
「よべはかの慈悲心鳥の族」　⑦659
「よべよりの雪なほやまず」　⑦394
「夜見来の川のくらくして」　⑦110；349, 350
黄泉路　⑦240；625
「四方は辛夷の花盛りあがり」　⑦458
夜　⑤114, 156, 192；126, 172, 195, 196, ⑦69；220
夜〈病技師〔一〕〉　⑦335
夜と柏〈風林〉　②104
「夜のあひだに吹き寄せられた黒雲が」　④63；123, 124
「夜の間に吹き寄せられた黒雲のへりが」　④206；123, 297
「夜の息吹きが」　③310
「夜の湿気が風とさびしくいりまじり」　③333
〔夜の湿気と風がさびしくいりまじり〕　③139
「夜の湿気と風がさびしくいりまじり」　③139；334, 335
「夜の湿気とねむけがさびしくいりまじり」　③331
〔夜をま青き蘭むしろに〕　⑦30
「夜をま青き蘭むしろ《筵》に」　⑦30；91, 92
〔鎧窓おろしたる〕　⑥135
「鎧窓おろしたる」　⑥135
「弱々しく白いそらにのびあがり」　②462
「四斗の樽を五つもつけて」　④58
「四本のくらいからまつの梢に」　③88

ら

「雷鳥なんか問題でない」　⑤217, 218
来賓　⑦27；84
来訪　⑤97；108
来々軒　⑦89；279
「酪塩のにほひが帽子いっぱいで」　③208；510
「落雁と黒き反り橋」　⑦33；99, 100
「ラクムス青の風だといふ」　③84；203
〔落葉松の方陣は〕　③129
「落葉松の方陣は」〈〔落葉松の方陣は〕〉

③129 ; *303*
「落葉松の方陣は」〈半蘚地選定〉　⑥276
「落葉松や羅漢柏杉は、せいせい水を吸ひあげて」
　　　　③*300*
羅沙売　　⑦134 ; *423*
羅沙売り〈羅沙売〉　　⑦*421*
「ラリックスの青いのは」　②103 ; *77*
「ラルゴや青い雲滃やながれ」〈[Largoや青い雲滃やながれ]〉　　③*526*
「ラルゴや青い雲滃やながれ」〈陸中国挿秧之図〉
　　　　⑥246
「乱世のなかの」　⑥101
陸中国挿秧之図〈[Largoや青い雲滃やながれ]〉
　　　　③*523, 526, 527*
陸中国挿秧之図　　⑥246
陸中の五月〈鉄道線路と国道が〉　　③*156*
陸中の五月〈[Largoや青い雲滃やながれ]〉
　　　　③*524*
栗鼠と色鉛筆　　②134, *350 ; 98*
竜〈亜細亜学者の散策〉　　③*205*
竜〈郊外〉　　③*367*
「竜王の名をしるしたる」　⑦301 ; *710*
〔糧食はなし四月の寒さ〕〈[「饑餓陣営」の歌三]〉
　　　　⑥341
「糧食はなし四月の寒さ」　⑥341
僚友　　④98 ; *188, 190*
僚友〈[氷雨虹すれば]〉　　⑦*34, 35, 36*
僚友〈[燈を紅き町の家より]〉　　⑦*510*
旅程幻想　　③164 ; *397, 399*
林学生　　③84 ; *202*
林館開業　　⑦90 ; *281*
〔苹果青に熟し〕　⑥141
「苹果青に熟し」　⑥141 ; *104*
〔苹果のえだを兎に食はれました〕　④244
「苹果のえだを兎に食はれました」〈[苹果のえだを兎に食はれました]〉　　④244 ; *160*
「苹果のえだを兎に食はれました」〈開墾地検察〉
　　　　④316
〔りんごのみきのはいのひかり〕　⑦214
「りんごのみきのはいのひかり」　⑦214 ; *587*
林中〈渓にて〉　　③*576*
林中乱思〈心象スケッチ林中乱思〉　　⑤*16*
「レアカーといっしょに」　④59

〔レアカーを引きナイフをもって〕　④78
「レアカーを引きナイフをもって」　④78
〔例のお医者がやってくる〕　③*125*
「例の判事がやってくる」　③*122*
黎明行進歌　　⑥201, *382*
〔晗々としてひかれるは〕　⑦216
「晗々としてひかれるは」　⑦216
「レーキを投げて寝ころべば」　④15
連鎖劇〈軍事連鎖劇〉　　⑦346, *347*
臘月　　⑦135 ; *425, 426*
老蘇〈[老いては冬の孔雀守る]〉　　⑦*255*
労働〈かはばた〉　　②29
〔労働を嫌忌するこの人たちが〕　④190
「労働を嫌忌するこの人たちが」　④190 ; *288*
老農　　⑦82 ; *258, 260*
「六月の雲の圧力に対して」　⑥75 ; *62*
「緑青の巨きな松の嶺から」　③*232*
「ロシア帝政派の大将株が」　④155
路傍〈[どろの木の下から]〉　　③*88*
ローマンス　　④195 ; *290*
ローマンス(断片)　　③142 ; *341*
ロマンツェロ　　⑥103 ; *85*
ロマンツェロ　〈流氷〉　⑦*86*
ロマンツェロ〈[きみにならびて野にたてば]〉
　　　　⑦*95*
ロマンツェロ〈[雲ふかく　山裳を曳けば]〉
　　　　⑦*645*
ロマンツェロ　婚約者〈流氷〉　　⑦*86*
ロマンツェロ　冬〈流氷〉　　⑦*86*

## わ

「稚いえんどう《豌豆》の澱粉や緑金が」　②183, *393 ; 122*
「和賀川のあさぎの波と」　①*353*
「和賀川の浅葱の雪代水に」　①*355*
若き耕地課技手のIrisに対するレシタティヴ
　　　　③272 ; *639*
「若きそらの母の下を」　①*364*
「若き母織りし麻もて」　⑦*619*
「若き母や織りけん麻もて」　①*364*
〔わが雲に関心し〕　⑥*125*
「わが雲に関心し」　⑥125 ; *98*
「わが師つかれてまどろめるに」　⑦*289*

「わが空の燐光盤に」　①350
「わが空間の燐光盤に」　⑦575
〔わが父よなどてかのとき〕　⑥100
〔わが父よなどてかのとき〕　⑥100；82
「わが爪に魔が入りて」　⑥79
〔わが胸いまは青じろき〕　⑤162
「わが胸いまは青じろき」　⑤162；177
〔わが胸はいまや蝕み〕　⑤160
「わが胸はいまや蝕み」　⑤160；175
「わがもとむるはまことのことば」〈早春〉
　　⑦274, 275
「わがもとむるはまことのことば」〈廃坑〉
　　⑦301
「わがもとむるはまことのことば」〈冬のスケッチ〉
　　①356
わさび田〈[西のあをじろがらん洞]〉　⑦504
「わざわざここまで追ひかけて」　④122；228
「業を了へしとひとひみし」　⑦327
「わたくしが」〈僚友〉　④187, 188
「わたくしが」〈[わたくしがちゃうどあなたのいまの椅子に居て]〉　④269；330
「わたくしがかってあなたがたと」　④98；190
「わたくしが聴衆に会釈して」　⑥65；49
〔わたくしが　ちゃうどあなたのいまの椅子に居て〕　④269
〔わたくしといふ現象は〕　②7, 231
〔わたくしどもは〕　④257
〔わたくしどもは〕　④257；324
〔わたくしに関して一つの塚とこゝを通過する風とが〕　③123
〔わたくしの汲みあげるバケツが〕　④183
「わたくしの汲みあげるバケツが」〈[バケツがのぼって]〉　④100
「わたくしの汲みあげるバケツが」〈[わたくしの汲みあげるバケツが]〉　④183；284
〔わたくしは今日死ぬのであるか〕　④266
「わたくしは今日死ぬのであるか」〈囈語〉
　　④180, 181
「わたくしは今日死ぬのであるか」〈[わたくしは今日死ぬのであるか]〉　④266；328
「わたくしは今日隣村の岩崎へ」　④291；349
「私はこどものときから」　⑥113；90
「わたくしはこのうつくしい山上の野原を通りながら」　③542
「わたくし《私》はずゐぶんすばや《早》く汽車からお《降》りた」　②58, 280；52, 53
「わたくしは水音から洗はれながら」　③235；584
「私は熱い」　⑤170
〔私は五聯隊の古参の軍曹〕〈「「饑餓陣営」の歌一」〉
　　⑥337
「私は五聯隊の古参の軍曹」　⑥337
「私は線路の来た方をふりかへって見ました」
　　①371
和風は河谷いっぱいに吹く　④110；207, 208, 211
ワルツ第CZ号列車　⑥219, 240
ワルツ第CZ号列車〈春〉　③277, 278
〔われかのひとをことふとに〕　⑦204
〔われかのひとをことふとに〕　⑦204
〔われ聴衆に会釈して〕　⑦194
〔われ聴衆に会釈して〕　⑦194；555
〔われのみひとりまことぞと〕　⑦322
〔われのみみちにたゞしきと〕　⑦102
〔われのみみちにたゞしきと〕　⑦102；322, 323
〔われはダルケを名乗れるものと〕　⑦282
〔われはダルケを名乗れるものと〕　⑦282；686
〔われはダルケを名乗れるものは〕　⑦685
〔われやがて死なん〕　⑤176；188
〔われら云はれしごとく〕　⑦551
〔われらが書に順ひて〕　⑦190
〔われらが書に順ひて〕　⑦190
〔われら黒夜に炬火をたもち行けば〕　⑥90
〔われら黒夜に炬火をたもち行けば〕　⑥90；77
〔われらそのとき山上に立ち〕　⑦622
〔われらぞやがて泯ぶべき〕　⑥126
〔われらぞやがて泯ぶべき〕　⑥126；98
〔われらひとしく丘に立ち〕　⑦239
〔われらひとしく丘に立ち〕　⑦239；623
エルテル〈公子〉　⑦388

## A～V

「Arĝenta matenonuboj」　⑥320；194
「Balcoc Bararage Brando Brando Brando」
　　⑥386
「dah-dah-dah-dah-dah-sko-dah-dah」　②107,

323；*78*
「Donald Caird can lilt and sing」　⑤192；*196*
Eine Phantasie im Morgen　②40, 262；*30*
(不明)Fantasia〈ローマンス(断片)〉　③*341*
"IHATOV" FARMER'S SONG　⑥356
infantism〈〔東の雲ははやくも蜜の色に燃え〕〉
　　③*110*
Jazz〈〔岩手軽便鉄道　七月(ジャズ)〕〉　③*560*
Jazz 岩手軽便鉄道〈〔岩手軽便鉄道　七月(ジャズ)〕〉　③*562*
「Knaboj ordeme vestiĝe」　⑥324；*198*
〔La koloroj, kiu ekvenas en mia dormeto〕
　　⑥325
「La koloroj, kiu ekvenas en mia dormeto」
　　⑥325；*198*
「Largo や青い雲渝もながれ」　③*527*
〔Largo や青い雲渝やながれ〕　③*217*
「Largo や青い雲渝やながれ」　③217；*523*
「La suda vilago novludoforma」　⑥322；*195*
Loĝadejo.　⑥322；*195*
M 氏肖像〈肖像〉　⑦*249*
Mateno.　⑥320；*194*
mental sketch modified　②22, 95, 107, 246, 311, 323；*20, 74, 78*
〔Mi estis staranta nudapiede〕　⑥326
「Mi estis staranta nudapiede」　⑥326；*199*
「Mi poŝtos mia ĉevalon」　⑥319；*193*
「Nuboj dependigas sur la montoj」　⑥*195*
Printempo.　⑥319；*193*
Projekt kaj Malesteco.　⑥324；*198*
「R-R-r-r-r-r-r-r-r」　⑦*604*
Romanzero 開墾　⑦248；*635*
S 博士に　⑤172；*183*
S 博士に〈眼にて云ふ〉　⑤*160*
「Sakkya の雪が」　⑤*69*
Senrikolta Jaro.　⑥323；*196*
「Sinjoro, la altplatajo estas pro malluma」
　　⑥323；*196*
「Stratusoj dependigas sur la montoj」
　　⑥321；*195*
「Tertiary the younger Tertiary the younger」
　　⑥335
〔topaz のそらはうごかず〕　⑥122

「topaz のそらはうごかず」　⑥122；*97*
「Tourquois の板と見申せど」　⑦*503*
「tumekusahitomosu」　⑥356
Vespero.　⑥321；*195*

402　詩篇題名・初句索引

# 童話・劇その他題名索引

I．この索引には次のものを収録した。
1. 第八巻から第十二巻までの本文篇に収録された童話・断章・短編・手紙・劇の題と章題。また副題やそれに類するものも採録した。
2. 上記各巻校異篇中の、すべての題および章題。
    ただし、各《異文》中において、推敲過程が複雑であるために、童話等の一部や最終形態を「あらためて」「まとめて」一括掲出したような場合は、その題名や章題を採録しない。
3. 校異中の題についての処理は次のとおり。
    (a) 題はすべての形を採るため、推敲過程において成立したすべての形を項目に採った。（例〔A→B〕Cの場合は、AC・BCの両項目を採った。）
    (b) 題の前後にある説明的なことば（例「寓話　猫の事務所」における「寓話」など）もすべて採った。また、章題がなく、番号によって章分けしている場合は、番号を採録し、同様のものとの区別のために作品の題名を（　）で示した。
II．見出し語の表記は次のとおり。
1. 章題は後ろに（　）で括った題名を付し、題と区別した。
2. 見出し語中では、原文の符号（「　」、（　）、（　））および校訂箇所を表す〔　〕など）は原則として省略するが、題名や初句の一部に括弧が使用されている場合は、省略せず示した。
3. 原文にふりがながついている場合、省略した。
4. 拗促音の表記は原則として原文のままとした。
5. 編者の読み方を示す必要があるときは、〔　〕を付したふりがなルビで示す。
6. 推敲過程中に出現し、最終題名と異なる題名については、最終題名を、〈　〉に補った。その際に、〈→　〉は、見出しの題名以降成立した最終題名を示す。〈←　〉は、見出しの題名が、本文に採用されている題名以降の推敲過程に出現する場合を示す。この題名は、本文全体の推敲が不徹底のために、前段階の逐次形が本文に採用され、最終題名とならなかったものである。
III．見出し語の配列は次のようにした。
1. 最初に章題の漢数字を一から数字順に配列し、次いで題名・章題の仮名・漢字を五十音順に配列し、欧字は末尾にアルファベット順に配列する。
2. 章題の漢数字以外の配置は見出し語の表記に関わりなく、表音かなづかいに従う。（例「ぢ」「づ」は「じ」「ず」の位置、「あひだ」は「あいだ」の位置に置く。）
3. ただし、助詞「は」「へ」「を」は文字通りの位置とし、「わ」「え」「お」とはしない。
IV．題・初句の所在の示し方は次のようにした。
    巻数を丸囲み数字で示し、次いで本文篇の頁数を算用数字の立体、校異篇の頁数を斜体によって示した。

## 数字

一(学者アラムハラドの見た着物)　⑨331
一(シグナルとシグナレス)　⑫141；58
一(双子の星)　⑧10
一(葡萄水)　⑨388
一(みぢかい木ぺん)　⑨396
二(学者アラムハラドの見た着物)　⑨335
二(シグナルとシグナレス)　⑫144；59
二(双子の星)　⑧10
二(葡萄水)　⑨389
二(みぢかい木ぺん)　⑨397
三(シグナルとシグナレス)　⑫146；61
三(葡萄水)　⑨390
三(みぢかい木ぺん)　⑨399
四(耕耘部の時計)　⑩64
四(シグナルとシグナレス)　⑫148；62
四(葡萄水)　⑨391
五(シグナルとシグナレス)　⑫150；63
五(葡萄水)　⑨393
六(シグナルとシグナレス)　⑫151；64
七(グスコンブドリの伝記〔初期形〕)　⑪62
七(シグナルとシグナレス)　⑫152；65
八(シグナルとシグナレス)　⑫153；66
九(シグナルとシグナレス)　⑫154；66
十(シグナルとシグナレス)　⑫155；67
十一(シグナルとシグナレス)　⑫158；69

## あ

青木大学士の野宿　⑧122
青木大学士の野宿(第三夜)(青木大学士の野宿)　⑧134
青びかりの底　⑧84
赤い手長の蜘蛛(蜘蛛となめくぢと狸)　⑧5
赤い手長の蜘蛛はどうしたか(寓話洞熊学校を卒業した三人)　⑩168
秋(グスコーブドリの伝記)　⑫225；162
秋田街道　⑫246
あけがた　⑫267
朝に就ての童話的構図　⑫230
蟻ときのこ　⑧17，⑨83
ある小さな官衙に関する幻想　⑫173
或る農学生の日誌　⑩247
家(銀河鉄道の夜)　⑪127
イギリス海岸　⑩47
泉ある家　⑫292；196
いてふの実　⑧67；17，20，⑨83
一九三一年度極東ビヂテリアン大会見聞録　⑩338；225
一九三一年度極東ビヂテリアン大会記録〈→一九三一年度極東ビヂテリアン大会見聞録〉　⑩225
イーハトーヴ火山管理局(グスコンブドリの伝記)　⑪50；86
イーハトーヴ火山管理局(グスコーブドリの伝記)　⑫146
イーハトーヴ火山管理所(グスコンブドリの伝記)　⑪86
イーハトーブ火山局(グスコーブドリの伝記)　⑫216；146
イーハトウ火山統制事務所(グスコンブドリの伝記)　⑪86
イーハトーブ民譚集　⑨43
イーハトーボ農学校の春　⑩40；29
院長スリッパ　⑫190，192
インドラの網　⑨273
兎とすずらん皮を食ふ　⑧17
うすあかりの国(ひかりの素足)　⑧293；128
うずのしげ　⑨83
うずのしゅげ〈→おきなぐさ〉　⑨82，83
馬の頭巾　⑧139
うろこ雲　⑫262
エレキやなぎ〈→鳥をとるやなぎ〉　⑨48，49
エレキ楊〈→鳥をとるやなぎ〉　⑨48，49
狼森と笊森、盗森　⑫19；10，11
おきなぐさ　⑨179；82，83
オツベル　⑫71
オツベルと象　⑧37，⑩116，⑫161；71
女　⑫261

## か

貝の火　⑧38
カイロ団長　⑧222；85
カイロ団長とビチュコども　⑧84
カイロ団長とビッチュども　⑧84
蛙の雲見　⑧17
蛙のゴム靴　⑧97，⑩304；191，192

(数字～かえ)　405

蛙の消滅〈→蛙のゴム靴〉　⑧235；97, ⑩192
顔を洗はない狸(蜘蛛となめくぢと狸)　⑧14
顔を洗はない狸(寓話洞熊学校を卒業した三人)　⑩283
学者アラムハラドの見た着物　⑨330
火山島(グスコーブドリの伝記)　⑫164
かしはゞやしの夜　⑫10
かしはばやしの夜　⑫64；12, 13
かしは林の夜　⑫13
かしはばやしの夜〔初期形〕　⑧152
風と草穂〈→サガレンと八月〉　⑩7
風と草穂(ポラーノの広場)　⑪113
風野　⑩73
風野又三郎　⑧37, ⑨5, ⑩73, ⑪229-231, 233
風の又三郎　⑪172
風野又三郎(九月三日)(風野又三郎)　⑨15
風野又三郎(九月四日)(風野又三郎)　⑨20
風野又三郎(九月五日)(風野又三郎)　⑨24；12, 18
風野又三郎(九月六日)(風野又三郎)　⑨29
風野又三郎(九月七日)(風野又三郎)　⑨31；18
風野又三郎(九月八日)(風野又三郎)　⑨36；12, 18
風野又三郎(九月九日)(風野又三郎)　⑨42；12, 18
風野又三郎(九月十日)(風野又三郎)　⑨44
風穂の野はらく〈→二人の役人〉　⑨44
花壇工作　⑫285
花壇設計　⑫190
家長〈→家長制度〉　⑫194
家長制度　⑫290；194
花鳥童話十二篇　⑧33, ⑩186
花鳥童話集　⑨83
活動写真館(セロ弾きのゴーシュ)　⑪283
活版所(銀河鉄道の夜)　⑪126
ガドルフの百合　⑨338
蟹　⑧17, 37
烏の北斗七星　⑫38；9, 11, 13
雁の童子　⑨279
カルボナード島(グスコーブドリの伝記)　⑫227；164
革トランク　⑨173
黄いろのトマト　⑨185；83

饑餓陣営　⑫325；213, 215
疑獄元兇　⑫307
北十字とプリオシン海岸(銀河鉄道の夜)　⑪138
北十字とプリオシン海岸(銀河鉄道の夜〔初期形三〕)　⑩144
狐小学校の幻燈会(雪渡り)　⑫39
狐小学校の参観　⑨58
気のいい火山弾　⑧115；35
気のいゝ火山弾　⑧35
郷土喜劇植物医師　⑫238
極東ピチテリアン大会〈→一九三一年度極東ピチテリアン大会見聞録〉　⑩225
霧穂ヶ原〈→種山ヶ原〉　⑧29
銀色のなめくぢ(蜘蛛となめくぢと狸)　⑧10
銀色のなめくぢはどうしたか。(寓話洞熊学校を卒業した三人)　⑩278；171
銀河　⑩73
銀河ステーション　⑩73
銀河ステーション(銀河鉄道の夜)　⑪134
銀河ステーション(銀河鉄道の夜〔初期形三〕)　⑩139
銀河鉄道　⑧37, ⑩73
銀河鉄道の夜　⑪123；176
銀河鉄道の夜〔初期形一〕　⑩16
銀河鉄道の夜〔初期形二〕　⑩111
銀河鉄道の夜〔初期形三〕　⑩132
寓話狐学校を卒業した三人〈→洞熊学校を卒業した三人〉　⑩166
寓話熊学校を卒業した三人〈→洞熊学校を卒業した三人〉　⑩166
寓話集中　⑧5, 21, 54, 57, ⑨34, 58, ⑩53, 112, 201
寓話猫の事務所　⑫173；72
寓話洞熊学校を卒業した三人　⑩273；166
寓話山猫学校を卒業した三人〈→洞熊学校を卒業した三人〉　⑩166
九月十二日、第十二日、(風の又三郎)　⑪209
九月一日(風の又三郎)　⑪172
九月二日(風の又三郎)　⑪180
九月一日(風野又三郎)　⑨5；7
九月二日(風野又三郎)　⑨9
九月四日 日曜(風の又三郎)　⑪184

九月六日(風の又三郎)　　⑪195
九月七日(風の又三郎)　　⑪200
九月八日(風の又三郎)　　⑪204；263
九月九日〈→九月八日〉(風の又三郎)　⑪263
グス——の伝記　　⑧37，⑩73
グスコ　⑩73
グスコーブドリの伝記　⑩73，⑪49，⑫199
グスコンブドリの幼時(グスコンブドリの伝記)
　　　⑪48
グスコンブドリの伝記　⑪23；48，49，⑫118
クーボー大博士(グスコープドリの伝記)　⑫
　　　213；141
蜘蛛(寓話洞熊学校を卒業した三人)　　⑩168
蜘蛛となめくぢと狸　　⑧5；7
雲の海(グスコンブドリの伝記)　⑫223
蜘蛛はどうしたか。(寓話洞熊学校を卒業した三
　　　人)　⑩274
車　⑩87
黒ぶだう　⑧83
クㇺねずみ　⑧175；57
クㇺねづみ　⑧57
警察署(ポラーノの広場)　　⑪95
けだもの運動会　⑧184
煙山の楊の木〈→鳥をとるやなぎ〉　⑨48，49
虔十公園林　⑩103
ケンタウル祭の夜(銀河鉄道の夜)　　⑪130
ケンタウル祭の夜(銀河鉄道の夜〔初期形三〕)
　　　⑩132；77
鯉　⑧17
耕耘部の時計　⑩60
氷と後光〔習作〕　⑩92
五月(やまなし)　⑫125；43，48
五月(やまなし〔初期形〕)　⑩5
小狐の紺三郎一(雪渡り)　⑫39
午后の授業(銀河鉄道の夜)　⑪123
午后零時五十分(耕耘部の時計)　　⑩63
午前十二時(耕耘部の時計)　⑩61
午前八時五分(耕耘部の時計)　⑩60
コミックオペレット饑餓陣営　⑫215
コミックオペレット生産体操〈→饑餓陣営〉　⑫
　　　213，215

## さ

西域異聞三部作　⑨140
さいかち淵　⑩67
サガレンと八月　⑩10；7
ざしき童子のはなし　⑫170
サラバアユウ馬病院(三人兄弟の医者と北守将軍
　　　〔韻文形〕)　⑨318
サラバアユウ馬病院(北守将軍と三人兄弟の医者
　　　〔初期形〕)　⑪26
サラバアユウ馬病院(北守将軍と三人兄弟の医者)
　　　⑫109
さるのこしかけ　⑧90；27
竍森、狼森、盗森　⑫13
竍森と狼森と盗森　⑫13
山地の稜　⑫278
三人兄弟　⑫71
三人兄弟の医者とプランペラカラン将軍〈→三人
　　　兄弟の医者と北守将軍〉　⑨25
三人兄弟の医者と北守将軍　⑨25
三人兄弟の医者と北守将軍〔韻文形〕　⑨291
三人兄弟の医者と北守将軍〔散文形〕　⑨47
三人兄弟の医者(北守将軍と三人兄弟の医者)
　　　⑫183；96
三人兄弟の医者(北守将軍と三人兄弟の医者〔初期
　　　形〕)　⑪5
サンムトリ火山(グスコープドリの伝記)　⑫
　　　219；151
サンムトリ火山(グスコンブドリの伝記)　⑪54
紫紺染について　⑩184
鹿踊の始まり　⑫9
鹿踊のはじまり　⑫13
鹿踊りの始まり　⑫12
鹿踊りのはじまり　⑫87
七星祭の夜(銀河鉄道の夜〔初期形三〕)　⑩77
十一月(やまなし)　⑫45
十一月(やまなし〔初期形〕)　⑩8
十月の末　⑧272；113
十二月(やまなし)　⑫128；45，49
十力金剛石　⑨83
十力の金剛石　⑧187；64
十六日　⑫297
序(或る農学生の日誌)　⑩247
植物医師　⑫350；238

序(注文の多い料理店)　⑫7
署長室の策戦(税務署長の冒険)　⑩232
署長のかん禁(税務署長の冒険)　⑩244
署長の探偵(税務署長の冒険)　⑩235
ジョバンニの切符(銀河鉄道の夜)　⑪148
ジョバンニの切符(銀河鉄道の夜〔初期形三〕)
　　⑩154
水仙月の四日　⑫46；9, 12, 13
西域異聞三部作　⑨140
生産体操　⑫215
税務署長歓迎会(税務署長の冒険)　⑩229；131, 132
税務署長の冒険　⑩227
星曜祭の夜(銀河鉄道の夜〔初期形三〕)　⑩77
せきれい　⑨83
セロ弾きのゴーシュ　⑧37, ⑩116, ⑪219；283, 287, ⑫71
セロ弾きのはなし〈→セロ弾きのゴーシュ〉　⑪287
セロ弾きのはなし二(セロ弾きのゴーシュ)　⑪290
センダード市の毒蛾(ポラーノの広場)　⑪102
蒼冷と純黒　⑫377
村童スケッチ　⑧112, ⑨39

## た

ダァリヤとまなづる　⑧17
ダァリヤと夜　⑧68, 100
第一日曜(オッベルと象)　⑫161
第一夜　猫のアベマリア(セロ弾きのゴーシュ)　⑪283
第二日曜(オッベルと象)　⑫163
第二夜　かくこうのドレミファ(セロ弾きのゴーシュ)　⑪283
第三夜　狸の子の長唄(セロ弾きのゴーシュ)　⑪283
第四夜　鷺のバレー(セロ弾きのゴーシュ)　⑪283
第五日曜(オッベルと象)　⑫166
第五夜　野鼠の療治(セロ弾きのゴーシュ)　⑪283
第六夜　セロ弾き喜び泣く(セロ弾きのゴーシュ)　⑪283

第一集　⑧9, 12, ⑨85
台川　⑩29；20, 21
太陽マヂック〈→イーハトーボ農学校の春〉　⑩29
大礼服の効果〈→大礼服の例外的効果〉　⑫193
大礼服の例外的効果　⑫288；193
濁密防止講演会(税務署長の冒険)　⑩227
谷　⑨104；40
狸さんのポンポコポン　⑧17
種山ヶ原　⑧96；29
種山ヶ原の夜　⑫363；241
タネリはたしかにいちにち噛んでゐたやうだった　⑩75
「旅人のはなし」から　⑫235
ダルゲ〈→図書館幻想〉　⑫188
丹藤川〈→家長制度〉　⑫194
丹藤川〔「家長制度」先駆形〕　⑫245
知事さんたちの栗ひろい〈←二人の役人〉　⑨44
注文の多い料理店　⑧37, ⑫28；10, 11, 13
チュウリップの幻術　⑨198；94
チュウリップの幻燈　⑨94
「ツェ」ねずみ　⑧162；53
ツェねずみ　⑧53
次の寒さ(グスコーブドリの伝記)　⑫164
次の寒さ(グスコンブドリの伝記)　⑪66
月夜のけだもの〔初期形〕　⑧75
月夜のけだもの　⑩292
月夜の電信柱　⑫9
月夜のでんしんばしら　⑫79；12
月夜のでんしん柱　⑫13
土神ときつね　⑨246；119, 120
土神と狐　⑨120
つめくさのあかり(ポラーノの広場)　⑪75
つめくさのあかり(ポランの広場)　⑩197
連れて行かれたダァリヤ　⑧247；68, 69, 100
連れて行かれたダァリヤ〈→まなづるとダアリヤ〉　⑩196
連れて行かれたダァリヤ〔「連れて行かれたダアリヤ」初期形〕　⑧202
手紙一　⑫313
手紙二　⑫315
手紙三　⑫317
手紙四　⑫319

てぐす工場(グスコーブドリの伝記)　⑫202；
　　123
てぐす工場(グスコンブドリの伝記)　⑪26；35，
　　55
天気輪の柱(銀河鉄道の夜)　⑪133
天気輪の柱(銀河鉄道の夜〔初期形三〕)　⑩137
電車　⑫270
峠(ひかりの素足)　⑧286，304；123，134
動物寓話集中　⑧52，84，191
たうもろこし　⑧17
童話的構図　⑧17
研師と園丁　⑧216；80
毒蛾　⑨80
毒もみのすきな署長さん　⑧37，⑨48，⑩
　　191；116，117，⑫271
床屋　⑫273
図書館幻想　⑫276；188
とっこべ、とら子　⑧109
とっこべとら子　⑧260；109
鳥箱先生とフゥねずみ　⑧169；55
鳥箱先生とフゥねづみ　⑧55
鳥を捕る人(銀河鉄道の夜)　⑪143
鳥を捕る人(銀河鉄道の夜〔初期形三〕)　⑩149
鳥をとるやなぎ　⑨119；48，49
どんぐりと山猫　⑫9；9，11，13
どん栗と山猫　⑫13
とんびの染屋〈→林の底〉　⑨126

な

なめくぢはどうしたか(寓話洞熊学校を卒業した
　　三人)　⑩171
なめとこ山の熊　⑩264；157
なめとこ山の熊の胆〈→なめとこ山の熊〉　⑩
　　157
楢木大学士の野宿　⑨157，158
楢ノ木大学士の野宿　⑨345；158
逃げた山羊(ポラーノの広場)　⑪70
虹とめくらぶだう　⑨82
虹の絵の具皿〈→十力の金剛石〉　⑧64
二十六夜　⑨151；67
沼ばたけ(グスコーブドリの伝記)　⑫206；128
沼ばたけ(グスコンブドリの伝記)　⑪35；61，
　　68

沼森　⑫250
猫　⑫258
猫の事務所〈←寓話猫の事務所〉　⑫72
猫の事務所〔初期形〕　⑨68
野宿第一夜(青木大学士の野宿)　⑧123
野宿第二夜(青木大学士の野宿)　⑧127
野はらトランプ(グスコンブドリの伝記)　⑪68

は

馬医リンプー先生(北守将軍と三人兄弟の医者)
　　⑫194
馬医リンポー先生(北守将軍と三人兄弟の医者)
　　⑫109
バキチの仕事　⑨403
化物丁場　⑨126；53
バスコンブドリの幼時(グスコンブドリの伝記)
　　⑪48
バスコンブドリの伝記〈→グスコンブドリの伝記〉
　　⑪48
畑のへり　⑧22，⑨83，⑩288；178
畑のへり〔初期形〕　⑧71
八月十三日(さいかち淵)　⑩67
八月十四日(さいかち淵)　⑩70
花椰菜　⑫264
林の底　⑨260；126
茨海小学校　⑨134；58
茨海小学校と狐に欺された郡視学のはなし　⑨
　　58
ひかりの素足　⑧281；117
光のすあし。(ひかりの素足)　⑧299
ビジテリアン大祭　⑨96
ビヂテリアン大祭　⑨208
ひのきとひなげし　⑧17，19，⑨83，⑪212
ひのきとひなげし〔初期形〕　⑧61
氷河鼠の毛皮　⑫131；51
ファゼーロと磁石(ポラーノの広場)　⑪115
ファンタジーポランの広場第二幕　⑫234，235
フゥフィーボー大博士(グスコーブドリの伝記)
　　⑫141
フウフィーボー大博士(グスコンブドリの伝記)
　　⑪44；80
双子の星　⑧19；10
双子の星。一、(双子の星)　⑧19

(しよ～ふた)　409

双子の星。二、(双子の星)　⑧28
二人の役人　⑨11；44
復活の前　⑫239
物譚詩　⑨120
葡萄水　⑨388；164
葡萄水〔初期形〕　⑧255
ぶとしぎ〈←よだかの星〉　⑧25
フランドン農学校の豚　⑩322
フランドン農学校の豚〔初期形〕　⑨89
プランペラポラン将軍(三人兄弟の医者と北守将軍〔韻文形〕)　⑨291
プランペラポラン将軍(北守将軍と三人兄弟の医者〔初期形〕)　⑪11
プランペラポラン将軍(北守将軍と三人兄弟の医者)　⑫97
プーランポー将軍(北守将軍と三人兄弟の医者〔初期形〕)　⑪6
ペンクラアネイ植物病院(三人兄弟の医者と北守将軍〔韻文形〕)　⑨324
ペンクラアネイ植物病院(北守将軍と三人兄弟の医者〔初期形〕)　⑪30
ペンクラアネイ植物病院(北守将軍と三人兄弟の医者)　⑫112
ペンネンネンネンネン・ネネムの伝記　⑧305
ペンネンネンネンネン・ネネムの安心(ペンネンネンネンネン・ネネムの伝記)　⑧330
ペンネンネンネンネン、ネネムの出現(ペンネンネンネンネン・ネネムの伝記)　⑧337
ペンネンネンネンネン・ネネムの巡視(ペンネンネンネンネン・ネネムの伝記)　⑧321
ペンネンネンネンネン・ネネムの独立(ペンネンネンネンネン・ネネムの伝記)　⑧305
ペンネンネンネンネン・ネネムの立身(ペンネンネンネンネン・ネネムの伝記)　⑧312
ペンネンブドリの伝記〈→グスコンブドリの伝記〉　⑪48
北守将軍仙人となる(北守将軍と三人兄弟の医者〔初期形〕)　⑪21；33
北守将軍仙人となる(北守将軍と三人兄弟の医者)　⑫197；113, 114
北守将軍ソンバーユー(北守将軍と三人兄弟の医者)　⑫184；97
北守将軍と三人兄弟の医者〔初期形〕　⑪5；9

北守将軍と三人兄弟の医者　⑫183
北守将軍の凱旋　⑧37, ⑩116, ⑫71
北守将軍の凱旋と三人兄弟の医者〈→北守将軍と三人兄弟の医者〉　⑪9
北守将軍の参内(北守将軍と三人兄弟の医者〔初期形〕)　⑪19；31
北守将軍の参内(北守将軍と三人兄弟の医者)　⑫113
星祭の夜(銀河鉄道の夜〔初期形三〕)　⑩77
ほとしぎ　⑨83
ホトランカン人間病院(三人兄弟の医者と北守将軍〔韻文形〕)　⑨305
ホトランカン人間病院(北守将軍と三人兄弟の医者〔初期形〕)　⑪20
ポラーノの広場　⑪69；⑩73
ポラーノの広場(ポラーノの広場)　⑪83
ポラン　⑩73
ポランの広場　⑧37, ⑩197；73, ⑫341；234, 235
ポランの広場(ポランの広場)　⑩204
本郷区菊坂町　⑫273

## ま

マグノリアの木　⑨268；129
祭の晩　⑩178
まなづるとダアリヤ　⑧100, ⑨83, ⑩317；196
マリヴロンと耕女〈→マリヴロンと少女〉　⑩187
マリヴロンと少女　⑩300；186, 187
みぢかい木ペん　⑨396
峯や谷は　⑫242
めくらぶだうと虹　⑧111；17, 34, ⑩186, 187
物譚詩　⑨120
森(グスコーブドリの伝記)　⑫199；118
森(グスコンブドリの伝記)　⑪23；48

## や

柳沢　⑫252
山男の四月　⑫55；8, 9, 12, 13
山男の四月〔初期形〕　⑧145
山小屋(ひかりの素足)　⑧281；117
やまなし　⑨83, ⑩5, ⑫125；43, 48

やまなし〔初期形〕　⑩5
雪渡り　⑫39, 40
雪渡りその二(狐小学校の幻燈会)(雪渡り〔雑誌発表形〕)　⑫106
雪渡りその二(狐小学校の幻燈会)(雪渡り〔発表後手入形〕)　⑫118
雪渡り(小狐の紺三郎)(一)(雪渡り〔雑誌発表形〕)　⑫101
雪渡り(小狐の紺三郎)(一)(雪渡り〔発表後手入形〕)　⑫113
雪渡り〔雑誌発表形〕　⑫101
雪渡り〔発表後手入形〕　⑫113
よく利く薬とえらい薬　⑧266；*110*
よだか　⑧*25*
よだかの星　⑧83；*25*
四又の百合　⑩98

## ら

ラジュウムの雁　⑫259
龍と詩人　⑫303
リンパー先生(北守将軍と三人兄弟の医者〔初期形〕)　⑪*20*
リンパー先生(北守将軍と三人兄弟の医者)　⑫190；*104*
リンパー人間病院(北守将軍と三人兄弟の医者〔初期形〕)　⑪12
リンパー人間病院(北守将軍と三人兄弟の医者)　⑫*104*
リンプー馬病院(北守将軍と三人兄弟の医者〔初期形〕)　⑪17
リンポー植物病院(北守将軍と三人兄弟の医者〔初期形〕)　⑪18
リンポー先生(北守将軍と三人兄弟の医者)　⑫196；*112*

## わ

若い木霊　⑧210
若い研師　⑧207

## T～V

The Great Milky Way Rail Road　⑩73
Vegetarien Festival　⑨*96*

# 書簡索引

1. 書簡索引は、地名・人名・組織名・紙誌名・書名・作品名などの固有名詞を採録した。
2. 配列は、五十音による発音順とした。ローマ字による表記はアルファベット順で末尾に配置した。
3. 見出し語の表記は、書名は『　』、紙誌名および作品名は「　」で示した。自筆ルビが付されている場合、〔　〕内に示した。難読名などで、編者が読みを補った場合は、見出し語の次に〈　〉で括って読みがなを示した。宛名の人名については、本全集第十五巻凡例での扱いに従った。
4. 通称・略称・愛称・筆名・親族名称など、およびこれに敬意を示す接尾辞などの付されたものについては、必要に応じて正式名称や該当する対象を、→によって原表記、正式表記などで示した。筆者の思い違い、誤記と判断されるものもこれに準じた。他に、注記的に〈　〉を用いて補記した場合もある。

   チュケァン　　　⑮7→佐々木経造
   幻　　　　⑮447→北小路幻（森佐一）
   いとこ　　⑮112→宮沢安太郎・岩田磯吉
   お父さん　　⑮380→沢里連八
   お父さん　　⑮233→宮沢政次郎
   郡　　　⑮73, 74, 89→稗貫郡
   場長殿　　⑮328→猪狩源三
   詩の雑誌　　⑮222→「貌」
   永楽病院　　⑮114；*59*→東京帝国大学医学部附属医院分院
   島津大等　　⑮16, 23→島地大等
   竜蔵　　⑮211→瀬川良蔵
   歌舞技座〈→歌舞伎座〉　　⑮240

5. 校異篇については、《備考》欄のみを採集対象とした。
6. 所在の示し方は、次のようにした。
  巻数を丸囲み数字で示し、次いで本文篇の頁数を算用数字の立体、校異篇の頁数を斜体によって示した。本文篇と校異篇の頁が連続して現れるときは、その境目を；で区切った。所在頁が連続する場合は、「204-208」のように「-」で示した。ただし、第十六巻（下）および別巻の巻数は、それぞれ⑯下、別と示した。
7. なお、本全集第十五巻校異篇（および、第十六巻・別巻所収の十五巻本文補遺）に「受信人索引（付・略歴）」、「書簡関連人名索引」が掲載されているので、あわせて参照されたい。

## あ

「愛国婦人」　⑮220；*108, 109*
愛国婦人会　⑮*109*
相去　⑮321
愛知県中島郡萩原町　⑮209
「彼奴―あいつにおくる―」　⑮*163*
「青騎士」　⑮209
青笹小学校　⑮420
青森　⑮358, 371；*205*
青森県　⑮407
青森県上北郡天間林村　⑮*105*
青森県庁　⑮212, 213
青森県八戸中学校　⑮*105*
青森県立畜産学校　⑮55
青森市　⑮371
青森市浜町　⑮*181*
青柳教愉　⑮10→青柳亮
青柳亮　⑮10；*8*
赤石　⑮332
「赤い鳥」　⑮278
赤沢号　⑮*12*
赤沢亦吉　⑮*12*
赤羽根　⑮281
赤羽根峠　⑮314
『亜寒帯』　⑮*244, 249*
秋田　⑮155, 284, 315, 335；*7, 157, 177, 268*
秋田県　⑮309；*172, 177*
秋田県雄勝郡院内町院内銀山字下本町二六七　⑮
秋田県鹿角郡花輪町　⑮*12*
秋田県組合聯合会　⑮335
秋田県購買組合聯合会　⑮333, 336
秋田県購聯　⑮333→秋田県購買組合聯合会
秋田県試験場　⑮335
秋田県仙北郡花館村　⑮*190*
秋田県庁　⑮335
秋田県農会　⑮335, 336
秋田県農務課　⑮336
秋田県山内村農会　⑮419, 439
秋田市　⑮335, 336
「秋の夜」　⑮*248*
「悪意」　⑮*127*
暁烏敏〈あけがらすはや〉　⑮*107*

「朝」　⑮*163*, 295
朝顔会　⑮376
浅草　⑮27
「朝に就ての童話的構図」　⑮*245, 265, 271*
浅沼政規　⑮420, 444
「朝日新聞」　⑮*279*
朝日新聞東京本社ギャラリー　⑮*278*
「アザリア」　⑮91；*34, 48*
アザリア会　⑮*48, 55*
アザリヤ会　⑮55, 57→アザリア会
「亜細亜学者の散策」　⑮*247*
鴉射亭　⑮243
「鴉射亭随筆」　⑮*280*，⑯上*44, 45*→『鴉射亭随筆』
『鴉射亭随筆』　⑮437, 449, 451；*244, 267, 277, 282*
新らしい校長　⑮*233*→中野新左久
「アッシャー家の崩壊」　⑮*243*
アトリエ社　⑮*244*
あのお方　⑮395
阿原峠　⑮*49, 50*
阿原山　⑮*62*
阿武隈　⑮23
『阿武隈の雲』　⑮*183*
油町　⑮362
阿部　⑮295
阿部喜兵衛　⑮363
阿部繁　⑮410；*243*
阿部末吉　⑮*7*, 258；*7, 162*
阿部末さん　⑮*7*→阿部末吉
阿部千一　⑮*162*
阿部先生　⑮410→阿部繁
阿部孝　⑮10；*8*
阿部晃　⑮293；*7, 13, 162*
阿部芳太郎　⑮288, 296
「あまの川［がは］」　⑮*108*
網張　⑮*9, 10*
網張口　⑮*10*
アメリカ　⑮176, 252；*198*
鮎川草太郎　⑮*111*→梅野健造
荒川　⑮30, 31
有田順次　⑮237
アルス社　⑮*288*

(あい～ある)　415

アルタイ語　⑮*122*
アルプス　⑮*111*
「アルペン農の歌」　⑮*297*
アルミナ会　⑮*312*
アレキサンダー・ヒューム・フォード　⑮*239*；
　　*122*
「曠野」　⑮*13*
安房小湊　⑮*102*
「阿波の鳴門」　⑮*24*
安浄寺　⑮*217*
「アンダンテ・カンタービレ」　⑮*248*
アンデルセン　⑮*59*
アンデルゼン　⑮*113, 114*
「アンデルゼン(氏)白鳥の歌」　⑮*58*
安藤広重　⑮*29*；*21, 88, 246*

## い

猪狩源三　⑮*327, 328*；*186, 214*
猪狩満直　⑮*183*
イギリス　⑮*134*
育英会　⑮*257*
育成所　⑮*356, 357*→農林省馬政局種育場
池田秀雄　⑮*202*
池田竜甫　⑮*279*
胆沢　⑮*324*
胆沢郡相去村　⑮*275*
胆沢郡相去村六原　⑮*191*
胆沢郡前沢町三日町二〇　⑮*183*
胆沢郡水沢町　⑮*180*
胆沢郡水沢町立町　⑮*181*
医師　⑯下15
石川県石川郡林中村　⑮*118*
石川県石川郡美川町　⑮*107*
石川県金沢市　⑮*31*
石川県農事試験場　⑮*188*
石川さん　⑮*235, 411, 414, 416, 437, 447, 453, 454, 458*→石川善助
石川三四郎　⑮*288*
石川氏　⑮*410, 449*；*276*→石川善助
石川善二郎　⑮*410, 451*；*267, 276*，⑯上44
石川善助　⑮*235, 410, 411, 414, 416, 437, 447, 449, 451, 453, 454, 458*；*120, 210, 243, 249, 252, 267, 276, 277, 279*

石川善助詩集刊行会　⑮*416*；*249, 252, 258*
石川啄木　⑮*13*
石川武夫　⑮*183*
石川本店　⑮*362*
石川旅館　⑮*68, 104, 191*
石黒英彦　⑮*241*
石越　⑮*333*
石田嘉一　⑮*100*
石田といふ人　⑮*317*
石鳥谷　⑮*10, 68, 99, 321, 379*；*180*
石鳥谷駅　⑮*379*
石鳥谷駅前　⑮*260, 376*
石鳥谷町　⑮*369*
石鳥谷町塚根　⑮*421*
石巻　⑮*13, 342*；*11, 193, 220*
石の巻　⑮*13*→石巻
石橋氏　⑮*441*→石橋哲郎
石橋哲郎　⑮*441*；*269*
石原保秀　⑮*64*
石丸さん　⑮*175*→石丸文雄
石丸文雄　⑮*175*；*85*
医術開業試験附属病院　⑮*59*
「弩〈いしゆみ〉」　⑮*220*
伊豆大島　⑮*259*；*131, 133*
泉館　⑮*340*
伊勢　⑮*17*
伊勢屋　⑮*32*
磯さん　⑮*36, 86*→岩田磯吉
板垣肥料店　⑮*321*
馳幣〈いたちっぺい〉神社　⑮*8*
イチ　⑯上31→宮沢イチ
市川左団次　⑮*24*
市之通〈いちのかよう〉　⑮*49*
市の川様　⑮*441*→市野川順平
市野川順平　⑮*441*；*269*
一関　⑮*399*；*11, 180*
一ノ関　⑮*320, 321, 330, 333, 346, 365, 373, 394*；*223*
一ノ関駅　⑮*333*
一関中学　⑮*130, 182*
一関中学校　⑮*269*
一姫　⑮*299*→藤原典子
一茶　⑮*292*→小林一茶

| | | | |
|---|---|---|---|
| イッデングス | ⑮76 | 岩手郡 | ⑮44, 65 |
| 伊手 | ⑮40, 41, 62；*28* | 岩手郡太田村 | ⑮39 |
| 井手 | ⑮41→伊手 | 岩手郡厨川村 | ⑮201 |
| 伊藤家 | ⑮*134* | 岩手郡厨川村赤平 | ⑮201 |
| 伊藤清一 | ⑮*125, 274* | 岩手郡御所村 | ⑮293, 295, 303 |
| 伊藤精逸 | ⑮244→伊藤清一 | 岩手郡御所村上南畑 | ⑮349, 402, 405, 407, 422, 445, 448, 450, 453, 456 |
| 伊藤チヱ | ⑮*131* | 岩手郡雫石村 | ⑮331 |
| 伊藤忠一 | ⑮249, 278 | 岩手郡滝沢村 | ⑮201 |
| 伊藤豊左エ門 | ⑮61 | 岩手郡滝沢村加賀内 | ⑮201 |
| 伊藤七雄 | ⑮261；*131* | 岩手郡本宮村 | ⑮172 |
| 伊藤誠 | ⑮322；*182* | 岩手軽便鉄道 | ⑮338, 343, 374；*15, 26, 127, 209* |
| 伊藤与蔵 | ⑮424, 455；*283, 285* | 岩手県 | ⑮24, 34, 37, 76, 87, 88, 172, 247, 311-313, 315, 317, 318, 322, 323, 325, 333, 335, 342, 345, 357, 360, 361, 369, 379, 418, 446, 452, 456；*50, 97, 108, 174, 193, 277, 278* |
| いとこ | ⑮112→宮沢安太郎・岩田磯吉 | | |
| 『否』 | ⑮*183* | | |
| 稲垣 | ⑮203, 208, 209, 212, 213→稲垣信次郎 | | |
| 稲垣信次郎 | ⑮203, 208, 209, 212, 213 | 岩手けん | ⑮34→岩手県 |
| 「稲作挿話（未定稿）」 | ⑮*112* | 岩手県岩手郡米内村大字山岸二十番戸 | ⑮7 |
| 『稲作肥料設計法』 | ⑮328；*186* | 岩手県大船渡線 | ⑮361 |
| 稲荷神社 | ⑮445→館山稲荷神社 | 岩手県下菊花品評会 | ⑮294 |
| 井上富造 | ⑮363 | 岩手県学務部 | ⑮275 |
| 井上弥一商店 | ⑮*32* | 岩手県上閉伊郡 | ⑮420 |
| 茨城県鹿島郡神栖村 | ⑮100 | 岩手県官 | ⑮381 |
| 茨城県古河市 | ⑮*190* | 岩手県議会 | ⑮261 |
| 茨城県結城郡絹川村 | ⑮30 | 岩手県技手 | ⑮*185* |
| 茨城県立農事試験場 | ⑮258 | 岩手県教育会 | ⑮274 |
| 妹 | ⑮102 | 岩手県公会堂 | ⑮248 |
| 妹 | ⑮25→宮沢トシ | 岩手県購買組合聯合会 | ⑮333 |
| 磐城 | ⑮301 | 岩手県御所村上南畑 | ⑮437 |
| 磐城局 | ⑮*166* | 岩手県蚕業学校 | ⑮199 |
| 岩木山 | ⑮*152* | 岩手県産業組合聯合会 | ⑮313 |
| 岩崎開墾地 | ⑮446, 452；*193, 274, 280* | 岩手県師範学校 | ⑮263 |
| 岩田磯吉 | ⑮36, 86, 112；*25, 26* | 岩手県種畜場 | ⑮356；*201* |
| 岩田金次郎 | ⑮88, 160, 203, 216, 218；*47, 64, 65* | 岩手県商工課 | ⑮359 |
| 岩田氏 | ⑮*108* | 岩手県庁 | ⑮360；*176* |
| 岩田しげ | ⑮386→岩田シゲ | 岩手県南 | ⑮324 |
| 岩田豊蔵 | ⑮160；*25, 79* | 岩手県農会 | ⑮130, 274 |
| 岩田元兄 | ⑮*90；48* | 岩手県農会組合聯合会 | ⑮338 |
| 岩田ヤス | ⑮25, 98；*19, 25, 47* | 岩手県農会書記 | ⑮*186* |
| 岩手 | ⑮10, 23；*18* | 岩手県農事試験場 | ⑮379；*179, 186* |
| 巌手 | ⑮18→岩手 | 岩手県農事試験場技師 | ⑮*185* |
| 巌手 | ⑮8→岩手山 | 岩手県農事試験場場長 | ⑮327；*186* |
| 岩手上郷駅 | ⑮306 | 岩手県農務課 | ⑮326, 338, 348 |
| 岩手銀行 | ⑮*271* | | |

（あ〜いわ） 417

巌手県花巻川口町　⑮113, 125, 132, 134, 135, 139-142, 145-148, 150, 151, 153, 154, 158, 160, 161, 163, 179, 210, 216；*18*
岩手県花巻川口町　⑮37, 66, 99, 144, 167, 169, 178, 184, 192, 211, 214, 238-240, 243, 257-259；*78*
巌手県花巻川口町上町　⑮203, 209, 218
巌手県花巻川口町豊沢町　⑮114-116, 119, 124, 126, 127, 129, 131, 133, 136, 137
岩手県花巻川口町豊沢町　⑮128, 130, 259
岩手県花巻町　⑮273, 280, 304, 310, 401, 416, 421, 422, 425-427, 434；*286*，⑯上45，別34
岩手県花巻町末広町　⑮296
岩手県花巻町豊沢　⑮410
岩手県花巻町豊沢町　⑮289, 293, 343, 374-376, 412, 455；*160*，⑯上44，別29, 32, 33
岩手県花巻農学校　⑮224, 226, 227, 233, 237
巌手県稗貫郡石鳥谷停車場　⑮99
岩手県稗貫郡大迫町　⑮72
岩手県稗貫郡下根子　⑮246, 253，⑯上32, 35, 36
『巌手県稗貫郡地質及土性調査報告書』　⑮*30*
巌手県稗貫郡花巻川口町　⑮78
岩手県稗貫郡宮野目村　⑮39
岩手県稗貫郡湯口村大沢温泉　⑮7
岩手県稗貫郡湯口村鉛温泉　⑮61
岩手県稗貫郡湯本村狼沢　⑮391
岩手県稗貫農学校　⑮221，⑯下16
岩手県東磐井郡　⑮337, 340, 343, 344, 384, 451
岩手県肥料検査官　⑮327
岩手県物産陳列所　⑮213
岩手県盛岡市　⑮26
岩手県立師範学校寄宿舎　⑮263
岩手県立農学校卒業　⑮*186*
岩手県立農事試験場　⑮*172*
岩手県立農事試験場創立三十周年記念会長　⑮*214*
岩手県立農事試験場長　⑮*214*
岩手県立花巻農学校　⑮*118*
岩手県立六原青年道場　⑮*274, 275*
岩手県六原青年道場　⑮446
岩手国民高等学校　⑮*193, 274, 285*
岩山　⑮8-10, 16, 27, 121, 175, 185, 447；*25*,58
岩手さん　⑮27→岩手山
『岩手詩集』　⑮405；*161-163, 231, 273*
岩手詩刊行会　⑮293
岩手詩人協会　⑮*111*
岩手師範学校　⑮*124*
岩手種馬所　⑮356, 357；*201*
岩手商会　⑮349
岩手商会株式会社　⑮*197*
岩手殖産銀行　⑮*271*
「岩手女性」　⑮454→「女性岩手」
「岩手新報」　⑮*161*
「岩手タイムス」　⑮*161*
岩手タイムス　⑮296
「岩手日報」　⑮328, 397, 406；*26, 117, 161, 186, 226, 227, 283, 288*
岩手日報社　⑮414
岩手花巻川口町　⑮33, 66, 107
岩手病院　⑮86, 94
岩手北斗会　⑮*278*
「岩手毎日」　⑮322→「岩手毎日新聞」
「岩手毎日新聞」　⑮322；*117, 161*
岩波茂雄　⑮233, 235
岩波書店　⑮*119*
岩沼　⑮344, 345
岩沼駅　⑮344
岩沼町　⑮346
岩根橋　⑮*15*
岩谷堂　⑮*62, 118, 120*
岩谷堂町　⑮*39*
インド　⑮*13*
印度　⑮*47, 273*
印度人　⑮*239*

## う

ウィンシェンク　⑮76
上田蚕糸専門学校　⑮*188*
上野　⑮*24, 135, 204, 206；17*
上野駅　⑮*21*
上野商事株式会社丸ノ内出張所　⑮*124*
ウエノスタテオーン　⑮*29*
上村勝爾　⑮*48；31*
上村教授　⑮*48*→上村勝爾

鶯沢硫黄鉱山　⑮103；54
羽左衛門・左団次一座　⑮123
潮田武雄　⑮277
牛崎操城　⑮67；39
「烏射亭随筆」　⑮451→『鴉射亭随筆』
「烏謝亭随筆」　⑯上44→『鴉射亭随筆』
歌まろ　⑮28→喜多川歌麿
歌麿　⑮171→喜多川歌麿
哥麿　⑮174→喜多川歌麿
内村鑑三　⑮182
内山君　⑮90→内山久
内山久　⑮90；48
「馬」　⑮112
馬町　⑮364
梅津セツ　⑮216；106→梅津ヨシ
梅津善次郎　⑮106
梅津ヨシ　⑮106
梅野啓吉　⑮223, 293, 295；111, 161
梅野健造　⑮448；111
梅野健三　⑮111, 276→梅野健造
梅野さん　⑮223→梅野啓吉
梅野さん　⑮448→梅野健造
梅野草二　⑮293, 295；111, 161→梅野啓吉
梅野艸二　⑮111→梅野啓吉
浦壁　⑮354→浦壁国雄
浦壁国雄　⑮334, 335, 354；190
浦壁氏　⑮334, 335→浦壁国雄
雲台館　⑮114-116, 119, 120, 124-137, 139-142, 144-146, 148, 151, 153, 154, 158, 163；59

### え

栄作氏　⑮193；94
営舎　⑮280
営養一研究所　⑮287；158→佐伯矩栄養診療所
永楽病院　⑮114；59→東京帝国大学医学部附属医院分院
駅　⑮308, 402→花巻駅
江刺　⑮62, 324；49, 50
江刺郡　⑮455；27
江刺郡稲瀬村　⑮305, 330
江刺郡岩谷堂町　⑮186
江刺郡玉里村稲荷崎　⑮285
江刺郡羽田村　⑮27
江刺郡梁川村日ノ神　⑮49
エスペラント　⑮239-241；122, 124
江釣子　⑮436
江釣子㋵運送店　⑮266
絵手本　⑮304
エドガー・アラン・ポー　⑮243
『絵のない絵本』　⑮59
荏原郡調布村字嶺　⑮123
エルサレム　⑮166；81
「延命院」(河竹黙阿弥)　⑮123

### お

お兄上　⑮279→石川善助
及川　⑮320
及川商店　⑮329, 330；180
及川四郎　⑮224, 397, 427；112, 113, 別29
及川留吉　⑯下15-17→福田留吉
狼久保　⑮104
奥羽山脈　⑮208
横黒線　⑮337
王子事業所　⑮226
王子製紙　⑮108
王子製紙会社山林課　⑮237
「鶯宿地形図」　⑮75
近江銀行　⑮168
大荒沢　⑮116
大石野　⑮280；152
大井町　⑮243
大内　⑮246
大内といふ人　⑮13→大内励三
大内励三　⑮13；11
大川目鉱山　⑮50
大木実　別34
大蔵省　⑮271
大里新吉　⑮208
大沢　⑮74
大沢　⑮6, 15→大沢温泉
大沢温泉　⑮6, 15, 98
大沢温泉夏期講習会　⑮13
大沢川原　⑮37, 364
大沢河原　⑮37, 364→大沢川原
大島　⑮259, 260→伊豆大島
大瀬川小学校　⑮67

| | |
|---|---|
| 大瀬川尋常小学校長 | ⑮39→牛崎操城 |
| 太田 | ⑮364 |
| 太田熊吉 | ⑮363 |
| 大竹禎子 | ⑮248 |
| 大館 | ⑮6 |
| 大館中学 | ⑮7 |
| 大谷光瑞 | ⑮13 |
| 大谷忠一郎 | ⑮457；287 |
| 太田村 | ⑮331 |
| 太田村産業組合 | ⑮364 |
| 大津三郎 | ⑮240；123 |
| 大津散浪 | ⑮123→大津三郎 |
| 大槌 | ⑮155 |
| 大津つや子 | ⑮123 |
| 大迫 | ⑮104, 105, 192；41 |
| 大迫町 | ⑮68, 104, 191 |
| 大橋珍太郎 | ⑮257 |
| 大原農業研究所 | ⑮196 |
| 大船渡 | ⑮323, 345 |
| 大船渡線 | ⑮340；174 |
| 大船渡松川駅 | ⑮311 |
| 大曲 | ⑮337 |
| 大曲の試験場 | ⑮336→国立農事試験場陸羽支部 |
| 大矢権二郎 | ⑮362 |
| 大矢勇蔵 | ⑮363 |
| 大失勇蔵 | ⑮363→大矢勇蔵 |
| お母様 | ⑮304→菊池ナル |
| 御母様 | ⑮90→保阪いま |
| 御母さん | ⑮89, 91→保阪いま |
| 小笠原敬三 | ⑮39 |
| 小笠原謙吾 | ⑮258 |
| 小笠原酒造店 | ⑮363 |
| 小笠原露 | ⑮271, 272, 408；141, 142, 147 |
| 小笠原弥惣治 | ⑯上41 |
| 岡田商店 | ⑮364 |
| 岡田刀水士 | ⑮291 |
| 岡元錬城 | ⑮22 |
| 小川町 | ⑮118 |
| 「〔翁面　おもてとなして世経るなど〕」 | ⑮169 |
| 荻野 | ⑮149 |
| 奥寺五郎 | ⑮243 |
| 小国 | ⑮38 |
| 奥村五百子 | ⑮108 |
| お子さま | ⑮414；251→森千紗 |
| お子様 | ⑮288→森千洪 |
| 尾崎文英 | ⑮13 |
| 小山内薫 | ⑮123 |
| 小沢直 | ⑮248 |
| 叔父 | ⑮34, 443→宮沢恒治 |
| 御祖父様 | ⑮211→宮沢善治 |
| 雄島 | ⑮13 |
| オストワルド | ⑮78 |
| 小田島 | ⑮305 |
| 小田島 | ⑯下15→小田島治衛 |
| 小田島孤舟 | ⑮15→小田島理平治 |
| 小田島尚三 | ⑮198 |
| 小田島治衛 | ⑯下15, 16 |
| 小田島理平治 | ⑮15；13 |
| 小樽市入舟町海岸埋立地 | ⑮202 |
| 小田原 | ⑮151, 154, 158, 159, 162；107 |
| おぢいさん | ⑮13→宮沢喜助 |
| お父上様 | ⑮58→保阪善作 |
| 御茶ノ水 | ⑮21, 123 |
| おっかさん | ⑮92→保阪いま |
| オットー | ⑮20 |
| お父さま | ⑮214→宮沢善治 |
| お父様 | ⑮56, 206-208→保阪善作 |
| お父様 | ⑮373→菊池善五郎 |
| オ父様 | ⑮188→保阪善作 |
| 御父様 | ⑮20→宮沢政次郎 |
| 御親父様 | 別24→瀬川弥右衛門 |
| お父さん | ⑮380→沢里連八 |
| お父さん | ⑮233→宮沢政次郎 |
| おとうと | ⑮112→宮沢清六 |
| 弟 | ⑮406 |
| 弟 | ⑮258→宮沢主計 |
| 弟 | ⑮102, 290, 297, 300；283→宮沢清六 |
| 弟様 | ⑮207→保阪次郎 |
| 弟様 | ⑮276→石川善二郎 |
| お弟さん | ⑮219→関鉄三 |
| 弟さん | ⑮206→保阪次郎 |
| 男のお子さん | ⑮443；270→森千洪 |
| 乙部 | ⑮72 |
| 音羽郵便局 | ⑮133 |
| お兄様 | ⑮279→石川善助 |

| | |
|---|---|
| お兄さん　⑮290, 300→高橋忠治 | ⑮*123* |
| 小野寺伊勢之助　⑮348, 353, 375, 378, 446；*196, 225* | 『開目抄』　⑮*101* |
| 小野寺喜蔵　⑮366 | 偕楽園　⑮*258* |
| 小の寺博士　⑮375→小野寺伊勢之助 | 「蛙」　⑮*295*→「朝」 |
| 小野寺博士　⑮348, 353, 378, 397→小野寺伊勢之助 | 「貌」　⑮*222, 414*；*111, 112, 116-118, 120, 251* |
| 叔母　⑮25→岩田ヤス | 『科学的超現実主義理論』　⑮*277* |
| 御祖母様　別24→瀬川フク | 加賀長氏　⑮*320*→加賀長商店 |
| おばあさん　⑮*214*→宮沢サメ | 加賀長商店　⑮*320*；*180* |
| 叔母上　⑮98→岩田ヤス | 香川県木田郡神山村　⑮54, 63 |
| 伯母上　⑮13→平賀ヤギ | 花銀支店　⑮368→花巻銀行支店 |
| 伯母さま　⑮14→平賀ヤギ | 「学者アラムハラドの見た着物」　⑮*58* |
| 小原　⑮362 | 『学生用岩石学』　⑮*78* |
| 小原喜太郎　⑮363 | 角館　⑮*336* |
| 小原精米場　⑮362 | 覚久廻〈かくまり〉　⑮*104* |
| 小原正　⑮*257*→小原忠 | 「歌稿〔A〕」　⑮*13, 97* |
| 小原忠　⑮*277, 438*；*130, 347* | 「歌稿〔A〕〔B〕」　⑮*17, 58, 81, 90* |
| 尾山　⑮*234*→尾山篤二郎 | 「歌稿〔B〕」　⑮*13* |
| 尾山氏　⑮*223*→尾山篤二郎 | 鹿児島県姶良郡東襲山村　⑮*73*；*21* |
| 小山田　⑮*191*→和賀郡小山田村 | 鹿児島県立鹿野農学校　⑮*21* |
| 尾山篤二郎　⑮*223, 234*；*111* | 鹿児島市薬師町　⑮*35* |
| 折壁　⑮*104, 105* | 「過去情炎」　⑮*120* |
| 折壁峠　⑮*104* | 葛西喜吉　⑯上*42* |
| 小呂別　⑮*104* | 「夏日小景」　⑮*117* |
| 恩田鉄弥　⑮337；*190* | 鍛治町　⑮*132, 211* |
| 恩田博士　⑮337→恩田鉄弥 | 歌集　⑮*458*→『寒峡』 |
| | 花城小学校　⑮*8, 162, 219* |
| **か** | 花城小学校教師　⑮*117* |
| 花　⑮67, 68, 74, 306, 307, 312, 319, 329, 336, 337, 352, 355, 401, 405, 450, 451，⑯上39→花巻 | 柏木平　⑮*15* |
| 甲斐　⑮*28, 176* | 梶原タミ　⑮*151*→森タミ |
| 会　⑮*416*→石川善助詩集刊行会 | 迦水　⑮*287* |
| 「海岸線」　⑮*323*；*183* | 主計様　⑮*386*→宮沢主計 |
| 海岸線　⑮24→常磐線 | 嘉助　⑮*132*→宮沢嘉助 |
| 「開経偈」　⑮*215* | 嘉助さん　⑮*10, 138*→宮沢嘉助 |
| 『開墾者』　⑮*183* | 『火成岩』　⑮*77* |
| 海南中学校　⑮*113* | 『火成岩　上下』　⑮*77* |
| 甲斐国北巨摩郡駒井村　⑮*26, 29-31, 38, 60, 99, 120, 165, 178, 202, 203, 227* | 「〔風が吹き風が吹き〕」　⑮*284* |
| 甲斐の国駒井村　⑮*201* | 「風の又三郎」　⑮*49, 151, 210, 213, 260, 264* |
| 「貝の火」　⑯下*16* | 「風野又三郎」　⑮*376*；*117* |
| 「解放されたドンキホーテ」(ルナチャルスキー) | 片方米店　⑮*366* |
| | 「花壇工作」　⑮*121* |
| | 『花鳥図譜』　⑮*298* |
| | 「花鳥図譜　七月」　⑮*266* |
| | 「花鳥図譜　第十一月」　⑮*298* |

(おお〜かち)　421

「学校」　⑮183
学校　⑮238, 410、⑯下16→花巻農学校
学校　⑮7→盛岡中学校
学校　⑮220→稗貫農学校
学校　⑮263→岩手県師範学校
学校　⑮154→日本女子大学校
学校　⑮44, 48, 55, 73, 75, 80, 81, 83, 94, 190, 199→盛岡高等農林学校
「濶葉樹」　⑮467；*296*
濶葉樹社　⑮*296*
桂川電気会社　⑮*109*
桂沢　⑮*75, 96*
加藤嘉一　⑮*229*
加藤米店　⑮*363*
加藤清次郎　⑮*362*
角喜商店　⑮*363*
金ヶ崎　⑮321；*191*
金子壁材料店　⑮*367*
金子光晴　⑮*209*
狩野コト　⑮*248*
歌舞技座〈→歌舞伎座〉　⑮*240*
「河北新報」　⑮*161*
釜石　⑮38, 297, 300, 306；*166*
鎌倉　⑮*106*
蒲郡　⑮*17*
鎌善　⑮88, 160→岩田金次郎
釜田　⑮*61*
鎌田　⑮39-41→鎌田初太郎
鎌田初太郎　⑮*39-41*
上有住村　⑮*85*
上郷駅　⑮*343*
上郷小学校　⑮*350*
上郷尋高小学校　⑮275, 281→上郷尋常高等小学校
上郷尋常高等小学校　⑮275, 281
上閉伊郡　⑮*275*
上閉伊郡岩手上郷　⑮*301*
上閉伊郡上郷村　⑮281, 306, 314, 342, 374, 380, 442, 453
上閉伊郡土淵村　⑮*262, 268*
亀ヶ森小学校　⑮*458*
亀ヶ森村八幡館　⑮*68*
亀ノ尾　⑯上37

茅町　⑮362, 363
樺太　⑮*226*
樺太大泊港　⑮*237*
樺太真岡郡清水村逢坂　⑮*226*
〔「落葉松の方陣は」〕　⑮*244*
迦莉　⑮457；*287*
「雁の童子」　⑮*165*
「過労呪禁」　⑮*112*
カロリン群島クサイ島　⑮61→東カロリン群島クサイ島
川口　⑮327→川口荷札株式会社
川口荷札　⑮257→川口荷札株式会社
川口荷札株式会社　⑮327；*185, 257*
川越千次郎　⑮*362*
河島君　⑮32→川島富之助
川島富之助　⑮32；*23*
川瀬惣次郎　⑮*159*
河竹黙阿弥　⑮*123*
川渡　⑮356, 377, 381→軍馬補充部川渡派出所
河本　⑮89→河本義行
河本義行　⑮89, 103, 421；*18, 47, 48, 55*
河原田次繁〈かわらだつぎしげ〉　⑮336；*190*
川原町　⑮*363*
河原町　⑮363→川原町
「河原柳」　⑮*248*
『寒峡』　⑮458；*99, 288*
「「寒峡」巻初の数首に就て」　⑮*288*
願教寺　⑮*13*
関西　⑮369, 400
患者　⑮144→宮沢トシ
「感触」　⑮*243*
寒石　⑮36→高橋勘太郎
『岩石学、二、水成岩』　⑮*76*
『岩石学ノ基本要説』　⑮*76*
神田　⑮26, 27, 155, 174, 241
神田区小川町一丁目　⑮*61*
神田区小川町二丁目　⑮*61*
神田区仲猿楽町十七番地　⑮*18*
神田区美土代町　⑮*122*
神田錦町三丁目十九番地　⑮*238*
館長　⑮384→斎藤報恩会農業館長、工藤文太郎
関東軍　⑮*285*

関東大震災　⑮291
『漢和対照妙法蓮華経』　⑮279；13, 36

## き

菊田　⑮321, 324, 328→菊田農機商会
菊田農機商会　⑮321, 324, 328；181
菊池医院　⑮52→菊池正三
菊池医師　⑮86→菊池正三
菊池清松　⑮253；128
菊池正三　⑮52, 86；32
菊池信一　⑮246, 260, 274, 280, 289, 297, 304, 372, 376, 377, 421；169, 209, 211, 274
菊池武雄　⑮264, 303, 386, 426, 427, 450；120, 168, 218, 278, 279
菊池ナル　⑮304；169
菊池道夫　⑮5
菊池光雄　⑮5→菊池道夫
菊池やよ　⑮209
菊池善五郎　⑮373
菊屋中央薬局　⑮375
「喜劇　身替り聟」　⑮24
「貴工場に対する献策」　⑮138
「疑獄元兇」　⑮278
技師　⑮308→東北砕石工場技師
寄宿舎　⑮52→盛岡中学校寄宿舎
寄宿舎　⑮51→盛岡高等農林学校寄宿舎
木曽路　⑮29
「木曽の桟〈かけはし〉」　⑮21
北上川　⑮85, 97；107
北上山地　⑮183, 247；28, 108, 208
「北上山地の春」　⑮89
喜多川歌麿〈きたがわうたまろ〉　⑮28, 174
北光路幻　⑮112→森佐一
北小路幻　⑮224, 447；112→森佐一
北仙台駅　⑮341
北豊島郡高田町目白台　⑮14
「北日本詩人」　⑮244
北の又　⑮96
喜田弘　⑮457→寺田弘
北村小松　⑮123
北山癌蔵　⑮183→草野心平
吉祥寺　⑮218, 279
義弟　⑮351, 404→宮沢主計

鬼怒川水電　⑮108
紀念館　⑮186；91
木下春治　⑮363, 364
喜八様　⑮118→佐藤喜八
儀府成一　⑮238→母木光
木村　⑮246
木村医者さん　⑮74→木村寿
木村清　⑮165
木村錦花　⑮123
木村圭一　⑮42
木村さん　⑮57→木村修三
木村修三　⑮57；34, 35
木村寿　⑮74；42
「客を停める」　⑮246, 252
九州　⑮190
旧同級生　⑮336→河原田次繁
旧ニコライ堂　⑮174
久之助様　⑮223→高橋久之助
京　⑮202, 211, 375, 377, 383, 400；268→東京
協会　⑯上32→羅須地人協会
共済組合　⑮136
京都　⑮398；17
「響銅」　⑮287
「郷土研究」　⑮137
京都高等蚕糸学校長　⑮227
京都平安仏教専修学院　⑮124
京橋　⑮143
京橋区木挽町五丁目　⑮61
京橋区元数寄屋町一丁目　⑮123
清　⑮299→宮沢賢治
清澄寺　⑮36
旭光社　⑮241；124
霧山岳　⑮37, 185
金華山　⑮220→岩手山
「銀壺」　⑮112
銀座　⑮29, 155
錦州　⑮455；283, 285
金石舎　⑮118, 155
「近代教育」　⑮233
金田一勝定　⑮127, 271
金田一国士　⑮127
金田一さん　⑮443→金田一光
金田一光　⑮443；271

金蓮　⑮36→宮沢政次郎

## く

日下部氏　⑮111→日下部四郎太
日下部四郎太〈くさかべしろうた〉　⑮111
草野様　⑮417→草野心平
草野さん　⑮323→草野心平
草野氏　⑮450；*248*→草野心平
草野心平　⑮323, 378, 389, 417, 450, 461, 465；*147, 148, 183, 212, 220, 221, 243, 248, 249, 252, 291*
久慈　⑮*50*
九十　⑮400→第九十銀行
葛　⑮*68*
「グスコーブドリの伝記」　⑮*210*
葛精一〈くずせいいち〉　⑮*45*
葛博〈くずひろし〉　⑮*82, 97；45*
葛丸川　⑮*75, 87*
沓掛　⑮*374*
久出内　⑮*104*
工藤　⑮*354*→工藤文太郎
工藤技師　⑮*379, 381*→工藤藤一
工藤技師　⑮*340, 344, 346, 348, 349, 354*→工藤文太郎
工藤技手　⑮*312, 313, 316；179*→工藤藤一
工藤藤一　⑮*244, 312, 313, 316-318, 328, 329, 379, 381；172, 185, 186, 197*
工藤文太郎　⑮*333, 340, 344, 346, 348, 349, 354；216*
工藤又治　⑮*181, 190, 244；125*
工藤祐吉　⑮*31；5, 22*
くに様　⑮*386*→宮沢クニ
椚の目　⑮*370*
九戸郡　⑮*155*
九戸郡種市小学校　⑯上*38*
久保庄書店　⑮*160*
熊谷直実〈くまがいなおざね〉　⑮*22*
熊谷薬店　⑮*77*
熊谷　⑮*30*
熊谷宿　⑮*30*
熊十蔵　⑮*183*→草野心平
組合聯合会　⑮*335*→秋田県組合聯合会
「雲（幻聴）」　⑮*117, 118*

「蜘蛛となめくぢと狸」　⑮*24*
グラン　⑮*18*→宮沢喜助
栗駒山　⑮*208*
クリスチャンなる雑舗の主人　⑮*322*→伊藤誠
栗原　⑮*347, 349, 350, 352, 354*
栗原郡　⑮*344, 348*
栗原郡農会　⑮*346*
厨川駅　⑮*357*
黒沢　⑮*104*
黒沢尻　⑮*319, 320, 329, 337-339, 366-368, 383；191, 205, 206*→和賀郡黒沢尻町
黒沢尻駅　⑮*366*
黒沢尻町　⑮*5, 180*→和賀郡黒沢尻町
黒沢尻町里分二五五　⑮*5*
桑原貞子　⑮*247*
郡　⑮*73, 74, 89*→稗貫郡
郡司　⑮*338*→郡司商店
郡司氏　⑮*320*→郡司商店
郡司商店　⑮*320, 329, 330, 338；180, 191*
軍次郎　⑮*349*→鈴木軍之助
郡長　⑮*97*→葛博
郡長殿　⑮*82*→葛博
軍之助様　⑮*335*→鈴木軍之助
軍馬補充部　⑮*399；175, 275*
軍馬補充部川渡派出所　⑮*356；200*
軍馬補充部　⑮*338*→陸軍省軍馬補充部六原支部
群馬県　⑮*189*
群馬県碓氷郡磯部村　⑮*26*
群馬県前橋市神明町一五　⑮*273*
郡馬[グンマ]県前橋[マヘバシ]市神明町一五　⑮*273*→群馬県前橋市神明町一五

## け

圭　⑮*264, 299, 300*→宮沢賢治
慶吾　⑮*143*→高橋慶吾
「稽古中の研辰」　⑮*123*
『経済的地質学』　⑮*76*
警察署長　⑮*296*→高橋侃
『景星』　⑮*291*
軽鉄　⑮*338, 343, 374*→岩手軽便鉄道
猊鼻渓　⑮*322*
渓文社　⑮*252*

| | | | |
|---|---|---|---|
| 気仙 | ⑮369 | 小泉さん | ⑮95, 99→小泉多三郎 |
| 気仙郡 | ⑮88, 94 | 小泉助教授 | ⑮80, 95→小泉多三郎 |
| 気仙郡上有住村 | ⑮108 | 小泉多三郎 | ⑮80, 95, 99；*30, 45* |
| 「血線」 | ⑮445 | 小岩井 | ⑮10, 311, 388；*175*→小岩井農場 |
| 「月曜」 | ⑮*134, 137* | 小岩井農場 | ⑮388, 389；*138, 175, 207, 219* |
| ケーニヒスベルク大学 | ⑮*196* | 黄瀛〈こうえい〉 | ⑮*291* |
| 煙山 | ⑮327, 397 | 公園 | ⑮258→偕楽園 |

県　⑮76, 87, 88, 247, 311-313, 315, 317, 322, 323, 335, 360, 361, 369, 379, 418, 446, 452, 456；*174, 278*→岩手県

| | | | |
|---|---|---|---|
| | | 『郊外の丘』 | ⑮15；*13* |
| | | 鋼管 | ⑮168→日本鋼管 |
| | | 交響楽協会 | ⑮241→新交響楽団 |
| 県 | ⑮341, 345→宮城県 | 光原社 | ⑮427；*225*, 別29 |
| 県 | ⑮175, 176→山梨県 | 麹町区飯田町一丁目 | ⑮*21* |
| 幻 | ⑮447→北小路幻(森佐一) | 麹町区永楽町 | ⑮*59* |
| 県営岩崎開墾事業事務所 | ⑮274 | 麹町区麹町三丁目 | ⑮*24* |
| 県会 | ⑮261→岩手県議会 | 麹町三丁目 | ⑮*26* |
| 県下菊花品評会 | ⑮294→岩手県下菊花品評会 | 甲州 | ⑮188；*91* |
| 県官 | ⑮381→岩手県官 | 工場 | ⑮298, 332, 341, 344, 347, 363, 365, 373, 377, 390, 394, 397, 399；*175*→東北砕石工場 |
| 研究科 | ⑮43, 53→盛岡高等農林学校研究科 | 『構造及野外地質学』 | ⑮76 |
| 県組合聯合会 | ⑮313→岩手県産業組合聯合会 | 古宇田病院 | ⑮118；*60* |
| 県購聯 | ⑮333→岩手県購買組合聯合会 | 古宇田儆太郎 | ⑮*61* |
| 県購聯 | ⑮336→秋田県購買組合聯合会 | 高知県香美郡富家村 | ⑮*113* |
| ケンヂ | ⑮30→宮沢賢治 | 耕地整理 | ⑯下15→耕地整理組合 |
| 県試験場 | ⑮335→秋田県試験場 | 耕地整理組合 | ⑯下15 |
| 建設官舎 | ⑮448, 別35 | 校長 | ⑮321→日向秀雄 |
| 県庁 | ⑮360→岩手県庁 | 校長 | ⑮242→畠山栄一郎 |
| 県庁 | ⑮340, 345→宮城県庁 | 弘道館 | ⑮*107* |
| 県南 | ⑮324→岩手県南 | 高農 | ⑮354, 446→盛岡高等農林学校 |
| 県農会 | ⑮310→宮城県農会 | 高農林 | ⑮379→盛岡高等農林学校 |
| 県農会 | ⑮336→秋田県農会 | 釭蕋園 | ⑮*251* |
| 県農務課 | ⑮326, 338, 348→岩手県農務課 | 『鉱物学教科書』 | ⑮*78* |
| 県肥料検査官 | ⑮327→岩手県肥料検査官 | 甲武鉄道 | ⑮*21* |
| ケンブリッジ大学 | ⑮*196* | 好間村菊竹山 | ⑮*183* |
| 県立農事試験場三十周年記念、優良農具実演肥料展覧会 | ⑮379-381；*213* | 「校友会雑誌」(盛岡中学校) | ⑮*7* |
| | | 『故園の菜[あかざ]』 | ⑮*209* |
| 県立六原青年道場 | ⑮130, *191* | 黄金坪鉱山 | ⑮*50* |

## こ

| | | | |
|---|---|---|---|
| | | ご兄弟 | ⑮454→八重樫昊・八重樫三四次 |
| 小井川潤次郎 | ⑮*229* | 国際連盟 | ⑮*80* |
| 小石川区雑司ヶ谷町 | ⑮*59* | 国産振興北海道拓殖博覧会 | ⑮358；*202* |
| 小石川区高田豊川町 | ⑮*14* | 国勢調査員 | ⑮*94* |
| 小石川植物園 | ⑮216 | 国柱会 | ⑮197, 204-208, 213, 279；*95, 99, 101, 105, 166, 215, 295* |
| 小石川大学分院 | ⑮121→東京帝国大学医学部附属病院小石川分院 | 国柱会館 | ⑮196, 197；*95* |

(きん～こく)

国柱会研究部　⑮95
国柱会信行部　⑮195；95
国柱会本部　⑮422
穀町　⑮363
国民高等学校　⑮446
国立農事試験場陸羽支場　⑮190
国立農事試験場陸羽支部　⑮336
御慶事記念花巻川口町育英会　⑮78
御厳父様　⑮73→細山田八郎太
ご高著　⑮290→『忘れた窓』
小牛田　⑮333, 342-344, 347, 349, 384；195, 207, 220
コゴタ　⑮343→小牛田
小牛田町　⑮346；188
小牛田肥料会社　⑮346, 354, 384；194, 195
『ここの主人は誰なのかわからない』　⑮183
兒島正信　⑮95
故人　⑮451→石川善助
小菅健吉　⑮106；18, 55
小菅氏　⑮106→小菅健吉
狐禅寺　⑮11
「御存じですか新肥料　炭酸石灰　他の及ばぬ甚大なる効力」　⑮159
五大堂　⑯上32
ご著書　⑮328→『稲作肥料設計法』
『古典詩集』　⑮209
こと　⑮214→瀬川コト
「孤独と風童」　⑮117, 118
琴様　⑮211→瀬川コト
ことさん　⑮143, 215→瀬川コト
琴さん　⑮215→瀬川コト
コトさん　⑮115→瀬川コト
「子供の時間」　⑮248
小鳥谷　⑮405
近衛輜重兵大隊　⑮87
近衛輜重兵大隊第二中隊第二班　⑮184, 191, 192
近衛輜重兵大隊第弐中隊第弐班　⑮179
近衛秀麿　⑮123
小林　⑮241→小林六太郎
小林一茶　⑮292
小林様　⑮128, 133, 140, 146, 147, 149, 150, 160, 161, 205, 239, 243→小林六太郎

小林氏　⑮242→小林六太郎
小林商店　⑮362
小林伝之助　⑮152→山川伝之助
小林六太郎　⑮125, 128, 133, 140, 146, 147, 149, 150, 160, 161, 202, 205, 239, 241-243；75, 99, 217
小林六太郎(三代)　⑮64
小林六太郎(初代)　⑮64
小林六太郎(二代)　⑮64
木挽町　⑮115；60, 104
ご肥料の教科書　⑮397→『肥料学教科書』
「〔こぶしの咲き〕」　⑮127
ご翻訳　⑮417→『サッコとヴァンゼッチの手紙抄』
小松原剛　⑮275
五味清吉　⑮279
御料牧場　⑮89
五輪峠　⑮28
権現堂山　⑮68
今治水〈こんじすい〉　⑮170
「今年度詩壇の回顧」　⑮111
今野太四郎　⑮163

## さ

「さいかちの木の下で」　⑮267
「祭日」　⑮253, 266
最勝閣　⑮95
埼玉県熊谷市　⑮22
埼玉県秩父郡小鹿野［おがの］町　⑮22
財団法人斎藤報恩会　⑮188
斉藤　⑮333→斎藤善衛門
斎藤久之丞　⑮367
斉藤久之丞　⑮367→斎藤久之丞
斉藤氏　⑮344
斎藤新兵衛　⑮78
斎藤善衛門　⑮333；188
西洞タミノ〈さいどうたみの〉　⑮115, 117
斎藤貞一　⑮228, 245, 267, 425；126
斉藤貞一　⑮228, 267, 425→斎藤貞一
斉藤農業館　⑮354→斎藤報恩会農業館
斎藤報恩会　⑮342, 344
斉藤報恩会　⑮342, 344→斎藤報恩会
斎藤報恩会農業館　⑮344, 346, 354

斉藤報恩会農業館　　⑮346→斎藤報恩会農業館
斎藤報恩会農業館長、工藤文太郎　⑮384
斎藤報恩農業館　⑮*188*
財務出張所　⑮*163*
材木町　⑮362
「サイレン」　⑮323
佐伯栄養診療所　⑮287
佐伯正　⑮322；*181*
佐伯矩　⑮287
「佐伯矩営養診療所」　⑮*159*
佐伯博士　⑮287→佐伯矩
蔵王山　⑮32
堺屋　⑮14
栄屋旅館　⑮26
肴町　⑮75
坂本謙平　⑮*256*
坂本遼　⑮*291*
桜　⑮240, 244→下根子桜
桜井絵葉書店　⑮*267*，⑯上44
佐倉川村　⑮326
桜田盛　⑮*225*
佐々木喜善　⑮262, 268, 401, 407, 428；*134, 137, 230, 257, 258, 276*
佐々木商店　⑮364
佐々木経造　⑮7；*7*
佐々木電眼　⑮16, 17；*13, 14*
佐々木直太郎　別32
佐々木又治　⑮61, 181, 190；*125*→工藤又治
佐々木実　⑯上32, 35, 39, 43
佐々木与右エ門　⑮364
佐々木理平治　⑮*13*→小田島理平治
笹間　⑮309
笹間村　⑮317
「ざしき童子[ぼっこ]のはなし」　⑮*134, 137*
ザシキワラシ　⑮229
「ザシキワラシとオシラサマ」　⑮*134*
『サッコとヴァンゼッチの手紙抄』　⑮417；*252*
雑誌　⑮91→「アザリア」
雑誌　⑮417→「女性岩手」
サットン　⑮*133, 134*
札幌市　⑮*186*
札幌市中島公園　⑮*202*
札幌第一農園　⑮248；*127*

佐藤　⑯上41
佐藤一英　⑮438；*209, 243, 244*
佐藤喜八　⑮118；*61*
佐藤薬店　⑮367
佐藤クラ　⑮*218*
佐藤源一　⑮293, 296；*161*
佐藤元勝　⑮441；*269*
佐藤紅歌　⑮293, 296；*161*→佐藤源一
佐藤繁雄　⑮400；*228*
佐藤昌一郎　⑮305
佐藤惣之助　⑮223, 234；*111*
佐藤隆房　⑮264；*121, 135*
佐藤テーチャー　⑮7→佐藤春治
佐藤博士　⑮400→佐藤繁雄
佐藤春治　⑮7；*7*
佐藤禄郎　⑮*5*
佐藤録郎　⑮*5*→佐藤禄郎
佐沼　⑮345
佐比内　⑮309, 317
ザメンホフ　⑮*123*
更木　⑮338, 342；*191*，⑯下15→和賀郡更木村
沢里　⑮342→高橋武治
沢里家　⑮*213*
沢里武治　⑮263, 275, 281, 289, 300, 301, 306, 314, 342, 350, 361, 374-376, 380, 442, 453, 464；*123, 166, 170, 204, 213*
沢里牧子　⑮*166*
沢里連八　⑮380
沢田　⑯下15→沢田作衛
沢田作衛　⑯下15, 16
沢藤氏　⑮*155*
三　⑮323→三野混沌〈みのこんとん〉
「産業組合青年会」　⑮*136, 163, 286, 287, 290*
蚕業取締所　⑮278
「さんさ踊りの唄」　⑮*248*
三次郎　⑮*185*
三省堂　⑮77
三本木　⑮399
三陸大海嘯　⑮*272*

## し

塩釜　⑮13；*11, 220*
自彊寮　⑮*5*

〔こく〜しき〕　　427

| | |
|---|---|
| 繁　　⑮193, 194→岩田シゲ | 「詩への愛憎」　⑮246, 257 |
| 自啓寮　　⑮20 | シベリア　　⑮196 |
| シゲ子　　⑮116→岩田シゲ | シベリヤ　　⑮53, 57 |
| しげ様　　⑮386→岩田シゲ | 島栄三　　⑮256；130 |
| 試験場　　⑮379→岩手県農事試験場 | 島組　　⑮432, 434；260 |
| 試験場長　　⑮327→岩手県農事試験場場長，猪狩源三 | 島組倉庫　　⑮431；259 |
| | 島さん　　⑮256→島栄三 |
| 詩誌　　⑮414 | 島地大等〈しまじだいとう〉　⑮16, 23, 279；13, 36 |
| 詩誌　　⑮457→「北方詩人」 | |
| 師子王文庫　　⑮96, 105 | 島地黙雷〈しまじもくらい〉　⑮13 |
| 史誌出版社　　⑮134 | 島田清次郎　　⑮217；107 |
| 「時事新報」　　⑮361 | 島田春夫　　⑮183 |
| 時事新報社／学芸部童話係　　⑮292 | 島津大等　　⑮16, 23→島地大等 |
| 宍戸儀一〈ししどぎいち〉　⑮243, 244 | 島根県簸川〈ひかわ〉郡大社町　　⑮249 |
| 詩社　　⑮414 | 島根県松江市北堀　　⑮8 |
| 「詩神」　　⑮212 | 清水川氏　　⑮337→清水川利一郎 |
| 「詩人時代」　　⑮438；246, 247, 252, 257, 267 | 清水川利一郎　　⑮337；190 |
| 詩人時代社　　⑮412, 416；246 | 事務所　　⑯上35→羅須地人協会 |
| 詩人時代社編輯部　　⑮427 | 事務所　　⑮319→東北砕石工場事務所 |
| 静岡県　　⑮48 | 下田歌子　　⑮108 |
| 静岡県の人　　⑮90→岩田元兄 | 下根子　　⑮249, ⑯上35 |
| 静岡県浜名郡芳川村　　⑮198 | 下根子桜　　⑮240, 244 |
| 静岡県三保　　⑮95 | 下戸河内実行組合長　　⑯上42 |
| 静岡県立農学校　　⑮48 | 下孫　　⑮364 |
| 持世菩薩　　⑮41 | 社　　⑮414→岩手日報社 |
| 下谷　　⑮153 | 社　　⑮381；258→東北砕石工場 |
| 下谷区上野公園　　⑮67 | 社会教育主事　　⑮193 |
| 下谷区上野桜木町　　⑮95 | 社会事業主事　　⑮193 |
| 七郷　　⑮356；200 | 「社会主事　佐伯正氏」　⑮181 |
| 七郷村　　⑮340, 341；193 | 「社会と自分」　⑮34 |
| 七郷村農会書記　　⑮341 | 釈迦如来　　⑮201 |
| 「疾中」　　⑮166 | 釈尊　　⑮41 |
| 「児童文学」　　⑮374, 376, 438；209, 210 | 上海事変　　⑮285 |
| 「児童文学の片面」　⑮276 | 秋香会　　⑮278, 296；162, 219, 253 |
| 「死と浄化」　⑮300 | 秀清館　　⑮107, 193, 194 |
| 「詩と詩論」　⑮209 | 周三　　⑮211→瀬川周蔵 |
| 志戸平　　⑮87, 96, 98 | 周蔵　　⑮215→瀬川周蔵 |
| シーナ　　⑮239 | 種畜場　　⑮356→岩手県種畜場 |
| 支那　　⑮28, 175, 196 | 主任医師　　⑮128 |
| 「詩之家」　　⑮277 | 種馬所　　⑮356, 357；201→岩手種馬所 |
| 詩の雑誌　　⑮222→「貌」 | 主婦之友社　　⑮282 |
| 紫波郡煙山村　　⑯上41 | 「寿量品」　　⑮93, 197 |
| 柴田慶助　　⑮366 | 「春谷暁臥」　　⑮275 |

| | |
|---|---|
| 詩葉　⑮445→「血線」 | 「新興芸術」　⑮111, 112 |
| 小亜細亜　⑮252 | 信さん　⑮212→中嶋信 |
| 小印刷所　⑮203→文信社 | 真城組合　⑮330 |
| 小学校長　⑮67→牛崎操城 | 身照寺　⑮217 |
| 裳華房　⑮139 | 『心象スケッチ春と修羅』　⑮234 |
| 上行大薩埵　⑮209 | 「新詩論」　⑮434, 437；263 |
| 上行菩薩　⑮103 | 新詩論仮編輯所　⑮410 |
| 商工課　⑮359→岩手県商工課 | 新詩論編輯所　⑮434 |
| 「摂折御文／僧俗御判」　⑮97 | 新詩論編輯部　⑮411, 434 |
| 上州屋　⑮238, 239, 243, 258；131 | 新潮社　⑮107, 152 |
| 場長　⑮327, 331, 351→鈴木東蔵 | 晨朝仏教講話会　⑮13 |
| 場長殿　⑮328→猪狩源三 | 新帝国製麻　⑮108 |
| 浄土ヶ浜　⑮38；26 | 新田町　⑮363 |
| 聖徳太子　⑮35 | 神野幾馬〈じんのいくま〉　⑮22, 30 |
| 浄土真宗　⑮217 | 「新肥料＝炭酸石灰」　⑮159 |
| 常磐海岸線　⑮18 | 「人物の居る街の風景」　⑮123 |
| 常磐線　⑮24；18 | 神保町　⑮28, 34 |
| 消費購売組合　⑮136 | 新町　⑮41 |
| 菖蒲田　⑮13；11 | 神明組合　⑮319→湯口村神明実行組合 |
| 正法寺　⑮62 | |
| 浄法寺　⑮15 | **す** |
| 植物園　⑮216→小石川植物園 | 瑞巌寺　⑮13 |
| 「抒情詩」　⑮112 | 水晶堂　⑮118, 120, 155 |
| 「女性岩手」　⑮417, 454；253, 264-266, 270 | 随筆　⑮437→『鴉射亭随筆』 |
| 『除虫菊の栽培』　⑮112 | 随筆集　⑮449→『鴉射亭随筆』 |
| 白藤氏　⑮242→白藤林之助 | 陶樹春夫　⑮295；163→照井瑩一郎 |
| 白藤慈秀　⑮124→白藤林之助 | 菅喜　⑮243 |
| 白藤林之助　⑮242；124 | 巣鴨　⑮75 |
| 「次郎」　⑮279 | 菅原米店　⑮366 |
| 次郎社　⑮279 | 菅原外郎　⑮149 |
| 志和　⑮332 | 菅原忠次郎　⑯上36 |
| 紫波　⑮328 | 菅原徳次郎　⑮165 |
| 「詩話会」　⑮111 | 杉村藤助　⑮394；223 |
| 紫波郡　⑮88, 96；185 | 数寄屋橋　⑮241 |
| 紫波郡乙部村　⑮13 | 杉山芳松　⑮226, 237, 394；224 |
| 紫波郡地質調査　⑮80 | 助川　⑮363-365 |
| 紫波郡長岡村　⑮188 | スケッチ集　⑮231→『春と修羅』 |
| 紫波郡不動村　⑮5, 10, 221 | スコットランド　⑮462 |
| 紫波郡矢幅村間野々　⑮207 | 鈴木　⑮217 |
| 志和村　⑮332 | 鈴木医学士　⑮94 |
| 信行会　⑮12 | 鈴木医師　⑮97 |
| 新交響楽協会　⑮240→新交響楽団 | 鈴木梅太郎　⑮48, 159 |
| 新交響楽団　⑮240, 241；123 | 鈴木栄吉　⑮437, 449, 454, 457；267, 282, ⑯上 |

44, 45
鈴木君　⑯下15→鈴木操六
鈴木軍之助　⑮335, 349, 359；*190, 197*
鈴木様　⑮387→鈴木東蔵
鈴木場長　⑮339, 341, 347, 348, 350, 352, 355, 358, 359, 361, 365, 370, 371→鈴木東蔵
鈴木信治　⑮*282*，⑯上44
鈴木操六　⑯下15, 16
鈴木東蔵　⑮269, 270, 283-288, 291, 293, 298, 305, 307-312, 313, 315, 316, 318-321, 323, 325-328, 329, 331-334, 336-345, 347, 348, 350-361, 365, 367-373, 375, 377-379, 381, 383, 384, 387-389, 396-399, 418, 419, 426, 428, 429, 432, 433, 435, 436, 438-440, 442, 446, 451, 452；*138, 139, 153, 157-159, 161, 162, 170, 176, 179, 180, 184, 185, 187, 190, 196, 197, 199, 200, 203, 206, 207, 218, 220, 227, 257, 264*
鈴木藤三　⑮312, 319-321, 323, 325, 327, 331-333, 336-338, 343, 344, 353, 356, 357, 359, 360, 365, 375, 377, 379, 384, 396, 418, 419, 426, 428, 429, 433, 438-440, 442, 452；*171*→鈴木東蔵
鈴木藤造　⑮307, 308→鈴木東蔵
鈴木東民　⑮*100*
鈴木春信　⑮*183*
鈴木文平　⑮*194*
錫木碧　⑮437, 449, 454, 457；*267, 282*，⑯上44, 45→鈴木栄吉
鈴木三重吉　⑮*278, 279*
鈴文　⑮345→鈴文商店
鈴文商店　⑮344-346；*194*
ストラウス　⑮*300*
須利耶圭　⑮*165*
するが台　⑮28→駿河台
駿河台　⑮*28*

## せ

盛　⑮52, 79, 82, 301, 328, 358, 379→盛岡
清　⑮299→宮沢賢治
「青騎士」　⑮*209*
盛銀　⑮347, 400→盛岡銀行
盛銀常務　⑮293→宮沢恒治
盛銀水沢支店　⑮368→盛岡銀行水沢支店
盛高農　⑮35, 398→盛岡高等農林学校
盛高農寄宿　⑮36→盛岡高等農林学校寄宿舎
静助さん　⑮13→堀田静助
清澄寺　⑮*36*
『晴天』　⑮*209*
「聖燈」　⑮*111, 112*
青年団中央部　⑮*86*
盛農　⑮257→盛岡高等農林学校
「精白に搗粉を用ふることの可否に就て」　⑮*158, 199*
「生命の王」(武者小路実篤)　⑮*123*
清六　⑮47, 49, 51, 65, 74, 75, 127, 153, 242→宮沢清六
清六様　⑮385, 386→宮沢清六
『世界統一の天業』　⑮*197*
瀬川幸蔵　⑮*42*
瀬川コト　⑮115, 143, 211, 214, 215；*42, 51, 60, 104, 106*
瀬川周蔵　⑮211, 215；*42, 51, 72, 104*
瀬川貞蔵　⑮143；*72*，別24, 26
瀬川フク　別24
瀬川弥右衛門　⑮74, 143；*42*，別24
瀬川竜蔵　⑮*104*→瀬川良蔵
瀬川良蔵　⑮211；*104*
関　⑮80, 89, 97→関豊太郎
関教授　⑮43, 96→関豊太郎
関口　⑮333, 345, 354, 379→関口三郎
関口三郎　⑮333, 334, 340, 341, 344, 345, 354, 379, 384, 399；*189, 216*
関口氏　⑮334, 340, 341, 344, 384, 399→関口三郎
関口藤左エ門　⑮*364*
関さん　⑮56, 192, 220→関豊太郎
関彰司　⑮*233*；*118*→牡丹野彰司
関先生　⑮190, 191, 317，⑯上30→関豊太郎
責善寮　⑮18, 19, 115；*14*
関鉄三　⑮211, 219；*104, 118*
関徳弥　⑮160, 162, 203, 211, 216, 218, 234, 296, 447, 458；*79, 95, 99, 104, 107, 111, 118, 230, 232, 288*
關徳哉　⑮203→関徳弥
関豊太郎　⑮43, 48, 56, 80-82, 89, 94, 96, 97, 110, 190-192, 220, 310, 311, 317, 418；*22, 29, 30, 34, 42, 45, 92, 159, 166, 175, 179, 268*，⑯上30

関根書店　⑮234
関根といふ店　⑮234→関根書店
関博士　⑮418；268→関豊太郎
世尊　⑮71
せつ　⑮216→梅津セツ
石灰岩抹工場　⑮297→東北砕石工場
石灰工場　⑮456→東北砕石工場
ゼームス、ゲーケー　⑮76
「セロ弾きのゴーシュ」　⑮272
仙　⑮335；276→仙台
前衛座　⑮123
「選挙」　⑮266
前社司　⑮445→高橋篤四
善二郎氏　⑮410→石川善二郎
先生　⑮48, 81, 82, 94, 110, 310→関豊太郎
先生　⑮240→大津三郎
先生　⑮301→高知尾智耀（誠吉）
仙台　⑮13, 14, 23, 75-77, 83, 87, 258, 291, 300, 306, 307, 334, 335, 340, 345, 348, 350, 374, 375, 384, 387；*11, 18, 166, 169, 207, 216, 220, 257, 276, 277, 287*
仙台駅　⑮257, 341
仙台市　⑮267
仙台市国分町　⑮243
仙台市中ノ町九〔三〕　⑯上45
仙台市仲ノ町九三　⑯上44
仙台市成田町一一六　⑮401
仙台市東一番町　⑯上44
仙台停車場　⑮78
仙台放送局　⑮248
千田是也　⑮123
ゼンタックス　⑮254
仙南　⑮334, 344, 345；*195*
仙人峠　⑮281, 314, 376；*15*
仙北　⑮334, 344, 245
仙北組町　⑮364
仙北町　⑮360, 363，別24
仙北町駅　⑮359
千厩町　⑮97
千廐町　⑮199

## そ

『造岩鉱物』　⑮76

『創作への道』　⑮*107*
雑司ヶ谷一三　⑮115
雑司ヶ谷　大学分院　⑮78→東京帝国大学医学部附属病院分院
雑司ヶ谷町一三〇　⑮*120*
「早春独白」　⑮*161*
早大　⑮6
『相律及ソノ応用』　⑮78
「〔蒼冷と純黒〕」　⑮*108*
素温　⑮269→市野川順平
「即位大礼式」　⑮*137*
「ソコール」　⑮277
測候所　⑮261→水沢緯度観測所
外山　⑮183；*89, 108*
「〔その洋傘［かさ］だけでどうかなあ〕」　⑮*247*
その節ごいっしょのお方　⑮277→森タミ
祖父　⑮25, 89, 189→宮沢喜助
祖父様　⑮46→宮沢喜助
祖母　⑮89→宮沢キン
祖母様　⑮46→宮沢キン
「空と心」　⑮*117*

## た

台　⑮*61, 67*
「第一ピアノ司伴楽」　⑮300
台温泉　⑮96, 98；*127*
台温泉遊園地　⑮*127*
大学　⑮258→東北帝国大学
大学前　⑮340→東北帝国大学前
第九十銀行　⑮400；*228, 271*
大工町　⑮362
大工原銀太郎〈だいくばらぎんたろう〉　⑮*139, 159*
「第五、第六、第九」　⑮300→第五、第六、第九交響楽
第五、第六、第九交響楽　⑮300
第五農事組合長　⑯上41
大使館　⑮28, 30→フランス大使館
帝釈　⑮71
大聖人　⑮200, 201, 203, 207→日蓮大聖人
大東館　⑮13；*11*
大同商店　⑮95
大同商店　森定吉　⑮*93*

| | |
|---|---|
| 第二高等学校 | ⑮*162* |
| 第二師団 | ⑮*455*；*283* |
| 大日本 | ⑮*61* |
| 第二有光館 | ⑮*107* |
| タイピスト学校 | ⑮*239, 241*→東京YMCAタイピスト学校 |
| 大仏さん | ⑮*8*→藤原健次郎 |
| 大平洋 | ⑮*55*→太平洋 |
| 太平洋 | ⑮*55, 315* |
| 太平洋学術会議 | ⑮*239*；*122* |
| 第四回青年指導者講習 | ⑮*86* |
| 平 | ⑮*301* |
| 平(磐城)局 | ⑮*166* |
| 平敦盛 | ⑮*22* |
| 「〔倒れかかった稲のあひだで〕」 | ⑮*278* |
| 高涯幻二 | ⑮*111*→梅野健造 |
| 高喜 | ⑮*256* |
| 高木敏雄 | ⑮*137* |
| 高崎市新町 | 別29 |
| 高清水町 | ⑮*354* |
| 高瀬女史 | ⑮*408*→小笠原露 |
| 高瀬露 | ⑮*141*→小笠原露 |
| 高善旅館 | ⑯上28 |
| 高田高等女学校 | ⑮*269* |
| 高知尾誠吉〈たかちおせいきち〉 | ⑮*205, 301, 422*；*166, 295* |
| 高知尾智耀 | ⑮*422*；*166, 295*→高知尾誠吉 |
| 高知尾知曜 | ⑮*205*→高知尾智耀(誠吉) |
| 「高輪の二十六夜」 | ⑮*28* |
| 高野一司 | ⑮*341, 446, 452*；*193, 274, 280* |
| 高野技師 | ⑮*341, 446, 452*→高野一司 |
| 高橋 | ⑮*278* |
| 高橋侃 | ⑮*296*；*164* |
| 高橋勘太郎 | ⑮*36* |
| 高橋喜一郎 | ⑮*387, 219, 287*→宮沢賢治 |
| 高橋久之丞 | ⑮*391-393, 429-431, 434*；*222, 223* |
| 高橋久之亟 | ⑮*223*→高橋久之丞 |
| 高橋久之助 | ⑮*223* |
| 高橋君 | ⑮*27*→高橋秀松 |
| 高橋慶吾 | ⑮*254, 256, 265*；*129, 130, 136, 143*；⑯上36 |
| 高橋玄一郎 | ⑮*277* |
| 高橋氏 | ⑮*383* |
| 高橋氏 | ⑮*324, 326*→高橋清吾 |
| 高橋成直 | ⑮*148*→高橋元吉 |
| 高橋新吉 | ⑮*111, 291* |
| 高橋清吾 | ⑮*324, 326, 327, 329, 353, 355, 368*；*184, 198, 206* |
| 高橋宣聿 | ⑮*445, 446*；*273* |
| 高橋武治 | ⑮*263, 275, 281, 289, 342, 350, 374*；*166*→沢里武治 |
| 高橋忠治 | ⑮*277, 278, 290, 300, 423*；*160* |
| 高橋忠弥 | ⑮*448*；*276*，別35 |
| 高橋篤四 | ⑮*445*；*273* |
| 高橋秀松 | ⑮*18, 19, 21-24, 26, 27, 29, 32, 34, 35, 39*；*15, 19, 21* |
| 高橋広治 | ⑮*278* |
| 高橋元吉 | ⑮*273*；*148, 149* |
| 高橋六助 | ⑯下18 |
| 高浜 | ⑮*24* |
| 高狸〈たかまみ〉山 | ⑮*54* |
| 高村光太郎 | ⑮*450*；*220, 279* |
| 高村氏 | ⑮*450*→高村光太郎 |
| 滝沢駅 | ⑮*356* |
| 「〔滝は黄に変って〕」 | ⑮*271* |
| 宅 | ⑮*386*→宮沢政次郎 |
| 拓殖大学 | ⑮*86* |
| 岳 | ⑮*104* |
| 竹中久七 | ⑮*449*；*277* |
| 田子正 | ⑮*91* |
| 田代出張所 | ⑮*192* |
| 『ダダイスト新吉の詩』 | ⑮*111* |
| 多田保子 | ⑮*253* |
| 達曽部 | ⑮*343* |
| 竜ノ口 | ⑮*99* |
| 館 | ⑮*296, 376* |
| 立石 | ⑮*104* |
| 館山 | ⑮*273* |
| 館山稲荷神社 | ⑮*445*；*273* |
| 田中 | ⑮*265* |
| 田中 | ⑮*196*→田中智学 |
| 田中工場支店 | ⑮*77* |
| 田中大先生 | ⑮*205*→田中智学 |
| 田中智学 | ⑮*195, 196, 205*；*95, 96, 101, 105* |
| 「たなばた」 | ⑮*248* |
| 谷内 | ⑮*295* |

「種馬検査日」　⑮*212*
「種山ヶ原」　⑮*293*
種山ヶ原　⑮*28, 49, 89*
種山出張所　⑮*192*
田原峠　⑮*28*
玉井　⑮*43, 45, 49, 52, 60, 64, 73, 79, 93, 95*→玉井郷方
玉井郷方（郷芳）　⑮*43, 45, 49, 52, 60, 64, 73, 79, 80, 82, 93, 95；26*
玉塚　⑮108
玉塚商店　⑮*170；84*
玉山慶次郎　⑮*77*
「惰眠洞妄語」　⑮*111*
田茂山　⑮*40；27*
田屋農園　⑮*246*
「だるまろうそく」　⑮*64*
太郎　⑮*52*→宮沢安太郎
太郎様　⑮*212*→宮沢安太郎
太郎さん　⑮*36, 51, 60, 74, 79, 127, 211, 212, 215*→宮沢安太郎
「歎異鈔」　⑮*16*
「胆農」　⑮*321；181*
『たんぽぽ』　⑮*183*

## ち

近角常観〈ちかずみじょうかん〉　⑮*107*
近松門左衛門　⑮*123*
近森善一　⑮*112, 113*
知事　⑮*344, 384*→湯沢三千男
地質調査　⑮*99*
『地上』　⑮*107*
地人学会　⑯上*35*
父　⑮*25, 57, 99, 102, 110, 175, 176, 189, 293, 322, 329, 332, 348, 358, 372, 432；55, 281*→宮沢政次郎
父上　⑮*13, 37, 44-47, 49, 53, 54, 74, 78, 86, 130, 139, 148, 150, 151, 154, 158, 159, 161, 162, 210*→宮沢政次郎
父上様　⑮*82, 85, 385*→宮沢政次郎
秩父　⑮*21*
チ、ブオガノ　⑮*30*→秩父小鹿野
秩父小鹿野　⑮*30*
秩父セメント　⑮*336*

千歳山　⑮*22*
千葉　⑮*106*
千葉喜一郎　⑮*399, 432；228, 261, 262*
千葉県　⑮*24, 287*
地方農林技師　⑮*185*
チャイコフスキー　⑮*248*
中央会議所　⑮*134*
中央公論社　⑮*282*
「中外日報」　⑮*107*
中学　⑮*95*→盛岡中学校
中華民国　⑮*122*
「中堅詩人」　⑮*287*
中国　⑮*291*
「中尊寺〔二〕」　⑮*299*
『注文の多い料理店』　⑮*228, 231, 240；112, 114, 123, 251,* 別*29*
チュケァン　⑮*7*→佐々木経造
町会　⑮*445*→花巻町会
長久寺　⑮*269*
銚子山　⑮*28*
朝鮮語　⑮*122*
『勅教玄義』　⑮*212；105*
青島日本中学校　⑮*291*

## つ

『ツァラトゥストラ』　⑮*111*
「搗粉広告」　⑮*201*
築地小劇場　⑮*240；123*
築館　⑮*346*
槻山和三郎　別*23*
辻潤　⑮*223, 234；111*
土浦　⑮*18*
土沢　⑮*362*
繁温泉　⑮*120*
恒さん　⑮*214*→宮沢恒治
つるくさ花壇　⑮*127*
鶴田　⑮*246*
鶴見氏　⑮*43, 48*→鶴見要三郎
鶴見要三郎　⑮*43, 48；30*

## て

帝国興信所　⑮*202*
『帝国信用録』　⑮*358；202*

（たい～てい）　433

帝国図書館　⑮132, 133, 135, 137, 139, 215, 217, 238, 240, 241；67
帝室博物館　⑮30, 174, 216
貞蔵さん　⑮143→瀬川貞蔵
帝大　⑮203→東京帝国大学
弟妹　⑮196→宮沢トシ・シゲ・清六・クニ
弟妹　⑮25→宮沢シゲ・清六
弟妹　⑮413；247→宮沢清六・宮沢クニ
『ですぺら』　⑮111
鉄三　⑮211→関鉄三
デナ　⑮78
「出船」　⑮248
寺田弘　⑮457；286, 287
照井瑩一郎　⑮295, 296；163
照井謹二郎　⑯上38, 別31
照井圭一郎　⑮296；163→照井瑩一郎
照井孝介　⑮78
照井写真館　⑮277, 423
照井真臣乳〈くてるいまみち〉　⑮182, 別31
「田園の歌(夏)」　⑮298
「天業民報」　⑮209, 212；95, 97, 99, 102
天業民報社　⑮102
電眼氏　⑮17→佐々木電眼
「天才人」　⑮411, 414, 443, 448；244, 245, 251, 264-266, 275
天才人社　⑮245
天子様　⑮47
「天寿国曼陀羅繡帳銘文」　⑮35
天王　⑮104

## と

菟　⑮300→藤原嘉藤治
独乙語　⑮28
独逸語　⑮88
『ドイツ語会話文典』　⑮20
「独逸語夏期講習会」　⑮18
島　⑮61→カロリン群島クサイ島
東京　⑮23, 27-29, 32-35, 56, 71, 75, 77, 88, 89, 106, 110, 152, 156, 158-161, 174-176, 182, 188, 190, 196, 199, 202, 211, 214, 235, 238, 240, 245, 258, 260, 263, 300, 310, 359, 369, 374, 375, 377, 378, 383, 387, 400, 455；17, 122, 126, 131, 133, 182, 205, 207, 210, 212, 215, 216, 218, 219, 268, 283，⑯下15
東京青山南五丹青堂製　⑮88
東京鶯谷　⑮197；95
東京牛込矢来町三番地旧殿三号　⑮64
東京エスペラントクラブ　⑮123
東京瓦斯電気工業　⑮169
東京小石川雑司ヶ谷町一三〇　⑮119, 154
東京国際クラブ　⑮239；122
東京国際倶楽部　⑮239→東京国際クラブ
東京コンサーヴァトリー　⑮123
東京蚕業講習所　⑮188
東京市　⑮151；151
東京市江戸川区　⑮422
東京市荏原郡駒場　⑮87
東京市荏原郡渋谷局区　⑮179
東京市外井荻町上井草一二六七　⑮296
東京市外上目黒五六四　⑮107
東京市外吉祥寺一八七五　⑮450
東京市外松沢村松原一、一二〇　⑮410
東京市神田区錦町三丁目十九番地　⑮243
東京市神田区錦町三ノ一九　⑮239
東京市神田区南神保町十六　⑮233
東京市神田錦町三丁目一九番地　⑮258
東京市吉祥寺一八七五　⑮426
東京市小石川区　⑮45
東京市小石川区雑司ヶ谷一三　⑮116→東京市小石川区雑司ヶ谷町一三〇
東京市小石川区雑司ヶ谷町　⑮131
東京市小石川区雑司ヶ谷町一三　⑮114→東京市小石川区雑司ヶ谷町一三〇
東京市小石川区雑司ヶ谷町一三〇　⑮120, 124-130, 132-135, 137, 140, 142, 144-148, 151, 153, 163
東京市小石川区目白　⑮35-37
東京市小石川区目白台　⑮18, 19
東京市麹町区飯田町一丁目牛ヶ淵　⑮109
東京市麹町区大手町二丁目　⑮134
東京市麹町区麹町三丁目　⑮26
東京市麹町区三番町五一　⑮93, 95
東京市麹町区／丸ノ内　⑮292
東京市渋谷　⑮184, 191, 192
東京市城東区大島町　別34
東京市世田ヶ谷区松原町三丁目一一二〇　⑮

東京市雑司ヶ谷町一三〇　⑮139, 141
東京市日本橋区兜町四番地　⑮32
東京市日本橋区坂本町十八番地　⑮83
東京市日本橋区坂本町廿三番地　⑮29
東京市本郷区菊坂町七五　⑮203, 208, 209, 213
東京市本石町三丁目　⑮202
東京市四谷区　⑮264
東京雑司ヶ谷町一三〇　⑮136
東京帝国大学　⑮203
東京帝国大学医学部附属医院分院　⑮114 ; 59, 78
東京独逸学院　⑮18
東京中渋谷道玄坂二九八　⑮66
東京農業大学教授　⑮190
東京農事試験場　⑮190
東京美術学校洋画科　⑮278
東京府下吉祥寺一八七五　⑮303
東京府下千歳村烏山二千八　⑮296
東京府下淀橋柏木九九　⑮237
東京府芝区金杉川口町　⑮159
東京府南葛飾郡瑞江村一之江　⑮95
東京本郷坂本町七五　⑮212
東京YMCAタイピスト学校　⑮239, 241 ; 122
東西磐井　⑮369→東磐井／西磐井
東山堂主人　⑮77→玉山慶次郎
東洲斎写楽　⑮165
東洲斉写楽　⑮165→東洲斎写楽
「道場観」　⑮215
藤助様　⑮394 ; 223→杉村藤助
「瘭瘡(幻聴)」　⑮116
当地　⑮230→花巻
当人　⑮134→宮沢トシ
『党の芸術問題テキスト』　⑮277
『党の問題テキスト　補遺』　⑮277
「東方文学」　⑮163
東方文学社　⑮163
東北印刷会社　⑮257
東北菊花品評会　⑮219
東北砕石工場　⑮297, 298, 306, 310, 311, 318, 322, 325, 332, 340, 341, 344, 345, 347, 361, 363, 365, 366, 373, 377, 381, 388-390, 394, 396, 397, 399, 456 ; *138, 162, 167, 171, 174, 175, 179, 181,* 186, 191, 192, 197, 199, 208, 214, 218, 219, 221, 227, 256-259, ⑯上41
東北砕石工場技師　⑮308 ; *171*
東北砕石工場技手　⑮308
東北砕石工場事務所　⑮319
東北砕石工場出張所　⑮317
東北砕石工場仙台事務所　⑮308
東北砕石工場仙台出張所　⑮307 ; *169*
東北砕石工場花巻出張所　⑮343, 374-376 ; *208, 223, 226, 258, 264, 268, 272, 294, 300,* 別32, 33
東北産業博覧会　⑮258 ; *131*
東北大会　⑮387→東北大会菊花品評会
東北大会菊花品評会　⑮387
東北地方　⑮407
東北帝国大学　⑮258
東北帝国大学前　⑮340
東北帝大工学部　⑮7
「東北文化研究」　⑮134
東北本線　⑮341
童話　⑮231→『注文の多い料理店』
童話と詩の本　⑮240→『注文の多い料理店』・『春と修羅』
童話の本　⑮228→『注文の多い料理店』
「童話文学」　⑮374, 376, 438→「児童文学」
遠縁　⑮300→林崎セツ
遠野　⑮19, 343
遠野駅　⑮343
遠野実科女学校　⑮243
遠野町　⑯上28
『遠野物語』　⑮7
徳川　⑮378
徳治　⑮162→関徳弥
徳田組合　⑮370
徳田農業組合　⑮207
徳富猪一郎　⑮282
徳哉　⑮160→関徳弥
徳弥　⑮288→関徳弥
徳弥さん　⑮447, 458→関徳弥
徳哉氏　⑮211→関徳弥
刺抜地蔵　⑮75
とし　⑮128, 133, 141, 147, 151, 152, 154→宮沢トシ
トシ　⑯上31→宮沢トシ

とし子　⑮81, 124, 138, 142, 143, 150, 155, 158-163, 210, 215→宮沢トシ
トシ子　⑮115, 116→宮沢トシ
敏子　⑮193→宮沢トシ
豊島郡西ヶ原　⑮92
『土壌学講義』　⑮139
図書館　⑮132, 133, 135, 137, 139, 215, 217, 238, 240, 241→帝国図書館
栃木　⑮309, 314, 400
栃木県　⑮287；55
特許局　⑮133
鳥取県立倉吉農学校　⑮421
富手一〈とみてはじめ〉　⑮246, 250, 274, 282, 294→冨手一
冨手一〈とみてはじめ〉　⑮246, 250, 274, 282, 294；125, 127, 162
豊川商会　⑮319, 360, 377
豊沢　⑮61, 74, 96
豊沢　⑮289→豊沢川
豊沢川　⑮54, 289
豊沢町　⑮5, 263, 265, 278, 290, 299, 382
豊さん　⑮160→岩田豊蔵
「銅鑼」　⑮461；183, 291
「ドラビダ風」　⑮58
「鳥」　⑮112
「鳥の遷移」　⑮119
「鳥辺山心中」　⑮24
杜陵印刷　⑮12
杜陵小学校　⑮167

## な

内藤鉐策　⑮112
内務部　⑮317
中井　⑮278, 296→中井弥五郎
永井威三郎　⑮159
中井弥五郎　⑮278, 296；152, 164
永岡　⑮321
長岡伊勢松　⑮384；216
長岡氏　⑮384→長岡伊勢松
中亀商店　⑮362
長坂局　⑮324, 331
仲猿楽町　⑮27
中嶋信　⑮212；105

中島則雄　⑮165
中館武左衛門〈なかだてぶざえもん〉　⑮407；241，別27
中谷商店　⑮193
中西悟堂　⑮467；296
中西屋　⑮75
長野県下高井郡　⑮275
中野新左久　⑮233；118
長野峠　⑮104
中林　⑮323, 324, 366, 370, 372, 373, 383→中林商店
中林氏　⑮320, 321, 328, 338, 355, 358→中林商店
中林商店　⑮320, 321, 323, 324, 328-330, 338, 355, 358, 366, 367, 370, 372, 373, 383；180, 206, 209
長町　⑮344, 345
中屋　⑮64
中山実行組合長　⑯上41
名古屋　⑮315, 374
梨ノ木町　⑮363
那須川郁　⑮245→名須川郁
名須川郁　⑮245, 321；125
名須川教頭　⑮321→名須川郁
鉈屋町　⑮363, 368
七折滝　⑮104
鍋屋敷　⑮104
鉛　⑮61, 96
鉛温泉　⑮95, 98；54
「南無妙法蓮華経」　⑮72, 90, 92, 93, 177, 196, 201, 202, 275；47, 295
名目入　⑮104
なめとこ山　⑮54
「なめとこ山の熊」　⑮54
奈良　⑮17
鳴子　⑮220
成瀬金太郎　⑮54, 63, 164；38
成瀬サン　⑮63→成瀬金太郎
成瀬仁蔵　⑮16
成瀬初次郎　⑮32
楠公はがき　⑮157
南斜花壇　⑮246；127
南城　⑮244；125

| | | | |
|---|---|---|---|
| 南城組合 | ⑮452 | 日蓮大聖人 | ⑮196, 197, 200, 201, 203, 206, 207, 209 |
| 南昌山 | ⑮8；*7, 12* | | |
| 南晶山 | ⑮8→南昌山 | 日蓮大菩薩 | ⑮91 |
| 『南伝大蔵経』 小部経典第五四七話 | ⑮58 | 日露 | ⑮49 |
| 南部 | ⑮272 | 日報 | ⑮328, 397, 406；*283*→「岩手日報」 |
| 南満 | ⑮168→南満州鉄道 | 二戸郡浄法寺村 | ⑮*13* |
| 南洋 | ⑮63, 181 | 日本 | ⑮245, 252；*122* |
| 南洋拓殖工業会社 | ⑮164, 181 | 日本語 | ⑮239；*122* |
| 南洋拓植工業会社 | ⑮164→南洋拓殖工業会社 | 日本鋼管 | ⑮108, 168, 169 |
| 南洋柘植工業会社 | ⑮181→南洋拓殖工業会社 | 日本交響楽協会 | ⑮*123* |
| | | 日本国 | ⑮53 |
| | | 日本国体学講習会 | ⑮*167* |

## に

| | | | |
|---|---|---|---|
| 新潟 | ⑮400 | 「日本国体の研究」 | ⑮*102* |
| 新潟県中頸城郡板倉村 | ⑮*193* | 「日本詩人」 | ⑮*111* |
| 新潟県中頸城郡三郷村 | ⑮*13* | 日本女子大学寄宿舎 | ⑮19 |
| 新潟県農事試験場助手 | ⑮*189* | 日本女子大学養善寮 | ⑮35-37 |
| 新潟市旭町二 | ⑮412 | 日本女子大学校 | ⑮18, 154；*14, 16* |
| 新潟市旭町二ノ五二四一 | ⑮416, 427 | 日本製糖 | ⑮108 |
| 新堀村葛坂 | ⑮87 | 日本橋 | ⑮28 |
| ニコライ | ⑮30, 33→ニコライ堂 | 日本橋区薬研堀町四十一番地 | ⑮24 |
| ニコライ堂 | ⑮28, 30, 33 | 「如来寿量品」 | ⑮91 |
| 西磐井郡 | ⑮324 | | |
| 西磐井郡厳美村 | ⑯上41, 別23 | | |

## ぬ

| | |
|---|---|
| 貫名重忠〈ぬきなしげただ〉 | ⑮*102* |

| | | | |
|---|---|---|---|
| 西磐井郡中里村 | ⑮*196* | | |
| 西磐井郡萩荘村高梨 | ⑮*180* | | |
| 西磐井郡平泉村 | ⑯上42 | | |

## ね

| | | | |
|---|---|---|---|
| 西勝造 | ⑮*232* | 根子 | ⑮263, 271, 273, 279 |
| 西ヶ原 | ⑮190；*133*→西ヶ原農事試験場 | 熱河 | ⑮455；*283* |
| 西ヶ原農事試験場 | ⑮190；*92, 133* | 熱河省 | ⑮*285* |
| 西ヶ原農林省農事試験場 | ⑮310 | 根白石 | ⑮399 |
| 西式 | ⑮403；*231* | 根白石村 | ⑮355 |
| 西鉛温泉 | ⑮167-170, 193, 194；*94* | 根白石村農会 | ⑮341, 397, 398；*225* |
| 西根 | ⑮195 | | |
| 西宮野目 | ⑮316；*178* | | |

## の

| | | | |
|---|---|---|---|
| 二十人集 | ⑮448 | 農会 | ⑮335→秋田県農会 |
| 日蓮 | ⑮207；*36, 99, 102, 103* | 農会組合聯合会 | ⑮338→岩手県農会組合聯合会 |
| 日蓮宗 | ⑮217 | 農学校 | ⑮234, 242, 244, 395→花巻農学校 |
| 『日蓮主義教学大観』 | ⑮*96* | 農学校長 | ⑮296→茂田井順平 |
| 日蓮聖人 | ⑮195, 196, 210 | 農業館 | ⑮344→斎藤報恩会農業館 |
| 『日蓮上人御書全集』 | ⑮*101* | 農業校 | ⑮281→稗貫・花巻農学校 |
| 『日蓮聖人の教義』 | ⑮*197*；*96* | 農芸化学科 | ⑮446→盛岡高等農林学校農芸化学科 |
| 日蓮大士 | ⑮99 | | |
| 日蓮大上人 | ⑮188 | | |

(とし～のう) 437

農事試験場　　　⑮244
農事試験場　　　⑮258→茨城県立農事試験場
農商務省滝野川農事試験場農芸化学部　⑮139
農商務省農務局仮試験場　　⑮92
「農民芸術概論」　　⑮275
農務課　　⑮336→秋田県農務課
農務課肥料検査官　　⑮176
農林　　⑮409→盛岡高等農林学校
農林学校　　⑮201→盛岡高等農林学校
農林省　　⑮400;*261*
農林省馬政局種育場　　⑮356, 357;*201*
農林省馬政局馬産部　　⑮228
「野にて唄へる」　　⑮163
「野の唄」　　⑮248

## は

ハアカア　　⑮78
バアバンクス　ブラザア　⑮18→宮沢賢治
「俳句入り江戸名所」　　⑮21
癈坑　　⑮103→鶯沢硫黄鉱山
ハーカー　　⑮77
博多帯　　⑮30
萩荘　　⑮328
萩原君　　⑮37→萩原弥六
萩原朔太郎　　⑮287
萩原弥六　　⑮37;*25*
博物館　　⑮30, 174, 216→帝室博物館
博文館　　⑮96
博覧会　　⑮258→東北産業博覧会
函館市鶴岡町　　別32
箱根　　⑮17
橋本善太　　⑮419;*254*
橋本八百二　　⑮254, 279
波旬　　⑮71, 100
柱沢　　⑮96→桂沢
長谷川氏　　⑮344, 384;*216*
畠山栄一郎　　⑮233, 242;*118*
畠山校長　　⑮233→畠山栄一郎
「畑作用炭酸石灰ができました」　⑮212
八戸　　⑮331, 357
八景　　⑮97
ハッチ　　⑮77
ハッチ、及ラスタル　　⑮76

鳩山春子　　⑮109
「花咲爺の白い犬」　　⑮229
花巻　　⑮8, 12, 18, 24, 44, 67, 68, 74, 75, 85, 87, 95, 96, 98, 99, 131, 161, 166, 241, 263, 290, 303, 306, 307, 312, 315, 316, 319, 329, 336, 337, 352, 355, 360, 387, 394, 395, 401, 405, 407, 443, 445, 450, 451;*7, 14, 15, 17, 24, 41, 51, 123, 129, 134, 138, 163, 176, 185, 186, 190, 199, 200, 218, 220, 223, 230*, ⑯上39
花巻駅　　⑮23, 307, 308, 399, 402;*187, 188*
花巻駅前　　⑮306
花巻温泉　　⑮294, 320;*41, 219, 253*
花巻温泉駅前　　⑮423
花巻温泉会社　　⑮162
花巻温泉事務所　　⑮294
花巻温泉遊園地　　⑮277;*127*
花巻温泉遊園地事務所　　⑮246, 274, 282
花巻川口町鍛冶町　　⑮67
花巻川口町上町　　⑮176
花巻川口町長　　⑮94
花巻川口町南万丁目　　⑮8
花巻川口町　　⑮5, 11, 12, 14, 17, 22, 38, 39, 42, 43, 48, 51, 60, 65, 68, 75, 82, 86, 98, 164, 167, 191, 193, 194, 198, 224, 225, 230, 235, 237, 253;*78, 125*, ⑯上28, 30, 31, 別23, 24, 26
花巻川口町十二丁目　　⑮244
花巻川口町豊沢町　　⑮118
花巻共立病院　　⑮238;*121*
花巻銀行　　⑮19;*15*
花巻銀行支店　　⑮368
花巻警察署長　　⑮164→高橋侃
花巻高等女学校　　⑮413;*51, 152, 248*
花巻高等女学校校友会　　⑮215
花巻出張所　　⑮367;*208*→東北砕石工場花巻出張所
花巻尋常高等小学校　　⑮248
花巻町会　　⑮445
花巻町館　　⑮219
花巻電気株式会社　　⑮104
花巻電燈株式会社　　⑮269
花巻豊沢町　　⑮282
花巻農学校　　⑮222, 223, 228, 229, 231, 234, 236, 238, 242, 244, 245, 395, 410;*117, 120, 121, 130,*

243, 274，⑯下15-17
花巻農学校校長　⑮164→茂田井順平
花巻農学校創立十周年記念事業　⑮151
花巻仏教会　⑮13, 162
花巻町　⑮201, 267, 268, 274, 281, 284, 289, 294,
　301, 307, 308, 314, 317, 332, 349, 380, 388, 389,
　391-393, 396, 397, 403-405, 407, 411, 418, 419,
　421, 423-425, 428-431, 436-438, 440, 442, 444,
　447, 448, 450, 452, 453, 456, 458, 459；26, 78,
　111, 282，⑯上38, 43，別24, 26, 31, 35
花巻町相生町　⑮295, 299
花巻町育英会　⑮130
花巻町鍛冶町　⑮130
花巻町財務出張所　⑮296
花巻町桜　⑮256
花巻町下根子　⑮278
花巻町新道　⑮42
花巻町末広町　⑮288, 382
花巻町豊沢町　⑮275-277, 295, 297, 305, 372,
　390, 402, 420, 442, 451；130, 265，⑯上39
花巻町役場　⑮376
花巻郵便局　⑮119
花巻レコード交換会　⑮129
花巻練瓦社　⑮251→花巻煉瓦会社
花巻煉瓦会社　⑮251
『華やかな散歩』　⑮111
花輪　⑮155
「母」　⑮253, 266
母　⑮25, 57, 72, 89, 102, 121, 175, 404→宮沢イチ
母上　⑮92→保阪いま
母上　⑮13, 45-47, 49, 53, 54, 74, 78, 86, 132, 133,
　139, 148, 150, 159, 194, 215→宮沢イチ
母上様　⑮385→宮沢イチ
母方の祖母　⑮25→宮沢サメ
母木　⑮282
母木氏　⑮403, 414, 458→母木光
母木光〈ははきひかる〉　⑮293, 295, 303, 349,
　402, 403, 405, 407, 414, 422, 437, 445, 448, 450,
　453, 454, 456, 458；147, 161, 162, 230, 233, 238,
　249, 267, 273, 276, 287，⑯上45
バーバンク　⑮15
ぱぶりしゃあ　⑮224→及川四郎

浜藤酒造店　⑮364
「葱嶺[パミール]先生の散歩」　⑮247
林崎貞太郎　⑮166
林崎セツ　⑮300；166
早瀬川　⑮281
早池峰　⑮8, 264
早池峯山　⑮104-106；28, 41
原勝成　⑮67；39，⑯上28, 29, 31
原氏　⑮67→原勝成
原尚進堂　⑮249
パリ講和会議　⑮164；80
巴里の会議　⑮164→パリ講和会議
「〔春来るともなほわれの〕」　⑮166
『春と修羅』　⑮231, 240；111, 123, 148, 220, 251,
　291，別29
「春と修羅」　⑮222, 378, 389
「春と修羅」第二集　⑮120
「春の歎き」　⑮117
春信　⑮183→鈴木春信
ハルビン　⑮285
「「春」変奏曲」　⑮264
春山行夫　⑮209
ばれんや旅館　⑮66
「半蔵地選定」　⑮244, 263
「播種者」　⑮183
「反情」　⑮111
汎太平洋会　⑮239→太平洋学術会議
「飯米精白法に就て」　⑮226
「飯米の精白法に就て」　⑮353；199
万里の長城　⑮283
万里長城　⑮455

## ひ

比叡山延暦寺　⑮13
稗貫郡　⑮43, 44, 73, 74, 81, 82, 89, 96, 409,
　458；30, 39, 41
稗貫郡石鳥谷　⑮246
稗貫郡石鳥谷町　⑮372
稗貫郡太田村山口　⑮444
稗貫郡亀ヶ森村　⑮28
稗貫郡好地村石鳥谷　⑮32
稗貫郡蚕業講習所長　⑮188
稗貫郡下根子　⑮238, 262, 264

稗貫郡地質調査　　⑮80
稗貫郡豊沢町　　⑮103
稗貫郡根子村　　⑮*125*
稗貫郡根子村下根子桜　　⑮*51*
稗貫郡花巻川口町　　⑮42, 45, 49, 52, 60, 61, 67, 73, 79, 80, 93, 96, 104, 105, 108
稗貫郡花巻川口町豊沢町　　⑮*95*
稗貫郡宮野目村　　⑮*243*
稗貫郡八重畑村　　⑯上43
稗貫郡役所所在地　　⑮18
稗貫郡湯口村大沢温泉　　⑮*13*
稗貫郡湯口村神明実行組合　　⑮*179*
稗貫郡湯口村村長　　⑮*162*→阿部晁
稗貫郡湯本村狼沢　　⑮*392, 393, 429-431, 434*
稗貫郡立稗貫農学校　　⑮*118*
稗貫蚕業講習所長　　⑮*118*→畠山栄一郎
稗貫農学校　　⑮220；*109, 121, 124*
稗貫・花巻農学校　　⑮281
東磐井郡　　⑮284, 297, 305, 307, 308, 312, 320, 321, 327, 332, 336-338, 353, 356, 357, 359, 360, 365, 366, 379, 388, 389, 396, 418, 426, 438, 440, 442, 452
東磐井郡長坂局　　⑮331
東磐井郡長坂村　　⑮428, 429
東磐井郡藤沢町　　⑮445
東磐井郡松川　　⑮306
東磐井郡松川駅　　⑮*174*
東磐井郡松川駅前　　⑮322
東磐井郡松川村　　⑮419
東磐井／西磐井　　⑮369
東海岸視察団　　⑮*26*
東海岸実業視察団　　⑮*38*
東カロリン群島クサイ島　　⑮181
東カロリン群島ポナペ島　　⑮164
東公園下　　⑮278
東襲山村　　⑮*41*
『非金属鉱物及ソノ応用』　　⑮*76*
「陽ざしとかれくさ」　　⑮*111*
土方定一　　⑮*291*
日立　　⑮251
日詰　　⑮365；*41*
人首　　⑮41, 62
日向秀雄　　⑮321；*181*

日ノ神　　⑮*49*
「ひのきとひなげし」　　⑮*278*
日野利春　　⑮*183*
日比谷　　⑮216
日比谷図書館　　⑮140
姫神山　　⑮*37*
『百姓』　　⑮*183*
病院　　⑮238→花巻共立病院
『病害虫駆除予防便覧』　　⑮*112*
兵庫県　　⑮248
兵庫県城崎郡城崎町　　⑮*13*
病人　　⑮117, 127, 133, 146→宮沢トシ
日和山　　⑮*11, 220*
平井技手　　⑮312, 313→平井重吉
平井重吉　　⑮312, 313；*176*
平泉　　⑮355；*11*
平賀円治　　⑮*11*
平賀ヤギ　　⑮13, 14；*11*
平川巍〈あきら〉　　⑮*245*
平野　　⑮158→平野立乾
平野宗　　⑮455；*285*
平野命助　　⑮364
平野立乾　　⑮158；*78*
『肥料学教科書』　　⑮397；*225*
肥料展覧会　　⑮379-381；*214, 215*→県立農事試験場三十周年記念、優良農具実演肥料展覧会
肥料督励官　　⑮313
「肥料用炭酸石灰」　　⑮*201, 214, 256, 257, 261*
「肥料用炭酸石灰に就て」　　⑮*157, 159, 201, 212, 260*
「〔ひるすぎの三時となれば〕」　　⑮*166*
広谷豊三　　別33
弘前　　⑮280；*166, 285*
弘前歩兵第卅一聯隊第九中隊　　⑮297
弘前歩兵第三十一聯隊第九中隊　　⑮289, 304
弘前歩兵第卅一聯隊第九中隊第二班　　⑮*274, 280*
弘前歩兵第卅一聯隊第七中隊第一班　　⑮227, 229, 231, 233
ひろ重　　⑮29→安藤広重
広重　　⑮30, 412；*88, 247*→安藤広重
広島県　　⑮249
広島市観音町　　⑮248

広淵　⑮342
広淵沼開墾地　⑮341, 342；*193*
広部商店　⑮29
「火渡り」　⑮299

## ふ

フィドレイ　⑮78→フィンドレイ
フィンドレイ　⑮78
フィンランド　⑮122
フォンランド公使　⑮239→ Gustav John Ramstedt
「賦役」　⑮299
フォード氏　⑮239→アレキサンダー・ヒューム・フォード
深川　⑮150
深沢紅子　⑮218, 279
深沢省三　⑮218, 278
福井規矩三　⑮253, 254
福井県福井市　⑮85
福岡中学校　⑮176
福岡テイ　⑮248
福士幸次郎　⑮209, 243
福島　⑮363, 400；*287*
福島県石城郡平窪村　⑮*183*
福島県須賀川町　⑮*287*
福島県須賀川町東八丁目三八　⑮*286*
福島県棚倉農学校長　⑮*118*
福島県立東白河農蚕学校　⑮*118*
福島市　⑮399, 400
福島市獣医　⑮261→千葉喜一郎
福島市獣医の方　⑮432→千葉喜一郎
福田　⑮309
福田留吉　⑯下15-17
福地　⑮350
福地栄喜治〈ふくちえきじ〉　⑮323；*183*
福地氏　⑮323, 324→福地栄喜治, 福地商店
福地商店　⑮323, 324, 329, 330；*183*
富士　⑮28
富士川　⑮23
藤沢町藤沢　⑮*273*
藤島準八　⑮424
藤田三郎　⑮277
藤根　⑮339

「腐植質中ノ無機成分ノ植物ニ対スル価値」　⑮32
藤原御曹子　⑮299→藤原嘉秋
藤原嘉藤治〈ふじわらかとうじ〉　⑮253, 293, 295, 299, 300, 382, 413, 417；*120, 128, 161, 163, 165, 215, 248, 253*
藤原嘉菟治〈ふじわらかとじ〉　⑮165→藤原嘉藤治
藤原嘉菟治　⑮253, 299, 382；*165*→藤原嘉藤治
藤原嘉菟治　⑮413→藤原嘉藤治
藤原草郎　⑮293, 295；*161, 163*→藤原嘉藤治
藤原健次郎　⑮5, 8, 10；*5-7, 9*
藤原健太郎　⑮5→藤原健次郎
藤原様　⑮417→藤原嘉藤治
藤原隆人　⑮221
藤原典子　⑮299；*165*
藤原嘉秋　⑮299；*165*
二木謙三　⑮116, 117, 127, 141, 142, 144, 148, 160；*60*
二木博士　⑮116, 117, 127, 141, 142, 144, 148, 160→二木謙三
二子　⑮319, 338, 342；*191*→和賀郡二子村
二ッ堰　⑮596
二人　⑮251→宮沢フジ, 宮沢ヒロ
仏教闡教会　⑮78
『物理汎論　上下』　⑮111
不動　⑮327
父母　⑮106, 196, 205, 408；*143*→宮沢政次郎・宮沢イチ
フランス　⑮165
フランス大使館　⑮28, 30；*21*
ブルガリヤ　⑮401
古川　⑮333-335
古河　⑮333→古川
フルヤ製菓古谷研究所　⑮*186*
『浮浪漫語』　⑮111
文化アパートメント　⑮*123*
文化学院　⑮291
「文学断想」　⑮276
文教書院　⑮210
文信社　⑮203；*100*
分銅はがき　⑮*157*

(ひえ〜ふん)　441

## へ

陛下　⑮188
「平相国」　⑮24
碧氏　⑮457→錫木碧，鈴木栄吉
北京　⑮455；*283*
ベッサンタラ王　⑮112；*58*
ベートーヴェン　⑮248
ベートーベン　⑮300, 462
ベートンベン　⑮300→ベートーベン
ヘルシンキ大学　⑮122
逸見猶吉〈へんみゆうきち〉　⑮*221, 243, 244*

## ほ

報恩寺　⑮16, 51, 52；*13*
宝珠山立石寺　⑮32
亡祖父様　⑮45→宮沢喜助
「方便品」　⑮93
亡妹　⑮407→宮沢トシ
逢陽館　⑮67
蓬莱山　⑮28
『ポエジイ論序説』　⑮277
ポオ　⑮244
「北守将軍と三人兄弟の医者」　⑮210
北辰館　⑮24, 26
北大農学部　⑮*125, 186*
北頭鉱山　⑮50
「牧馬地方の春の歌」　⑮298
「北流」　⑮*111, 275*
「法華経」　⑮47
「法華経神力品」　⑮103
「法華経如来寿量品」　⑮35
「法華経如来神力品」　⑮215
「法華経涌出品」　⑮103
保阪　⑮122→保阪嘉内
保阪いま　⑮89-92；*47*
保阪嘉内　⑮24, 26, 29-31, 33, 34, 37-42, 55-60, 64, 66, 68-72, 89, 91, 93, 95, 99, 103, 106, 107, 110, 113, 120-123, 164-166, 171, 172, 174-180, 182-187, 189-192, 195-197, 199-203, 206-208, 213, 215, 216, 219, 220, 227；*18, 23, 25, 26, 34, 36, 47, 48, 55, 57, 63, 81, 85-91, 98, 101-103, 106, 109*
保阪嘉内　⑮24, 26, 29-31, 33→保阪嘉内
保坂さん　⑮89→保阪嘉内
保阪さん　⑮69-71, 93, 123, 174, 175, 177, 183, 201→保阪嘉内
保阪次郎　⑮206, 207
保阪善作　⑮56, 58, 188, 206-208；*91*
「保線工手」　⑮*253, 266*
細川重右エ門　⑮363
細越　⑮*343, 374*
細山田君　⑮27, 63→細山田良行
細山田八郎太　⑮72, 73
細山田良行　⑮27, 63, 73；*21*
牡丹園　⑮248
牡丹野彰司　⑮233；*118*
北海道　⑮*76, 358, 359, 371, 377；206*
北海道霧多布港　⑮31
北海道庁長官　⑮202
北海道根室郡和田村六七　⑮*7*
北海道農事試験場農芸化学部長　⑮*186*
北海道博覧会　⑮358→国産振興北海道拓殖博覧会
北海道物産館　⑮202
北海道方面見学旅行　⑮27
堀田静助　⑮13；*11*
「北方詩人」　⑮457；*286, 287*
北方詩人会　⑮*286, 287*
ポナペ島　⑮64
ホノルル　⑮122
歩兵第三十一聯隊　⑮*166, 285*
堀内正己　⑮290；*160*
堀江尚志　⑮279
堀籠文之進　⑮276；*151*
本化日蓮大聖人　⑮208
『本化妙宗式目講義録』　⑮197；*96*
本郷　⑮*99, 104*
本郷区本郷六丁目　⑮*100*
本郷区向丘弥生アパート　⑮279
本石町　⑮34, 133
本人　⑮118→宮沢トシ

## ま

前沢　⑮320, 323, 329, 330, 337, 350
前沢駅　⑮337
前沢町　⑮324

前橋市神明町五十九番地　⑮*149*
前橋市神明町十五番地　⑮*149*
幕館　⑮*96, 98*
町役場　⑮*376*→花巻町役場
松尾鉱山労務課長　⑮*275*
松川　⑮*309, 315, 383*；*218*
松川駅　⑮*331*
松川駅前　⑮*388*
松川局　⑮*331*
松川村　⑮*311*
松下繁　⑮*190*→河原田次繁
松島　⑮*13*；*11, 220*
松島湾　⑮*11*
松田　⑮*231*→松田浩一
松田浩一　⑮*231, 295*；*117, 163*
松田さん　⑮*447*→松田幸夫
廻館山〈まつだちやま〉　⑮*68*
松田幸夫　⑮*437, 447*；*42, 245, 266, 275*
『末法の大導師』　⑮*96*
松屋　⑮*214, 215*
松屋　⑮*74, 143*→瀬川弥右衛門
マラルメ　⑮*244*
㊀運送店　⑮*320*
丸久運送店　⑮*188*
㊁運送店　⑮*332*
丸久氏　⑮*362*
丸久倉庫　⑮*399*
マルセル・マルチネ　⑮*123*
丸善　⑮*75, 76, 78, 98*
丸善商店　⑮*362*
㊂〈まるつう〉　⑮*344, 345*
丸ビル　⑮*124*
丸見屋商店　⑮*37, 196*
円森山　⑮*70*
丸山保三　⑮*29*
満州　⑮*70*
満州国　⑮*285*
満州国錦州憲兵隊　⑮*424*
満州事変　⑮*407*；*285*
満洲派遣歩兵第三十一聯隊第五中隊　⑮*455*
満洲派遣歩兵第三十一聯隊第二大隊第五中隊　⑮*283*
万世橋　⑮*28*；*21*

満蒙　⑮*283*

## み

三浦様　⑮*328*→三浦正治
三浦正治　⑮*328*；*186*
三鬼鑑太郎　⑮*26*
三島　⑮*17*
『瑞枝』　⑮*291*
水沢　⑮*261, 319-321, 323, 324, 327, 330, 337, 338, 358, 365, 371, 373, 376, 377, 383, 394*；*133, 134, 180, 183, 223*
水沢緯度観測所　⑮*261*
水沢駅　⑮*365*
水沢金ヶ崎　⑮*331*
水沢町　⑮*368*
水沢農学校　⑮*245, 321, 324*；*125, 164*
水沢農学校校友会　⑮*181*
水沢町大町　⑮*375*
水分　⑮*332*
祓川光義〈みそぎがわみつよし〉　⑮*287*
「襞」　⑮*221*
三田氏　⑮*387*→三田義正，三田義一
三田農場　⑮*219*
三田義一　⑮*387*；*219*
三田義正　⑮*387*；*219*
三井銀行　⑮*28*
三ッ沢川　⑮*96*
三峰神社　⑮*31*；*22*
三ッ家　⑮*362, 363*
三ッ谷　⑮*363*→三ッ家
ミツワ人参錠　⑮*62*；*37*
水戸　⑮*258, 387*
湊純治〈みなとじゅんじ〉　⑮*7*
湊テーチャー　⑮*7*→湊純治
南満州鉄道　⑮*168*
「〔峯や谷は〕」　⑮*41*
三野混沌〈みのこんとん〉　⑮*323*；*183, 221*→吉野義也
美濃屋　⑮*83*
「三原三部」　⑮*131*
三春　⑮*363, 365, 399*
「みふゆのひのき」　⑮*41*
宮城　⑮*310, 332, 338, 339, 354, 356*；*192, 200*

宮城館　⑮34；24
宮城郡　⑮341, 342, 345；192
宮城郡根白石村農会　⑮226
宮城郡農会　⑮340-342, 344；193
宮城県　⑮21, 315, 317, 327, 330, 332, 334, 335, 340-342, 345, 347, 365, 378, 384, 398, 407, 439；174, 188, 196
宮城県下　⑮331
宮城県栗原郡築館町　⑮346
宮城県小牛田　⑮333
宮城県種馬所　⑮228
宮城県玉造郡川渡村　⑮200
宮城県庁　⑮331, 332, 340, 345；195
宮城県登米郡中田村　⑮11
宮城県登米郡米川村　⑮118
宮城県内務部　⑮330；187
宮城県内務部農務課技手　⑮189
宮城県名取郡岩沼町　⑮194
宮城県名取郡増田町　⑮21-23, 29
宮城県名取郡増田町増田六番地　⑮18
宮城県農会　⑮310, 311；175
宮城県農事試験場　⑮190
宮城県農事試験場古川分場長　⑮190
宮城県農務課　⑮216
宮城県農林技師　⑮193
宮城県広淵沼　⑮446
宮城県増田町　⑮19, 34
宮城県宮城郡七ヶ浜　⑮11
宮城県桃生郡広淵村　⑮193
宮城県立斎藤報恩農業館　⑮188
宮城県立農事試験場技手　⑮189
宮城県利府村農会　⑮379
宮古　⑮38；26, 50
宮古沿岸　⑮208
宮古測候所　⑮134
宮古湾　⑮38
ミヤサハ　⑮29→宮沢賢治
宮沢磯吉　⑮202
宮沢いち　⑮214→宮沢イチ
宮沢イチ　⑮13, 25, 45-47, 49, 53, 54, 57, 72, 74, 78, 86, 89, 102, 106, 121, 124, 128, 129, 132, 133, 139, 148, 150, 159, 175, 194, 196, 205, 215, 385, 404, 408；106, 143, 202, ⑯上31

宮沢主計　⑮351, 386, 404；197, 226, 232, 251, 258
宮沢嘉助　⑮10, 132, 138；8
宮沢金物店　⑮402
宮沢喜助　⑮13, 18, 25, 45, 46, 89, 189；11, 15, 31, 51
宮沢キン　⑮46, 89
宮沢くに　⑮386→宮沢クニ
宮沢クニ　⑮196, 259, 413；197, 247, 251
宮沢家　⑮55, 65, 75, 104, 162, 171, 190, 199, 217, 218, 232
宮沢賢治　⑮8, 18, 24, 29, 30, 32, 264, 270, 299, 300；18, 134, 139, ⑯上47, 別23, 24, 26, 27, 31, 35
宮沢健二　⑮139→宮沢賢治
「宮沢賢治序論」　⑮267
「宮沢賢治追悼」　⑮279
「宮沢賢治論」　⑮212
宮沢サキ　⑮19→宮沢サメ
宮沢サメ　⑮25, 214；19
宮沢シゲ　⑮116, 193, 194, 196；94→岩田シゲ
宮沢治三郎　⑮25
宮沢商会　⑮265, 289；160, 218, 265
宮沢清六　⑮47, 49, 51, 65, 74, 75, 102, 112, 127, 153, 196, 224, 227, 229, 231, 233, 242, 290, 297, 300, 385, 386, 413；26, 152, 166, 247, 283
宮沢善治　⑮211, 214；8, 15, 67, 106, 202
宮沢恒治　⑮34, 214, 293, 443；15, 24, 106, 162, 271
宮沢トシ　⑮18, 19, 25, 35-37, 81, 115-118, 124, 127, 128, 133, 134, 138, 141-144, 146, 147, 150-152, 154, 155, 158-163, 193, 196, 210, 215, 407；16, 51, 74, 78, ⑯上31
宮沢敏　⑮35, 37；78→宮沢トシ
宮沢とし子　⑮18, 19→宮沢トシ
宮沢友次郎　⑮209
宮沢直太郎　⑮11
宮沢ヒロ　⑮251
宮沢フジ　⑮251
宮沢政次郎〈みやざわまさじろう〉　⑮9, 12-15, 17, 20, 25, 37, 38, 42-49, 51-54, 57, 60, 61, 65, 67, 68, 73-75, 78-80, 82, 85, 86, 93, 95, 96, 98, 99, 102, 104-107, 110, 114-116, 118, 119, 124-

137, 139, 140-142, 144-148, 150, 151, 153, 154, 158-163, 167-170, 175, 176, 178, 189, 191, 193, 194, 205, 210, 211, 214, 233, 238-240, 242, 243, 257, 258, 293, 322, 329, 332, 348, 358, 372, 385, 386, 408, 432；*13-15, 36, 42, 55, 64, 78, 82, 84, 94, 127, 143, 162, 197, 199, 202, 217, 225, 226, 281*
宮［ミヤ］沢政次郎　⑮259
宮沢政治郎　⑮9, 12, 14, 17, 49→宮沢政次郎
宮沢弥次郎　⑮138；*8, 70*
宮沢安太郎　⑮36, 51, 52, 60, 74, 79, 112, 127, 211, 212, 215；*25, 26*
宮の目　⑮342
宮本友一　⑮199, 212, 213；*97, 105*
宮弥　⑮138→宮沢弥次郎
『妙宗式目講義録』　⑮197→『本化妙宗式目講義録』
「妙な話」　⑮229
妙布　⑮11
「妙法蓮華経」　⑮49, 50, 53, 57-59, 64, 195, 197, 217, 420, 424, ⑯上43
三四次　⑮282→八重樫三四次
三好十郎　⑮291
見前〈みるまえ〉　⑮327
「民間伝承」　⑮401；*257, 258*
「民間薬」　⑮266
「〔みんなで桑を戴りながら〕」　⑮151

## む

向小路　⑮265
向井田米店　⑮363
『無機化学原理』　⑮78
「無軌道」　⑮183
武蔵の国　⑮30
武蔵国三峯山　⑮31
武者小路実篤　⑮123
「息子」(小山内薫)　⑮123
武藤益蔵　⑮167；*30*
武藤益三　⑮167→武藤益蔵
「無名作家」　⑮111
村井技師　⑮312, 313, 323→村井光吉
村井源三　⑮363
村井光吉　⑮312, 313, 323；*176*

村方　⑮*268*
村八米穀店　⑮364
村松　⑮361→村松舜祐
村松舜祐　⑮352, 353, 361, 397-399；*130, 198, 199, 226, 227*, ⑯下15, 16
村松先生　⑯下15→村松舜祐
村松博士　⑮352, 353, 397-399→村松舜祐
村役場　⑮67

## め

「名工柿右衛門」　⑮*24*
明治会　⑮167
明治座　⑮34；*24*
明治神宮　⑮205, 206
明治大学　⑮57
メキシコ　⑮*182*
目時氏　⑮85→目時政忠
目時政忠　⑮85, 108, 109；*46*
メモ創61　⑮*182*
メーリル　⑮76
メルボルン・シドニー　⑮*122*

## も

蒙古　⑮279
「木曜文学暦」　⑮*276*
木曜文学暦社　別34
茂田井順平　⑮296；*164*
望月氏　⑮133
物見山　⑮*28*
「森有礼」　⑮*123*
盛岡　⑮19, 43, 51, 52, 63, 65, 71, 72, 75, 77, 79, 82, 86, 89, 136, 167, 185, 188-190, 201, 228, 231, 260, 301, 306, 319, 328, 331, 338, 348, 352, 358, 359, 365, 379, 380, 383, 394, 400, 401, 413, 456, 468；*7, 11, 34, 89, 166, 215, 223, 243, 248*, 別24
盛岡駅　⑮312, 313, 353, 363, 379；*177*
盛岡音楽普及会　⑮248
盛岡銀行　⑮347, 400；*127, 162, 206, 271*
盛岡銀行水沢支店　⑮368
盛岡高等農林学校　⑮35, 44, 48, 55, 73, 75, 80, 81, 83, 94, 190, 199, 201, 257, 354, 379, 398, 399, 409, 446；*22, 27, 39, 45, 55, 92, 105, 113, 118,*

(みや〜もり)　445

130, 188, 190, 228
盛岡高等農林学校寄宿舎　⑮20, 24, 26, 32, 35,
　　　36, 51
盛岡高等農林学校教授　⑮198
盛岡高等農林学校研究科　⑮43, 53
盛岡高等農林学校実験指導補助　⑮42
盛岡高等農林学校得業論文　⑮32
盛岡高等農林学校農学科　⑮196
盛岡高等農林学校農学科第二部　⑮109
盛岡高等農林学校農芸化学科　⑮130, 189
盛岡高等農林学校農芸化学科助手　⑯下15, 17
盛岡高等農林学校農芸化学教室　⑮375
盛岡高等農林学校農芸化学部　⑯下16
盛岡高等農林学校林学科　⑮95
盛岡高農寄宿　⑮18→盛岡高等農林学校寄宿舎
盛岡市　⑮358, 361-363；45, 202, 213, 219，⑯
　　　上47
盛岡市上田小路二〇三　⑮167
盛岡市上田与力小路一　⑮317
盛岡市内丸　⑮9；278
盛岡市内丸不来方町　⑮13
盛岡市内丸二九　⑮43, 45, 49, 52, 60, 64, 73, 75,
　　　79, 80, 82, 93, 95；26
盛岡市内丸八五　⑮290
盛岡市大清水小路　⑮32
盛岡市外　⑮263
盛岡市外新庄　⑮245
盛岡市外厨川館坂　別29
盛岡市茅町　⑮39-41；197
盛岡市茅町角　⑮397
盛岡市河原町一三　⑯上29, 31
盛岡市河原町一二　⑯上31→盛岡市河原町一三
盛岡市願教寺　⑮124
盛岡市北山　⑮13
盛岡市木伏　⑮448，別34
盛岡市呉服町　⑮228
盛岡市紺屋町　⑮198；179
盛岡市看町　⑮160
盛岡市新穀町　⑮402
盛岡市新穀町一四　⑮276
盛岡市新穀町十四　⑮224, 225, 229, 230, 232,
　　　235, 236, 238, 404, 411
盛岡市新穀町十四番戸　⑮223

盛岡市新穀町十四番地　⑮222
盛岡市惣門　⑮436, 442, 447, 457
盛岡市仁王小路　⑮39
盛岡市本町通　⑮185
盛岡信用組合　⑮12
盛岡測候所　⑮253
盛岡中学校　⑮7, 95；7, 39, 73, 113, 162, 176,
　　　182, 188, 269, 278
盛岡中学校寄宿舎　⑮9, 12, 52
盛岡中学校野球部　⑮7
盛岡中学校寮　⑮14
盛岡電気　⑮127
盛岡農学校　⑮25
盛岡農林学二部　⑮109→盛岡高等農林学校
　　　農学科第二部
盛岡仏教興徳会　⑮12
森佐一　⑮222-225, 229, 230, 232, 235-238, 262,
　　　276, 277, 402-404, 411, 414, 415, 436, 442, 447,
　　　448, 457；110, 112, 120, 147, 151, 232, 243, 245,
　　　249, 251, 266, 271, 288
森さん　⑮448→森佐一
森氏　⑮414→森佐一
盛瀬金太郎　⑮38→成瀬金太郎
森惣一　⑮402, 404, 411, 415, 436, 442, 447,
　　　457；276→森佐一
森タミ　⑮277；151
森千紗　⑮414；251
森千洪　⑮443；270, 271, 288
文部省　⑮86

## や

八重樫祈美子　⑮454；282
八重樫さん　⑮454→八重樫祈美子
八重樫昊〈やえがしひろし〉　⑮454；282
八重樫三四次　⑮454；282
八重畑　⑮68
八重畑村升沢　⑯上32, 35, 39
八木英三　⑮165
八木会長　⑮387→八木源次郎
八木嘉七商店　⑮332；187
八木嘉商店　⑮332→八木嘉七商店
八木源次郎　⑮387；164, 253
野球部　⑮7→盛岡中学校野球部

| | |
|---|---|
| 焼石岳 | ⑮208 |
| 矢沢 | ⑮342 |
| 矢沢村 | ⑮316, 別24 |
| 安田銀行 | ⑮97, 170 |
| 安原清治 | ⑮5；5 |
| 安原清二 | ⑮5→安原清治 |
| 宿屋 | ⑮34→宮城館 |
| 「柳沢」 | ⑮58 |
| 柳沢 | ⑮10, 113 |
| 柳田国男 | ⑮137 |
| 柳原 | ⑮263, 290→柳原昌悦 |
| 柳原昌悦 | ⑮263, 290, 458；123, 135 |
| 八波則吉 | ⑮107 |
| 矢幅駅 | ⑮327；7 |
| 矢幅組合 | ⑮400 |
| 矢幅二郎 | ⑮127, 271→金田一国士 |
| 矢部農学校 | ⑮21 |
| 山内村 | ⑮337 |
| 山形 | ⑮32, 284, 339；192, 268 |
| 山形県 | ⑮287 |
| 山形県農会 | ⑮190 |
| 山形県農事試験場 | ⑮190 |
| 山形市 | ⑮23 |
| 山形市香澄町 | ⑮190 |
| 山川智応 | ⑮279→山川伝之助 |
| 山川伝之助 | ⑮279；152 |
| 山口活版所 | ⑮356；257 |
| 山口屋 | ⑮61 |
| 山栗 | ⑮108, 195→山栗株式商店 |
| 山栗株式商店 | ⑮108, 195；82 |
| 山栗商店 | ⑮169 |
| 山田 | ⑮38 |
| 山田耕筰 | ⑮123 |
| 山田野 | ⑮152 |
| 山田八郎 | ⑮48 |
| 山寺 | ⑮32→宝珠山立石寺 |
| 山梨県 | ⑮175, 176；109 |
| 山梨県北巨摩郡駒井村 | ⑮33, 34, 37, 42, 95, 113, 166, 208, 213 |
| 山村暮鳥 | ⑮183 |
| 山本桝蔵 | ⑮134 |
| 八幡 | ⑮342, 379 |
| 八幡館 | ⑮216, 218 |
| 八幡村 | ⑮369 |

### ゆ

| | |
|---|---|
| 維摩 | ⑮71 |
| 唯摩 | ⑮71→維摩 |
| 「維摩経」 | ⑮71；41 |
| 「唯摩経」 | ⑮71→「維摩経」 |
| 「維摩経菩薩品」 | ⑮41 |
| 結城琢 | ⑮15；13 |
| 結城蓄堂 | ⑮15；13→結城琢 |
| 「夕霧伊左衛門姿の借駕籠」(近松門左衛門) | ⑮123 |
| 熊谷〈ゆうこく〉寺 | ⑮22 |
| 友人 | ⑮234→関徳弥 |
| 友人 | ⑮386→菊池武雄 |
| 郵便局 | ⑮267 |
| 湯口 | ⑮293, 309, 379 |
| 湯口村長 | ⑮293→阿部晃 |
| 湯口村 | ⑮168, 169, 193, 194, 291 |
| 湯口村石神 | ⑮7 |
| 湯口村神明実行組合 | ⑮319 |
| 湯口村鍋倉 | ⑯下18 |
| 湯口村西鉛温泉 | ⑮107 |
| 「逝ける修羅」 | ⑮287 |
| 湯沢三千男 | ⑮344, 384；194 |
| 湯島哲也 | ⑮245 |
| 湯本 | ⑮309, 370, 379 |
| 湯本温泉 | ⑮453 |
| 湯本二郎 | ⑮275 |
| 湯本農業会 | ⑮222 |
| 湯本村狼沢 | ⑮223 |
| 湯本村上湯本 | ⑮223 |
| 湯本村糠塚 | ⑮289 |

### よ

| | |
|---|---|
| 洋翠園 | ⑮248, 249 |
| 『余技』 | ⑮277 |
| 横川目 | ⑮5 |
| 横手 | ⑮337 |
| 横浜 | ⑮34, 別24 |
| 横光利一 | ⑮209 |
| 横屋 | ⑮442 |
| ヨシ | ⑮106 |

(もり～よし)

| | |
|---|---|
| 吉田一穂 | ⑮410, 434, 437；209, 244, 249, 263 |
| 吉田末吉 | ⑮363 |
| 吉田豊治 | ⑮11, 12 |
| 吉田勇次郎 | ⑮364 |
| 吉野信夫 | ⑮412, 413, 416, 428；247 |
| 吉野秀雄 | 別29 |
| 吉野義也 | ⑮183 |
| 吉万 | ⑮352, 363→吉万商会 |
| 吉万商会 | ⑮352, 360, 363 |
| 吉万壁材料店 | ⑮368 |
| 「四つ葉のクローヴァ」 | ⑮248 |
| 四ツ家 | ⑮362 |
| 四ツ谷 | ⑮362→四ツ家 |
| 四谷第六小学校 | ⑮264 |
| ヨハンゼン | ⑮76 |
| 「読売新聞」 | ⑮111 |
| 「黄泉路［よみぢ］」 | ⑮300 |
| 寄居町 | ⑮30 |
| 「夜」 | ⑮123 |
| 欧羅巴 | ⑮273 |

## ら

| | |
|---|---|
| ライス | ⑮76 |
| 羅漢堂 | ⑮13 |
| 「楽園」 | ⑮209 |
| 羅須園芸協会 | ⑮182 |
| 羅須地人協会 | ⑮246, 253；51, 117, 121, 125, 126, 186, ⑯上32, 35, 36 |
| 羅須地人協会 | ⑮253→羅須地人協会 |
| 羅須地人協会農芸化学協習 | ⑯下18 |
| ラムステット | ⑮123 |
| ランボオ | ⑮244 |

## り

| | |
|---|---|
| 「リアン」 | ⑮449；277 |
| 陸羽支場 | ⑮335 |
| 陸羽一三二号 | ⑮392, ⑯上37 |
| 陸軍士官学校 | ⑮291 |
| 陸軍省軍馬補充部六原支部 | ⑮338；191 |
| 陸中 | ⑮185 |
| 陸中国小国 | ⑮38 |
| 「陸中国挿秧之図」 | ⑮111 |
| 陸中松川 | ⑮308, 323 |

| | |
|---|---|
| 陸中松川駅前 | ⑮284, 305, 307, 312, 320, 321, 327, 332, 333, 336-338, 340, 343-345, 353, 356, 357, 359-361, 365, 366, 379, 384, 389, 396, 418, 426, 438, 440, 442, 451, 452 |
| 立石寺 | ⑮23 |
| 立正安国会 | ⑮95 |
| 「立正安国論」 | ⑮99 |
| 利府 | ⑮384, 399；218 |
| 「竜」 | ⑮244 |
| 柳条溝 | ⑮285 |
| 寮監 | ⑮115, 117→西洞タミノ |
| 両国 | ⑮34 |
| 両国橋 | ⑮34 |
| 「糧食研究」 | ⑮199 |
| 竜蔵 | ⑮211→瀬川良蔵 |
| リルラ | ⑮406 |
| 履歴書 | ⑯上47 |
| 「林学生」 | ⑮244 |
| 林学科 | ⑮95→盛岡高等農林学校林学科 |

## る

| | |
|---|---|
| ルナチャルスキー | ⑮123 |

## れ

| | |
|---|---|
| 「〔レアカーを引きナイフをもって〕」 | ⑮151 |
| 「歴程」 | ⑮183 |
| 「レコード交換規定」 | ⑮129 |
| 蓮華会 | ⑮95 |
| 蓮生坊 | ⑮30 |

## ろ

| | |
|---|---|
| 六原道場 | ⑮446→岩手県六原青年道場 |
| 論文 | ⑮353→「飯米の精白法に就て」 |

## わ

| | |
|---|---|
| 和賀 | ⑯上28 |
| 和賀郡飯豊村成田 | ⑮94 |
| 和賀郡岩崎村 | ⑮274 |
| 和賀郡小山田村 | ⑮13 |
| 和賀郡黒沢尻町 | ⑮180 |
| 和賀郡更木村 | ⑮424, ⑯下16 |
| 和賀郡立花村黒岩 | ⑮269 |
| 和賀郡二子村 | ⑮245, 425 |

和賀郡二子村宿　⑮228, 267
「わかもと」　⑮306
若柳　⑮321, 399, 400
和歌山県農事試験場技師　⑮186
『和漢対照妙法蓮華経』　⑮279→『漢和対照妙法蓮華経』
『和漢名詩鈔』　⑮15 ; 13
ワグネル　⑮462
『忘れた窓』　⑮290 ; 160
早生大野　⑯上37
早稲田大学　⑮282
渡嘉商店　⑮312 ; 176
渡辺商店　⑮312 ; 176→渡嘉商店
渡辺徳之助　⑮367
和地修二　⑮296
『和訳法華経』　⑮279 ; 152
「ワラシと風魔」　⑮233
「ワラスと風魔」　⑮233→「ワラシと風魔」
割沢　⑮67, 96, 98
「ワルツ第CZ号列車」　⑮116

## A
Abara-tohge　⑮49→阿原峠

## E
Esashi　⑮49→江刺

## G
Gustav John Ramstedt　⑮122

## H
Hanamaki Bank　⑮19→花巻銀行
Help 閣下　⑮8→宮沢賢治
Hinokami　⑮49→日ノ神

## I
Ichinoka　⑮49→市之通

## K
K　⑮29, 32→宮沢賢治

## L
「L・S・M」　⑮244

## M
M.　⑮24→宮沢賢治

## T
Tokiô　⑮26, 27→東京

## Y
YOKOHAMA　⑮34→横浜

# 年譜索引

1. 年譜索引は、地名・人名・組織名・紙誌名・書名・作品名・品種名などの固有名詞を採録した。第十六巻（下）「年譜」における、上下二段のうち「直接事項」である上段を採録の対象とし、「注記」としての下段については、宮沢賢治と同時代（死去直後を含む）の事項に限り、採録の対象に含めた。
2. 配列は、五十音による発音順とした。ローマ字による表記はアルファベット順で末尾に配置した。
3. 見出し語の表記は、書名は『 』、紙誌名および作品名は「 」で示した。難読名などで、編者が読みを補った場合は、見出し語の次に〈 〉で括って読みがなを示した。宮沢賢治の作品名で、自筆ルビが付されている場合や、引用作品名等で原ルビがある場合は［ ］で示している。人名については、戸籍名を基本としたが、本全集第十五巻凡例での扱いを参照し、また筆名・芸名・法名など一般性の高いものはそれに従った。人名の読みについては、可能な限り典拠を求めたが、やむを得ず推定に拠ったものがある。
4. 通称・略称・愛称・筆名・親族名称など、およびこれに敬意を示す接尾辞などの付されたものについては、必要に応じて正式名称や該当する対象を、→によって原表記、正式表記などで示した。誤記などもこれに準じた。他に、注記的に〈 〉を用いて補記した場合がある。

　　　妹　　　　　⑯下267→宮沢トシ
　　　御母さん　　⑯下155→保阪いま
　　　叔母　　　　⑯下162→岩田ヤス
　　　北小路幻　　⑯下288→森佐一
　　　高橋喜一郎　⑯下474→宮沢賢治
　　　お医者さま　⑯下240→藤井謙蔵
　　　堀籠文之助　⑯下251→堀籠文之進
　　　塚本　　　　⑯下327〈→塚本嘉次郎〉

5. 所在は、巻数を丸囲み数字、下巻を下、頁数を算用数字の立体によって示した。

## あ

「亜」　⑯下299
相生町　⑯下366, 408
愛国　⑯下277
「愛国婦人」　⑯下227-229, 235
愛国婦人会　⑯下227
「愛誦」　⑯下433
「アイーダ」　⑯下236
「〔青いけむりで唐黍を焼き〕」　⑯下318
「青い槍の葉」　⑯下239
「青い槍の葉(挿秧歌)」　⑯下239, 259
青笹小学校　⑯下495
「〔青ぞらのはてのはて〕」　⑯下354
「〔青ぞらは〕」　⑯下352
青野季吉　⑯下328
「青びとのながれ」　⑯下161
青森　⑯下83, 180, 214, 257, 259, 260, 270, 441
青森県鰺ヶ沢　⑯下297
青森県三本木　⑯下7
青森県十二里村　⑯下349
青森県庁勧業課　⑯下220
青森市　⑯下456
「青森挽歌」　⑯下257
「青森挽歌　三」　⑯下257
「青柳教諭を送る」　⑯下65
青柳亮　⑯下64, 65
青山杉作　⑯下329
「〔赤い尾をしたレオポルドめが〕」　⑯下347
赤石村　⑯下428
「赤い鳥」　⑯下253, 285
赤い鳥社　⑯下253
赤沢長五郎　⑯下380
赤沢亦吉　⑯下48, 56, 78, 90, 521
「〔アカシヤの木の洋燈[ランプ]から〕」　⑯下316
赤羽駅　⑯下363
赤松月船　⑯下320
アカルピン　⑯下62
阿寒湖　⑯下260
『亜寒帯』　⑯下490
「秋」　⑯下320
秋田　⑯下98, 419, 420, 428, 431
「秋田街道」　⑯下129, 205

秋田街道　⑯下129
秋田義一　⑯下488
秋田刑務所　⑯下452
秋田県　⑯下493
秋田県鹿角郡花輪町　⑯下75
秋田県購連　⑯下429, 431
秋田県庁　⑯下431
秋田県農会　⑯下431
「秋と負債」　⑯下276, 306
「秋の夜」　⑯下489
秋葉淑　⑯下322
「悪意」　⑯下351
「あけがた」　⑯下236
暁烏敏〈あけがらすはや〉　⑯下14, 17, 47, 53, 55, 81, 88, 89, 200, 203, 266, 479
朝顔会　⑯下459
浅草　⑯下109
朝倉六郎　⑯下289
「朝に就ての童話的構図」　⑯下498, 500, 501
浅沼稲次郎　⑯下372, 373
浅沼政規　⑯下495, 502
「〔朝のうちから〕」　⑯下295
旭ヶ丘　⑯下258
「旭川」　⑯下258
旭川　⑯下258
朝日座　⑯下322
「朝日新聞」　⑯下398
朝日新聞東京本社　⑯下505
「アザリア」　⑯下128, 129, 133-135, 141, 143, 146, 151, 156, 162, 228, 290, 323, 506, 507
「亜細亜学者の散策」　⑯下272
味岡秋夫　⑯下146
『鴉射亭随筆』　⑯下304, 479, 491, 504, 505, 507, 510, 511, 514
鴉射亭友達会　⑯下505
「〔あすこの田はねえ〕」　⑯下355
東屋三郎　⑯下328
麻生道戒　⑯下38, 40
「〔あそこにレオノレ星座が出てる〕」　⑯下348
足立勇　⑯下299
熱海　⑯下372
安家　⑯下286
「〔あっちもこっちもこぶしのはなざかり〕」　⑯

(あ～あつ)　453

下352
淳宮　⑯下113→秩父宮
アナーキズム　⑯下367
兄　⑯下408→高橋忠治
亜庭湾　⑯下258
姉体村　⑯下281
「〔あの雲がアットラクテウだといふのかね〕」
　⑯下351
阿原山　⑯下132
安俵　⑯下389
油町　⑯下362, 450
阿部伊太郎　⑯下292
阿部嘉右エ門　⑯下303
阿部康蔵　⑯下368
阿部繁　⑯下261, 267, 270, 279, 285, 287, 294, 306, 308, 367, 369
阿部治三郎　⑯下323, 325, 326
阿部写真館　⑯下299
阿部助教授　⑯下439
阿部次郎　⑯下371
阿部慎吾　⑯下263
阿部二　⑯下525
阿部千一　⑯下85, 204
阿部孝　⑯下62, 64, 69, 71, 76, 83, 89, 92-95, 186, 274, 277
安部宙之助　⑯下490
阿部晃　⑯下17, 204, 269, 405
阿部博　⑯下241, 508
阿部芳太郎　⑯下272, 274, 275, 277, 407, 462
「阿片光」　⑯下133
天江富弥　⑯下488
「あまの川」　⑯下227
「天邪鬼」　⑯下377, 379
網張温泉　⑯下64, 241
「〔雨ニモマケズ〕」　⑯下475
「雨ニモマケズ手帳」　⑯下473, 475
アメリカ　⑯下58, 196, 244
鮎川草太郎　⑯下324, 367→梅野健造
新井正市郎　⑯下298, 303, 308, 370, 432
嵐山　⑯下107
「あらたなる」　⑯下423
「曠野」　⑯下49
「アラビアン・ナイト」　⑯下229

荒町　⑯下489
「有明」　⑯下238, 269
有田順次　⑯下312
有馬薩摩琵琶精神会頭　⑯下59
在原業平　⑯下308
アルス　⑯下374
アルミナ会　⑯下418
「阿波の鳴門どんどろ大師門前」　⑯下122
安西冬衛　⑯下387
安浄寺　⑯下6, 244, 254, 522, 523
アンデルセン　⑯下168
「アンデルゼン氏白鳥の歌」　⑯下168
安藤忠喜　⑯下321
安藤寛　⑯下270
安藤広重　⑯下193
「蠕虫舞手」　⑯下287
「蠕虫舞手〔アンネリダタンツェーリン〕」　⑯下239
「〔あんまり黒緑なうろこ松の梢なので〕」　⑯下351

## い

飯岡村　⑯下310
飯島市郎　⑯下525
飯田欉隠　⑯下501
飯豊　⑯下268
飯豊組合　⑯下426
飯豊三番組合　⑯下443
『家なき子』　⑯下45
「〔硫黄いろした天球を〕」　⑯下289
「移化する雲」　⑯下502
猪狩源三　⑯下425
「碇知盛」　⑯下377
イギリス　⑯下315
イギリス海岸　⑯下273
「イギリス海岸」　⑯下241, 301
生田春月　⑯下386
「〔いくつの　天末の白びかりする環を〕」　⑯下348
池野次郎　⑯下525
池の端　⑯下330
遺稿「疑獄元兜」　⑯下523
「異稿　植物医師」　⑯下245, 257

| | |
|---|---|
| 胆沢郡 | ⑯下422 |
| 胆沢郡相去村 | ⑯下503 |
| 胆沢郡佐倉河村 | ⑯下424, 444 |
| 胆沢農学校 | ⑯下243 |
| 石狩川 | ⑯下271 |
| 石川きゑ | ⑯下488 |
| 石川三四郎 | ⑯下513 |
| 石川準十郎 | ⑯下85, 225 |
| 石川善治 | ⑯下489 |
| 石川善二郎 | ⑯下488, 507 |
| 石川善助 | ⑯下302, 356, 379, 388, 450, 453, 455, 475, 479, 487, 488, 490, 491, 499, 504, 505, 507, 509, 513 |
| 石川善助遺稿詩集刊行会 | ⑯下491 |
| 「石川善助氏遺稿集『鴉射亭随筆』の感想」 | ⑯下508 |
| 石川善助随筆集 | ⑯下514→『鴉射亭随筆』 |
| 石川大助 | ⑯下299 |
| 石川啄木 | ⑯下90, 94 |
| 石川旅館 | ⑯下149, 162, 204 |
| 石越 | ⑯下439 |
| 石田嘉一 | ⑯下216-218 |
| 石田興平 | ⑯下89, 361, 512 |
| 石堂清倫 | ⑯下361 |
| 「石童丸」 | ⑯下71 |
| 石鳥谷 | ⑯下65, 148, 149, 160, 161, 314, 347, 368, 422, 460, 461 |
| 石鳥谷町 | ⑯下367, 443, 454, 456, 457, 460 |
| 石鳥谷町塚根 | ⑯下495 |
| 石鳥谷肥料相談所 | ⑯下368 |
| 石巻 | ⑯下76, 435 |
| 石場浜 | ⑯下222 |
| 石丸文雄 | ⑯下19, 195 |
| 石山町 | ⑯下108 |
| 石山寺 | ⑯下108 |
| 「弩」 | ⑯下475 |
| 伊豆大島 | ⑯下370 |
| 五十鈴川 | ⑯下222 |
| 泉館 | ⑯下434 |
| 泉国三郎 | ⑯下321, 366 |
| 伊勢 | ⑯下108, 221-223, 252 |
| 「伊勢」 | ⑯下222 |
| 伊勢外宮 | ⑯下222 |
| 伊勢神宮 | ⑯下108, 251 |
| 伊勢内宮 | ⑯下222 |
| 板垣商店 | ⑯下426, 443 |
| 板垣肥料店 | ⑯下422 |
| 板垣亮一 | ⑯下310 |
| 鼬幣〈いたちっぺい〉神社 | ⑯下186 |
| イタリヤ | ⑯下274 |
| 『一握の砂』 | ⑯下94 |
| 市川猿之助 | ⑯下329, 377 |
| 市川小太夫 | ⑯下376 |
| 市川小団次(五代目) | ⑯下122 |
| 市川高麗蔵 | ⑯下256 |
| 市川左団次 | ⑯下329 |
| 市川左団次(二代目) | ⑯下122 |
| 市川松蔦 | ⑯下377 |
| 市川寿美蔵 | ⑯下377 |
| 市川中車 | ⑯下378 |
| 市川久五郎 | ⑯下276→宮川久五郎 |
| 一時恩給請求書 | ⑯下314 |
| 市島三千雄 | ⑯下363 |
| 『一社会人の横断面』 | ⑯下330 |
| 一道六県連合家禽共進会 | ⑯下261 |
| 市野川周助 | ⑯下127, 224 |
| 一ノ沢 | ⑯下258 |
| 一関 | ⑯下253, 421, 457, 483 |
| 一ノ関 | ⑯下151, 403, 430, 439 |
| 一ノ関町 | ⑯下443 |
| 一戸義孝 | ⑯下158 |
| 「1はじめて読んだ詩、または詩集。」 | ⑯下445 |
| 市村羽左衛門 | ⑯下329 |
| 市村座 | ⑯下376 |
| 市村宏 | ⑯下128, 143 |
| 五ツ橋 | ⑯下489 |
| 井づつや | ⑯下6 |
| 一本木 | ⑯下58 |
| 一本木口 | ⑯下295 |
| 「一本木野」 | ⑯下261 |
| 一本木野 | ⑯下70 |
| 「井戸」 | ⑯下316 |
| 伊藤勇雄 | ⑯下299 |
| 伊藤椅子張所 | ⑯下368 |
| 伊藤克己 | ⑯下313, 319, 320, 324, 327, 335-337, 343, 359 |

伊藤儀一郎　⑯下343
伊藤喜朔　⑯下377
伊藤清　⑯下313, 315, 337
伊藤熊蔵　⑯下337, 340
伊藤継太郎　⑯下224
伊藤賢勇　⑯下56
伊藤秀次　⑯下310
伊藤秀治　⑯下368
伊藤ジュン　⑯下372
伊藤庄左エ門　⑯下245, 276, 366
伊藤庄左衛門　⑯下245, 276→伊藤庄左エ門
伊藤庄左右衛門　⑯下366→伊藤庄左エ門
伊藤彰造　⑯下110, 111, 128
伊藤信吉　⑯下387
伊藤清一　⑯下308, 309, 311, 315, 342, 508
伊藤竹蔵　⑯下340
伊藤忠一　⑯下307, 312-314, 319, 322, 336, 337, 349, 359, 396
伊藤チヱ　⑯下372, 373
伊藤豊左エ門　⑯下146
伊藤直見　⑯下341
伊藤七雄　⑯下371-374, 376, 378
伊藤博文　⑯下58, 59
伊藤富士太郎　⑯下309
伊藤正良　⑯下309
伊藤己代松　⑯下198
伊藤元治　⑯下321
伊藤弥次郎　⑯下292, 388
伊藤祐基　⑯下372
伊藤与蔵　⑯下314, 333, 336, 366, 495, 511
伊藤和三郎　⑯下127
「異途への出発」　⑯下285
稲垣かつ　⑯下216, 221, 231
稲垣家　⑯下231
稲垣信次郎　⑯下216, 217, 221, 231
「稲作挿話（未定稿）」　⑯下367, 389
『稲作肥料設計法ニ就テ』　⑯下426
稲瀬　⑯下85
稲瀬小学校　⑯下411
稲村俣二　⑯下63
「犬」　⑯下243
犬田卯　⑯下316
「祈り」　⑯下357

「イーハトウの氷霧」　⑯下261
「イーハトブの氷霧」　⑯下361
「イーハトーボ農学校の春」　⑯下240
茨城　⑯下98
茨城県立農事試験場　⑯下370
伊福部隆輝　⑯下367, 483
「〔いま青い雪菜に〕」　⑯下352
「〔いま来た角に〕」　⑯下269
「〔いま撥ねかへるつちくれの蔭〕」　⑯下351
「〔いまは燃えつきた瞳も痛み〕」　⑯下351
妹　⑯下267→宮沢トシ
妹達　⑯下206→岩田シゲ・宮沢クニ
「妹背山」　⑯下407
「〔いろいろな反感とふぶきの中で〕」　⑯下347
『色ガラスの街』　⑯下299
岩泉　⑯下85
いわき　⑯下458, 474
岩崎開墾地　⑯下502, 503, 508
岩崎三男治　⑯下229
岩田　⑯下240
岩田磯吉　⑯下40, 125, 127, 133, 154, 157
岩田金次郎　⑯下10, 30, 178, 190, 235, 251, 252, 259
岩田シゲ　⑯下9, 10, 22, 35, 84, 114, 143, 151, 204-208, 226, 235, 240, 247, 252, 259, 278, 318, 319, 474
岩田しげ　⑯下208→岩田シゲ
岩田純蔵　⑯下266, 318
岩田商店　⑯下314
岩田信三　⑯下47
岩田セイ子　⑯下385
岩田徳弥　⑯下134, 135, 190, 251→関徳弥（登久也）
岩田豊蔵　⑯下10, 31, 48, 147, 189, 208, 234-236
岩田長屋　⑯下267
岩田なほ　⑯下208→岩田ナヲ
岩田ナヲ　⑯下190, 251
岩田フミ　⑯下340
岩田元兄　⑯下110, 111, 142, 172
岩田ヤス　⑯下10, 26, 30, 114, 125, 160, 178, 192, 235, 247, 259, 334
岩田祐吾　⑯下479
岩田洋服店　⑯下267

| | |
|---|---|
| 岩手　⑯下98, 243, 255 | 「岩手県農会報」　⑯下369 |
| 岩手音楽協会　⑯下354 | 岩手県農事試験場　⑯下138, 425 |
| 「岩手教育」　⑯下278, 285, 298 | 岩手県農務課　⑯下423, 433, 441 |
| 岩手共人会事件　⑯下407, 452 | 岩手県花巻川口町　⑯下209 |
| 岩手郡　⑯下147, 310 | 岩手県花巻川口町一〇九番地　⑯下269 |
| 岩手郡御所村　⑯下404, 411, 484 | 「巌手県花巻農学校一覧表」　⑯下255 |
| 岩手郡御所村上南畑　⑯下495 | 岩手県稗貫郡里川口町　⑯下26 |
| 岩手郡雫石村　⑯下427 | 岩手県稗貫郡里川口村川口町三〇三番地　⑯下26 |
| 岩手郡西山村葛根田　⑯下127 | 岩手県稗貫郡里川口村川口町四九二番地　⑯下26 |
| 岩手郡本宮村　⑯下431 | 『巌手県稗貫郡地質及土性調査報告書』　⑯下201, 242 |
| 岩手軽便鉄道　⑯下12, 101, 130, 238, 256, 286, 321, 433, 441, 459, 461 | 岩手県稗貫郡花巻川口町　⑯下165 |
| 「岩手軽便鉄道　七月（ジャズ）」　⑯下295 | 岩手県稗貫郡花巻川口町下町　⑯下362 |
| 「岩手軽便鉄道の一月」　⑯下307 | 岩手県稗貫郡花巻町大字里川口第一二地割二九五番地　⑯下18 |
| 岩手軽便鉄道花巻駅　⑯下267 | 「巌手県稗貫郡立農蚕講習所要覧」　⑯下197 |
| 巌手県　⑯下197 | 岩手県肥料督励官　⑯下418, 423 |
| 岩手県　⑯下125, 154, 169, 198, 228, 241, 279, 291, 308, 312, 342, 355, 421, 429, 440, 453, 482, 505, 509, 517 | 「巌手県盛岡中学校」ノート　⑯下63 |
| 岩手県胆沢郡水沢町　⑯下372 | 岩手県湯口　⑯下443 |
| 岩手県営岩崎開墾事業事務所　⑯下502 | 岩手県立蚕業学校　⑯下213 |
| 岩手県下菊花品評会　⑯下405, 492 | 岩手県立実業補習学校教員養成所　⑯下495 |
| 岩手県下小学校児童自由画展覧会　⑯下261 | 岩手県立師範学校　⑯下380 |
| 岩手県教育会　⑯下68, 75, 302 | 岩手県立水産学校　⑯下130 |
| 岩手県教育会稗貫郡部会　⑯下302 | 岩手県立農事試験場　⑯下415, 418, 420, 426, 431, 455, 461 |
| 岩手県県議会　⑯下241 | 岩手県立農事試験場胆江分場　⑯下431 |
| 岩手県県庁　⑯下39, 447, 448 | 岩手県立六原青年道場　⑯下503 |
| 岩手県公会堂　⑯下291, 354 | 岩手公園　⑯下58, 126, 134 |
| 岩手県穀物検査所　⑯下280 | 岩手国民高等学校　⑯下302, 307-309, 311, 435 |
| 岩手県佐倉河村　⑯下443 | 岩手山　⑯下58, 62-64, 69, 77, 89, 112, 114, 116, 125, 127, 129, 133, 168, 174, 195, 202, 204-207, 241, 242, 261, 272, 273, 292, 294 |
| 岩手県産業組合連合会　⑯下433 | |
| 岩手県種畜場　⑯下269, 446 | |
| 岩手県種馬育成所　⑯下446 | 「岩手山」　⑯下240 |
| 岩手県種馬所　⑯下446, 447 | 岩出山　⑯下299 |
| 岩手県青年団体聯合会　⑯下302 | 岩手山神社社務所　⑯下62 |
| 岩手県知事　⑯下19, 213 | 岩手山神社柳沢社務所　⑯下292 |
| 岩手県庁　⑯下418, 419 | 「岩手詩界」　⑯下321 |
| 岩手県庁教育課　⑯下350 | 『岩手詩集』　⑯下404, 406, 482, 484-486, 502 |
| 岩手県土淵村　⑯下482 | 「岩手詩集の感想」　⑯下485 |
| 岩手県内務部長　⑯下311 | 「『岩手詩集』の計画」　⑯下402 |
| 岩手県沼宮内町一〇八番　⑯下288 | 岩手詩人協会　⑯下293, 295 |
| 岩手県農会　⑯下302, 433, 514 | |
| 岩手県農会東京事務所　⑯下514 | |

(いと〜いわ)　457

「岩手詩壇に就いて」　⑯下504
「岩手詩壇の収穫」　⑯下485
「岩手詩壇ノート」　⑯下482
岩手師範　⑯下301
岩手師範学校　⑯下49, 76, 227, 367
「岩手詩脈の光芒とその出発」　⑯下505
岩手商会　⑯下441
岩手殖産銀行　⑯下501
「岩手日報」　⑯下203, 220, 235, 266, 274, 276, 285, 288, 291, 293, 297, 299, 306, 307, 311, 312, 317, 318, 342, 344, 346, 351, 354, 357, 367-369, 387, 402, 406, 414, 426, 453, 456, 485, 486, 501, 508, 510, 511, 514, 517, 521-525
岩手日報社　⑯下417, 452
岩手病院　⑯下88, 89, 116, 156
岩手仏教振興会　⑯下84
「岩手文壇の情勢／…現在作家動静録…」　⑯下344
「岩手毎日新聞」　⑯下225, 251, 255, 256, 266, 285, 402
「岩手丸」　⑯下130
岩手無産党　⑯下388
岩波茂雄　⑯下302
岩波書店　⑯下302
岩沼駅　⑯下438
岩見沢　⑯下83
岩谷堂　⑯下122, 131, 241
岩山　⑯下58, 89, 123
「印象」　⑯下240

## う

「ヴィクトリア勲章のオフレア　ティ」　⑯下329
ウィリアム・アッキスリング　⑯下58
ウィンシェンク　⑯下150
上田　⑯下58
上野　⑯下107, 114, 180, 181, 191, 214, 235, 251, 326, 471
上野駅　⑯下115, 168, 180, 223, 224, 330, 371
上野公園　⑯下180, 218, 374
上野桜木町　⑯下251
上野桜木町一丁目　⑯下182
「上野の戦争」　⑯下378

上村勝爾　⑯下141, 523
ヴェルディ　⑯下236
「ウェルナー教則本」　⑯下327
「浮世絵展覧会印象」　⑯下374
鶯沢硫黄鉱山　⑯下101
潮田武雄　⑯下505
潮田豊　⑯下110, 128, 172
牛崎操城　⑯下148
牛塚虎太郎　⑯下254
宇治橋　⑯下222
牛山充　⑯下227
臼崎吉太郎　⑯下276
「〔失せたと思ったアンテリナムが〕」　⑯下353
「雨窓閑話」　⑯下377, 379
内浦湾　⑯下259
内川目村　⑯下309
内田老鶴圃　⑯下97, 107
内村鑑三　⑯下51, 213, 214, 278
「〔うとうとするとひやりとくる〕」　⑯下276
姥屋敷　⑯下292
卯兵衛　⑯下10→宮沢卯兵衛
「午」　⑯下352
「馬盗坊」　⑯下329
馬町　⑯下451
「海に塩のあるわけ」　⑯下45
「海の水はなぜ辛い」　⑯下45
梅木　⑯下61
梅木半七　⑯下321
梅田　⑯下223
梅津金物店　⑯下14
梅津家　⑯下208
梅津せつ　⑯下208→梅津ヨシ
梅津セツ　⑯下244→梅津ヨシ
梅津善次郎　⑯下14, 35, 49, 130, 254, 269, 291, 292
梅津東四郎　⑯下127, 224, 292
梅津ヨシ　⑯下13, 14, 21, 35, 49, 208, 244
梅野啓吉　⑯下268, 269, 296, 299, 324, 368
梅野健造　⑯下324, 340, 354, 367, 368, 389, 408, 507, 508, 521, 523
梅野健三　⑯下507, 521→梅野健造
梅野草二　⑯下268, 296, 299, 368→梅野啓吉
浦壁国雄　⑯下430, 445

裏町　⑯下291, 517
「うろこ雲」　⑯下197, 202
雲台館　⑯下168, 170, 177, 188, 192
「運転手」　⑯下348
「運命」　⑯下237

## え

「永訣の朝」　⑯下244, 268, 324
英国皇太子　⑯下237
栄西　⑯下18
栄作　⑯下205
「嬰児」　⑯下269
〔「えい木偶のほう」〕　⑯下351
叡福寺　⑯下221, 222
永楽病院　⑯下141, 168, 178→東京帝国大学医学部附属病院小石川分院
エクトール・マロ　⑯下45
「エグモンド序曲」　⑯下236
江崎誠　⑯下56, 76
江刺郡　⑯下132, 310, 422, 424
江刺郡愛宕村　⑯下431
江刺郡伊手村　⑯下131
江刺郡稲瀬村　⑯下411, 427
江刺郡黒石村　⑯下131
江刺郡田原村原体　⑯下132
江刺郡地質調査　⑯下131
江刺郡羽田村大字田茂山　⑯下131
江刺郡米里村人首　⑯下131
江刺家憲条　⑯下525
エスペラント　⑯下324-326, 340, 341, 348, 482
江釣子　⑯下432, 498
江の島　⑯下235
「絵のない絵本」　⑯下168
榎本虎彦　⑯下122
榎本庯彦　⑯下122→榎本虎彦
江原儀一　⑯下507
荏原郡調布村字嶺　⑯下327
愛媛県松山中学校　⑯下76
「エポック」　⑯下388
エマーソン　⑯下72
エラ・メイ・ギフォード　⑯下245, 248, 256
〔「エレキの雲がばしゃばしゃ飛んで」〕　⑯下353

『演劇概論』　⑯下329
円光寺　⑯下200
円治　⑯下7→平賀円治
円城寺門　⑯下10
「塩水撰・浸種」　⑯下268
「遠足許可」　⑯下406
「遠足統率」　⑯下292
「煙筒」　⑯下379
「延命院」　⑯下329

## お

及川商店　⑯下427
及川四郎　⑯下117, 262, 281, 450, 481, 525
及川千蔵組　⑯下241
及川貞治　⑯下85
及川留吉　⑯下235, 243-245, 255, 270, 298→福田留吉
及川友三　⑯下208
及川道子　⑯下328, 329
及川儀三　⑯下505
及川涙果　⑯下299
お医者さま　⑯下240→藤井謙蔵
生出桃星　⑯下299→生出仁
生出桃生　⑯下296→生出仁
生出仁　⑯下294, 296, 299, 316, 369, 402
狼沢組合　⑯下443
狼久保　⑯下162
「狼森と笊森、盗森」　⑯下228
奥羽山脈　⑯下299
奥羽本線　⑯下297, 431
奥羽連合共進会　⑯下118
「応援歌」　⑯下236
「王冠印手帳」　⑯下417, 423
横黒線　⑯下356, 431, 432
王子事業所　⑯下290
王子製紙　⑯下480
王子製紙会社山林課　⑯下306
王子製紙株式会社樺太分社　⑯下257, 258, 261
「鶯宿地形図」　⑯下150
近江銀行東京支店　⑯下219
近江知一　⑯下368
大内栄助　⑯下354
大内喜助　⑯下289

（いわ～おお）　459

大内金助　⑯下354
大内商店　⑯下272, 354
大坂　⑯下48
大阪　⑯下108, 223, 271, 468
大阪駅　⑯下223
大阪鉄道　⑯下223
大阪天王寺駅　⑯下108
大阪府南河内郡磯長村　⑯下221, 222
大阪府立農学校　⑯下108
大里新吉　⑯下456
大沢　⑯下258, 273
大沢温泉　⑯下16, 17, 89, 131, 160, 254
大さわ温泉　⑯下131→大沢温泉
大沢温泉夏期講習会　⑯下16, 37, 40, 43, 45, 47, 50, 53, 55, 61, 68, 70, 77, 84, 90, 97, 106, 182
大沢温泉夏期仏教講習会　⑯下63
大沢河原　⑯下125, 451→大沢川原小路
大沢川原小路　⑯下125
大沢橋　⑯下48
大島　⑯下371, 373, 375, 377
大島農芸学校　⑯下371, 372
大島元村　⑯下372
大隅喜久雄　⑯下289, 290
大瀬川　⑯下275
大瀬川小学校　⑯下148
太田　⑯下240, 268
大滝勝己　⑯下310
太田クヮルテット　⑯下354, 380
大竹禎子　⑯下489
太田代潔　⑯下276
大館中学　⑯下63
大谷　⑯下258
大谷忠一郎　⑯下513
大谷友右衛門　⑯下377
大谷良一　⑯下109, 119, 171-173, 193, 201, 256, 525
太田村　⑯下310, 316, 427
太田村産業組合　⑯下450
太田村小学校　⑯下502
大津　⑯下108
大津駅　⑯下222
大津三郎　⑯下327, 328
大津散浪　⑯下327→大津三郎

大槌　⑯下130
大槌港　⑯下130
大津つや子　⑯下327
大坪質郎　⑯下93
大津三保ヶ崎　⑯下108
大津屋　⑯下210
大泊　⑯下258
大泊港　⑯下258
大泊町　⑯下257, 258, 261
大西克礼　⑯下484
大沼　⑯下83
大迫　⑯下7
大迫小学校　⑯下253, 254
大迫町　⑯下310, 149, 162
大橋珍太郎　⑯下56, 370
大原重業　⑯下237
大更　⑯下292
大船渡線　⑯下403, 439
大船渡松川駅　⑯下416
大曲　⑯下431
大本教　⑯下482
大森警察署　⑯下488
大森堅弥　⑯下308
大森賢弥　⑯下303
大谷地　⑯下315
大山郁夫　⑯下321
お母さん　⑯下362, 395, 515→宮沢イチ
御母さん　⑯下155→保阪いま
「〔丘々はいまし鋳型を出でしさまして〕」　⑯下460
岡鬼太郎　⑯下377
岡崎　⑯下108
岡崎澄衛　⑯下486
「岡・崎・清・一・郎」　⑯下489
小笠原敬三　⑯下131
小笠原露　⑯下326, 359, 360, 390, 487
尾形亀之助　⑯下299, 306, 490, 524
岡田乾児　⑯下501
尾形宰治　⑯下83
岡田重雄　⑯下299
岡田製糸工場　⑯下130
岡田誠　⑯下72
岡田屋　⑯下130

岡田与志松　⑯下130
岡田良平　⑯下289
「丘の幻惑」　⑯下235
小鹿野町　⑯下115
岡村柿紅　⑯下377
岡本綺堂　⑯下122
岡山県浅口郡鴨方町　⑯下320
小川勘助　⑯下466
小川慶治　⑯下229, 249
小川二郎　⑯下81
興津　⑯下107
「おきなぐさ」　⑯下239
おきよ　⑯下240→細川きよ
荻原井泉水　⑯下290, 507
奥玉村　⑯下310
奥寺五郎　⑯下56, 229, 235, 236, 243, 249, 251, 263, 266, 277, 280
小国　⑯下130, 131
奥山銀茂　⑯下93
尾崎喜八　⑯下327
尾崎文英　⑯下84, 90, 106, 119, 134, 173
尾崎実子〈みつこ〉　⑯下327
小山内薫　⑯下329, 377
長内村　⑯下310
小沢藤作　⑯下455
「〔おしまひは〕」　⑯下317
オストワルド　⑯下151
オスワルト・キュルペ　⑯下484
織田顔　⑯下402
小田島国友　⑯下245
小田島熊五郎　⑯下321
小田島孤舟　⑯下47, 48, 90→小田島理平治
小田島さき子　⑯下49
小田島祥吉　⑯下77
小田島秀治　⑯下55
小田島理平治　⑯下47-49, 90
小田中光三　⑯下523
織田秀雄　⑯下408, 452
御田屋町　⑯下10, 500
小樽　⑯下83, 271
小樽駅　⑯下271
小樽公園　⑯下271
小樽高商　⑯下83, 271→小樽高等商業学校

小樽高等商業学校　⑯下83, 271
小樽市入舟町　⑯下448
小田原　⑯下14, 186, 187, 189
落合　⑯下258
落合直文　⑯下262
「オツベルと象」　⑯下306-308
お父様　⑯下217→保阪善作
お父様　⑯下386→宮沢政次郎
御父様　⑯下102→宮沢政次郎
お父さん　⑯下362, 395, 471→宮沢政次郎
御とうさん　⑯下414→宮沢政次郎
弟　⑯下20, 408, 520→宮沢清六
弟さん　⑯下386→宮沢清六
弟さん　⑯下217→保阪次郎
鬼越　⑯下100
鬼越山　⑯下58, 116, 174
小野　⑯下296
尾上菊五郎　⑯下377, 378
尾上多賀之丞　⑯下256
小野キコ　⑯下349, 358→藤原キコ
小野寺伊勢之助　⑯下440, 441, 444, 459, 460, 481, 503, 525
小野寺喜蔵　⑯下452
小野浩　⑯下251
小野宮吉　⑯下328
叔母　⑯下114→岩田ヤス
オハイオ　⑯下162
小原　⑯下298
小原円太郎　⑯下310
小原国三郎　⑯下309
小原繁次郎　⑯下388
小原繁造時計店　⑯下275
小原精養堂　⑯下292
小原武一　⑯下82
小原忠　⑯下20, 241, 246, 255, 276, 277, 293, 370, 408, 514, 525
小原通勝　⑯下388→小原繁次郎
小原二三　⑯下246, 276, 277
小原政治　⑯下388
小原弥一　⑯下279, 294, 453
小原隆一　⑯下489
「オホーツク挽歌」　⑯下258
おやじ　⑯下498→宮沢政次郎

〔おお〜おや〕

尾山篤二郎　⑯下134, 266, 269, 272, 510
折居隆　⑯下69
「折壁」　⑯下162, 163
折壁　⑯下162
折壁峠　⑯下162
「オルガン奏法」　⑯下397
「愚かしき厭世随論」　⑯下354
小呂別　⑯下162
「音楽」　⑯下227
恩田鉄弥　⑯下432
「女」　⑯下194, 202

## か

花　⑯下149→花巻
『槐安国語提唱録』　⑯下501
開運橋　⑯下110
「海岸線」　⑯下412
海岸荷扱所　⑯下258
「海蝕台地」　⑯下269
開盛庵　⑯下489
「凱旋の義家」　⑯下252
改造社　⑯下367
『槐多の歌へる』　⑯下445
貝塚　⑯下258
「貝の火」　⑯下245
「解放されたドン・キホーテ」　⑯下328
偕楽園　⑯下371
「薤露青」　⑯下273
「貌」　⑯下287, 289, 293, 295, 296, 299, 307, 308, 316, 321
「貌のことども」　⑯下297
『科学的超現実主義理論』　⑯下505
「科学に関する流言」　⑯下353
「化学本論」　⑯下97, 98, 107
加賀商店　⑯下443
加賀長商店　⑯下421, 426
加賀長肥料店　⑯下424
鏡保之助　⑯下254, 309
『鏡をつるし』〔B〕　⑮下524
香川　⑯下98
香川県木田郡神山村　⑯下144
学海智成居士　⑯下280→奥寺五郎
『学生用岩石学』　⑯下151

碓戸信太郎　⑯下517
角館　⑯下431
覚久廻〈かくまり〉　⑯下162
神楽坂　⑯下299
「角礫行進歌」　⑯下236, 257
「歌稿〔A〕」　⑯下89, 127, 132, 135, 162, 163, 168, 195
「歌稿〔A〕・〔B〕」　⑯下73, 77, 109, 123, 133
「歌稿〔B〕」　⑯下9, 77, 89, 108, 113, 127, 129, 131, 132, 135, 146, 150, 156, 168, 195, 221-224, 227
鹿児島　⑯下98, 99
鹿児島県　⑯下149
鹿児島高等農林学校　⑯下98
「過去情炎」　⑯下260, 261, 295
風見覚　⑯下152
鍛冶町　⑯下10, 179, 211, 244, 277, 517
「かしはばやしの夜」　⑯下227
樫村広史　⑯下525
『果樹園芸教科書』　⑯下281
花城　⑯下41, 46, 229
花城小学校　⑯下50, 147, 196, 251, 261, 296, 307, 362
花城尋常高等小学校　⑯下41, 46
花城尋常高等小学校高等科　⑯下50
花城尋常高等小学校尋常科　⑯下47, 53, 55
柏原駅　⑯下223
柏屋　⑯下445
花盛館　⑯下303
「〔かぜがくれば〕」　⑯下276
「〔風が吹き風が吹き〕」　⑯下291
「風と杉」　⑯下276
「風と反感」　⑯下288, 317
「風の偏倚」　⑯下260
「風の又三郎」　⑯下461
「風野又三郎」　⑯下268, 459
「〔堅い瓔珞はまっすぐに下に垂れます〕」　⑯下239
片岡仁左衛門　⑯下122, 377, 378
片方米店　⑯下452
「敵討襤褸錦」　⑯下377
片倉恵　⑯下525
「〔潦雨〔カダチ〕はそそぎ〕」　⑯下316

| | | | |
|---|---|---|---|
| 片山正夫 | ⑯下97, 107 | 鎌善 | ⑯下190 |
| 「花壇工作」 | ⑯下312 | 釜田 | ⑯下146 |
| 「花鳥図譜・七月・」 | ⑯下507 | 鎌田倉蔵 | ⑯下310 |
| 「家長制度」 | ⑯下202 | 鎌田彰吉 | ⑯下310 |
| 「勝川春章」 | ⑯下375 | 鎌田壮介 | ⑯下61, 85 |
| 勝川春章 | ⑯下375 | 鎌田初太郎 | ⑯下131 |
| 河童沢 | ⑯下315 | 釜淵の滝 | ⑯下361 |
| 勝見淑子 | ⑯下48 | 上伊手剣舞連 | ⑯下131 |
| 「活躍を期待する新人は誰か？」 | ⑯下394 | 上川農事試験場 | ⑯下258, 261 |
| 勝山脩 | ⑯下379 | 上郷小学校 | ⑯下395, 397, 408, 419, 442, 459 |
| 勝承夫 | ⑯下488 | 上郷村 | ⑯下408, 437, 461, 462 |
| 桂川電気会社 | ⑯下227 | 上町〈かみちょう〉 | ⑯下211, 235, 322, 442, 517 |
| 桂沢 | ⑯下150, 159 | 上根子組合 | ⑯下444 |
| 桂橋 | ⑯下107 | 上閉伊郡 | ⑯下310, 395, 495 |
| 加藤完治 | ⑯下346 | 上閉伊郡上郷村 | ⑯下509 |
| 加藤勘十 | ⑯下373 | 上閉伊郡土淵村 | ⑯下379 |
| 加藤謙次郎 | ⑯下63-65, 110, 464 | 神谷暢二 | ⑯下340 |
| 加藤講師 | ⑯下439 | 神山万蔵 | ⑯下127 |
| 加藤四郎 | ⑯下308 | 加村宇田右衛門 | ⑯下377 |
| 加藤精一 | ⑯下220 | 亀ケ森 | ⑯下149 |
| 加藤晴夫 | ⑯下277 | 亀ケ森小学校 | ⑯下515 |
| 加藤文雅 | ⑯下204 | 亀ヶ森村 | ⑯下310 |
| 神奈川 | ⑯下259 | 萱栄三郎 | ⑯下321 |
| 金森通倫 | ⑯下62 | 「火薬と紙幣」 | ⑯下260 |
| 金矢組合 | ⑯下444 | 茅町 | ⑯下451 |
| 金矢夕、 | ⑯下10→宮沢夕、 | 花陽館 | ⑯下385 |
| 金ヶ崎村 | ⑯下444 | 「烏」 | ⑯下269 |
| 金子壁材料店 | ⑯下452 | 「烏の北斗七星」 | ⑯下229 |
| 金子誠次郎 | ⑯下259 | カラフト | ⑯下259 |
| 「花農校友会々報」 | ⑯下273, 275, 278-280, 288 | 樺太 | ⑯下257, 258, 260, 480 |
| 狩野コト | ⑯下489 | 樺太大泊港 | ⑯下306 |
| 「カーバイト倉庫」 | ⑯下235 | 樺太神社 | ⑯下258 |
| 「かばばた」 | ⑯下239 | 樺太庁 | ⑯下258 |
| カーピ・イタリア歌劇団 | ⑯下349 | 樺太庁鉄道線 | ⑯下258 |
| カフェ・ロオランサン | ⑯下363 | 「樺太鉄道」 | ⑯下258 |
| 歌舞伎座 | ⑯下12, 220, 326, 377 | 樺太真岡郡清水村逢坂 | ⑯下290 |
| 蕪島 | ⑯下319 | 「〔落葉松の方陣は〕」 | ⑯下276 |
| 釜石 | ⑯下13, 14, 130, 286, 287, 407, 408, 412, 413 | 迦利 | ⑯下513 |
| | | 迦莉 | ⑯下513 |
| 釜石軽鉄 | ⑯下286 | 刈田仁 | ⑯下379 |
| 釜石湾 | ⑯下286 | 刈屋主計 | ⑯下350, 362, 365, 380→宮沢主計 |
| 鎌倉 | ⑯下14, 235 | 刈屋善六 | ⑯下350 |
| 蒲郡 | ⑯下109 | 刈屋ナカ | ⑯下350 |

(おや～かり) 463

「ガリレオのことその他」　⑯下340
軽井沢　⑯下140
「カルメン」　⑯下173
「華麗樹種品評会」　⑯下361
「過労呪禁」　⑯下283, 295
河上和吉　⑯下100, 103, 172, 173
「〔川が南の風に逆って流れてゐるので〕」　⑯下352
川口荷札株式会社　⑯下425
川口村　⑯下310
川崎　⑯下327
川路柳虹　⑯下386
河竹黙阿弥　⑯下329, 377, 378
川渡　⑯下462
川鉄　⑯下299
「革トランク」　⑯下227
河原町　⑯下451
川村　⑯下298
川村悟郎　⑯下229, 236, 325
川村尚三　⑯下321, 322
川村俊雄　⑯下245, 256, 259, 260, 272→長坂俊雄
川村松助　⑯下61
川村与左衛門　⑯下276
川村義郎　⑯下269, 289
河本義行　⑯下128, 129, 151, 153, 157, 161, 228, 290, 495, 507, 525
河本緑石　⑯下290→河本義行
河原崎権十郎　⑯下376
川原小学校　⑯下43
河原田次繁　⑯下98, 431
河原坊　⑯下162, 295
「河原坊(山脚の黎明)」　⑯下296
「河原柳」　⑯下489
「寒峡」　⑯下134, 207, 510, 514
「〔『寒峡』巻初の数首に就て〕」　⑯下510, 523
願教寺　⑯下70, 100, 110, 119, 120, 173
「函谷関」　⑯下252
韓国皇太子　⑯下58
関西　⑯下15, 454
関西本線　⑯下223
「感触」　⑯下490
寒石　⑯下89, 90, 145→高橋勘太郎

『岩石学、二、水成岩』　⑯下150
『岩石学ノ基本要説』　⑯下151
「〔萱草芽をだすどてと坂〕」　⑯下352
神田　⑯下188, 325
神田小川町　⑯下169
神田鎌倉河岸　⑯下466
神田区表猿楽町二三　⑯下376
神田区猿楽町一七　⑯下114
神田区駿河台南甲賀町一二番地　⑯下466
神田錦町三丁目一九番地　⑯下325, 371
神田日活館　⑯下376
神田美土代町　⑯下326
関東酸曹株式会社　⑯下107
広東　⑯下365
「悍馬」　⑯下352
『漢和対照　妙法蓮華経』　⑯下90, 144, 145

## き

「〔黄いろな花もさき〕」　⑯下317
「黄いろのトマト」　⑯下272
木内高音　⑯下286
「勢獅子」　⑯下377
「饑餓陣営」　⑯下243, 245, 246, 256, 274, 278
木川新太郎　⑯下319
『戯曲作法』　⑯下329
戯曲「人間のもだえ」　⑯下111
菊井清人　⑯下289
菊坂　⑯下221
菊田農機商会　⑯下422, 424
菊地浅五郎　⑯下127
菊池医院　⑯下142
菊池一郎　⑯下388
菊池ウラ　⑯下22
菊池清松　⑯下352
菊池軍治　⑯下525
菊池幸吉　⑯下310
菊池庄一　⑯下310
菊池信一　⑯下246, 255, 276, 288, 310, 313-315, 318, 325, 334, 347, 348, 350, 367, 368, 378, 394, 396, 402, 407, 411, 412, 456, 457, 460, 495
菊池信蔵　⑯下37→本正信蔵
菊池生　⑯下345
菊池武雄　⑯下278, 285, 369, 372, 380, 381, 411,

　　　　466-469, 472, 495, 505, 506, 524
菊池竹次郎　⑯下40, 55
菊池忠太郎　⑯下39
菊池鉄五郎　⑯下69
菊池ナル　⑯下411
菊池道夫　⑯下57, 70
菊池ヤヨ　⑯下457
菊屋中央薬局　⑯下459
「鬼言(幻聴)」　⑯下299
「寄稿家紹介」　⑯下492
「貴工場に対する献策」　⑯下404
「疑獄元兇」　⑯下506
「鬼語四」　⑯下353
偽善者　⑯下114→宮沢政次郎
「〔北いっぱいの星ぞらに〕」　⑯下275
北岩手社出版部　⑯下402
北岩手出版　⑯下482
北上川　⑯下14, 99, 113, 127, 149, 159, 243, 273,
　　　315, 316, 318, 358, 362, 485
北上川狐禅寺　⑯下76
北上川小船渡　⑯下301
「〔北上川は熒気をながしィ〕」　⑯下272
北上山地　⑯下111, 404
「北上山地の春」　⑯下269
北上鏘一　⑯下224
喜多川歌麿　⑯下375
北小路幻　⑯下288→森佐一
北白川宮成久　⑯下101
北豊島郡滝野川町西ヶ原　⑯下203
北豊原　⑯下258
「北日本詩人」　⑯下490
北野神社　⑯下108
北原白秋　⑯下272
北向　⑯下520
北村謙次郎　⑯下387, 406
北村小松　⑯下329
北村鏘一　⑯下388
北山　⑯下71, 82, 83, 85, 110, 120, 173
北山鏘一　⑯下292
義太夫　⑯下236
北陸中　⑯下285, 286
「ギタンジャリー」　⑯下106
吉祥寺　⑯下467, 469

木津無庵　⑯下521
衣笠村役場　⑯下107
絹川綾　⑯下269
絹川家　⑯下269
紀伊国屋書店　⑯下474
岐阜県　⑯下101
岐阜県立農学校　⑯下131
儀府成一　⑯下402, 485→母木光
「君も僕も退屈しないか」　⑯下388
木村　⑯下89, 100
木村倭兵　⑯下69
木村清　⑯下238
木村錦花　⑯下329
木村圭一　⑯下237
木村修三　⑯下143
木村たま　⑯下238
木村得太郎　⑯下489
木村栄　⑯下309
木村雄治　⑯下69
「客を停める」　⑯下489, 492
木山捷平　⑯下388
求康園　⑯下215
求康堂　⑯下214, 256
旧桜山　⑯下57
「休息」　⑯下239, 269, 299, 318
「丘陵地」　⑯下299
「丘陵地を過ぎる」　⑯下268
京　⑯下6
「教育論義」　⑯下502
「饗宴」　⑯下320
「暁穹への嫉妬」　⑯下286
「〔今日こそわたくしは〕」　⑯下353
教浄寺　⑯下97
教証不退位　⑯下6→藤井将監
教沢院妙潤日年善女人　⑯下252→宮沢トシ
京都　⑯下8, 97, 107, 108, 222
京都駅　⑯下107, 223
京都高等蚕糸学校　⑯下481
京都御所　⑯下108
京都三条蹴上　⑯下108
京都市東山区山科御陵雀坂　⑯下510
京都府　⑯下347
京都府立農事試験場桃山分場　⑯下108

（かり～きよ）　465

京都府立農林学校　⑯下107
京橋　⑯下140, 183, 219, 220, 225
京橋区木挽町　⑯下376
京橋区木挽町五丁目　⑯下169
京橋区東湊町　⑯下466
京橋木挽町　⑯下109
「〔今日もまたしやうがないな〕」　⑯下287
旭光社　⑯下326
清沢満之　⑯下37, 47
清水寺　⑯下108, 131
清水寺（音羽山）　⑯下316
「虚無思想研究」　⑯下301, 308
虚無思想研究社　⑯下301
「〔霧がひどくて手が凍えるな〕」　⑯下320
「基督再臨」　⑯下352
「霧とマッチ」　⑯下239
霧山岳　⑯下125, 127→岩手山
「極附幡随院長兵衛」　⑯下377
金閣寺　⑯下107
金華山　⑯下76
「銀河鉄道の一月」　⑯下307, 363
「金玉均」　⑯下377
「銀行日誌手帳」　⑯下397
銀座　⑯下115
「〔金策も尽きはてたいまごろ〕」　⑯下354
銀縞　⑯下125, 129
錦州憲兵隊　⑯下495
金石舎　⑯下169, 188
金銭債務臨時調停委員　⑯下19, 479
「近代詩人」　⑯下299
「近代人の散歩馬車―雑誌「月曜」の創刊―」　⑯下308
金田一他人くきんだいちおさと〉　⑯下59, 89
金田一勝定　⑯下501
金田一光　⑯下501
金野英三　⑯下483, 523
「〔銀のモナドのちらばる虚空〕」　⑯下353
金蓮　⑯下90→宮沢政次郎

## く

「空明と傷痍」　⑯下268, 406
「寓話　猫の事務所」　⑯下307, 310
草刈兵衛　⑯下518, 519

草津線　⑯下222
草野　⑯下258
草野家　⑯下488
草野心平　⑯下294-296, 299, 306, 317, 340, 342, 346, 350, 363, 380, 385, 387, 388, 394, 407, 445, 450, 458, 459, 474, 475, 487, 488, 490, 491, 505, 506, 523, 524
「草野心平君に」　⑯下317
久慈　⑯下85, 286
久慈線　⑯下286
久慈町　⑯下310
久慈農業補習学校　⑯下267
「孔雀印手帳」　⑯下439, 446, 449
葛　⑯下149
「グスコーブドリの伝記」　⑯下481, 500
葛精一　⑯下62, 71, 525
グスタフ・ヨン・ラムステット　⑯下325
楠ジョン　⑯下100
楠甕夫　⑯下103
楠竜造　⑯下40
葛博　⑯下159, 229
葛丸川　⑯下148, 150, 161, 275
沓掛　⑯下459
「屈折率」　⑯下235
九手青飢　⑯下485
久出内　⑯下162
求道学舎　⑯下182
工藤克己　⑯下246, 277
工藤藤一　⑯下110, 111, 171, 173, 342, 415, 418, 420, 425, 426, 461-463, 525
工藤文太郎　⑯下429, 430, 435, 436, 438, 439, 441, 444, 445, 464, 525
工藤又治　⑯下98, 131, 146, 200, 204, 324, 342, 385, 525
工藤祐吉　⑯下57, 58, 85, 94, 118, 221, 487
「「くぬぎ」第三号瞥見」　⑯下357
椚ノ目組合　⑯下443
九戸海岸　⑯下318
九戸郡　⑯下286, 310, 394
九戸郡種市村　⑯下286
九戸農林学校　⑯下243
久保川平三郎　⑯下303, 308
久保田彦保　⑯下505

熊谷新八　　⑯下127, 224, 292, 388
熊谷直治　　⑯下321
熊谷町　　⑯下115
熊安旅館　　⑯下130
「雲」　⑯下276
「雲(幻聴)」　⑯下297, 307
「蜘蛛となめくぢと狸」　⑯下122, 161
「雲とはんのき」　⑯下260
「天衣紛上野初花〈くもにまごううえののはつはな〉」　⑯下376
「雲の信号」　⑯下239
「雲ひくき峠等」　⑯下125
「昏い秋」　⑯下276
「〔暗い月あかりの雪のなかに〕」　⑯下347
「くらかけの雪」　⑯下235
鞍掛山　　⑯下58
クラーク　　⑯下274
倉島恵　　⑯下98
蔵前　　⑯下251
「鞍馬源氏」　⑯下377
「グランド電柱」　⑯下242
栗木幸次郎　　⑯下299, 312, 379, 386, 402, 490
「〔栗の木花さき〕」　⑯下355
栗原郡　　⑯下438, 441
栗原郡農会　　⑯下439, 445
厨川駅　　⑯下446
「厨川停車場」　⑯下239
厨川村　　⑯下113
「〔暮れちかい　吹雪の底の店さきに〕」　⑯下288
黒石野　　⑯下61, 68, 75
黒沢　　⑯下162
黒沢尻　　⑯下277, 421, 422, 426, 427, 431-434, 452, 463, 485
黒沢尻軍　　⑯下63
黒沢尻高等女学校　　⑯下370
黒沢尻町　　⑯下61, 256, 370, 443
「〔黒つちからたつ〕」　⑯下348
「〔黒と白との細胞のあらゆる順列をつくり〕」　⑯下348
黒野勘六　　⑯下99, 118, 119
鍬ヶ崎　　⑯下130
桑ッコ大学　　⑯下230

桑原貞子　　⑯下489
郡司商店　　⑯下422, 426, 427, 433, 443
軍馬補充部　　⑯下483
郡立稗貫農学校　　⑯下198

け

慶応義塾　　⑯下13
慶応義塾理財科　　⑯下12
慶応大学経済学部　　⑯下505
慶応普通部　　⑯下13
「囃語」　⑯下354
「稽古中の研辰」　⑯下329
『経済的地質学』　⑯下150
『芸術哲学』　⑯下484
京城市崇三洞一三四　　⑯下379
『景星』　⑯下387
警声社書店　　⑯下214
鶏頭山　　⑯下162
猊鼻渓　　⑯下403, 447
恵風館　　⑯下299, 306
渓文社　　⑯下492
「兄妹像手帳」　⑯下460, 461, 463, 465, 469, 473
ゲオルク・カイザア　　⑯下375
「〔けさホーと縄とをになひ〕」　⑯下350
気仙郡　　⑯下132, 454
気仙郡上有住村　　⑯下164
気仙郡盛町　　⑯下280
気仙郡世田米村字世田米駅六番地のイ　　⑯下487
気仙農学校　　⑯下243
「月光」　⑯下237
枯樟　　⑯下83→阿部孝
「決算、独断その他」　⑯下367
「血線」　⑯下502
「月曜」　⑯下300, 306, 308, 310, 377, 385
ゲーテ　　⑯下335
毛藤勤治　　⑯下435, 437
毛馬内弁之助　　⑯下83
煙山　　⑯下425, 481
煙山村　　⑯下65
煙山村農会　　⑯下443
「煙」　⑯下321
「〔快楽もほしからず〕」　⑯下473

(きよ～けら)　467

県下菊花品評会　　⑯下407
研数学館　　⑯下235, 251
『現代芸術の破産』　　⑯下367
『現代詩作家住所録総覧』　　⑯下479, 495
『現代童話名作集』　　⑯下500
『現代日本詩集』　　⑯下504
『現代日本詩集(一九三三年版)』　　⑯下502
「『現代日本詩集』全評」　　⑯下504
『現代名作集』　　⑯下481
「県道」　　⑯下502
玄文社　　⑯下385
顕本法華宗　　⑯下389
県立黒沢尻高等女学校　　⑯下432→黒沢尻高等女学校
県立花巻農学校　　⑯下255→花巻農学校
原理充雄　　⑯下387

## こ

「〔濃い雲が二きれ〕」　　⑯下320
小石川区雑司ヶ谷町一三〇　　⑯下168
小泉慶三　　⑯下525
小泉多三郎　　⑯下152, 158-161, 165
「恋と病熱」　　⑯下237
鯉沼忍　　⑯下128, 134, 146
小岩井　　⑯下64, 292, 416, 475
小岩井駅　　⑯下241
「小岩井農場」　　⑯下239
小岩井農場　　⑯下69, 103, 116, 174, 241, 292, 454, 472, 475, 476
黄瀛　　⑯下294, 321, 386, 403, 474, 488
「郊外」　　⑯下276, 502
『郊外の丘』　　⑯下49
「高架線」　　⑯下371
「〔光環ができ〕」　　⑯下352
〔講義案内〕　　⑯下341
「高級の霧」　　⑯下240
交響曲第六番「田園」　　⑯下310
纐纈熊雄　　⑯下128, 146
「高原」　　⑯下240
光原社　　⑯下281, 450, 481
皇后　　⑯下118
浩々洞　　⑯下48
庚午商会　　⑯下442

「鉱山駅」　　⑯下354
孔子　　⑯下19
麹町区飯田町二―五三曽方　　⑯下387
麹町区永楽町　　⑯下168
麹町区大手町　　⑯下376
麹町区大手町二丁目　　⑯下376
麹町区麹町三丁目　　⑯下114
麹町三丁目　　⑯下115
広州　　⑯下385
「〔洪積世が了って〕」　　⑯下348
「鉱染とネクタイ」　　⑯下295
皇太子　　⑯下118<昭和天皇>
皇太子　　⑯下53, 65→大正天皇
「皇太子殿下を拝す。」　　⑯下53
古宇田病院　　⑯下12, 14, 109, 140, 169, 183, 219, 220, 225
好地村　　⑯下254, 275, 310
校長　　⑯下144→佐藤義長
校長　　⑯下228, 255→畠山栄一郎
高等蚕糸学校　　⑯下107
光徳寺　　⑯下43
高農　　⑯下164→盛岡高等農林学校
畔野重政　　⑯下525
香梅舎　　⑯下21
甲府　　⑯下377
興福寺　　⑯下223
「荒蕪地開墾の歌」　　⑯下257
『鉱物学教科書』　　⑯下151
好摩　　⑯下58, 174, 292
「好摩の土」　　⑯下135
校友会　　⑯下99
「校友会々報」　　⑯下103, 106, 107, 109, 112, 113, 115, 119, 125, 129, 133, 135, 158
「校友会雑誌」　　⑯下62, 90, 94, 168, 307, 363
皎林寺　　⑯下489
「〔氷のかけらが〕」　　⑯下345
郡山弘史　　⑯下379, 489, 490
「国語綴方帳」　　⑯下53, 55
国産振興北海道拓殖博覧会　　⑯下447-449
国性劇　　⑯下252
国性文芸会　　⑯下255
国柱会　　⑯下182, 206, 213-218, 220, 221, 223-226, 244, 252, 261, 308, 311, 369, 463, 495, 523

468　　年譜索引

| | |
|---|---|
| 国柱会館　⑯下182, 191, 207, 213, 215, 218, 228, 252 | 後鳥羽上皇　⑯下191 |
| 国柱会教職　⑯下244 | 寿座　⑯下256 |
| 国柱会研究員　⑯下207 | 「コドモノクニ」　⑯下251 |
| 国柱会信行員　⑯下207 | 湖南汽船　⑯下222 |
| 国柱会信行部　⑯下207, 208 | 小沼　⑯下258 |
| 国柱会信行部員　⑯下209 | 近衛輜重兵大隊　⑯下225 |
| 国柱会本部　⑯下251 | 近衛輜重兵大隊第二中隊　⑯下200 |
| 穀町　⑯下451 | 近衛輜重兵大隊第二中隊第二班　⑯下197 |
| 「国道」　⑯下307 | 「〔この森を通りぬければ〕」　⑯下272 |
| 国道四号線　⑯下291 | 「〔この夜半おどろきさめ〕」　⑯下473 |
| 国分町　⑯下490 | 小林家　⑯下184, 186 |
| 黒壁城　⑯下57 | 小林武　⑯下489 |
| 「告別」　⑯下299 | 小林美代子　⑯下471 |
| 国民高等学校　⑯下315, 370, 503, 508 | 小林貴夫　⑯下525 |
| 「国訳法華経」　⑯下519 | 小林六太郎　⑯下177, 178, 180, 182, 185, 189, 190, 216, 325, 326, 471 |
| 『国訳法華経』　⑯下98 | 「〔こぶしの咲き〕」　⑯下353 |
| 「国立公園候補地に関する意見」　⑯下292 | 「駒ヶ岳」　⑯下258 |
| 国立農事試験場　⑯下100, 203 | 小松原剛　⑯下504 |
| 小牛田　⑯下430, 437, 438, 441, 444, 464, 465 | 駒場農科大学　⑯下107 |
| 小牛田肥料会社　⑯下439, 464 | 小宮譲二　⑯下329 |
| 「心と物象」　⑯下133 | 小森盛　⑯下450, 489 |
| 小作調停委員　⑯下19, 385 | 小山政雄　⑯下144 |
| 「小作調停官」　⑯下460 | 五来素川　⑯下45 |
| 越路太夫　⑯下8→竹本越路太夫 | 五稜郭　⑯下83, 270 |
| 五所川原線　⑯下297 | 「五輪峠」　⑯下268 |
| 御所村　⑯下499, 502, 505, 509, 510, 512 | 五輪峠　⑯下174 |
| 不来方城址　⑯下98 | 「〔これらは素樸なアイヌ風の木柵であります〕」　⑯下353 |
| 小杉義男　⑯下329 | 権現堂山　⑯下149 |
| 小菅健吉　⑯下98, 113, 119, 128, 129, 134, 146, 162, 171, 174, 324 | 近藤東　⑯下488 |
| 「〔午前の仕事のなかばを充たし〕」　⑯下351 | 近藤弥寿太　⑯下500 |
| 御大典記念手帳　⑯下387 | コンパウンドオキシジン　⑯下234 |
| 御大典記念徳川時代名作浮世絵展覧会　⑯下374 | 根本中堂　⑯下222 |
| 小館長右衛門　⑯下321 | 「〔こんやは暖かなので〕」　⑯下347 |
| 小谷　⑯下258 | |
| 五反田　⑯下487 | **さ** |
| 『国家と革命』　⑯下323 | 「最近の書架から」　⑯下272 |
| コト　⑯下12→瀬川コト | 「最近の日報文壇評（下）」　⑯下517 |
| 後藤郁子　⑯下402 | 「祭日」　⑯下491, 492 |
| 後藤〔藤平〕　⑯下76 | 最勝閣　⑯下182, 252 |
| 「孤独と風童」　⑯下277, 297, 307 | 財団法人斎藤報恩会　⑯下430 |
| | 最澄　⑯下18 |

斎藤　⑯下429, 438
斉藤　⑯下86
斎藤彰　⑯下86
斎藤久之丞　⑯下452
斎藤家　⑯下268
斎藤源五郎　⑯下86
斎藤康一郎　⑯下299
斎藤善衛門　⑯下429
斎藤宗次郎　⑯下47, 51, 72, 90, 210, 211, 213, 234, 236, 238, 239, 253, 256, 260, 267, 269, 274, 275, 278, 287, 310, 313, 314, 320
斎藤忠勝　⑯下276
西洞タミノ　⑯下168, 169, 192
斎藤貞一　⑯下294, 342, 389, 495
斎藤仁志　⑯下210
斎藤弘道　⑯下357
斎藤武次郎　⑯下213
斎藤唯信　⑯下17, 53
材木町　⑯下451
佐伯郁郎　⑯下402
蔵王山　⑯下118
堺屋　⑯下76
寒河江真之助　⑯下363
栄浜　⑯下258
栄屋旅館　⑯下115
榊荘　⑯下299
阪本越郎　⑯下387
坂本勝治　⑯下444
坂本暢　⑯下308, 311
坂本遼　⑯下361, 387
崎山村　⑯下310
作人館　⑯下126
佐久間善喜　⑯下525
祥雲碓悟〈さぐもたいご〉　⑯下61, 63
桜　⑯下240, 315, 323, 346, 347, 362, 367
桜井絵葉書店　⑯下304, 491, 505, 511
桜井忠温　⑯下68
桜井肇山　⑯下17, 106
桜庭　⑯下363
桜羽場寛〈さくらばばひろし〉　⑯下270→安藤寛
桜山神社　⑯下57
「叫び」　⑯下240

佐々木円五郎　⑯下335
佐々木喜善　⑯下357, 377, 379-381, 385, 390, 482, 483, 485, 496, 509
佐々木研一郎　⑯下310
佐々木孝丸　⑯下328
佐々木周雄　⑯下295
佐々木経造　⑯下56, 75, 81
佐々木電眼　⑯下78
佐々木直見　⑯下309
佐々木春治　⑯下310
佐々木又治　⑯下98, 131, 146, 200, 204→工藤又治
佐々木実　⑯下324, 345, 405, 495
佐々木理平治　⑯下49→小田島理平治
佐々木六郎　⑯下525
笹間　⑯下268
笹間組合　⑯下443
笹間村　⑯下213, 310, 415
笹間村湯本村　⑯下417
「ささやかな弾片」　⑯下388
「ざしき童子のはなし」　⑯下307, 308, 377, 379, 385, 482
「ザシキワラシの話」　⑯下385
「雑感一束」　⑯下322
「〔さっきは陽が〕」　⑯下353
『サッコとヴァンゼッチの手紙抄』　⑯下491
「雑誌『女性岩手』と／多田女史に就いて」　⑯下525
「雑草」　⑯下350
雑草社　⑯下274
サットン商会　⑯下315
札幌　⑯下83, 84, 257, 258, 509
札幌駅　⑯下271
札幌市中島公園　⑯下448
札幌農科大学　⑯下83
札幌麦酒会社　⑯下271
薩摩琵琶　⑯下71
「佐渡」　⑯下12, 218, 220
佐藤　⑯下298
佐藤伊惣治　⑯下387
佐藤一英　⑯下455, 488, 500
佐藤喜八　⑯下169
佐藤金治　⑯下55, 68, 69, 89

| | | | |
|---|---|---|---|
| 佐藤金太郎 | ⑯下127, 224, 292, 387 | 鮫駅 | ⑯下318 |
| 佐藤薬店 | ⑯下452 | 更木 | ⑯下437 |
| 佐藤敬次郎 | ⑯下71, 82 | 猿沢池 | ⑯下223 |
| 佐藤健吉 | ⑯下310 | 沢里栄子 | ⑯下408 |
| 佐藤元勝 | ⑯下500 | 沢里武治 | ⑯下289, 310, 325, 379, 380, 387, 395-397, 403, 404, 408, 412, 413, 419, 420, 437, 442, 459-462, 501, 509 |
| 佐藤源次郎 | ⑯下309 | | |
| 佐藤源内 | ⑯下310 | | |
| 佐藤公一 | ⑯下303, 308 | | |
| 佐藤孝一 | ⑯下276 | 沢里連八 | ⑯下462 |
| 佐藤幸市 | ⑯下289, 290 | 沢田蔵五郎 | ⑯下292 |
| 佐藤繁雄 | ⑯下482 | 沢田藤一郎 | ⑯下43, 62, 89, 93 |
| 佐藤重次郎 | ⑯下72, 75 | 沢田藤五郎 | ⑯下127, 224 |
| 佐藤昌一郎 | ⑯下411 | 沢田英五郎 | ⑯下43 |
| 佐藤昌介 | ⑯下271, 274 | 沢田英馬 | ⑯下43 |
| 佐藤昌蔵 | ⑯下274 | 沢田屋旅館 | ⑯下130 |
| 佐藤清一 | ⑯下224 | 沢村源之助 | ⑯下377 |
| 佐藤専一 | ⑯下245 | 沢村訥子 | ⑯下376 |
| | | 「三月」 | ⑯下367 |
| 佐藤惣之助 | ⑯下272, 278, 306, 327, 344, 345, 367, 381, 386, 505, 523 | 産業組合主事補 | ⑯下193 |
| | | 「産業組合青年会」 | ⑯下276, 513, 523 |
| 佐藤祖琳 | ⑯下207, 500 | 三十三間堂 | ⑯下108 |
| 佐藤農 | ⑯下146 | 三十七年竜吉 | ⑯下369, 402→生出仁 |
| 佐藤隆房 | ⑯下294, 312, 362, 379, 381, 483 | 三条 | ⑯下108 |
| 佐藤忠治 | ⑯下388 | 三条小橋 | ⑯下222 |
| 佐藤晁蔵 | ⑯下70 | 三泉寮 | ⑯下140 |
| 佐藤長松 | ⑯下379 | 「山地の稜」 | ⑯下245 |
| 佐藤友八 | ⑯下246 | 三・一五事件 | ⑯下361 |
| 佐藤二岳 | ⑯下381→佐藤隆房 | 山内村 | ⑯下432 |
| 佐藤文郷 | ⑯下369 | 山内村農会 | ⑯下493 |
| 佐藤政井 | ⑯下295 | 「三人」 | ⑯下317 |
| 佐藤政丹 | ⑯下295 | 三ノ沢 | ⑯下258 |
| 佐藤光太郎 | ⑯下84, 85 | サンフランシスコ | ⑯下162 |
| 佐藤義長 | ⑯下77, 98, 127, 144 | 「散文的ノオト」 | ⑯下472 |
| 佐藤理八 | ⑯下127 | 三本木 | ⑯下483 |
| 佐藤竜三 | ⑯下63 | 三本木開拓地 | ⑯下8 |
| 佐藤禄郎 | ⑯下57 | 三陸 | ⑯下459 |
| 里川口村川口町三〇三番地 | ⑯下8 | 三陸大津波 | ⑯下10 |
| 里川口村川口町四九二番地 | ⑯下21 | 三陸汽船 | ⑯下287 |
| 里川口村吹張〈ふつぱり〉 | ⑯下43 | | |
| 佐野碩 | ⑯下328 | **し** | |
| 佐原 | ⑯下130 | 椎尾弁匡 | ⑯下97 |
| 佐比内 | ⑯下414, 415 | ジェネヴィーヴ・タッピング | ⑯下248 |
| 三郎堤 | ⑯下307 | 塩井義郎 | ⑯下98, 101, 102, 146 |
| 佐光 | ⑯下84→佐藤光太郎 | 塩釜 | ⑯下76 |

(さい〜しお) 471

汐見洋　⑯下328, 329
市外吉祥寺一八七五　⑯下466→東京市外吉祥寺一八七五
市外淀橋町角筈三一五　⑯下491→東京市外淀橋町角筈三一五
滋賀県立農事試験場　⑯下108
シカゴ　⑯下162
志賀重昂　⑯下76
「自画像」　⑯下321
「詩戯と懐旧―大正詩壇回顧―」　⑯下346
自彊寮　⑯下56
「シグナルとシグナレス」　⑯下256
シゲ　⑯下9, 204, 205→岩田シゲ
「詩芸術」　⑯下472
自啓寮　⑯下98, 99, 110-112, 262
茂森唯士　⑯下367
慈光婦人会　⑯下17
四国　⑯下8, 15
「紫紺染について」　⑯下272
師子王文庫　⑯下204, 216
「鹿踊りのはじまり」　⑯下227
時事新報社　⑯下459
宍戸儀一　⑯下379, 488, 490
獅子鼻　⑯下316
「詩集『春の修羅』／―を見て義理にも一言―」　⑯下276
「詩神」　⑯下317, 320, 322, 345, 356, 381, 388, 403, 445, 450, 458
詩人協会　⑯下374
「詩人交遊録」　⑯下403
「詩人時代」　⑯下479, 482, 483, 488, 489, 492, 495, 499, 504, 505
詩人時代社　⑯下489, 491, 496, 502
「詩神」社　⑯下319
「詩神第一回座談会」　⑯下381
『詩人年鑑』　⑯下374
静岡　⑯下98
静岡県三保　⑯下182, 251, 252
「詩聖」　⑯下385
「自然」　⑯下266, 272, 277, 278
自然詩社編輯所　⑯下266
自然発行所　⑯下510
地蔵寺　⑯下244

「〔地蔵堂の五本の巨杉［すぎ］が〕」　⑯下290
志田郡古川町　⑯下430
下小路　⑯下75
下谷区桜木町　⑯下213
下谷区谷中茶屋町　⑯下186
「詩壇から葬らるべき人々」　⑯下340
「詩壇消息」　⑯下340
「詩壇人国記(東北の巻)」「二、岩手県」　⑯下433
「詩壇の蜂起、瓦解―回顧の一年―」　⑯下278
七郷村　⑯下434, 435, 438
七条大橋東詰下ル　⑯下222
「ジー調シンフォニー」　⑯下280
実業之世界社　⑯下488
「実験室小景」　⑯下345
実成寺(久遠山)　⑯下389
「〔じつに古くさい南京袋で帆をはって〕」　⑯下350
「執筆者銅鑼同人」　⑯下354
「実用数学要綱」ノート　⑯下416-419
「『詩』展に際して」　⑯下406
「自働車群夜となる」　⑯下377
「児童文学」　⑯下455, 459, 481, 500
「死と浄化」　⑯下468
志戸平　⑯下155, 159, 160
志戸平温泉　⑯下71, 84, 89
支那　⑯下207
シーナ　⑯下325
市内東三番丁　⑯下438
磯長くしなが〉　⑯下223
「詩之家」　⑯下295, 367, 505
「〔しののめ春の鴉の火を〕」　⑯下373
四戸梅太郎　⑯下292
柴田慶助　⑯下452
「芝生」　⑯下239
「〔しばらくぼうと西日に向ひ〕」　⑯下276
渋谷栄一　⑯下433
渋谷喜代治　⑯下379
「詩への愛憎」　⑯下496, 499
シベリア　⑯下207
島　⑯下336, 483
島組　⑯下498
島組倉庫　⑯下497

| | |
|---|---|
| 島地大等 | ⑯下68, 70, 86, 90, 100, 102, 110, 144, 145 |
| 島地黙雷 | ⑯下65 |
| 島田逸平 | ⑯下487 |
| 島田敬一 | ⑯下329 |
| 島根県簸川郡大社町 | ⑯下490 |
| 島根県松江 | ⑯下64 |
| 島村恒男 | ⑯下489 |
| 島リキ | ⑯下11 |
| 島理三郎 | ⑯下388 |
| 島和右衛門 | ⑯下127, 224 |
| 清水川利一郎 | ⑯下432 |
| 志村勢太郎 | ⑯下292, 388 |
| 下安家 | ⑯下286 |
| 下坂本 | ⑯下222 |
| 下田 | ⑯下58, 372 |
| 下町 | ⑯下517 |
| 「〔霜と聖さで畑の砂はいっぱいだ〕」 | ⑯下322 |
| 下根子 | ⑯下314, 315, 396 |
| 下根子桜 | ⑯下9, 22, 234, 235, 240, 243, 307, 311-313, 316, 358, 362, 485, 511 |
| 下の橋 | ⑯下126 |
| 下閉伊郡 | ⑯下310 |
| 下閉伊郡茂市村字墓目 | ⑯下350 |
| 釈迦 | ⑯下18, 20 |
| 釈宗活 | ⑯下17, 43 |
| 釈知恭不退位 | ⑯下122→宮沢喜助 |
| 釈尼貞信不退位 | ⑯下81→宮沢キン |
| 「寂莫紀」 | ⑯下304 |
| 釈亮祐 | ⑯下523→宮沢賢治 |
| 「「ジヤズ」夏のはなしです」 | ⑯下317 |
| 「車中」 | ⑯下288 |
| 蛇ノ島 | ⑯下69 |
| 上海 | ⑯下228 |
| 「〔修学旅行復命書〕」 | ⑯下270 |
| 「自由画検定委員」 | ⑯下261 |
| 「住居」 | ⑯下406 |
| 「宗教風の恋」 | ⑯下260 |
| 秋香会 | ⑯下407, 474, 492 |
| 「習作」 | ⑯下239 |
| 「十三年度の詩集」 | ⑯下278 |
| 十字屋 | ⑯下332 |
| 秀清館 | ⑯下58, 140, 163, 177, 205 |
| 十二鏑信販購利組合 | ⑯下389 |
| 「十四年度作品批評」 | ⑯下301 |
| 『秋冷』 | ⑯下320 |
| 「手簡」 | ⑯下239 |
| 「祝創刊」 | ⑯下488 |
| 主婦之友社 | ⑯下468 |
| シューベルト | ⑯下236 |
| 聚楽 | ⑯下330 |
| 「寿量品」 | ⑯下156 |
| 「春光呪咀」 | ⑯下238 |
| 「春谷暁臥」 | ⑯下292, 504, 523 |
| 「春章作中判」 | ⑯下375 |
| 春藤治郎右衛門 | ⑯下377 |
| 「巡礼の歌」 | ⑯下310 |
| 松庵寺 | ⑯下318 |
| 商工省 | ⑯下376 |
| 招魂社 | ⑯下57 |
| 「摂折御文僧俗御判」 | ⑯下204 |
| 上州屋 | ⑯下325, 371 |
| 「正信偈」 | ⑯下9, 16, 32 |
| 「消息」 | ⑯下486, 500, 511 |
| 浄土ヶ浜 | ⑯下130 |
| 聖徳太子 | ⑯下18, 221-223 |
| 浄土宗 | ⑯下18 |
| 浄土真宗 | ⑯下6, 16-18, 83, 208, 244 |
| 浄土真宗大谷派 | ⑯下521 |
| 常磐線 | ⑯下114, 371, 466 |
| 菖蒲田 | ⑯下9, 76 |
| 尚文堂 | ⑯下484 |
| 「昇轡銀磐」 | ⑯下306 |
| 正法寺 | ⑯下132 |
| 浄法寺 | ⑯下512 |
| 浄法寺村 | ⑯下89 |
| 上毛新聞社 | ⑯下407 |
| 「初夏」 | ⑯下119 |
| 「初夏雨の日に」 | ⑯下119 |
| 「初期短篇綴」 | ⑯下170 |
| 「嘱托状」 | ⑯下416 |
| 「植物医師」 | ⑯下244, 256, 274, 278, 279 |
| 「じよ情詩」 | ⑯下299 |
| 抒情詩社 | ⑯下320 |
| 「女性岩手」 | ⑯下488, 489, 491, 492, 498, 507, 514 |

(しお〜しよ)　473

志良以東一　⑯下525
白老　⑯下83, 271
白川　⑯下222
白鳥巡査　⑯下453
白藤慈秀　⑯下229, 235, 243, 249, 251, 263, 266,
　　270, 271, 274, 279, 285, 291, 306, 309, 311, 334,
　　362→白藤林之助
白藤林之助　⑯下229, 235, 236, 243, 249, 251,
　　253-255, 263, 266, 270-272, 274, 278, 279, 285,
　　287, 291, 294, 306, 307, 309, 311, 334, 362
子路　⑯下19
「白い鳥」　⑯下256
「次郎」　⑯下505, 506
白木屋　⑯下487
「〔白く倒れし萱の間を〕」　⑯下461
白鳥省吾　⑯下316, 317, 320, 350, 381, 386
「城山」　⑯下71
紫波郡　⑯下159, 310, 425, 428
紫波郡佐比内村信購販組合　⑯下415
紫波郡地質調査　⑯下152
紫波郡広宮沢　⑯下78
紫波郡不動村　⑯下63, 234
紫波郡水分村小屋敷　⑯下227
志和村　⑯下428
新網張温泉　⑯下113
陣ヶ岡　⑯下65
「真空溶媒」　⑯下239
真交会　⑯下254
新交響楽団練習所　⑯下326
「新興芸術」　⑯下324, 389
真金院三不日賢善男子　⑯下523→宮沢賢治
新宿　⑯下474
真証院慈光日政居士　⑯下21→宮沢政次郎
真証院妙照日秀大姉　⑯下23→宮沢イチ
真城組合　⑯下427
身照寺　⑯下21
新庄市　⑯下299
「心象スケッチ」　⑯下306
「心象スケッチ外輪山」　⑯下255
「心象スケッチ朝餐」　⑯下308
「心象スケッチ二篇」　⑯下307, 317
「心象スケッチ　農事　三篇」　⑯下299
『心象スケッチ　春と修羅』　⑯下235

心象スケッチ『春と修羅』　⑯下269
「心象スケッチ　負景二篇」　⑯下296
「新詩論」　⑯下497
「新詩論」仮編集所　⑯下488
新詩論編輯所　⑯下497
「新進詩人」　⑯下299, 490
新声社　⑯下301
深雪　⑯下258
「新てるて姫」　⑯下377
新田町　⑯下451
新藤武　⑯下354
新藤ふさ　⑯下467
新鉛　⑯下48→新鉛温泉
新鉛温泉　⑯下48
「新年」　⑯下363
神野幾馬　⑯下98, 115, 116, 158, 525
新場　⑯下258
新橋演舞場　⑯下374, 376
「人物のゐる街の風景」　⑯下329
新文芸協会　⑯下220
神保町　⑯下122, 468
神明　⑯下421→神明実行組合
神明組合　⑯下443
神明実行組合　⑯下421
親鸞　⑯下18, 518
「森林軌道」　⑯下287

## す

瑞巌寺　⑯下76
水晶堂　⑯下169, 188
「水仙月の四日」　⑯下235
「〔水仙をかつぎ〕」　⑯下352
「水稲苗代期ニ於ルチランチンノ肥効実験報告」
　　⑯下293
「随筆　蛍も過ぎて」　⑯下317
「〔水平線と夕陽を浴びた雲〕〔断片〕」　⑯下286
「スイミング・ワルツ」　⑯下236
末永延寿　⑯下113, 116, 119, 171, 525
末広町　⑯下408
末吉喜助　⑯下99
菅野一郎　⑯下309
菅野全二　⑯下98
巣鴨宮下町一七九四　⑯下281

「〔すがれのち萱を〕」　⑯下353
菅原源太郎　⑯下260
菅原米店　⑯下452
菅原重信　⑯下127, 224, 292, 388
菅原徳次郎　⑯下238
菅原俊男　⑯下525
菅原隆太郎　⑯下253, 254
杉崎鹿次郎　⑯下63, 69, 82
杉谷泰山　⑯下45
数寄屋橋　⑯下326
杉山健雄　⑯下244, 245, 256
杉山元治郎　⑯下321
杉山芳松　⑯下257, 290, 306, 480
スコットランド　⑯下436
鈴木医学士　⑯下157
鈴木医師　⑯下159, 160
鈴木梅太郎　⑯下98, 99, 102
鈴木栄吉　⑯下489, 504, 505, 507, 511, 513
鈴木勝二郎　⑯下303, 308
鈴木軍之助　⑯下430, 432, 441, 447
鈴木信治　⑯下504
鈴木操六　⑯下243, 244, 255, 358
鈴木卓苗〈たくみょう〉　⑯下38, 68
薄田研二　⑯下328, 329
鈴木東蔵　⑯下389, 390, 398-405, 408, 412-416, 418-428, 430-433, 437, 440, 441, 443, 445-447, 449, 454, 457-459, 463, 466-472, 474-476, 480, 481, 483, 492, 493, 495-502, 508
鈴木東民　⑯下216
鈴木延雄　⑯下98, 215
鈴木春重　⑯下375
鈴木春信　⑯下375
鈴木彦次郎　⑯下363
錫木碧　⑯下489, 504, 507, 511, 513→鈴木栄吉
鈴木三重吉　⑯下285
鈴文商店　⑯下438, 439
煤孫利吉　⑯下321, 366
鈴谷岳　⑯下258
「鈴谷平原」　⑯下258
鈴谷平原　⑯下258
須田町　⑯下471
須田仲次郎　⑯下346, 347
「昴」　⑯下260

スペイン風邪　⑯下164
隅田川　⑯下12
摺沢村　⑯下501
諏訪　⑯下315

## せ

精一　⑯下336
「生活の現実に立て」　⑯下320
青函連絡船　⑯下257
「盛教」　⑯下144
盛銀常務　⑯下405→宮沢恒治
「清潔法施行」　⑯下352
「生産体操」　⑯下239
「政治家」　⑯下353
「聖詩風」　⑯下299
「〔聖女のさましてちかづけるもの〕」　⑯下473
「精神歌」　⑯下229, 236, 237, 242, 268
「精神界」　⑯下48
盛中　⑯下164→盛岡中学校
「晴天恣意」　⑯下268
「聖燈」　⑯下324, 367, 368, 370, 389
聖燈社　⑯下367, 368
青年訓練所令　⑯下311
「精白に搗粉を用ふることの可否に就て」　⑯下449
成美堂　⑯下337
「清明どきの駅長」　⑯下291
「生命の王」　⑯下329
政友会　⑯下366, 388
清養院　⑯下82
精養軒　⑯下238, 267, 307, 349, 369
瀬川　⑯下303
瀬川嘉助　⑯下257
瀬川コト　⑯下12-14, 21, 48, 97, 109, 140, 157, 169, 183, 219, 220, 225, 266, 268
瀬川佐次郎　⑯下50
瀬川周蔵　⑯下14, 97, 183, 220→瀬川弥右衛門
瀬川庄太郎　⑯下387
瀬川善次　⑯下321
瀬川貞次郎　⑯下388
瀬川貞蔵　⑯下62, 85, 183, 387
瀬川政雄　⑯下93
瀬川松次郎　⑯下388

瀬川弥右衛門(三代)　⑯下130
瀬川弥右衛門(四代)　⑯下14
瀬川米八　⑯下321
関鑑子　⑯下328
関教授　⑯下112→関豊太郎
関キン　⑯下8→宮沢キン
関口嘉七郎　⑯下85
関口三郎　⑯下429, 430, 434, 438, 439, 445, 464, 483
関家　⑯下8
関七郎兵衛保憲　⑯下8
赤十字　⑯下89
関善七　⑯下8
責善寮　⑯下97, 168, 169, 187, 192
関壮二　⑯下303, 308
関徳弥　⑯下32, 45, 56, 135, 190, 204, 206, 207, 209, 214-217, 219, 225, 226, 228, 244, 251, 271, 288, 360, 482, 483, 485, 503, 510, 513, 514, 521
　→岩田徳弥
関登久也　⑯下134→岩田徳弥
関豊太郎　⑯下98, 112, 115, 116, 119, 124, 135, 140-143, 148, 153, 157, 159, 164, 165, 167, 172, 193, 201, 203, 204, 227, 253, 254, 404, 416, 419
関ナヲ　⑯下360
関根喜太郎　⑯下269, 301
関根書店　⑯下269, 272, 273, 277, 278, 302
関良助　⑯下246, 277
セツ　⑯下13, 14, 21→梅津ヨシ
浙江　⑯下365
「一〇〇一　汽車」　⑯下344
「善鬼呪禁」　⑯下276
「(一九二九年二月)」　⑯下385
「選挙」　⑯下488, 489
千家元麿　⑯下386
全国優良農具実演展覧会　⑯下461
千秋閣　⑯下351
先生　⑯下167→関豊太郎
仙台　⑯下76, 118, 150, 151, 245, 266, 299, 301, 311, 370, 403, 408, 412, 413, 429, 434, 459, 464, 465, 473, 482, 488-490, 499, 505, 509, 511, 513
仙台駅　⑯下466
仙台市　⑯下504
仙台市荒町五八　⑯下379

仙台市同心町通四六　⑯下379
仙台市同心町通四六番地　⑯下379
仙台市成田町一一六　⑯下482
仙台市原ノ町　⑯下434
仙台市東一番丁　⑯下371
仙台市東九番丁九一　⑯下379
仙台市東二番町二一岩瀬方　⑯下379
仙台市茂市ヶ坂二三番地　⑯下464
仙台停車場　⑯下151
仙台放送局　⑯下489
仙台丸善　⑯下150
千田是也　⑯下328
仙南　⑯下438, 439
全日本無産青年同盟　⑯下368
仙人峠　⑯下101, 130, 286, 287
仙人峠駅　⑯下461
専念寺　⑯下489
仙北　⑯下438, 439
仙北組町　⑯下451
仙北町　⑯下448, 451
千厩　⑯下298, 370
千厩町　⑯下213

**そ**

「層雲」　⑯下507
層雲社　⑯下290, 507
『造園学概論』　⑯下337
「創刊号を読む」　⑯下489, 491
「総合曲　謎のトランク」　⑯下376
「荘厳ミサ」　⑯下237
双樹社　⑯下484
「早春独白」　⑯下268, 404, 482, 483, 485
「増水」　⑯下317, 357
宗青寺　⑯下10, 280
曹洞宗　⑯下10, 18, 82, 84, 89
「〔僧の妻面膨れたる〕」　⑯下97
「奏鳴的説明」　⑯下288
「奏鳴四一九」　⑯下363
「宗谷挽歌」　⑯下258
「相律及ソノ応用」　⑯下151
「〔蒼冷と純黒〕」　⑯下226
『蔬菜園芸教科書』　⑯下281
祖書普及期成会　⑯下204, 216

「測候所」　⑯下269
外川目村　⑯下310
外山　⑯下100, 201, 269
「〔その青じろいそらのしたを〕」　⑯下354
「其噂桜色時」　⑯下377
「〔その洋傘［かさ］だけでどうかなあ〕」　⑯下277
その父　⑯下114→宮沢喜助
「〔そのとき嫁いだ妹に云ふ〕」　⑯下289
祖父　⑯下153→宮沢喜助
「祖父の死」　⑯下9, 132
祖母　⑯下153→宮沢キン

## た

台　⑯下149, 159
第一高等学校　⑯下89
台温泉　⑯下65, 146, 148, 160, 276
「第九合唱」　⑯下237
「第九交響曲」　⑯下513
大工町　⑯下450, 517
「第五ピアノ協奏曲」　⑯下513
対山楼　⑯下108
第三高等学校　⑯下76
「対山漫録」　⑯下368
太子口喜志　⑯下223
「第四交響曲」　⑯下237
大正看護婦会（盛岡）　⑯下245
「大乗起信論」　⑯下70
「大正詩壇の回顧」　⑯下346, 374
「大正十三年度岩手県立花巻農学校一覧」　⑯下262
大正天皇　⑯下53, 101, 102
大東館　⑯下76
大東漁業株式会社　⑯下130
大藤治郎　⑯下385
第二高等学校　⑯下13
「第二シンフォニー」　⑯下280
第八師団　⑯下65
「第八シンフォニーアレグロ」　⑯下280
「代表詩人作品　詩誌、詩集展」　⑯下363
「太平洋詩人」　⑯下318, 346, 350, 387
大洋軒　⑯下289
「第四梯形」　⑯下260, 261

平来作　⑯下244, 246, 255, 274, 276, 277, 288, 310, 314, 378, 417
「第六交響曲」　⑯下513
「第六シンフォニー田園」　⑯下287
台湾　⑯下125
「〔倒れかかった稲のあひだで〕」　⑯下506
高涯幻二　⑯下324, 340, 354, 368, 389→梅野健造
高金赤石採掘場　⑯下447
高木斐瑳雄　⑯下301
高崎巻　⑯下525
高瀬新太郎　⑯下17, 127, 224, 238, 292, 388
高瀬タキ　⑯下358
高瀬露　⑯下326, 359, 360, 390, 487→小笠原露
高知尾智耀　⑯下215, 218, 226, 257, 258, 495
高千代　⑯下267
高槻正二　⑯下299
高野一司　⑯下303, 308, 435, 503, 508
高橋　⑯下89
高橋勘太郎　⑯下18, 49, 57, 89, 90, 91, 145, 361, 512, 521
高橋喜一　⑯下289, 290
高橋喜一郎　⑯下474→宮沢賢治
高橋喜左衛門　⑯下10
高橋儀造　⑯下310
高橋吉次　⑯下444
高橋久之丞　⑯下418, 454, 479, 480, 497, 498
高橋金太郎　⑯下388
高橋倉吉　⑯下276
高橋慶吾　⑯下239, 313, 321, 322, 325, 326, 337, 359, 361, 368, 369, 381
高橋堅三　⑯下245
高橋光一　⑯下336
高橋茂　⑯下289
高橋七郎　⑯下84, 85
高橋写真館　⑯下97
高橋新吉　⑯下298
高橋末治　⑯下346
高橋清吾　⑯下424, 427, 443, 444, 454
高橋宣聿　⑯下502
高橋武治　⑯下289, 290, 310, 325, 379, 380, 387, 395-397, 403→沢里武治
高橋忠夫　⑯下245

高橋忠治　　　⑯下396, 404, 408, 495
高橋忠弥　　　⑯下504
高橋俊雄　　　⑯下245
高橋富雄　　　⑯下310
高橋豊子　　　⑯下329
高橋秀蔵　　　⑯下289
高橋秀松　　　⑯下98-102, 106-108, 110, 111, 113-115, 120, 122, 123, 131, 172-174, 525
高橋元吉　　　⑯下390
高橋弥吉　　　⑯下43
高橋弥兵衛　　⑯下10→宮沢弥兵衛
高橋雄次郎　　⑯下289
高橋与五兵衛　　⑯下255, 263, 266, 270, 285, 298, 306
高橋与惣吉　　⑯下299
高橋与之助　　⑯下310
高橋六助　　　⑯下351
高浜駅　　　　⑯下114
高日義海　　　⑯下269, 279, 294, 303, 308, 453
高松の池　　　⑯下98
高松池　　　　⑯下123
高松宮　　　　⑯下19, 113, 306
高間夏子　　　⑯下487
高村光太郎　　⑯下272, 321, 327, 330, 379, 387, 459, 474, 490, 505, 509, 523
高山写真館　　⑯下507
滝口武士　　　⑯下387
滝沢　　　　　⑯下174, 204, 241, 242, 295
滝沢駅　　　　⑯下446
滝沢演習林　　⑯下102
滝沢修　　　　⑯下328, 329
「滝沢野」　　⑯下242
滝沢村　　　　⑯下113
滝沢村一本木　⑯下58, 84
滝沢勇吉　　　⑯下310
滝田甚助　　　⑯下127, 224, 292
啄木会　　　　⑯下225, 323
岳　　　　　　⑯下162
岳川　　　　　⑯下161
竹柴其水　　　⑯下377
「竹と楢」　　⑯下242
竹中久七　　　⑯下505
竹村俊郎　　　⑯下487

竹本越路太夫　⑯下8
武安丈夫　　　⑯下68, 69
タゴール　　　⑯下106
多田鼎　　　　⑯下14, 17, 50, 54, 89
多田辰己　　　⑯下279, 294
多田不二　　　⑯下386
多田又四郎　　⑯下310
多田保子　　　⑯下488, 491
鑪山　　　　　⑯下57
「橘大隊長」　⑯下71
立花利英　　　⑯下321
立花村　　　　⑯下310
立丸峠　　　　⑯下131
竜岡町　　　　⑯下235
竜ノ口法難　　⑯下206
館〈たて〉　　⑯下211, 517
立石　　　　　⑯下162
館内勇　　　　⑯下379, 489, 490
館坂　　　　　⑯下236
館沢徳栄　　　⑯下310
伊達信　　　　⑯下328, 329
田中義一　　　⑯下368
田中清一　　　⑯下319
田中智学　　　⑯下12, 182, 191, 204, 205, 207, 209, 213, 218, 220, 221, 228, 252, 522
田中豊明　　　⑯下376
田中の地蔵　　⑯下98
田中冬二　　　⑯下387
田中縫次郎　　⑯下341
「たなばた」　⑯下489
田辺忠一　　　⑯下124, 525
田辺尚雄　　　⑯下377
「谷」　　　　⑯下238
谷崎竜子　　　⑯下329
「渓にて」　　⑯下295
谷藤源吉　　　⑯下53
狸小路　　　　⑯下271
種市　　　　　⑯下286
種市小学校　　⑯下394
種差海岸　　　⑯下319
種山　　　　　⑯下132, 279
「種山ヶ原」　⑯下133, 268, 295
種山ヶ原　　　⑯下132, 277

「種山ヶ原七首」　⑯下132
「種山ヶ原の夜」　⑯下245, 246, 274, 278, 279
「たび人」　⑯下242
「「旅人のはなし」から」　⑯下128
タピング　⑯下173→ヘンリー・タッピング
玉井郷方〈郷芳〉　⑯下122, 125, 126, 145, 147, 156
玉置邁　⑯下98
玉里村　⑯下310
玉利喜造　⑯下98
「惰眠洞妄語」　⑯下273
田村剛　⑯下337
田屋農園　⑯下347
ダリヤ品評会　⑯下404
「ダリヤ品評会席上」　⑯下357
樽前火山　⑯下271
だるまろうそく　⑯下178
短歌　⑯下131
丹後大地震　⑯下347
「炭酸石灰発送先控」　⑯下443
誕生寺　⑯下213
「丹藤川」　⑯下112
「胆農」　⑯下422
「タンホイザー」　⑯下310
「〔たんぼの中の稲かぶが八列ばかり〕」　⑯下347
『たんぽぽ』　⑯下361

## ち

治安維持法　⑯下452
「地学雑誌」　⑯下301
智覚真道居士　⑯下91→高橋勘太郎
「近ごろ雑筆」　⑯下369
近角常観　⑯下14, 17, 43, 182
近松門左衛門　⑯下329
近森善一〈よしかつ〉　⑯下117, 262, 278, 281
近森善一著『蠅と蚊と蚤』　⑯下261
「地形及地質」　⑯下201
知事　⑯下438→湯沢三千男
「〔ぢしばりの蔓〕」　⑯下357
地人会　⑯下346→羅須地人協会
地人学会　⑯下345, 349
『地人論』　⑯下214

千田助治　⑯下56, 81
千田宮治　⑯下81
父　⑯下143→保阪善作
父　⑯下58, 120, 125, 140-142, 144, 146, 147, 149, 150, 152, 154, 157, 160, 163, 167-169, 178, 182, 188, 194-196, 204-207, 217, 222, 223, 226, 229, 247, 252, 325, 326, 360, 371, 413, 457, 487, 514
　→宮沢政次郎
秩父　⑯下115, 116
秩父宮　⑯下113
「〔ちぞれてすがすがしい雲の朝〕」　⑯下351
「〔血のいろにゆがめる月は〕」　⑯下89
千葉　⑯下14
千葉喜一郎　⑯下482, 483
千葉県安房郡小湊　⑯下213
千葉恭　⑯下277, 299, 316, 331
地平社書房　⑯下367
チャイコフスキー　⑯下236, 280, 359
ちゃぐちゃぐうまこ　⑯下127
「ちゃんがちゃがうまこ」　⑯下128
「虫韻草譜」　⑯下524
中央会議所　⑯下376
「中央公論」　⑯下72
中央寺　⑯下84
「中央新聞」　⑯下308
中央大学　⑯下221
「中外日報」　⑯下222
中外日報社　⑯下222, 223
中華民国四川省重慶　⑯下385
中国広州　⑯下294
「中秋十五夜」　⑯下133
中尊寺　⑯下76
『中等国語読本』　⑯下262
「注文の多い料理店」　⑯下228
『注文の多い料理店』　⑯下117, 262, 263, 278, 280, 281, 285, 288, 297, 299, 321, 327, 344, 380, 406, 483, 502, 522
長久寺　⑯下207, 500
「朝饗」　⑯下289

## つ

「追憶記」　⑯下358, 523
通元善悟信士　⑯下491→石川善助

（たか〜つう）　479

「塚と風」　⑯下276
塚の根肥料相談所　⑯下367
塚本　⑯下327〈→塚本嘉次郎〉
「津軽海峡」　⑯下257, 270
津軽海峡　⑯下257
月丘きみ夫　⑯下402→母木光
築地小劇場　⑯下326, 375
槻田竹思　⑯下504
築館町　⑯下439
『月に吠える』　⑯下187
月野道代　⑯下329
「月柳五条橋」　⑯下376
「月夜のでんしんばしら」　⑯下227
辻潤　⑯下273, 344
辻盛一郎　⑯下100, 525
辻恒彦　⑯下328
津田清三　⑯下81
つたや　⑯下7
土井晩翠〈つちいばんすい〉　⑯下71
土沢　⑯下7, 101, 388
土沢町小山田　⑯下204
土淵村　⑯下390
土屋陸雄　⑯下58
綴方「遠方の友につかはす。」　⑯下53
ツナギ　⑯下58, 75→繫
繫　⑯下58, 75
繫温泉　⑯下116, 174
恒藤規隆　⑯下98
角田竹夫　⑯下504
坪内逍遥　⑯下377
「〔つめたい海の水銀が〕」　⑯下272
「〔つめたい風はそらで吹く〕」　⑯下292
ツルゲネフ　⑯下86
鶴見要三郎　⑯下98, 145, 158, 172, 173→出村要三郎

## て

帝国劇場　⑯下349
「帝国信用録」　⑯下447
帝国製麻会社　⑯下271
帝国図書館　⑯下180, 181, 225, 326, 374
帝室博物館　⑯下115
弟妹　⑯下207→宮沢トシ・岩田シゲ・宮沢クニ・宮沢清六
弟妹　⑯下489→宮沢清六・宮沢クニ
弟妹　⑯下114→宮沢清六・宮沢シゲ・宮沢クニ
「停留場にてスキトンを喫す」　⑯下378
「〔手紙　一〕」　⑯下196
「〔手紙　二〕」　⑯下197
出観祥　⑯下76→阿部孝
手塚武　⑯下330
「〔鉄道線路と国道が〕」　⑯下270
デナ　⑯下151
テーヌ　⑯下484
「出船」　⑯下489
出村要三郎　⑯下98, 102, 525
寺内　⑯下58
寺田弘　⑯下513
照井瑩一郎　⑯下296, 299
照井克二　⑯下321
照井謹二郎　⑯下242, 243, 268, 341, 394
照井源三郎　⑯下368
照井謙二郎　⑯下266→照井謙次郎
照井謙次郎　⑯下251, 255, 266, 270, 285, 291, 306
照井写真館　⑯下396, 404, 407, 495
照井庄六　⑯下37
照井真臣乳〈くまみち〉　⑯下50, 51, 394
「田園」　⑯下236
田園劇試演招待券　⑯下278
「田園シンフォニー　小川の辺り」　⑯下280
伝教大師　⑯下18, 221-223
「天業民報」　⑯下206, 213, 219-221, 228, 239, 243, 245, 247, 255, 257-259, 261, 324
「天才人」　⑯下488, 498-501, 503, 504
「天才人」第六輯／その詩歌を一読」　⑯下501
「天才人」発刊の挨拶」　⑯下486
「電車」　⑯下225, 241
天神町　⑯下287
天神山　⑯下98
「電線工夫」　⑯下242
天台宗　⑯下18
天台法華宗　⑯下222
「天然誘接」　⑯下241
天王　⑯下162

## と

ドイツ　⑯下372
土井晩翠〈どいばんすい〉　⑯下71→土井晩翠〈つちいばんすい〉
「凍雨」　⑯下276
東海道本線　⑯下109
桐下倶楽部　⑯下84, 85, 94
「冬季休業の一日。」　⑯下55
東儀鉄笛　⑯下220
「東京」　⑯下224
東京　⑯下14, 23, 97, 109, 115, 120, 149, 151, 155, 161, 163, 167, 170, 185, 186, 188, 189, 193, 195, 200, 203, 214, 215, 221, 223, 225, 251, 252, 299, 302, 311, 320, 348, 372, 375, 380, 408, 448, 454, 458, 460, 463, 466, 469, 473, 481, 488
「東京朝日新聞」　⑯下185, 278
東京麻布十番　⑯下458
東京牛込　⑯下99
東京牛込矢来町　⑯下147
東京駅　⑯下107
東京大歌舞伎　⑯下256
東京大森八景坂　⑯下342
東京管区気象台　⑯下373
東京京橋　⑯下12
東京京橋区南鞘町一七番地　⑯下269
東京光原社　⑯下278, 281
東京麴町区飯田町二ー五三　⑯下294
東京高等工業学校電気科　⑯下251
東京国際倶楽部　⑯下325
東京市江戸川区　⑯下495
東京市外一之江　⑯下369
東京市外吉祥寺　⑯下505
東京市外巣鴨町宮下一七九四　⑯下278
東京市外野方下沼袋一六三六　⑯下370
東京市外松沢村松原一一二〇　⑯下488
東京市外和田堀町和泉二四三　⑯下387
東京市神田区一ツ橋通町二〇番地　⑯下455
東京市吉祥寺一八七五　⑯下495
東京市京橋区木挽町　⑯下14
東京市日本橋区下槙町一二　⑯下301
東京社　⑯下251, 253
東京帝国大学　⑯下186
東京帝国大学医学部附属病院小石川分院　⑯下141, 168, 179
東京独逸学院　⑯下114
東京堂書店　⑯下484
東京中渋谷道玄坂　⑯下147
「東京日日新聞」　⑯下270
「東京」ノート　⑯下58, 59, 61, 63, 66, 69, 70, 72, 77, 86, 89, 90, 100
東京府下吾嬬町請地五四二　⑯下379
東京府下落合町上落合七四二　⑯下306
東京府下北豊島郡滝野川町　⑯下416
東京府下吉祥寺一八七五　⑯下411
東京府下長崎町一一一七三　⑯下379
東京府下淀橋柏木九九　⑯下312
東京府立美術館　⑯下374
東京四谷第六小学校　⑯下381
東京湾汽船会社　⑯下371
「峠」　⑯下286
「峠の上で雨雲に云ふ」　⑯下354
道元　⑯下18
東光寺　⑯下213
東洲斎写楽　⑯下377
「銅線」　⑯下242
「痘瘡」　⑯下268
「痘瘡（幻聴）」　⑯下296
「同窓会報」　⑯下525
東大赤門前　⑯下216
東大病院小石川分院　⑯下141→東京帝国大学医学部附属病院小石川分院
東文館　⑯下45
東北印刷会社　⑯下499
東北砕石工場　⑯下16, 20, 100, 389, 398, 400, 404, 412, 413, 415, 416, 418, 421-423, 425, 427, 428, 432, 434, 435, 437, 438, 440-442, 444-448, 452, 454, 456, 457, 462, 463, 475, 476, 479, 480, 482, 501, 509
東北砕石工場技師　⑯下414
東北砕石工場仙台事務所　⑯下413
東北砕石工場仙台出張所　⑯下413
東北砕石工場花巻出張所　⑯下16, 415, 416, 426
東北産業博覧会　⑯下370
東北写真館　⑯下65
東北大学　⑯下301
東北帝国大学　⑯下370, 434

（つか〜とう）　481

東北帝国大学地質学科　⑯下110
東北帝国大学附属病院　⑯下266
東北農業薬剤研究所　⑯下261, 262, 281
「東北文化研究」　⑯下385
東北本線　⑯下114, 151, 168, 180, 214, 272, 278, 286, 297, 301, 368, 370, 403, 461, 464
東北六県菊花品評会　⑯下362
「「童話」雑記一断片六つ一」　⑯下502
「童話文学」　⑯下459←「児童文学」
「〔遠くなだれる灰いろのそらと〕」　⑯下348
遠田郡小牛田町　⑯下435
遠野　⑯下101, 131, 366, 461
遠野実科女学校　⑯下267
遠野中学　⑯下63
「遠山桜天保日記」　⑯下377
通三丁目　⑯下216←→日本橋通三丁目〉
トキ　⑯下12→宮沢トキ
「毒蛾」　⑯下240
徳川家康　⑯下12
徳玄寺　⑯下83, 88
徳島　⑯下98
「床屋」　⑯下225
「途上二篇」　⑯下240
「土壌要務一覧」　⑯下341
「図書館幻想」　⑯下228
外台　⑯下315
栃木　⑯下98, 419, 483
栃木県那須郡烏山町　⑯下330
特許局　⑯下376
鳥取県東伯郡社村　⑯下507
鳥取県社村　⑯下228
鳥取県立倉吉農学校　⑯下495, 506
土手中町　⑯下431
鮖の崎　⑯下286
轟東林　⑯下213
鳥羽　⑯下109
鳥羽蒲郡線　⑯下109
鳥羽源蔵　⑯下301
ドビュッシー　⑯下236
「〔扉を推す〕」　⑯下351
苫小牧　⑯下271
富岡　⑯下258
富田砕花　⑯下386, 402

富手一　⑯下237, 351, 353, 354, 394, 397, 417
富永太郎　⑯下287
友田恭助　⑯下328, 329
鳥谷ヶ崎　⑯下130
鳥谷ヶ崎神社　⑯下10, 517
豊川商会　⑯下448, 460
豊沢　⑯下146, 159, 197, 203
豊沢川　⑯下43, 161, 241
豊沢町　⑯下21, 211, 243, 291, 311, 403, 517
豊沢橋　⑯下44
豊竹呂昇　⑯下8
豊原　⑯下258
豊原公園　⑯下258
豊原町　⑯下261
「銅鑼」　⑯下294, 296, 299, 306, 317, 321, 324, 330, 345, 346, 354, 361, 363, 365, 368, 386, 387, 458
「〔寅吉山の北のなだらで〕」　⑯下287
「銅鑼詩集(年刊詩集第一)」　⑯下354
銅鑼社　⑯下331, 361
「ドラビダ風」　⑯下352
「鳥」　⑯下288, 295
鳥居清長　⑯下375
鳥越倶楽部　⑯下346, 357
「鳥の遷移」　⑯下272
「鳥辺山心中」　⑯下122
杜陵出版部　⑯下278, 281
トルストイ　⑯下110, 308, 335
トロツキイ　⑯下367
「〔どろの木の下から〕」　⑯下269
「どんぐりと山猫」　⑯下227
「ドン・ファン」　⑯下236

## な

直次　⑯下48→宮沢直治
永井一雄　⑯下124, 171
永井荷風　⑯下371
永井敬助　⑯下85
中井弥五郎　⑯下309
長岡伊勢松　⑯下464
中小路　⑯下279, 307, 517
仲小路　⑯下322
長坂俊雄　⑯下245, 256, 259, 260, 272

長坂村　　⑯下403
長坂郵便局　⑯下422, 423, 428
中里　⑯下258
長沢誠一　⑯下62, 65, 525
長沢〔雄二〕　⑯下64, 65
中島慶助　⑯下128, 146
中島公園　⑯下271
中嶋信　⑯下41, 98, 113, 117, 172-174
中島米八　⑯下270
永瀬清子　⑯下508
長滝智大　⑯下244
永田錦心　⑯下71, 78
中岳　⑯下162
中館　⑯下482
中館長三郎　⑯下501
中館武左エ門　⑯下341→中館武左衛門
中館武左衛門　⑯下487
中田信子　⑯下490
中津川　⑯下125-127
長靜　⑯下115, 116
中西悟堂　⑯下308, 346, 374, 386, 523
中西弘成　⑯下172-174
長野　⑯下377
中野賢二郎　⑯下85
中野新左久　⑯下300, 306, 309, 340, 525
長野峠　⑯下162
中野秀人　⑯下278
中野村　⑯下127
長浜〔忠夫〕　⑯下58
中林商店　⑯下421-424, 426, 427, 433, 443, 445, 447, 452-454, 457-459, 463
仲町　⑯下267
長町駅　⑯下438
中丸広之助　⑯下100, 525
中村歌右衛門　⑯下377
中村歌六(三代目)　⑯下122
中村甑五郎　⑯下256
中村吉右衛門　⑯下377
中村芝鶴　⑯下376
中村雀三郎　⑯下256
中村末治　⑯下245, 276→平賀末治
中村福助　⑯下377, 378
中村不二雄　⑯下58

中村ふじ夫　⑯下58→中村不二雄
中村不折　⑯下278
中屋化粧品店　⑯下180
中谷商店　⑯下205
中山　⑯下69
永山　⑯下261
中屋薬局　⑯下180
名古屋　⑯下222, 223, 420, 465, 468
名古屋市東区古出来町市営住宅十四号　⑯下266
梨ノ木町　⑯下451
名須川郁　⑯下422
那須川郁　⑯下342→名須川郁
鉈屋町　⑯下448, 451
「夏」　⑯下272
夏目漱石　⑯下119
名取郡岩沼町　⑯下438〈→宮城県名取郡岩沼町〉
七折滝　⑯下162
七つ森　⑯下58
「〔何もかもみんなしくじったのは〕」　⑯下352
「〔何をやっても間に合はない〕」　⑯下357
鍋倉　⑯下334
鍋屋敷　⑯下162
鉛　⑯下145, 159, 197, 203
「〔鉛いろした月光のなかに〕」　⑯下342
鉛温泉　⑯下48, 146, 159-161
「浪底親睦会」　⑯下377, 378
「南無妙法蓮華経」　⑯下153, 156, 210, 247, 394, 519
名目入　⑯下162
奈良　⑯下107, 108, 223
奈良駅　⑯下223
奈良県立農事試験場　⑯下108
「奈良公園」　⑯下223
奈良公園　⑯下223
奈良の歌　⑯下108
「楢ノ木大学士の野宿」　⑯下268
成瀬金太郎　⑯下98, 144, 146, 192, 215, 525
成瀬仁蔵　⑯下192
楠渓町　⑯下258
南斜花壇　⑯下351, 353, 361
南城　⑯下315, 342

(とう〜なん)　483

南城組合　　⑯下443
南昌山　　⑯下58, 63, 64, 99, 116, 127, 174
南晶山　　⑯下64→南昌山
南禅寺　　⑯下108
〔何と云はれても〕　⑯下353
南部藩　　⑯下7, 10
南洋拓殖工業会社　⑯下144, 146, 192, 200
南洋東カロリン群島クサイ島　⑯下146, 200
南洋東カロリン群島ポナペ島　⑯下144, 146, 192

## に

新潟　　⑯下363, 377, 483
新潟市　　⑯下363
新潟市旭町二　　⑯下489
「新潟新聞」　⑯下363
新妻国義　⑯下525
新堀組合　⑯下444
新堀村　　⑯下310
新堀村葛坂　⑯下155
仁王通り　⑯下292
「二月六日」　⑯下317, 346
『肉弾』　⑯下68
「二荊自叙伝」　⑯下256, 275
〔澱った光の澱の底〕　⑯下377
「二三雑録」　⑯下379
西磐井郡　⑯下424, 454
西ヶ原　　⑯下100, 227, 378
西ヶ原農事試験場　⑯下107, 376, 468
西ヶ原農林省農事試験場　⑯下416
西一二丁目　⑯下315
西富家　　⑯下108
西鉛温泉　⑯下58, 140, 163, 177, 192, 194, 200, 205, 206
西根　　⑯下206
西根小屋町　⑯下431
西本願寺　⑯下107
西村清助　⑯下101
西山村　　⑯下110, 310
「二十人集」　⑯下504
二条離宮　⑯下108
「日輪と太市」　⑯下235, 235
日蓮　　⑯下18, 155, 203, 205, 207, 208, 213, 218, 219, 502, 518
「日蓮御書」　⑯下155
日蓮宗　　⑯下18, 21, 208, 221, 244
『日蓮宗聖典』　⑯下229
日蓮宗説教所本正教会　⑯下521
『日蓮上人御遺文』　⑯下204
『日蓮上人御遺文集』　⑯下214
『日蓮聖人御書全集』　⑯下216
『日蓮聖人の教義』　⑯下206, 209
「日蓮上人を論ず」　⑯下213
日光　　⑯下235
日盛軒　　⑯下118, 293
新渡戸稲造　⑯下7, 57
新渡戸伝　⑯下7
新渡戸豊　⑯下525
二戸郡　　⑯下135
日本共産党　⑯下362
日本国民高等学校　⑯下346
「日本詩人」　⑯下278, 296, 301, 308, 321, 386, 490
「日本詩壇」　⑯下502, 524
日本女子大学校　⑯下14, 99, 101, 123, 125, 151, 157, 164, 177, 192, 213
日本女子大学校家政学部　⑯下106
日本女子大学校家政学部予科　⑯下97
日本橋区本石町　⑯下177, 180, 182, 184, 189, 216, 471, 325
日本労働組合評議会　⑯下368
日本労農党　⑯下372
「如来寿量品」　⑯下155
『人間宮沢賢治』　⑯下485

## ぬ

「ぬすびと」　⑯下236
〔盗まれた白菜の根へ〕　⑯下321
〔沼のしづかな日照り雨のなかで〕　⑯下355
「沼森」　⑯下136, 205
〔温く含んだ南の風が〕　⑯下272

## ね

「猫」　⑯下194, 202
根子　　⑯下380
根子吉盛　⑯下269, 272, 275, 289, 315, 336

根白石村　⑯下434, 438
「〔根を截り〕」　⑯下350
捻華微笑　⑯下368

## の

「農園研究室」　⑯下274→「植物医師」
「〔野馬がかってにこさえたみちと〕」　⑯下276
農学校　⑯下378, 407
農業薬剤展覧会　⑯下461
農芸化学実験助手　⑯下273
農芸化学部助手　⑯下255
農事試験場渋谷分場　⑯下107
農商務省　⑯下374
農商務省農事試験場　⑯下226
農商務省農事試験場畿内支場　⑯下108
「農民芸術概論」　⑯下310, 524
「農民芸術概論綱要」　⑯下315
「農民(地人)芸術概論」　⑯下309
農林省　⑯下375, 376, 482
野口瑛　⑯下98
「ノート」　⑯下508
「野の師父」　⑯下357
〔野原はわくわく白い偏光〕」　⑯下348
信時潔　⑯下327
野町てい子　⑯下285

## は

ハアカア　⑯下151
バアナアド・ショウ　⑯下329
「灰色の岩」　⑯下119
ハイドン　⑯下236
『蠅と蚊と蚤』　⑯下263
「馬鹿旅行」　⑯下132
萩荘村　⑯下421, 425
萩原朔太郎　⑯下187, 386
萩原弥六　⑯下110, 111, 114, 125
白堊城　⑯下57
「白菜畑」　⑯下321
白瑞　⑯下257, 258→高知尾智耀
白雪居士　⑯下344
白帝書房　⑯下510
「化物丁場」　⑯下241
箱ヶ森　⑯下127

「箱が森七つ森等」　⑯下129
箱崎喜右衛門　⑯下7, 8
箱崎文秀　⑯下388
箱崎リス子　⑯下7→宮沢リス子
函館　⑯下83, 257, 259, 270
函館公園　⑯下270, 274
「函館港春夜光景」　⑯下270
函館航路　⑯下287
「函館新聞」　⑯下274
函館ドック　⑯下83
箱根　⑯下109
橋爪雄一郎　⑯下62
橋本アイ　⑯下479, 483→宮沢アイ
橋本喜七　⑯下50, 81
橋本喜助　⑯下141
橋本喜助　⑯下224, 292, 388
橋本享一　⑯下100
橋本サメ　⑯下12→宮沢サメ
橋本正輔　⑯下85, 90
橋本正介　⑯下90→橋本正輔
橋本善太　⑯下493
橋本常吉　⑯下321, 362
橋本伝吉　⑯下479, 483
橋本トク　⑯下479, 483
橋本英之助　⑯下61, 81, 82, 94
長谷川氏　⑯下438
長谷川巳之吉　⑯下385
畠山栄一郎　⑯下198, 228, 229, 234-236, 243, 251, 254, 255, 263, 266, 270, 278, 285, 287, 291, 300, 301, 369, 525
畠山校長　⑯下254→畠山栄一郎
畠山辰次郎　⑯下310
羽田正　⑯下229, 267, 269, 279, 294, 350
畠中茂登喜　⑯下98
八戸　⑯下318, 427
八幡　⑯下437, 460
八幡様　⑯下90→盛岡八幡宮
八幡村　⑯下310
八景　⑯下48, 315
「白骨の御文章」　⑯下9, 16, 32
ハッチ及ラスタル　⑯下150
「発電所」　⑯下289
「発動機船一、第二、三」　⑯下286

(なん～はつ)　485

「発動機船〔断片〕」　⑯下286
服部品吉　⑯下77, 81
バッハ　⑯下313
〔「はつれて軋る手袋と」〕　⑯下289
「バナナン大将」　⑯下256
「花農校友会々報」　⑯下273, 275, 278-280, 288
鼻節重治　⑯下303, 308
花巻　⑯下6, 12, 13, 16, 17, 71, 85, 101, 114, 123, 125, 130-132, 145, 147-149, 154, 157, 159-161, 165, 168, 169, 173, 179, 180, 182, 192, 196, 204, 205, 214, 216, 241, 244, 252, 254, 256, 259, 260, 271, 272, 274, 286, 287, 295, 297, 301, 315, 318, 320, 323, 326, 342, 347, 356, 358, 362, 367, 377, 403-405, 408, 420, 425, 426, 432, 437, 442, 445-448, 453, 454, 456, 459, 461, 468-471, 485, 488, 497, 509
花巻育英会　⑯下370
花巻駅　⑯下226, 244, 245, 278, 325, 370, 414, 428, 453
花巻温泉　⑯下12, 270, 303, 351, 353, 361, 362, 396, 404, 405, 407, 408, 417, 492, 495
花巻温泉遊園地　⑯下351, 394, 397, 418
花巻川口尋常高等小学校尋常科　⑯下43, 45
花巻川口町　⑯下18, 26, 149, 169, 186, 219, 224, 254, 291, 309, 315, 343, 344, 386, 422
花巻川口町育英会　⑯下18
花巻川口町育英会理事　⑯下18, 19, 34, 340, 370
花巻川口町鼬幣〈いたちっぺい〉　⑯下238
花巻川口町大字里川口第一二地割字川口町二九五番地　⑯下26
花巻川口町学務委員　⑯下19, 306
花巻川口町公会堂　⑯下300, 302
花巻川口町下根子　⑯下311
花巻川口町城内　⑯下214
花巻川口町末町　⑯下368
花巻川口町町会議員　⑯下18, 19, 50, 97, 126, 177, 306
花巻川口町町長　⑯下205
花巻川口町豊沢町三〇三　⑯下63
花巻川口町花巻川口尋常高等小学校　⑯下40
花巻川口町方面委員　⑯下18, 68
花巻共立病院　⑯下238, 312, 483, 518
花巻銀行　⑯下12, 13, 100, 101, 454

花巻警察署　⑯下408
花巻警察署長　⑯下343→伊藤儀一郎
花巻高女　⑯下151→花巻高等女学校
花巻高等女学校　⑯下14, 97, 151, 196, 200, 205, 213, 227, 228, 230, 236, 244, 247, 251, 253, 258, 268, 279, 294, 307, 489
花巻穀物検査所　⑯下277, 299, 332
花巻座　⑯下368
花巻在郷軍人会　⑯下306
花巻市鍛冶町一一五番地　⑯下27
花巻秋香会　⑯下361, 362, 523
花巻出張所　⑯下453
花巻小学校　⑯下279, 307, 351
花巻尋常高等小学校　⑯下489
花巻スケート協会　⑯下307
花巻町　⑯下18, 26, 130, 206, 254, 315, 322, 346, 386, 387, 443, 489, 491, 517, 522
花巻町大字北万丁目第二〇地割字吹張八番地の一　⑯下228
花巻町御田屋町　⑯下207
花巻町上町　⑯下389
花巻町里川口三二〇番地　⑯下483
花巻町末広町　⑯下407, 463
花巻町大工町　⑯下473
花巻町館小路　⑯下268
花巻町長　⑯下19
花巻町豊沢町　⑯下522, 523
花巻町本城　⑯下37
花巻町役場　⑯下524
花巻町四日町　⑯下229
花巻豊沢町　⑯下453
花巻農学校　⑯下13, 20, 200, 245, 255-257, 259-261, 263, 266, 268, 272, 274-279, 285, 287, 288, 292, 294, 295, 300, 302, 306, 307, 309-311, 314, 315, 326, 351, 401, 403, 404, 417, 435, 453, 495, 503, 522, 523
花巻農学校実習助手　⑯下496
「花巻農学校精神歌」　⑯下255, 257
花巻バプテスト教会　⑯下325
花巻病院　⑯下362, 379
花巻仏教会　⑯下182, 204
花巻輪読会　⑯下294
花柳はるみ　⑯下328

「花椰菜」　⑯下236
「母」　⑯下491, 492
母　⑯下153, 156→保阪いま
母　⑯下19, 149, 154, 170, 177, 194, 195, 207, 240, 247, 487, 514, 521→宮沢イチ
母木光　⑯下402, 404, 406, 411, 441, 472, 482-486, 495, 499, 502, 504-506, 509, 510, 512, 514, 521-523, 525
浜口内閣　⑯下398
浜町　⑯下122
「葱嶺[パミール]先生の散歩」　⑯下505
早坂一郎　⑯下301
林正因[しよういん]　⑯下38
「林と思想」　⑯下239
林房雄　⑯下328
早池峰山　⑯下64, 162, 163, 174, 295, 316
「早池峰山巓」　⑯下275
早池峰山麓大迫町　⑯下204
原勝成　⑯下98, 131, 149, 158, 163, 165, 177, 525
原清　⑯下158
茨島　⑯下59, 62
「原体剣舞連」　⑯下133, 241
「原体剣舞連」二首　⑯下132
原敬　⑯下58
原年雄　⑯下227, 251
原戸藤一　⑯下110, 111→工藤藤一
原ノ町　⑯下438
「春」　⑯下270, 275, 290, 313, 316
「はるかな作業」　⑯下320
春木場　⑯下100, 129
「春と修羅」　⑯下238, 458
『春と修羅』　⑯下234, 255, 260, 266, 270, 272, 273, 275, 277, 278, 285, 287, 288, 290, 295-298, 302, 306, 320, 324, 327, 344-346, 356, 361, 363, 374, 388, 390, 407, 445, 482-484, 492, 505, 508, 513, 522
『春と修羅』「序」　⑯下267
「春二篇」　⑯下296
ハルビン　⑯下59
「「春」変奏曲」　⑯下275
「春　変奏曲」　⑯下505
晴山源一　⑯下310
晴山亮一　⑯下246, 255, 259, 277

ばれんや旅館　⑯下147
「麺麴」　⑯下508
「半蔭地選定」　⑯下488, 497
「反情」　⑯下268, 324
反情社　⑯下268
坂東秀調　⑯下377
坂東三津五郎　⑯下377
「般若心経」　⑯下173
「飯米精白法に就て」　⑯下481

## ひ

「〔日脚がほうとひろがれば〕」　⑯下270
ピアノソナタ「月光」　⑯下310
「比叡」　⑯下222
「比叡(幻聴)」　⑯下272
比叡山　⑯下221, 222
比叡山延暦寺　⑯下18
稗貫川　⑯下161
稗貫郡　⑯下125, 150, 152, 159, 162, 197, 274, 309, 515
稗貫郡郡長　⑯下159, 229
稗貫郡蚕業講習所　⑯下152, 228, 280, 435
稗貫郡視学　⑯下229
「稗貫郡支部」　⑯下362
稗貫郡下根子　⑯下381
稗貫郡地質調査　⑯下152
稗貫郡土性調査　⑯下140, 145, 150, 152, 193, 194, 253
稗貫郡内八幡村　⑯下454
稗貫郡根子村　⑯下315
稗貫郡農蚕講習所　⑯下280
稗貫郡八幡村　⑯下260
稗貫郡花巻川口町大字里川口三〇三番戸　⑯下28
稗貫郡花巻町　⑯下350
稗貫郡八重畑村　⑯下324, 345, 495
稗貫郡役所　⑯下193, 201, 256
稗貫郡矢沢村　⑯下307
稗貫郡立蚕業講習所　⑯下198
稗貫郡立農蚕講習所　⑯下196, 198, 228, 435
稗貫郡立農蚕講習所技手　⑯下193
稗貫郡立稗貫農学校　⑯下228→稗貫農学校, 郡立稗貫農学校

（はつ～ひえ）　487

稗貫農学校　⑯下13, 19, 228, 234, 235, 237, 238, 241, 243, 248, 251, 253-256, 268, 274, 280, 294, 300, 358, 394, 396, 495
「〔稗貫農学校就職時提出履歴書〕」　⑯下230, 248, 262, 263, 282, 294
稗貫農学校助手　⑯下495
「稗貫農学校精神歌」　⑯下239
「〔火がかゞやいて〕」　⑯下348
「〔日が蔭って〕」　⑯下351
『美学原論』　⑯下484
東茨城郡酒門村大字酒門字塙　⑯下371
東磐井　⑯下458
東磐井郡　⑯下132, 310, 407, 412, 454
東磐井郡藤沢町　⑯下502
東磐井郡松川　⑯下413
東磐井郡松川駅　⑯下389
「東岩手火山」　⑯下242
東大久保　⑯下489
東鬼越　⑯下100
東海岸視察団　⑯下130
東海岸線　⑯下258
「〔東の雲ははやくも蜜のいろに燃え〕」　⑯下269
東本願寺　⑯下107
東山千栄子　⑯下328
「〔日が照ってゐて〕」　⑯下348
ビクター社　⑯下237
久板栄二郎　⑯下328
「陽ざしとかれくさ」　⑯下238, 268
久幸勝信　⑯下490
日沢義栄　⑯下310
土方定一　⑯下320
土方与志　⑯下328
「秘事念仏の大元締が」　⑯下353
「ビヂテリアン大祭」　⑯下279
日詰　⑯下8, 10, 65, 174, 267, 451, 452, 493
英五郎　⑯下43→沢田英五郎
人首　⑯下132
「人首町」　⑯下268
人麿　⑯下308〈→柿本人麿〉
瞳田鐘一郎　⑯下485
日向秀雄　⑯下422
「ひのきとひなげし」　⑯下506

「ひのきの歌」　⑯下123
「〔日はトパーズのかけらをそそぎ〕」　⑯下270
「雲雀」　⑯下236
日比谷図書館　⑯下182
姫神　⑯下111
姫神山　⑯下113, 125, 174, 351
「病院」　⑯下322
病院　⑯下179→東京帝国大学医学部附属病院小石川分院
「病院の歌」　⑯下89
「氷河鼠の毛皮」　⑯下255
「氷質の冗談」　⑯下287, 363
「氷質のジョウ談」　⑯下365
「描写上の問題と労働せる作家や詩人」　⑯下412
日和山　⑯下76
平井重吉　⑯下418
平泉　⑯下76, 446
平泉駅　⑯下254
平円　⑯下7
平賀円治　⑯下7, 37, 130
平賀家　⑯下7
平賀幸七　⑯下310
平賀末治　⑯下276
平賀善次郎　⑯下277
平賀千代吉　⑯下238, 388
平賀常松　⑯下9, 37→平賀円治
平賀豊蔵　⑯下277
平賀ヤギ　⑯下9, 16, 26, 37, 75, 76, 408, 475
平賀喜治郎　⑯下276
平野行一　⑯下433
平野宗　⑯下310
平野八十八　⑯下43
平野立乾［りゆうけん］　⑯下37
平野礼太郎　⑯下43
『肥料学各論』　⑯下481
肥料展覧会　⑯下461-463
「〔ひるすぎになってから〕」　⑯下348
「疲労」　⑯下314
広川松五郎　⑯下272
弘前　⑯下290, 293, 295
弘前歩兵第三一連隊　⑯下266, 278, 297, 299, 301, 407, 411

弘前歩兵第三一連隊第一大隊　⑯下406
弘前歩兵第三一連隊第九中隊　⑯下402
弘前歩兵第三一連隊第九中隊第二班　⑯下394,
　　396
弘前歩兵第三一連隊第七中隊第一班　⑯下290
広瀬退蔵　⑯下525
広瀬哲士　⑯下484
広淵沼開墾地　⑯下435
「〔ひわいろの笹で埋めた嶺線に〕」　⑯下353
琵琶湖　⑯下222

## ふ

「フィガロの結婚」　⑯下236
フィドレイ　⑯下151→フィンドレイ
フィンドレイ　⑯下151
「風景」　⑯下239, 316
「風景観察官」　⑯下239
「風景とオルゴール」　⑯下260
「風林」　⑯下256, 260
「賦役」　⑯下320
深沢紅子　⑯下466
深沢省三　⑯下285, 466
府下豊多摩郡淀橋町大字角筈三一五　⑯下474
　〈→東京府下豊多摩郡淀橋町大字角筈三一五〉
福井規矩三　⑯下273, 355, 356
福岡　⑯下98
福岡形水会　⑯下63
福岡テイ　⑯下489
福岡村　⑯下310
福士幸次郎　⑯下488
福士進　⑯下303, 308
福島　⑯下118, 483
福島県　⑯下373, 482
福島県石城郡上小川村　⑯下296, 407
福島県須賀川町東八丁目三八　⑯下513
福島県三春　⑯下451
福島県立東白河農蚕学校　⑯下300
福島市　⑯下482
福田　⑯下415
福田留吉　⑯下235, 245, 255, 266, 270, 298
福田正夫　⑯下386
福地商店　⑯下423, 424, 426, 427, 441-443
福永銀蔵　⑯下99

福永文三郎　⑯下113, 128
藤井昭　⑯下484
藤井謙蔵　⑯下240, 244, 246
藤井将監　⑯下6, 10
藤井禎輔　⑯下201, 228
藤井吉太郎　⑯下336
藤川慈学　⑯下102
富士館　⑯下271
藤島準八　⑯下495
藤根　⑯下432, 434
「藤根禁酒会へ贈る」　⑯下361
富士見通り　⑯下467〈→東京市外吉祥寺富士見
　通り〉
藤村長命　⑯下276
藤本　⑯下240, 246
藤本光孝　⑯下402→母木光
藤山清吉　⑯下224, 292, 388
「腐植質中ノ無機成分ノ植物ニ対スル価値」　⑯
　下102, 142
藤原一夫　⑯下246, 276, 277
藤原嘉藤治　⑯下227, 237, 251, 253, 268, 275,
　279, 294, 307, 309, 348, 349, 352, 357, 358, 362,
　369, 380, 406, 408, 463, 485, 489, 491, 521-523
藤原キコ　⑯下349, 358
藤原草郎　⑯下406, 523→藤原嘉藤治
藤原健次郎　⑯下56, 57, 63, 65
藤原源三　⑯下310
藤原健太郎　⑯下237, 242-244
藤原〔耕一〕　⑯下68
藤原伸二郎　⑯下387
藤原新平　⑯下127, 224, 292
藤原隆人　⑯下234
藤原哲郎　⑯下246, 277
藤原春治　⑯下277, 310
藤原文三　⑯下57, 58, 72, 77, 82
藤原万作　⑯下310
藤原嘉秋　⑯下408
夫人　⑯下417→森タミ
「婦人画報」　⑯下251
普代　⑯下286
二木謙三　⑯下169, 182, 183, 185, 190
二子　⑯下316, 421, 437
「双子の星」　⑯下161

| 二子村 | ⑯下433→和賀郡二子村 |
| 二子郵便局 | ⑯下389 |
| 二ッ堰 | ⑯下159 |
| 二ッ堰小学校 | ⑯下53 |
| 二葉保育園 | ⑯下372 |
| 二見ヶ浦 | ⑯下108, 222 |
| 二見浦駅 | ⑯下222 |
| 二見館 | ⑯下109 |
「〔ふたりおんなじさういふ奇体な扮装で〕」　⑯下276
「二人のオリイフェル」　⑯下375
「復活の前」　⑯下141
仏教会館　⑯下316
仏教四恩会　⑯下17, 38
『仏語初歩独修』　⑯下484
吹張　⑯下517
不動　⑯下425
「不貪慾戒」　⑯下260
吹雪丸　⑯下83
父母　⑯下158→宮沢政次郎・宮沢イチ
「冬(幻聴)」　⑯下301
「冬と銀河ステーション」　⑯下345
「冬と銀河鉄道」　⑯下261
「冬二篇」　⑯下363
「冬のスケッチ」　⑯下229
フランス　⑯下322
「フランドン農学校の豚」　⑯下120
「〔古い聖歌と〕」　⑯下350
ブルガリヤ　⑯下484
古川永助　⑯下69
古川仲右衛門　⑯下98
「古校舎をおもふ」　⑯下46
「故里へ残す」　⑯下312
古沢清介　⑯下100, 525
「〔古びた水いろの薄明穹のなかに〕」　⑯下353
不老閣書房　⑯下484
『文学と革命』　⑯下367
文化堂　⑯下371, 464
噴火湾　⑯下259
「噴火湾(ノクターン)」　⑯下259
文教書院　⑯下455, 481, 500
「文芸月刊」　⑯下394
「文芸プラニング」　⑯下387, 406

「文語詩稿　一百篇」　⑯下510
「文語詩稿　五十篇」　⑯下509
「文語詩篇」ノート　⑯下57-59, 61-63, 68-70, 72, 75-77, 82, 84, 85, 88-90, 97, 100, 106, 113, 214, 224, 245, 256, 286, 289, 291, 315, 316, 318, 342, 348, 357, 362, 365, 379, 385-387, 403
「文章世界」　⑯下227
文信社　⑯下216, 217
文信社主人　⑯下217→石田嘉一

### へ

米国神学博士フランクリン　⑯下78
「平相国」　⑯下122
平和博覧会　⑯下235
ベッサンタラ王　⑯下168
ベートーヴェン　⑯下236, 237, 260, 278, 280, 310, 313, 380, 513
ベートーベン　⑯下287
紅羅宇　⑯下276
「編輯後記」　⑯下316, 507
「編集後記」　⑯下489, 492
逸見猶吉〈へんみゆうきち〉　⑯下475, 488-490, 505
ヘンリー・タッピング　⑯下58, 173

### ほ

報恩寺　⑯下84, 102, 106, 119, 134, 173
「方眼野手帳」　⑯下355
宝閑小学校　⑯下358
「報告」　⑯下239
北条義時　⑯下191
報知新聞社　⑯下374
豊南　⑯下258
法然　⑯下18
芳文堂　⑯下362, 369
「方便品」　⑯下156
方面委員　⑯下19, 213, 306
逢陽館　⑯下148
法隆寺　⑯下223
法隆寺駅　⑯下223
「北守将軍と三人兄弟の医者」　⑯下455, 500
北辰館　⑯下114
「牧神の午後」　⑯下236

「牧草」　⑯下288
牧草社　⑯下288
北斗会　⑯下505
北米　⑯下146
北流社　⑯下85
「法華経」　⑯下14, 17, 18, 20, 110, 143, 146, 155, 173, 208, 223, 259, 260
「法華経安楽行品第一四」　⑯下19, 361
『法華経叢談』　⑯下204
「法華経如来神力品第二一」　⑯下463
「〔祠の前のちしゃのいろした草はらに〕」　⑯下270, 288
保阪　⑯下131, 149, 197→保阪嘉内
保阪いま　⑯下153, 155, 156
保阪嘉内　⑯下19, 90, 110-112, 115, 118, 120, 122-125, 128, 129, 132, 134, 140, 143-145, 147-149, 151, 153, 155-158, 160, 161, 163, 167, 168, 170, 192, 193, 195-197, 200-207, 213, 216-218, 224-227, 229, 294
保阪次郎　⑯下217
保阪善作　⑯下143, 217
保坂智宙　⑯下311
「楠庫」　⑯下377
「星落秋風五丈原」　⑯下71
「保線工手」　⑯下491, 492
細川きよ　⑯下240→細川キヨ
細川キヨ　⑯下245, 246, 248
細越　⑯下459
細越健　⑯下257, 258, 525
細迫兼光　⑯下362
細山田良行　⑯下98, 113, 149
「〔墓地をすっかりsquareにして〕」　⑯下353
北海道　⑯下83, 129, 131, 257, 404, 442, 450, 460
北海道厚岸郡浜中町霧多布　⑯下221
北海道霧多布港　⑯下118
北海道修学旅行　⑯下270
北海道石灰会社　⑯下271
北海道庁　⑯下201
北海道帝国大学　⑯下271
北海道帝国大学総長　⑯下274→佐藤昌介
北海道帝国大学附属植物園　⑯下271
北海道帝国大学附属植物園博物館　⑯下271
北海道物産館　⑯下448

法華宗　⑯下14
「法華堂建立勧進文」　⑯下13
堀田ヤソ　⑯下37
「北方詩人」　⑯下513, 523
北方詩人会　⑯下513
布袋屋　⑯下222
「圃道」　⑯下321
母堂　⑯下417→森ツネ
母堂　⑯下488→石川きゑ
「沓手鳥孤城落月」くほとときすこじょうのらくげつ〉　⑯下377
「穂孕期」　⑯下378
「〔ほほじろは鼓のかたちにひるがへるし〕」　⑯下272
「ポラーノの広場の歌」　⑯下289
「ポランの広場」　⑯下245, 246, 274, 278, 343
「〔ポランの広場〕」　⑯下272
「ポランの広場　第二幕」　⑯下279
堀内正己　⑯下403
堀切善次郎　⑯下76
堀米慎三　⑯下310
堀籠梅　⑯下267, 369
堀籠文之進　⑯下229, 234-236, 241, 243, 244, 249, 251, 253-255, 260, 263, 266, 267, 270, 271, 273, 285, 287, 291, 295, 306, 309, 366, 367, 369, 378, 385, 388, 389, 398, 525
堀籠文之助　⑯下251→堀籠文之進
ポリドール社　⑯下237
「ポロンの広場」　⑯下274→「ポランの広場」
『本化摂折論』　⑯下204
本郷切通し坂下　⑯下235
本郷区菊坂町七五　⑯下216
本郷区駒込千駄木林町一五五番地　⑯下327
本郷区本郷六丁目二番地　⑯下218
本郷区森川町一　⑯下182
本郷座　⑯下377
本郷竜岡町　⑯下251
本郷六丁目二番地　⑯下216
本石町　⑯下122→日本橋区本石町
本正吉三郎　⑯下254
本城小学校　⑯下15, 18
本正信蔵　⑯下22, 37, 38
ポン書店　⑯下387

(ふた〜ほん)　491

本多日生　⑯下66
「本年詩壇への一票言」　⑯下308

## ま

前川亀次郎　⑯下76
前川孫十郎　⑯下310
前沢　⑯下269, 423, 426, 432, 441, 442
前沢町　⑯下349, 424, 443
前田越嶺　⑯下484
前田河広一郎　⑯下328
前橋　⑯下407
前橋市神明町六九　⑯下380
槙山栄次　⑯下65
幕館　⑯下159, 160
マゴイ(馬子越)淵　⑯下241
政　⑯下48→宮沢政次郎
正岡忠三郎　⑯下287
正富汪洋　⑯下490
「マサニエロ」　⑯下243
鱒沢　⑯下483
鱒沢村　⑯下310
真滝　⑯下403
『未だ見ぬ親』　⑯下45
町田〔重太郎〕　⑯下76
〔「町をこめた浅黄いろのもやのなかに」〕　⑯下352
松井謙吉　⑯下119, 173
松井松翁　⑯下378
松井須磨子　⑯下178
松岡忠一　⑯下38
松岡守一　⑯下388
松尾重雄　⑯下68, 70
松川　⑯下415, 416, 428, 429, 432, 434, 437, 472
松川駅　⑯下428
松川駅前　⑯下421
松川局　⑯下422→松川郵便局
松川工場　⑯下447
松川三郎　⑯下444
松川郵便局　⑯下422, 428
松崎広三　⑯下402
松島　⑯下76
松田清見　⑯下269
松田奎介　⑯下242, 244, 245, 256, 257

松田浩一　⑯下246, 255, 268, 276, 297, 406
松田甚次郎　⑯下329, 334, 346, 356
廻館山〈まつだちやま〉　⑯下149
松田忠太郎　⑯下387
松田徳松　⑯下292, 388
松田幸夫　⑯下499, 503
「松の針」　⑯下244
松原　⑯下315
松原正良　⑯下75
松村又一　⑯下489
松本日宗　⑯下521
「窓」　⑯下133
「真夏の夜の夢　ウェデンクマーチ」　⑯下280
「まなづるとダァリヤ」　⑯下405
「幻椀久」　⑯下377
丸久運送店　⑯下442
㋯運送店　⑯下429
丸久倉庫　⑯下481
マルクス主義　⑯下367
マルセル・マルチネ　⑯下328
丸善　⑯下151, 216, 229
「丸善階上喫煙室小景」　⑯下376
丸竹　⑯下90
丸ビル　⑯下326
円森山　⑯下148
丸山定夫　⑯下328, 329
満州　⑯下146
満州国　⑯下495
満州派遣歩兵第三一連隊第五中隊　⑯下511
万甚楼　⑯下107
万梅　⑯下403
万福　⑯下266
「万葉集」　⑯下308, 508

## み

三井寺　⑯下108
三浦正治　⑯下425
三浦洋平　⑯下329
三重　⑯下98
三重県　⑯下308
三上善二　⑯下310
「身替り聟」　⑯下122
「未完成」　⑯下236

| | |
|---|---|
| 三鬼鑑太郎 | ⑯下130 |
| 三木敏明 | ⑯下158 |
| 三木露風 | ⑯下227 |
| ミシガン | ⑯下162 |
| 三島 | ⑯下109 |
| 三島屋 | ⑯下56 |
| 『水涸[が]れ』 | ⑯下357 |
| 「水汲み」 | ⑯下313 |
| 水沢 | ⑯下408, 421-423, 426, 433, 445, 447, 452, 453, 457, 463 |
| 水沢駅 | ⑯下422, 423 |
| 水沢町大町 | ⑯下459 |
| 水沢農学校 | ⑯下342, 424, 452 |
| 水沢町 | ⑯下443 |
| 水沢やぶや支店 | ⑯下408 |
| 水谷長三郎 | ⑯下366 |
| 水野重吉 | ⑯下419 |
| 水野葉舟 | ⑯下321, 502 |
| 水分村 | ⑯下428 |
| 溝口三郎 | ⑯下329 |
| 観武〈みたけ〉ヶ原 | ⑯下58, 65 |
| 三田商店 | ⑯下432, 447 |
| 三田農場 | ⑯下443, 470 |
| 三田義一 | ⑯下470 |
| 三田義正 | ⑯下470 |
| 「〔道べの粗朶に〕」 | ⑯下314 |
| 道又弥三郎 | ⑯下82 |
| 「路を問ふ」 | ⑯下357 |
| 三井 | ⑯下15 |
| 三ッ沢川 | ⑯下159 |
| 三ッ沢川北の又 | ⑯下159 |
| 三菱 | ⑯下15 |
| 三峰 | ⑯下115, 116 |
| 三峰山 | ⑯下116 |
| 三峰神社 | ⑯下116 |
| 三ッ家 | ⑯下451 |
| 三ッ谷 | ⑯下451→三ッ家 |
| ミツワ人参錠 | ⑯下146 |
| 「〔湧水[みづ]を呑まうとして〕」 | ⑯下268 |
| 水戸 | ⑯下370, 378, 466, 473 |
| 水戸駅 | ⑯下370, 371 |
| 湊町 | ⑯下223 |
| 「〔南からまた西南から〕」 | ⑯下355 |
| 「〔南から　また東から〕」 | ⑯下350 |
| 南川原 | ⑯下43 |
| 「〔南のはてが〕」 | ⑯下276 |
| 「峯や谷は」 | ⑯下156 |
| 三野混沌 | ⑯下412, 475 |
| 御橋公 | ⑯下329 |
| 「三原三部」 | ⑯下371-373 |
| 「みふゆのひのき」 | ⑯下128 |
| 三保 | ⑯下258 |
| ミミトリ川 | ⑯下260→耳取川 |
| 耳取川 | ⑯下260 |
| 宮右 | ⑯下7, 8, 17, 322 |
| 宮右かまど | ⑯下27 |
| 宮川寅吉 | ⑯下127 |
| 宮川久五郎 | ⑯下276 |
| 宮城館 | ⑯下122, 467 |
| 宮城郡農会 | ⑯下434, 438 |
| 宮城県 | ⑯下102, 299, 427, 428, 431-434, 437, 440, 460, 464, 481 |
| 宮城県栗原郡 | ⑯下440, 443 |
| 宮城県黒川郡大平村 | ⑯下267 |
| 宮城県県庁 | ⑯下428, 429 |
| 宮城県県庁農務課 | ⑯下438 |
| 宮城県小牛田 | ⑯下429 |
| 宮城県七郷村 | ⑯下437 |
| 宮城県総務課 | ⑯下428 |
| 宮城県玉造郡川渡村 | ⑯下460 |
| 宮城県庁農務課 | ⑯下464 |
| 宮城県根白石村 | ⑯下446, 481 |
| 宮城県農会 | ⑯下416 |
| 宮城県広淵沼 | ⑯下503 |
| 宮城県増田町 | ⑯下115 |
| 宮城県宮城郡 | ⑯下472 |
| 宮城県吉岡町 | ⑯下379 |
| 宮城県立斎藤報恩農業館 | ⑯下429, 430, 435, 438, 439, 441, 444, 445, 464 |
| 宮城県立農事試験場古川分場 | ⑯下430 |
| 宮城県利府村農会 | ⑯下461 |
| 三宅周太郎 | ⑯下378 |
| 宮古 | ⑯下130, 286 |
| 宮古港 | ⑯下287 |
| 宮古測候所 | ⑯下130 |
| 宮古町 | ⑯下130 |

(ほん～みや)　493

宮古町公会堂　⑯下130
宮沢アイ　⑯下479, 483
宮沢磯吉　⑯下12, 13, 21, 287
宮沢イチ　⑯下9, 10, 12-14, 17-19, 21-23, 26, 56, 107, 114, 149, 153, 154, 157, 158, 168-170, 177, 179, 180, 192, 194, 195, 206, 207, 209, 210, 225, 240, 247, 277, 362, 395, 396, 464, 472, 487, 514, 515, 518, 519, 521
宮沢一族　⑯下14
宮沢イワ　⑯下253
宮沢右八　⑯下7, 127, 130, 224→宮沢喜太郎
宮沢宇八（初代）　⑯下6
宮沢宇八（二代）　⑯下6
宮沢右八（二代）　⑯下27
宮沢卯兵衛　⑯下10
宮沢主計　⑯下350, 361, 362, 365, 380, 382, 442, 473, 486
宮沢嘉助　⑯下48, 64, 65, 69, 70, 77, 94, 180
宮沢喜三郎　⑯下219
宮沢喜七　⑯下11
宮沢儀四郎　⑯下6
宮沢喜助　⑯下7-9, 15, 21, 22, 26-28, 107, 114, 122, 132, 153, 219, 236, 253, 312
宮沢喜太郎　⑯下7, 8, 219
宮沢キン　⑯下8, 9, 15, 16, 22, 26, 37, 48, 81, 153
宮沢クニ　⑯下16, 22, 50, 114, 151, 204, 206, 207, 214, 247, 318, 350, 374, 375, 380, 382, 442, 473, 489, 511
宮沢クリ　⑯下10, 11
宮沢家　⑯下6, 10, 16, 193, 205, 208, 244-246, 254, 361, 385, 414, 475, 476, 522
宮沢賢治　⑯下16, 474, 523
「宮沢賢治氏追悼号」　⑯下523
「宮沢賢治序論」　⑯下483
『宮沢賢治全集抜萃　鏡をつるし』〔A〕　⑯下524
『宮沢賢治追悼』　⑯下506
「宮沢賢治追悼号」　⑯下491
「宮沢賢治追悼講演会」　⑯下524
「宮沢賢治論」　⑯下450
宮沢コウ　⑯下495
宮沢幸作　⑯下10
宮沢幸三郎　⑯下237, 513

宮沢コト　⑯下13, 14, 21, 48, 97→瀬川コト
宮沢サキ　⑯下12, 17, 21, 210→宮沢サメ
宮沢サメ　⑯下12, 21, 22
宮沢三四郎　⑯下6, 10
「宮沢さんの『春と修羅』について」　⑯下288
「宮沢さんを憶ふ」　⑯下525
宮沢シゲ　⑯下10, 22, 35, 84, 114, 143, 235→岩田シゲ
宮沢重次郎　⑯下388
宮沢治三郎　⑯下10, 17, 26, 27, 40, 125, 220
「宮沢商会」　⑯下475
宮沢商会　⑯下306, 448, 472, 481
宮沢商店　⑯下11, 13, 458, 508
宮沢史郎　⑯下43
宮沢清六　⑯下15, 17, 20, 22, 43, 84, 85, 114, 125-127, 133, 142, 151, 159, 161, 178, 200, 207, 226, 236, 245, 251, 252, 268, 278, 290, 293, 295, 297, 299, 301, 302, 354, 358, 386, 395, 406, 408, 442, 471, 483, 489, 507, 518, 520, 523, 524
宮沢善治　⑯下11-13, 17, 21, 26, 101, 127, 180, 220, 224, 292, 519
宮沢タ丶　⑯下10
宮沢多兵衛　⑯下10
宮沢町　⑯下322, 323
宮沢長次郎　⑯下10
宮沢恒治　⑯下11-13, 21, 122, 238, 241, 405
宮沢テル　⑯下35
宮沢トキ　⑯下11, 12, 40
宮沢徳四郎　⑯下7, 253
宮沢トシ　⑯下9, 10, 14, 22, 23, 31, 56, 78, 84, 97, 99, 101, 106, 123, 125, 151, 153, 157, 158, 163-165, 167-170, 177-194, 205, 207, 208, 226, 227, 235, 240, 243-247, 252, 257, 267, 369
宮沢とし　⑯下208→宮沢トシ
宮沢トミ　⑯下12
宮沢トモ　⑯下11→芳野トモ
宮沢友次郎　⑯下219
宮沢直治　⑯下11-13, 21, 35, 48, 130, 387, 513
宮沢直太郎　⑯下9
宮沢ハル　⑯下253
宮沢ヒロ　⑯下411
宮沢フヂ　⑯下385, 473, 511
宮沢一族〔まき〕　⑯下6, 15, 130

宮沢政次郎　⑯下8-10, 15-23, 26-28, 37, 38, 48, 58, 78, 84, 88, 90, 102, 114, 120, 122, 125-127, 140-142, 144-152, 154, 157, 158, 160, 163-165, 167-169, 178, 182, 188, 190, 191, 194-196, 201, 204-207, 217, 219-224, 226, 229, 235, 247, 252, 259, 291, 292, 325, 326, 343, 360, 362, 371, 386, 387, 395, 396, 413, 414, 428, 440, 445, 446, 454, 457, 470, 471, 474, 487, 498, 500, 514, 518-522
宮沢政治郎　⑯下157, 224→宮沢政次郎
宮沢屋　⑯下10
宮沢ヤギ　⑯下9, 16, 26, 37→平賀ヤギ
宮沢弥吉　⑯下48, 130
宮沢弥次郎　⑯下11, 180
宮沢ヤス　⑯下26, 30→岩田ヤス
宮沢安太郎　⑯下10, 37, 85, 125, 127, 133, 142, 145, 178, 200, 220, 221, 225, 245, 511
宮沢弥太郎　⑯下11, 12
宮沢弥兵衛　⑯下10, 11, 13, 32
宮沢ヨシ　⑯下13, 14, 21, 35→梅津ヨシ
宮沢吉太郎　⑯下276→白崎吉太郎
宮沢リキ　⑯下11→島リキ
宮沢リス子　⑯下7
宮沢良子　⑯下511
宮善　⑯下12, 17, 21, 122
宮田新八郎　⑯下299
宮野目　⑯下437
宮本友一　⑯下158, 213, 220, 221
妙宗大霊廟　⑯下252, 369
妙心寺　⑯下38
『妙宗式目講義録』　⑯下205
「妙法蓮華経」　⑯下386
三好愛吉　⑯下38
三好十郎　⑯下296
「未来圏からの影」　⑯下288, 296
見前　⑯下425
「民間伝承」　⑯下483, 496
「民間薬」　⑯下488, 489
民政党　⑯下366, 388

## む

向小路　⑯下315, 358, 381
無我山房　⑯下230
『無機化学原理』　⑯下151

向島　⑯下220
「無産者新聞」　⑯下361, 362
武者小路実篤　⑯下329
「息子」　⑯下329
「無声慟哭」　⑯下244
陸奥館　⑯下318, 319
陸奥鉄道線　⑯下297
武藤益蔵　⑯下194
棟方志功　⑯下481
棟方寅雄　⑯下387, 455, 489
「無名作家」　⑯下324, 325, 340
村井久太郎　⑯下84, 89
村井光吉　⑯下418, 419, 423
村井弥八　⑯下247, 312
村上亀治　⑯下128
村上専精　⑯下17, 55
村松舜祐　⑯下98, 135, 370, 442, 444, 481, 482
「村娘」　⑯下313
村山槐多　⑯下445
村山知義　⑯下328
室根山　⑯下298
室蘭　⑯下83, 271

## め

「名工柿右衛門」　⑯下122
明治座　⑯下122, 377
明治書院　⑯下262
明治神宮　⑯下216
明治大学　⑯下147, 170
明治天皇　⑯下77
明治屋　⑯下482, 485→関徳弥
明正倶楽部　⑯下85
「明滅」　⑯下524
「―命令―」　⑯下296
「命令」　⑯下277
目黒　⑯下140
目時政忠　⑯下164
「〔芽をだしたために〕」　⑯下353
メンデルスゾーン　⑯下280

## も

「木曜文学暦」　⑯下504
望月医師　⑯下178, 180

（みや〜もち）　495

モーツァルト　⑯下236, 280
元村字野地六五五番地　⑯下372
桃生郡広淵村　⑯下435
物見山　⑯下132→種山
模範児童文庫刊行会　⑯下500
「〔桃いろの〕」　⑯下352
百田宗治　⑯下386
桃谷駅　⑯下108
桃山駅　⑯下108
桃山御陵　⑯下108
「森」　⑯下406
「森有礼」　⑯下329
森鷗外　⑯下329
盛岡　⑯下53, 64, 85, 98, 110, 112, 113, 116, 118, 123, 126, 132, 133, 142, 143, 145-147, 151, 152, 160, 173, 174, 196, 203, 247, 256, 259, 260, 274, 281, 292, 323, 324, 354, 356, 362, 403, 408, 415-418, 425, 427, 433, 441, 442, 444, 446-448, 450-452, 461, 463, 481, 484, 501, 512
盛岡駅　⑯下58, 76, 83, 101, 102, 107, 113, 129, 418
盛岡川原町　⑯下200
盛岡北山　⑯下100
盛岡教会　⑯下173
盛岡劇場　⑯下289
盛岡高等女学校　⑯下372
盛岡高等農林学校　⑯下17, 19, 20, 90, 97, 98, 116, 118, 133, 144, 158, 164, 173, 193-196, 198, 200, 201, 215, 221, 228, 236, 254, 255, 259, 262, 273, 293, 312, 323, 324, 343, 358, 370, 429-431, 435, 440, 442, 444, 459, 461, 481, 502, 503, 507, 522, 523, 525
『盛岡高等農林学校一覧』　⑯下145, 148, 168
盛岡高等農林学校寄宿舎　⑯下114
盛岡高等農林学校研究生　⑯下144, 150, 168, 201
盛岡高等農林学校自啓寮　⑯下174
盛岡高等農林学校実験指導助手　⑯下149
盛岡高等農林学校実験指導補助　⑯下148, 158, 161
盛岡高等農林学校助手　⑯下262
盛岡高等農林学校農学科　⑯下135
盛岡高等農林学校農学科第二部　⑯下97, 101

盛岡高等農林学校農学別科　⑯下346
盛岡高等農林学校農芸化学科　⑯下98, 135, 293, 298
盛岡高等農林学校仏教青年会　⑯下119
盛岡肴町　⑯下256
盛岡市　⑯下88, 240, 244, 279, 291, 312, 350, 380, 443, 449, 460, 470
盛岡市上田　⑯下98, 293
盛岡市上田小路二〇三　⑯下194
盛岡市上田与力小路一　⑯下420
盛岡市内丸　⑯下56, 145, 432, 461
盛岡市内丸不来方町　⑯下78
盛岡市内丸二九　⑯下125
盛岡市大沢川原　⑯下156
盛岡市茅町　⑯下131
盛岡市川原町　⑯下295
盛岡市河原町一二　⑯下177
盛岡市北山　⑯下97
盛岡市木伏　⑯下504
盛岡市旧公園　⑯下97
盛岡市厨川館坂五六　⑯下278, 262
盛岡市紺屋町　⑯下56
盛岡市新穀町　⑯下485
盛岡市新穀町一四　⑯下288, 317, 379
盛岡市新穀町一四番地　⑯下287
盛岡市仁王小路　⑯下131
盛岡市仁王小路四三　⑯下165
盛岡市本町通　⑯下425
盛岡浸礼教会　⑯下58
盛岡測候所　⑯下273, 355
盛岡啄木会　⑯下316
盛岡中学　⑯下94→盛岡中学校
盛岡中学校　⑯下20, 28, 56, 88, 110, 126, 151, 164, 183, 186, 196, 221, 259, 288, 307, 312, 343, 363, 411, 487
盛岡中学校寄宿舎　⑯下65, 68
盛岡鉈屋町　⑯下453
盛岡農学校　⑯下75, 154, 267
盛岡八幡宮　⑯下90
盛岡病院　⑯下90
「盛岡附近地質調査報文」　⑯下112, 125
盛岡仏教興徳会　⑯下57
盛岡幼稚園　⑯下248, 256

496　年譜索引

森佐一　⑯下287, 288, 290, 292-297, 299, 302, 312, 316, 317, 358, 363, 368, 372, 379, 395, 396, 402, 417, 452, 465, 485, 486, 488, 490, 498, 501, 504, 510, 513, 514, 521-523
森荘已池　⑯下246, 465→森佐一
森田　⑯下76〈→森田清次郎〉
森タミ　⑯下395, 417
森千紗　⑯下417
森千洪　⑯下501
森ツネ　⑯下417

## や

八重樫祈美子　⑯下509, 511
八重樫倉蔵　⑯下307
八重樫家　⑯下510
八重樫賢師　⑯下310, 321, 322
八重樫次郎　⑯下293
八重樫民三　⑯下307
八重樫昊〈ひろし〉　⑯下509, 511
八重樫真　⑯下299
八重畑小学校　⑯下279, 453
八重畑村　⑯下149, 254, 310
八木英三　⑯下45, 47, 50, 308
八木嘉七　⑯下428
八木嘉商店　⑯下428
八木源次郎　⑯下361, 466, 473, 474, 503
八木重吉　⑯下295
矢口恵之助　⑯下81, 83
役場　⑯下256
焼走り熔岩流　⑯下292
矢沢　⑯下287, 437
矢沢村　⑯下309
ヤス　⑯下10→岩田ヤス
安原源次郎　⑯下321
安原清治　⑯下57, 61
谷中墓地　⑯下187
簗川　⑯下127
「柳沢」　⑯下133, 134, 205
柳沢　⑯下62, 133, 204, 241, 295
柳沢口　⑯下242
柳田国男　⑯下398, 509
柳原昌悦　⑯下289, 327, 515
柳原町長　⑯下368

柳瀬商店　⑯下466
柳瀬正夢　⑯下328
「屋根裏」　⑯下524
「〔野馬がかってにこさえたみちと〕」　⑯下276
矢幅駅　⑯下425
矢幅忠太郎　⑯下72
やぶ　⑯下277
「山男の四月」　⑯下238
『山男の四月』　⑯下261, 263, 280, 281
山形　⑯下118, 377, 428, 441
山形県　⑯下299, 434
山形県会議事堂　⑯下118
山形県庁　⑯下118
山形県最上郡鳥越村　⑯下346, 356
山形市　⑯下118
山形屋旅館　⑯下271
山県頼蔵　⑯下56, 62, 63, 77, 81
山川智応　⑯下224
山際三郎　⑯下321
山口　⑯下201
山口活版所　⑯下446, 449, 480
山口屋　⑯下169
山崎紫紅　⑯下122
「山巡査」　⑯下242
山田　⑯下130
山田駅　⑯下222
山田市　⑯下108
山田野演習廠舎　⑯下297
山田町　⑯下130
山寺　⑯下118
大和　⑯下482, 483, 485
山中泰輔　⑯下113, 116, 171, 173, 174
「やまなし」　⑯下255, 524
山梨　⑯下122
山梨教育会　⑯下219
山梨県　⑯下227
山梨県北巨摩郡駒井村　⑯下115, 140, 158, 170, 193, 196, 213, 294
山梨県駒井村　⑯下125
山梨日日新聞社　⑯下294
山根　⑯下61
「山猫案山子」　⑯下246
「山の晨明に関する童話風の構想」　⑯下296

「〔山の向ふは濁ってくらく〕」　⑯下348
山花郁蔵　⑯下61
「山火」　⑯下269, 270, 524
「山火（遺稿）」　⑯下525
山辺英太郎　⑯下99, 172
山村　⑯下100
山本和夫　⑯下489
山本宣治　⑯下366
山本太郎　⑯下272
山本延雄　⑯下98→鈴木延雄
山本安英　⑯下328, 329
「病める修羅／宮沢賢治氏を訪ねて」　⑯下486
八幡〈やわた〉館　⑯下149, 466, 467, 469-472

## ゆ

「逝いて知る／宮沢氏の偉大／徳を慕ふて県内外から集り／花巻で追悼会開く」　⑯下524
「夕霧伊左衛門　姿の借駕籠」　⑯下329
「雪渡り」　⑯下235
「雪渡り（一）」　⑯下228
湯口　⑯下416, 460
湯口信用組合　⑯下417
湯口村長　⑯下405→阿部晃
湯口村　⑯下197, 203, 310, 403, 421, 444
湯口村堰田　⑯下346
湯口村村長　⑯下204
湯口村鍋倉　⑯下351, 358
湯沢三千男　⑯下438
『夢の破片』　⑯下290, 507
湯本　⑯下460
湯本小学校　⑯下366
湯本農業会　⑯下454
「〔湯本の方の人たちも〕」　⑯下365
湯本村　⑯下310, 366, 408, 443, 444, 454
湯本村狼沢　⑯下454, 479, 497
湯本村糠塚　⑯下403
湯本村役場　⑯下149
由良キミ　⑯下209, 210

## よ

「鎔岩流」　⑯下261
養賢堂　⑯下481
『余技』　⑯下505

横川目　⑯下432
横田忠夫　⑯下323
横手　⑯下431, 432
横浜　⑯下123, 162, 315
横浜港　⑯下237
横光利一　⑯下469
与謝野晶子　⑯下94
吉田　⑯下69→吉田豊治
吉田一穂　⑯下488, 524
吉田伊兵衛　⑯下525
吉田謙吉　⑯下328, 329
吉田孤羊　⑯下402
吉田沼萍　⑯下84, 90
吉田忠太郎　⑯下269
吉田豊治　⑯下68, 75
吉田春蔵　⑯下281
吉田万太郎商店　⑯下442, 444
吉田稔　⑯下321
吉田八十八　⑯下245
吉野　⑯下70
芳野トモ　⑯下11
吉野信夫　⑯下489, 496
吉野光枝　⑯下329
吉万壁材料店　⑯下453
吉万商会　⑯下448
「四つ葉のクローヴァ」　⑯下489
四ツ谷　⑯下450
四谷区　⑯下468
四谷第六小学校　⑯下468
米内　⑯下85
米内村名乗沢　⑯下81
「与那国物語」　⑯下377
「夜のそらにふとあらはれて」　⑯下129
ヨハンゼン　⑯下150
「読売新聞」　⑯下273, 344
寄居町　⑯下115
「夜」　⑯下328, 342, 387
「〔夜の湿気と風がさびしくいりまじり〕」　⑯下276

## ら

ライオン団　⑯下85
ライス　⑯下150

「来々軒」　⑯下365
羅賀　⑯下286
「ラジュウムの雁」　⑯下194
「羅須地人」　⑯下356
羅須地人会　⑯下343→羅須地人協会
羅須地人協会　⑯下19, 20, 23, 239, 299, 313, 315, 318, 323, 327, 341-343, 345, 346, 348, 349, 351, 358, 361, 372, 380, 396, 473, 511
「ランボオ／マラルメと宮沢さん」　⑯下525

## り

「リアン」　⑯下505
リアン社　⑯下505
陸羽大地震　⑯下26
陸羽一三二号　⑯下277, 368
陸軍経理学校生徒隊長　⑯下68
陸軍士官学校　⑯下385
陸軍省軍馬補充部　⑯下432, 433
陸軍省軍馬補充部六原支部　⑯下432
陸前古川駅　⑯下430
陸中門崎〈かんざき〉　⑯下403
「陸中国挿秧之図」　⑯下325, 340
陸中種市　⑯下286
陸中松川駅　⑯下403
李光天　⑯下379
「栗鼠と色鉛筆」　⑯下243
「立志」　⑯下50
立正安国会　⑯下182
リヒアルト・シュトラウス　⑯下236
利府村農会　⑯下472
リムスキー・コルサコフ　⑯下359
「竜」　⑯下490
「竜と詩人」　⑯下227
両国橋　⑯下122
「旅中草稿」　⑯下223
「旅程幻想」　⑯下286
「林学生」　⑯下272, 488
「林間の話」　⑯下252
林光左　⑯下365
〔「苹果のえだを兎に食はれました」〕　⑯下353
臨済宗　⑯下18
臨済宗妙心寺派　⑯下500

## る

ルナチャルスキー　⑯下328

## れ

霊岸島　⑯下371
嶺南大学　⑯下294
「黎明行進歌」　⑯下236, 257
「黎明行進歌(花巻農学校精神歌)」　⑯下258
「黎明のうた」　⑯下129
「レオノーレ序曲」　⑯下236
「レコード交換規定」　⑯下236
レーニン　⑯下323
蓮華会　⑯下182

## ろ

労働農民党　⑯下321, 361, 368
「労働農民党第二回大会報告書」　⑯下362
労働農民党稗貫支部　⑯下366
労働農民党稗和支部　⑯下321, 322
労働農民党盛岡支部　⑯下321
「〔労働を嫌忌するこの人たちが〕」　⑯下348
ロシア歌劇団　⑯下349
呂昇　⑯下8→豊竹呂昇
「ローマンス」　⑯下350
「ローマンス(断片)」　⑯下276

## わ

和賀郡　⑯下310
和賀郡岩崎村　⑯下503
和賀郡小山田村　⑯下49
和賀郡更木村　⑯下433, 495
和賀郡更木村更木　⑯下495
和賀郡東和町晴山　⑯下491
和賀郡中内小学校　⑯下496
和賀郡中内農業補習学校　⑯下496
和賀郡二子村　⑯下294, 495
和賀郡六原軍馬補充部　⑯下270
「我信念講話」　⑯下47
「和賀新聞」　⑯下243, 256, 307
「和歌年月索引」　⑯下62, 72, 75, 77, 86, 88
『和漢名詩鈔』　⑯下78
ワグナー　⑯下310
『忘れた窓』　⑯下403

(やま〜わす)　499

早生大野　　⑯下277
早稲田大学　　⑯下63, 89, 225, 330
渡嘉商店　　⑯下389, 418, 421
「〔わたくしが　ちゃうどあなたのいまの椅子に居て〕」　⑯下354
「〔わたくしどもは〕」　　⑯下354
「〔わたくしの汲みあげるバケツが〕」　⑯下348
「〔わたくしは今日死ぬのであるか〕」　⑯下354
渡辺　　⑯下421→渡嘉商店
渡辺五六　　⑯下98, 171
渡辺修三　　⑯下505
渡辺商店　　⑯下418, 443→渡嘉商店
渡辺多助　　⑯下337
渡辺トキ　　⑯下11→宮沢トキ
渡辺徳之助　　⑯下452
渡辺肥料店　　⑯下418→渡嘉商店
渡辺要一　　⑯下246, 276, 277, 314, 336
稚内　　⑯下258
「和風は河谷いっぱいに吹く」　⑯下357
「ワラスと風魔」　⑯下486, 487
割沢　　⑯下148, 159, 160
「ワルツ第CZ号列車」　⑯下296, 321

## G
Gifford　　⑯下256→エラ・メイ・ギフォード

## H
Hanamaki Bank　　⑯下100→花巻銀行

## I
I子　　⑯下489, 491

## K
K・H生　　⑯下71

## L
「L・S・M」　　⑯下490
L・S・M社　　⑯下379

## M
「MEMO FLORA」　⑯下375
MEMO FLORA　⑯下373
「MEMO FLORA」手帳　⑯下376

Miss Gifford　　⑯下245→エラ・メイ・ギフォード

## N
New-World Symphony　⑯下275

## R
R・シュトラウス　　⑯下468

## Y
YMCAタイピスト学校　⑯下325, 326

〔編集部付記〕
今日の人権意識に照らして不当・不適切と思われる、人種・身分・職業・身体障害・精神障害に関する語句については、時代的背景と作品の価値に鑑み、索引中に採集したものがある。

【新】校本宮澤賢治全集
別巻 補遺・索引 索引篇

2009年3月10日　初版第1刷発行

編　者　宮沢清六　他
発行者　菊池明郎
発行所　株式会社 筑摩書房
　　　　東京都台東区蔵前2-5-3　郵便番号111-8755
　　　　振替 00160-8-4123
装　幀　間村俊一
印　刷　明和印刷株式会社
製　本　株式会社積信堂

ISBN978-4-480-72837-1 C0395（索引篇）
©宮沢潤子・他 2009 Printed in Japan

乱丁・落丁本の場合は、御面倒ですが下記に御送付ください。
ご注文・お問い合わせも下記へお願いします。
さいたま市北区櫛引町2-604　筑摩書房サービスセンター
郵便番号331-8507　電話番号048-651-0053

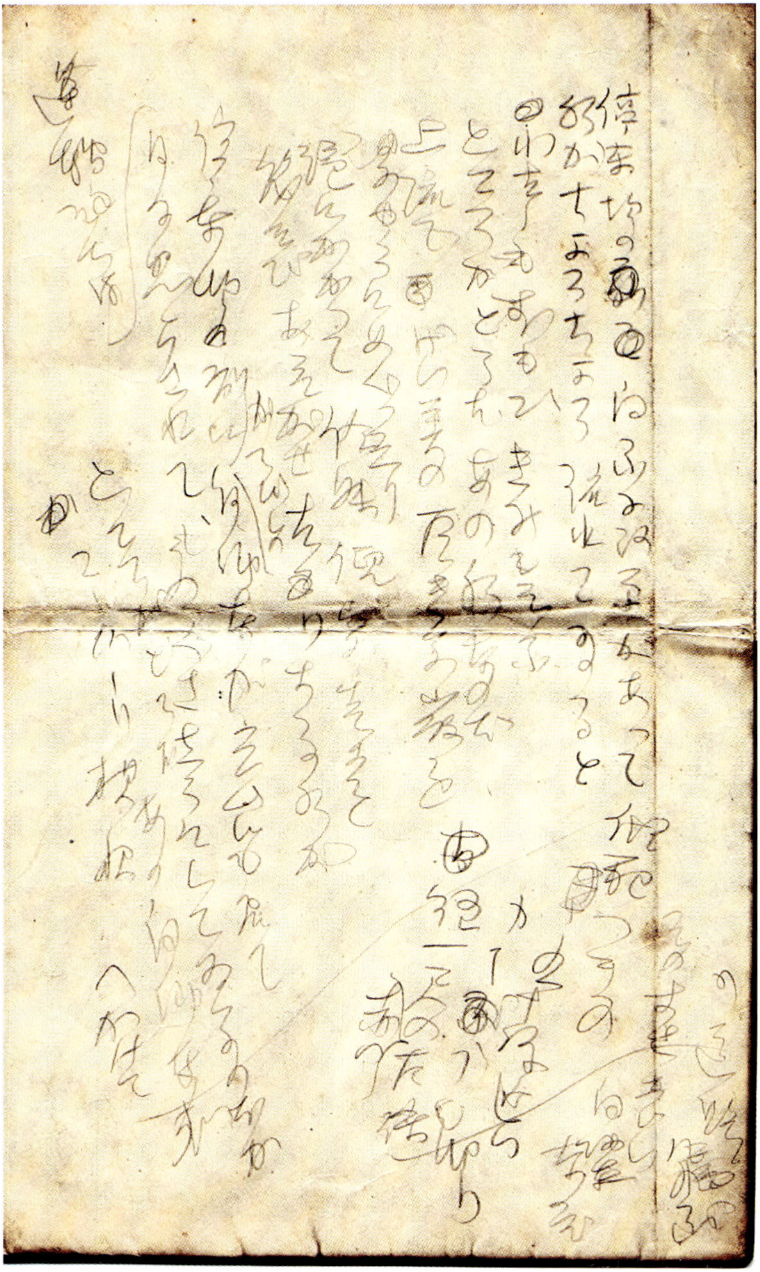

「〔停車場の向ふに河原があって〕」下書稿

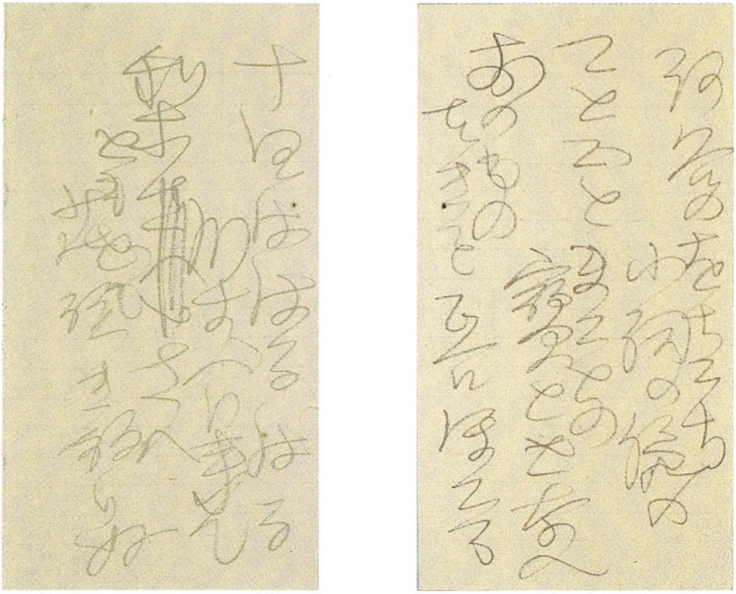

手帳断片　三頁（右）・四頁

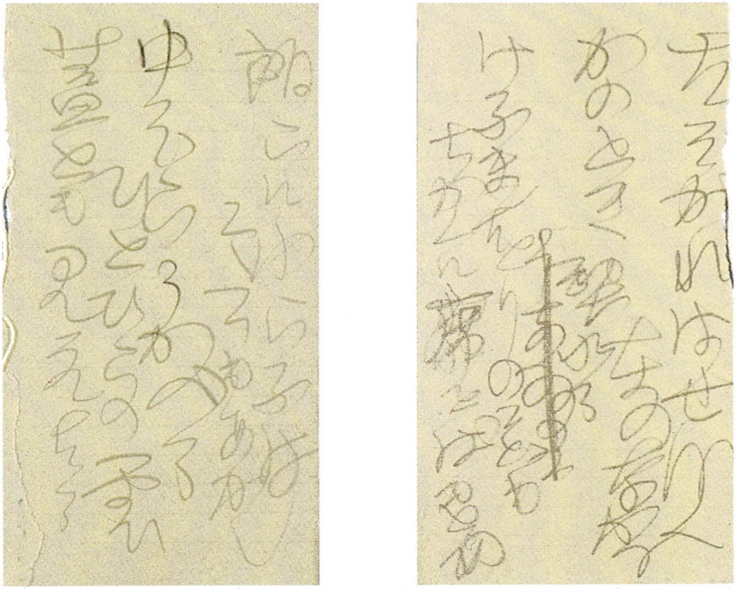

手帳断片　七頁（右）・八頁

〔終画一〇〕

〔終画九〕

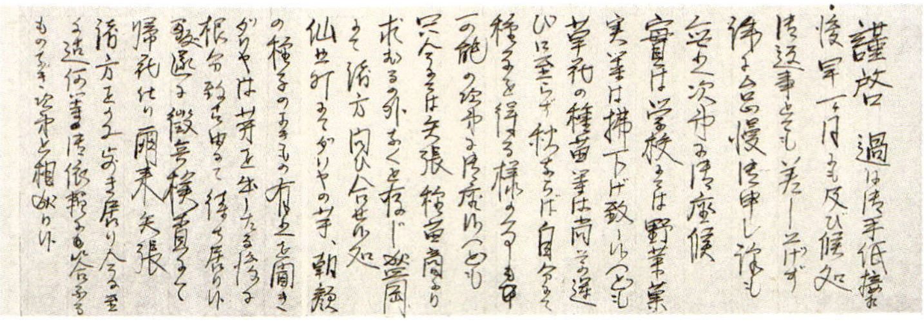

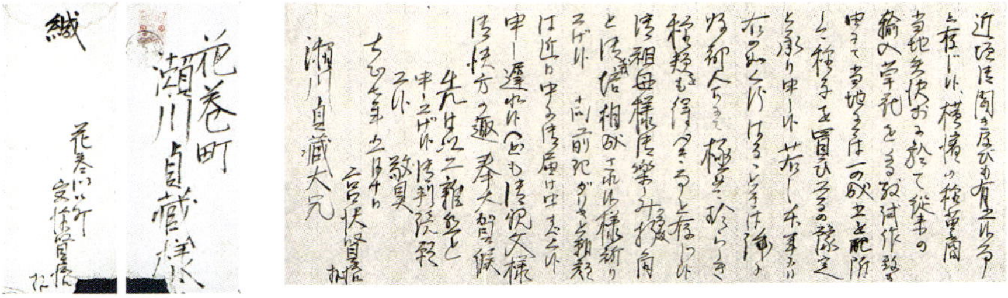

60 a 瀬川貞蔵あて書簡（大 7 ・ 5 ・ 10）

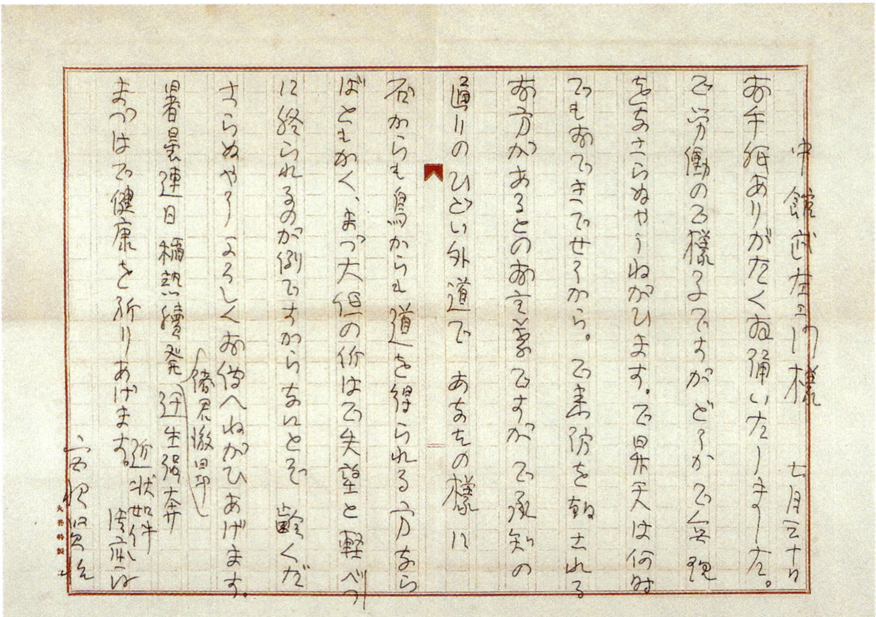

中舘武左エ門様　七月三十日

お手紙ありがたく拝誦いたしました。ご労働のご様子ですがどうかご無理をなさらぬやうねがひます。ご日光天は何時でもおできでせうから。ご来訪を願はれるお方があるとのお言葉ですがご承知の通りのひどい外道で　あなたの様に石からも鳥からも道を得られる方ならばともかく、まづ大但の所はご失望と軽べつに終られるのが例ですからなにとぞ[illegible]くださらぬやうよろしくお伝へねがひあげます。

暑気連日稲熱續発（倭君嫩田甲）迂生奔走

まづはご健康を祈りあげます。近状如件

宮沢賢治

241 a 中舘武左衛門あて書簡（〔昭 8 〕・ 7 ・ 30）

# 目次

**第三章**

**[巻七] 語部子首勝麻呂・・・・・・【三】**

# 本文補遺

第五巻補遺詩篇I・補遺 ……………………… 5

〔停車場の向ふに河原があって〕 ………………… 7

第十三巻（上）覚書・手帳・補遺 ………………… 7

手帳断片 ……………………………………… 10

第十四巻雑纂・補遺 ………………………… 10

東北砕石工場関係メモ ……………………… 16

〔毛筆筆写等　二七〕 ……………………… 16

〔宮沢商会広告文謄写印刷製版〕 ………… 17

〔絵画　九〕 ………………………………… 19

〔絵画　一〇〕 ……………………………… 21

22

第十五巻 書簡・補遺 ………………………………………………………… 23

大正七（一九一八）年 …………………………………………………… 23

大正八（一九一九）年 …………………………………………………… 26

昭和三（一九二八）年 …………………………………………………… 27

昭和五（一九三〇）年 …………………………………………………… 29

昭和六（一九三一）年 …………………………………………………… 31

昭和八（一九三三）年 …………………………………………………… 34

受信人索引（付・略歴） ………………………………………………… 37

資料補遺 …………………………………………………………………… 39

第十六巻（上）補遺・資料・補遺 …………………………………… 41

生前批評 …………………………………………………………………… 41

岩手詩壇現状報告　　　　　　　　　　　　　　石橋哲郎 ……… 41

文芸関係記事等 ………………………………………………………… 42

宣言 …………………………………………………………………… 42

新刊図書目録 ………………………………………………………… 43

寄贈詩書雑誌（一月） ……………………………………………… 43

よみうり抄 …………………………………………………………… 44

全国詩誌断評―十月― ……………………………… 岡本弥太 …… 44

同時代学者の作品・書簡・日記等における言及 ………………… 45

ある一日の記録 …………………………………… 小野十三郎 …… 45

らくがき ………………………………………………… 黄　瀛 …… 46

〔石川善助書簡〕 …………………………………………………… 48

〔岡崎澄衛書簡〕 …………………………………………………… 49

〔岡本弥太書簡〕 …………………………………………………… 50

〔岡本弥太書簡〕 … 50

第十六巻（下）補遺・資料・補遺 … 51

伝記消息 … 51

梵文般若心経出版助縁芳名 … 51

建築物図面 … 52

〔宮沢家土蔵平面図〕 … 52

肖像写真 … 53

〔写真三六―②〕 … 53

追悼文等 … 54

各巻本文訂正等 … 55

各巻校異補遺・校異訂正 … 71

〔函・カバー〕化石撮影＝林 辰夫

手動写植印字＝田中靖一

剑
凡

一、本全集には、宮沢賢治の全作品を、メモ・手帳・書簡等の一切を加えて、収録する。

二、本全集の構成は次のごとくである。第一巻に短歌（短唱集『〔冬のスケッチ〕』を含む）、第二巻から第七巻までに詩、第八巻から第十二巻までに童話（第十二巻は劇その他も含む）、第十三、第十四巻にメモ・手帳その他雑纂、第十五巻に書簡、第十六巻（上・下）に補遺・年譜・各種資料を収め、別巻として「索引」を加える。

三、宮沢賢治の作品の草稿には、多くの場合、幾重にもわたる手入れ・書直し・改作等のあとが見られるが、それらによってたどり得る各々の段階の形態は、単なる「完成への過渡的形態」にとどまらない意義を有している。したがって、本全集では、各作品に見られるこのような諸段階の形態のすべてを明らかにすることをもって主旨とする。本文テクストには、紙面の制約上、原則として作品の最終形態を採用するが、各巻に分冊併収した「校異」篇において、他の諸段階の形態が本文と相違する箇所を《異文》として網羅的に掲出する。

ただし、

（1）「〔冬のスケッチ〕」（第一巻所収）においては、草稿に最初に書かれた形（第一形態）を本文とする。

（2）詩集『春と修羅』（第二巻所収）本文は初版本を底本とし、別に現在までに所在の判明している三種類の自筆手入れ本のうち、宮沢家所蔵本の手入れ結果をも本文に掲出する。

（3）「歌稿〔A〕」「歌稿〔B〕」の第一形態、および詩集『春と修羅』自筆書込み手入れ諸本における最終形態は、いずれも、対応する本文の下欄に小活字を用いて掲出する。

（4）童話においては、最終段階以前の形態であっても、最終段階の形態に比べて内容や形式に顕著な相違が見られる場合、それをも本文として掲出する。

四、第二巻〜第七巻の詩の配列は、次の原則に従う。

viii

（1）第二巻には、詩集『春と修羅』収録の全詩篇の初版本本文および宮沢家所蔵本手入れ本文をそれぞれ初版本通りの順序で収め、これに続けて、日付け等から初版本所収詩篇と同時期の作品と判断されるものを、同詩集の「補遺」として収める。

（2）第三巻・第四巻には、主として専用の細罫詩稿用紙に書かれた口語詩のうち、作品番号と日付けのあるものを、各詩篇の最終形の日付け順に（最終形に日付けが付されていない場合は、作品番号によって補正する）配列する。作者によって、「春と修羅 第二集」と指定された期間の日付けをもつ作品を第三巻に収め、「春と修羅 第三集」と指定された期間の日付けをもつ作品および「詩ノート」（第三集初期形態）を第四巻に収める。作品番号も日付けもない口語詩のうち、「春と修羅 第二集」作品の発展形とみられるものを「第二集補遺」として第三巻に、「春と修羅 第三集」作品の発展形とみられるものを「第三集補遺」として第四巻に収め、そのどちらにも属さない作品を「口語詩稿」として第五巻に収める。

（3）第五巻には前記「口語詩稿」に加えて「疾中」も収め、さらに独立した用紙に書かれた詩篇を「補遺詩篇Ⅰ」として収める。

（4）第六巻には、「東京」「三原三部」「装景手記」の各作品群を収め、さらに、現存する手帳に遺された作品群、詩稿用紙以外の紙や他作品の余白に書かれ、以上のどの項目にも属さない作品群を、「補遺詩篇Ⅱ」として収録した上、生前に新聞・雑誌等に発表された作品を、「生前発表童謡」「生前発表詩篇」として他巻との一部重複をいとわずに、そのままの形で一括して掲げる。なお、第六巻には、「歌曲」「句稿」「エスペラント詩稿」をも収める。

（5）第七巻には、主として専用の細罫詩稿用紙に書かれた文語詩（「文語詩稿 五十篇」「文語詩稿 一百篇」）を、作者生前の分類に従って収録し、詩稿用紙に書かれたそれ以外の文

語詩（「疾中」等に既に収められたものをのぞく）を「文語詩未定稿」としてあわせて収める。

五、第八巻～第十二巻の童話の配列は次のごとくである。

A、第八巻～第十一巻には、草稿の現存する童話をその草稿に拠ってすべて収録し、その配列は、主として草稿の用紙の類別とその推定使用順にもとづく。（詳細は第十六巻（上）補遺・資料所収「詩・童話草稿通観」等を参照。）

(1) 第八巻には、「120（イ）イーグル印原稿紙」（藍色罫四百字詰原稿用紙で、左下欄外に「10 20 イーグル印原稿紙」と印刷され、「120」と「イ」との間の空きが狭く、かつ「イ」が他の文字と同大のもの）、「10-20 イーグル印原稿用紙」（草色罫四百字詰原稿用紙で、左下欄外に上記の如く印刷されたもの）、「120（広）イーグル印原稿紙」（藍色罫四百字詰原稿用紙で、左下欄外に「120 イーグル印原稿紙」と印刷され、「120」と「イ」との間の空きが広いもの）、を主として使用した作品、三十四篇を収める。

(2) 第九巻には、「120（印）イーグル印原稿紙」（藍色罫四百字詰原稿用紙で、左下欄外に「10 20 イーグル印原稿紙」と印刷され、「120」と「イ」との間の空きが狭く、かつ「イ」がやや小さく、「印」が太いもの）、「120 原稿用紙（藍色罫四百字詰原稿用紙で、左下欄外に「10 20」とのみ印刷されたもの）、を主として使用した作品、二十九篇を収める。

(3) 第十巻には、和半紙、洋半紙、「丸善特製 二」と印刷されたもの）、「B形 120 イーグル印原稿用紙」（セピア罫六百字詰原稿用紙で、左下欄外に「丸善特製 二」原稿用紙（セピア罫六百字詰原稿用紙で、左下欄外に上記の如く印刷されたもの）、藁半紙、を主として使用した作品、二十三篇を収める。

(4) 第十巻には、右の他、すでにいったん成立した形態（第八巻・第九巻所収）が後年大幅な

x

手入れを受けて変貌をとげた作品、八篇をも収める。

(5) 第十一巻には、各種用紙が混用された複雑な構成を持ち、作者が晩年まで、長期にわたって、推敲・改稿をくりかえした作品、七篇を収める。

B、第十二巻には、作者が生前に発表した童話二十篇を、その発表形にもとづいて、一括して収録し、さらに、童話以外の散文作品と劇とを併収する。

六、本文表記については、原則として草稿・原文通りとする。したがって、同一作品中に異なる用字・仮名遣い等が残る場合もある。ただし、

(1) 漢字は、作者自身が正字・俗字を混用しているが、意図的な使い分けなど特殊な場合をのぞき、常用漢字字体（人名用漢字を含む）のあるものはそれに統一する。

(2) 明白な誤記・誤植・脱字・冗字は改め、それぞれ分冊「校異」篇末尾の「校訂一覧」に注記する。ただし作者の用字・表記が通常と違っていても、次のような場合には校訂しない。

(i) 字義に照らして必ずしも誤りとはいえないもの。

例（カッコ内は通常の用字）

菓物（果物）、軽卒（軽率）、貸り（借り）、欠呻（欠伸）、羅沙（羅紗）、漢法（漢方）、
くだもの
びらうど
卒直（率直）、天蚕絨（天鵞絨）

(ii) 作者が一定期間常用しており、あるいは当時の文書や他の作家の文章にも見られる慣用であって、そのままにしても意味の取り違え等の不都合の生じないもの。

例 一諸（一緒）、大低（大抵）、難義（難儀）、お辞義（お辞儀）、椽側（縁側）、応揚
（鷹揚）、本統（本当）、招介（紹介）、工風（工夫）

(3) 作者が書き癖として特殊な字体を用いている場合は、標準字体に改める。この校訂は個々には特記しない。

例 谷（含）、群（群）、罘（界）、烈（烈）、砳（石）、比（比）、憶（憶）、袴（袴）など。

(4) 変体仮名は標準字体に改める。この校訂も個々には特記しない。

(5) 拗促音については、草稿では小書き（拗促音表示の小文字）の使用に不統一が見られるが、本全集では、特殊な場合を除き、文語体においては小書きを用いず、口語体の場合は小書きを用いることに統一する。この校訂も個々には特記しない。生前発表形をもって本文とする場合は、その発表形における用法に従う。

(6) ルビにおいては拗促音に小書きを用いないが、作者独得のオノマトペ表記や作者苦心の方言表記などでは特に自筆ルビの小書きを活かす。

例 [全体] のルビ「ぜんたぃ」（発音は「ゼンテー」に近い。）

(7) ルビ位置については、草稿発表誌紙によって不統一であり、本文では、付された位置を個々に復元せず、統一した位置に付す。この校訂は個々には特記しない。なお、校異には作者自身の付したルビの位置を可能な限り復元して示し、必要に応じて（ルビ位置、草稿のまま）等と注記する。

(8) 漢字にルビを補った場合は、〔 〕で括って、作者自身の付けたルビと区別する。

(9) 欄外書込み等で改行の有無が不明瞭なため、編者の判断によって決定することがある。その場合、詳細は「校異」篇に記す。

(10) 草稿・原文を校訂して本文を決定した場合には、本文の該当部分を〔 〕で括って示し、[校異] 篇末尾の [校訂一覧] に必要に応じて根拠を明示しつつ記載する。

七、草稿の破損その他の事由により判読不可能な場合等、編者の説明を本文に組入れるときは、〔 〕内に小活字で示す。ただし、不明字の字数が少ないときは、〔五字不明〕、〔以下原稿数枚なし〕のごとく〔 〕

ときは、字数にあたる数の□印を用いることもある。

八、童話題名のうち、草稿の冒頭欠等の事由により、作者が付けた題名が不明なものや、現在確認不可能なものは、あるいは慣用に従い、あるいは新たに推定して、いずれも〔若い木霊〕のごとく〔　〕で括って示す。また童話題名の末尾に草稿では句点が付されているものは、本文では句点をはずすことにしたが、この校訂はいちいち断らない。

詩の題名については、同様に不明あるいは無題の場合、便宜上第一行を〔　〕で括ったものを以て、題名の代用とする。この場合も第一行末尾に句点が付されているものは、代用題名から句点をはずすことにした。（読点についても句点に準じた措置をとった。）

九、各巻に「校異」篇を分冊併収し、収録作品の各々について、現存草稿の状態・推敲過程・本文の根拠・異文・校訂等を注記する。ただし、第十六巻については、内容の性格上「校異」篇は付さない。

＊

十、この巻（別巻）には、次のものを収める。

(1) 補遺

(2) 索引

そのうち本冊には、(1)補遺を収める。

十一、「補遺」は、本全集第一巻〜第十六巻の、本文および校異を補うためのもので、次の各項を扱う。

(1) 本文補遺　当該巻刊行後に発見された、あるいは刊行時に収録に洩れた草稿・生前発表形・書簡（同下書）等について記す。併せて補遺される本文の校異を記述する。なお、本

文・校異の記述は、補遺される巻の凡例に従った。

(2) 本文訂正等　当該巻刊行後の調査・検討により、本文の記述に追加・変更を要することになったものについて記す。訂正等を要する箇所ごとに、最初に巻数・作品名を掲げ、次いで訂正を要する箇所の頁数・行数を示した後に、訂正等の内容および訂正本文を記す。
なお、頁数は漢数字、行数はアラビア数字で表すが、題・章題・小見出し・行アキ等は行数に数えない。従って、これら題名等に訂正がある場合には、行数を表示せずその旨を明記することになる。

(3) 校異補遺・校異訂正　当該巻刊行後の調査・検討により校異の記述に追加・変更を要することになったものについて記す。記述の方法は「(2) 本文訂正等」に準ずる。

(4) 資料　当該巻刊行後に発見された、あるいは刊行時に収録に漏れた資料等について記す。

(5) 草稿通観　当該巻刊行後に発見された草稿・生前発表形・書簡（同下書）等に従って増補する。

(6) 伝記資料　当該巻刊行後に発見された、あるいは刊行時に収録に漏れた伝記資料等について記す。

(7) その他

【新】校本宮澤賢治全集［別巻］補遺・索引

戦気豐

鹿島出版会

# 第五巻　補遺詩篇Ⅰ・補遺

【第五巻刊行後、新たに発見された口語詩草稿一点があり、これを左に掲げ、続けてこれに対する校異を示す。それぞれ第五巻本文篇二三二頁の次、校異篇二三五頁の次に追加されるべきものである。】

## 〔停車場の向ふに河原があって〕

停車場の向ふに河原があって
水がちよろちよろ流れてゐると
わたしもおもひきみも云ふ
ところがどうだあの水なのだ
上流でげい美の巨きな岩を
碑のやうにめぐったり
滝にかかって佐藤猊〔嵒〕先生を
幾たびあったがせたりする水が
停車場の前にがたびしの自動車が三台も居て
運転手たちは日に照らされて
ものぐささうにしてゐるのだが
ところがどうだあの自動車が
ここから横沢へかけて

傾配つきの九十度近いカーブも切り

径一尺の赤い巨礫の道路も飛ぶ

そのすさまじい自働車なのだ

《校異》

《現存稿》　一。

　　下書稿、一枚一面。

《本文》　下書稿の最終形態に拠る。

《逐次形》

　下書稿

　本稿の第一形態は、五万分の一「水沢」地図（大正二年測図同五年製版大日本帝国陸地測量部のものと推定）の裏面に鉛筆で書かれたもの。地図の周囲四方は罫の外を数ミリ残してきれいに切り取られており、現状は縦三八・四糎、横四四・七糎。図を内にして縦・横をそれぞれ四つ折りにし、裏面の左上部に地図から切り取ったと見られる表題「水沢」の部分が貼り込まれ、その下部、折り目によって十六分割された最も左方の中央の二分割部分に、本稿が走り書き風に記されている。内容は次のとおり。

停車場の［前→削］［を→削］向ふに河原があって

水がちよろちよろ流れてゐると

［?→削］わたしもおもひきみも云ふ

ところがどうだあの水なのだ

5上流で［?→削］げい美の巨きな岩を

碑のやうにめぐったり

滝にかかって佐藤猊嵓〔《嵓》と誤記〕先生を

幾たびあったがせた［こ→削］りする水が

停車場［?→削］の（上書き）前に［㋒→削］がたびしの〕自働車

が三台も居て

10［㋒→運転手たちは］日に照らされて［㋒→、（改行の意）］

ものぐささうにしてゐるのだが

ところがどうだあの自働車が

［か→削］こ、から横沢へかけて

（右下方余白に導線を引いて記入）傾配つきの［二十→削］九十

度近い

カー［ぶ→削］ブも切り

15［直（書きかけ）→卿］径一尺の〔ワ→赤い〕巨礫（右下方余
白に導線を引いて記入）の道路も飛ぶ
そのすさまじい自働車なのだ

以上の手入れ結果を本文に掲出した。

なお、5行目の「げい美」は「厳美」または「猊鼻」のこ
とであろう。猊鼻渓と厳美渓が交錯したものか。7行目
「嵓」（ガン。岩・巌・巖に同じ。畠と同字）は「嵓」と記さ
れているが、「嵓」の誤記と推定した。佐藤猊嵓（猊巖とも）
には、『東北絶勝　猊鼻渓勝誌』（大正三年七月二十五日、発
行兼編輯人佐藤軍司）、『絶勝　猊鼻渓遊覧案内』（大正八年
十月二十日、猊鼻書院）の著編書がある。14行目の「傾配」
は「傾斜」「勾配」などの交錯によるか。

また、本文が記入された下方に天地を逆にして、赤鉛筆に
よる以下の記入がある。

White lime Stone over the river
NS 75。

第十三巻（上）　覚書・手帳・補遺

【第十三巻（上）刊行後、新たに発見された手帳断片一点があり、これを左に掲げ、続けてこれに対する校異を示す。本手帳断片は、それぞれ第十三巻（上）本文篇五九〇頁の次、校異篇一六二頁上段十一行目の次に追加されるべきものである。】

手帳断片

E　一頁・二頁
《筆記具》鉛筆

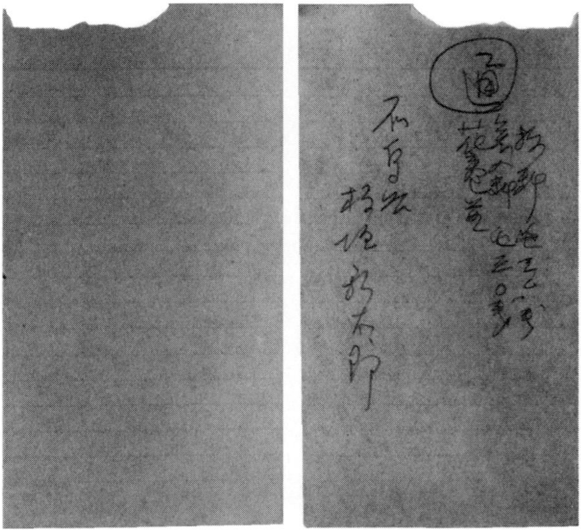

5　　　　　　　1

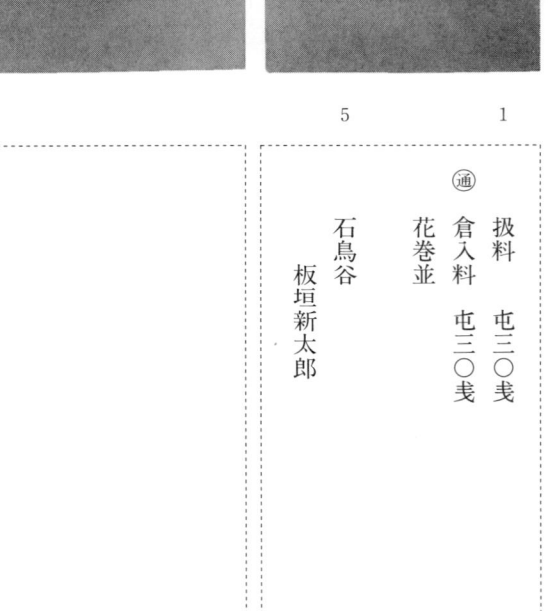

㊢
扱料　屯三〇戋
倉入料　屯三〇戋
花巻並
石鳥谷
板垣新太郎

本文補遺　10

**E** 三頁・四頁
《筆記具》 鉛筆

河谷のをちこち
小祠の続の
ことごとまことの
宝と〔?〕／となへ
おのもの
古きを互にほこる

十里ははるばる
川すべり来て
梨ま卜さへ
ともども
花□き散りぬ

**E** 五頁・六頁
《筆記具》 鉛筆

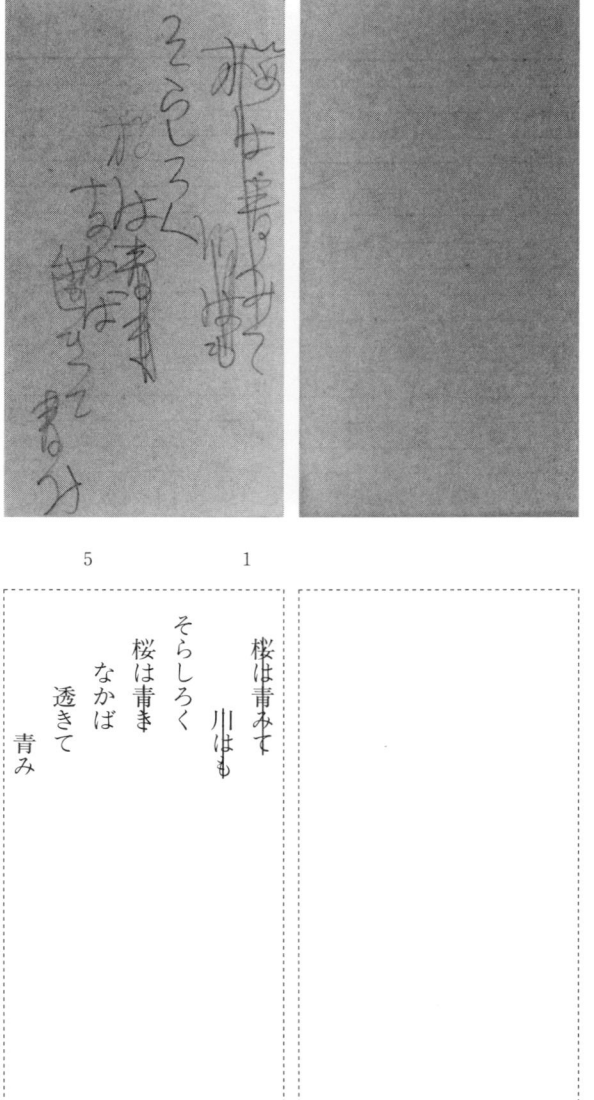

5　　　　　1

桜は青みす
　川はも
そらしろく
桜は青き
　なかば
　透きて
　青み

本文補遺　12

E　七頁・八頁
《筆記具》　鉛筆

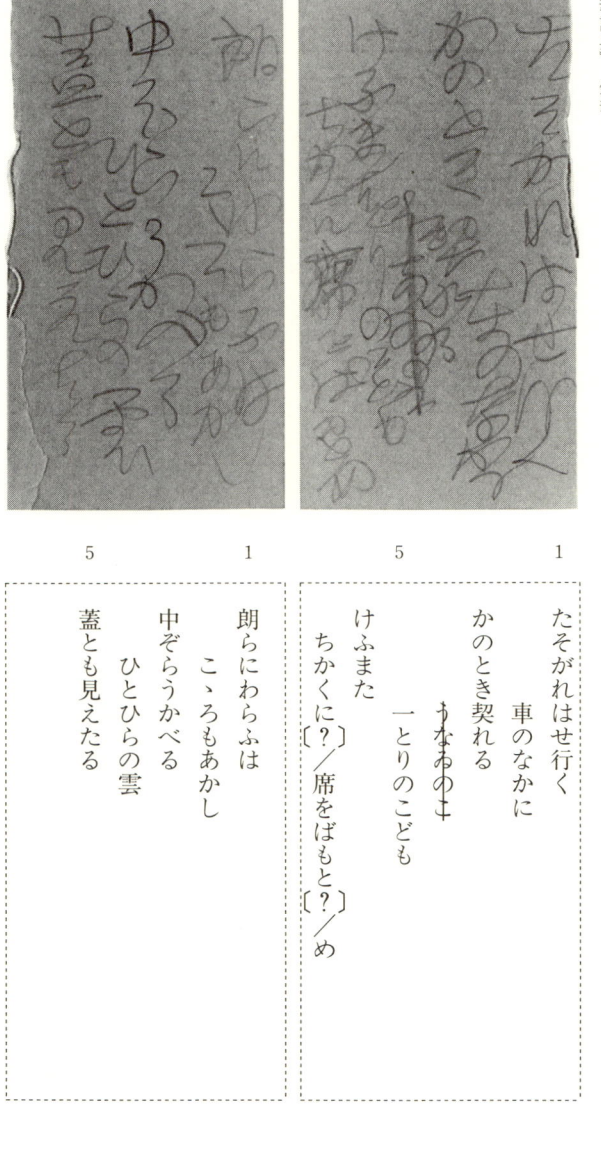

たそがれはせ行く
車のなかに
かのとき契れる
うなおの十
　　一とりのこども
けふまた
ちかくに〔?〕／席をばもと〔?〕／め

朗らにわらふは
こゝろもあかし
中ぞらうかべる
ひとひらの雲
蓋とも見えたる

E
九頁〜一三頁 （空白）

E
一四頁
《筆記具》 鉛筆

〈脱〉〈脂〉〈綿〉

《校異》

手帳断片E

本断片は、二つ折りの紙葉三枚と右半分が切り取られた紙葉一枚（E七・八頁）、都合一四面である。二つ折紙葉三枚の間にE七・八頁の一葉が挟まれる形で現存していた。戦災で焼け紙質は硬変している。各一面は、縦一二・三糎、横六・五糎。洋紙に青色罫十六本、最上部に赤色罫がある。本断片の記入はE一頁の東北砕石工場関連事項等から昭和六年春頃と推定する。

E　一頁
《筆記具》　鉛筆
《補説》　昭和六年三月三一日付鈴木東蔵宛書簡に「今朝手紙差上の后石鳥谷へ参り板垣肥料店と略々約束相定めその足にて当地に参り」とある。なお、板垣新太郎（明治三六・四・一生）は、当時石鳥谷町にて、米穀、肥料を商う板垣商店を営む。その後上京するが、病を得て闘病ののち死去（板垣寛の教示による）。

E　二頁　（空白）

E　三頁
《筆記具》　鉛筆

E　四頁

《筆記具》　鉛筆
《異文》　3行　梨［さへ↓さへ］

E　五頁　（空白）

E　六頁
《筆記具》　鉛筆
《異文》　1行　［桜は青みて↓㊁］
　　　　　2行　［川はも↓㊁］
　　　　　4行　桜は［青き↓㊁］

E　七頁
《筆記具》　鉛筆

E　八頁
《筆記具》　鉛筆
《異文》　4行　［うなゐのこ↓㊁］

E　九頁～一三頁　（空白）

E　一四頁
《筆記具》　鉛筆

15　補遺

# 第十四巻　雑纂・補遺

〔第十四巻刊行後、新たに発見された「東北砕石工場関係メモ」一点があり、これを左に掲げ、続けてこれに対する校異を示す。本メモは、それぞれ第十四巻本文篇二三〇頁の次、校異篇二二〇頁上段三行の次に追加されるべきものである。〕

## 東北砕石工場関係メモ

### 東11

〈表〉
〔醸〕造用米トシテ発熱ノ際石灰
特ニ半搗トスル
荷札〔馬〕ニハ一日何貫ヲ可トスルヤ

〈裏〉　東北砕石

〈校異〉

《用紙》　東北砕石工場封筒
《筆記具》　鉛筆
《異文》
表１　トシテ〔⑦→発〕『送→熱』ノ際〔⑦→石灰〕
③　一日〔⑦→何〕貫ヲ可トスルヤ
《補説》　消印は「6　5　27」（局、時刻等は判読できない）。東北砕石工場の商用ハトロン封筒を使用。表書きは黒インクで「花巻町豊沢町／宮沢賢治様」と宛名書きされ、その下および左の余白を用いて本メモが記されている。裏面には「大船渡線（岩手県）陸中松川駅前／肥料用石灰石粉／搗粉赤間黒蛇紋／鼠砂紫雲砂其他／東北砕石工場／昭和　年　月　日」また下部に右から横書きで「神戸　山敷神港堂　印行」と活版印刷されている。また、裏面余白に、鉛筆で「東北砕石」との賢治自筆の戯書がある。

【毛筆筆写等　二七】

〔第十四巻刊行後、新たに発見された〔毛筆筆写等〕一点があり、これを左に掲げ、続けてこれに対する校異を示す。本〔毛筆筆写等〕は、それぞれ第十四巻本文篇二八九頁の次、校異篇二五〇頁上段四行の次に追加されるべきものである。〕

17　補遺

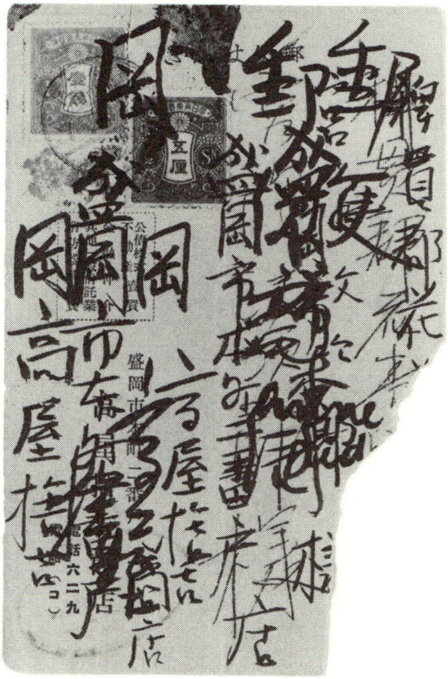

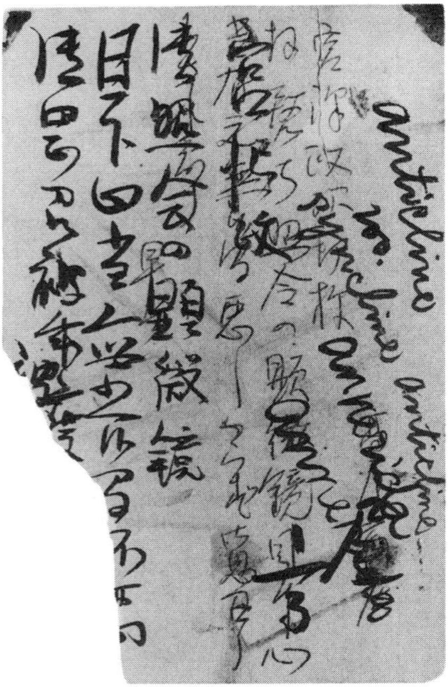

《校異》

本稿は、そのほとんどが父あて書簡（葉書）の表裏を繰り返す形で記された戯書に類するものである。

《用紙》　私製葉書

《筆記具》　墨

《補説》　右下隅に一部破損がある。葉書の表書は、インクで「稗貫郡花巻／宮沢政次郎様」と書かれ、差出人部分は、左上部に、活版印刷で、リーダー罫で囲み「公債株式不動産／売買／金融仲介／其他一般信託業／消防器具販売」とあり、その下部に「盛岡市本町二番戸／高屋捨吉商店／電

話六二九／電略（コ）とある。賢治はこれらを筆で繰り返している。また、[anne][did]も見える。切手は一銭と五厘、消印は［？］岡７９？？（以下判読できない）。

裏面は、ブルーブラックインクで「宮沢政次郎様／拝啓／御照会の顕微鏡目下心／当有之無候間悪しからず御思召し／被成度候　早々」と書かれ、賢治はこれらを筆で繰り返し、また[syncline][anticline][annerida]等の欧字も記している。父宮沢政次郎による照会に応えた葉書だが、内容が「顕微鏡」なので、賢治の必要による問い合わせであったことも考えられる。

【宮沢商会広告文牘写印刷製版】

〔第十四巻刊行後、新たに発見された〔その他〕一点があり、これを左に掲げ、続けてこれに対する校異を示す。
本〔宮沢商会広告文牘写印刷製版〕は、それぞれ第十四巻本文篇三〇一頁の次、校異篇二五六頁上段十一行の次に
追加されるべきものである。〕

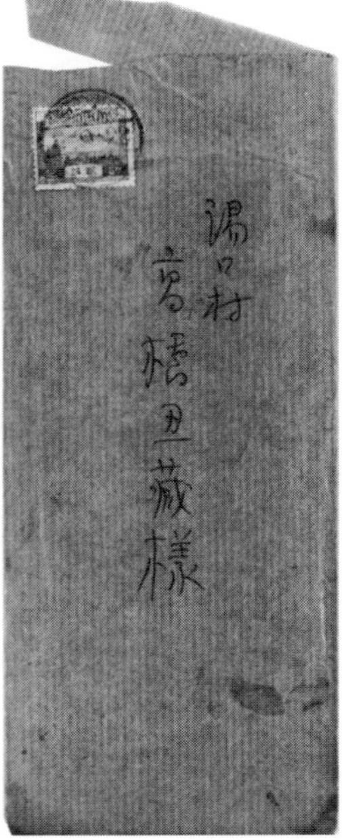

《校異》

《用紙》　ざら紙（縦二三・九糎、横三三・五糎）一枚、茶すじ入りハトロン封筒（縦一九・八糎、横八・二糎）

《筆記具》　黒色謄写印刷、封筒表書はブルーブラックインク

《補説》　広告文用紙裏面には、ゴム印で「岩手県花巻町豊沢町／建築材料／屋根材料／諸機械類／一式卸小売宮沢商会／電話二〇八番」と押されている。本稿は、弟宮沢清六が中心となって経営していた宮沢商会が昭和五年九月に配布した商品販売宣伝用チラシとして、賢治が謄写印刷製版したもの。文案構成に関わったかどうかは不明。配布封筒（消印「5　9　[2?]」、他は判読できない）のあて名書きも賢治の筆跡だが、宮沢商会への協力のためのものであるから賢治書簡とは扱わない。

〔第十四巻刊行後、新たに発見された〔絵画〕二点があり、これを口絵に掲げ、左にこれに対する校異を示す。本〔絵画〕は、それぞれ第十四巻本文篇口絵一八頁〔絵画　八〕の次、校異篇二五八頁上段〔絵画　八〕の校異の次に追加さるべきものである。〕

# 〔絵画　九〕

（カラー口絵三頁に掲出）

〔九〕（カラー口絵三頁）

《校異》

《用紙》　画用紙（縦一四・二糎、横一八・五糎）

《筆記用具》　鉛筆

《補説》　用紙裏面は、〔絵画　一〕（「日輪と山」と称されているもの）。裏面と天地逆に描かれている。制作年代は不明であるが、〔絵画　一〕よりは早い時期であろう。なお、本全集第十四巻校異篇二五六頁の〔絵画　一〕校異の《補説》に「用紙の裏面に、鉛筆によるコック帽のような戯画が描かれているが、賢治の自筆か否かは不明である」とされていた画がこれである。保存の状況等から、賢治自筆と判断した。

〔絵画　一〇〕

（カラー口絵三頁に掲出）

〔一〇〕（カラー口絵三頁）

《校異》

《用紙》　画用紙（縦一九・四糎、横一四・八糎）

《筆記用具》　鉛筆と水彩絵具

《補説》　用紙裏面は、〔絵画　四〕「ケミカルガーデン」と
称されているもの）。制作年代は不明。

# 第十五巻　書簡・補遺

〔第十五巻および第十六巻（上）、第十六巻（下）の刊行後、新たに発見された書簡が十二点（内一点は再確認）あり、これらを年月順に掲げて、続けてそれぞれに対する校異を示す。なお、それぞれの第十五巻本文篇・校異篇への追加箇所の指定は省略する。〕

## 大正七（一九一八）年

41a　一月一日　槻山和三郎あて　葉書

《表》　西磐井郡厳美村　槻山和三郎様

《裏》　〔花巻川口町　宮沢賢治〕

謹賀新年

大正七年一月一日

花巻川口町

宮沢賢治

《消印》　岩手〔花〕巻　7・1・2　后6―9　　　　　　《筆記具》　墨

23　補　遺

60a　大正七年五月十日　瀬川貞藏あて　封書〔封印〕緘

《表》　花巻町　瀬川貞藏様
《裏》　花巻川口町　宮沢賢治拝

謹啓　過日御手紙接手後早一ヶ月にも及び候処御返事とても差し上げず誠に怠慢御申し訳も無之次第に御座候

実は学校にては野菜菓実等は払下げ致し候へども草花の種苗等は尚その運びに至らず秋ならば自分にて種子を得

る様の事も可能の次第に御座候へども只今にては矢張種苗商より求むるの外なくと存じ盛岡にて諸方問ひ合せ候

処　仙北町にてダリヤの芋、朝顔の種子のよきもの有之を聞きダリヤは芽を出したる後に根分致す由にて待ち居

り候処遂に徴兵検査にて帰花仕り爾来矢張諸方をのみ歩き居り今に至る迄何等御依頼に答ふるものなき次第と相

成り候

近頃御聞き及びも有之候事と存じ候、横浜の種苗商当地矢沢村に於て従来の輸入草花を多数試作致す由にて当地

にては可成之を配附して種子を買ひ上るの予定と承り申し候　若し本年より右の如く行はるゝときは誠に好都合

にて極めて珍らしき種類をも得べき事と存じ候

御祖母様御楽しみの事故折角と御栽培相成され候様祈り上げ候　尚前記ダリヤと朝顔は近日中に御届け申すべく

候

申し遅れ候へども御親父様御快方の趣奉大賀候

先は以上雑然と申し上げ候　御判読願上候　敬具

大正七年五月十日

宮沢賢治　拝

瀬川貞蔵大兄

《消印》　岩手・花巻　7・5・10　后8—12

《封筒》　和紙二重封筒（中紙水色）

《用箋》　巻紙

《筆記具》　墨

《校異》

② 種子を得る様の事も［不→卿］可能

④ 待ち居り候（間→処）遂に

⑤ 何等［?→卿］御依頼に［も→卿］答ふる

⑨ 珍らしき種類［？→を］も得べき

⑩ 御楽しみ［？→の事故］折角と御［？→栽］培

《備考》

*1 徴兵検査……この年の徴兵検査は花城小学校で四月三十日から五月三日まで行われた。

*2 御祖母様……貞蔵の祖母フク（大八・十二・二十八没。享年八十六歳）、二代目瀬川弥右衛門の妻で矢沢中島家（屋号、駒込）の出身。

*3 御親父様……三代目瀬川弥右衛門（政之助。大正十一年没。享年六十二歳）、明治二十二年町村合併後の花巻の町会議員や稗貫郡会議員をつとめる。各種の公共事業にも尽力し、特に岩手軽便鉄道発足に当り多額の出資をしている。

# 大正八（一九一九）年

102 b　大正八年一月一日　瀬川貞蔵あて　葉書

《表》　花巻町　瀬川貞藏様

《裏》　〔花巻川口町　宮沢賢治〕

謹賀新年

大正八年一月一日

花巻川口町

宮沢賢治

《消印》　岩手・花巻　〔？〕・1・1　前0―9　　　《筆記具》　墨

本文補遺　26

# 昭和三（一九二八）年

241 a 〔昭和三年〕 七月三十日　中舘武左衛門あて　封書〔封筒ナシ〕

お手紙ありがたく拝誦いたしました。

ご労働のご様子ですがどうかご無理をなさらぬやうねがひます。ご昇天は何時でもおできでせうから。ご来訪を期されるお方があるとのお言葉ですがご承知の通りのひどい外道で　あなたの様に　石からも鳥からも道を得られる方ならばともかく、まづ大低の所はご失望と軽べつに終られるのが例ですからなにとぞ齢くださらぬやうろしくお伝へねがひあげます。

暑暑連日稲熱続発諸君激昂迂生強奔

　　　　　近状如件御座候

まづはご健康を祈りあげます。

　　　　　　　　宮沢賢治

中館武左エ門様　　七月三十日

《用箋》「丸善特製　二」原稿用紙一枚

《筆記具》ブルーブラックインク

《校異》

7　続発〔✞→諸君激昂〕迂生強奔

《備考》

　二十四行罫原稿用紙を二行目から一行おきに偶数行を用いて記載。第一行の下方に日付を記入。中館の宛名は右外枠の子持ち罫に重ねて記されている。文末の「近状如件御座候」は二十二行目下方から「近状如件」と書き二十三行目下方に「御座候」と続けており、その上方に最後の一行が書かれ、本人署名は次の最終行、二十四行目末に記されている。

　書簡内容の天候状況や稲熱病の発生、賢治の健康状態などから、昭和三年のものと推定。

本文補遺　28

# 昭和五（一九三〇）年

286 a 昭和五年十二月十五日 吉野秀雄あて 葉書

《表》 高崎市新町四六番地 吉野秀雄様

5, 12, 15, 岩手県花巻町豊沢町 宮沢賢治

拝復 拙著御請求に預り

甚汗顔仕候「春と修羅」は

手許に有之候儘本日別便にて

謹贈仕候「注文の多い料理店」は

盛岡市外厨川館坂光原社

及川四郎宛

金一円五十銭御送附被成下

御需め下さらば幸甚に御座候

先は右御返事迄 敬具

《消印》 岩手花巻〔巻〕

5
12
16
〔?・?〕—8

《筆記具》 ブルーブラックインク

29 補遺

《校異》

⑤　盛岡市　[り→外]　厨川

《備考》

本書簡の時期の吉野は、大正十五年十一月に高崎の実家
に戻り、昭和六年四月に鎌倉の海月楼に転地、五月に鎌倉
市小町に転居し永住することになる、その前年である。宮
沢賢治の存在は、昭和三年八月に高橋元吉を前橋に訪ねて
始まった高橋との交友の中で知ることになったのではない
かと推測される。

# 昭和六（一九三一）年

291 a　昭和六年一月一日　照井真臣乳・謹二郎あて　葉書

《表》　花巻町十二丁目　照井眞臣乳様　謹二郎様

《裏》　〔花巻町　宮沢賢治〕

謹賀新年

昭和六年一月一日

花巻町

宮沢賢治

《消印》　岩手・花巻　6・1・1〔・・〕前0─8

《筆記具》　ブルーブラックインク

401a　〔昭和六年日付不明〕　佐々木直太郎あて　封書　〔用箋ナシ　未投函〕

《表》　函館市鶴岡町一三　佐々木直太郎様

《裏》　岩手県花巻町豊沢町　東北砕石工場花巻出張所

《筆記具》　ブルーブラックインク

《封筒》　「東北砕石工場花巻出張所」用封筒（339校異《封筒》
欄を参照）

《備考》　401b・401cとともに、いずれも宛名書きがされたま
ま未投函の封筒である。日付の記入はないが、使用の「東北
砕石工場花巻出張所」用封筒から考えて、昭和六年と推定。

401b　〔昭和六年日付不明〕　目貫商事株式会社あて　封書　〔用箋ナシ　未投函〕

《表》　函館市末広町八一　目貫商事株式会社御中

《裏》　岩手県花巻町豊沢町　東北砕石工場花巻出張所

《筆記具》　ブルーブラックインク

《封筒》　「東北砕石工場花巻出張所」用封筒

本文補遺　32

401
c 〔昭和六年日付不明〕　広谷豊三あて　封書〔用箋ナシ　未投函〕

《表》　函館市富岡町五　廣谷豊三様

《裏》　岩手県花巻町豊沢町　東北砕石工場花巻出張所

《封筒》　「東北砕石工場花巻出張所」用封筒

《筆記具》　ブルーブラックインク

# 昭和八（一九三三）年

459
a　昭和八年三月七日　大木実あて　葉書

《表》　東京市城東区大島町五ノ三四二　大木實様
　　　三月七日　岩手県花巻町　宮沢賢治

この度はわざわざお見舞をありがたう存じます。被害は津波によるもの最多く海岸は実に悲惨です。私共の方野原は何ごともありません。何かにみんなで折角春を待ってゐる次第です。まづは取急ぎお礼乍ら。

《消印》　岩手・〔?〕〔?〕〔8・3・7〕后4—8
《筆記具》　ブルーブラックインク

《備考》　468のあて先不明書簡下書と内容がよく似ているが、468には「お葉書再度までありがたう」云々とあるので、別人あてと見られる。

475
a　昭和八年六月十七日　木曜文学暦社あて　葉書

《表》　盛岡市木伏二九ノ一　木曜文学暦社御中　※1

《裏》 〔花巻町 宮沢賢治〕

詩誌御送被成下難有御礼申上候
六月十七日
花巻町
宮沢賢治

《消印》 岩手花巻 8 6 17 后0—4
《筆記具》 ブルーブラックインク
《備考》
表の宛名住所二行分に付箋が貼られ、黒インクで「左記

へ御廻送サレタシ／九戸郡軽米町大町／元屋様方／高橋忠
弥様〕とある。
＊1 木曜文学暦社……高橋忠弥が主宰していた同人誌。
第十五巻校異篇受信人索引の高橋の項を参照。

476
昭和八年六月二十三日 高橋忠弥あて 葉書
《表》
盛岡市木伏 建設官舎 高橋忠彌様
六月廿三日 花巻町 宮沢賢治

童話の理論、書けとのお葉書ですが、何分いまだ病中で力を入れた仕事六ヶしく、それに理論はどうもその時きりのもので、強ひて書けばしばらくそれに縄られなければならないやうな気がしますので、今の所はなはだ自信ありません。そのうち何かできつとご一所する事もありませうから、今回は何卒悪しからず。まづは。

《消印》　岩手花巻　8　6　23　后0—4

《筆記具》　ブルーブラックインク

《備考》

筑摩書房昭和四十二年版全集に収録済みの葉書だが、そ

の後所在が不明で、『校本宮澤賢治全集』および『新校本

宮澤賢治全集』（第十五巻）刊行時において再調査できず

にいたものである。

# 受信人索引（付・略歴）

瀬川貞蔵（せがわ・ていぞう）

[60 a]　[102 b]

明29・3・1～昭28・4・2

出身は花巻町四日町。三代瀬川弥右エ門の次男（賢治母イチの末妹コトが兄周蔵と結婚した）。明42県立盛岡中学校入学。一年の一学期には寄宿舎で賢治と同室だった。金田一他人と親しみ，野球に熱中した。大3卒業，帰花して兄周蔵に代り家業に専念。後，家業のかたわら東北電力株式会社に勤務し，花巻営業所長を務めた。

吉野秀雄（よしの・ひでお）

[286 a]

明35・7・3～昭42・7・13

織物問屋「吉野藤」の次男として群馬県高崎市に生まれた。高崎商業学校を経て，大9慶応義塾大学理財科予科入学，同11慶応大学経済学部に進学するも，同13肺尖カタルのため退学し帰郷。国文学の独修に努め，本格的に作歌をはじめる。「アララギ」派に親しみ，会津八一に師事し，療養生活と家業従事の間に多くの歌文を発表した。『吉野秀雄全集』全九巻がある。

照井真臣乳（てるい・まみち）

[291 a]

明6・8・11～昭24・8・23

明28里川口尋常小学校訓導となり，大12南城小学校長として転任するまで二十八年間奉職。賢治の高等科一年時の担任であった。内村鑑三の独立教会系の熱心なクリスチャンで，昭5の引退まで三十五年間花巻で教育につくした。次男謹二郎は大12稗貫農学校の卒業生。

大木実（おおき・みのる）

[459 a]

大2・12・10～平8・4・17

東京市本所区出身。電機学校中退後工員になり，また出版社に勤務する。「牧神」（牧神会），「冬の日」（杉江重英）の同人，後，丸山薫の推薦で第二次「四季」の同人となる。戦後は大宮市役所に勤めた。第一詩集『場末の子』（昭14・12）以下多数の詩集がある。

槻山和三郎（つきやま・わさぶろう）

[41 a]

明32・1・14～昭11・5・24

出身は西磐井郡厳美村大字猪岡字八幡（現一関市）。大6・4盛岡高等農林学校農学科（一部）入学。同9・3卒業，同月北海道庁に勤務。昭6病気となり退職，一関にて療養中死去。

37　補　遺

真桑样欢

# 第十六巻（上）補遺・資料・補遺

〔第十六巻（上）および第十六巻（下）刊行後、新たに発見された生前批評が一点あり、これを左に掲げる。本「生前批評」は、第十六巻（上）補遺・資料篇四六七頁上段十四行目の次に追加されるべきものである。〕

## 岩手詩壇現状報告

### 石橋哲郎

かつて母木光君が七年四月号（？）の本誌に、「岩手詩壇ノート」なる題下に、岩手県に於ける詩誌を中心とするグループの詩人達及び其他□詩人群を挙げ、岩手詩壇の変遷、過程を概説したことがあるが、其後間もなく、これら啄木以来の詩人の多くを網羅した夙に出づべくして出でなかつた「岩手詩集」なるアンソロジーが発刊された。この「岩手詩集」は岩手詩壇に於ける最初のエポック、メーキングな集大成であり、啄木以来の岩手詩壇の伝統の具体的表現でもあるといふ点で、（多少編輯上の欠陥があつたにしろ）一般的重要性と価値を窺ふことが出来る。

宮沢賢治氏が、第一詩集『春と修羅』の独自な感覚と詩風をもつて日本詩壇に驚異的デヴューをなし、一躍確固たる詩人的地位を占めたのは、既に十年ほども前のことであり、其後長いこと殆んど沈黙を守つてきた氏が、前記「岩手詩集」に「民間薬」「選挙」の一篇を、最近「女性岩手」に「早春独白」の一篇を発し、其後同誌に続々発表の約ありとのこと。氏の詩には、いぶし銀のやうなしつとりとした光と、濡れた淡彩色と流動美が飽和してゐる。北国の光と色と匂のうちに自己を没入し、自己に顕現せられたそれらの雰囲気がある。この自然と田園の貪欲な修羅の姿に、北国のそして岩手の特有な詩的テムペラメントの高揚があ
る。このユニックな郷土性こそ岩手詩壇の大いなる誇りである。

〔「詩人時代」第三巻四号（昭和八年四月一日発行）49頁掲載〕

〔注〕　本資料は、賢治に関する部分のみを抄出した。

〔第十六巻（上）および第十六巻（下）刊行後、新たに発見された文芸関係記事等が五点あり、これを左に掲げる。

本「文芸関係記事」は、それぞれ、第十六巻（上）補遺・資料篇四七九頁上段一行目の前、四九一頁下段十六行目の次、四九九頁上段十八行目の次に追加されるべきものである。〕

　　宣言

　われわれの蟄伏期は余りに長かった。余りに長かったけれどもその期間は実に爆弾を製造する季節であったのである。あの厳冬の季節であったのである。然しながら今われわれの立つときは来た。

　ここ二、三年来中央詩壇にまでわれわれの仲間が独力でさう真に独力で出ていった先達をみよ。彼等は黎明の紫を帯びたわれらの先発隊であったのである。情実と、先輩と、何らの手引も無しでげにわれわれの仲間はやすやすと中央詩壇の壇上に登った。今まで優れた詩人が居てもみえなかったに過ぎない。みいだされなかったに過ぎない。

　われわれは岩手の地下に脈々とうづもれてる鉱脈を想像しうる。

われわれは今ここにその結社をつくらうとする。

この独力で立ったわれわれの先達と、優れたる現れざる所の詩人と。余りに詩神に恵まれないわれわれの郷土の為と。

仲間よ、みんな集まってくれ。爆弾は多ければ多い程いいのだ。

手をとりあって、けいきのいい青い季節の馬車がやってきた。

会員（順不同）

細越夏村　　富田砕花
佐々木喜善　宮沢賢治
帷子勝雄　　堀内鱗泉
栗木幸次郎　斎藤京一郎
宮田新八郎　岡田重雄
及川涙果　　伊藤勇雄
高橋与惣吉　榊荘
　　　　　　海野草二
　　　　　　南弘一
　　　　　　石川大助
　　　　　　照井瑩一郎
　　　　　　千葉七郎
　　　　　　山本たみ子
　　　　　　宮田澄子

編輯委員

森　佐一　生出　仁

岩手詩人協会会則

一、岩手詩人協会は詩及詩文学の研究及創作並会員相
互の親交を図るを目的とする
一、本会は機関として毎月一回雑誌 "貌" を刊行する
一、"貌" 編輯のため委員二名をおく
一、本会は会員の詩集を随時に刊行する
一、新会員の入会は委員合議の上之を決定する
一、普通の購読者を準会員とする

▼ "貌" への投稿は総て自由。但し取捨一切は委員に
一任のこと

　　種目　詩　評論　月評　詩人評

▼会費は一ヶ月三十銭三ヶ月分以上前納のこと
▼投稿照会は　盛岡市川原町　森亦吉方　岩手詩人協
会のこと

　　『銀壺』第一巻第六号（大正十四年六月十日発行）別
添）

## 新刊図書目録

| 書名 | 著訳者 | 冊 | 定価 | 郵税 | 発行月日 | 発行所 |
|---|---|---|---|---|---|---|
| 春と修羅 | 宮沢賢治 | 一 | 二、四〇 | 一二 | 五、〇一 | 関根書店 |

『図書月報』第二十二巻六号（大正十三年五月十五日
発行）98頁掲載

〔注〕　本資料は、宮沢賢治に関する部分のみを抄出した。

### 寄贈詩書雑誌（一月）

詩集「郊外風詩篇」山崎泰雄著　東京本郷区四丁目
文武堂　定価一円二十銭
詩集「眩ゆい青虫」田辺憲次郎著　東京本郷区白山
上
南天堂　定価一円二十銭
童話集「注文の多い料理屋」宮沢賢治著　東京巣鴨
町宮下一七九四
東京光原社　定価一円六十銭
童話集「雀追い」酒井良夫作　定価一円六十銭
今井歌津吉パンフレット

［注］　本資料は彙報欄十一項目中宮沢賢治に関するもの
のみを掲載した。

全国詩誌断評—十月—

岡本弥太

詩神—坂本七郎氏の第五夕暮の詩随分と甘いところが
あるのに己をとても惹きつける。この構成は尋常でな
い処がある。—対蹠的だが宮沢賢治氏の天体を聯想し
てくる。氏の自重を望むものである。小畠氏の転向が
目につく。

［鷭］第五号（昭和六年十一月二十日発行）18頁掲
載］

詩神（東京）抒情文芸（東京）新進詩人（東京）自
由詩人（京都）羅針（神戸）風雲時代（岐阜）丘陵詩
人（福島）時を刻む（横浜）黎明（福岡）巨（広島）
龍骨車（岐阜）翁行燈（金沢）詩線を辿るもの（名古
屋）砂（名古屋）自画像（豊橋）空と樹木（横浜）詩
線以上（豊橋）日本詩壇（東京）戎克船（台中）詩篇
時代（東京）詩想（岡山）沙漠（東京）顔・顔（松
江）赭土（岐阜）三角州詩人（広島）真砂（東京）北
斗星（東京）紀元（東京）亜（大連）たこつぼ（熊
本）嵐（広島）風貌（東京）更生（東京）新詩潮（東
京）氾濫（東京）

［新生］第二号（大正十五年二月一日発行）56頁掲
載］

よみうり抄

▲「銅鑼」新年号　宮沢、尾形、佐藤、坂本、黄、そ
の他
［読売新聞］（大正十五年十二月二十四日付朝刊四面）
掲載］

【第十六巻（上）および第十六巻（下）刊行後、新たに発見された「同時代文学者の作品・書簡・日記等における言及」が六点あり、これを左に掲げる。本資料は、第十六巻（上）補遺・資料篇五一三頁下段七行目の次、五一二頁下段八行目の前に追加されるべきものである。】

## ある一日の記録　　　小野十三郎

昨日福島からヒョックリ心平が出てきた
火鉢に向ひあつて話してると
淳ちゃんがのつそり入つてくる
古本屋のUが市の帰りだと云つて顔を見せる
そこへ「千葉の伊藤です」つてこれはまつたく珍らし
い初対面の伊藤の陽に灼けた顔
期せずしてこゝに同志一堂に会すつてわけだ
二人去り
心平、伊藤、吾輩残る
伊藤の訥弁
まづ出るのは千葉の百姓の生活、機関誌「馬」への強
圧だ
それから芸術の話
心平の宮沢賢治論をまた聞く

俺は齋藤茂吉について
三人ともに意見があつて愉快だ
村木源次郎の詩の話が出る
コノヤマノオクノオクノ
ヤマオクデ
ヒサイタオヂチャン
ネテヰマス
………
口ずさみ終つて心平曰く　これだ　これだ　吾輩強い
同感
それから例によつて途法もない猥談の時間
冷めた茶を啜り塩煎餅をばりばり嚙る
電灯が入て
K夫妻、弟君来訪
すぐあとへ勤め帰りのOと髭の鈴木
同勢たちまち八人となる
みんなで仲良く茶卓をかこんで丼の飯を喰ふ
哄笑座に満ち蓋し近頃の大傑作なり

夜
一同うち揃つて外出
電車路にて明日に帰る遠来の同志伊藤と固い握手、無
言の握手

　　　　　　　　　　　　　　　　　　—一九三一・四・

（『詩神』第七巻四号（昭和六年六月一日発行）38頁掲
載）

らくがき

　　　　　　　　　　黄瀛

★阿毛（アモォ）とは叔父何応欽より訓練をたのまれたる、載
季陶氏所有の小さなシェパート。しばらく余が居
室に在りたる後、軍犬班へやる。
★この「らくがき」は近況に代へて岡崎清一郎、宮
沢賢治君へ

ある朝

柳が芽をふいて天の一角にほうとすむ
私は朝の出操を終へてお茶をのみ乍ら窓外を見る
机の上にばらまかれた太陽

長江に正対してまぶしい
喫煙をする
春は青い青いけぶり、まことに好しい
こんな時例へば岡崎清一郎の如き人と合つてしみじみ
と語りたい
彼はゆふべ僕の描いたテンペラをみてくれるだらう
彼は
あ、少し彼を忘れてるな
——ぼんやりした岡崎の顔を思ひ出す

ある夜

咳をする
阿毛（アモォ）が足もとにぢやれる
ランプのやはらかい光線
二、三月号の改造と中央公論の小説を一気に読む
今日一ん日動いて軽く疲れてる僕
伝令兵に持たしてやつた李の花
病院に長いこといたついている我が母
僕は案じ、思ふのである
阿毛（アモォ）はしきりに僕を動かしスリツパにたはむれる
みいんなねしづまつた兵営の中

蛙の声がきこえてる
疲れてるくせに僕はテンペラの絵の具を取り出す
僕の部屋の白い李の花は大へん花やかだ
ねむくなるまで僕はこれを描くであらう。

　　　ある夜

写真をとられてゐる！
僕のうしろに長江と軍艦××号がある
僕は四月の午前十一時、太陽の下
軍政部船舶管理所のランチの上にゐる
僕は写真の中だ
レンズをにらまず、つんともせず
僕はゆれてる船の動揺におびえてる
いや、向ふもゆれてゐる
ゆれてるカメラとゆれてる僕
シヤツターを押す高隊附の顔を僕は撮してゐる
耳のまはりに沢山の気笛がひゞく
静かにしようと思ふが僕の頭の上で旗がはた〳〵して
ゐる
人々は南京豆をたべ乍ら僕らの写真を見てゐる。

長い廊下のことを考へてゐると
そつと歩いてきて驚かすやうに時計の九つの音は大き
い
だもんで、僕は少したまげる
が、この部屋はやはりその後、蛙の声と僕のタバコの
けぶり

（詩を作つて詩人時代へのせやうと思ふから詩が出来
ない）

タバコでタバコでヘンな顔を犬に見つめられてゐる
腹ん中で幸福さうなことを考へて見る
Bedにはらばつてる腹には美しい顔がある
一つは Miss. Chen　一つは Miss. Wang
消えてくれればい、と思ふけど
消えないところに僕のたのしみがある
それとも起きてトランプできめやうかな！
いやフマジメな！ばか〳〵しい！
阿毛の奴、鼻をくん〳〵ならしてやがる！

　　　机の上

よこめをすれば
左手の方につみかさねてある

報会ブラクトーパエシ本日
岸海牙象集詩郁中竹
墨遺珠曼
(上)表見早速分
上犬育のられわ
ゑかさねかな記日令赦外野軍赤
上史事軍国中
下
方東新誌雑

その横にあるあいつのくれたヒヤシンス
僕はこのランプが大好きだ
明るくて、やはらかくて、おちつかせて
しかし、何かわけのわからない詩を書かせるのは少し
……
僕はいま正面にある僕の鳩のがらくたの水彩画を眺める
僕の机の上——
インク、墨壺、糊、タバコ入れ、湯呑み、魔法瓶
ミんな蓋(ふた)がしてない。

『詩人時代』第三巻六号（昭和八年六月一日発行）
23頁掲載

【石川善助書簡】

紀元千九百廿五年十二月拾日

手紙みました。

あなたの詩については【哲】学や泥のところが先によんだ時も気になったのですが、はじめてこんどわかりました。なほしてなんども読み直しました。いいですよ。

詩二篇はL・S・Mの【七月】号へ出します。【七月】号には大勢の人が書きます。刈田は此度一年志願で入営です。刈田は手紙恐ふ症とでもいふ様に、手紙をかくのをいやがってゐるのです。

早く読みたいです。校友会誌も。

宮沢さんのことありがとう。君いつ学校が休みになりますか、知らせてください　早くやすみになるのでしたら、宮沢さんの所へ私も一共に行きたいですから。

そしたら三人合ふことが出来るととてもうれしいです

誌方へおくったらいいと思ひます

住所しってるだけ書きます

栗木も上丈で手紙をくれます

宮沢さんに合ひたいと思ふのですどうしても。すぐ休

みのこと君の勉強にじゃまにならないていどの日をし
らせてうださい。私が都合がいかったら行きますから

冬の中虹そだつ

森様
　　　　　　　　　　　　　　石川生

【森佐一宛封書】
《表》　盛岡市新穀町拾四番地　森佐一様
《裏》　仙台南町　石川善助
【封印】　1925　12・10
【消印】　仙台14・12・10　4—□

【注】　本資料は、宮沢賢治イーハトーブ館・宮沢賢治学
会イーハトーブセンター主催「企画展　賢治研究の先
駆者達②　森荘已池展」（二〇〇三年六月一日〜二〇
〇四年二月二十九日、会場宮沢賢治イーハトーブ館）
パンフレットに拠った。

　　　　　　　　　　　　〔岡崎澄衛書簡〕

佐伯郁郎様、
お元気でせうか。久しく（あなたの作品を読みはじめ

て）なります。さうしてあなたの詩集が出るなどうれ
しいことでした。わたしの生活にも転変があって、郷
里島根をあとにこの盛岡にきてゐます。さうして関谷
忠雄さんとの交誼により「牧神」に入りました。どう
か長い目で、このつまらないわたしの詩品なぞをみて
下さればうれしいことです。あなたの郷里である岩手
ではいま、宮沢賢治さん、堀内鱗泉、それに「銅鑼」
の同人だった、森佐一さんなどがゐられます。「詩洋」
は五月ごろ東山堂に出てゐましたが、それ以後出ない
ので残念です。いつかあなたが郷国と詩について「愛
誦」へ書かれましたもの、懐しいものでした。きびし
い冬。お元気で。

【佐伯郁郎宛封書】
《表》　東京市外代々木初台七一九　鈴木様方
　　　佐伯郁郎様
《裏》　盛岡市志家幸町　高橋裕方　岡崎澄衛
【消印】　盛岡6・10・15　后4—8

【注】　本資料は、佐伯研二編『佐伯郁郎と昭和十年代の
詩人たち』（平成六年十一月発行、盛岡市立図書館、
六三ページ掲載）に拠った。

【岡本弥太書簡】

こちらこそ相済まぬごむさたのみです、土佐はこの頃雨多く春が深んできます、長らくるると南の春も寂しいことのみです このころは vocabulary をあつめることのみに鑽心してゐます。 何とかして喰へるだけの語学へゆきたいと――。 私詩集は六月下旬発刊の筈です、其節は宜しくお願申ます。 牧神が出るのを待つてゐます。 たてかみも相前後して出ること、存じます。 矢張り牧神、端座、たてかみなどの値は公平にみて亡ないもの、ようですね。 杉江さんの現代詩人五月号の柩 ✝ と云ふ詩をみて嘆賞の初めての言葉を彼人へ送つた処です。 あの人にはうたれます。 宮崎さんもお母さん亡くして石川県へ帰つてゐる様子、来月は上京なさるでせう。 森佐一さんと云ふ人の異色（宮沢氏系統？）このころみないのですが あの人どうなさつてゐますか。 古い日本詩人を時々引出して昔のことを考へます。 亦次に時々御便り下さい

〔消印〕 昭和七年四月二七日。（盛岡市錦町二一高橋方） 岡崎澄衛宛　はがき〕

【岡本弥太書簡】

おてがみ有難ふ存じました。 其後お変りなく。 このころ詩集発刊の準備などに追はれてゐます、多分六月下旬頃、（もつとおそく）その節は宜敷。 外字は外字新聞でやつてゐます、案外進度早く、此頃は sociology に関するものとか、シンクレヤーなどのメリケン物読んでゐます、然しまだ仲々。 どうしてもフランス語やらないと困りますね。 さてそれほどエナーヂーが出るのかどうか、でも此頃の創作などには大てい現はれるので困難します。 詩など妙ニバカラシクて読みません。 古典のみ読みます （詩）。 尾形さんのは見たいと思らもつてゐないのです。 たれか友人もつてゐるのをめつけたら送りませう。 この間死んだ梶井基次郎さんのを一寸断片のぞいてみましたが、今の創作ではないものがあるとおもひました。 ぜひごらんなさい。 私も全集買ふつもり。 宮沢さん生きてよろこびです。 日本にない人。 あんな人がもつと欲しいものです。 喧しいガラガラ詩壇、またいづれ――

〔消印〕 昭和七年六月一日。（盛岡市錦町二一高橋方） 岡崎澄衛宛　はがき〕

資料補遺　50

# 第十六巻（下）補遺・資料・補遺

【第十六巻（下）刊行後、新たに確認された伝記消息が一点あり、これを左に掲げる。本「伝記消息」は、第十六巻（下）三六三頁上段一行目の次に追加されるべきものである。】

## 梵文般若心経出版助縁芳名

漸やく本書が完成いたしました。今沢慈海氏を始め今回の出版について御援助下さいました方々に心から感謝いたします。今沢氏が著者の意のまゝに編述することをお許し下さいましたこと、及び六回まで原稿を書換へて出版が大層遅れたにも拘はらず皆様がよく待つてゐて下さいましたことなどは、著者の最も感謝するところであります。著者は皆様の御期待に（特に一人で五口だ十口だとお申込み下さる方もあり、百口位引受けると仰しやる方のある時などは是非共その御好意に）背かないものを作らうと昼夜兼行で努力いたしました。或時は眼の痛むのも忍んでペンを握り、或時は夜を徹して校正し、苦心の限りをいたしました。けれども紙数や印刷費の都合で挿入し得なかつた多くの事柄は今後追々発表することにいたします。

茲に最初の御縁を添うすることを得た懐しい皆様方の芳名を列記して紀念し、また平生親交を添うしてゐた方々をも交へて、因縁の浅からざる皆様の御幸福を祈るたよりといたします。同時に助縁者各位に著者の今後の仕事を完成する為めに一層の御援助を与へて下さることを希望いたします。

宮沢賢治殿

（渡邊大濤著『梵文般若心経』（昭和七年一月十五日発行）奥付）

（注）本資料は、末尾列記の助縁者名中宮沢賢治のみを掲げた。なお、助縁者総数は二〇四名である。本資料は伊藤雅子の教示による。

〔宮沢家土蔵平面図〕

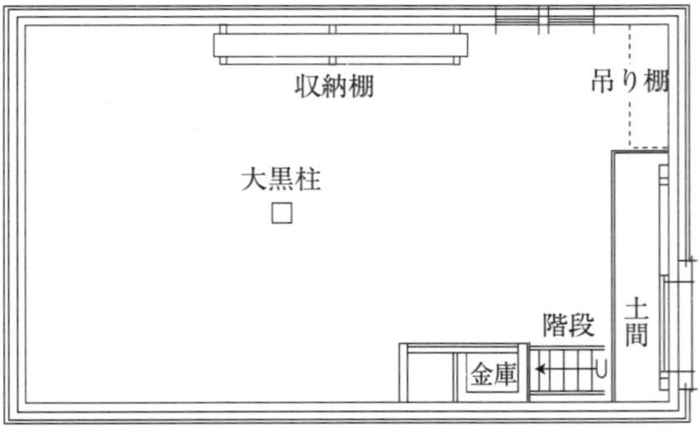

**一階平面図**

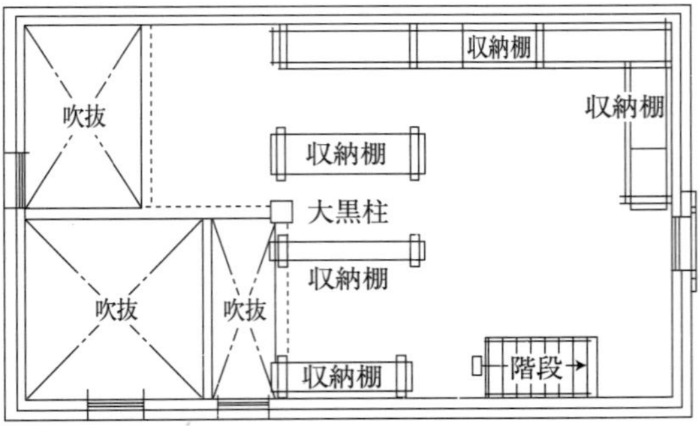

収納棚　吊り棚　大黒柱　階段　土間　金庫

**二階平面図**

収納棚　吹抜　大黒柱　階段

〔第十六巻（下）「補遺・伝記資料篇」における「建築物図面」の「宮沢家復元図（一階平面図・側面図）」（一八八頁）に以下の「土蔵平面図」を加える。本土蔵（外周は東西一〇・〇六米、南北六・二〇米）は、昭和二十年の花巻空襲に遭いながらもかろうじて残されたもの。老朽化による危険から、平成二十年五月に解体された。その際に行われた調査に基づいて、ここではその概要のみを示す。内部は二層をなしており、便宜的に一階・二階と記した。〕

〔第十六巻（下）「補遺・伝記資料篇」における「肖像写真」三〇〇頁〔写真三六〕の次に、左に掲げる写真および記述を補う。〕

【写真三六―②】

【写真三六―②】「稗貫農学校第一回卒業生」（大正十一年三月）

《備考》『花農八十年史』昭和六十年（一九八五）三月三十一日発行、発行所　岩手県立花巻農業高等学校同窓会。

「花農史」の扉に掲載。

〔第十六巻（下）刊行後新たに確認された追悼文等が一点あり、これを左に掲げる。本「追悼文等」は、第十六巻（下）四四〇頁下段二行目の次に追加されるべきものである〕

　　　　今日の詩界
　　　　◎転居、雑報

▲宮沢賢治氏、宿痾たりし肺患昂じ九月二十一日、三
十八歳を以つて遂に永逝された
　〔『詩人時代』第三巻十一号（昭和八年十一月一日発
　行）折返し目次裏掲載〕

〔注〕　本資料は、当該箇所より宮沢賢治関係の項のみを
　掲げた。

名著複刻日本児童文学館

# 第一巻本文篇

**歌稿〔B〕**

〔一八二頁「歌稿〔B〕」下段三行目を次のように改める〕

たゞならず

〔二〇八頁「歌稿〔B〕」上段一三行目を次のように改める〕

第六日夕

〔三三三頁「原稿断片等の中の短歌」六行目を次のように改める〕

になひて雨にうちどよむかも

## 第四巻本文篇

**詩ノート**

〔目次一六頁「詩ノート」付録の題名を次のように改める （（　）をとる）〕
生徒諸君に寄せる

〔二九五頁「詩ノート」付録の題名を次のように改める （（　）をとる）〕
**生徒諸君に寄せる**

## 第十巻本文篇

**紫紺染について**

〔一八四頁三行目を次のように改める〕
南部の紫〔紺〕染は、

# 第十二巻本文篇

## 注文の多い料理店

〔三四頁一四行目を次のように改める。本箇所以下三箇所の誤植訂正は、小島聡子の教示による〕

もうこれだけです。どうかからだ中に、壺（つぼ）の中（なか）の塩（しほ）をたくさ

## 烏の北斗七星

〔四三頁二〇行目を次のように改める〕

「観兵式（くわんぺいしき）、用意（ようい）つ、集（あつ）れい。」各艦隊長（かくかんたいちやう）が叫（さけ）びました。

## かしはばやしの夜

〔七四頁一八行目を次のように改める〕

前（まへ）に立（た）ちふさがってゐますので、どうしても出（で）られませんでした。

## 復活の前

〔二三九頁五行目を次のように改める〕

われは古著屋のむすこなるが故にこのよろこびを得たり

〔二四〇頁九行目を次のように改める〕

ってこの人たちは悲憤こう慨するのです〔。〕

〔峯や谷は〕

〔二四二頁八行目をつぎのように改める〕
こ、はこれ惑ふ木立のなかならず忍びを習ふ春の道場〔。〕

# 第十六巻（下）補遺・伝記資料篇

## 鉄道関係　時刻表

〔二〇八頁上段六行目から七行目、及び東北本線下り時刻表を次のように改める。本訂正は小川達雄の教示による〕

**東北本線下り**

| 列車番号 | ［不明］ | 八〇一 急行 | 二〇三 | 二一七 |
|---|---|---|---|---|
| 始発 | 一関 | 上野 | 上野 | 白河 |
| 行先 | 盛岡 | 青森 | 青森 | 盛岡 |
| 花巻 | 〇八、四〇 | 〇九、四〇 | 一三、二〇 | 一四、二四 |
| 盛岡着 | 〇八、五〇 | 一〇、〇三 | 一七、三五 | 一八、五〇 |

# 第十六巻（下）年譜篇

**年　譜**

〔目次ii頁八行目の頁数を次のように改める〕
年譜　　　　　　　　　　　　　　　　26

〔九頁二〇行目〜二一行目を次のように改める〕
八月に生まれた賢治をかわいがり、やがて「正信偈」や「白骨の御文章」を教え、一九〇二（明治三五）年、平賀
常松に再嫁した。のち病を

〔一八頁下段三行目を次のように改める〕
とともに用意されたものと見られる。一九五一

〔三三頁下段＊1の三行目を次のように改める〕
賢治に「正信偈」や「白骨の御文章」を子守唄

〔三九頁中段一行目を次のように改める〕
〇　年岩手県庁に赴任、技師として奉職。実父

各巻本文訂正等　62

〔五四頁上段一、二行目を次のように改める〕

に多田鼎との関連で「賢治氏へノ紙面に依レバ」との言及があり、この頃多田から賢治への来信があったことがう

かがえ

〔五四頁下段一行目を次のように改める〕

駅着。工兵特別演習を見学したのは三〇日（田

〔六二頁上段一八行目を次のように改める〕

なお、これは自由参加なので上級生葛精一（三年）、長沢誠一（三年）の

〔六三頁上段一三行目を次のように改める〕

会（『岩手日報』八月三日二面による。終りの期日は一一日。『岩手公論』八月八日による）。これに参

〔六四頁下段八行目に以下を追記する〕

祥雲雄悟は祥雲確悟（さくもたいご）のことか（伊藤雅子の教示による）。

〔六五頁上段一六行目を次のように改める〕

英語に於て然り、教育に活気をもたせるよう、常識の養成に注意する

〔六九頁上段一六行目を次のように改める〕

木村雄治（あるいは木村倭兵。ともに三年中退）、阿部は阿部孝。

63　補遺

〔七一頁上段一九行目を次のように改める〕

る。〔*9〕というが、一方、上級生葛精一（四年で賢治と同期となる）談によれば、まるで下手糞でひ

〔七四頁下段六、七行目を削除。八〇頁中段一一行目の次に挿入する〕

三月三一日（日）　助教諭心得兼舎監心得佐々木経造、舎監心得兼務を解かれる。

〔七五頁上段七行目を次のように改める〕

之助は、宮沢善治の弟喜七（橋本家へ養子縁

〔八〇頁中段一一行目の次に以下を挿入する〕

九月一五日　小田島孤舟第一歌集『郊外の丘』（曠野社）刊行

〔八一頁下段*1の三行目を次のように改める〕

宿舎対山楼につく。奈良の歌（『歌稿〔B〕』258）一首を録す。

〔一〇八頁上段六行目を次のように改め、さらに*3a以下の記述を補う〕

*3a　稲臣等・金沢太輔編『帝国旅館全集』（発行日付記載なし（国立国会図書館所蔵書「内交」印日付は大正二年一二月九日）、交通社出版部）、全国同盟旅館協会編『全国旅館名簿』（大正一五年六月一八日、神田屋商店出版部）による（浜垣誠司、http://www.ihatov.cc の教示による）。

〔一〇八頁上段九行目～一〇行目を次のように改め、さらに*3a以下の記述を補う〕

各巻本文訂正等　64

みやげを買い、一個を高橋秀松に与える。大阪へ向かう途中、農商務省農事試験場畿内支場を参観。[*3a] 大阪天王寺駅着、府立農学校へ赴いたが休

*3a　浜垣誠司、http:/www.ihatov.cc / blog / archives による。

〔二二七頁上段一六行目を次のように改める〕
岩手登山、ちゃぐちゃぐうまこ（この年は六月二三日に行われた）などが歌わ

〔一五一頁下段二四行目〜一五二頁下段二行目を次のように改める〕
が国立国会図書館に所蔵されている。また、ライスのものは、Heinrich Ries, A.M. "Economic Geology" (John Wiley & Sons, Inc. 刊) である（加藤碩一『宮沢賢治の地的世界』平成一八年一一月二〇日、愛智出版）。

〔一九一頁上段二二行「講演を聴く。」に*19aを付し、下段に以下を挿入する〕
*19a　西田良子「宮沢賢治・思想の軌跡」《国学院女子短期大学紀要》創刊号、昭和五七年二月一〇日）の推定による。

〔二〇七頁上段一九行目を次のように改める〕
この年、花巻町御田屋町長久寺（臨済宗妙心寺派）の佐藤祖琳につ

〔二二四頁下段一五行目を次のように改める〕
種新聞・雑誌取次店「求康堂」（「マタイ伝」の「爾曹先

〔二一八頁上段一四行目を次のように改める〕
ンをとるものは、そのペンのさきに、信仰の活きた働きが現れてゆ

〔二二〇頁上段二二行目を次のように改める〕
五日より歌舞伎座で上演された。出演者は新文芸協会の東儀鉄笛・

〔二三三頁中段二一行目を次のように改める〕
一二月二七日　盛岡駐屯工兵第八大

〔二三五頁下段四行目を次のように改める〕
進学の意志により、一一月三〇日上京、本

〔二五一頁下段一四行目〜一五行目を次のように改める〕
んからとことわられる。三月、父の了解のもと、蔵前の東京高等工

〔二五一頁下段一七行目〜一八行目を次のように改める〕
受験。学科試験にはパスしたが、身体検査で不合格となる。やがて帰宅、

〔二六一頁上段一九行目を削除〕

〔二六一頁上段二〇行目を次のように改める〕
一二月一〇日（月）〈冬と銀河鉄道〉。本日付発行の近森善一著[*50]『蠅と蚊と蚤』（東北農業

〔二六六頁下段七行目を次のように改める〕
（一年志願兵）。入隊を前に、両親と除隊後の仕事につき相談、入隊中も相談を続ける

〔二七五頁下段一四行目を次のように改める〕
立花巻農業高等学校）で斎藤盛、根子義盛が回想してい

〔二九五頁上段三行目を次のように改める〕
に八木重吉もさそったが「詩之家」に所属しているからとことわって

〔三〇六頁上段八行目を次のように改める〕
本日付「岩手日報」二五面「謹んで新春を祝す」花巻支局扱い広告ト

〔三〇六頁下段一三行目を次のように改める〕
し、戦後の一九五〇（昭和二五）年頃まで約二五年

〔三二四頁下段二五行目を次のように改める〕
昭和五八年七月二五日）。この時「天業民報」

〔三一九頁下段一五行目を次のように改める〕
河竹黙阿弥作

67　補　遺

〔三六七頁下段二行目を次のように改める〕

正一三年九月一二日、地平社書房）である。

〔三七三頁下段二枚目写真説明一行目を次のように改める〕

前から三列目左から二番目が伊藤チエ。大正一〇年三

〔三八九頁上段一〇行目～一二行目を次のように改める〕

じめて賢治を訪問する。*12 鈴木は前年は花巻町上町の渡嘉商店（肥料店）から石灰石粉二車の注文を受けたが、この年は注文が得られないので同店を訪れた。渡嘉商店（肥料店）の話によると宮沢という人が石灰をすすめた年は売

〔四〇三頁上段二行目を次のように改める〕

陸中門崎を過ぎ、砂鉄川の河谷を北へのぼると陸中松川駅である。二

〔四〇八頁上段一一行目を次のように改める〕

ました。来年の三月釜石か仙台かのどちらかへ出ます。わたくしはい

〔四三一頁上段二二行目を次のように改める〕

級生河原田（旧姓松下）次繁を訪ねることとする（書簡330）

〔五〇三頁下段一行目を次のように改める〕

＊18　岩手県六原青年道場。胆沢郡相去村の

〔五二〇頁上段八行目を次のように改める〕
「うむ、それは自我偈だけでよいのか」

〔五三八頁上段二二行めの次に以下を挿入する〕
「宮沢賢治・思想の軌跡」西田良子（「国学院女子短期大学紀要」創刊号　昭和五七年二月一〇日）

名家藝術欣賞・書畫鑑定

第三巻校異篇

春と修羅　第二集

〔一〇五頁上段四行目を次のように改める〕
書いて消し』ほろびた』シュワリック山巓（ママ）もうか

〔一五七頁上段一行目を次のように改める〕
20一本の高い火の見はしごがあって

第四巻校異篇

〔七九頁上段一四行目を次のように改める〕
［削］の一つが（線で削除の際「仕事なのだ」の「だ」を消し忘れている）／つめたい風にははあ息を

「詩ノート」付録

〔目次一六頁「詩ノート」付録の題名を次のように改める（（　をとる）〕
生徒諸君に寄せる

〔三五一頁上段「詩ノート」付録の題名を次のように改める（（　をとる）〕
生徒諸君に寄せる

〔三五一頁上段一〇行目「なお、後述するごとく」から一五行目「慣用に従った」までを削除する〕

春と修羅　第三集

〔七八頁下段五行目を次のように改める〕
［これはたれか『⑦→そのころの』わたくしの→やっぱり誰か］相似形　［が→

校訂一覧

〔三六六頁中段一二行目を次のように改め、一三行目を削除する〕
生徒諸君に寄せる

第七巻校異篇

## 文語詩稿 一百篇

[三〇八頁下段一八行目から二一行目を次のように改める]

13行の次（次行との間の余白下部に、鉛筆の小さい文字で次の記入がなされている）

にせものの黄金をつけたるこの国士／さんらんとして／風 [を→劉] にものの〈

[三〇九頁上段七行目から一〇行目を次のように改める]

（また余白下部へ導線し、鉛筆の小文字で次の記入がなされている）

この国 [士→士（補強）]／大礼服を／着けぬれば／寒きさまして／ふるふ癖あり

第八巻校異篇

## ひかりの素足

[一一八頁「ひかりの素足」用紙とインク一覧」表の使用インクの項最左列 [藍太棒] の紙番号25と26の欄に〇を付加する]（次の表のように改める）

「ひかりの素足」用紙とインク一覧

| 紙番号 | 用紙 | 綴穴（対） | 本文テクスト（各葉末尾を示す） | 使用インク（◎印は第１形態） | | | | | | | | |
|---|---|---|---|---|---|---|---|---|---|---|---|---|
| | | | | 藍 | 藍1 | 墨 | 赤 | 黒 | 藍2 | 黒 | 藍3 | 藍3太棒 |
| 25 | 2 | 294頁16行目「抱いてゐるましだ。」 | | ◎ | | | | | | | 〇 | 〇 |
| 26 | 2 | 295頁7行目「手が出て来さうでした。」 | | ◎ | | | | | | 〇 | 〇 | 〇 |

〔一三四頁上段五行目を次のように改める〕
（右は④段階で殆ど抹消されて次のようになる。さ
らに、④の赤インクによる抹消を⑨で補強してい
る。）

〔一二八頁下段一二行目を次のように改める〕
二九四　六　返事はかすかに聞えたり又〔ひっそり
として→①剤〕（この削除を後に⑨で補強）　↓

〔一二九頁上段一二行目を次のように改める〕
↓①剤〔①の削除（二ヶ所）を⑨で補強〕足が

〔一三〇頁下段七行目を次のように改める〕
の本文第一形態、直し共に⑥の藍インク[2]と推定され
るが、⑧の藍イン[3]

第九巻校異篇

〔フランドン農学校の豚〕〔初期形〕

〔三四頁下段四行目を次のように改める〕
in the Far[i→ī][u→e→⑲]s Agri[al→cu]ltural

第十巻校異篇

〔フランドン農学校の豚〕

〔二〇一頁下段一七行目を次のように改める〕
in the Far[i→ī][u→e→⑲]s Agri[al→cu]ltural

## 紫紺染について

〔二三七頁　中段の見出し「紫紺染について」の次に
次の記述を補う〕

一六[3]南部の紫根染は　→　南部の紫紺染は（訂正漏れ
を補う〕

第十一巻校異篇

セロ弾きのゴーシュ
〔二八四頁下段三行目を次のように改める〕
筑摩書房から昭和五八年十月に刊行されている。また、昭和六二年十二月には同書房より再版されている。

【絵画】
〔二五六頁下段三行目を次のように改める〕
《用紙》画用紙（縦一四・二糎、横一八・五糎）
〔二五七頁上段一一行目を次のように改める〕
《用紙》画用紙（縦一九・四糎、横一四・八糎）

第十四巻校異篇

〔配布用経典印刷物〕
二六九〔12〕汝等智あらん者　此　汝等智有らん者　此
〔二四三頁下段二〇行目を次のように改める〕
れに於て疑を生ずる　に於て疑を生ずる

第十五巻校異篇

書簡
〔二四〇頁上段一一行目を次のように改める〕
422a　六月二十二日　中舘武左衛門あて　下書
〔二四〇頁下段一九行目を次のように改める〕
中舘武左衛門様　　宮沢賢治拝
〔二四一頁上段一〇行目を次のように改める〕
（第十三巻）によると、中舘は昭和二年一月七日に

賢治を

〔三一六頁右段三一行目を次のように改める〕
[241a, 422a]

〔第十五巻および第十六巻（上）、第十六巻（下）の刊行後、新たに発見された書簡下書が一点あり、これを第十五巻校異篇二八〇頁上段一七行目の次に「下書㈥」として追加し、下段一行目の次に＊3を追加する。〕

下書㈥
仙台市南町七九
石川善次郎様　✝

岩手県花巻町
　　宮沢賢治

七月廿六日

〈用箋〉　官製葉書（表書きのみ。未使用）＊3
〈筆記具〉　ブルーブラックインク

　＊3　八重嶋勲「賢治のはがき」（「街　もりおか」昭和五八年四月号）を参照。

［新校本宮澤賢治全集資料および写真提供者・協力者名簿］

板垣寛　一関市博物館　伊藤雅子　岩手県立花巻農業高等学校同窓会　浦田敬三　浦邉諦善　大島晃一　神奈川近代文

学館　佐伯研二　瀬川恭子　瀬川貞一　槻山隆　照井泰平　野村胡堂・あらえびす記念館　花巻市博物館　宮沢明裕

宮沢和樹　宮沢賢治イーハトーブ館　盛岡てがみ館　林風舎

（以上、別巻「補遺」篇において主としてお世話になった方々おおよび団体・機関を掲げた。五十音順・敬称略）

【新】校本 宮澤賢治全集

別巻 補遺・索引 補遺篇

二〇〇九年三月十日 初版第一刷発行

編 者 宮沢清六 他

発行者 菊池明郎

発行所 株式会社 筑摩書房
東京都台東区蔵前二‐五‐三 郵便番号一一一‐八七五五
振替 〇〇一六〇‐八‐四二二三

装 幀 間村俊一

印 刷 明和印刷株式会社

製 本 株式会社積信堂

ISBN978-4-480-72837-1 C0395（補遺篇）
©宮沢潤子・他 2009 Printed in Japan

乱丁・落丁本の場合は、御面倒ですが左記に御送付ください。
ご注文・お問い合わせも左記へお願いします。
さいたま市北区櫛引町二‐六〇四 筑摩書房サービスセンター
郵便番号三三一‐八五〇七 電話番号〇四八‐六五一‐〇〇五三